WINKLER
WELTLITERATUR
DÜNNDRUCK
AUSGABE

Artemis & Winkler

GOTTHOLD EPHRAIM LESSING

WERKE

BAND I

Dichtungen

ARTEMIS & WINKLER

Gotthold Ephraim Lessing: Werke in drei Bänden. Nach den Ausgaben letzter Hand. Band I. Mit Einführung, Anmerkungen und Zeittafel von Peter-André Alt.

ISBN Leinen 3-538-05353-7 Leder 3-538-05853-9

Artemis & Winkler Verlag
3. Auflage 1994

Druck und Bindung: Friedrich Pustet, Regensburg
Printed in Germany

EINFÜHRUNG

von Peter-André Alt

Vielfalt des literarischen Werkes

Als Friedrich Schlegel im Jahr 1797 eine genauere Charakteristik Gotthold Ephraim Lessings zu entwerfen sucht, hält er es für notwendig, zunächst an das breite Spektrum der Meinungen und Urteile zu erinnern, die über ihn in Umlauf sind: „Wenige Schriftsteller nennt und lobt man so gern als ihn: ja es ist eine fast allgemeine Liebhaberei, gelegentlich etwas Bedeutendes über Lessing zu sagen. Wie natürlich: da er, der eigentliche Autor der Nation und des Zeitalters, so vielseitig und so durchgreifend wirkte, zugleich laut und glänzend für alle, und auf einige tief. Daher ist denn auch vielleicht über kein deutsches Genie so viel Merkwürdiges gesagt worden; oft aus sehr verschiedenen, ja entgegengesetzten Standpunkten, zum Teil von Schriftstellern, welche selbst zu den geistvollsten oder zu den berühmtesten gehören."

Schlegel hegt wenig Zweifel daran, daß die Vielfalt der unterschiedlichen Lessing-Bilder ihrerseits auf die weitläufigen Talente und Tätigkeitsfelder zurückzuführen ist, die das Schaffen des sechzehn Jahre zuvor Gestorbenen bestimmten. In der Tat kann man unter den Großen der deutschen Literatur im Hinblick auf die Universalität der Begabungen wohl nur Goethe mit Lessing vergleichen. Die literaturkritisch-essayistische Brillanz und die gewaltige Spannweite der poetischen Formbeherrschung verbinden sich mit philologischen Neigungen, altertumswissenschaftlichen Interessen, soliden konfessionsgeschichtlichen Kenntnissen und profundem theologischem Wissen. Es ist nicht zuletzt die verblüffende Breite der intellektuellen und künstlerischen Möglichkeiten, die Lessing zum herausragenden Kopf der deutschen Aufklärung werden läßt.

Lessings Nachruhm stützt sich zumal auf sein dramatisches Werk, das bis heute zu den tragenden Säulen der Theater-Spielpläne gehört. Sein literarisches Œuvre ist jedoch nicht auf *Emilia Galotti*, *Minna von Barnhelm* und den *Nathan* zu beschränken. Mit Ausnahme des rührenden Lustspiels, der von

Gellert in Deutschland eingeführten comédie larmoyante, bestellt der junge Lessing sämtliche der für die Aufklärung zentralen literarischen Gattungen: Komödien und Tragödien, Lieder, Oden und Epigramme, Fabeln und kurze Erzählungen gehören gleichermaßen zu seinem stilistischen Repertoire (das Genre des Romans, das bei ihm keine Rolle spielt, wird sich erst relativ spät, befördert durch Wieland und Hippel, einen festen Platz in der dichterischen Landschaft der Zeit erobern).

Bereits während der Schulzeit in St. Afra (1741–1746) entstehen erste Komödienversuche, die in den Leipziger Studienjahren (1746–48) fortgesetzt werden. Durch die nähere Bekanntschaft mit dem wenig älteren Christian Felix Weiße gelangt Lessing in den Kreis der Prinzipalin Karoline Neuber und der von ihr geführten Schauspieltruppe. Die schon in St. Afra begonnene Komödie *Der junge Gelehrte* beschert dem Neunzehnjährigen in der Leipziger Inszenierung durch die Kompagnie der Neuberin den ersten Bühnenerfolg. Unter dem Eindruck des frühen Theaterruhms schließt der Student eine ganze Reihe von Komödien ab, die jedoch niemals aufgeführt und erst Anfang der 50er Jahre publiziert werden (es dauert sieben Jahre, ehe Lessing 1755 mit der *Miss Sara Sampson* wieder auf einer deutschen Bühne präsent ist). Die frühen Lustspiele gehorchen noch ganz dem Muster der von Gottsched in Deutschland eingeführten Typenkomödie, wie sie insbesondere das Werk Molières prägt: im Mittelpunkt steht ein Sonderling, der im Laufe der Handlung durch den gesunden Menschenverstand der Mitspieler von seinen Marotten geheilt und ins gesellschaftliche Leben zurückgeführt wird. Das Lustspiel illustriert damit die Macht der Vernunft und den Sieg des aufgeklärten Gemeinsinns über Borniertheit, Schwärmerei und Egozentrik.

Die Jugendkomödien verknüpfen durchgängig Muster des sächsischen Typenlustspiels mit Formelementen der commedia dell'arte, die Gottsched als Ausdruck grober Komik und derben Witzes wenig schätzte. Das Erbe der italienischen Tradition repräsentieren zumal Lessings Dienerfiguren, ohne die das Bühnengeschehen kaum zum guten Abschluß käme. Nach dem Vorbild der Komödien Goldonis und Gozzis fällt ihnen die Aufgabe zu, die Verhältnisse zu ordnen und die Verirrten auf *den rechten* Weg zu bringen. Lessings Dienergestalten leben aus den Ressourcen einer im besten Sinne aufgeklärten Verständigkeit, sie verkörpern den unvoreingenommenen common sense und die Klarheit der Ratio; an Witz und Geist ihrer Herrschaft meist überlegen, bekräftigen sie das zeittypische Vertrauen in die Möglichkeiten der menschlichen Vernunftautonomie, indem sie das Geschehen so steuern, daß am Ende die Welt wieder im Lot und das Spiel der Kräfte harmonisiert ist. Nicht der Deus ex machina der antiken Komödie, sondern der Mensch selbst führt hier den glücklichen Ausgang des Dramas herbei.

Neben den frühen Komödienversuchen (*Der Freigeist, Der Misogyn, Der Schatz, Die Juden*) entstehen bereits in den Leipziger Jahren Lieder, Oden und Fabeln, zudem erste Entwürfe zu Tragödien, die noch durch den von Lessing später rigide bekämpften französischen Klassizismus beeinflußt scheinen. Das älteste Tragödienfragment, das im Manuskript überliefert ist, dürfte der *Giangir* sein, ein türkisches Trauerspiel aus der barocken Stoffwelt der Dramen Lohensteins und Haugwitz', in reimlosen Alexandrinern abgefaßt und bereits in der Leipziger Studentenzeit (um 1748) konzipiert. Unabgeschlossen bleibt auch der ein Jahr später entworfene *Samuel Henzi*, Lessings erster und einziger Versuch, eine aktuelle politische Begebenheit seiner Zeit zum Sujet eines Dramas zu machen (der Schweizer Henzi hatte eine Verschwörung gegen den Berner Stadtadel vorbereitet und war am 17. Juli 1749 wegen Hochverrats öffentlich hingerichtet worden). Das Fragment erschien 1753 im zweiten Band von Lessings *Schriften* und wurde ein Jahr später von Albrecht von Haller in den „Göttingischen Anzeigen“ aufgrund seiner vermeintlichen Idealisierung des Titelhelden entschieden getadelt.

Lessings erste selbständige Buchpublikation versammelt 1751 die in Leipzig und Berlin entstandenen Lieder, die, im Sinne des zeitgenössischen Rokokogeschmacks, nach anakreontischem Muster vorwiegend weltliche Themen traktieren und Lobgesänge auf Wein, Weib und Geselligkeit anstimmen. Zumal in studentischen Kreisen erfreuten sich Lessings Adaptionen einiger Beliebtheit; nicht zuletzt aufgrund ihrer Tendenz zur Ironisierung der anakreontischen Tradition, die sie von den biederen Liedern eines Hagedorn oder Gleim abhob, eroberten sie sich einen prominenten Platz in den Kommersbüchern der Zeit.

In späteren Jahren hat sich Lessing zunehmend mit dem Drama befaßt, auf lyrische Versuche jedoch weitgehend verzichtet. Stärker noch als die Jugendlustspiele sind seine Lieder und

Oden von einem epigonalen Grundzug geprägt, der für individuelle Stilelemente keinen Raum läßt. Neben den dramatischen Neigungen behauptet sich ab der Mitte der 50er Jahre einzig das Genre der Fabel, der Lessing auch dezidiertes poetologisches Interesse entgegenbringt. Noch 1759 publiziert er seine Prosafabeln und mit ihnen eine Reihe von theoretischen Abhandlungen über Geschichte und Poetik der Gattung, die die Aufmerksamkeit des Publikums erregen, weil sie mit den seit Gottsched, Breitinger und Batteux gängigen Urteilen über das Verhältnis von Fabelhandlung und moralischer Lehre brechen. Für Lessing sind beide Bereiche nicht gegeneinander auszuspielen, sondern Elemente einer übergeordneten poetischen Einheit, die es erlaubt, daß die Gattung dem Leser „anschauende Erkenntnis“ (cognitio intuitiva) vermittelt – eine durch sinnliche Prägnanz gestützte Einsicht in abstrakte Sachverhalte.

Zahlreiche der in Lessings Jugendjahren entstandenen literarischen Werke tragen den Charakter von Versuchen, an denen der Autor seine technischen Darstellungsfähigkeiten erprobt. Die Pluralität der Gattungen und Formen, die er in den ersten Berliner Jahren durchspielt, zeugt noch von einer gewissen Orientierungslosigkeit; das Vertrauen in das überragende dramatische Talent und die eigenen stilistischen Möglichkeiten muß bei Lessing erst allmählich wachsen. Auch in späteren Jahren jedoch, als er sich als Dramatiker beim Publikum längst durchgesetzt hat, läßt er sich nur ungern auf ein bestimmtes literarisches Genre festlegen. Zwar verliert er rasch das Interesse an der Odendichtung und dem anfänglich hochgeschätzten Epigramm, doch treten andere Varianten an deren Platz; die Vielfalt der außerliterarischen publizistischen Aktivitäten nimmt seit der Mitte der 50er Jahre rapide zu.

Der Kritiker

Zur Rolle des Dichters gesellt sich schon beim jungen Lessing die des Kritikers, des Publizisten und Journalisten, der sein Augenmerk auf das Tagesgeschäft richtet und dabei häufig abhängig von aktuellen Modeströmungen bleibt. Spätestens seit der Übersiedlung nach Berlin im Jahr 1748 war es Lessing bewußt, daß ihn die vom Vater vorbestimmte theologische Laufbahn ebensowenig zu befriedigen vermochte wie eine Gelehrtenkarriere (für die er durchaus die nötigen Voraussetzungen besaß). Sein auf Selbständigkeit bedachter Intellekt strebte nach größeren Freiräumen, die ihm allein die ungebundene Tätigkeit des Schriftstellers und Kritikers verschaffte (der in Wittenberg 1752 nachgeholte Studienabschluß war kaum mehr als ein Kompromiß, der den enttäuschten Vater versöhnen sollte). Weit über 10 Jahre hinweg war Lessing, was Karl Mannheim einen „freischwebenden Intellektuellen" nannte – ein Autor ohne feste Anstellung, der mehr schlecht als recht von wechselnden Einkünften lebte und auf den Ertrag seiner journalistischen Tätigkeit angewiesen blieb. Lessings spätere Suche nach einer kontinuierlichen Bindung an ein Amt war auch die Konsequenz der finanziellen Nöte, in die er zeitlebens immer wieder geriet. Geistige und materielle Unabhängigkeit miteinander zu vereinen, war ihm nur selten vergönnt. Als Sekretär des Generals Tauentzien in Breslau (1760–65), als Dramaturg des Hamburger Nationaltheaters (1767–69) und Bibliothekar in Wolfenbüttel (1770–81) hat er in der zweiten Hälfte seines Lebens die finanzielle Sicherheit der intellektuellen Freiheit vorgezogen, unter den damit verbundenen Kompromissen aber auch nicht unerheblich gelitten.

Die journalistische Tätigkeit bestimmt zumal den ersten Berliner Aufenthalt des jungen Lessing zwischen 1748 und 1751. Neben einer großen Zahl von anonym publizierten Rezensionen für die „Berlinische privilegierte Zeitung", zu der ihm sein Schwager Christlob Mylius Zugang verschafft hatte, entstehen in diesen Jahren auch erste dramengeschichtliche Arbeiten, in denen sich Lessings ausgeprägtes Interesse am Bühnenleben seiner Zeit bekundet. Gemeinsam mit Mylius publiziert er im Jahr 1750 die als Periodikum angelegten, nach wenigen Nummern jedoch eingestellten *Beiträge zur Historie und Aufnahme des Theaters*, die poetologisch-historische Standortbestimmung, dramengeschichtliche Erörterung und Aufführungskritik thematisch verknüpfen sollen. Von besonderer Bedeutung sind Lessings Beiträge über die Komödien des römischen Dichters Plautus, in denen er seine schon frühzeitig entwickelte Fähigkeit vor Augen führt, antike Texte aus moderner Perspektive mit eigenem Interesse und unter neuen Gesichtspunkten zu lesen. Anders als die Regelpoetiker der Gottsched-Schule betrachtet Lessing die Antike keineswegs als unumschränkte Gesetzgeberin, deren dichtungstheoretische Normen blind zu befolgen sind.

Wie schon die Plautus-Studien erweisen, verschaffen ihm die Werke der Alten bedeutsame Orientierungshilfen, ohne daß sie jedoch unbedingte Autoritäten darstellen, an denen Kritik nicht möglich wäre. Noch die *Hamburgische Dramaturgie* wird am Umgang mit dem bewunderten Aristoteles und seiner Tragödienlehre demonstrieren, daß sich für Lessing kritische Distanz und sachliches Einverständnis vereinbaren lassen.

Die Tatsache, daß Lessings Berliner Zeitungsbeiträge gemäß der im gesamten 18. Jahrhundert gängigen Publikationspraxis anonym erschienen, erschwert bis heute ihre genaue Zuordnung und die zuverlässige Abgrenzung von Texten anderer Autoren. Der Verzicht auf die Namensnennung, der die Unabhängigkeit des Rezensenten garantieren sollte, vermochte freilich nicht zu verhindern, daß sich Lessing als Kritiker und Herausgeber im aufgeklärten Berlin rasch Respekt verschaffte. Wie groß sein öffentlicher Einfluß bereits in der Mitte der 50er Jahre war, beleuchten zahlreiche an ihn gerichtete Briefe, in denen er um sein kunstrichterliches Urteil gebeten wird. Im März 1755 wendet sich Johann Wilhelm Ludwig Gleim an Karl Wilhelm Ramler mit dem Ansinnen, er möge Lessing darum ersuchen, sich für die Veröffentlichung einer von Wieland und Geßner verfaßten Satire mit dem Titel *Eduard Grandisons Geschichte in Görlitz* zu verwenden, die auch gegen die Gottschedianer gerichtet und daher nicht ohne literaturpolitische Brisanz war. Von Lessings Stellungnahme, so erklärt Gleim, hänge das publizistische Schicksal des Pasquills ab: „Sagt ER, die Schrift sey gut, so druckt sie jedermann.“

Bereits 1753 stellt Lessing für die sechsbändige Ausgabe seiner Schriften eine Auswahl der wichtigsten Kritiken aus der Berliner Zeit zusammen, die er um einige neuere Abhandlungen über Samuel Gotthold Langes Horaz-Übersetzungen und Christian Gottlieb Jöchers eben veröffentlichtes *Gelehrten-Lexikon* ergänzt. Rezensionen für Tageszeitungen oder Periodika (wie die einflußreiche „Bibliothek der schönen Wissenschaften und Künste“) schreibt er ab Mitte der 50er Jahre kaum noch. Die *Briefe, die neueste Literatur betreffend*, die zwischen 1759 und 1765 erscheinen, markieren nicht nur den Höhepunkt, sondern zugleich den Abschluß von Lessings im engeren Sinne kritischer Tätigkeit. Gemeinsam mit den Berliner Freunden Friedrich Nicolai und Moses Mendelssohn versucht Lessing die *Briefe* zumal in den ersten beiden Jahren ihres Bestehens zum Forum einer avancierten Literaturkritik auszubauen, die sich durch philologische Kompetenz, solide Kenntnis der europäischen Dichtungsgeschichte und ein Gespür für Fragen poetischer Originalität auszeichnet. Präsentiert wird hier ein neuer Typus der Literaturbetrachtung, der später auch die Studien Herders, die Charakteristiken Friedrich Schlegels und die kritischen Arbeiten Heines merklich beeinflußt; sein methodisches Prinzip ist die Synthese zwischen verschiedenen Stilformen, die Rezension, Übersetzungskritik, philologisch-antiquarische Abhandlung und poetologischen Traktat miteinander vereinen soll.

Lessings Beiträge zu den *Briefen*, die inbesondere aus den Jahren 1759 und 1760 stammen, setzen jedoch nicht nur formal neue Akzente, sondern bestimmen auch die dichtungstheoretischen Debatten der Zeit in maßgeblicher Weise. Seine scharfe Kritik der Gottschedschen Theaterreform und die damit verbundene Abkehr von der klassizistischen Dramatik französischer Prägung (Corneille, Racine, Voltaire), die Hinwendung zur englischen Literatur und die (bereits durch Wielands Übersetzungen geförderte) Ausrichtung am Theater-Genie Shakespeare eröffnen für die nächsten beiden Jahrzehnte entscheidende programmatische Perspektiven. Nachdem Lessing, bedingt durch die Übersiedlung nach Breslau, im Jahr 1760 seine kritischen Beiträge zu den *Literaturbriefen* weitgehend eingestellt und Thomas Abbt den vakanten Platz neben Mendelssohn und Nicolai eingenommen hat, sinkt das intellektuelle Niveau der Zeitschrift merklich ab. Johann Gottfried Herder sucht wenig später, unter ausdrücklicher Berufung auf das Vorbild Lessings, die formalen Innovationen der *Briefe* in seinen Fragmenten *Über die neuere deutsche Literatur* (1767) fortzuführen.

Poetologische Schriften

Bereits die mit Mylius publizierten *Beiträge zur Historie und Aufnahme des Theaters* hatten die Grenzen zwischen journalistischer Literaturkritik, Poetik und Philologie bisweilen verfließen lassen. Die Essays der *Theatralischen Bibliothek* (1754–58), die Lessing allein veröffentlicht, nehmen die Intentionen des früheren Unternehmens auf, verlegen sich aber nun stärker auf das poetologische Geschäft. Sieht man von einigen übersetzungskritischen Beiträgen für die Literaturbriefe ab, so hat Lessing seit der Mitte der 50er Jahre Rezensionen im engeren Sinne nicht mehr geschrieben. Insofern spiegelt die Konzeption der *Bibliothek* das veränderte Profil von Lessings Interessen deutlich wider: An den Platz der herkömmlichen Tageskritik tritt die Tendenz zur philologisch gestützten poetologischen Abhandlung.

Im Mittelpunkt der *Theatralischen Bibliothek* stehen Übersetzungen, Werkbeschreibungen und kurze Kommentare zu Fragen der Dramenpoetik, die ihr Thema im europäischen und historischen Querschnitt, im Spannungsfeld zwischen Antike und Moderne erörtern. Besondere Aufmerksamkeit beansprucht die Übertragung zweier Lustspiel-Abhandlungen von Chassiron und Gellert, der Lessing einige knappe Anmerkungen über die aktuelle gattungspoetische Entwicklung und die mit ihr verbundene Herausbildung der rührenden Komödie und des bürgerlichen Trauerspiels hinzufügt. Die kritische Auseinandersetzung mit Senecas Tragödien, insbesondere seinem *Hercules furens* (*Der rasende Herkules*), führt die methodischen Tendenzen der Plautus-Studie fort und erarbeitet eine neue Theorie der dramatischen Figurengestaltung, deren programmatischer Charakter sich erst dem zweiten Blick erschließt. Gegen die Traditionen des Barocktheaters und dessen allegorische Präsentation menschlicher Leidenschaften empfehlen Lessings Seneca-Abhandlungen eine subtile, auf psychologische Motivierungskunst und vernünftige Kausalität gestützte dramatische Darstellung der Affekte. An den Platz allegorischer Überhöhung tritt idealiter die Anatomie der Gefühle und eine theatralische Veranschaulichung von Gemütszuständen, die den Gesetzen der Logik und damit einem kardinalen Prinzip des aufgeklärten Zeitalters zu gehorchen hat.

Lessings dramentheoretische Ambitionen artikulieren sich auch in den Diderot-Übersetzungen von 1760 und in der Vorrede über das *Theater des Herrn Diderot*. Der Franzose gilt ihm als Bündnisgenosse in der Auseinandersetzung um ein neues Drama, das sich von der klassizistischen Tragödie und vom satirisch geprägten Typenlustspiel Molières gleichermaßen unterscheiden sollte. Ähnlich wie Diderot wendet sich Lessing gegen die Geltung der seit der Spätantike gängigen, aus den Stilgesetzen der Rhetorik abgeleiteten Ständeklausel, die dem bürgerlichen Helden die Tragikfähigkeit abgesprochen und seinen dramatischen Aktionsradius auf die Komödie beschränkt hatte. Bereits an den lakonischen Anmerkungen zu den Lustspielabhandlungen Chassirons und Gellerts war zu erkennen, daß Lessing die Lockerung der Ständeklausel als wesentliche Voraussetzung für die Entfaltung einer neuen Dramenform betrachtete, die das Gemüt des Publikums erreichen und über die Aufklärung des Herzens auch jene des Kopfes bewirken konnte. Komödie und Tragödie verlieren ihre traditionelle Bindung an ein festes Personengefüge und nähern sich einander an: Das Lustspiel empfängt rührende Elemente, das Trauerspiel stützt sich auf bürgerliches Personal und darf bisweilen Gelächter erzeugen: „Dort glaubt man, daß die Welt lange genug in dem Lustspiele gelacht und abgeschmackte Laster ausgezischt habe; man kam also auf den Einfall, die Welt endlich einmal auch darinne weinen und an stillen Tugenden ein edles Vergnügen finden zu lassen. Hier hielt man es für unbillig, daß nur Regenten und hohe Standespersonen in uns Schrecken und Mitleiden erwecken sollten; man suchte sich also aus dem Mittelstande Helden und schnallte ihnen den tragischen Stiefel an, in dem man sie sonst, nur ihn lächerlich zu machen, gesehen hatte."

Im unmittelbaren zeitlichen Umfeld dieser prägnanten Charakterisierung stehen Lessings detaillierte Äußerungen über die Möglichkeiten des neuen, bürgerlichen Trauerspiels, die er zunächst brieflich den Berliner Freunden Mendelssohn und Nicolai vorträgt. Neben die Ständeklausel rückt hier die tragische Wirkungslehre ins Zentrum des Interesses: im *Briefwechsel über das Trauerspiel*, der erst 1794 postum veröffentlicht wird, formuliert Lessing energisch seine Auffassung, daß die Tragödie dort zu ihren vollkommenen Möglichkeiten finde, wo sie das Mitleid des Zuschauers mobilisiere und mit Hilfe einer rührenden Handlung seine uneigennützige Menschenliebe steigere. Das Erziehungsprogramm des Trauerspiels zielt im Zuge einer moralisierenden Interpretation der von Aristoteles in der *Poetik* (4. Jh. v. Chr.) begründeten dramatischen Wirkungsdoktrin auf die Kultivierung der Leidenschaften, die Ausbildung altruistischer und philanthropischer Fähigkeiten, die sittliche Sensibilisierung des Zuschauers. Nicht denkbar ist Lessings Konzept ohne den Einfluß der sensualistischen Empfindungslehren Shaftesburys und Dubos', die die Gefühlswelt des Individuums als notwendige Ergänzung seiner Vernunftnatur betrachteten und damit eine Rehabilitierung der vom barocken Neostoizismus, aber auch vom Rationalismus der Leibniz-Wolffschen Schulphilosophie entschieden abgewerteten Affekte des Menschen beförderten. Gemäß der sensualistischen Anthropologie, deren Postulate Lessing durch Mendelssohn näher kennenlernte, sollen Herz und Verstand in der neuen Theorie des bürgerlichen Trauerspiels miteinander versöhnt, Empfindung und Reflexion harmonisiert werden.

Im breiteren dramengeschichtlichen Zusammenhang und mit prägnanterem analytischem Zugriff setzt die *Hamburgische Dramaturgie* (1767–69) über zehn Jahre später die Gedanken des *Briefwechsels* fort. Angelegt war sie zunächst als Periodikum und kritisches Organ, das die Bühnenaufführungen des unter Johann Friedrich Löwens Leitung stehenden Hamburger Nationaltheaters kommentieren sollte. Ende 1766 hatte man dort, mit Unterstützung eines finanzkräftigen Konsortiums von interessierten Kaufleuten, ein neues Konzept aus der Taufe gehoben, das durch hohe programmatische Ambitionen getragen wurde. Löwens Bühne verstand sich als Theater, das deutsche Dramatiker fördern, die Ausbildung der Schauspieler verbessern, ein niveauvolles Repertoire jenseits der üblichen Komödienaufführungen bieten und einen eigenen Beitrag zur ästhetischen Erziehung des Publikums leisten wollte.

Lessings *Dramaturgie* wird zwischen April 1767 und Frühjahr 1769 in knapp über 100 Stücken publiziert, anfangs in unregelmäßigen Abständen, später zweimal wöchentlich. Behandelt hat der Kritiker in diesen zwei Jahren nur den Spielplan von drei Monaten: die Aufführungen der Zeit zwischen April und Juli 1767. Mit fortschreitender Zeit entfernt sich Lessing immer mehr von der eigentlichen Funktion eines Periodikums und sucht Gelegenheit zur Erörterung grundsätzlicher dramentheoretischer Probleme. Ähnlich wie in früheren Jahren avisiert er dabei eine Synthese zwischen historischer und poetologischer Perspektive, die methodische Zusammenführung von dramengeschichtlicher, literaturkritischer und theaterpraktischer Abhandlung.

Ihr intellektuelles Zentrum findet die *Dramaturgie* in der produktiven Auseinandersetzung mit dem aristotelischen Tragödiensatz (74.–80. Stück), die eine systematische Kritik des französischen Klassizismus ebenso einschließt wie die breitere Fundierung des Mitleidskonzepts des *Briefwechsels* und eine neue Deutung des aristotelischen Katharsiskonzepts, das als Instrument zur Ausbildung der altruistischen Fähigkeiten des

Zuschauers aufgefaßt wird. Die tragische Läuterung der Leidenschaften, in der *Poetik* ein physiologischer Akt der Affektreinigung, avanciert dabei zum Mittel aufklärerischer Pädagogik. Ziel der Tragödie ist laut Lessing die Erziehung des Menschen zu einem wohltemperierten Charakter, in dem Emotion und Vernunft harmonisch entfaltet sind. Die Tragödie erregt zunächst Mitleid und Furcht, sorgt aber am Ende durch den Prozeß der Katharsis für eine Entspannung der Leidenschaften. Affektive Extreme – ein Übermaß oder Mangel an Furcht und Mitleid – werden derart ausgeglichen, Herz und Verstand gleichermaßen aufgeklärt.

Die hinter Lessings Katharsistheorie stehende Anthropologie ist durchweg geprägt vom zeittypischen Vertrauen in die Möglichkeiten der Vervollkommnung des Menschen. Der optimistische Moralismus, der ihr zugrunde liegt, unterscheidet sie von der Affektdramaturgie der aristotelischen *Poetik*, die die Wirkung der Tragödie einzig auf die Mobilisierung der Leidenschaften und deren anschließende, rein physiologisch zu verstehende Beruhigung im Akt der Katharsis beschränken wollte. Lessings eigenständige Deutung des aristotelischen Tragödiensatzes bahnt bereits den Weg zu Schillers Konzeption des Dramas im Zeichen des Pathetisch-Erhabenen und markiert das letzte Stadium der Wirkungsästhetik vor ihrem Übergang zur (bei Hegel systematisch entfalteten) tragischen Gehaltsästhetik. Das Mitleid, das die Tragödie Lessing zufolge erregt, ist nicht nur ein affektiver Reiz, sondern ein moralisch-sittlicher Programmwert aufgeklärter Provenienz – Reflex des Vertrauens in die menschliche Fähigkeit zur Anteilnahme am Schicksal anderer, in Altruismus und Philanthropie. Jenseits der wirkungspoetischen Fixierung des Tragödienzwecks empfängt die Gattung damit bereits ihren eigenen ethischen Gehalt durch die Tendenz zur Veranschaulichung von Modellfällen, an denen Möglichkeiten und Grenzen der sittlichen Selbstermächtigung des Menschen demonstriert werden können.

Schiller setzt die bei Lessing eingeleitete Abkehr von der ausschließlich wirkungspoetischen Fundierung des Trauerspiels in den 90er Jahren fort, indem er die Tragödie auf die Darstellung von Grenzsituationen verpflichtet, in denen der Mensch seinen Autonomieanspruch zu verteidigen und sich als moralisch unabhängiges Wesen gegen äußere wie innere Notstände zu behaupten hat. Das Tragische ist hier keine Vermittlungsinstanz mehr, die allein dem erzieherischen Effekt dient, sondern jenseits einer derartigen Vehikelfunktion geeignet, die Konflikte zu verdeutlichen, in die der aufgeklärte Mensch durch sein Verlangen nach moralischer Freiheit Zug um Zug gerät. Die tragische Gehaltsästhetik, zu der Schiller den Weg ebnet, wäre nicht denkbar ohne Lessings Mitleidspoetik und die Theorie der Katharsis, die die *Hamburgische Dramaturgie* entwickelt hat.

Unter den poetologischen Arbeiten Lessings, die sich nicht mit dem Drama befassen, ragen die Aufsätze über die Fabel (1759) und das Epigramm (1771) heraus. Die Fabelabhandlungen, als Beigabe den Prosafabeln in der Edition von 1759 hinzugefügt, entstehen seit Ende des Jahres 1758, gelegentlich in unmittelbarem Zusammenhang mit den Literaturbriefen (z. B. dem dritten über John Gays *Fables*). Schon in seinem Vorwort zum ersten Teil der *Schriften* (1753) hatte Lessing sich kritisch über das Niveau der zeitgenössischen Gattungstheorie geäußert. Die späteren Abhandlungen demonstrieren aufs deutlichste seine Distanz zu den Distinktionen der normativen Poetik, die die Fabel dem sturen Regiment der Regeln zu unterwerfen und für individuelle Abweichungen von der durch Äsop und Phädrus begründeten antiken Form wenig Spielraum zu lassen pflegte. Lessing geht es anders als seinen Vorläufern Gottsched, Gellert, Breitinger und Batteux nicht um eine starre Definition der Fabelgattung, sondern um den Versuch, ihre seit der Antike lebendige Wirkung mit Hilfe der von Christian Wolff entlehnten Theorie der anschauenden Erkenntnis zu erklären: Die Fabel verbindet im Idealfall die Prägnanz einer gut gewählten Erzählung mit der moralischen Effizienz einer treffenden Quintessenz, verknüpft also sinnlichen Reiz und intellektuellen Nutzen.

Ähnlich wie die Fabelgattung hat Lessing auch das Epigramm, das scharf pointierende Sinngedicht zumal in jüngeren Jahren außerordentlich geschätzt. Sein Interesse beschränkt sich dabei nicht auf Fragen der Gattungsfunktion, die ihn als Epigramm-Autor notwendig beschäftigen mußten, sondern schließt die Auseinandersetzung mit der historischen Entwicklung ein. Unter der Assistenz Ramlers ediert er 1759 eine Sammlung von Epigrammen des Barockdichters Friedrich von Logau, denen er ein ausführliches Vorwort voranstellt. Elf Jahre später entsteht die längere Abhandlung über das Epigramm, die Lessing als exzellenten Kenner der Gattung und gelehrten Historiker gleichermaßen ausweist. Im Gegensatz zu den Studien über die Fabel dominiert hier die philologische Argumentationsebene und mit ihr das Bestreben, die Möglichkeiten der Gattung am Maß der antiken Muster abzuschätzen. In ihrer antiquarischen Akkuratesse ist die Epigramm-Abhandlung zugleich ein erstes Indiz für Lessings intensive Beschäftigung mit den ihm anvertrauten Wolfenbütteler Bibliotheksbeständen, die er seit dem Sommer 1770 unter seiner Obhut hat. Die Epigramm-Studien zeigen schon den Weg, den Lessing in den nächsten Jahren mit den „Wolfenbütteler Beiträgen" geht: den der philologischen Textdokumentation, hinter deren Aufbau und Kommentierungsleistung gediegene Gelehrsamkeit zum Vorschein kommt.

Philologisch-antiquarische Studien

Bereits die frühen Berliner Kritiken zeigen die Tendenz zur philologischen Analyse, die zumeist durch die Beschäftigung mit Übersetzungen antiker Werke gefördert wurde. In St. Afra hatte Lessing eine solide Ausbildung erhalten, die ihm glänzende Kenntnisse der alten Sprachen vermittelte; auf ähnlich hohem Niveau wie das Meißener Institut waren im 18. Jahrhundert wohl nur Schulpforta in Naumburg und das Tübinger Stift angesiedelt (wo Klopstock und Nietzsche bzw. Hölderlin, Schelling und Hegel erzogen wurden). In den *Briefen* von 1753, die Lessing für den zweiten Teil seiner *Schriften* zumeist aus älteren Arbeiten zusammengestellt, teilweise aber auch mit neuen Texten bestückt hatte, wird das Bündnis von Philologie und Kritik deutlich sichtbar („Briefe eines Pedanten" nennt er in einer Selbstrezension für die „Berlinische privilegierte Zeitung" vom November 1753 sein Werk). Bedeutsam sind die *Briefe* vor allem deshalb, weil sie Lessing in einen ersten öffentlichen Gelehrtenstreit verwickeln und damit den Auftakt für eine lange Reihe polemischer Dispute bilden, die seine publizistische Wirksamkeit fortan entscheidend prägen.

Ausgangspunkt der Debatte war Lessings unfreundliche Besprechung von Langes Horaz-Übersetzung in den *Briefen*, die der Edition eine Reihe peinlicher Übertragungsfehler nachgewiesen hatte. Nachdem Lange auf eine separate Veröffentlichung der Rezension, die Anfang November 1753 im „Hamburgischen Korrespondenten" erschienen war, mit massiven Gegenvorwürfen geantwortet und dem Kritiker unlautere Methoden vorgeworfen hatte, entschloß sich Lessing zu einer prinzipiellen Replik. Im *Vademecum für den Hrn. Sam. Gotth. Lange* (1754) erweiterte er die Liste der Übersetzungsfehler, die schon die *Briefe* angeführt hatten, um ein Beträchtliches und demonstrierte derart Langes philologische Inkompetenz. Seiner Attacke ließ er im selben Jahr die *Rettungen des Horaz* folgen, die in erklärter Opposition zu Langes kommentierter Übersetzung von Suetons *Vita Horatii* einige Vorurteile der Horaz-Rezeption berichtigen und den römischen Autor vom Verdacht der moralischen Unzuverlässigkeit reinigen sollten.

Unter dem Titel *Rettungen* publizierte Lessing 1754 im dritten Teil der „Schriften" nicht nur den *Horaz*, sondern auch mehrere theologisch-philologische Abhandlungen über eine Reihe von Autoren des Humanismus (Johannes Cochlaeus, Hieronymus Cardanus), die gegen den Vorwurf der Heterodoxie und ketzerischen Immoralität verteidigt wurden. Das Genre der *Rettung*, von Pierre Bayle in seinem skeptizistischen *Dictionnaire historique et critique* (1697) begründet, hat Lessing auch in späteren Jahren als wichtiges Feld seiner publizistischen Aktivitäten betrachtet. Hier ging es um nichts weniger als um handfeste Aufklärung – um die Widerlegung von Vorurteilen, den Streit für Gerechtigkeit und gesunden Menschenverstand, um das mutige Bekenntnis zur intellektuellen Unabhängigkeit von überlieferten Meinungen und Methoden.

Den Höhepunkt der philologisch-antiquarischen Studien bildet der *Laokoon*, der in den frühen sechziger Jahren parallel zur *Minna von Barnhelm* entstand. Lessings Beschäftigung mit der für die Abhandlung zentralen Frage nach der Differenz zwischen bildender Kunst und Poesie, die durch die Berufung auf die horazische „Ut-pictura-poesis"-Formel von der Aufklärungsästhetik zumeist verwischt wurde, reicht bis zum Beginn der 50er Jahre zurück. Schon 1754 hatte er für die „Berlinische privilegierte Zeitung" Hogarths *Analysis of Beauty* rezensiert und derart sein Interesse an kunsttheoretischen Fragestellungen bekundet. Grundlegend für die Studien, die Lessing im Zusammenhang seines Projekts trieb, waren neben den ästhetischen Schriften von Hogarth, Caylus, Spence und Webb auch Winckelmanns *Gedanken über die Nachahmung* (1755) und dessen 1763 publizierte *Geschichte der Kunst des Altertums*, über deren unmittelbaren Einfluß auf die Argumentation er selbst in seiner Abhandlung aufs genaueste berichtet.

Die Ruhe Breslaus, wo Lessing seit 1760 als Sekretär des Generals von Tauentzien lebte, förderte die Niederschrift maßgeblich. Hinzu kam, daß der Autor erstmals in seinem Leben auf eine umfangreiche eigene Bibliothek zurückgreifen konnte, deren Bestände – mehr als 6000 Bände – er sich im Laufe der Breslauer Jahre auf Auktionen zugelegt hatte. Im Jahr 1766, kurz nachdem er wieder nach Berlin zurückgekehrt war, ließ Lessing den ersten Teil der *Laokoon*-Schrift erscheinen; zu einem zweiten Band sammelte er Fragmente und Notizen, ohne sie je zu einem Ganzen zu fügen – die publizistischen Kontroversen der folgenden Jahre ließen ihm dazu keine Zeit.

Die instruktive Wirkung des *Laokoon* hat Goethe im achten Buch von *Dichtung und Wahrheit* näher beschrieben: „Das so lange mißverstandene: ut pictura poesis, war auf einmal beseitigt, der Unterschied der bildenden und Redekünste klar, die Gipfel beider erschienen nun getrennt, wie nah sie an ihren Basen auch zusammenstoßen mochten. Der bildende Künstler sollte sich innerhalb der Grenze des Schönen halten, wenn dem redenden, der die Bedeutung jeder Art nicht entbehren kann, auch darüber hinauszuschweifen vergönnt wäre. Jener arbeitet für den äußeren Sinn, der nur durch das Schöne befriedigt wird, dieser für die Einbildungskraft, die sich wohl mit dem Häßlichen noch abfinden mag."

Der *Laokoon* liefert nicht nur einen Beitrag zur Differenzierung von Malerei und Poesie, sondern entwickelt auch, wie Goethes Charakterisierung andeutet, eine subtile Theorie der Illusionsbildung, die geeignet scheint, den Einfluß des für die frühe Aufklärung verbindlichen Nachahmungsbegriffs an wesentlichen Punkten einzuschränken. Beide Künste unterscheiden sich laut Lessing durch ihre Darstellungstechnik und die ihr zugrundeliegenden Stilformen auf fundamentale Weise voneinander. Hilfsmittel für die nähere Differenzierung wird die Theorie der Zeichen, die, im Anschluß an Leibniz, bereits der sensualistische Ästhetiker Dubos in seinen *Réflexions critiques sur la poësie et sur la peinture* (1719) für die Analyse der Künste fruchtbar gemacht hatte. Dubos ordnete die willkürlichen Zeichen der Sprache, deren Bedeutung durch die von der sozialen Gemeinschaft konventionell festgelegte Beziehung zwischen Sache und Signum entsteht, prinzipiell der Poesie zu, während er die außersprachlichen Künste (Malerei, Plastik, Musik) mit dem Wirken natürlicher Zeichen in Verbindung brachte, bei denen Sache und Signum durch eine tatsächliche Ähnlichkeitsbeziehung verknüpft scheinen.

Lessing geht im Gegensatz zu Dubos davon aus, daß nicht die Art der verwendeten Zeichen selbst, sondern der Modus ihrer Verknüpfung beide Künste voneinander abgrenzt. Während die Malerei ihre Zeichen im Raum verbindet und ästhetische Effekte durch die flächige Anordnung der von ihr dargestellten Gegenstände herbeiführt, fällt es der Poesie zu, ihre Zeichen in einer zeitlichen Sequenz aufeinander folgen zu lassen und Wirkung vermöge des in sich stimmigen Fortschreitens der dargebotenen Handlung zu erzielen. Hinter Lessings Zuordnungen steht das Gegensatzpaar von Statik und Dynamik, von Gegenständlichkeit und Aktion. Beide Künste erreichen die ihnen angemessenen Täuschungseffekte (Lessing spricht selbst bisweilen von „Illusion") aufgrund unterschiedlicher Darstellungsformen und sollten sich daher idealiter auf die ihnen gegebenen Möglichkeiten beschränken. Die funktionale Differenz, die sie trennt, hat dann entsprechend weitreichende Konsequenzen: Die bildende Kunst vermag vor allem statische Szenen, die Poesie zumal Bewegung zu erfassen. Nur konsequent (und von weitreichender poetologischer Bedeutung) ist es, wenn Lessing aufgrund dieser Unterscheidung die breit ausmalenden Landschaftsschilderungen der aufklärerischen Naturlyrik – die beschreibenden Gedichte Hallers, die Idyllen Gessners, die Oden Kleists – prinzipiell kritisiert, weil sie in eine unsinnige Konkurrenz mit der bildenden Kunst treten und die wahren Möglichkeiten der Poesie verfehlen. Dichterische Illusionseffekte erzeugen vornehmlich die Entfaltung einer dynamischen Handlung, malerische Wirkung wird idealiter durch flächige Panoramadarstellung oder konzentrierten Objektbezug (nach dem Muster der Stilleben) herbeigeführt.

Aus der Analyse der Grenzen, die beide Künste trennen, entwickelt Lessing sukzessive eine Theorie der künstlerischen Illusionsbildung, die den für die Aufklärungsästhetik zentralen Grundsatz der Naturnachahmung (Mimesis) an wesentlichen Punkten ergänzt. Der *Laokoon* verdeutlicht durch seine Grenz*ziehung zwischen den* Künsten, daß die ausschließliche Konzentration auf das Mimesisgebot in die Irre führt, weil der künstlerische Darstellungsakt nicht allein den Gesetzen der Wahrscheinlichkeit zu genügen hat, sondern zugleich darauf abzielen muß, die Phantasie des Rezipienten anzuregen und seine Einbildung zu aktivieren. Erst im Zusammenspiel erreichen beide Prinzipien Lessing zufolge die ideale Wirkung: Der Künstler soll die Natur nach Maßgabe der Wahrscheinlichkeit (damit im Sinne des Mimesisgebots) darstellen, zugleich aber mit Hilfe seiner eigenen Imaginationskraft eine zweite Welt neben der wirklichen errichten, die den Leser oder Betrachter ins Reich der Illusion entführt. Es ist diese mit künstlerischen Mitteln hervorgebrachte zweite Welt, die fortan die theoretischen Debatten der Zeit beschäftigen wird: Genieperiode, Klassik und Romantik suchen jenseits des Gebots der Naturnachahmung nach den idealen Techniken der ästhetischen Illusionsbildung, deren Bedeutung Lessing erstmals in aller Klarheit herausgearbeitet hat.

Dem *Laokoon* folgen mehrere philologisch-antiquarische Abhandlungen, die das Resultat einer ins Persönliche spielenden Kontroverse mit dem hallensischen Altphilologen Christian Adolf Klotz darstellen. Zeitpunkt und inhaltliche Tendenz der Debatte kommen Lessing, der im Frühjahr 1767 als Dramaturg nach Hamburg berufen worden war, höchst ungelegen; die Streitschriften gegen Klotz entstehen neben der aufreibenden Theatertätigkeit und absorbieren sämtliche verfügbaren Kräfte. Die Arbeitsteilung der Hamburger Jahre scheint jedoch erneut charakteristisch für Lessings Vielseitigkeit und sein intellektuelles Profil: in der Sache ungebunden und universell interessiert, streitbar und kämpferisch, betrachtet er thematische Abwechslung und Polemik gleichermaßen als geistiges Lebenselixier.

Die *Briefe, antiquarischen Inhalts* und die Abhandlung *Wie die Alten den Tod gebildet* werden provoziert durch die publizistischen Attacken, die Klotz und seine Anhänger gegen den *Laokoon* inszenieren. Klotz hatte die Abhandlung zunächst wohlwollend besprochen, weil er Lessing, dessen Urteil allgemein geschätzt wurde, gern als Bündnisgenossen gewonnen hätte. Als der Umworbene auf die Avancen des Rezensenten nicht einging, entschloß sich Klotz zum gut vorbereiteten Angriff. In seiner Schrift *Über den Nutzen und Gebrauch der alten geschnittenen Steine und ihrer Abdrücke* (1768) warf er Lessing mangelnde Kenntnisse der antiken Kunst und obendrein Übersetzungsfehler vor, die zu falschen Folgerungen (etwa dem Hinweis auf die bildnerische Darstellung von Schlaf und Tod als verwandte Geniusknaben) geführt hätten; als Johann Jakob Dusch, den die *Literaturbriefe* als uninspirierten Vielschreiber abqualifiziert hatten, schließlich in einer Gefälligkeitsrezension von Klotz' Schrift behauptete, dieser habe Lessing „eines unverzeihlichen Fehlers in seinem *Laokoon* überwiesen", nahm der Angegriffene den Fehdehandschuh auf. Er antwortete mit einer Generalkritik, die Klotz' philologische Kompetenz und seine moralische Integrität gleichermaßen in Zweifel zog; die wesentlichen Partien dieser schneidenden Erwiderung, die zunächst von zwei Hamburger Zeitungen publiziert worden war, veröffentlichte Lessing wenig später im zweiten bis fünften und neunten der *Briefe, antiquarischen Inhalts*.

Den Endpunkt der Debatte mit Klotz, die nach ähnlichem Muster ablief wie die Lange-Kontroverse, markiert die Abhandlung *Wie die Alten den Tod gebildet*, die 1769 in Berlin erschien. Sie nimmt thematisch die (von Klotz attackierte) Anmerkung zum elften *Laokoon*-Kapitel auf, derzufolge die Antike Schlaf und Tod als Zwillinge dargestellt habe, und vertieft sie in entscheidenden Gesichtspunkten. Lessing greift zur Stützung seiner Hypothese auf eine Vielzahl von Bildbeispielen aus antiker Plastik, Malerei und Gebrauchskunst (geschnittene Steine, Münzen, Säulenornamente) zurück, die neuerlich seine profunde Gelehrsamkeit unter Beweis stellen und den beiläufigen Hinweis aus dem *Laokoon* wissenschaftlich fundieren. Hinter der antiquarischen Kontroverse mit Klotz steht mehr, als es zunächst den Anschein haben mag: Sie ist nicht allein ein Streit um die Bewertung antiker Kunstwerke, sondern unter der Oberfläche des akademischen Disputs auch ein Diskurs über das Verhältnis des Menschen zum Tod. Lessings Rekonstruktion der antiken Todesdarstellung ruft in Erinnerung, daß der Tod nichts Unheimliches, düster Bedrohliches besitzen muß (wie es die allegorischen Totentanz-Bilder des Mittelalters nahelegen), sondern als Ausruhen vom Leben und friedlicher Schlaf gedeutet werden kann. In welcher Weise Lessings Abhandlung zumal das Todesbild der Weimarer Klassik beeinflußte, belegt Goethes eindrucksvolle Reminiszenz in *Dichtung und Wahrheit*: „Am meisten entzückte uns die Schönheit jenes Gedankens, daß die Alten *den Tod als den* Bruder des Schlafs anerkannt, und beide, wie es Menächmen (= Zwillingsbrüdern) geziemt, zum Verwechseln gleich gebildet. Hier konnten wir nun erst den Triumph des

Schönen höchlich feiern, und das Häßliche jeder Art, da es doch einmal aus der Welt nicht zu vertreiben ist, im Reiche der Kunst nur in den niedrigen Kreis des Lächerlichen verweisen."

Die philologische Tätigkeit, zu der für Lessing stets auch das Geschäft des Übersetzens gehörte, wird in den Wolfenbütteler Jahren (1770–1781) verstärkt fortgesetzt. Lessings letzte Lebensdekade ist durchgängig geprägt von Editions- und Kommentierungsarbeit, von bibliothekarisch-archivarischen Studien, die für literaturkritische und poetologische Abhandlungen kaum noch Zeit lassen. Mit den „Wolfenbütteler Beiträgen" schafft sich Lessing ein Publikationsforum, das vom Herzog durch das Privileg der Zensurfreiheit begünstigt wird. Vermöge der „Beiträge" und der ihnen untergeordneten, unregelmäßig veröffentlichten Sammlung *Zur Geschichte und Literatur* soll der interessierte zeitgenössische Leser jeweils Ausschnitte aus Werken zu Unrecht vergessener Autoren kennenlernen und seine literarhistorische Bildung vertiefen (Absichten, die punktuell mit den Ambitionen von Lessings *Rettungen* übereinstimmen). Publiziert werden Fabeln aus der Zeit der Minnesänger, Gedichte des Barockpoeten Andreas Scultetus, Textauszüge aus Schriften von Leibniz, Reiseberichten Marco Polos und historischen Chroniken, die Lessing jeweils mit entstehungsgeschichtlichen Hinweisen, Sacherklärungen und biographischen Erläuterungen versieht.

Die dienende Tätigkeit des Sammelns, Edierens und Kommentierens läßt dabei für dezidierte Wertungen und programmatische poetologische Aussagen wenig Raum. Lessing versieht hier konsequent die Rolle des Archivars und Bücherkenners, der dem interessierten Publikum Einblicke in die (zu diesem Zeitpunkt noch recht ungeordneten) Wolfenbütteler Bibliotheksschätze verschaffen möchte. Daß er sich gleichwohl nicht auf das philologische Geschäft beschränken möchte, demonstriert die Publikation der Reimarus-Fragmente in den Jahren 1774 und 1777, die die „Wolfenbütteler Beiträge" zu einem Forum des theologischen Disputs werden läßt und Lessing in eine ebenso nervenaufreibende wie unerquickliche Kontroverse mit dem Hamburger Hauptpastor Johann Melchior Goeze verwickelt.

Der Theologe und Geschichtsphilosoph

Bereits vor der Wolfenbütteler Zeit hatte sich Lessing immer wieder mit theologischen Themen befaßt. Seine Abhandlungen über Cochlaeus und Cardanus erörtern Fragen der Dogmengeschichte, des Religionsvergleichs und der Schriftexegese; die als Wittenberger Dissertation vorgelegte Übersetzung von Juan Huartes *Prüfung der Köpfe zu den Wissenschaften* (1575) berührt im Vorwort das Problem des Wunderglaubens; die 1753 für die *Schriften* zusammengestellten *Briefe* analysieren eine Reihe von zentralen kirchengeschichtlichen Debatten über Heterodoxie und Häresie. Erst in der Wolfenbütteler Zeit rückt jedoch die Theologie in den Mittelpunkt von Lessings publizistischer Tätigkeit; erneut erweist sich dabei die polemische Auseinandersetzung als Katalysator für die Suche nach Wahrheit.

Im Jahr 1774 veröffentlicht Lessing in den „Wolfenbütteler Beiträgen" unter dem Titel *Von Duldung der Deisten* einen ersten Auszug aus Samuel Reimarus' *Apologie oder Schutzschrift der vernünftigen Verehrer Gottes*, die in den vierziger und fünfziger Jahren entstanden, aber zu Lebzeiten des 1768 verstorbenen Verfassers unpubliziert geblieben war. Lessing bezeichnet den Text als gelehrten Manuskriptfund aus den Beständen der Bibliothek, dessen Verfasser nicht eindeutig zu bestimmen sei, obgleich er die Handschrift zu Beginn der 70er Jahre in Hamburg aus den Händen von Reimarus' Tochter Elise erhalten und über die Identität des Autors nie Zweifel gehegt hatte. Die Herausgeberfiktion ist eine Schutzmaßnahme, die die Sicherheit der Familie garantieren soll (der Verfassername wird erst 1814 durch Reimarus' Sohn preisgegeben). Angesichts der Brisanz der hier vertretenen Auffassungen scheint Lessings Vorgehen durchaus verständlich und wohlbegründet. Der Hamburger Orientalist Reimarus bestreitet in seiner *Apologie* die zentralen Dogmen der christlichen Kirche beider Konfessionen. Er bezweifelt durchgängig die Wahrheit der Offenbarung und plädiert in Anlehnung an die Vorstellungen der englischen Deisten für eine strikt historische Lesart der Heiligen Schrift, die in den biblischen Erzählungen anschauliche Exempel ohne letzten theologischen Wahrheitsgehalt erkennen möchte. Die echten Glaubensinhalte sind für Reimarus verankert in der mündlichen Überlieferung der religiösen Gemeinschaft und grundsätzlich vom (jederzeit anfechtbaren) Sinn der Schrift zu unterscheiden.

Nachdem eine öffentliche Reaktion auf das 1774 publizierte erste Fragment und dessen Plädoyer für größere amtskirchliche Toleranz gegenüber freigeistigen Lehren ausgeblieben war, veröffentlicht Lessing 1777 fünf weitere Auszüge der *Apologie*, denen er fünf „Gegensätze" aus eigener Feder hinzufügt (darunter die ersten 53 Paragraphen der 1780 komplett veröffentlichten *Erziehung des Menschengeschlechts*). Lessings durchaus distanzierte Kommentare zu Reimarus' Thesen suchen den Mittelweg zwischen historisch gestützter Bibelexegese und Kritik des deistischen Rationalismus; sie liegen weder auf der Linie der Orthodoxie, noch schließen sie sich der neologischen Vernunftreligion des Fragmentaristen an. Gegen die Deisten betont Lessing, daß Offenbarung und Verstandesorientierung sich nicht widersprechen müßten; gegen die Glaubensartikel der Orthodoxie äußert er die Überzeugung, daß Religion und Bibel, christlicher Geist und Buchstabe der Schrift nicht zwangsläufig identisch seien: Es gelte die Möglichkeit des Irrtums auch für Moses' Schöpfungsbericht, die Ausführungen der Evangelisten und des Apostels in Rechnung zu stellen. Die biblische Erzählung ist für Lessing kein Dogma, sondern ein potentieller Gegenstand philologischer und historischer Betrachtung; dem orthodoxen Gedanken der Verbalinspiration, der im Wortlaut der Schrift einen von Gott gestifteten verbindlichen Sinn erkennt, konfrontiert Lessing damit erste Versuche einer historisch-philologisch begründeten Bibelkritik, deren Methode sich erst im 19. Jahrhundert allmählich durchsetzt.

Über die theologische Legitimität von Lessings Veröffentlichung und die Seriosität seiner Kommentare entbrennt Ende des Jahres 1777 ein erbitterter Streit mit dem Hamburger Hauptpastor Goeze, der als Vertreter einer streng orthodoxen Linie in Erscheinung tritt. Für ihn geht es zunächst um prinzipielle Probleme, die weniger die Religionskritik der publizierten Auszüge als vielmehr Lessings Anmerkungen betreffen. Statt sich mit Reimarus' Thesen zu befassen (die ihm als Ausdruck zutiefst verwerflicher Ketzerei gelten), attackiert Goeze den Herausgeber der Fragmente, der aus orthodoxer Sicht gegen das Prinzip der Exklusivität von Glaubensstreitigkeiten verstoßen und Grundsatzfragen in aller Öffentlichkeit behandelt hatte, die nach Meinung der Amtskirche allein unter Ausschluß des Laienpublikums erörtert werden durften. Während Lessing die Veröffentlichung der Fragmente auch seinem Herzog gegenüber als Beitrag zu einer offenen Diskussion über abweichende theologische Meinungen, ja als Versuch begründet hatte, deren geheime Ausbreitung im Interesse orthodoxer Positionen zu unterbinden, sieht der Hamburger Hauptpastor in ihr nur die publizistische Reklame für ketzerische Ansichten.

Zwischen Dezember 1777 und Juli 1778 tobt ein öffentlicher Disput, dessen Schärfe von Monat zu Monat zunimmt. Kritiken und Metakritiken, Repliken und Dupliken, *Axiomata* und *Parabeln* erscheinen in rascher Folge; auf jeden polemischen Angriff antworten die Kombattanten unverzüglich und ohne Aufschub. Lessing, der im Januar 1778 den Tod seiner Frau betrauern muß, sucht in der zunächst sachlich begonnenen Kontroverse Ablenkung von seinem privaten Schmerz, muß jedoch bald erkennen, daß die Konstellation eine andere ist als im Fall der früheren Auseinandersetzungen mit Lange und Klotz. Der Streit gilt hier keinen philologischen Details, über die objektiv geurteilt werden kann, keinen Übersetzungsschnitzern oder wissenschaftlich unlauteren Argumentationsstrategien; in der Debatte über die Reimarus-Fragmente hat Lessing keine Einzelperson zum Gegner, sondern die Autorität der Amtskirche, als deren Repräsentant Goeze fungiert. Der Antipode ist zwar rhetorisch durchaus geschickt, aber er läßt sich auf eine freie Erörterung der aus Lessings Sicht zentralen Fragen nicht ein. Das christliche Dogma der Offenbarungswahrheit steht für Goeze prinzipiell nicht zur Debatte; die Polemik gilt Lessings bildhaftem Stil, der Neigung zum Paradox und der theologisch laienhaften Argumentation, die er unter formalen Aspekten attackiert, ohne ihre Inhalte sachlich genauer zu würdigen.

Um den Gegner zu einer klaren Stellungnahme zu zwingen, publiziert Lessing im Mai 1778 auf dem Höhepunkt des Disputs ein letztes Reimarus-Fragment (*Von dem Zwecke Jesu und seiner Jünger*), das scharfe Angriffe gegen eine dogmatische Deutung des Neuen Testaments enthält. Kurz nachdem Goeze im zweiten Stück seiner Streitschrift *Lessings Schwächen* auf den Abdruck reagiert hat, schreitet die Obrigkeit ein: der Herzog entzieht seinem Hofrat und Bibliothekar im Juli 1778 das sechs Jahre zuvor bewilligte Vorrecht der Zensurfreiheit und zwingt ihn damit, seine Schriften vor der Publikation künftig der herzöglichen Behörde einzureichen. Im Fall der Goeze-Debatte bedeutet dies für Lessing, der mehrfach um die Wiederherstellung des alten Privilegs bittet, daß die Akten geschlossen werden müssen:

Zum Druck wären seine Streitschriften gegen den Hamburger Hauptpastor kaum freigegeben worden.

Die Goeze-Kontroverse ist theologiegeschichtlich bedeutsam, weil sie demonstriert, wie im Vorfeld einer historischen Bibelkritik über Fragen von Vernunft und Offenbarung gestritten wird. Noch war es ein weiter Weg zu einer philologischen Auseinandersetzung mit der biblischen Erzählung, zur Aufhebung des Dogmas der Verbalinspiration im Zeichen jener Entkoppelung von christlichem Geist und Buchstaben der Schrift, die Lessing gefordert hatte. Unabhängig von den theologischen Sachfragen, die dem heutigen Leser oftmals ferngerückt sind, beleuchtet die Debatte Lessings stilistische Brillanz, die Goeze gerade als Indiz unseriöser Argumentation und bedenklicher „Theater-Logik" anprangert: das Vergnügen am funkelnden Paradox, die Fähigkeit zu scharfer Ironie, Witz und bildhafter Diktion, die Tendenz zur ausschweifenden Reflexion, der es weniger um das Erreichen eines festen Ziels, als um den Weg zur Wahrheit ging.

Der Streit mit Goeze blieb für Lessing gleichwohl unbefriedigend, weil sein Ende nicht von ihm selbst diktiert wurde und der sachliche Konflikt objektiv kaum entscheidbar schien. Die Verbitterung, die in den letzten Lebensjahren Lessings Gemütsverfassung beherrschte, dürfte nicht zuletzt auf die desillusionierenden Erfahrungen im theologischen Disput mit der Amtskirche zurückzuführen sein. Ein Jahr vor seinem Tod veröffentlicht er ohne Namensnennung unter dem Titel *Erziehung des Menschengeschlechts* die für ihn gültige Quintessenz des Streits um das Verhältnis von Religion und Vernunft. Die Schrift geht davon aus, daß die Offenbarungswahrheiten der Bibel Hinweise auf einen durch Gott gesteuerten Erziehungsprozeß bieten, der den Menschen vom Stadium der rohen Unvernunft zur Vernunft, schließlich zur Wahrheit in Gott und zum Gipfel der Selbstvervollkommnung führt. Die Entwicklungsgeschichte des Einzelmenschen wird verstehbar als Analogon zur Evolution des Menschengeschlechts, die sich Lessing zufolge in der Spannung zwischen Altem und Neuem Testament abzeichnet. Spricht das Alte Testament durch seine anschaulichen Exempel und Erzählungen eher die kindliche Phase menschlicher Geistestätigkeit an, so spiegelt sich in den Botschaften des Neuen Testaments bereits die entfaltete Vernunft des aufgeklärten Individuums, die wiederum in einem harmonischen Zustand der gereiften Identität (als Produkt der Synthese von Rationalität und naiver Affektnatur) aufgehoben werden muß. Gegen die orthodoxe Vorstellung von der allgemein verbindlichen, im Bibelwort verankerten Wahrheit der Offenbarung, in der sich Gottes Macht und Gnade manifestieren, setzt Lessing die Idee, daß Gott als Erzieher eines zur Vervollkommnung seiner selbst berufenen Menschengeschlechts auftritt. Der Statik der orthodoxen Offenbarungsreligion konfrontiert er die Dynamik eines dialektischen Entwicklungsgedankens, der Menschheits- und Individualgeschichte als parallel ablaufende Prozesse betrachtet.

Lessings Abhandlung hat stark auf die geschichtsphilosophischen Theorien des deutschen Idealismus eingewirkt. Ihre spekulativ-optimistische Entwicklungshypothese, ihr triadisches Denkmuster, die methodische Verknüpfung von Theologie und Pädagogik, die Vorstellung der nie abschließbaren Perfektibilisierung des Menschen werden später durch Schiller, Novalis, Hölderlin, Schelling und Hegel aufgegriffen und systematisch fortgeführt. Schillers kulturhistorische Differenzierung von naiver Antike und sentimentalischer Moderne, Novalis' kühne Vision des goldenen Zeitalters, Hölderlins Theorie der „exzentrischen Bahn" zwischen Einfalt und höchster Bildung, Schellings Philosophie der Offenbarung und Hegels dialektische Geistmetaphysik in geschichtsphilosophischer Absicht wären ohne Lessings Erziehungsschrift schwerlich denkbar.

Fast parallel zu seinen theologischen Studien befaßt sich Lessing intensiv mit der Geschichte der Logenverbindungen und deren programmatischen Ansprüchen. Seit dem Jahr 1771 war er selbst Mitglied der Hamburger Loge „Zu den drei Rosen", der auch der Verleger Johann Joachim Bode, Johann Heinrich Voss, Matthias Claudius, die Gebrüder Stolberg und der Herzog Ernst von Gotha angehörten. 1778 erscheinen die ersten drei Gespräche des Dialogs *Ernst und Falk*, in dem Geschichte und Ethos des Logenwesens diskutiert werden; 1780 folgen zwei weitere Gespräche, die freimaurerische Postulate und Wirklichkeit der Logenverfassung miteinander vergleichen. Lessing geht es dabei nicht allein um eine Beschreibung der Praxis geheimer Verbindungen, sondern ebenso um die Reform ihrer selbstbestimmten Gesetze, um die Konzeption eines Logenwesens, das jedermann zugänglich ist und dem Individuum zu einem Höchstmaß an Selbstentfaltung verhilft. Idealiter fördern die Logen die auf Vernunftautonomie und soziale Unabhängigkeit gegründete

Glückseligkeit des Einzelnen, die nur dort garantiert wird, wo das menschliche Zusammenleben weitgehend frei von Reglementierungen und Zwängen bleibt. Als Keimzelle einer neuen sozialen Gemeinschaft sind die Logen, wie sie der Dialog beschreibt, auch schon die erste Stufe zur Überwindung staatlicher Institutionen schlechthin. Friedrich Heinrich Jacobi erinnert sich in einem Brief an Elise Reimarus wenige Wochen nach Lessings Tod an dessen Vision von der ‚Aufhebung der bürgerlichen Gesellschaft': „Ob er gleich in Staatsverfassungen kein Arg hatte, wie, nach Claudius, die Apostel in Aesthetik, so waren doch hier, wie überall, seine Grundbegriffe gesund und tief, denn er sah überhaupt das Lächerliche und Unseligmachende aller moralischen Maschinerien auf das lebhafteste ein. In einer Unterredung, die ich mit ihm hatte, kam er einmal so sehr in Eifer, daß er behauptete, die bürgerliche Gesellschaft müsse noch ganz aufgehoben werden; und so toll dieses klingt, so nah ist es dennoch der Wahrheit. Die Menschen werden erst dann gut regiert werden, wenn sie keiner Regierung mehr bedürfen. Drechseln läßt sich das nicht."

Die staatsphilosophischen Optionen von *Ernst und Falk*, deren revolutionäre Konturen Lessing nicht vollends vertieft hat, greifen knapp zwei Jahrzehnte später Hölderlin, Schelling und Hegel in produktiver Weise auf. Im sogenannten *Ältesten Systemprogramm des deutschen Idealismus* (1796) heißt es, in verblüffender Nähe zu den Formulierungen von Jacobis Gesprächsreminiszenz: „Die Idee der Menschheit voran, will ich zeigen, daß es keine Idee vom Staat gibt, weil der Staat etwas mechanisches ist, so wenig als es eine Idee von einer Maschine gibt. Nur was Gegenstand der Freiheit ist, heißt Idee. Wir müssen also über den Staat hinaus! – Denn jeder Staat muß freie Menschen als mechanisches Räderwerk behandeln; und das soll er nicht; also soll er *aufhören*."

Betrachtet man die Grundzüge von Lessings theoretischen Schriften, so bemerkt man, daß sich thematische und methodische Grenzen schwer ziehen lassen. Kritik, Poetik und Philologie gehen schon beim jungen Publizisten, der für zahlreiche Berliner Zeitungen und Wochenschriften tätig ist, ein festes Bündnis ein. Neben der Beschäftigung mit literarischen Neuerscheinungen tritt die detaillierte Analyse von Editionen älterer Texte, neben die knappe Buchrezension die philologisch gestützte Übersetzungskritik. Die *Briefe*, die Lessing am Beginn der fünfziger Jahre für seine *Schriften* zusammenstellt, demonstrieren diese Allianz bereits auf sehr anschauliche Weise. Behandelt werden Übertragungen antiker Autoren (wie Vergil und Horaz), aktuelle literarische und philosophische Werke (so Klopstocks *Messias* und Rousseaus Akademiepreisschrift von 1750), Fragen der Reimpoetik, der Kirchengeschichte und Etymologie. Das kritische Geschäft des Urteilens und Wägens verknüpft sich mit der Erörterung von Übersetzungsqualitäten, editorischen Leistungen, Textvarianten und Stileigentümlichkeiten antiker Werke. Hinter dieser methodischen Synthese scheint bereits ein spezifisches poetologisches Interesse auf, das sich nicht mehr in der Diskussion dichtungstheoretischer Normen erschöpft, sondern von einer geschichtlichen Perspektive geprägt ist, ohne daß dabei das Streben nach verbindlichen Werturteilen in den Hintergrund tritt: Die historischen Neigungen fördern keinen intellektuellen Relativismus, erweisen sich vielmehr als Korrektiv der philologischen Tätigkeit und ihrer präzisen Arbeit am Detail.

Von vergleichbarer Methodik sind die Plautus-Abhandlungen der *Beiträge zur Historie und Aufnahme des Theaters*, die Seneca-Studien der *Theatralischen Bibliothek* oder auch die Aufsätze zu Fabel und Epigramm beherrscht. In der Plautus-Analyse und in der Seneca-Studie werden unter der Oberfläche philologischer Pedanterie die Konturen einer neuen Theorie der dramatischen Motivierungstechnik sichtbar, die den Prinzipien der Kausalität und Logik unterworfen bleibt; die Fabel-Abhandlung demonstriert im Schatten einer peniblen Formanalyse die Möglichkeiten eines modernen Literaturbegriffs, der sich nicht mehr allein im wirkungsästhetischen Kalkül der älteren Aufklärungspoetik erschöpft; der Epigramm-Aufsatz führt vor Augen, inwiefern die Neueren von der Antike lernen können, ohne dabei ihre literarische Individualität einzubüßen. Noch der *Laokoon*-Schrift gilt die Synthese zwischen Philologie und Poetik als methodischer Königsweg: Ihre Theorie der dichterischen Illusionsbildung entfaltet sie unter dem Schutz einer detailreichen altertumswissenschaftlichen Argumentation, unaufdringlich und unprätentiös, in ihrer programmatischen Bedeutsamkeit auf den ersten Blick kaum erkennbar.

Selbst dort, wo Lessings philologische Neigungen die Oberhand gewinnen, ist doch stets poetologisches und kritisches Interesse im Spiel. Die *Rettungen des Horaz* (1754), die gegen Klotz gerichteten *Briefe, antiquarischen Inhalts* (1768) und die bisweilen ermüdenden Ausführungen zu den Textfunden der Wolfenbütteler Bibliothekarszeit (die in der Sammlung *Zur Geschichte und Literatur* seit 1773 kontinuierlich publiziert werden) bieten zwar vorwiegend Übersetzungskritik und editionsphilologische Analysen, suchen jedoch zugleich die Erörterung prinzipieller methodischer und sachlicher Probleme. Im Fall der Auseinandersetzung mit Lange geht es um die Frage nach der Wahrheit von tradierten Auffassungen über ein Werk und dessen Autor, um die Suspension überlieferter Ansichten, um eine tiefschürfende Horaz-Neudeutung im Namen aufgeklärter Vorurteilsfreiheit; in den Attacken gegen Klotz greift Lessing die Vielschreiberei eines ebenso eitlen wie machtbesessenen Gelehrten an, der mit einer Flut von Publikationen ein Maß an öffentlicher Wirksamkeit erreichte, das in keinem Verhältnis zu seinen wissenschaftlichen Fähigkeiten stand, und damit zur symptomatischen Figur einer Zeit wurde, deren ausgedehntes Journalwesen intellektuelle Mediokrität und Oberflächlichkeit zu fördern schien; in den Wolfenbütteler Kommentaren zu den *Fabeln aus den Zeiten der Minnesinger* bietet Lessing neben gediegenen literarhistorischen Kenntnissen nochmals poetologische Grundsatzorientierungen, zu denen auch eine Kritik an Bodmers und Breitingers Fabeltheorie gehört, die bereits die Abhandlungen von 1759 attackiert hatten.

Lessings kritische Methode gewinnt ihr eigenes Profil durch die Tendenz zur Synthese, die seinen ausgedehnten sachlichen Interessen Rechnung trägt. Friedrich Schlegel und Heinrich Heine sind es zumal, die diese Strategie später fortsetzen, freilich auf eingeschränkter thematischer Basis, konzentriert zumeist auf literaturkritische Gegenstände oder allgemeine ästhetische Fragen. Lessings Universalität bleibt auch im 18. Jahrhundert, als die Grenzen zwischen den Disziplinen unter dem Einfluß des alten humanistischen Wissenschaftsverständnisses noch offen waren, eine Ausnahmeerscheinung. Verbunden mit einer avancierten Methode, die die verschiedensten Themen zu verknüpfen vermag, bewahrt sie seinen theoretischen Schriften Reiz und Faszinationskraft bis zum heutigen Tag.

Lessings Trauerspiele

Im Gedächtnis unserer Zeit ist Lessing jedoch weniger als Autor des *Laokoon* oder der *Hamburgischen Dramaturgie* gegenwärtig als vielmehr durch sein dramatisches Œuvre, dessen Bühneneffizienz auch im 20. Jahrhundert außer Zweifel steht. Daß Lessings Dramen durch ihren geschliffenen Dialog und die Dynamik ihrer Handlungsführung in hohem Maße theatertauglich waren, erkannten schon die Zeitgenossen. Zu Lebzeiten des Autors wurden freilich die Akzente anders verteilt als in unseren Tagen: Im Mittelpunkt des Interesses stand damals die *Miss Sara Sampson*, die heute nur selten auf der Bühne zu sehen ist; das große dramatische Spätwerk, der *Nathan*, hat hingegen, nicht zuletzt aufgrund strenger Zensurvorschriften, erst zwei Jahre nach Lessings Tod seine Premiere erlebt.

Die *Miss Sara Sampson* bedeutete im Jahr 1755 den ersten großen Bühnenerfolg für Lessing. Sieben Jahre zuvor hatte man seinem *Jungen Gelehrten* in Leipzig bereits Respekt erwiesen, jedoch blieb die Uraufführung der Komödie durch die Neubersche Truppe ein singuläres Ereignis: Zwischen 1748 und 1755 war Lessing auf Deutschlands Bühnen nicht präsent. Erst die *Miss Sara Sampson* verschaffte ihm eine öffentliche Resonanz, die ihm die publizistischen Arbeiten der Berliner Jahre nur eingeschränkt eingetragen hatten. Nach kurzer Zeit galt Lessing als erster Dramatiker des deutschen Theaters – ein Ruf, der sich fast ausschließlich auf die *Miss Sara Sampson* und deren imponierende Publikumswirkung gründete.

Über die Entstehung von Lessings erstem abgeschlossenem Trauerspiel kursierte rasch eine Anekdote, die der Berliner Jurist und Kritiker Friedrich Wilhelm Basilius von Ramdohr 1792 erzählt: „Leßing war mit Mendelssohn bey der Vorstellung eines der französischen weinerlichen Dramen zugegen. Der letzte zerfloß in Thränen. Am Ende des Stücks fragte er seinen Freund, was er dazu sagte? Daß es keine Kunst ist, alte Weiber zum Heulen zu bringen, versetzte Leßing. Das ist leicht gesagt, aber nicht so leicht gethan, antwortete Mendelssohn. Was gilt die Wette, sagte Leßing, in sechs Wochen bringe ich ihnen ein solches Stück."

Lessing hält Wort: innerhalb eines guten Monats vollendet er in der Abgeschiedenheit Potsdams die *Miss Sara Sampson*, die seinem eigenen Anspruch, das Publikum zu Tränen zu rühren, vollauf gerecht wird. Bereits kurze Zeit nach der Vollendung erscheint das Drama im sechsten Teil der seit 1753 publizierten *Schriften*, im Juli wird es mit beträchtlichem Erfolg in Frankfurt an der Oder uraufgeführt, weitere Inszenierungen – in Leipzig, Berlin und Hamburg – folgen nach. Innerhalb der nächsten Jahre erobert sich die *Sara Sampson* eine Spitzenstellung unter den neueren deutschen Originaldramen; die prominentesten Schauspieltruppen der Zeit, die Gesellschaften von Schuch, Schönemann und Koch, zeigen Lessings Drama und machen es dem Publikum rasch bekannt. Bereits 1766 erklärt Johann Friedrich Löwen, *Miss Sara Sampson* sei „auf allen guten und schlechten Bühnen aufgeführet worden".

Die zeitgenössischen Beobachter wissen über eine imposante Bühnenwirkung zu berichten. Die „Zuschauer", so erzählt Ramler von der Frankfurter Premiere, hätten „drey und eine halbe Stunde zugehört, stille geseßen wie Statüen, und geweint". Ähnlich beeindruckt äußert sich Nicolai über eine Berliner Aufführung vom November 1756; Lessing gegenüber gesteht er, der Schlußakt habe ihn so stark gerührt, daß es ihm nicht mehr möglich gewesen sei, Tränen zu vergießen. David Grillo, der treue Gefolgsmann Gottscheds, berichtet Christoph Otto von Schönaich mit einem Anflug von Neid, Lessing habe nach der erfolgreichen Premiere keinen Anstand genommen, „sich öffentlich mit ausklatschen zu lassen".

Der zeitgenössische Theatererfolg des Trauerspiels ist nur dann erklärbar, wenn man sich vergegenwärtigt, an welchen Punkten es formale und thematische Neuerungen bot. In Deutschland war seit Gottscheds Bühnenreform zu Beginn der 30er Jahre der Typus des klassizistischen Dramas vorherrschend. Die französische tragédie classique mit ihren prinzipientreuen Heldenfiguren, deren Handeln Bewunderung, deren moralische Integrität den Nachahmungsdrang der Zuschauer erregen sollte, gehörte fest ins deutsche Theaterrepertoire. Wer sich an die Abfassung eines Originaldramas machte, folgte konsequent den klassizistischen Mustern: Tragische Helden mußten hohen Standes, ihre Taten heroisch sein; die getragene, versifizierte Sprache der Dialoge verstand sich von selbst, ebenso die thematische Bindung an die Darstellung von Haupt- und Staatsaktionen: Tragödientauglich waren nur jene Stoffe, die die moralischen Verstrickungen und sittlichen Konflikte der Großen dieser Welt zeigten.

Lessings *Miss Sara Sampson* ist das erste deutsche Trauerspiel, das mit den klassizistischen Vorbildern bricht und neue Wege geht, wie sie zuvor bereits die englischen Dramatiker (zumal George Lillo und Edward Moore) beschritten hatten. An die Stelle der majestätischen Heldenfiguren der tragédie classique traten empfindungsfähige Figuren, die den Zuschauer durch die Intensität ihrer Gefühle rühren und nicht Bewunderung, sondern mitleidige Anteilnahme erwecken sollten. In der dramatischen Praxis vollzieht Lessing damit folgerichtig nach, was Lillos *London Merchant* (*Der Kaufmann von London*, 1732) bereits vorbereitet und seine eigenen Ausführungen in der *Theatralischen Bibliothek* von 1754 theoretisch gewürdigt hatten: die Annäherung des Trauerspiels an die Affektkultur der comédie larmoyante.

Vom ‚Rührstück', wie es in Deutschland zumal Gellert eingeführt hatte, übernimmt die *Sara Sampson* die empfindsame Gefühlsdarstellung, die Tränenseligkeit und abgestufte Leidenschaftlichkeit der Figuren. Zum ‚bürgerlichen' Trauerspiel wird Lessings Drama weniger durch die sozialständische Fixierung seines Personals (das vorwiegend adliger Herkunft ist) als durch die von den dramatis personae vorgelebten Affekte und die an ihnen sich offenbarenden Werthaltungen: Altruismus, Mitleidsvermögen, Menschenliebe und Empfindungsfähigkeit, wie sie inbesondere Sir William und Sara demonstrieren, gehören zu jenen Tugenden, mit deren Hilfe sich der Bürger im Zuge seines moralischen Emanzipationsprozesses (der dem politischen vorangeht) vom Adligen abzugrenzen sucht.

Das bürgerliche Trauerspiel empfängt sein soziales Ethos durch die ständeübergreifende moralische Botschaft. Daß auch Nicht-Bürger bürgerlich denken und fühlen, beweisen Sir William und seine Tochter zur Genüge; die bürgerliche Wertwelt bleibt nicht gebunden an eine bestimmte gesellschaftliche Gruppe, sondern konstituiert sich durch ihr altruistisches Menschenbild und einen sittlichen Anspruch, der gerade die sozialständischen Grenzen zwischen den Individuen überwinden helfen will. Als erstes bürgerliches Trauerspiel der deutschen Literaturgeschichte weist Lessings *Sara Sampson* den Weg, den die Gattung künftig beschreiten wird: Auch die Nachfolgedramen von Pfeil, Brawe, Sturz und Schiller räumen (ebenso wie die sie begleitenden theoretischen Abhandlungen) der Darstellung allgemeinmenschlicher Tugenden größere Bedeutung ein als der spezifischen Bestimmung eines im gesellschaftlichen System fest verankerten bürgerlichen Sozialcharakters (den erst die Dramen des Stürmers und Drängers Jakob Michael Reinhold Lenz illusionslos in Szene setzen).

Lessings Trauerspiel findet rasch sein Publikum, weil es dem empfindsamen Zeitgeschmack entspricht, den bisher nur die Komödien Gellerts und die Romane der Engländer (Richardsons *Pamela*, 1740, Fieldings *Tom Jones*, 1749) zu befriedigen vermochten. Noch nie zuvor hatte ein Drama in Deutschland einen derartigen Wirbelsturm der Emotionen heraufbeschworen, noch nie waren aber auch menschliche Leidenschaften derart facettenreich und nuanciert zur Sprache gekommen wie in der *Sara Sampson*. Immer wieder kreisen die Reflexionen der dramatis personae um ihre wechselnden Affektzustände und Gemütsverfassungen. Die Rede ist von „Schrecken", „Schmerz", „Verzweiflung", „Angst", „Erbarmen", „Reue", „Zärtlichkeit", „Mitleid", „Rührung", „Bewunderung", „Wut", „Zorn", „Wollust des Vergebens" und „angenehmen Schmerzen". Lessings Drama präsentiert eine präzise Anatomie der Affekte, die nicht nur die schwankenden Gemütszustände der Figuren charakterisieren, sondern ihrerseits zur tragischen Verwicklung beitragen. Keine der dramatis personae ist imstande, die sie beherrschenden Leidenschaften zu kontrollieren: Das ‚Opfer' Sara, die Täterin Marwood, der lavierende Mellefont, der gerührte Vater, selbst der weinerliche Waitwell und der polternde Norton stehen in den entscheidenden Momenten unter dem Bann ihrer Gefühle, deren bedrohlicher Eigendynamik sie sich nicht entziehen können. Jenseits des moralischen Konflikts, der durch das Spannungsfeld von Verführung und Tugend, von Wahrheit und Intrige, Altruismus und Egoismus geprägt ist, liegt das geistige Zentrum des Trauerspiels dort, wo der Mensch als Opfer seiner Affekte in Erscheinung tritt, dessen Selbstbestimmungsanspruch immer wieder an der Macht des Irrationalen zuschanden wird.

Zugleich führt Lessing seinem Publikum vor Augen, daß die Erziehung des Menschen zur Mündigkeit nicht allein auf die Entwicklung seiner Vernunftkräfte gestützt werden kann, sondern ihrerseits der Ergänzung durch eine emotionale Komponente bedarf: Beherrschung, nicht Unterdrückung der Leidenschaften, Kontrolle statt Eliminierung der Affekte bleibt das Ziel der von Lessing vertretenen Aufklärungsidee. Ihre Quelle hat sie in der britischen Moral-sense-Philosophie, wie sie vor allem Shaftesbury und Hutcheson systematisch entwickelt haben. Deren erzieherische Programmatik setzt ganz auf die Ausbildung der natürlichen Empfindungsfähigkeit des Menschen, die wiederum ein grundlegendes Gefühl für Moralität und Sittlichkeit zu fördern vermag. Solange jedoch das Ziel der moralischen Sensibilisierung durch Verfeinerung der Affektkultur praktisch nicht erreicht ist, fällt es nach Lessings Ansicht dem Trauerspiel zu, an den düsteren Fällen gescheiterter Pädagogik die Notwendigkeit einer gründlicheren Erziehung des Individuums einzuschärfen.

Zwischen der *Sara Sampson* und der *Emilia Galotti* liegen siebzehn Jahre, in denen Lessing lediglich die *Minna von Barnhelm* und den kurzen *Philotas* abgeschlossen, daneben aber eine Vielzahl von Stoffen durchgespielt hat, ohne eine gültige Form für sie zu finden. Im Zentrum der Bemühungen steht, mehrfach aufgenommen, aber nie abgeschlossen, Lessings *Faust*-Projekt; unter dem Schutz einer Herausgeberfiktion publiziert er 1759 im 17. Literaturbrief aus seinem Fragment die dritte Szene des zweiten Akts, um mit ihrer Hilfe zu beweisen, daß auch die Deutschen imstande seien, dem dramatischen Vorbild Shakespeare nachzueifern, wenn sie nur die passenden Sujets wählten. In späteren Jahren hat Lessing des öfteren erwogen, den *Faust* zum Abschluß zu bringen, ist jedoch nie über die Konzeption weniger Szenen hinausgelangt.

Vollendet hat Lessing im Gefolge der *Sara Sampson* zunächst nur den *Philotas*, der mit seiner strengen Form, dem knappen Dialog und der Darstellung einer heroischen Grundsituation wie ein Rückfall in die theoretisch längst verabschiedete tragédie classique wirkt. Philotas, der junge Held der Tragödie, sucht, nachdem er dem feindlichen König Aridäus in die Hände gefallen ist, den Freitod, um die Schmach seiner militärischen Niederlage zu überwinden und seinem Vater strategische Vorteile zu verschaffen. Er stirbt stolz und aufrecht, in der festen Überzeugung, den richtigen Schritt getan zu haben, betrauert vom empfindsamen Aridäus, der am Ende eine entschiedene Absage an Politik und Krieg, an Gewalt und Unversöhnlichkeit formuliert.

Es wäre gewiß falsch, das Trauerspiel als Versuch einer in antikem Gewand steckenden Preußenverherrlichung vor dem Hintergrund des Siebenjährigen Krieges zu lesen. Anders als seine Freunde Gleim und Kleist, die mit ihren friderizianischen

Dithyramben Preußens Gloria besangen, bewahrte sich Lessing eine entschiedene Reserve gegenüber sämtlichen Formen des Patriotismus. „Ich habe“, erklärt er Gleim im Februar 1759, „überhaupt von der Liebe des Vaterlandes (...) keinen Begriff, und sie scheinet mir aufs höchste eine heroische Schwachheit, die ich recht gern entbehre.“ Zehn Jahre später heißt es in einem Schreiben an Friedrich Nicolai noch entschiedener und mit grundsätzlicher Tendenz über Preußen: „(...) lassen Sie einen in Berlin auftreten, der für die Rechte der Unterthanen, der gegen Aussaugung und Despotismus seine Stimme erheben wollte, wie es sogar in Frankreich und Dänemark geschieht: und Sie werden bald die Erfahrung haben, welches Land bis auf den heutigen Tag das sklavischste Land von Europa ist.“

Der *Philotas* markiert keinen Bruch mit der antipatriotischen Gesinnung Lessings, so wenig, wie er eine Revision der kritischen Urteile über den französischen Klassizismus bedeutet. Kaum zu übersehen ist die subtile Ironie, mit der Lessing den jugendlichen Helden charakterisiert; sein Selbstmord erscheint als radikaler Ausdruck jener ‚heroischen Schwachheit‘, die der Brief an Gleim anprangert, als Zeichen der Unvernunft und mangelnden Reife. Philotas besitzt keineswegs die Statur des bewunderungswürdigen Heroen, sondern lediglich das Format des Nachahmers, der weit davon entfernt scheint, wirklich autonom zu handeln. Lessing bedient sich hier der Form des klassizistischen Dramas, um seinen Wirkungsanspruch und das mit ihm verknüpfte Weltbild als gleichermaßen anachronistisch zu entlarven. Nicht Bewunderung, sondern Mitleid soll die Tragödie idealiter erwecken, nicht zu heroischen Taten aufreizen, sondern Menschenliebe und Selbstlosigkeit ausbilden helfen. Helden vom Schlage eines Philotas gehören damit der Vergangenheit an; Lessings Trauerspiel will sie nicht wieder zum Leben erwecken, sondern ihren obsoleten Charakter unter Beweis stellen.

In den fünfzehn Jahren zwischen 1757 und 1772 befindet sich Lessing fast ständig auf der Suche nach einem passenden Tragödienstoff. Ende 1757 arbeitet er kurzzeitig an einer *Virginia*, aus der später die *Emilia Galotti* hervorgeht; parallel zum *Philotas* entsteht 1758 das *Kleonnis*-Fragment, eine Kriegstragödie, deren Entwurf freilich rasch abgebrochen wird. Dem *Faust* folgen zahlreiche fragmentarische Skizzen, darunter *Der Horoscop* (1758), *Phatime* (1759), *Alcibiades* (1763), *Die Witzlinge* (1763),

Der Schlaftrunk (1766), *Der Galeerensklave* (1768) und der *Spartacus* (1771), die sämtlich über wenige Szenen nicht hinausgeführt und auch später nicht vollendet wurden.

Die *Emilia Galotti*, 1772 abgeschlossen und im selben Jahr erstmals vor Publikum gezeigt, weist die längste Inkubationszeit von sämtlichen Dramen Lessings auf. Dem Stoff begegnet der Autor schon frühzeitig: mit einiger Sicherheit hat er während seiner Schulzeit die Geschichte des römischen Bürgers Virginius, der seine Tochter tötet, um sie vor den Nachstellungen eines Patriziers zu schützen, durch die Lektüre von Livius *Ab urbe condita* (Ende 1. Jh. v. Chr.) kennengelernt. 1754 veröffentlicht er in der *Theatralischen Bibliothek* Luyandos spanische *Virginia*-Tragödie (1750), ein Jahr später rezensiert er Johann Samuel Patzkes deutsche Bearbeitung für die „Berlinische privilegierte Zeitung". Um die Jahreswende 1757/58 sitzt er über seiner eigenen *Virginia*, mit der er sich an einem von Nicolais „Bibliothek der schönen Wissenschaften und Künste" veranstalteten Preisausschreiben beteiligen möchte. Als es ihm nicht gelingt, das Manuskript termingerecht abzuschließen, läßt er die Arbeit zunächst liegen. Erst gegen Ende des Jahres 1771 setzt er, nach der endgültigen Etablierung in Wolfenbüttel, die Beschäftigung mit dem Stoff fort; die fünfaktige Tragödie wird, nun unter dem neuen Titel, im März 1772 zu Ehren des Geburtstags der Herzogin in Braunschweig uraufgeführt.

Gegenüber seinem Bruder Karl nennt Lessing das Trauerspiel „eine modernisirte, von allem Staatsinteresse befreyete Virginia"; an den Herzog schreibt er wenige Tage vor der Premiere, die *Emilia Galotti* sei „weiter nichts als die alte Römische Geschichte der Virginia in einer modernen Einkleidung". Lessing tut gut daran, seinen obersten Dienstherrn zu beschwichtigen und die politische Brisanz zu kaschieren, die in der szenischen Konstellation des Dramas steckt. ‚Von allem Staatsinteresse' befreit ist das Trauerspiel nur auf den ersten Blick; die ‚moderne Einkleidung' des alten Stoffs besteht gerade darin, daß hinter dem vermeintlichen Privatkonflikt um bürgerliche Unschuld, Tugend und Verführung eine weitere Dimension auftaucht, in der Lessings aktualisierte Virginia wie ihre römische Schwester als Opfer sozialer Machtverhältnisse kenntlich wird.

Das Trauerspiel, das ohne die spezifizierende Gattungsbezeichnung der *Miss Sara Sampson* auskommt, gleichwohl aber durch die Darstellung der von den Galottis und Appiani repräsentierten bürgerlichen Wertewelt geprägt scheint, liefert in der Gestalt des Prinzen das subtile Psychogramm eines ‚Absolutisten des Herzens', in dem sich erotisch gefärbte Empfindsamkeit und politische Willkür zu einem gefährlichen Gemisch verbinden. Daß Emilia in der vom Prinzen ausgehenden ‚Verführung' am Schluß die ‚wahre Gewalt' zu erkennen glaubt, erinnert auch daran, daß diese verknüpft ist mit den politischen Verhältnissen, wie sie nicht nur in Lessings fiktivem italienischen Duodezfürstentum, sondern ebenso in den absolutistisch regierten Kleinstaaten Deutschlands herrschten: Nur weil der Verführer zugleich als Machthaber fungiert, kann seine Verführung ‚wahre Gewalt' werden. Aus dieser Perspektive scheint es wenig sinnvoll, den innerbürgerlichen Konflikt, wie er sich am Schluß in der Tötung der Tochter durch den Vater manifestiert, gegen die politische Dimension der Tragödie auszuspielen. Lessing gelingt es mit souveräner Meisterschaft, beide Ebenen zusammenzuführen und ineinander zu spiegeln: die erotische Rücksichtslosigkeit des Prinzen ist immer auch Ausdruck seiner absolutistischen Machtposition, und die Ohnmacht des bürgerlichen Vaters läßt sich nicht allein auf seine politische Unmündigkeit zurückführen, sondern bleibt in wesentlichen Punkten das Resultat eines wirklichkeitsfremden Moralverständnisses, das im Erfahrungsentzug die sicherste Garantie für die Tugend der Tochter sieht und weit davon entfernt scheint, Harmonie zwischen Herz und Verstand herstellen zu können.

Emilias Tod bedeutet, entgegen einer verbreiteten Meinung, keinen Rückfall in das von Lessing theoretisch scharf kritisierte Genre der Märtyrertragödie. Das tragische Ende bezeichnet zugespitzt die besondere Problematik einer bürgerlichen Tugendauffassung, deren wesentliche Prämisse die strategische Abschirmung nach außen zu sein scheint. Emilia stirbt nicht aus moralischer Überlegenheit, sondern ist moralisch überlegen einzig im Tod: Nur die Auslöschung der physischen Existenz garantiert die sittliche Integrität der bürgerlichen Tochter. Auch hier bestätigt sich aber, daß Lessings subtile dramatische Kunst mehrere Perspektiven offenhält: neben der destruktiven Sprengkraft eines einseitig gefaßten bürgerlichen Moralbegriffs ist es die Gewalt des despotischen Verführers, die ihrerseits das blutige Ende provoziert. Kritik eines verengten Tugendkonzepts und Verwerfung des Absolutismus schließen sich gerade nicht aus, sondern treten am Ende des Trauerspiels zusammen.

Für die dramatische Form der *Emilia Galotti* bleibt die wirkungspoetische Grundlegung der Gattung verbindlich, die Lessing in der *Hamburgischen Dramaturgie* geliefert hatte. Zu ihr gehört auch die gegen Weißes Adaption von Shakespeares *Richard III.* ins Feld geführte Theorie der inneren Schlüssigkeit der Figurengestaltung. Das Drama muß Lessing zufolge ein Modell der von Gott geschaffenen Welt liefern, ohne dabei die Proportionen zu verzerren, die in der Wirklichkeit herrschen. Im Sinne des von Leibniz formulierten Theodizee-Gedankens geht die *Hamburgische Dramaturgie* davon aus, daß eine göttliche Vorsehung die innerweltliche Existenz des Menschen auf bestmögliche Weise einrichtet und gestaltet. Die szenische Darstellung eines wüsten Bösewichts, wie ihn Shakespeare und Weiße mit Richard III. vorführen, verstößt daher gegen das Theodizee-Modell und die gesunde Menschenkenntnis gleichermaßen; das dramatische Ungeheuer findet in Lessings Theaterwelt keinen Platz (weshalb auch seine Intriganten – Marwood, Marinelli, Riccault – durchaus noch humane Züge tragen). Jedes Werk der Bühnenkunst, so heißt es im 79. Stück der *Hamburgischen Dramaturgie* grundsätzlich, „sollte ein Schattenriß von dem Ganzen des ewigen Schöpfers sein; sollte uns an den Gedanken gewöhnen, wie sich in ihm alles zum Besten auflöse, werde es auch in jenem geschehen (...)"

Zu einer am aufgeklärten Theodizee-Gedanken ausgerichteten Dramatik gehört laut Lessing neben der Vermeidung von Übertreibungen auch die Orientierung an einem kausallogischen Handlungsaufbau, bei dem ein Ereignis folgerichtig aus dem anderen hervorgeht. Die *Emilia Galotti* entspricht diesem Gebot der rationalen szenischen Ökonomie auf mustergültige Weise, wie schon zeitgenössische Rezensenten vermerkt haben: Exposition, Verknüpfung, Glückswechsel und Katastrophe scheinen jeweils genau motiviert, das Geschehen gehorcht in jeder Phase einem rationalen Gesetz und gerät an keinem Punkt unter die Regie des Zufalls. Wie eine Bestätigung dieses dramatischen Prinzips des zureichenden Grundes, das in Lessings rationaler Weltauffassung verankert ist, klingt dann das Diktum der Gräfin Orsina, die dem höfischen Intriganten die Leviten liest: „Glauben Sie mir, Marinelli: das Wort Zufall ist Gotteslästerung. Nichts unter der Sonne ist Zufall (...)" (IV, 3)

Es ist dieses optimistische Vertrauen in die vernünftige Organisation des Weltlaufs, das auch die szenische Konstruktion von

Lessings Trauerspiel bestimmt. An ihrem rationalen Kalkül haben die jüngeren Autoren der Genieperiode ebenso wie später die Romantiker Anstoß genommen. Daß alles „nur gedacht" sei und „nicht einmal Zufall oder Caprice" im dramatischen Geschehen eine Rolle spielten, bemängelt Goethe in einem Brief an Herder vom Juli 1772. Berühmt ist Friedrich Schlegels Bemerkung, die *Emilia Galotti* erscheine als „großes Exempel der dramatischen Algebra", als „in Schweiß und Pein produziertes Meisterstück des reinen Verstandes", das man „frierend bewundern" müsse, ohne es je lieben zu können. Wenn das 19. Jahrhundert Zweifel an Lessings poetischem Vermögen formuliert, pflegt es sich auf diese Charakteristik zu besinnen; der Vorwurf des dramaturgischen Rationalismus avanciert bald zum Lieblingsthema der kritischen Lessing-Rezeption.

Ernste Komödie und dramatisches Gedicht

In der *Minna von Barnhelm* führt Lessing die Auseinandersetzung mit den Möglichkeiten der Komödie fort, die bereits seine literarischen Anfänge in St. Afra und Leipzig bestimmt hatte. Wesentliche Teile des Lustspiels entstehen 1763 in Breslau, wo Lessing als Sekretär des Generals von Tauentzien Gelegenheit hat, das preußische Offiziersmilieu authentisch zu erleben; er nimmt an geselligen Veranstaltungen der Garnison teil und gilt allenthalben als passionierter Baccarat-Spieler, der seiner Leidenschaft manche Nächte opfert. Goethe hat in *Dichtung und Wahrheit* gerade den handfesten Charakter der *Minna von Barnhelm* und die Wirklichkeitsnähe ihrer Figuren gelobt. Wirft er der *Emilia Galotti* die rationale szenische Konstruktion vor, so rühmt er an der *Minna*, daß sie eine milieuechte Darstellung der Verhältnisse im Umfeld des Siebenjährigen Krieges liefere, in die die Erfahrungen von Lessings eigenem „Wirtshaus- und Weltleben" eingeflossen seien.

Lessings Komödie, die kurz nach dem Hubertusburger Friedensschluß zwischen Preußen und Sachsen entstand, bietet Goethe zufolge das private Nachspiel der politischen Verwicklungen; die mühselige Annäherung zwischen Minna und Tellheim erweist sich als Spiegel des schwierigen Versöhnungsprozesses, der die verfeindeten Mächte Sachsen und Preußen allmählich zusammenführt: „Durch den politischen Frieden konnte der

Friede zwischen den Gemütern nicht sogleich hergestellt werden. Dieses aber sollte gedachtes Schauspiel im Bild bewirken. Die Anmut und Liebenswürdigkeit der Sächsinnen überwindet den Wert, die Würde, den Starrsinn der Preußen, und sowohl an den Hauptpersonen als den Subalternen wird eine glückliche Vereinigung bizarrer und widerstrebender Elemente kunstgemäß dargestellt."

Goethes Anmerkung hebt nicht zufällig die differenzierte Darstellung der verschiedenen Charaktere als besonderes Merkmal von Lessings *Minna* hervor. Die nuancenreiche Figurenpsychologie des Lustspiels bedeutet zugleich die endgültige Überwindung der sächsischen Typenkomödie, in deren Bann Lessings Frühwerk gestanden hatte. Schon die früheren Lustspiele zeigen Ansätze zur Distanzierung von einer Formtradition, die der dramatischen Figur a priori feste Funktionen zuordnete und sie unter das Patronat verbindlicher Wirkungsabsichten stellte. Grundsätzlich bleiben Lessings Jugendkomödien den Mustern der Italiener und Molières verpflichtet: Durchgängig führen sie eine Sonderlingsfigur vor, deren Fehlhaltung mit satirischen Mitteln bloßgestellt und im Fortgang des szenischen Geschehens vermöge einer geschickt gesponnenen Intrige überwunden wird. In den besten seiner frühen Komödien zeigt Lessing jedoch schon Ansätze zur Ausweitung der Typenfiguren zum differenzierteren Charakter. Weder der Adrast des *Freigeist* noch der Baron in den *Juden* lassen sich auf die Funktion des verblendeten Narren und Einzelgängers beschränken, wie ihn der Damis des *Jungen Gelehrten* oder der Wumshäter des *Misogyn* verkörpern. Sie weisen ambivalentere Charakterzüge und damit Aspekte jener dramatischen Individualität auf, die die Form der Typenkomödie ihren Protagonisten zumeist vorenthält.

Den Weg zur Individualisierung des Personals beschreitet mit aller Konsequenz erst die *Minna von Barnhelm*. Ihr Reiz besteht darin, daß sie zunächst noch ganz dem Muster des Typenlustspiels gehorcht, dessen starre Logik sich jedoch Zug um Zug auflöst und in eine facettenreiche dramaturgische Konstellation überführt. In Tellheim stellt Lessing einen Charakter dar, der an manchen Punkten dem traditionellen Komödientypus entspricht, ohne vollends in ihm aufzugehen: Seine Ehrversessenheit ist die (vermeintliche) Marotte, die ihn zum verbohrten Sonderling zu bestimmen scheint, der sich Minnas entschlossenen Werbungsversuchen und den Hilfsangeboten seiner Bediensteten konsequent widersetzt. Von der einsinnigen Wirkungsökonomie der traditionellen Typenkomödie unterscheidet sich jedoch die *Minna* in zwei erheblichen Momenten, die sich am Schluß des Dramas mit ganzer Klarheit offenbaren: Tellheims Ehrauffassung ist keineswegs Ausdruck bornierter Verblendung, sondern, zumindest in ihren übersteigerten Zügen, das Produkt einer tiefgreifenden Kränkung, über deren Hintergründe der Zuschauer (ebenso wie Minna selbst) erst im vierten Akt ins Bild gesetzt wird. Das glückliche Ende des Dramas, das die Typenkomödie als zwangsläufige Konsequenz einer mit rationalem Kalkül inszenierten Intrige vorzuführen pflegt, folgt hier aus dem Gnadenakt des Königs, der Tellheims soziale Rehabilitierung bewirkt, und gehorcht damit der Logik der antiken Komödienhandlung, die den Deus ex machina, nicht aber den Menschen zum Herren des Geschehens erhebt.

Tellheim, so viel wird im vierten Akt deutlich, hat gute Gründe, auf der Klärung einer Situation zu bestehen, die ihn in den Verdacht der Unterschlagung bringt. Der Major ist nicht das Opfer überzogener Ehrauffassungen, sondern objektiv Geschädigter; die äußere Lage, über deren Hintergründe das Publikum erst allmählich Klarheit gewinnt, läßt Tellheims Beharrlichkeit verständlich erscheinen und begründet seine Prinzipientreue, die hier weniger der Ausdruck preußischer Borniertheit als Zeichen der Verletzlichkeit und Enttäuschung ist. In dem Maße, in dem die Komödie den scheinbaren Fehler ihres Protagonisten aus den Ereignissen der Vergangenheit herleitet und psychologisch motiviert, entfernt sie sich vom Typenlustspiel und seiner funktionalen Figurengestaltung. Möglich wird diese Distanzierung durch die Annäherung an die Form der Tragödie: Der vierte Akt der *Minna* bietet, was Schiller, auf den *König Oedipus* des Sophokles bezogen, eine „tragische Analysis“ genannt hat: die Aufhellung der Vorgeschichte, die die aktuelle dramatische Verwicklung und die individuellen Verstrickungen der Protagonisten näher begründet.

Ähnlich bedeutsam wie die Annäherung an tragische Formmuster ist die dramatische Motivierung des glücklichen Komödienendes. In der *Minna* bleibt es nicht dem Verstand der Figuren, sondern einer äußeren Instanz – dem König – überlassen, die nötigen Voraussetzungen für die Versöhnung der streitenden Parteien und die Harmonisierung der Verhältnisse zu

anfangs einander opponierenden Vertreter der unterschiedlichen Glaubensrichtungen im Zeichen universellen Einverständnisses zusammenführt – eine bildhaft bekräftigte Vision, mit der Lessing nochmals seine undogmatische, jeder orthodoxen Verhärtung widerstreitende Vorstellung einer in praktischer Toleranz sich vollendenden Konfessionsbindung zu beleuchten sucht.

Dem Kreis der am Schluß versöhnten Akteure entzieht sich einzig der Patriarch, den Lessing als Vertreter der Orthodoxie seiner eigenen Zeit in historischer Maske satirisch überzeichnet hat. Schon früh glaubte man hinter der knappen Diktion und den apodiktischen Urteilen der Figur den intellektuellen Habitus des Hamburger Hauptpastors Goeze zu erkennen. Wenn der Patriarch den ratsuchenden Tempelherrn inquisitorisch auf die Probe stellt und zu prüfen sucht, ob der von ihm berichtete Kasus vom Juden, der ein Christenkind nach seiner eigenen Konfession erzieht, authentisch sei, so bedient er sich ähnlicher Wendungen wie Goeze im dritten Stück von *Lessings Schwächen*: „Denn ist der vorgetragne Fall nur so / Ein Spiel des Witzes: so verlohnt es sich / Der Mühe nicht, im Ernst ihn durchzudenken. / Ich will den Herrn damit auf das Theater / Verwiesen haben, wo dergleichen pro / Et contra sich mit vielem Beifall könnte / Behandeln lassen." (IV, 2) Von der „Theater-Logik" der Lessingschen Argumentation spricht polemisch auch der Hamburger Hauptpastor, dessen kaltsinnige Dogmatik der *Nathan* im Porträt des Patriarchen bloßzustellen sucht.

Die Form des *Nathan* weist einige für Lessing typische Stilmuster auf, bietet aber gegenüber den früheren Dramen auch neue Aspekte. Vertraut mutet die Einarbeitung komischer Dialogelemente in die ernste Handlung an: Ironie, Wortwitz, geschliffene Paradoxien und sarkastische Pointierungen begegnen an zahlreichen Stellen; dieselben rhetorischen Mittel verwendet Lessing schon dreißig Jahre früher im *Jungen Gelehrten*. Ungewohnt ist die Verwendung des Blankverses, der hier erstmals für ein deutsches Drama fruchtbar gemacht wird. Schiller greift ihn im *Don Karlos* auf und setzt ihn fortan in sämtlichen seiner großen klassischen Dramen ein; auch Goethe wird sich seiner besinnen und ihn zumal in der *Iphigenie auf Tauris* mit größter Meisterschaft nutzen. Daß nach den Jahren des dramatischen Prosastils, der unabdingbar zum bürgerlichen Trauerspiel gehörte, wieder ein höheres Maß an formalem Kunstcharakter den Dialog regierte, haben nicht nur die Weimarer Klassiker, sondern auch spätere Generationen als wichtigste Innovation des *Nathan* gewürdigt. Lessings sprachliche Meisterschaft äußert sich zumal darin, daß die Verstechnik an keiner Stelle die Spannkraft des Dialogs stört, sie vielmehr fördert und die Diktion beweglich hält.

Die dramatische Handlung des *Nathan* ist mit epischen Elementen durchwirkt, wie sie sich primär in der Ring-Erzählung, aber auch in Dajas Bericht von der Rettung Rechas (I, 1) oder in der Erzählung des Klosterbruders (IV, 7) abzeichnen. Im Gegensatz zur unerhörten Dynamik der *Emilia Galotti* prägt den *Nathan* eine gewisse Statik; angesiedelt im Zwischenfeld von dialogisierter Erzählung und didaktischem Drama, ist er auch im engeren Sinne gattungspoetisch nicht verbindlich zu verorten. Im Untertitel nennt Lessing sein Werk ein „dramatisches Gedicht" (Schiller übernimmt die Bezeichnung später im *Don Karlos*) und signalisiert damit, daß er es auf keine eindeutige Zuordnung festlegen möchte. Der vorsichtigen Selbstcharakterisierung entspricht die virtuose Mischung von tragischen und komischen Stilelementen, die dem *Nathan* sein eigenes Gepräge verleihen. Lessing führt damit die formalen Tendenzen fort, die bereits *Minna von Barnhelm* und *Emilia Galotti* bestimmten; schon hier ließ sich erkennen, daß Tragödie und Komödie bei ihm nicht schroff geschieden sind, sondern, gemäß den älteren Ausführungen der *Theatralischen Bibliothek*, im Zuge eines dramengeschichtlichen Entwicklungsprozesses sukzessive zusammentreten. Ihr Verhältnis scheint, wie es die Schlußakte der *Minna* demonstrieren, dialektisch geprägt: In der komischen Verwicklung schlummert bisweilen die tragische Dimension, der tragischen Verstrickung kann häufig die komische Lösung beikommen. In der Geschichte der deutschen Literatur ist ein derartiges Bündnis der Gattungen selten geblieben; auch unter diesem Aspekt läßt sich der *Nathan* als literarisches Ausnahmephänomen bewerten: Nur punktuell hat er Nachfolger gefunden, fortgesetzt wurden seine Innovationen nie in voller Konsequenz.

Leitmotive der Wirkungsgeschichte

Ein Blick auf die Zeugnisse der inzwischen über zweihundert Jahre währenden Lessing-Rezeption belehrt darüber, daß das Bild des Autors frühzeitig durch eine Reihe standardisierter

Topoi geprägt wurde, die oft nur in geringfügiger Variation wiederkehren. Auffällig bleiben Konstanz und Kontinuität der Werturteile über Lessing und seinen historischen Standort; die Amplituden, denen die Einschätzung seiner literarischen Leistung unterliegt, sind vergleichsweise gering, Verehrung und Kritik äußern sich durchweg moderat und, trotz gelegentlicher Neigung zur Heroisierung, auf der Grundlage rationaler Argumentation. Anders als Goethe und Schiller wurde Lessing nie zum Vollender der deutschen Literatur erklärt; anders als die Weimarer Klassiker blieb er aber auch vor rigiden Angriffen geschützt: Lessing, so scheint es, ist kein Objekt des literarischen Königsmords, wie ihn Börne an Goethe oder Nietzsche an Schiller verübt haben. Es gibt keinen deutschen Autor von Rang, der Lessing öffentlich beschimpft, keinen Intellektuellen von Gewicht, der ihn systematisch attackiert hat.

Die Kehrseite dieses schonenden Umgangs mit dem ersten Klassiker der Deutschen ist der Verzicht auf emphatisches Lob. Lessings Werk klärt den Verstand auf, aber läßt, so scheint es, das Herz unberührt; man würdigt es, doch liebt man es nicht. Als „Glut ohne Flamme" bezeichnet schon Germaine de Staël im Jahr 1813 Lessings intellektuelles Wirken: es verbreite lichtvolle Erkenntnisse, ohne dabei unmittelbar zu berühren. Wohl kein Motiv begegnet in der Geschichte der Lessing-Rezeption so häufig wie der Hinweis auf den unpoetischen Charakter des literarischen Œuvres. Durchgängig wird der Vorrang der kritischen Tätigkeit vor der im engeren Sinne dichterischen betont; avancierte Deutungen versuchen, den Gegensatz zu überbrükken, indem sie Lessings gesamtes Werk unter den Oberbegriff der kritischen Publizistik stellen, dem auch die poetischen Arbeiten als Beiträge zur Klärung theoretischer Fragen subsumiert werden (so die Tendenz bei Friedrich Schlegel). Die Gründe für diese Gewichtung liegen zunächst im Bereich der geschmacksgeschichtlichen Entwicklung, die nach Lessings Tod im Gefolge von Sturm und Drang, Klassik und Romantik neue Maßstäbe für die Bewertung künstlerischer Leistungen herbeiführt, denen gegenüber Lessings literarisches Werk nur eingeschränkt bestehen kann. Wo Begriffe wie ‚Genie', ‚Originalität' und ‚Phantasie' an die Spitze der Werthierarchie rücken, muß Lessings Œuvre in der Tat als Ausdruck eines literarhistorisch überwundenen Rationalismus erscheinen, den man für unkünstlerisch und uninspiriert hält. Es gehört jedoch zu den besonderen

Kennzeichen der Rezeptionsgeschichte, daß dieses negative Urteil mit einer entschiedenen Hochschätzung der kritischen Arbeiten verbunden wird. Der unpoetische Dichter Lessing gilt zugleich als scharfsinniger Kritiker, der künftigen Generationen den Weg zu einer neuen Ästhetik jenseits von Wirkungspoetik und normativer Dichtungslehre gewiesen hat.

Unterstützung scheint diese Bewertung durch die am Schluß der *Hamburgischen Dramaturgie* formulierte Selbsteinschätzung Lessings zu finden, derzufolge er sich selbst nicht als „Dichter", sondern eher als Anreger sieht: „Ich fühle die lebendige Quelle nicht in mir, die durch eigene Kraft sich empor arbeitet, durch eigene Kraft in so reichen, so frischen, so reinen Strahlen aufschießt: ich muß alles durch Druckwerk und Röhren herauf pressen." Nur wenige Äußerungen Lessings sind so häufig zitiert worden wie dieses Diktum über den ihn beherrschenden Mangel an produktiven Kräften und die Mühen der poetischen Hervorbringung. Von ihm führt ein direkter Weg zu Schlegels Hinweis auf die logische Konstruktion der *Emilia Galotti*, hinter der „Schweiß und Pein" der dichterischen Arbeit sichtbar würden. Lessing, so scheint es, bleibt in seinen dichterischen Versuchen stets geprägt von einer Rationalität, die spätestens mit Beginn des Sturm und Drang in Deutschland als Inbegriff des Unpoetischen gilt. Jean Paul gibt dieser Auffassung beredt Ausdruck, wenn er in der *Vorschule der Ästhetik* (1804) davon spricht, über Lessing sei nur selten der „Pfingstgeist" gekommen, der das Kennzeichen wahrer künstlerischer Inspiration und Emphase bilde. Von vergleichbarer Distanz sind die Charakterisierungen Grillparzers und Hebbels bestimmt, die sich genauer mit der *Emilia Galotti* befassen und, jeweils unabhängig voneinander, zu fast gleichlautenden Urteilen über die fehlende poetische Dimension des Dramas, seine wirkungskalkulierte Form und die vernünftelnde Diktion des Dialogs gelangen. Beide Autoren vertrauen diese kritische Bewertung lediglich ihrem Tagebuch an und äußern sich öffentlich weitaus freundlicher – ein Indiz dafür, daß, anders als im Fall Goethes und Schillers, in der Mitte des 19. Jahrhunderts an einer publizistischen Demontage Lessings kein Interesse bestand.

Bereits Moses Mendelssohn notierte sich kurz vor seinem Tod im Zusammenhang mit einer geplanten biographischen Studie über das intellektuelle Profil des Freundes, Lessing habe über eine vernunftorientierte Einbildungskraft verfügt, der die sinnliche Komponente gänzlich abgegangen sei; Affekte habe er sich nur „denken" können, ohne sich in sie hineinzuversetzen. Der kühl räsonierende Dialog seiner Dramen, in dem Gefühle meist analysiert und nur selten unmittelbar ausgedrückt werden, ist schon für Mendelssohn das Resultat einer Priorität des intellektuellen Elements, das Lessings künstlerische Physiognomie beherrscht. In den folgenden Jahrzehnten suchen fast sämtliche Würdigungen dieser Bewertung Ausdruck zu verleihen, indem sie die Auseinandersetzung mit dem Kritiker Lessing in den Vordergrund treten lassen, das poetische Werk hingegen nur als Appendix der theoretischen Schriften behandeln.

Bereits Goethes und Schillers *Xenien* von 1797 folgen dieser Gewichtung, wenn sie Lessings Nachruhm beschreiben: „Vormals im Leben ehrten wir dich wie einen der Götter; / Nun du tot bist, so herrscht über die Geister dein Geist." Wenn die *Xenien* Lessing gegen seine mittelmäßigen Verehrer – zumal die Lobreden Nicolais und des Bruders – verteidigen, so betonen sie dabei die Priorität der kritischen Leistung vor der poetischen. Der Nachruhm ist hier Zeugnis einer überragenden intellektuellen Wirksamkeit, nicht aber die Folge dichterischer Genialität. Noch Friedrich Nietzsche wird diese Akzentuierung in der *Geburt der Tragödie* (1872) übernehmen, wenn er Lessing zu den „theoretischen Menschen" vom Schlage des Sokrates rechnet, die mit Verstand und logischen Fertigkeiten, nicht aber mit Kunstsinn und ästhetischem Urteilsvermögen ausgestattet seien.

Die zentralen Motive der späteren Rezeptionsgeschichte umspielt exemplarisch Herders Nekrolog, der im Oktober 1781 in Wielands „Teutschem Merkur" erscheint. Da ist vom ‚männlichen' Streiter Lessing die Rede, dessen unbestechliche Wahrheitsliebe die hervorragendste Eigenschaft des Kritikers gebildet habe; da wird die Unabhängigkeit seines Urteilsvermögens gelobt, die sprachschöpferische Leistung gepriesen, nicht zuletzt die Tendenz zur offenen, jederzeit transparenten Argumentationsstrategie gewürdigt, die den Leser am Prozeß der Wahrheitsfindung habe partizipieren lassen. Herder berührt damit zwei Topoi, die, ähnlich wie das Wort vom ‚unpoetischen Dichter', auf Lessing selbst zurückgehen: das Leitmotiv vom ‚Selbstdenker' und das Bekenntnis zum Vergnügen der Wahrheitssuche. Im 95. Stück der *Hamburgischen Dramaturgie* heißt es grundsätzlich: „Ich erinnere hier meine Leser, daß diese Blätter nichts weniger als ein dramatisches System enthalten sollen. Ich bin also nicht verpflichtet, alle die Schwierigkeiten aufzulösen, die ich mache. Meine Gedanken mögen immer sich weniger verbinden, ja wohl gar sich zu widersprechen scheinen: wenn es denn nur Gedanken sind, bei welchen sie Stoff finden, selbst zu denken." Zum prinzipiellen Anspruch, die Reflexion des Lesers in Gang zu setzen, ohne verbindliche Urteile zu formulieren, gesellt sich der Hinweis auf den unabschließbaren Charakter jeglicher Wahrheitssuche, wie ihn die an Goeze gerichtete „Duplik" formuliert: „Nicht die Wahrheit, in deren Besitz irgend ein Mensch ist, oder zu sein vermeinet, sondern die aufrichtige Mühe, die er angewandt hat, hinter die Wahrheit zu kommen, macht den Wert des Menschen. Denn nicht durch den Besitz, sondern durch die Nachforschung der Wahrheit erweitern sich seine Kräfte, worin allein seine immer wachsende Vollkommenheit bestehet."

In einem Gespräch mit Eckermann vom April 1827 lobt Goethe Lessings Fähigkeit zur unabhängigen intellektuellen Reflexionstätigkeit, die sich ganz dem Gebot der Wahrheitsfindung unterworfen habe. Lessings Denkstil, so weiß Goethe, sei bestimmt durch das Vermögen, dem Leser die Anatomie der eigenen Erkenntnisprozesse ungeschützt zu offenbaren. Diese Methode des frei schweifenden Wägens und Urteilens, der der Weg bedeutsamer wird als das Ziel, findet dabei Goethes Respekt, ohne daß er sie als für sich selbst gültig akzeptiert: „Lessing hält sich, seiner polemischen Natur nach, am liebsten in der Region der Widersprüche und Zweifel auf; das Unterscheiden ist seine Sache, und dabei kam ihm sein großer Verstand auf das herrlichste zustatten. Mich selbst werden Sie dagegen ganz anders finden; ich habe mich nie auf Widersprüche eingelassen, die Zweifel habe ich in meinem Innern auszugleichen gesucht, und nur die gefundenen Resultate habe ich ausgesprochen."

Das intellektuelle Selbstbildnis, das Lessings „Duplik" entwirft, hat vor allem Friedrich Schlegel in seinem Aufsatz von 1797 und in einem späteren Porträt von 1804 systematisch aufgegriffen. Schlegels Lessing-Bild, so stark es auch von eigenen programmatischen Ambitionen geprägt und daher zuweilen verfälscht sein mag, markiert den ersten Höhepunkt in einer an Stereotypen keineswegs armen Wirkungsgeschichte. Lessing ist für Schlegel nur in zweiter Linie Dichter, primär aber Kritiker mit der Neigung, seine Einsichten nicht verbindlich, sondern allein andeutungsweise zu formulieren. Das spezifische Profil seines Denkstils äußere sich exemplarisch im fragmentarischen Charakter seiner zentralen Abhandlungen (so der *Literaturbriefe*, des *Laokoon* und der *Hamburgischen Dramaturgie*). Lessing vollziehe jeweils neu die Annäherung an eine absolute Wahrheit, schließe diesen Prozeß aber nicht ab, sondern bleibe bewußt auf halbem Wege stehen, um dem Leser die Fortführung seiner Gedanken zu überlassen.

Schlegel deutet Lessings Bekenntnis, er wolle das ‚Selbstdenken' fördern, als Zeichen intellektueller Verwandtschaft mit der frühromantischen Reflexionskultur und deren emphatischem Fragmentbegriff, übersieht dabei jedoch, daß Texte wie der *Laokoon* oder die *Dramaturgie* vor allem deshalb unvollendet blieben, weil der Autor sich anderen Projekten zuwandte und die Lust an der Sache verlor. Zwischen Lessings Tendenz zur Darstellung offener Reflexionsprozesse und der romantischen Idee des Fragments als Medium einer Annäherung an das dem Menschen unerreichbare Absolute einer utopischen Wahrheit klaffen prinzipielle Gegensätze, die die Schlegelsche Charakteristik von 1797 gänzlich unberücksichtigt läßt. Ist Lessings Plädoyer für die unabgeschlossene Argumentation Ausdruck einer intellektuellen Methode, die den Leser zur geistigen Mündigkeit führen möchte und damit didaktischem Kalkül gehorcht, so folgt die frühromantische Philosophie des Fragments dem Gedanken, daß jeder Reflexionsakt unendlich und jegliche Erkenntnis immer nur vorläufig sei.

Weitaus überzeugender als der Versuch, den Aufklärer auf frühromantischen Kurs zu bringen, wirkt Schlegels späterer Ansatz, Lessings Denkstil aus seiner protestantischen Geisteshaltung herzuleiten. Die Allianz von Wahrheitssuche und Veränderungsstreben, intellektueller Agilität und Treue zur Sache betrachtet der zweite Lessing-Aufsatz von 1804 als untrügliches Merkmal einer protestantischen Gesinnung, die sich, ohne die beruhigende Traditionssicherheit des Katholizismus zu besitzen, die je individuelle Wahrheit immer wieder neu erobern müsse. Polemische Streitlust, Duldsamkeit gegenüber Andersdenkenden und ausgeprägte Menschenfreundlichkeit gehen in Lessings Schriften unter dem Patronat der protestantischen Ethik eine spannungsvolle Allianz ein und bestimmen laut Schlegel deren besonderes geistiges Profil: „Auch die milderen Werte des Mannes zeigen von einer andern Seite seinen Protestantismus, in deutlicher Beziehung auf die nicht grade sein Wesen konstituierenden, aber doch mit demselben nahverbundnen Begriffe der Toleranz und Aufklärung, oder Humanität." Und wenig später heißt es, zumal Lessings theologische Schriften atmeten „diesen einen selben Geist des freien Denkens und der denkenden Freiheit", in dem die beste Seite des Protestantismus authentisch zum Ausdruck komme.

Schlegel gebührt trotz gewisser Verkürzungen und einer bisweilen gewaltsam anmutenden Tendenz, Lessing zum Vorläufer der frühromantischen Reflexionskultur zu stilisieren, das Verdienst, das Denkprofil des Autors erstmals systematisch untersucht und auf hohem Niveau analysiert zu haben. Wie wirkungsvoll zumal die Charakteristik von 1797 blieb, läßt sich daran erkennen, daß einige ihrer Thesen (etwa der Hinweis auf die Priorität der kritischen Schriften vor den dramatischen Werken) allmählich den Status kanonischer Wahrheiten gewannen und fortan die Auseinandersetzung um Lessing auf maßgebliche Weise bestimmten. Von vergleichbarem Einfluß war neben Schlegels Porträt einzig der Nekrolog Herders, der erste Ansätze zur Analyse von Lessings geistiger Individualität jenseits der detaillierten Werkbetrachtung geboten hatte.

Lessing, der Anreger und Freund des intellektuellen Wettbewerbs, der Kämpfer gegen starre Vorurteile und bequeme Halbwahrheiten, der Streiter für das ‚Selbstdenken' und die geistige Autonomie des Menschen, der Verstandesdichter ohne poetische Intensität, dessen Stärken in der kritischen Tätigkeit und der frei schweifenden theoretischen Abhandlung lagen – das sind die Grundlinien des Lessing-Bildes, wie sie sich, angeregt durch Herder und Schlegel, im gesamten 19. Jahrhundert zeigen. Zu ihnen gesellt sich rasch die Neigung zur Heroisierung, zur Verherrlichung des streitlustigen Kämpfers und Publizisten, der es mit den unterschiedlichsten Gegnern aufnahm und dabei allein die Sache der Wahrheit zum Maß seines Vorgehens erhob. Immer wieder stellt sich der Hinweis auf Luther ein, dessen sprachschöpferische Energie bereits Herder zur Grundlage eines knappen Vergleichs mit Lessings Stilistik macht. Als tapferen Recken, der sich mutig dem französisierenden Literaturgeschmack seiner Epoche entgegengeworfen habe, bezeichnet ihn, nicht ganz ohne Ironie, Heinrich Heine in seiner *Romantischen Schule* (1833/36); mit dem Humanisten Ulrich von Hutten vergleicht man ihn bereits im Ausgang des 18. Jahrhunderts; noch Franz Mehring wird den Topos in seiner ansonsten gegen jede falsche Heroisierung gerichteten *Lessing-Legende* von 1893 aufgreifen. Ansätze zur Verherrlichung der kritischen Tätigkeit Lessings zeigen sich schon in Herders schwelgerischem Lob: „Wahrheit forschen, nicht erforscht haben, nach Gutem streben, nicht alle Güte bereits erfaßt haben, war hier dein Blick, dein strenges Geschäft, dein Studium, dein Leben. Augen und Herz suchtest du dir immer wach und wacker zu erhalten und warst keinem Laster so feind als der unbestimmten, kriechenden Heuchelei, unsrer gewohnten täglichen Halblüge und Halbwahrheit (...) Dies Ungeheuer und ihre ganze fürchterliche Brut gingst du wie ein Held an und hast deinen Kampf tapfer gekämpfet."

Metaphern des Streites und der Männlichkeit durchziehen zumal seit der Mitte des 19. Jahrhunderts die Lessing-Portraits. Mit ihnen verbindet sich die nach 1848 rapide zunehmende Neigung, Lessing zum Vorreiter einer nationalen Geschmacksbildung zu erklären, der den Deutschen nicht nur die ersten bedeutenden Originaldramen, sondern auch eine eigene literarische Identität geschenkt habe. Die kritische Auseinandersetzung mit der tragédie classique erscheint derart als Akt der nationalen Selbstbestimmung, die Entdeckung Shakespeares hält man für einen systematischen Beitrag zur ‚Germanisierung' des Engländers, die theoretische Leistung der *Hamburgischen Dramaturgie* avanciert zum Zeugnis einer neuen Theaterprogrammatik im Zeichen deutscher Bühnenwerke. Schon in Heines *Romantischer Schule* sind diese Leitmotive der späteren, nationalchauvinistisch gefärbten Wirkungsgeschichte angelegt, wenn es heißt: „Lessing war der literarische Arminius, der unser Theater von jener Fremdherrschaft befreite. Er zeigte uns die Nichtigkeit, die Lächerlichkeit, die Abgeschmacktheit jener Nachahmungen des französischen Theaters, das selbst wieder dem griechischen nachgeahmt schien. Aber nicht bloß durch seine Kritik, sondern auch durch seine eignen Kunstwerke ward er der Stifter der neuern deutschen Originalliteratur."

Was bei Heine noch der Ideologie unverdächtig ist, wird nach 1848 zu einem bedenklichen Leitmotiv der Auseinandersetzung um Lessings Beitrag zur nationalen Kultur. Die europäische Gesinnung des Aufklärers, zu der auch die Toleranz in konfessionellen Fragen und die freundschaftliche Bindung an Vertreter der jüdischen Intelligenz gehörten, spielt in den chauvinistisch gefärbten Annäherungsversuchen des Nachmärz keine Rolle mehr. An ihre Stelle tritt die im Namen einer deutschen Natio-

nauigkeit kaum übertroffen wurde. Sämtliche Topoi der im Wilhelminismus kulminierenden Lessing-Heroisierung sind hier versammelt: Der Aufklärer erscheint bei Schmidt als stählerner Streiter für die Wahrheit, als unerbittlicher Vorkämpfer deutscher Kultur, als Held des nationalen Theaters. Für Nuancen ist bei Schmidt, wie bei Treitschke, kein Platz; wenn er das Geheimnis von Lessings Nachruhm zu erkunden sucht, gerät er unverzüglich auf die abschüssige Bahn eines chauvinistisch gefärbten Patriotismus: „Schriften, deren Gegenstand kaum einen mehr beschäftigt oder deren Einzelergebnisse gering, ja nichtig sind, halten uns zum guten Teil noch heute durch den unverwelklichen Reiz fest, wie sich darin eine starke Individualität ringend kundgibt, den Leser zum Genossen dieser geistigen Gymnastik macht und ihn erfrischt im Stahlbade des Kampfes. Denn die Deutschen haben stets ihre heldenhaften Schriftsteller, die tapfern Bekenner, die kühn vordringenden und herzhaft um sich hauenden Streiter doch lieber auf den Schild gehoben als die stillen großen Denker und die gelasseneren Meister der Schönheit."

Nicht zuletzt gegen derartig martialische Fehlurteile setzt Franz Mehrings *Lessing-Legende* den Versuch einer materialistisch fundierten Gesamtinterpretation, die die ideologischen Heroisierungen der nationalchauvinistischen Lessing-Deutung vermeiden möchte. Exemplarisch entwickelt Mehring seinen (im Detail oft oberflächlichen) Ansatz anhand der *Minna von Barnhelm*: Lessings Lustspiel liefert für ihn keine Glorifizierung preußischer Offiziersehre und prinzipienfester Männertreue, sondern formuliert eine literarisch verkleidete Kritik an preußischem Despotismus, Subordination, Opportunismus und Kriecherei, wie sie sich unter dem Druck eines Staates herausbilden, dessen Oberhaupt keineswegs ein gerechter Herrscher, sondern ein interessegeleiteter Tyrann zu sein scheint. So nützlich Mehrings Korrekturansatz prinzipiell war, so bedenklich wirken bei ihm jedoch die Verallgemeinerungen und materialistischen Platitüden, denen zufolge die Literatur nur ein Überbauphänomen darstellt, das die ökonomische Struktur der Gesellschaft widerspiegelt. Der ehrenwerte Versuch, die bürgerliche Legendenbildung zu überwinden und das falsche Denkmal zu stürzen, um den Blick auf den wahren Lessing zu lenken, bleibt selbst nicht frei von neuen Vereinfachungen und Manipulationen.

Daß sich im wilhelminischen Deutschland die Sichtweise

Treitschkes und Schmidts, nicht aber das Lessing-Bild Lasalles und Mehrings durchgesetzt hat, mag kaum sonderlich erstaunen. Ihre bedrückendste ideologische Funktionalisierung erfährt die nationalistische Perspektive während des Ersten Weltkriegs. In Theodor Kappsteins Lessing-Vortrag von 1915 wird die Summe der gängigen chauvinistischen Topoi und Stereotypen gezogen: Da erscheint der antifranzösisch orientierte Vorkämpfer für die nationale Sache, der einsame Streiter und trutzige Polemiker, der prinzipienfeste Einzelgänger und schneidige Ehrenmann; geradezu symptomatisch muten die Technik- und Militärmetaphern an, mit denen Kappstein seine Propagandarede ausstattet: „Sein Name wirkt als Scheinwerfer, Dunkelheit absondernd von Dunkelheit und den Lichtkeil scharf einstellend, daß Feind und Freund ins Blickfeld treten, – ein Losungswort, bei dessen Einklang sich die Geister erkennen und die Geister sich scheiden. Er ist Signal und Fanal, ein Funkenschläger und Fackelschwinger, der dämmernde Pfade erhellt und gar manchem Widersacher heimgeleuchtet hat.

Von sachlichen Manipulationen ist bereits das (freilich ganz anders wertende) Lessing-Porträt beherrscht, das Josef Nadler in seiner *Literaturgeschichte der deutschen Stämme und Landschaften* (1913) entwirft. Nadlers literarhistorischem Abriß liegt die Hypothese zugrunde, daß jeder Künstler durch die ethnographischen Bedingungen seiner Heimat maßgeblich geprägt werde und aus ihnen den besonderen ästhetischen Charakter seines Werkes forme. Ausgehend von dieser eher spekulativen als wissenschaftlich zureichend untermauerten methodischen Prämisse konstatiert Nadler bei Lessing fehlende Verwurzelung in einem traditionellen Kulturgefüge und, damit verknüpft, den tiefgreifenden Mangel an echter nationaler Bindung. Aus der europäischen Orientierung des Aufklärers wird bei Nadler der Hang zum Nihilismus, aus der Mobilität des intellektuell agilen Lessing geistige Heimatlosigkeit, aus der weltbürgerlichen Toleranz ein Indiz für den Verlust deutscher Identität. Als „wesenlos kühles Licht", so heißt es in simplifizierender Anspielung auf die seit Herder gängigen Charakterisierungen, bewege der Dichter Lessing nie das Gemüt, sondern allein den Verstand; seine Rolle sei die des Vollenders der Aufklärung, der nichts Neues habe schaffen können, weil ihm dazu, anders als Klopstock, die feste Verwurzelung im Nährboden einer größeren Gemeinschaft gefehlt habe: „Lessing, der Mann ohne Volk und Völkerheimat, der nur das geerbt hatte, was völkerlos von Hand zu Hand rollte, die antiken Kleingüter."

Von derartigen Ideologisierungen war es kein weiter Weg zur nationalsozialistischen Lessing-Rezeption im Zeichen antisemitischer Tendenzen. Der Verfasser des *Nathan* und Freund des jüdischen Aufklärers Moses Mendelssohn galt zwischen 1933 und 1945 nur in eingeschränktem Maße als bühnentauglicher Autor. Bevorzugt verlegte man sich auf die *Minna von Barnhelm*, die, nach dem Muster älterer Deutungen, zum witzigen Dithyrambus auf preußische Heldentugenden stilisiert und damit um ihre kritische Dimension gebracht wurde. Kaum manipulierbar schien hingegen die *Emilia Galotti*, deren moralische Verurteilung eines despotischen Fürsten den nationalsozialistischen Machthabern notwendig mißfallen mußte. Es war offenkundig, daß die ideologische Lessing-Deutung, die im Wilhelminismus ihren Höhepunkt erlebt hatte, an bestimmte Grenzen stieß, wo sie sich dem unwiderlegbaren buchstäblichen Sinn der Texte entgegenstellte. Als unbequemer Klassiker war und ist Lessing gegen Angriffe auf die Souveränität seines kritischen Geistes letzthin gefeit. Die Versuche der Ideologen, sein Werk in den Dienst der politischen Propaganda treten zu lassen, scheitern an der intellektuellen Unabhängigkeit des ‚Selbstdenkers' und der Vorurteilsfreiheit seiner Einschätzungen.

Schon im Lessing-Jahr 1929 zeichnet sich neben der nationalistischen Linie, wie sie die Rede des Berliner Germanisten Julius Petersen repräsentiert, eine liberalere Deutungstendenz ab, die durch historisches Augenmaß, sachliche Distanz und ein von Heroisierungen unabhängiges Epochenbild bestimmt wird. So bemüht sich Theodor Heuss in seiner betont zurückhaltenden Rede um eine moderate Lessing-Charakteristik, die ideologische Zuspitzungen meidet, dem Europäer Lessing gerecht wird, ohne dessen nationale Interessen zu leugnen, den Theoretiker nicht gegen den Dramatiker ausspielt, die philologischen Arbeiten in einen systematischen Zusammenhang mit der kritischen Tätigkeit rückt und die Religionsphilosophie des Spätwerks (die für die ideologischen Deutungen der wilhelminischen Ära kein Thema war) als fundamentalen Beitrag zur geschichtsphilosophischen Grundlegung des deutschen Idealismus würdigt.

Thomas Mann befaßt sich im selben Jahr mit der alten Frage nach der poetischen Dimension von Lessings Werk und stößt derart auf den lange vergessenen Stilkünstler und Sprachmeister, dessen künstlerisches Selbstverständnis im leidenschaftlichen Ringen um die Form ihren vorzüglichen Ausdruck gefunden habe. Mann plädiert dabei für einen weiter gefaßten Begriff der Poetizität, der nicht allein aus den Maßstäben der Phantasie und Originalität abgeleitet werden dürfe, sondern die Dimension der Sprachmächtigkeit einzuschließen habe: als überragender Stilist sei Lessing in einem universellen Sinne Künstler wie vor ihm Luther und nach ihm Nietzsche. Thomas Manns knapper Hinweis auf die Sprachleidenschaft Lessings wurde zumal von der bundesdeutschen Literaturwissenschaft nach 1945 aufgegriffen und geriet zum Ausgangspunkt systematischer Untersuchungen, die der Stilistik der frühen kritischen Schriften, der Diktion der Dialoge und dem rhetorischen Duktus der großen Abhandlungen gleichermaßen galten.

Hugo von Hofmannsthals knappe Lessing-Würdigung – eine seiner letzten Publikationen kurz vor dem plötzlichen Tod im Juli 1929 – bewegt sich in ähnlichen Bahnen wie Thomas Manns Essay. Die Kompromißformel, mit der Hofmannsthal den traditionellen Streit um Lessings dichterischen Rang zu entscheiden sucht, ist die vom geistreichen Sprachdenker mit leidenschaftlichem Intellekt: das Künstlertum des Aufklärers scheint aufgehoben im unbestrittenen Ethos seiner Wahrheitsliebe und im Temperament seiner kritischen Schriften. Daß dieses Urteil eine Nobilitierung zweiter Klasse bedeutet und letzthin wieder den ästhetischen Maßstäben der Goethezeit unterliegt, muß auch Hofmannsthal bewußt gewesen sein. Statt über Lessings Künstlertum zu sprechen, preist er am Schluß sein menschliches Format: „Seine Bedeutung für die Nation liegt in seinem Widerspruch zu ihr. Innerhalb eines Volkes, dessen größte Gefahr der gemachte Charakter ist, war er ein *echter* Charakter."

Was Hofmannsthal hier formuliert, hat, pointierter noch, bereits Friedrich Schlegel in seinem Aufsatz von 1797 ausgesprochen: „Ein Autor, er sei Künstler oder Denker, der alles, was er vermag oder weiß, zu Papiere bringen kann, ist zum mindesten kein Genie. Es gibt ihrer, die ein Talent haben, aber ein so beschränktes, so isoliertes, daß es ihnen ganz fremd läßt, als ob es nicht ihr eigen, als ob es ihnen nur angeheftet oder geliehen wäre. Von dieser Art war Lessing nicht. *Er war mehr wert, als alle seine Talente.* In seiner Individualität lag seine Größe." Das ist ohne Frage eine ambivalente Würdigung; dem Streit um die

Einschätzung des Künstlers Lessing entzieht sie sich, indem sie den Menschen über das Werk stellt, wobei sie offen läßt, ob diese Gewichtung zugleich die Abwertung der ästhetischen Leistung einschließt. Angesichts der verbreiteten Zweifel an der literarischen Dignität von Lessings Œuvre scheint das Lob seiner säkularen intellektuellen Statur wohlfeil; nicht selten verbirgt sich hinter ihm die Skepsis gegenüber einem Werk, dem gemeinhin echte poetische Qualität abgesprochen wird.

Lessing bleibt für die Deutschen ein unbequemer Klassiker, weil sein Œuvre dazu nötigt, die geläufigen Normen für die Beurteilung poetischer Werke zu relativieren und ihre Historizität hinreichend in Rechnung zu stellen. Gemessen an den Kategorien, mit denen seit Herder, Goethe und Schiller dichterische Qualität beschrieben wird, ist Lessing ein ‚unpoetischer' Autor, ein Erzaufklärer, bei dem der Verstand stets die Leidenschaft regiert und die Kräfte poetischer Produktivität unter der Oberfläche schlummern, ohne je zum Durchbruch zu gelangen. Manche Aspekte dieses Lessing-Bildes besitzen ihre eigene Wahrheit: Da ist die Neigung zur Sophistik, zu wortreichen Analysen und umständlichen Begründungen, die sogar die Diktion der Dramendialoge beherrscht und dafür sorgt, daß Leidenschaften hier eher seziert als ausgedrückt werden; da ist das Fehlen eines lyrischen Tones, der sich weder in den hinter Klopstock zurückbleibenden Oden noch in den von anakreontischer Repertoirestilistik bestimmten Liedern meldet; da ist die schulmeisterliche Didaktik der Epigramme und Fabeln, die Pedanterie der philologischen Abhandlungen, die Akribie der antiquarischen Studien, die Weitschweifigkeit der theologischen Streitschriften.

Zum rationalistischen Grundzug gesellt sich eine das Spätwerk bestimmende konservative Tendenz: Lessings Skepsis gegenüber einem leichtfertig ausgedehnten Geniebegriff, der zur Suspension des poetischen Regelwerks führen mußte, seine Distanz gegenüber der jungen Generation des Sturm und Drang, seine Fehleinschätzung des *Werther*, den er für das Produkt outrierter Empfindsamkeit und exzentrischer Selbstbeobachtung hielt. Wer Lessings Werk gegen die seit der Genieperiode gängigen Maßstäbe ästhetischer Originalität auszuspielen sucht, hat zumindest die historische Wahrheit auf seiner Seite: Mit Goethe, Klinger und Lenz mochte sich Lessing selbst nicht vergleichen lassen (eine Ausnahme bildet der von ihm hochgeschätzte Leisewitz).

Diejenigen Charakteristiken, die sich allein auf den Rationalisten und Aufklärer konzentrieren, vermitteln jedoch keinen zureichenden Eindruck von Lessings intellektueller und künstlerischer Physiognomie. Zu betonen ist im Gegenzug zunächst die Unzuständigkeit bestimmter ästhetischer Kategorien; Lessings Werk würdigt angemessen nur, wer seine kritische Leistung und die mit ihr verbundenen sprachschöpferischen Innovationen erfaßt, Begriffe wie ‚Phantasie' und ‚Genialität' dabei aber aus dem Spiel läßt. Vom Erzaufklärer hebt sich dann der programmatische Vorläufer ab: der Wegbereiter des klassischen Humanitätsgedankens, der bereits in der Toleranzidee des *Nathan* anklingt; der Schöpfer eines neuen Dramentyps jenseits der Marmorkälte der französischen tragédie classique; der gelenkige Sprachdenker mit seiner offenen Argumentationsstrategie (der die Essayistik eines Schlegel oder Heine maßgeblich geprägt hat); der Kritiker und Philologe, der nicht nur die Weimarer Klassiker darüber belehrt, wie man alte Texte neu interpretiert, ohne sie dabei unter einem Netz von starren Normen zu erstikken; der Geschichtsphilosoph, der Rationalismus und Offenbarungswahrheit zusammenführt, die starren Gegensätze zwischen Vernunftvertrauen und Glaubensgewißheit aufzulösen sucht und damit Perspektiven eröffnet, die für die Herausbildung der idealistischen Philosophie um 1800 entscheidende Bedeutung gewinnen; der leidenschaftliche Intellektuelle, dem der Weg der Wahrheitsfindung wichtiger ist als das Ziel, und dessen Mut zum vorurteilsfreien Denken späteren Generationen zum Maßstab geistiger Unabhängigkeit wird.

Verhängnisvoll wäre es, Lessing auf eine der beiden hier skizzierten Rollen festzulegen. Weder ist er ausschließlich der kühle Aufklärer, der nur den Verstand seiner Leser anspricht, noch läßt er sich in allen Punkten als vorausschauender Wegbereiter charakterisieren, der sich über die Denkgewohnheiten der eigenen Zeit hinwegsetzt. Das ihn bestimmende intellektuelle und künstlerische Format dokumentiert sich gerade darin, daß er im Bann seiner Epoche steht und durch sein Werk zugleich die Bahn vorzeichnet, auf der ihre Überwindung möglich wird. Lessing führt die Aufklärung bis zu demjenigen Punkt, an dem sie sich selbst aufhebt: es ist der Punkt ihrer konsequenten Selbstreflexion.

DRAMEN

DER JUNGE GELEHRTE

Ein Lustspiel in drei Aufzügen

Personen

Chrysander, *ein alter Kaufmann*
Damis, *der junge Gelehrte, Chrysanders Sohn*
Valer
Juliane
Anton, *Bedienter des Damis*
Lisette

Der Schauplatz ist die Studierstube des Damis.

ERSTER AUFZUG

ERSTER AUFTRITT

DAMIS *am Tische unter Büchern.* ANTON.

DAMIS: Die Post also ist noch nicht da?

ANTON: Nein.

DAMIS: Noch nicht? Hast du auch nach der rechten gefragt? Die Post von Berlin –

ANTON: Nun ja doch; die Post von Berlin; sie ist noch nicht da! Wenn sie aber nicht bald kömmt, so habe ich mir die Beine abgelaufen. Tun Sie doch, als ob sie Ihnen, wer weiß was, mitbringen würde! Und ich wette, wenn's hoch kömmt, so ist es eine neue Scharteke, oder eine Zeitung, oder sonst ein Wisch. – –

DAMIS: Nein, mein guter Anton; dasmal möchte es etwas mehr sein. Ah! wann du es wüßtest – –

ANTON: Will ich's denn wissen? Es würde mir weiter doch nichts helfen, als daß ich einmal wieder über Sie lachen könnte. Das ist mir gewiß etwas Seltnes? – – Haben Sie mich sonst noch wohin zu schicken? Ich habe ohnedem auf dem Ratskeller eine kleine Verrichtung; vielleicht ist's ein Gang? Nu?

DAMIS *erzürnt*: Nein, Schurke!

ANTON: Da haben wir's! Er hat alles gelesen, nur kein Komplimentierbuch. – – Aber besinnen Sie sich. Etwa in den Buchladen?

DAMIS: Nein, Schurke!

ANTON: Ich muß das Schurke so oft hören, daß ich endlich selbst glauben werde, es sei mein Taufname. – – Aber zum Buchbinder?

DAMIS: Schweig, oder – –

ANTON: Oder zum Buchdrucker? Zu diesen dreien, Gott sei Dank! weiß ich mich, wie das Färbepferd um die Rolle.

DAMIS: Sieht denn der Schlingel nicht, daß ich lese? Will er mich noch länger stören?

ANTON *beiseite*: St! er ist im Ernste böse geworden. Lenk ein, Anton. – – Aber, sagen Sie mir nur, was lesen Sie denn da für ein Buch? Potz Stern, was das für Zeug ist! Das verstehen

Sie? Solche Krakelfüße, solche fürchterliche Zickzacke, die kann ein Mensch lesen? Wann das nicht wenigstens Fausts Höllenzwang ist – – Ach, man weiß es ja wohl, wie's den Leuten geht, die alles lernen wollen. Endlich verführt sie der böse Geist, daß sie auch hexen lernen. – –

DAMIS *nimmt sein muntres Wesen wieder an*: Du guter Anton! das ist ein Buch in hebräischer Sprache. – Des Ben Maimon Jad chasacka.

ANTON: Ja doch; wer's nur glauben wollte! Was Hebräisch ist, weiß ich endlich auch. Ist es nicht mit der Grundsprache, mit der Textsprache, mit der heiligen Sprache einerlei? Die warf unser Pfarr, als ich noch in die Schule ging, mehr als einmal von der Kanzel. Aber so ein Buch, wahrhaftig! hatte er nicht; ich habe alle seine Bücher beguckt; ich mußte sie ihm einmal von einem Boden auf den andern räumen helfen.

DAMIS: Ha! ha! ha! das kann wohl sein. Es ist Wunders genug, wenn ein Geistlicher auf dem Lande nur den Namen davon weiß. Zwar, im Vertrauen, mein lieber Anton, die Geistlichen überhaupt sind schlechte Helden in der Gelehrsamkeit.

ANTON: Nu, nu, bei allen trifft das wohl nicht ein. Der Magister in meinem Dorfe wenigstens gehört unter die Ausnahme. Versichert! der Schulmeister selber hat mir es, mehr als einmal gesagt, daß er ein sehr gelehrter Mann wäre. Und dem Schulmeister muß ich das glauben; denn wie mir der Herr Pfarr oft gesagt hat, so ist er keiner von den schlechten Schulmeistern; er versteht ein Wort Latein, und kann davon urteilen.

DAMIS: Das ist lustig! Der Schulmeister also lobt den Pfarr, und der Pfarr nicht unerkenntlich zu sein, lobt den Schulmeister. Wenn mein Vater zugegen wäre, so würde er gewiß sagen: Manus manum lavat. Hast du ihm die alberne Gewohnheit nicht angemerkt, daß er bei aller Gelegenheit ein lateinisches Sprüchelchen mit einflickt? Der alte Idiote denkt, weil er so einen gelehrten Sohn hat, müsse er doch auch zeigen, daß er einmal durch die Schule gelaufen sei.

ANTON: Hab ich's doch gedacht, daß es etwas Albernes sein müsse; denn manchmal mitten in der Rede murmelt er etwas her, wovon ich kein Wort verstehe.

DAMIS: Doch schließe nur nicht daraus, daß alles albern sei, was du nicht verstehst. Ich würde sonst viel albernes Zeug wissen. – – Aber, o himmlische Gelehrsamkeit, wieviel ist dir ein Sterblicher schuldig, der dich besitzt! Und wie bejammernswürdig ist es, daß dich die wenigsten in deinem Umfange kennen! Der Theolog glaubt dich bei einer Menge heiliger Sprüche, fürchterlicher Erzählungen und einiger übel angebrachten Figuren zu besitzen. Der Rechtsgelehrte, bei einer unseligen Geschicklichkeit unbrauchbare Gesetze abgestorbner Staaten, zum Nachteile der Billigkeit und Vernunft, zu verdrehen, und die fürchterlichsten Urtel in einer noch fürchterlichern Sprache vorzutragen. Der Arzt endlich glaubt sich wirklich deiner bemächtiget zu haben, wann er durch eine Legion barbarischer Wörter die Gesunden krank, und die Kranken noch kränker machen kann. Aber, o betrogene Toren! die Wahrheit läßt euch nicht lange in diesem sie schimpfenden Irrtume. Es kommen Gelegenheiten, wo ihr selbst erkennet, wie mangelhaft euer Wissen sei; voll tollen Hochmuts beurteilet ihr alsdann alle menschliche Erkenntnis nach der eurigen, und ruft wohl gar in einem Tone, welcher alle Sterbliche zu bejammern scheinet, aus: Unser Wissen ist Stückwerk! Nein, glaube mir, mein lieber Anton: der Mensch ist allerdings einer allgemeinen Erkenntnis fähig. Es leugnen, heißt ein Bekenntnis seiner Faulheit, oder seines mäßigen Genies ablegen. Wenn ich erwäge, wieviel ich schon nach meinen wenigen Jahren verstehe, so werde ich von dieser Wahrheit noch mehr überzeugt. Lateinisch, Griechisch, Hebräisch, Französisch, Italienisch, Englisch – – das sind sechs Sprachen, die ich alle vollkommen besitze: und bin erst zwanzig Jahr alt!

ANTON: Sachte! Sie haben eine vergessen; die deutsche – –

DAMIS: Es ist wahr, mein lieber Anton; das sind also sieben Sprachen; und ich bin erst zwanzig Jahr alt!

ANTON: Pfui doch, Herr! Sie haben mich, oder sich selbst zum besten. Sie werden doch das, daß Sie Deutsch können, nicht zu Ihrer Gelehrsamkeit rechnen? Es war ja mein Ernst nicht. – –

DAMIS: Und also denkst du wohl selber Deutsch zu können?

ANTON: Ich? ich? nicht Deutsch! Es wäre ein verdammter Streich, wenn ich Kalmuckisch redete, und wüßte es nicht.

DAMIS: Unter können und können, ist ein Unterschied. Du kannst Deutsch, das ist: du kannst deine Gedanken mit Tönen ausdrücken, die einem Deutschen verständlich sind; das ist, die eben die Gedanken in ihm erwecken, die du bei dir hast. Du kannst aber nicht Deutsch, das ist: du weißt nicht, was in dieser Sprache gemein oder niedrig, rauh oder annehmlich, undeutlich oder verständlich, alt oder gebräuchlich ist; du weißt ihre Regeln nicht; du hast keine gelehrte Kenntnis von ihr.

ANTON: Was einem die Gelehrten nicht weismachen wollen! Wenn es nur auf Ihr das ist ankäme, ich glaube, Sie stritten mir wohl gar noch ab, daß ich essen könnte.

DAMIS: Essen? Je nun wahrhaftig, wenn ich es genau nehmen will, so kannst du es auch nicht.

ANTON: Ich? ich nicht essen? Und trinken wohl auch nicht?

DAMIS: Du kannst essen, das ist: du kannst die Speisen zerschneiden, in Mund stecken, kauen, herunterschlucken, und so weiter. Du kannst nicht essen, das ist: du weißt die mechanischen Gesetze nicht, nach welchen es geschiehet; du weißt nicht, welches das Amt einer jeden dabei tätigen Muskel ist; ob der Digastricus oder der Masseter, ob der Pterygoideus internus oder externus, ob der Zygomaticus oder der Platysmamyodes, ob – –

ANTON: Ach ob, ob! Das einzige Ob, worauf ich sehe, ist das, ob mein Magen etwas davon erhält, und ob mir's bekömmt. – – Aber wieder auf die Sprache zu kommen. Glauben Sie wohl, daß ich eine verstehe, die Sie nicht verstehen?

DAMIS: Du, eine Sprache, die ich nicht verstünde?

ANTON: Ja; raten Sie einmal.

DAMIS: Kannst du etwa Koptisch?

ANTON: Foptisch? Nein, das kann ich nicht.

DAMIS: Chinesisch? Malabarisch? Ich wüßte nicht woher.

ANTON: Wie Sie herumraten. Haben Sie meinen Vetter nicht gesehn? Er besuchte mich vor vierzehn Tagen. Der redte nichts, als diese Sprache.

DAMIS: Der Rabbi, der vor kurzen zu mir kam, war doch wohl nicht dein Vetter?

ANTON: Daß ich nicht gar ein Jude wäre! Mein Vetter war ein Wende; ich kann Wendisch; und das können Sie nicht.

DAMIS *nachsinnend*: Er hat recht. – Mein Bedienter soll eine Sprache verstehen, die ich nicht verstehe? Und noch dazu eine Hauptsprache? Ich erinnere mich, daß ihre Verwandtschaft mit der hebräischen sehr groß sein soll. Wer weiß, wieviel Stammwörter, die in dieser verloren sind, ich in jener entdecken könnte! – – Das Ding fängt mir an, im Kopfe herumzugehen!

ANTON: Sehen Sie! – Doch wissen Sie was? Wenn Sie mir meinen Lohn verdoppeln, so sollen Sie bald so viel davon verstehen, als ich selbst. Wir wollen fleißig miteinander wendisch parlieren, und – – Kurz, überlegen Sie es. Ich vergesse über dem verdammten Plaudern meinen Gang auf den Ratskeller ganz und gar. Ich bin gleich wieder zu Ihren Diensten.

DAMIS: Bleib itzt hier; bleib hier.

ANTON: Aber Ihr Herr Vater kömmt. Hören Sie? Wir könnten doch nicht weiterreden. *Geht ab.*

DAMIS: Wenn mich doch mein Vater ungestört lassen wollte. Glaubt er denn, daß ich so ein Müßiggänger bin, wie er?

Zweiter Auftritt

Damis. Chrysander.

CHRYSANDER: Immer über den verdammten Büchern! Mein Sohn, zu viel ist zu viel. Das Vergnügen ist so nötig, als die Arbeit.

DAMIS: O Herr Vater, das Studieren ist mir Vergnügens genug. Wer neben den Wissenschaften noch andere Ergötzungen sucht, muß die wahre Süßigkeit derselben noch nicht geschmeckt haben.

CHRYSANDER: Das sage nicht! Ich habe in meiner Jugend auch studiert; ich bin bis auf das Mark der Gelehrsamkeit gekommen. Aber daß ich beständig über den Büchern gelegen hätte, das ist nicht wahr. Ich ging spazieren; ich spielte; ich besuchte Gesellschaften; ich machte Bekanntschaft mit Frauenzimmern. Was der Vater in der Jugend getan hat, kann der Sohn auch tun; soll der Sohn auch tun. A bove majori discat arare minor! wie wir Lateiner reden. Besonders das Frauenzimmer laß dir, wie wir Lateiner reden, de meliori empfohlen sein! Das sind Narren, die einen jungen Menschen vor das Frauenzimmer ärger als vor Skorpionen warnen; die es ihm, wie wir Lateiner reden, cautius sanguine viperino zu fliehen befehlen. –

DAMIS: Cautius sanguine viperino? Ja, das ist noch Latein! Aber wie heißt die ganze Stelle?

Cur timet flavum Tiberim tangere? cur olivum

Sanguine viperino
Cautius vitat? – –

O ich höre schon, Herr Vater, Sie haben auch nicht aus der Quelle geschöpft! Denn sonst würden Sie wissen, daß Horaz in ebender Ode die Liebe als eine sehr nachteilige Leidenschaft beschreibt, und das Frauenzimmer – –

CHRYSANDER: Horaz! Horaz! Horaz war ein Italiener, und meinet das italienische Frauenzimmer. Ja vor dem italienischen warne ich dich auch! das ist gefährlich! Ich habe einen guten Freund, der in seiner Jugend – – Doch still! man muß kein Ärgernis geben. – Das deutsche Frauenzimmer hingegen, o das deutsche! mit dem ist es ganz anders beschaffen. – – Ich würde der Mann nicht geworden sein, der ich doch bin, wenn mich das Frauenzimmer nicht vollends zugestutzt hätte. Ich dächte, man sähe mir's an. Du hast tote Bücher genug gelesen; guck einmal in ein lebendiges!

DAMIS: Ich erstaune – –

CHRYSANDER: O du wirst noch mehr erstaunen, wenn du erst tiefer hineinsehen wirst. Das Frauenzimmer, mußt du wissen, ist für einen jungen Menschen eine neue Welt, wo man so viel anzugaffen, so viel zu bewundern findet – –

DAMIS: Hören Sie mich doch! Ich erstaune, will ich sagen, Sie eine Sprache führen zu hören, in der wahrhaftig diejenigen Vorschriften nicht ausgedrückt waren, die Sie mir mit auf die hohe Schule gaben.

CHRYSANDER: Quae, qualis, quanta! Jetzt und damals! Tempora mutantur, wie wir Lateiner sagen.

DAMIS: Tempora mutantur? Ich bitte Sie, legen Sie doch die Vorurteile des Pöbels ab. Die Zeiten ändern sich nicht. Denn lassen Sie uns einmal sehen: was ist die Zeit? – –

CHRYSANDER: Schweig! die Zeit ist ein Ding, das ich mir mit deinem unnützen Geplaudre nicht will verderben lassen. Meine damaligen Vorschriften waren nach dem damaligen Maße deiner Erfahrung und deines Verstandes eingerichtet. Nun aber traue ich dir von beiden so viel zu, daß du Ergötzlichkeiten nicht zu Beschäftigungen machen wirst. Aus diesem Grunde rate ich dir also – –

DAMIS: Ihre Reden haben einigen Schein der Wahrheit. Allein ich *dringe tiefer. Sie werden es gleich* sehen. Der Status Controversiae ist – –

CHRYSANDER: Ei, der Status Controversiae mag meinetwegen

in Barbara oder in Celarent sein. Ich bin nicht hergekommen mit dir zu disputieren, sondern – –

DAMIS: Die Kunstwörter des Disputierens zu lernen? Wohl! Sie müssen also wissen, daß weder Barbara noch Celarent den Statum – –

CHRYSANDER: Ich möchte toll werden! Bleib Er mir, Herr Informator, mit den Possen weg, oder – –

DAMIS: Possen? diese seltsamen Benennungen sind zwar Überbleibsel der scholastischen Philosophie, das ist wahr; aber doch solche Überbleibsel – –

CHRYSANDER: Über die ich die Geduld verlieren werde, wann du mich nicht bald anhörst. Ich komme in der ernsthaftesten Sache von der Welt zu dir – – denn was ist ernsthafter als heiraten? – – und du – –

DAMIS: Heiraten? Des Heiratens wegen zu mir? zu mir?

CHRYSANDER: Ha! ha! macht dich das aufmerksam? Also ausculta et perpende!

DAMIS: Ausculta et perpende? ausculta et perpende? Ein glücklicher Einfall –

CHRYSANDER: Oh, ich habe Einfälle –

DAMIS: Den ich da bekomme!

CHRYSANDER: Du?

DAMIS: Ja, ich. Wissen Sie, wo sich dieses ausculta et perpende herschreibt? Eben mache ich die Entdeckung: aus dem Homer. O was finde ich nicht alles in meinem Homer!

CHRYSANDER: Du und dein Homer, ihr seid ein Paar Narren!

DAMIS: Ich und Homer? Homer und ich? wir beide? Hi! hi! hi! Gewiß, Herr Vater? O ich danke, ich danke. Ich und Homer! Homer und ich! – Aber hören Sie nur: sooft Homer – er war wirklich kein Narr, sowenig wie ich – sooft er, sag ich, seine Helden den Soldaten zur Tapferkeit ermuntern, oder in dem Kriegsrate eine Beratschlagung anheben läßt; so oft ist auch der Anfang ihrer Rede: höret, was ich vortragen werde, und überlegt es! Zum Exempel in der Odyssee:

Κεκλυτε δη νυν, μευ, 'Ιθακησιοι, ὁτι κεν εἰπω.

Und darauf folgt denn auch oft:

'Ως ἐφαθ' οἱ δ'αρα του μαλα μεν κλυον, ἠδ' επίδοντο.

das ist: so sprach er, und sie gehorchten dem, was sie gehöret hatten.

CHRYSANDER: Gehorchten sie ihm? Nu, das ist vernünftig! Homer mag doch wohl kein Narr sein. Sieh zu, daß ich von dir auch widerrufen kann. Denn wieder zur Sache: ich kenne, mein Sohn –

DAMIS: Einen kleinen Augenblick Geduld, Herr Vater! Ich will mich nur hinsetzen, und diese Anmerkung aufschreiben.

CHRYSANDER: Aufschreiben? was ist hier aufzuschreiben? Wem liegt daran, ob das Sprüchelchen aus dem Homer, oder aus dem Gesangbuche ist?

DAMIS: Der gelehrten Welt liegt daran; meiner und Homers Ehre lieget daran! Denn ein halb Hundert solche Anmerkungen machen einen Philologen. Und sie ist neu, muß ich Ihnen sagen, sie ist ganz neu.

CHRYSANDER: So schreib sie ein andermal auf.

DAMIS: Wenn sie mir aber wieder entfiele? Ich würde untröstlich sein. Haben Sie wenigstens die Gütigkeit, mich wieder daran zu erinnern.

CHRYSANDER: Gut, das will ich tun; höre mir nur jetzt zu. Ich kenne, mein Sohn, ein recht allerliebstes Frauenzimmer; und ich weiß, du kennst es auch. Hättest du wohl Lust – –

DAMIS: Ich soll ein Frauenzimmer, ein liebenswürdiges Frauenzimmer kennen? Oh, Herr Vater, wenn das jemand hörte, was würde er von meiner Gelehrsamkeit denken? – – Ich ein liebenswürdiges Frauenzimmer? – –

CHRYSANDER: Nun wahrhaftig; ich glaube nicht, daß ein Gastwirt so erschrecken kann, wenn man ihm schuld gibt, er kenne den oder jenen Spitzbuben, als du erschrickst, weil du ein Frauenzimmer kennen sollst. Ist denn das ein Schimpf?

DAMIS: Wenigstens ist es keine Ehre, besonders für einen Gelehrten. Mit wem man umgeht, dessen Sitten nimmt man nach und nach an. Jedes Frauenzimmer ist eitel, hoffärtig, geschwätzig, zänkisch und zeitlebens kindisch, es mag so alt werden, als es will. Jedes Frauenzimmer weiß kaum, daß es eine Seele hat, um die es unendlich mehr besorgt sein sollte, als um den Körper. Sich ankleiden, auskleiden, und wieder anders ankleiden; vor dem Spiegel sitzen, seinen eignen Reiz bewundern; auf ausgekünstelte Mienen sinnen; mit neugierigen Augen müßig an dem Fenster liegen; unsinnige Romane lesen, und aufs höchste zum Zeitvertreibe die Nadel zur Hand nehmen: das sind seine Beschäftigungen; das ist sein Leben. Und Sie glauben, daß ein Gelehrter, ohne Nachteil seines guten Namens, solche närrische Geschöpfe weiter, als ihrer äußerlichen Gestalt nach, kennen dürfe?

CHRYSANDER: Mensch, Mensch! deine Mutter kehret sich im Grabe um. Bedenke doch, daß sie auch ein Frauenzimmer war! Bedenke doch, daß die Dinger von Natur nun einmal nicht anders sind! Obschon, wie wir Lateiner zu reden pflegen, nulla regula sine exceptione. Und so eine Exzeption ist sicherlich das Mädchen, das ich jetzt im Kopfe habe, und das du kennst. – –

DAMIS: Nein, nein! ich schwöre es Ihnen zu: unsere Muhmen ausgenommen, und Julianen –

CHRYSANDER: Und Julianen? bene! –

DAMIS: Und ihr Mädchen ausgenommen, kenn ich kein einziges Weibsbild. Ja, der Himmel soll mich strafen, wenn ich mir jemals in den Sinn kommen lasse, mehrere kennenzulernen!

CHRYSANDER: Je nun, auch das! wie du willst! Genug, Julianen die kennst du.

DAMIS: Leider!

CHRYSANDER: Und eben Juliane ist es, über die ich deine Gedanken vernehmen möchte. – –

DAMIS: Über Julianen? meine Gedanken über Julianen? O Herr Vater, wenn Sie noch meine Gedanken über Erinnen, oder Corinnen, über Telesillen oder Praxillen verlangten – –

CHRYSANDER: Schocktausend! was sind das für Illen? Den Augenblick schwur er, er kenne kein Frauenzimmer, und nun nennt er ein halb Dutzend Menscher. –

DAMIS: Menscher? Herr Vater.

CHRYSANDER: Ja, Herr Sohn, Menscher! Die Endung gibt's gewiß nicht? Netrix, Lotrix, Meretrix. –

DAMIS: Himmel, Menscher! griechische berühmte Dichterinnen Menscher zu nennen! – –

CHRYSANDER: Ja, ja, Dichterinnen! das sind mir eben die rechten. Lotrix, Meretrix, Poetrix – –

DAMIS: Poetrix? O wehe, meine Ohren! Poetria müßten Sie sagen; oder Poetris –

CHRYSANDER: Is oder ix, Herr Buchstabenkrämer!

Dritter Auftritt

Chrysander. Damis. Lisette.

LISETTE: Hurtig herunter in die Wohnstube, Herr Chrysander! Man will Sie sprechen.

ker eben heute von Berlin zurückführen? Und muß er sich denn eben gleich bei mir anmelden lassen? Hui daß – – Nein, Herr Valer, damit kommen Sie zu spät. – – Nun mein Sohn – *Damis steht zerstreut, als in tiefen Gedanken.* Hörst du, mein Sohn?

DAMIS: Ich höre; ich höre alles.

CHRYSANDER: Kurz, du merkst doch, wo ich vorhin hinauswollte? Einem Klugen sind drei Worte genug. Sapienti sat; sagen wir Lateiner. – Antworte doch –

DAMIS *noch immer als in Gedanken*: Was ist da zu antworten? – –

CHRYSANDER: Was da zu antworten ist? – Das will ich dir sagen. – Antworte, daß du mich verstanden; daß dir mein Antrag lieb ist; daß dir Juliane gefällt; daß du mir in allem gehorchen willst. – Nun, antwortest du das? –

DAMIS: Ich will gleich sehn – *Indem er in der angenommenen Zerstreuung nach einem Buche greift.*

CHRYSANDER: Was kann in dem Buche davon stehen? – Antworte aus dem Herzen, und nicht aus dem Buche. – – Ex libro doctus quilibet esse potest; sagen wir Lateiner. – –

DAMIS *als ob er in dem Buche läse*: Vollkommen recht! Aber nun wie weiter? –

CHRYSANDER: Das Weitere gibt sich, wie's Griechische. Du sagst ja; sie sagt ja; damit wird Verlöbnis; und bald drauf wird Hochzeit; und alsdenn – – Du wirst schon sehen, wie's alsdenn weitergeht. – –

DAMIS: Wenn nun aber diese Voraussetzung – *Immer noch als ob er läse.*

CHRYSANDER: Ei, ich setze nichts voraus, was im geringsten zweifelhaft wäre. Juliane ist eine Waise; ich bin ihr Vormund; ich bin dein Vater; was muß mir angelegner sein, als euch beide glücklich zu machen? Ihr Vater war mein Freund, und war ein ehrlicher Mann, obgleich ein Narr. Er hätte einen honetten Bankerott machen können; seine Gläubiger würden aufs Drittel mit sich haben akkordieren lassen; und er war so einfältig und bezahlte bis auf den letzten Heller. Wie ist mir denn? hast du ihn nicht gekannt?

DAMIS: Von Person nicht. Aber seine Lebensumstände sind mir ganz wohl bewußt. Ich habe sie, ich weiß nicht in welcher Biographie, gelesen.

CHRYSANDER: Gelesen? gedruckt gelesen?

DAMIS: Ja, ja; gelesen. Er ward gegen die Mitte des vorigen

Jahrhunderts geboren, und ist, etwa vor zwanzig Jahren, als Generalsuperintendent in Pommern gestorben. In orientalischen Sprachen war seine vornehmste Stärke. Allein seine Bücher sind nicht alle gleich gut. Dieses ist noch eines von den besten. Eine besondere Gewohnheit soll der Mann an sich gehabt haben – –

CHRYSANDER: Von wem sprichst denn du?

DAMIS: Sie fragen mich ja, ob mir der Verfasser dieses Buchs bekannt wäre?

CHRYSANDER: Ich glaube du träumest; oder es geht gar noch etwas Ärgers in deinem Gehirne vor. Ich frage dich, ob du Julianens Vater noch gekannt hast?

DAMIS: Verzeihen Sie mir, wann ich ein wenig zerstreut geantwortet habe! Ich dachte eben nach – – warum wohl die Rabbinen – – das Schurek M'lo Pum heißen?

CHRYSANDER: Mit dem verdammten Schurek! Gib doch auf das acht, was der Vater mit dir spricht! – – *Er nimmt ihm das Buch aus der Hand.* Du hast ihn also nicht gekannt? Ich besinne mich; es ist auch nicht wohl möglich. Als er starb, war Juliane noch sehr jung. Ich nahm sie gleich nach seinem Tode in mein Haus, und Gott sei Dank! sie hat viel Wohltaten hier genossen. Sie ist schön, sie ist tugendhaft; wem sollte ich sie also lieber gönnen, als dir? Was meinst du? – – Antworte doch! Stehst du nicht da, als wenn du schliefest! – –

DAMIS: Ja, ja, Herr Vater. Nur eins ist noch dabei zu erwägen. – –

CHRYSANDER: Du hast recht; freilich ist noch eins dabei zu erwägen: ob du dich nämlich geschickt befindest, bald ein öffentliches Amt anzunehmen, weil doch – –

DAMIS: Wie? geschickt? geschickt? Sie zweifeln also an meiner Geschicklichkeit? – Wie unglücklich bin ich, daß ich Ihnen nicht sogleich die unwidersprechlichsten Beweise geben kann! Doch es soll noch diesen Abend geschehen. Glauben Sie mir, noch diesen Abend. – – Die verdammte Post! Ich weiß auch nicht, wo sie bleibt.

CHRYSANDER: Beruhige dich nur, mein Sohn. Die Frage geschahe eben aus keinem Mißtrauen, sondern bloß weil ich glaube, es schicke sich nicht, eher zu heiraten, als bis man ein Amt hat; so wie es sich, sollte ich meinen, auch nicht wohl schickt, eher ein Amt anzunehmen, als bis man weiß, woher man die Frau bekommen will.

DAMIS: Ach, was heiraten? was Frau? Erlauben Sie mir, daß ich Sie allein lasse. Ich muß ihn gleich wieder auf die Post schicken. Anton! Anton! Doch es ist mit dem Schlingel nichts anzufangen; ich muß nur selbst gehen.

Sechster Auftritt

Anton. Chrysander.

ANTON: Rufte mich nicht Herr Damis? Wo ist er? was soll ich?

CHRYSANDER: Ich weiß nicht, was ihm im Kopfe steckt. Er ruft dich; er will dich auf die Post schicken; er besinnt sich, daß mit dir Schlingel nichts anzufangen ist, und geht selber. Sage mir nur; willst du zeitlebens ein Esel bleiben?

ANTON: Gemach, Herr Chrysander! ich nehme an den Torheiten Ihres Sohnes keinen Teil. Mehr als zwölfmal habe ich ihm heute schon auf die Post laufen müssen. Er verlangt Briefe von Berlin. Ist es meine Schuld, daß sie nicht kommen?

CHRYSANDER: Der wunderliche Heilige! Du bist aber nun schon so lange um ihn; solltest du nicht sein Gemüt, seine Art zu denken ein wenig kennen?

ANTON: Ha! ha! das kömmt darauf hinaus, was wir Gelehrten die Kenntnis der Gemüter nennen? Darin bin ich Meister; bei meiner Ehre! Ich darf nur ein Wort mit einem reden; ich darf ihn nur ansehen: husch habe ich den ganzen Menschen weg! Ich weiß sogleich, ob er vernünftig oder eigensinnig, ob er freigebig, oder ein Knicker – –

CHRYSANDER: Ich glaube gar, du zeigst auf mich?

ANTON: O kehren Sie sich an meine Hände nicht! – – Ob er – –

CHRYSANDER: Du sollst deine Kunst gleich zeigen! Ich habe meinem Sohne eine Heirat vorgeschlagen: nun sage einmal, wenn du ihn kennst, was wird er tun?

ANTON: Ihr Herr Sohn? Herr Damis? Verzeihen Sie mir, bei dem geht meine Kunst, meine sonst so wohl versuchte Kunst, betteln.

CHRYSANDER: Nu, Schurke, so geh mit, und prahle nicht!

ANTON: Die Gemütsart eines jungen Gelehrten kennen wollen, und etwas daraus schließen wollen, ist unmöglich; und was unmöglich ist, Herr Chrysander – – das ist unmöglich.

CHRYSANDER: Und wieso?

ANTON: Weil er gar keine hat.

CHRYSANDER: Gar keine?

ANTON: Nein, nicht gar keine; sondern alle Augenblicke eine andre. Die Bücher, und die Exempel, die er liest, sind die Winde, nach welchen sich der Wetterhahn seiner Gedanken richtet. Nur bei dem Kapitel von Heiraten stehenzubleiben, weil das einmal auf dem Tapete ist, so besinne ich mich, daß – – Denn vor allen Dingen müssen Sie wissen, daß Herr Damis nie etwas vor mir verborgen hat. Ich bin von jeher sein Vertrauter gewesen, und von jeher der, mit dem er sich immer am liebsten abgegeben hat. Ganze Tage, ganze Nächte haben wir manchmal auf der Universität miteinander disputiert. Und ich weiß nicht, er muß doch so etwas an mir finden: etwa eine Eigenschaft, die er an andern nicht findet –

CHRYSANDER: Ich will dir sagen, was das für eine Eigenschaft ist: deine Dummheit! Es ergötzt ihn, wenn er sieht, daß er gelehrter ist als du. Bist du nun vollends ein Schalk, und widersprichst ihm nicht, und lobst ihn ins Gesicht, und bewunderst ihn – –

ANTON: Je verflucht! da verraten Sie mir ja meine ganze Politik! Wie schlau ein alter Kaufmann nicht ist!

CHRYSANDER: Aber vergiß das Hauptwerk nicht! Vom Heiraten – –

ANTON: Ja darüber hat er schon Teufelsgrillen im Kopfe gehabt. Zum Exempel; ich weiß die Zeit, da er gar nicht heiraten wollte.

CHRYSANDER: Gar nicht? so muß ich noch heiraten. Ich werde doch meinen Namen nicht untergehen lassen? Der Bösewicht! Aber warum denn nicht?

ANTON: Darum; weil es einmal Gelehrte gegeben hat, die geglaubt haben, der ehelose Stand sei für einen Gelehrten der schicklichste. Gott weiß, ob diese Herren allzu geistlich oder allzu fleischlich sind gesinnt gewesen! Als ein künftiger Hagestolz, hatte er sich auch schon auf verschiedene sinnreiche Entschuldigungen gefaßt gemacht. –

CHRYSANDER: Auf Entschuldigungen? kann sich so ein ruchloser Mensch, der dieses heilige Sakrament – – Denn im Vorbeigehen zu sagen, ich bin mit unsern Theologen gar nicht zufrieden, daß sie den Ehestand für kein Sakrament wollen gelten lassen – – der, sage ich, dieses heilige Sakrament verachtet, kann sich der noch unterstehen, seine Gottlosigkeit zu entschuldigen? Aber, Kerl, ich glaube, du machst mir etwas weis, denn nur vorhin, schien er ja meinen Vorschlag zu billigen.

ANTON: Das ist unmöglich richtig zugegangen. Wie stellte er sich dabei an? Lassen Sie sehen: stand er etwa da, als wenn er vor den Kopf geschlagen wäre? sahe er etwa steif auf die Erde? legte er etwa die Hand an die Stirne? griff er etwa nach einem Buche, als wenn er darin lesen wollte? ließ er Sie etwa ungestört fortreden?

CHRYSANDER: Getroffen! du malst ihn, als ob du ihn gesehen hättest.

ANTON: O da sieht es windig aus! Wann er es so macht, will er haben, daß man ihn für zerstreut halten soll. Ich kenne seine Mucken. Er hört alsdenn alles, was man ihm sagt; allein die Leute sollen glauben, er habe es vor vielem Nachsinnen nicht gehört. Er antwortet zuweilen auch; wenn man ihm aber seine Antwort wieder vorlegt, so wird er nimmermehr zugestehen, daß sie auf das gegangen sei, was man von ihm hat wissen wollen.

CHRYSANDER: Nun, wer noch nicht gestehen will, daß zu viel Gelehrsamkeit den Kopf verwirre, der verdient es selber zu erfahren. Gott sei Dank, daß ich in meiner Jugend gleich das rechte Maß zu treffen wußte! Omne nimium vertitur in vitulum: sagen wir Lateiner sehr spaßhaft. – – Aber Gott sei dem Bösewichte gnädig, wann er auf dem Vorsatze verharret! Wann er behauptet, es sei nicht nötig zu heiraten und Kinder zu zeugen, will er mir damit nicht zu verstehn geben, es sei auch nicht nötig gewesen, daß ich ihn gezeugt habe? Der undankbare Sohn!

ANTON: Es ist wahr, kein größrer Undank kann unter der Sonne sein, als wenn ein Sohn die viele Mühe nicht erkennen will, die sein Vater hat über sich nehmen müssen, um ihn in die Welt zu setzen.

CHRYSANDER: Nein; gewiß, an mir soll der heilige Ehestand seinen Verteidiger finden!

ANTON: Der Wille ist gut; aber lauter solche Verteidiger würden die Konsumtionsakzise ziemlich geringe machen.

CHRYSANDER: Wieso?

ANTON: Bedenken Sie es selbst! drei Weiber, und von der *dritten kaum einen* Sohn.

CHRYSANDER: Kaum? was willst du mit dem kaum sagen, Schlingel?

ANTON: Hui, daß Sie etwas Schlimmers darunter verstehn, als ich.

CHRYSANDER: Zwar im Vertrauen, Anton; wenn die Weiber vor zwanzig Jahren so gewesen wären, wie die Weiber jetzo sind, ich würde auf wunderbare Gedanken geraten. Er hat gar zu wenig von mir! Doch die Weiber vor zwanzig Jahren waren so frech noch nicht, wie die jetzigen; so treulos noch nicht, wie sie heutzutage sind; so lüstern noch nicht – –

ANTON: Ist das gewiß? Nun wahrhaftig, so hat man meiner Mutter Unrecht getan, die vor 33 Jahren von ihrem Manne, der mein Vater nicht sein wollte, geschieden wurde! Doch das ist ein Punkt, woran ich nicht gern denke. Die Grillen Ihres Herrn Sohns sind lustiger.

CHRYSANDER: Ärgerlicher, sprich! Aber sage mir, was waren denn seine Entschuldigungen?

ANTON: Seine Entschuldigungen waren Einfälle, die auf seinem Miste nicht gewachsen waren. Er sagte zum Exempel, solange er unter vierzig Jahren sei und ihn jemand um die Ursache fragen würde, warum er nicht heirate, wolle er antworten: er sei zum Heiraten noch zu jung. Wäre er aber über vierzig Jahr, so wolle er sprechen: nunmehr sei er zum Heiraten zu alt. Ich weiß nicht, wie der Gelehrte hieß, der auch so soll gesagt haben. – – Ein anderer Vorwand war der: er heirate deswegen nicht, weil er alle Tage willens wäre, ein Mönch zu werden; und würde deswegen kein Mönch, weil er alle Tage gedächte zu heiraten.

CHRYSANDER: Was? nun will er auch gar ein Mönch werden? Da sieht man, wohin so ein böses Gemüt, das keine Ehrfurcht für den heiligen Ehestand hat, verfallen kann! Das hätte ich nimmermehr in meinem Sohne gesucht!

ANTON: Sorgen Sie nicht! bei Ihrem Sohne ist alles nur ein Übergang. Er hatte den Einfall in der Lebensbeschreibung eines Gelehrten gelesen; er hatte Geschmack daran gefunden, und sogleich beschlossen, ihn bei Gelegenheit als den seinen anzubringen. Bald aber ward die Grille von einer andern verjagt, so wie etwann, so wie etwann – – Schade, daß ich kein Gleichnis dazu finden kann! Kurz, sie ward verjagt. Er wollte nunmehr heiraten, und zwar einen rechten Teufel von einer Frau.

CHRYSANDER: Wenn doch den Einfall mehr Narren haben wollten, damit andre ehrliche Männer mit bösen Weibern verschont blieben.

ANTON: Ja, meinte er; es würde doch hübsch klingen, wenn es einmal von ihm heißen könnte: unter die Zahl der Gelehrten, welche der Himmel mit bösen Weibern gestraft hat, gehöret auch der berühmte Damis; gleichwohl kann sich die gelehrte Welt nicht über ihn beklagen, daß ihn dieses Hauskreuz nur im geringsten abgehalten hätte, ihr mit unzählbaren gelehrten Schriften zu dienen.

CHRYSANDER: Mit Schriften! ja, die mir am teuersten zu stehen kommen. Was für Rechnungen habe ich nicht schon an die Buchdrucker bezahlen müssen! Der Bösewicht!

ANTON: Geduld! er hat auch erst angefangen zu schreiben! Es wird schon besser kommen.

CHRYSANDER: Besser? vielleicht damit man ihn endlich einmal auch unter die zählen kann, die ihren Vater arm geschrieben haben!

ANTON: Warum nicht? wenn es ihm Ehre brächte – –

CHRYSANDER: Die verdammte Ehre!

ANTON: Um die tut ein junger Gelehrter alles! Wann es auch nach seinem Tode heißen sollte: unter diejenigen Gelehrten die zum Teufel gefahren sind, gehört auch der berühmte Damis! was schadet das? Genug, er heißt gelehrt; er heißt berühmt – –

CHRYSANDER: Kerl, du erschreckst mich! Aber du, der du weit älter bist als er, kannst du ihn nicht dann und wann zurechte weisen? – –

ANTON: Oh, Herr Chrysander! Sie wissen wohl, daß ich keinen Gehalt, als Hofmeister bekomme. Und dazu meine Dummheit – –

CHRYSANDER: Ja, die du annimmst, um ihn desto dümmer zu machen.

ANTON *beiseite*: St! der kennt mich. – Aber glauben Sie, daß es ihm mit der bösen Frau ein Ernst war? nichts weniger! Eine Stunde darauf wollte er sich eine gelehrte Frau aussuchen.

CHRYSANDER: Nun, das wäre doch noch etwas Kluges!

ANTON: Etwas Kluges? nach meiner unvorgreiflichen Meinung ist es gleich der dümmste Einfall, den er hat haben können. Eine gelehrte Frau! bedenken Sie doch! eine gelehrte Frau; eine Frau wie Ihr Herr Sohn! Zittern und Entsetzen möchte *einem ehrlichen Kerl ankommen.* Wahrhaftig! ehe ich mir eine Gelehrte aufhängen ließ – –

CHRYSANDER: Narre, Narre! sie gehen unter andern Leuten,

als du bist, reißend weg. Wann ihrer nur viel wären, wer weiß, ob ich mir nicht selbst eine wählte.

ANTON: Kennen Sie Karlinen?

CHRYSANDER: Karlinen? Nein.

ANTON: Meinen ehemaligen Kameraden? meinen guten Freund? kennen Sie den nicht?

CHRYSANDER: Nein doch, nein.

ANTON: Er trug ein hechtgraues Kleid, mit roten Aufschlägen, und auf seiner Sonntagsmontur rote und blaue Achselbänder. Sie müssen ihn bei mir gesehen haben. Er hatte eine etwas lange Nase. Sie war ein Erbstück; denn er wollte aus der Geschichte wissen, daß schon sein Ururältervater, der ehedem einem gewissen Turnier, als Stallknecht beigewohnt, eine ebensolange gehabt habe. Sein einziger Fehler war, daß er etwas krumme Beine hatte. Besinnen Sie sich nun?

CHRYSANDER: Soll ich denn alle das Lumpengesindel kennen, das du kennst? Und was willst du denn mit ihm?

ANTON: Sie kennen ihn also im Ernste nicht? Oh! da kennen Sie einen sehr großen Geist weniger. Ich will Sie zu seiner Bekanntschaft verhelfen; ich gelte etwas bei ihm.

CHRYSANDER: Ich glaube, du schwärmst manchmal so gut, als mein Sohn. Wie kömmst du denn auf die Possen?

ANTON: Eben der Karlin, will ich sagen – – Oh! es ist ärgerlich, daß Sie ihn nicht kennen. – – Eben der Karlin, sage ich, hat einmal bei einem Herrn gedient, der eine gelehrte Frau hatte. Der verzweifelte Vogel – – er sah gut aus, und wie nun der Appetit sich nach dem Stande nicht richtet – – kurz, er mußte sie näher gekannt haben. Wo hätte er sonst so viel Verstand her? Endlich merkte es auch sein Herr, daß er bei der Frau in die Schule ging. Er bekam seinen Abschied, ehe er sich's versah. Die arme Frau!

CHRYSANDER: Ach schweig! ich mag weder deine noch meines Sohnes Grillen länger mit anhören.

ANTON: Noch eine hören Sie; und zwar die, welche zuletzt seine Leibgrille ward: er wollte mehr als eine Frau heiraten.

CHRYSANDER: Aber eine nach der andern.

ANTON: Nein, wenigstens ein halb Dutzend auf einmal. Der Bibel, der Obrigkeit und dem Gebrauche zum Trutze! Er las damals gleich ein Buch – –

CHRYSANDER: Die verdammten Bücher! Kurz, ich will nicht weiter hören. Es soll ihm schon vergehen, mehr als eine zu nehmen, wenn er nur erst die genommen hat, die ich jetzt für ihn im Kopfe habe. Und was meinest du wohl, Anton? quid putas? wie wir Lateiner reden; wird er's tun?

ANTON: Vielleicht; vielleicht nicht. Wenn ich wüßte was er für ein Buch zuletzt gelesen hätte, und wenn ich dieses Buch selbst lesen könnte, und wenn – –

CHRYSANDER: Ich sehe schon, ich werde deine Hülfe nötig haben. Du bist zwar ein Gauner, aber ich weiß auch, man kömmt jetzt mit Betriegern weiter, als mit ehrlichen Leuten.

ANTON: Ei, Herr Chrysander, für was halten Sie mich?

CHRYSANDER: Ohne Komplimente, Herr Anton! Ich verspreche dir eine Belohnung, die deinen Verdiensten gemäß sein soll, wenn du meinen Sohn quovis modo, wie wir Lateiner reden, durch Wahrheiten oder durch Lügen, durch Ernst oder Schraubereien, vel sic, vel aliter, wie wir Lateiner reden, Julianen zu heiraten bereden kannst.

ANTON: Wen? Julianen?

CHRYSANDER: Julianen; illam ipsam.

ANTON: Unsere Mamsell Juliane? Ihr Mündel? Ihre Pflegetochter?

CHRYSANDER: Kennst du eine andre?

ANTON: Das ist unmöglich, oder das, was ich von ihr gehört habe, muß nicht wahr sein.

CHRYSANDER: Gehört? so? hast du etwas von ihr gehört? doch wohl nichts Böses?

ANTON: Nichts Gutes war es freilich nicht.

CHRYSANDER: Ei! ich habe auf das Mädchen so große Stücken gehalten. Sie wird doch nicht etwa mit einem jungen Kerl – – he?

ANTON: Wann es nichts mehr wäre! so ein klein Fehlerchen entschuldigt die Mode. Aber, es ist noch etwas weit Ärgers für eine gute Jungfer, die gerne nicht länger Jungfer sein möchte.

CHRYSANDER: Noch etwas weit Ärgers? ich versteh dich nicht.

ANTON: Und Sie sind gleichwohl ein Kaufmann?

CHRYSANDER: Noch etwas weit Ärgers? Ich habe immer geglaubt, Eingezogenheit und gute Sitten wären das Vornehmste – –

ANTON: Nicht mehr! nicht mehr! vor zwanzig Jahren wohl, wie *Sie* vorher selbst weislich erinnerten.

CHRYSANDER: Nun so erkläre dich deutlicher. Ich habe nicht Lust deine närrischen Gedanken zu erraten.

ANTON: Und nichts ist doch leichter. Mit einem Worte: sie soll kein Geld haben. Man hat mir gesagt, in Ansehung ihres Vaters, der Ihr guter Freund gewesen wäre, hätten Sie Julianen, von ihrem neunten Jahre an, zu sich genommen, und aus Barmherzigkeit erzogen.

CHRYSANDER: Da hat man dir nun wohl keine Lügen gesagt; gleichwohl aber soll sie doch kein andrer haben, als mein Sohn, wann nur er – – Denn sieh, Anton, ich muß dir das ganze Rätsel erklären. – Es liegt nur an mir, Julianen in kurzer Zeit reich zu machen.

ANTON: Ja, durch Ihr eigen Geld. Und auf diese Art könnten Sie auch mich wohl reich machen. Wollen Sie so gut sein?

CHRYSANDER: Nein, nicht durch mein eigen Geld. – Kannst du schweigen?

ANTON: Versuchen Sie es.

CHRYSANDER: Höre also; mit Julianens Vermögen steht es so: ihr Vater kam durch einen Prozeß, den er endlich doch mußte liegenlassen, kurz vor seinem Tode, um alle das Seine. Jetzt nun ist mir ein gewisses Dokument in die Hände gefallen, das er lange vergebens suchte, und das dem ganzen Handel ein ander Ansehen gibt. Es kömmt nur darauf an, daß ich so viel Geld hergebe, den Prozeß wieder anzufangen. Das Dokument selbst habe ich bereits an meinen Advokaten nach Dresden geschickt. – –

ANTON: Gott sei Dank! daß Sie wieder zum Kaufmanne werden! Vorhin hätte ich bald nicht gewußt, was ich aus Ihnen machen sollte – – Aber Julianens Einwilligung haben Sie doch schon?

CHRYSANDER: Oh! das gute Kind will mir, wie es spricht, in allen gehorchen. Unterdessen hat sich doch schon Valer auf sie gespitzt. Er hat mir vor einiger Zeit auch seine Gedanken deshalb eröffnet. Ehe ich das Dokument bekam – –

ANTON: Ja, da war uns an Julianen so viel nicht gelegen. Sie machten ihm also Hoffnung?

CHRYSANDER: Freilich! Er ist heute von Berlin wieder zurückgekommen, und hat sich auch schon bei mir melden lassen. Ich besorge, ich besorge – – Doch wenn mein Sohn nur will – – Und diesen, Anton, du verstehest mich – – Ein Narr ist auf vielen Seiten zu fassen; und ein Mann, wie du, kann auf viel Seiten fassen. – Du wirst sehen, daß ich erkenntlich bin.

ANTON: Und Sie, daß ich ganz zu Ihren Diensten bin, zumal wenn mich die Erkenntlichkeit zuerst herausfordert, und –

Siebenter Auftritt

Anton. Chrysander. Juliane.

JULIANE: Kommen Sie doch, Herr Chrysander, kommen Sie doch hurtig herunter. Herr Valer ist schon da, Ihnen seine Aufwartung zu machen.

CHRYSANDER: Tut Sie doch ganz fröhlich, mein Jungferchen!

ANTON *sachte zu Chrysandern*: Hui! daß Valer schon den Vogel gefangen hat.

CHRYSANDER: Das wäre mir gelegen.

Anton und Chrysander gehen ab.

Achter Auftritt

Juliane. Lisette.

LISETTE *guckt aus dem Kabinett*: Bst! bst! bst!

JULIANE: Nun, wem gilt das? Lisette? bist du's? Was machst du denn hier?

LISETTE: Ja, das werden Sie wohl nimmermehr glauben, daß ich und Damis schon so weit miteinander gekommen sind, daß er mich verstecken muß. Schon kann ich ihn um einen Finger wickeln! Noch eine Unterredung, wie vorhin, so habe ich ihn im Sacke.

JULIANE: Und also hätte ich wohl, in allem Scherze, einen recht guten Einfall gehabt? Wollte doch der Himmel, daß die Verbindung, die sein Vater zwischen uns – –

LISETTE: Ach, sein Vater! der Schalk, der Geizhals! Jetzt habe ich ihn kennenlernen.

JULIANE: Was gibst du ihm für Titel? Seine Gütigkeit ist nur gar zu groß. Seine Wohltaten vollkommen zu machen, trägt er mir die Hand seines Sohnes, und mit ihr sein ganzes Vermögen an. Aber wie unglücklich bin ich dabei! – Dankbarkeit und Liebe, Liebe gegen den Valer, und Dankbarkeit – –

LISETTE: Noch vor einer Minute, war ich in ebendem Irrtume. Aber glauben Sie mir nur, ich weiß es nunmehr aus seinem

Munde: nicht aus Freundschaft für Sie, sondern aus Freundschaft für Ihr Vermögen, will er diese Verbindung treffen.

JULIANE: Für mein Vermögen? du schwärmst. Was habe ich denn, das ich nicht von ihm hätte?

LISETTE: Kommen Sie, kommen Sie. Hier ist der Ort nicht, viel zu schwatzen. Ich will Ihnen alles erzählen, was ich gehört habe.

Ende des ersten Aufzuges.

ZWEITER AUFZUG

Erster Auftritt

Lisette. Valer. Juliane.

LISETTE *noch innerhalb der Szene*: Nur hier herein; Herr Damis ist ausgegangen. Sie können hier schon ein Wörtchen miteinander im Vertrauen reden.

JULIANE: Ja, Valer, mein Entschluß ist gefaßt. Ich bin ihm zu viel schuldig; er hat durch seine Wohltaten das größte Recht über mich erhalten. Es koste mir was es wolle; ich muß die Heirat eingehen, weil es Chrysander verlangt. Oder soll ich etwa die Dankbarkeit der Liebe aufopfern? Sie sind selbst tugendhaft, Valer, und Ihr Umgang hat mich edler denken gelehrt. Mich Ihrer wert zu zeigen, muß ich meine Pflicht, auch mit dem Verluste meines Glückes, erfüllen.

LISETTE: Eine wunderbare Moral! wahrhaftig!

VALER: Aber wo bleiben Versprechung, Schwur, Treue? Ist es erlaubt, um eine eingebildete Pflicht zu erfüllen, einer andern, die uns wirklich verbindet, entgegenzuhandeln?

JULIANE: Ach Valer, Sie wissen es besser, was zu solchen Versprechungen gehört. Mißbrauchen Sie meine Schwäche nicht. Die Einwilligung meines Vaters war nicht dabei.

VALER: Was für eines Vaters? – –

JULIANE: Desjenigen, dem ich für seine Wohltaten diese Benennung schuldig bin. Oder halten Sie es für keine Wohltaten, der Armut und allen ihren unseligen Folgen entrissen zu werden? Ach Valer, ich würde Ihr Herz nicht besitzen, hätte nicht Chrysanders Sorgfalt mich zur Tugend und Anständigkeit bilden lassen.

VALER: Wohltaten hören auf Wohltaten zu sein, wenn man

sucht, sich für sie bezahlt zu machen. Und was tut Chrysander anders, da er Sie, allzu gewissenhafte Juliane, nur deswegen mit seinem Sohne verbinden will, weil er ein Mittel sieht, Ihnen wieder zu dem größten Teile Ihres väterlichen Vermögens zu verhelfen?

JULIANE: Fußen Sie doch auf eine so wunderbare Nachricht nicht. Wer weiß, was Lisette gehört hat?

LISETTE: Nichts, als was sich vollkommen mit seiner übrigen Aufführung reimt. Ein Mann, der seine Wohltaten schon ausposaunet, der sie einem jeden auf den Fingern vorzurechnen weiß, sucht etwas mehr, als das bloße Gotteslohn. Und wäre es etwa die erste Träne, die Ihnen aus Verdruß, von einem so eigennützig freigebigen Manne abzuhangen, entfahren ist?

VALER: Lisette hat recht! – – Aber ich empfinde es leider; Juliane liebt mich nicht mehr.

JULIANE: Sie liebt Sie nicht mehr? Dieser Verdacht fehlte noch, ihren Kummer vollkommen zu machen. Wann Sie wüßten, wieviel es ihr, gegen die Ratschläge der Liebe taub zu sein, koste; wann Sie wüßten, Valer – – ach, die mißtrauischen Mannspersonen!

VALER: Legen Sie die Furcht eines Liebhabers, dessen ganzes Glück auf dem Spiele steht, nicht falsch aus. Sie lieben mich also noch? und wollen sich einem andern überlassen?

JULIANE: Ich will? Könnten Sie mich empfindlicher martern? Ich will? – – Sagen Sie: ich muß.

VALER: Sie müssen? – – Noch ist nie ein Herz gezwungen worden, als dasjenige, dem es lieb ist, den Zwang zu seiner Entschuldigung machen zu können – –

JULIANE: Ihre Vorwürfe sind so fein, so fein! daß ich Sie vor Verdruß verlassen werde.

VALER: Bleiben Sie, Juliane; und sagen Sie mir wenigstens, was ich dabei tun soll?

JULIANE: Was ich tue; dem Schicksale nachgeben.

VALER: Ach, lassen Sie das unschuldige Schicksal aus dem Spiele!

JULIANE: Das unschuldige? und ich werde also wohl die Schuldige sein? Halten Sie mich nicht länger – –

LISETTE: Wann ich mich nun nicht bald darzwischenlege, so werden sie sich vor lauter Liebe zanken. – Was Sie tun sollen, Herr Valer? eine große Frage! Himmel und Hölle rege machen, damit die gute Jungfer nicht muß! Den Vater auf andre Gedanken bringen; den Sohn auf Ihre Seite ziehen. – – Mit dem Sohne zwar, hat es gute Wege; den überlassen Sie nur mir. Der gute Damis! Ich bin ohne Zweifel, das erste Mädchen, das ihm schmeichelt, und hoffe dadurch auch das erste zu werden, das von ihm geschmeichelt wird. Wahrhaftig; er ist so eitel, und ich bin so geschickt, daß ich mich wohl noch zu seiner Frau an ihm loben wollte, wenn der verzweifelte Vater nicht wäre! – – Sehen Sie, Herr Valer, der Einfall ist von Mamsell Julianen! Erfinden Sie nun eine Schlinge für den Vater – –

JULIANE: Was sagst du, Lisette? von mir? O Valer, glauben Sie solch rasendes Zeug nicht! Habe ich dir etwas anders befohlen, als ihm einen schlechten Begriff von mir beizubringen?

LISETTE: Ja, recht; einen schlechten von Ihnen – und wenn es möglich wäre, einen desto bessern von mir.

JULIANE: Nein, es ist mit euch nicht auszuhalten – –

VALER: Erklären Sie wenigstens, liebste Juliane – –

JULIANE: Erklären? und was? Vielleicht, daß ich Ihnen in die Arme rennen will, und wann ich auch alle Tugenden beleidigen sollte? daß ich mich mit einer Begierde, mit einem Eifer die Ihrige zu werden bemühen will, die mich in Ihren Augen notwendig einmal verächtlich machen müssen? Nein, Valer – –

LISETTE: Hören Sie denn nicht, daß sie uns gern freie Hand lassen will? Sie macht es, wie die schöne Aspasia – – oder wie hieß die Prinzessin in dem dicken Romane? Zwei Ritter machten auf sie Anspruch. Schlagt euch miteinander, sagte die schöne Aspasia; wer den andern überwindet, soll mich haben. Gleichwohl aber war sie dem Ritter in der blauen Rüstung günstiger, als dem andern – –

JULIANE: Ach, die Närrin, mit ihrem blauen Ritter – –

Reißt sich los und geht ab.

Zweiter Auftritt

Lisette. Valer.

LISETTE: Ha! ha! ha!

VALER: Mir ist nicht lächerlich, Lisette.

LISETTE: Nicht? Ha! ha! ha!

VALER: Ich glaube, du lachst mich aus?

LISETTE: O so lachen Sie mit! Oder ich muß noch einmal darüber lachen, daß Sie nicht lachen wollen. Ha! ha! ha!

VALER: Ich möchte verzweifeln! In der Ungewißheit, ob sie mich noch liebt –

LISETTE: Ungewißheit? Sind denn alle Mannspersonen so schwer zu überreden? Werden sie denn alle zu solchen ängstlichen Zweiflern, sobald sie die Liebe ein wenig erhitzt? Lassen Sie Ihre Grillen fahren, Herr Valer, oder ich lache aufs neue. Spannen Sie vielmehr Ihren Verstand an, etwas auszusinnen, um den alten Chrysander – –

VALER: Chrysander traut mir nicht, und kann mir nicht trauen. Er kennt meine Neigung zu Julianen. Alle mein Zureden würde umsonst sein; er würde den Eigennutz, die Quelle davon, gar bald entdecken. Und wenn ich auch eine völlige Anwerbung tun wollte; was würde es helfen? Er ist deutsch genug, mir gerade ins Gesicht zu sagen, daß ich seinem Sohne hier nachstehen müsse, welcher wegen der Wohltaten des Vaters das größte Recht auf Julianen habe. – – Was soll ich also anfangen?

LISETTE: Mit den wunderlichen Leuten, die nur überall den ebenen Weg gehen wollen! Hören Sie was mir eingefallen ist. Das Dokument, oder wie der Quark heißt, ist das einzige was Chrysandern zu dieser Heirat Lust macht, so daß er es schon an seinen Advokaten geschickt hat. Wie wenn man von diesem Advokaten einen Brief unterschieben könnte, in welchem – – in welchem – –

VALER: In welchem er ihm die Gültigkeit des Dokuments verdächtig macht; willst du sagen? Der Einfall ist so unrecht nicht! Aber – wenn ihm nun einmal der Advokate ganz das Gegenteil schreibt, so ist ja unser Betrug am Tage.

LISETTE: Was für ein Einwurf! Freilich müssen Sie ihn stimmen. Es ist von jeher gebräuchlich gewesen, daß es sich ein Liebhaber etwas muß kosten lassen.

VALER: Wenn nun aber der Advokat ehrlich ist?

LISETTE: Tun Sie doch, als ob Sie seit vier Wochen erst in der Welt wären. Wie die Geschenke, so ist der Advokat. Kommen gar keine, so ist der niederträchtigste Betrieger der redlichste Mann. Kommen welche, aber nur kleine, so hält das Gewissen noch so ziemlich das Gleichgewicht. Es steigen alsdenn wohl Versuchungen bei ihm auf; allein die kleinste Betrachtung schlägt sie wieder nieder. Kommen aber nur recht ansehnliche, so ist gar bald der ehrlichste Advokat nicht mehr der ehrlichste. Er legt die Ehrlichkeit mit den geschenkten Goldstücken in den Schatz, wo jene eher zu rosten anfängt, als diese. Ich kenne die Herren!

VALER: Dein Urteil ist zu allgemein. Nicht alle Personen von einerlei Stande sind auf einerlei Art gesinnet. Ich kenne verschiedene alte rechtschaffene Sachwalter – –

LISETTE: Was wollen Sie mit Ihren alten? Es ist eben, als wenn Sie sagten, die großen runden Aufschläge, die kleinen spitzen Knöpfe, die erschrecklichen Halskrausen, aus welchen man Schiffssegel machen könnte, die viereckigten breiten Schuhe, die tiefen Taschen, kurz die ganze Tracht, wie sich etwa Ihre Paten an Ehrentagen mögen ausstaffiert haben, wären noch jetzt Mode, weil man noch manchmal hier und da einige gebückte zitternde Männerchen über die Gassen so schleichen sieht. Lassen Sie nur noch die, und Ihr paar alte rechtschaffene Advokaten sterben; die Mode und die Redlichkeit werden einen Weg nehmen.

VALER: Man hört doch gleich, wenn das Frauenzimmer am beredtesten ist!

LISETTE: Sie meinen etwa, wenn es ans Lästern geht? O wahrhaftig! des bloßen Lästerns wegen, habe ich so viel nicht geplaudert. Meine vornehmste Absicht war, Ihnen beizubringen, wieviel überall das Geld tun könne, und was für ein vortreffliches Spiel ein Liebhaber in den Händen hat, wenn er gegen alle freigebig ist, gegen die Gebieterin, gegen den Advokaten und – – Dero Dienerin.

Sie macht eine Verbeugung.

VALER: Verlaß dich auf meine Erkenntlichkeit. Ich verspreche dir eine recht ansehnliche Ausstattung, wenn wir glücklich sind – –

LISETTE: Ei, wie fein! eine Ausstattung? Sie hoffen doch wohl nicht, daß ich übrigbleiben werde?

VALER: Wann du das befürchtest, so verspreche ich dir den Mann darzu. – – Doch komm nur; Juliane wird ohne Zweifel auf uns warten. Wir wollen gemeinschaftlich unsre Sachen weiter überlegen.

LISETTE: Gehen Sie nur voran; ich muß noch hier verziehen, um meinem jungen Gelehrten –

VALER: Er wird vielleicht schon unten bei dem Vater sein.

LISETTE: Wir müssen uns alleine sprechen. Gehen Sie nur! Sie haben ihn doch wohl noch nicht gesprochen?

VALER: Was wollte ich nicht darum geben, wenn ich es ganz und gar überhoben sein könnte! Seinetwegen würde ich dieses Haus fliehen, ärger als ein Tollhaus, wenn nicht ein angenehmerer Gegenstand – –

LISETTE: So gehen Sie doch, und lassen Sie den angenehmern Gegenstand nicht länger auf sich warten.

Valer geht ab.

DRITTER AUFTRITT

ANTON. LISETTE.

ANTON: Nu? was will die! in meines Herrn Studierstube? Jetzt ging Valer heraus; vor einer Weile Juliane; und du bist noch da? Ich glaube gar, ihr habt eure Zusammenkünfte hier. Warte, Lisette! das will ich meinem Herrn sagen. Ich will mich schon rächen; noch für das Gestrige; besinnst du dich?

LISETTE: Ich glaube, du keufst? Was willst du mit deinem Gestrigen?

ANTON: Eine Maulschelle vergißt sich wohl bei dem leicht, der sie gibt, aber der, dem die Zähne davon gewackelt haben, der denkt eine Zeitlang daran. Warte nur! warte!

LISETTE: Wer heißt dich, mich küssen?

ANTON: Potz Stern, wie gemein würden die Maulschellen sein, wenn alle die welche bekommen sollten, die euch küssen wollen. – – Jetzt soll dich mein Herr dafür wacker –

LISETTE: Dein Herr? der wird mir nicht viel tun.

ANTON: Nicht? Wievielmal hat er es nicht gesagt, daß so ein heiliger Ort, als eine Studierstube ist, von euch, unreinen Geschöpfen, nicht müsse entheiliget werden? Der Gott der Gelehrsamkeit – – warte, wie nennt er ihn? – – Apollo – könne kein Weibsbild leiden. Schon der Geruch davon wäre ihm zuwider. Er fliehe davor, wie der Stößer vor den Tauben. – Und du denkst, mein Herr würde es so mit ansehen, daß du ihm den lieben Gott von der Stube treibest?

LISETTE: Ich glaube gar, du Narre denkst, der liebe Gott sei nur bei euch Mannspersonen? Schweig, oder – –

ANTON: Ja, so eine, wie gestern vielleicht?

LISETTE: Noch eine beßre! der Pinsel hätte gestern mehr, als eine verdient. Er kömmt zu mir; es ist finster; er will mich küssen; ich stoße ihn zurück, er kömmt wieder; ich schlage ihn aufs Maul, es tut ihm weh; er läßt nach; er schimpft; er geht fort – – Ich möchte dir gleich noch eine geben, wenn ich daran gedenke.

ANTON: Ich hätte es also wohl abwarten sollen, wie oft du deine Karesse hättest wiederholen wollen?

LISETTE: Gesetzt, es wären noch einige gefolgt, so würden sie doch immer schwächer und schwächer geworden sein. Vielleicht hätten sich die letztern gar – – doch so ein dummer Teufel verdient nichts.

ANTON: Was hör ich? ist das dein Ernst, Lisette? Bald hätte ich Lust, die Maulschelle zu vergessen, und mich wieder mit dir zu vertragen.

LISETTE: Halte es, wie du willst. Was ist mir jetzt an deiner Gunst gelegen? Ich habe ganz ein ander Wildpret auf der Spur.

ANTON: Ein anders? au weh, Lisette! Das war wieder eine Ohrfeige, die ich so bald nicht vergessen werde! Ein anders? Ich dächte, du hättest an einem genug, das dir selbst ins Netz gelaufen ist.

LISETTE: Und drum eben ist nichts dran. – Aber sage mir, wo bleibt dein Herr?

ANTON: Danke du Gott, daß er so lange bleibt; und mache, daß du hier fortkömmst. Wann er dich trifft, so bist du in Gefahr herausgeprügelt zu werden.

LISETTE: Dafür laß mich sorgen! Wo ist er denn? ist er von der Post noch nicht wieder zurück?

ANTON: Woher weißt du denn, daß er auf die Post gegangen ist?

LISETTE: Genug, ich weiß es. Er wollte dich erst schicken. Aber wie kam es denn, daß er selbst ging? Ha! ha! ha! „Es ist mit dem Schlingel nichts anzufangen." Wahrhaftig, das Lob macht mich ganz verliebt in dich.

ANTON: Wer Henker muß dir das gesagt haben?

LISETTE: O niemand; sage mir nur, ist er wieder da?

ANTON: Schon längst; unten ist er bei seinem Vater.

LISETTE: Und was machen sie miteinander?

ANTON: Was sie machen? sie zanken sich.

LISETTE: Der Sohn will gewiß den Vater von seiner Geschicklichkeit überführen?

ANTON: Ohne Zweifel muß es so etwas sein. Damis ist ganz außer sich: er läßt den Alten kein Wort aufbringen; er rechnet ihm tausend Bücher her, die er gesehen; tausend, die er gelesen hat; andere tausend, die er schreiben will, und hundert kleine Bücherchen, die er schon geschrieben hat. Bald nennt er ein Dutzend Professores, die ihm sein Lob schriftlich, mit untergedrucktem Siegel, nicht umsonst, gegeben hätten; bald ein Dutzend Zeitungsschreiber, die eine vortreffliche Posaune für einen jungen Gelehrten sind, wenn man ein silbernes Mundstück darauf steckt; bald ein Dutzend Journalisten, die ihn alle zu ihrem Mitarbeiter flehentlich erbeten haben. Der Vater sieht ganz erstaunt; er ist um die Gesundheit seines Sohnes besorgt; er ruft einmal über das andre: „Sohn, erhitze dich doch nicht so! schone deine Lunge! ja doch, ich glaub es! gib dich zufrieden! es war so nicht gemeint!"

LISETTE: Und Damis? – –

ANTON: Und Damis läßt nicht nach. Endlich greift sich der Vater an; er überschreit ihn mit Gewalt, und besänftiget ihn mit einer Menge solcher Lobsprüche, die in der Welt niemand verdient hat, verdient, noch verdienen wird. Nun wird der Sohn wieder vernünftig, und nun – – ja nun schreiten sie zu einem andern Punkte, zu einer andern Sache – – zu – –

LISETTE: Wozu denn?

ANTON: Gott sei Dank, mein Maul kann schweigen!

LISETTE: Du willst mir es nicht sagen?

ANTON: Nimmermehr! ich bin zwar sonst ein schlechter Kerl; aber wenn es auf die Verschwiegenheit ankömmt – –

LISETTE: Lerne ich dich so kennen?

ANTON: Ich dächte, das sollte dir lieb sein, daß ich schweigen kann; und besonders von Heiratssachen, oder was dem anhängig ist – –

LISETTE: Weißt du nichts mehr? O das habe ich längst gewußt.

ANTON: Wie schön sie mich über den Tölpel stoßen will. Also wäre es ja nicht nötig, daß ich dir es sagte? – –

LISETTE: Freilich nicht! aber mich für dein schelmisches Mißtrauen zu rächen, weiß ich schon, was ich tun will. Du sollst es gewiß nicht mehr wagen, gegen ein Mädchen von meiner Profession verschwiegen zu sein! Besinnst du dich, wie du von deinem Herrn vor kurzen gesprochen hast?

ANTON: Besinnen? ein Mann, der in Geschäften sitzt, der einen Tag lang so viel zu reden hat, wie ich, soll sich der auf allen Bettel besinnen?

LISETTE: Seinen Herrn verleumden ist etwas mehr, sollte ich meinen.

ANTON: Was ? verleumden?

LISETTE: Ha, ha! Herr Mann, der in Geschäften sitzt, besinnen Sie sich nun? Was haben Sie vorhin gegen seinen Vater von ihm geredt?

ANTON: Das Mädel muß den Teufel haben, oder der verzweifelte Alte hat geplaudert. Aber höre, Lisette, weißt du es gewiß, was ich gesagt habe? Was war es denn? Laß einmal hören.

LISETTE: Du sollst alles hören, wenn ich es deinem Herrn erzählen werde.

ANTON: O wahrhaftig, ich glaube du machst Ernst daraus. Du wirst mir doch meinen Kredit bei meinem Herrn nicht verderben wollen? Wenn du wirklich etwas weißt, so sei keine Närrin! – Daß ihr Weibsvolk doch niemals Spaß versteht! Ich habe dir eine Ohrfeige vergeben, und du willst dich, einer kleinen Neckerei wegen, rächen? Ich will dir ja alles sagen.

LISETTE: Nun so sage – –

ANTON: Aber du sagst doch nichts? – –

LISETTE: Je mehr du sagen wirst; je weniger werde ich sagen.

ANTON: Was wird es sonst viel sein, als daß der Vater dem Sohne nochmals die Heirat mit Julianen vorschlug? Damis schien ganz aufmerksam zu sein, und – – und weiter kann ich dir nichts sagen.

LISETTE: Weiter nichts? Gut, gut, dein Herr soll alles erfahren.

ANTON: Um des Himmels willen, Lisette; ich will dir es nur gestehn.

LISETTE: Nun so gesteh!

ANTON: Ich will dir es nur gestehen, daß ich wahrhaftig nichts mehr gehört habe. Ich wurde eben weggeschickt. Nun weißt du wohl, wenn man nicht zugegen ist, so kann man nicht viel hören – –

LISETTE: Das versteht sich. Aber was meinst du, wird Damis sich dazu entschlossen haben?

ANTON: Wenn er sich noch nicht dazu entschlossen hat, so will ich mein Äußerstes anwenden, daß er es noch tut. Ich soll für meine Mühe bezahlt werden, Lisette; und du weißt wohl, wenn ich bezahlt werde, daß alsdenn auch du – –

LISETTE: Ja, ja, auch ich verspreche dir's: du sollst redlich bezahlt werden! – Unterstehe dich! –

ANTON: Wie?

LISETTE: Habe einmal das Herz!

ANTON: Was?

LISETTE: Dummkopf! meine Jungfer will deinen Damis nicht haben –

ANTON: Was tut das? –

LISETTE: Folglich ist mein Wille, daß er sie auch nicht bekommen soll.

ANTON: Folglich, wenn sie mein Herr wird haben wollen, so wird mein Wille sein müssen, daß er sie bekommen soll.

LISETTE: Höre doch! du willst mein Mann werden, und einen Willen für dich haben? Bürschchen, das laß dir nicht einkommen! Dein Wille muß mein Wille sein, oder –

ANTON: St! potz Element! er kömmt; hörst du? er kömmt! Nun sieh ja, wo der Zimmermann das Loch gelassen hat. Verstecke dich wenigstens; verstecke dich! Er bringt sonst mich und dich um.

LISETTE *beiseite*: Halt, ich will beide betriegen! – – Wo denn aber hin? wohin? in das Kabinett?

ANTON: Ja, ja, nur unterdessen hinein. Vielleicht geht er bald wieder fort. – – Und ich, ich will mich geschwind hieher setzen – –

Er setzt sich an den Tisch, nimmt ein Buch in die Hand, und tut, als ob er den Damis nicht gewahr würde.

Vierter Auftritt

Anton. Damis.

ANTON *vor sich*: Ja, die Gelehrten – wie glücklich sind die Leute nicht! – – Ist mein Vater nicht ein Esel gewesen, daß er mich nicht auch auf ihre Profession getan hat! Zum Henker, was muß es für eine Lust sein, wenn man alles in der Welt weiß, so wie mein Herr! – – Potz Stern, die Bücher alle zu verstehn! – – Wenn man nur darunter sitzt, man mag darin lesen, oder nicht, so ist man schon ein ganz andrer Mensch! – – Ich fühl's, wahrhaftig ich fühl's, der Verstand duftet mir recht daraus entgegen. – Gewiß, er hat recht; ohne die Gelehrsamkeit ist man nichts, als eine Bestie. – – Ich dumme Bestie! – – *Beiseite:* Nun, wie lange wird er mich noch schimpfen lassen? – – Wir sind doch närrisch gepaaret, ich und mein Herr! – – Er gibt dem Gelehrtesten, und ich dem Ungelehrtesten nichts nach. – – Ich will auch noch heute anfangen zu lesen. – – Wenn ich ein Loch von achtzig Jahren in die Welt lebe, so kann ich schon noch ein ganzer Kerl werden. – – Nur frisch angefangen! Da sind Bücher genug! – – Ich will mir das kleinste aussuchen; denn anfangs muß man sich nicht übernehmen. – – Ha! da finde ich ein allerliebstes Büchelchen. – – In so einem muß es sich mit Lust studieren lassen. – – Nur frisch angefangen, Anton! – – Es wird doch gleichviel sein, ob hinten oder vorne? – – Wahrhaftig, es wäre eine Schande für meinen so erstaunlich, so erschrecklich, so abscheulich gelehrten Herrn, wenn er länger einen so dummen Bedienten haben sollte –

DAMIS *indem er sich ihm vollends nähert*: Ja freilich wäre es eine Schande für ihn.

ANTON: Hilf Himmel! mein Herr – –

DAMIS: Erschrick nur nicht! Ich habe alles gehört – –

ANTON: Sie haben alles gehört? – – Ich bitte tausendmal um Verzeihung, wenn ich etwas Unrechtes gesprochen habe. – – Ich war so eingenommen, so eingenommen von der Schönheit der Gelehrsamkeit – – verzeihen Sie mir meinen dummen Streich – – daß ich selbst noch gelehrt werden wollte.

DAMIS: Schimpfe doch nicht selbst den klügsten Einfall, den du zeitlebens gehabt hast.

ANTON: Vor zwanzig Jahren möchte er klug genug gewesen sein.

DAMIS: Glaube mir; noch bist du zu den Wissenschaften nicht zu alt. Wir können in unsrer Republik schon mehrere aufweisen, die sich gleichfalls den Musen nicht eher in die Arme geworfen haben.

ANTON: Nicht in die Arme allein, ich will mich ihnen in den Schoß werfen. – Aber in welcher Stadt sind die Leute?

DAMIS: In welcher Stadt?

ANTON: Ja; ich muß hin, sie kennenzulernen. Sie müssen mir sagen, wie sie es angefangen haben. – –

DAMIS: Was willst du mit der Stadt?

ANTON: Sie denken etwa, ich weiß nicht, was eine Republik

ist? – – Sachsen, zum Exempel – – und eine Republik hat ja mehr wie eine Stadt? nicht?

DAMIS: Was für ein Idiote! Ich rede von der Republik der Gelehrten. Was geht uns Gelehrten, Sachsen, was Deutschland, was Europa an? Ein Gelehrter, wie ich bin, ist für die ganze Welt: er ist ein Kosmopolit: er ist eine Sonne, die den ganzen Erdball erleuchten muß – –

ANTON: Aber sie muß doch wo liegen, die Republik der Gelehrten.

DAMIS: Wo liegen? dummer Teufel! die gelehrte Republik ist überall.

ANTON: Überall? und also ist sie mit der Republik der Narren an einem Orte? Die, hat man mir gesagt, ist auch überall.

DAMIS: Ja freilich sind die Narren und die Klugen, die Gelehrten und die Ungelehrten überall untermengt, und zwar so, daß die letztern immer den größten Teil ausmachen. Du kannst es an unserm Hause sehen. Mit wieviel Toren und Unwissenden findest du mich nicht hier umgeben? Einige davon wissen nichts, und wissen es, daß sie nichts wissen. Unter diese gehörst du. Sie wollten aber doch gern etwas lernen, und deswegen sind sie noch die erträglichsten. Andre wissen nichts, und wollen auch nichts wissen; sie halten sich bei ihrer Unwissenheit für glücklich; sie scheuen das Licht der Gelehrsamkeit – –

ANTON: Das Eulengeschlecht!

DAMIS: Noch andre aber wissen nichts, und glauben doch etwas zu wissen; sie haben nichts, gar nichts gelernt, und wollen doch den Schein haben, als hätten sie etwas gelernt. Und diese sind die allerunerträglichsten Narren, worunter, die Wahrheit zu bekennen, auch mein Vater gehört.

ANTON: Sie werden doch Ihren Vater, bedenken Sie doch, Ihren Vater, nicht zu einem Erznarren machen?

DAMIS: Lerne distinguieren! Ich schimpfe meinen Vater nicht, insofern er mein Vater ist, sondern insofern ich ihn, als einen betrachten kann, der den Schein der Gelehrsamkeit unverdienterweise an sich reißen will. Insofern verdient er meinen Unwillen. Ich habe es ihm schon oft zu verstehen gegeben, wie ärgerlich er mir ist, wenn er, als ein Kaufmann, als ein Mann, der nichts mehr, als gute und schlechte Waren, gutes und falsches Geld kennen darf, und höchstens das letzte für das erste wegzugeben wissen soll; wenn der, sage ich, mit seinen Schulbrocken, bei welchen ich doch noch immer etwas erinnern muß, so prahlen will. In dieser Absicht ist er ein Narr, er mag mein Vater sein, oder nicht.

ANTON: Schade! ewig schade! daß ich das insofern und in Absicht nicht als ein Junge gewußt habe. Mein Vater hätte mir gewiß nicht so viel Prügel umsonst geben sollen. Er hätte sie alle richtig wiederbekommen; nicht insofern als mein Vater, sondern insofern als einer, der mich zuerst geschlagen hätte. Es lebe die Gelehrsamkeit! – –

DAMIS: Halt! ich besinne mich auf einen Grundsatz des natürlichen Rechts, der diesem Gedanken vortrefflich zustatten kömmt. Ich muß doch den Hobbes nachsehen! – – Geduld! daraus will ich gewiß eine schöne Schrift machen!

ANTON: Um zu beweisen, daß man seinen Vater wiederprügeln dürfe? – –

DAMIS: Certo respectu allerdings. Nur muß man sich wohl in acht nehmen, daß man, wenn man ihn schlägt, nicht den Vater, sondern den Aggressor zu schlagen sich einbildet; denn sonst – –

ANTON: Aggressor? Was ist das für ein Ding?

DAMIS: So heißt der, welcher ausschlägt – –

ANTON: Ha, ha! nun versteh ich's. Zum Exempel; Ihnen mein Herr stüße wieder einmal eine kleine gelehrte Raserei zu, die sich meinem Buckel durch eine Tracht Schläge empfindlich machte; so wären Sie – – wie heißt es? – – der Aggressor; und ich, ich würde berechtigt sein, mich über den Aggressor zu erbarmen, und ihm – –

DAMIS: Kerl, du bist toll! – –

ANTON: Sorgen Sie nicht; ich wollte meine Gedanken schon so zu richten wissen, daß der Herr unterdessen beiseite geschafft würde – –

DAMIS: Nun wahrhaftig; das wäre ein merkwürdiges Exempel, in was für verderbliche Irrtümer man verfallen kann, wenn man nicht weiß, aus welcher Disziplin diese oder jene Wahrheit zu entscheiden ist. Die Prügel, die ein Bedienter von seinem Herrn bekömmt, gehören nicht in das Recht der Natur, sondern in das bürgerliche Recht. Wenn sich ein Bedienter vermietet, so vermietet er auch seinen Buckel mit. Diesen Grundsatz merke dir.

ANTON: Aus dem bürgerlichen Rechte ist er? O das muß ein garstiges Recht sein. Aber ich sehe es nun schon! die verzweifelte Gelehrsamkeit, sie kann ebensoleicht zu Prügeln

bald geschehen, wer soll sie Ihnen denn aus der Stube jagen helfen, wenn ich nicht dabei bin?

LISETTE: Warte, ich will dein Lästermaul – –

DAMIS: Laß dich unbekümmert! Wann sie mir beschwerlich fällt, wird sie schon selbst so vernünftig sein, und gehen.

ANTON: Aber betrachten Sie nur: ein Weibsbild in Ihrer Studierstube! Was wird Ihr Gott sagen? Er kann ja das Ungeziefer nicht leiden.

LISETTE: Endlich werde ich dich wohl zur Stube hinausschmeißen müssen?

ANTON: Das wäre mir gelegen. – – Die verdammten Mädel! auch bei dem Teufel können sie sich einschmeicheln. *Geht ab.*

Sechster Auftritt

Lisette. Damis.

DAMIS: Und wo blieben wir denn vorhin?

LISETTE: Wo blieben wir? bei dem, was ich allezeit am liebsten höre, und wovon ich allezeit am liebsten rede, bei Ihrem Lobe. Wenn es nur nicht eine so gar kützliche Sache wäre, einen ins Gesicht zu loben! – – Ich kann Ihnen unmöglich die Marter antun.

DAMIS: Aber ich beteure Ihr nochmals, Lisette; es ist mir nicht um mein Lob zu tun! Ich möchte nur gern hören, auf was für verschiedene Art verschiedene Personen einerlei Gegenstand betrachtet haben.

LISETTE: Jeder lobte dasjenige an Ihnen, was er an sich Lobenswürdiges zu finden glaubte. Zum Exempel, der kleine dicke Mann, mit der ernsthaften Miene, der so selten lacht, der aber, wenn er einmal zu lachen anfängt, mit dem erschütterten Bauche den ganzen Tisch über den Haufen wirft – –

DAMIS: Und wer ist das? Aus Ihrer Beschreibung, Lisette, kann ich es nicht erraten – O es ist mit den Beschreibungen eine kützliche Sache! Es gehört nicht wenig dazu, sie so einzurichten, daß man, gleich bei dem ersten Anblicke, das Beschriebene erkennen kann. Über nichts aber muß ich mehr lachen, als wenn ich bei diesem und jenem großen Philosophen, wahrhaftig bei Männern, die schon einer ganzen Sekte ihren Namen gegeben haben, öfters Beschreibungen anstatt Erklärungen antreffe. Das macht, die guten Herren haben mehr Einbildungskraft, als Beurteilung. Bei der Erklärung muß der Verstand in das Innere der Dinge eindringen; bei der Beschreibung aber darf man bloß auf die äußerlichen Merkmale, auf das – –

LISETTE: Wir kommen von unsrer Sache, Herr Damis. Ihr Lob – –

DAMIS: Ja wohl; fahr Sie nur fort, Lisette. Von wem wollte Sie vorhin reden?

LISETTE: Je, sollten Sie denn den kleinen Mann nicht kennen? Er bläset immer die Backen auf –

DAMIS: Sie meint vielleicht den alten Ratsherrn?

LISETTE: Ganz recht, aber seinen Namen –

DAMIS: Was liegt an dem? – –

LISETTE: Ja, Herr Chrysander, sagte also der Ratsherr, an dessen Namen nichts gelegen ist, Ihr Herr Sohn kann einmal der beste Ratsherr von der Welt werden, wenn er sich nur darauf applizieren will. Es gehört ein aufgeweckter Geist dazu; den hat er: eine fixe Zunge; die hat er: eine tiefe Einsicht in die Staatskunst; die hat er: eine Geschicklichkeit, seine Gedanken zierlich auf das Papier zu bringen; die hat er: eine verschlagne Aufmerksamkeit auf die geringsten Bewegungen unruhiger Bürger; die hat er: und wenn er sie nicht hat – o die Übung – die Übung! Ich weiß ja wie mir es anfangs ging. Freilich kann man die Geschicklichkeit zu einem so schweren Amte, nicht gleich mit auf die Welt bringen –

DAMIS: Der Narr! es ist zwar wahr, daß ich alle diese Geschicklichkeiten besitze; allein mit der Hälfte derselben könnte ich Geheimter Rat werden, und nicht bloß – –

SIEBENTER AUFTRITT

ANTON. LISETTE. DAMIS.

DAMIS: Nun, was willst du schon wieder?

ANTON: Mamsell Juliane weiß es nun, daß Lisette ausgegangen ist. Fürchten Sie sich nur nicht; sie wird uns nicht überraschen – –

DAMIS: Wer hieß dich denn wiederkommen?

ANTON: Sollte ich wohl meinen Herrn allein lassen? Und dazu, es überfiel mich auf einmal so eine Angst, so eine Bangigkeit; die Ohren fingen mir an zu klingen, und besonders das linke – – Lisette! Lisette!

LISETTE: Was willst du denn?

ANTON *sachte zu Lisetten*: Was habt ihr denn beide allein gemacht? Was gilt's, es ging auf meine Unkosten!

LISETTE: O pack dich – Ich weiß nicht was der Narre will.

DAMIS: Fort, Anton! es ist die höchste Zeit; du mußt wieder auf die Post sehen. Ich weiß auch gar nicht, wo sie so lange bleibt. – – Wird's bald?

ANTON: Lisette, komm mit!

DAMIS: Was soll denn Lisette mit?

ANTON: Und was soll sie denn bei Ihnen?

DAMIS: Unwissender!

ANTON: Ja freilich ist es mein Unglück, daß ich es nicht weiß. *Sachte zu Lisetten:* Rede nur wenigstens ein wenig laut, damit ich höre, was unter euch vorgeht – Ich werde horchen –

Gehet ab.

Achter Auftritt

Lisette. Damis.

LISETTE: Lassen Sie uns ein wenig sachte reden. Sie wissen wohl, man ist vor dem Horcher nicht sicher.

DAMIS: Ja wohl; fahr Sie also nur sachte fort.

LISETTE: Sie kennen doch wohl des Herrn Chrysanders Beichtvater?

DAMIS: Beichtvater? soll ich denn solche Handwerksgelehrte kennen?

LISETTE: Wenigstens schien er Sie sehr wohl zu kennen. „Ein guter Prediger", fiel er der dicken Rechtsgelehrsamkeit ins Wort, „sollte Herr Damis gewiß auch werden. Eine schöne Statur; eine starke deutliche Stimme; ein gutes Gedächtnis; ein feiner Vortrag; eine anständige Dreustigkeit; ein reifer Verstand, der über seine Meinungen türkenmäßig zu halten weiß: alle diese Eigenschaften glaube ich, in einem ziemlich hohen Grade, bei ihm bemerkt zu haben. Nur um einen Punkt ist mir bange. Ich fürchte, ich fürchte; er ist auch ein wenig von der Freigeisterei angesteckt." – – „Ei, was Freigeisterei?" schrie der schon halb trunkene Medikus. „Die Freigeister sind brave Leute! Wird er deswegen keinen Kranken kurieren können? Wenn es nach mir geht, so muß er ein Medikus werden. Griechisch kann er, und Griechisch ist die halbe Medizin." *Indem sie allmählich wieder lauter spricht.* „Freilich das Herz, das dazu gehört, kann sich niemand geben. Doch das kömmt von sich selbst, wenn man erst eine Weile praktiziert hat." – – „Nu", fiel ihm ein alter Kaufmann in die Rede, „so muß es mit den Herrn Medizinern wohl sein, wie mit den Scharfrichtern. Wenn die zum ersten Male köpfen, so zittern und beben sie; je öfter sie aber den Versuch wiederholen, desto frischer geht es." – – Und auf diesen Einfall ward eine ganze Viertelstunde gelacht; in einem fort, in einem fort; sogar das Trinken ward darüber vergessen.

NEUNTER AUFTRITT

LISETTE. DAMIS. ANTON.

ANTON: Herr, die Post wird heute vor neun Uhr nicht kommen. Ich habe gefragt; Sie können sich darauf verlassen.

DAMIS: Mußt du uns aber denn schon wieder stören, Idiote?

ANTON: Es soll mir recht lieb sein, wann ich Sie nur noch zur rechten Zeit gestört habe.

DAMIS: Was willst du mit deiner rechten Zeit?

ANTON: Ich will mich gegen Lisetten schon deutlicher erklären. Darf ich ihr etwas ins Ohr sagen?

LISETTE: Was wirst du mir ins Ohr zu sagen haben?

ANTON: Nur ein Wort. *Sachte:* Du denkst ich habe nicht gehorcht? Sagtest du nicht: du hättest nicht Herz genug dazu? doch wenn du nur erst das Ding eine Weile würdest praktizieret haben – – O ich habe alles gehört – – Kurz, wir sind geschiedne Leute! Du Unverschämte, Garstige – –

LISETTE: Sage nur, was du willst?

DAMIS: Gleich, geh mir wieder aus den Augen! Und komme mir nicht wieder vors Gesicht, bis ich dich rufen werde, oder bis du mir Briefe von Berlin bringst! – Ich kann sie kaum erwarten. So macht es die übermäßige Freude! Zwar sollte ich Hoffnung sagen, weil jene nur auf das Gegenwärtige, und diese auf das Zukünftige geht. Doch hier ist das Zukünftige schon so gewiß, als das Gegenwärtige. Ich brauche die Sprache der Propheten, die ihrer Sachen doch unmöglich so gewiß sein konnten. – – Die ganze Akademie müßte blind sein. – – Nun, was stehst du noch da? Wirst du gehen?

Zehnter Auftritt

Lisette. Damis.

LISETTE: Da sehen Sie! so lobten Sie die Leute.

DAMIS: Ah, wann die Leute nicht besser loben können, so möchten sie es nur gar bleiben lassen. Ich will mich nicht rühmen, aber doch so viel kann ich mir ohne Hochmut zutrauen: ich will meiner Braut die Wahl lassen, ob sie lieber einen Doktor der Gottesgelahrheit, oder der Rechte, oder der Arzneikunst, zu ihrem Manne haben will. In allen drei Fakultäten habe ich disputiert; in allen dreien habe ich – –

LISETTE: Sie sprechen von einer Braut? heiraten Sie denn wirklich?

DAMIS: Hat Sie auch schon davon gehört, Lisette?

LISETTE: Kömmt denn wohl ohn unser einer irgend in einem Hause eine Heirat zustande? Aber eingebildet hätte ich mir es nimmermehr, daß Sie sich für Julianen entschließen würden! für Julianen!

DAMIS: Größtenteils tue ich es dem Vater zu Gefallen, der auf die außerordentlichste Weise deswegen in mich dringt. Ich weiß wohl, daß Juliane meiner nicht wert ist. Allein soll ich einer solchen Kleinigkeit wegen, als eine Heirat ist, den Vater vor den Kopf stoßen? Und dazu habe ich sonst einen Einfall, der mir ganz wohl lassen wird.

LISETTE: Freilich ist Juliane Ihrer nicht wert; und wenn nur alle Leute die gute Mamsell so kennten, als ich – –

Eilfter Auftritt

Anton. Damis. Lisette.

ANTON *vor sich*: Ich kann die Leute unmöglich so alleine lassen. – – Herr Valer fragt, ob Sie in Ihrer Stube sind? Sind Sie noch da, Herr Damis?

DAMIS: Sage mir nur, Unwissender, hast du dir es denn heute recht vorgesetzt, mir beschwerlich zu fallen?

LISETTE: So lassen Sie ihn nur da, Herr Damis. Er bleibt doch nicht weg –

ANTON: Ja, jetzt soll ich dableiben; jetzt, da es schon vielleicht vorbei ist, was ich nicht hören und sehen sollte.

DAMIS: Was soll denn vorbei sein?

ANTON: Das werden Sie wohl wissen.

LISETTE *sachte*: Jetzt, Anton, hilf mir, Julianen bei deinem Herrn recht schwarz machen. Willst du?

ANTON: Ei ja doch! zum Danke vielleicht –

LISETTE: So schweig wenigstens. – – Notwendig, Herr Damis, müssen Sie mit Julianen übel fahren. Ich bedaure Sie im voraus. Der ganze Erdboden trägt kein ärgeres Frauenzimmer – –

ANTON: Glauben Sie es nicht, Herr Damis; Juliane ist ein recht gut Kind. Sie können mit keiner in der Welt besser fahren. Ich wünsche Ihnen im voraus Glück.

LISETTE: Wahrhaftig! du mußt gegen deinen Herrn sehr redlich gesinnt sein, daß du ihm eine so unerträgliche Plage an den Hals schwatzen willst.

ANTON: Noch weit redlicher mußt du gegen deine Mamsell sein, daß du ihr einen so guten Ehemann, als Herr Damis werden wird, mißgönnest.

LISETTE: Einen guten Ehemann? Nun wahrhaftig, ein guter Ehemann, das ist auch alles, was sie sich wünscht. Ein Mann, der alles gut sein läßt – –

ANTON: Ho! ho! alles? Hören Sie, Herr Damis, für was Sie Lisette ansieht? Aus der Ursache möchtest du wohl selbst gern seine Frau sein? Alles? ei! unter das alles, gehört wohl auch? – – du verstehst mich doch? –

DAMIS: Aber im Ernste, Lisette; glaubt Sie wirklich, daß Ihre Jungfer eine rechte böse Frau werden wird? Hat sie in der Tat viel schlimme Eigenschaften?

LISETTE: Viel? Sie hat sie alle, die man haben kann; auch nicht die ausgenommen, die einander widersprechen.

DAMIS: Will Sie mir nicht ein Verzeichnis davon geben?

LISETTE: Wo soll ich anfangen? – Sie ist albern – –

DAMIS: Kleinigkeit!

ANTON: Und ich sage: Lügen!

LISETTE: Sie ist zänkisch – –

DAMIS: Kleinigkeit!

ANTON: Und ich sage: Lügen!

LISETTE: Sie ist eitel – –

DAMIS: Kleinigkeit!

ANTON: Lügen! sag ich.

LISETTE: Sie ist keine Wirtin – –

DAMIS: Kleinigkeit!

ANTON: Lügen!

LISETTE: Sie wird Sie durch übertriebenen Staat, durch beständige Ergötzlichkeiten und Schmausereien, um alle das Ihrige bringen –

DAMIS: Kleinigkeit!

ANTON: Lügen!

LISETTE: Sie wird Ihnen die Sorge um eine Herde Kinder auf den Hals laden –

DAMIS: Kleinigkeit!

ANTON: Das tun die besten Weiber am ersten.

LISETTE: Aber um Kinder, die aus der rechten Quelle nicht geholt sind.

DAMIS: Kleinigkeit!

ANTON: Und zwar Kleinigkeit nach der Mode!

LISETTE: Kleinigkeit? aber was denken Sie denn Herr Damis?

DAMIS: Ich denke, daß Juliane nicht arg genug sein kann. Ist sie albern? ich bin desto klüger; ist sie zänkisch? ich bin desto gelassener; ist sie eitel? ich bin desto philosophischer gesinnt; vertut sie? sie wird aufhören wenn sie nichts mehr hat; ist sie fruchtbar? so mag sie sehen, was sie vermag, wann sie es mit mir um die Wette sein will. Ein jedes mache sich ewig, womit es kann; das Weib durch Kinder, der Mann durch Bücher.

ANTON: Aber merken Sie denn nicht, daß Lisette ihre Ursachen haben muß, Julianen so zu verleumden?

DAMIS: Ach freilich merk ich es. Sie gönnt mich ihr, und beschreibt sie mir also vollkommen nach meinem Geschmacke. Sie hat es ohne Zweifel geschlossen, daß ich ihre Mamsell nur eben deswegen, weil sie das unerträglichste Frauenzimmer ist, heiraten will.

LISETTE: Nur deswegen? nur deswegen? und das hätte ich geschlossen? Ich müßte Sie für irre im Kopfe gehalten haben. Überlegen Sie doch nur – –

DAMIS: Das geht zu weit, Lisette! Traut Sie mir keine Überlegung zu? Was ich gesagt habe, ist die Frucht einer nur allzu scharfen Überlegung. Ja, es ist beschlossen: ich will die Zahl der unglücklich scheinenden Gelehrten, die sich mit bösen Weibern vermählt haben, vermehren. Dieser Vorsatz ist nicht von heute.

ANTON: *Nein, wahrhaftig!* – Was aber der Teufel nicht tun kann! Wer hätte es sich jetzt sollen träumen lassen, jetzt da es Ernst werden soll? Ich muß lachen; Lisette wollte ihn von der Heirat abziehen, und hat ihn nur mehr dazu beredt; und ich, ich wollte ihn dazu bereden, und hätte ihn bald davon abgezogen.

DAMIS: Einmal soll geheiratet sein. Auf eine recht gute Frau darf ich mir nicht Rechnung machen; also wähle ich mir eine recht schlimme. Eine Frau von der gemeinen Art, die weder kalt, noch warm, weder recht gut, noch recht schlimm ist, taugt für einen Gelehrten nichts, ganz und gar nichts! Wer wird sich nach seinem Tode um sie bekümmern? Gleichwohl verdient er es doch, daß sein ganzes Haus mit ihm unsterblich bleibe. Kann ich keine Frau haben, die einmal ihren Platz in einer Abhandlung de bonis Eruditorum uxoribus findet, so will ich wenigstens eine haben, mit welcher ein fleißiger Mann seine Sammlung de malis Eruditorum uxoribus vermehren kann. Ja, ja; ich bin es ohnehin meinem Vater, als der einzige Sohn, schuldig, auf die Erhaltung seines Namens mit der äußersten Sorgfalt bedacht zu sein.

LISETTE: Kaum kann ich mich von meinem Erstaunen erholen – – Ich habe Sie, Herr Damis, für einen so großen Geist gehalten – –

DAMIS: Und das nicht mit Unrecht. Doch eben hierdurch, glaube ich, den stärksten Beweis davon zu geben.

LISETTE: Ich möchte platzen! – – Ja, ja, den stärksten Beweis, daß niemand schwerer zu fangen ist, als ein junger Gelehrter; nicht sowohl wegen seiner Einsicht und Verschlagenheit, als wegen seiner Narrheit.

DAMIS: Wie so naseweis, Lisette? Ein junger Gelehrter? – – ein junger Gelehrter? – –

LISETTE: Ich will Ihnen die Verweise ersparen. Valer soll gleich von allem Nachricht bekommen. Ich bin Ihre Dienerin.

Zwölfter Auftritt

Anton. Damis.

ANTON: Da sehen Sie! nun läuft sie fort, da Sie nach ihrer Pfeife nicht tanzen wollen. –

DAMIS: Mulier non homo! bald werde ich auch dieses Paradoxon für wahr halten. Wodurch zeigt man, daß man ein Mensch ist? Durch den Verstand. Wodurch zeigt man, daß man Verstand hat? Wann man die Gelehrten und die Gelehrsamkeit gehörig zu schätzen weiß. Dieses kann kein Weibsbild, und also hat es keinen Verstand, und also ist es kein Mensch. Ja, wahrhaftig ja; in diesem Paradoxo liegt mehr Wahrheit, als in zwanzig Lehrbüchern.

ANTON: Wie ist mir denn? ich habe Ihnen doch gesagt, daß Sie Herr Valer gesucht hat? Wollen Sie nicht gehen und ihn sprechen?

DAMIS: Valer? ich will ihn erwarten. Die Zeiten sind vorbei, da ich ihn hochschätzte. Er hat seit einigen Jahren die Bücher beiseite gelegt; er hat sich das Vorurteil in den Kopf setzen lassen, daß man sich vollends durch den Umgang, und durch die Kenntnis der Welt, geschickt machen müsse, dem Staate nützliche Dienste zu leisten. Was kann ich mehr tun, als ihn betauern? Doch ja, endlich werde ich mich auch seiner schämen müssen. Ich werde mich schämen müssen, daß ich ihn ehemals meiner Freundschaft wert geschätzt habe. O wie ekel muß man in der Freundschaft sein! Doch was hat es geholfen, daß ich es bis auf den höchsten Grad gewesen bin? Umsonst habe ich mich vor der Bekanntschaft aller mittelmäßigen Köpfe gehütet; umsonst habe ich mich bestrebt, nur mit Genies, nur mit originellen Geistern umzugehen; dennoch mußte mich Valer, unter der Larve eines solchen, hintergehen. O Valer! Valer!

ANTON: Laut genug, wenn er es hören soll.

DAMIS: Ich hätte über sein kaltsinniges Kompliment bersten mögen! Von was unterhielt er mich? von nichtswürdigen Kleinigkeiten. Und gleichwohl kam er von Berlin, und gleichwohl hätte er mir die allerangenehmste Neuigkeit zuerst berichten können. O Valer! Valer!

ANTON: St! wahrhaftig er kömmt. Sehen Sie, daß er sich nicht dreimal rufen läßt?

Dreizehnter Auftritt

Damis. Valer. Anton.

VALER: Verzeihen Sie, liebster Freund, daß ich Sie in Ihrer gelehrten Ruhe störe – –

ANTON: Wenn er doch gleich sagte, Faulheit.

DAMIS: Stören? ich sollte glauben, daß Sie mich zu stören

kämen? Nein, Valer, ich kenne Sie zu wohl; Sie kommen, mir die angenehmsten Neuigkeiten zu hinterbringen, die der Aufmerksamkeit eines Gelehrten, der seine Belohnung erwartet, würdig sind. – – Einen Stuhl, Anton! – – Setzen Sie sich.

VALER: Sie irren sich, liebster Freund. Ich komme Ihnen die Unbeständigkeit Ihres Vaters zu klagen; ich komme, eine Erklärung von Ihnen zu verlangen, von welcher mein ganzes Glück abhängen wird. – –

DAMIS: Oh! ich konnte es Ihnen gleich ansehen, daß Sie vorhin die Gegenwart meines Vaters abhielt, sich mit mir vertraulicher zu besprechen, und mir Ihre Freude über die Ehre zu bezeigen, die mir der billige Ausspruch der Akademie – –

VALER: Nein, allzu gelehrter Freund; lassen Sie uns einen Augenblick von etwas minder Gleichgültigem reden.

DAMIS: Von etwas minder Gleichgültigem? Also ist Ihnen meine Ehre gleichgültig? Falscher Freund! – –

VALER: Ihnen wird diese Benennung zukommen, wann Sie mich länger von dem, was für ein zärtliches Herz das Wichtigste ist, abbringen werden. Ist es wahr, daß Sie Julianen heiraten wollen? daß Ihr Vater dieses allzu zärtliche Frauenzimmer durch Bande der Dankbarkeit binden will, in seiner Wahl minder frei zu handeln? Habe ich Ihnen jemals aus meiner Neigung gegen Julianen ein Geheimnis gemacht? Haben Sie mir nicht von jeher versprochen, meiner Liebe behülflich zu sein?

DAMIS: Sie ereifern sich, Valer; und vergessen, daß ein Weibsbild die Ursache ist. Schlagen Sie sich diese Kleinigkeit aus dem Sinne – Sie müssen in Berlin gewesen sein, da die Akademie den Preis auf dieses Jahr ausgeteilet hat. Die Monaden sind die Aufgabe gewesen. Sollten Sie nicht etwa gehört haben, daß die Devise –

VALER: Wie grausam sind Sie, Damis! So antworten Sie mir doch!

DAMIS: Und Sie wollen mir nicht antworten? Besinnen Sie sich; sollte nicht die Devise: Unum est necessarium, sein gekrönt worden? Ich schmeichle mir wenigstens – –

VALER: Bald schmeichle ich mir nun mit nichts mehr, da ich Sie so ausschweifend sehe. Bald werde ich nun auch glauben müssen, daß die Nachricht, die ich für eine Spötterei von Lisetten gehalten habe, gegründet sei. Sie halten Julianen für Ihrer unwert, Sie halten sie für die Schande ihres Geschlechts, und eben deswegen wollen Sie sie heiraten? Was für ein ungeheurer Einfall!

DAMIS: Ha! ha! ha!

VALER: Ja lachen Sie nur, Damis, lachen Sie nur! Ich bin ein Tor, daß ich einen Augenblick solchen Unsinn von Ihnen habe glauben können. Sie haben Lisetten zum besten gehabt, oder Lisette mich. Nein, nur in ein zerrüttetes Gehirn kann ein solcher Entschluß kommen! Ihn zu verabscheuen, braucht man nur vernünftig zu denken, und lange nicht edel, wie Sie doch zu denken gewohnt sind. Aber lösen Sie mir, ich bitte Sie, dieses marternde Rätsel!

DAMIS: Bald werden Sie mich, Valer, auf Ihr Geschwätze aufmerksam gemacht haben. So verlangen Sie doch in der Tat, daß ich meinen Ruhm Ihrer törichten Neigung nachsetzen soll? Meinen Ruhm! – – Doch wahrhaftig, ich will vielmehr glauben, daß Sie scherzen. Sie wollen versuchen, ob ich in meinen Entschließungen auch wankelhaft bin.

VALER: Ich scherzen? der Scherz sei verflucht, der mir hier in den Sinn kommt! – –

DAMIS: Desto lieber ist mir es, wann Sie endlich ernsthaft reden wollen. Was ich Ihnen sage: die Schrift mit der Devise Unum est necessarium – –

Vierzehnter Auftritt

Chrysander. Damis. Valer. Anton.

CHRYSANDER *mit einem Zeitungsblatte in der Hand*: Nun, nicht wahr, Herr Valer? mein Sohn ist nicht von der Heirat abzubringen? Sehen Sie, daß nicht sowohl ich, als er auf diese Heirat dringt?

DAMIS: Ich? ich auf die Heirat dringen?

CHRYSANDER: St! st! st!

DAMIS: Ei was st, st? Meine Ehre leidet hierunter. Könnte man nicht auf die Gedanken kommen, wer weiß was mir an einer Frau gelegen sei?

CHRYSANDER: St! st! st!

VALER: O brauchen Sie doch keine Umstände. Ich sehe es ja wohl; Sie sind mir beide entgegen. Was für ein Unglück hat mich in dieses Haus führen müssen! Ich muß eine liebenswürdige Person antreffen; ich muß ihr gefallen, und muß doch endlich, nach vieler Hoffnung, alle Hoffnung verlieren. Damis, wenn ich jemals einiges Recht auf Ihre Freundschaft gehabt habe – –

DAMIS: Aber, nicht wahr, Valer? einer Sache wegen, muß man auf die Berlinische Akademie recht böse sein? Bedenken Sie doch, sie will künftig die Aufgaben zu dem Preise, zwei Jahr vorher, bekanntmachen. Warum denn zwei Jahr? war es nicht an einem genug? Hält sie denn die Deutschen für so langsame Köpfe? Seit ihrer Erneuerung habe ich jedes Jahr meine Abhandlung mit eingeschickt; aber, ohne mich zu rühmen, länger als acht Tage habe ich über keine zugebracht.

CHRYSANDER: Wißt ihr denn aber auch, ihr lieben Leute, was in den Niederlanden vorgegangen ist? Ich habe hier eben die neuste Zeitung. Sie haben sich die Köpfe wacker gewaschen. Doch die Alliierten, ich bin in der Tat recht böse auf sie. Haben sie nicht wieder einen wunderbaren Streich gemacht! –

ANTON: Nun, da reden alle drei etwas anders! Der spricht von der Liebe; der von seinen Abhandlungen; der vom Kriege. Wenn ich auch etwas Besonders reden soll, so werde ich vom Abendessen reden. Vom Mittage an, bis auf den Abend um sechs Uhr, zu fasten, sind keine Narrenspossen.

VALER: Unglückliche Liebe!

DAMIS: Die unbesonnene Akademie!

CHRYSANDER: Die dummen Alliierten!

ANTON: Die vierte Stimme fehlt noch: die langsamen Bratenwender!

Funfzehnter Auftritt

Lisette. Damis. Valer. Chrysander. Anton.

LISETTE: Nun Herr Chrysander? ich glaubte, Sie hätten die Herren zu Tische rufen wollen? Ich sehe aber, Sie wollen selbst gerufen sein. Es ist schon aufgetragen.

ANTON: Das war die höchste Zeit! dem Himmel sei Dank!

CHRYSANDER: Es ist wahr; es ist wahr; ich hätte es bald vergessen. Der Zeitungsmann hielt mich auf der Treppe auf. Kommen Sie, Herr Valer; wir wollen die jetzigen Staatsgeschäfte ein wenig miteinander bei einem Gläschen überlegen. Schlagen Sie sich Julianen aus dem Kopfe. Und du, mein Sohn, du magst mit deiner Braut schwatzen. Du wirst gewiß eine wackre Frau an ihr haben; nicht so eine Xanthippe, wie – –

DAMIS: Xanthippe? wie verstehen Sie das? Sind Sie etwa auch noch in dem pöbelhaften Vorurteile, daß Xanthippe eine böse Frau gewesen sei?

CHRYSANDER: Willst du sie etwa für eine gute halten? Du wirst doch nicht die Xanthippe verteidigen? Pfui! das heißt einen ABC-Schnitzer machen. Ich glaube, ihr Gelehrten, je mehr ihr lernt, je mehr vergeßt ihr.

DAMIS: Ich behaupte aber, daß man kein einzig tüchtiges Zeugnis für Ihre Meinung anführen kann. Das ist das erste, was die ganze Sache verdächtig macht; und zum andern – –

LISETTE: Das ewige Geplaudre!

CHRYSANDER: Lisette hat recht! Mein Sohn, contra principia negantem, non est disputandum. Kommt! kommt!

Chrysander, Damis und Anton gehen ab.

VALER: Nun ist alles für mich verloren, Lisette. Was soll ich anfangen?

LISETTE: Ich weiß keinen Rat; wann nicht der Brief – –

VALER: Dieser Betrug wäre zu arg, und Juliane will ihn nicht zugeben.

LISETTE: Ei, was Betrug? Wenn der Betrug nützlich ist, so ist er auch erlaubt. Ich sehe es wohl, ich werde es selbst tun müssen. Kommen Sie nur fort, und fassen Sie wieder Mut.

Ende des zweiten Aufzuges.

DRITTER AUFZUG

Erster Auftritt

Lisette. Anton.

LISETTE: So warte doch, Anton.

ANTON: Ei, laß mich zufrieden. Ich mag mit dir nichts zu tun haben.

LISETTE: Wollen wir uns also nicht wieder versöhnen? Willst du nicht tun, was ich dich gebeten habe?

ANTON: Dir sollte ich etwas zu Gefallen tun?

LISETTE: Anton, lieber Anton, goldner Anton, tu es immer. Wie leicht kannst du nicht dem Alten den Brief geben, und ihm sagen, der Postträger habe ihn gebracht?

ANTON: Geh! du Schlange! Wie sie nun schmeicheln kann! – – Halte mich nicht auf. Ich soll meinem Herrn ein Buch bringen. Laß mich gehen.

LISETTE: Deinem Herrn ein Buch? Was will er denn mit dem Buche bei Tische?

ANTON: Die Zeit wird ihm lang; und will er nicht müßige Weile haben, so muß er sich doch wohl etwas zu tun machen.

LISETTE: Die Zeit wird ihm lang? bei Tische? Wenn es noch in der Kirche wäre. Reden sie denn nichts?

ANTON: Nicht ein Wort. Ich bin ein Schelm, wenn es auf einem Totenmahle so stille zugehen kann.

LISETTE: Wenigstens wird der Alte reden.

ANTON: Der redt, ohne zu reden. Er ißt, und redt zugleich; und ich glaube, er gäbe wer weiß was darum, wenn er noch dazu trinken könnte, und das alles dreies auf einmal. Das Zeitungsblatt liegt neben dem Teller; das eine Auge sieht auf den, und das andre auf jenes. Mit dem einen Backen kaut er, mit dem andern redt er. Da kann es freilich nun nicht anders sein, die Worte müssen auf dem Gekauten sitzen bleiben, so daß man ihn mit genauer Not noch murmeln hört.

LISETTE: Was machen aber die übrigen?

ANTON: Die übrigen? Valer und Juliane sind wie halb tot. Sie essen nicht, und reden nicht; sie sehen einander an; sie seufzen; sie schlagen die Augen nieder; sie schielen bald nach dem Vater, bald nach dem Sohne; sie werden weiß; sie werden rot. Der Zorn und die Verzweiflung sieht beiden aus den Augen. – Aber juchhe! so recht! Siehst du, daß es nicht nach deinem Kopfe gehen muß? Mein Herr soll Julianen haben, und wenn – –

LISETTE: Ja, dein Herr! Was macht aber der?

ANTON: Lauter dumme Streiche. Er krützelt mit der Gabel auf dem Teller; hängt den Kopf; bewegt das Maul, als ob er mit sich selbst redte; wackelt mit dem Stuhle; stößt einmal ein Weinglas um; läßt es liegen; tut, als wenn er nichts merkte, bis ihm der Wein auf die Kleider laufen will; nun fährt er auf, und spricht wohl gar, ich hätte es umgegossen – Doch genug geplaudert; er wird auf mich fluchen, wo ich ihm das Buch nicht bald bringe. Ich muß es doch suchen. Auf dem Tische, zur rechten Hand, soll es liegen. Ja zur rechten Hand; welche rechte Hand meint er denn? Trete ich so, so ist das die rechte Hand; trete ich so, so ist sie das; trete ich so, so ist sie das; und das wird sie, wenn ich so trete. *Tritt an alle vier Seiten des Tisches.* Sage mir doch, Lisette, welches ist denn die rechte rechte Hand?

LISETTE: Das weiß ich sowenig, als du. Schade auf das Buch; er mag es selbst holen. Aber, Anton, wir vergessen das Wichtigste; den Brief –

ANTON: Kömmst du mir schon wieder mit deinem Briefe? Denkt doch; deinetwegen soll ich meinen Herrn betriegen?

LISETTE: Es soll aber dein Schade nicht sein.

ANTON: So? ist es mein Schade nicht, wann ich das, was mir Chrysander versprochen hat, muß sitzenlassen?

LISETTE: Dafür aber verspricht dich Valer schadlos zu halten.

ANTON: Wo verspricht er mir es denn?

LISETTE: Wunderliche Haut! ich verspreche es dir an seiner Statt.

ANTON: Und wenn du es auch an seiner Statt halten sollst, so werde ich viel bekommen. Nein, nein; ein Sperling in der Hand ist besser, als eine Taube auf dem Dache.

LISETTE: Wann du die Taube gewiß fangen kannst, so wird sie doch besser sein, als der Sperling?

ANTON: Gewiß fangen! als wenn sich alles fangen ließe? Nicht wahr, wann ich die Taube haschen will, so muß ich den Sperling aus der Hand fliegen lassen?

LISETTE: So laß ihn fliegen.

ANTON: Gut! und wann sich nun die Taube auch davonmacht? Nein, nein, Jungfer, so dumm ist Anton nicht.

LISETTE: Was du für kindische Umstände machst! Bedenke doch, wie glücklich du sein kannst.

ANTON: Wie denn? laß doch hören.

LISETTE: Valer hat versprochen, mich auszustatten. Was sind so einem Kapitalisten tausend Taler?

ANTON: Auf die machst du dir Rechnung?

LISETTE: Wenigstens. Dich würde er auch nicht leer ausgehen lassen, wann du mir behülflich wärest. Ich hätte alsdenn Geld; du hättest auch Geld: könnten wir nicht ein allerliebstes Paar werden?

ANTON: Wir? *ein* Paar? Wenn dich mein Herr nicht versteckt hätte.

LISETTE: Tust du nicht recht albern! Ich habe dir ja alles erzählt, was unter uns vorgegangen ist. Dein Herr, das Bücherwürmchen!

ANTON: Ja, auch das sind verdammte Tiere, die Bücherwürmer. Es ist schon wahr, ein Mädel, wie du, mit tausend Taler, die ist wenigstens tausend Taler wert; aber nur das Kabinett – – das Kabinett – –

LISETTE: Höre doch einmal auf, Anton, und laß dich nicht so lange bitten.

ANTON: Warum willst du aber dem Alten den Brief nicht selbst geben?

LISETTE: Ich habe dir ja gesagt, was darin steht. Wie leicht könnte Chrysander nicht argwöhnen – –

ANTON: Ja, ja, mein Äffchen, ich merk es schon; du willst die Kastanien aus der Asche haben, und brauchst Katzenpfoten dazu.

LISETTE: Je nun, mein liebes Katerchen, tu es immer!

ANTON: Wie Sie es einem ans Herz legen kann! Liebes Katerchen! Gib nur her, den Brief; gib nur!

LISETTE: Da, mein unvergleichlicher Anton –

ANTON: Aber es hat doch mit der Ausstattung seine Richtigkeit? – –

LISETTE: Verlaß dich drauf – –

ANTON: Und mit meiner Belohnung obendrein? – –

LISETTE: Desgleichen.

ANTON: Nun wohl, der Brief ist übergeben!

LISETTE: Aber so bald, als möglich –

ANTON: Wenn du willst, jetzt gleich. Komm! – Potz Stern! wer kömmt? – – Zum Henker, es ist Damis.

Zweiter Auftritt

Damis. Anton. Lisette.

DAMIS: Wo bleibt denn der Schlingel mit dem Buche?

ANTON: Ich wollte gleich, ich wollte – Lisette und – – Kurz, ich kann es nicht finden, Herr Damis.

DAMIS: Nicht finden? Ich habe dir ja gesagt, auf welcher Hand es liegt.

ANTON: Auf der rechten, haben Sie wohl gesagt; aber nicht auf welcher rechten? Und das wollte ich Sie gleich fragen kommen.

DAMIS: Dummkopf, kannst du nicht so viel erraten, daß ich von der Seite rede, an welcher ich sitze?

ANTON: Es ist auch wahr, Lisette; und darüber haben wir uns den Kopf zerbrochen! Herr Damis ist doch immer klüger, als wir! *Indem er ihm hinterwärts einen Mönch sticht.* Nun will ich es wohl finden. Weiß eingebunden, roten Schnitt, nicht? Gehen Sie nur, ich will es gleich bringen.

DAMIS: Ja, nun ist es Zeit, da wir schon vom Tische aufgestanden sind.

ANTON: Schon aufgestanden? Zum Henker, ich bin noch nicht satt. Sind sie schon alle, alle aufgestanden?

DAMIS: Mein Vater wird noch sitzen, und die Zeitung auswendig lernen, damit er morgen in seinem Kränzchen, den Staatsmann spielen kann. Geh geschwind, wenn du glaubst, von seinen politischen Brocken satt zu werden. Was will aber Lisette hier?

LISETTE: Bin ich jetzt nicht ebensowohl zu leiden, als vorhin?

DAMIS: Nein, wahrhaftig nein. Vorhin glaubte ich, Lisette hätte wenigstens so viel Verstand, daß ihr Plaudern auf eine Viertelstunde erträglich sein könnte; aber ich habe mich geirrt. Sie ist so dumm, wie alle übrige im Hause.

LISETTE: Ich habe die Ehre, mich im Namen aller übrigen zu bedanken.

ANTON: Verzweifelt! das geht ja jetzt aus einem ganz andern Tone! Gott gebe, daß sie sich recht zanken! Aber zuhören mag ich nicht – – Lisette, ich will immer gehen.

LISETTE *sachte*: Den Brief vergiß nicht; geschwind!

DAMIS: So! hast du Lisetten um Urlaub zu bitten? Ich befehle dir: bleib da. Ich wüßte nicht, wohin du zu gehen hättest.

ANTON: Auf die Post, Herr Damis; auf die Post!

DAMIS: Doch, es ist wahr; nun so geh! geh!

Dritter Auftritt

Damis. Lisette.

DAMIS: Lisette kann sich nur auch gleich mit fortmachen. Will denn meine Stube heute gar nicht leer werden? Bald ist der da, bald jener; bald die, bald jene. Soll ich denn nicht einen Augenblick allein sein? *Setzt sich an seinen Tisch.* Die Musen verlangen Einsamkeit, und nichts verjagt sie eher, als der

die Zeit bringe; die Heirat mit Julianen war nichts, als ein Gedanke, den du wieder vergessen kannst. Wann ich es recht überlege, so hat doch Valer das größere Recht auf sie.

DAMIS: Sie betriegen sich, wenn Sie glauben, daß ich nunmehr davon abgehen werde. Ich habe alles wohl überleget, und ich muß es Ihnen nur mit ganz trocknen Worten sagen, daß eine böse Frau mir helfen soll, meinen Ruhm unsterblich zu machen; oder vielmehr, daß ich eine böse Frau, an die man nicht denken würde, wann sie keinen Gelehrten gehabt hätte, mit mir zugleich unsterblich machen will. Der Charakter eines solchen Eheteufels, wird auf den meinigen ein gewisses Licht werfen – –

CHRYSANDER: Nun wohl, wohl; so nimm dir eine böse Frau; nur aber eine mit Gelde, weil an einer solchen die Bosheit noch erträglich ist. Von der Gattung war meine erste selige Frau. Um die zwanzigtausend Taler, die ich mit ihr bekam, hätte ich des bösen Feindes Schwester heiraten wollen – – Du mußt mich nur recht verstehen: ich meine es nicht nach den Worten. – Wann sie aber böse sein soll, deine Frau, was willst du mit Julianen? – – Höre, ich kenne eine alte Witwe, die schon vier Männer ins Grab gezankt hat; sie hat ihr feines Auskommen: ich dächte, das wäre deine Sache; nimm die! Ich habe dir das Maul einmal wäßrig gemacht, ich muß dir also doch etwas darein geben. Wann es einmal eine Xanthippe sein soll, so kannst du keine beßre finden.

DAMIS: Mit Ihrer Xanthippe! ich habe es Ihnen ja schon mehr als einmal gesagt, das Xanthippe keine böse Frau gewesen ist. Haben Sie meine Beweisgründe schon wieder vergessen?

CHRYSANDER: Ei was? mein Beweis ist das Abc-Buch. Wer so ein Buch hat schreiben können, das so allgemein geworden ist, der muß es gewiß besser verstanden haben, als du. Und kurz, mir liegt daran, daß Xanthippe eine böse Frau gewesen ist. Ich könnte mich nicht zufriedengeben, wenn ich meine erste Frau so oft sollte gelobt haben. Schweig also mit deinen Narrenspossen; ich mag von dir nicht besser unterrichtet sein.

DAMIS: So wird uns gedankt, wenn wir die Leute aus ihren Irrtümern helfen wollen.

CHRYSANDER: Seit wenn ist denn das Ei klüger, als die Henne? he? Herr Doktor, vergeß Er nicht, daß ich Vater bin, und daß es auf den Vater ankömmt, wenn der Sohn heiraten soll. Ich will an Julianen nicht mehr gedacht wissen – –

DAMIS: Und warum nicht?

CHRYSANDER: Soll ich meinem einzigen Sohne ein armes Mädchen aufhängen? Du bist nicht wert, daß ich für dich so besorgt bin. Du weißt ja, daß sie nichts im Vermögen hat.

DAMIS: Hatte sie vorhin, da ich sie heiraten sollte, mehr als jetzt?

CHRYSANDER: Das verstehst du nicht. Ich wußte wohl, was ich vorhin tat; aber ich weiß auch, was ich jetzt tue.

DAMIS: Gut, desto besser ist es, wann sie kein Geld hat. Man wird mir also nicht nachreden können, die böse Frau des Geldes wegen genommen zu haben; man wird es zugestehen müssen, daß ich keine andere Absicht gehabt, als die, mich in den Tugenden zu üben, die bei Erduldung eines solchen Weibes nötig sind.

CHRYSANDER: Eines solchen Weibes! Wer hat dir denn gesagt, daß Juliane eine böse Frau werden wird?

DAMIS: Wenn ich nicht, wie wir Gelehrten zu reden pflegen, a priori davon überführt wäre, so würde ich es schon daraus schließen können, weil Sie daran zweifeln.

CHRYSANDER: Fein naseweis, mein Sohn! fein naseweis! Ich habe Julianen auferzogen; sie hat viel Wohltaten bei mir genossen; ich habe ihr alles Gute beigebracht: wer von ihr Übels spricht, der spricht es zugleich von mir. Was? ich sollte nicht ein Frauenzimmer zu ziehen wissen? Ich sollte ein Mädchen, das unter meiner Aufsicht groß geworden ist, nicht so weit gebracht haben, daß es einmal eine rechtschaffne wackre Frau würde? Reich habe ich sie freilich nicht machen können; ich bin der Wohltat selbst noch benötigt. Aber daß ich sie nicht tugendhaft, nicht verständig gemacht hätte, das kann mir nur einer nachreden, der so dumm ist, als du, mein Sohn. Nimm mir es nicht übel, daß ich mit der Sprache herausrücke. Du bist so ein eingemachter Narre, so ein Stockfisch – – nimm mir's nicht übel, mein Sohn – – so ein überstudierter Pickelhering – – aber nimm mir's nicht übel – –

DAMIS *beiseite*: Bald sollte ich glauben, daß sein erster Handel mit eingesalznen Fischen gewesen sei. – – Schon gut, Herr Vater; von Julianens Tugend will ich nichts sagen; die Tugend ist oft eine Art von Dummheit. Aber was ihren Verstand anbelangt, von dem werden Sie mir erlauben, daß ich ihn noch immer in Zweifel ziehe. Ich bin nun schon eine ziemliche Zeit wieder hier; ich habe mir auch manchmal die

Mühe genommen, ein paar Worte mit ihr zu sprechen: hat sie aber wohl jemals an meine Gelehrsamkeit gedacht? Ich mag nicht gelobt sein; so eitel bin ich nicht; nur muß man den Leuten ihr Recht widerfahren lassen – –

Fünfter Auftritt

Chrysander. Damis. Valer.

CHRYSANDER: Gut, gut, Herr Valer, Sie kommen gleich zur rechten Stunde.

DAMIS: Was will der unerträgliche Mensch wieder?

VALER: Ich komme Abschied von Ihnen beiden zu nehmen – –

CHRYSANDER: Abschied? so zeitig? warum denn?

VALER: Ich glaube nicht, daß Sie im Ernste fragen.

CHRYSANDER: Gott weiß es, Herr Valer; in dem allerernstlichsten Ernste. Ich lasse Sie wahrhaftig nicht.

VALER: Um mich noch empfindlicher zu martern? Sie wissen, wie lieb mir die Person allezeit gewesen ist, die Sie mir heute entreißen. Doch das Unglück wäre klein, wenn es mich nur allein träfe. Sie wollen noch dazu diese geliebte Person mit einem verbinden, der sie ebensosehr haßt, als ich sie verehre? Meine ganze Seele ist voller Verzweiflung, und von nun an werde ich, weder hier, noch irgendswo in der Welt wieder ruhig werden. Ich gehe, um mich – –

CHRYSANDER: Nicht gehen, Herr Valer, nicht gehen! Dem Übel ist vielleicht noch abzuhelfen.

VALER: Abzuhelfen? Sie beschimpfen mich, wenn Sie glauben, daß ich jemals diesen Streich überwinden werde. Er würde für ein minder zärtliches Herz, als das meinige ist, tödlich sein.

DAMIS: Was für ein Gewäsche! *Setzt sich an seinen Tisch.*

VALER: Wie glücklich sind Sie, Damis! Lernen Sie wenigstens Ihr Glück erkennen; es ist der geringste Dank, den Sie dem Himmel schuldig sind. Juliane wird die Ihrige – –

CHRYSANDER: Ei, wer sagt denn das? Sie soll noch zeitig genug die Ihrige werden. Herr Valer, nur Geduld!

VALER: Halten Sie inne mit Ihren kalten Verspottungen – –

CHRYSANDER: Verspottungen? Sie müssen mich schlecht kennen. Was ich sage, das sag ich. Ich habe die Sache nun besser überlegt; ich sehe, Juliane schickt sich für meinen Sohn nicht, und er sich noch viel weniger für Julianen. Sie lieben sie; Sie haben längst bei mir um sie angehalten; wer am ersten kömmt, der muß am ersten mahlen. Ich habe eben mit meinem Sohne davon geredt – – Sie kennen ihn ja – –

VALER: Himmel, was hör ich? Ist es möglich? welche glückliche Veränderung! Erlauben Sie, daß ich Sie tausendmal umfange. Soll ich also doch noch glücklich sein? O Chrysander! o Damis!

CHRYSANDER: Reden Sie mit ihm, und setzen Sie ihm den Kopf ein wenig zurechte. Ich will zu Julianen gehen, und ihr meinen veränderten Entschluß hinterbringen. Sie wird mir es doch nicht übelnehmen?

VALER: Übel? Sie werden ihr das Leben wiedergeben, so wie Sie es mir wiedergegeben haben.

CHRYSANDER: Ei! kann ich das? *Geht ab.*

Sechster Auftritt

Damis. Valer. Anton.

VALER: Und in welchem Tone soll ich nun mit Ihnen reden, liebster Freund? Das erneuerte Versprechen Ihres Vaters berechtigte mich, Sie ganz und gar zu übergehen. Ich habe gewonnen, sobald Chrysander Julianen zu zwingen aufhört. Doch wie angenehm soll es mir sein, wann ich ihren Besitz zum Teil auch Ihnen werde verdanken können.

DAMIS: Anton!

ANTON *kömmt*: Was soll der? ist Ihnen die Post wieder eingefallen?

DAMIS: Gleich geh! sie muß notwendig dasein.

ANTON: Aber ich sage Ihnen, daß sie bei so übeln Wetter vor zehn Uhr nicht kommen kann.

DAMIS: Gibst du abermals eine Stunde zu? Kurz, geh! und kömmst du leer wieder, so sieh dich vor!

ANTON: Wenn ich diese Nacht nicht sanft schlafe, so glaube ich zeitlebens nicht mehr, daß die Müdigkeit etwas dazuhelfen kann. *Gehet ab.*

SIEBENTER AUFTRITT

DAMIS. VALER.

VALER: So? anstatt zu antworten, reden Sie mit dem Bedienten?

DAMIS: Verzeihen Sie, Valer; Sie haben also mit mir gesprochen? Ich habe den Kopf so voll; es ist mir unmöglich, auf alles zu hören.

VALER: Und Sie wollen sich auch bei mir verstellen? Ich weiß die Zeit noch sehr wohl, da ich in ebendem wunderbaren Wahne stand, es ließe gelehrt, so zerstreut, als möglich, und auf nichts, als auf sein Buch aufmerksam zu tun. Doch glauben Sie nur, der muß sehr einfältig sein, den Sie mit diesen Gaukeleien hintergehen wollen.

DAMIS: Und Sie müssen noch einfältiger sein, daß Sie glauben können, ein jeder Kopf sei so gedankenleer, als der Ihrige. Und verdient denn Ihr Geschwätz, daß ich darauf höre? Sie haben ja gewonnen, sobald Chrysander Julianen zu zwingen aufhört; Sie sind ja berechtigt, mich zu übergehen – –

VALER: Das muß doch eine besondere Art der Zerstreuung sein, in welcher man des andern Reden gleichwohl so genau höret, daß man sie von Wort zu Wort wiederholen kann.

DAMIS: Ihre Spötterei ist sehr trocken. *Sieht wieder auf sein Buch.*

VALER: Doch aber zu empfinden? – – Was für eine Marter ist es, mit einem Menschen von Ihrer Art zu tun zu haben? Es gibt deren wenige – –

DAMIS: Das sollte ich selbst glauben.

VALER: Es würden sich aber mehrere finden, wenn selbst – –

DAMIS: Ganz recht; wenn die wahre Gelehrsamkeit nicht so schwer zu erlangen, die natürliche Fähigkeit dazu gemeiner, und ein unermüdeter Fleiß nicht so etwas Beschwerliches wären – –

VALER: Ha! ha! ha!

DAMIS: Das Lachen eines wahren Idioten!

VALER: Sie reden von Ihrer Gelehrsamkeit, und ich, mit Vergebung, wollte von Ihrer Torheit reden. Hierin, meinte ich, würden Sie mehrere Ihresgleichen finden, wenn selbst diese Torheit ihren Sklaven nicht zur Last werden müßte.

DAMIS: Verdienen Sie also, daß ich Ihnen antworte? *Sieht wieder in sein Buch.*

VALER: Und verdienen Sie wohl, daß ich noch Freundes genug bin, mit Ihnen ohne Verstellung zu reden? Glauben Sie mir,

Sie werden Ihre Torheiten bei mehrerm Verstande bereuen – –

DAMIS: Bei mehrerm Verstande? *Spöttisch.*

VALER: Werden Sie darüber ungehalten? Das ist wunderbar! Ihr Körper kann, Ihren Jahren nach, noch nicht ausgewachsen haben, und Sie glauben, daß Ihre Seele gleichwohl schon zu ihrer möglichen Vollkommenheit gelanget sei? Ich würde den für meinen Feind halten, welcher mir den Vorzug, täglich zu mehrerm Verstande zu kommen, streitig machen wollte.

DAMIS: Sie!

VALER: Sie werden so spöttisch, mein Herr Nebenbuhler – Doch da ist sie selbst! *Läuft ihr entgegen.* Ah, Juliane – –

Achter Auftritt

Juliane. Damis. Valer.

JULIANE: Ach, Valer, welche glückliche Veränderung! – –

DAMIS *indem er sich auf dem Stuhle umwendet*: Die Ehre, Sie hier zu sehen, Mademoiselle, habe ich ohne Zweifel einem Irrtume zu danken? Sie glauben vielleicht in Ihr Schlafzimmer zu kommen – –

JULIANE: Dieser Irrtum wäre unvergeblich! Nein! mein Herr, es geschieht auf Befehl Ihres Herrn Vaters, daß ich diesen heiligen Ort betrete. Ich komme, Ihnen einen Kauf aufzusagen, und mich bei Ihrer Muse zu entschuldigen, daß ich beinahe in die Gefahr gekommen wäre, ihr einen so liebenswürdigen Geist abspenstig zu machen.

VALER: O wie entzückt bin ich, schönste Juliane, Sie auf einmal wieder in Ihrer Heiterkeit zu sehen.

DAMIS: Wenn ich das Gewäsche eines Frauenzimmers recht verstehe, so kommen Sie, ein Paktum aufzuheben, welches doch alle Requisita hat, die zu einem unumstößlichen Pakto erfordert werden.

JULIANE: Und wann ich das Galimathias eines jungen Gelehrten verstehen darf, so haben Sie es getroffen.

DAMIS: Mein Vater ist ein Idiote. Kömmt es denn nur auf ihn, oder auf Sie, Mademoiselle, an, einen Vertrag, der an meinem Teil fest bestehet, ungültig zu machen? – – Es wird sich alles zeigen; nur wollte ich bitten, mich jetzt ungestört zu lassen – – *Wendet sich wieder an den Tisch.*

VALER: Was für ein Bezeigen! hat man jemals einem Frauenzimmer, auf dessen Besitz man Anspruch macht, so begegnet?

DAMIS: Und ist man jemals einem beschäftigten Gelehrten so überlästig gewesen? Diese verdrüßliche Gesellschaft loszuwerden, muß ich nur selbst meine vier Wände verlassen. *Geht ab.*

Neunter Auftritt

Valer. Juliane.

JULIANE: Und wir lachen ihm nicht nach?

VALER: Nein, Juliane; eine bessere Freude mag uns jetzt erfüllen; und beinahe gehört eine Art von Grausamkeit dazu, sich über einen so kläglichen Toren lustig zu machen. Wie soll ich Ihnen die Regungen meines Herzens beschreiben, jetzt, da man ihm alle seine Glückseligkeit wiedergegeben hat? Ich beschwöre Sie, Juliane, wann Sie mich lieben, so verlassen Sie noch heute mit mir dieses gefährliche Haus. Setzen Sie sich nicht länger der Ungestümigkeit eines veränderlichen Alten, der Raserei eines jungen Pedanten, und der Schwäche Ihrer eignen allzu zärtlichen Denkungsart aus. Sie sind mir in einem Tage genommen, und wiedergegeben worden; lassen Sie ihn den ersten und den letzten sein, der so grausam mit uns spielen darf!

JULIANE: Fassen Sie sich, Valer. Wir wollen lieber nichts tun, was uns einige Vorwürfe von Chrysandern zuziehen könnte. Sie sehen, er ist auf dem besten Wege, und ich liebe ihn ebensosehr, als ich den Damis verachte. Durch das Mißtrauen, wodurch ich mich auf einmal seiner Vorsorge entzöge, würde ich ihm für seine Wohltaten schlecht danken – –

VALER: Noch immer reden Sie von Wohltaten? Ich werde nicht eher ruhig, als bis ich Sie von diesen gefährlichen Banden befreiet habe. Erlauben Sie mir, daß ich sie sogleich gänzlich vernichte, und dem alten Eigennützigen – –

JULIANE: Nennen Sie ihn anders, Valer; er ist das nicht: und schon seine Veränderung zeigt es, daß Lisette falsch gehört, oder uns hintergangen hat. Zwar weiß ich nicht, wem ich diese Veränderung zuschreiben soll – – *Nachsinnend.*

VALER: Warum auf einmal so in Gedanken? Die Ursache, die

ihn bewogen hat, mag sein, welche es will; ich weiß doch gewiß, daß es eine Fügung des Himmels ist.

JULIANE: Des Himmels, oder Lisettens. Auf einmal fällt mir ein, was Sie mir von einem Briefe gesagt haben. Sollte wohl Lisettens allzu große Dienstfertigkeit – –

VALER: Welche Einbildung, liebste Juliane! Sie weiß es ja, daß Ihre Tugend in diesen kleinen Betrug nicht willigen wollen.

JULIANE: Gleichwohl, je mehr ich nachdenke –

VALER: Wenn es nun auch wäre, wollten Sie denn deswegen – –

JULIANE: Wann es nun auch wäre? wie?

Zehnter Auftritt

Lisette. Valer. Juliane.

JULIANE: Du kömmst als gerufen, Lisette.

LISETTE: Nun, gehen meine Sachen nicht vortrefflich? Wollen Sie es nicht unten mit anhören, wie sich Damis und Chrysander zanken? „Du sollst sie nicht bekommen"; „ich muß sie bekommen"; „ich bin Vater"; „Sie haben mir sie versprochen": „ich habe mich anders besonnen"; „ich aber nicht": „so muß es noch geschehen"; „das ist unmöglich": „unmöglich oder nicht": „kurz ich geh nicht ab: ich will es Ihnen aus Büchern beweisen, daß Sie mir Wort halten müssen": „du kannst mit deinen Büchern an den Galgen gehen." – – Was wiederhole ich viel ihre närrische Reden? Der Vater hat recht; er handelt klug: er würde aber gewiß nicht so klug handeln, wenn ich nicht vorher so klug gewesen wäre.

JULIANE: Wie verstehst du das, Lisette?

LISETTE: Ich lobe mich nicht gerne selbst. Kurz, meine liebe Mamsell, Ihr Schutzengel, der bin ich!

JULIANE: Der bist du? und wie denn?

LISETTE: Dadurch, daß ich einen Betrieger mit seiner Münze bezahlt habe. Der alte häßliche –

JULIANE: Und also hast du Chrysandern betrogen?

LISETTE: Ei, sagen Sie doch das nicht; einen Betrieger, betriegt man nicht, sondern den hintergeht man nur. Hintergangen hab ich ihn.

VALER: Und wie?

LISETTE: Schlecht genug, daß Sie es schon wieder vergessen

haben. Ich sollte meinen, erkenntlich zu sein, brauche man ein besser Gedächtnis.

JULIANE: Du hast ihm also wohl gar den falschen Brief untergeschoben?

LISETTE: Behüte Gott! ich habe ihn bloß durch einen erdichteten Brief auf andere Gedanken zu bringen gesucht; und das ist mir gelungen.

JULIANE: Das hast du getan? und ich sollte mein Glück einer Betriegerin zu danken haben? Es mag mir gehen, wie es will; Chrysander soll es den Augenblick erfahren – –

LISETTE: Was soll denn das heißen? Ist das mein Dank?

VALER: Besinnen Sie sich, Juliane; verziehen Sie!

JULIANE: Unmöglich, Valer; lassen Sie mich. *Juliane geht ab.*

Eilfter Auftritt

Valer. Lisette.

VALER: Himmel, nun ist alles wieder aus!

LISETTE: So mag sie es haben! Gift und Galle möchte ich speien, so toll bin ich! Für meinen guten Willen mich eine Betriegerin zu heißen? Ich hoffte, sie würde mir vor Freuden um den Hals fallen. – – Wie wird der Alte auf mich losziehen! Er jagt mich und Sie zum Hause heraus. Was wollen Sie nun anfangen?

VALER: Ja was soll ich nun anfangen, Lisette?

LISETTE: Ich glaube, Sie antworten mir mit meiner eignen Frage? Das ist bequem. Mein guter Rat hat ein Ende. Ich will mich bald wieder in so etwas mengen!

VALER: Zu was für einer ungelegnen Zeit kamst du aber auch, Lisette? Ich hatte dir es gesagt, daß Juliane in diesen Streich nicht willigen wollte. Hättest du nicht noch einige Zeit schweigen können?

LISETTE: Konnte ich denn vermuten, daß sie so übertrieben eigensinnig sein würde? Sie können sich leicht einbilden, wie es mit unsereiner ist: ich hätte nicht wie viel nehmen, und es gegen sie länger verbergen wollen, wem sie ihr Glück zu danken habe. Die Freude ist schwatzhaft, und – Ach, ich möchte gleich – –

Zwölfter Auftritt

Anton. Valer. Lisette.

ANTON *mit Briefen in der Hand*: Ha! ha! haltet ihr wieder Konferenz! Wenn es mein Herr wüßte, daß in seiner eignen Stube die schlimmsten Anschläge wider ihn geschmiedet werden, er würde dich, Lisette – – Aber, wie steht ihr denn da beisammen? Herr Valer scheint betrübt: du bist erhitzt, erhitzt, wie ein Zinshahn. Habt ihr euch geschlagen, oder habt ihr euch sonst eine Motion gemacht? Ei, ei, Lisette, höre – – *Sachte zu Lisetten:* du hast dich doch der Ausstattung wegen mit ihm nicht überworfen? Hat er sein Wort etwa zurückgezogen? Das wäre ein verfluchter Streich. *Laut:* Nein, nein, Herr Valer, was man verspricht, das muß man halten. Sie hat Ihnen redlich gedienet, und ich auch. Zum Henker! glauben Sie denn, daß es einmal einer ehrlichen Seele keine Gewissensbisse verursachen muß, wenn sie ihre Herrschaft für null und nichts betrogen hat? Ich lasse mich nicht vexieren; und meine Forderung wenigstens – – Hol mich dieser und jener! ich nehm einen Advokaten an, einen rechten Bullenbeißer von einem Advokaten, der Ihnen gewiß so viel soll zu schaffen machen –

LISETTE: Ach Narre, schweig!

VALER: Was will er denn? mit wem sprichst du denn?

ANTON: Potz Stern! mit unserm Schuldmanne sprech ich. Das können Sie ja wohl am Tone hören.

VALER: Wer ist denn dein Schuldmann?

ANTON: Kommt es nun da heraus, daß Sie die Schuld leugnen wollen? Hören Sie: mein Advokat bringt Sie zum Schwur – –

VALER: Lisette, weißt denn du, was er will?

LISETTE: Der Schwärmer! ich brauchte ihn vorhin zu Überbringung des Briefes, und versprach ihm, wenn die Sache gut ausfallen sollte, eine Belohnung von Ihnen.

VALER: Weiter ist es nichts?

ANTON: Ich dächte noch, das wäre genug. Und wie hält es denn mit Lisettens Ausstattung? Ich muß mich um ihr Vermögen so gut als um das meinige bekümmern, weil es doch meine werden soll.

VALER: Seid unbesorgt; wenn ich mein Glück mache, so will ich das eurige gewiß nicht vergessen.

ANTON: Gesetzt aber, Sie machten es nicht? Und was versprochen ist, ist doch versprochen.

VALER: Auch alsdenn will ich euern Eifer nicht unbelohnt lassen.

ANTON: Ach, das sind Komplimente, Komplimente!

LISETTE: So hör einmal auf!

ANTON: Bist du nicht eine Närrin; ich rede ja für dich mit.

LISETTE: Es ist aber ganz unnötig.

ANTON: Unnötig? habt ihr euch denn nicht gezankt.

LISETTE: Warum nicht gar?

ANTON: Hat er sein Versprechen nicht zurückgezogen?

LISETTE: Nein doch.

ANTON: O so verzeihen Sie mir, Herr Valer. Die Galle kann einem ehrlichen Manne leicht überlaufen. Ich bin ein wenig hitzig, zumal in Geldsachen. Fürchten Sie sich für den Advokaten nur nicht – –

VALER: Und ich kann in einer so marternden Ungewißheit hier noch verziehen? Ich muß sie sprechen; vielleicht hat sie es noch nicht getan – –

LISETTE: Hat sie es aber getan, so kommen Sie dem Alten ja nicht zu nahe!

VALER: Ich habe von dem ganzen Handel nichts gewußt.

LISETTE: Desto schlimmer alsdenn für mich. Gehen Sie nur.

Dreizehnter Auftritt

Anton. Lisette.

ANTON: Desto schlimmer für dich? Was ist denn desto schlimmer für dich? Warum soll er denn dem Alten nicht zu nahe kommen? Was habt ihr denn wieder?

LISETTE: Je, der verfluchte Brief!

ANTON: Was für ein Brief?

LISETTE: Den ich dir vorhin gab.

ANTON: Was ist denn mit dem?

LISETTE: Es ist alles umsonst; meine Mühe ist vergebens.

ANTON: Wie denn so? so wahr ich lebe, ich habe ihn richtig bestellt. Mache keine Possen, und schiebe die Schuld etwa auf mich!

LISETTE: Richtig übergeben ist er wohl; er tat auch schon seine Wirkung. Aber Juliane hat uns selbst einen Strich durch die Rechnung gemacht. Sie will es durchaus entdecken, daß es ein falscher Brief gewesen sei, und hat es vielleicht auch schon getan.

ANTON: Was zum Henker, sie selbst? Da werden wir ankommen! Siehst du; nun ist der Sperling und die Taube weg. Und was das schlimmste ist; da ich die Taube habe fangen wollen, so bin ich darüber mit der Nase ins Weiche gefallen. Oder deutlicher, und ohne Gleichnis mit dir zu reden: die versprochene Belohnung bei dem Alten hab ich verloren, die eingebildete bei Valeren entgeht mir auch, und aller Profit, den ich dabei machen werde, ist, nebst einem gnädigen Rübbenstoße, ein „Pack dich zum Teufel!" – – Will Sie mich alsdenn noch, Jungfer Lisette? – – Oh, Sie muß mich. Ich will Sie die Leute lehren unglücklich machen – –

LISETTE: Es wird mir gewiß besser gehen? Wir wandern miteinander, und wenn wir nur einmal ein Paar sind, so magst du sehen, wie du mich ernährest.

ANTON: Ich dich ernähren? bei der teuren Zeit? Wenn ich noch könnte mit dir herumziehen, wie der mit dem großen Tiere, das sein Horn auf der Nase hat.

LISETTE: Sorge nicht, in ein Tier mit einem Horne will ich dich bald verwandeln. Es wird alsdenn doch wohl einerlei sein, ob du mit mir, oder ich mit dir herumziehe.

ANTON: Nu wahrhaftig, mit dir weiß man doch noch, woran man ist. – – Aber, damit wir nicht eins ins andre reden, wo ist denn nun mein Herr? Da sind endlich seine verdammten Briefe!

LISETTE: Siehst du ihn?

ANTON: Nein; aber wo mir recht ist; jetzt hör ich ihn.

LISETTE: Laß ihn nur kommen; toll will ich ihn noch machen, zu guter Letzt.

Vierzehnter Auftritt

Anton. Lisette. Damis, *kömmt ganz tiefsinnig; Lisette schleicht hinter ihm her und macht seine Grimassen nach.*

ANTON: Halt! ich will ihn noch ein wenig zappeln lassen, und ihm die Briefe nicht gleich geben. *Steckt sie ein.* Wie so tiefsinnig, Herr Damis? was steckt Ihnen wieder im Kopfe?

DAMIS: Halt dein Maul!

ANTON: Kurz geantwortet! Aber soll sich denn ein Bedienter nicht um seinen Herrn bekümmern? Es wäre doch ganz billig, wann ich auch wüßte, worauf Sie dächten. Eine blinde

Henne findet auch manchmal ein Körnchen, und vielleicht könnte ich Ihnen – –

DAMIS: Schweig!

ANTON: Die Antwort war noch kürzer. Wenn sie stufenweise so abnimmt, so will ich einmal sehen, was übrigbleiben wird. – Was zählen Sie denn an den Fingern? Was hat Ihnen denn der arme Nagel getan, daß Sie ihn so zerbeißen? *Er wird Lisetten gewahr.* – – Und, zum Henker, was ist denn das für ein Affe? Kömmst du von Sinnen?

LISETTE: Halt dein Maul!

ANTON: Um des Himmels willen geh! Wann mein Herr aus seinem Schlafe erwacht, und dich sieht – –

LISETTE: Schweig!

ANTON: Willst du mich oder meinen Herrn zum besten haben? So sehen Sie doch einmal hinter sich, Herr Damis!

DAMIS *geht einigemal tiefsinnig auf und nieder; Lisette in gleichen Stellungen hinter ihm her; und wann er sich umwendet, schleicht sie sich hurtig herum, daß er sie nicht gewahr wird*:

Meiner Hochzeitfackel Brand
Sei von mir jetzt selbst gesungen!

ANTON: Ho! ho! Sie machen Verse? Komm Lisette, nun müssen wir ihn allein lassen. Bei solcher Gelegenheit hat er mich selbst schon, mehr als einmal, aus der Stube gestoßen. Komm nur; er ruft uns gewiß selbst wieder, sobald er fertig ist, und vielleicht das ganze Haus dazu.

LISETTE *indem sich Damis umwendet, bleibt sie starr vor ihm stehen und nimmt seinen Ton an*:

Meiner Hochzeitfackel Brand
Sei von mir jetzt selbst gesungen!

Damis tut als ob er sie nicht gewahr würde, und stößt auf sie.

DAMIS: Was ist das?

LISETTE: Was ist das?

Beide als ob sie zu sich selbst kämen.

DAMIS: Unwissender, niederträchtiger Kerl! habe ich dir nicht oft genug gesagt, keine Seele in meine Stube zu lassen, als aufs höchste meinen Vater? Was will denn die hier?

LISETTE: Unwissender, niederträchtiger Kerl! hast du mir es nicht oft genug gesagt, daß ich mich aus der Stube fortmachen soll? Kannst du dir denn aber nicht einbilden, daß die, welche im Kabinette hat sein dürfen, auch Erlaubnis haben werde, in der Stube zu sein? Unwissender, niederträchtiger Kerl!

ANTON: Wem soll ich nun antworten?

DAMIS: Gleich stoße sie zur Stube hinaus!

ANTON: Stoßen? mit Gewalt?

DAMIS: Wenn sie nicht in gutem gehen will –

ANTON: Lisette, geh immer in gutem – –

LISETTE: Sobald es mir gelegen sein wird.

DAMIS: Stoß sie heraus, sag ich!

ANTON: Komm Lisette, gib mir die Hand; ich will dich ganz ehrbar herausführen.

LISETTE: Grobian, wer wird denn ein Frauenzimmer mit der bloßen Hand führen wollen?

ANTON: O ich weiß auch zu leben! – In Ermanglung eines Handschuhs also – *Er nimmt den Zipfel von der Weste.* – werde ich die Ehre haben – –

DAMIS: Ich seh wohl, ich soll mich selbst über sie machen – – *Geht auf sie los.*

LISETTE: Ha! ha! ha! so weit wollte ich Sie nur gern bringen. Adieu!

Funfzehnter Auftritt

Anton. Damis.

DAMIS: Nun sind alle Gedanken wieder fort! Das Feuer ist verraucht; die Einbildungskraft ist zerstreut. Der Gott, der uns begeistern muß, hat mich verlassen – Verdammte Kreatur! was für Verdruß hat sie mir heute nicht schon gemacht! wie spöttisch ist sie mit mir umgegangen! Himmel! in meiner Tiefsinnigkeit mir alles so lächerlich nachzuäffen.

ANTON: Sie sahen es ja aber nicht.

DAMIS: Ich sah es nicht?

ANTON: Ja? ist's möglich? und Sie stellten sich nur so?

DAMIS: Schweig, Idiote! – – Ich will sehen, ob ich mich wieder in die Entzückung setzen kann – –

ANTON: Tun Sie das lieber nicht; die Verse können unmöglich geraten, wobei man so finster aussieht – Darf man aber nicht wissen, was es werden wird? ein Abendlied, oder ein Morgenlied?

DAMIS: Dummkopf!

ANTON: Ein Bußlied?

DAMIS: Einfaltspinsel!

ANTON: Ein Tischlied? auch nicht? – – Ein Sterbelied werden Sie doch nicht machen? So wahr ich ehrlich bin, wenn ich auch noch so ein großer Poet wäre, das bliebe von mir ungemacht. Sterben ist der abgeschmackteste Streich, den man sich selbst spielt. Er verdient nicht einen Vers, geschweige ein Lied.

DAMIS: Ich muß Mitleiden mit deiner Unwissenheit haben. Du kennst keine andre Arten von Gedichten, als die du im Gesangbuche gefunden hast.

ANTON: Es wird gewiß noch andre geben? So lassen Sie doch hören, was Sie machen.

DAMIS: Ich mache – – ein Epithalamium – –

ANTON: Ein Epithalamium? Potz Stern, das ist ein schwer Ding! Damit können Sie wirklich zurechte kommen? Da gehört Kunst dazu – – Aber, Herr Damis, im Vertrauen, was ist denn das ein Epith – pitha – thlamium?

DAMIS: Wie kannst du es denn schwer nennen, wenn du noch nicht weißt, was es ist?

ANTON: Ei nun, das Wort ist ja schon schwer genug. Sagen Sie mir nur ein wenig mit einem andern Namen, was es ist.

DAMIS: Ein Epithalamium ist ein Thalassio.

ANTON: So, so! nun versteh ich's: ein Epithalamium ist ein – – wie hieß es? –

DAMIS: Thalassio.

ANTON: Ein Thalassio; und das können Sie machen? Wenigstens werden Sie viel Zeit dazu brauchen – – Aber, hören Sie doch, wenn mich nun jemand fragt, was ein Thalassio ist, was muß ich ihm wohl antworten?

DAMIS: Auch das weißt du nicht, was ein Thalassio ist?

ANTON: Ich für mein Teil weiß es wohl. Ein Thalassio ist ein – – wie hieß das vorige Wort?

DAMIS: Epithalamium.

ANTON: Ist ein Epithalamium. Und ein Epithalamium ist ein Thalassio. Nicht wahr, ich habe es gut behalten? Aber das möchte nur andern Leuten nicht deutlich sein, welche beide Worte nicht verstehen.

DAMIS: Je nun, so sage ihnen, Thalassio sei ein Hymenaeus.

ANTON: Zum Henker! das heißt Leute vexieren. Ein Epithalamium ist ein Thalassio, und ein Thalassio ist ein Hymenaeus. Und so umgekehrt, ein Hym – – Hym – – Die Namen mag sonst einer merken!

DAMIS: Recht! recht! ich sehe doch, daß du anfängst einen Begriff von Sachen zu bekommen.

ANTON: Ich einen Begriff hiervon? so wahr ich ehrlich bin! Sie irren sich. Der Kobold müßte mir's eingeblasen haben, wenn ich wüßte, was die kauderwelschen Worte heißen sollen. Sagen Sie mir doch ihren deutschen Namen; oder haben sie keinen?

DAMIS: Sie haben zwar einen, allein er ist lange nicht von der Annehmlichkeit und dem Nachdrucke der griechischen oder lateinischen. Sage einmal selbst, ob ein Hochzeitgedichte nicht viel kahler klingt, als ein Epithalamium, ein Hymenaeus, ein Thalassio.

ANTON: Mir nicht; wahrhaftig mir nicht! denn jenes versteh ich, und dieses nicht. Ein Hochzeitgedichte haben Sie also machen wollen? Warum sagten Sie das nicht gleich? – – Oh! in Hochzeitgedichten habe ich eine Belesenheit, die erstaunend ist. Ich muß Ihnen nur sagen, wie ich dazu gekommen bin. Mein weiland seliger Vater hatte einen Vetter – und gewissermaßen war es also auch mein Vetter – –

DAMIS: Was wird das für ein Gewäsche werden?

ANTON: Sie wollen es nicht abwarten? Gut! der Schade ist Ihre. – – Weiter also: Verse auf eine Hochzeit wollten Sie machen? aber auf was denn für eine?

DAMIS: Welche Frage! auf meine eigne.

ANTON: Sie heiraten also Julianen noch? Der Alte will es ja nicht? – –

DAMIS: Ah der!

ANTON: Es ist schon wahr; was hat sich ein Sohn um den Vater zu bekümmern? Aber sagen Sie mir doch: schickt es sich denn, daß man auf seine eigne Hochzeit Verse macht?

DAMIS: Gewöhnlich ist es freilich nicht; aber desto besser! Geister, wie ich, lieben das Besondre.

ANTON *beiseite*: St! jetzt will ich ihm einen Streich spielen! – *Laut:* Hören Sie nur, Herr Damis, ich werde es selbst gern sehen, wenn Sie Julianen heiraten.

DAMIS: Wieso?

ANTON: Ich weiß nicht, ob ich mich unterstehen darf, es Ihnen zu sagen. Ich habe – – ich habe selbst – –

DAMIS: Nur heraus mit der Sprache!

ANTON: Ich habe selbst versucht, Verse auf Ihre Hochzeit zu machen, und deswegen wollte ich nun nicht gern, daß meine Mühe verloren wäre.

DAMIS: Das wird etwas Schönes sein!

ANTON: Freilich! denn das ist mein Fehler; ich mache entweder etwas Rechtes, oder gar nichts.

DAMIS: Gib doch her! vielleicht kann ich deine Reime verbessern, daß sie alsdenn mir und dir Ehre machen.

ANTON: Hören Sie nur, ich will sie Ihnen vorlesen. *Er sucht einen Zettel aus der Tasche.* Ganz bin ich noch nicht fertig, muß ich Ihnen sagen. Der Anfang aber, aus dem auch allenfalls das Ende werden kann, klingt so – – Rücken Sie mir doch das Licht ein wenig näher! – –

Du, o edle Fertigkeit,
Zu den vorgesetzten Zwecken
Tücht'ge Mittel – –

DAMIS: Halt! du bist ein elender Stümper! Ha! ha! ha! Das du o steht ganz vergebens. Edle Fertigkeit sagt nichts weniger, und Du, o edle Fertigkeit nichts mehr. Deleatur ergo du o! Damit aber nicht zwei Silben fehlen, so verstärke das Beiwort edel, nach Art der Griechen, und sage überedel. Ich weiß zwar wohl, überedel ist ein neues Wort; aber ich weiß auch, daß neue Wörter dasjenige sind, was die Poesie am meisten von der Prose unterscheiden muß. Solche Vorteilchen merke dir! Du mußt dich durchaus bestreben, etwas Unerhörtes, etwas Ungesagtes zu sagen. Verstehst du mich, dummer Teufel?

ANTON: Ich will es hoffen.

DAMIS: Also heißt dein erster Vers

Überedle Fertigkeit etc.

Nun lies weiter!

ANTON: Zu den vorgesetzten Zwecken
Tücht'ge Mittel zu entdecken,
Und sich dann zur rechten Zeit,
Ihrer Kräfte zu bedienen,
Wirst, so lange bis die Welt
In ihr erstes Cha- Cha- Chaos fällt,
Wie die Pappelbäume grünen.

Aber, Herr Damis, können Sie mir nicht sagen, was ich hier muß gedacht haben? Verflucht! das ist schön; ich verstehe mich selbst nicht mehr. Das erste Cha – Chaos; – ich dächte ich hätte das Wort noch nie in meinen Mund genommen, so fürchterlich klingt es mir.

DAMIS: Zeige doch – –

ANTON: Warten Sie, warten Sie! ich will es Ihnen noch einmal vorlesen.

DAMIS: Nein, nein; weise mir nur den Zettel her.

ANTON: Sie können es unmöglich lesen. Ich habe gar zu schlecht geschrieben; kein Buchstabe steht gerade; sie hocken einer auf den andern, als ob sie Junge hecken wollten.

DAMIS: O so gib her!

ANTON *gibt ihm den Zettel mit Zittern*: Zum Henker, es ist seine eigne Hand!

DAMIS *betrachtet ihn einige Zeit*: Was soll das heißen? *Steht zornig auf.* Verfluchter Verräter, wo hast du dieses Blatt her?

ANTON: Nicht so zornig; nicht so zornig!

DAMIS: Wo hast du es her?

ANTON: Wollen Sie mich denn erwürgen?

DAMIS: Wo hast du das Blatt her, frag ich?

ANTON: Lassen Sie nur erst nach.

DAMIS: Gesteh!

ANTON: Aus – – aus Ihrer – Westentasche.

DAMIS: Ungelehrte Bestie! ist das deine Treue? Das ist ein Diebstahl; ein Plagium.

ANTON: Zum Henker! des Quarks wegen mich zu einem Diebe zu machen?

DAMIS: Des Quarks wegen? was? den Anfang eines philosophischen Lehrgedichts einen Quark zu nennen?

ANTON: Sie sagten ja selbst, es tauge nichts.

DAMIS: Ja, insofern es ein Hochzeitkarmen vorstellen sollte, und du der Verfasser davon wärest. Gleich schaffe die andern Manuskripte, die du mir sonst entwandt hast, auch herbei! Soll ich meine Arbeit in fremden Händen sehen? Soll ich zugeben, daß sich eine häßliche Dohle mit meinen prächtigen Pfauenfedern ausschmücke? Mach bald! oder ich werde andre Maßregeln ergreifen.

ANTON: Was wollen Sie denn? Ich habe nicht einen Buchstaben mehr von Ihnen.

DAMIS: Gleich wende alle Taschen um!

ANTON: Warum auch nicht? Wenn ich sie umwende, so fällt ja alles heraus, was ich darin habe.

DAMIS: Mach, und erzürne mich nicht!

ANTON: Ich will ein Schelm sein, wenn Sie nur ein Stäubchen Papier bei mir finden. Damit Sie aber doch Ihren Willen haben; – hier ist die eine; da ist die andre – – Was sehen Sie?

– Da ist die dritte; die ist auch leer – Nun kömmt die vierte – *Indem er sie umwendet, fallen die Briefe heraus.* – – Zum Henker, die verfluchten Briefe! die hatte ich ganz vergessen – *Er will sie geschwind wieder aufheben.*

DAMIS: Gib her, gib her! was fiel da heraus? Ganz gewiß wird es wieder etwas von mir sein.

ANTON: So wahr ich lebe, es ist nichts von Ihnen. An Sie könnte es eher noch etwas sein.

DAMIS: Halte mich nicht auf; ich habe mehr zu tun.

ANTON: Halten Sie mich nur nicht auf. Sie wissen ja, daß ich nun bald wieder auf die Post gehen muß. Ich weiß, es sind Briefe da.

DAMIS: Nun so geh, so geh! Aber durchaus zeige mir erst, was du so eilfertig aufhobst. Ich muß es sehen.

ANTON: Zum Henker! wenn das ist, so brauche ich nicht auf die Post zu gehen.

DAMIS: Wieso?

ANTON: Nu, nu! da haben Sie es. Ich will hurtig gehen. *Er gibt ihm den Brief, und will fortlaufen.*

DAMIS *indem er ihn besieht*: Je, Anton, Anton, das ist ja eben der Brief aus Berlin, welchen ich erwarte. Ich kenn ihn an der Aufschrift.

ANTON: Es kann wohl sein, daß er es ist. Aber, Herr Damis, werden Sie nur – – nur nicht ungehalten. Ich hatte es, bei meiner armen Seele! ganz vergessen –

DAMIS: Was hast du denn vergessen?

ANTON: Daß ich den Brief, beinahe schon eine halbe Stunde, in der Tasche trage. Mit dem verdammten Plaudern! –

DAMIS: Weil er nun da ist, so will ich dir den dummen Streich verzeihen – Aber, allerliebster Anton, was müssen hierin für unvergleichliche, für unschätzbare Nachrichten stehen! Wie wird sich mein Vater freuen! Was für Ehre, was für Lobsprüche! – – O Anton! – – ich will dir ihn gleich vorlesen – – *Bricht ihn hastig auf.*

ANTON: Nur sachte, sonst zerreißen Sie ihn gar. Nun da! sagte ich's nicht?

DAMIS: Es schadet nichts; er wird doch noch zu lesen sein. – – Vor allen Dingen muß ich dir sagen, was er betrifft. Du weißt, oder vielmehr du weißt nicht, daß die Preußische Akademie auf die beste Untersuchung der Lehre von den Monaden, einen Preis gesetzt hat. Es kam mir noch ganz spät ein, unsern Philosophen diesen Preis vor dem Maule wegzufangen. Ich machte mich also geschwind darüber, und schrieb eine Abhandlung, die noch gleich zur rechten Zeit muß gekommen sein. – Eine Abhandlung, Anton – – ich weiß selbst nicht, wo ich sie hergenommen habe, so gelehrt ist sie. Nun hat die Akademie, vor acht Tagen, ihr Urteil über die eingeschickten Schriften bekanntgemacht, welches notwendig zu meiner Ehre muß ausgefallen sein. Ich, ich muß den Preis haben, und kein andrer. Ich habe es einem von meinen Freunden daselbst heilig eingebunden, mir sogleich Nachricht davon zu geben. Hier ist sie; nun höre zu.

„Mein Herr,

Wie nahe können Sie einem Freunde das Antworten legen! Sie drohen mir mit dem Verluste Ihrer Liebe, wenn Sie nicht von mir die erste Nachricht erhielten, ob Sie, oder ein anderer den akademischen Preis davongetragen hätten. Ich muß Ihnen also in aller Eil melden, daß Sie ihn nicht – – *Stotternd:* bekommen haben, und auch – – *Immer furchtsamer:* nicht haben – – bekommen können. – –“

Was? ich nicht? und wer denn? und warum denn nicht? –

„Erlauben Sie mir aber, daß ich, als ein Freund, mit Ihnen reden darf.“

So rede, Verräter!

„Ich habe Ihnen unmöglich den schlimmen Dienst erweisen können, Ihre Abhandlung zu übergeben.“ – –

Du hast sie also nicht übergeben, Treuloser? Himmel, was für ein Donnerschlag! So soll mich deine Nachlässigkeit, unwürdiger Freund, um die verdienteste Belohnung bringen? – Wie wird er sich entschuldigen, der Nichtswürdige?

„Wenn ich es frei gestehen soll, so scheinen Sie etwas ganz anders getan zu haben, als die Akademie verlangt hat. Sie wollte nicht untersucht wissen, was das Wort Monas grammatikalisch bedeute? wer es zuerst gebraucht habe? was es bei dem Xenokrates anzeige? ob die Monaden des Pythagoras die Atomi des Moschus gewesen? etc. Was ist ihr an diesen kritischen Kleinigkeiten gelegen, und besonders alsdann, wann die Hauptsache dabei aus den Augen gesetzt wird? Wie leicht hätte man Ihren Namen mutmaßen können, und Sie würden vielleicht Spöttereien sein ausgesetzt worden, dergleichen ich nur vor wenig Tagen in einer gelehrten Zeitung über Sie gefunden habe.“ –

Was lese ich? kann ich meinen Augen trauen? Ah verfluchtes Papier! verfluchte Hand, die dich schrieb! *Wirft den Brief auf die Erde, und tritt mit den Füßen darauf.*

ANTON: Der arme Brief! man muß ihn doch vollends auslesen! *Hebt ihn auf.* Das Beste kömmt vielleicht noch, Herr Damis. Wo blieben Sie? Da, da! hören Sie nur!

„gelehrten Zeitung gefunden habe. – – Man nennt Sie ein junges Gelehrtchen, welches überall gern glänzen möchte, und dessen Schreibesucht –"

DAMIS *reißt ihm den Brief aus der Hand*: Verdammter Korrespondent! – Das ist der Lohn, den dein Brief verdient! *Er zerreißt ihn.* Du zerreißest mein Herz, und ich zerreiße deine unverschämte Neuigkeiten. Wollte Gott, daß ich ein Gleiches mit deinem Eingeweide tun könnte! Aber – *Zu Anton:* du nichtswürdige, unwissende Bestie! An alledem bist du schuld!

ANTON: Ich, Herr Damis?

DAMIS: Ja du! wie lange hast du nicht den Brief in der Tasche behalten?

ANTON: Herr, meine Tasche kann weder schreiben noch lesen; wenn Sie etwa denken, daß ihn die anders gemacht hat –

DAMIS: Schweig! – Und solche Beschimpfungen kann ich überleben? – – O ihr dummen Deutschen! ja freilich, solche Werke, als die meinigen sind, gehörig zu schätzen, dazu werden andre Genies erfordert! Ihr werdet ewig in eurer barbarischen Finsternis bleiben, und ein Spott eurer witzigen Nachbarn sein! – Ich aber will mich an euch rächen, und von nun an aufhören, ein Deutscher zu heißen. Ich will mein undankbares Vaterland verlassen. Vater, Anverwandte und Freunde, alle, alle verdienen es nicht, daß ich sie länger kenne, weil sie Deutsche sind; weil sie aus dem Volke sind, das ihre größten Geister mit Gewalt von sich ausstößt. Ich weiß gewiß, Frankreich und Engeland werden meine Verdienste erkennen –

ANTON: Herr Damis, Herr Damis, Sie fangen an zu rasen. Ich bin nicht sicher bei Ihnen; ich werde jemand rufen müssen.

DAMIS: Sie werden es schon empfinden, die dummen Deutschen, was sie an mir verloren haben! Morgen will ich Anstalt machen, dieses unselige Land zu verlassen – –

Sechzehnter Auftritt

Chrysander. Damis. Anton.

ANTON: Gott sei Dank, daß jemand kömmt!

CHRYSANDER: Das verzweifelte Mädel, die Lisette! Und *Zu Anton:* du, du Spitzbube! du sollst dein Briefträgerlohn auch bekommen. Mich so zu hintergehen? schon gut! – – Mein Sohn, ich habe mich besonnen; du hast recht; ich kann dir Julianen nun nicht wieder nehmen. Du sollst sie behalten.

DAMIS: Schon wieder Juliane? Jetzt da ich ganz andre Dinge zu beschließen habe – – Hören Sie nur auf damit; ich mag sie nicht.

CHRYSANDER: Es würde unrecht sein, wenn ich dir länger widerstehen wollte. Ich lasse jedem seine Freiheit; und ich sehe wohl, Juliane gefällt dir –

DAMIS: Mir? eine dumme Deutsche?

CHRYSANDER: Sie ist ein hübsches, tugendhaftes, aufrichtiges Mädchen; sie wird dir tausend Vergnügen machen.

DAMIS: Sie mögen sie loben oder schelten; mir gilt alles gleich. Ich weiß mich nach Ihren Willen zu richten, und dieser ist, nicht an sie zu gedenken.

CHRYSANDER: Nein, nein; du sollst dich über meine Härte nicht beklagen dürfen.

DAMIS: Und Sie sich noch weniger über meinen Ungehorsam.

CHRYSANDER: Ich will dir zeigen, daß du einen gütigen Vater hast, der sich mehr nach deinem, als nach seinem eignen Willen richtet.

DAMIS: Und ich will Ihnen zeigen, daß Sie einen Sohn haben, der Ihnen in allen die schuldige Untertänigkeit leistet.

CHRYSANDER: Ja, ja; nimm Julianen! Ich gebe dir meinen Segen.

DAMIS: Nein, nein; ich werde Sie nicht so erzürnen – –

CHRYSANDER: Aber was soll denn das Widersprechen? Dadurch erzürnst du mich!

DAMIS: Ich will doch nicht glauben, daß Sie sich im Ernste schon zum drittenmal anders besonnen haben?

CHRYSANDER: Und warum das nicht?

DAMIS: Oh, dem sei nun, wie ihm wolle! Ich habe mich gleichfalls geändert, und fest entschlossen, ganz und gar nicht zu heiraten. Ich muß auf Reisen gehen, und ich werde mich, je eher je lieber, davonmachen.

CHRYSANDER: Was? du willst ohne meine Erlaubnis in die Welt laufen?

ANTON: Das geht lustig! Der dritte Mann fehlt noch, und den will ich gleich holen. Damis will Julianen nicht, vielleicht fischt sie Valer. *Gehet ab.*

Siebzehnter Auftritt

Chrysander. Damis.

DAMIS: Ja, ja; in zweimal vierundzwanzig Stunden, muß ich schon unterwegens sein.

CHRYSANDER: Aber was ist dir denn in den Kopf gekommen?

DAMIS: Ich bin es längst überdrüssig gewesen, länger in Deutschland zu bleiben; in diesem nordischen Sitze der Grobheit und Dummheit; wo es alle Elemente verwehren, klug zu sein; wo kaum alle hundert Jahr ein Geist meinesgleichen geboren wird – –

CHRYSANDER: Hast du vergessen, daß Deutschland dein Vaterland ist?

DAMIS: Was Vaterland!

CHRYSANDER: Du Bösewicht, sprich doch lieber gar: was Vater! Aber ich will dir es zeigen: du mußt Julianen nehmen; du hast ihr dein Wort gegeben, und sie dir das ihrige.

DAMIS: Sie hat das ihrige zurückgenommen, wie ich jetzt das meinige; also –

CHRYSANDER: Also! – also! – Kurz von der Sache zu reden, glaubst du, daß ich vermögend bin, dich zu enterben, wann du mir nicht folgest?

DAMIS: Tun Sie, was Sie wollen. Nur wann ich bitten darf, lassen Sie mich jetzt allein. Ich muß vor meiner Abreise noch zwei Schriften zustande bringen, die ich meinen Landsleuten, aus Barmherzigkeit, noch zurücklassen will. Ich bitte nochmals, lassen Sie mich – –

CHRYSANDER: Willst du mich nicht lieber gar zur Tür hinausstoßen?

Achtzehnter Auftritt

Valer. Anton. Chrysander. Damis.

VALER: Wie, Damis? ist es wahr, daß Sie wieder zu sich selbst gekommen sind? – daß Sie von Julianen abstehen?

CHRYSANDER: Ach, Herr Valer, Sie könnten mir nicht ungelegener kommen. Bestärken Sie ihn fein in seinem Trotze. So? Sie verdienten es wohl, daß ich mich nach Ihrem Wunsche bequemte? Mich auf eine so gottlose Art hintergehen zu wollen? – Mein Sohn, widersprich mir nicht länger, oder – –

DAMIS: Ihre Drohungen sind umsonst. Ich muß mich fremden Ländern zeigen, die so wohl ein Recht auf mich haben, als das Vaterland. Und Sie verlangen doch nicht, daß ich eine Frau mit herumführen soll?

VALER: Damis hat recht, daß er auf das Reisen dringt. Nichts kann ihm, in seinen Umständen, nützlicher sein. Lassen Sie ihm seinen Willen, und mir lassen Sie Julianen, die Sie mir so heilig versprochen haben.

CHRYSANDER: Was versprochen? Betriegern braucht man sein Wort nicht zu halten.

VALER: Ich habe es Ihnen schon beschworen, daß einzig und allein Lisette diesen Betrug hat spielen wollen, ohne die wir von dem Dokumente gar nichts wissen würden – – Wie glücklich, wann es nie zum Vorschein gekommen wäre! Es ist das grausamste Glück, das Julianen hat treffen können. Wie gern würde sie es aufopfern, wenn sie dadurch die Freiheit über ihr Herz erhalten könnte.

CHRYSANDER: Aufopfern? Herr Valer, bedenken Sie, was das sagen will. Wir Handelsleute fassen einander gern bei dem Worte.

VALER: Oh, tun Sie es auch hier! Mit Freuden tritt Ihnen Juliane das Dokument ab. Fangen Sie den Prozeß an, wenn Sie wollen; der Vorteil davon soll ganz Ihnen gehören. Juliane hält dieses für das kleinste Zeichen ihrer Dankbarkeit. Sie glaubt Ihnen noch weit mehr schuldig zu sein. –

CHRYSANDER: Nu, nu, sie ist mir immer ganz erkenntlich vorgekommen – – Aber was würden Sie denn, Valer, als ihr *künft'ger Mann*, zu dieser Dankbarkeit sagen?

VALER: Denken Sie besser von mir. Ich habe Julianen geliebt, da sie zu nichts Hoffnung hatte. Ich liebe sie auch noch, ohne die geringste eigennützige Absicht. Und ich bitte Sie: was schenkt man denn einem ehrlichen Manne, wenn man ihm einen schweren Prozeß schenkt?

CHRYSANDER: Valer, ist das Ihr Ernst?

VALER: Fordern Sie noch mehr, als das Dokument; mein halbes Vermögen ist Ihre.

CHRYSANDER: Da sei Gott vor, daß ich von Ihrem Vermögen einen Heller haben wollte! Sie müssen mich nicht für so eigennützig ansehen. – Wir sind gute Freunde, und es bleibt bei dem alten: Juliane ist Ihre! Und wenn das Dokument meine soll; so ist sie um soviel mehr Ihre.

VALER: Kommen Sie, Herr Chrysander, bekräftigen Sie ihr dieses selbst! Wie angenehm wird es ihr sein, uns beide vergnügt machen zu können.

CHRYSANDER: Wenn das ist, Damis; so kannst du meinetwegen noch heute die Nacht fortreisen. Ich will Gott danken, wenn ich dich Narren wieder aus dem Hause los bin.

DAMIS: Gehen Sie doch nur, und lassen Sie mich allein.

VALER: Damis, und endlich muß ich Ihnen doch noch mein Glück verdanken? Ich tue es mit der aufrichtigsten Zärtlichkeit, ob ich schon weiß, daß ich die Ursache Ihrer Veränderung nicht bin.

DAMIS: Aber die wahre Ursache? – *Zu Anton:* Verfluchter Kerl, hast du dein Maul nicht halten können? Gehen Sie nur, Valer – *Indem Chrysander und Valer abgehen wollen, hält Anton Valeren zurück.*

ANTON *sachte*: Nicht so geschwind! Wie steht es mit Lisettens Ausstattung, Herr Valer? und mit – –

VALER: Seid ohne Sorgen; ich werde mehr halten, als ich versprochen habe.

ANTON: Juchhe! nun war die Taube gefangen.

Letzter Auftritt

Damis, *an seinem Tische.* Anton.

ANTON: Noch ein Wort, Herr Damis, habe ich mit Ihnen zu reden.

DAMIS: Und? – –

ANTON: Sie wollen auf Reisen gehen?

DAMIS: Zur Sache! es ist schon mehr, als ein Wort.

ANTON: Je nun! meinen Abschied.

DAMIS: Deinen Abschied? Du denkst vielleicht, daß ich dich, ungelehrten Esel, mitnehmen würde?

ANTON: Nicht? und ich habe also meinen Abschied? Gott sei Dank! empfangen Sie nun auch den Ihrigen, welcher in einer kleinen Lehre bestehen soll. Ich habe Ihre Torheiten nun, länger als drei Jahr, angesehen, und selber alber genug dabei getan, weil ich weiß, daß ein Bedienter, wenn sein Herr auch noch so närrisch ist – –

DAMIS: Unverschämter Idiote, wirst du mir aus den Augen gehen?

ANTON: Je nun! wem nicht zu raten steht, dem steht auch nicht zu helfen. Bleiben Sie zeitlebens der gelehrte Herr Damis! *Gehet ab.*

DAMIS: Geh, sag ich, oder! – –

Er wirft ihm sein Buch nach, und das Theater fällt zu.

Ende des jungen Gelehrten.

DAMON

ODER

DIE WAHRE FREUNDSCHAFT

Ein Lustspiel in einem Aufzuge

Personen

Die Witwe
Leander
Damon
Oronte
Lisette

Der erste Auftritt

Die Witwe. Lisette.

LISETTE: Nun, das ist wahr, unser Haus hat sich in kurzem recht sehr geändert. Noch vor acht Tagen war es ein belebter Sammelplatz von unzähligen jungen Herren und verliebten Narren. Alle Tage haben sich ihrer ein paar verloren. Heute blieben die weg; morgen folgten ein paar andre nach, und übermorgen desgleichen. Gott sei Dank! zwei sind noch übriggeblieben. Wenn die sich auch abfinden sollten: so wird unser Haus zur Einöde. Madame – – – Madame!

DIE WITWE: Nun, was ist es?

LISETTE: Alsdann bleibe ich gewiß auch nicht länger bei Ihnen; so gut ich es auch hier habe. Gesellschaft ist das halbe Leben!

DIE WITWE: Du hättest dich also besser in einen Gasthof, als in meine Dienste, geschickt?

LISETTE: Ja. In einem Gasthofe geht es doch noch munter zu. Wenn es nicht so viel Arbeit da gäbe, wer weiß, was ich getan hätte. Wenn man einmal, leider! dienen muß, so, dächte ich, ist es wohl am vernünftigsten, man dient da, wo man bei seinem Dienen das größte Vergnügen haben kann. Doch, Scherz beiseite. Was stellt denn itzo Herr Damon und Herr Leander bei Ihnen vor?

DIE WITWE: Was sie vorstellen?

LISETTE: Die Frage scheint Ihnen wundersam? Das weiß ich wohl, was sie sonst vorgestellt haben. Ihre Freier.

DIE WITWE: Und das sind sie auch noch.

LISETTE: Das sind sie noch? So? Damon ist also des Leanders Nebenbuhler, und Leander des Damons. Und gleichwohl sind Leander und Damon die besten Freunde? Das wäre eine neue Mode. Wider die streite ich mit Händen und Füßen. Was? Nebenbuhler, die sich nicht untereinander zanken, verleumden, schimpfen, betrügen, herausfordern, schlagen, das wären mir artige Kreaturen. Nein. Es muß bei dem alten bleiben. Unter Nebenbuhlern muß Feindschaft sein, oder sie sind keine Nebenbuhler.

DIE WITWE: Es ist wahr, ich habe mich über ihr Bezeigen einigermaßen selbst gewundert. Ehe beide noch wußten, daß sie einerlei Zweck hätten, bezeigte sich niemand gegen mich verliebter, als eben sie. Niemand war zärtlicher, niemand bestrebte sich um meine Gegengunst mehr, als sie. Sobald sie gewahr wurden, daß einer des andern Nebenbuhler wäre, so bald wurden beide, in ihrem Bestreben, mir zu gefallen, nachlässiger. Einer redete bei mir dem andern das Wort, Damon dem Leander, und Leander dem Damon. Beide schwiegen von ihren eigenen Angelegenheiten.

LISETTE: Und bei der Aufführung halten Sie beide noch für Ihre Freier?

DIE WITWE: Ja, ich bin es gewiß überzeugt, daß sie mich beide lieben. Beide lieben mich aufrichtig. Nur schien mir Damon etwas zu flüchtig, und Leander etwas zu ungestüm.

LISETTE: Beinahe möchte ich Sie itzt etwas fragen?

DIE WITWE: Nun, so laß doch hören.

LISETTE: Werden Sie mir aber aufrichtig antworten?

DIE WITWE: Ob ich dir aufrichtig antworten werde? Ich sehe nicht, was mich nötigen sollte, dir eine erdichtete Antwort zu geben. Wenn mir deine Frage nicht ansteht, so dürfte ich dir ja lieber gar nicht antworten.

LISETTE: Sie glauben, daß Sie von beiden geliebt werden. Und vielleicht mit Recht. Welchen von ihnen lieben Sie denn aber?

DIE WITWE: Welchen?

LISETTE: Ja.

DIE WITWE: Welchen? die Frage ist wunderlich. Ich liebe sie beide.

LISETTE: Nun, das ist gut. Sie werden sie also auch beide heiraten?

DIE WITWE: Du mengest alles untereinander. Itzo war die Rede vom Lieben und nicht vom Heiraten. Alle Freier, die ich gehabt habe, waren teils eitle verliebte Hasen, teils eigennützige niederträchtige Seelen. Was habe ich nicht von beiden ausstehen müssen! Nur Damon und Leander unterschieden sich gleich anfangs von ihnen. Ich nahm diesen Unterschied mit dem größten Vergnügen wahr. Und ich glaube auch, daß ich es ihnen selbst habe deutlich genug zu verstehen gegeben, wie sehr ich sie zu unterscheiden wüßte. Ich habe allen den Abschied gegeben, die nicht selbst so klug waren, ihn zu nehmen; nur sie habe ich dabehalten, und sehe sie noch mit Vergnügen bei mir.

LISETTE: Was soll aber daraus werden?

DIE WITWE: Ich will es mit abwarten. Kann ich nicht beider Liebste werden, so kann ich doch wohl beider Freundin sein. Ja, gewiß, die Freundschaft kömmt mir itzt viel reizender vor, als die Liebe. Ich muß dieses dem Exempel meiner zärtlichen Liebhaber zuschreiben.

LISETTE: Was, die Freundschaft? die Freundschaft reizender, als die Liebe? die trockne Freundschaft! Reden Sie mir nur nicht so philosophisch. Ich glaube doch davon so viel, als ich will. Ihr Herz denkt ganz anders. Und es würde ihm auch gewiß nicht viel Ehre machen, wenn es mit dem Munde übereinstimmte. Lassen Sie mich einmal versuchen, ob ich seine stumme Sprache verstehe. Ich höre es; ja, ja, es spricht: Wie? sind das die aufrichtigen Liebhaber? was ist das für eine neue Art der Liebe, die der Anblick eines Freundes unterdrückt? keiner wagt es, mir seinen Freund aufzuopfern? O die Unwürdigen! Ich will sie hassen, ja ich will – – aber werde ich auch können? werde ich auch – – –

DIE WITWE: Schweig! schweig! Lisette. Du verstehst seine stumme Sprache sehr schlecht.

LISETTE: Oh! verzeihen Sie mir. Dieses Einfallen in die Rede, versichert mich, daß ich sie sehr wohl verstehe. Je nun, wie kann es anders sein? Ich würde selbst verdrießlich sein, wenn mir die Freundschaft so einen Streich spielte. Überlegen Sie es nur, wer ist sonst daran schuld, als die Freundschaft, daß Sie itzo, da Sie zwei Anbeter haben könnten, gar keinen haben? Ach! es wäre eine Schande, wenn die Liebe nicht stärker sein sollte, als die Freundschaft.

DIE WITWE: Ach!

LISETTE: Ha! ha! den Ton verstehe ich auch. Hören Sie einmal, ob ich ihn geschickt umschreiben kann. Nicht wahr? er will soviel sagen: Lisette, nötige mich nicht weiter, dir etwas zu gestehen, was du schon weißt. Wollte der Himmel! daß die Liebe nur bei einem mächtiger wäre, als die Freundschaft! Kannst du was beitragen, meine Liebhaber empfindlicher und weniger gewissenhaft zu machen – – –

DIE WITWE: Sage mir, was du schwärmst?

LISETTE: Oh! um Verzeihung. Es sind Ihre eigenen Schwärmereien.

DIE WITWE: Gesetzt nun, ich gestünde dir, daß ich es lieber sehen würde, wenn mir beide ihre Liebe noch ferner entdeckten, wenn sich beide die zärtlichste Mühe um mein Herz gäben, wenn einer dem andern einen Rang abzulaufen suchte, wenn sie meine Gunstbezeigungen selbst, die ich dem einem mehr oder weniger zukommen ließe, ein wenig uneinig machte, wenn ich alsdenn selbst das Vergnügen haben könnte, sie wiederzuvereinigen, um sie aufs neue zu trennen, gesetzt, sage ich, ich gestünde dir dieses, was wäre es nun mehr?

LISETTE: Es wäre allerdings etwas mehr, als Sie mir vorhin zugestehen wollten.

DIE WITWE: Ich weiß aber auch gar nicht, was ich für Ursache habe, dir von meinem Herzen Rechenschaft zu geben?

LISETTE: Ich bin mit Ihnen einig, Sie haben keine, Sie tun es aus bloßer Gütigkeit. Aber Sie sollten nicht umsonst so gütig gewesen sein, ich versichre Sie. Ich will mein möglichstes tun, daß es bald dahin kömmt, wohin Sie es gern haben wollen. Aber sagen Sie mir nur erst, für wen wollten Sie sich wohl am liebsten erklären; für Damon oder Leandern? Sie besinnen sich? Hören Sie, es fällt mir ein guter Rat ein. Sie wissen, daß sie beide vor einem Jahre, beinahe ihr ganzes Vermögen, jeder auf ein besonderes Schiff, welche nach Ostindien handeln, gegeben haben. Sie warten alle Tage auf ihre Rückkunft. Wie wäre es, wenn wir auch darauf warteten, und uns alsdenn für denjenigen erklärten, der der glücklichste bei diesem Handel gewesen ist?

DIE WITWE: Ich lasse mir es gefallen. Nur – – –

LISETTE: Hier kömmt Herr Damon. Lassen Sie mich einmal mit ihm alleine, ich will ihn ausholen.

Der zweite Auftritt

Lisette. Damon.

LISETTE: Ihre Dienerin, Herr Damon. Sie scheinen mir jemanden zu suchen. Wer ist es?

DAMON: Leander hat mich hier erwarten wollen. Habt Ihr ihn nicht gesehen?

LISETTE: Nein. Nun – – Aber müssen Sie denn deswegen gleich wieder fortgehen? Verziehen Sie doch einen Augenblick. Wird Ihnen die Zeit schon zu lang, daß er Ihnen nicht gleich seine süßen Träume von der Freundschaft vorplaudern soll?

Wenn Sie nur deswegen etwa hergekommen sind angenehme Lügen und entzückende Gedanken von Ihrem Freunde zu hören; verziehen Sie, verziehen Sie, ich will es so gut machen, als er. Seit Sie und Herr Leander einander hier angetroffen, schallen ja alle Wände von dem Lobe der Freundschaft wider; ich werde doch wohl was behalten haben.

DAMON: Diese Spöttereien geschehen auf Unkosten meines Freundes. Sie müssen mir notwendig zuwider sein. Wenn ich bitten darf, schweigt!

LISETTE: Ei! sonst jemand möchte bei solchen Umständen schweigen. Überlegen Sie es doch nur selbst. Sie sind in dem Hause einer jungen liebenswürdigen Witwe. Sie lieben sie. Sie suchen ihre Gegenliebe. Aber, mein Gott! auf was für eine besondre Art! Ein Freund macht Sie in Ihrem Antrage schüchtern. Sie wollen ihn nicht beleidigen. Ihre Liebe ist viel zu schwach, seine ungegründeten Vorwürfe zu erdulden. Sie wollen es lieber mit Ihrer Liebsten, als mit Ihrem Freunde verderben. Je nun, möchte es doch noch endlich sein, wenn der andre nur nicht ebenso ein Grillenfänger wäre.

DAMON: Unsre Aufführung darf Eurer Frau gar nicht seltsam vorkommen. Sie weiß unsrer beider Neigung. Wir haben uns ihr beide erklärt, ehe wir wußten, daß wir ihr einerlei erkläret hätten. Wir bestreben uns, aufrichtige Freunde zu sein. Wäre es also nicht unbillig, wenn ich dem Leander, oder Leander mir, durch ungestümes Anhalten, ein Herz entreißen wollte, das sich vielleicht mit der Zeit aus Neigung an einen von uns ergeben wird?

LISETTE: Aus Neigung? Als wenn ein Frauenzimmer nicht für alle wohlgemachte Mannspersonen einerlei Neigung hätte. Zum Exempel, was würde mir daran gelegen sein, ob ich Sie, oder Herr Leandern bekommen sollte. Nehmen Sie mir es nicht übel, daß ich meinem Stolze einmal solche süße Träume vorhalte. Sie und Herr Leander sind von einer gesunden Leibesbeschaffenheit. Stark und munter. Zwischen zwei gleich guten Sachen kann man sich in der Wahl nicht irren. Der erste der beste. Nur blindlings zugegriffen!

DAMON: Lisette, Ihr beurteilt Eure Frau nach Euch; und gewiß Ihr macht ihr dadurch nicht viel Ehre. Ich kenne sie zu wohl. Sie hat edlere Gedanken von der Liebe.

LISETTE: Ach, nehmen Sie mir es nicht übel. Liebe bleibt Liebe. Eine Königin liebt nicht edler, als eine Bettlerin, und eine

Philosophin nicht edler, als eine dumme Bauersfrau. Es ist Maus, wie Mutter. Und ich und meine Frau würden in dem Wesentlichen der Liebe gewiß nicht um ein Haar unterschieden sein.

DAMON: Lebt wohl! Ich habe itzo just weder Lust, noch Zeit, Eure ungegründeten Reden zu widerlegen. Sollte Herr Leander kommen, so bittet ihn, einen Augenblick zu verziehen. Ich habe was Nötiges vorher zu verrichten. Ich werde gleich wieder dasein.

LISETTE: Je, zum Henker! so warten Sie noch einen Augenblick. Sie nennen meine Reden ungegründet? Nun, horchen Sie einmal. Itzo will ich Ihnen was sagen. Vielleicht werden sie Ihnen alsdenn gegründeter vorkommen.

DAMON: Nun, so werde ich was hören.

LISETTE: Wissen Sie, was meine Frau beschlossen hat? Sie will warten, bis die beiden Schiffe wieder da sind, auf welche Sie Ihre Gelder gegeben haben. Und wer bei dem Handel der glücklichste wird gewesen sein, den will sie heiraten, Knall und Fall. Glauben Sie nun, daß es meiner Frau gleichviel sein wird, ob sie den Herrn Leander oder Sie bekömmt? He?

DAMON: Was? Lisette! Das hätte sich deine Frau entschlossen? Geh! erzähle dein Märchen einem andern.

LISETTE: Nun, warum kömmt Ihnen das so unwahrscheinlich vor? Ist es ein Schelmstück, daß man lieber einen Reichen, als einen Armen, heiraten will? Ihr närrischen Mannspersonen zählt wohl eher die Rockknöpfe, wenn ihr euch zu nichts entschließen könnt. Und ich dächte doch, sie hätte noch zehnmal gescheiter getan, da sie es dem Glücke überlassen, den Ausschlag zu tun, und ihre Neigung gewiß zu bestimmen.

DAMON: Himmel! wie unglücklich bin ich, wenn Ihr die Wahrheit redet! Hätte ich mir auch jemals einbilden können, daß der Reichtum so viel Reizungen für sie haben sollte? Soll der nun unsere Person erst beliebt machen? Findet sie an mir und an Leandern nichts, welches dieser verblendenden Kleinigkeit die Waage halten könnte? Bald sollte es mich gereuen, eine Person zu lieben, die so niederträchtig – – –

LISETTE: Nun, nun! Fein sachte, fein sachte! Nur nicht gleich geschimpft. Zum Geier, haben Sie es denn besser haben wollen? Der Reichtum an und für sich selber ist eben dasjenige nicht, was sie an Ihnen sucht. Die Neigungen meiner

Frau gegen Sie und gegen den Herrn Leander liegen itzo im Gleichgewichte, und dieser soll also nur ein kleiner Zuwurf sein, welcher der oder jener Schale den Ausschlag gibt. Oh! geizig sind wir eben nicht. Das sagen Sie uns nur nicht nach. Ob es uns auch gleich keine Schande sein würde, wenn wir es wären. Sie zeigen ja dadurch, daß Sie ihr eine Zeitlang nichts mehr von Ihrer Liebe vorgesagt haben, ganz deutlich, daß es Ihnen gleichviel sein würde, ob sie sich für Sie selbst oder für Ihren Freund erklärte; und Leander desgleichen. Wie hätte sie es also wohl klüger können anfangen?

DAMON: Ach daß ich so verliebt, ach, daß ich so gewissenhaft in der Freundschaft bin!

LISETTE: Würde es Ihnen vielleicht lieber gewesen sein, wenn meine Frau Sie beide hätte würfeln lassen, damit die meisten oder die wenigsten Augen sie dem einen oder dem andern zur Frau gegeben hätten? Es ist dieses sonst eine ganz löbliche Soldatenmode, wenn von zwei Galgenschwengeln einem das Leben soll geschenkt werden, und es einer doch ebensowenig verdient, als der andre. Ja, ja. Nicht wahr, sie hätte der Mode wohl auch hier folgen können?

DAMON: Eure Spöttereien sind sehr übel angebracht. Mein Herz ist – – – doch ich will nur gehen. Lisette, Lisette, in was für Unruhe habt Ihr mich gesetzt! Himmel!

Dritter Auftritt

Lisette.

Nun, der hat einen Floh hinter dem Ohre. Aber was hilft mir's? Ich kann itzo aus ihm ebensowenig klug werden, als zuvor. Wenn ich ihn nur wenigstens so weit hätte bringen können, daß er seine Liebeserklärungen wieder vorgesucht hätte. Er ließ aber auch gar nicht mit sich reden; es war, als wenn er auf Kohlen stünde. Hui! da kömmt Leander. Laßt sehn, was mit dem anzufangen ist!

Vierter Auftritt

Lisette. Leander.

LISETTE: Ein klein bißchen eher, so hätten Sie ihn angetroffen.

LEANDER: So? Ist Damon schon hiergewesen?

LISETTE: Ja. Und er wird auch gleich wieder dasein. Sie sollen sich nur ein klein wenig gedulden. Herr Leander, wie sehen Sie mir denn aber heute einmal so verdrießlich aus? Ach! das Gesichte steht einem Freier gar nicht! Pfui! fein munter! hübsch lustig!

LEANDER: Wer so viel Ursache zum Verdrusse hat, wie ich – – –

LISETTE: Ach! ach! Reden Sie doch. Sie mögen wohl viel auf dem Herzen haben, das Sie bekümmert. Ich merke zwar bald, was es sein kann? Hui! daß Sie die Liebe quält. Sind Sie es einmal satt, sie der Freundschaft nachzusetzen. O Sie täten nicht mehr, als billig. Frisch gewagt! Schade auf einen Freund. Halten Sie bei meiner Frau wieder aufs neue an. Ich gebe Ihnen mein Wort, Sie bekommen sie weg. Wenn Sie aber noch länger tändeln, so bin ich Ihnen für nichts gut. Wählen kann meine Frau nicht. Wenn nicht bald einer von beiden kömmt, und sie so holt, so hat sie alles schon dem blinden Zufalle überlassen. Wer von Ihnen bei dem Handel nach Ostindien am glücklichsten wird gewesen sein, dem will sie Hand, Herz und Vermögen schenken – – – Was fehlt Ihnen? – – Was fehlt Ihnen? – –

LEANDER: Lisette, um des Himmels willen, dem glücklichsten? Nun ist mein Unglück vollkommen.

LISETTE: Vollkommen? Was will das sagen? Erklären Sie sich.

LEANDER: Wohl, ich will mich Euch vertrauen. Wisset denn, daß ich nur gestern abends Briefe erhalten habe, daß mein Schiff in einem Sturme verunglücket sei. Grausamer Himmel! so war es nicht genug, mir mein Vermögen zu nehmen, du mußtest mir auch noch den Gegenstand meiner so zärtlichen Liebe entreißen?

LISETTE: Jener schimpfte auf meine Frau, und der schimpft auf den Himmel. Und beide sind wohl unschuldig. Herr Leander, Ihr Unglück geht mir nahe. Ich will es Ihnen schon glauben, daß es einem Verdruß genug verursachen muß, wenn man sein Vermögen verliert. Ich habe diese traurige Erfahrung noch nicht machen können; denn, Gott sei Dank, ich habe keins. Wenn aber der Verdruß, Reichtümer zu verlieren, so groß ist, als die Begierde, sie zu gewinnen, so muß er unerträglich sein. Ich gesteh es. Aber auf den andern Punkt zu kommen. Den Gegenstand Ihrer so zärtlichen Liebe – – Sie meinen doch meine Frau – – nicht? hören Sie nur – – um den haben Sie sich selbst gebracht. Doch wenn Sie mir folgen wollen, Herr Leander, so verloren als er scheint, so ist er doch noch nicht ganz verloren.

LEANDER: O ich bitte Euch, redet frei. Ich will Euch in allem folgen, was mir nützlich sein kann.

LISETTE: Aber ich zweifle, daß Sie es tun werden.

LEANDER: Zweifelt nicht, ich bitte Euch.

LISETTE: Ich kenne Ihre Hartnäckigkeit allzu wohl. Sie sind von den erhabenen Begriffen der Freundschaft zu sehr eingenommen. Damon, Ihr liebster Freund auf der Welt, das kostbarste Geschenk des Himmels, ohne welches Ihnen alle Güter, alle Ehre, alles Vergnügen, nur verachtungswert, nur eitel, nur unschmackhaft vorkommen würden, Damon, Ihr andres Ich, dessen Glück Ihr Glück, dessen Unglück Ihr Unglück ist; Damon, der edle Damon, der – – – –

LEANDER: Ja, allerdings Lisette. Du wirst ihn nie genug loben können. Der ist noch der einzige, der mir mein Unglück wird tragen helfen. Ich habe allezeit die vorteilhaftesten Gedanken und die zärtlichsten Empfindungen für ihn gehabt. Ich zweifle nicht, er wird itzo zeigen, wie würdig er meiner Freundschaft sei. Hätte er sein Vermögen verloren, so würde das meinige das seinige gewesen sein. Ich würde die Hand der liebenswürdigsten Person seinetwegen ausschlagen. Damon, ja Damon – – – – o hätte er mein Herz – – – – Aber, aber – – ich weiß, das wahre Zärtliche in der Freundschaft hat er nie recht empfinden wollen – –

LISETTE: Ja, Herr Leander, wenn Sie glücklich sein wollen, so müssen Sie diesen Damon einige Zeit aus den Augen setzen. Erschrecken Sie über diesen Vorschlag nicht.

LEANDER: Wie versteht Ihr das?

LISETTE: Nun, ich sehe doch, daß Sie mit einem ziemlich unerschrocknen Gesichte meine Erklärungen verlangen. Befürchten Sie nur nichts, ich rate Ihnen keine Verräterei an Ihrem Freunde. Weder er wird Ihnen, noch Sie werden sich selbst dabei was vorzuwerfen haben. Kurz, gehen Sie zu meiner Frau. Tun Sie ihr eine aufrichtige Liebeserklärung. Versichern Sie sie, daß sie Damon nicht mehr liebte. Wenn es sein muß, nehmen Sie noch ein paar Notlügen dazu, wodurch er ihr desto gehässiger wird. Sie werden sehen, es wird alles gut gehen.

LEANDER: Wenn sie aber nun darauf beruht, erst abzuwarten, wer am glücklichsten bei dem bewußten Handel gewesen, so wird mich ja alles nichts helfen.

LISETTE: Hui! ist das der standhafte Freund? So leicht läßt er sich bereden? – – – Herr Leander, darauf wird sie wohl schwerlich bestehen. Doch gesetzt. Es schadet uns nichts. Wissen Sie was? Ich weiß, daß Sie und Herr Damon einigemal Lust hatten, mit Ihren Kapitalen zu tauschen. Sie sind von gleicher Summe. Ich dächte, Sie versuchten den Herrn Damon noch dazu zu bereden. Er weiß doch noch nichts, daß Ihr Schiff soll unglücklich gewesen sein?

LEANDER: Nein.

LISETTE: Nun, sehen Sie, so geht es vollkommen gut an. Versuchen Sie sein Kapital zu bekommen, und treten Sie ihm das Ihrige mit allem Wucher ab. Sie können es leicht tun; und werden auch leicht eine scheinbare Ursache dazu ausfündig machen können. Wie, wenn Sie zu ihm sagten? Liebster Damon, die Freundschaft hat uns genau genug verbunden. Wie wär es aber, wenn wir auch unsre Glücksgüter dazu anwendeten, daß einer dem andern noch mehr verbunden würde? Lassen Sie uns derohalben einen Tausch mit den bewußten Geldern, die wir in die ostindische Handlung gegeben haben, treffen. Haben sich die Ihrigen mehr verinteressiert, als die meinigen, so werde ich Ihnen alsdenn einen Teil meines Vermögens zu danken haben. Sollten die meinigen mehr gewuchert haben, so werde ich das Vergnügen haben, dasjenige in Ihren Händen zu sehen, was das Glück mir eigentlich beschieden hatte. Und werden wir dadurch nicht desto mehr verpflichtet werden, einer dem andern mit seinem Vermögen, bei vorfallender Notwendigkeit, beizustehen?

LEANDER: Euer Rat ist gut. Und auch der Vorwand scheinet mir scheinbar genug zu sein. Aber ich besorge, mein Freund möchte einmal einen Verdacht auf mich werfen. Drum möchte ich selbst ihm diesen Vorschlag nicht gern tun. Könntet Ihr nicht etwa Eure Frau auf den Einfall bringen? Wenn diese täte, als ob sie es gern sähe – – so – – –

LISETTE: Ich verstehe Sie. Ich verstehe Sie. Verlassen Sie sich auf mich, und machen Sie nur, daß Sie bald zu meiner Frau kommen.

LEANDER: So bald als ich mit meinem Freunde werde gesprochen haben. Gott ist mein Zeuge, daß ich bei allem dem redliche Absichten habe. Ich weiß es gewiß, mein Freund würde, wenn ich mein Vermögen verlöre, nicht großmütig genug sein können, die Pflichten, die er mir alsdenn, vermöge unsers Bundes, schuldig wäre, auszuüben. Ich will ihn derohalben von dem gewissen Schimpfe, von der Nachwelt ein ungetreuer Freund genennet zu werden, befreien. Meinerseits aber will ich ihm zeigen, daß meine Reden vollkommen mit meinen Taten übereinstimmen. Er soll die Hälfte meines Vermögens haben. – – –

LISETTE: In Ansehung dessen, daß ihm von Rechts wegen das ganze gehöret – – Das ist ein aufrichtiger Freund!

LEANDER: Ich will alles anwenden, ihm wieder aufzuhelfen. Vielleicht ist er ein andermal glücklich. Vielleicht – – –

LISETTE: St! St! Herr Damon kömmt ohne Zweifel wieder. Ich will gehen. Er möchte denken, wer weiß was wir miteinander zu reden gehabt hätten. Ich geh zu meiner Frau. Kommen Sie bald nach. – – – – Nun, das hätte ich mir nicht vermutet.

Fünfter Auftritt

Leander. Damon.

LEANDER: Ich darf ihm also nichts von meinem Unglücke sagen; weswegen ich ihn doch herbestellet hatte. – – – Was werde ich also mit ihm zu reden haben? – – Es wird sich schon geben.

DAMON: O wertester Leander, verzeihen Sie mir, daß Sie auf mich haben warten müssen.

LEANDER: Ich Ihnen verzeihen? Womit haben Sie mich beleidiget? Legen Sie doch endlich einmal, allerliebster Freund, das mir so nachteilige Vorurteil ab, daß Sie imstande wären, mich zu beleidigen. Ein Freund wird über den andern nie verdrießlich. Der Pöbel, dem die süße Vereinigung der Gemüter unbekannt ist, und ewig zu seinem unersetzlichen Schaden, unbekannt bleiben wird, der Pöbel, die Schande des menschlichen Geschlechts, mag untereinander zürnen.

Die Freundschaft bewaffnet eine edle Seele mit einer unüberwindlichen Sanftmut. Was ihr Freund tut, was von ihrem Freunde kömmt, ist ihr billig und angenehm. Die Beleidigungen werden nur durch die bösen Absichten dessen, der beleidiget, und durch die Empfindlichkeit dessen, der beleidiget wird, zu Beleidigungen. Wo niemand also böse Absichten hat, wo niemand empfindlich wird, da haben auch keine Beleidigungen statt. Wird aber ein Freund gegen den andern wohl böse Absichten hegen? Oder wird ein Freund über den andern wohl empfindlich werden? Nein. Drum, liebster Damon, wenn mir auch durch Sie der größte Schimpf widerführe; wenn ich durch Sie um Ehre und Ansehen käme; wenn ich durch Sie Gut und Geld verlöre; wenn ich durch Sie ungesund, lahm, blind und taub würde; wenn Sie mich um Vater und Mutter brächten; wenn Sie mir selbst das Leben nähmen; glauben Sie, liebster Damon, daß Sie mich alsdenn beleidiget hätten? Nein. So viel unrecht Sie auch hätten, so viel recht würden Sie bei mir haben. Würde Sie auch die ganze Welt verdammen; ich würde Sie entschuldigen, ich würde Sie lossprechen.

DAMON: Ich will wünschen, Leander, daß ich Ihnen mit gleichem Feuer antworten könnte. Ich will mich bemühen, Ihre Freundschaft nie auf eine so harte Probe zu setzen.

LEANDER: Ei, liebster Freund, wie so kaltsinnig? Zweifeln Sie an der Aufrichtigkeit meiner Reden? Zweifeln Sie, ob meine Freundschaft diese Probe aushalten würde? Wollte doch Gott, ja wollte doch Gott, daß Sie mich, je eher je lieber auf eine Art beleidigten, welche bei andern unvergeblich sein würde! wie vergnügt, wie entzückt wollte ich sein, die süße Rache einer großmütigen Verzeihung an Ihnen auszuüben.

DAMON: Und ich will mir dagegen wünschen, daß ich dieser großmütigen Verzeihung niemals möge nötig haben.

LEANDER: Ja, Damon, und ich würde, in gleichen Fällen, auch ein Gleiches von Ihnen erwarten. Oh! ich kenne Sie zu wohl. Ihre Seele ist edel und großmütig. Und diese läßt mich nicht daran zweifeln.

DAMON: Sie trauen mir zu viel zu, wertester Leander. Voll Scham gesteh ich Ihnen, daß ich mich zu schwach dazu befinde. Die Gedanken davon scheinen mir edel und wahr. Die Erfüllung aber unmöglich. Ich zittere schon im voraus, wenn ich mir vorstelle, daß meine Freundschaft einen so harten Versuch vielleicht einmal auszuhalten habe. Doch Ihre Tugend ist mir gut dafür. Und ist ein Freund wohl auch zu einer so allzu großmütigen Sanftmut verbunden? Ich weiß es, es ist die Pflicht eines Freundes, dem andern zu verzeihen. Doch ist es auch des andern Pflicht, ihm so wenig Gelegenheit dazu zu geben, als ihm nur möglich ist.

LEANDER: Freund, im Verzeihen müssen wir dem Himmel gleich sein. Unsere Verbrechen, so groß und so häufig sie sind, machen ihn in dieser, ihm würdigen, Beschäftigung nicht müde. Wen man einmal zu seinem Freunde erwählt hat, den muß man behalten. Weder seine Fehler noch seine Beleidigungen müssen vermögend sein, ihn aus unsrer Gunst zu setzen. Man beschimpfet sich selbst, wenn man es dazu kommen läßt. Oder ist es etwan kein Schimpf, wenn man mit Scham gestehen muß, daß man in der Wahl gröblich geirret habe?

DAMON: Aber, liebster Leander, sagen Sie mir doch, weswegen Sie mit mir zu reden verlangt? Was ist denn das Wichtige, das Sie mir zu entdecken haben?

LEANDER: Werden Ihnen meine Reden beschwerlich? Ich kann es nicht glauben. Sie wissen, wie gern man von Sachen redet, die uns angenehm sind. Und ich weiß, man höret auch ebenso gern davon. Sie scheinen mir aber heute zu beiden ein wenig verdrießlich. Was beunruhiget Sie? Ist Ihnen ein Unglück zugestoßen? Entdecken Sie mir es. Machen Sie mir das Vergnügen, Ihren Schmerz mit Ihnen zu teilen. Sie sollen alsdenn alles erfahren, was ich Ihnen zu sagen habe.

DAMON: Sie betrügen sich nicht. Ich bin bestürzt und bekümmert.

LEANDER: Und worüber? O was zaudern Sie, mir Ihr Geheimnis anzuvertrauen. Setzen Sie in meine Verschwiegenheit ein Mißtrauen? Zweifeln Sie, daß ich Ihnen helfen werde, wenn es in meinen Kräften stehet? Oder zweifeln Sie gar an meinem Mitleiden? Wenn ich mein Herz gegen Sie ausschütten kann, so weichet gleich die Hälfte meines Grams. Und versuchen Sie es nur. Vielleicht bin ich so glücklich, daß Sie auch in meinem Vertrauen einige Erleichterung finden.

DAMON: Es betrifft mich und Sie.

LEANDER: Und desto eher; nur heraus damit. Müssen Sie es etwan verschweigen? Oh! was man nur seinem Freunde sagt, hat man noch niemanden gesagt. Ich und mein Freund sind eine Person. Und wenn ich den größten Eidschwur darauf getan hätte, gegen niemanden ein Wort von dem oder jenen zu gedenken, so könnte ich es doch, ohne den Eidschwur zu brechen, meinem Freunde sagen. Was ich dem vertraue, vertraue ich mir selbst. Und ich tue nichts mehr, als wenn ich es noch einmal für mich in den Gedanken wiederholte.

DAMON: Nein. Nein. Es soll Ihnen nicht verborgen sein. Könnten Sie sich wohl einbilden, zu was sich die Madame entschlossen?

LEANDER: Worinne?

DAMON: Nun raten Sie einmal, auf was sie es will ankommen lassen, welchem sie von uns beiden ihre Hand geben solle?

LEANDER: Und ebendieses, mein Damon, ebendieses hatte ich Ihnen auch zu sagen.

DAMON: Aufrichtig nun zu reden, ich bin über diesen niederträchtigen Entschluß erstaunet. Nein, Leander, ehe ich ihre Hand einer solchen schändlichen Ursache zu danken haben wollte, eher will ich sie zeitlebens ausschlagen.

LEANDER: Und glauben Sie denn, daß ich sie annehmen würde? Wir haben die uneigennützigsten Absichten gegen sie. Wir würden sie lieben, wenn sie auch nichts besäße. Und sie ist gegen uns so eigennützig? Ist ein verachtungswürdiger Reichtum das einzige, was ihr an uns gefällt?

DAMON: Wie, wenn wir diesen Entschluß auf alle mögliche Art suchten zunichte zu machen? Darf ich Ihnen wohl was vorschlagen? Was meinen Sie, wenn wir Schaden und Gewinst bei unserm Handel teilten?

LEANDER: St! das ist Wasser auf meine Mühle. So könnte das Tauschen gar bleiben – – – Ja, Sie haben recht. Nichts könnte sie leichter wieder auf den rechten Weg bringen, einen von uns aus Neigung und Verdienst zu wählen. Wohl! Ich bin es zufrieden.

DAMON: O wie vergnügt machen Sie mich durch Ihren Beifall wieder. Ich besorgte immer, ich besorgte, Sie würden mir ihn hier entziehen. Und Sie hätten Recht dazu gehabt.

LEANDER: Wie wenig trauen Sie mir doch zu! So? Was könnte ich denn für Recht haben, hierinne nicht mit Ihnen einig zu *sein? Alle Güter* sind ja unter Freunden gemein. Was ich besitze, besitzen Sie. Und was Sie besitzen, darauf glaube ich auch ein kleines Recht zu haben. Verflucht sei der Eigennutz! wenn Ihnen das Unglück auch so sehr zuwider sein sollte, daß Sie alles, alles dabei verlören. Nicht die Hälfte meines Vermögens, mein ganzes Vermögen wäre allezeit so gut, als das Ihrige.

DAMON: Freund, Sie machen mich ganz beschämt!

LEANDER: Was ich sage, würde ich auch tun. Und wenn ich es getan hätte, so würde ich doch nichts mehr getan haben, als was die Pflicht eines Freundes verlangt.

DAMON: Aber ich weiß nicht, was ich bei mir für eine geheime Ursache finde, selbst an der Wahrheit dieses Entschlusses zu zweifeln. Könnte mir wohl Lisette – – – –

LEANDER: Und von der hab ich es auch. Doch dahinter wollen wir wohl kommen. Es liegt uns beiden nicht wenig dran. Erlauben Sie mir, daß ich Sie verlasse. Ich will selbst zu ihr gehen, und mich bei unserer Liebsten erkundigen.

DAMON: Aber, Leander, wie wird sich das schicken? Wird sie über diese Neugierigkeit nicht empfindlich werden?

LEANDER: Sorgen Sie nicht, ich will es schon mit einer Art vorzubringen wissen – – – –

DAMON: Nun ich verlasse mich auf Ihre Geschicklichkeit. Kommen Sie bald wieder, mir Nachricht zu bringen.

LEANDER: – – So komme ich doch unter einem guten Vorwande wieder von ihm.

Sechster Auftritt

Damon.

– – – Entweder, ich bin zur Freundschaft ganz ungeschickt, oder Leander hat sehr ausschweifende Begriffe davon. – – – – – – – – Ich bin unglücklich wenn das erste wahr ist – – – Ja – – die Freundschaft – – – sie ist allerdings das, was uns das Leben erst angenehm machen muß – – – So viel empfinde ich – – – Aber so viel empfinde ich doch nicht, als mein Freund zu empfinden sagt. – – – – Gesetzt ich würde von ihm beleidigt – – – ich würde so von ihm beleidigt – – – als er von mir sich wünschte, beleidiget zu werden – – – – würde ich wohl – – – nein – – ich mag mir nicht schmeicheln – – – ich würde – – ich würde viel zu schwach sein, es ihm zu vergeben – – – – Ja, ich würde es ihm verargen, wenn er mir bei einer solchen Gelegenheit verzeihen wollte – – – ich würde ihn selbst tadeln – – – – Doch – – ich halte ihn auch nicht einmal für fähig dazu – – – er mag sein, was er will – – – aber – – ich irre mich wohl auch – – ich beurteile ihn nach mir – – – – weil ich so schwach bin; folgt es denn daraus, daß ein anderer – – – Doch allerdings eine so vollkommene Freundschaft ist für diese Welt nicht – – – – – – – Ob auch wohl Leander so denkt, als er redet? – – Halt – – – ich will – – – ja wenn ich ihn bered'te, ich hätte Nachricht erhalten, daß mein Schiff untergegangen – – – Da will ich sehen, ob seine Großmut – – – es wird mich ein wenig kützeln, wenn ich ihn bestürzt – – – – Doch nein – – das war ein niederträchtiger Einfall – – – Seinen Freund auf die Probe setzen, heißt, seinen Freund gern verlieren wollen – – – – – – Nein – – aber wenn nun die Witwe auf ihrem törichten Entschlusse blieb – – Gesetzt, Leander würde durch sie glücklich – – – werde ich sein Freund bleiben können? – – – Ich zittere – – ja – ich fühle meine Schwäche – – – ich würde auf ihn zürnen – – – – ich würde neidisch werden – – – ach – – ich schäme mich recht vor mir selbst – – –

Siebenter Auftritt

Oronte. Damon.

ORONTE: Nun, da ist Er ja. Versteh Er mich! Vetter, habe ich Ihn doch müssen in zehn Häusern suchen. Versteh Er mich! Und ich hätte Ihn eher sonstwo zu finden geglaubt als bei der jungen Witwe. Versteh Er mich.

DAMON: Je was führt Sie denn hieher, Herr Vetter?

ORONTE: So? sieht Er mir's nicht an, versteh Er mich, was ich will? Mache Er sich nur parat, versteh Er mich, eine Nachricht von mir zu hören, die Ihn halb tot, versteh Er mich, und wenn Er noch ein klein wenig Vernunft übrig hat, versteh Er mich, die Ihn rasend machen wird.

DAMON: Sie erschrecken mich. Was ist es denn?

ORONTE: Habe ich's Ihm nicht gesagt, versteh Er mich, daß es Ihm mit Seinem Kapitale würde unglücklich gehen? Versteh Er mich. Da seh Er, lese Er – – Sein Schiff ist untergegangen. Da, *lese Er nur,* versteh Er mich – – Er wird alle Umstände finden, versteh Er mich.

DAMON: So?

ORONTE: Nun, hab ich's Ihm doch vorhergesagt, versteh Er mich. Aber ihr jungen Leute, laßt euch doch niemals sagen, versteh Er mich. Alles, alles wollt ihr besser einsehen. Schon recht! versteh Er mich, schon recht!

DAMON: Dieses Unglück hätte ich mir nicht versehen – – –

ORONTE: Ist das das ganze, was man sagen kann, versteh Er mich, wenn man sein Vermögen verliert? O Leichtsinnigkeit! o gottlose Leichtsinnigkeit! versteh Er mich. Auf 12000 Rtlr. versteh Er mich. Auf zwölftausend! Nun, Vetter, sag Er, was will Er nun anfangen? versteh Er mich. Er ist von der ganzen Welt verlassen, verlassen, und mit Recht. Versteh Er mich. Kann Er's leugnen, daß ich's Ihm vorherverkündigt habe? Kann Er's leugnen? Versteh Er mich. Wievielmal habe ich Ihm die güldne Regel gegeben: Was aufs Wasser kömmt, versteh Er mich, ist so gut, als halb verloren.

DAMON: Ach! möchte doch das Geld sein, wo es wollte – – – – wenn nur – – –

ORONTE: Ach! Schade um das Geld! Das sind gescheute Reden. Versteh Er mich. Damon, Damon, ein Mensch, der so denken kann, ist nicht wert, daß er mein Vetter sei. Versteh Er mich. Ach! schade ums Geld! Nein, Gott sei Dank, versteh Er mich, so albern und gottesvergessen bin ich in meiner Jugend nicht gewesen. Denkt Er, versteh Er mich, daß Ihn die junge Witwe nun heiraten wird? versteh Er mich. Sie müßte eine Närrin sein. Versteh Er mich.

DAMON: Ja, Herr Vetter, dieses besorge ich. Und dieses ist auch das einzige, was mir mein Unglück empfindlich macht.

ORONTE: Der Narr, versteh Er mich. Als wenn es nicht so schon empfindlich genug wäre. Versteh Er mich. Doch Vetter, daß Er sehn soll, versteh Er mich, wie gut ich es mit Ihm meine, so will ich Ihm, versteh Er mich, bei den Umständen raten: mache Er banquerot.

DAMON: Wie, so niederträchtig – – –

ORONTE: Was? Was? Niederträchtig? versteh Er mich. Das nennt Er niederträchtig, versteh Er mich, Vetter, wenn man Banqueroute macht? Zum Henker! versteh Er mich, habe ich nicht fünfmal Banqueroute gemacht? Und bin ich niederträchtig gewesen? versteh Er mich. Habe ich nicht mein ganzes Vermögen dem Banqueroute zu danken? versteh Er mich. Zu dem ersten brachte mich meine Frau! versteh Er mich. Das war eine stolze verschwenderische Närrin! Gott habe sie selig, versteh Er mich. Aber das vergelte ihr noch Gott im Himmel, wo sie ohne Zweifel sein wird, versteh Er mich, denn sie war allezeit gern, wo es fein lustig und fein prächtig zuging, versteh Er mich; das, sage ich, vergelte ihr der liebe Gott, daß sie mir auf den so kurzen Weg zum Reichtume zu gelangen geholfen hat. Versteh Er mich. Denkt Er, Vetter, daß ich mit fünf Banquerouten, versteh Er mich, würde aufgehört haben, wenn mir es nicht wäre ausdrücklich verboten worden, versteh Er mich, die Handlung aufs neue anzufangen?

DAMON: Nein, Herr Vetter, ich kann Ihnen durchaus nicht schmeicheln. Es bringt Ihnen ein so schlimm erworbener Reichtum wenig Ehre.

ORONTE: Ach! ach! Ehre! Ehre! Versteh Er mich. Um die Ehre ist es auch zu tun. Es muß mancher, versteh Er mich, bei aller Ehre, die er hat, verhungern. Ach! die Ehre. Ist Er nicht ein Grillenfänger? Versteh Er mich. Nicht wahr, versteh Er mich, es wird meinen Erben gleichviel sein, ob ich ihn mit Ehre oder ohne Ehre besessen habe. Versteh Er mich. Sie werden mir's danken, und wenn ich ihn gestohlen hätte. Versteh Er mich.

DAMON: Nein, Herr Vetter, wenn Ihre Erben vernünftig sein werden, so werden sie nach Ihrem Tode Ihre Verlassenschaft dazu anwenden, daß sie denjenigen, die durch Ihre Banqueroute unglücklich geworden sind, wieder aufhelfen.

ORONTE: Was? Was? Versteh Er mich. Das sollen meine Erben tun? Ja, wenn ich das voraussehen könnte, gewiß, versteh Er mich, gewiß ich ließe mir eher einmal alle mein Hab und Gut mit ins Grab geben. Hätte ich mir's deswegen so sauer werden lassen? Versteh Er mich. Fünfmal habe ich müssen verschwören. Fünfmal hätte ich also umsonst geschworen? Versteh Er mich. Höre Er, Vetter, weil ich sehe, daß Er so wider Recht und Pflicht handeln würde, versteh Er mich, so will ich Ihn fein aus meinem Testamente lassen. Versteh Er mich. Darnach mag Er vollends sehn, was man anfängt, wenn man nichts hat, versteh Er mich.

DAMON: Alsdenn wird der Himmel für mich sorgen.

ORONTE: Wer? Wer? Versteh Er mich. Wer wird für Ihn sorgen? Der Himmel? Ja, getröste Er sich nur. Ja, er wird für Ihn sorgen, versteh Er mich, wie für die Sperlinge im Winter.

Der Himmel will haben, versteh Er mich, daß wir für uns selbst fein sorgen sollen. Dazu hat er uns Verstand und Klugheit gegeben; versteh Er mich.

DAMON: Ja, und manchem noch über dieses Bosheit und Geiz, wenn Verstand und Klugheit etwan nicht hinlänglich sein wollten.

ORONTE: Vetter, soll das auf mich gehen? Versteh Er mich! Sei Er mir nicht so naseweis! Ich weiß schon, auf was Er trotzt. Versteh Er mich. Er denkt itzo eine gute Heirat zu tun. Aber sieht Er mich? Ich will dem Wolfe das Schäfchen noch schon entreißen, versteh Er mich. Leander hat nunmehr Recht dazu. Dessen Schiff ist glücklich angekommen. ob man ihm gleich erst geschrieben hatte, versteh Er mich, daß es verunglückt wäre. Es ist aber nichts weiter, als eine Irrung, versteh Er mich. Seines, Seines ist draufgegangen. Versteh Er mich.

DAMON: Wie? Leandern ist dies geschrieben worden? Und er hat mir nichts gesagt?

ORONTE: Muß man Ihm denn alles auf die Nase binden? Versteh Er mich. Nun, nun. Er soll schon sehn, was Ihm Sein Unglück, trotz Seiner Ehre und trotz des Himmels! schaden soll. Ich gehe itzo gleich selber zu der Witwe. Sie soll alles erfahren. Versteh Er mich. Leb Er wohl, versteh Er mich.

Achter Auftritt

Damon.

– – – Verdrießliche Nachricht! – – – Ich verliere mein Vermögen – – dieses möchte noch sein. Wer weiß, wenn Leander unglücklich gewesen wäre, ich würde vielleicht nicht großmütig genug gewesen sein, ihm zu helfen – – – Was für eine Schande für mich, wenn ich an ihm untreu geworden wäre! – – – – der Himmel hat mich davor bewahren wollen – – – ich bin glücklich bei allem meinem Unglücke – – – aber ich verliere zugleich die liebenswürdige Witwe – – – sie wird sich an Leandern nun ohne Schwierigkeit geben – – an Leandern – – doch Leander ist ja mein Freund – – – die Liebe – – die verdammte Liebe – – – verdient sie mein Freund nicht ebensowohl, als ich? – – – was darf ich viel nach einer Frau fragen, deren Herz ich, wenn ich es ja bekommen hätte, bloß meines Geldes wegen bekommen hätte – – Aber doch – – – sie ist liebenswürdig – – – wie muß ich mit mir selber kämpfen! – – – Allein Leander – – sollte es wahr sein, daß er diese falsche Nachricht bekommen hätte? – – – und er sollte mir es verschwiegen haben? – – – wie hätte er den Vorschlag annehmen können, den ich ihm tat – – – ich falle auf ganz besondre Gedanken – – – doch weg damit – – sie schänden meinen Freund – – –

NEUNTER AUFTRITT

LISETTE. DAMON.

LISETTE: So alleine? und so betrübt?

DAMON: Ach Lisette, meinen Kummer zu erleichtern, muß ich ihn dem ersten dem besten erzählen. Ich bin unglücklich gewesen. Mein Schiff ist in einem Sturme untergegangen. Ich habe die gewisseste Nachricht. Himmel! und ich verliere zugleich alle Hoffnung von Eurer Frau – – –

LISETTE: Was? So ist es an Leanders Unglücke nicht genug gewesen?

DAMON: Wieso, an Leanders? Sein Schiff ist ja glücklich angekommen. Was ist ihm denn für ein Unglück begegnet?

LISETTE: Ja. Sein Schiff ist so hübsch eingelaufen, wie das Ihre. Er hat mir es ja selber gesagt.

DAMON: Er hat es Euch selber gesagt? So ist mein Verdacht doch wohl gegründet – – – Dem ohngeachtet, Lisette, könnt Ihr mir gewiß glauben, daß es eine bloße Irrung mit seinem Schiffe gewesen – – aber sollte mein Freund wohl eine kleine Untreue an mir begangen haben?

LISETTE: Eine Untreue? Was für eine Untreue? Behüte Gott! Leander ist der getreuste Freund von der Welt. Ha ha ha ha!

DAMON: Warum lacht Ihr?

LISETTE: Ja das ist gewiß. Auf seine Treue können Sie sich nun verlassen. Ha ha ha! Er wird Ihnen in Ihrer Not redlich beistehen. Ha ha ha!

DAMON: Das hoffe ich auch gewiß.

LISETTE: Und ich auch. Ha ha ha! Ich weiß seine guten Absichten. *Ha ha ha!*

Letzter Auftritt

Oronte. Die Witwe. Leander. Damon. Lisette.

DIE WITWE: Wertester Damon, ich habe die betrübte Nachricht von Ihrem Herrn Vetter vernommen. Ich versichre Sie, daß mir Ihr Unglück nicht näher hätte können gehen, wenn mir es auch selbst widerfahren wäre.

LEANDER: Mein liebster Freund, das Glück ist Ihnen zuwider gewesen. Ich weiß, Ihr Gemüt ist viel zu gesetzt, als daß es dieser eitle Verlust sehr beunruhigen sollte. Ich hoffe übrigens, daß Sie leicht mit dem Glücke werden auszusöhnen sein. Es wird Ihnen vielleicht dasjenige, was es Ihnen itzo entzogen, ein andermal desto reichlicher ersetzen.

ORONTE: Ja, Vetter, ja, versteh Er mich. Ein andermal. Ein andermal. Ha ha ha!

LEANDER: Sie, Madame, haben die Gütigkeit gehabt, sich für den glücklichsten unter uns zu erklären. Der Himmel hat gewollt, daß ich es sei. Doch ich werde mich alsdenn erst wirklich für das halten, wenn Sie durch das kostbare Geschenk Ihres Herzens mir – – –

DIE WITWE: Und diesen Antrag, Leander, können Sie in Gegenwart Ihres Freundes wiederholen?

DAMON: Gerechter Himmel! was höre ich?

LEANDER: Oh, Madame, ich kenne meinen Freund allzu wohl. Er wird sich nicht unterstehen, Ihnen in Ihrem Glücke hinderlich zu sein. Er wird Ihnen nichts, als sein Herz, darbieten können. Ich kann das meinige mit einer Tonne Goldes begleiten – – –

DAMON: Leander, Sie wollen – – – Verdruß und Erstaunen lassen mich kein Wort aufbringen.

ORONTE: Höre Er, Herr Vetter, ich will Ihm doch was sagen, versteh Er mich. Er kann die hübsche Witwe nun nicht heiraten. So viel ist gewiß, versteh Er mich. Leandern wird sie wohl auch nicht viel nütze sein. Versteh Er mich. Sie gefällt mir ganz wohl. Versteh Er mich. Ich möchte sie schon haben. Ich dächte, Er schlüge mich ihr vor. Versteh Er mich. Ich bin zu schamhaft dazu. Versteh Er mich. Mache Er, tue Er Sein möglichstes, ich will Ihn auch nicht in meinem Testamente vergessen. Versteh Er mich. Zwei Tonnen Goldes kann ich ihr mitbringen, versteh Er mich.

LEANDER: Ich bitte Sie inständig, Madame. Erklären Sie sich; damit auch mein Freund weiß, woran er ist.

ORONTE: Madame, erklären Sie sich nicht so geschwind. Verstehn Sie mich. Mein Vetter weiß einen hübschen Bräutigam für Sie, verstehn Sie mich, der Ihnen wohl anstehen möchte. Mit dem können Sie zwei, zwei Tonnen Goldes bekommen. Verstehn Sie mich. Vetter, Vetter, sage Er ihr ihn doch! versteh Er mich.

DIE WITWE: Es wird unnötig sein. Mein Schluß ist schon fest gestellt. Leander, es ist wahr, ich habe mein Wort von mir gegeben den glücklichsten von Ihnen zu erwählen. Ich will es auch halten. Der glücklichste, liebster Damon, sind Sie.

DAMON: Ich?

LEANDER: Damon?

ORONTE: Was? Was? Mein Vetter? Ja, dem sein Schiff ist ja untergegangen Madame. Verstehn Sie mich. Leander hat eine Tonne Goldes, verstehn Sie mich. Und ich habe ihrer zwei, verstehn Sie mich. Notwendig, notwendig müssen Sie mich meinen.

DIE WITWE: Ja ja. Damon, Sie sind bei diesem Handel der glücklichste gewesen. Sie sind glücklich gewesen, daß Sie Gelegenheit gefunden haben, Ihre große Seele auf so eine ausnehmende Art zu zeigen. Ihr größtes Glück aber ist, daß Sie nun Licht bekommen, die Falschheit Ihres Freundes einzusehen, dessen prächtige Galimathias Sie bis hieher verblendet haben. Leander, erwägen Sie nicht Ihre Aufführung? Sie hatten Nachricht bekommen, daß Ihr Schiff verunglückt sei. Bei dieser Angst wollten Sie sich an mir erholen. Sie setzten Ihren Freund schändlich aus den Augen. Mein Entschluß, mich für den glücklichsten zu erklären, war Ihnen nur insofern verhaßt, als Sie besorgten, daß Sie es nicht sein würden. Sie suchten mich zu bereden, Damon liebte mich nicht mehr. Und gedenken Sie endlich an den Tausch, zu dem ich den Damon habe verführen sollen, zu einer Zeit, da Sie vermuteten, seine Sachen stünden besser, als die Ihrigen. Überlegen Sie dieses alles, und schämen Sie sich, einen Freund hintergangen zu haben, der Sie über alles hochschätzte. Gehen Sie. Genießen Sie Ihrer Reichtümer, die just an keinen Unwürdigern hätten kommen können.

DAMON: Leander, soll ich es glauben? Sie haben mich hintergehen wollen?

LEANDER: Damon – – Ich habe Sie beleidigt. Leben Sie wohl!

DAMON: Leander, liebster Leander! wohin? Verziehn Sie.

LEANDER: Lassen Sie mich, ich bitte Sie. Ich muß Ihr Angesicht fliehen, ich sterbe vor Scham. Es ist unmöglich, Sie können mir nicht verzeihen.

DAMON: Ich Ihnen nicht verzeihen? O Leander, wäre Ihnen mit meinen Verzeihungen was gedient! Ja ja. Es ist Ihnen schon alles verziehen. Bleiben Sie da, mein Freund. Sie haben sich übereilet. Und diese Übereilung hat der Mensch, und nicht der Freund, begangen. Madame, Sie sind erzürnet auf Leandern? Ich schlage alles aus, wo Sie nicht mit mir alles wider ihn vergessen. Wenn Sie uns trennen, so werde ich notwendig der Unglücklichste sein. Ich weiß, wie schwer es ist, einen Freund zu finden. Und will man ihn schon des ersten Fehlers wegen verlassen, so wird man zeitlebens suchen, und keinen erhalten.

LEANDER: Damon – – Urteilen Sie aus diesen Tränen, ob ich gerühret bin?

DIE WITWE: Wohl! Leander, Damon verzeiht Ihnen. Und ich weiß selbst nicht, ob ich über seine Großmut, oder über Ihre Reue, mehr gerühret bin. Lassen Sie auch uns unsre Freundschaft wieder von neuem anfangen. O Damon, wie zärtlich wird Ihre Liebe sein, da Ihre Freundschaft schon so zärtlich ist!

ORONTE: Da war meine Freierei also auch umsonst!

DAMON: Nun, gestehen Sie mir wenigstens, lieber Leander, daß es etwas schwerer sei, die Pflichten der Freundschaft auszuüben, als von ihr entzücket zu reden.

LEANDER: Ja, Damon, ich habe die Freundschaft oft genennt, aber sie heute erst von Ihnen kennen lernen.

DIE WITWE: Damon! Damon! ich befürchte, ich befürchte, ich werde eifersüchtig werden. Keines Frauenzimmers wegen zwar nicht, aber doch gewiß Leanders wegen!

DIE ALTE JUNGFER

Ein Lustspiel in drei Aufzügen

Non tu nunc hominum mores vides?
Dum dos sit, nullum vitium vitio vortitur.
Plautus

Personen

Jungfer Ohldin
Lelio
Lisette
Herr Oronte *und* seine Frau
Herr von Schlag, *Kapitän*
Peter
Clitander, *Lelios Freund*
Kräusel, *ein Poet*
Herr Rehfuß

Der Schauplatz ist ein Saal

ERSTER AUFZUG

Erster Auftritt

Jungfer Ohldin. Herr Oronte *und seine* Frau.

HERR ORONTE: Ach! Grillen, dazu wird man nimmermehr zu alt! und wie alt sind Sie denn? Wie lange ist es, daß ich Sie noch habe auf dem Arme herumtragen sehn? Wenn es 50, ein, zwei – – je nu – – etliche funfzig Jahr – – –

JUNGFER OHLDIN: Warum nicht achtzig gar? Wenn Sie mich für so alt halten, was reden Sie mir viel vom Heiraten vor?

HERR ORONTE: Ei nicht doch! nicht zu alt! gar nicht zu alt! 54 Jahr ist just recht für eine mannbare Jungfer – – – Wenn die Dingerchen so jung heiraten, so werden auch die Kinder darnach – – –

JUNGFER OHLDIN: Mit Ihren 54 Jahren – – –

FRAU ORONTE: Es ist wahr. Du irrest dich, mein Kind. Kannst du doch noch nicht einmal so alt sein.

HERR ORONTE: Das stünde mir auch an. Ich, und das Säkulum, wir gehen miteinander. Darfst du dich etwan über mein Alter beschweren? Bin ich nicht noch – – –

FRAU ORONTE: Gut! gut! Also kannst du sie nicht, als ein Kind, gekannt haben.

HERR ORONTE: Ach – – was, Kind – –

JUNGFER OHLDIN: Wenn Sie mir nicht glauben wollen; mein Taufschein kann es ausweisen, daß ich erst auf Ostern funfzig Jahr bin.

HERR ORONTE: Was? Sie erst funfzig Jahr? Ich denke, wer weiß wie alt Sie sind. Oh! da ist Ihre Zeit noch nicht verflossen. Sara war 90 Jahr alt. Und nach Ihrem Gesichte hätte ich Sie gewiß auch nicht für jünger – –

JUNGFER OHLDIN: Ei! mein Gesicht – – mein Gesicht – – wem das nicht ansteht – –

HERR ORONTE: Wer sagt das? Ihr Gesichte hat noch seine Liebhaber. Würde denn sonst der Herr Kapitän von Schlag? – – –

JUNGFER OHLDIN: Was? von? ist er gar ein Adlicher?

HERR ORONTE: Ja freilich, und zwar aus einer der ältesten Familien. Er steht bei dem Könige vortrefflich angeschrieben, der ihm auch in Gnaden seinen Abschied erteilt hat, weil er das Unglück hatte, im letzten Feldzuge, zu fernern Diensten, untüchtig gemacht zu werden.

JUNGFER OHLDIN: Untüchtig? – – – Nein, ich besinne mich alleweile. Ich mag ihn nicht. Wenden Sie sich an eine andre. Ich kann nichts tun, als ihn bedauren.

HERR ORONTE: Er mag aber keine andre, als Sie. Und verlangen Sie denn einen Mann, der stets zu Felde liegt? und der um Sie des Jahrs kaum zwei Nächte sein kann? Die abgedankten Offizier sind die besten Ehemänner; wenn sie ihren Mut nicht mehr an den Feinden beweisen können, so sind sie desto mannhafter gegen ihre – – – Doch ich komme zu weit in Text. Sie verstehen mich doch nicht – – –

JUNGFER OHLDIN: Ach – denkt doch – –

HERR ORONTE: So? verstehen Sie's schon? Ich denke – – –

JUNGFER OHLDIN: Ich denke, daß Sie mich nur zum besten haben wollen.

HERR ORONTE: Oder Sie mich. Sage ich, Sie verstehen's, so ist es nicht recht. Sage ich, Sie verstehen's nicht, so ist's wieder nicht recht. Ich sehe wohl, so alt Ihr Köpfchen ist, so eigensinnig ist es auch. Wollen Sie, oder wollen Sie nicht?

JUNGFER OHLDIN: Behüt's Gott! muß man sich denn gleich so ärgern? Reden Sie ihm doch zu, Frau Oronte.

FRAU ORONTE: Du mußt, mein lieber Mann, ein wenig gelinder mit ihr verfahren. Du wirst es ja wohl noch an meinem Beispiele wissen, wie es einem Frauenzimmer ist, wenn man ihr das erstemal dergleichen Sachen vorsagt.

JUNGFER OHLDIN: Ach, das erstemal – – das erstemal – – Wenn ich hätte heiraten wollen – –

HERR ORONTE: Sie wollen also nicht?

JUNGFER OHLDIN: Daß Gott! Sie sind auch gar zu stürmisch – – Kann man sich denn in solchen wichtigen Sachen gleich auf der Stelle entschließen?

HERR ORONTE: Ja, ja. Man kann und muß. Gleich in der ersten Hitze. Wenn die verdammte Überlegung darzukömmt, so ist es auf einmal aus. Gott sei Dank! die Überlegung ist mein Fehler nicht. Soll denn Ihr schönes Vermögen an lachende Erben kommen? In den Händen Ihres verschwendrischen Vetters wird's lange währen. Selbst Kinder gemacht, so weiß man doch, wem man's hinterläßt. Sie kommen durch die Heirat in ein altes adliches Geschlecht, Sie wissen nicht wie. Und wollen Sie denn in die Grube fahren, ohne das überirdische Vergnügen des Ehestands geschmeckt zu haben?

JUNGFER OHLDIN: Je nu, so wäre mein Trost, daß ich auch seine Beschwerlichkeiten nicht hätte ertragen dürfen.

FRAU ORONTE: Oh! die sind bei der Lust, die er uns schafft, zu dulden. Und kömmt ein Paar zusammen, wie ich und mein lieber Mann, so wird man wenig davon zu sagen haben. Nicht wahr, mein allerliebstes Kind? Wie – –

HERR ORONTE: Ja. Das ist wahr, mein Schätzchen, wir haben einander das Leben so süße gemacht, so anmutig – – Wir sind auch in unserer Nachbarschaft ein Muster einer glücklichen Ehe.

FRAU ORONTE: Wir sind ein Leib und eine Seele beständig gewesen – –

HERR ORONTE: Wir wissen von keinem Zank noch Streit. Des einen Verlangen ist stets auch des andern Wille gewesen. Ja, mein englisches Weibchen – –

FRAU ORONTE: Das ist wahr, mein goldnes Männchen.

JUNGFER OHLDIN: Wahrlich, so ein Paar macht einem den Mund ganz wäßrig.

HERR ORONTE: Und das nun schon in die 26 Jahr.

FRAU ORONTE: So einig, so vertraut, wie die Täubchen – –

HERR ORONTE: Schon 26 Jahr.

FRAU ORONTE: Du irrst dich, mein Kind; erst 24.

HERR ORONTE: Ei! wieso? Zähle doch nach.

FRAU ORONTE: Je nu ja. Vierundzwanzig Jahr, und nicht mehr.

HERR ORONTE: Warum auch nicht? Vom Jahr Christi, Anno 1724. Ich weiß es ganz eigentlich, ich habe es an meine Kabinettüre geschrieben.

FRAU ORONTE: Kabinett – – Kabinett – – Vortreffliches Kabinettstückchen. Ich sehe wohl, dein einziges Vergnügen ist, mir zu widersprechen.

HERR ORONTE: O sachte! Du schreibst deine närrische Gemütsart auf meine Rechnung. Das Widersprechen eben ist dein Fehler, und zu meinem Unglücke nicht der einzige.

FRAU ORONTE: Mein Fehler? Der unbesonnene Mann!

HERR ORONTE: Ich unbesonnen? unbesonnen? Was hält mich?

FRAU ORONTE: Heirate Sie ja nicht, liebe Jungfer. So sind die Männer alle; und der beste ist nicht des Teufels wert.

HERR ORONTE: Was? Nicht des Teufels wert? Frau, ich erschlage dich. Nicht des Teufels wert?

FRAU ORONTE: Ja, ja. Er ist des Teufels wert.

HERR ORONTE: Dein Glück, daß du widerrufst! Von 1724 bis 1748 sollen nicht mehr als 24 Jahr sein! bist du närrisch?

FRAU ORONTE: Oder du? Zähle doch! 24 bis 34 sind zehn Jahr. 34 bis 44 sind zwanzig. 45, 46, 47, 48 sind vier Jahr; sind 24 Jahr.

HERR ORONTE: Du gottloses Weib. Nur, daß du widersprechen willst. Laß mich einmal zählen. 24 bis 34 sind zehn, 34 bis 44 sind zwanzig Jahr. 45, 46, 47, 48 sind, sind – – halt, ich habe mich verzählt. 24 bis 34 sind zehn Jahr, 34 bis 44 sind auch zehn Jahr, das sind zwanzig Jahr. 45, 46, 47, 48 – – Je verflucht! – – Nu Jungfer Ohldin, entschließen Sie sich kurz. Was wollen Sie tun? damit ich nur von der verzweifelten Rechthaberin wegkomme.

FRAU ORONTE: Sie machen sich unglücklich, wenn Sie ihm folgen. Sprechen Sie, um Gottes willen, nein.

JUNGFER OHLDIN: Ach, meine liebe Frau Oronte, man merkt Ihren Unwillen gegen Ihren Mann gar zu deutlich.

HERR ORONTE: Du böses Weib! du willst mir auch meinen Rekompenz zu Wasser machen. Jungfer Ohldin, erklärt! erklärt!

JUNGFER OHLDIN: Je nu – – Ja – – Wenn – –

HERR ORONTE: Ach! was *wenn*? Sie können die Bedingungen alle mit Freuden annehmen. Ich habe also Ihr Wort, und meinen Zweck erlangt! Gut. Wieder 50 Rtlr. erworben!

Zweiter Auftritt

Jungfer Ohldin. Frau Oronte.

JUNGFER OHLDIN: Er geht fort, und eine halbe Antwort – –

FRAU ORONTE: Gefangen waren Sie! So ein unvernünftiger Mann; wenn man ihm einen Finger gibt, nimmt er die ganze Hand!

JUNGFER OHLDIN: Je nu – – Wie Gott will.

FRAU ORONTE: Behüt's Gott! Sie werden doch das nicht tun! Ich will dem Flegel nachlaufen, ich will ihm nachlaufen.

JUNGFER OHLDIN: Nehmen Sie mir's nicht übel. Sie suchen doch alle Gelegenheiten, sich mit Ihrem Manne zu zanken, vor. Das ist gar nicht hübsch.

FRAU ORONTE: Ach, ich sehe wohl, der Narr ist Ihnen auch in

den Kopf gekommen. Sie denken wer weiß was für Zuckerlecken bei einem Manne ist. Das Unglück hat Sie so lange verschont – –

JUNGFER OHLDIN: Ach! pap! pap! pap! Wenn man sich das Unglück nicht selber zuzieht. Der Mann ist einmal Herr – –

FRAU ORONTE: Und der muß Ihnen sehr not tun. Leben Sie wohl. Machen Sie, was Sie wollen.

DRITTER AUFTRITT

JUNGFER OHLDIN, *hernach* LISETTE.

JUNGFER OHLDIN: Die Neidische! Nu, so will mich doch der Himmel auch einmal erlösen. Ich zittre ganz vor Freuden. Ach wie sauer wurde mir das Ja. Gott sei Dank, daß es heraus ist!

LISETTE: Was war denn das wieder für ein Besuch? Nicht wahr, Herr Oronte wollte Geld borgen?

JUNGFER OHLDIN: Die Närrin denkt, bei mir sei sonst nichts, als nur das leidige Geld zu suchen.

LISETTE: Nu, einen Freier hat er Ihnen doch wohl nicht gebracht? Obgleich jetziger Zeit die Freier auch zu einer Art von Geldborgern geworden sind. Über dergleichen Sachen sind Sie weg. Es ist auch wahr, der Ehestand ist eine rechte Hölle – –

JUNGFER OHLDIN: Gott behüte uns! Lisette bedenkst du auch, was du sagst?

LISETTE: Nichts, als was Sie unzähligmal gesagt haben. Ach, daß mich doch niemand will in die Hölle holen! So lange hätte ich nimmermehr Geduld, als Sie. Und wenn Sie nicht bald darzu tun, so wird's zu spät.

JUNGFER OHLDIN: Zu spät – – unvernünftiges Mensch! Wie alt bin ich denn?

LISETTE: Für mich ist das keine Rechnung. Ich kann nicht bis funfzig zählen.

JUNGFER OHLDIN: Bloß deine dumme Spötterei könnte mich zu was bringen, was dir und meinem Vetter nicht lieb sein würde.

LISETTE: Sachte also! Sachte! Ich könnte sie vollens desperat machen.

JUNGFER OHLDIN: Kurz, ich heirate. Der Herr Kapitän von Schlag hat sich alleweile durch Herr Oronten bei mir antragen lassen. Ich habe ihm mein Jawort gegeben, und ich hoffe, die Sache soll heute noch richtig werden.

LISETTE: Unvergleichlicher Traum! Er muß Ihnen die vorige Nacht sehr anmutig gemacht haben. Wie legen Sie sich, wenn Sie so träumen wollen? Auf den Rücken? auf den Bauch? oder – – –

JUNGFER OHLDIN: Narrenspossen beiseite! Was ich gesagt, ist wahr. Und ich gehe itzo den Augenblick, meine Wechsel und Dokumente in Ordnung zu bringen.

LISETTE: Daran tun Sie sehr wohl. Denn die geht die Heirat doch wohl mehr an, als Sie – –

JUNGFER OHLDIN: Schweig! grobes Ding!

Vierter Auftritt

Lisette, *und hernach* Lelio.

LISETTE: Oh! allerliebste Post für ihren Vetter! Ob er denn in seiner Stube ist? Herr Lelio! Herr Lelio! Die Männersucht ist doch eine recht wesentliche Krankheit des Frauenzimmers. Es mag so jung, oder so alt sein als es will. Ach – – ich befinde mich in der Tat auch nicht gesund. Herr Lelio!

LELIO: Was gibt's? Ei, Mademoiselle Lisette! Ich dächte, mein Närrchen, du hättest dich können zu mir in meine Stube bemühen.

LISETTE: Ergebene Dienerin! Das hieße sich zu weit in des Feindes Länder wagen. Der Platz hier ist neutral. Hier kann ich Ihren Anfällen trotzen.

LELIO: Ach! Wer nur den Angriff wagen will, gewinnt dich allerorten.

LISETTE: Schade, daß es niemand hört. Sonst würde ich Ihnen für gütige Rekommendation danken. Doch zur Sache! Ich habe Ihnen eine recht besondre neue Neuigkeit zu sagen.

LELIO: Gut! daß du auf das Kapitel von Neuigkeiten kömmst. Ich habe dir auch was sehr Drolligtes daraus mitzuteilen.

LISETTE: Meines ist doch wohl noch drollichter.

LELIO: Unmöglich! Was wetten wir?

LISETTE: Schade auf das Wetten! ich bekomme doch nichts von Ihnen.

LELIO: Ei. Du bist närrisch. Warte nur, bis meine Muhme stirbt. Denn – –

LISETTE: Oh, die hat noch viel vor ihrem Tode in willens.

LELIO: Du redst, als wenn du schon wüßtest, was ich dir sagen wollte.

LISETTE: Nu? Nur heraus! was ist es denn?

LELIO: Laß nur erst deine Neuigkeit hören.

LISETTE: Nu so hören Sie. Ihre Muhme – –

LELIO: Meine Muhme – –

LISETTE: Will heiraten.

LELIO: Will heiraten. Das wollte ich dir auch sagen. Wo, Henker, hast du es schon her? Nur den Augenblick hat mir es die Frau Oronte gesagt, die mir auch allen möglichen Beistand, es zu hintertreiben, versprach.

LISETTE: Oh! in dergleichen Entschließungen sind die alten Jungfern zu hartnäckig.

LELIO: Aber was, Henker, werden meine Kreditores darzu sagen? die mir mit 12 Prozent so christlich ausgeholfen, in Hoffnung, daß ich einst ihr Universalerbe werden würde.

LISETTE: Das ist der Kreditoren Sorge. Was bekümmern Sie sich darum?

LELIO: Um die, die es schon sind, ist mir nicht sehr leid. Sondern um die, die es etwan noch werden sollten. Auf was werde ich die vertrösten können?

LISETTE: Nur auf nichts Gewissers, als Ihre Erbschaft; sonst laufen Sie Gefahr, daß Sie sie einmal bezahlen müssen.

Fünfter Auftritt

Lelio. Lisette. Peter, *mit einem Korb Gebackens.*

PETER: Holla, ihr Leutchen! kauft ihr heute nichts?

LISETTE: Nichts, das mal, Peter.

PETER: Makronen, Krafttörtchen, Zuckerbrezeln, Spritzkuchen; nichts?

LISETTE: Nichts. Nein.

PETER: Gar nichts? Herr Lelio, für das Naschmaul. Makronen, Krafttörtchen, Zuckerbrezeln, Spritzkuchen.

LELIO: Pack dich! Ich habe heute kein Geld!

PETER: Kaufen Sie immer. Makronen, Krafttörtchen, Zuckerbrezeln, Spritzkuchen.

LELIO: Ich werde bald eine Erbschaft tun. Willst du mir so lange borgen, so nehme ich dir deinen ganzen Korb ab.

PETER: Ha! Ha! Sie kommen auf des Herren Kapitäns Sprünge. Der kaufte mir gewiß auch alle Tage ab, wenn ich nur bis nach seiner Heirat mit dem Gelde warten wollte. Aber, ihr Herren, so was frißt sich wohl gut, doch läßt sich's schwer bezahlen, wenn man es nicht mehr schmeckt.

LELIO: Was ist das für ein Kapitän?

PETER: Je der, er wohnt drei Treppen hoch, hintenraus.

LELIO: Wo denn?

PETER: Da, oben in der breiten Straße. Es ist eine kleine Stube, nur mit einem Fenster.

LISETTE: Nu, wissen Sie denn noch nicht genug? Der Kapitän, in der breiten Straße, drei Treppen hoch, hintenraus, in einer kleinen Stube mit zwei Fenstern.

PETER: Ja, ja. Ganz recht. Ebender.

LELIO: Wie heißt er aber denn? Narre.

PETER: Je, wie er heißt – – Er heißt – – warten Sie – – ich werde mich wohl besinnen. Sein Hund heißt Judas. Es ist so ein großer gelber Fleischerhund – – das weiß ich. Aber er – – er heißt – – von Prügel – – nein – von Stoß – – nein – – ha ha – – Schlag, von Schlag. Der Herr Kapitän von Schlag.

LELIO: So kennst du den?

PETER: Warum nicht? Auch seinen Bedienten habe die Ehre zu kennen. Denn der ist meiner Mutter Tochtermann. Und wo ich mich nicht irre, so sind wir gar Schwäger.

LISETTE: Je Peter, so könntest du uns einen großen Dienst tun.

PETER: Top! Wenn er mir was einbringt, so ist er so gut als getan. Laß hören! *Er setzt seinen Korb weg.*

LISETTE: Weißt du, wen der Herr von Schlag heiraten will?

PETER: Die erste, die beste; wenn sie nur Geld hat. Ich glaube, er nähme dich. Aber – –

LISETTE: Oh! Ich will schon sehen, daß ich mich anderwärts ohne das Aber unterbringe. Kurz er will unsre alte Jungfer heiraten.

PETER: Ja er will – –

LISETTE: Oh! sie will auch.

PETER: Desto besser. Die Sache ist also richtig. Und ich habe künftig einen Kundmann mehr.

LISETTE: Ja, Narre, aber wir wollen nicht. *Sie macht sich über den Korb.*

PETER: Nu gut, so wird nichts draus.

LELIO: Zu wünschen wäre es, und ich verlöre meine Erbschaft nicht.

PETER: Ha! ha! ha!

LELIO: Was lachst du?

PETER: Ha! ha! Steht Ihre Erbschaft auf Freiersfüßen? Gut, daß ich meine Makronen noch habe! Aber, was wolltest du mir sagen, Lisette? *Er sieht, daß sie nascht.* Oh! mein Blut, du wärst mir die Rechte! Kätz weg! Ich werde ankommen bei meiner Frau. Sie hat mir alle Stückchen zugezählt. *Er setzt den Korb auf die andre Seite.*

LISETTE: Narre, ich will kosten. Vielleicht kaufe ich was, wenn mir's schmeckt. Nu, höre nur. Mache dir doch einen Weg mit deinem Krame – – *Sie geht auf die andre Seite.* zu ihn.

PETER: Wärst du nur stehngeblieben, Lisette. Ich kann auf jenem Ohre so gut hören, als auf dem. *Er setzt den Korb wieder auf die andre Seite.* Nu, was soll ich denn bei ihm, er kauft mir ja nichts ab.

LISETTE: Könntest du nicht etwan mit einer gescheiten Art auf seine Heirat zu reden kommen – –

PETER: Auf eine gescheite Art? Zweifelst du daran? Der Henker, ich weiß solche schöne Übergänge – – zum Exempel – – er spräche: ich brauche nichts von deiner Ware, Peter. So würde ich etwan sagen – – Ja, was wollte ich sagen? – – Je nu, ich würde sagen: Nichts? gar nichts? Behüte Sie Gott – – und ginge wieder meiner Wege.

LISETTE: Narre, was hättest du denn also von der Heirat mit ihm geredet? Und nicht allein das sollst du tun, sondern du sollst auch sehen, wie du ihm unsre Jungfer aus dem Sinne bringst. Wir wollen dir auch deswegen die dazugehörige Freiheit geben, ihr alle Schande und Laster nachzusagen, wenn es nur was hilft.

LELIO: Der Einfall wäre nicht dumm, aber der, der ihn ausführen soll, ist desto dümmer.

PETER: Oh, nein. Sie irren sich, Herr Lelio. In solchen Sachen habe ich was getan. Nur eine kleine Probe zu machen. Gesetzt, Sie wären der Herr Kapitän. Was, würde ich sagen, Sie wollen heiraten? wer hätte sich das sollen träumen lassen? Sie, der sonst ein solcher Verächter des Ehestands – – zwar, nein, das wäre nichts. Es ist nicht wahr. Er hätte lange gern geheiratet. – – – Aber so – – Was? die alte Jungfer wollen Sie heiraten? – – Nu, nu es ist nicht übel, sie hat wacker viel Geld.

LISETTE: Ei, du wärst uns der Rechte! Geh, geh, ich sehe schon, es ist mit dir nichts anzufangen.

PETER: Ei, wieso? Hast du mich doch noch nicht probiert. Aber glaubst du, daß es was helfen würde, wenn ich sagte: Das alte Affengesichte wollen Sie heiraten? Sie sieht ja aus, als wenn sie schon drei Jahr im Grabe gelegen hätte. Die wird Ihr hochadliches Geschlecht weit fortpflanzen. Und, im Vertrauen gesagt, man spricht gar, sie wäre eine Hexe. Ihr Reichtum, von dem man so viel Redens macht, sind lauter glühende Kohlen, die sie in großen Töpfen hinter der Kellertür stehn hat, und wobei ein großer schwarzer Hund Wache liegt. Einer mit feurigen Augen, mit sechs Reihen Zähne, mit einem dreifachen Schwanze – –

LISETTE: Ach, behüte uns Gott. Mit einem dreifachen – – Kerl! du machst einem mit deinen Reden zu fürchten, daß man des Todes sein könnte. *Sie macht sich wieder über den Korb.*

PETER: Ho! Ho! Und bei ihm würde das alles nichts helfen. Laß dich unbekümmert, würde er sagen. Ich will schon sehn, daß ich mich des Schatzes bemächtige. So gut ich in Schlesien oder Böhmen, wenn der Bauer sein bißchen Habseligkeit noch so tief vergraben hatte – –

LISETTE: Mir fällt noch was Bessers ein. Das wird gewiß gehn.

PETER: Nu was? hat dich der Teufel schon wieder übern Korbe? Ich muß ihn nur wieder umhängen.

LISETTE: Sei kein Narre, er wird dir ja zu schwer.

PETER: Nein. Nein. Wenn ich ihn zu lange stehnließe, möchte er gar zu leichte werden.

LISETTE: Ich weiß, daß unsre Jungfer den Herrn von Schlag noch nie gesehen hat. Ich dächte, wenn du dich für ihn ausgäbst – – –

LELIO: Ich versteh dich, Lisette. Das ist vortrefflich ausgesonnen.

PETER: Ich versteh noch nichts.

LISETTE: Kommt fort, wir wollen die Sache an einem sichern Orte überlegen. Hier möchten wir überrascht werden.

Ende des ersten Aufzugs.

ZWEITER AUFZUG

Erster Auftritt

Lisette. Lelio.

LISETTE: Sorgen Sie nicht. Ich glaube gewiß, daß unsre List gut ablaufen wird.

LELIO: Ich will es wünschen. Gewiß, ich würde dich es genießen lassen. Und vielleicht heiratete ich dich gar.

LISETTE: Davon zu einer andern Zeit. Aber wie fest ihr schon das Heiraten im Kopfe stecken muß, das können Sie daraus sehn. Sie hat den Augenblick nach einem Schneider, nach einem Spitzenmanne, nach einer Aufsetzerin, und nach einem Poeten geschickt.

LELIO: Was soll der Poete?

LISETTE: Als wenn eine Hochzeit ohne ein Karmen vor sich gehen könnte? Er soll es in seinem oder eines andern Namen machen. Und sie hat schon einen alten Gulden parat gelegt.

Zweiter Auftritt

Clitander. Lelio. Lisette.

CLITANDER: Dein Diener, Herr Lelio! Wie befindest du dich? Ist dir die gestrige Motion wohl bekommen? Hast du ausgeschlafen? Wirst du heute wieder in der Gesellschaft sein? Bist du heute noch nicht auf dem Kaffeehause gewesen? Wie schmeckte dir der Wein? Hatte sich Valer nicht eine artige Brünette ausgelesen?

LELIO: Sind das nicht eine Menge Fragen, und du hast mich das Kompliment noch nicht beantworten lassen.

CLITANDER: Zum Henker, ich treffe euch schon wieder beisammen alleine an? Lelio! Lisette! daraus kann nichts Gutes kommen. Aber was fehlt dir, Lelio? Du siehst mir ganz, ganz, ich weiß nicht wie, aus. Du brauchst eine Ermunterung. Komm mit. Ach, bei Gelegenheit, es ist gut, daß ich daran gedenke; weißt du, wer das Frauenzimmer war, das uns gestern im Garten begegnete? Gefiel sie dir nicht? Wollen wir nicht wieder dahin gehn? Vielleicht treffen wir sie.

LELIO: Willst du mir nicht sagen, auf welche Frage ich dir zuerst antworten soll? oder soll ich lieber gar keine beantworten?

LISETTE: Oh, mein Herr, wir haben jetzo gar nicht Zeit, Ihrem Geplaudre zuzuhören.

CLITANDER: So? Sollte sich diese Wahrheit nicht etwas höflicher ausdrücken lassen? Sind eure Verrichtungen sehr dringend? Hast du mir nichts Neues zu erzählen, Herr Lelio?

LELIO: Ach ja. Und zwar etwas Neues, das mich sehr nahe angeht.

CLITANDER: So? Aber weißt du schon, daß unsre Freundin, Clarice, eine Braut ist? Gestern ist es richtig geworden.

LELIO: Willst du also meine Neuigkeit nicht hören?

CLITANDER: Erzähle, erzähle. Ich höre ungemein gern was Neues. Nur gestern – –

LELIO: Du fängst schon wieder von was anderm an. Kann ich doch nicht einmal die vier Worte vor dir aufbringen: Meine Muhme will heiraten?

CLITANDER: Ha! ha! ha!

LELIO: Oh! wenn du an meiner Stelle wärest, du würdest gewiß nicht lachen.

CLITANDER: Ha! ha! ha! Du beschwerst dich, daß ich so viel rede, und neulich war ich in einer Gesellschaft, wo man mir schuld gab, ich rede zuwenig. Ha! ha! ha! Wenn redet man denn weder zuviel, noch zuwenig? Das ist lächerlich! ha! ha! ha! – – Aber wolltest du mir nicht was Neues sagen? Was war es denn?

LISETTE: Wenn Sie nur nicht so gar sehr mit sich selbst beschäftiget wären, so hätten Sie's längst gehört. Seine Muhme will heiraten.

CLITANDER: Ist es schon gewiß? Lelio, du machst doch auch, daß ich auf die Hochzeit komme? Hat sie den Wein schon dazu gekauft? Ist er gut?

LELIO: Wenn du als ein Freund an mir handeln wolltest, so würdest du mir lieber einen Rat geben, wie ich etwan diese unglückliche Heirat hintertreiben könnte.

CLITANDER: Wieso?

LELIO: Je meine Erbschaft geht damit zum Teufel.

CLITANDER: Oh! dem ist bald abzuhelfen. Laß dir die Erbschaft vorausgeben. Die Muhme mag alsdann machen, was sie will.

LISETTE: Herr Lelio! müssen wir nicht dumm sein. Es ist wahr. *Das* ist das beste Mittel; und wir sind nicht drauf gefallen! O es lebe ein hurtiger Verstand!

CLITANDER: O mein Kind, du bist nicht die erste, die mir es sagt, daß ich sehr glücklich in Ratschlägen bin.

LISETTE: Gewiß! Ihr Rat hat nicht mehr, als den einzigen Fehler, daß er sehr abgeschmackt ist.

CLITANDER: So? Wenigstens sollte ich denken, daß er doch den Stoff zu einem bessern geben könnte. Aber wo ist deine Muhme? Ich muß ihr notwendig zu der wohlgetroffenen Wahl Glück wünschen. Wen will sie nehmen?

LISETTE: Sie können sie selbst fragen. Ich höre jemanden kommen. Sie wird es ohne Zweifel sein. Kommen Sie, Herr Lelio, Peter möchte unsrer Anweisung nötig haben.

LELIO: Wenn du mit meiner Muhme sprechen willst, so tu mir den Gefallen, und nimm sie recht herum.

CLITANDER: Das würde ich ohne dein Erinnern getan haben. Ich bin ein Meister in beißenden und feinen Satiren. Und wenn du willst, ich will es so toll machen, daß sie zerplatzen soll.

LELIO: Desto besser.

DRITTER AUFTRITT

CLITANDER. JUNGFER OHLDIN.

CLITANDER: Mademoiselle, Jungfer Braut, Madame – – wie Teufel soll man Sie nennen? Ist es wahr, oder ist es nicht wahr, daß Sie heiraten wollen?

JUNGFER OHLDIN: Ja. Es ist allerdings wahr. Wer kann wider sein Schicksal? Ich versichre Sie, Herr Clitander, es ist eine ganz besondre Vorsehung dabeigewesen. Ich hatte an nichts weniger, als an einen Mann, gedacht, und plötzlich – –

CLITANDER: Und plötzlich ist Ihnen der Appetit angekommen?

JUNGFER OHLDIN: Sie können gewiß glauben, daß es mein Betrieb gar nicht gewesen ist. Die Heiraten werden im Himmel gestiftet, und wer wollte so gottlos sein, sich hier zu widersetzen?

CLITANDER: Da haben Sie recht. Die ganze Stadt lacht zwar über Sie; aber das ist das Schicksal der Frommen. Kehren Sie sich nicht daran. Ein Mann ist doch ein ganz nützlicher Hausrat.

JUNGFER OHLDIN: Ich weiß nicht, worüber die Stadt lachen sollte. Ist denn eine Heirat so was Lächerliches? die gottlose böse Stadt!

CLITANDER: Sie tun der Stadt unrecht. Sie lacht nicht darüber, daß Sie heiraten, sondern, daß Sie nicht schon vor 30 Jahren geheiratet haben.

JUNGFER OHLDIN: Ist das nicht närrisch. Vor dreißig Jahren! Vor dreißig Jahren war ich noch ein Kind.

CLITANDER: Aber doch schon ein ziemlich mannbares. Denn Ihr Geschlecht hat das Vorrecht, daß man ihm diese Benennung sehr lange läßt. Zum Henker, wenn ich in Sie verliebt wäre, würde ich Sie doch wohl noch itzo mein Kind heißen. Aber, Mademoiselle, das will ich ohne meinen Schaden gesagt haben. Glauben Sie nicht etwan, daß ich es bin.

JUNGFER OHLDIN: Ich würde mir auch wenig darauf einbilden. So ein wilder, leichtsinniger, unverständiger – –

CLITANDER: O der Verstand kömmt nicht vor den Jahren. Danken Sie es Ihren Runzeln, wenn er schon bei Ihnen sollte eingezogen sein.

JUNGFER OHLDIN: Meinen Runzeln? Sagen Sie mir nur, durch was für ein Unglück ich heute in Ihre Hände komme? Meinen Runzeln? – – Ich soll Ihnen vielleicht mehr glauben, als meinem Spiegel? Ich bin gewiß die erste Braut, der man so eine niederträchtige Grobheit sagt!

CLITANDER: Es würde sonst keine kleine Beschimpfung für mich sein, wenn ich nicht wüßte mit einer Braut umzugehen. Aber bei Ihnen hat es eine Ausnahme. Und ich wäre höchst strafbar, wenn ich Ihnen das geringste artige Wörtchen, die geringste galante Tändelei vorsagte. Doch ich will ein übriges an Ihnen tun. Wenn Sie mich auf Ihre Hochzeit bitten wollen, so verspreche ich Ihnen einige neue Tänze, etliche Dutzend verliebte Ausdrückungen, gegen Ihren Bräutigam, und unterschiedene neumodische zärtliche Blicke zu lehren. Denn in allen dreien können Sie nicht anders, als sehr schlecht, beschlagen sein. Ich will Sie auch zum Überflusse mit einigen artigen Frauenzimmern, die meine guten Freundinnen sind, bekannt machen, von denen Sie das Gesellschaftliche gar bald lernen können.

JUNGFER OHLDIN: Das mögen auch die Rechten sein, die sich mit Ihnen bekannt machen. Die müssen gewiß den Männern nachlaufen.

CLITANDER: Je nun, die *zehnte* hat die Gabe nicht, so lange zu warten, wie Sie. Ein Mann geht seine Straße fort. Er stößt bei jedem Schritte an ein Frauenzimmer an, das er bekommen kann. Die sich von ihnen nun nicht ein wenig hervortut, die bleibt dahinten. Und so ist es Ihnen gegangen. Doch, mit der Moral beiseite. Ich will mich um Sie und Ihren Bräutigam verdient machen. Lassen Sie sehen, ob Sie eine Menuet tanzen können.

JUNGFER OHLDIN: Wie weit wollen Sie Ihre Possen noch treiben?

CLITANDER: Machen Sie keine Umstände. Sie sollten mir es noch Dank wissen.

JUNGFER OHLDIN: Daß Sie neue Gelegenheit zur Spötterei hätten.

CLITANDER: Zum Henker, Sie haben ja einen rechten artigen Fuß zum Tanzen. *Er hebt ihr den Rock ein wenig in die Höh.*

JUNGFER OHLDIN: Schämen Sie sich. Ich bitte Sie.

CLITANDER: Was brauchen Sie für alte abgesetzte Wörter? Schämen ist nun schon über hundert Jahr nicht mehr im Gange. Frisch! Wir wollen nur erstlich stückweise gehen. Wie machen Sie das Kompliment?

JUNGFER OHLDIN: O Ihre Dienerin! so weit lasse ich mich nicht zum besten haben. *Hier macht sie eine Verbeugung.*

CLITANDER: Ich sehe wohl, ich muß mich an Ihre Tat, nicht an Ihre Worte kehren. Das Kompliment war nicht uneben. Aber, nehmen Sie doch den Rock ein wenig in die Höh. Ich kann ja nicht sehen, was da unten vorgeht.

JUNGFER OHLDIN: Es ist wahr, der Rock ist mir ohnedem ein wenig zu lang. Ich muß wenigstens so viel lassen wegnehmen. *Sie zieht ihn ein wenig in die Höh.*

CLITANDER: Der Teufel, was für ein Fuß! Schade, daß er nicht an einem jungen Körper ist! Machen Sie nun einmal ein Pas.

JUNGFER OHLDIN: Mein Herr Clitander, ich muß es Ihnen gestehen. Das Tanzen ist mein Werk gar nicht, und mein Abscheu davor ist nicht geringe. Anstatt ein paar natürliche und feste Schritte zu machen, *Sie geht ein paar Schritte.* ziert man sich, und macht ein unsinniges Pas. *Sie macht wirklich ein Pas.* Was für eine Torheit!

CLITANDER: Aber, bei meiner Seele, die Torheit läßt Ihnen nicht schlecht. Und also können Sie schon tanzen. Und ebensoviel, wie ich. Oh! da hat's gute Sache. Sie können den Hochzeitabend schon mit herumspringen.

JUNGFER OHLDIN: Das möchte wohl nicht geschehen, und der Herr Kapitän von Schlag wird das auch wohl nicht von mir verlangen.

CLITANDER: Was haben Sie mit dem Hundsfott zu tun? Was soll der Kapitän von Schlag? Bekomme ich den einmal unter meine Hände – – Ich will dich mit ehrlichen Leuten spielen lehren, und sie nicht bezahlen – –

JUNGFER OHLDIN: Sachte! sachte! Sie wissen vielleicht noch nicht, daß eben der Herr Kapitän von Schlag mein Bräutigam ist.

CLITANDER: Was? Die nackigte Maus? Ihr Bräutigam? Der Lumpenhund, ist mir nun schon seit drei Monaten 25 Stück Dukaten schuldig, die ich ihm auf dem Billard abgewonnen habe. Wie kommen Sie zu dem?

JUNGFER OHLDIN: Herr Oronte, bei dem er im Hause wohnt, ist der Freiersmann gewesen. Und ich bitte, reden Sie ein wenig bescheidener von ihm.

CLITANDER: Ei, was? Hören Sie, Mademoiselle, ich lege auf Ihre Person Arrest. Und der Teufel soll mich holen, wo er Sie eher ehlichen darf, bis ich mein Geld habe.

JUNGFER OHLDIN: Das wird er Ihnen nicht vorenthalten – –

CLITANDER: Ei ja. Wenn ich sein einziger Schuldmann wäre. Aber, ich will wenig sagen, es sind ihrer gewiß so viel, als ich, er und Sie Haare auf dem Kopfe haben.

JUNGFER OHLDIN: Behüte mich Gott! das hat mir Herr Oronte nicht gesagt.

CLITANDER: Ich will itzo den Augenblick hingehen. Ich will ihm die Hölle so heiß machen. Er soll sich wohl unterstehen, ein ehrliches Frauenzimmer hinters Licht zu führen.

JUNGFER OHLDIN: Sein Sie nicht so hitzig. Verziehen Sie. Ich bitte. Ich will selbst, wenn es nicht anders ist, die 25 Dukaten – – –

CLITANDER: Lassen Sie mich. Eh der verfluchte Kerl Sie heiraten, und sich mit Ihrem Gelde breitmachen soll – – eher – ja eher will ich selbst in einen sauren Apfel beißen, lieber will ich selbst die Mühe über mich nehmen, und Sie heiraten. Leben Sie wohl unterdessen.

VIERTER AUFTRITT

JUNGFER OHLDIN.

Ach daß Gott! wie geschieht mir! Müssen denn alle Vorschläge, die mir zum Heiraten getan werden, vergebens sein!

Das ist nun schon über das zwölfte Mal! Aber der Herr Kapitän soll doch so ein artiger Mann sein. – – Je was schadet es? wenn er auch was schuldig ist. Man kann das Geld doch nicht mit ins Grab nehmen – – Und wer weiß, ob es so arg ist, als es Clitander macht. Ach der liebe Herr Kapitän von Schlag! Es bleibt dabei, ich behalte ihn. Und ist es nicht einerlei, ob ich ihm, oder meinem lüderlichen Vetter, das Vermögen gebe? Er läßt mich's vielleicht wieder genießen, aber mein Vetter – – –

Fünfter Auftritt

Jungfer Ohldin, Lisette, Herr Kräusel *und der* Schneider.

LISETTE: Jungfer, hier bringe ich Ihnen zwei Leute, nach denen Sie geschickt haben. Der Herr Schneider, und der Herr Poete.

JUNGFER OHLDIN *zum Poeten*: Willkommen Meister Schneider! *Zum Schneider:* Gedulden Sie sich einen Augenblick, mein lieber Herr Poete, ich will nur erstlich ihn abfertigen.

HERR KRÄUSEL: Was? mich einen Schneider zu heißen? Was denken Sie? Himmel, welcher Schimpf! Einen gekrönten Poeten für einen Schneider anzusehn?

DER SCHNEIDER: Und was? Einen ehrlichen Bürger und Meister für einen Poeten anzusehn? Für so einen Müßiggänger? Halten Sie das für keine Injurie?

LISETTE: Sachte, ihr Leutchen, sachte. Sie kennt euch noch nicht.

HERR KRÄUSEL: Ei was? Ich ein Schneider?

DER SCHNEIDER: Was, ich ein Poete?

HERR KRÄUSEL: Lassen Sie sich das Gedicht von ihm machen, wenn er kann. Adieu.

DER SCHNEIDER: Lassen Sie sich die Kleider von ihm machen, wenn er kann. Adieu.

LISETTE: Warten Sie doch. Wer wird sich um ein Versehn gleich so ärgern. Sie sind beide ehrliche rechtschaffene Leute, die man nicht entbehren kann.

HERR KRÄUSEL: Einen Mann, der Tag und Nacht mit den göttlichen Musen umgeht, einen Schneider zu heißen? Das ist unerträglich! Lassen Sie mich fort. *Geht ab.*

DER SCHNEIDER: Ein Mann, der wohl fürstliche Personen gekleidet hat, soll sich einen Poeten schimpfen lassen? Ich versteh meine Profession. Es wird mir niemand was Übels nachzusagen haben. Und ich will den Schimpf gewiß auch nicht leiden. Wir wollen's schon sehen; wir wollen's schon sehen.

Geht ab.

SECHSTER AUFTRITT

JUNGFER OHLDIN, LISETTE *und* HERR KRÄUSEL.

JUNGFER OHLDIN: Sind das nicht Narren! Ich kann es bei Gott beteuren, daß ich sie nicht gekannt habe.

LISETTE: O der Poete ist nach Brote gewöhnt, der kömmt wieder. Da haben wir ihn!

HERR KRÄUSEL: Der Klügste gibt nach! Und dieses bin ich. Ich habe es im Herausgehen überlegt, daß – –

LISETTE: Daß ein Schneider freilich eher trotzen kann, als ein Poete – –

HERR KRÄUSEL: Daß der Zorn einem Weisen nicht anstehet. Ich verzeihe Ihnen also Ihren Irrtum. Lernen Sie nur daraus, daß in manchem Menschen mehr steckt, als man ihm ansieht. Doch was befehlen Sie? Worinne kann Ihnen meine Geschicklichkeit dienen?

JUNGFER OHLDIN: Ich habe mich mit Gott entschlossen, zu heiraten. Und weil ich gehört habe, daß Sie einen guten Vers machen sollen, und weil doch mein Bräutigam einer von Adel ist, und weil ich doch auch gern ein Hochzeitkarmen haben möchte, und weil ich nicht weiß, ob sonst jemand so höflich sein möchte – –

HERR KRÄUSEL: Sapienti sat! Sie haben sich deutlich genug erklärt. Das übrige besorge ich. Ich werde Ihnen schon eins machen, daß Sie damit sollen zufrieden sein. Wollen Sie eines per Thesin et Hypothesin?

JUNGFER OHLDIN: Ja. Ja.

HERR KRÄUSEL: Oder eines nur per Antecedens et Consequens?

JUNGFER OHLDIN: Ja. Ja.

HERR KRÄUSEL: Wählen Sie. Wählen Sie. Mir gilt alles gleich. Nur will ich vorläufig erinnern, daß Sie für eines per Thesin et Hypothesin etwas mehr zu geben belieben werden. Die Zeiten sind teuer. Das Nachdenken ist auch aufgeschlagen, und – –

JUNGFER OHLDIN: Darauf werde ich es nicht lassen ankommen. Nur daß es fein artig wird.

HERR KRÄUSEL: So wahr ich ein ehrlicher Poete hin, es soll mein Meisterstück werden. Soll es etwan von erbaulichem Inhalte sein?

JUNGFER OHLDIN: Erbaulich – – erbaulich. Bei einer Hochzeit dächte ich – –

HERR KRÄUSEL: Von historischem? von mythologischem? von scherzhaftem? von satirischem? von schalkhaftem Inhalte?

JUNGFER OHLDIN: Von schalkhaftem, dächte ich sollte wohl – –

HERR KRÄUSEL: O vortrefflich! In dem Schalkhaften eben besitze ich meine Stärke. Und dazu wird wohl am besten ein unschuldiges Quodlibet sein? Nicht?

JUNGFER OHLDIN: Wie Sie denken.

HERR KRÄUSEL: Ja. Ja. Ein unschuldiges Quodlibet wird sich vortrefflich schicken. Zum Schlusse kann ich alsdann eine lebhafte Beschreibung des Bräutigams und der Braut mit anhängen. Zum Exempel den Bräutigam würde ich beschreiben, als einen wohlgewachsenen ansehnlichen Mann, dessen majestätischer Gang, dessen feurige und reizende Augen, dessen kaiserliche Nase, dessen vorteilhafte Bildung – –

JUNGFER OHLDIN: O Lisette, was muß der Herr Kapitän für ein allerliebster Mann sein! Haben Sie ihn schon gesehn, mein Herr Poete?

HERR KRÄUSEL: Sieht er wirklich so aus? Wie heißt er denn?

JUNGFER OHLDIN: Ich denke, Sie kennen ihn schon. Es ist der Herr Kapitän von Schlag.

HERR KRÄUSEL: Von Schlag. Und Dero werter Name ist?

JUNGFER OHLDIN: Ohldin.

HERR KRÄUSEL: Ohldin? Mit Erlaubnis, der wievielste Mann ist es, den Sie itzo nehmen?

JUNGFER OHLDIN: Was für eine närrische Frage! Der erste.

HERR KRÄUSEL: Oh, verzeihen Sie. Das hätte ich Ihnen gleich ansehen können. Es ist wahr, Sie sind ja noch in Ihrer blühenden Jugend.

JUNGFER OHLDIN: Hörest du, Lisette!

HERR KRÄUSEL: Ohldin, Mademoiselle Ohldin, und Schlag, Herr von Schlag. O glückliche Namen! Die werden zu vortrefflichen Gedanken Anlaß geben! Ohldin, Schlag. Was werde ich nicht vor eine vortreffliche Allusion auf die Münzen von altem Schlage, machen können! Die alten Jungfern, werde ich sagen können, sind wie die Münzen vom alten Schlage – –

LISETTE: Hören Sie Jungfer!

JUNGFER OHLDIN: Ach, mein lieber Mann, Sie denken sehr abgeschmackt. Alte Jungfern, alte Münzen. Ich verspreche mir nichts Besonders von Ihnen.

HERR KRÄUSEL: Gut, so lassen wir den Einfall weg, wenn er Ihnen nicht ansteht. Wenn verlangen Sie das Gedicht fertig zu sehn?

JUNGFER OHLDIN: Je nun, so bald als möglich.

HERR KRÄUSEL: Gut. Gut. Aufs höchste in einer Stunde bin ich damit da.

JUNGFER OHLDIN: In einer Stunde? Ach bleiben Sie immer ein wenig länger. Ich besorge, es möchte sonst allzu schlecht werden.

HERR KRÄUSEL: Ja, wenn Sie erlauben wollen, so mache ich es gleich hier. Lassen Sie mich nur ein wenig in einem Zimmer alleine sein. Zu Hause lärmen mir Frau und Kinder die Ohren allzusehr voll.

JUNGFER OHLDIN: Frau, und Kinder?

LISETTE: Ein Poete hat Weib und Kinder?

HERR KRÄUSEL: Ebendie Corinna, die ich durch meine Lieder in meiner Jugend verewiget habe, ebendie Corinna ist itzo mein Weib. Ich habe mir das Übel an den Hals gesungen, und gehöre also in der Tat mit unter diejenigen großen Dichter, die durch ihre Kunst unglücklich geworden sind. Das böse Weib! Sie liegt zwar zu Hause auf den Tod krank, aber sie liegt schon über acht Tage, und will sich noch nicht entschließen, zu sterben. Ach, meine lieben Jungfern, das ist gewiß, die Weiber sind zum Unglücke der ganzen Welt erschaffen! Ach das verdammte Geschlecht!

LISETTE: Je du verdammter Hundsfott von einem Poeten.

HERR KRÄUSEL: O verzeihen Sie! verzeihen Sie! Ich war in meiner Entzückung. Wo wollen Sie, daß ich mich hinbegeben soll? Nam Musae secessum scribentis et otia quaerunt.

JUNGFER OHLDIN: Können Sie doch allenfalls hier in das Nebenzimmer gehen.

LISETTE: Aber fürchten Sie sich nicht. Sie werden in dem Zimmer eitel Narren antreffen.

HERR KRÄUSEL: Wieso?

LISETTE: Weil viel Spiegel darinne sind. Gehn Sie nur.

HERR KRÄUSEL: Das begreife ich nicht. *Geht ab.*

SIEBENTER AUFTRITT

JUNGFER OHLDIN. LISETTE.

JUNGFER OHLDIN: Glaubst du nun bald, Lisette, daß es mein Ernst ist? Aber daß Gott! was wird mein Vetter dazu sprechen? Der reißt sich die Haare aus dem Kopfe, wenn er es hört.

LISETTE: Sie betriegen sich. Ich habe es ihm schon gesagt – –

JUNGFER OHLDIN: Nun?

LISETTE: Sobald er hörte, daß Sie der Herr Kapitän von Schlag bekommen sollte, so faßte er sich. „Der Herr Kapitän von Schlag“, sprach er, „ist einer von meinen besten Freunden. Ich gönne es ihm. Und meiner Muhme kann ich es auch nicht verdenken; ich habe schon viel von ihr genossen – –“

JUNGFER OHLDIN: Was? das sagte mein Vetter? O der allerliebste Vetter! Komm, ich muß ihn gleich sprechen. Dafür soll er auf der Stelle einen Wechsel von 500 Rtlr. von mir haben.

LISETTE: Nur geben Sie es ihm mit einer Art, die ihn nicht schamrot macht.

Ende des zweiten Aufzugs.

DRITTER AUFZUG

ERSTER AUFTRITT

LISETTE, *und* PETER, *in einer alten Montierung, mit einem Stelzfuße und einem Knebelbart.*

PETER: Lauf doch nicht so, Lisette. Ich kann nicht nachkommen. Ich bin das Bein noch nicht gewohnt.

LISETTE: Ach! was für ein unvergleichlicher Kapitän! So einen Mann möchte ich haben.

PETER: Du bist kein Narre. Ich glaube, es werden mehr Frauenzimmer von deinem Geschmacke sein. Und ich fürchte, ich fürchte, so sehr ich mich verstellt habe, deine Jungfer wird in das Wesentliche eines Mannes tiefer eindringen, und mich, trotz eurer List, behalten wollen.

LISETTE: Sie müßte rasend sein.

PETER: Wenigstens wäre die Raserei von der Art bei alten Jungfern nichts Besonders, und nichts Neues. Macht's klug, so-

troffen. Ich hätte nimmermehr geglaubt, daß ich so eine Gabe zu scherzen hätte. Sonst habe ich meine Stärke im Ernsthaften. Sonderlich die theologisch-polemisch-poetischen Sachen laufen mir gut von Händen. Sie haben doch wohl die erbauliche Komödie gelesen, die ich wider Edelmannen gemacht habe? Oh! das ist ein Stück, als schwerlich jemals auf das Theater wird gekommen sein. Doch wieder auf mein Karmen zu kommen. Hier ist es, meine liebe Jungfer Ohldin. Sie können es nun drucken lassen, unter was für einem Namen Sie wollen.

JUNGFER OHLDIN: Ganz gut. Ich muß es aber nur vorher dem Herrn von Schlag zeigen. Die Adlichen sind sehr ekel in dergleichen Sachen. Er möchte doch wohl hier und da was zu ändern finden.

HERR KRÄUSEL: Das steht Ihnen frei. Nur werden Sie so gütig sein, und beiderseits den Vers, den ich nicht ohne Ursache habe mit einfließen lassen, in Erwägung ziehn. Er ist allen christlichen Herzen zum Nachdenken geschrieben.

JUNGFER OHLDIN: Welchen?

HERR KRÄUSEL: Hier auf der andern Seite:

Ich schmelze itzt Miseriam,

JUNGFER OHLDIN: Was ist das? Miseriam?

HERR KRÄUSEL: Ja, die Poeten sind sehr schamhaft. Sie sagen es nicht gern allzu deutsch, wo sie der Schuh drückt. Doch ich habe das gute Vertrauen, daß Ihre milde Großmut Ihrer Unwissenheit hierinnen schon abhelfen wird.

LELIO: Sollten Sie es nun nicht bald verstehen, Jungfer Muhme?

JUNGFER OHLDIN: Nein, in der Tat.

HERR KRÄUSEL: Oh, ich bitte, mein Herr, haben Sie die Gutheit für mich, und überheben Sie mich einer deutlichen Erklärung, die mir allzuviel Schamröte kosten würde. *Er hält den Hut vors Gesichte.*

LELIO: Sorgen Sie nicht. Meine Muhme wird sich schon erkenntlich gegen Sie bezeigen.

JUNGFER OHLDIN: War es das? Ja, ja, mein Herr Poete, ich will mich schon bei Ihnen abfinden.

HERR KRÄUSEL: Ach! es hat gar nichts zu bedeuten. Glauben Sie nicht, daß ich so eigennützig bin. Die Ehre, nichts als die Ehre, ist es, was ich durch meine Poesie suche. Denn unsre Arbeit kann uns so nicht bezahlt werden. Aber was dächten Sie, daß ich oft für so ein Karmen genommen habe?

LELIO: Sonst haben die Herren Poeten in Gewohnheit, daß sie nehmen, was sie kriegen. Ich weiß nicht, wie Sie's halten.

Fünfter Auftritt

Lisette. Lelio. Jungfer Ohldin. Herr Kräusel.

LISETTE: Freuen Sie sich, meine liebe Jungfer! Ihr werter Herr Bräutigam, der Herr Kapitän von Schlag, wird den Augenblick bei Ihnen sein. Er ist schon mit allen seinen Annehmlichkeiten auf der Treppe. Der gute Mann muß sie auf allen vieren herankriechen. Das hölzerne Bein, die zerlappte Montierung, der kriegerische Knebelbart, sind die deutlichsten Kennzeichen eines Helden, der sich es um sein Vaterland sehr viel hat kosten lassen. O wie beneidenswert sind Sie! In der Tat, Sie haben nicht umsonst gewartet. Was lange wird, wird gut.

JUNGFER OHLDIN: Bist du närrisch? Weise ihn ab. Es wird ein Bettler sein.

LISETTE: Nein. Nein. Nach Ihrer Beschreibung wird er es wohl selbst sein.

HERR KRÄUSEL: Wie können Sie sich so an das Äußere stoßen? Mich sahen Sie auch für einen Schneider an. Und ich muß Ihnen die Lehre noch einmal geben: Es steckt oft mehr in einem Menschen, als man ihm ansieht.

LISETTE: Er seufzet schon recht herzlich nach Ihnen, und flucht, daß das Haus einfallen möchte, weil man ihm nicht entgegenkömmt.

JUNGFER OHLDIN: Und das soll der Herr Kapitän sein?

LISETTE: Ja. Ja. Nun da sehn Sie ihn selbst mit Leib und Seele.

Sechster Auftritt

Peter. Lisette. Jungfer Ohldin. Lelio. Herr Kräusel.

PETER *in seinem vorigen Aufzuge*: Was, zum Teufel! Begegnet man einem Bräutigam hier so? Es kömmt mir ja weder Hund noch Katze entgegen. Für was zum Henker sieht man mich an? Weiß man auch, wer ich bin?

LELIO: Oh! mein wertester Herr Kapitän, fassen Sie sich – –

PETER: Ach! was habe ich mit Ihnen zu schaffen? Ist das Ihre Muhme?

HERR REHFUSS: Nein doch, Mademoiselle, die Rede ist von dem Herrn Kapitän von Schlag.

JUNGFER OHLDIN: Je nu, das ist er ja – –

PETER: Ja, ja, ich bin's mein Freund. Laß Er sich um die Bezahlung nicht bange sein. Ich will mich als ein ehrlicher Kerl bei Ihm abfinden.

HERR REHFUSS: Mein Herr, Sie sind allzu gütig. Ich besinne mich nicht, daß Sie mir etwas schuldig wären.

PETER: Ja, ja. Ich bin Ihm etliche hundert Taler schuldig. Waren es nicht fünfhundert?

HERR REHFUSS: Nein, nein. 900 ist mir der Herr Kapitän von Schlag schuldig. Aber Sie – –

PETER: O das heißt auch gar zuviel für einen andern auf sich zu nehmen. Nu, nu. Ich bin 900 Taler schuldig. Und nicht wahr, meine liebe Frau, du willst es bezahlen?

HERR REHFUSS: Ich weiß nicht, mein Herr, ob Sie mich für einen Narren ansehen.

LELIO: Und ich weiß nicht, ob Er uns nicht alle für Narren ansieht. Er spricht, der Herr Kapitän ist Ihm soundsoviel schuldig; und wenn es der Herr Kapitän eingeständig ist, so will Er es wieder leugnen? Was soll das heißen?

PETER: Ja ja. Ich bin Ihm 900 Taler schuldig.

HERR REHFUSS: Nein, mein Herr, von Ihnen mag ich nicht [einen Pfennig haben.

PETER: Er soll es richtig bekommen.

HERR REHFUSS: Sie sind mir nichts schuldig.

PETER: Gedulde Er sich nur noch, aufs höchste, acht Tage.

HERR REHFUSS: Sind Sie denn der Herr Kapitän?

PETER: Zum Henker! was geht Ihm das an. Wenn ich Ihn bezahlen will? Ich mag es sein oder nicht. Und kurz, ich bin's. So gewiß ich 900 Taler von Ihm geborgt habe, so gewiß will ich sie Ihm, mit Intressen, wiedergeben.

HERR REHFUSS: Aber, mein Herr, warum bekennen Sie sich zu einer fremden Schuld?

PETER: Ach. Ich bin ein rechtschaffner Kerl. Was ich schuldig bin, bezahle ich.

LISETTE: Ohne Zweifel wird Er sich im Namen geirrt haben, mein lieber Mann. Ich glaube, es ist noch ein Kapitän dieses Namens hier – –

PETER: Ja, ja. Ganz recht. Es ist noch einer hier, der so heißt. Er ist meines ältern Vatersbruder Tochtermann, und wir sind Geschwisterkinder miteinander.

JUNGFER OHLDIN: Mein Freund, Er wird wohltun, wenn Er Seine Forderungen ein andermal vorbringt. Wenn der, den ich heiraten werde, Ihm in der Tat was schuldig ist, so soll schon zu der Bezahlung Rat werden. Ich kann aber wohl sagen, ich weiß nicht, was ich hierbei denken soll?

PETER: Denken Sie was Sie wollen. Und Er, mein Freund, kann sich Seiner Wege packen, oder – –

HERR REHFUSS: Ich bitte nur nicht übelzunehmen – –

LISETTE: Nein, nein. Wir nehmen es nicht übel, wenn Er geht. Geh Er nur. *Geht ab.*

ACHTER AUFTRITT

LELIO. LISETTE. PETER. DER POET. JUNGFER OHLDIN.

PETER: Der verfluchte Kerl! Nu wie weit wären wir denn richtig, mein Schatz? Nu ja, bis aufs Vermögen. Vorher aber habe ich doch noch unterschiedene Punkte, die Sie mir notwendig eingehen müssen. Ich habe sie ohngefähr ein wenig aufgesetzt. *Er zieht einen Zettel aus der Tasche.* Erstlich verspricht die Braut, weil sie bürgerlichen Standes, und der Bräutigam, als der Hochwohlgeborne Herr, Herr Kapitän von Schlag, aus einem uralten adlichen Geschlechte entsprossen, ihrem künftigen Mann allezeit die gebührende Ehrfurcht zu leisten, und ihn nicht anders, als Ewr. Gnaden, zu benennen. Nu? Versprechen Sie's?

JUNGFER OHLDIN: Aber – –

PETER: Sie sollen das verdammte Wort gegen mich nicht gebrauchen. Wer hat zu befehlen? Der Mann, oder das Weib? Ich, oder Sie?

JUNGFER OHLDIN: Verzeihen Sie, wir sind aber noch nicht Mann und Weib.

PETER: Ach! Was wir nicht sind, können wir werden. Anderns verspricht die Braut, weil sie bürgerlichen Standes, und der Bräutigam, als der Hochwohlgeborne Herr, Herr Kapitän von Schlag, aus einem uralten adlichen Geschlechte entsprossen, ihm alle Gelder in Händen zu lassen, um damit nach Belieben zu schalten und zu walten. Nu? versprechen Sie's?

LISETTE: Ohne Zweifel wird das einer von den Hauptpunkten sein.

ZEHNTER AUFTRITT

JUNGFER OHLDIN, LELIO, LISETTE, VON SCHLAG, HERR ORONTE *und* FRAU ORONTE.

LELIO: Halten Sie, Herr Kapitän, es ist auf mein Anstiften geschehn. Sie machen mich durch Ihre Heirat unglücklich. Und können Sie mir es verdenken, daß ich alle Mittel angewandt habe, sie zu hintertreiben?

VON SCHLAG: Das sollte mir leid sein, wenn ich Sie unglücklich machte. Nein, Lelio, wenn Sie mir in meinem Vorhaben nicht hinderlich sein wollen – –

HERR ORONTE: Ach, was kann Ihnen der hinderlich sein, wenn sie nur will. Und sie will.

FRAU ORONTE: Es ist wahr, Jungfer Ohldin, was werden Sie sich an einen Menschen kehren, der Ihnen solche Streiche spielen kann.

LELIO: So? Madame, wer war denn das, der mir vorhin allen möglichen Beistand dazu versprach?

FRAU ORONTE: Ach vorhin war ich mit meinem Manne zerfallen.

LELIO: Und itzo – –

FRAU ORONTE: Sind wir wieder versöhnt. Ein paar rechtschaffene Eheleute müssen sich des Tags hundertmal zanken, und hundertmal wieder versöhnen.

LELIO: Jungfer Muhme, ehe ich in Ihre Heirat willigen kann, eher biete ich Ihnen selbst meine Hand an. Denn ich glaube das nächste Recht auf Sie zu haben.

JUNGFER OHLDIN: Was?

LISETTE: Was?

JUNGFER OHLDIN: Diesen Einfall hätten Sie können eher haben. Wir sind nun schon über zehn Jahr im Hause beisammen.

VON SCHLAG *zieht den Lelio beiseite*: Ein Wort im Vertrauen. Warum wollen Sie mich nicht an ihrem Vermögen Anteil nehmen lassen? Ich glaube, es wird für uns beide genug sein. Als Mann bekäme ich es in die Hände. Und ich versichere Sie, Sie sollen's von mir besser genießen als von ihr. Ja, ich verspreche Ihnen sogar, an das, was übrigbleibt, wenn sie stirbt, keinen Anspruch zu machen. Meine Schulden nötigen mich itzo, diesen Schritt zu tun, den ich sonst gewiß würde unterlassen haben. Widerstehen Sie mir nicht länger, so können wir als beständige Freunde leben.

JUNGFER OHLDIN: Darf man nicht hören, was Sie hier im Vertrauen reden?

LELIO: Oh! Es war nichts. Der Herr Kapitän hat mir mein Unrecht vorgestellt, wenn ich Ihnen an Ihrem Glücke länger hinderlich sein wollte. Ich willige in alles.

JUNGFER OHLDIN: Oh! Sie sind doch noch ein ehrliebender Mensch! Und ich versichre, daß Ihre Einwilligung nicht wenig dazu beigetragen, daß ich itzo, mit so vielem Vergnügen, dem Herrn Kapitän meine Hand darbiete.

VON SCHLAG: Sie machen uns glücklich, Lelio.

LISETTE *sachte*: Aber Herr Lelio.

LELIO *sachte*: Laß es sein Lisette, nun soll es erst recht bunt über Ecke gehn.

JUNGFER OHLDIN: Aber, Lisette, mit dir habe ich ein Wort noch zu reden. Wir sind geschiedene Leute. Du kannst hingehn, wo du hin willst. Denn ich weiß doch wohl, daß alle die Possen von dir herkommen, und daß du einzig und allein meinen Vetter verführst.

LISETTE: Ich – –

VON SCHLAG: O meine allerliebste Mademoiselle, ich bitte für das arme Mägdchen. Behalten Sie sie immer noch.

JUNGFER OHLDIN: Nein. Nein. Sie muß weg. Sie muß weg.

VON SCHLAG: Erzeigen Sie mir diese erste Gefälligkeit.

JUNGFER OHLDIN: Nein. Nein. Es schickt sich nicht, es schickt sich nicht.

VON SCHLAG: Ach. Es schickt sich allzuwohl. Zumal bei Leuten von adlichem Stande, wie wir sind.

Eilfter Auftritt

Die Vorigen *und* Clitander.

CLITANDER: Oh! finde ich euch hier beisammen, meine Kinder? Mein lieber Kapitän, ich komme, dir zu deiner Heirat Glück zu wünschen. Ich habe dich allerorten aufgesucht.

VON SCHLAG: Bringst du mir etwan auch meine 25 Dukaten mit?

CLITANDER: O die kannst du nun schon vergessen, da du so ein Glück gefunden hast.

JUNGFER OHLDIN: Die sind Sie ihm schuldig? Sie sagten mir es ja vorhin ganz anders.

CLITANDER: Nein. Nein. Sie werden mich nicht recht verstanden haben. Er hat sie jüngst von mir auf dem Billard gewonnen.

HERR ORONTE: Nun so sind wir richtig. Sie, Jungfer Braut, werden sich's gefallen lassen, uns heute abend einen kleinen Schmaus zu geben, und womöglich noch diese Woche Anstalt zur Hochzeit zu machen.

CLITANDER: O das ist vortrefflich. Ich hätte nicht zu gelegnerer Zeit kommen können. Kommen Sie! Kommen Sie! Zum Schmause, Lelio! Zum Schmause, Herr von Schlag! Lelio führe die Frau Oronte! Ich führe deine Muhme!

VON SCHLAG: Und für mich bleibt also Lisette.

HERR ORONTE: Ein böses Omen!

Ende des Stücks.

DER MISOGYN

Ein Lustspiel in drei Aufzügen

Personen

Wumshäter
Laura, *dessen Tochter*
Valer, *dessen Sohn*
Hilaria, *in Mannskleidern; unter dem Namen Lelio*
Solbist, *ein Advokat*
Leander, *der Laura Liebhaber*
Lisette

ERSTER AUFZUG

Erster Auftritt

Wumshäter. Lisette.

WUMSHÄTER: Wo finde ich nun den Schurken? Johann! – Johann! – Die verdammten Weiber! – Die Weiber haben mich zum Prozeß gebracht, und der wird mich vor der Zeit ins Grab bringen. Wer weiß, weswegen Herr Solbist zu mir kommen will! Ich kann es kaum erwarten. Wo wir nur nicht wieder eine schlechte Sentenz bekommen haben! – Johann! – – Hätte ich mich doch lieber dreimal gehangen, als dreimal verheiratet! – Johann! hörst du nicht?

LISETTE *kommend*: Was befehlen Sie?

WUMSHÄTER: Was willst du? ruft ich dich?

LISETTE: Johann ist ausgegangen; was soll er? kann ich es nicht verrichten?

WUMSHÄTER: Ich mag von dir nicht bedient sein. Wievielmal habe ich dir es nicht schon gesagt, daß du mir den Verdruß, dich zu sehen, ersparen sollst? Bleib, wohin du gehörst; in der Küche, und bei der Tochter – – Johann!

LISETTE: Sie hören es ja; er ist nicht da.

WUMSHÄTER: Wer heißt ihn denn ausgehen, gleich da ich ihn brauche? – – Johann!

LISETTE: Johann! Johann! Johann!

WUMSHÄTER: Nun? was schreist du?

LISETTE: Ihr Rufen allein, wird er nicht drei Gassen weit hören.

WUMSHÄTER: Pfui, über das Weibsstück!

LISETTE: Das steht mir an! Vor Kröten speit man aus, und nicht vor Menschen.

WUMSHÄTER: Nun ja! – – Sobald du und deinesgleichen sich unter die Menschen rechnen, sobald bekomme ich Lust, mich mit dem Himmel zu zanken, daß er mich zu einem gemacht hat.

LISETTE: So zanken Sie! Vielleicht bereuet er es so schon, daß er nicht einen Klotz aus Ihnen gemacht hat.

WUMSHÄTER: Geh mir aus den Augen!

LISETTE: Wie Sie befehlen.

WUMSHÄTER: Wird's bald? oder soll ich gehn?

LISETTE: Ich werde die Ehre haben, Ihnen zu folgen.

WUMSHÄTER: Ich möchte rasend werden.

LISETTE *beiseite*: Unsinnig ist er schon.

WUMSHÄTER: Ist Herr Solbist, mein Advokat, noch nicht dagewesen?

LISETTE: Johann wird es Ihnen wohl sagen.

WUMSHÄTER: Ist mein Sohn ausgegangen?

LISETTE: Fragen Sie nur Ihren Johann.

WUMSHÄTER: Ist das eine Antwort auf meine Frage? Ob Herr Solbist noch nicht hier gewesen ist? will ich wissen.

LISETTE: Sie mögen ja von mir nicht bedient sein.

WUMSHÄTER: Antworte, sag ich.

LISETTE: Ich gehöre in die Küche.

WUMSHÄTER: Bleib, und antworte erst!

LISETTE: Ich habe nur mit Ihrer Tochter zu tun.

WUMSHÄTER: Du sollst antworten! Ist Herr Solbist – –

LISETTE: Ich will Ihnen den Verdruß ersparen, mich zu sehen.

Geht ab.

ZWEITER AUFTRITT

WUMSHÄTER. VALER.

WUMSHÄTER: Welch Geschöpf! – – Ich will auch heute noch alles Weibsvolk aus meinem Hause schaffen; selbst meine Tochter. Sie mag sehen, wo sie bleibt – – Gut, gut, mein Sohn, daß du kömmst; ich habe eben nach dir gefragt.

VALER: Wie glücklich wär ich, wenn ich glauben dürfte, daß Sie meinen Bitten hätten wollen zuvorkommen. Darf ich mir schmeicheln, die so oft gesuchte Einwilligung endlich von Ihnen zu erhalten?

WUMSHÄTER: Oh! du fängst wieder von der verdrüßlichen Sache an. Kränke doch deinen alten Vater nicht so, der dich bis jetzt für den einzigen Trost seines Alters gehalten hat. Es ist ja noch Zeit.

VALER: Nein, es ist nicht länger Zeit, liebster Vater. Ich habe heute Briefe bekommen, welche mich nötigen, auf das eheste wieder zurückzureisen.

WUMSHÄTER: Je nun, so reise in Gottes Namen; nur folge mir darin; heirate nicht. Ich habe dich zu lieb, als daß ich zu deinem Unglück ja sagen sollte.

VALER: Zu meinem Unglücke? Wie verschieden müssen wir über Glück und Unglück denken! Ich werde es für mein größtes Unglück halten, wenn ich eine Person länger entbehren muß, die mir das Schätzbarste in der Welt ist. Und Sie – –

WUMSHÄTER: Und ich werde es für dein äußerstes Unglück halten, wenn ich dich deiner blinden Neigung folgen sehe. Ein Weibsbild für das Schätzbarste auf der Welt zu halten? Ein Weibsbild! Doch der Mangel der Erfahrung entschuldigt dich. Höre; hältst du mich für einen treuen Vater?

VALER: Es sollte mir leid sein, wenn Ihnen hiervon nicht mein Gehorsam – –

WUMSHÄTER: Du hast recht, dich auf deinen Gehorsam zu berufen. Allein hat es dich auch jemals gereuet, wenn du mir gehorsam gewesen bist?

VALER: Bis jetzt noch nie; aber – –

WUMSHÄTER: Aber du fürchtest, es werde dich gereuen, wenn du mir auch hierin folgen wolltest; nicht wahr? Doch wenn es an dem ist, daß ich dein treuer Vater bin; wenn es an dem ist, daß ich mit meiner väterlichen Zuneigung, Einsicht und Erfahrung verbinde: so ist deine Furcht sehr unbillig. Man glaubt einem Unglücklichen, den Sturm und Wellen an das Ufer geworfen, wenn er uns die Schrecken des Schiffbruchs erzählt; und wer klug ist, lernt aus seiner Erzählung, wie wenig dem ungetreuen Wasser zu trauen. Alles, was so ein Unglücklicher auf der See erfahren hat, habe ich in meinem dreimaligen Ehestand erfahren; und gleichwohl willst du nicht durch meinen Schaden klug werden? Ich war in deinen Jahren ebenso feurig, ebenso unbedachtsam. Ich sah ein Mädchen mit roten Backen, ich sah es; und beschloß meine Frau daraus zu machen. Sie war arm – –

VALER: O Herr Vater, verschonen Sie mich mit der nochmaligen Erzählung Ihrer Geschichte. Ich habe sie schon so oft gehört –

WUMSHÄTER: Und du hast dich noch nicht daraus gebessert? – Sie war arm, und ich besaß auch nicht viel. Nun stelle dir einmal vor, was ein angehender Handelsmann, wie ich dazumal war, für Kummer, Sorge und Plage hat, wenn er mit leeren Händen anfängt.

VALER: Meine Braut aber ist ja nichts weniger, als arm.

WUMSHÄTER: Höre nur zu! Zu meinen Anverwandten durfte ich bei meinen mühseligen Umständen keine Zuflucht nehmen. Warum? sie hatten mir vorgeschlagen, eine alte reiche Witwe zu heiraten, wodurch mir in meiner Handlung auf einmal wäre geholfen gewesen. Ich stieß sie also vor den Kopf, da ich mich in ein schönes Gesicht vergaffte, und lieber glücklich lieben, als glücklich leben wollte.

VALER: Aber bei meiner Heirat kann dieses –

WUMSHÄTER: Geduld! Was dabei das schlimmste war, so liebte ich sie so blind, daß ich allen möglichen Aufwand ihrentwegen machte. Ihr übermäßiger Staat brachte mich in unzählige Schulden –

VALER: Versparen Sie nur jetzt, Herr Vater, diese überflüssige Erzählung, und sagen Sie mir kurz, ob ich hoffen darf – –

WUMSHÄTER: Ich erzähle es ja bloß zu deinem Besten. – – Glaubst du, daß ich mich aus den vielen Schulden hätte herausreißen können, wenn der Himmel nicht so gütig gewesen wäre, mir, nach Jahresfrist, die Ursache meines Verderbens zu nehmen? Sie starb, und sie hatte kaum die Augen zugetan, als mir die meinigen aufgingen. Wo ich hinsah, war ich schuldig. Und bedenke, in was für eine Raserei ich geriet, da ich nach ihrem Tode ihre verfluchte Untreue erfuhr. Meine Schulden fingen an, mich zweimal heftiger zu drücken, als ich sah, daß ich sie einer Nichtswürdigen zuliebe, einer verdammten Heuchlerin zu Gefallen, gemacht hatte. Und bist du sicher, mein Sohn, daß es dir nicht auch so gehen werde?

VALER: Dieserwegen kann ich so sicher sein, als überzeugt ich von der Liebe meiner Hilaria bin. Ihre Seele ist viel zu edel; ihr Herz viel zu aufrichtig – –

WUMSHÄTER: Nun, nun, ich mag keine Lobrede auf eine Sirene hören, die ihre häßlichen Schuppen so klug unter dem Wasser zu halten weiß. Wenn du nicht mein Sohn wärst, so würde ich über deine Einfalt herzlich lachen. In der Tat, du hast einen sehr glücklichen Ansatz zu einem guten Manne! Eine edle Seele, ein aufrichtiges Herz, in einem weiblichen Körper! Und wie du gar sagst: in einem schönen weiblichen Körper! Doch das kömmt endlich auf eins heraus: schön oder häßlich. Die Schöne findet ihre Liebhaber, und die Räuber deiner Ehre überall; und die Häßliche suchet sie *überall*. Was kannst du mir hierauf antworten?

VALER: Zweierlei. Entweder es ist so gewiß nicht, daß alle Frauenzimmer von gleicher Untreue sind; und in diesem

Falle bin ich versichert, daß meine Hilaria mit unter der Ausnahme ist: oder es ist gewiß, daß eine getreue Frau nur ein Wesen der Einbildung ist, das niemals war, und niemals sein wird; und in diesem Falle muß ich so gut, als jedermann – –

WUMSHÄTER: O pfui, pfui! schäme dich, schäme dich! – Doch du scherzest.

VALER: In der Tat nicht! Ist eine Frau ein unstreitiges Übel, so ist sie auch ein notwendiges Übel.

WUMSHÄTER: Ja, das unsere Torheit notwendig macht. Aber wie gern wollte ich töricht gewesen sein, wenn du es nur dadurch weniger sein könntest! Vielleicht wäre es auch möglich, wenn du meine Zufälle recht überlegen wolltest. Höre nur! Als meine erste Frau also tot war, versucht ich es mit einer reichen und schon etwas betagten – –

DRITTER AUFTRITT

LELIO. DIE VORIGEN.

VALER: Kommen Sie, Lelio, kommen Sie; helfen Sie mir meinen Vater erbitten, daß er meinem Glücke nicht länger hinderlich ist.

WUMSHÄTER: Kommen Sie, Herr Lelio, kommen Sie! Mein Sohn hat wieder seinen Anfall von Heiraten bekommen. Helfen Sie mir ihn doch zurechte bringen.

LELIO: Oh! so schämen Sie sich einmal, Valer, und machen der Vernunft Platz. Sie haben es ja oft genug von Ihrem Herrn Vater gehört, daß das Heiraten eine lächerliche und unsinnige Handlung ist. Ich dächte, Sie sollten einmal überzeugt sein. Einem Manne, der es mit drei Weibern versucht hat, kann man es doch wohl endlich glauben, daß die Weiber insgesamt – insgesamt Weiber sind.

VALER: Sind Sie so auf meiner Seite? Ihre Schwester wird Ihnen sehr verbunden sein.

LELIO: Ich bin mehr auf Ihrer Seite, als Sie glauben: und meine Schwester würde selbst nicht anders reden, wenn sie zugegen wäre.

WUMSHÄTER: Ja, das sollte ich auch meinen. Denn wenn es wahr ist, daß die Frauenzimmer noch so etwas, der Vernunft Ähnliches, besitzen, so müssen sie notwendig von ihrer eignen Abscheulichkeit überzeugt sein. Sie ist so sonnenklar; und nur du kannst sie nicht sehen, weil dir die Liebe die Augen zuhält.

LELIO: Oh, mein Herr, Sie reden, wie die Vernunft selbst. Sie haben mich in der kurzen Zeit, die ich bei Ihnen bin, ganz bekehrt. Das Frauenzimmer war mir auch sonst nicht allzu gleichgültig. Aber jetzt – – ja, ich sollte Ihr Sohn sein, mein Herr Wumshäter; ich wollte das Geschlecht der Weiberfeinde vortrefflich fortpflanzen! Meine Söhne sollten alle so werden, wie ich!

VALER: Das laß ich gelten. Solche Weiberfeinde würden doch wenigstens die Welt nicht aussterben lassen.

LELIO: Das wäre auch albern genug. So müßten ja auch die Weiberfeinde mit aussterben? Nein, nein, Valer, auf die Erhaltung so vorzüglicher Menschen muß man, so viel als möglich bedacht sein. Nicht wahr?

WUMSHÄTER: Das ist schon einigermaßen wahr. Doch aber sähe ich lieber, wenn mein Sohn andere darauf bedacht sein ließe. Ich weiß gewiß, man wird seinen Beitrag nicht vermissen. Warum soll er sich, einer ungewissen Nachkommenschaft wegen, ein unglückliches Leben machen? Und dazu ist es eine sehr schlechte Freude, Kinder zu haben, wenn man so viel Angst mit ihnen haben muß, als ich. Du siehst, mein Sohn, wie ich mir deine Umstände zu Herzen nehme. Vergilt mir doch durch deinen Gehorsam den Verdruß, den mir deine Mutter gemacht hat.

LELIO: Das muß wohl eine sehr böse Frau gewesen sein?

WUMSHÄTER: Wie sie alle sind, mein lieber Lelio. Habe ich Ihnen meinen Lebenslauf noch nicht erzählt? Er ist erbärmlich anzuhören.

VALER: Oh, verschonen Sie ihn damit. Er hat ihn schon mehr als zehnmal müssen hören.

LELIO: Ich, Valer? Sie irren sich. Erzählen Sie ihn nur, Herr Wumshäter; ich bitte. Ich weiß gewiß, ich werde vieles zu meiner Lehre daraus nehmen können.

WUMSHÄTER: Das gefällt mir. Oh, mein Sohn, wenn du auch so gesinnt wärst! Nun so hören Sie – – Ich habe drei Weiber gehabt.

LELIO: Drei Weiber?

VALER: Wissen Sie das noch nicht?

LELIO *zu Valern*: Oh, so schweigen Sie! – Drei Weiber! Sie müssen also einen rechten Schatz der mannigfaltigsten Erfahrung besitzen. Nur wundre ich mich, wie sie Ihre Weiberfeindschaft gleichwohl dreimal so glücklich haben besiegen können.

WUMSHÄTER: Von selbst wird man auf einmal nicht klug. Hätte ich aber einen Vater gehabt, wie mein Sohn an mir hat; einen Vater, der mich mit seinem Beispiele von dem Rande des Verderbens hätte abhalten können – Gewiß, mein Sohn, du verdienest so einen Vater nicht!

LELIO: Oh, sagen Sie mir doch vor allen Dingen, welche von Ihren drei bösen Weibern, war Valerens Mutter? war es wohl noch die beste?

WUMSHÄTER: Die beste?

LELIO: Von den schlimmen, meine ich.

WUMSHÄTER: Die beste von den schlimmen? – die schlimmste, lieber Lelio, die allerschlimmste!

LELIO: Ei! so hatte sie wohl gar nichts von Ihrem Sohne? Oh, die ausgeartete Mutter!

VALER: Warum wollen Sie mich quälen, Lelio? Ich liebe meinen Vater, allein ich habe auch meine Mutter geliebt. Mein Herz wird zerrissen, wenn er sie noch im Grabe nicht ruhen läßt.

WUMSHÄTER: Mein Sohn, wenn du es so nimmst, gut, gut! – Ich will es Ihnen hernach erzählen, Herr Lelio, wenn wir allein sind. Man kann sich's unmöglich einbilden, wie eigensinnig, wie zänkisch –

VALER: Sie wollen es ihm erzählen, wenn Sie allein sind? Ich muß also gehen.

WUMSHÄTER: Nun, nun, bleib nur da. Ich will gern nichts mehr sagen. Hätte ich es doch nicht geglaubt, daß man so gar eingenommen für eine Mutter sein könne. Mutter hin, Mutter her; sie bleibt darum doch eine Frauensperson, deren Fehler man verabscheuen muß, wenn man sich ihrer nicht mitschuldig machen will. Doch gut – – Wieder auf deine Heirat zu kommen; du versprichst mir es also, nicht zu heiraten?

VALER: Wie kann ich dieses versprechen? Gesetzt, ich könnte die Neigung unterdrücken, die mich jetzt beherrscht, so würden mich doch meine häuslichen Umstände nötigen, mir eine Gehülfin zu suchen.

WUMSHÄTER: Oh! wenn es nur eine Gehülfin in deinen häuslichen Geschäften sein soll, so weiß ich guten Rat. Höre, nimm deine Schwester mit dir. Sie ist geschickt genug, deinem Hause vorzustehen, und ich werde auf diese Art eine Last los, die mir längst unerträglich geworden ist.

VALER: Soll ich meiner Schwester an ihrem Glücke hinderlich sein?

WUMSHÄTER: Du bist wunderlich! An was für einem Glücke kannst du ihr hinderlich sein? Man wird sich um sie nicht reißen; und du magst sie mitnehmen oder nicht, sie wird doch keine Heirat finden, die mir, oder ihr anständig wäre. Denn daß ich einen ehrlichen rechtschaffnen Mann mit ihr betriegen sollte, das geschieht nimmermehr. Ich mag keinen Menschen unglücklich machen, geschweige einen, den ich hochschätzte. Einen nichtswürdigen und schlechten Mann aber, dem ich sie noch am liebsten gönnen würde, zu nehmen, dazu ist sie selbst zu stolz.

LELIO: Aber, mein Herr Wumshäter, bedenken Sie denn nicht, daß es für mich höchst gefährlich sein würde, wenn Valer seine Schwester mit sich nehmen sollte? Die Weiberfeindschaft hat in meinem Herzen noch nicht allzu tiefe Wurzeln geschlagen. Laura ist munter und schön, und was das vornehmste ist, sie ist die Tochter eines Weiberfeinds, den ich mir in allem zur Nachahmung vorgestellt habe. Wie leicht könnte es nicht kommen, daß ich sie – ich will nicht sagen, heiratete; denn das möchte noch der geringste Schaden sein; sondern daß ich sie gar – – der Himmel wende das Unglück ab! – – daß ich sie gar liebte. Alsdenn gute Nacht, Weiberfeindschaft! Und vielleicht käme ich, nach vielem Unglücke, in Ihrem Alter kaum, wieder zu mir selbst.

WUMSHÄTER: Behüte der Himmel, daß das daraus entstehen sollte! – – Doch trauen Sie sich mehr zu, Herr Lelio; Sie sind zu vernünftig. Wie gesagt, mein Sohn, du kannst dich darauf verlassen: deine Schwester soll mit dir; sie muß mit dir. Ich will gleich gehen, und es ihr sagen. *Er geht ab.*

VIERTER AUFTRITT

LELIO. VALER.

VALER: Liebste Hilaria, was soll ich noch anfangen? Sie sehen –

LELIO: Ich sehe, daß Sie zu ungeduldig sind, Valer –

VALER: Zu ungeduldig? Sind wir nicht schon acht Tage hier? Warum war ich nicht leichtsinnig genug, mich um die Einwilligung meines Vaters nicht zu bekümmern? Warum mußte Hilaria für die Schwachheit seines mürrischen Alters so viel Gefälligkeit haben? Der Einfall, den Sie hatten, sich in der Verkleidung einer Mannsperson, unter dem Namen Ihres Bruders, seine Gewogenheit vorher zu erwerben, war der sinnreichste von der Welt, der uns am geschwindesten zu unserm Zwecke zu führen versprach. Und doch will er zu nichts helfen.

LELIO: Sagen Sie das nicht; denn ich glaube, unsre Sache ist auf einem sehr gutem Wege. Habe ich, als Lelio, seine Freundschaft, und sein ganzes Vertrauen nicht weg?

VALER: Und dieses ohne Wunderwerke. Sie stellen sich ihm ja in allem gleich.

LELIO: Muß ich es denn nicht tun?

VALER: Aber nicht so ernstlich. Anstatt, daß Sie ihn von seinem eigensinnigen Wahne abbringen sollten, bestätigen Sie ihn darin. Das kann unmöglich gut gehen! – Noch eins, liebste Hilaria: gegen meine Schwester treiben Sie gleichfalls die Maskerade viel zu weit.

LELIO: Es wird aber doch immer ein Schattenspiel bleiben! Und sobald sie erfährt, wer ich bin, so ist alles wieder in seinem Gleise.

VALER: Wenn sie es nicht zu spät erfährt. Ich weiß wohl, da Sie als Mannsperson hier erschienen, durften Sie sich nicht entbrechen, ihr einige Schmeicheleien zu sagen. Aber Sie hätten diese Schmeicheleien so frostig, als möglich, sagen sollen; ohne einen ernsthaft scheinenden Anschlag auf ihr Herz zu machen. Jetzt ist mein Vater ihr anzudeuten gegangen, daß sie mit uns reisen soll. Denken Sie an mich, das wird, mit dem Sprüchworte zu reden, Wasser auf ihre Mühle sein. Für uns zwar kann freilich damit nichts verdorben werden; aber für einen andern desto mehr.

LELIO: Ich weiß, was Sie sagen wollen. Leander –

VALER: Leander hat schon lange Zeit in dem besten Vernehmen mit ihr gestanden; und nur der Prozeß, in welchen er mit unserm Vater verwickelt ist, hat ihn, durch die Furcht einer schimpflich abschläglichen Antwort, abgehalten, um ihre Hand zu bitten. Endlich aber hat es der dienstfertige Herr Solbist auf sich genommen, ihn wegen dieser Furcht in Sicherheit zu setzen. Er will selbst der Brautwerber sein, und die Wendung, die er seinem Ansuchen geben will, wäre die törichste von der Welt, wenn er nicht mit einem Manne zu tun hätte, dessen Torheit sich nicht anders, als mit Torheit bestreiten läßt.

LELIO: Eine artige Umschreibung Ihres Vaters!

VALER: Es geht mir nahe genug, daß ich hierin nicht anders von ihm denken kann! – Haben Sie nur die Gütigkeit, schönste Hilaria, und lenken ein wenig ein. Führen Sie sich gleichgültiger gegen meine Schwester auf, damit Leander Sie nicht als einen Nebenbuhler ansehen darf, der ihm Schaden tut, ohne selbst am Ende den über ihn erlangten Vorteil brauchen zu können. Auch meinen Vater müssen Sie mehr für diejenige Person, die Sie sind, als für die, welche Sie zu sein scheinen, einzunehmen suchen. Sie müssen anfangen, seinen Grillen zu widersprechen, und ihn durch die Macht, die Sie über ihn erlangt haben, wenigstens dahin bringen, daß er Hilarien für die einzige ihres Geschlechts hält, die von seinem Hasse ausgenommen zu werden verdient. Sie müssen –

LELIO: Sie müssen nicht immer sagen: Sie müssen – – Mein guter Valer, Sie versprechen, ein ziemlich gebietrischer Ehemann zu werden. Gönnen Sie mir doch immer die Lust, die angefangene Rolle, nach meinem Gutdünken, auszuspielen.

VALER: Wenn ich nur sähe, daß Sie an das Ausspielen dächten. So aber denken Sie nur an das Fortspielen, verwickeln den Knoten immer mehr und mehr, und endlich werden Sie ihn so verwickelt haben, daß er gar nicht wieder aufzuwickeln ist.

LELIO: Nun wohl; wenn er nicht wieder aufzuwickeln ist, so machen wir es, wie die schlechten Komödienschreiber, und zerreißen ihn.

VALER: Und werden ausgezischt, wie die schlechten Komödienschreiber.

LELIO: Immerhin!

VALER: Wie martern Sie mich mit dieser Gleichgültigkeit, Hilaria!

LELIO: Das war zu ernsthaft, Valer! Ich bin im Grunde so gleichgültig nicht; und Sie davon zu überzeugen: – gut! – so will ich noch heute einen Schritt in unserm Plane tun, den ich nicht genug vorbereiten zu können, geglaubt habe. Wir wollen die Hilaria erscheinen lassen, und versuchen, was sie für Glück in ihrer wahren Gestalt haben wird.

VALER: Sie entzücken mich! – Ja, liebste Hilaria, wir können nicht genug eilen, unser Schicksal zu erfahren. Hilft es nichts, so haben wir doch alles getan, was in unsern Kräften steht; und ich werde es endlich über mein Gewissen bringen können, einem wunderlichen Vater die Stirne zu bieten. Ich muß Sie besitzen, es koste, was es wolle. Wie glücklich werde ich sein, wenn ich mich öffentlich dieser Hand werde rühmen können – – *Indem er die Hand küßt.*

Fünfter Auftritt

Wumshäter. Die Vorigen.

WUMSHÄTER *welcher Valeren die Hand der Hilaria küssen sieht*: Ei! ei! mein Sohn, tust du doch mit dem Bruder deiner Braut, als ob es die Braut selber wäre. Sieh, wie du zusammenfährst!

LELIO: Er vergißt sich oft, der gute Valer – Aber wissen Sie, woher es kömmt?

WUMSHÄTER: Das kann ich nicht wissen – In Parenthesi, mein Sohn, es ist richtig; deine Schwester will mit dir reisen. Sie war mit meinem Vorschlage zufriedener, als ich glaubte. – Aber nun, Herr Lelio, woher kömmt es denn, was Sie sagen wollten?

LELIO *sachte zum Valer*: Geben Sie acht, Valer; jetzt wird sich unser Anschlag einleiten lassen.

WUMSHÄTER: Sagen Sie doch, Lelio, was meinten Sie denn?

LELIO: Sie ertappten den hitzigen Valer in einer Entzückung, die für eine männliche Freundschaft ein wenig zu zärtlich ist. Sie wunderten sich, und glaubten, er müßte mich für meine Schwester ansehen. – Wie durchdringend ist Ihr Verstand, mein Herr Wumshäter. Getroffen! dafür sieht er mich auch wirklich, in der Trunkenheit seiner Leidenschaft, nicht selten an. Allein dieses Quidproquo ist ihm zu vergeben; weil es unmöglich ist, daß zwei Tropfen Wasser einander ähnlicher sein sollten, als ich und meine Schwester einander sind. Sooft er mich daher scharf ins Gesicht fasset, glaubt er auch sie zu sehen, und kann sich nicht enthalten, mir einige der ehrfurchtsvollen Liebkosungen zu erzeigen, die er ihr zu erzeigen gewohnt ist.

WUMSHÄTER: Wie abgeschmackt!

LELIO: Nicht wenige seines Gelichters, sind noch weit abgeschmackter. Ich kenne einen gewissen Lidio, welcher mit einem verwelkten Blumenstrauße, den seine Gebieterin vor Jahr und Tag an dem Busen getragen, nicht anders umgeht, als ob es seine Gebieterin selbst wäre. Er spricht ganze Tage mit ihm, er küßt ihn, er fällt vor ihm nieder – –

WUMSHÄTER: Und ist noch nicht ins Tollhaus gebracht? – Mein Sohn, mein Sohn, werde doch ja durch fremden Schaden klug, und steure der Liebe, solange ihr noch zu steuren ist. Bedenke doch nur, mit einem Blumenstrauße zu sprechen; vor ihm niederzufallen! Können die Wirkungen von dem Bisse eines rasenden Hundes wohl erschrecklicher sein?

LELIO: Gewiß nicht. Aber wieder auf meine Schwester zu kommen – –

WUMSHÄTER: Die Ihnen so ähnlich sein soll? Wie ähnlich wird sie Ihnen nun wohl sein? Man wird ohngefähr erkennen können, daß Sie beide aus einer Familie sind.

LELIO: Kleinigkeit! Unsere Eltern selbst, konnten uns in der Kindheit nicht unterscheiden, wenn wir aus Mutwillen die Kleider vertauscht hatten.

VALER: Und nun bedenken Sie einmal, liebster Herr Vater; wenn es wahr ist, was Sie oft selbst gesagt haben, daß schon aus dem Äußerlichen des Herrn Lelio, aus seiner Gesichtsbildung, aus seinen Mienen, aus dem bescheidenen Feuer seiner Augen, aus seinem Gange, der innere Wert seiner Seele, sein Verstand, seine Tugend, und alle die Eigenschaften, die Sie an ihm schätzen, zu schließen wären; bedenken Sie einmal, sage ich, ob man bei seiner liebenswürdigen Schwester aus ebendem Äußerlichen, aus ebender Gesichtsbildung, aus ebenden Mienen, aus ebenden Augen, aus ebendem Gange, einen andern Schluß zu machen habe? Gewiß nicht.

WUMSHÄTER: Gewiß ja! Damit du mich aber nicht zwingen kannst, dir dieses weitläuftig zu beweisen, so darf ich es nur platterdings für unmöglich erklären, daß seine Schwester ihm so ähnlich sehen kann, als ihr sagt.

LELIO: Beweisen Sie ihm ja lieber jenes, Herr Wumshäter, als daß Sie dieses leugnen sollten, denn Sie möchten sonst, vielleicht noch heute, durch den Augenschein eingetrieben werden.

WUMSHÄTER: Wieso durch den Augenschein?

LELIO: Hat es Ihnen Valer noch nicht gesagt, daß er meine Schwester heut erwartet?

WUMSHÄTER: Wie? sie will selbst kommen? Aller Hochachtung unbeschadet, Herr Lelio, die ich gegen Sie hege, muß ich Ihnen doch frei bekennen, daß ich nicht ein bißchen begierig bin, Ihr weibliches Ebenbild kennenzulernen.

VALER: Und eben, weil ich dieses wußte, Herr Vater, habe ich Ihnen noch bis jetzt von ihrer Ankunft nichts sagen wollen. Ich will aber doch hoffen, daß ich das Vergnügen haben darf, sie Ihnen vorzustellen?

WUMSHÄTER: Wenn du nur nicht verlangst, daß ich ihr, als meiner künftigen Schwiegertochter begegnen soll.

VALER: Aber als der Schwester des Lelio werden Sie ihr doch begegnen?

WUMSHÄTER: Nach dem ich sie finde. – – Nun, was willst du, Laura? –

Sechster Auftritt

Laura. Die Vorigen.

LAURA: Ihnen nochmals danken, liebster Herr Vater, daß Sie so gütig sein wollen, mich meinem Bruder mitzugeben.

WUMSHÄTER: Laß nur gut sein! –

LAURA: Ihre väterliche Liebe ist meiner Bitte zuvorgekommen.

WUMSHÄTER: Schweig doch! –

LAURA: Wahrhaftig, ich habe Sie selbst darum ersuchen wollen.

WUMSHÄTER: Was geht's mich an?

LAURA: Nur wußte ich nicht, wie ich meine Bitte am behutsamsten vorbringen sollte. Ich fürchtete –

WUMSHÄTER: Ich fürchte, daß ich mir noch die Schwindsucht über dein Plaudern an den Hals ärgern werde.

LAURA: Ich fürchtete, sag ich, Sie möchten meine Begierde, bei meinem Bruder zu leben, einer falschen Ursache beimessen. –

WUMSHÄTER: Bist du noch nicht fertig?

LAURA: Einem sträflichen Überdrusse vielleicht, länger bei Ihnen zu bleiben –

WUMSHÄTER: Ich werde dir das Maul zuhalten müssen.

LAURA: Aber ich versichere – –

WUMSHÄTER: Nun, wahrhaftig, ein Pferd, das den Koller bekömmt, ist leichter aufzuhalten, als das Plappermaul eines solchen Nickels. – Du sollst wissen, daß ich nicht im geringsten dabei auf dich gesehen habe. Ich gebe dich dem Bruder mit, weil du dem Bruder die Haushaltung führen sollst, und weil ich dich los sein will. Ob es dir aber angenehm, oder unangenehm ist, das kann mir gleich viel gelten.

LAURA: Ich höre wohl, Herr Vater, daß Sie nur deswegen Ihre Wohltat so klein und zweideutig machen, um mich einer formellen Danksagung zu überheben. Ich schweige also – Aber du, mein lieber Bruder –

WUMSHÄTER: Ja, ja; sie schweigt, das ist: sie fängt mit einem andern an zu plaudern.

LAURA: Du wirst mich doch hoffentlich nicht ungern mit dir nehmen?

VALER: Liebe Schwester – –

LAURA: Gut, gut; erspare nur deine Versicherungen. Ich weiß schon, daß du mich liebst. Wie vergnügt will ich in deinem Umgange sein, den ich so viele Jahre habe entbehren müssen.

VALER: Ich kann dir es unmöglich zumuten, eine geliebte Vaterstadt, wo du so viele Freunde und Verehrer hast, meinetwegen mit einem ganz unbekannten Orte zu vertauschen.

WUMSHÄTER: Aber ich mute es ihr zu! Ich will doch nicht hoffen, daß ihr miteinander komplimentiert?

LAURA: Hörst du? – – Und was willst du denn mit deiner ganz unbekannten Stadt? Werde ich dich nicht dahaben? Wird nicht Lelio dasein? Werde ich nicht seine vortreffliche Schwester da finden? *Zum Lelio:* Erlauben Sie mir, mein Herr –

WUMSHÄTER: Das dacht ich wohl, ihr Schnadern geht die Reihe herum.

LAURA: Erlauben Sie mir, sag ich, Ihre Schwester immer im voraus, als meine Freundin zu betrachten. Sie darf nur die Hälfte von den Vollkommenheiten ihres Bruders besitzen, wenn ich sie ebensosehr lieben soll, als ich diesen hochschätze.

WUMSHÄTER: Nu? ich glaube gar, du unterstehst dich, ehrlichen Leuten Schmeicheleien zu sagen? – Es tut mir leid, Herr Lelio, daß Sie das unbesonnene Ding schamrot machen soll.

VALER *sachte zum Lelio*: Antworten Sie ihr ja nicht zu verbindlich – –

LELIO: Liebenswürdige Laura – –

VALER *sachte zum Lelio*: Nicht zu verbindlich, sage ich.

LELIO: Schönste Laura – –

VALER *sachte zum Lelio*: Nehmen Sie sich in acht! – –

LELIO: Mademoiselle – –

WUMSHÄTER *zu Laura*: Da, sieh einmal, wie verwirrt du ihn gemacht hast. Aber es ist ein Zeichen seines Verstandes; denn je verständiger ein Mann ist, desto weniger kann er sich aus euerm Gickelgackel und Wischiwaschi nehmen. – Kommen Sie nur, Lelio, wir wollen lieber im Garten ein wenig auf und nieder gehen, als bei dem Weibsbilde länger bleiben. Folge uns ja nicht nach! Aber du, Valer, kannst mitkommen. *Lelio macht der Laura eine Verbeugung.* Ei, was soll das? Sie werden sich doch wohl kein Gewissen machen, ihr ohne Referenz den Rücken zuzukehren? *Laura erwidert die Verbeugung.* Und dir, Mädel, sag ich, laß die Knickse bleiben, oder – – Das verwünschte Pack! Wenn die Zunge müde ist, so verfolgt es einen noch mit Grimassen.

VALER: Ich werde gleich nachkommen.

Wumshäter und Lelio gehen ab.

Siebenter Auftritt

Valer. Laura.

VALER: Nun, Schwester, sage mir einmal, was ich von dir denken soll?

LAURA: Sage mir doch erst, was ich von deinem Lelio denken soll?

VALER: Du bist wirklich entschlossen, mit mir zu reisen?

LAURA: Wer es doch glaubte, daß Lelio kein Kompliment zu beantworten wisse! Ich kenn ihn besser. Wieviel schöne Sachen hat er mir nicht vorgesagt, wenn er mich dann und wann allein gefunden. Aber, Bruder, er soll mir sie gewiß nicht mehr allein sagen. Ich will ihn bald dazu bringen, daß er mir sie in deiner, und des Vaters Gegenwart, sagen soll. Daß er sich gegen diesen bisher verstellt, daran hat er sehr wohlgetan. Er mußte sich seiner Gewogenheit versichern. Aber nun, sollte ich meinen, könnte er die Maske schon nach und nach ein wenig aufheben.

VALER: Ich erstaune! – –

LAURA: Ich möchte doch wissen, worüber? Bin ich erstaunt, daß du seiner Schwester gefallen hast?

VALER: Das heißt, ich soll so billig sein, und auch nicht darüber erstaunen, daß du ihrem Bruder gefallen hast. Aber Leander – –

LAURA: Sage mir nur nichts von Leandern, ich bitte dich. Der sollte längst wissen, woran er wäre. Habe ich ihm nicht, seit einigen Tagen, alle seine Briefe unerbrochen wieder zurückgeschickt?

VALER: Aber nur seit einigen Tagen.

LAURA: Spöttischer Bruder! – Könnte es dir denn aber unangenehm sein, wenn du mit der Familie des Lelio auf eine doppelte Art verbunden würdest?

VALER: Ich wette wieviel, daß du dich nicht deutlicher erklären kannst!

LAURA: Wette nicht; denn sieh, ob du nicht die Wette verloren hättest. – Ich weiß, woran ich mit dem Lelio bin. Er hat mir seine Liebe gestanden; mit mehr Lebhaftigkeit, mit mehr Zärtlichkeit, als es Leander jemals getan hat. Und weißt du denn nicht, wie wir Mädchen es machen? Wenn ich zu meinem Kaufmanne in das Gewölbe komme, ich versichre dich, ich kaufe niemals den Stoff, den ich zuerst behandelt habe. Und wollte der Kaufmann darüber verdrüßlich werden, so würde ich sagen: warum weisen Sie mir den nicht gleich zuerst, der mir am besten gefällt?

VALER: Der Kaufmann wird darüber nicht verdrüßlich werden, denn er weiß aus der Erfahrung, daß, wenn ihr euch lange und viel besonnen habt, ihr endlich doch auf das Schlechteste fallt; auf eine Farbe, auf ein Muster, das längst nicht mehr Mode gewesen. Und eher merkt ihr auch euren Selbstbetrug nicht, als bis ihr den Einkauf zu Hause mit Muße besehen habt. Wie sehr wünscht ihr euch alsdenn das, was ihr zuerst behandelt hattet!

LAURA: Du kannst ein Gleichnis vortrefflich ausführen. Willst du nicht so gut sein, und es nunmehr auch applizieren? Es liegt keine schlechte Anpreisung des Lelio darin. Oh, er soll es erfahren, wie sehr du ihm das Wort sprichst; er soll es heute noch erfahren. Lebe wohl, Bruder!

VALER: Ein Wort im Ernst, Schwester.

LAURA: Im Ernste? Bisher also hast du gescherzt? Ja, das laß ich gelten.

VALER: Höre, ich sage dir mit trocknen Worten: Lelio kann unmöglich der deinige werden; glaube mir, er kann es unmöglich werden; unmöglich!

LAURA: Ha! ha! ha! Wenn ich nun nicht bald gehe, so wirst du mir vielleicht vertrauen, daß er schon verheiratet sei. Ha! ha! ha! *Geht ab.*

VALER: Närrisches Mädchen! – Ich habe es wahrhaftig nicht wagen dürfen, ihr von dem Anschlage des Herrn Solbist etwas zu sagen. Sie würde ihm bei dem Vater zuvorkommen; und alsdenn wäre alles aus. Wir müssen ihr wider ihren Willen dienen, wenn sie uns am Ende danken soll. – Da ist sie ja schon wieder.

LAURA *kömmt ganz ernsthaft zurück*: Bruder –

VALER: Nun, so ernsthaft?

LAURA: Unmöglich, hast du gesagt? Erkläre mir doch diese Unmöglichkeit.

VALER: Der Vater erwartet mich in dem Garten. Ich muß dir es also ganz kurz erklären. Unmöglich ist das – was nicht möglich ist. Auf Wiedersehen, liebe Schwester. *Geht ab.*

LAURA: So? Ich bedanke mich! – Geduld! ich muß sehen, wie ich den Lelio zu sprechen bekomme. *Geht ab.*

Ende des ersten Aufzuges.

ZWEITER AUFZUG

Erster Auftritt

Lelio *oder* Hilaria.

Bald werde ich es selbst glauben, daß ich der guten Laura zu viel Liebkosungen gemacht habe. Wir armes Geschlecht! Wie leicht sind wir zu hintergehen! Sie winkte mir eben jetzt sehr vertraulich; sie wird mich sprechen wollen. Ja, ja, dachte ich es doch! Gut, daß ich mich gefaßt gemacht habe.

Zweiter Auftritt

Laura. Lelio.

LAURA: Armer Lelio, haben Sie sich von der verdrüßlichen Gesellschaft meines Vaters endlich losgemacht? Wie sehr wünschte ich, daß doch nur eine Person in unserm Hause sein möchte, deren angenehmere Gesellschaft Sie schadlos halten könnte.

LELIO *beiseite*: Sie weiß ein verliebtes Gespräch vortrefflich einzufädeln! Schwerlich werde ich die Vorbereitungen zu meinem Rückzuge ebenso fein zu machen wissen.

LAURA: Sie antworten mir nicht?

LELIO: Was soll ich Ihnen antworten?

LAURA: Es ist wahr, was soll man antworten, wenn einem die Antwort in den Mund gelegt wird? Sie hätten mir es ebenso galant, geradeheraus sagen können: daß wenigstens ich die gedachte Person nicht sei.

LELIO: Grausame Laura!

LAURA: Barmherziger Lelio!

LELIO: Barbarische Schöne!

LAURA: Noch mehr? – Haben Sie Mitleiden, und machen mich menschlicher.

LELIO: Sie spotten meiner? – Ich Unglücklicher! Oh, daß ich Sie niemals, oder wenigstens eher gekannt hätte!

LAURA: Noch kein Ende mit Ihren Ausrufungen? Aber was wollen Sie damit?

LELIO: Was habe ich Ihnen getan, daß Sie eine Flamme in mir ernähren, die mich ohne Hülfe verzehren wird?

LAURA: Nun kommen Sie doch allmählich ins Fragen, und ich habe Hoffnung bald aus Ihnen klug zu werden.

LELIO: Womit habe ich es verschuldet, daß Sie mich in eine hoffnungslose Liebe verwickeln?

LAURA: Fragen Sie weiter, vielleicht findet sich doch etwas, worauf ich antworten kann.

LELIO: War Ihnen denn so viel daran gelegen, mich zu einem unschuldigen Schlachtopfer Ihrer Reize zu machen? Was für ein Vergnügen versprachen Sie sich aus meiner Verzweiflung? Genießen Sie es nur, genießen Sie es. Aber, daß es ein andrer mitgenießen soll, der Sie unmöglich so zärtlich lieben kann, als ich Sie liebe, das geht mir durch die Seele!

LAURA: Im Vorbeigehen: Sie sind doch wohl nicht gar eifersüchtig?

LELIO: Eifersüchtig? Nein, man hört auf, eifersüchtig zu sein, wenn man alle Hoffnung verloren hat, und man kann weiter nichts sein, als neidisch.

LAURA *beiseite*: Was soll ich von ihm denken? – Darf man den Glücklichen nicht wissen, den Sie beneiden?

LELIO: Fahren Sie nur fort, sich zu verstellen. Ihre Verstellung eben hat mein Unglück gemacht. Je schöner ein Frauenzimmer ist, desto aufrichtiger sollte es sein; denn nur durch ihre Aufrichtigkeit kann es dem Schaden vorbauen, den seine Schönheit verüben würde. Gleich nach den ersten Höflichkeitsbezeigungen, wenigstens gleich nach den ersten zärtlichen Blicken, die ich auf Sie richtete, gleich nach den ersten Seufzern, die mir meine neue Liebe auspreßte, hätten Sie zu mir sagen sollen: „Mein Herr, ich warne Sie, sein Sie auf Ihrer Hut. Lassen Sie sich meine Schönheit nicht zu weit führen; Sie kommen zu spät, mein Herz ist bereits versagt." – Das hätten Sie zu mir sagen sollen, und ich würde mich nicht mehr unterstanden haben, eines andern Gut zu begehren.

LAURA *beiseite*: Hui, daß ihm mein Bruder von Leandern etwas in den Kopf gesetzt hat?

LELIO: Allzu glücklicher Leander!

LAURA *beiseite*: Ja, ja, es ist richtig. Das will ich ihm gedenken. – Mein Herr –

LELIO: Nur keine Entschuldigungen, Mademoiselle! Sie könnten leicht das Übel ärger machen, und ich könnte anfangen zu glauben, daß Sie mich wenigstens bedauerten. Ich kenne die geheiligten Rechte einer ersten Liebe, wofür ich Ihre Liebe gegen Leandern halte. Ich will mich des törichten Unternehmens, sie zu schwächen, nicht schuldig machen. Alles würde vergebens sein –

LAURA: Ich erstaune über Ihre Leichtgläubigkeit.

LELIO: Sie haben recht, darüber zu erstaunen. Konnte ich mir etwas Törichters einbilden, als daß Ihre bezaubernden Reize auf mich sollten gewartet haben, Ihre Macht über ein empfindliches Herz zu äußern?

LAURA: Diese Leichtgläubigkeit würde Ihnen zu vergeben gewesen sein. Merken Sie denn aber nicht, oder wollen Sie es nicht merken? –

LELIO: Und was, schönste Laura? –

LAURA: Daß es eine ganz andere Leichtgläubigkeit ist, die mich an Ihnen ärgert. –

LELIO: Eine andere? – Sie haben recht! – Ah, ich Dummkopf! –

LAURA: Nun?

LELIO: Ich kann meine Augen, vor Scham, nicht aufschlagen. –

LAURA: Vor Scham?

LELIO: Wie lächerlich muß ich Ihnen vorkommen? –

LAURA: Ich wüßte nicht –

LELIO: Wie abgeschmackt erscheine ich mir selbst! –

LAURA: Mit Ihren Erscheinungen! – Und warum denn? –

LELIO: Ja wohl, wie lächerlich, wie abgeschmackt, daß ich

Höflichkeit für Zärtlichkeit, gesellschaftliche Verbindlichkeiten für Merkmale einer werdenden Liebe gehalten habe! Das, das ist die Leichtgläubigkeit, die Ihnen an mir so ärgerlich ist; eine Leichtgläubigkeit, die desto sträflicher wird, je mehr Stolz sie voraussetzt.

LAURA: Lelio!

LELIO: Aber vergeben Sie mir; sein Sie großmütig, schönste Laura; richten Sie mich nicht nach aller Strenge. Meine Jugend verdient Ihre Nachsicht. Welche Mannsperson von meinen Jahren, von meiner Bildung, von meiner Lebhaftigkeit, ist nicht ein wenig Geck? Es ist unsere Natur. Jeder lächlende Blick, dünkt uns der Zoll unsrer Verdienste, oder die Huldigung unsres Werts; ohne zu untersuchen, ob er nicht bloß aus Zerstreuung, ob er nicht aus Mitleid, ob er nicht wohl gar aus Hohn auf uns gefallen. –

LAURA: Oh, Sie machen mich ungeduldig. – Ich weiß gar nicht, wie es mit Ihrem kleinen Gehirne dann und wann steht.

LELIO: Nicht immer zum besten. – Aber besorgen Sie von mir weiter nichts. Sie haben mich in die Schranken meiner Geringfügigkeit zurückgewiesen –

LAURA: Noch mehr? – Ich sehe meinen Vater kommen, ich muß es kurz machen – Daß Sie ein albernes Märchen von einem gewissen Leander sich so leicht für Wahrheit aufbinden lassen, das, das ist die Leichtgläubigkeit, die mich an Ihnen verdrießt – Ich verlasse Sie; folgen Sie mir unvermerkt in das Gartenhaus. – Sie sollen Beweise haben, daß man Sie hintergehen will. – *Gehet ab.*

Dritter Auftritt

Wumshäter. Valer. Lelio.

LELIO: Ich werde dir nicht folgen, gutes Kind! Wüßte ich doch nicht, was mir so sauer geworden wäre, als diese Unterredung.

WUMSHÄTER: Sie sind mir ja unter den Händen weggekommen, Herr Lelio. – Was mir mein Sohn den Kopf warm macht, das können Sie kaum glauben! Sieh, über dein verwünschtes Anhalten, habe ich's ganz vergessen, daß Herr Solbist zu mir kommen wollen. Wo er nur nicht schon dagewesen ist! Meine Leute sagen mir auch gar nichts. Aber woher kömmt's? Da hat mich der Himmel mit lauter weiblicher Aufwartung bestraft, und wenn ich ja einmal einen guten Menschen zur Aufwartung habe, so vergeht kein Monat, daß ihn nicht das verdammte Mädel, die Lisette, in ihren Stricken hat. Nu, nu, ist nur meine Tochter erst fort, so will ich auch keine weibliche Fliege mehr unter meinem Dache leiden.

VALER: Sehen Sie, Herr Vater, jetzt eben kömmt Herr Solbist.

Vierter Auftritt

Solbist, *in einer großen Zipfelperuque und einen Packt Akten unter dem Arme.* Die Vorigen.

WUMSHÄTER: Ei, sind Sie es denn, mein lieber Herr Solbist?

SOLBIST: Ja freilich bin ich's.

VALER *sachte zum Lelio*: Lassen Sie ihm ja nicht merken, daß Sie von seinem Anschlage etwas wissen; denn alles sollen bei ihm Geheimnisse sein.

WUMSHÄTER: Nun, was bringen Sie mir Gutes?

SOLBIST: Habe ich's nicht gleich lieber sollen vor der Haustüre sagen? – Geduld! Ich muß ganz in geheim mit Ihnen sprechen.

WUMSHÄTER: Ganz in geheim? Sie machen mich unruhig.

SOLBIST, *zu dem Lelio, welcher ihn von unten und oben betrachtet*: Nun, was begucken Sie mich da?

LELIO: Ich bewundere Sie.

SOLBIST: Wie ein Bauer, der einmal in die Stadt kömmt, ein groß Haus.

LELIO: Ich sehe, Sie haben sich heute außerordentlich geputzt.

SOLBIST: Ich will ein Schelm sein, wenn es um Ihrentwillen geschehen ist.

LELIO: In dieser Peruque könnten Sie sich vor die Europäische Fama stechen lassen.

SOLBIST: Vexieren Sie mich heute nur nicht; heute bin ich in meinen Berufsverrichtungen. Ein andermal können Sie Ihren Spaß mit mir haben. Heute respektieren Sie mein Amt.

LELIO: Ich habe allen Respekt vor Ihre Akten.

SOLBIST: Die Spötterei hätten Sie können weglassen. Ist es meine Schuld, daß ich mir sie selber tragen muß? Nein, gewiß nein! Ich habe nun lange genug der undankbaren Stadt, und der lieben Dorfschaft, als ein betreibsamer Rechtskonsulent gedient; und meine Dienste hätten mir, von Rechts wegen, schon so viel abwerfen sollen, daß ich mir einen Jungen, einen Schreiber, einen Sekretär, oder so etwas, halten könnte. Aber wer kann denn das Glück zwingen? Bis jetzt bin ich mir alles noch selbst. Sobald ich mir aber einen Jungen, oder so etwas, werde halten können, wird meine Großmut, Sie dazu in Vorschlag zu bringen, nicht anstehen.

LELIO: Sie scherzen, Herr Solbist; und das sehr fein.

SOLBIST: Ich scherze nie anders. Doch, Herr Wumshäter, machen Sie, machen Sie, daß die Leutchen wegkommen. Ich muß allein mit Ihnen reden.

LELIO: Sie dürfen ja nur im Kanzeleistile mit ihm reden; und es wird so gut sein, als ob wir nicht da wären.

WUMSHÄTER: Aber es sind ja meine Freunde; was Sie mir zu sagen haben, können Sie ja wohl in ihrer Gegenwart sagen.

SOLBIST: Sie wollen mich also nicht hören? Gut! – – *Er will gehen.*

LELIO: Wir wollen Sie seinem Eigensinne nicht aussetzen, Herr Wumshäter. Bleiben Sie nur, Herr Solbist; wir gehen schon. *Sachte zum Valer:* Kommen Sie, Valer; es wird ohnedem bald Zeit sein, daß ich mich umkleide.

WUMSHÄTER: Nehmen Sie es doch nicht übel!

Valer und Lelio gehen ab.

Fünfter Auftritt

Wumshäter. Solbist.

WUMSHÄTER: Lassen Sie doch nunmehr hören, Herr Solbist, was Sie mir für Geheimnisse zu vertrauen haben.

SOLBIST: Sind sie weg? – Treten Sie hierher! Sie möchten an der Türe horchen.

WUMSHÄTER: Nun?

SOLBIST: Herr Leander –

WUMSHÄTER: Hat ihn der Henker geholt?

SOLBIST: St! Hören Sie doch nur. Herr Leander will – *Sachte ins Ohr:* will sich mit Ihnen vergleichen.

WUMSHÄTER *sehr laut*: Was? will sich mit mir vergleichen?

SOLBIST: St! st! Ja, er will. Er hat sich von mir lassen übern Tölpel stoßen.

WUMSHÄTER *sehr laut*: Sie mögen selber ein Tölpel sein. Ich mag mich mit ihm nicht vergleichen. Wie viele hundertmal habe ich Ihnen das nicht auf das teuerste versichert?

SOLBIST: St! st! st! Mit Ihrem verzweifelten Schreien werden Sie mich um Ehre, Reputation, Kredit und alles bringen. Wenn es nun jemand gehört hat?

WUMSHÄTER: Oh, das Zeugnis will ich Ihnen vor aller Welt geben, daß Sie nichts als meinen Ruin suchen. Vergleichen? habe ich nicht die gerechteste Sache?

SOLBIST: Auch die gerechteste Sache kann verloren werden, wenn sie wie die Ihrige steht. Ihre selige Frau hat es schon zu weit kommen lassen.

WUMSHÄTER: Das verwünschte Weib! Kömmt nicht all mein Unglück von Weibern her?

SOLBIST: Nicht allein Ihr Unglück, sondern überhaupt alles Unglück, das in der Welt geschieht – wie ich hernach erweisen werde. Machen Sie nur, daß Sie den Beweis bald hören können, und sagen Sie mir kurz, ob es Ihnen nicht lieb sein würde, wenn Leander – ich will nicht sagen, sich mit Ihnen vergliche: denn von Vergleichen wollen Sie nichts hören – sondern unter einer kleinen, ganz kleinen Bedingung, den Prozeß hängen ließ.

WUMSHÄTER: Hängen ließ? So, daß ich ihn gleichsam gewonnen hätte? Ja, das wäre noch etwas. Aber was ist es denn für eine Bedingung?

SOLBIST: Eine Bedingung, die vollkommen nach Ihrem Sinne sein wird.

WUMSHÄTER: Nun?

SOLBIST: Kurz, Leander will den Prozeß unter der Bedingung hängen lassen – unter der Bedingung, Herr Wumshäter – *Sachte ins Ohr:* daß Sie sein Unglück machen wollen.

WUMSHÄTER *sehr laut*: Was? daß ich sein Unglück machen will?

SOLBIST: Sie werden mit Ihrer verräterischen Auktionatorstimme noch meines machen. Ich tue meine Dinge alle gern heimlich, und in der Stille. Aber Sie, Sie – ich wette, Leander hat es in seinem Hause gehört!

WUMSHÄTER: Nun so entdecken Sie mir denn ganz heimlich, auf welche Weise ich sein Unglück machen kann?

SOLBIST: Nichts ist leichter. Hören Sie nur, im Vertrauen; der Mensch ist ganz närrisch geworden. Ich glaube, der Himmel hat ihn Ihrentwegen gestraft. Er ist auf einen recht desperaten Einfall geraten. Ich will ihn Ihnen gleich erklären. –

WUMSHÄTER: Noch seh ich nicht, wo Sie hinauswollen?

SOLBIST *er legt die Akten weg; bringt eine große Halskrause aus der Tasche, die er sich umbindet; zieht ein Paar weiße Handschuh an, tritt einige Schritte zurück, und fängt auf eine pedantische Art zu perorieren an*: „Hochedelgeborner, insonders hochzuehrender Herr und Gönner! Als Gott den Adam erschaffen, und in das schöne Paradies gesetzt hatte – Beiläufig will ich erinnern, daß man bis jetzo noch nicht weiß, wo eigentlich das Paradies gewesen ist. Die Gelehrten streiten sehr heftig darüber. Doch es sei gewesen, wo es wolle. – Als nun Gott den Adam in dieses uns unbewußte Paradies gesetzt hatte –"

WUMSHÄTER: Je, Herr Solbist! Herr Solbist!

SOLBIST: Treten Sie ein wenig vor die Türe, damit niemand hereinkömmt!

WUMSHÄTER: Ich will Gott danken, wenn jemand dazukömmt, denn ich fürchte in der Tat, Sie sind unsinnig geworden.

SOLBIST: Treten Sie doch nur, und gedulden Sie sich einen Augenblick! – – „Als nun, sag ich, Adam in dieses Paradies gesetzt, als er, sag ich, darin gesetzt war. Und, will ich sagen, also in dem Paradiese war, worein er von Gott war gesetzt worden. So war er in diesem Paradiese." – – Ei, vertrackt, wenn ich nur erstlich wieder heraus wäre! – Da haben Sie's nun! Das kömmt davon, wenn man dem Orator in die Rede fällt.

WUMSHÄTER: Ich besorge nur, ich werde Ihnen bald in die Daumen fallen müssen. Sagen Sie mir nur in Ewigkeit, was Sie wollen?

SOLBIST: Ich wollte lieber, daß Sie mir eine Ohrfeige gegeben hätten, als daß Sie mich aus meinem Konzepte gebracht haben. Ich muß nur sehen, ob ich wieder hineinkommen kann. *Ganz geschwind:* „Hochedelgeborner, insonders hochzuehrender Herr und Gönner! Als Gott den Adam erschaffen, und in das schöne Paradies gesetzt hatte – – Hochedelgeborner, insonders hochzuehrender Herr und Gönner! Als Gott den Adam erschaffen, und in das schöne Paradies gesetzt hatte" – – Nein, es geht wirklich nicht weiter; es ist, als wenn mir's vom Maule weggeschnitten wäre. Nun mag's; der größte Schade dabei ist Ihre.

WUMSHÄTER: Ist meine?

SOLBIST: Ja, wahrhaftig; Sie hätten ein recht ciceronianisches Meisterstück hören sollen. Eine vertraute Rednergesellschaft würde es nicht besser haben abfassen können! Nun werden Sie sich mit den Contentis begnügen müssen. Hören Sie nur also: meine Rede – denn so viel werden Sie doch wohl gemerkt haben, daß ich Ihnen eine Rede habe halten wollen? – Meine Rede, sag ich, hatte drei Partes, obgleich sonst acht Partes orationis zu sein pflegen. Der erste Pars, oder vielmehr die erste Pars, enthielt ein richtiges Verzeichnis aller bösen Weiber, von der Eva an, bis auf die Ihrigen drei.

WUMSHÄTER: Was? Ein Verzeichnis aller bösen Weiber? Ei, das wäre ich kuriös gewesen, zu hören! – Ein Verzeichnis aller bösen Weiber wird's nun wohl nicht gewesen sein, sondern nur ein Verzeichnis der bösesten. Denn ein Verzeichnis aller bösen Weiber, das wär ein Verzeichnis aller Weiber, die jemals auf der Welt gelebt haben, und das kann's doch nicht gewesen sein.

SOLBIST: Ganz recht. Meine andre Pars – –

WUMSHÄTER: Hatten Sie denn auch in Ihrem Verzeichnisse die Frau des Hiobs?

SOLBIST: Freilich! – Meine andre Pars –

WUMSHÄTER: Hatten Sie denn auch die Frau des Tobias?

SOLBIST: Freilich! – Meine andre Pars –

WUMSHÄTER: Auch die Königin Jesabel?

SOLBIST: Auch! – Meine andre Pars –

WUMSHÄTER: Auch die große Hure von Babylon?

SOLBIST: Auch! – Meine andre Pars –

WUMSHÄTER: Sie hören, daß ich doch auch ein wenig bewandert bin!

SOLBIST: Ich höre wohl, daß Sie nur die kennen, die noch die besten darunter sind. Ich wußte noch ganz andere! Eine Hispulla, eine Hippia, eine Medullina, eine Saufeja, eine Ogulina, eine Messalina, eine Cäsonia – Von welchen allen, in dem sechsten der Geschichtbücher des Juvenals, ein mehreres nachgelesen werden kann. – – Doch, damit meine Contenta nicht länger werden, als meine Rede geworden wäre, so hören Sie nur weiter. Meine zweite Pars erwies so kurz als gründlich, daß eine Frau das größte Unglück auf der Welt sei, und leitete daraus unwidersprechlich her, daß das Heiraten eine sehr unsinnige Sache sein müsse, welches denn weitläuftig mit Testimoniis, besonders mit dem Ihrigen bestärkt wurde.

WUMSHÄTER: Ei! lieber Herr Solbist, wie waren Sie auf eine so vortreffliche Materie gekommen? Gewiß, ich beklag es nunmehr recht herzlich, daß Ihre Rede so vor die Hunde gegangen ist. Je! je! Aber wie komm ich denn dazu, daß Sie mir so ein Vergnügen haben machen wollen? Es ist doch heute weder mein Geburtstag, noch mein Namenstag, daß ich etwa dächte, Sie hätten mir so eine schöne Gratulationsrede halten wollen. –

SOLBIST: Aus meiner dritten Pars wird Ihnen alles klarwerden. – – Die dritte Pars endlich enthielt, daß dem ohngeachtet, diese Unsinnigkeit, nämlich die Unsinnigkeit zu heiraten – raten Sie einmal, wer? begehen wollte –

WUMSHÄTER: Wer? Doch wohl nicht mein Sohn? Denn dem denk ich es wohl ausgeredt zu haben.

SOLBIST: Nicht Ihr Sohn, nein.

WUMSHÄTER: Nun, so wollte ich, daß es mein ärgster Feind sein müsse!

SOLBIST: Bravo!

WUMSHÄTER: Ich wollte, daß es Leander wäre!

SOLBIST: Getroffen!

WUMSHÄTER: Wirklich? Oh, daß ich keine von meinen drei Weibern vom Tode erwecken, und sie ihm geben kann!

SOLBIST: Das können Sie, Herr Wumshäter, das können Sie, wenn Sie nur wollen! Leibt und lebt nicht Ihre zweite Frau in Ihrer Jungfer Tochter? Kurz, sehen Sie in mir den Brautwerber des Herrn Leanders, und zwar um die ehr- und tugendsame Jungfer, Jungfer Laura, eheleiblichen einzigen Tochter des Herrn, Herrn Zacharias Maria Wumshäter. Wenn er in seinem Suchen glücklich ist, so sollen Sie den Prozeß gewonnen haben. Dixi!

WUMSHÄTER: Was? allerliebster Herr Solbist, ist es möglich? Leander will meine Tochter haben, und wenn ich sie ihm gebe, soll ich den Prozeß gewonnen haben?

SOLBIST: Sollen Sie ihn gewonnen haben! Besinnen Sie sich ja nicht lange.

WUMSHÄTER: Ich mich besinnen?

SOLBIST: Sie müssen überzeugt sein, daß man kein feindseliger Verfahren erdenken kann, als einem eine Frau zu geben.

WUMSHÄTER: Das bin ich! Er soll sie haben, ja; mit Freuden will ich sie ihm geben. Wie soll sie ihm das Leben so sauer machen! Leander, Leander, er soll den Verdruß zehnfach wieder empfinden, den er mir verursacht hat. Wie will ich mich freuen, wenn ich bald erfahren werde, daß sich meine Tochter täglich mit ihm zankt; daß sie ihn keinen Bissen in Ruhe genießen läßt, daß sie sich sogar an ihm vergreift, daß sie ihm untreu ist, daß sie ihm sein Vermögen durchbringt, daß er endlich Haus und Hof ihrentwegen verlassen muß! Ich denke, ich denke, sie soll's dahin bringen. Ja, ja, Herr Solbist, Leander soll meine Tochter haben, er soll sie haben – Allein, wenn ich den Prozeß dadurch gewinne, so muß ich die deponierten sechstausend Taler ausgezahlt bekommen.

SOLBIST: Die können Sie morgen bekommen.

WUMSHÄTER: Morgen? das wäre vortrefflich! Ich hätte eben Gelegenheit sie zu sechs Prozent unterzubringen. – – Aber Leander denkt doch wohl nicht, daß er sie zur Aussteuer etwa wiederbekommen werde? Das mag er sich nur vergehen lassen. Mitgeben kann ich meiner Tochter nichts, gar nichts.

SOLBIST: Es wird auch nicht nötig sein; Leander ist selbst reich genug.

WUMSHÄTER: Wenn das ist, so ist sie, wenn er will, noch heute seine Frau. Ich wollte sie zwar meinem Sohne mitgeben; doch daraus wird nun nichts. Es ist besser, daß sie mich an einem Menschen rächt, der mir so vieles Unrecht getan hat. Wir wollen gleich zu ihr gehen; kann doch Herr Leander hernach selbst herkommen. Kommen Sie, Herr Solbist –

SOLBIST: Gehen Sie nur. Ich muß meine Spitzenkrause vorher wieder abbinden, und die glacierten Handschuh einstecken. Sagen Sie es aber ja niemanden, daß ich der Brautwerber gewesen bin! *Wumshäter gehet ab.* Es möchte sich zu meinem Amte nicht allzuwohl schicken; weswegen ich denn auch ganz weislich in dem völligen Ornate nicht herkommen wollte. Wie leicht hätte man mir es ansehen können, daß ich mir einen Kuppelpelz verdienen wollen. Geschwind, es kommt jemand! – –

SECHSTER AUFTRITT

LISETTE. SOLBIST.

SOLBIST *indem er sich noch die Krause abbindet*: Ist Sie's, Lisettchen? Nun, nun, Sie darf es endlich wissen, was ich hier gemacht habe.

LISETTE: Ist es gut abgelaufen, Herr Solbist?

SOLBIST: Als wenn nicht alles gut ablaufen müßte, womit ich mich einmal abgebe. Hätte man mich fein eher zu Rate gezogen, so könnte Laura wohl schon von Leandern Kinder haben.

LISETTE: Man sollte es kaum denken, was in dem grauen Köpfchen für Schelmereien stecken müssen!

SOLBIST: Mache Sie mich nicht schamrot. Freilich würde Herr Wumshäter Leandern abgewiesen haben, wenn man den Antrag für ihn auf irgendeine andere Art getan hätte. Aber es war doch auch so schwer nicht, diese einzige Art zu finden; besonders für einen Mann von Erfahrung, wie ich – – Denn im Vertrauen, Lisettchen, *Ins Ohr:* glaubt Sie, daß dieses das erste Paar ist, das ich zusammenbringe?

LISETTE: Ei nicht doch; ich glaube vielmehr, daß Sie auf das Kuppeln ausgelernt haben.

SOLBIST: St! st! schrei Sie nicht so! Das hat mir müssen manchen schönen Taler einbringen. Die Leute irren sich erschrecklich, wenn sie denken, ich könnte nichts als Uneinigkeit stiften. Das muß ich zwar können, als ein ehrlicher Advokat; doch, wenn es damit nicht allezeit fortwill, so kann ich auch Ehen stiften.

LISETTE: Als wenn Ehen stiften, und Uneinigkeit stiften, nicht einerlei wäre! Und soviel ich gehört habe, so können Sie Eheleute ebensowohl wieder voneinander, als zusammenbringen. Sie sind ein schlauer Fuchs. Hätten Sie mit Ehescheidungsprozessen wohl so viel verdienen können, wenn Sie nicht durch Ihr Kuppeln den Grund dazu gelegt hätten?

SOLBIST: Der Geier! wer hat Ihr das gesagt? Ich tue doch alles in der Stille und im verschwiegenen, und rede von solchen Sachen nicht gern einmal laut: und Sie hat es doch erfahren? Das kann mit rechten Dingen nicht zugehen. – – Aber das ist wahr; eine Lust ist es, wenn ich des Vormittags meinen Klienten Gehör gebe. Alles hat seine Zuflucht zu mir. Will der Bauer mit seinem Herrn prozessieren; so kömmt er zu mir. Will ein altes Mütterchen einen gesunden frischen Mann haben; so kömmt sie zu mir. Will ein Schelm den andern injuriarum belangen; so kömmt er zu mir. Will eine junge Frau ihren alten Ehekriepel lossein; so kömmt sie zu mir. Aber alles das, alles das, besonders was die Ehesachen anbelangt, geschieht so in der Stille, daß sie mir es nur ins Ohr sagen müssen. Und gleichwohl weiß Sie's? Sei

Sie verschwiegen, Lisettchen; und plaudre Sie es nicht weiter. Vielleicht, daß ich Ihr auch einen Dienst tun kann. Ich weiß zwar nicht, ob Sie schon Lust hat, sich zu verheiraten; aber die Lust kömmt manchmal ganz geschwind. Sage Sie mir's, wenn sie kömmt. Ich halte ein richtiges Register von allen mannbaren Jungfern, und allen weibbaren Junggesellen in der Stadt. Das lese ich alle Tage ein- bis zweimal durch, und sehe nach, welche meiner Hülfe etwa nötig haben könnten. Die Wahrheit zu sagen; ich habe schon einige Mannspersonen mit einem Sternchen angemerkt, die sich ganz wohl für Sie schicken würden.

LISETTE: Wenn sie reich, jung und schön sind, so können Sie gewiß glauben, daß sie sich für mich schicken. Mehr gute Eigenschaften braucht mein künftiger Mann eben nicht zu haben. Die andern habe ich.

SOLBIST: Ich will Ihr mein Register weisen. Kann Sie doch nachsehen, wer Ihr am meisten darunter gefällt. Ich habe sie umständlich nach ihren äußerlichen und innerlichen Gaben beschrieben, und aus der Proportion der Glieder gewisse nicht unebene Schlüsse gezogen; zumal der Nase, der Schultern, der Waden – Ein andermal hiervon ein mehreres, Lisettchen. Ich muß jetzt gehen, und den Herrn Leander herschicken. Trotz des Prozesses, hat er doch immer eine große Liebe zur Jungfer Laura gehabt.

LISETTE: Oh, und sie auch zu ihm. Vergessen Sie das Register nicht!

SOLBIST: Aber nur verschwiegen! verschwiegen! *Geht ab.*

LISETTE *allein*: Das laßt mir einen rechtschaffenen Advokaten sein! Wenn es mit seiner List nur nicht zu spät ist! Laura ist mir seit einigen Tagen sehr verändert gegen Leandern vorgekommen. Ich fürchte, ich fürchte, Valer hat seinen künftigen Schwager zur Unzeit mitgebracht!

Siebenter Auftritt

Wumshäter. Lisette.

WUMSHÄTER: Wo ist die Tochter, Lisette?

LISETTE: Was für eine Tochter?

WUMSHÄTER: Die Tochter! Ich habe sie schon im ganzen Hause gesucht. Wo ist sie?

LISETTE: Welche Tochter denn?

WUMSHÄTER: Der Nickel will nur, daß ich sagen soll: meine Tochter; und sie weiß doch, wie ungern ich es sage.

LISETTE: Nach Ihrer Jungfer Tochter fragen Sie also? Nach Ihrer? Ich weiß wirklich nicht, wo sie ist. Aber was wetten wir, ich weiß, was Sie ihr melden wollen?

WUMSHÄTER: Ist sie etwann im Garten?

LISETTE: Es kann wohl sein. – Sie haben gewiß recht sehr klug getan, daß Sie Herr Leandern –

WUMSHÄTER: Sage du ja nicht, daß ich klug getan habe, oder ich werde glauben, daß ich die größte Torheit begangen habe.

LISETTE: So will ich das letzte sagen.

WUMSHÄTER: So sag es in aller Hexen Namen, und laß mich ungehudelt.

LISETTE *allein*: Nun gewiß, wenn ich einmal so einen Narrn zum Manne bekommen sollte, ich glaube, ich würde in meinem Alter eine ebenso große Männerfeindin, als er ein Weiberfeind ist. Aber, wohlgemerkt, nicht eher als in meinem Alter!

Ende des zweiten Aufzuges.

DRITTER AUFZUG

Erster Auftritt

Lisette *von der einen, und* Laura *von der andern Seite.*

LISETTE: So hitzig, Mamsell?

LAURA: Wo ist der nichtswürdige Advokat? Der alte ungebetne Kuppler! In was mengt er sich? Wer hat es ihm aufgetragen, mich von meinem Vater, als eine Strafe für einen Mann, zu erbitten, mit dem ich am meisten gestraft sein würde?

LISETTE: Mit dem Sie am meisten gestraft sein würden? Lieben Sie denn nicht Leandern? Und haben Sie nicht schon längst ihm Ihre Genehmhaltung erteilt, auf die eine oder die andere Weise die Einwilligung Ihres Vaters zu suchen?

LAURA: Es ist dein Glück, daß du sagst, schon längst. Eben *deswegen, weil ich* Leandern schon längst einmal geliebt habe, und schon längst einmal die Seine habe sein wollen, hätte man sich doch wohl vorher erkundigen können, ob ich es auch noch jetzt wollte, und ob ich ihn auch noch jetzt liebte? Muß man so zuversichtlich zu Werke gehen, ohne mir ein Wort davon zu sagen? Ich dächte doch, ich wäre die geringste Person bei diesem Handel nicht.

LISETTE: Und also lieben Sie wohl Leandern nicht mehr?

LAURA: Nein; und ich schäme mich, ihn jemals geliebt zu haben. Wenn deine Verführungen nicht gewesen wären, so würde ich nimmermehr einen Menschen meiner Achtung gewürdiget haben, der mit meinem Vater so offenbar im Zank und Streite lebt.

LISETTE *macht eine tiefe Verbeugung*: Sie erzeigen mir zu viel Ehre, mich mit Ihrem Herzen zu vermengen.

LAURA: Mein Herz muß keinen großen Anteil daran gehabt haben. Ein fliegender Geschmack; das war es aufs höchste alles. Sonst würde es mir, ohne Zweifel, saurer geworden sein, ihn zu vergessen. Eine einzige kleine Betrachtung hat mich von dieser ungeziemenden Liebe abgezogen.

LISETTE: So? eine Betrachtung? Darf man diese Betrachtung nicht wissen? Doch wohl nicht die Betrachtung des Herrn Lelio?

LAURA: Du bist eine Närrin.

LISETTE: Dieser Antwort versah ich mich. Aber wissen Sie das Sprüchelchen von Kindern und Narren?

LAURA: Leander ist ein Feind meines Vaters. Er hat mich zwar oft versichert, daß er es nicht sei, und daß er die Notwendigkeit gar nicht einsehen könnte, warum diejenigen, welche miteinander prozessieren, einander hassen müßten; man könne ja wohl sein Recht auch gegen einen Mann verfolgen, den man hochschätze und liebe. Allein, ich sehe nun wohl, diese Sprache ist die Sprache eines Arglistigen, welcher sich gern auf den Fuß setzen will, seinen Prozeß auch alsdenn nicht zu verlieren, wenn er ihn verliert; eines Eigennützigen, der das, was er durch eine Sentenz verloren hat, durch einen Ehekontrakt wiederzugewinnen sucht. Da hast du meine Betrachtung! Ob mir aber Lelio zu dieser Betrachtung Gelegenheit gegeben hat, oder ob er sie nur bestärkt hat, das geht dich nichts an, und ist einzig und allein meine Sache.

LISETTE: Ich habe die Erfahrung gemacht, sooft wir Frauenzimmer unsere Aufführung mit Vernunft und Gründen verteidigen, so oft haben wir unrecht. Gestehen Sie mir es also nur, daß Lelio die einzige Ursache Ihrer Veränderung ist. Nur seine Gesellschaft hat Sie diese Tage über so bestrickt, daß Sie weder Leanders Briefe lesen, noch ihm eine geheime Zusammenkunft verstatten wollen. Wie gern taten Sie sonst beides!

LAURA: Ich will von dir an keine Fehler erinnert sein, die ich, wie schon gesagt, ohne dich nicht würde begangen haben. Es reuet mich genug, so schwach gewesen zu sein.

LISETTE: Um noch schwächer zu sein, und sich einem jungen Flattergeist zu überlassen, den Sie erst seit acht Tagen kennen, und dessen Liebe Sie nur aus nichtsbedeutenden Schmeicheleien schließen. Ich rate Ihnen, Mamsell, sehen Sie sich vor!

Zweiter Auftritt

Wumshäter. Die Vorigen.

WUMSHÄTER: Nun? Hast du dem armen Herrn Solbist die Augen ausgekratzt?

LISETTE: Wenn er nicht schon fort gewesen wäre, wer weiß was sie getan hätte.

WUMSHÄTER: Oh, ich will es wohl glauben, daß sie als eine wohlgeratene Tochter demjenigen alles Unglück anwünscht, der ihren rechtschaffenen Vater von zwei beschwerlichen Dingen auf einmal befreiet; von einem Weibsbilde und einem Prozesse. Aber du magst mir dieses Glück nun gönnen, oder nicht, so will ich es doch nicht länger entbehren. Du mußt Leanders Frau werden, oder meine Tochter zu sein aufhören.

LAURA: Dieses Oder ist hart! Gleichwohl nehme ich mir die Freiheit, Ihnen zu sagen, daß ich Ihren ersten Befehl vorziehe, und mit dem Bruder reisen will. Ich kann meinen Willen so geschwind nicht ändern, als Sie den Ihrigen. Oder hat man Sie etwa zu bereden gesucht, daß ich Leandern liebe?

WUMSHÄTER: Daran ist nicht gedacht worden; desto besser wenn du ihn nicht liebst! Mit der Liebe einer Weibsperson sind es zwar so bloße Narrenspossen, und lieben heißt bei euch nur weniger hassen. Ihr seid nicht imstande jemanden *zu lieben, als euch selbst.* –

LISETTE *fährt auf ihn los*: Nein, mein Herr, das ist zu toll! Ihre Jungfer Tochter hat zwar unrecht, daß sie den Mann von

Ihrer Hand nicht annehmen will, aber müssen Sie deswegen das ganze Geschlecht lästern?

WUMSHÄTER: Hu! – Nun ist es Zeit, daß ich geh. Ich will lieber zwischen zwei Mühlräder, als zwischen zwei Weibsbilder kommen. Schweig, ich bitte dich, schweig! Sie kann sich allein genug verantworten.

Dritter Auftritt

Valer. Die Vorigen.

VALER: Eben jetzt, Herr Vater, ist die Schwester des Lelio angekommen. Sie ist bei einem Anverwandten, den sie hier hat, abgetreten, und hat sich bereits bei mir melden lassen. Ich erwarte sie alle Augenblicke. Sie sind es doch noch zufrieden, daß ich sie Ihnen vorstellen darf?

WUMSHÄTER: Einmal möchte ich sie wohl sehen, wenn es auch nur der vorgegebenen Ähnlichkeit wegen wäre. Aber mehr als einmal auch nicht. Bringe sie nur. Ich will es ihr selbst, so bescheiden als möglich, sagen, daß sie auf dich keine Rechnung machen soll.

LAURA: Wie, Bruder? So ist deine Hilaria hier, und du hast mir es auch nicht mit einem einzigen Worte vorhergesagt, daß sie kommen werde?

VALER: Du wirst es nicht übelnehmen, Schwester. Ich habe dir nichts Ungewisses sagen wollen. – Du wirst dich aber über noch weit mehr, als über ihre bloße Ankunft, zu verwundern haben. Ihre erstaunliche Ähnlichkeit mit ihrem Bruder – Wen seh ich? Himmel! Sie ist es selbst!

Vierter Auftritt

Lelio *in ihrer wahren Gestalt als Hilaria.* Die Vorigen.

VALER: Ach! schönste Hilaria, wie erfreut, wie glücklich machen Sie mich! Wie soll ich Ihnen genug dafür danken, daß Sie eine Familie zu besuchen würdigen, die auf eine nähere Verbindung mit Ihnen schon zum voraus stolz ist.

LELIO: Erlauben Sie, Valer, daß ich vor jetzt Ihre Schmeichelei unbeantwortet lasse, und vor allen Dingen demjenigen *Gegen*

Wumshätern: meine Ehrerbietigkeit bezeuge, der es mir so gütig erlauben will, ihn als einen Vater zu lieben.

WUMSHÄTER: Es ist mir ange – sehr unange – nicht ganz unangenehm, Mademoiselle, Sie kennenzulernen; nur muß ich Ihnen gleich anfangs sagen, daß Sie ein wenig zu geschwind gehen. Ich werde von zweien bereits Vater genennt –

VALER: Und es ist sein einziger Wunsch, auch von Ihnen dafür erkannt zu werden. –

WUMSHÄTER: Nein doch, mein Sohn.

VALER *indem er die Hilaria der Laura zuführt:* Lassen Sie sich, Hilaria, von einer Schwester umarmen, die ihre Freude nicht mehr mäßigen kann.

LELIO *indem sie sich umarmen:* Ich bin so frei, schönste Laura, um Ihre Freundschaft zu bitten. –

LAURA: Ich bin beschämt, daß ich mir in dieser Bitte habe zuvorkommen lassen.

VALER: Nun, Herr Vater? Erstaunen Sie nicht über die Gleichheit, die Hilaria mit ihrem Bruder hat?

LAURA: Gewiß, man muß darüber erstaunen. Ich kann mich nicht satt sehen. Wo ist Herr Lelio? Warum können wir nicht das Vergnügen haben, ihn mit diesem Ebenbilde zu vergleichen?

WUMSHÄTER: Wenn Lelio nur da wäre; wenn er nur da wäre! Ich weiß nicht, wo ihr die Augen haben müßt, ihr Leute. Ich will zwar nicht sagen, Mademoiselle, daß Sie gar nichts Ähnliches mit Ihrem Bruder haben sollten; allein, man muß wirklich genau darauf sehen, wenn man es bemerken will. Vors erste, ist Lelio wenigstens eine Handbreit größer; der hohen Absätze an Ihren Schuhen ungeachtet.

LELIO: Und doch haben wir uns hundertmal miteinander gemessen, und nicht den geringsten Unterschied wahrnehmen können.

WUMSHÄTER: Mein Augenmaß trügt nicht, ich kann mich darauf verlassen. Vors andere, ist Herr Lelio auch nicht völlig so stark; er ist besser gewachsen und schlanker, ob er gleich keine Schnierbrust trägt. Ich will Sie dadurch nicht beleidigen, Mademoiselle; sondern Ihrem Bruder bloß Gerechtigkeit widerfahren lassen.

LAURA: Ich kann Ihrer Meinung nicht sein, Herr Vater. Es ist zwar wahr, man wird schwerlich an einer Mannsperson einen schönern Wuchs finden, als an dem Herrn Lelio; aber sehen

Sie doch nur recht! Hilaria hat vollkommen ebendenselben Wuchs, nur daß sie durch den Zwang der Kleidung eher schmächtiger, als stärker scheinet.

WUMSHÄTER: Und das Gesicht!

VALER: Nun? das Gesicht?

WUMSHÄTER: Ich will davon gar nicht reden. Lelio hat seine frische natürliche Farbe, aber auf Ihrem Gesichte, Mademoiselle liegt die Schminke ja fingersdicke.

LELIO: Ich glaube zwar nicht, daß es etwas Unerlaubtes für ein Frauenzimmer sei, sich zu schminken; aber doch habe ich noch nie für gut befunden, meiner Bildung auf diese Art zu Hülfe zu kommen. Ich will dieses nicht zu meinem Lobe gesagt haben; denn vielleicht habe ich das, was andere aus Stolz tun, aus größerm Stolze unterlassen.

WUMSHÄTER: Ich versteh, ich versteh – Die Augen, mein Sohn! Hast du noch nicht bemerkt, daß dieses graue Augen sind, und Lelio schwarze Augen hat?

VALER: Was sagen Sie? Sind dieses graue Augen?

WUMSHÄTER: Ja wohl graue Augen, und dabei sind sie ebenso matt, als des Lelio Augen feurig sind.

LAURA: Je, Herr Vater –

WUMSHÄTER: Je, Jungfer Tochter! Schweig Sie doch! Ich weiß so wohl, daß keine Krähe der andern die Augen aushacken wird. Du willst gewiß, daß sie deine gelben Augen auch einmal schwarz nennen soll. Macht ihr mich nur blind! – Und diese Nase – So eine kleine stumpfe Habichtsnase, hat Lelio nicht. Wollt ihr das auch leugnen?

VALER: Ich erstaune! –

WUMSHÄTER: Über deine Verblendung mußt du erstaunen – Auch der Mund ist noch einmal so groß, als ihn Lelio hat. Was für eine aufgeworfene Lippe! Was für ein spitziges Kinn! Die rechte Schulter ist eine Handbreit höher, als die linke! – Mit einem Worte, mein Sohn, die vorgegebene Gleichheit war eine List, dem Vater seine Einwilligung abzulocken. Und freilich wäre sie ein großer Punkt wider mich gewesen, wenn sie sich gefunden hätte. Desto besser, daß sie sich nicht gefunden hat, und daß es nunmehr desto wahrscheinlicher bleibt, daß in einem Körper, der von dem Körper des Bruders so gar sehr unterschieden ist, auch eine ganz verschiedene Seele wohnen werde. Ihr Herr Bruder, Mademoiselle, ist ein verständiger junger Mensch, der meine Ursachen, warum ich unmöglich zu der Verheiratung meines Sohnes ja sagen kann, weiß und billiget. Er wird mich also bestens entschuldigen, daß ich mit Ihnen so wenig Umstände mache. Ich kann mich jetzt nicht länger aufhalten, sondern muß sorgen, daß ich mit Leandern je eher je lieber richtig werde. Du, Laura, halte dich gefaßt! Ich kann dir sie nunmehr nicht mitgeben, Valer; ich kann hier meinen Prozeß mit ihr gewinnen, und das geht vor.

LAURA: Laß dich nicht irremachen, Bruder, ich reise gewiß mit. Ihr Prozeß ist verloren, wenn Sie ihn durch mich gewinnen sollen.

WUMSHÄTER: Spare dein Widersprechen für deinen Mann.

Geht ab.

Fünfter Auftritt

Lelio. Valer. Laura. Lisette.

LAURA: Wir müssen uns schämen, Bruder, daß ein so liebenswürdiger Gast von unserm Vater so übel aufgenommen worden. Du mußt übrigens der Liebe deiner Hilaria sehr gewiß sein, daß du ihre Geduld auf diese empfindliche Probe zu stellen, hast wagen dürfen.

LELIO: Sie haben eine sehr gütige Schwester, Valer. Ihre Höflichkeit würde mich verwirren, wenn ich nicht wüßte, in welcher Achtung mein Bruder bei ihr zu stehen das Glück habe. Er gefällt Ihnen, zärtliche Laura, und diese Eroberung war das erste, was er mir bei meiner Ankunft mit einer triumphierenden Miene erzählte. Er ist es auch in der Tat schon wert, daß ein Frauenzimmer um ihn seufzet. Aber nehmen Sie sich gleichwohl in acht; er ist ein kleiner Verräter, und macht sich nicht das geringste Bedenken, eine Untreue zu begehen. Wenn Sie ihn nicht recht festzuhalten wissen, so wird er aus dem Garne sein, ehe Sie sich es versehen. Er ist ruhmredig dabei, und ich stehe Ihnen nicht dafür, daß er nicht hernach mit mehrern Gunstbezeugungen prahlen sollte, als er wirklich erhalten – Ich empfehle mich Ihnen, bis auf Wiedersehen. Kommen Sie, Valer.

Sechster Auftritt

Laura. Lisette.

LAURA: Was war das? Ich glaube Lelio und Hilaria müssen nicht klug sein. Woher weiß er es denn, daß ich ihn liebe? Und wenn er es auch wissen könnte, ist es nicht etwas sehr Nichtswürdiges, eine so nasenweise Schwester zur Vertrauten zu machen? Gut, mein Herrchen, gut, daß wir miteinander noch nicht so weit sind! – Aber wie stehst du denn da, Lisette? Bist du versteinert? Rede doch!

LISETTE: Noch kann ich mich nicht recht besinnen, was ich gesehen und gehört habe. Lassen Sie mir ein klein wenig Zeit, daß ich mich von meinem Erstaunen erhole! Wer war das Frauenzimmer?

LAURA: Hilaria. Du hast sie die ganze Zeit über ja steif genug angesehen. Sahe sie dem Lelio nicht ähnlich genug, daß du noch daran zweifeln wolltest?

LISETTE: Sie sah ihm nur allzu ähnlich; und so ähnlich, so vollkommen ähnlich, daß ich mich wundern muß, warum Sie nicht selbst auf einen Verdacht fallen –

LAURA: Auf was für einen Verdacht?

LISETTE: Auf einen Verdacht, den ich mir nicht mehr ausreden lasse. Hilaria muß entweder Lelio, oder Lelio muß Hilaria sein.

LAURA: Wie meinst du das?

LISETTE: Sie werden wohl tun, wenn Sie auf Ihrer Hut sind, Mamsell. Ich will bald hinter das Geheimnis kommen. Bis dahin aber denken Sie ja fleißig an den Hund, der mit einem Stücke Fleisch durchs Wasser schwamm. Sie haben einen Liebhaber, der Ihnen gewiß ist; kehren Sie sich an den Schatten von einem andern nicht.

LAURA: Schweig mit deinen Kinderlehren! Lelio mag sein, wer er will, er hat es bei mir weg. Er soll es sehen; er soll es sehen, daß man ein Gesichtchen, wie das seine, leichter vergessen kann, als ein anders.

LISETTE: Recht so! Besonders wenn sich bei einem andern Realitäten finden, die bei dem seinen ganz gewiß mangeln. Denn je mehr ich nachdenke, je wahrscheinlicher wird es mir. – Stille! da kömmt ja das andere Gesicht selbst! Zeigen Sie nunmehr, daß ein Stutzerchen, wie Lelio, uns nicht immer bei allen Zipfeln hat.

Siebenter Auftritt

Wumshäter. Leander. Die Vorigen.

WUMSHÄTER: Hier, Tochter, bringe ich dir den Mann, dem ich alle meine Rechte über dich abtrete. Es ist der Herr Leander.

LEANDER: Ich schmeichle mir, Mademoiselle, daß Sie mich nicht völlig als einen Unbekannten betrachten werden.

LAURA: Ich hätte nicht geglaubt, daß die wenig Male, die wir an öffentlichen Orten einander zu sehen Gelegenheit gehabt, einen Mann, von der feinen Denkungsart des Herrn Leanders, so zuversichtlich machen könnten. Sie haben sich in einer Sache an meinen Vater gewandt, wegen der Sie, ohne Zweifel, mit mir selbst vorher hätten einig werden sollen.

WUMSHÄTER: Ei denkt doch! So hätte er wohl gar sein Wort eher bei dir, als bei mir anbringen sollen.

LISETTE *beiseite*: Als wenn er es auch nicht getan hätte! Schon recht! Verstellen müssen wir uns.

WUMSHÄTER: Ich finde, daß du sehr unverschämt bist, und wenn ich dich nicht in Gegenwart deines Bräutigams schonen wollte, so würde ich dir jetzt eine recht derbe Lektion geben.

LEANDER: Es ist wahr, schönste Laura, daß meine Liebe viel zu ungeduldig gewesen ist, und daß Sie recht haben, sich über mich zu beschweren – –

WUMSHÄTER: Sie wollen sich doch wohl nicht entschuldigen? –

LAURA: Und die Art, Herr Leander, mit der Solbist um mich angehalten hat –

WUMSHÄTER: An der Art war nichts auszusetzen. Und kurz, ich will, daß du mir folgen sollst. – Kann ich das nicht verlangen, mein Sohn?

Achter Auftritt

Valer. Die Vorigen.

VALER: Wenn ich es getroffen habe, wovon die Rede ist, so will ich für den Gehorsam meiner Schwester fast stehen.

LAURA: Du wagst sehr viel, Bruder. Weit eher könnte ich für deinen Ungehorsam stehen, und eine sichere Wette darauf eingehen, daß du mir gewisser eine Schwägerin geben wirst, als ich dir einen Schwager.

LEANDER: Ist es möglich, Mademoiselle?

VALER: Lassen Sie sich nichts anfechten.

LEANDER: Aber ich höre –

VALER: Sie hören das Gesperre einer Braut –

WUMSHÄTER: Und ich höre weiblichen Unsinn. Schweig Mädel! Dein Bruder hat viel zuviel Verstand, als daß er noch an das Heiraten denken sollte.

VALER: Verzeihen Sie, Herr Vater. Da ich nunmehr auch des versprochenen Beistandes meiner Schwester entbehren muß, so ist es um so viel nötiger, bei meinem einmal gefaßten Entschlusse zu bleiben. Ich hoffe auch gewiß, daß Sie nicht länger dawider sein werden. Die ganze Stadt kennet Sie als einen Mann von Billigkeit. Was würde man aber sagen, wenn es auskäme, daß Sie ebendieselben Eigenschaften und Vollkommenheiten an der einen Person hochgeschätzt, und an der andern verkleinert hätten? Was würde man sagen, wenn man erführe, daß ein eingewurzelter Groll gegen ein Geschlecht, von welchem Sie beleidiget zu sein glauben, Sie etwas zu erkennen verhindert habe, was die ganze Welt erkennt? Eine so offenbare Gleichheit –

WUMSHÄTER: Schweig doch nur von deiner schimärischen Gleichheit! Oder willst du mich nötigen, daß ich dich auch bei Herr Leandern lächerlich machen soll? Wahrhaftig ich werde es tun müssen. Gut, Herr Leander, Sie sollen Schiedsrichter zwischen uns sein. Geh, hole deine Hilaria her, aber bringe auch den Bruder mit. Wir wollen die Vergleichung anstellen, wie sich's gehört.

VALER: Ich bin es zufrieden, Herr Vater. Lisette, springe geschwind auf die Stube des Herrn Lelio. Du wirst sie beide beisammen antreffen. Bitte sie, sich hieherzubemühen.

Lisette gehet ab.

WUMSHÄTER: Sie werden sehen, Herr Leander, daß ich recht habe.

LEANDER *sachte zu Valeren*: Möchte Ihre List doch ebenso glücklich ausfallen, als die meinige ausgefallen ist!

VALER *sachte zu Leandern*: Ich hoffe es, liebster Freund, und danke Ihnen.

WUMSHÄTER *der Leandern und Valeren zusammen reden sieht*: Ja, das gilt nicht; bereden müßt ihr euch nicht vorher zusammen. Ich hoffe, Herr Leander, daß die erste Probe Ihrer Aufrichtigkeit, die ich von Ihnen verlange –

LEANDER: Befürchten Sie nichts. Ich werde mich von der Wahrheit nicht entfernen, wenn es auf meinen Ausspruch ankommen sollte. Ich hoffe aber, daß es nicht darauf ankommen wird.

WUMSHÄTER: Wieso? Wissen Sie denn schon, was unser Streit ist? Die Schwester soll vollkommen so aussehen, wie der Bruder, und weil ich den Bruder leiden kann, so verlangt er, daß ich auch die Schwester müsse leiden können.

VALER: Kann ich es nicht mit Recht verlangen?

WUMSHÄTER: Die Gleichheit vorausgesetzt, könntest du es freilich mit einigem Rechte verlangen. Aber eben über diese Gleichheit streiten wir noch.

VALER: Wir werden nicht lange mehr darüber streiten; und ich bin versichert, Sie werden sie endlich selbst einräumen müssen.

WUMSHÄTER: Ich werde sie gewiß nicht einräumen. Wenn ich sie aber einräume, so wird es ein sicherer Beweis sein, daß ich Sinne und Verstand verloren habe, und du daher nicht verbunden bist, mir im geringsten zu gehorchen.

VALER: Merken Sie dieses, Herr Leander; daß ich nicht verbunden bin, ihm im geringsten zu gehorchen, im Falle er die Gleichheit selbst zugestehen muß.

WUMSHÄTER: Merken Sie es nur! – Nun, was ist das für ein Aufzug? –

Neunter Auftritt

Lelio *oder* Hilaria. Lisette. Wumshäter. Valer. Laura. Leander.

LELIO *in einer halb männlichen und halb weiblichen Kleidung, welche von dem Geschmacke der Schauspielerin abhängen wird*: Mein Herr, Sie haben den Lelio und die Hilaria beide zugleich zu sehen verlangt.

WUMSHÄTER: Nun? – Ich weiß nicht, was mir ahndet.

LELIO: Hier sind sie beide.

WUMSHÄTER: Was?

LISETTE: Ja, mein Herr, hier sind sie beide; und Sie waren gefangen.

WUMSHÄTER: Was, ich gefangen?

LISETTE *sachte zur Laura*: Hatte ich nicht recht? Mamsell? Sie stutzen?

WUMSHÄTER: Ich gefangen? Wie soll ich das verstehn?

LELIO: Sie werden die Gütigkeit haben, und es so verstehen, daß ebendieselbe Person nicht eine Handbreit größer sein kann, als sie wirklich ist.

WUMSHÄTER: Nun? –

LELIO: Daß ebendieselben Augen nicht zugleich grau und schwarz sein können.

WUMSHÄTER: Nun? –

LELIO: Daß ebendieselbe Nase –

VALER: Kurz, liebster Vater, *Indem er ihm zu Fuße fällt.* verzeihen Sie meiner unschuldigen List. Lelio ist Hilaria, und Hilaria hatte die Liebe, mir nur deswegen in Mannskleidern hieher zu folgen, damit sie Gelegenheit haben könnte, die Gewogenheit eines Mannes zu erlangen, von welchem sie es wußte, wie unerbittlich er gegen ihr Geschlecht sei.

WUMSHÄTER: Steh auf, mein Sohn, steh auf, und mache der Possen einmal ein Ende. Ich sehe nun wohl, wie es ist. Deine Hilaria ist gar nicht da, und der leichtfertige Lelio hat mit seinem Jungfergesichtchen ihre Rolle gespielt. Pfui, Lelio. – *Indem er auf ihn losgeht:* Nein, nein, so leicht hintergeht man mich nicht. Legen Sie immer diesen zweiten Habit wieder ab, mein guter – *Indem er sie auf die Achsel klopfen will.* Himmel, was seh ich? O weh, meine arme Augen! Wo geraten die hin. Es ist ein Weibsbild! Es ist wirklich ein Weibsbild! Und das listigste, das verschlagenste, das gefährlichste vielleicht von allen, die in der Welt sind. Ich bin betrogen! Ich bin verraten! Mein Sohn, mein Sohn, wie hast du das tun können!

VALER: Lassen Sie mich nochmals zu Ihren Füßen um Vergebung bitten.

WUMSHÄTER: Was hilft dir meine Vergebung, wenn du meinem Rate nicht mehr folgen kannst? freilich vergeb ich dir, aber –

LELIO: Auch ich bitte auf das demütigste um Verzeihung –

WUMSHÄTER: Gehn Sie nur, gehn Sie nur. Ich vergeb auch Ihnen – weil ich muß!

VALER: Nicht, weil Sie müssen, Herr Vater! Lassen Sie uns diese schmerzliche Worte nicht hören. Vergeben Sie uns, weil Sie uns lieben.

WUMSHÄTER: Nun ja doch, weil ich dich liebe.

LELIO: Und mich bald lieben werden, wie ich gewiß hoffe.

WUMSHÄTER: Sie hoffen zu viel. Daß ich Sie nicht hasse, das

wird alles sein, was ich tun kann. Ich sehe wohl, der Mensch soll verliebt, er soll närrisch sein. Was kann ich wider das Schicksal? Sei es, mein Sohn, nur auch. Sei närrisch! durch unsere Narrheit werden wir am sichersten klug. Zieh in Frieden; es ist mir lieb, daß ich wenigstens kein Augenzeuge von deiner Torheit sein darf. Mache nur, daß mir meine Tochter nicht länger widerspenstig ist –

LAURA: Sorgen Sie nicht, Herr Vater, ich will Ihnen nicht einen zweiten Verdruß machen. Ich gebe Herr Leandern meine Hand, und würde sie ihm gegeben haben, wenn Lelio auch nicht Hilaria wäre. *Gegen die Hilaria:* Dieses Ihnen zur Nachricht, wegen der triumphierenden Miene!

LELIO: Sind Sie ungehalten gegen mich, liebste Laura? *Zu Leandern:* Wie haben Sie es ewig angefangen, mein Herr, daß Sie ein solches Felsenherz zur Liebe haben bewegen können? Wenn Sie wüßten, was für Angriffe ich auf dasselbe in meiner Verkleidung gewagt, und wie standhaft es gleichwohl –

LAURA: Stille Hilaria, oder ich werde noch ungehalten. *Zu Leandern, welcher der Hilaria antworten will:* Antworten Sie ihr nicht, Leander, ich verspreche Ihnen, daß Sie nie einen gefährlichern Nebenbuhler haben sollen, als Lelio war.

LEANDER: Wie glücklich bin ich!

VALER: Und wie glücklich bin auch ich!

WUMSHÄTER: Über Jahr und Tag, hoff ich, sollt ihr anders exklamieren!

LISETTE: Freilich anders; besonders wenn mehr Stimmen dazukommen – *Gegen die Zuschauer:* Lachen Sie doch, meine Herren, diese Komödie schließt sich wie ein Hochzeitkarmen!

Ende des Misogyn.

DIE JUDEN

Ein Lustspiel in einem Aufzuge

Personen

Michel Stich
Martin Krumm
Ein Reisender
Christoph, *dessen Bedienter*
Der Baron
Ein junges Fräulein, *dessen Tochter*
Lisette

Erster Auftritt

Michel Stich. Martin Krumm.

MARTIN KRUMM: Du dummer Michel Stich!

MICHEL STICH: Du dummer Martin Krumm!

MARTIN KRUMM: Wir wollen's nur gestehen, wir sind beide erzdumm gewesen. Es wäre ja auf einen nicht angekommen, den wir mehr totgeschlagen hätten!

MICHEL STICH: Wie hätten wir es aber klüger können anfangen? Waren wir nicht gut vermummt? war nicht der Kutscher auf unsrer Seite? konnten wir was dafür, daß uns das Glück so einen Querstrich machte? Habe ich doch viel hundertmal gesagt: das verdammte Glücke! ohne das kann man nicht einmal ein guter Spitzbube sein.

MARTIN KRUMM: Je nu, wenn ich's beim Lichte besehe, so sind wir kaum dadurch auf ein paar Tage länger dem Stricke entgangen.

MICHEL STICH: Ah, es hat sich was mit dem Stricke! Wenn alle Diebe gehangen würden, die Galgen müßten dichter stehn. Man sieht ja kaum aller zwei Meilen einen; und wo auch einer steht, steht er meist leer. Ich glaube, die Herren Richter werden, aus Höflichkeit, die Dinger gar eingehen lassen. Zu was sind sie auch nütze? Zu nichts, als aufs höchste, daß unsereiner, wenn er vorbeigeht, die Augen zublinzt.

MARTIN KRUMM: Oh! das tu ich nicht einmal. Mein Vater und mein Großvater sind daran gestorben, was will ich's besser verlangen? Ich schäme mich meiner Eltern nicht.

MICHEL STICH: Aber die ehrlichen Leute werden sich deiner schämen. Du hast noch lange nicht so viel getan, daß man dich für ihren rechten und echten Sohn halten kann.

MARTIN KRUMM: Oh! denkst du denn, daß es deswegen unserm Herrn soll geschenkt sein? Und an dem verzweifelten Fremden, der uns so einen fetten Bissen aus dem Munde gerissen hat, will ich mich gewiß auch rächen. Seine Uhr soll er so richtig müssen dalassen – – Ha! sieh, da kömmt er gleich. Hurtig geh fort! ich will mein Meisterstück machen.

MICHEL STICH: Aber halbpart! halbpart!

Zweiter Auftritt

Martin Krumm. Der Reisende.

MARTIN KRUMM: Ich will mich dumm stellen. – Ganz dienstwilliger Diener, mein Herr – – ich werde Martin Krumm heißen, und werde, auf diesem Gute hier, wohlbestallter Vogt sein.

DER REISENDE: Das glaube ich Euch, mein Freund. Aber habt Ihr nicht meinen Bedienten gesehen?

MARTIN KRUMM: Ihnen zu dienen, nein; aber ich habe wohl von Dero preiswürdigen Person sehr viel Gutes zu hören, die Ehre gehabt. Und es erfreut mich also, daß ich die Ehre habe, die Ehre Ihrer Bekanntschaft zu genießen. Man sagt, daß Sie unsern Herrn gestern abends, auf der Reise, aus einer sehr gefährlichen Gefahr sollen gerissen haben. Wie ich nun nicht anders kann, als mich des Glücks meines Herrn zu erfreuen, so erfreu ich mich – –

DER REISENDE: Ich errate, was Ihr wollt; Ihr wollt Euch bei mir bedanken, daß ich Eurem Herrn beigestanden habe – –

MARTIN KRUMM: Ja, ganz recht; eben das!

DER REISENDE: Ihr seid ein ehrlicher Mann –

MARTIN KRUMM: Das bin ich! Und mit der Ehrlichkeit kömmt man immer auch am weitesten.

DER REISENDE: Es ist mir kein geringes Vergnügen, daß ich mir, durch eine so kleine Gefälligkeit, so viel rechtschaffne Leute verbindlich gemacht habe. Ihre Erkenntlichkeit ist eine überflüssige Belohnung dessen, was ich getan habe. Die allgemeine Menschenliebe verband mich darzu. Es war meine Schuldigkeit; und ich müßte zufrieden sein, wenn man es auch für nichts anders, als dafür, angesehen hätte. Ihr seid allzu gütig, ihr lieben Leute, daß ihr euch dafür bei mir bedanket, was ihr mir, ohne Zweifel, mit ebenso vielem Eifer würdet erwiesen haben, wenn ich mich in ähnlicher Gefahr befunden hätte. Kann ich Euch sonst worin dienen, mein Freund?

MARTIN KRUMM: Oh! mit dem Dienen, mein Herr, will ich Sie nicht beschweren. Ich habe meinen Knecht, der mich bedienen muß, wann's nötig ist. Aber – – wissen möcht ich *wohl* gern, wie es doch dabei zugegangen wäre? Wo war's denn? Waren's viel Spitzbuben? Wollten sie unsern guten Herrn gar ums Leben bringen, oder wollten sie ihm nur sein

Geld abnehmen? Es wäre doch wohl eins besser gewesen, als das andre.

DER REISENDE: Ich will Euch mit wenigem den ganzen Verlauf erzählen. Es mag ohngefähr eine Stunde von hier sein, wo die Räuber Euren Herrn, in einem hohlen Wege, angefallen hatten. Ich reisete ebendiesen Weg, und sein ängstliches Schreien um Hülfe bewog mich, daß ich nebst meinem Bedienten eilends herzuritt.

MARTIN KRUMM: Ei! ei!

DER REISENDE: Ich fand ihn in einem offnen Wagen – –

MARTIN KRUMM: Ei! ei!

DER REISENDE: Zwei vermummte Kerle – –

MARTIN KRUMM: Vermummte? ei! ei!

DER REISENDE: Ja! machten sich schon über ihn her.

MARTIN KRUMM: Ei! ei!

DER REISENDE: Ob sie ihn umbringen, oder ob sie ihn nur binden wollten, ihn alsdann desto sichrer zu plündern, weiß ich nicht.

MARTIN KRUMM: Ei! ei! Ach freilich werden sie ihn wohl haben umbringen wollen: die gottlosen Leute!

DER REISENDE: Das will ich eben nicht behaupten, aus Furcht, ihnen zuviel zu tun.

MARTIN KRUMM: Ja, ja, glauben Sie mir nur, sie haben ihn umbringen wollen. Ich weiß, ich weiß ganz gewiß – –

DER REISENDE: Woher könnt Ihr das wissen? Doch es sei. Sobald mich die Räuber ansichtig wurden, verließen sie ihre Beute, und liefen über Macht dem nahen Gebüsche zu. Ich lösete das Pistol auf einen. Doch es war schon zu dunkel, und er schon zu weit entfernt, daß ich also zweifeln muß, ob ich ihn getroffen habe.

MARTIN KRUMM: Nein, getroffen haben Sie ihn nicht; – –

DER REISENDE: Wißt Ihr es?

MARTIN KRUMM: Ich meine nur so, weil's doch schon finster gewesen ist: und im Finstern soll man, hör ich, nicht gut zielen können.

DER REISENDE: Ich kann Euch nicht beschreiben, wie erkenntlich sich Euer Herr gegen mich bezeugte. Er nannte mich hundertmal seinen Erretter, und nötigte mich, mit ihm auf sein Gut zurückzukehren. Ich wollte wünschen, daß es meine Umstände zuließen, länger um diesen angenehmen Mann zu sein; so aber muß ich mich noch heute wieder auf den Weg machen – Und eben deswegen suche ich meinen Bedienten.

MARTIN KRUMM: Oh! lassen Sie sich doch die Zeit bei mir nicht so lang werden. Verziehen Sie noch ein wenig – Ja! was wollte ich denn noch fragen? Die Räuber – sagen Sie mir doch – wie sahen sie denn aus? wie gingen sie denn? Sie hatten sich verkleidet; aber wie?

DER REISENDE: Euer Herr will durchaus behaupten, es wären Juden gewesen. Bärte hatten sie, das ist wahr; aber ihre Sprache war die ordentliche hiesige Baurensprache. Wenn sie vermummt waren, wie ich gewiß glaube, so ist ihnen die Dämmerung sehr wohl zustatten gekommen. Denn ich begreife nicht, wie Juden die Straßen sollten können unsicher machen, da doch in diesem Lande so wenige geduldet werden.

MARTIN KRUMM: Ja, ja, das glaub ich ganz gewiß auch, daß es Juden gewesen sind. Sie mögen das gottlose Gesindel noch nicht so kennen. So viel als ihrer sind, keinen ausgenommen, sind Betrieger, Diebe und Straßenräuber. Darum ist es auch ein Volk, das der liebe Gott verflucht hat. Ich dürfte nicht König sein: ich ließ keinen, keinen einzigen am Leben. Ach! Gott behüte alle rechtschaffne Christen vor diesen Leuten! Wenn sie der liebe Gott nicht selber haßte, weswegen wären denn nur vor kurzem, bei dem Unglücke in Breslau, ihrer bald noch einmal soviel als Christen geblieben? Unser Herr Pfarr erinnerte das sehr weislich, in der letzten Predigt. Es ist, als wenn sie zugehört hätten, daß sie sich gleich deswegen an unserm guten Herrn haben rächen wollen. Ach! mein lieber Herr, wenn Sie wollen Glück und Segen in der Welt haben, so hüten Sie sich vor den Juden, ärger, als vor der Pest.

DER REISENDE: Wollte Gott, daß das nur die Sprache des Pöbels wäre!

MARTIN KRUMM: Mein Herr, zum Exempel: ich bin einmal auf der Messe gewesen – ja! wenn ich an die Messe gedenke, so möchte ich gleich die verdammten Juden alle auf einmal mit Gift vergeben, wenn ich nur könnte. Dem einen hatten sie im Gedränge das Schnupftuch, dem andern die Tobaksdose, dem dritten die Uhr, und ich weiß nicht was sonst mehr, wegstipitzt. Geschwind sind sie, ochsenmäßig geschwind, wenn es aufs Stehlen ankömmt. So behende, als unser Schulmeister *nimmermehr* auf der Orgel ist. Zum Exempel, mein Herr: erstlich drängen sie sich an einen heran, so wie ich mich ungefähr jetzt an Sie – –

DER REISENDE: Nur ein wenig höflicher, mein Freund! – –

MARTIN KRUMM: Oh! lassen Sie sich's doch nur weisen. Wenn Sie nun so stehen – – sehen Sie – – wie der Blitz sind sie mit der Hand nach der Uhrtasche. *Er fährt mit der Hand, anstatt nach der Uhr, in die Rocktasche, und nimmt ihm seine Tobaksdose heraus.* Das können sie nun aber alles so geschickt machen, daß man schwören sollte, sie führen mit der Hand dahin, wenn sie dorthin fahren. Wenn sie von der Tobaksdose reden, so zielen sie gewiß nach der Uhr, und wenn sie von der Uhr reden, so haben sie gewiß die Tobaksdose zu stehlen im Sinne. *Er will ganz sauber nach der Uhr greifen, wird aber ertappt.*

DER REISENDE: Sachte! sachte! was hat Eure Hand hier zu suchen?

MARTIN KRUMM: Da können Sie sehn, mein Herr, was ich für ein ungeschickter Spitzbube sein würde. Wenn ein Jude schon so einen Griff getan hätte, so wäre es gewiß um die gute Uhr geschehn gewesen – – Doch weil ich sehe, daß ich Ihnen beschwerlich falle, so nehme ich mir die Freiheit mich Ihnen bestens zu empfehlen, und verbleibe zeitlebens für Dero erwiesene Wohltaten, meines hochzuehrenden Herrn gehorsamster Diener, Martin Krumm, wohlbestallter Vogt auf diesem hochadelichen Rittergute.

DER REISENDE: Geht nur, geht!

MARTIN KRUMM: Erinnern Sie sich ja, was ich Ihnen von den Juden gesagt habe. Es ist lauter gottloses diebisches Volk.

DRITTER AUFTRITT

DER REISENDE.

Vielleicht ist dieser Kerl, so dumm er ist, oder sich stellt, ein boshafterer Schelm, als je einer unter den Juden gewesen ist. Wenn ein Jude betriegt, so hat ihn, unter neun Malen, der Christ vielleicht siebenmal dazu genötiget. Ich zweifle, ob viel Christen sich rühmen können, mit einem Juden aufrichtig verfahren zu sein: und sie wundern sich, wenn er ihnen Gleiches mit Gleichem zu vergelten sucht? Sollen Treu und Redlichkeit unter zwei Völkerschaften herrschen, so müssen beide gleich viel dazu beitragen. Wie aber, wenn es bei der einen ein Religionspunkt, und beinahe ein verdienstliches Werk wäre, die andre zu verfolgen? Doch –

Vierter Auftritt

Der Reisende. Christoph.

DER REISENDE: Daß man Euch doch allezeit eine Stunde suchen muß, wenn man Euch haben will.

CHRISTOPH: Sie scherzen, mein Herr. Nicht wahr, ich kann nicht mehr, als an einem Orte zugleich sein? Ist es also meine Schuld, daß Sie sich nicht an diesen Ort begeben? Gewiß Sie finden mich allezeit da, wo ich bin.

DER REISENDE: So? und Ihr taumelt gar? Nun begreif ich, warum Ihr so sinnreich seid. Müßt Ihr Euch denn schon frühmorgens besaufen?

CHRISTOPH: Sie reden von Besaufen, und ich habe kaum zu trinken angefangen. Ein paar Flaschen guten Landwein, ein paar Gläser Branntwein, und eine Mundsemmel ausgenommen, habe ich, so wahr ich ein ehrlicher Mann bin, nicht das geringste zu mir genommen. Ich bin noch ganz nüchtern.

DER REISENDE: Oh! das sieht man Euch an. Und ich rate Euch, als ein Freund, die Portion zu verdoppeln.

CHRISTOPH: Vortrefflicher Rat! Ich werde nicht unterlassen, ihn, nach meiner Schuldigkeit, als einen Befehl anzusehen. Ich gehe, und Sie sollen sehen, wie gehorsam ich zu sein weiß.

DER REISENDE: Seid klug! Ihr könnt dafür gehn, und die Pferde satteln und aufpacken. Ich will noch diesen Vormittag fort.

CHRISTOPH: Wenn Sie mir im Scherze geraten haben, ein doppeltes Frühstück zu nehmen, wie kann ich mir einbilden, daß Sie jetzt im Ernste reden? Sie scheinen sich heute mit mir erlustigen zu wollen. Macht Sie etwa das junge Fräulein so aufgeräumt? Oh! es ist ein allerliebstes Kind. – Nur noch ein wenig älter, ein klein wenig älter sollte sie sein. Nicht wahr, mein Herr? wenn das Frauenzimmer nicht zu einer gewissen Reife gelangt ist – –

DER REISENDE: Geht, und tut, was ich Euch befohlen habe.

CHRISTOPH: Sie werden ernsthaft. Nichtsdestoweniger werde ich warten, bis Sie mir es das drittemal befehlen. Der Punkt ist zu wichtig! Sie könnten sich übereilt haben. Und ich bin *allezeit gewohnt* gewesen, meinen Herren Bedenkzeit zu gönnen. Überlegen Sie es wohl, einen Ort, wo wir fast auf den Händen getragen werden, so zeitig wieder zu verlassen?

Gestern sind wir erst gekommen. Wir haben uns um den Herrn unendlich verdient gemacht, und gleichwohl bei ihm kaum eine Abendmahlzeit und ein Frühstück genossen.

DER REISENDE: Eure Grobheit ist unerträglich. Wenn man sich zu dienen entschließt, sollte man sich gewöhnen, weniger Umstände zu machen.

CHRISTOPH: Gut, mein Herr! Sie fangen an zu moralisieren, das ist: Sie werden zornig. Mäßigen Sie sich; ich gehe schon – –

DER REISENDE: Ihr müßt wenig Überlegungen zu machen gewohnt sein. Das, was wir diesem Herrn erwiesen haben, verlieret den Namen einer Wohltat, sobald wir die geringste Erkenntlichkeit dafür zu erwarten scheinen. Ich hätte mich nicht einmal sollen mit hieher nötigen lassen. Das Vergnügen, einem Unbekannten ohne Absicht beigestanden zu haben, ist schon vor sich so groß! Und er selbst würde uns mehr Segen nachgewünscht haben, als er uns jetzt übertriebene Danksagung hält. Wen man in die Verbindlichkeit setzt, sich weitläuftig, und mit dabei verknüpften Kosten zu bedanken, der erweiset uns einen Gegendienst, der ihm vielleicht saurer wird, als uns unsere Wohltat geworden. Die meisten Menschen sind zu verderbt, als daß ihnen die Anwesenheit eines Wohltäters nicht höchst beschwerlich sein sollte. Sie scheint ihren Stolz zu erniedrigen; – –

CHRISTOPH: Ihre Philosophie, mein Herr, bringt Sie um den Atem. Gut! Sie sollen sehen, daß ich ebenso großmütig bin, als Sie. Ich gehe; in einer Viertelstunde sollen Sie sich aufsetzen können.

Fünfter Auftritt

Der Reisende. Das Fräulein.

DER REISENDE: Sowenig ich mich mit diesem Menschen gemein gemacht habe, so gemein macht er sich mit mir.

DAS FRÄULEIN: Warum verlassen Sie uns, mein Herr? Warum sind Sie hier so allein? Ist Ihnen unser Umgang schon die wenigen Stunden, die Sie bei uns sind, zuwider geworden? Es sollte mir leid tun. Ich suche aller Welt zu gefallen; und Ihnen möchte ich, vor allen andern, nicht gern mißfallen.

DER REISENDE: Verzeihen Sie mir, Fräulein. Ich habe nur

meinem Bedienten befehlen wollen, alles zur Abreise fertig zu halten.

DAS FRÄULEIN: Wovon reden Sie? von Ihrer Abreise? Wenn war denn Ihre Ankunft? Es sei noch, wenn Sie über Jahr und Tag eine melancholische Stunde auf diesen Einfall brächte. Aber wie, nicht einmal einen völligen Tag aushalten wollen? das ist zu arg. Ich sage es Ihnen, ich werde böse, wenn Sie noch einmal daran gedenken.

DER REISENDE: Sie könnten mir nichts Empfindlichers drohen.

DAS FRÄULEIN: Nein? im Ernst? ist es wahr, würden Sie empfindlich sein, wenn ich böse auf Sie würde?

DER REISENDE: Wem sollte der Zorn eines liebenswürdigen Frauenzimmers gleichgültig sein können?

DAS FRÄULEIN: Was Sie sagen, klingt zwar beinahe, als wenn Sie spotten wollten: doch ich will es für Ernst aufnehmen; gesetzt, ich irrte mich auch. Also, mein Herr – – ich bin ein wenig liebenswürdig, wie man mir gesagt hat – und ich sage Ihnen noch einmal, ich werde entsetzlich, entsetzlich zornig werden, wenn Sie, binnen hier und dem neuen Jahr, wieder an Ihre Abreise gedenken.

DER REISENDE: Der Termin ist sehr liebreich bestimmt. Alsdann wollten Sie mir, mitten im Winter, die Türe weisen; und bei dem unbequemsten Wetter – –

DAS FRÄULEIN: Ei! wer sagt das? Ich sage nur, daß Sie alsdann, des Wohlstands halber, etwa einmal an die Abreise denken können. Wir werden Sie deswegen nicht fortlassen; wir wollen Sie schon bitten – –

DER REISENDE: Vielleicht auch des Wohlstands halber?

DAS FRÄULEIN: Ei! seht, man sollte nicht glauben, daß ein so ehrliches Gesicht auch spotten könnte. – – Ah! da kömmt der Papa. Ich muß fort! Sagen Sie ja nicht, daß ich bei Ihnen gewesen bin. Er wirft mir so oft genug vor, daß ich gern um Mannspersonen wäre.

SECHSTER AUFTRITT

DER BARON. DER REISENDE.

DER BARON: War nicht meine Tochter bei Ihnen? Warum läuft denn das wilde Ding?

DER REISENDE: Das Glück ist unschätzbar, eine so angenehme

und muntre Tochter zu haben. Sie bezaubert durch ihre Reden, in welchen die liebenswürdigste Unschuld, der ungekünsteltste Witz herrschet.

DER BARON: Sie urteilen zu gütig von ihr. Sie ist wenig unter ihresgleichen gewesen, und besitzt die Kunst zu gefallen, die man schwerlich auf dem Lande erlernen kann, und die doch oft mehr, als die Schönheit selbst vermag, in einem sehr geringen Grade. Es ist alles bei ihr noch die sich selbst gelaßne Natur.

DER REISENDE: Und diese ist desto einnehmender, je weniger man sie in den Städten antrifft. Alles ist da verstellt, gezwungen und erlernt. Ja, man ist schon so weit darin gekommen, daß man Dummheit, Grobheit und Natur, für gleichviel bedeutende Wörter hält.

DER BARON: Was könnte mir angenehmer sein, als daß ich sehe, wie unsre Gedanken und Urteile so sehr übereinstimmen? Oh! daß ich nicht längst einen Freund Ihresgleichen gehabt habe!

DER REISENDE: Sie werden ungerecht gegen Ihre übrigen Freunde.

DER BARON: Gegen meine übrigen Freunde, sagen Sie? Ich bin funfzig Jahr alt. – – Bekannte habe ich gehabt, aber noch keinen Freund. Und niemals ist mir die Freundschaft so reizend vorgekommen, als seit den wenigen Stunden, da ich nach der Ihrigen strebe. Wodurch kann ich sie verdienen?

DER REISENDE: Meine Freundschaft bedeutet so wenig, daß das bloße Verlangen darnach ein genugsames Verdienst ist, sie zu erhalten. Ihre Bitte ist weit mehr wert, als das, was Sie bitten.

DER BARON: Oh, mein Herr, die Freundschaft eines Wohltäters – –

DER REISENDE: Erlauben Sie – – ist keine Freundschaft. Wenn Sie mich unter dieser falschen Gestalt betrachten, so kann ich Ihr Freund nicht sein. Gesetzt einen Augenblick, ich wäre Ihr Wohltäter: würde ich nicht zu befürchten haben, daß Ihre Freundschaft nichts, als eine wirksame Dankbarkeit wäre?

DER BARON: Sollte sich beides nicht verbinden lassen?

DER REISENDE: Sehr schwer! Diese hält ein edles Gemüt für seine Pflicht; jene erfodert lauter willkürliche Bewegungen der Seele.

DER BARON: Aber wie sollte ich – – Ihr allzu zärtlicher Geschmack macht mich ganz verwirrt. – –

DER REISENDE: Schätzen Sie mich nur nicht höher, als ich es verdiene. Aufs höchste bin ich ein Mensch, der seine Schuldigkeit mit Vergnügen getan hat. Die Schuldigkeit an sich selbst ist keiner Dankbarkeit wert. Daß ich sie aber mit Vergnügen getan habe, dafür bin ich genugsam durch Ihre Freundschaft belohnt.

DER BARON: Diese Großmut verwirrt mich nur noch mehr. – – Aber ich bin vielleicht zu verwegen. – – Ich habe mich noch nicht unterstehen wollen, nach Ihrem Namen, nach Ihrem Stande zu fragen. – Vielleicht biete ich meine Freundschaft einem an, der – – der sie zu verachten – –

DER REISENDE: Verzeihen Sie, mein Herr! – Sie – Sie machen sich – – Sie haben allzu große Gedanken von mir.

DER BARON *beiseite*: Soll ich ihn wohl fragen? Er kann meine Neugierde übelnehmen.

DER REISENDE *beiseite*: Wenn er mich fragt, was werde ich ihm antworten?

DER BARON *beiseite*: Frage ich ihn nicht; so kann er es als eine Grobheit auslegen.

DER REISENDE *beiseite*: Soll ich ihm die Wahrheit sagen?

DER BARON *beiseite*: Doch ich will den sichersten Weg gehen. Ich will erst seinen Bedienten ausfragen lassen.

DER REISENDE *beiseite*: Könnte ich doch dieser Verwirrung überhoben sein! – –

DER BARON: Warum so nachdenkend?

DER REISENDE: Ich war gleich bereit, diese Frage an Sie zu tun, mein Herr – –

DER BARON: Ich weiß es, man vergißt sich dann und wann. Lassen Sie uns von etwas andern reden – – Sehen Sie, daß es wirkliche Juden gewesen sind, die mich angefallen haben? Nur jetzt hat mir mein Schulze gesagt, daß er vor einigen Tagen ihrer drei auf der Landstraße angetroffen. Wie er sie mir beschreibt, haben sie Spitzbuben ähnlicher, als ehrlichen Leuten, gesehen. Und warum sollte ich auch daran zweifeln? Ein Volk, das auf den Gewinst so erpicht ist, fragt wenig darnach, ob es ihn mit Recht oder Unrecht, mit List oder Gewaltsamkeit erhält – – Es scheinet auch zur Handelschaft, oder deutsch zu reden, zur Betrügerei gemacht zu sein. Höflich, frei, unternehmend, verschwiegen, sind Eigenschaften die es schätzbar machen würden, wenn es sie nicht allzusehr zu unserm Unglück anwendete. – *Er hält etwas inne.* – – Die Juden haben mir sonst schon nicht wenig Schaden und Verdruß gemacht. Als ich noch in Kriegsdiensten war, ließ ich mich bereden, einen Wechsel für einen meiner Bekannten mit zu unterschreiben; und der Jude, an den er ausgestellet war, brachte mich nicht allein dahin, daß ich ihn bezahlen, sondern, daß ich ihn sogar zweimal bezahlen mußte – – Oh! es sind die allerboshaftesten, niederträchtigsten Leute – Was sagen Sie dazu? Sie scheinen ganz niedergeschlagen.

DER REISENDE: Was soll ich sagen? Ich muß sagen, daß ich diese Klage sehr oft gehört habe – –

DER BARON: Und ist es nicht wahr, ihre Gesichtsbildung hat gleich etwas, das uns wider sie einnimmt? Das Tückische, das Ungewissenhafte, das Eigennützige, Betrug und Meineid, sollte man sehr deutlich aus ihren Augen zu lesen glauben – Aber, warum kehren Sie sich von mir?

DER REISENDE: Wie ich höre, mein Herr, so sind Sie ein großer Kenner der Physiognomie; und ich besorge, daß die meinige – –

DER BARON: Oh! Sie kränken mich. Wie können Sie auf dergleichen Verdacht kommen? Ohne ein Kenner der Physiognomie zu sein, muß ich Ihnen sagen, daß ich nie eine so aufrichtige, großmütige und gefällige Miene gefunden habe, als die Ihrige.

DER REISENDE: Ihnen die Wahrheit zu gestehn: ich bin kein Freund allgemeiner Urteile über ganze Völker – – Sie werden meine Freiheit nicht übelnehmen. – Ich sollte glauben, daß es unter allen Nationen gute und böse Seelen geben könne. Und unter den Juden – –

Siebenter Auftritt

Das Fräulein. Der Reisende. Der Baron.

DAS FRÄULEIN: Ach! Papa – –

DER BARON: Nu, nu! fein wild, fein wild! Vorhin liefst du vor mir: was sollte das bedeuten? – –

DAS FRÄULEIN: Vor Ihnen bin ich nicht gelaufen, Papa; sondern nur vor Ihrem Verweise.

DER BARON: Der Unterscheid ist sehr subtil. Aber was war es denn, das meinen Verweis verdiente?

DAS FRÄULEIN: Oh! Sie werden es schon wissen. Sie sahen es ja! Ich war bei dem Herrn –

DER BARON: Nun? und –

DAS FRÄULEIN: Und der Herr ist eine Mannsperson, und mit den Mannspersonen, haben Sie befohlen, mir nicht allzuviel zu tun zu machen. –

DER BARON: Daß dieser Herr eine Ausnahme sei, hättest du wohl merken sollen. Ich wollte wünschen, daß er dich leiden könnte – – Ich werde es mit Vergnügen sehen, wenn du auch beständig um ihn bist.

DAS FRÄULEIN: Ach! – es wird wohl das erste- und letztemal gewesen sein. Sein Diener packt schon auf – – Und das wollte ich Ihnen eben sagen.

DER BARON: Was? wer? sein Diener?

DER REISENDE: Ja, mein Herr, ich hab es ihm befohlen. Meine Verrichtungen und die Besorgnis, Ihnen beschwerlich zu fallen –

DER BARON: Was soll ich ewig davon denken? Soll ich das Glück nicht haben, Ihnen näher zu zeigen, daß Sie sich ein erkenntliches Herz verbindlich gemacht haben? Oh! ich bitte Sie, fügen Sie zu Ihrer Wohltat noch die andre hinzu, die mir ebenso schätzbar, als die Erhaltung meines Lebens sein wird; bleiben Sie einige Zeit – wenigstens einige Tage bei mir; ich würde mir es ewig vorzuwerfen haben, daß ich einen Mann, wie Sie, ungekannt, ungeehrt, unbelohnt, wenn es anders in meinem Vermögen steht, von mir gelassen hätte. Ich habe einige meiner Anverwandten auf heute einladen lassen, mein Vergnügen mit ihnen zu teilen, und ihnen das Glück zu verschaffen, meinen Schutzengel kennenzulernen.

DER REISENDE: Mein Herr, ich muß notwendig –

DAS FRÄULEIN: Dableiben, mein Herr, dableiben! Ich laufe, Ihrem Bedienten zu sagen, daß er wieder abpacken soll. Doch da ist er schon.

ACHTER AUFTRITT

CHRISTOPH, *in Stiefeln und Sporen, und zwei Mantelsäcke unter den Armen.* DIE VORIGEN.

CHRISTOPH: Nun! mein Herr, es ist alles fertig. Fort! kürzen Sie Ihre Abschiedsformeln ein wenig ab. Was soll das viele Reden, wenn wir nicht dableiben können?

DER BARON: Was hindert euch denn, hierzubleiben?

CHRISTOPH: Gewisse Betrachtungen, mein Herr Baron, die den Eigensinn meines Herrn zum Grunde, und seine Großmut zum Vorwande haben.

DER REISENDE: Mein Diener ist öfters nicht klug: verzeihen Sie ihm. Ich sehe, daß Ihre Bitten in der Tat mehr als Komplimente sind. Ich ergebe mich; damit ich nicht aus Furcht grob zu sein, eine Grobheit begehen möge.

DER BARON: Oh! was für Dank bin ich Ihnen schuldig!

DER REISENDE: Ihr könnt nur gehen, und wieder abpacken! Wir wollen erst morgen fort.

DAS FRÄULEIN: Nu! hört Er nicht? Was steht Er denn da? Er soll gehn, und wieder abpacken.

CHRISTOPH: Von Rechts wegen sollte ich böse werden. Es ist mir auch beinahe, als ob mein Zorn erwachen wollte; doch weil nichts Schlimmers daraus erfolgt, als daß wir hierbleiben, und zu essen und zu trinken bekommen, und wohl gepflegt werden, so mag es sein! Sonst laß ich mir nicht gern unnötige Mühe machen: wissen Sie das?

DER REISENDE: Schweigt! Ihr seid zu unverschämt.

CHRISTOPH: Denn ich sage die Wahrheit.

DAS FRÄULEIN: Oh! das ist vortrefflich, daß Sie bei uns bleiben. Nun bin ich Ihnen noch einmal so gut. Kommen Sie, ich will Ihnen unsern Garten zeigen; er wird Ihnen gefallen.

DER REISENDE: Wenn er Ihnen gefällt, Fräulein, so ist es schon so gut, als gewiß.

DAS FRÄULEIN: Kommen Sie nur; – – unterdessen wird es Essenszeit. Papa, Sie erlauben es doch?

DER BARON: Ich werde euch sogar begleiten.

DAS FRÄULEIN: Nein, nein, das wollen wir Ihnen nicht zumuten. Sie werden zu tun haben.

DER BARON: Ich habe jetzt nichts Wichtigers zu tun, als meinen Gast zu vergnügen.

DAS FRÄULEIN: Er wird es Ihnen nicht übelnehmen: nicht wahr mein Herr? *Sachte zu ihm:* Sprechen Sie doch nein. Ich möchte gern mit Ihnen allein gehen.

DER REISENDE: Es wird mich gereuen, daß ich mich so leicht habe bewegen lassen, hier zu bleiben, sobald ich sehe, daß ich Ihnen im geringsten verhinderlich bin. Ich bitte also – –

DER BARON: Oh! warum kehren Sie sich an des Kindes Rede?

DAS FRÄULEIN: Kind? – – Papa! – – beschämen Sie mich doch

nicht so! – Der Herr wird denken, wie jung ich bin! – – Lassen Sie es gut sein; ich bin alt genug, mit Ihnen spazierenzugehen – Kommen Sie! – – Aber sehen Sie einmal: Ihr Diener steht noch da, und hat die Mantelsäcke unter den Armen.

CHRISTOPH: Ich dächte, das ginge nur den an, dem es sauer wird?

DER REISENDE: Schweigt! Man erzeigt Euch zu viel Ehre – –

Neunter Auftritt

Lisette. Die Vorigen.

DER BARON *indem er Lisetten kommen sieht*: Mein Herr, ich werde Ihnen gleich nachfolgen, wann es Ihnen gefällig ist, meine Tochter in den Garten zu begleiten.

DAS FRÄULEIN: Oh! bleiben Sie so lange, als es Ihnen gefällt. Wir wollen uns schon die Zeit vertreiben. Kommen Sie!

Das Fräulein und der Reisende gehen ab.

DER BARON: Lisette, dir habe ich etwas zu sagen! – –

LISETTE: Nu?

DER BARON *sachte zu ihr*: Ich weiß noch nicht, wer unser Gast ist. Gewisser Ursachen wegen, mag ich ihn auch nicht fragen. Könntest du nicht von seinem Diener – –

LISETTE: Ich weiß, was Sie wollen. Dazu trieb mich meine Neugierigkeit von selbst, und deswegen kam ich hieher. –

DER BARON: Bemühe dich also – – und gib mir Nachricht davon. Du wirst Dank bei mir verdienen.

LISETTE: Gehen Sie nur.

CHRISTOPH: Sie werden es also nicht übelnehmen, mein Herr, daß wir es uns bei Ihnen gefallen lassen. Aber ich bitte, machen Sie sich meinetwegen keine Ungelegenheit; ich bin mit allem zufrieden, was da ist.

DER BARON: Lisette, ich übergebe ihn deiner Aufsicht. Laß ihn an nichts Mangel leiden. *Geht ab.*

CHRISTOPH: Ich empfehle mich also, Mademoiselle, Dero gütigen Aufsicht, die mich an nichts wird Mangel leiden lassen.

Will abgehen.

Zehnter Auftritt

Lisette. Christoph.

LISETTE *hält ihn auf*: Nein, mein Herr, ich kann es unmöglich über mein Herz bringen, Sie so unhöflich sein zu lassen – Bin ich denn nicht Frauenzimmers genug, um einer kurzen Unterhaltung wert zu sein?

CHRISTOPH: Der Geier! Sie nehmen die Sache genau, Mamsell. Ob Sie Frauenzimmers genug oder zu viel sind, kann ich nicht sagen. Wenn ich zwar aus Ihrem gesprächigen Munde schließen sollte, so dürfte ich beinahe das letzte behaupten. Doch dem sei, wie ihm wolle; jetzt werden Sie mich beurlauben; – – Sie sehen, ich habe Hände und Arme voll. – – Sobald mich hungert oder dürstet, werde ich bei Ihnen sein.

LISETTE: So macht's unser Schirrmeister auch.

CHRISTOPH: Der Henker! das muß ein gescheuter Mann sein: er macht's wie ich!

LISETTE: Wenn Sie ihn wollen kennenlernen: er liegt vor dem Hinterhause an der Kette.

CHRISTOPH: Verdammt! ich glaube gar, Sie meinen den Hund. Ich merke also wohl, Sie werden den leiblichen Hunger und Durst verstanden haben. Den aber habe ich nicht verstanden; sondern den Hunger und Durst der Liebe. Den, Mamsell, den! Sind Sie nun mit meiner Erklärung zufrieden?

LISETTE: Besser als mit dem Erklärten.

CHRISTOPH: Ei! im Vertrauen: – – Sagen Sie etwa zugleich auch damit soviel, daß Ihnen ein Liebesantrag von mir nicht zuwider sein würde?

LISETTE: Vielleicht! Wollen Sie mir einen tun? im Ernst?

CHRISTOPH: Vielleicht!

LISETTE: Pfui! was das für eine Antwort ist! vielleicht!

CHRISTOPH: Und sie war doch nicht ein Haar anders, als die Ihrige.

LISETTE: In meinem Munde will sie aber ganz etwas anders sagen. Vielleicht, ist eines Frauenzimmers größte Versicherung. Denn so schlecht unser Spiel auch ist, so müssen wir uns doch niemals in die Karte sehen lassen.

CHRISTOPH: Ja, wenn das ist! – Ich dächte, wir kämen also zur Sache. – – *Er schmeißt beide Mantelsäcke auf die Erde.* Ich weiß nicht, warum ich mir's so sauer mache? Da liegt! – – Ich liebe Sie, Mamsell.

LISETTE: Das heiß ich, mit wenigem viel sagen. Wir wollen's zergliedern – –

CHRISTOPH: Nein, wir wollen's lieber ganz lassen. Doch – damit wir in Ruhe einander unsre Gedanken eröffnen können; – – belieben Sie sich niederzulassen! – – Das Stehn ermüdet mich. – – Ohne Umstände! – *Er nötiget sie auf den Mantelsack zu sitzen.* – – Ich liebe Sie, Mamsell. – –

LISETTE: Aber – – ich sitze verzweifelt hart. – – Ich glaube gar, es sind Bücher darin – –

CHRISTOPH: Darzu recht zärtliche und witzige; – und gleichwohl sitzen Sie hart darauf? Es ist meines Herrn Reisebibliothek. Sie besteht aus Lustspielen, die zum Weinen, und aus Trauerspielen, die zum Lachen bewegen; aus zärtlichen Heldengedichten; aus tiefsinnigen Trinkliedern, und was dergleichen neue Siebensachen mehr sind. – – Doch wir wollen umwechseln. Setzen Sie sich auf meinen; – ohne Umstände! – – meiner ist der weichste.

LISETTE: Verzeihen Sie! – – So grob werde ich nicht sein – –

CHRISTOPH: Ohne Umstände – ohne Komplimente! – Wollen Sie nicht? – So werde ich Sie hintragen. – –

LISETTE: Weil Sie es denn befehlen – *Sie steht auf und will sich auf den andern setzen.*

CHRISTOPH: Befehlen? behüte Gott! – Nein! befehlen, will viel sagen. – – Wenn Sie es so nehmen wollen, so bleiben Sie lieber sitzen. – *Er setzt sich wieder auf seinen Mantelsack.*

LISETTE *beiseite*: Der Grobian! Doch ich muß es gut sein lassen – –

CHRISTOPH: Wo blieben wir denn? – Ja – bei der Liebe – – Ich liebe Sie also, Mamsell. Je vous aime, würde ich sagen, wenn Sie eine französische Marquisin wären.

LISETTE: Der Geier! Sie sind wohl gar ein Franzose?

CHRISTOPH: Nein, ich muß meine Schande gestehn: ich bin nur ein Deutscher. – Aber ich habe das Glück gehabt, mit verschiedenen Franzosen umgehen zu können, und da habe ich denn so ziemlich gelernt, was zu einem rechtschaffnen Kerl gehört. Ich glaube, man sieht mir es auch gleich an.

LISETTE: Sie kommen also vielleicht mit Ihrem Herrn aus Frankreich?

CHRISTOPH: Ach nein! – –

LISETTE: Wo sonst her? freilich wohl! –

CHRISTOPH: Es liegt noch einige Meilen hinter Frankreich, wo wir herkommen.

LISETTE: Aus Italien doch wohl nicht?

CHRISTOPH: Nicht weit davon.

LISETTE: Aus Engeland also?

CHRISTOPH: Beinahe; Engeland ist eine Provinz davon. Wir sind über funfzig Meilen von hier zu Hause – – Aber, daß Gott! – meine Pferde – die armen Tiere stehen noch gesattelt. Verzeihen Sie, Mamsell! – – Hurtig! stehen Sie auf! – – *Er nimmt die Mantelsäcke wieder untern Arm.* – – Trotz meiner inbrünstigen Liebe, muß ich doch gehn, und erst das Nötige verrichten – – Wir haben noch den ganzen Tag, und, was das meiste ist, noch die ganze Nacht vor uns. Wir wollen schon noch eins werden. – Ich werde Sie wohl wiederzufinden wissen.

Eilfter Auftritt

Martin Krumm. Lisette.

LISETTE: Von dem werde ich wenig erfahren können. Entweder, er ist zu dumm, oder zu fein. Und beides macht unergründlich.

MARTIN KRUMM: So, Jungfer Lisette? Das ist auch der Kerl darnach, daß er mich ausstechen sollte!

LISETTE: Das hat er nicht nötig gehabt.

MARTIN KRUMM: Nicht nötig gehabt? Und ich denke, wer weiß wie fest ich in Ihrem Herzen sitze.

LISETTE: Das macht, Herr Vogt, Er denkt's. Leute von Seiner Art haben das Recht, abgeschmackt zu denken. Drum ärgre ich mich auch nicht darüber, daß Er's gedacht hat: sondern, daß Er mir's gesagt hat. Ich möchte wissen, was Ihn mein Herz angeht? Mit was für Gefälligkeiten, mit was für Geschenken, hat Er sich denn ein Recht darauf erworben? – Man giebt die Herzen jetzt nicht mehr, so in den Tag hinein, weg. Und glaubt Er etwa, daß ich so verlegen mit dem meinigen bin? Ich werde schon noch einen ehrlichen Mann dazu finden, ehe ich's vor die Säue werfe.

MARTIN KRUMM: Der Teufel, das verschnupft! Ich muß eine Prise Tabak darauf nehmen. – – Vielleicht geht es wieder mit dem Niesen fort. – *Er zieht die entwandte Dose hervor, spielt einige Zeit in den Händen damit, und nimmt endlich, auf eine lächerlich hochmütige Art, eine Prise.*

LISETTE *schielt ihn von der Seite an*: Verzweifelt! wo bekommt der Kerl die Dose her?

MARTIN KRUMM: Belieben Sie ein Prischen?

LISETTE: Oh, Ihre untertänige Magd, mein Herr Vogt! *Sie nimmt.*

MARTIN KRUMM: Was eine silberne Dose nicht kann! – – Könnte ein Ohrwürmchen geschmeidiger sein?

LISETTE: Ist es eine silberne Dose?

MARTIN KRUMM: Wann's keine silberne wäre, so würde sie Martin Krumm nicht haben.

LISETTE: Ist es nicht erlaubt, sie zu besehn?

MARTIN KRUMM: Ja, aber nur in meinen Händen.

LISETTE: Die Fasson ist vortrefflich.

MARTIN KRUMM: Ja, sie wiegt ganzer fünf Lot. –

LISETTE: Nur der Fasson wegen, möchte ich so ein Döschen haben.

MARTIN KRUMM: Wenn ich sie zusammenschmelzen lasse, steht Ihnen die Fasson davon zu Dienste.

LISETTE: Sie sind allzu gütig! – Es ist ohne Zweifel ein Geschenk?

MARTIN KRUMM: Ja – – sie kostet mir nicht einen Heller.

LISETTE: Wahrhaftig, so ein Geschenk könnte ein Frauenzimmer recht verblenden! Sie können Ihr Glück damit machen, Herr Vogt. Ich wenigstens würde mich, wenn man mich mit silbernen Dosen anfiele, sehr schlecht verteidigen können. Mit so einer Dose hätte ein Liebhaber gegen mich gewonnen Spiel.

MARTIN KRUMM: Ich versteh's, ich versteh's! –

LISETTE: Da sie Ihnen so nichts kostet, wollte ich Ihnen raten, Herr Vogt, sich eine gute Freundin damit zu machen – –

MARTIN KRUMM: Ich versteh's, ich versteh's! –

LISETTE *schmeichelnd*: Wollten Sie mir sie wohl schenken? – –

MARTIN KRUMM: O um Verzeihung! – – Man gibt die silbernen Dosen jetzt nicht mehr, so in den Tag hinein, weg. Und glaubt Sie denn, Jungfer Lisette, daß ich so verlegen mit der meinigen bin? Ich werde schon noch einen ehrlichen Mann dazu finden, ehe ich sie vor die Säue werfe.

LISETTE: Hat man jemals eine dümmre Grobheit gefunden! – – Ein Herz einer Schnupftabaksdose gleich zu schätzen?

MARTIN KRUMM: Ja, ein steinern Herz einer silbern Schnupftabaksdose – –

LISETTE: Vielleicht würde es aufhören, steinern zu sein, wenn – – Doch alle meine Reden sind vergebens – – Er ist meiner Liebe nicht wert – – Was ich für eine gutherzige Närrin bin! – *Will weinen.* beinahe hätte ich geglaubt, der Vogt wäre noch einer von den ehrlichen Leuten, die es meinen, wie sie es reden –

MARTIN KRUMM: Und was ich für ein gutherziger Narre bin, daß ich glaube, ein Frauenzimmer meine es, wie sie es redt! – Da, mein Lisettchen, weine Sie nicht! – *Er gibt ihr die Dose.* – Aber nun bin ich doch wohl Ihrer Liebe wert? – Zum Anfange verlange ich nichts, als nur ein Küßchen auf Ihre schöne Hand! – – *Er küßt sie.* Ah, wie schmeckt das! –

Zwölfter Auftritt

Das Fräulein. Lisette. Martin Krumm.

DAS FRÄULEIN *sie kömmt dazugeschlichen, und stößt ihn mit dem Kopfe auf die Hand*: Ei! Herr Vogt – küß Er mir doch meine Hand auch!

LISETTE: Daß doch! – –

MARTIN KRUMM: Ganz gern, gnädiges Fräulein – *Er will ihr die Hand küssen.*

DAS FRÄULEIN *gibt ihm eine Ohrfeige*: Ihr Flegel, versteht Ihr denn keinen Spaß?

MARTIN KRUMM: Den Teufel mag das Spaß sein!

LISETTE: Ha! ha! ha! *Lacht ihn aus.* O ich betaure Ihn, mein lieber Vogt – Ha! ha! ha!

MARTIN KRUMM: So? und Sie lacht noch dazu? Ist das mein Dank? Schon gut, schon gut! *Gehet ab.*

LISETTE: Ha! ha! ha!

Dreizehnter Auftritt

Lisette. Das Fräulein.

DAS FRÄULEIN: Hätte ich's doch nicht geglaubt, wenn ich's nicht selbst gesehen hätte. Du läßt dich küssen? und noch dazu vom Vogt?

LISETTE: Ich weiß auch gar nicht, was Sie für Recht haben, mich zu belauschen? Ich denke, Sie gehen im Garten mit dem Fremden spazieren.

DAS FRÄULEIN: Ja, und ich wäre noch bei ihm, wenn der Papa nicht nachgekommen wäre. Aber so kann ich ja kein kluges Wort mit ihm sprechen. Der Papa ist gar zu ernsthaft – –

LISETTE: Ei, was nennen Sie denn ein kluges Wort? Was haben Sie denn wohl mit ihm zu sprechen, das der Papa nicht hören dürfte?

DAS FRÄULEIN: Tausenderlei! – Aber du machst mich böse, wo du mich noch mehr fragst. Genug, ich bin dem fremden Herrn gut. Das darf ich doch wohl gestehn?

LISETTE: Sie würden wohl greulich mit dem Papa zanken, wenn er Ihnen einmal so einen Bräutigam verschaffte? Und im Ernst, wer weiß, was er tut. Schade nur, daß Sie nicht einige Jahre älter sind: es könnte vielleicht bald zustande kommen.

DAS FRÄULEIN: Oh, wenn es nur am Alter liegt, so kann mich ja der Papa einige Jahr älter machen. Ich werde ihm gewiß nicht widersprechen.

LISETTE: Nein, ich weiß noch einen bessern Rat. Ich will Ihnen einige Jahre von den meinigen geben, so ist uns allen beiden geholfen. Ich bin alsdann nicht zu alt, und Sie nicht zu jung.

DAS FRÄULEIN: Das ist auch wahr; das geht ja an!

LISETTE: Da kömmt des Fremden Bedienter; ich muß mit ihm sprechen. Es ist alles zu Ihrem Besten – Lassen Sie mich mit ihm allein. – Gehen Sie.

DAS FRÄULEIN: Vergiß es aber nicht, wegen der Jahre – – Hörst du, Lisette?

Vierzehnter Auftritt

Lisette. Christoph.

LISETTE: Mein Herr, Sie hungert oder durstet gewiß, daß Sie schon wiederkommen? nicht?

CHRISTOPH: Ja freilich! – – Aber wohlgemerkt, wie ich den Hunger und Durst erklärt habe. Ihr die Wahrheit zu gestehn, meine liebe Jungfer, so hatte ich schon, sobald ich gestern vom Pferde stieg, ein Auge auf Sie geworfen. Doch weil ich nur einige Stunden hierzubleiben vermeinte, so glaubte ich, es verlohne sich nicht der Mühe, mich mit Ihr bekannt zu machen. Was hätten wir in so kurzer Zeit können ausrichten? Wir hätten unsern Roman von hinten müssen anfangen. Allein es ist auch nicht allzu sicher, die Katze bei dem Schwanze aus dem Ofen zu ziehen.

LISETTE: Das ist wahr! nun aber können wir schon ordentlicher verfahren. Sie können mir Ihren Antrag tun; ich kann darauf antworten. Ich kann Ihnen meine Zweifel machen; Sie können mir sie auflösen. Wir können uns bei jedem Schritte, den wir tun, bedenken, und dürfen einander nicht den Affen im Sacke verkaufen. Hätten Sie mir gestern gleich Ihren Liebesantrag getan; es ist wahr, ich würde ihn angenommen haben. Aber überlegen Sie einmal, wieviel ich gewagt hätte, wenn ich mich nicht einmal nach Ihrem Stande, Vermögen, Vaterlande, Bedienungen, und dergleichen mehr, zu erkundigen, Zeit gehabt hätte?

CHRISTOPH: Der Geier! wäre das aber auch so nötig gewesen? So viel Umstände? Sie könnten ja bei dem Heiraten nicht mehrere machen? –

LISETTE: Oh! wenn es nur auf eine kahle Heirat angesehen wäre, so wär es lächerlich, wenn ich so gewissenhaft sein wollte. Allein mit einem Liebesverständnisse ist es ganz etwas anders! Hier wird die schlechteste Kleinigkeit zu einem wichtigen Punkte. Also glauben Sie nur nicht, daß Sie die geringste Gefälligkeit von mir erhalten werden, wenn Sie meiner Neugierde nicht in allen Stücken ein Gnüge tun.

CHRISTOPH: Nu? wie weit erstreckt sich denn die?

LISETTE: Weil man doch einen Diener am besten nach seinem Herrn beurteilen kann, so verlange ich vor allen Dingen zu wissen – –

CHRISTOPH: Wer mein Herr ist? Ha! ha! das ist lustig. Sie fragen mich etwas, das ich Sie gern selbst fragen möchte, wenn ich glaubte, daß Sie mehr wüßten, als ich.

LISETTE: Und mit dieser abgedroschnen Ausflucht denken Sie durchzukommen? Kurz, ich muß wissen, wer Ihr Herr ist, oder unsre ganze Freundschaft hat ein Ende.

CHRISTOPH: Ich kenne meinen Herrn nicht länger, als seit vier Wochen. So lange ist es, daß er mich in Hamburg in seine Dienste genommen hat. Von da aus habe ich ihn begleitet, niemals mir aber die Mühe genommen, nach seinem Stande oder Namen zu fragen. Soviel ist gewiß, reich muß er sein! denn er hat weder mich, noch sich, auf der Reise Not leiden lassen. Und was brauch ich mich mehr zu bekümmern?

LISETTE: Was soll ich mir von Ihrer Liebe versprechen, da Sie meiner Verschwiegenheit nicht einmal eine solche Kleinigkeit anvertrauen wollen? Ich würde nimmermehr gegen Sie so sein. Zum Exempel, hier habe ich eine schöne silberne Schnupftabaksdose – –

CHRISTOPH: Ja? nu? – –

LISETTE: Sie dürften mich ein klein wenig bitten, so sagte ich Ihnen, von wem ich sie bekommen habe – –

CHRISTOPH: Oh! daran ist mir nun eben so viel nicht gelegen. Lieber möchte ich wissen, wer sie von Ihnen bekommen sollte?

LISETTE: Über den Punkt habe ich eigentlich noch nichts beschlossen. Doch wenn Sie sie nicht sollten bekommen, so haben Sie es niemanden anders, als sich selbst zuzuschreiben. Ich würde Ihre Aufrichtigkeit gewiß nicht unbelohnt lassen.

CHRISTOPH: Oder vielmehr meine Schwatzhaftigkeit! Doch, so wahr ich ein ehrlicher Kerl bin, wann ich dasmal verschwiegen bin, so bin ich's aus Not. Denn ich weiß nichts, was ich ausplaudern könnte. Verdammt! wie gern wollte ich meine Geheimnisse ausschütten, wann ich nur welche hätte.

LISETTE: Adieu! ich will Ihre Tugend nicht länger bestürmen. Nur wünsch ich, daß sie Ihnen bald zu einer silbernen Dose und einer Liebsten verhelfen möge, so wie sie Sie jetzt um beides gebracht hat. *Will gehen.*

CHRISTOPH: Wohin? wohin? Geduld! *Beiseite:* Ich sehe mich genötigt, zu lügen. Denn so ein Geschenk werde ich mir doch nicht sollen entgehn lassen? Was wird's auch viel schaden?

LISETTE: Nun, wollen Sie es näher geben? Aber – – ich sehe schon, es wird Ihnen sauer. Nein, nein; ich mag nichts wissen –

CHRISTOPH: Ja, ja, Sie soll alles wissen! – – *Beiseite:* Wer doch recht viel lügen könnte! – Hören Sie nur! – Mein Herr ist – – ist einer von Adel. Er kömmt – – wir kommen miteinander aus – – aus – – Holland. Er hat müssen – – gewisser Verdrüßlichkeiten wegen – – einer Kleinigkeit – – eines Mords wegen – – entfliehen –

LISETTE: Was? eines Mords wegen?

CHRISTOPH: Ja – – aber eines honetten Mords – – eines Duells wegen entfliehen – Und jetzt eben – – ist er auf der Flucht – –

LISETTE: Und Sie, mein Freund? – –

CHRISTOPH: Ich, bin auch mit ihm auf der Flucht. Der Entleibte hat uns – – will ich sagen, die Freunde des Entleibten haben uns sehr verfolgen lassen; und dieser Verfolgung wegen – – Nun können Sie leicht das übrige erraten. – – Was Geier, soll man auch tun? Überlegen Sie es selbst; ein junger naseweiser Laffe schimpft uns. Mein Herr stößt ihn übern Haufen. Das kann nicht anders sein! – Schimpft mich jemand, so tu ich's auch – oder – oder schlage ihn hinter die Ohren. Ein ehrlicher Kerl muß nichts auf sich sitzen lassen.

LISETTE: Das ist brav! solchen Leuten bin ich gut; denn ich bin auch ein wenig unleidlich. Aber sehen Sie einmal, da kömmt Ihr Herr! sollte man es ihm wohl ansehn, daß er so zornig, so grausam wäre?

CHRISTOPH: O kommen Sie! wir wollen ihm aus dem Wege gehn. Er möchte mir es ansehn, daß ich ihn verraten habe.

LISETTE: Ich bin's zufrieden – –

CHRISTOPH: Aber die silberne Dose –

LISETTE: Kommen Sie nur. *Beiseite:* Ich will erst sehen, was mir von meinem Herrn für mein entdecktes Geheimnis werden wird: lohnt sich das der Mühe, so soll er sie haben.

Funfzehnter Auftritt

Der Reisende.

Ich vermisse meine Dose. Es ist eine Kleinigkeit; gleichwohl ist mir der Verlust empfindlich. Sollte mir sie wohl der Vogt? – – Doch ich kann sie verloren haben – ich kann sie aus Unvorsichtigkeit herausgerissen haben. – – Auch mit seinem Verdachte muß man niemand beleidigen. – Gleichwohl – er drängte sich an mich heran; – er griff nach der Uhr: – ich ertappte ihn; könnte er auch nicht nach der Dose gegriffen haben, ohne daß ich ihn ertappt hätte?

Sechzehnter Auftritt

Martin Krumm. Der Reisende.

MARTIN KRUMM *als er den Reisenden gewahr wird, will er wieder umkehren*: Hui!

DER REISENDE: Nu, nu, immer näher, mein Freund! – – *Beiseite:* Ist er doch so schüchtern, als ob er meine Gedanken wüßte! – – Nu? nur näher!

MARTIN KRUMM *trotzig*: Ach! ich habe nicht Zeit! Ich weiß schon, Sie wollen mit mir plaudern. Ich habe wichtigere

Sachen zu tun. Ich mag Ihre Heldentaten nicht zehnmal hören. Erzählen Sie sie jemanden, der sie noch nicht weiß.

DER REISENDE: Was höre ich? vorhin war der Vogt einfältig und höflich, jetzt ist er unverschämt und grob. Welches ist denn Eure rechte Larve?

MARTIN KRUMM: Ei! das hat Sie der Geier gelernt, mein Gesicht eine Larve zu schimpfen. Ich mag mit Ihnen nicht zanken – sonst – – *Er will fortgehen.*

DER REISENDE: Sein unverschämtes Verfahren bestärkt mich in meinem Argwohne. – Nein, nein, Geduld! Ich habe Euch etwas Notwendiges zu fragen – –

MARTIN KRUMM: Und ich werde nichts drauf zu antworten haben, es mag so notwendig sein, als es will. Drum sparen Sie nur die Frage.

DER REISENDE: Ich will es wagen – Allein, wie leid würde mir es sein, wann ich ihm Unrecht täte. – – Mein Freund, habt Ihr nicht meine Dose gesehn? – Ich vermisse sie. – –

MARTIN KRUMM: Was ist das für eine Frage? Kann ich etwas dafür, daß man sie Ihnen gestohlen hat? – – Für was sehen Sie mich an? Für den Hehler? Oder für den Dieb?

DER REISENDE: Wer redet denn vom Stehlen? Ihr verratet Euch fast selbst – –

MARTIN KRUMM: Ich verrate mich selbst? Also meinen Sie, daß ich sie habe? Wissen Sie auch, was das zu bedeuten hat, wenn man einen ehrlichen Kerl dergleichen beschuldigt? Wissen Sie's?

DER REISENDE: Warum müßt Ihr so schreien? Ich habe Euch noch nichts beschuldigt. Ihr seid Euer eigner Ankläger. Dazu weiß ich eben nicht, ob ich großes Unrecht haben würde? Wen ertappte ich denn vorhin, als er nach meiner Uhr greifen wollte?

MARTIN KRUMM: Oh! Sie sind ein Mann, der gar keinen Spaß versteht. Hören Sie's! – – *Beiseite:* Wo er sie nur nicht bei Lisetten gesehen hat – Das Mädel wird doch nicht närrisch sein, und sich damit breitmachen – –

DER REISENDE: Oh! ich verstehe den Spaß so wohl, daß ich glaube, Ihr wollt mit meiner Dose auch spaßen. Allein wenn man den Spaß zu weit treibt, verwandelt er sich endlich in Ernst. Es ist mir um Euren guten Namen leid. Gesetzt, ich wäre überzeugt, daß Ihr es nicht böse gemeint hättet, würden auch andre – –

MARTIN KRUMM: Ach – andre! – andre! – andre wären es längst überdrüssig, sich so etwas vorwerfen zu lassen. Doch, wenn Sie denken, daß ich sie habe: befühlen Sie mich – – visitieren Sie mich – –

DER REISENDE: Das ist meines Amts nicht. Dazu trägt man auch nicht alles bei sich in der Tasche.

MARTIN KRUMM: Nun gut! damit Sie sehen, daß ich ein ehrlicher Kerl bin, so will ich meine Schubsäcke selber umwenden. – Geben Sie acht! – *Beiseite:* Es müßte mit dem Teufel zugehen, wenn sie herausfiele.

DER REISENDE: O macht Euch keine Mühe!

MARTIN KRUMM: Nein, nein: Sie sollen's sehn, Sie sollen's sehn. *Er wendet die eine Tasche um.* Ist da eine Dose? Brotgrümel sind drinne: das liebe Gut! *Er wendet die andere um.* Da ist auch nichts! Ja – doch! ein Stückchen Kalender. – Ich hebe es der Verse wegen auf, die über den Monaten stehen. Sie sind recht schnurrig! – Nu, aber daß wir weiterkommen. Geben Sie acht: da will ich den dritten umwenden. *Bei dem Umwenden fallen zwei große Bärte heraus.* Der Henker! was laß ich da fallen? *Er will sie hurtig aufheben, der Reisende aber ist hurtiger, und erwischt einen davon.*

DER REISENDE: Was soll das vorstellen?

MARTIN KRUMM *beiseite*: O verdammt! ich denke, ich habe den Quark lange von mir gelegt.

DER REISENDE: Das ist ja gar ein Bart. *Er macht ihn vors Kinn.* Sehe ich bald einem Juden so ähnlich? – –

MARTIN KRUMM: Ach geben Sie her! geben Sie her! Wer weiß, was Sie wieder denken? Ich schrecke meinen kleinen Jungen manchmal damit. Dazu ist er.

DER REISENDE: Ihr werdet so gut sein, und mir ihn lassen. Ich will auch damit schrecken.

MARTIN KRUMM: Ach! vexieren Sie sich nicht mit mir. Ich muß ihn wiederhaben. *Er will ihn aus der Hand reißen.*

DER REISENDE: Geht, oder – –

MARTIN KRUMM *beiseite*: Der Geier! nun mag ich sehen, wo der Zimmermann das Loch gelassen hat. – – Es ist schon gut; es ist schon gut! Ich seh's, Sie sind zu meinem Unglücke hiehergekommen. Aber, hol mich alle Teufel, ich bin ein ehrlicher Kerl! und den will ich sehn, der mir etwas Schlimmes nachreden kann. Merken Sie sich das! Es mag kommen zu was es will, so kann ich es beschwören, daß ich den Bart zu nichts Bösem gebraucht habe. – *Geht ab.*

Siebzehnter Auftritt

Der Reisende.

Der Mensch bringt mich selbst auf einen Argwohn, der ihm höchst nachteilig ist. – –Könnte er nicht einer von den verkappten Räubern gewesen sein? – Doch ich will in meiner Vermutung behutsam gehen.

Achtzehnter Auftritt

Der Baron. Der Reisende.

DER REISENDE: Sollten Sie nicht glauben, ich wäre gestern mit den jüdischen Straßenräubern ins Handgemenge gekommen, daß ich einem davon den Bart ausgerissen hätte? *Er zeigt ihm den Bart.*

DER BARON: Wie verstehn Sie das, mein Herr? – – Allein, warum haben Sie mich so geschwind im Garten verlassen?

DER REISENDE: Verzeihen Sie meine Unhöflichkeit. Ich wollte gleich wieder bei Ihnen sein. Ich ging nur meine Dose zu suchen, die ich hierherum muß verloren haben.

DER BARON: Das ist mir höchst empfindlich. Sie sollten noch bei mir zu Schaden kommen?

DER REISENDE: Der Schade würde so groß nicht sein – – Allein betrachten Sie doch einmal diesen ansehnlichen Bart!

DER BARON: Sie haben mir ihn schon einmal gezeigt. Warum?

DER REISENDE: Ich will mich Ihnen deutlicher erklären. Ich glaube – – Doch nein, ich will meine Vermutungen zurückhalten. – –

DER BARON: Ihre Vermutungen? Erklären Sie sich!

DER REISENDE: Nein; ich habe mich übereilt. Ich könnte mich irren – –

DER BARON: Sie machen mich unruhig.

DER REISENDE: Was halten Sie von Ihrem Vogt?

DER BARON: Nein, nein; wir wollen das Gespräch auf nichts anders lenken – – Ich beschwöre Sie bei der Wohltat, die Sie mir erzeigt haben, entdecken Sie mir, was Sie glauben, was Sie vermuten, worinne Sie sich könnten geirrt haben!

DER REISENDE: Nur die Beantwortung meiner Frage kann mich antreiben, es Ihnen zu entdecken.

DER BARON: Was ich von meinem Vogte halte? – – Ich halte ihn für einen ganz ehrlichen und rechtschaffnen Mann.

DER REISENDE: Vergessen Sie also, daß ich etwas habe sagen wollen.

DER BARON: Ein Bart – Vermutungen – der Vogt – wie soll ich diese Dinge verbinden? – Vermögen meine Bitten nichts bei Ihnen? – Sie könnten sich geirrt haben? Gesetzt, Sie haben sich geirrt; was können Sie bei einem Freunde für Gefahr laufen?

DER REISENDE: Sie dringen zu stark in mich. Ich sage Ihnen also, daß der Vogt diesen Bart aus Unvorsichtigkeit hat fallen lassen; daß er noch einen hatte, den er aber in der Geschwindigkeit wieder zu sich steckte; daß seine Reden einen Menschen verrieten, welcher glaubt, man denke von ihm ebensoviel Übels, als er tut; daß ich ihn auch sonst über einem nicht allzu gewissenhaften – – wenigstens nicht allzu klugen Griffe, ertappt habe.

DER BARON: Es ist als ob mir die Augen auf einmal aufgingen. Ich besorge – Sie werden sich nicht geirrt haben. Und Sie trugen Bedenken, mir so etwas zu entdecken? – Den Augenblick will ich gehn, und alles anwenden, hinter die Wahrheit zu kommen. Sollte ich meinen Mörder in meinem eignen Hause haben?

DER REISENDE: Doch zürnen Sie nicht auf mich, wenn Sie, zum Glücke, meine Vermutungen falsch befinden sollten. Sie haben mir sie ausgepreßt, sonst würde ich sie gewiß verschwiegen haben.

DER BARON: Ich mag sie wahr oder falsch befinden, ich werde Ihnen allzeit dafür danken.

NEUNZEHNTER AUFTRITT

DER REISENDE *und hernach* CHRISTOPH.

DER REISENDE: Wo er nur nicht zu hastig mit ihm verfährt! Denn so groß auch der Verdacht ist, so könnte der Mann doch wohl noch unschuldig sein. – Ich bin ganz verlegen. – – In der Tat ist es nichts Geringes, einem Herrn seine Untergebenen so verdächtig zu machen. Wenn er sie auch unschuldig befindet, so verliert er doch auf immer das Vertrauen zu ihnen. – Gewiß, wenn ich es recht bedenke, ich hätte schweigen sollen – Wird man nicht Eigennutz und Rache für die Ursachen meines Argwohns halten, wenn man erfährt, daß ich ihm meinen Verlust zugeschrieben habe? – Ich wollte ein vieles darum schuldig sein, wenn ich die Untersuchung noch hintertreiben könnte –

CHRISTOPH *kömmt gelacht*: Ha! ha! ha! wissen Sie, wer Sie sind, mein Herr?

DER REISENDE: Wißt Ihr, daß Ihr ein Narr seid? Was fragt Ihr?

CHRISTOPH: Gut! wenn Sie es denn nicht wissen, so will ich es Ihnen sagen. Sie sind einer von Adel. Sie kommen aus Holland. Allda haben Sie Verdrüßlichkeiten und ein Duell gehabt. Sie sind so glücklich gewesen, einen jungen Naseweis zu erstechen. Die Freunde des Entleibten haben Sie heftig verfolgt. Sie haben sich auf die Flucht begeben. Und ich habe die Ehre, Sie auf der Flucht zu begleiten.

DER REISENDE: Träumt Ihr, oder raset Ihr?

CHRISTOPH: Keines von beiden. Denn für einen Rasenden wäre meine Rede zu klug, und für einen Träumenden zu toll.

DER REISENDE: Wer hat Euch solch unsinniges Zeug weisgemacht?

CHRISTOPH: O dafür ist gebeten, daß man mir's weismacht. Allein finden Sie es nicht recht wohl ausgesonnen? In der kurzen Zeit, die man mir zum Lügen ließ, hätte ich gewiß auf nichts Bessers fallen können. So sind Sie doch wenigstens vor weitrer Neugierigkeit sicher!

DER REISENDE: Was soll ich mir aber aus alledem nehmen?

CHRISTOPH: Nichts mehr, als was Ihnen gefällt; das übrige lassen Sie mir. Hören Sie nur, wie es zuging. Man fragte mich nach Ihrem Namen, Stande, Vaterlande, Verrichtungen; ich ließ mich nicht lange bitten, ich sagte alles, was ich davon wußte; das ist: ich sagte, ich wüßte nichts. Sie können leicht glauben, daß diese Nachricht sehr unzulänglich war, und daß man wenig Ursache hatte, damit zufrieden zu sein. Man drang also weiter in mich; allein umsonst! Ich blieb verschwiegen, weil ich nichts zu verschweigen hatte. Doch endlich brachte mich ein Geschenk, welches man mir anbot, dahin, daß ich mehr sagte, als ich wußte; das ist: ich log.

DER REISENDE: Schurke! ich befinde mich, wie ich sehe, bei Euch in feinen Händen.

CHRISTOPH: Ich will doch nimmermehr glauben, daß ich von ohngefähr die Wahrheit sollte gelogen haben?

DER REISENDE: Unverschämter Lügner, Ihr habt mich in eine Verwirrung gesetzt, aus der – –

CHRISTOPH: Aus der Sie sich gleich helfen können, sobald Sie das schöne Beiwort, das Sie mir jetzt zu geben beliebten, bekannter machen.

DER REISENDE: Werde ich aber alsdenn nicht genötiget sein, mich zu entdecken?

CHRISTOPH: Desto besser! so lerne ich Sie bei Gelegenheit auch kennen. – Allein, urteilen Sie einmal selbst, ob ich mir wohl, mit gutem Gewissen, dieser Lügen wegen ein Gewissen machen konnte? *Er zieht die Dose heraus.* Betrachten Sie diese Dose! Hätte ich sie leichter verdienen können?

DER REISENDE: Zeigt mir sie doch! – *Er nimmt sie in die Hand.* Was seh ich?

CHRISTOPH: Ha! ha! ha! Das dachte ich, daß Sie erstaunen würden. Nicht wahr, Sie lögen selber ein Gesetzchen, wenn Sie so eine Dose verdienen könnten.

DER REISENDE: Und also habt Ihr mir sie entwendet?

CHRISTOPH: Wie? was?

DER REISENDE: Eure Treulosigkeit ärgert mich nicht so sehr, als der übereilte Verdacht, den ich deswegen einem ehrlichen Mann zugezogen habe. Und Ihr könnt noch so rasend frech sein, mich überreden zu wollen, sie wäre ein – – obgleich beinahe ebenso schimpflich erlangtes – Geschenk? Geht! kommt mir nicht wieder vor die Augen!

CHRISTOPH: Träumen Sie, oder – – aus Respekt will ich das andre noch verschweigen. Der Neid bringt Sie doch nicht auf solche Ausschweifungen? Die Dose soll Ihre sein? Ich soll sie Ihnen, salva venia, gestohlen haben? Wenn das wäre; ich müßte ein dummer Teufel sein, daß ich gegen Sie selbst damit prahlen sollte. – Gut, da kömmt Lisette! Hurtig komm Sie! Helf Sie mir doch meinen Herrn wieder zurechte bringen.

ZWANZIGSTER AUFTRITT

LISETTE. DER REISENDE. CHRISTOPH.

LISETTE: O mein Herr, was stiften Sie bei uns für Unruhe! Was hat Ihnen denn unser Vogt getan? Sie haben den Herrn ganz rasend auf ihn gemacht. Man redet von Bärten, von Dosen, von Plündern; der Vogt weint und flucht, daß er unschuldig wäre, daß Sie die Unwahrheit redten. Der Herr ist nicht zu besänftigen, und jetzt hat er sogar nach dem Schulzen und den Gerichten geschickt, ihn schließen zu lassen. Was soll denn das alles heißen?

CHRISTOPH: Oh! das ist alles noch nichts, hör Sie nur, hör Sie, was er jetzt gar mit mir vorhat – –

DER REISENDE: Ja freilich, meine liebe Lisette, ich habe mich übereilt. Der Vogt ist unschuldig. Nur mein gottloser Bedienter hat mich in diese Verdrüßlichkeiten gestürzt. Er ist's, der mir meine Dose entwandt hat, derenwegen ich den Vogt im Verdacht hatte; und der Bart kann allerdings ein Kinderspiel gewesen sein, wie er sagte. Ich geh, ich will ihm Genugtuung geben, ich will meinen Irrtum gestehn, ich will ihm, was er nur verlangen kann – –

CHRISTOPH: Nein, nein, bleiben Sie! Sie müssen mir erst Genugtuung geben. Zum Henker, so rede Sie doch, Lisette, und sage Sie, wie die Sache ist. Ich wollte, daß Sie mit Ihrer Dose am Galgen wäre! Soll ich mich deswegen zum Diebe machen lassen? Hat Sie mir sie nicht geschenkt?

LISETTE: Ja freilich! und sie soll Ihm auch geschenkt bleiben.

DER REISENDE: So ist es doch wahr? Die Dose gehört aber mir.

LISETTE: Ihnen? das habe ich nicht gewußt.

DER REISENDE: Und also hat sie wohl Lisette gefunden? und meine Unachtsamkeit ist an allen den Verwirrungen schuld? *Zu Christophen:* Ich habe Euch auch zu viel getan! Verzeiht mir! Ich muß mich schämen, daß ich mich so übereilen können.

LISETTE *beiseite*: Der Geier! nun werde ich bald klug. Oh! er wird sich nicht übereilt haben.

DER REISENDE: Kommt, wir wollen – –

EINUNDZWANZIGSTER AUFTRITT

DER BARON. DER REISENDE. LISETTE. CHRISTOPH.

DER BARON *kömmt hastig herzu*: Den Augenblick, Lisette, stelle dem Herrn seine Dose wieder zu! Es ist alles offenbar; er hat alles gestanden. Und du hast dich nicht geschämt, von so einem Menschen Geschenke anzunehmen? Nun? wo ist die Dose?

DER REISENDE: Es ist also doch wahr? – –

LISETTE: Der Herr hat sie lange wieder. Ich habe geglaubt,

von wem Sie Dienste annehmen können, von dem könne ich auch Geschenke annehmen. Ich habe ihn so wenig gekannt, wie Sie.

CHRISTOPH: Also ist mein Geschenk zum Teufel? Wie gewonnen, so zerronnen!

DER BARON: Wie aber soll ich, teuerster Freund, mich gegen Sie erkenntlich erzeigen? Sie reißen mich zum zweitenmal aus einer gleich großen Gefahr. Ich bin Ihnen mein Leben schuldig. Nimmermehr würde ich, ohne Sie, mein so nahes Unglück entdeckt haben. Der Schulze, ein Mann, den ich für den ehrlichsten auf allen meinen Gütern hielt, ist sein gottloser Gehülfe gewesen. Bedenken Sie also, ob ich jemals dies hätte vermuten können? Wären Sie heute von mir gereiset – –

DER REISENDE: Es ist wahr – – so wäre die Hülfe, die ich Ihnen gestern zu erweisen glaubte, sehr unvollkommen geblieben. Ich schätze mich also höchst glücklich, daß mich der Himmel zu dieser unvermuteten Entdeckung ausersehen hat; und ich freue mich jetzt so sehr, als ich vorher aus Furcht zu irren, zitterte.

DER BARON: Ich bewundre Ihre Menschenliebe, wie Ihre Großmut. O möchte es wahr sein, was mir Lisette berichtet hat!

Zweiundzwanzigster Auftritt

Das Fräulein *und die* Vorigen.

LISETTE: Nun, warum sollte es nicht wahr sein?

DER BARON: Komm, meine Tochter, komm! Verbinde deine Bitte mit der meinigen: ersuche meinen Erretter, deine Hand, und mit deiner Hand mein Vermögen anzunehmen. Was kann ihm meine Dankbarkeit Kostbarers schenken, als dich, die ich ebensosehr liebe, als ihn? Wundern Sie sich nur nicht, wie ich Ihnen so einen Antrag tun könne. Ihr Bedienter hat uns entdeckt, wer Sie sind. Gönnen Sie mir das unschätzbare Vergnügen, erkenntlich zu sein! Mein Vermögen ist meinem Stande, und dieser dem Ihrigen gleich. Hier sind Sie vor Ihren Feinden sicher, und kommen unter Freunde, die Sie anbeten werden. Allein Sie werden niedergeschlagen? Was soll ich denken?

DAS FRÄULEIN: Sind Sie etwa meinetwegen in Sorgen? Ich versichere Sie, ich werde dem Papa mit Vergnügen gehorchen.

DER REISENDE: Ihre Großmut setzt mich in Erstaunen. Aus der Größe der Vergeltung, die Sie mir anbieten, erkenne ich erst, wie klein meine Wohltat ist. Allein, was soll ich Ihnen antworten? Mein Bedienter hat die Unwahrheit geredt, und ich –

DER BARON: Wollte der Himmel, daß Sie das nicht einmal wären, wofür er Sie ausgibt! Wollte der Himmel, Ihr Stand wäre geringer, als der meinige! So würde doch meine Vergeltung etwas kostbarer, und Sie würden vielleicht weniger ungeneigt sein, meine Bitte stattfinden zu lassen.

DER REISENDE *beiseite*: Warum entdecke ich mich auch nicht? – Mein Herr, Ihre Edelmütigkeit durchdringet meine ganze Seele. Allein schreiben Sie es dem Schicksale, nicht mir zu, daß Ihr Anerbieten vergebens ist. Ich bin – –

DER BARON: Vielleicht schon verheiratet?

DER REISENDE: Nein – –

DER BARON: Nun? was?

DER REISENDE: Ich bin ein Jude.

DER BARON: Ein Jude? grausamer Zufall!

CHRISTOPH: Ein Jude?

LISETTE: Ein Jude?

DAS FRÄULEIN: Ei, was tut das?

LISETTE: St! Fräulein, st! ich will es Ihnen hernach sagen, was das tut.

DER BARON: So gibt es denn Fälle, wo uns der Himmel selbst verhindert, dankbar zu sein?

DER REISENDE: Sie sind es überflüssig dadurch, daß Sie es sein wollen.

DER BARON: So will ich wenigstens so viel tun, als mir das Schicksal zu tun erlaubt. Nehmen Sie mein ganzes Vermögen. Ich will lieber arm und dankbar, als reich und undankbar sein.

DER REISENDE: Auch dieses Anerbieten ist bei mir umsonst, da mir der Gott meiner Väter mehr gegeben hat, als ich brauche. Zu aller Vergeltung bitte ich nichts, als daß Sie künftig von meinem Volke etwas gelinder und weniger allgemein urteilen. Ich habe mich nicht vor Ihnen verborgen, weil ich mich meiner Religion schäme. Nein! Ich sahe aber, daß Sie Neigung zu mir, und Abneigung gegen meine Nation hatten. *Und die Freundschaft* eines Menschen, er sei wer er wolle, ist mir allezeit unschätzbar gewesen.

DER BARON: Ich schäme mich meines Verfahrens.

CHRISTOPH: Nun komm ich erst von meinem Erstaunen wieder zu mir selber. Was? Sie sind ein Jude, und haben das Herz gehabt, einen ehrlichen Christen in Ihre Dienste zu nehmen? Sie hätten mir dienen sollen. So wär es nach der Bibel recht gewesen. Potz Stern! Sie haben in mir die ganze Christenheit beleidigt – Drum habe ich nicht gewußt, warum der Herr, auf der Reise, kein Schweinfleisch essen wollte, und sonst hundert Alfanzereien machte. – Glauben Sie nur nicht, daß ich Sie länger begleiten werde! Verklagen will ich Sie noch dazu.

DER REISENDE: Ich kann es Euch nicht zumuten, daß Ihr besser, als der andre christliche Pöbel, denken sollt. Ich will Euch nicht zu Gemüte führen, aus was für erbärmlichen Umständen ich Euch in Hamburg riß. Ich will Euch auch nicht zwingen, länger bei mir zu bleiben. Doch weil ich mit Euren Diensten so ziemlich zufrieden bin, und ich Euch vorhin außerdem in einem ungegründeten Verdachte hatte, so behaltet zur Vergeltung, was diesen Verdacht verursachte. *Gibt ihm die Dose.* Euren Lohn könnt Ihr auch haben. Sodann geht, wohin Ihr wollt!

CHRISTOPH: Nein, der Henker! es gibt doch wohl auch Juden, die keine Juden sind. Sie sind ein braver Mann. Topp, ich bleibe bei Ihnen! Ein Christ hätte mir einen Fuß in die Rippen gegeben, und keine Dose!

DER BARON: Alles was ich von Ihnen sehe, entzückt mich. Kommen Sie, wir wollen Anstalt machen, daß die Schuldigen in sichere Verwahrung gebracht werden. O wie achtungswürdig wären die Juden, wenn sie alle Ihnen glichen!

DER REISENDE: Und wie liebenswürdig die Christen, wenn sie alle Ihre Eigenschaften besäßen!

Der Baron, das Fräulein und der Reisende gehen ab.

Letzter Auftritt

Lisette. Christoph.

LISETTE: Also, mein Freund, hat Er mich vorhin belogen?

CHRISTOPH: Ja, und das aus zweierlei Ursachen. Erstlich, weil ich die Wahrheit nicht wußte; und anderns, weil man für eine Dose, die man wiedergeben muß, nicht viel Wahrheit sagen kann.

LISETTE: Und wann's dazu kömmt, ist Er wohl gar auch ein Jude, sosehr Er sich verstellt?

CHRISTOPH: Das ist zu neugierig für eine Jungfer gefragt! Komm Sie nur!

Er nimmt sie unterm Arm, und sie gehen ab.

Ende der Juden.

DER FREIGEIST

Ein Lustspiel in fünf Aufzügen

Personen

Adrast, *der Freigeist*
Theophan, *ein junger Geistlicher*
Lisidor
Juliane | *Töchter des Lisidor*
Henriette |
Frau Philane
Araspe, *Theophans Vetter*
Johann
Martin
Lisette
Ein Wechsler

Die Szene ist ein Saal.

ERSTER AUFZUG

ERSTER AUFTRITT

ADRAST. THEOPHAN.

THEOPHAN: Werden Sie es übelnehmen, Adrast, wenn ich mich endlich über den stolzen Kaltsinn beklage, den Sie nicht aufhören gegen mich zu äußern? Schon seit Monaten sind wir in *einem* Hause, und warten auf einerlei Glück. Zwei liebenswürdige Schwestern sollen es uns machen. Bedenken Sie doch, Adrast! können wir noch dringender eingeladen werden, uns zu lieben, und eine Freundschaft unter uns zu stiften, wie sie unter Brüdern sein sollte? Wie oft bin ich nicht darauf bestanden? – –

ADRAST: Ebensooft haben Sie gesehen, daß ich mich nicht einlassen will. Freundschaft? Freundschaft unter uns? – – Wissen Sie, muß ich fragen, was Freundschaft ist?

THEOPHAN: Ob ich es weiß?

ADRAST: Alle Fragen bestürzen, deren wir nicht gewärtig sind. Gut, Sie wissen es. Aber meine Art zu denken, und die Ihrige, diese kennen Sie doch auch?

THEOPHAN: Ich verstehe Sie. Also sollen wir wohl Feinde sein?

ADRAST: Sie haben mich schön verstanden! Feinde? Ist denn kein Mittel? Muß denn der Mensch eines von beiden, hassen, oder lieben? Gleichgültig wollen wir einander bleiben. Und ich weiß, eigentlich wünschen Sie dieses selbst. Lernen Sie wenigstens nur die Aufrichtigkeit von mir.

THEOPHAN: Ich bin bereit. Werden Sie mich aber diese Tugend in aller ihrer Lauterkeit lehren?

ADRAST: Erst fragen Sie sich selbst, ob sie Ihnen in aller ihrer Lauterkeit gefallen würde?

THEOPHAN: Gewiß. Und Ihnen zu zeigen, ob Ihr künftiger Schüler einige Fähigkeit dazu hat, wollen Sie mich wohl einen Versuch machen lassen?

ADRAST: Recht gern.

THEOPHAN: Wo nur mein Versuch nicht ein Meisterstück wird. Hören Sie also, Adrast – – Aber erlauben Sie mir, daß ich mit einer Schmeichelei gegen mich selbst anfange. Ich habe von jeher einigen Wert auf meine Freundschaft gelegt; ich bin vorsichtig, ich bin karg damit gewesen. Sie sind der erste, dem ich sie angeboten habe; und Sie sind der einzige, dem ich sie aufdringen will. – – Umsonst sagt mir Ihr verächtlicher Blick, daß es mir nicht gelingen solle. Gewiß, es soll mir gelingen. Ihr eigen Herz ist mir Bürge; Ihr eigen Herz, Adrast, welches unendlich besser ist, als es Ihr Witz, der sich in gewisse groß scheinende Meinungen verliebt hat, vielleicht wünschet.

ADRAST: Ich hasse die Lobsprüche, Theophan, und besonders die, welche meinem Herzen auf Unkosten meines Verstandes gegeben werden. Ich weiß eigentlich nicht, was das für Schwachheiten sein müssen (Schwachheiten aber müssen es sein), derentwegen Ihnen mein Herz so wohlgefällt; das aber weiß ich, daß ich nicht eher ruhen werde, als bis ich sie, durch Hülfe meines Verstandes, daraus verdrungen habe.

THEOPHAN: Ich habe die Probe meiner Aufrichtigkeit kaum angefangen, und Ihre Empfindlichkeit ist schon rege. Ich werde nicht weit kommen.

ADRAST: So weit als Sie wollen. Fahren Sie nur fort.

THEOPHAN: Wirklich? – – Ihr Herz also ist das beste, das man finden kann. Es ist zu gut, Ihrem Geiste zu dienen, den das Neue, das Besondere geblendet hat, den ein Anschein von Gründlichkeit zu glänzenden Irrtümern dahinreißt, und der, aus Begierde bemerkt zu werden, Sie mit aller Gewalt zu etwas machen will, was nur Feinde der Tugend, was nur Bösewichter sein sollten. Nennen Sie es, wie Sie wollen: Freidenker, starker Geist, Deist; ja, wenn Sie ehrwürdige Benennungen mißbrauchen wollen, nennen Sie es Philosoph: es ist ein Ungeheuer, es ist die Schande der Menschheit. Und Sie, Adrast, den die Natur zu einer Zierde derselben bestimmte, der nur seinen eignen Empfindungen folgen dürfte, um es zu sein; Sie, mit einer solchen Anlage zu allem was edel und groß ist, Sie entehren sich vorsätzlich. Sie stürzen sich mit Bedacht aus Ihrer Höhe herab, bei dem Pöbel der Geister einen Ruhm zu erlangen, für den ich lieber aller Welt Schande wählen wollte.

ADRAST: Sie vergessen sich, Theophan, und wenn ich Sie nicht unterbreche, so glauben Sie endlich gar, daß Sie sich an dem Platze befinden, auf welchem Ihresgleichen ganze Stunden ungestört schwatzen dürfen.

THEOPHAN: Nein, Adrast, Sie unterbrechen keinen überlästigen Prediger; besinnen Sie sich nur: Sie unterbrechen bloß einen Freund – – wider Ihren Willen nenne ich mich so – – der eine Probe seiner Freimütigkeit ablegen sollte.

ADRAST: Und eine Probe seiner Schmeichelei abgelegt hat; – aber einer verdeckten Schmeichelei, einer Schmeichelei, die eine gewisse Bitterkeit annimmt, um desto weniger Schmeichelei zu scheinen. – – Sie werden machen, daß ich Sie endlich auch verachte. – – Wenn Sie die Freimütigkeit kennten, so würden Sie mir alles unter die Augen gesagt haben, was Sie in Ihrem Herzen von mir denken. Ihr Mund würde mir keine gute Seite geliehen haben, die mir Ihre innere Überzeugung nicht zugestehet. Sie würden mich geradeweg einen Ruchlosen gescholten haben, der sich der Religion nur deswegen zu entziehen suche, damit er seinen Lüsten desto sicherer nachhängen könne. Um sich pathetischer auszudrücken, würden Sie mich einen Höllenbrand, einen eingefleischten Teufel genannt haben. Sie würden keine Verwünschungen gespart, kurz, Sie würden sich so erwiesen haben, wie sich ein Theolog gegen die Verächter seines Aberglaubens, und also auch seines Ansehens, erweisen muß.

THEOPHAN: Ich erstaune. Was für Begriffe!

ADRAST: Begriffe, die ich von tausend Beispielen abgesondert habe. – – Doch wir kommen zu weit. Ich weiß, was ich weiß, und habe längst gelernt, die Larve von dem Gesichte zu unterscheiden. Es ist eine Karnevalserfahrung: Je schöner die erste, desto häßlicher das andere.

THEOPHAN: Sie wollen damit sagen – –

ADRAST: Ich will nichts damit sagen, als daß ich noch zu wenig Grund habe, die Allgemeinheit meines Urteils von den Gliedern Ihres Standes, um Ihretwillen einzuschränken. Ich habe mich nach den Ausnahmen zu lange vergebens umgesehen, als daß ich hoffen könnte, die erste an Ihnen zu finden. Ich müßte Sie länger, ich müßte Sie unter verschiedenen Umständen gekannt haben, wenn – –

THEOPHAN: Wenn Sie meinem Gesichte die Gerechtigkeit widerfahren lassen sollten, es für keine Larve zu halten. Wohl! Aber wie können Sie kürzer dazu gelangen, als wenn Sie mich Ihres nähern Umganges würdigen? Machen Sie mich zu Ihrem Freunde, stellen Sie mich auf die Probe – –

ADRAST: Sachte! die Probe käme zu spät, wenn ich Sie bereits zu meinem Freunde angenommen hätte. Ich habe geglaubt, sie müsse vorhergehen.

THEOPHAN: Es gibt Grade in der Freundschaft, Adrast; und ich verlange den vertrautesten noch nicht.

ADRAST: Kurz, auch zu dem niedrigsten können Sie nicht fähig sein.

THEOPHAN: Ich kann nicht dazu fähig sein? Wo liegt die Unmöglichkeit?

ADRAST: Kennen Sie, Theophan, wohl ein Buch, welches das Buch aller Bücher sein soll; welches alle unsere Pflichten enthalten, welches uns zu allen Tugenden die sichersten Vorschriften erteilen soll, und welches der Freundschaft gleichwohl mit keinem Wort gedenkt? Kennen Sie dieses Buch?

THEOPHAN: Ich sehe Sie kommen, Adrast. Welchem Collin haben Sie diesen armseligen Einwurf abgeborgt?

ADRAST: Abgeborgt, oder selbst erfunden: es ist gleichviel. Es muß ein kleiner Geist sein, der sich Wahrheiten zu borgen schämt.

THEOPHAN: Wahrheiten! – – Sind Ihre übrigen Wahrheiten von gleicher Güte? Können Sie mich einen Augenblick anhören?

ADRAST: Wieder predigen?

THEOPHAN: Zwingen Sie mich nicht darzu? Oder wollen Sie, daß man Ihre seichten Spöttereien unbeantwortet lassen soll, damit es scheine, als könne man nicht darauf antworten?

ADRAST: Und was können Sie denn darauf antworten?

THEOPHAN: Dieses. Sagen Sie mir, ist die Liebe unter der Freundschaft, oder die Freundschaft unter der Liebe begriffen? Notwendig das letztere. Derjenige also, der die Liebe in ihrem allerweitesten Umfange gebietet, gebietet der nicht auch die Freundschaft? Ich sollte es glauben; und es ist so wenig wahr, daß unser Gesetzgeber die Freundschaft seines Gebotes nicht würdig geschätzt habe, daß er vielmehr seine Lehre zu einer Freundschaft gegen die ganze Welt gemacht hat.

ADRAST: Sie bürden ihm Ungereimtheiten auf. Freundschaft gegen die ganze Welt? Was ist das? Mein Freund muß kein Freund der ganzen Welt sein.

THEOPHAN: Und also ist Ihnen wohl nichts Freundschaft, als jene Übereinstimmung der Temperamente, jene angeborne Harmonie der Gemüter, jener heimliche Zug gegeneinander, jene unsichtbare Kette, die zwei einerlei denkende, einerlei wollende Seelen verknüpfet?

ADRAST: Ja, nur dieses ist mir Freundschaft.

THEOPHAN: Nur dieses? Sie widersprechen sich also selbst.

ADRAST: Oh! daß ihr Leute doch überall Widersprüche findet, außer nur da nicht, wo sie wirklich sind!

THEOPHAN: Überlegen Sie es. Wenn diese, ohne Zweifel nicht willkürliche, Übereinstimmung der Seelen, diese in uns liegende Harmonie mit einem andern einzelnen Wesen allein die wahre Freundschaft ausmacht: wie können Sie verlangen, daß sie der Gegenstand eines Gesetzes sein soll? Wo sie ist, darf sie nicht geboten werden; und wo sie nicht ist, da wird sie umsonst geboten. Und wie können Sie es unserm Lehrer zur Last legen, daß er die Freundschaft in diesem Verstande übergangen hat? Er hat uns eine edlere Freundschaft befohlen, welche jenes blinden Hanges, den auch die unvernünftigen Tiere nicht missen, entbehren kann: eine Freundschaft, die sich nach erkannten Vollkommenheiten mitteilet; welche sich nicht von der Natur lenken läßt, sondern welche die Natur selbst lenket.

ADRAST: O Geschwätze!

THEOPHAN: Ich muß Ihnen dieses sagen, Adrast, ob Sie es gleich ebensowohl wissen könnten, als ich; und auch wissen sollten. Was würden Sie selbst von mir denken, wenn ich den Verdacht nicht mit aller Gewalt von mir abzulenken suchte, als mache mich die Religion zu einem Verächter der Freundschaft, die Religion, die Sie nur allzugern aus einem wichtigen Grunde verachten möchten? – – Sehen Sie mich nicht so geringschätzig an; wenden Sie sich nicht auf eine so beleidigende Art von mir – –

ADRAST *beiseite*: Das Pfaffengeschmeiß! – –

THEOPHAN: Ich sehe, Sie gebrauchen Zeit, den ersten Widerwillen zu unterdrücken, den eine widerlegte Lieblingsmeinung natürlicherweise erregt. – Ich will Sie verlassen. Ich erfuhr itzt ohnedem, daß einer von meinen Anverwandten mit der Post angelangt sei. Ich gehe ihm entgegen, und werde die Ehre haben Ihnen denselben vorzustellen.

Zweiter Auftritt

Adrast.

– – Daß ich ihn nimmermehr wiedersehen dürfte! Welcher von euch Schwarzröcken wäre auch kein Heuchler? – – Priestern habe ich mein Unglück zu danken. Sie haben mich gedrückt, verfolgt, so nahe sie auch das Blut mit mir verbunden hatte. Hassen will ich dich, Theophan, und alle deines Ordens! Muß ich denn auch hier in die Verwandtschaft der Geistlichkeit geraten? – – Er, dieser Schleicher, dieser blöde Verleugner seines Verstandes, soll mein Schwager werden? – – Und mein Schwager durch Julianen? – Durch Julianen? – Welch grausames Geschick verfolgt mich doch überall! Ein alter Freund meines verstorbenen Vaters trägt mir eine von seinen Töchtern an. Ich eile herbei, und muß zu spät kommen, und muß die, welche auf den ersten Anblick mein ganzes Herz hatte, die, mit der ich allein glücklich leben konnte, schon versprochen finden. Ach Juliane! So warest du mir nicht bestimmt? du, die ich liebe? Und so soll ich mich mit einer Schwester begnügen, die ich nicht liebe? – –

Dritter Auftritt

Lisidor. Adrast.

LISIDOR: Da haben wir's! Schon wieder allein, Adrast? Sagen Sie mir, müssen die Philosophen so zu Winkel kriechen? Ich wollte doch lieber sonst was sein – – Und, wenn ich recht gehört habe, so sprachen Sie ja wohl gar mit sich selber? Nu, nu! es ist schon wahr: ihr Herren Grillenfänger könnt freilich mit niemand Klügerm reden, als mit euch selber. Aber gleichwohl ist unsereiner auch kein Katzenkopf. Ich schwatze eins mit, es mag sein, von was es will.

ADRAST: Verzeihen Sie – –

LISIDOR: Je, mit Seinem Verzeihen! Er hat mir ja noch nichts zuwider getan – – Ich habe gern, wenn die Leute lustig sind. Und ich will kein ehrlicher Mann sein, wenn ich mir nicht eine rechte Freude darauf eingebildet habe, den Wildfang, *wie sie Ihn sonst* zu Hause nannten, zu meinem Schwiegersohne zu haben. Freilich ist Er seitdem groß gewachsen; Er ist auf Reisen gewesen; Er hat Land und Leute gesehen.

Aber, daß Er so gar sehr verändert würde wiedergekommen sein, das hätte ich mir nicht träumen lassen. Da geht Er nun, und spintisiert von dem, was ist -- und was nicht ist -- von dem, was sein könnte, und wenn es sein könnte, warum es wieder nicht sein könnte; -- von der Notwendigkeit, der halben und ganzen, der notwendigen Notwendigkeit, und der nicht notwendigen Notwendigkeit; -- von den A – A -- wie heißen die kleinen Dingerchen, die so in den Sonnenstrahlen herumfliegen? -- von den A – A -- Sage doch, Adrast --

ADRAST: Von den Atomis, wollen Sie sagen.

LISIDOR: Ja, ja, von den Atomis, von den Atomis. So heißen sie, weil man ihrer ein ganz Tausend mit *einem* Atem hinunterschlucken kann.

ADRAST: Ha! ha! ha!

LISIDOR: Er lacht, Adrast? Ja, mein gutes Bürschchen, du mußt nicht glauben, daß ich von den Sachen ganz und gar nichts verstehe. Ich habe euch, Ihn und den Theophan, ja oft genug darüber zanken hören. Ich behalte mir das Beste. Wenn ihr euch in den Haaren liegt, so fische ich im trüben. Da fällt manche Brocke ab, die keiner von euch brauchen kann, und die ist für mich. Ihr dürft deswegen nicht neidisch auf mich sein; denn ich bereichere mich nicht von einem allein. Das nehme ich von dir, mein lieber Adrast; und das vom Theophan; und aus allen dem mache ich mir hernach ein Ganzes --

ADRAST: Das vortrefflich ungeheuer sein muß.

LISIDOR: Wieso?

ADRAST: Sie verbinden Tag und Nacht, wenn Sie meine mit Theophans Gedanken verbinden.

LISIDOR: Je nu! so wird eine angenehme Dämmerung daraus. -- Und überhaupt ist es nicht einmal wahr, daß ihr so sehr voneinander unterschieden wäret. Einbildungen! Einbildungen! Wievielmal habe ich nicht allen beiden zugleich recht gegeben? Ich bin es nur allzuwohl überzeugt, daß alle ehrliche Leute einerlei glauben.

ADRAST: Sollten! sollten! das ist wahr.

LISIDOR: Nun da sehe man! was ist nun das wieder für ein Unterscheid? Glauben, oder glauben sollen: es kömmt auf eines heraus. Wer kann alle Worte so abzirkeln? -- Und ich wette was, wenn ihr nur erst werdet Schwäger sein, kein Ei wird dem andern ähnlicher sein können. --

ADRAST: Als ich dem Theophan, und er mir?

LISIDOR: Gewiß. Noch wißt ihr nicht, was das heißt, miteinander verwandt sein. Der Verwandtschaft wegen wird der einen Daumenbreit, und der einen Daumenbreit nachgeben. Und einen Daumenbreit, und wieder einen Daumenbreit, das macht zwei Daumenbreit; und zwei Daumenbreit – – ich bin ein Schelm, wenn ihr die auseinander seid. – Nichts aber könnte mich in der Welt wohl so vergnügen, als daß meine Töchter so vortrefflich für euch passen. Die Juliane ist eine geborne Priesterfrau; und Henriette – – in ganz Deutschland muß kein Mädchen zu finden sein, das sich für Ihn, Adrast, besser schickte. Hübsch, munter, fix; sie singt, sie tanzt, sie spielt; kurz, sie ist meine leibhafte Tochter. Juliane dargegen ist die liebe, heilige Einfalt.

ADRAST: Juliane? Sagen Sie das nicht. Ihre Vollkommenheiten fallen vielleicht nur weniger in die Augen. Ihre Schönheit blendet nicht; aber sie geht ans Herz. Man läßt sich gern von ihren stillen Reizen fesseln, und man biegt sich mit Bedacht in ihr Joch, das uns andere in einer fröhlichen Unbesonnenheit überwerfen müssen. Sie redet wenig; aber auch ihr geringstes Wort hat Vernunft.

LISIDOR: Und Henriette?

ADRAST: Es ist wahr: Henriette weiß sich frei und witzig auszudrücken. Würde es aber Juliane nicht auch können, wenn sie nur wollte, und wenn sie nicht Wahrheit und Empfindung jenem prahlenden Schimmer vorzöge? Alle Tugenden scheinen sich in ihrer Seele verbunden zu haben – –

LISIDOR: Und Henriette?

ADRAST: Es sei ferne, daß ich Henrietten irgendeine Tugend absprechen sollte. Aber es gibt ein gewisses Äußeres, welches sie schwerlich vermuten ließe, wenn man nicht andre Gründe für sie hätte. Julianens gesetzte Anmut, ihre ungezwungene Bescheidenheit, ihre ruhige Freude, ihre – –

LISIDOR: Und Henriettens?

ADRAST: Henriettens wilde Annehmlichkeiten, ihre wohllassende Dreustigkeit, ihre fröhlichen Entzückungen stechen mit den gründlichen Eigenschaften ihrer Schwester vortrefflich ab. Aber Juliane gewinnt dabei – –

LISIDOR: Und Henriette?

ADRAST: Verliert dabei nichts. Nur daß Juliane – –

LISIDOR: Ho! ho! Herr Adrast, ich will doch nicht hoffen, daß

Sie auch an der Narrheit krank liegen, welche die Leute nur das für gut und schön erkennen läßt, was sie nicht bekommen können. Wer Henker hat Sie denn gedungen, Julianen zu loben?

ADRAST: Fallen Sie auf nichts Widriges. Ich habe bloß zeigen wollen, daß mich die Liebe für meine Henriette gegen die Vorzüge ihrer Schwester nicht blind mache.

LISIDOR: Nu, nu! wenn das ist, so mag es hingehen. Sie ist auch gewiß ein gutes Kind, die Juliane. Sie ist der Augapfel ihrer Großmutter. Und das gute, alte Weib hat tausendmal gesagt, die Freude über ihr Julchen erhielte sie noch am Leben.

ADRAST: Ach!

LISIDOR: Das war ja gar geseufzt. Was Geier ficht Ihn an? Pfui! Ein junger gesunder Mann, der alle Viertelstunden eine Frau nehmen will, wird seufzen? Spare Er sein Seufzen, bis Er die Frau hat.

Vierter Auftritt

Johann. Adrast. Lisidor.

JOHANN: Pst! Pst!

LISIDOR: Nu? Nu?

JOHANN: Pst! Pst!

ADRAST: Was gibt's?

JOHANN: Pst! Pst!

LISIDOR: Pst! Pst! Mosjeu Johann. Kann der Schurke nicht näher kommen?

JOHANN: Pst, Herr Adrast! Ein Wort im Vertrauen.

ADRAST: So komm her!

JOHANN: Im Vertrauen, Herr Adrast.

LISIDOR *welcher auf ihn zugeht*: Nun? was willst du?

JOHANN *geht auf die andre Seite*: Pst! Herr Adrast, nur ein Wörtchen, ganz im Vertrauen!

ADRAST: So pack dich her, und rede.

LISIDOR: Rede! rede! Was kann der Schwiegersohn haben, das der Schwiegervater nicht hören dürfte?

JOHANN: Herr Adrast! *Zieht ihn an dem Ärmel beiseite.*

LISIDOR: Du Spitzbube, willst mich mit aller Gewalt vom Platze haben. Rede nur, rede! ich gehe schon.

JOHANN: Oh! Sie sind gar zu höflich. Wenn Sie einen kleinen Augenblick dort in die Ecke treten wollen: so können Sie immer dableiben.

ADRAST: Bleiben Sie doch! ich bitte.

LISIDOR: Nu! wenn ihr meint – – *Indem er auf sie zukömmt.*

ADRAST: Nun sage, was willst du?

JOHANN *welcher sieht, daß ihm Lisidor wieder nahe steht*: Nichts.

ADRAST: Nichts?

JOHANN: Nichts, gar nichts.

LISIDOR: Das Wörtchen im Vertrauen, hast du es schon wieder vergessen?

JOHANN: Potz Stern! sind Sie da? Ich denke, Sie stehen dort im Winkel.

LISIDOR: Narre, der Winkel ist näher gerückt.

JOHANN: Daran hat er sehr unrecht getan.

ADRAST: Halte mich nicht länger auf, und rede.

JOHANN: Herr Lisidor, mein Herr wird böse.

ADRAST: Ich habe vor ihm nichts Geheimes: rede!

JOHANN: So habe ich auch nichts für Sie.

LISIDOR: Galgendieb, ich muß dir nur deinen Willen tun. – – Ich gehe auf meine Stube, Adrast: wenn Sie zu mir kommen wollen –

ADRAST: Ich werde Ihnen gleich folgen.

FÜNFTER AUFTRITT

JOHANN. ADRAST.

JOHANN: Ist er fort?

ADRAST: Was hast du mir denn zu sagen? Ich wette, es ist eine Kleinigkeit; und der Alte wird sich einbilden, daß es Halssachen sind.

JOHANN: Eine Kleinigkeit? – – Mit einem Worte, Herr Adrast, wir sind verloren. Und Sie konnten verlangen, daß ich es in Gegenwart des Lisidors sagen sollte?

ADRAST: Verloren? Und wie denn? Erkläre dich.

JOHANN: Was ist da zu erklären? Kurz, wir sind verloren. – – Aber so unvorsichtig hätte ich mir Sie doch nimmermehr eingebildet, daß Sie es sogar Ihren künftigen Schwiegervater wollten hören lassen – –

ADRAST: So laß mich es nur hören – –

JOHANN: Wahrhaftig, er hätte die Lust auf einmal verlieren können, es jemals zu werden. – – So ein Streich!

ADRAST: Nun? was denn für ein Streich? Wie lange wirst du mich noch martern?

JOHANN: Ein ganz verdammter Streich. – – Ja, ja! wenn der Bediente nicht oft behutsamer wäre, als der Herr: es würden artige Dinge herauskommen.

ADRAST: Nichtswürdiger Schlingel – –

JOHANN: Ho, ho! ist das mein Dank? Wenn ich es doch nur gesagt hätte, wie der Alte da war. Wir hätten wollen sehen! wir hätten wollen sehen –

ADRAST: Daß dich dieser und jener – –

JOHANN: Ha, ha! nach dem diesen und jenen wird nicht mehr gefragt. Ich weiß doch wohl, daß Sie den Teufel meinen, und daß keiner ist. Ich müßte wenig von Ihnen gelernt haben, wenn ich nicht der ganzen Hölle ein Schnippchen schlagen wollte.

ADRAST: Ich glaube, du spielst den Freigeist? Ein ehrlicher Mann möchte einen Ekel davor bekommen, wenn er sieht, daß es ein jeder Lumpenhund sein will. – – Aber ich verbiete dir nunmehr, mir ein Wort zu sagen. Ich weiß doch, daß es nichts ist.

JOHANN: Ich sollte es Ihnen nicht sagen? Ich sollte Sie so in Ihr Unglück rennen lassen? Das wollen wir sehen.

ADRAST: Gehe mir aus den Augen!

JOHANN: Nur Geduld! – – Sie erinnern sich doch wohl so ohngefähr, wie Sie Ihre Sachen zu Hause gelassen haben?

ADRAST: Ich mag nichts wissen.

JOHANN: Ich sage Ihnen ja auch noch nichts. – – Sie erinnern sich doch wohl auch der Wechsel, die Sie an den Herrn Araspe vor Jahr und Tag ausstellten?

ADRAST: Schweig, ich mag nichts davon hören.

JOHANN: Ohne Zweifel, weil Sie sie vergessen wollen? Wenn sie nur dadurch bezahlt würden. – – Aber wissen Sie denn auch, daß sie verfallen sind?

ADRAST: Ich weiß, daß du dich nicht darum zu bekümmern hast.

JOHANN: Auch das verbeiße ich. – Sie denken freilich: weit davon, ist gut für den Schuß; und Herr Araspe hat eben nicht nötig, so sehr dahinterher zu sein. Aber, was meinen Sie, wenn ich den Herrn Araspe – –

ADRAST: Nun was?

JOHANN: Jetzt den Augenblick vom Postwagen hätte steigen sehen?

ADRAST: Was sagst du? Ich erstaune – –

JOHANN: Das tat ich auch, als ich ihn sah.

ADRAST: Du, Araspen gesehen? Araspen hier?

JOHANN: Mein Herr, ich habe mich auf den Fuß gesetzt, daß ich Ihre und meine Schuldner gleich auf den ersten Blick erkenne; ja ich rieche sie schon, wenn sie auch noch hundert Schritt von mir sind.

ADRAST *nachdem er nachgedacht*: Ich bin verloren!

JOHANN: Das war ja mein erstes Wort.

ADRAST: Was ist anzufangen?

JOHANN: Das beste wird sein: wir packen auf, und ziehen weiter.

ADRAST: Das ist unmöglich.

JOHANN: Nun so machen Sie sich gefaßt zu bezahlen.

ADRAST: Das kann ich nicht; die Summe ist zu groß.

JOHANN: Oh! ich sagte auch nur so. – – Sie sinnen?

ADRAST: Doch wer weiß auch, ob er ausdrücklich meinetwegen hergekommen ist. Er kann andre Geschäfte haben.

JOHANN: Je nu! so wird er das Geschäfte mit Ihnen so beiher treiben. Wir sind doch immer geklatscht.

ADRAST: Du hast recht. – – Ich möchte rasend werden, wenn ich an alle die Streiche gedenke, die mir ein ungerechtes Schicksal zu spielen nicht aufhört. – Doch wider wen murre ich? Wider ein taubes Ohngefähr? Wider einen blinden Zufall, der uns ohne Absicht und ohne Vorsatz schwer fällt? Ha! nichtswürdiges Leben! –

JOHANN: Oh! lassen Sie mir das Leben ungeschimpft. So einer Kleinigkeit wegen sich mit ihm zu überwerfen, das wäre was Gescheutes!

ADRAST: So rate mir doch, wenn du es für eine Kleinigkeit ansiehst.

JOHANN: Fällt Ihnen im Ernste kein Mittel ein? – – Bald werde ich Sie gar nicht mehr für den großen Geist halten, für den ich Sie doch immer gehalten habe. Fortgehen wollen Sie nicht; bezahlen können Sie nicht: was ist denn noch übrig?

ADRAST: Mich ausklagen zu lassen.

JOHANN: O pfui! Worauf ich gleich zuerst fallen würde, wenn ich auch bezahlen könnte – –

ADRAST: Und was ist denn das?

JOHANN: Schwören Sie den Bettel ab.

ADRAST *mit einer bittern Verachtung*: Schurke!

JOHANN: Wie? Was bin ich? So einen brüderlichen Rat – –

ADRAST: Ja wohl ein brüderlicher Rat, den du nur deinen Brüdern, Leuten deinesgleichen, geben solltest.

JOHANN: Sind Sie Adrast? Ich habe Sie wohl niemals über das Schwören spotten hören?

ADRAST: Über das Schwören, als Schwören, nicht aber als eine bloße Beteurung seines Wortes. Diese muß einem ehrlichen Manne heilig sein, und wenn auch weder Gott noch Strafe ist. Ich würde mich ewig schämen, meine Unterschrift geleugnet zu haben, und ohne Verachtung meiner selbst, nie mehr meinen Namen schreiben können.

JOHANN: Aberglauben über Aberglauben. Zu einer Türe haben Sie ihn herausgejagt, und zu der andern lassen Sie ihn wieder herein.

ADRAST: Schweig! ich mag dein lästerliches Geschwätze nicht anhören. Ich will Araspen aufsuchen. Ich will ihm Vorstellungen tun; ich will ihm von meiner Heirat sagen; ich will ihm Zinsen über Zinsen versprechen. – – Ich treffe ihn doch wohl noch in dem Posthause?

JOHANN: Vielleicht. – – Da geht er, der barmherzige Schlucker. Das Maul ist groß genug an ihm; aber wenn es dazu kömmt, daß er das was er glaubt, mit Taten beweisen soll, da zittert das alte Weib! Wohl dem, der nach seiner Überzeugung auch leben kann! So hat er doch noch etwas davon. Ich sollte an seiner Stelle sein. – – Doch ich muß nur sehen, wo er bleibt.

Ende des ersten Aufzugs.

ZWEITER AUFZUG

Erster Auftritt

Juliane. Henriette. Lisette.

LISETTE: Vor allen Dingen, meine lieben Mamsells, ehe ich Ihre kleine Streitigkeit schlichte, lassen Sie uns ausmachen, welcher von Ihnen ich heute zugehöre. Sie wissen wohl, Ihre Herrschaft über mich ist umzechig. Denn weil es unmöglich sein soll, zweien Herren zu dienen, so hat Ihr wohlweiser Papa – – neigen Sie sich, Mamsells, neigen Sie sich! – – so hat, sage ich, Ihr wohlweiser Papa wohlbedächtig mich damit verschonen wollen, das Unmögliche möglich zu machen. Er hat jede von Ihnen einen Tag um den andern zu meiner hauptsächlichen Gebieterin gemacht; so daß ich den einen Tag, der sanften Juliane ehrbares Mädchen, und den andern der muntern Henriette wilde Lisette sein muß. Aber jetzt, seitdem die fremden Herren im Hause sind – –

HENRIETTE: Unsre Anbeter meinst du – –

LISETTE: Ja, ja! Ihre Anbeter, welche bald Ihre hochbefehlenden Ehemänner sein werden – – Seitdem, sage ich, diese im Hause sind, geht alles drüber und drunter; ich werde aus einer Hand in die andere geschmissen; und ach! unsere schöne Ordnung liegt mit dem Nähzeuge, das Sie seit ebender Zeit nicht angesehen haben, unterm Nachttische. Hervor wieder damit! Ich muß wissen woran ich mit Ihnen bin, wenn ich ein unparteiisches Urteil fällen soll.

HENRIETTE: Das wollen wir bald ausrechnen – – Du besinnst dich doch wohl auf den letzten Feiertag, da dich meine Schwester mit in die Nachmittagspredigt schleppte, so gerne du auch mit mir auf unser Vorwerk gefahren wärest? Du warst damals sehr strenge, Juliane! – – –

JULIANE: Ich habe doch wohl nicht einer ehrlichen Seele einen vergeblichen Weg nach ihr hinaus gemacht?

HENRIETTE: Lisette – –

LISETTE: Stille, Mamsell Henriette! nicht aus der Schule geschwatzt, oder – –

HENRIETTE: Mädchen drohe nicht! Du weißt wohl, ich habe ein gut Gewissen.

LISETTE: Ich auch. – – Doch lassen Sie uns nicht das Hundertste ins Tausendste schwatzen. – – Recht! an den Feiertag will ich gedenken! Er war der letzte in unsrer Ordnung; denn noch den Abend kam Theophan an.

HENRIETTE: Und also, mit Erlaubnis meiner Schwester, bist du heute meine.

JULIANE: Ohne Widerrede.

LISETTE: Juchhei! Mamsellchen. Ich bin also heute Ihre: *Juchhei!*

JULIANE: Ist das dein Lösungswort unter ihrer Fahne?

LISETTE: Ohne weitre Umstände; erzählen Sie mir nunmehr

Ihre Streitigkeit. – – Unterdessen lege ich mein Gesicht in richterliche Falten.

JULIANE: Streitigkeit? Eine wichtige Streitigkeit? Ihr seid beide Schäkerinnen. – – Ich will nichts mehr davon hören.

HENRIETTE: So? Du willst keinen Richter erkennen? Ein klarer Beweis, daß du unrecht hast. – Höre nur, Lisette! wir haben über unsre Anbeter gezankt. Ich will die Dinger immer noch so nennen, mag doch zuletzt daraus werden, was da will.

LISETTE: Das dachte ich. Über was könnten sich zwei gute Schwestern auch sonst zanken? Es ist freilich verdrießlich, wenn man sein künftiges Haupt verachten hört.

HENRIETTE: Schwude! Mädchen; du willst ganz auf die falsche Seite. Keine hat des andern Anbeter verachtet; sondern unser Zank kam daher weil eine des andern Anbeter – – schon wieder Anbeter! – – allzusehr erhob.

LISETTE: Eine neue Art Zanks! wahrhaftig, eine neue Art!

HENRIETTE: Kannst du es anders sagen, Juliane?

JULIANE: Oh! verschone mich doch damit.

HENRIETTE: Hoffe auf kein Verschonen, wenn du nicht widerrufst. – – Sage, Lisette, hast du unsre Männerchen schon einmal gegeneinandergehalten? Was dünkt dich? Juliane macht ihren armen Theophan herunter, als wenn er ein kleines Ungeheuer wäre.

JULIANE: Unartige Schwester! Wann habe ich dieses getan? Mußt du aus einer flüchtigen Anmerkung, die du mir gar nicht hättest aufmutzen sollen, solche Folgen ziehen?

HENRIETTE: Ich seh, man muß dich böse machen, wenn du mit der Sprache heraus sollst. – – Eine flüchtige Anmerkung nennst du es? Warum strittest du denn über ihre Gründlichkeit?

JULIANE: Du hast doch närrische Ausdrücke! Fingst du nicht den ganzen Handel selbst an? Ich glaubte, wie sehr ich dir schmeicheln würde, wenn ich deinen Adrast den wohlgemachtesten Mann nennte, den ich jemals gesehen hätte. Du hättest mir für meine Gesinnungen danken, nicht aber widersprechen sollen.

HENRIETTE: Sieh, wie wunderlich du bist! Was war mein Widerspruch anders, als ein Dank? Und wie konnte ich mich nachdrücklicher bedanken, als wenn ich den unverdienten Lobspruch auf deinen Theophan zurückschob? –

LISETTE: Sie hat recht!

JULIANE: Nein, sie hat nicht recht. Denn ebendieses verdroß mich. Muß sie auf einen so kindischen Fuß mit mir umgehen? Sahe sie mich nicht dadurch für ein kleines spielendes Mädchen an, das zu ihr gesagt hätte: Deine Puppe ist die schönste; und dem sie also, um es nicht böse zu machen, antworten müßte: Nein, deine ist die schönste?

LISETTE: Nun hat sie recht!

HENRIETTE: Oh! geh, du bist eine artige Richterin. Hast du schon vergessen, daß du mir heute angehörst?

LISETTE: Desto schärfer eben werde ich gegen Sie sein, damit ich nicht parteiisch lasse.

JULIANE: Glaube mir nur, daß ich bessere Eigenschaften an einer Mannsperson zu schätzen weiß, als seine Gestalt. Und es ist genug, daß ich diese bessern Eigenschaften an dem Theophan finde. Sein Geist –

HENRIETTE: Von dem ist ja nicht die Rede. Jetzt kömmt es auf den Körper an, und dieser ist an dem Theophan schöner, du magst sagen, was du willst. Adrast ist besser gewachsen: gut; er hat einen schönern Fuß: ich habe nichts dawider. Aber laß uns auf das Gesicht kommen. – –

JULIANE: So stückweise habe ich micht nicht eingelassen.

HENRIETTE: Das ist eben dein Fehler. – Was für ein Stolz, was für eine Verachtung aller andern blickt nicht dem Adrast aus jeder Miene! Du wirst es Adel nennen; aber machst du es dadurch schön? Umsonst sind seine Gesichtszüge noch so regelmäßig: sein Eigensinn, seine Lust zum Spotten hat eine gewisse Falte hineingebracht, die ihm in meinen Augen recht häßlich läßt. Aber ich will sie ihm gewiß herausbringen: laß nur die Flitterwochen erst vorbei sein. – – Dein Theophan hingegen hat das liebenswürdigste Gesicht von der Welt. Es herrscht eine Freundlichkeit darin, die sich niemals verleugnet. – –

JULIANE: Sage mir doch nur nichts, was ich ebensogut bemerkt habe, als du. Allein ebendiese seine Freundlichkeit ist nicht sowohl das Eigentum seines Gesichts, als die Folge seiner innern Ruhe. Die Schönheit der Seele bringt auch in einen ungestalteten Körper Reize; so wie ihre Häßlichkeit dem vortrefflichsten Baue und den schönsten Gliedern desselben, ich weiß nicht was eindrückt, das einen unzuerklärenden Verdruß erwecket. Wenn Adrast ebender fromme Mann wäre, der Theophan ist; wenn seine Seele von ebenso göttlichen Strahlen der Wahrheit, die er sich mit Gewalt zu verkennen bestrebet, erleuchtet wäre: so würde er ein Engel unter den Menschen sein; da er jetzt kaum ein Mensch unter den Menschen ist. Zürne nicht, Henriette, daß ich so verächtlich von ihm rede. Wenn er in gute Hände fällt, kann er noch alles das werden, was er jetzt nicht ist, weil er es nie hat sein wollen. Seine Begriffe von der Ehre, von der natürlichen Billigkeit sind vortrefflich – –

HENRIETTE *spöttisch*: Oh! du machst ihn auch gar zu sehr herunter. – – Aber im Ernste, kann ich nicht sagen, daß du mich nunmehr für das kleine spielende Mädchen ansiehst? Ich mag ja nicht von dir seinetwegen zufriedengestellt sein. Er ist, wie er ist, und lange gut für mich. Du sprachst von guten Händen, in die er fallen müßte, wenn noch was aus ihm werden sollte. Da er in meine nunmehr gefallen ist, wird er wohl nicht anders werden. Mich nach ihm zu richten, wird mein einziger Kunstgriff sein, uns das Leben erträglich zu machen. Nur die verdrießlichen Gesichter muß er ablegen; und da werde ich ihm die Gesichter deines Theophans zum Muster vorschlagen.

JULIANE: Schon wieder Theophan, und seine freundlichen Gesichter?

LISETTE: Stille! Mamsell – –

ZWEITER AUFTRITT

THEOPHAN. JULIANE. HENRIETTE. LISETTE.

HENRIETTE *springt dem Theophan entgegen*: Kommen Sie doch, Theophan, kommen Sie! – – Können Sie wohl glauben, daß ich Ihre Partei gegen meine Schwester habe halten müssen? Bewundern Sie meine Uneigennützigkeit. Ich habe Sie bis in den Himmel erhoben, da ich doch weiß, daß ich Sie nicht bekomme, sondern daß Sie für meine Schwester bestimmt sind, die Ihren Wert nicht kennet. Denken Sie nur, sie behauptet, daß Sie keine so schöne Person vorstellten, als Adrast. Ich weiß nicht, wie sie das behaupten kann. Ich sehe doch den Adrast mit den Augen einer Verliebten an, das ist, ich mache mir ihn noch zehnmal schöner, als er ist, und gleichwohl geben Sie ihm, meines Bedünkens, nichts nach. Sie spricht zwar, auf der Seite des Geistes hätten Sie mehr

Vorzüge; aber was wissen wir Frauenzimmer denn vom Geiste?

JULIANE: Die Schwätzerin! Sie kennen sie, Theophan: glauben Sie ihr nicht.

THEOPHAN: Ich ihr nicht glauben, schönste Juliane? Warum wollen Sie mich nicht in der glücklichen Überzeugung lassen, daß Sie so vorteilhaft von mir gesprochen haben? – – Ich danke Ihnen, angenehmste Henriette, für Ihre Verteidigung; ich danke Ihnen um soviel mehr, je stärker ich selbst überführet bin, daß Sie eine schlechte Sache haben verteidigen müssen. Allein – –

HENRIETTE: Oh! Theophan, von Ihnen verlange ich es nicht, daß Sie mir recht geben sollen. Es ist eine andere gewisse Person – –

JULIANE: Lassen Sie dieser andern Person Gerechtigkeit widerfahren, Theophan. Sie werden, hoffe ich, meine Gesinnungen kennen – –

THEOPHAN: Gehen Sie nicht mit mir, als mit einem Fremden um, liebste Juliane. Brauchen Sie keine Einlenkungen; ich würde bei jeder nähern Bestimmung verlieren. – – Bei den Büchern, in einer engen staubigten Studierstube, vergißt man des Körpers sehr leicht; und Sie wissen, der Körper muß ebensowohl bearbeitet werden, als die Seele, wenn beide diejenigen Vollkommenheiten erhalten sollen, deren sie fähig sind. Adrast ist in der großen Welt erzogen worden; er hat alles, was bei derselben beliebt macht –

HENRIETTE: Und wenn es auch Fehler sein sollten. – –

THEOPHAN: Wenigstens habe ich diese Anmerkung nicht machen wollen. – – Aber nur Geduld! ein großer Verstand kann diesen Fehlern nicht immer ergeben sein. Adrast wird das Kleine derselben endlich einsehen, welches sich nur allzusehr durch das Leere verrät, das sie in unsern Herzen zurücklassen. Ich bin seiner Umkehr so gewiß, daß ich ihn schon im voraus darum liebe. – – Wie glücklich werden Sie mit ihm leben, glückliche Henriette!

HENRIETTE: So edel spricht Adrast niemals von Ihnen, Theophan. – –

JULIANE: Abermals eine recht garstige Anmerkung, meine liebe Schwester. – – Was suchst du damit, daß du dem Theophan dieses sagst? Es ist allezeit besser, wenn man es nicht weiß, wer von uns übel spricht. Die Kenntnis unserer Verleumder wirkt auch in dem großmütigsten Herzen eine Art von Entfernung gegen sie, die ihre Aussöhnung mit der beleidigten Person nur noch schwerer macht.

THEOPHAN: Sie entzücken mich, Juliane. Aber fürchten Sie nichts! Eben darin soll über kurz oder lang mein Triumph bestehen, daß ich den mich jetzt verachtenden Adrast besser von mir zu urteilen gezwungen habe. Würde ich aber nicht diesen ganzen Triumph zernichten, wenn ich selbst einigen Groll gegen ihn fassen wollte? Noch hat er sich nicht die Mühe genommen, mich näher kennenzulernen. Vielleicht daß ich ein Mittel finde, ihn dazu zu vermögen. – – Lassen Sie uns nur jetzt davon abbrechen; und erlauben Sie, daß ich einen meiner nächsten Blutsfreunde bei Ihnen anmelden darf, der sich ein Vergnügen daraus gemacht hat, mich hier zu überraschen. –

JULIANE: Einen Anverwandten?

HENRIETTE: Und wer ist es?

THEOPHAN: Araspe.

JULIANE: Araspe?

HENRIETTE: Ei! das ist ja vortrefflich! Wo ist er denn?

THEOPHAN: Er war eben abgestiegen, und hat mir versprochen, unverzüglich nachzufolgen.

HENRIETTE: Weiß es der Papa schon?

THEOPHAN: Ich glaube nicht.

JULIANE: Und die Großmama?

HENRIETTE: Komm, Schwesterchen! diese fröhliche Nachricht müssen wir ihnen zuerst bringen. – – Du bist doch nicht böse auf mich?

JULIANE: Wer kann auf dich böse sein, Schmeichlerin? Komm nur!

THEOPHAN: Erlauben Sie, daß ich ihn hier erwarte.

HENRIETTE: Bringen Sie ihn aber nur bald. Hören Sie!

DRITTER AUFTRITT

THEOPHAN. LISETTE.

LISETTE: Ich bleibe, Herr Theophan, um Ihnen noch ein kleines großes Kompliment zu machen. Wahrhaftig! Sie sind der glücklichste Mann von der Welt! und wenn Herr Lisidor, glaube ich, noch zwei Töchter hätte, so würden sie doch alle viere in Sie verliebt sein.

THEOPHAN: Wie versteht Lisette das?

LISETTE: Ich verstehe es so: daß wenn es alle viere sein würden, es jetzt alle zwei sein müssen.

THEOPHAN *lächelnd*: Noch dunkler!

LISETTE: Das sagt Ihr Lächeln nicht. – Wenn Sie aber wirklich Ihre Verdienste selbst nicht kennen; so sind Sie nur desto liebenswerter. Juliane liebt Sie: und das geht mit rechten Dingen zu, denn sie soll Sie lieben. Nur schade, daß ihre Liebe so ein gar vernünftiges Ansehen hat. Aber was soll ich zu Henrietten sagen? Gewiß sie liebt Sie auch, und was das Verzweifeltste dabei ist, sie liebt Sie – aus Liebe. – Wenn Sie sie doch nur alle beide auch heiraten könnten!

THEOPHAN: Sie meint es sehr gut, Lisette!

LISETTE: Ja, wahrhaftig! alsdann sollten Sie mich noch obendrein behalten.

THEOPHAN: Noch besser! Aber ich sehe, Lisette hat Verstand – –

LISETTE: Verstand? Auf das Kompliment weiß ich, leider! nichts zu antworten. Auf ein anders: Lisette ist schön, habe ich wohl ungefähr antworten lernen: Mein Herr, Sie scherzen. Ich weiß nicht, ob sich diese Antwort hieher auch schickt.

THEOPHAN: Ohne Umstände! – – Lisette kann mir einen Dienst erzeigen, wenn sie mir ihre wahre Meinung von Julianen entdeckt. Ich bin gewiß, daß sie auch in ihren Mutmaßungen nicht weit vom Ziele treffen wird. Es gibt gewisse Dinge, wo ein Frauenzimmerauge immer schärfer sieht, als hundert Augen der Mannspersonen.

LISETTE: Verzweifelt! diese Erfahrung können Sie wohl nimmermehr aus Büchern haben – – Aber, wenn Sie nur acht auf meine Reden gegeben hätten; ich habe Ihnen bereits meine wahre Meinung von Julianen gesagt. Sagte ich Ihnen nicht, daß mir ihre Liebe ein gar zu vernünftiges Ansehen zu haben scheine? Darin liegt alles, was ich davon denke. Überlegung, Pflicht, vorzügliche Schönheiten der Seele – – Ihnen die Wahrheit zu sagen, gegen so vortreffliche Worte, in einem weiblichen Munde, mag ein Liebhaber immer ein wenig mißtrauisch sein. Und noch eine kleine Beobachtung gehöret hieher: diese nämlich, daß sie mit den schönen Worten weit sparsamer gewesen, als Herr Theophan allein im Hause war.

THEOPHAN: Gewiß?

LISETTE *nachdem sie ihn einen Augenblick angesehen*: Herr Theophan! Herr Theophan! Sie sagen dieses „Gewiß" mit einer Art – – mit einer Art –

THEOPHAN: Mit was für einer Art?

LISETTE: Ja! nun ist sie wieder weg. Die Mannspersonen! die Mannspersonen! Und wenn es auch gleich die allerfrömmsten sind – – Doch ich will mich nicht irremachen lassen. Seit Adrast im Hause ist, wollte ich sagen, fallen zwischen dem Adrast und Julianen dann und wann Blicke vor –

THEOPHAN: Blicke? – Sie beunruhiget mich, Lisette.

LISETTE: Und das Beunruhigen können Sie so ruhig aussprechen, so ruhig – – Ja, Blicke fallen zwischen ihnen vor; Blicke, die nicht ein Haar anders sind, als die Blicke, die dann und wann zwischen Mamsell Henrietten und dem vierten vorfallen – –

THEOPHAN: Was für einem vierten?

LISETTE: Werden Sie nicht ungehalten. Wenn ich Sie gleich den vierten nenne, so sind Sie eigentlich doch in aller Absicht der erste.

THEOPHAN *die ersten Worte beiseite*: Die Schlaue! – – – Sie beschämt mich für meine Neubegierde, und ich habe es verdient. Nichtsdestoweniger aber irret Sie sich Lisette; gewaltig irret Sie sich – –

LISETTE: O pfui! Sie machten mir vorhin ein so artiges Kompliment, und nunmehr gereuet es Sie auf einmal, mir es gemacht zu haben. – Ich müßte gar nichts von dem Verstande besitzen, den Sie mir beilegten, wenn ich mich so gar gewaltig irren sollte. – –

THEOPHAN *unruhig und zerstreut*: Aber wo bleibt er denn? – –

LISETTE: Mein Verstand? – Wo er will. – Soviel ist gewiß, daß Adrast bei Henrietten ziemlich schlecht steht, sosehr sie sich auch nach seiner Weise zu richten scheint. Sie kann alles leiden, nur geringgeschätzt zu werden, kann sie nicht leiden. Sie weiß es allzuwohl, für was uns Adrast ansieht: für nichts als, Geschöpfchen, die aus keiner andern Absicht da sind, als den Männern ein Vergnügen zu machen. Und das ist doch sehr nichtswürdig gedacht! Aber da kann man sehen, in was für gottlose Irrtümer die ungläubigen Leute verfallen. – – Nu? Hören Sie mir nicht mehr zu, Herr Theophan? Wie so zerstreut? wie so unruhig?

THEOPHAN: Ich weiß nicht, wo mein Vetter bleibt? – –
LISETTE: Er wird ja wohl kommen. – –
THEOPHAN: Ich muß ihm wirklich nur wieder entgegengehn. – – Adieu, Lisette!

Vierter Auftritt

Lisette.

Das heiße ich kurz abgebrochen! – Er wird doch nicht verdrießlich geworden sein, daß ich ihm ein wenig auf den Zahn fühlte? Das brave Männchen! Ich will nur gerne sehen, was noch daraus werden wird. Ich gönne ihm wirklich alles Gutes, und wenn es nach mir gehen sollte, so wüßte ich schon, was ich täte. – *Indem sie sich umsieht.* Wer kömmt denn da den Gang hervor? – Sind die es? – Ein Paar allerliebste Schlingel! Adrasts Johann, und Theophans Martin: die wahren Bilder ihrer Herren, von der häßlichen Seite! Aus Freigeisterei ist jener ein Spitzbube; und aus Frömmigkeit dieser ein Dummkopf. Ich muß mir doch die Lust machen, sie zu behorchen. *Sie tritt zurück.*

Fünfter Auftritt

Lisette, *halb versteckt hinter einer Szene.* Johann. Martin.

JOHANN: Was ich dir sage!
MARTIN: Du mußt mich für sehr dumm ansehen. Dein Herr ein Atheist? das glaube sonst einer! Er sieht ja aus, wie ich und du. Er hat Hände und Füße; er hat das Maul in der Breite und die Nase in der Länge, wie ein Mensch; er redt, wie ein Mensch; er ißt, wie ein Mensch: – – und soll ein Atheist sein?
JOHANN: Nun? sind denn die Atheisten keine Menschen?
MARTIN: Menschen? Ha! ha! ha! Nun höre ich, daß du selber nicht weißt, was ein Atheist ist.
JOHANN: Zum Henker! du wirst es wohl besser wissen. Ei! belehre doch deinen unwissenden Nächsten.
MARTIN: Hör zu! – Ein Atheist ist – eine Brut der Hölle, die sich, wie der Teufel, tausendmal verstellen kann. Bald ist's ein listiger Fuchs, bald ein wilder Bär; – – bald ist's ein Esel,

bald ein Philosoph; – – bald ist's ein Hund, bald ein unverschämter Poete. Kurz, es ist ein Untier, das schon lebendig bei dem Satan in der Hölle brennt – – eine Pest der Erde – – eine abscheuliche Kreatur – – ein Vieh, das dummer ist, als ein Vieh; – – ein Seelenkannibal – – ein Antichrist – – ein schreckliches Ungeheuer – –

JOHANN: Es hat Bocksfüße: nicht? Zwei Hörner? einen Schwanz? – –

MARTIN: Das kann wohl sein. – – Es ist ein Wechselbalg, den die Hölle durch – – durch einen unzüchtigen Beischlaf mit der Weisheit dieser Welt erzeugt hat; – – es ist – – ja, sieh, das ist ein Atheist. So hat ihn unser Pfarr abgemalt; der kennt ihn aus großen Büchern.

JOHANN: Einfältiger Schöps! – – Sieh mich doch einmal an.

MARTIN: Nu?

JOHANN: Was siehst du an mir?

MARTIN: Nichts, als was ich zehnmal besser an mir sehen kann.

JOHANN: Findest du denn etwas Erschreckliches, etwas Abscheuliches an mir? Bin ich nicht ein Mensch, wie du? Hast du jemals gesehen, daß ich ein Fuchs, ein Esel, oder ein Kannibal gewesen wäre?

MARTIN: Den Esel laß immer weg, wenn ich dir antworten soll, wie du gerne willst. – Aber, warum fragst du das?

JOHANN: Weil ich selbst ein Atheist bin; das ist, ein starker Geist, wie es jetzt jeder ehrlicher Kerl nach der Mode sein muß. Du sprichst, ein Atheist brenne lebendig in der Hölle. Nun! rieche einmal: riechst du einen Brand an mir?

MARTIN: Drum eben bist du keiner.

JOHANN: Ich wäre keiner? Tue mir nicht die Schande an, daran zu zweifeln, oder – – Doch wahrhaftig, das Mitleiden verhindert mich, böse zu werden. Du bist zu beklagen, armer Schelm!

MARTIN: Arm? Laß einmal sehen, wer die vergangene Woche das meiste Trinkgeld gekriegt hat. *Er greift in die Tasche.* Du bist ein lüderlicher Teufel, du versäufst alles – –

JOHANN: Laß stecken! Ich rede von einer ganz andern Armut, von der Armut des Geistes, der sich mit lauter elenden Brokken des Aberglaubens ernähren, und mit lauter armseligen Lumpen der Dummheit kleiden muß. – Aber so geht es euch Leuten, die ihr nicht weiter, als höchstens vier Meilen hinter den Backofen kommt. Wenn du gereiset wärest, wie ich – –

MARTIN: Gereist bist du? Laß hören, wo bist du gewesen?
JOHANN: Ich bin gewesen – in Frankreich – –
MARTIN: In Frankreich? Mit deinem Herrn?
JOHANN: Ja, mein Herr war mit.
MARTIN: Das ist das Land, wo die Franzosen wohnen? – So wie ich einmal einen gesehen habe – das war eine schnurrige Kröte! In einem Augenblicke konnte er sich siebenmal auf dem Absatze herumdrehen, und dazu pfeifen.
JOHANN: Ja, es gibt große Geister unter ihnen! Ich bin da erst recht klug geworden.
MARTIN: Hast du denn auch Frankreichsch gelernt?
JOHANN: Französisch, willst du sagen: – vollkommen.
MARTIN: Oh! rede einmal!
JOHANN: Das will ich wohl tun. – – Quelle heure est-il, maraut? Le père et la mère une fille de coups de baton. Comment coquin? Diantre diable carogne à vous servir.
MARTIN: Das ist schnakisch! Und das Zeug können die Leute da verstehen? Sag einmal, was hieß das auf deutsch?
JOHANN: Ja! auf deutsch! Du guter Narre, das läßt sich auf deutsch nicht so sagen. Solche feine Gedanken können nur französisch ausgedrückt werden.
MARTIN: Der Blitz – – Nu? wo bist du weiter gewesen?
JOHANN: Weiter? In England – –
MARTIN: In England? – – Kannst du auch Engländsch?
JOHANN: Was werde ich nicht können?
MARTIN: Sprich doch!
JOHANN: Du mußt wissen, es ist eben, wie das Französische. Es ist Französisch, versteh mich, auf englisch ausgesprochen. Was hörst du dir dran ab? – – Ich will dir ganz andre Dinge sagen, wenn du mir zuhören willst. Dinge, die ihresgleichen nicht haben müssen. Zum Exempel, auf unsern vorigen Punkt zu kommen: sei kein Narr, und glaube, daß ein Atheist so ein schrecklich Ding ist. Ein Atheist ist nichts weiter, als ein Mensch, der keinen Gott glaubt. – –
MARTIN: Keinen Gott? Je! das ist ja noch viel ärger! Keinen Gott? Was glaubt er denn?
JOHANN: Nichts.
MARTIN: Das ist wohl eine mächtige Mühe.
JOHANN: Ei! Mühe! Wenn auch nichts glauben eine Mühe wäre, so glaubten ich und mein Herr gewiß alles. Wir sind geschworne Feinde alles dessen, was Mühe macht. Der

Mensch ist in der Welt, vergnügt und lustig zu leben. Die Freude, das Lachen, das Courtisieren, das Saufen sind seine Pflichten. Die Mühe ist diesen Pflichten hinderlich; also ist es auch notwendig seine Pflicht, die Mühe zu fliehen. – – Sieh, das war ein Schluß, der mehr Gründliches enthält, als die ganze Bibel.

MARTIN: Ich wollt's. Aber sage mir doch, was hat man denn in der Welt ohne Mühe?

JOHANN: Alles was man erbt, und was man erheiratet. Mein Herr erbte von seinem Vater und von zwei reichen Vettern keine kleinen Summen; und ich muß ihm das Zeugnis geben, er hat sie, als ein braver Kerl, durchgebracht. Jetzt bekömmt er ein reich Mädel, und, wenn er klug ist, so fängt er es wieder an, wo er es gelassen hat. Seit einiger Zeit ist er mir zwar ganz aus der Art geschlagen; und ich sehe wohl, auch die Freigeisterei bleibt nicht klug, wenn sie auf die Freite geht. Doch ich will ihn schon wieder in Gang bringen. – – Und höre, Martin, ich will auch dein Glück machen. Ich habe einen Einfall; aber ich glaube nicht, daß ich ihn anders wohl von mir geben kann, als – – bei einem Glase Wein. Du klimpertst vorhin mit deinen Trinkgeldern; und gewiß, du bist in Gefahr, keine mehr zu bekommen, wenn man nicht sieht, daß du sie dazu anwendest, wozu sie dir gegeben werden. Zum Trinken, guter Martin, zum Trinken: darum heißen es Trinkgelder. – –

MARTIN: Still! Herr Johann, still! – Du bist mir so noch Revansche schuldig. Habe ich dich nicht jenen Abend nur noch freigehalten? – – Doch, laß einmal hören! was ist denn das für ein Glück, das ich von dir zu hoffen habe?

JOHANN: Höre, wenn mein Herr heiratet, so muß er noch einen Bedienten annehmen. – – Eine Kanne Wein, so sollst du bei mir den Vorzug haben. Du versauerst doch nur bei deinem dummen Schwarzrocke. Du sollst bei Adrasten mehr Lohn und mehr Freiheit haben; und ich will dich noch obendrein zu einem starken Geiste machen, der es mit dem Teufel und seiner Großmutter aufnimmt, wenn nur erst einer wäre.

MARTIN: Was? wenn erst einer wäre? Ho! ho! Ist es nicht genug, daß du keinen Gott glaubst? willst du noch dazu keinen Teufel glauben? Oh! male ihn nicht an die Wand! Er läßt sich nicht so lange herumhudeln, wie der liebe Gott.

Der liebe Gott ist gar zu gut, und lacht über einen solchen Narren, wie du bist. Aber der Teufel – – dem läuft gleich die Laus über die Leber; und darnach sieht's nicht gut aus. – Nein, bei dir ist kein Aushalten: ich will nur gehen. – –

JOHANN *hält ihn zurück*: Spitzbube! Spitzbube! denkst du, daß ich deine Streiche nicht merke? Du fürchtest dich mehr für die Kanne Wein, die du geben sollst, als für den Teufel. Halt! – – Ich kann dich aber bei dem allen unmöglich in dergleichen Aberglauben steckenlassen. Überlege dir's nur: – – Der Teufel – – der Teufel – – Ha! ha! ha! – – Und dir kömmt es nicht lächerlich vor? Je! so lache doch!

MARTIN: Wenn kein Teufel wäre, wo kämen denn die hin, die ihn auslachen? – – Darauf antworte mir einmal! den Knoten beiß mir auf! Siehst du, daß ich auch weiß, wie man euch Leute zuschanden machen muß?

JOHANN: Ein neuer Irrtum! Und wie kannst du so ungläubig gegen meine Worte sein? Es sind die Aussprüche der Weltweisheit, die Orakel der Vernunft! Es ist bewiesen, sage ich dir, in Büchern ist es bewiesen, daß es weder Teufel noch Hölle gibt. – – Kennst du Balthasarn? Es war ein berühmter Bäcker in Holland.

MARTIN: Was gehn mich die Bäcker in Holland an? Wer weiß, ob sie so gute Prezeln backen, wie der hier an der Ecke.

JOHANN: Ei! das war ein gelehrter Bäcker! Seine bezauberte Welt – – ha! – das ist ein Buch! Mein Herr hat es einmal gelesen. Kurz, ich verweise dich auf das Buch, so wie man mich darauf verwiesen hat, und will dir nur im Vertrauen sagen: Der muß ein Ochse, ein Rindvieh, ein altes Weib sein, der einen Teufel glauben kann. Soll ich dir's zuschwören, daß keiner ist? – Ich will ein Hundsfott sein!

MARTIN: Pah! der Schwur geht wohl mit.

JOHANN: Nun, sieh – – ich will, ich will – – auf der Stelle verblinden, wenn ein Teufel ist.

Lisette springt geschwinde hinter der Szene hervor, und hält ihm rückwärts die Augen zu, indem sie dem Martin zugleich winkt.

MARTIN: Das wäre noch was; aber du weißt schon, daß das nicht geschieht.

JOHANN *ängstlich*: Ach! Martin, ach!

MARTIN: Was ist's?

JOHANN: Martin, wie wird mir? Wie ist mir, Martin?

MARTIN: Nu? was hast du denn?

JOHANN: Seh ich – oder – – ach! daß Gott – – Martin! Martin! wie wird es auf einmal so Nacht?

MARTIN: Nacht? Was willst du mit der Nacht?

JOHANN: Ach! so ist es nicht Nacht? Hülfe! Martin, Hülfe!

MARTIN: Was denn für Hülfe? Was fehlt dir denn?

JOHANN: Ach! ich bin blind, ich bin blind! Es liegt mir auf den Augen, auf den Augen. – – Ach! ich zittere am ganzen Leibe – –

MARTIN: Blind bist du? Du wirst ja nicht? – – Warte, ich will dich in die Augen schlagen, daß das Feuer herausspringt, und du sollst bald sehen – –

JOHANN: Ach! ich bin gestraft, ich bin gestraft. Und du kannst meiner noch spotten? Hülfe! Martin, Hülfe! – – *Er fällt auf die Knie.* Ich will mich gern bekehren! Ach! was bin ich für ein Bösewicht gewesen! – –

LISETTE *welche plötzlich gehenläßt, und, indem sie hervorspringt, ihm eine Ohrfeige gibt*: Du Schlingel!

MARTIN: Ha! ha! ha!

JOHANN: Ach! ich komme wieder zu mir. *Indem er aufsteht.* Sie Rabenaas, Lisette!

LISETTE: Kann man euch Hundsfötter so ins Bockshorn jagen? Ha! ha! ha!

MARTIN: Krank lache ich mich noch darüber. Ha! ha! ha!

JOHANN: Lacht nur! lacht nur! – – – Ihr seid wohl albern, wenn ihr denkt, daß ich es nicht gemerkt habe. – *Beiseite:* Das Blitzmädel, was sie mir für einen Schreck abgejagt hat! Ich muß mich wieder erholen. *Geht langsam ab.*

MARTIN: Gehst du? Oh! lacht ihn doch aus! Je! lach Sie doch, Lisettchen, lach Sie doch! Ha! ha! ha! Das hat Sie vortrefflich gemacht; so schöne, so schöne, ich möchte Sie gleich küssen. – –

LISETTE: Oh! geh, geh, dummer Martin!

MARTIN: Komm Sie, wirklich! ich will Sie zu Weine führen. Ich will Sie mit der Kanne Wein traktieren, um die mich der Schurke prellen wollte. Komm Sie!

LISETTE: Das fehlte mir noch. Ich will nur gehen, und meinen Mamsells den Spaß erzählen.

MARTIN: Ja, und ich meinem Herrn. – Der war abgeführt! der war abgeführt!

Ende des zweiten Aufzuges.

DRITTER AUFZUG

Erster Auftritt

Theophan. Araspe.

ARASPE: Was ich Ihnen sage, mein lieber Vetter. Das Vergnügen Sie zu überfallen, und die Begierde bei Ihrer Verbindung gegenwärtig zu sein, sind freilich die vornehmsten Ursachen meiner Anherkunft; nur die einzigen sind es nicht. Ich hatte den Aufenthalt des Adrast endlich ausgekundschaftet, und es war mir sehr lieb, auf diese Art, wie man sagt, zwei Würfe mit einem Steine zu tun. Die Wechsel des Adrast sind verfallen; und ich habe nicht die geringste Lust, ihm auch nur die allerkleinste Nachsicht zu gönnen. Ich erstaune zwar, ihn, welches ich mir nimmermehr eingebildet hätte, in dem Hause Ihres künftigen Schwiegervaters zu finden; ihn auf ebendemselben Fuße, als Sie, Theophan, hier zu finden: aber gleichwohl – – und wenn ihn das Schicksal auch noch näher mit mir verbinden könnte – –

THEOPHAN: Ich bitte Sie, liebster Vetter, beteuern Sie nichts.

ARASPE: Warum nicht? Sie wissen wohl, Theophan, ich bin der Mann sonst nicht, welcher seine Schuldner auf eine grausame Art zu drücken fähig wäre. – –

THEOPHAN: Das weiß ich, und desto eher – –

ARASPE: Hier wird kein „Desto eher" gelten. Adrast, dieser Mann, der sich, auf eine ebenso abgeschmackte als ruchlose Art, von andern Menschen zu unterscheiden sucht, verdient, daß man ihn auch wieder von andern Menschen unterscheide. Er muß die Vorrechte nicht genießen, die ein ehrlicher Mann seinen elenden Nächsten sonst gern genießen läßt. Einem spöttischen Freigeiste, welcher uns lieber das Edelste, was wir besitzen, rauben, und uns alle Hoffnung eines künftigen glückseligern Lebens zunichte machen möchte, vergilt man noch lange nicht Gleiches mit Gleichem, wenn man ihm das gegenwärtige Leben ein wenig sauer macht. – – Ich weiß, es ist der letzte Stoß, den ich dem Adrast versetze; er wird seinen Kredit nicht wiederherstellen können. Ja, ich wollte mich freuen, wenn ich sogar seine Heirat dadurch rückgängig machen könnte. Wenn mir es nur um mein Geld zu tun wäre: so sehen Sie wohl, daß ich diese Heirat lieber würde befördern helfen, weil er doch wohl dadurch wieder etwas in die Hände bekommen wird. Aber nein; und sollte ich bei dem Konkurse, welcher entstehen muß, auch ganz und gar ledig ausgehen: so will ich ihn dennoch auf das Äußerste bringen. Ja, wenn ich alles wohl erwäge, so glaube ich, ihm durch diese Grausamkeit noch eine Wohltat zu erweisen. Schlechtere Umstände werden ihn vielleicht zu ernsthaften Überlegungen bringen, die er in seinem Wohlstande zu machen, nicht wert gehalten hat; und vielleicht ändert sich, wie es fast immer zu geschehen pflegt, sein Charakter mit seinem Glücke.

THEOPHAN: Ich habe Sie ausreden lassen. Ich glaube Sie werden so billig sein, und mich nunmehr auch hören.

ARASPE: Das werde ich. – Aber eingebildet hätte ich mir es nicht, daß ich an meinem frommen Vetter einen Verteidiger des Adrasts finden sollte.

THEOPHAN: Ich bin es weniger, als es scheinet; und es kommen hier so viel Umstände zusammen, daß ich weiter fast nichts, als meine eigne Sache führen werde. Adrast, wie ich fest überzeugt bin, ist von derjenigen Art Freigeister, die wohl etwas Besseres zu sein verdienten. Es ist auch sehr begreiflich, daß man in der Jugend so etwas gleichsam wider Willen werden kann. Man ist es aber alsdann nur so lange, bis der Verstand zu einer gewissen Reife gelangt ist, und sich das aufwallende Geblüte abgekühlt hat. Auf diesem kritischen Punkte steht jetzt Adrast; aber noch mit wankendem Fuße. Ein kleiner Wind, ein Hauch kann ihn wieder herabstürzen. Das Unglück, das Sie ihm drohen, würde ihn betäuben; er würde sich einer wütenden Verzweiflung überlassen, und Ursache zu haben glauben, sich um die Religion nicht zu bekümmern, deren strenge Anhänger sich kein Bedenken gemacht hätten, ihn zugrunde zu richten.

ARASPE: Das ist etwas; aber – –

THEOPHAN: Nein, für einen Mann von Ihrer Denkungsart, liebster Vetter, muß dieses nicht nur etwas, sondern sehr *viel sein*. Sie haben die Sache von dieser Seite noch nicht betrachtet; Sie haben den Adrast nur als einen verlornen Mann angesehen, an dem man zum Überflusse noch eine desperate Kur wagen müsse. Aus diesem Grunde ist die Heftigkeit, mit der Sie wider ihn sprachen, zu entschuldigen. Lernen Sie ihn aber durch mich nunmehr unparteiischer beurteilen. Er ist in seinen Reden jetzt weit eingezogener, als man mir ihn sonst beschrieben hat. Wenn er streitet, so spottet er nicht mehr, sondern gibt sich alle Mühe, Gründe vorzubringen. Er fängt an, auf die Beweise, die man ihm entgegensetzt, zu antworten, und ich habe es ganz deutlich gemerkt, daß er sich schämt, wenn er nur halb darauf antworten kann. Freilich sucht er diese Scham noch dann und wann unter das Verächtliche eines Schimpfworts zu verstecken; aber nur Geduld! es ist schon viel, daß er diese Schimpfworte niemals mehr auf die heiligen Sachen, die man gegen ihn verteidiget, sondern bloß auf die Verteidiger fallen läßt. Seine Verachtung der Religion löset sich allmählich in die Verachtung derer auf, die sie lehren.

ARASPE: Ist das wahr, Theophan?

THEOPHAN: Sie werden Gelegenheit haben, sich selbst davon zu überzeugen. – Sie werden zwar hören, daß diese seine Verachtung der Geistlichen mich jetzt am meisten trifft; allein ich bitte Sie im voraus, nicht empfindlicher darüber zu werden, als ich selbst bin. Ich habe es mir fest vorgenommen, ihn nicht mit gleicher Münze zu bezahlen; sondern ihm vielmehr seine Freundschaft abzuzwingen, es mag auch kosten, was es will.

ARASPE: Wenn Sie bei persönlichen Beleidigungen so großmütig sind – –

THEOPHAN: Stille; wir wollen es keine Großmut nennen. Es kann Eigennutz, es kann eine Art von Ehrgeiz sein, sein Vorurteil von den Gliedern meines Ordens durch mich zuschanden zu machen. Es sei aber, was es wolle, so weiß ich doch, daß Sie viel zu gütig sind, mir darin im Wege zu stehen. Adrast würde es ganz gewiß für ein abgekartetes Spiel halten, wenn er sähe, daß mein Vetter so scharf hinter ihm drein wäre. Seine Wut würde einzig auf mich fallen, und er würde mich überall als einen Niederträchtigen ausschreien, der ihm, unter tausend Versicherungen der Freundschaft, den Dolch ins Herz gestoßen habe. Ich wollte nicht gerne, daß er die Exempel von hämtückischen Pfaffen, wie er sie nennt, mit einigem Scheine der Wahrheit auch durch mich vermehren könnte.

ARASPE: Lieber Vetter, das wollte ich noch tausendmal weniger, als Sie. – –

THEOPHAN: Erlauben Sie also, daß ich Ihnen einen Vorschlag tue: – – oder nein; es wird vielmehr eine Bitte sein.

ARASPE: Nur ohne Umstände Vetter. Sie wissen ja doch wohl, daß Sie mich in Ihrer Hand haben.

THEOPHAN: Sie sollen so gütig sein und mir die Wechsel ausliefern, und meine Bezahlung dafür annehmen.

ARASPE: Und Ihre Bezahlung dafür annehmen? Bei einem Haare hätten Sie mich böse gemacht. Was reden Sie von Bezahlung? Wenn ich Ihnen auch nicht gesagt hätte, daß es mir jetzt gar nicht um das Geld zu tun wäre: so sollten Sie doch wenigstens wissen, daß das, was meine ist, auch Ihre ist.

THEOPHAN: Ich erkenne meinen Vetter.

ARASPE: Und ich erkannte ihn fast nicht. – Mein nächster Blutsfreund, mein einziger Erbe, sieht mich als einen Fremden an, mit dem er handeln kann? *Indem er sein Taschenbuch herauszieht.* Hier sind die Wechsel! Sie sind Ihre! machen Sie damit was Ihnen gefällt.

THEOPHAN: Aber erlauben Sie, liebster Vetter: ich werde nicht so frei damit schalten dürfen, wenn ich sie nicht auf die gehörige Art an mich gebracht habe.

ARASPE: Welches ist denn die gehörige Art unter uns, wenn es nicht die ist, daß ich gebe, und Sie nehmen? – – Doch damit ich alle Ihre Skrupel hebe: wohl! Sie sollen einen Revers von sich stellen, daß Sie die Summe dieser Wechsel nach meinem Tode bei der Erbschaft nicht noch einmal fordern wollen. *Lächelnd:* Wunderlicher Vetter! sehen Sie denn nicht, daß ich weiter nichts tue, als auf Abschlag bezahle? –

THEOPHAN: Sie verwirren mich – –

ARASPE *der noch die Wechsel in Händen hat*: Lassen Sie mich nur die Wische nicht länger halten.

THEOPHAN: Nehmen Sie unterdessen meinen Dank dafür an.

ARASPE: Was für verlorne Worte! *Indem er sich umsieht.* Stecken Sie hurtig ein; da kömmt Adrast selbst.

ZWEITER AUFTRITT

ADRAST. THEOPHAN. ARASPE.

ADRAST *erstaunend*: Himmel! Araspe hier?

THEOPHAN: Adrast, ich habe das Vergnügen Ihnen in dem Herrn Araspe meinen Vetter vorzustellen.

ADRAST: Wie? Araspe Ihr Vetter?

ARASPE: Oh! wir kennen einander schon. Es ist mir angenehm, Herr Adrast, Sie hier zu sehen.

ADRAST: Ich bin bereits die ganze Stadt nach Ihnen durchgerannt. Sie wissen, wie wir miteinander stehen, und ich wollte Ihnen die Mühe ersparen, mich aufzusuchen.

ARASPE: Es wäre nicht nötig gewesen. Wir wollen von unserer Sache ein andermal sprechen. Theophan hat es auf sich genommen. – –

ADRAST: Theophan? Ha! nun ist es klar. – –

THEOPHAN: Was ist klar, Adrast? *Ruhig.*

ADRAST: Ihre Falschheit, Ihre List – –

THEOPHAN *zum Araspe*: Wir halten uns zu lange hier auf. Lisidor, lieber Vetter, wird Sie mit Schmerzen erwarten. Erlauben Sie, daß ich Sie zu ihm führe. – *Zum Adrast:* Darf ich bitten, Adrast, daß Sie einen Augenblick hier verziehen? Ich will den Araspe nur heraufbegleiten; ich werde gleich wieder hier sein.

ARASPE: Wenn ich Ihnen raten darf, Adrast, so sein Sie gegen meinen Vetter nicht ungerecht. – –

THEOPHAN: Er wird es nicht sein. Kommen Sie nur.

Theophan und Araspe gehen ab.

Dritter Auftritt

Adrast

Bitter: Nein, gewiß, ich werde es auch nicht sein! Er ist unter allen seinesgleichen, die ich noch gekannt habe, der hassenswürdigste! Diese Gerechtigkeit will ich ihm widerfahren lassen. Er hat den Araspe ausdrücklich meinetwegen kommen lassen: das ist unleugbar. Es ist mir aber doch lieb, daß ich ihm nie einen redlichen Tropfen Bluts zugetrauet, und seine süßen Reden jederzeit für das gehalten habe, was sie sind. – –

Vierter Auftritt

Adrast. Johann.

JOHANN: Nun? haben Sie den Araspe gefunden?

ADRAST: Ja. *Noch bitter.*

JOHANN: Geht's gut?

ADRAST: Vortrefflich.

JOHANN: Ich hätte es ihm auch raten wollen, daß er die geringste Schwierigkeit gemacht hätte! – – – Und er hat doch schon wieder seinen Abschied genommen?

ADRAST: Verzieh nur: er wird uns gleich den unsrigen bringen.

JOHANN: Er den unsrigen? – Wo ist Araspe? –

ADRAST: Beim Lisidor.

JOHANN: Araspe beim Lisidor? Araspe?

ADRAST: Ja, Theophans Vetter.

JOHANN: Was frage ich nach des Narren Vetter? Ich meine Araspen. – –

ADRAST: Den meine ich auch.

JOHANN: Aber – –

ADRAST: Aber siehst du denn nicht, daß ich rasend werden möchte? Was plagst du mich noch? du hörst ja, daß Theophan und Araspe Vettern sind.

JOHANN: Zum erstenmal in meinem Leben. – – Vettern? Ei! desto besser; unsere Wechsel bleiben also in der Freundschaft, und Ihr neuer Herr Schwager wird dem alten Herrn Vetter schon zureden – –

ADRAST: Du Dummkopf! – Ja, er wird ihm zureden, mich ohne Nachsicht unglücklich zu machen. – Bist du denn so albern, es für einen Zufall anzusehen, daß Araspe hier ist? Siehst du denn nicht, daß es Theophan muß erfahren haben, wie ich mit seinem Vetter stehe? daß er ihm Nachricht von meinen Umständen gegeben hat? daß er ihn gezwungen hat, über Hals über Kopf eine so weite Reise zu tun; um die Gelegenheit ja nicht zu versäumen, meinen Ruin an den Tag zu bringen, und mir dadurch die letzte Zuflucht, die Gunst des Lisidors, zu vernichten?

JOHANN: Verdammt; wie gehen mir die Augen auf! Sie haben recht. Kann ich Esel denn, wenn von einem Geistlichen die Rede ist, nicht gleich auf das Allerboshafteste fallen? – Ha! wenn ich doch die Schwarzröcke auf einmal zu Pulver stampfen und in die Luft schießen könnte! Was für Streiche haben sie uns nicht schon gespielt! Der eine hat uns um manches Tausend Taler gebracht: das war der ehrwürdige Gemahl Ihrer lieben Schwester. Der andere – –

ADRAST: Oh! fange nicht an, mir meine Unfälle vorzuzählen. Ich will sie bald geendigt sehen. Alsdann will ich es doch abwarten, was mir das Glück noch nehmen kann, wann ich nichts mehr habe.

JOHANN: Was es Ihnen noch nehmen kann, wann Sie nichts mehr haben? Das will ich Ihnen gleich sagen: Mich wird es Ihnen alsdann noch nehmen.

ADRAST: Ich verstehe dich, Holunke! –

JOHANN: Verschwenden Sie Ihren Zorn nicht an mir. Hier kömmt der, an welchem Sie ihn besser anwenden können.

Fünfter Auftritt

Theophan. Adrast. Johann.

THEOPHAN: Ich bin wieder hier, Adrast. Es entfielen Ihnen vorhin einige Worte von Falschheit und List. – –

ADRAST: Beschuldigungen entfallen mir niemals. Wenn ich sie vorbringe, bringe ich sie mit Vorsatz und Überlegung vor.

THEOPHAN: Aber eine nähere Erklärung – –

ADRAST: Die fodern Sie nur von sich selbst.

JOHANN *die ersten Worte beiseite*: Hier muß ich hetzen. – – Ja, ja, Herr Theophan! es ist schon bekannt, daß Ihnen mein Herr ein Dorn in den Augen ist.

THEOPHAN: Adrast, haben Sie es ihm befohlen, an Ihrer Stelle zu antworten?

JOHANN: So? auch meine Verteidigung wollen Sie ihm nicht gönnen? Ich will doch sehen, wer mir verbieten soll, mich meines Herrn anzunehmen.

THEOPHAN: Lassen Sie es ihn doch sehen, Adrast.

ADRAST: Schweig!

JOHANN: Ich sollte – –

ADRAST: Noch ein Wort! *Drohend.*

THEOPHAN: Nunmehr darf ich die Bitte um eine nähere Erklärung doch wohl wiederholen? Ich weiß sie mir selbst nicht zu geben.

ADRAST: Erklären Sie sich denn gerne näher, Theophan?

THEOPHAN: Mit Vergnügen, sobald es verlangt wird.

ADRAST: Ei! so sagen Sie mir doch, was wollte denn Araspe, bei Gelegenheit dessen, was Sie schon wissen, mit den Worten sagen: Theophan hat es auf sich genommen?

THEOPHAN: Darüber sollte sich Araspe eigentlich erklären. Doch ich kann es an seiner Statt tun. Er wollte sagen, daß er mir Ihre Wechsel zur Besorgung übergeben habe.

ADRAST: Auf Ihr Anliegen?

THEOPHAN: Das kann wohl sein.

ADRAST: Und was haben Sie beschlossen, damit zu tun?

THEOPHAN: Sie sind Ihnen ja noch nicht vorgewiesen worden? Können wir etwas beschließen, ehe wir wissen, was Sie darauf tun wollen?

ADRAST: Kahle Ausflucht! Ihr Vetter weiß es längst, was ich darauf tun kann.

THEOPHAN: Er weiß, daß Sie ihnen Genüge tun können. Und sind Sie alsdann nicht auseinander?

ADRAST: Sie spotten.

THEOPHAN: Ich bin nicht Adrast.

ADRAST: Setzen Sie aber den Fall – – und Sie können ihn sicher setzen – –, daß ich nicht imstande wäre zu bezahlen: was haben Sie alsdenn beschlossen?

THEOPHAN: In diesem Falle ist noch nichts beschlossen.

ADRAST: Aber was dürfte beschlossen werden?

THEOPHAN: Das kömmt auf Araspen an. Doch sollte ich meinen, daß eine einzige Vorstellung, eine einzige höfliche Bitte bei einem Manne, wie Araspe ist, viel ausrichten könne.

JOHANN: Nach dem die Ohrenbläser sind. – –

ADRAST: Muß ich es noch einmal sagen, daß du schweigen sollst?

THEOPHAN: Ich würde mir ein wahres Vergnügen machen, wenn ich Ihnen durch meine Vermittelung einen kleinen Dienst dabei erzeigen könnte.

ADRAST: Und Sie meinen, daß ich Sie mit einer demütigen Miene, mit einer kriechenden Liebkosung, mit einer niederträchtigen Schmeichelei darum ersuchen solle? Nein, so will ich Ihre Kitzelung über mich nicht vermehren. Wenn Sie mich mit dem ehrlichsten Gesichte versichert hätten, Ihr möglichstes zu tun, so würden Sie in einigen Augenblicken mit einer wehmütigen Stellung wiederkommen, und es betauern, daß Ihre angewandte Mühe umsonst sei? Wie würden sich Ihre Augen an meiner Verwirrung weiden!

THEOPHAN: Sie wollen mir also keine Gelegenheit geben, das Gegenteil zu beweisen? – – Es soll Ihnen nur ein Wort kosten.

ADRAST: Nein, auch dieses Wort will ich nicht verlieren. Denn kurz – – und hier haben Sie meine nähere Erklärung: – –

Araspe würde, ohne Ihr Anstiften nicht hiehergekommen sein. Und nun, da Sie Ihre Mine mich zu sprengen, so wohl angelegt hätten, sollten Sie durch ein einziges Wort können bewogen werden, sie nicht springen zu lassen? Führen Sie Ihr schönes Werk nur aus.

THEOPHAN: Ich erstaune über Ihren Verdacht nicht. Ihre Gemütsart hat mich ihn vorhersehen lassen. Aber gleichwohl ist es gewiß, daß ich ebensowenig gewußt habe, daß Araspe Ihr Gläubiger sei, als Sie gewußt haben, daß er mein Vetter ist.

ADRAST: Es wird sich zeigen.

THEOPHAN: Zu Ihrem Vergnügen, hoffe ich. – Heitern Sie Ihr Gesicht nur auf, und folgen Sie mir mit zu der Gesellschaft. – –

ADRAST: Ich will sie nicht wiedersehen.

THEOPHAN: Was für ein Entschluß! Ihren Freund, Ihre Geliebte – –

ADRAST: Wird mir wenig kosten, zu verlassen. Sorgen Sie aber nur nicht, daß es eher geschehen soll, als bis Sie befriediget sind. Ich will Ihren Verlust nicht, und sogleich noch das letzte Mittel versuchen. –

THEOPHAN: Bleiben Sie, Adrast. – – Es tut mir leid, daß ich Sie nicht gleich den Augenblick aus aller Ihrer Unruhe gerissen habe. – – Lernen Sie meinen Vetter besser kennen, *Indem er die Wechsel hervorzieht.* und glauben Sie gewiß, wenn Sie schon von mir das Allernichtswürdigste denken wollen, daß wenigstens er ein Mann ist, der Ihre Hochachtung verdient. Er will Sie nicht anders, als mit dem sorglosesten Gesichte sehen, und gibt Ihnen deswegen Ihre Wechsel hier zurück. *Er reicht sie ihm dar.* Sie sollen sie selbst so lange verwahren, bis Sie ihn nach Ihrer Bequemlichkeit deswegen befriedigen können. Er glaubt, daß sie ihm in Ihren Händen ebenso sicher sind, als unter seinem eigenen Schlosse. Sie haben den Ruhm eines ehrlichen Mannes, wenn Sie schon den Ruhm eines frommen nicht haben.

ADRAST *stutzig, indem er des Theophans Hand zurückstößt*: Mit was für einem neuen Fallstricke drohen Sie mir? Die Wohltaten eines Feindes – –

THEOPHAN: Unter diesem Feinde verstehen Sie mich; was aber hat Araspe mit Ihrem Hasse zu tun? Er ist es, nicht ich, der Ihnen diese geringschätzige Wohltat erzeigen will; wenn anders eine armselige Gefälligkeit diesen Namen verdient. – Was überlegen Sie noch? Hier, Adrast! nehmen Sie Ihre Handschriften zurück!

ADRAST: Ich will mich wohl dafür hüten.

THEOPHAN: Ich bitte Sie, lassen Sie mich nicht unverrichteter Sache zu einem Manne zurückkommen, der es mit Ihnen gewiß redlich meinet. Er würde die Schuld seines verachteten Anerbietens auf mich schieben. *Indem er ihm die Wechsel aufs neue darreicht, reißt sie ihm Johann aus der Hand.*

JOHANN: Ha! ha! mein Herr, in wessen Händen sind die Wechsel nun?

THEOPHAN *gelassen*: In den deinigen, ohne Zweifel. Immer bewahre sie, anstatt deines Herrn.

ADRAST *geht wütend auf den Bedienten los*: Infamer! es kostet dein Leben – –

THEOPHAN: Nicht so hitzig, Adrast.

ADRAST: Den Augenblick gib sie ihm zurück! *Er nimmt sie ihm weg.* Geh mir aus den Augen!

JOHANN: Nun wahrhaftig! – –

ADRAST: Wo du noch eine Minute verziehst – – *Er stößt ihn fort.*

SECHSTER AUFTRITT

THEOPHAN. ADRAST.

ADRAST: Ich muß mich schämen, Theophan; ich glaube aber nicht, daß Sie so gar weit gehen und mich mit meinem Bedienten vermengen werden. – – Nehmen Sie es zurück, was man Ihnen rauben wollte. – –

THEOPHAN: Es ist in der Hand, in der es sein soll.

ADRAST: Nein. Ich verachte Sie viel zu sehr, als daß ich Sie abhalten sollte, eine niederträchtige Tat zu begehen.

THEOPHAN: Das ist empfindlich! *Er nimmt die Wechsel zurück.*

ADRAST: Es ist mir lieb, daß Sie mich nicht gezwungen, sie Ihnen vor die Füße zu werfen. Wenn sie wieder in meine Hände zurückkommen sollen, so werde ich anständigere Mittel dazu finden. Finde ich aber keine, so ist es ebendas. Sie werden sich freuen, mich zugrunde zu richten, und ich werde mich freuen, Sie von ganzem Herzen hassen zu können.

THEOPHAN: Es sind doch wirklich Ihre Wechsel, Adrast? *Indem er sie aufschlägt und ihm zeigt.*

ADRAST: Sie glauben etwa, daß ich sie leugnen werde? – –

THEOPHAN: Das glaube ich nicht; ich will bloß gewiß sein. *Er zerreißt sie gleichgültig.*

ADRAST: Was machen Sie, Theophan?

THEOPHAN: Nichts. *Indem er die Stücken in die Szene wirft.* Ich vernichte eine Nichtswürdigkeit, die einen Mann, wie Adrast ist, zu so kleinen Reden verleiten kann.

ADRAST: Aber sie gehören nicht Ihnen. –

THEOPHAN: Sorgen Sie nicht; ich tue, was ich verantworten kann. – – Bestehet Ihr Verdacht noch? *Geht ab.*

Siebenter Auftritt

Adrast. *Sieht ihm einige Augenblicke nach.*

Was für ein Mann! Ich habe tausend aus seinem Stande gefunden, die unter der Larve der Heiligkeit betrogen; aber noch keinen, der es, wie dieser, unter der Larve der Großmut, getan hätte. – – Entweder er sucht mich zu beschämen, oder zu gewinnen. Keines von beiden soll ihm gelingen. Ich habe mich, zu gutem Glücke, auf einen hiesigen Wechsler besonnen, mit dem ich, bei bessern Umständen, ehemals Verkehr hatte. Er wird hoffentlich glauben, daß ich mich noch in ebendenselben befinde, und wenn das ist, mir ohne Anstand die nötige Summe vorschießen. Ich will ihn aber deswegen nicht zum Bocke machen, über dessen Hörner ich aus dem Brunnen springe. Ich habe noch liegende Gründe, die ich mit Vorteil verkaufen kann, wenn mir nur Zeit gelassen wird. Ich muß ihn aufsuchen. – –

Achter Auftritt

Henriette. Adrast.

HENRIETTE: Wo stecken Sie denn, Adrast? Man hat schon zwanzigmal nach Ihnen gefragt. Oh! schämen Sie sich, daß ich Sie zu einer Zeit suchen muß, da Sie mich suchen sollten. Sie spielen den Ehemann zu zeitig. Doch getrost! vielleicht spielen Sie dafür den Verliebten alsdann, wann ihn andre nicht mehr spielen.

ADRAST: Erlauben Sie, Mademoiselle; ich habe nur noch etwas Nötiges außer dem Hause zu besorgen.

HENRIETTE: Was können Sie jetzt Nötigers zu tun haben als um mich zu sein?

ADRAST: Sie scherzen.

HENRIETTE: Ich scherze? – Das war ein allerliebstes Kompliment!

ADRAST: Ich mache nie welche.

HENRIETTE: Was für ein mürrisches Gesicht! – – Wissen Sie, daß wir uns über diese mürrischen Gesichter zanken werden, noch ehe uns die Trauung die Erlaubnis dazu erteilt?

ADRAST: Wissen Sie, daß ein solcher Einfall in Ihrem Munde nicht eben der artigste ist?

HENRIETTE: Vielleicht, weil Sie glauben, daß die leichtsinnigen Einfälle nur in Ihrem Munde wohl lassen? Unterdessen haben Sie doch wohl kein Privilegium darüber?

ADRAST: Sie machen Ihre Dinge vortrefflich. Ein Frauenzimmer, das so fertig antworten kann, ist sehr viel wert.

HENRIETTE: Das ist wahr; denn wir schwachen Werkzeuge wissen sonst den Mund am allerwenigsten zu gebrauchen.

ADRAST: Wollte Gott!

HENRIETTE: Ihr treuherziges „Wollte Gott"! bringt mich zum Lachen, sosehr ich auch böse sein wollte. Ich bin schon wieder gut, Adrast.

ADRAST: Sie sehen noch einmal so reizend aus, wenn Sie böse sein wollen; denn es kömmt doch selten weiter damit, als bis zur Ernsthaftigkeit, und diese läßt Ihrem Gesichte um so viel schöner, je fremder sie in demselben ist. Eine beständige Munterkeit, ein immer anhaltendes Lächeln wird unschmackhaft.

HENRIETTE *ernsthaft*: Oh! mein guter Herr, wenn das Ihr Fall ist, ich will es Ihnen schmackhaft genug machen.

ADRAST: Ich wollte wünschen – – denn noch habe ich Ihnen nichts vorzuschreiben – –

HENRIETTE: Dieses „Noch" ist mein Glück. Aber was wollten Sie denn wünschen?

ADRAST: Daß Sie sich ein klein wenig mehr nach dem Exempel Ihrer ältesten Mademoiselle Schwester richten möchten. Ich verlange nicht, daß Sie ihre ganze sittsame Art an sich nehmen sollen; wer weiß, ob sie Ihnen so anstehen würde? – –

HENRIETTE: St! die Pfeife verrät das Holz, woraus sie geschnitten ist. Lassen Sie doch hören, ob meine dazu stimmt?

ADRAST: Ich höre.

HENRIETTE: Es ist recht gut, daß Sie auf das Kapitel von Exempeln gekommen sind. Ich habe Ihnen auch einen kleinen Vers daraus vorzupredigen.

ADRAST: Was für eine Art sich auszudrücken!

HENRIETTE: Hum! Sie denken, weil Sie nichts vom Predigen halten. Sie werden finden, daß ich eine Liebhaberin davon bin. Aber hören Sie nur: – – *In seinem vorigen Tone:* Ich wollte wünschen – – denn noch habe ich Ihnen nichts vorzuschreiben – –

ADRAST: Und werden es auch niemals haben.

HENRIETTE: Ja so! – Streichen Sie also das weg. – – Ich wollte wünschen, daß Sie sich ein klein wenig mehr nach dem Exempel des Herrn Theophans bilden möchten. Ich verlange nicht, daß Sie seine ganze gefällige Art an sich nehmen sollen, weil ich nichts Unmögliches verlangen mag; aber so etwas davon, würde Sie um ein gut Teil erträglicher machen. Dieser Theophan, der nach weit strengern Grundsätzen lebt, als die Grundsätze eines gewissen Freigeistes sind, ist allezeit aufgeräumt und gesprächig. Seine Tugend, und noch sonst etwas, worüber Sie aber lachen werden, seine Frömmigkeit – – Lachen Sie nicht?

ADRAST: Lassen Sie sich nicht stören. Reden Sie nur weiter. Ich will unterdessen meinen Gang verrichten, und gleich wieder hier sein. *Geht ab.*

HENRIETTE: Sie dürfen nicht eilen. Sie kommen, wann Sie kommen: Sie werden mich nie wieder so treffen. – Welche Grobheit! Soll ich mich wohl darüber erzürnen? – Ich will mich besinnen. *Geht auf der andern Seite ab.*

Ende des dritten Aufzugs.

VIERTER AUFZUG

ERSTER AUFTRITT

JULIANE. HENRIETTE. LISETTE.

HENRIETTE: Sage was du willst; sein Betragen ist nicht zu entschuldigen.

JULIANE: Davon würde sich alsdann erst urteilen lassen, wann ich auch seine Gründe gehört hätte. Aber, meine liebe Henriette, willst du mir wohl eine kleine schwesterliche Ermahnung nicht übelnehmen?

HENRIETTE: Das kann ich dir nicht voraus sagen. Wenn sie dahin abzielen sollte, wohin ich mir einbilde – –

JULIANE: Ja, wenn du mit deinen Einbildungen dazu kömmst – –

HENRIETTE: Oh! ich bin mit meinen Einbildungen recht wohl zufrieden. Ich kann ihnen nicht nachsagen, daß sie mich jemals sehr irregeführt hätten.

JULIANE: Was meinst du damit?

HENRIETTE: Muß man denn immer etwas meinen? Du weißt ja wohl, Henriette schwatzt gerne in den Tag hinein, und sie erstaunt allezeit selber, wenn sie von ohngefähr ein Pünktchen trifft, welches das Pünktchen ist, das man nicht gerne treffen lassen möchte.

JULIANE: Nun höre einmal, Lisette!

HENRIETTE: Ja, Lisette, laß uns doch hören, was das für eine schwesterliche Ermahnung ist, die sie mir erteilen will.

JULIANE: Ich dir eine Ermahnung?

HENRIETTE: Mich deucht, du sprachst davon.

JULIANE: Ich würde sehr übel tun, wenn ich dir das geringste sagen wollte.

HENRIETTE: Oh! ich bitte – –

JULIANE: Laß mich!

HENRIETTE: Die Ermahnung, Schwesterchen! – –

JULIANE: Du verdienst sie nicht.

HENRIETTE: So erteile sie mir ohne mein Verdienst.

JULIANE: Du wirst mich böse machen.

HENRIETTE: Und ich – – ich bin es schon. Aber denke nur nicht, daß ich es über dich bin. Ich bin es über niemanden, als über den Adrast. Und was mich unversöhnlich gegen ihn macht, ist dieses, daß meine Schwester seinetwegen gegen mich ungerecht werden muß.

JULIANE: Von welcher Schwester sprichst du?

HENRIETTE: Von welcher? – – von der, die ich gehabt habe.

JULIANE: Habe ich dich jemals so empfindlich gesehen! – Du weißt es, Lisette, was ich gesagt habe.

LISETTE: Ja, das weiß ich; und es war wirklich weiter nichts, als eine unschuldige Lobrede auf den Adrast, an der ich nur das auszusetzen hatte, daß sie Mamsell Henrietten eifersüchtig machen mußte.

JULIANE: Eine Lobrede auf Adrasten?

HENRIETTE: Mich eifersüchtig?

LISETTE: Nicht so stürmisch! – – So geht's den Leuten, die mit der Wahrheit gerade durch wollen: sie machen es niemanden recht.

HENRIETTE: Mich eifersüchtig? Auf Adrasten eifersüchtig? Ich werde, von heute an, den Himmel um nichts inbrünstiger anflehen, als um die Errettung aus den Händen dieses Mannes.

JULIANE: Ich? eine Lobrede auf Adrasten? Ist das eine Lobrede, wenn ich sage, daß ein Mann einen Tag nicht wie den andern aufgeräumt sein kann? Wenn ich sage, daß Adrasten die Bitterkeit, worüber meine Schwester klagt, nicht natürlich ist, und daß sie ein zugestoßener Verdruß bei ihm müsse erregt haben? Wenn ich sage, daß ein Mann, wie er, der sich mit finsterm Nachdenken vielleicht nur zu sehr beschäftiget – –

Zweiter Auftritt

Adrast. Juliane. Henriette. Lisette.

HENRIETTE: Als wenn Sie gerufen wären, Adrast! Sie verließen mich vorhin, unhöflich genug, mitten in der Erhebung des Theophans; aber das hindert mich nicht, daß ich Ihnen nicht die Wiederholung Ihrer eigenen anzuhören gönnen sollte. – Sie sehen sich um? Nach Ihrer Lobrednerin gewiß? Ich bin es nicht, wahrhaftig! ich bin es nicht; meine Schwester ist es. Eine Betschwester, die Lobrednerin eines Freigeistes! Was für ein Widerspruch! Entweder Ihre Bekehrung muß vor der Türe sein, Adrast; oder meiner Schwester Verführung.

JULIANE: Wie ausgelassen sie wieder auf einmal ist.

HENRIETTE: Stehen Sie doch nicht so hölzern da!

ADRAST: Ich nehme Sie zum Zeugen, schönste Juliane, wie verächtlich sie mir begegnet.

HENRIETTE: Komm nur, Lisette! wir wollen sie allein lassen. Adrast braucht ohne Zweifel unsere Gegenwart weder zu seiner Danksagung, noch zu meiner Verklagung.

JULIANE: Lisette soll hier bleiben.

HENRIETTE: Nein, sie soll nicht.

LISETTE: Sie wissen wohl, ich gehöre heute Mamsell Henrietten.

HENRIETTE: Aber bei dem allen sieh dich vor, Schwester! Wenn mir dein Theophan aufstößt, so sollst du sehen, was geschieht. Sie dürfen nicht denken Adrast, daß ich dieses sage, um Sie eifersüchtig zu machen. Ich fühle es in der Tat, daß ich anfange, Sie zu hassen.

ADRAST: Es möchte Ihnen auch schwerlich gelingen, mich eifersüchtig zu machen.

HENRIETTE: Oh! das wäre vortrefflich, wenn Sie mir hierinne gleich wären. Alsdann, erst alsdann würde unsre Ehe eine recht glückliche Ehe werden. Freuen Sie sich, Adrast! wie verächtlich wollen wir einander begegnen! – – Du willst antworten, Schwester? Nun ist es Zeit. Fort, Lisette!

Dritter Auftritt

Adrast. Juliane.

JULIANE: Adrast, Sie werden Geduld mit ihr haben müssen. – Sie verdient es aber auch; denn sie hat das beste Herz von der Welt, so verdächtig es ihre Zunge zu machen sucht.

ADRAST: Allzu gütige Juliane! Sie hat das Glück, Ihre Schwester zu sein; aber wie schlecht macht sie sich dieses Glück zunutze? Ich entschuldige jedes Frauenzimmer, das ohne merkliche Fehler nicht hat aufwachsen können, weil es ohne Erziehung und Beispiele hat aufwachsen müssen; aber ein Frauenzimmer zu entschuldigen, das eine Juliane zum Muster gehabt hat, und eine Henriette geworden ist: bis dahin langt meine Höflichkeit nicht. – –

JULIANE: Sie sind aufgebracht, Adrast: wie könnten Sie billig sein?

ADRAST: Ich weiß nicht, was ich jetzo bin; aber ich weiß, daß ich aus Empfindung rede. – –

JULIANE: Die zu heftig ist, als daß sie lange anhalten sollte.

ADRAST: So prophezeien Sie mir mein Unglück.

JULIANE: Wie? – Sie vergessen, in was für Verbindung Sie mit meiner Schwester stehen?

ADRAST: Ach! Juliane, warum muß ich Ihnen sagen, daß ich kein Herz für Ihre Schwester habe?

JULIANE: Sie erschrecken mich. – –

ADRAST: Und ich habe Ihnen nur noch die kleinste Hälfte von dem gesagt, was ich Ihnen sagen muß.

JULIANE: So erlauben Sie, daß ich mir die größre erspare. *Sie will fortgehen.*

ADRAST: Wohin? Ich hätte Ihnen meine Veränderung entdeckt, und Sie wollten die Gründe, die mich dazu bewogen haben, nicht anhören? Sie wollten mich mit dem Verdachte verlassen, daß ich ein unbeständiger leichtsinniger Flattergeist sei?

JULIANE: Sie irren sich. Nicht ich; mein Vater, meine Schwester, haben allein auf Ihre Rechtfertigungen ein Recht.

ADRAST: Allein? Ach – –

JULIANE: Halten Sie mich nicht länger –

ADRAST: Ich bitte nur um einen Augenblick. Der größte Verbrecher wird gehört – –

JULIANE: Von seinem Richter, Adrast; und ich bin Ihr Richter nicht.

ADRAST: Aber ich beschwöre Sie, es jetzt sein zu wollen. Ihr Vater, schönste Juliane, und Ihre Schwester werden mich verdammen, und nicht richten. Ihnen allein traue ich die Billigkeit zu, die mich beruhigen kann.

JULIANE *beiseite*: Ich glaube, er beredet mich, ihn anzuhören. – – Nun wohl! so sagen Sie denn, Adrast, was Sie wider meine Schwester so eingenommen hat?

ADRAST: Sie selbst hat mich wider sich eingenommen. Sie ist zu wenig Frauenzimmer, als daß ich sie als ein Frauenzimmer lieben könnte. Wenn ihre Lineamente nicht ihr Geschlecht bestärkten, so würde man sie für einen verkleideten wilden Jüngling halten, der zu ungeschickt wäre, seine angenommene Rolle zu spielen. Was für ein Mundwerk! Und was muß es für ein Geist sein, der diesen Mund in Beschäftigung erhält! Sagen Sie nicht, daß vielleicht Mund und Geist bei ihr wenig oder keine Verbindung miteinander haben. Desto schlimmer. Diese Unordnung, da ein jedes von diesen zwei Stücken seinen eignen Weg hält, macht zwar die Vergehungen einer solchen Person weniger strafbar; allein sie vernichtet auch alles Gute, was diese Person noch etwa an sich haben kann. Wenn ihre beißenden Spöttereien, ihre nachteiligen Anmerkungen deswegen zu übersehen sind, weil sie es, wie man zu reden pflegt, nicht so böse meinet; ist man nicht berechtiget, aus ebendiesem Grunde dasjenige, was sie Rühmliches und Verbindliches sagt, ebenfalls für leere Töne anzusehen, bei welchen sie es vielleicht nicht so gut meinet? Wie kann man eines Art zu denken beurteilen, wenn man sie nicht aus seiner Art zu reden beurteilen soll? Und wenn der Schluß von der Rede auf die Gesinnung in dem einen Falle nicht gelten soll, warum soll er in dem andern gelten? Sie spricht mit dürren Worten, daß sie mich zu hassen anfange; und ich soll glauben, daß sie mich noch liebe? So werde ich auch glauben müssen, daß sie mich hasse, wenn sie sagen wird, daß sie mich zu lieben anfange.

JULIANE: Adrast, Sie betrachten ihre kleinen Neckereien zu strenge und verwechseln Falschheit mit Übereilung. Sie kann der letztern des Tages hundertmal schuldig werden! und von der erstern doch immer entfernt bleiben. Sie müssen es aus ihren Taten, und nicht aus ihren Reden, erfahren lernen, daß sie im Grunde die freundschaftlichste und zärtlichste Seele hat.

ADRAST: Ach! Juliane, die Reden sind die ersten Anfänge der Taten, ihre Elemente gleichsam. Wie kann man vermuten, daß diejenige vorsichtig und gut handeln werde, der es nicht einmal gewöhnlich ist, vorsichtig und gut zu reden? Ihre Zunge verschont nichts, auch dasjenige nicht, was ihr das Heiligste von der Welt sein sollte. Pflicht, Tugend, Anständigkeit, Religion: alles ist ihrem Spotte ausgesetzt. – –

JULIANE: Stille, Adrast! Sie sollten der letzte sein, der diese Anmerkung machte.

ADRAST: Wieso?

JULIANE: Wieso? – Soll ich aufrichtig reden?

ADRAST: Als ob Sie anders reden könnten. – –

JULIANE: Wie, wenn das ganze Betragen meiner Schwester, ihr Bestreben leichtsinniger zu scheinen, als sie ist, ihre Begierde Spöttereien zu sagen, sich nur von einer gewissen Zeit herschrieben? Wie, wenn diese gewisse Zeit die Zeit Ihres Hier*seins* wäre, Adrast?

ADRAST: Was sagen Sie?

JULIANE: Ich will nicht sagen, daß Sie ihr mit einem bösen Exempel vorgegangen wären. Allein wozu verleitet uns nicht die Begierde zu gefallen? Wenn Sie Ihre Gesinnungen auch noch weniger geäußert hätten; – – und Sie haben sie oft deutlich genug geäußert: – – so würde sie Henriette doch erraten haben. Und sobald sie dieselben erriet, so bald war der Schluß, sich durch die Annehmung gleicher Gesinnungen bei Ihnen beliebt zu machen, für ein lebhaftes Mädchen sehr natürlich. Wollen Sie wohl nun so grausam sein, und ihr dasjenige als ein Verbrechen anrechnen, wofür Sie ihr, als für eine Schmeichelei, danken sollten?

ADRAST: Ich danke niemanden, der klein genug ist, meinetwegen seinen Charakter zu verlassen; und derjenige macht mir eine schlechte Schmeichelei, der mich für einen Toren hält, welchem nichts als seine Art gefalle, und der überall gern kleine Kopien und verjüngte Abschilderungen von sich selbst sehen möchte.

JULIANE: Aber auf diese Art werden Sie wenig Proselyten machen.

ADRAST: Was denken Sie von mir, schönste Juliane? Ich Proselyten machen? Rasendes Unternehmen! Wem habe ich meine Gedanken jemals anschwatzen oder aufdringen wollen? Es sollte mir leid tun, sie unter den Pöbel gebracht zu wissen. Wenn ich sie oft laut und mit einer gewissen Heftigkeit verteidiget habe, so ist es in der Absicht, mich zu rechtfertigen, nicht, andere zu überreden, geschehen. Wenn meine Meinungen zu gemein würden, so würde ich der erste sein, der sie verließe, und die gegenseitigen annähme.

JULIANE: Sie suchen also nur das Sonderbare?

ADRAST: Nein, nicht das Sonderbare, sondern bloß das Wahre; und ich kann nicht dafür, wenn jenes, leider! eine Folge von diesem ist. Es ist mir unmöglich zu glauben, daß die Wahrheit gemein sein könne; ebenso unmöglich, als zu glauben, daß in der ganzen Welt auf einmal Tag sein könne. Das, was unter der Gestalt der Wahrheit unter allen Völkern herumschleicht, und auch von den Blödsinnigsten angenommen wird, ist gewiß keine Wahrheit, und man darf nur getrost die Hand, sie zu entkleiden, anlegen, so wird man den scheußlichsten Irrtum nackend vor sich stehen sehen.

JULIANE: Wie elend sind die Menschen, und wie ungerecht ihr Schöpfer, wenn Sie recht haben, Adrast! Es muß entweder gar keine Wahrheit sein, oder sie muß von der Beschaffenheit sein, daß sie von den meisten, ja von allen, wenigstens *im* Wesentlichsten, empfunden werden kann.

ADRAST: Es liegt nicht an der Wahrheit, daß sie es nicht werden kann; sondern an den Menschen. – – Wir sollen glücklich in der Welt leben; dazu sind wir erschaffen; dazu sind wir einzig und allein erschaffen. Sooft die Wahrheit diesem großen Endzwecke hinderlich ist, so oft ist man verbunden, sie beiseite zu setzen; denn nur wenig Geister können in der Wahrheit selbst ihr Glück finden. Man lasse daher dem Pöbel seine Irrtümer; man lasse sie ihm, weil sie ein Grund seines Glückes und die Stütze des Staates sind, in welchem er für sich Sicherheit, Überfluß und Freude findet. Ihm die Religion nehmen, heißt ein wildes Pferd auf der fetten Weide losbinden, das, sobald es sich frei fühlt, lieber in unfruchtbaren Wäldern herumschweifen und Mangel leiden, als durch einen gemächlichen Dienst alles, was es braucht, erwerben will. – Doch nicht für den Pöbel allein, auch noch für einen andern Teil des menschlichen Geschlechts muß man die Religion beibehalten. Für den schönsten Teil, meine ich, dem sie eine Art von Zierde, wie dort eine Art von Zaume ist. Das Religiöse stehet der weiblichen Bescheidenheit sehr wohl! es gibt der Schönheit ein gewisses edles, gesetztes und schmachtendes Ansehen – –

JULIANE: Halten Sie, Adrast! Sie erweisen meinem Geschlechte ebensowenig Ehre, als der Religion. Jenes setzen Sie mit dem Pöbel in eine Klasse, so fein auch Ihre Wendung war; und diese machen Sie aufs höchste zu einer Art von Schminke, die das Geräte auf unsern Nachttischen vermehren kann. Nein, Adrast! die Religion ist eine Zierde für alle Menschen; und muß ihre wesentlichste Zierde sein. Ach! Sie verkennen sie aus Stolze; aber aus einem falschen Stolze. Was kann unsre Seele mit erhabenern Begriffen füllen, als die Religion? Und worin kann die Schönheit der Seele anders bestehen, als in solchen Begriffen? in würdigen Begriffen von Gott, von uns, von unsern Pflichten, von unserer Bestimmung? Was kann unser Herz, diesen Sammelplatz verderbter und unruhiger Leidenschaften, mehr reinigen, mehr beruhigen, als eben diese Religion? Was kann uns im Elende mehr aufrichten, als sie? Was kann uns zu wahrern Menschen, zu bessern Bürgern, zu aufrichtigern Freunden machen, als sie? – – Fast schäme ich mich, Adrast, mit Ihnen so ernstlich zu reden. Es ist der Ton ohne Zweifel nicht, der Ihnen an einem Frauenzimmer gefällt, ob Ihnen gleich der entgegengesetzte ebensowenig zu gefallen scheinet. Sie können alles dieses aus einem beredtern Munde, aus dem Munde des Theophans hören.

Vierter Auftritt

Henriette. Juliane. Adrast.

HENRIETTE *bleibt an der Szene horchend stehen*: St!

ADRAST: Sagen Sie mir nichts vom Theophan. Ein Wort von Ihnen hat mehr Nachdruck, als ein stundenlanges Geplärre von ihm. Sie wundern sich? Kann es bei der Macht, die eine Person über mich haben muß, die ich einzig liebe, die ich anbete, anders sein? – – Ja, die ich liebe. – Das Wort ist hin! es ist gesagt! Ich bin mein Geheimnis los, bei dessen Verschweigung ich mich ewig gequälet hätte, von dessen Entdeckung ich aber darum nichts mehr hoffe. – – Sie entfärben sich? – –

JULIANE: Was habe ich gehört? Adrast! –

ADRAST *indem er niederfällt*: Lassen Sie mich es Ihnen auf den Knien zuschwören, daß Sie die Wahrheit gehört haben. – Ich liebe Sie, schönste Juliane, und werde Sie ewig lieben. Nun, nun liegt mein Herz klar und aufgedeckt vor Ihnen da. Umsonst wollte ich mich und andere bereden, daß meine Gleichgültigkeit gegen Henrietten, die Wirkung an ihr bemerkter nachteiliger Eigenschaften sei; da sie doch nichts, als die Wirkung einer schon gebundenen Neigung war. Ach! die liebenswürdige Henriette hat vielleicht keinen andern Fehler, als diesen, daß sie eine noch liebenswürdigere Schwester hat. – –

HENRIETTE: Bravo! die Szene muß ich den Theophan unterbrechen lassen. – – – *Geht ab.*

Fünfter Auftritt

Juliane. Adrast.

ADRAST *indem er gähling aufsteht*: Wer sprach hier?

JULIANE: Himmel! es war Henriettens Stimme.

ADRAST: Ja, sie war es. Was für eine Neugierde! was für ein Vorwitz! Nein, nein! ich habe nichts zu widerrufen; sie hat alle die Fehler, die ich ihr beigelegt, und noch weit mehrere. Ich könnte sie nicht lieben, und wenn ich auch schon vollkommen frei, vollkommen gleichgültig gegen eine jede andere wäre.

JULIANE: Was für Verdruß, Adrast, werden Sie mir zuziehen?

ADRAST: Sorgen Sie nicht! Ich werde Ihnen allen diesen Verdruß durch meine plötzliche Entfernung zu ersparen wissen.

JULIANE: Durch Ihre Entfernung?

ADRAST: Ja sie ist fest beschlossen. Meine Umstände sind von der Beschaffenheit, daß ich die Güte Lisidors mißbrauchen würde, wenn ich länger bliebe. Und über dieses will ich lieber meinen Abschied nehmen, als ihn bekommen.

JULIANE: Sie überlegen nicht, was Sie sagen, Adrast. Von wem sollten Sie ihn bekommen?

ADRAST: Ich kenne die Väter, schönste Juliane, und kenne auch die Theophane. Erlauben Sie, daß ich mich nicht näher erklären darf. Ach! wenn ich mir schmeicheln könnte, daß Juliane – – Ich sage nichts weiter. Ich will mir mit keiner Unmöglichkeit schmeicheln. Nein, Juliane kann den Adrast nicht lieben; sie muß ihn hassen. – –

JULIANE: Ich hasse niemanden, Adrast. –

ADRAST: Sie hassen mich; denn hier ist Hassen ebendas, was Nicht-Lieben ist. Sie lieben den Theophan. – – Ha! hier kömmt er selbst.

Sechster Auftritt

Theophan. Adrast. Juliane.

JULIANE *beiseite*: Was wird er sagen? was werde ich antworten?

ADRAST: Ich kann mir es einbilden, auf wessen Anstiften Sie herkommen. Aber was glaubt sie damit zu gewinnen? Mich zu verwirren? mich wieder an sich zu ziehen? – – Wie wohl läßt es Ihnen, Theophan, und Ihrem ehrwürdigen Charakter, das Werkzeug einer weiblichen Eifersucht zu sein! Oder kommen Sie gar, mich zur Rede zu setzen? Ich werde Ihnen alles gestehen; ich werde noch stolz darauf sein.

THEOPHAN: Wovon reden Sie, Adrast? Ich verstehe kein Wort.

JULIANE: Erlauben Sie, daß ich mich entferne. Theophan, ich schmeichle mir, daß Sie einige Hochachtung für mich haben; Sie werden keine ungerechte Auslegungen machen, und wenigstens glauben, daß ich meine Pflicht kenne, und daß sie mir zu heilig ist, sie auch nur in Gedanken zu verletzen.

THEOPHAN: Verziehen Sie doch. – Was sollen diese Reden? Ich verstehe Sie so wenig, als ich den Adrast verstanden habe.

JULIANE: Es ist mir lieb, daß Sie aus einer unschuldigen Kleinigkeit nichts machen wollen. Aber lassen Sie mich – – *Geht ab.*

Siebenter Auftritt

Adrast. Theophan.

THEOPHAN: Ihre Geliebte, Adrast, schickte mich hierher: Ich würde hier nötig sein, sagte sie. Ich eile, und bekomme lauter Rätsel zu hören.

ADRAST: Meine Geliebte? – – Ei! wie fein haben Sie dieses angebracht! Gewiß, Sie konnten Ihre Vorwürfe nicht kürzer fassen.

THEOPHAN: Meine Vorwürfe? Was habe ich Ihnen denn vorzuwerfen?

ADRAST: Wollen Sie etwa die Bestätigung aus meinem Munde hören?

THEOPHAN: Sagen Sie mir nur, was Sie bestätigen wollen? Ich stehe ganz erstaunt hier. – –

ADRAST: Das geht zu weit. Welche kriechende Verstellung! Doch damit sie Ihnen endlich nicht zu sauer wird, so will ich Sie mit Gewalt zwingen, sie abzulegen. – – Ja, es ist alles wahr, was Ihnen Henriette hinterbracht hat. Sie war niederträchtig genug, uns zu behorchen. – Ich liebe Julianen, und habe ihr meine Liebe gestanden. –

THEOPHAN: Sie lieben Julianen?

ADRAST *spöttisch*: Und was das schlimmste dabei ist, ohne den Theophan um Erlaubnis gebeten zu haben.

THEOPHAN: Stellen Sie sich deswegen zufrieden. Sie haben nur eine sehr kleine Formalität übergangen.

ADRAST: Ihre Gelassenheit, Theophan, ist hier nichts Besonders. Sie glauben Ihrer Sachen gewiß zu sein. – – Und ach! wenn Sie es doch weniger wären! Wenn ich doch nur mit der geringsten Wahrscheinlichkeit hinzusetzen könnte, daß Juliane auch mich liebe. Was für eine Wollust sollte mir das Erschrecken sein, das sich in Ihrem Gesichte verraten würde! Was für ein Labsal für mich, wenn ich Sie seufzen hörte, wenn ich Sie zittern sähe! Wie würde ich mich freuen, wenn Sie Ihre ganze Wut an mir auslassen, und mich voller Verzweiflung, ich weiß nicht wohin, verwünschen müßten!

THEOPHAN: So könnte Sie wohl kein Glück entzücken, wenn

es nicht durch das Unglück eines andern gewürzt würde? – – Ich bedaure den Adrast! Die Liebe muß alle ihre verderbliche Macht an ihm verschwendet haben, weil er so unanständig reden kann.

ADRAST: Wohl! an dieser Miene, an dieser Wendung erinnere ich mich, was ich bin. Es ist wahr, ich bin Ihr Schuldner, Theophan: und gegen seine Schuldner hat man das Recht, immer ein wenig großzutun; – – doch Geduld, ich hoffe es nicht lange mehr zu sein. Es hat sich noch ein ehrlicher Mann gefunden, der mich aus dieser Verlegenheit reißen will. Ich weiß nicht, wo er bleibt. Seinem Versprechen gemäß, hätte er bereits mit dem Gelde hiersein sollen. Ich werde wohltun, wenn ich ihn hole.

THEOPHAN: Aber noch ein Wort, Adrast. Ich will Ihnen mein ganzes Herz entdecken. – –

ADRAST: Diese Entdeckung würde mich nicht sehr belustigen. Ich gehe, und bald werde ich Ihnen mit einem kühnern Gesichte unter die Augen treten können. *Geht ab.*

THEOPHAN *allein*: Unbiegsamer Geist! Fast verzweifle ich an meinem Unternehmen. Alles ist bei ihm umsonst. Aber was würde er gesagt haben, wenn er mir Zeit gelassen hätte, ihn für sein Geständnis, mit einem andern ähnlichen Geständnisse zu bezahlen? – – Sie kömmt.

ACHTER AUFTRITT

HENRIETTE. LISETTE. THEOPHAN.

HENRIETTE: Nun? Theophan, habe ich Sie nicht zu einem artigen Anblicke verholfen?

THEOPHAN: Sie sind leichtfertig, schöne Henriette. Aber was meinen Sie für einen Anblick? Kaum daß ich die Hauptsache mit Mühe und Not begriffen habe.

HENRIETTE: O schade! – Sie kamen also zu langsam? und Adrast lag nicht mehr vor meiner Schwester auf den Knieen?

THEOPHAN: So hat er vor ihr auf den Knieen gelegen?

LISETTE: Leider für Sie alle beide!

HENRIETTE: Und meine Schwester stand da – – ich kann es Ihnen nicht beschreiben – – stand da, fast, als wenn sie ihn in dieser unbequemen Stellung gerne gesehen hätte. Sie tauern mich, Theophan! – –

THEOPHAN: Soll ich Sie auch betauren, mitleidiges Kind?

HENRIETTE: Mich betauren? Sie sollen mir Glück wünschen.

LISETTE: Aber nein; so etwas schreit um Rache!

THEOPHAN: Und wie meint Lisette denn, daß man sich rächen könne?

LISETTE: Sie wollen sich also doch rächen?

THEOPHAN: Vielleicht.

LISETTE: Und Sie sich auch, Mamsell?

HENRIETTE: Vielleicht.

LISETTE: Gut! das sind zwei Vielleicht, womit sich etwas anfangen läßt.

THEOPHAN: Aber es ist noch sehr ungewiß, ob Juliane den Adrast wiederliebt; und wenn dieses nicht ist, so würde ich zu zeitig auf Rache denken.

LISETTE: Oh! die christliche Seele! Nun überlegt sie erst, daß man sich nicht rächen soll.

THEOPHAN: Nicht so spöttisch, Lisette! Es würde hier von einer sehr unschuldigen Rache die Rede sein.

HENRIETTE: Das meine ich auch; von einer sehr unschuldigen.

LISETTE: Wer leugnet das? von einer so unschuldigen, daß man sich mit gutem Gewissen darüber beratschlagen kann. Hören Sie nur! Ihre Rache, Herr Theophan, wäre eine männliche Rache, nicht wahr? und Ihre Rache, Mamsell Henriette, wäre eine weibliche Rache: eine männliche Rache nun, und eine weibliche Rache — — Ja! wie bringe ich wohl das Ding recht gescheut herum?

HENRIETTE: Du bist eine Närrin mitsamt deinen Geschlechtern.

LISETTE: Helfen Sie mir doch ein wenig, Herr Theophan. – – Was meinen Sie dazu? Wenn zwei Personen einerlei Weg gehen müssen, nicht wahr? so ist es gut, daß diese zwei Personen einander Gesellschaft leisten?

THEOPHAN: Ja wohl; aber vorausgesetzt, daß diese zwei Personen einander leiden können.

HENRIETTE: Das war der Punkt!

LISETTE *beiseite*: Will denn keines anbeißen? Ich muß einen andern Zipfel fassen. – – Es ist schon wahr, was Herr Theophan vorhin sagte, daß es nämlich noch sehr ungewiß sei, ob Mamsell Juliane den Adrast liebe. Ich setze sogar hinzu: Es ist noch sehr ungewiß, ob Herr Adrast Mamsell Julianen wirklich liebe.

HENRIETTE: O schweig, du unglückliche Zweiflerin. Es soll nun aber gewiß sein!

LISETTE: Die Mannspersonen bekommen dann und wann gewisse Anfälle von einer gewissen wetterwendischen Krankheit, die aus einer gewissen Überladung des Herzens entspringt.

HENRIETTE: Aus einer Überladung des Herzens? Schön gegeben!

LISETTE: Ich will Ihnen gleich sagen, was das heißt. So wie Leute, die sich den Magen überladen haben, nicht eigentlich mehr wissen, was ihnen schmeckt, und was ihnen nicht schmeckt: so geht es auch den Leuten, die sich das Herz überladen haben. Sie wissen selbst nicht mehr, auf welche Seite das überladene Herz hinhängt, und da trifft es sich denn wohl, daß kleine Irrungen in der Person daraus entstehen. – – Habe ich nicht recht, Herr Theophan?

THEOPHAN: Ich will es überlegen.

LISETTE: Sie sind freilich eine weit bessere Art von Mannspersonen, und ich halte Sie für allzu vorsichtig, als daß Sie Ihr Herz so überladen sollten. – – Aber wissen Sie wohl, was ich für einen Einfall habe, wie wir gleichwohl hinter die Wahrheit mit dem Herrn Adrast und der Mamsell Juliane kommen wollen?

THEOPHAN: Nun?

HENRIETTE: Du würdest mich neugierig machen, wenn ich nicht schon hinter der Wahrheit wäre. – –

LISETTE: Wie? wenn wir einen gewissen blinden Lärm machten?

HENRIETTE: Was ist das wieder?

LISETTE: Ein blinder Lärm ist ein Lärm wohinter nichts ist; der aber doch die Gabe hat, den Feind – – zu einer gewissen Aufmerksamkeit zu bringen. – – Zum Exempel: Um zu erfahren, ob Mamsell Juliane den Adrast liebe, müßte sich Herr Theophan in jemand anders verliebt stellen; und um zu erfahren, ob Adrast Mamsell Julianen liebe, müßten Sie sich in jemand anders verliebt stellen. Und da es nun nicht lassen würde, wenn sich Herr Theophan in mich verliebt stellte, noch viel weniger, wenn Sie sich in seinen Martin verliebt stellen wollten: so wäre, kurz und gut, mein Rat, Sie stellten sich beide ineinander verliebt. – – Ich rede nur von „stellen“; merken Sie wohl, was ich sage! nur von „stellen“; denn sonst könnte der blinde Lärm auf einmal Augen kriegen. – – Nun sagen Sie mir beide, ist der Anschlag nicht gut?

THEOPHAN *beiseite*: Wo ich nicht gehe, so wird sie noch machen, daß ich mich werde erklären müssen. – – Der Anschlag ist so schlimm nicht; aber – –

LISETTE: Sie sollen sich ja nur stellen. –

THEOPHAN: Das Stellen eben ist es, was mir dabei nicht gefällt.

LISETTE: Und Sie, Mamsell?

HENRIETTE: Ich bin auch keine Liebhaberin vom Stellen.

LISETTE: Besorgen Sie beide etwa, daß Sie es zu natürlich machen möchten? – Was stehen Sie so auf dem Sprunge, Herr Theophan? Was stehen Sie so in Gedanken, Mamsell?

HENRIETTE: Oh! geh; es wäre in meinem Leben das erstemal.

THEOPHAN: Ich muß mich auf einige Augenblicke beurlauben, schönste Henriette. –

LISETTE: Es ist nicht nötig. Sie sollen mir wahrhaftig nicht nachsagen, daß ich Sie weggeplaudert habe. Kommen Sie, Mamsell! – –

HENRIETTE: Es ist auch wahr, dein Plaudern ist manchmal recht ärgerlich. Komm! – – Theophan, soll ich sagen, daß Sie nicht lange weg sein werden?

THEOPHAN: Wenn ich bitten darf. – –

Henriette und Lisette gehen auf der einen Seite ab. Indem Theophan auf der andern abgehen will, begegnet ihm der Wechsler.

Neunter Auftritt

Theophan. Der Wechsler.

DER WECHSLER: Sie werden verzeihen, mein Herr. Ich möchte nur ein Wort mit dem Herrn Adrast sprechen.

THEOPHAN: Eben jetzt ist er ausgegangen. Wollen Sie mir es auftragen? – –

DER WECHSLER: Wenn ich so frei sein darf. – – Er hat eine Summe Geldes bei mir aufnehmen wollen, die ich ihm auch anfangs versprach. Ich habe aber nunmehr Bedenklichkeiten gefunden, und ich komme, es ihm wieder abzusagen: das ist es alles.

THEOPHAN: Bedenklichkeiten? mein Herr? Was für Bedenklichkeiten? doch wohl keine von seiten des Adrast?

DER WECHSLER: Warum nicht?

THEOPHAN: Ist er kein Mann von Kredit?

DER WECHSLER: Kredit, mein Herr, Sie werden wissen, was das ist. Man kann heute Kredit haben, ohne gewiß zu sein, daß man ihn morgen haben wird. Ich habe seine jetzigen Umstände erfahren. –

THEOPHAN *beiseite*: Ich muß mein möglichstes tun, daß diese nicht auskommen. – – Sie müssen die falschen erfahren haben. – – Kennen Sie mich, mein Herr? –

DER WECHSLER: Von Person nicht; vielleicht, wann ich Ihren Namen hören sollte. – –

THEOPHAN: Theophan.

DER WECHSLER: Ein Name, von dem ich allezeit das Beste gehört habe.

THEOPHAN: Wenn Sie dem Herrn Adrast die verlangte Summe nicht auf seine Unterschrift geben wollen, wollen Sie es wohl auf die meinige tun?

DER WECHSLER: Mit Vergnügen.

THEOPHAN: Haben Sie also die Güte, mich auf meine Stube zu begleiten. Ich will Ihnen die nötigen Versicherungen ausstellen; wobei es bloß darauf ankommen wird, diese Bürgschaft vor dem Adrast selbst geheimzuhalten.

DER WECHSLER: Vor ihm selbst?

THEOPHAN: Allerdings; um ihm den Verdruß über Ihr Mißtrauen zu ersparen. – –

DER WECHSLER: Sie müssen ein großmütiger Freund sein.

THEOPHAN: Lassen Sie uns nicht länger verziehen. *Gehen ab.*

Ende des vierten Aufzuges.

FÜNFTER AUFZUG

ERSTER AUFTRITT

DER WECHSLER, *von der einen Seite, und von der andern* ADRAST.

ADRAST *vor sich*: Ich habe meinen Mann nicht finden können. – –

DER WECHSLER *vor sich*: So lasse ich es mir gefallen. – –

ADRAST: Aber sieh da! – – Ei! mein Herr, finde ich Sie hier? So sind wir ohne Zweifel einander fehlgegangen?

DER WECHSLER: Es ist mir lieb, mein Herr Adrast, daß ich Sie noch treffe.

ADRAST: Ich habe Sie in Ihrer Wohnung gesucht. Die Sache leidet keinen Aufschub. Ich kann mich doch noch auf Sie verlassen?

DER WECHSLER: Nunmehr, ja.

ADRAST: Nunmehr? Was wollen Sie damit?

DER WECHSLER: Nichts. Ja, Sie können sich auf mich verlassen.

ADRAST: Ich will nicht hoffen, daß Sie einiges Mißtrauen gegen mich haben?

DER WECHSLER: Im geringsten nicht.

ADRAST: Oder, daß man Ihnen einiges beizubringen gesucht hat?

DER WECHSLER: Noch viel weniger.

ADRAST: Wir haben bereits miteinander zu tun gehabt, und Sie sollen mich auch künftig als einen ehrlichen Mann finden.

DER WECHSLER: Ich bin ohne Sorgen.

ADRAST: Es liegt meiner Ehre daran diejenigen zuschanden zu machen, die boshaft genug sind, meinen Kredit zu schmälern.

DER WECHSLER: Ich finde, daß man das Gegenteil tut.

ADRAST: Oh! sagen Sie das nicht. Ich weiß wohl, daß ich meine Feinde habe –

DER WECHSLER: Sie haben aber auch Ihre Freunde. – –

ADRAST: Aufs höchste dem Namen nach. Ich würde auszulachen sein, wenn ich auf sie rechnen wollte. – – Und glauben Sie, mein Herr, daß es mir nicht einmal lieb ist, daß Sie in meiner Abwesenheit, hier in diesem Hause gewesen sind?

DER WECHSLER: Und es muß Ihnen doch lieb sein.

ADRAST: Es ist zwar das Haus, zu welchem ich mir nichts als Gutes versehen sollte; aber eine gewisse Person darin, mein Herr, eine gewisse Person – – Ich weiß, ich würde es empfunden haben, wenn Sie mit derselben gesprochen hätten.

DER WECHSLER: Ich habe eigentlich mit niemanden gesprochen! diejenige Person aber, bei welcher ich mich nach Ihnen erkundigte, hat die größte Ergebenheit gegen Sie bezeugt.

ADRAST: Ich kann es Ihnen wohl sagen, wer die Person ist, vor deren übeln Nachrede ich mich einigermaßen fürchte. Es wird sogar gut sein, wenn Sie es wissen, damit Sie, wenn Ihnen nachteilige Dinge von mir zu Ohren kommen sollten, den Urheber kennen.

DER WECHSLER: Ich werde nicht nötig haben, darauf zu hören.

ADRAST: Aber doch – – Mit einem Worte, es ist Theophan.

DER WECHSLER *erstaunt*: Theophan?

ADRAST: Ja, Theophan. Er ist mein Feind – –

DER WECHSLER: Theophan Ihr Feind?

ADRAST: Sie erstaunen?

DER WECHSLER: Nicht ohne die größte Ursache. –

ADRAST: Ohne Zweifel weil Sie glauben, daß ein Mann von seinem Stande nicht anders, als großmütig und edel sein könne? – –

DER WECHSLER: Mein Herr – –

ADRAST: Er ist der gefährlichste Heuchler, den ich unter seinesgleichen noch jemals gefunden habe.

DER WECHSLER: Mein Herr – –

ADRAST: Er weiß, daß ich ihn kenne, und gibt sich daher alle Mühe, mich zu untergraben. – –

DER WECHSLER: Ich bitte Sie – –

ADRAST: Wenn Sie etwa eine gute Meinung von ihm haben, so irren Sie sich sehr. Vielleicht zwar, daß Sie ihn nur von der Seite seines Vermögens kennen; und wider dieses habe ich nichts; er ist reich; aber eben sein Reichtum schafft ihm Gelegenheit, auf die allerfeinste Art schaden zu können.

DER WECHSLER: Was sagen Sie?

ADRAST: Er wendet unbeschreibliche Ränke an, mich aus diesem Hause zu bringen; Ränke, denen er ein so unschuldiges Ansehen geben kann, daß ich selbst darüber erstaune.

DER WECHSLER: Das ist zu arg! Länger kann ich durchaus nicht schweigen. Mein Herr, Sie hintergehen sich auf die erstaunlichste Art. – –

ADRAST: Ich mich?

DER WECHSLER: Theophan kann das unmöglich sein, wofür Sie ihn ausgeben. Hören Sie alles! Ich kam hierher, mein Ihnen gegebenes Wort wieder zurücke zu nehmen. Ich hatte von sicherer Hand, nicht vom Theophan, Umstände von Ihnen erfahren, die mich dazu nötigten. Ich fand ihn hier, und ich glaubte, es ihm ohne Schwierigkeit sagen zu dürfen –

ADRAST: Dem Theophan? Wie wird sich der Niederträchtige gekitzelt haben!

DER WECHSLER: Gekitzelt? Er hat auf das nachdrücklichste für Sie gesprochen. Und kurz, wenn ich Ihnen mein erstes Versprechen halte, so geschieht es bloß in Betrachtung seiner.

ADRAST: In Betrachtung seiner? – Wo bin ich?

DER WECHSLER: Er hat mir schriftliche Versicherungen gegeben, die ich als eine Bürgschaft für Sie ansehen kann. Zwar hat er mir es zugleich verboten, jemandem das geringste davon zu sagen: allein ich konnte es unmöglich anhören, daß ein rechtschaffener Mann so unschuldig verlästert würde. Sie können die verlangte Summe bei mir abholen lassen, wann es Ihnen beliebt. Nur werden Sie mir den Gefallen tun, und sich nichts gegen ihn merken lassen. Er bezeugte bei dem ganzen Handel so viel Aufrichtigkeit und Freundschaft für Sie, daß er ein Unmensch sein müßte, wenn er die Verstellung bis dahin treiben könnte. – Leben Sie wohl! *Geht ab.*

Zweiter Auftritt

Adrast.

– – Was für ein neuer Streich! – Ich kann nicht wieder zu mir selbst kommen! – – Es ist nicht auszuhalten! – Verachtungen, Beleidigungen – Beleidigungen in dem Gegenstande, der ihm der liebste sein muß: – – alles ist umsonst; nichts will er fühlen. Was kann ihn so verhärten? Die Bosheit allein, die Begierde allein, seine Rache reif werden zu lassen. – – Wen sollte dieser Mann nicht hinter das Licht führen? Ich weiß nicht, was ich denken soll. Er dringt seine Wohltaten mit einer Art auf – – Aber verwünscht sind seine Wohltaten, und seine Art! Und wenn auch keine Schlange unter diesen Blumen läge, so würde ich ihn doch nicht anders als hassen können. Hassen werde ich ihn, und wenn er mir das Leben rettete. Er hat mir das geraubt, was kostbarer ist, als das Leben: das Herz meiner Juliane; ein Raub den er nicht ersetzen kann, und wenn er sich mir zu eigen schenkte. Doch er will ihn nicht ersetzen; ich dichte ihm noch eine zu gute Meinung an. – –

Dritter Auftritt

Theophan. Adrast.

THEOPHAN: In welcher heftigen Bewegung treffe ich Sie abermal, Adrast?

ADRAST: Sie ist Ihr Werk.

THEOPHAN: So muß sie eines von denen Werken sein, die wir alsdann wider unsern Willen hervorbringen, wann wir uns am meisten nach ihrem Gegenteile bestreben. Ich wünsche nichts, als Sie ruhig zu sehen, damit Sie mit kaltem Blute von einer Sache mit mir reden könnten, die uns beide nicht näher angehen kann.

ADRAST: Nicht wahr, Theophan? es ist der höchste Grad der List, wenn man alle seine Streiche so zu spielen weiß, daß die, denen man sie spielt, selbst nicht wissen, ob und was für Vorwürfe sie uns machen sollen?

THEOPHAN: Ohne Zweifel.

ADRAST: Wünschen Sie sich Glück: Sie haben diesen Grad erreicht.

THEOPHAN: Was soll das wieder?

ADRAST: Ich versprach Ihnen vorhin, die bewußten Wechsel zu bezahlen – *Spöttisch:* Sie werden es nicht übelnehmen, es kann nunmehr nicht sein. Ich will Ihnen, anstatt der zerrissenen andere Wechsel schreiben.

THEOPHAN *in ebendem Tone*: Es ist wahr, ich habe sie in keiner andern Absicht zerrissen, als neue von Ihnen zu bekommen.–

ADRAST: Es mag Ihre Absicht gewesen sein, oder nicht: Sie sollen sie haben. – Wollten Sie aber nicht etwa gern erfahren, warum ich sie nunmehr nicht bezahlen kann?

THEOPHAN: Nun?

ADRAST: Weil ich die Bürgschaften nicht liebe.

THEOPHAN: Die Bürgschaften?

ADRAST: Ja; und weil ich Ihrer Rechten nichts geben mag, was ich aus Ihrer Linken nehmen müßte.

THEOPHAN *beiseite*: Der Wechsler hat mir nicht reinen Mund gehalten!

ADRAST: Sie verstehen mich doch?

THEOPHAN: Ich kann es nicht mit Gewißheit sagen.

ADRAST: Ich gebe mir alle Mühe, Ihnen auf keine Weise verbunden zu sein: muß es mich also nicht verdrießen, daß Sie mich in den Verdacht bringen, als ob ich es gleichwohl zu sein Ursache hätte?

THEOPHAN: Ich erstaune über Ihre Geschicklichkeit, alles auf der schlimmsten Seite zu betrachten.

ADRAST: Und wie Sie gehört haben, so bin ich über die Ihrige erstaunt, diese schlimme Seite so vortrefflich zu verbergen. Noch weiß ich selbst nicht eigentlich, was ich davon denken soll.

THEOPHAN: Weil Sie das Natürlichste davon nicht denken wollen.

ADRAST: Dieses Natürlichste, meinen Sie vielleicht, wäre das, wenn ich dächte, daß Sie diesen Schritt aus Großmut, aus Vorsorge für meinen guten Namen getan hätten? Allein, mit Erlaubnis, hier wäre es gleich das Unnatürlichste.

THEOPHAN: Sie haben doch wohl recht. Denn wie wäre es immer möglich, daß ein Mann von meinem Stande nur halb so menschliche Gesinnungen haben könnte?

ADRAST: Lassen Sie uns Ihren Stand einmal beiseite setzen.

THEOPHAN: Sollten Sie das wohl können? –

ADRAST: Gesetzt also, Sie wären keiner von den Leuten, die, den Charakter der Frömmigkeit zu behaupten, ihre Leidenschaften so geheim, als möglich, halten müssen; die anfangs aus Wohlstand heucheln lernen, und endlich die Heuchelei als eine zweite Natur beibehalten; die nach ihren Grundsätzen verbunden sind, sich ehrlicher Leute, welche sie die Kinder der Welt nennen, zu entziehen, oder wenigstens aus keiner andern Absicht Umgang mit ihnen zu pflegen, als aus der niederträchtigen Absicht, sie auf ihre Seite zu lenken; gesetzt, Sie wären keiner von diesen: sind Sie nicht wenigstens ein Mensch, der Beleidigungen empfindet? Und auf einmal alles in allem zu sagen: – – Sind Sie nicht ein Liebhaber, welcher Eifersucht fühlen muß?

THEOPHAN: Es ist mir angenehm, daß Sie endlich auf diesen Punkt herauskommen.

ADRAST: Vermuten Sie aber nur nicht, daß ich mit der geringsten Mäßigung davon sprechen werde.

THEOPHAN: So will ich es versuchen, desto mehrere dabei zu brauchen.

ADRAST: Sie lieben Julianen, und ich – ich – was suche ich lange noch Worte? – Ich hasse Sie wegen dieser Liebe, ob ich gleich kein Recht auf den geliebten Gegenstand habe; und Sie, der Sie ein Recht darauf haben, sollten mich, der ich Sie um dieses Recht beneide, nicht auch hassen?

THEOPHAN: Gewiß ich sollte nicht. – Aber lassen Sie uns doch das Recht untersuchen, das Sie und ich auf Julianen haben.

ADRAST: Wenn dieses Recht auf die Stärke unserer Liebe ankäme, so würde ich es Ihnen vielleicht noch streitig machen. Es ist Ihr Glück, daß es auf die Einwilligung eines Vaters, und auf den Gehorsam einer Tochter ankömmt. – –

THEOPHAN: Hierauf will ich es durchaus nicht ankommen lassen. Die Liebe allein soll Richter sein. Aber merken Sie wohl, nicht bloß unsere, sondern vornehmlich die Liebe derjenigen, in deren Besitz Sie mich glauben. Wenn Sie mich überführen können, daß Sie von Julianen wiedergeliebet werden – –

ADRAST: So wollen Sie mir vielleicht Ihre Ansprüche abtreten?

THEOPHAN: So muß ich.

ADRAST: Wie höhnisch Sie mit mir umgehen! – – Sie sind Ihrer Sachen gewiß, und überzeugt, daß Sie bei dieser Rodomontade nichts aufs Spiel setzen.

THEOPHAN: Also können Sie mir es nicht sagen, ob Sie Juliane liebet?

ADRAST: Wenn ich es könnte, würde ich wohl unterlassen, Sie mit diesem Vorzuge zu peinigen?

THEOPHAN: Stille! Sie machen sich unmenschlicher, als Sie sind. – – Nun wohl! so will ich – ich will es Ihnen sagen, daß Sie Juliane liebt.

ADRAST: Was sagen Sie? – – Doch fast hätte ich über das Entzückende dieser Versicherung vergessen, aus wessen Munde ich sie höre. Recht so! Theophan, recht so! Man muß über seine Feinde spotten. Aber wollen Sie, diese Spötterei vollkommen zu machen, mich nicht auch versichern, daß Sie Julianen nicht lieben?

THEOPHAN *verdrießlich*: Es ist unmöglich, mit Ihnen ein vernünftiges Wort zu sprechen. *Er will weggehen.*

ADRAST *beiseite*: Er wird zornig? – Warten Sie doch, Theophan. Wissen Sie, daß die erste aufgebrachte Miene, die ich endlich von Ihnen sehe, mich begierig macht, dieses vernünftige Wort zu hören?

THEOPHAN *zornig*: Und wissen Sie, daß ich endlich Ihres schimpflichen Betragens überdrüssig bin?

ADRAST *beiseite*: Er macht Ernst. –

THEOPHAN *noch zornig*: Ich will mich bestreben, daß Sie den Theophan so finden sollen, als Sie ihn sich vorstellen.

ADRAST: Verzeihen Sie. Ich glaube in Ihrem Trotze mehr Aufrichtigkeit zu sehen, als ich jemals in Ihrer Freundlichkeit gesehen habe.

THEOPHAN: Wunderbarer Mensch! Muß man sich Ihnen gleichstellen, muß man ebenso stolz, ebenso argwöhnisch, ebenso grob sein, als Sie, um Ihr elendes Vertrauen zu gewinnen?

ADRAST: Ich werde Ihnen diese Sprache, ihrer Neuigkeit wegen, vergeben müssen.

THEOPHAN: Sie soll Ihnen alt genug werden!

ADRAST: Aber in der Tat – – Sie machen mich vollends verwirrt. Müssen Sie mir Dinge, worauf alle mein Wohl ankömmt, mit einem fröhlichen Gesichte sagen? Ich bitte Sie, sagen Sie es jetzt noch einmal, was ich vorhin für eine Spötterei aufnehmen mußte.

THEOPHAN: Wenn ich es sage, glauben Sie nur nicht, daß es um Ihretwillen geschieht.

ADRAST: Desto mehr werde ich mich darauf verlassen.

THEOPHAN: Aber ohne mich zu unterbrechen: das bitte ich. – –

ADRAST: Reden Sie nur.

THEOPHAN: Ich will Ihnen den Schlüssel zu dem, was Sie hören sollen, gleich voraus geben. Meine Neigung hat mich nicht weniger betrogen, als Sie die Ihrige, ich kenne und bewundere alle die Vollkommenheiten, die Julianen zu einer Zierde ihres Geschlechts machen; aber – ich liebe sie nicht.

ADRAST: Sie – –

THEOPHAN: Es ist gleichviel, ob Sie es glauben oder nicht glauben. – – Ich habe mir Mühe genug gegeben, meine Hochachtung in Liebe zu verwandeln. Aber eben bei dieser Bemühung habe ich Gelegenheit gehabt, es oft sehr deutlich zu merken, daß sich Juliane einen ähnlichen Zwang antut. Sie wollte mich lieben, und liebte mich nicht. Das Herz nimmt keine Gründe an, und will in diesem wie in andern Stücken, seine Unabhängigkeit von dem Verstande behaupten. Man kann es tyrannisieren, aber nicht zwingen. Und was hilft es, sich selbst zum Märtyrer seiner Überlegungen zu machen, wenn man gewiß weiß, daß man keine Beruhigung dabei finden kann? Ich erbarmte mich also Julianens – – oder vielmehr, ich erbarmte mich meiner selbst: ich unterdrückte meine wachsende Neigung gegen eine andre Person nicht länger, und sahe es mit Vergnügen, daß auch Juliane zu ohnmächtig oder zu nachsehend war, der ihrigen zu widerstehen. Diese ging auf einen Mann, der ihrer ebenso unwürdig ist, als unwürdig er ist, einen Freund zu haben. Adrast würde sein Glück in ihren Augen längst gewahr geworden sein, wenn Adrast gelassen genug wäre, richtige Blicke zu tun. Er betrachtet alles durch das gefärbte Glas seiner vorgefaßten Meinungen, und alles obenhin; und würde wohl oft lieber seine Sinne verleugnen, als seinen Wahn aufgeben. Weil Juliane ihn liebenswürdig fand, konnte ich mir unmöglich einbilden, daß er so gar verderbt sei. Ich sann auf Mittel, es beiden mit der besten Art beizubringen, daß sie mich nicht als eine gefährliche Hinderung ansehen sollten. Ich kam nur jetzt in dieser Absicht hieher: allein ließ mich Adrast, ohne die schimpflichsten Abschreckungen, darauf kommen? Ich würde ihn, ohne ein weiteres Wort verlassen haben, wenn ich mich nicht noch derjenigen Person wegen gezwungen hätte, der ich, von Grund meiner Seelen, alles gönne, was sie sich selbst wünscht. – – Mehr habe ich ihm nicht zu sagen. *Er will fortgehen.*

ADRAST: Wohin, Theophan? – – Urteilen Sie aus meinem Stilleschweigen, wie groß mein Erstaunen sein müsse! – Es ist eine menschliche Schwachheit, sich dasjenige leicht überreden zu lassen, was man heftig wünscht. Soll ich ihr nachhängen? soll ich sie unterdrücken?

THEOPHAN: Ich will bei Ihrer Überlegung nicht gegenwärtig sein. – –

ADRAST: Wehe dem, der mich auf eine so grausame Art aufzuziehen denkt!

THEOPHAN: So räche mich denn Ihre marternde Ungewißheit an Ihnen!

ADRAST *beiseite*: Jetzt will ich ihn fangen. – – Wollen Sie mir noch ein Wort erlauben, Theophan? – – Wie können Sie über einen Menschen zürnen, der mehr aus Erstaunen über sein Glück, als aus Mißtrauen gegen Sie, zweifelt? – –

THEOPHAN: Adrast, ich werde mich schämen, nur einen Augenblick gezürnt zu haben, sobald Sie vernünftig reden wollen.

ADRAST: Wenn es wahr ist, daß Sie Julianen nicht lieben, wird es nicht nötig sein, daß Sie sich dem Lisidor entdecken?

THEOPHAN: Allerdings.

ADRAST: Und Sie sind es wirklich gesonnen?

THEOPHAN: Und zwar je eher, je lieber.

ADRAST: Sie wollen dem Lisidor sagen, daß Sie Julianen nicht lieben?

THEOPHAN: Was sonst?

ADRAST: Daß Sie eine andere Person lieben?

THEOPHAN: Vor allen Dingen! um ihm durchaus keine Ursache zu geben, Julianen die rückgängige Verbindung zur Last zu legen.

ADRAST: Wollten Sie wohl alles dieses gleich jetzo tun?

THEOPHAN: Gleich jetzo? –

ADRAST *beiseite*: Nun habe ich ihn! – Ja, gleich jetzo.

THEOPHAN: Wollten Sie aber auch wohl ebendiesen Schritt tun? Wollten auch Sie dem Lisidor wohl sagen, daß Sie Henrietten nicht liebten?

ADRAST: Ich brenne vor Verlangen.

THEOPHAN: Und daß Sie Julianen liebten?

ADRAST: Zweifeln Sie?

THEOPHAN: Nun wohl! so kommen Sie.

ADRAST *beiseite*: Er will? –

THEOPHAN: Nur geschwind!

ADRAST: Überlegen Sie es recht.

THEOPHAN: Und was soll ich denn noch überlegen?

ADRAST: Noch ist es Zeit. – –

THEOPHAN: Sie halten sich selbst auf. Nur fort! – *Indem er vorangehen will.* Sie bleiben zurück? Sie stehen in Gedanken? Sie sehen mich mit einem Auge an, das Erstaunen verrät? Was soll das? –

ADRAST *nach einer kleinen Pause*: Theophan! – –

THEOPHAN: Nun? – – Bin ich nicht bereit?

ADRAST *gerührt*: Theophan! – – Sie sind doch wohl ein ehrlicher Mann.

THEOPHAN: Wie kommen Sie jetzt darauf?

ADRAST: Wie ich jetzt darauf komme? Kann ich einen stärkern Beweis verlangen, daß Ihnen mein Glück nicht gleichgültig ist?

THEOPHAN: Sie erkennen dieses sehr spät – aber Sie erkennen es doch noch. – – Liebster Adrast, ich muß Sie umarmen. – –

ADRAST: Ich schäme mich – – lassen Sie mich allein; ich will Ihnen bald folgen. – –

THEOPHAN: Ich werde Sie nicht allein lassen. – Ist es möglich, daß ich Ihren Abscheu gegen mich überwunden habe? Daß ich ihn durch eine Aufopferung überwunden habe, die mir so wenig kostet? Ach! Adrast, Sie wissen noch nicht, wie eigennützig ich dabei bin; ich werde vielleicht alle Ihre Hochachtung dadurch wieder verlieren: – – Ich liebe Henrietten.

ADRAST: Sie lieben Henrietten? Himmel! so können wir ja hier noch beide glücklich sein. Warum haben wir uns nicht eher erklären müssen? O Theophan! Theophan! ich würde Ihre ganze Aufführung mit einem andern Auge angesehen haben. Sie würden der Bitterkeit meines Verdachts, meiner Vorwürfe nicht ausgesetzt gewesen sein.

THEOPHAN: Keine Entschuldigungen, Adrast! Vorurteile und eine unglückliche Liebe sind zwei Stücke, deren eines schon hinreichet, einen Mann zu etwas ganz anderm zu machen, als er ist. – – Aber was verweilen wir hier länger?

ADRAST: Ja, Theophan, nun lassen Sie uns eilen. – – Aber wenn uns Lisidor zuwider wäre? – – Wenn Juliane einen andern liebte? – –

THEOPHAN: Fassen Sie Mut. Hier kömmt Lisidor.

Vierter Auftritt

Lisidor. Theophan. Adrast.

LISIDOR: Ihr seid mir feine Leute! Soll ich denn beständig mit dem fremden Vetter allein sein?

THEOPHAN: Wir waren gleich im Begriff zu Ihnen zu kommen.

LISIDOR: Was habt ihr nun wieder zusammen gemacht? gestritten? Glaubt mir doch nur, aus dem Streiten kömmt nichts heraus. Ihr habt alle beide, alle beide habt ihr recht. – – Zum Exempel: *Zum Theophan:* Der spricht, die Vernunft ist schwach; und der *Zum Adrast:* spricht, die Vernunft ist stark. Jener beweiset mit starken Gründen, daß die Vernunft schwach ist; und dieser mit schwachen Gründen, daß sie stark ist. Kömmt das nun nicht auf eins heraus? schwach und stark, oder, stark und schwach: was ist denn da für ein Unterscheid?

THEOPHAN: Erlauben Sie, wir haben jetzt weder von der Stärke, noch von der Schwäche der Vernunft gesprochen – –

LISIDOR: Nun! so war es von etwas anderm, das ebensowenig zu bedeuten hat. – Von der Freiheit etwa: Ob ein hungriger Esel, der zwischen zwei Bündeln Heu steht, die einander vollkommen gleich sind, das Vermögen hat, von dem ersten von dem besten zu fressen, oder, ob der Esel so ein Esel sein muß, daß er lieber verhungert? – –

ADRAST: Auch daran ist nicht gedacht worden. Wir beschäftigten uns mit einer Sache, bei der das Vornehmste nunmehr auf Sie ankömmt.

LISIDOR: Auf mich?

THEOPHAN: Auf Sie, der Sie unser ganzes Glück in Händen haben.

LISIDOR: Oh! ihr werdet mir einen Gefallen tun, wenn ihr es

so geschwind, als möglich, in eure eignen Hände nehmt. – Ihr meint doch wohl das Glück in Fischbeinröcken? Schon lange habe ich es selber nicht mehr gern behalten wollen. Denn der Mensch ist ein Mensch, und eine Jungfer eine Jungfer; und Glück und Glas wie bald bricht das!

THEOPHAN: Wir werden zeitlebens nicht dankbar genug sein können, daß Sie uns einer so nahen Verbindung gewürdiget haben. Allein es stößt sich noch an eine sehr große Schwierigkeit.

LISIDOR: Was?

ADRAST: An eine Schwierigkeit, die unmöglich vorauszusehen war.

LISIDOR: Nu?

THEOPHAN *und* ADRAST: Wir müssen Ihnen gestehen – –

LISIDOR: Alle beide zugleich? Was wird das sein? Ich muß euch ordentlich vernehmen. – – Was gestehen Sie, Theophan? – –

THEOPHAN: Ich muß Ihnen gestehen – daß ich Julianen nicht liebe.

LISIDOR: Nicht liebe? habe ich recht gehört? – Und was ist denn Ihr Geständnis, Adrast? – –

ADRAST: Ich muß Ihnen gestehen – –, daß ich Henrietten nicht liebe.

LISIDOR: Nicht liebe? – Sie nicht lieben, und Sie nicht lieben; das kann unmöglich sein! Ihr Streitköpfe, die ihr noch nie einig gewesen seid, solltet jetzo zum ersten Male einig sein, da es darauf ankömmt, mir den Stuhl vor die Türe zu setzen? – – Ach! ihr scherzt, nun merke ich's erst.

ADRAST: Wir? scherzen?

LISIDOR: Oder ihr müßt nicht klug im Kopfe sein. Ihr meine Töchter nicht lieben? die Mädel weinen sich die Augen aus dem Kopfe. – – Aber warum denn nicht? wenn ich fragen darf. Was fehlt denn Julianen, daß Sie sie nicht lieben können?

THEOPHAN: Ihnen die Wahrheit zu gestehen, ich glaube, daß ihr Herz selbst für einen andern eingenommen ist.

ADRAST: Und eben dieses vermute ich mit Grunde auch von Henrietten.

LISIDOR: Ho! ho! dahinter muß ich kommen. – – Lisette! he! Lisette! – – Ihr seid also wohl gar eifersüchtig, und wollt nur drohen?

THEOPHAN: Drohen? da wir Ihrer Güte jetzt am nötigsten haben?

LISIDOR: Heda! Lisette!

Fünfter Auftritt

Lisette. Lisidor. Theophan. Adrast.

LISETTE: Hier bin ich ja schon! Was gibt's?

LISIDOR: Sage, sie sollen gleich herkommen.

LISETTE: Wer denn?

LISIDOR: Beide! hörst du nicht?

LISETTE: Meine Junfern?

LISIDOR: Fragst du noch?

LISETTE: Gleich will ich sie holen. *Indem sie wieder umkehrt.* Kann ich ihnen nicht voraus sagen, was sie hier sollen?

LISIDOR: Nein!

LISETTE *geht und kömmt wieder*: Wenn sie mich nun aber fragen?

LISIDOR: Wirst du gehen?

LISETTE: Ich geh. – – *Kömmt wieder.* Es ist wohl etwas Wichtiges?

LISIDOR: Ich glaube, du Maulaffe, willst es eher wissen, als sie?

LISETTE: Nur sachte! ich bin so neugierig nicht.

Sechster Auftritt

Lisidor. Theophan. Adrast.

LISIDOR: Ihr habt mich auf einmal ganz verwirrt gemacht. Doch nur Geduld, ich will das Ding schon wieder in seine Wege bringen. Das wäre mir gelegen, wenn ich mir ein Paar andere Schwiegersöhne suchen müßte! Ihr waret mir gleich so recht, und so ein Paar bekomme ich nicht wieder zusammen, wenn ich mir sie auch bestellen ließe.

ADRAST: Sie sich andre Schwiegersöhne suchen? – – Was für ein Unglück drohen Sie uns?

LISIDOR: Ihr wollt doch wohl nicht die Mädel heiraten, ohne sie zu lieben? Da bin ich auch euer Diener.

THEOPHAN: Ohne sie zu lieben?

ADRAST: Wer sagt das?

LISIDOR: Was habt ihr denn sonst gesagt?

ADRAST: Ich bete Julianen an.

LISIDOR: Julianen?

THEOPHAN: Ich liebe Henrietten mehr, als mich selbst.

LISIDOR: Henrietten? – Uff! Wird mir doch auf einmal ganz wieder leichte. – Ist das der Knoten? Also ist es weiter nichts, als daß sich einer in des andern seine Liebste verliebt hat? Also wäre der ganze Plunder mit einem Tausche gutzumachen?

THEOPHAN: Wie gütig sind Sie, Lisidor!

ADRAST: Sie erlauben uns also – –

LISIDOR: Was will ich tun? Es ist doch immer besser, ihr tauscht vor der Hochzeit, als daß ihr nach der Hochzeit tauscht. Wenn es meine Töchter zufrieden sind, ich bin es zufrieden.

ADRAST: Wir schmeicheln uns, daß sie es sein werden. – – Aber bei der Liebe, Lisidor, die Sie gegen uns zeigen, kann ich unmöglich anders, ich muß Ihnen noch ein Geständnis tun.

LISIDOR: Noch eins?

ADRAST: Ich würde nicht rechtschaffen handeln, wenn ich Ihnen meine Umstände verhehlte.

LISIDOR: Was für Umstände?

ADRAST: Mein Vermögen ist so geschmolzen, daß ich, wenn ich alle meine Schulden bezahle, nichts übrigbehalte.

LISIDOR: Oh! schweig doch davon. Habe ich schon nach deinem Vermögen gefragt? Ich weiß so wohl, daß du ein lockrer Zeisig gewesen bist, und alles durchgebracht hast; aber eben deswegen will ich dir eine Tochter geben, damit du doch wieder etwas hast. – – Nur stille! da sind sie; laßt mich machen.

Siebenter Auftritt

Juliane. Henriette. Lisette. Lisidor. Theophan. Adrast.

LISETTE: Hier bringe ich sie, Herr Lisidor. Wir sind höchst begierig, zu wissen, was Sie zu befehlen haben.

LISIDOR: Seht freundlich aus, Mädchens! ich will euch etwas Fröhliches melden: Morgen soll's richtig werden. Macht euch gefaßt!

LISETTE: Was soll richtig werden?

LISIDOR: Für dich wird nichts mit richtig. – Lustig, Mädchens! Hochzeit! Hochzeit! – Nu? Ihr seht ja so barmherzig aus? Was fehlt dir, Juliane?

JULIANE: Sie sollen mich allezeit gehorsam finden, aber nur dieses Mal muß ich Ihnen vorstellen, daß Sie mich übereilen würden. – – Himmel! morgen?

LISIDOR: Und du, Henriette?

HENRIETTE: Ich, lieber Herr Vater? ich werde morgen krank sein, todsterbenskrank!

LISIDOR: Verschieb es immer bis übermorgen.

HENRIETTE: Es kann nicht sein. Adrast weiß meine Ursachen.

ADRAST: Ich weiß, schönste Henriette, daß Sie mich hassen.

THEOPHAN: Und Sie, liebste Juliane, Sie wollen gehorsam sein? – – Wie nahe scheine ich meinem Glücke zu sein, und wie weit bin ich vielleicht noch davon entfernt! – Mit was für einem Gesichte soll ich es Ihnen sagen, daß ich der Ehre Ihrer Hand unwert bin? daß ich mir bei aller der Hochachtung, die ich für eine so vollkommene Person hegen muß, doch nicht getraue, dasjenige für Sie zu empfinden, was ich nur für eine einzige Person in der Welt empfinden will.

LISETTE: Das ist ja wohl gar ein Korb? Es ist nicht erlaubt, daß auch Mannspersonen welche austeilen wollen. Hurtig also, Julianchen mit der Sprache heraus!

THEOPHAN: Nur ein eitles Frauenzimmer könnte meine Erklärung beleidigen; und ich weiß, daß Juliane über solche Schwachheiten so weit erhaben ist – –

JULIANE: Ach Theophan! ich höre es schon: Sie haben zu scharfe Blicke in mein Herz getan. – –

ADRAST: Sie sind nun frei, schönste Juliane. Ich habe Ihnen kein Bekenntnis weiter abzulegen, als das, welches ich Ihnen bereits abgelegt habe. – – Was soll ich hoffen?

JULIANE: Liebster Vater! – Adrast! – Theophan! – Schwester! – –

LISETTE: Nun merke ich alles. Geschwind muß das die Großmama erfahren. *Lisette läuft ab.*

LISIDOR *zu Julianen*: Siehst du, Mädchen, was du für Zeug angefangen hast?

THEOPHAN: Aber Sie, liebste Henriette, was meinen Sie hierzu? Ist Adrast nicht ein ungetreuer Liebhaber? Ach! wenn Sie Ihre Augen auf einen getreuern werfen wollten! Wir sprachen vorhin von Rache, von einer unschuldigen Rache – –

HENRIETTE: Topp! Theophan: ich räche mich.

LISIDOR: Fein bedächtig, Henriette! Hast du schon die Krankheit auf morgen vergessen!

HENRIETTE: Gut! Ich lasse mich verleugnen, wenn sie kömmt.

LISIDOR: Seid ihr aber nicht wunderliches Volk! Ich wollte jedem zu seinem Rocke egales Futter geben, aber ich sehe wohl, euer Geschmack ist bunt. Der Fromme sollte die Fromme, und der Lustige die Lustige haben: Nichts! der Fromme will die Lustige, und der Lustige die Fromme.

Achter Auftritt

Fr. Philane *mit* Lisetten, *und* die Vorigen.

FR. PHILANE: Kinder, was höre ich? Ist es möglich?

LISIDOR: Ja, Mama; ich glaube, Sie werden nicht dawider sein. Sie wollen nun einmal so – –

FR. PHILANE: Ich sollte dawider sein? Diese Veränderung ist mein Wunsch, mein Gebet gewesen. Ach! Adrast, ach! Henriette, für euch habe ich oft gezittert! Ihr würdet ein unglückliches Paar geworden sein! Ihr braucht beide einen Gefährten, der den Weg besser kennet, als ihr. Theophan, Sie haben längst meinen Segen; aber wollen Sie mehr als diesen, wollen Sie auch den Segen des Himmels haben, so ziehen Sie eine Person aus Henrietten, die Ihrer wert ist. Und Sie, Adrast, ich habe Sie wohl sonst für einen bösen Mann gehalten; doch getrost! wer eine fromme Person lieben kann, muß selbst schon halb fromm sein. Ich verlasse mich seinetwegen auf dich, Julchen. – – Vor allen Dingen bringe ihm bei, wackern Leuten, rechtschaffnen Geistlichen, nicht so verächtlich zu begegnen, als er dem Theophan begegnet. – –

ADRAST: Ach! Madame, erinnern Sie mich an mein Unrecht nicht. Himmel! wenn ich mich überall so irre, als ich mich bei Ihnen, Theophan, geirret habe: was für ein Mensch, was für ein abscheulicher Mensch bin ich! – –

LISIDOR: Habe ich's nicht gesagt, daß ihr die besten Freunde werden müßt, sobald als ihr Schwäger seid? Das ist nur der Anfang!

THEOPHAN: Ich wiederhole es, Adrast: Sie sind besser, als Sie glauben; besser, als Sie zeither haben scheinen wollen.

FR. PHILANE: Nun! auch das ist mir ein Trost zu hören. – – *Zum Lisidor:* Komm, mein Sohn, führe mich. Das Stehen wird mir zu sauer, und vor Freuden habe ich es ganz vergessen, daß ich Araspen allein gelassen.

LISIDOR: Ja, wahrhaftig! da gibt's was zu erzählen! Kommen Sie, Mama. – – Aber keinen Tausch weiter! keinen Tausch weiter!

LISETTE: Wie übel ist unsereines dran, das nichts zu tauschen hat!

Ende des Freigeists.

DER SCHATZ

Ein Lustspiel in einem Aufzuge

Personen

Leander
Staleno, *Leanders Vormund*
Philto, *ein Alter*
Anselmus
Lelio, *des Anselmus Sohn*
Maskarill, *des Lelio Bedienter*
Raps
Ein Träger

Die Szene ist auf der Straße.

Erster Auftritt

Leander. Staleno.

STALENO: Ei! Leander, so jung, und Er hat sich schon ein Mädchen ausgesehen?

LEANDER: Das wird dem Mädchen eben lieb sein, daß ich jung bin. Und wie jung denn? Wenn ich noch einmal so alt wäre, so könnte ich schon Kinder haben, die so alt wären als ich.

STALENO: Und das Mädchen soll ich Ihm zufreien?

LEANDER: Ja, mein lieber Herr Vormund, wenn Sie wollten so gut sein.

STALENO: Lieber Herr Vormund! das habe ich lange nicht gehört! Wenn Sie wollten so gut sein! Wie höflich man doch gleich wird, wenn man verliebt ist! – – Aber was ist es denn für ein Mädchen? das hat Er mir ja noch nicht gesagt.

LEANDER: Ein allerliebstes Mädchen.

STALENO: Hat sie Geld? Was kriegt sie mit?

LEANDER: Sie ist die Schönheit selbst; und unschuldig dabei – – so unschuldig, als ich.

STALENO: Spricht sie auch schon von Kindern, die sie haben könnte? – – Aber sage Er mir, was kriegt sie mit?

LEANDER: Wenn Sie sie sehen sollten, Sie würden sich selbst in sie verlieben. Ein rundes, volles Gesicht, das aber gar nichts Kindisches mehr hat; ein Gewächse, wie ein Rohr – –

STALENO: Und was kriegt sie mit?

LEANDER: Wie ein Rohr so gerade. Und dabei nicht hager; aber auch nicht dicke. Sie wissen wohl, Herr Vormund, beides muß nicht sein, wenn ein Frauenzimmer schön sein soll.

STALENO: Und was kriegt sie mit?

LEANDER: Sie weiß sich zu tragen, ah! auf eine Art, liebster Herr Staleno, auf eine Art – – Und ich versichre Sie, sie hat nicht tanzen gelernt; es ist ihr natürlich.

STALENO: Und was kriegt sie mit?

LEANDER: Wenn ihr Gesichte auch das schönste ganz und gar nicht wäre, so würden sie doch schon ihre Manieren zu der angenehmsten Person unter der Sonne machen. Ich kann nicht begreifen, wer sie ihr muß gewiesen haben.

STALENO: Oh! so höre Er doch! Nach ihrer Aussteuer frage ich; was kriegt sie mit?

LEANDER: Und sprechen -- sprechen kann sie wie ein Engel --

STALENO: Was kriegt sie mit?

LEANDER: Sie werden schwerlich mehr Verstand und Tugend bei irgendeiner Person ihres Geschlechts antreffen, als bei ihr --

STALENO: Gut! alles gut! aber was kriegt sie mit?

LEANDER: Sie ist über dieses aus einem guten Geschlechte, Herr Vormund; aus einem sehr guten Geschlechte.

STALENO: Die guten Geschlechter sind nicht allzeit die reichsten. Was kriegt sie mit?

LEANDER: Ich habe vergessen, Ihnen noch zu sagen, daß sie auch sehr schön singt.

STALENO: Zum Henker! lasse Er mich nicht eine Sache hundertmal fragen. Ich will vor allen Dingen wissen, was sie mitkriegt? --

LEANDER: Wahrhaftig! ich habe sie selbst nur gestern abends singen hören. Wie wurde ich bezaubert!

STALENO: Ah! Er muß Seinen Vormund nicht zum Narren haben. Wenn Er mir keine Antwort geben will: so packe Er sich, und lasse Er mich meinen Gang gehen.

LEANDER: Sie sind ja gar böse, allerliebster Herr Vormund. Ich wollte Ihnen eben Ihre Frage beantworten.

STALENO: Nun! so tu Er's.

LEANDER: Was war Ihre Frage? Ja, ich besinne mich: Sie fragten, ob sie eine gute Haushälterin sei? Oh! eine unvergleichliche! Ich weiß gewiß, sie wird ihrem Manne jahraus jahrein zu Tausenden ersparen.

STALENO: Das wäre noch etwas; aber es war doch auch nicht das, was ich Ihn fragte. Ich fragte -- versteht Er denn kein Deutsch? -- ob sie reich ist? ob sie eine gute Aussteuer mitbekömmt?

LEANDER *traurig*: Eine Aussteuer?

STALENO: Ja, eine Aussteuer. Was gilt's, darum hat sich das junge Herrchen noch nicht bekümmert? O Jugend, o Jugend! daß doch die leichtsinnige Jugend, so wenig nach dem Allernotwendigsten fragt! – Nun! wenn Er es noch nicht weiß, was Sein Mädchen mitkriegen soll, so gehe Er, und erkundige Er sich vorher. Alsdann können wir mehr von der Sache sprechen.

LEANDER: Das können wir gleich jetzo, wenn es Ihnen nicht zuwider ist. Ich bin so leichtsinnig nicht gewesen, sondern habe mich allerdings schon darnach erkundiget.

STALENO: So weiß Er's, was sie mitkriegt?

LEANDER: Auf ein Haar.

STALENO: Und wieviel?

LEANDER: Allzuviel ist es nicht – –

STALENO: Ei! wer verlangt denn allzuviel? Was recht ist! Er hat ja selber schon genug Geld.

LEANDER: Oh! Sie sind ein vortrefflicher Mann, mein lieber Herr Vormund. Es ist wahr, ich bin reich genug, daß ich ihr schon diesen Punkt übersehen kann.

STALENO: Ist es wohl so die Hälfte von Seinem Vermögen, was das Mädchen mitkriegt?

LEANDER: Die Hälfte? Nein, das ist es nicht.

STALENO: Das Drittel?

LEANDER: Auch wohl nicht.

STALENO: Das Viertel doch?

LEANDER: Schwerlich.

STALENO: Nu? das Achtel muß es doch wohl sein? Alsdann wären es ein paar tausend Tälerchen, die beim Anfange einer Wirtschaft nur allzubald weg sind.

LEANDER: Ich habe Ihnen schon gesagt, daß es nicht viel ist, gar nicht viel.

STALENO: Aber nicht viel ist doch etwas. Wieviel denn?

LEANDER: Wenig, Herr Vormund.

STALENO: Wie wenig denn?

LEANDER: Wenig – – Sie wissen ja selbst, was man wenig nennt.

STALENO: Nur heraus mit der Sprache! Das Kind muß doch einen Namen haben. Drücke Er doch das wenige mit Zahlen aus.

LEANDER: Das wenige, Herr Staleno, ist – – ist gar nichts.

STALENO: Gar nichts? Ja nun! da hat Er recht; gar nichts, ist wenig genug. – – Aber im Ernste, Leander: schämt Er sich nicht, auf so eine Torheit zu fallen, ein Mädchen sich zur Frau auszusehen, die nichts hat?

LEANDER: Was sagen Sie? Nichts hat? Sie hat alles, was zu einer vollkommenen Frau gehört; nur kein Geld hat sie nicht.

STALENO: Das ist, sie hat alles, was eine vollkommene Frau machen könnte, wenn sie nur noch das hätte, was eine vollkommene Frau macht. – – Stille davon! Ich muß besser einsehen, was Ihm gut ist. – – Aber darf man denn wissen, wer diese schöne, liebenswürdige, galante Bettlerin ist? wie sie heißt? –

LEANDER: Sie versündigen sich, Herr Staleno. Wenn es nach Verdiensten ginge, so würden wir alle arm, und diese Bettlerin würde allein reich sein.

STALENO: So sage Er mir ihren Namen, damit ich sie anders nennen kann.

LEANDER: Kamilla.

STALENO: Kamilla? Doch wohl nicht die Schwester des lüderlichen Lelio?

LEANDER: Ebendie. Ihr Vater soll der rechtschaffenste Mann von der Welt sein.

STALENO: Sein, oder gewesen sein. Es sind nun bereits neun Jahre, daß er von hier wegreisete; und schon seit vier Jahren hat man nicht die geringste Nachricht von ihm. Wer weiß, wo er modert, der gute Anselmus! Es ist für ihn auch ebensogut. Denn wenn er wiederkommen sollte, und sollte sehen, wie es mit seiner Familie stünde, so müßte er sich doch zu Tode grämen.

LEANDER: So haben Sie ihn wohl gekannt?

STALENO: Was sollte ich nicht? Er war mein Herzensfreund.

LEANDER: Und Sie wollen gegen seine Tochter so grausam sein? Sie wollen mich verhindern, sie wieder in Umstände zu setzen, die ihrer würdig sind?

STALENO: Leander, wenn Er mein Sohn wäre, so wollte ich nicht ein Wort dawider reden; aber so ist Er nur mein Mündel. Seine Neigung könnte sich in reifern Jahren ändern, und wenn Er alsdann das schöne Gesicht satt wäre, dem der beste Nachdruck fehlt, so würde alle Schuld auf mich fallen.

LEANDER: Wie? meine Neigung sollte sich ändern? ich sollte aufhören, Kamillen zu lieben? ich sollte – –

STALENO: Er soll warten, bis Er Sein eigner Herr wird; alsdann kann Er machen, was Er will. Ja, wenn das Mädchen noch in den Umständen wäre, in welchen sie ihr Vater verließ; wenn ihr Bruder nicht alles durchgebracht hätte; wenn der alte Philto, dem Anselmus die Aufsicht über seine Kinder anvertraute, nicht ein alter Betrüger gewesen wäre: gewiß, ich wollte selbst mein möglichstes tun, daß kein andrer, als Er, die *Kamilla bekommen* sollte. Aber: da das nicht ist, so habe ich nichts damit zu schaffen. Gehe Er nach Hause.

LEANDER: Aber, liebster Herr Staleno –

STALENO: Er bringt Seine Schmeichelei zu unnützen Kosten. Was ich gesagt habe, habe ich gesagt. Ich wollte eben zum alten Philto gehen, der sonst mein guter Freund ist, und ihm den Text wegen seines Betragens gegen den Lelio lesen. Nun hat er dem lüderlichen Burschen auch sogar das Haus abgekauft; das Letzte, was die Leutchen noch hatten. Das ist zu toll! das ist unverantwortlich! – – Geh Er, Leander; halte Er mich nicht länger auf. Allenfalls können wir zu Hause mehr davon sprechen.

LEANDER: In der Hoffnung, daß Sie gütiger werden gesinnt sein, will ich gehen. Sie kommen doch bald zurück?

STALENO: Bald.

Zweiter Auftritt

Staleno.

Es bringt freilich nichts ein, den Leuten die Wahrheit zu sagen, und ihnen ihre schlechten Streiche vorzurücken; man macht sie sich meistenteils dadurch zu Feinden. Aber mag's! Ich will den Mann nicht zum Freunde behalten, der so wenig Gewissen hat. – – Hätte ich mir's in Ewigkeit vorgestellt! Der Philto, der Mann, auf den ich Schlösser gebaut hätte. – – Ha! da kömmt er mir eben in den Wurf. – –

Dritter Auftritt

Philto. Staleno.

STALENO: Guten Tag, Herr Philto.

PHILTO: Ei sieh da! Herr Staleno! Wie geht's, mein alter, lieber, guter Freund? Wo wollten Sie hin?

STALENO: Ich war eben im Begriff, zu Ihnen zu gehen.

PHILTO: Zu mir? das ist ja vortrefflich. Kommen Sie, ich kehre gleich wieder mit um.

STALENO: Es ist nicht nötig, wenn ich Sie nur spreche; es ist mir gleichviel, ob es in Ihrem Hause, oder auf der Gasse geschieht. Ich will so lieber unter freiem Himmel mit Ihnen reden, um vor dem Anstecken sichrer zu sein.

PHILTO: Was wollen Sie mit Ihrem Anstecken? Bin ich seitdem von der Pest befallen worden, als ich Sie nicht gesehen habe?

STALENO: Von noch etwas Schlimmern, als von der Pest. – – O Philto, Philto! Sind Sie der ehrliche Philto, den die Stadt bisher noch immer unter die wenigen Männer von altem Schrot und Korne gezählt hat?

PHILTO: Das ist ja ein vortrefflicher Anfang zu einer Strafpredigt, wie käme ich zu der?

STALENO: Was für Zeug wird von Ihnen in der Stadt gesprochen! Ein alter Betrieger, ein Leuteschinder, ein Blutigel – das sind noch Ihre besten Ehrentitel.

PHILTO: Meine?

STALENO: Ja, Ihre.

PHILTO: Das ist mir leid. Aber was ist zu tun? man muß die Leute reden lassen. Ich kann es niemanden verwehren, das Nachteiligste von mir zu denken, oder zu sprechen; genug, wenn ich bei mir überzeugt bin, daß man mir Unrecht tut.

STALENO: So kaltsinnig sind Sie dabei? So kaltsinnig war ich nicht einmal, als ich es hörte. Aber mit dieser Gelassenheit sind Sie noch nicht gerechtfertiget. Man ist oft gelassen, weil man bei sich kein Recht zu haben fühlt, hastig und aufgebracht zu sein. – – Von mir sollte jemand so reden! Ich drehte dem ersten dem besten den Hals um. Allein, ich glaube auch nicht, daß ich jemals durch meine Handlungen Gelegenheit dazu geben würde.

PHILTO: Kann ich denn endlich erfahren, worin das Verbrechen besteht, das man mir schuld gibt?

STALENO: So? Sie müssen mit Ihrem Gewissen schon vortrefflich zu Rande sein, daß es Ihnen nicht selbst gleich beifällt. – Sagen Sie mir, war Anselmus Ihr Freund?

PHILTO: Er war es, und ist es noch, so weit wir auch jetzt voneinander sind. Wissen Sie denn nicht, daß er mir bei seiner Abreise seinen Sohn und seine Tochter zur Aufsicht anvertraute? Würde er das getan haben, wenn er mich nicht für seinen rechtschaffnen Freund gehalten hätte?

STALENO: Du ehrlicher Anselmus, wie hast du dich betrogen!

PHILTO: Ich denke, er soll sich nicht betrogen haben.

STALENO: Nicht? Nu, nu! wenn ich einen Sohn hätte, den ich gern in das äußerste Verderben wollte gebracht wissen, so würde ich ihn ganz gewiß auch Ihrer Aufsicht anvertrauen. – Er ist ein schönes Früchtchen geworden, der Lelio!

PHILTO: Sie legen mir jetzt etwas zur Last, wovon Sie mich selbst sonst allezeit freigesprochen haben. Lelio hat alle seine lüderlichen Ausschweifungen ohne mein Vorwissen begangen; und wann ich sie erfuhr, so war es schon zu spät, ihnen vorzubeugen.

STALENO: Alles das glaube ich nun nicht mehr; denn Ihr letzter Streich verrät Ihre Karte.

PHILTO: Was für ein Streich?

STALENO: An wen hat denn Lelio sein Haus verkauft?

PHILTO: An mich.

STALENO: Willkommen, Anselmus! Können Sie doch nun auf der Gasse schlafen. – – Pfui, Philto!

PHILTO: Ich habe die dreitausend Taler dafür richtig bezahlt.

STALENO: Um den Namen eines ehrlichen Mannes richtig loszuwerden.

PHILTO: Hätte ich sie denn nicht bezahlen sollen?

STALENO: Oh! stellen Sie sich nicht so albern. Sie hätten gar nichts von dem Lelio kaufen sollen. Einem solchen Menschen zu Gelde verhelfen, heißt das nicht dem Wahnwitzigen ein Messer in die Hände geben, womit er sich die Gurgel abschneiden kann? Heißt das nicht Gemeinschaft mit ihm machen, um den armen Vater ohne Barmherzigkeit zu ruinieren?

PHILTO: Aber Lelio brauchte das Geld zur höchsten Not: er mußte sich mit einem Teile desselben von einem schimpflichen Gefängnisse losmachen. Und wenn ich das Haus nicht gekauft hätte, so hätte es ein andrer gekauft.

STALENO: Andre hätten mögen tun, was sie gewollt hätten. – Aber entschuldigen Sie sich nur nicht; man sieht Ihre wahre Ursache doch. Das Häuschen ist etwa noch viertausend Taler wert; um dreitausend war es zu verkaufen, und zu dem Profitchen, dachten Sie, bin ich der nächste. Ich liebe das Geld doch auch; aber sehen Sie, Philto, eher wollte ich mir diese meine rechte Hand abhauen lassen, als so eine Niederträchtigkeit begehen, und wenn ich schon eine Million damit zu gewinnen wüßte. Kurz von der Sache zu kommen: meiner Freundschaft sind Sie quitt.

PHILTO: Nun wahrhaftig! Staleno, Sie legen mir's außerordentlich nahe. Ich glaube wirklich Sie bringen es durch Ihre Schmähungen noch so weit, daß ich Ihnen ein Geheimnis vertraue, welches kein Mensch auf der Welt sonst von mir erfahren hätte.

STALENO: Was Sie mir vertrauen, darum lassen Sie sich nicht bange sein. Es ist bei mir so sicher aufgehoben, als bei Ihnen.

PHILTO: Sehen Sie sich einmal ein wenig um, daß uns niemand behorcht. Sehen Sie recht zu! Guckt auch niemand hier aus den Fenstern?

STALENO: Das muß ja wohl ein recht geheimes Geheimnis sein. Ich sehe niemanden.

PHILTO: Nun, so hören Sie. Noch an ebendem Tage, als Anselmus wegreisete, zog er mich beiseite, und führte mich an einen gewissen Ort in seinem Hause. „Ich habe dir", sprach er, „mein lieber Philto, noch eins zu entdecken. Hier in diesem –" Warten Sie ein klein bißchen, Staleno; da sehe ich jemanden gehn, den wollen wir erst vorbeilassen. –

STALENO: Er ist vorbei.

PHILTO: „Hier", sprach er, „in diesem Gewölbe, unter einem von den – –" Stille! dort kömmt eines – – –

STALENO: Es ist ja ein Kind.

PHILTO: Kinder sind neugierig!

STALENO: Es ist weg.

PHILTO: „Unter einem von den Pflastersteinen", sprach er, „habe ich – –" Da läuft schon wieder was. – –

STALENO: Es ist ja nichts, als ein Hund.

PHILTO: Es hat aber doch Ohren! – – „Habe ich", sprach er, *Indem er sich von Zeit zu Zeit furchtsam umsiehet.* „eine kleine Barschaft vergraben."

STALENO: Was?

PHILTO: St! Wer wird so etwas zweimal sagen?

STALENO: Eine Barschaft? einen Schatz?

PHILTO: Ja doch! – – Wenn es nur nicht jemand gehört hat.

STALENO: Vielleicht ein Sperling, der uns über dem Kopfe weggeflogen.

PHILTO: „Ich habe", fuhr er fort, „lange genug daran gespart, und mir es herzlich sauer werden lassen. Ich reise jetzo weg; ich lasse meinem Sohne so viel, daß er leben kann; mehr darf ich ihm aber auch keinen Heller lassen. Er hat allen Ansatz zu einem lüderlichen Menschen, und je mehr er haben würde, desto mehr würde er vertun. Was bliebe alsdann für meine Tochter übrig? Ich muß mich auf alle Fälle gefaßt machen; meine Reise ist weit und gefährlich: wer weiß, ob ich wiederkomme? Von dieser Barschaft also, soll soundso viel für meine Kamille zur Aussteuer, wenn ihr etwa unterdessen eine gute Gelegenheit zu heiraten vorkäme. Das übrige soll mein Sohn haben; aber nicht eher, als bis man es gewiß weiß, daß ich tot bin. Bis dahin, bitte ich dich, Philto, mit Tränen bitte ich dich, mein lieber Freund, laß den Lelio nichts davon merken; sei auch sonst gegen alle verschwiegen, damit er es etwa nicht von einem Dritten erfährt." Ich versprach meinem Freunde alles, und tat einen Schwur darauf. – – Nun sagen Sie mir, Staleno, als ich hörte, daß Lelio das Haus, ebendas Haus, worin die Barschaft verborgen ist, mit aller Gewalt verkaufen wollte: sagen Sie mir, was sollte ich tun?

STALENO: Was hör ich? Bei meiner Treu! das Ding bekömmt doch wohl ein ander Ansehen.

PHILTO: Lelio hatte das Haus anschlagen lassen, als ich eben auf dem Lande war.

STALENO: Ha! ha! der Wolf hatte gemerkt, daß die Hunde nicht bei der Herde wären.

PHILTO: Sie können sich einbilden, daß ich nicht wenig erschrak, als ich wieder in die Stadt kam. Es war geschehen. Sollte ich nun meinen Freund verraten, und dem lüderlichen Lelio den Schatz anzeigen? Oder sollte ich das Haus in fremde Hände kommen lassen, aus welchen es vielleicht Anselmus nimmermehr wiederbekommen hätte? Den Schatz wegzunehmen, das ging gar nicht an. Mit einem Worte, ich sah keinen andern Rat, als das Haus selber zu kaufen, um sowohl das eine, als das andere zu retten. Anselmus mag nunmehr heute oder morgen kommen: ich kann ihm beides richtig überliefern. Sie sehen ja wohl, daß ich das gekaufte Haus nicht einmal brauche. Ich habe Sohn und Tochter herausziehen lassen, und es feste verschlossen. Es soll niemand wieder hineinkommen, als sein rechter Herr. Ich sah es voraus, daß mich die Leute verleumden würden; aber ich will doch lieber eine kurze Zeit weniger ehrlich scheinen, als es in der Tat sein. Bin ich nun noch in Ihren Augen ein alter Betrieger? ein Blutigel? –

STALENO: Sie sind ein ehrlicher Mann, und ich bin ein Narr. – Daß die Leute, die allen Plunder wissen wollen, und sich mit Nachrichten schleppen, wovon doch weder Kopf noch Schwanz wahr ist, bei dem Henker wären! Was für Zeug haben sie mir nicht von Ihnen in die Ohren gesetzt! – Aber warum war ich auch so ein alter Esel, und glaubte es? – Nehmen Sie mir's nicht übel, Philto, ich bin zu hastig gewesen.

PHILTO: Ich nehme nichts übel, wobei ich eine gute Absicht

sehe. Mein ehrlicher Name ist Ihnen lieb gewesen; und das erfreut mich. Sie würden sich viel darum bekümmert haben, wenn Sie nicht mein Freund wären.

STALENO: Gewiß, ich bin ganz böse auf mich.

PHILTO: Ei nicht doch!

STALENO: Ich bin mir recht gram, daß ich mir nur einen Augenblick etwas Unrechtes von Ihnen habe einbilden können!

PHILTO: Und ich bin Ihnen recht gut, daß Sie so fein offenherzig gegen mich gewesen sind. Ein Freund, der uns alles unter die Augen sagt, was er Anstößiges an uns bemerkt, ist jetzt sehr rar; man muß ihn nicht vor den Kopf stoßen, und wenn er auch unter zehn Malen nur einmal recht haben sollte. Meinen Sie es nur ferner gut mit mir.

STALENO: Das heiße ich doch noch geredt, wie man reden soll! Topp! wir sind Freunde, und wollen es immer bleiben.

PHILTO: Topp! -- Haben Sie mir sonst noch etwas zu sagen? --

STALENO: Ich wüßte nicht. -- Doch ja. *Beiseite:* Vielleicht kann ich meinem Mündel eine unverhoffte Freude machen.

PHILTO: Was ist's?

STALENO: Sagten Sie mir nicht, daß ein Teil der verborgenen Barschaft zur Aussteuer für Jungfer Kamillen sollte?

PHILTO: Ja.

STALENO: Wie hoch beläuft sich wohl der Teil?

PHILTO: Auf sechstausend Taler.

STALENO: Das ist nicht schlimm. Und wenn sich nun etwa eine ansehnliche Partie für die sechstausend Taler -- für Jungfer Kamillen, wollte ich sagen, fände: hätten Sie wohl Lust, ja dazu zu sagen?

PHILTO: Wenn sie ansehnlich wäre, die Partie; warum nicht?

STALENO: Zum Exempel, mein Mündel? Was meinen Sie?

PHILTO: Was? der junge Herr Leander? hat der ein Auge auf sie?

STALENO: Wohl beide. Er ist so vergafft in sie, daß er sie lieber heute als morgen nähme, und wenn sie auch nackend zu ihm käme.

PHILTO: Das laßt mir Liebe sein! Wahrhaftig, Herr Staleno, Ihr Vorschlag ist nicht zu verachten. Wenn es Ihr Ernst ist --

STALENO: Mein völliger Ernst! Ich werde ja nicht bei sechstausend Talern scherzen?

PHILTO: Ja; aber will denn auch Kamille Leandern haben?

STALENO: Wenigstens will er sie haben. Wenn zwanzigtausend Taler sechstausend heiraten wollen, so werden ja die sechse nicht närrisch sein, und den zwanzigen einen Korb geben. Das Mädchen wird ja wohl zählen können.

PHILTO: Ich glaube, wenn auch Anselmus heute wiederkäme, daß er selbst seine Tochter nicht besser zu versorgen wünschen könnte. Gut! ich nehme alles über mich. Die Sache soll richtig sein, Herr Staleno.

STALENO: Wenn die sechstausend Taler richtig sind. – –

PHILTO: Ja, verzweifelt! nun fällt mir erst die größte Schwierigkeit ein. – – Müßte denn Leander die sechstausend Taler gleich mitbekommen?

STALENO: Er müßte eben nicht; aber alsdann müßte er eben auch nicht Kamillen gleich haben.

PHILTO: Nun so geben Sie mir doch einen guten Rat. Das Geld ist verborgen; wenn ich es hervorkriege, wo soll ich sagen, daß ich es herbekommen habe? Soll ich die Wahrheit sagen, so wird Lelio Lunte riechen, und sich nicht ausreden lassen, daß da, wo sechstausend Taler gelegen, nicht noch mehr liegen könnte. Soll ich sagen, daß ich das Geld von dem Meinigen gebe? Das will ich auch nicht gern. Die Leute würden doch nur einen neuen Anlaß, mich zu verleumden, daraus nehmen. Philto, sprächen sie vielleicht, würde so freigebig nicht sein, wenn ihm nicht sein Gewissen sagte, daß er die armen Kinder um gar zu vieles betrogen habe.

STALENO: Das ist alles wahr.

PHILTO: Und daher meinte ich eben, daß es gut wäre, wenn es mit der Aussteuer so lange bleiben könnte, bis Anselmus wiederkäme. Sie ist Leandern doch gewiß genug.

STALENO: Leander, wie gesagt, würde sich nichts daraus machen. Aber, mein lieber Philto, ich, der ich sein Vormund bin, habe mich für die übeln Nachreden ebensowohl in acht zu nehmen, als Sie. Ja, ja! würde man murmeln: der reiche Mündel ist in guten Händen! Jetzt wird ihm ein armes Mädchen angehangen, und das arme Mädchen, um dankbar zu sein, wird auch schon wissen, wie es sich gegen den Vormund verhalten muß. Staleno ist schlau; Rechnungen, wie er für Leandern zu führen hat, sind so leicht nicht abzulegen. Eine Vorsprecherin, die ihrem Manne die Augen zuhält, wenn er nachsehen will, ist dabei nicht übel. – – Für solche Glossen bedanke ich mich.

PHILTO: Sie haben recht. – Aber wie ist die Sache nun anzufangen? Sinnen Sie doch ein bißchen nach. – –

STALENO: Sinnen Sie nur auch nach. –

PHILTO: Wie wenn wir – –

STALENO: Nun?

PHILTO: Nein, das geht nicht an.

STALENO: Hören Sie nur: ich dächte – – Das ist auch nichts.

PHILTO: Könnte man nicht – | *zugleich, nachdem sie einige*

STALENO: Man müßte – – | *Augenblicke nachgedacht.*

PHILTO: Was meinten Sie?

STALENO: Was wollten Sie sagen?

PHILTO: Reden Sie nur – –

STALENO: Sagen Sie nur – –

PHILTO: Ich will Ihre Gedanken erst hören.

STALENO: Und ich Ihre. Meine sind so recht reif noch nicht. – –

PHILTO: Und meine – – meine sind wieder gar weg.

STALENO: Schade! Aber Geduld! meine fangen eben an zu reifen. – – Nun sind sie reif!

PHILTO: Das ist gut!

STALENO: Wie wenn wir, für ein gutes Trinkgeld, einen Kerl auf die Seite kriegten, der frech genug wäre, und Mundwerk genug hätte, zehn Lügen in einem Atem zu sagen?

PHILTO: Was könnte uns der helfen?

STALENO: Er müßte sich verkleiden und vorgeben, daß er, ich weiß nicht aus welchem, weit entlegenen Lande käme – –

PHILTO: Und – –

STALENO: Und daß er den Anselmus gesprochen habe – –

PHILTO: Und – –

STALENO: Und daß ihm Anselmus Briefe mitgegeben habe, einen an seinen Sohn, und einen an Sie. – –

PHILTO: Und was denn nun?

STALENO: Sehen Sie denn noch nicht, wo ich hinauswill? – – In dem Briefe an seinen Sohn müßte stehen, daß Anselmus so bald noch nicht zurückkommen könne, daß Lelio unterdessen gute Wirtschaft treiben, und das Seine fein zusammenhalten solle, und mehr so dergleichen. In Ihrem Briefe aber müßte stehen, daß Anselmus das Alter seiner Tochter überlegt habe, daß er sie gerne verheiratet wissen möchte, und daß er ihr hier soundso viel zur Ausstattung schicke, im Fall sie eine gute Gelegenheit finden sollte.

PHILTO: Und der Kerl müßte tun, als ob er das Geld zur Ausstattung mitbrächte? nicht?

STALENO: Ja freilich.

PHILTO: Das geht wirklich an! – – Aber wie denn, wenn der Sohn die Hand des Vaters zu gut kennt? Wie, wenn er sich auf sein Siegel besinnt?

STALENO: Oh! da gibt's tausend Ausflüchte. Machen Sie sich doch nicht unzeitige Sorge! – – Ich besinne mich alleweile auf jemanden, der die Rolle recht meisterlich wird spielen können.

PHILTO: Je nun! so gehen Sie, und reden das Nötige mit ihm ab. Ich will sogleich das Geld zurechte legen, und es lieber unterdessen von dem Meinigen nehmen, bis ich es dort sicher ausgraben kann.

STALENO: Tun Sie das! tun Sie das! In einer halben Stunde soll der Mann bei Ihnen sein. *Geht ab.*

PHILTO *allein*: Es ist mir ärgerlich genug, daß ich in meinen alten Tagen noch solche Kniffe brauchen muß, und zwar des lüderlichen Lelios wegen! – – Da kömmt er ja wohl gar selber, mit seinem Anführer in allen Schelmstücken? Sie reden ziemlich ernstlich; ohne Zweifel muß sie ein Gläubiger wieder auf dem Korne haben. *Tritt ein wenig zurück.*

Vierter Auftritt

Lelio. Maskarill. Philto.

LELIO: Und das wäre der ganze Rest von den dreitausend Talern? *Er zählt.* Zehne, zwanzig, dreißig, vierzig, funfzig, fünfundfunfzig. Nicht mehr, als fünfundfunfzig Taler noch?

MASKARILL: Es kömmt mir selbst fast unglaublich vor. Lassen Sie mich doch zählen. *Lelio gibt ihm das Geld.* Zehne, zwanzig, dreißig, vierzig; fünfundvierzig Taler, und nicht einen Heller mehr. *Er gibt ihm das Geld wieder.*

LELIO: Fünfundvierzig? fünfundfunfzig, willst du sagen.

MASKARILL: Oh! ich hoffe richtiger gezählt zu haben, als Sie.

LELIO *nachdem er vor sich gezählt*: Ha! ha! Herr Taschenspieler! Sie haben Ihre Hände doch nicht zum Schubsacke gebracht? Mit Erlaubnis – –

MASKARILL: Was befehlen Sie?

LELIO: Ihre Hand, Herr Maskarill – –

MASKARILL: O pfui!

LELIO: Ich bitte – –

MASKARILL: Nicht doch! Ich – – muß mich schämen – –

LELIO: Schämen? das wäre ja ganz etwas Neues für dich. – – Ohne Umstände, Schurke, weise mir deine Hand – –

MASKARILL: Ich sage Ihnen ja, Herr Lelio, ich muß mich schämen; denn wahrhaftig – – ich habe mich heute noch nicht gewaschen.

LELIO: Da haben wir's! Drum ist es ja wohl kein Wunder, daß alles an dem Schmutze kleben bleibt. *Er macht ihm die Hand auf, und findet die Goldstücke zwischen den Fingern.* Siehst du, was die Reinlichkeit für eine nötige Tugend ist. Man sollte dich bei einem Haare für einen Spitzbuben halten, und du bist doch nur ein Schwein. – – Aber im Ernst. Wenn du von jeden funfzig Talern deine zehn Taler Rabatt genommen hast, so sind von den dreitausend Talern – – laß sehen – – nicht mehr, als sechshundert in deinen Beutel gefallen.

MASKARILL: Blitz! man sollte es kaum glauben, daß ein Verschwender so gut rechnen könnte!

LELIO: Und doch sehe ich noch nicht, wie die Summe herauskommen soll. – – Bedenke doch, dreitausend Taler! – –

MASKARILL: Teilen sich bald ein – – Erstlich auf den ausgeklagten Wechsel –

LELIO: Das macht es noch nicht.

MASKARILL: Ihrer Jungfer Schwester zur Wirtschaft – –

LELIO: Ist eine Kleinigkeit.

MASKARILL: Dem Herrn Stiletti für Austern und italienische Weine – –

LELIO: Waren hundertundzwanzig Taler. – –

MASKARILL: Abgetragene Ehrenschulden –

LELIO: Die werden sich auch nicht viel höher belaufen haben.

MASKARILL: Noch eine Art von Ehrenschulden, die aber nicht bei dem Spiele gemacht waren: – – Zwar freilich auch bei dem Spiele! – – der guten, ehrlichen Frau Lelane und ihren gefälligen Nichten.

LELIO: Fort über den Punkt! Für hundert Taler kann man viel Bänder, viel Schuhblätter, viel Spitzen kaufen.

MASKARILL: Aber Ihr Schneider – –

LELIO: Ist er davon bezahlt worden?

MASKARILL: Ja so! der ist gar noch nicht bezahlt. Und ich – –

LELIO: Und du? Nun freilich wohl muß ich auf dich mehr, als auf den Wechsel, mehr, als auf den Herrn Stiletti, und mehr, als auf die Frau Lelane rechnen.

MASKARILL: Nein, nein, mein Herr! – und ich, wollte ich sagen, ich bin auch noch nicht bezahlt. Ich habe meinen Lohn ganzer sieben Jahr bei Ihnen stehen lassen.

LELIO: Du hast dafür sieben Jahr die Erlaubnis gehabt, mich auf alle mögliche Art zu betriegen, und dich dieser Erlaubnis auch so wohl zu bedienen gewußt –

PHILTO *der ihnen näher tritt*: Daß der Herr noch endlich die Liverei des Bedienten wird tragen müssen.

MASKARILL: Welche Prophezeiung! Ich glaube, sie kam vom Himmel? *Indem er sich umsieht.* Ha! ha! Herr Philto, kam sie von Ihnen? Ich bin zu großmütig, als daß ich Ihnen das Schicksal der neuen Propheten wünschen sollte. – – Aber wenn Sie uns zugehört haben, sagen Sie selbst, ist es erlaubt, daß ein armer Bedienter seinen Lohn für sieben saure Jahre – –

PHILTO: An dem Galgen solltest du deinen Lohn finden. – – Herr Lelio, ich habe Ihnen ein Wort zu sagen.

LELIO: Nur keine Vorwürfe, Herr Philto! Ich kann sie wohl verdienen, aber sie kommen zu spät.

PHILTO: Herr Leander hat durch seinen Vormund, den Herrn Staleno, um Ihre Schwester anhalten lassen.

LELIO: Um meine Schwester? Das ist ja ein großes Glück.

PHILTO: Freilich wäre es ein Glück; aber es stößt sich an die Aussteuer. Staleno hat es nicht glauben können, daß Sie alles vertan haben. Sobald ich es ihm sagte, nahm er seine Anwerbung wieder zurück.

LELIO: Was sagen Sie?

PHILTO: Ich sage, daß Sie Ihre Schwester zugleich unglücklich gemacht haben. Das arme Mädchen muß durch Ihre Schuld nun sitzenbleiben.

MASKARILL: Nicht durch seine Schuld; sondern durch die Schuld eines alten Geizhalses. Wenn doch der Geier alle eigennützige Vormünder, und alles was ihnen ähnlich sieht, *Indem er den Philto ansieht.* holen wollte. Muß denn ein Mädchen Geld haben, wenn sie die ehrliche Frau eines ehrlichen Mannes sein soll? Und allenfalls wüßte ich wohl, wer ihr eine Aussteuer geben könnte. Es gibt Leute, die sehr wohlfeil Häuser zu kaufen pflegen. –

LELIO *in Gedanken*: Kamilla ist doch wirklich unglücklich. Ihr Bruder ist – – ist ein Nichtswürdiger.

MASKARILL: Sie haben es mit sich selbst auszumachen, wenn Sie sich schimpfen. – Aber Herr Philto, ein kleiner Nachschuß von tausend Talern, in Ansehung des wohlfeilen Kaufs. – –

PHILTO: Adieu, Lelio. Sie scheinen über meine Nachricht ernsthaft geworden zu sein. Ich will gute Betrachtungen nicht stören.

MASKARILL: Und auch selbst keine gern machen. Nicht wahr? Denn sonst könnte der kleine Nachschuß einen vortrefflichen Stoff an die Hand geben.

PHILTO: Maskarill, hüte dich vor meinem Nachschuß. Die Münze möchte dir nicht anstehen. – – *Geht ab.*

MASKARILL: Es müßte nichtswürdige Münze sein, wenn sie nicht wenigstens beim Spiele gelten könnte.

Fünfter Auftritt

Maskarill. Lelio.

MASKARILL: Aber was wird denn nun das? So eine saure Miene pflegen Sie ja kaum zu machen, wenn Sie bei einem mißlichen Solo die Trümpfe nachzählen. – – Doch was wetten wir, ich weiß, was Sie denken? – – Es ist doch ein verdammter Streich, denken Sie, daß meine Schwester den reichen Leander nicht bekommen soll. Wie hätte ich den neuen Schwager rupfen wollen! – –

LELIO *noch in Gedanken*: Höre, Maskarill! – –

MASKARILL: Nun? – Aber denken kann ich Sie nicht hören; Sie müssen reden.

LELIO: – – Willst du wohl alle deine an mir verübte Betriegereien, durch eine einzige rechtschaffene Tat wiedergutmachen?

MASKARILL: Eine seltsame Frage! Für was sehen Sie mich denn an? Für einen Betrieger, der ein rechtschaffner Mann ist, oder für einen rechtschaffnen Mann, der ein Betrieger ist?

LELIO: Mein lieber, ehrlicher Maskarill, ich sehe dich für einen Mann an, der mir wenigstens einige tausend Taler leihen könnte, wenn er mir so viel leihen wollte, als er mir gestohlen hat.

MASKARILL: Du lieber ehrlicher Maskarill! – – Und was wollten Sie mit diesen einigen tausend Talern machen?

LELIO: Sie meiner Schwester zur Aussteuer geben, und mich hernach – – vor den Kopf schießen.

MASKARILL: Sich vor den Kopf schießen? – – Es ist schon wahr, entlaufen würden Sie mir mit dem Gelde alsdann nicht. Aber doch – – *Als ob er nachdächte.*

LELIO: Du weißt es, Maskarill, ich liebe meine Schwester. Jetzt also muß ich das Äußerste für sie tun, wenn sie nicht zeitlebens mit Unwillen an ihren Bruder denken soll. – – Sei großmütig, und versage mir deinen Beistand nicht. –

MASKARILL: Sie fassen mich bei meiner Schwäche. Ich habe einen verteufelten Hang zur Großmut, und Ihre brüderliche Liebe, Herr Lelio – – wirklich! bezaubert mich ganz. Sie ist etwas recht Edles, etwas recht Superbes! – – Aber Ihre Jungfer Schwester verdient sie auch; gewiß! Und ich sehe mich gedrungen –

LELIO: Oh! so laß dich umarmen, liebster Maskarill. Gebe doch Gott, daß du mich um recht vieles betrogen hast, damit du mir recht viel leihen kannst! Hätte ich doch nie geglaubt, daß du ein so zärtliches Herz hättest. – – Aber laß hören, wieviel kannst du mir leihen? – –

MASKARILL: Ich leihe Ihnen, mein Herr –

LELIO: Sage nicht: mein Herr. Nenne mich deinen Freund. Ich wenigstens will dich zeitlebens für meinen einzigen, besten Freund halten.

MASKARILL: Behüte der Himmel! Sollte ich, einer so kleinen nichtswürdigen Gefälligkeit wegen, den Respekt beiseite setzen, den ich Ihnen schuldig bin?

LELIO: Wie? Maskarill, du bist nicht allein großmütig, du bist auch bescheiden?

MASKARILL: Machen Sie meine Tugend nicht schamrot. – – Ich leihe Ihnen also auf zehn Jahr – –

LELIO: Auf zehn Jahr! Welche übermäßige Güte! Auf fünf Jahr ist genug, Maskarill; auf zwei Jahr, wenn du willst. Leihe mir nur, und setze den Termin zur Bezahlung so kurz, als es dir gefällt.

MASKARILL: Nun wohl, so leihe ich Ihnen auf funfzehn Jahr – –

LELIO: Ich muß dir nur deinen Willen lassen, edelmütiger Maskarill – –

MASKARILL: Auf funfzehn Jahr leihe ich Ihnen, ohne Interessen – –

LELIO: Ohne Interessen, das gehe ich nimmermehr ein. Ich will, was du mir leihest, nicht anders, als zu funfzig Prozent – –

MASKARILL: Ohne alle Interessen – –

LELIO: Ich bin dankbar, Maskarill, und vierzig Prozent mußt du wenigstens nehmen.

MASKARILL: Ohne alle Interessen. – –

LELIO: Denkst du, daß ich niederträchtig genug bin, deine Güte zu mißbrauchen? Willst du mit dreißig Prozent zufrieden sein, so will ich es als einen Beweis der größten Uneigennützigkeit ansehen.

MASKARILL: Ohne Interessen, sage ich. –

LELIO: Aber ich bitte dich, Maskarill; bedenke doch nur, zwanzig Prozent nimmt der allerchristlichste Jude.

MASKARILL: Mit einem Worte, ohne Interessen, oder – –

LELIO: Sei doch nur – –

MASKARILL: Oder es wird aus dem ganzen Darlehn nichts.

LELIO: Je nun! weil du denn deiner Freundschaft gegen mich durchaus keine Schranken willst gesetzt wissen – – –

MASKARILL: Ohne Interessen! – –

LELIO: Ohne Interessen! – – ich muß mich schämen! – – Ohne Interessen leihest du mir also auf funfzehn Jahr – – was? wieviel?

MASKARILL: Ohne Interessen leihe ich Ihnen noch auf funfzehn Jahr – – die 175 Taler, die ich für sieben Jahre Lohn bei Ihnen stehn habe.

LELIO: Wie meinst du? die 175 Taler, die ich dir schon schuldig bin? – –

MASKARILL: Machen mein ganzes Vermögen aus, und ich will sie Ihnen von Grund des Herzens gern noch funfzehn Jahr, ohne Interessen, ohne Interessen lassen.

LELIO: Und das ist dein Ernst, Schlingel?

MASKARILL: Schlingel? Das klingt ja nicht ein bißchen erkenntlich.

LELIO: Ich sehe schon, woran ich mit dir bin, du ehrvergessener, nichtswürdiger, infamer Verführer, Betrieger. – –

MASKARILL: Ein weiser Mann ist gegen alles gleichgültig, gegen Lob und Tadel, gegen Schmeicheleien und Scheltworte. Sie haben es vorhin gesehen, und sehen es jetzt.

LELIO: Mit was für einem Gesichte werde ich mich meiner Schwester zeigen können? – –

MASKARILL: Mit einem unverschämten, wäre mein Rat. Man hat nie etwas Unrechtes begangen, solange man noch selbst das Herz hat, es zu rechtfertigen. – Es ist ein Unglück für dich, Schwester, ich gestehe es. Aber wer kann sich helfen? Ich will des Todes sein, wenn ich bei meinen Verschwendungen jemals daran gedacht habe, daß ich das Deinige auch zugleich mit verschwendete. – – So etwas ohngefähr müssen Sie ihr sagen, mein Herr – –

LELIO *nachdem er ein wenig nachgedacht*: Ja, das wäre noch das einzige. Ich will es dem Staleno selbst vorschlagen. Komm, Schurke! – –

MASKARILL: Der Weg nach dem Kränzchen, in welches ich Sie begleiten sollte, mein Herr, geht dahin.

LELIO: Zum Teufel, mit deinem Kränzchen! – – Aber ist das nicht Herr Staleno selbst, den ich hier kommen sehe?

SECHSTER AUFTRITT

STALENO. LELIO. MASKARILL.

LELIO: Mein Herr, ich wollte mir eben jetzt die Freiheit nehmen, Sie aufzusuchen. Ich habe vom Herrn Philto die gütigen Gesinnungen Ihres Mündels gegen meine Schwester erfahren. Halten Sie mich nicht für so verwildert, daß es mich nicht außerordentlich schmerzen würde, wenn sie durch mein Verschulden fruchtlos bleiben sollten. Es ist wahr, meine Ausschweifungen haben mich entsetzlich heruntergebracht; allein, die mir drohende Armut schreckt mich weit weniger, als der Vorwurf, den ich mir wegen einer geliebten Schwester machen müßte, wenn ich nicht alles hervorsuchte, das Unglück, das ich ihr durch meine Torheit zugezogen, so viel als noch möglich, von ihr abzuwenden. Überlegen Sie also, Herr Staleno, ob das Anerbieten, welches ich jetzt tun will, einige Aufmerksamkeit verdienen kann. Vielleicht ist es Ihnen nicht unbekannt, daß mir eine alte Pate ein so ziemlich beträchtliches Vorwerk in ihrem Testamente hinterließ. Dieses habe ich noch; nur daß – – wie Sie leicht vermuten können – – einige Schulden darauf haften, deren ohngeachtet es jährlich noch so viel einbringt, daß ich notdürftig davon leben könnte. Ich will es meiner Schwester mit Vergnügen abtreten. Ihr Mündel hat Geld genug, daß er es frei machen, und ansehnliche Verbesserungen, deren es fähig ist, damit vornehmen kann. Es würde alsdann als keine unebene Aussteuer anzusehen sein, an deren Mangel, wie mir Herr Philto gesagt hat, Sie sich einzig und allein stoßen.

MASKARILL *sachte zum Lelio*: Sind Sie nicht klug, Herr Lelio?–

LELIO: Schweig!

MASKARILL: Das einzige, was Ihnen noch übrig ist – –

LELIO: Habe ich dir Rechenschaft zu geben? – –

MASKARILL: Wollen Sie denn hernach betteln gehen?

LELIO. Ich will tun, was ich will. –

STALENO *beiseite*: Ich merke schon. – Ja wohl, Herr Lelio, mußte ich mich an den gänzlichen Mangel der Aussteuer stoßen, so gern ich auch sonst diese Heirat gesehen hätte. Wenn es Ihnen also mit dem getanen Vorschlage ein Ernst wäre, so wollte ich mich wohl noch besinnen.

LELIO: Es ist mein völliger Ernst, Herr Staleno.

MASKARILL: So nehmen Sie doch Ihr Wort wieder zurück!

LELIO: Wirst du – –

MASKARILL: Bedenken Sie doch nur –

LELIO: Noch ein Wort!

STALENO: Vor allen Dingen aber, Herr Lelio, müßten Sie mir einen Anschlag von dem Vorwerke, und ein aufrichtiges Verzeichnis von allen Schulden, die Sie darauf haben, geben. Eher läßt sich nichts sagen. – –

LELIO: Gut, ich will sogleich gehen und beides aufsetzen. – Wann kann ich Sie wieder sprechen?

STALENO: Sie werden mich immer zu Hause treffen.

LELIO: Leben Sie wohl unterdessen.

Geht ab.

Siebenter Auftritt

Staleno. Maskarill.

MASKARILL *beiseite*: Jetzt muß ich ihm wider seinen Willen einen guten Dienst tun. Wie fange ich's an? Pst! – – Verziehen Sie doch noch einen Augenblick, Herr Staleno – –

STALENO: Was gibt's?

MASKARILL: Ich sehe Sie für einen Mann an, der eine wohlgemeinte Warnung, wie es sich gehört, zu schätzen weiß.

STALENO: Du siehst mich für das an, was ich bin.

MASKARILL: Und für einen Mann, welcher nicht glaubt, daß ein Bedienter seinen Herrn eben verrate, wenn er nicht überall mit ihm in ein Horn blasen will.

STALENO: Ei freilich muß sich ein Diener des Bösen, das sein Herr tut, so wenig als möglich teilhaftig machen – – Aber wozu sagst du das? Hat Lelio wider mich etwas im Sinne?

MASKARILL: Sein Sie auf Ihrer Hut: ich bitte Sie, ich beschwöre Sie! Bei allem beschwöre ich Sie, was Ihnen auf der Welt lieb ist: bei der Wohlfahrt Ihres Mündels; bei der Ehre Ihrer grauen Haare.

STALENO: Du sprichst auch wirklich, wie ein Beschwörer. – – Aber weswegen soll ich auf meiner Hut sein?

MASKARILL: Des Anerbietens wegen, das Ihnen Lelio getan hat.

STALENO: Und wieso?

MASKARILL: Kurz, Sie und Ihr Mündel sind verlorne Leute, wenn Sie das Vorwerk annehmen. Denn erstlich muß ich Ihnen nur sagen, daß er fast ebensoviel darauf schuldig ist, als der ganze Bettel etwa wert sein mag.

STALENO: Je nun! Maskarill, wenn es nur fast soviel ist – –

MASKARILL: Schon recht, so kömmt doch noch etwas dabei heraus. – – Aber hören Sie nur, was ich nun sagen will. Der Boden, worauf das Vorwerk liegt, muß gleich die Gegend sein, in welcher aller Fluch, der jemals über die Erde ausgesprochen worden, zusammengeflossen ist.

STALENO: Du erschreckst mich. – –

MASKARILL: Wenn rundherum alle Nachbarn die reichste Ernte haben, so bringen die Äcker, die zu dem Vorwerke gehören, doch kaum die Aussaat wieder. Alle Jahre macht das Viehsterben die Ställe leer. –

STALENO: Man muß also kein Vieh darauf halten.

MASKARILL: Das hat Herr Lelio auch gedacht, und daher schon längst Schafe und Rinder, Schweine und Pferde, Hühner und Tauben verkauft. Allein, wenn das Viehsterben keine Ochsen findet: – – was meinen Sie wohl? – – so fällt es die Menschen an.

STALENO: Das wäre!

MASKARILL: Ja gewiß. Es hat kein Knecht ein halb Jahr da ausgehalten, und wenn er auch eine eiserne Gesundheit gehabt hätte. Die stärksten Kerls hat Herr Lelio im Wendischen mieten lassen; aber was half's? das Frühjahr kam: weg waren sie.

STALENO: Je nun! so muß man's mit den Pommern versuchen. Das sind Leute, die noch mehr aushalten können, als die Wenden; Leute, wie Klotz und Stein.

MASKARILL: Und der kleine Busch, Herr Staleno, der zu dem Vorwerke gehört –

STALENO: Nun? der Busch?

MASKARILL: Im ganzen Busche ist kein Baum anzutreffen, in den es nicht entweder einmal eingeschlagen hätte – –

STALENO: Eingeschlagen?

MASKARILL: Oder an den sich nicht einmal jemand gehenkt hätte. Lelio ist dem abscheulichen Busche auch so gram, daß er ihn noch alle Tage lichter machen läßt. Und glauben Sie wohl, daß er das Holz, das darinne geschlagen wird, fürs halbe Geld verkauft?

STALENO: Das ist schlecht.

MASKARILL: Ei! er muß wohl; denn die Leute, die es kaufen, und brennen wollen, wagen erstaunend viel. Bei einigen hat es die Öfen eingeschmissen, bei andern einen so stinkenden Dampf von sich gegeben, daß die Magd vor dem Herde dem Koche ohnmächtig in die Arme gefallen ist.

STALENO: Aber, Maskarill, lügst du wohl nicht?

MASKARILL: Ich lüge nicht, mein Herr, wenn ich Ihnen sage, daß ich gar nicht lügen kann. – – Und die Teiche – –

STALENO: Auch Teiche hat das Vorwerk?

MASKARILL: Ja! aber Teiche, in welchen sich mehr Menschen ersäuft haben, als Tropfen Wasser darinne sind. Und da sich also die Fische von lauter menschlichem Luder nähren, so können Sie leicht denken, was das für Fische sein mögen?

STALENO: Große und fette Fische. – –

MASKARILL: Fische, die durch ihre Nahrung Menschenverstand bekommen haben, und sich daher gar nicht mehr fangen lassen; ja, wenn man die Teiche abläßt, so sind sie verschwunden. – – Mit einem Worte, es muß kein Winkel auf der ganzen Erde sein, wo man allen Schaden, alles Unglück so häufig und so gewiß antreffen könnte, als auf diesem elenden Vorwerke. Die Geschichte meldet uns auch, und die Historie bestätiget es, daß seit dreihundert und etlichen funfzig Jahren – – oder seit vierhundert Jahren – – kein einziger Besitzer desselben eines natürlichen Todes gestorben sei.

STALENO: Außer die alte Pate doch, die es dem Lelio vermachte.

MASKARILL: Man redet nicht gerne davon! aber auch die alte Pate – –

STALENO: Nun?

MASKARILL: Die alte Pate ward des Nachts von einer schwarzen Katze, die sie immer um sich hatte, erstickt. Und es ist sehr wahrscheinlich, sehr wahrscheinlich, daß diese schwarze Katze – – der Teufel gewesen ist. – – Wie es meinem Herrn gehen wird, das weiß Gott. Man hat ihm prophezeit, daß ihn Diebe ermorden würden, und ich muß es ihm nachsagen, daß er sich alle Mühe gibt, diese Prophezeiung zuschanden zu machen, und die Diebe durch eine großmütige Aufopferung seines Vermögens von sich abzuwehren; aber gleichwohl – –

STALENO: Aber gleichwohl, Maskarill, werde ich seinen Vorschlag annehmen. – –

MASKARILL: Sie? – – Gehen Sie doch! das werden Sie nimmermehr tun.

STALENO: Gewiß, ich werde es tun.

MASKARILL *beiseite*: Der alte Fuchs.

STALENO *beiseite*: Wie ich ihn martre, den Schelm! – – Aber doch, Maskarill, danke ich dir für deine gute Nachricht. Sie kann mir wenigstens so viel nützen, daß ich meinen Mündel das Vorwerk zwar nehmen, aber auch gleich wieder verkaufen lasse.

MASKARILL: Am besten wäre es, Sie gäben sich gar nicht damit ab. Ich habe Ihnen noch lange nicht alles erzählt. – –

STALENO: Verspare es nur; ich habe ohnedem jetzo nicht Zeit. Ein andermal, Maskarill, bin ich deinen Possen wieder zu Diensten. *Geht ab.*

Achter Auftritt

Maskarill.

Das war nichts! War ich zu dumm, oder war er zu klug? Je nun! ich werde am wenigsten dabei verlieren. Will sich Lelio von allem entblößen; meinetwegen. Endlich kann ich eines Herrn, wie er ist, entbehren. Meine Schäfchen sind im Treugen. Was ich noch für ihn tu, tu ich aus Mitleiden. Er ist immer eine gute Haut gewesen; und ich wollte doch nicht gerne, daß er es am Ende gar zu schlecht hätte. Marsch! – – Ha! das ist ja gar ein Reisender. Ich dächte, ich hätte wenig genug zu tun, um mich um fremde Leute bekümmern zu können. Es ist eine schöne Sache um die Neubegierde!

Neunter Auftritt

Anselmo. Ein Träger. Maskarill.

ANSELMO: Dem Himmel sei Dank, daß ich endlich mein Haus, mein liebes Haus wiedersehe!

MASKARILL: Sein Haus?

ANSELMO *zum Träger*: Setzt den Koffer hier nur nieder, guter Freund. Ich will ihn schon vollends hereinschaffen lassen. – Ich habe Euch doch bezahlt? – –

DER TRÄGER: O ja, Herr! o ja! – – Aber – – Ohne Zweifel sind Sie wohl sehr vergnügt, sehr freudig, daß Sie wieder zu Hause sind?

ANSELMO: Ja freilich!

DER TRÄGER: Ich habe Leute gekannt, die, wenn Sie sehr freudig waren, gegen einen armen Teufel ein übriges taten. – – Bezahlt haben Sie mich, Herr, bezahlt haben Sie mich.

ANSELMO: Nun da! ich will auch ein übriges tun.

DER TRÄGER: Ei! ei! das ist mir doch lieb, daß ich mich nicht betrogen habe; ich sahe Sie gleich für einen spendabeln Mann an. Oh! ich versteh mich drauf. Gott bezahl's! *Geht ab.*

ANSELMO: Es will sich niemand aus meinem Hause sehen lassen. Ich muß nur anklopfen.

MASKARILL: Der Mann ist offenbar unrecht!

ANSELMO: Es sieht nicht anders aus, als ob das ganze Haus ausgestorben wäre. Gott verhüte. – –

MASKARILL *der ihm näher tritt*: Mein Herr! – – Sie werden verzeihen – – ich bitte um Vergebung – *Indem er zurückprellt.* Der Blitz! das Gesichte sollte ich kennen.

ANSELMO: Verzeih Euch's der liebe Gott, daß Ihr nicht klug seid! – – Was wollt Ihr?

MASKARILL: Ich wollte – – ich wollte – –

ANSELMO: Nun? was geht Ihr denn um mich herum?

MASKARILL: Ich wollte – –

ANSELMO: Absehen vielleicht, wo meinem Beutel am besten beizukommen wäre?

MASKARILL: Ich irre mich; wenn er es wäre, müßte er mich ja wohl auch kennen. – – Ich bin neugierig, mein Herr; aber meine Neubegierde ist keine von den unhöflichen, und ich frage mit aller Bescheidenheit – – was Sie vor diesem Hause zu suchen haben?

ANSELMO: Kerl! – – Aber jetzt seh ich ihn erst recht an. Mas – –

MASKARILL: Herr An – –

ANSELMO: Maska – –

MASKARILL: Ansel – –

ANSELMO: Maskarill –

MASKARILL: Herr Anselmo –

ANSELMO: Bist du es denn?

MASKARILL: Ich bin ich; das ist gewiß. Aber Sie – –

ANSELMO: Es ist kein Wunder, das du zweifelst, ob ich es bin.

MASKARILL: Ist es in aller Welt möglich? – – Ach! nicht doch! Herr Anselmo ist neun Jahr weg, und es wäre ja wohl wunderbar, wenn er eben heute wiederkommen sollte? Warum denn eben heute?

ANSELMO: Die Frage kannst du alle Tage tun; und ich dürfte also gar nicht wiederkommen.

MASKARILL: Das ist wahr! – – Je nun! so sein Sie tausendmal willkommen, und aber tausendmal, allerliebster Herr Anselmo. – Zwar am Ende sind Sie es doch wohl nicht? –

ANSELMO: Ich bin es gewiß. Antworte mir nur geschwind, ob alles noch wohl steht? Leben meine Kinder noch? Lelio? Kamilla?

MASKARILL: Ja, nun darf ich wohl nicht mehr daran zweifeln, daß Sie es sind. – Sie leben, beide leben sie noch. – – *Beiseite:* Wenn er das übrige doch von einem andern zuerst erfahren könnte. –

ANSELMO: Gott sei Dank! daß sie beide noch leben. Sie sind doch zu Hause? – Geschwind, daß ich sie in meine alten Arme schließen kann! – Bringe den Koffer nach, Maskarill. ––

MASKARILL: Wohin, Herr Anselmo, wohin?

ANSELMO: Ins Haus.

MASKARILL: In dieses Haus hier?

ANSELMO: In mein Haus.

MASKARILL: Das wird sogleich nicht angehen. – – *Beiseite:* Was soll ich nun sagen?

ANSELMO: Und warum nicht?

MASKARILL: Dieses Haus, Herr Anselmo – – ist verschlossen. – –

ANSELMO: Verschlossen?

MASKARILL: Verschlossen, ja; und zwar – weil niemand darinne wohnt.

ANSELMO: Niemand darinne wohnt? Wo wohnen denn meine Kinder?

MASKARILL: Herr Lelio? und Jungfer Kamille? – – die wohnen – – wohnen in einem andern Hause.

ANSELMO: Nun? Du sprichst ja so seltsam, so rätselhaft – –

MASKARILL: Sie wissen also wohl nicht, was seit kurzem vorgefallen ist?

ANSELMO: Wie kann ich es wissen?

MASKARILL: Es ist wahr, Sie sind nicht zugegen gewesen; und in neun Jahren kann sich schon etwas verändert haben. Neun Jahr! eine lange Zeit! – – Aber es ist doch gewiß ganz etwas Eignes – – neun Jahr, neun ganzer Jahr weg sein, und eben jetzt wiederkommen! Wenn das in einer Komödie geschähe, jedermann würde sagen: Es ist nicht wahrscheinlich, daß der Alte eben jetzt wiederkömmt. Und doch ist es wahr! Er hat eben jetzt wiederkommen können, und kömmt auch eben jetzt wieder. – Sonderbar, sehr sonderbar!

ANSELMO: O du verdammter Schwätzer, so halte mich doch nicht auf, und sage mir – –

MASKARILL: Ich will es Ihnen sagen, wo Ihre Kinder sind. Ihre Jungfer Tochter ist – – bei Ihrem Herrn Sohn. – – Und Ihr Herr Sohn –

ANSELMO: Und mein Sohn – –

MASKARILL: Ist hier ausgezogen, und wohnt – – Sehen Sie hier, in der Straße, das neue Eckhaus? – – Da wohnt Ihr Herr Sohn.

ANSELMO: Und warum wohnt er denn nicht mehr hier? Hier in seinem väterlichen Hause? – –

MASKARILL: Sein väterliches Haus war ihm zu groß – – zu klein; zu leer – – zu enge.

ANSELMO: Zu groß, zu klein, zu leer, zu enge. Was heißt denn das?

MASKARILL: Je nun! Sie werden es von ihm selbst besser hören können, wie das alles ist. – – Soviel werden Sie doch wohl erfahren haben, daß er ein großer Handelsmann geworden ist?

ANSELMO: Mein Sohn ein großer Handelsmann?

MASKARILL: Ein sehr großer! Er lebt, schon seit mehr als einem Jahre, von nichts als vom Verkaufen.

ANSELMO: Was sagst du? So wird er vielleicht zur Niederlage für seine Waren ein großes Haus gebraucht haben?

MASKARILL: Ganz recht, ganz recht.

ANSELMO: Das ist vortrefflich! Ich bringe auch Waren mit; kostbare indische Waren.

MASKARILL: Das wird an ein Verkaufen gehen!

ANSELMO: Mache nur, Maskarill; und nimm den Koffer auf den Buckel, und führe mich zu ihm.

MASKARILL: Der Koffer, Herr Anselmo, ist wohl sehr schwer.

Verziehen Sie nur einen Augenblick, ich will gleich einen Träger schaffen.

ANSELMO: Du kannst ihn selbst fortbringen; es sind nichts als Skripturen und Wäsche darinne.

MASKARILL: Ich habe mir den Arm letzthin ausgefallen. – –

ANSELMO: Den Arm? Du armer Teufel! So geh nur und bringe jemanden.

MASKARILL *beiseite*: Gut, daß ich so wegkomme. Herr Lelio! Herr Lelio! was werden Sie zu der Nachricht sagen? *Er geht und kömmt wieder zurück.*

ANSELMO: Nun? bist du noch nicht fort?

MASKARILL: Ich muß Sie wahrhaftig noch einmal ansehen, ob Sie es auch sind.

ANSELMO: Je! so zweifle, du verzweifelter Zweifler!

MASKARILL *im Fortgehen*: Ja, ja, er ist's. – – Neun Jahr weg sein, und eben jetzt wiederkommen!

ZEHNTER AUFTRITT

ANSELMO.

Da muß ich nun unter freiem Himmel warten? Es ist gut, daß die Straße ein wenig abgelegen ist, und daß mich die wenigsten mehr kennen werden. Aber gleichwohl darf ich die Augen nicht sehr von meinem Koffer verwenden. Ich dächte, ich setzte mich darauf. – – Bald, bald werde ich nun wohl ruhiger sitzen können. Ich habe mir es sauer genug werden lassen, und Gefahr genug ausgestanden, daß ich mir schon, mit gutem Gewissen, meine letzten Tage zu Rast- und Freudentagen machen kann. – – Ja gewiß, das sollen sie werden. Und wer wird mir es verdenken? Wenn ich es nur ganz obenhin überschlage, so besitze ich doch – *Er spricht die letzten Worte immer sachter und sachter, bis er zuletzt in bloßen Gedanken an Fingern zählt.*

EILFTER AUFTRITT

RAPS, *in einer fremden und seltsamen Kleidung.* ANSELMO.

RAPS: Man muß allerlei Personen spielen können. Den möchte ich doch sehen, der in diesem Aufzuge den Trommelschläger

Raps erkennen sollte? Ich seh aus, ich weiß selber nicht wie; und soll – – ich weiß selber nicht was? Eine närrische Kommission! Närrisch immerhin: genug, daß man mich bezahlt. – – Hier in dieser Gasse, hat mir Staleno gesagt, soll ich meinen Mann nur aufsuchen. Er wohnt nicht weit von seinem vorigen Hause; und das ist ja sein voriges Haus.

ANSELMO: Was ist das für ein Gespenste?

RAPS: Wie mich die Leute ansehen!

ANSELMO: Diese Figur muß in das Geschlecht der Pilze gehören. Der Hut reicht auf allen Seiten eine halbe Elle über den Körper.

RAPS: Guter Vater, der Ihr mich so anguckt, seid Ihr weniger fremd hier, wie ich? – – Er will nicht hören. – – Mein Herr, der Sie auf dem Koffer hier sitzen, könnten Sie mich wohl allenfalls zurechte weisen? Ich suche einen jungen Menschen, namens Lelio; und einen Kahlkopf von Ihrer Gattung, namens Philto.

ANSELMO: Lelio? Philto? – *Beiseite:* So heißt ja mein Sohn, und mein alter guter Freund. – –

RAPS: Wenn Sie mir die Wohnung dieser Leute zeigen können, so werden Sie bei einem Manne Dank verdienen, der nicht ermangeln wird, Ihre Höflichkeit an allen vier Enden der Welt auszuposaunen; bei einem Reisenden, der siebenmal rund um die Welt gereiset ist: einmal zu Schiffe, zweimal auf der geschwinden Post, und viermal zu Fuße.

ANSELMO: Darf ich nicht wissen, mein Herr, wer Sie sind? wie Sie heißen? von wannen Sie kommen? was Sie bei genannten Personen zu suchen haben?

RAPS: Das heißt sehr viel auf einmal fragen. Worauf soll ich nun zuerst antworten? Wenn Sie mich jedes insbesondere, mit der gehörigen Art, fragen wollten, so möchte ich vielleicht darauf Bescheid erteilen. Denn ich bin gesprächig, mein Herr, sehr gesprächig. – – *Beiseite:* Ich kann wenigstens meine Rolle mit ihm probieren.

ANSELMO: Nun wohl, mein Herr; lassen Sie uns bei dem Kürzesten anfangen. Wie ist Ihr Name?

RAPS: Bei dem Kürzesten? Mein Name? Gefehlt! weit gefehlt!

ANSELMO: Wieso?

RAPS: Ja, mein guter, lieber, alter Herr, ich muß Ihnen nur sagen – – geben Sie wohl Achtung: – – – Wenn Sie ganz früh, sobald der Tag anfängt zu grauen, von meinem ersten

Namen ausgehen, und gehen und gehen, so stark, wie Sie nur können: so wette ich, daß die Sonne doch schon untergegangen sein wird, ehe Sie nur den Anfangsbuchstaben von meinem letzten Namen zu sehen bekommen.

ANSELMO: Ei! so brauchte man ja wohl gar eine Laterne und einen Schnappsack zu Ihrem Namen?

RAPS: Nicht anders.

ANSELMO *beiseite*: Der Kerl redt! – Aber was wollen Sie denn bei dem jungen Lelio, und bei dem alten Philto? Ohne Zweifel stehen Sie mit dem erstern in Verkehr? Lelio soll ein großer Kaufmann sein.

RAPS: Ein großer Kaufmann? daß ich nicht wüßte! Nein, mein Herr; ich habe bloß ein paar Briefe bei ihm abzugeben.

ANSELMO: Ha! ha! Avisobriefe vielleicht von Waren, die an ihn abgegangen sind, oder so etwas.

RAPS: Nicht so etwas. – Es sind Briefe, die mir sein Vater an ihn mitgegeben hat.

ANSELMO: Wer?

RAPS: Sein Vater.

ANSELMO: Des Lelio Vater?

RAPS: Ja, des Lelio Vater, der jetzt in der Fremde ist. – – Er ist mein guter Freund.

ANSELMO *beiseite*: Je! das ist ja gar, mit Ehren zu melden, ein Betrieger. Warte, dich will ich kriegen. Ich soll ihm Briefe an meinen Sohn gegeben haben?

RAPS: Was meinen Sie, mein Herr?

ANSELMO: Nichts. – – Und so kennen Sie wohl den Vater des Lelio?

RAPS: Wenn ich ihn nicht kennte, würde ich wohl Briefe an seinen Sohn Lelio, und Briefe an seinen Freund Philto von ihm haben? – – Da, mein Herr, hier sehen Sie beide. – – Er ist mein Herzensfreund.

ANSELMO: Ihr Herzensfreund? – – Und wo war er denn, dieser Ihr Herzensfreund, als er Ihnen die Briefe gab?

RAPS: Er war – – er war – – bei guter Gesundheit.

ANSELMO: Das ist mir von Herzen lieb. Aber wo war er denn? wo?

RAPS: Mein Herr, er war – – auf der Küste von Paphlagonien.

ANSELMO: Das gesteh ich! – – Daß Sie ihn kennen, haben Sie mir schon gesagt; aber es versteht sich doch wohl, von Person?

RAPS: Freilich von Person. – – Habe ich denn nicht so manche Flasche Kapwein mit ihm ausgestochen? und zwar auf dem Orte, wo er wächst. – Sie wissen wohl, mein Herr, auf dem Vorgebirge Kapua, wo sich in dem Dreißigjährigen Kriege Hannibal so vollsoff, daß er nicht vor Rom gehen konnte.

ANSELMO: Sie besitzen Gelehrsamkeit, wie ich höre.

RAPS: So etwas fürs Haus.

ANSELMO: Können Sie mir nicht sagen, wie er aussieht, des Lelio Vater?

RAPS: Wie er aussieht? – – Sie sind sehr neugierig. Doch ich liebe die neugierigen Leute. – – Er ist ungefähr einen Kopf größer, als Sie.

ANSELMO *beiseite*: Das geht gut! ich bin abwesend größer, als gegenwärtig. – Seinen Namen haben Sie mir noch nicht gesagt. Wie heißt er?

RAPS: Er heißt – – vollkommen wie ein ehrlicher Mann heißen soll.

ANSELMO: Ich möchte doch hören – –

RAPS: Er heißt – – er heißt nicht wie sein Sohn – – er würde aber besser getan haben, wenn er so hieße; – – sondern er heißt – – daß dich!

ANSELMO: Nun?

RAPS: Ich glaube, ich habe den Namen vergessen.

ANSELMO: Den Namen eines Freundes? – –

RAPS: Nur Geduld! jetzt läuft er mir auf der Zunge herum. Nennen Sie mir doch geschwind einen, der etwa so klingt. Er fängt sich auf ein A an.

ANSELMO: Arnolph vielleicht?

RAPS: Nicht Arnolph.

ANSELMO: Anton?

RAPS: Nicht Anton. Ans – Ansa – Ansi – – Asi – – Asinus. Nein, nicht Asinus, nicht Asinus – – Ein verzweifelter Namen! An – Ansel – –

ANSELMO: Anselmo doch wohl nicht?

RAPS: Recht! Anselmo. Daß der Henker den schurkischen Namen holte!

ANSELMO: Das ist nicht freundschaftlich gesprochen.

RAPS: Ei! warum bleibt er auch einem zwischen den Zähnen stecken. Ist das freundschaftlich, wenn man sich so lange suchen läßt? Dasmal will ich es ihm noch vergeben. – – Anselmo hieß er? nicht? – Ganz recht! Anselmo. Wie gesagt, das letztemal habe ich ihn auf der Küste von Paphlagonien gesprochen, und zwar in dem Hafen Gibraltar. Er wollte noch den Königen von Gallipoli einen kleinen Besuch abstatten. – –

ANSELMO: Den Königen von Gallipoli? Wer sind die?

RAPS: Wie, mein Herr! kennen Sie die berühmten Brüder nicht, welche über Gallipoli herrschen? die weltbekannten Dardanellen? Sie reiseten vor einigen zwanzig Jahren in Europa herum; und da hat er sie kennen lernen.

ANSELMO *beiseite*: Die Narrenspossen dauern zu lange. Ich muß der Pauke nur ein Loch machen, damit ich doch erfahre, woran ich bin.

RAPS: Der Hof der Dardanellen, mein Herr, ist einer von den prächtigsten in ganz Amerika, und ich weiß gewiß, mein Freund Anselmo wird daselbst sehr wohl empfangen worden sein. Er wird so bald auch nicht wieder wegkommen. Und eben deswegen, weil er dieses voraussahe, und weil er wußte, daß ich gerades Weges hieherreisen würde, gab er mir Briefe mit, um die Seinigen wegen seiner langen Abwesenheit zu beruhigen.

ANSELMO: Das war sehr wohlgetan. – Aber eins muß ich doch noch fragen – –

RAPS: So viel als Ihnen beliebt.

ANSELMO: Wenn man Ihnen, mein sonderbarer Herr mit dem langen Namen –

RAPS: Lang ist mein Name, das ist wahr; aber ich führe auch einen ganz kleinen, welcher gleichsam die Quintessenz von dem langen ist.

ANSELMO: Darf ich ihn wissen?

RAPS: Raps!

ANSELMO: Raps?

RAPS: Ja, Raps, Ihnen zu dienen.

ANSELMO: Ich danke für Ihre Dienste, Herr Raps.

RAPS: Raps will eigentlich soviel sagen, als der Sohn des Rap. Rap aber hieß mein Vater; und mein Großvater Rip, von welchem sich denn mein Vater auch manchmal Rips zu nennen pflegte: so daß ich mich gar wohl, wenn ich mit meinen Ahnen prahlen wollte, Rips Raps nennen könnte.

ANSELMO: Nun wohl, Herr Rips Raps – damit ich wieder auf meine Frage komme: – – Wenn man Ihnen Ihren Freund Anselmo jetzt zeigte, würden Sie ihn wohl wiedererkennen?

RAPS: Wenn ich meine Augen behielte, ohne Zweifel. Aber es

scheint, als ob Sie es noch nicht glauben wollten, daß ich den Anselmo kenne. Hören Sie also einen Beweis über alle Beweise. Nicht allein Briefe hat er mir mitgegeben, sondern auch sechstausend Taler, die ich dem Herrn Philto einhändigen soll. Würde er das wohl getan haben, wenn ich nicht sein ander Ich wäre?

ANSELMO: Sechstausend Taler?

RAPS: In lauter guten, vollwichtigen Dukaten.

ANSELMO *beiseite*: Nun weiß ich fast nicht, was ich von dem Kerl denken soll. Ein Betrieger, der Geld bringt, das ist ja wohl ein sehr wunderbarer Betrieger.

RAPS: Aber, mein Herr, wir plaudern zu lange. Ich sehe wohl, daß Sie mir meine Leute entweder nicht weisen können, oder nicht wollen. – –

ANSELMO: Nur noch ein Wort! – – Haben Sie denn, Herr Raps, das Geld bei sich, das Ihnen Anselmo gegeben hat?

RAPS: Ja. Warum?

ANSELMO: Und es ist ganz gewiß, daß Ihnen Anselmo, des Lelio Vater, die sechstausend Taler gegeben hat?

RAPS: Ganz gewiß.

ANSELMO: Je nun! so geben Sie mir sie nur wieder, Herr Raps.

RAPS: Was soll ich Ihnen wiedergeben?

ANSELMO: Die sechstausend Taler, die Sie von mir bekommen haben.

RAPS: Ich von Ihnen sechstausend Taler bekommen?

ANSELMO: Sie sagen es ja selbst.

RAPS: Was sag ich? – Sie sind – – Wer sind Sie denn?

ANSELMO: Ich bin ebender, der Herr Rapsen sechstausend Taler anvertrauet hat; ich bin Anselmo.

RAPS: Sie Anselmo?

ANSELMO: Kennen Sie mich nicht? Die Könige von Gallipoli, die weltberühmten Dardanellen, haben die Gnade gehabt, mich eher wieder von sich zu lassen, als ich vermutete. Und weil ich denn nun selbst da bin, so will ich dem Herrn Raps fernere Mühe ersparen.

RAPS *beiseite*: Sollte man nicht schwören, der Mann wäre ein größrer Gauner, als ich selbst! – –

ANSELMO: Besinnen Sie sich nur nicht lange, und geben Sie mir das Geld wieder.

RAPS: Wer sollte es denken, daß ein alter Mann noch so fein sein könnte! Sobald er hört, daß ich Geld bei mir habe:

husch! ist er Anselmo. Aber, mein guter Vater, so geschwind Sie sich anselmisiert haben, so geschwind werden Sie sich auch wieder entanselmisieren müssen.

ANSELMO: Je nun! wer bin ich denn, wenn ich nicht der bin, der ich bin?

RAPS: Was geht das mich an? Sein Sie wer Sie wollen, wenn Sie nur nicht der sind, der ich nicht will, daß Sie sein sollen. Warum waren Sie denn nicht gleich anfangs der, der Sie sind? Und warum wollen Sie denn nun der sein, der Sie nicht waren?

ANSELMO: Oh! so machen Sie doch nur fort – –

RAPS: Was soll ich machen?

ANSELMO: Mir mein Geld wiedergeben.

RAPS: Machen Sie sich nur weiter keine Ungelegenheit. Ich habe gelogen. Das Geld ist nicht in vollwichtigen Dukaten; sondern es steht bloß auf dem Papiere.

ANSELMO: Bald werde ich mit dem Herrn aus einem andern Tone sprechen. – – Ihr sollt in allem Ernste wissen, Herr Rips Raps, daß ich Anselmo bin; und wenn Ihr mir nicht gleich die Briefe und das Geld einhändiget, das Ihr von mir bekommen zu haben vorgebt: so will ich gar bald so viel Leute zusammenrufen, als nötig sein wird, einen solchen Betrieger festzuhalten.

RAPS: Sie wissen also ganz ohnfehlbar, daß ich ein Betrieger bin? und Sie sind ganz ohnfehlbar Herr Anselmo? So habe ich denn die Ehre, mich dem Herrn Anselmo zu empfehlen – –

ANSELMO: Du sollst so nicht wegkommen, guter Freund!

RAPS: Oh! ich bitte, mein Herr – – *Indem ihn Anselmo halten will, stößt ihn Raps mit Gewalt von sich, daß er rücklings wieder auf den Koffer zu sitzen kömmt.* Der alte Dieb könnte wenigstens einen Auflauf erregen. Ich will dir schon einen schikken, der dich besser kennen soll. *Geht ab.*

ANSELMO: Da sitze ich ja nun wieder? Wo ist er hin, der Spitzbube? Wo ist er hin? – – Ich sehe niemanden. – – Bin ich auf dem Koffer eingeschlafen, und hat mir das närrische Zeug geträumt, oder – – Den Henker mag es mir geträumt haben! – – Ich armer Mann! Dahinter steckt ganz gewiß etwas; ganz gewiß steckt etwas dahinter! Und Maskarill? – – Maskarill kömmt auch nicht wieder? Auch das geht nicht richtig zu! auch das nicht! – Was soll ich anfangen? Ich will nur gleich den ersten den besten rufen – – Heda, guter Freund, heda!

Zwölfter Auftritt

Anselmo. Ein andrer Träger.

DER TRÄGER: Was steht zu Ihren Diensten, mein Herr?

ANSELMO: Wollt Ihr Euch ein gut Trinkgeld verdienen, mein Freund?

DER TRÄGER: Das wäre wohl meine Sache.

ANSELMO: So nehmt geschwind den Koffer, und bringt mich zu dem Kaufmann Lelio.

DER TRÄGER: Zu dem Kaufmann Lelio?

ANSELMO: Ja. Er soll da in der Straße, in dem neuen Eckhause wohnen.

DER TRÄGER: Ich kenne in der ganzen Stadt keinen Kaufmann Lelio. In dem neuen Eckhause, da unten, wohnt jemand ganz anders.

ANSELMO: Ei nicht doch! Lelio muß da wohnen. Sonst hat er hier in diesem Hause gewohnt, welches ihm auch gehört.

DER TRÄGER: Nun merke ich, wen Sie meinen. Sie meinen den lüderlichen Lelio. Oh! den kenn ich wohl!

ANSELMO: Was? den lüderlichen Lelio?

DER TRÄGER: Je nu! die ganze Stadt nennt ihn so; warum soll ich ihn anders nennen? Sein Vater war der alte Anselmo. Das war ein garstiger, geiziger Mann, der nie genug kriegen konnte. Er reisete vor vielen Jahren hier weg; Gott weiß, wohin? Unterdessen, daß er sichs in der Fremde sauer werden läßt, oder wohl gar darüber schon ins Gras gebissen hat, ist sein Sohn hier guter Dinge. Der wird zwar nun wohl auch allmählich auf die Hefen gekommen sein; aber es ist schon recht. Ein Sammler will einen Zerstreuer haben. Das Häuschen, höre ich, hat er nun auch verkauft – –

ANSELMO: Was? verkauft? – – Nun ist's klar! Ach, du verwünschter Maskarill! – Ach ich unglücklicher Vater! Du gottloser, ungeratner Sohn!

DER TRÄGER: Ei! – Sie sind doch wohl nicht gar der alte Anselmo selber? Nehmen Sie mir's nicht übel, wenn Sie es sind; ich habe Sie wirklich nicht gekannt. Sonst hätte ich es wohl bleiben lassen, Sie einen garstigen, geizigen Mann zu nennen.

Es ist niemanden an die Stirne geschrieben, wer er ist. Mögen Sie mich doch immerhin das Trinkgeld nicht verdienen lassen.

ANSELMO: Ihr sollt es verdienen, guter Freund, Ihr sollt es verdienen. Sagt mir nur geschwind: Ist es wirklich wahr, daß er das Haus verkauft hat? Und an wen hat er es verkauft?

DER TRÄGER: Der alte Philto hat's gekauft.

ANSELMO: Philto? – O du ehrvergeßner Mann! Ist das deine Freundschaft? – Ich bin verraten! Ich bin verloren! – Er wird mir nun alles leugnen. – –

DER TRÄGER: Die Leute haben es ihm übel genug ausgelegt, daß er sich mit dem Kaufe abgegeben hat. Hat er nicht sollen in Ihrer Abwesenheit bei Ihrem Sohne gleichsam Vormundsstelle vertreten? Ein schöner Vormund! das hieß ja wohl den Bock zum Gärtner setzen. Er ist alle sein Lebtage für einen eigennützigen Mann gehalten worden, und was ein Rabe ist, das bleibt wohl ein Rabe. – – Da eben seh ich ihn kommen! Ich will gern mein Trinkgeld im Stiche lassen; die Leute sind gar zu wunderlich, wenn sie hören, daß man sie kennt.

Geht ab.

Dreizehnter Auftritt

Anselmo. Philto.

ANSELMO: Unglück über alle Unglücke! Komm nur! Komm nur, du Verräter!

PHILTO: Ich muß doch sehen, wer hier das Herz hat, sich für den Anselmo auszugeben. – – Aber was sehe ich? Er ist es wirklich. – – Laß dich umarmen, mein liebster Freund! So bist du doch endlich wieder da? Gott sei tausendmal gedankt. – Aber warum so verdrüßlich? Kennst du deinen Philto nicht mehr?

ANSELMO: Ich weiß alles, Philto, ich weiß alles. Ist das ein Streich, wie man ihn von einem Freunde erwarten kann?

PHILTO: Nicht ein Wort mehr, Anselmo. Ich höre schon, daß mir ein dienstfertiger Verleumder zuvorgekommen ist. – – Hier ist nicht der Ort, uns weitläuftiger zu erklären. Komm in dein Haus.

ANSELMO: In mein Haus?

PHILTO: Ja; noch ist es das deine, und soll wider deinen Willen nie eines andern werden. Komm; ich habe zu allem Glücke den Schlüssel bei mir. – Ohne Zweifel ist dieses dein Koffer? Fasse nur an; wir wollen ihn selbst hineinziehen; es sieht uns doch niemand. – –

ANSELMO: Aber meine Barschaft? – –

PHILTO: Auch diese wirst du finden, wie du sie verlassen hast.

Sie gehen in das Haus, nachdem sie den Koffer nach sich gezogen.

Vierzehnter Auftritt

Lelio. Maskarill.

MASKARILL: Nun? haben Sie ihn gesehen? War er es nicht?

LELIO: Er ist es, Maskarill!

MASKARILL: Wenn nur der erste Empfang vorüber wäre!

LELIO: Nie habe ich meine Nichtswürdigkeit so lebhaft empfunden, als eben jetzt, da sie mich verhindert, einem Vater freudig unter die Augen zu treten, der mich so zärtlich geliebt hat. Was soll ich tun? Soll ich mich aus seinen Augen verbannen? oder soll ich gehen, und ihm zu Fuße fallen?

MASKARILL: Das letzte taugt nicht viel; aber das erste taugt gar nichts.

LELIO: Nun! so rate mir doch! Nenne mir wenigstens einen Vorsprecher. – –

MASKARILL: Einen Vorsprecher? eine Person, die bei Ihrem Vater für Sie sprechen soll? – – Den Herrn Stiletti.

LELIO: Bist du toll?

MASKARILL: Oder – die Frau Lelane.

LELIO: Verräter!

MASKARILL: Die eine von ihren Nichten. –

LELIO: Ich bringe dich um!

MASKARILL: Ja! das würde vollends eine Freude für Ihren Vater sein, wenn er seinen Sohn als einen Mörder fände.

LELIO: An den alten Philto darf ich mich nicht wenden. Ich habe seine Lehren, seine Warnungen, seinen Rat allzuoft verachtet, als daß ich auf sein gutes Wort einigen Anspruch machen könnte.

MASKARILL: Aber fallen Sie denn gar nicht auf mich?

LELIO: Sieh du dich nur selbst nach einen Vorsprecher um.

MASKARILL: Das habe ich schon getan; und der sind Sie.

LELIO: Ich?

MASKARILL: Sie! und zwar zur Danksagung, daß ich Ihnen einen Vorsprecher werde geschafft haben, den Sie in alle Ewigkeit nicht besser finden können.

LELIO: Wenn du das tust, Maskarill –

MASKARILL: Kommen Sie nur hier weg; die Alten möchten wieder herauskommen.

LELIO: Aber nenne mir doch den Vorsprecher, den ich in alle Ewigkeit nicht besser finden könnte.

MASKARILL: Kurz, Ihr Vater soll Ihr Vorsprecher bei dem Herrn Anselmo sein.

LELIO: Was heißt das?

MASKARILL: Das heißt, daß ich einen Einfall habe, den ich Ihnen hier nicht sagen kann. Nur fort!

Gehen ab.

Funfzehnter Auftritt

Anselmo, Philto, *welche aus dem Hause kommen.*

ANSELMO: Nun! das ist wahr, Philto: ein getreuerer und klügrer Freund, als du bist, muß in der Welt nicht zu finden sein. Ich danke dir tausendmal, und wollte wünschen, daß ich dir deine Dienste vergelten könnte.

PHILTO: Sie sind vergolten genug, wenn sie dir angenehm sind.

ANSELMO: Ich weiß es, daß du meinetwegen viel Verleumdungen hast über dich müssen ergehen lassen.

PHILTO: Was wollen Verleumdungen sagen, wenn man bei sich überzeugt ist, daß man sie nicht verdient habe? Auch die List, hoffe ich, wirst du gut finden, die ich wegen der Aussteuer brauchen wollte.

ANSELMO: Die List ist vortrefflich ersonnen: aber nur ist es mir leid, daß aus der ganzen Sache nichts werden kann.

PHILTO: Nichts werden? Warum denn nicht? Gut, daß Sie kommen, Herr Staleno.

Sechzehnter Auftritt

Staleno. Anselmo. Philto.

STALENO: So ist es doch wahr, daß Anselmo endlich wieder da ist? Willkommen! willkommen!

ANSELMO: Es ist mir lieb, einen alten guten Freund gesund wiederzusehen. Aber es ist mir nicht lieb, daß das erste, was ich ihm sagen muß, eine abschlägliche Antwort sein soll. Philto hat mir hinterbracht, was für eine gute Absicht Ihr Mündel auf meine Tochter hat. Ohne ihn zu kennen, würde ich, bloß in Ansehung Ihrer, ja dazu sagen, wenn ich meine Tochter nicht bereits versprochen hätte; und zwar an den Sohn eines guten Freundes, der vor kurzem in Engeland verstorben ist. Ich habe ihm noch auf seinem Todbette mein Wort geben müssen, daß ich seinen Sohn, welcher sich hier aufhalten soll, auch zu dem meinigen machen wolle. Er hat mir sein Verlangen sogar schriftlich hinterlassen, und es muß eine von meinen ersten Verrichtungen sein, daß ich den jungen Leander aufsuche, und ihm davon Nachricht gebe.

STALENO: Wen? den jungen Leander? Je! das ist ja eben mein Mündel.

ANSELMO: Leander ist Ihr Mündel? des alten Pandolfo Sohn?

STALENO: Leander, des alten Pandolfo Sohn, ist mein Mündel.

ANSELMO: Und ebendiesen Leander sollte meine Tochter haben?

PHILTO: Ebendiesen.

ANSELMO: Was für ein glücklicher Zufall! Hätte ich mir es besser wünschen können? Nun wohl, ich bekräftige also das Wort, das Ihnen Philto in meinem Namen gegeben hat. Kommen Sie; damit ich den lieben Mündel bald sehen, und meine Tochter umarmen kann. Ach! wenn ich den ungeratnen Sohn nicht hätte, was für ein beneidenswürdiger Mann könnte ich sein!

Siebenzehnter Auftritt

Maskarill. Anselmo. Philto. Staleno.

MASKARILL: Ach! Unglück, unaussprechliches Unglück! Wo werde ich nun den armen Herrn Anselmo finden?

ANSELMO: Ist das nicht Maskarill? Was sagt der Spitzbube?

MASKARILL: Ach! unglücklicher Vater, was wirst du zu dieser Nachricht sagen?

ANSELMO: Zu was für einer Nachricht?

MASKARILL: Ach! der betauernswürdige Lelio!

ANSELMO: Nun? was ist ihm denn widerfahren?

MASKARILL: Ach! was für ein trauriger Zufall!
ANSELMO: Maskarill!
MASKARILL: Ach! welche tragische Begebenheit!
ANSELMO: Tragisch? Ängstige mich nicht länger, Kerl, und sage was es ist. – –
MASKARILL: Ach! Herr Anselmo, Ihr Sohn – –
ANSELMO: Nun? mein Sohn?
MASKARILL: Als ich ihm Ihre glückliche Ankunft zu melden kam, fand ich ihn, mit untergestütztem Arme, im Lehnstuhle –
ANSELMO: Und in den letzten Zügen vielleicht? – –
MASKARILL: Ja, in den letzten Zügen, die er aus einer Ungerschen Bouteille tun wollte. – „Freuen Sie sich, Herr Lelio" waren meine Worte: „eben jetzt ist Ihr lieber, sehnlich gewünschter Vater wiedergekommen!" – „Was? mein Vater?" – Hier fiel ihm die Bouteille vor Schrecken aus der Hand; sie sprang in Stücken, und die kostbare Neige floß auf den staubigten Boden. „Was?" schrie er nochmals, „mein Vater wiedergekommen? Wie wird es mir nun ergehen?" – „Wie Sie es verdient haben", sagte ich. Er sprang auf, lief zu dem Fenster, das auf den Kanal geht, riß es auf – –
ANSELMO: Und stürzte sich herab?
MASKARILL: Und sahe, was für Wetter wäre – „Geschwind meinen Degen!" – – Ich wollte ihm den Degen nicht geben, weil man Exempel hat, daß mit einem Degen groß Unglück angerichtet worden. – „Was wollen Sie mit dem Degen, Herr Lelio?" – – „Halte mich nicht auf, oder" – das „oder" sprach er in einem so fürchterlichen Tone aus, daß ich ihm den Degen vor Schrecken gab. Er nahm ihn, und –
ANSELMO: Und tat sich ein Leides?
MASKARILL: Und – –
ANSELMO: Ach! ich unglücklicher Vater! –

ACHTZEHNTER AUFTRITT

LELIO *an der Szene*. DIE VORIGEN.

MASKARILL: Und steckte ihn an. „Komm", rief er, „Maskarill; mein Vater wird auf mich zürnen, und sein Zorn ist mir unerträglich. Ich will nicht länger leben, ohne ihn zu versöhnen." Er stürzte die Treppe herab, lief sporenstreichs zum Hause hinaus, und warf sich nicht weit von hier – *Indem Maskarill dieses sagt, und Anselmo gegen ihn gekehrt ist, fällt ihm Lelio auf der andern Seite zu Füßen.* – – zu den Füßen seines Vaters. – –

LELIO: Verzeihen Sie, liebster Vater, daß ich durch dieses Mittel versuchen wollen, ob Ihr Herz gegen mich noch einiges Mitleids fähig ist. Das Traurigste, was Sie meinetwegen besorgten, geschieht gewiß, wenn ich, ohne Vergebung von Ihnen zu erhalten, von Ihren Füßen aufstehen muß. Ich bekenne, daß ich Ihrer Liebe nicht wert bin, aber ich will auch ohne dieselbe nicht leben. Jugend und Unerfahrenheit können vieles entschuldigen. – –

PHILTO: Laß dich bewegen, Anselmo.

STALENO: Auch ich bitte für ihn. Er wird sich bessern.

ANSELMO: Wenn ich das nur glauben dürfte. Steh auf! Noch will ich's einmal versuchen. Aber wo du noch einen lüderlichen Streich machst, so habe ich dir nichts vergeben, und die kleinste Ausschweifung, die du wieder begehst, soll die gewisse Strafe für alle andre nach sich ziehen.

MASKARILL: Das ist billig.

ANSELMO: Den nichtswürdigen Maskarill jage nur gleich zum Henker!

MASKARILL: Das ist unbillig! – – Doch jagen Sie mich, oder behalten Sie mich, es soll mir gleichviel sein; nur zahlen Sie mir vorher die Summe aus, die ich Ihnen schon sieben Jahr geliehen habe, und aus Großmut noch zehn Jahr leihen wollte.

Ende des Schatzes.

MISS SARA SAMPSON

Ein Trauerspiel in fünf Aufzügen

Personen

Sir William Sampson
Miß Sara, *dessen Tochter*
Mellefont
Marwood, *Mellefonts alte Geliebte*
Arabella, *ein junges Kind, der Marwood Tochter*
Waitwell, *ein alter Diener des Sampson*
Norton, *Bedienter des Mellefont*
Betty, *Mädchen der Sara*
Hannah, *Mädchen der Marwood*
Der Gastwirt *und* einige Nebenpersonen

ERSTER AUFZUG

Erster Auftritt

Der Schauplatz ist ein Saal im Gasthofe.

Sir William Sampson *und* Waitwell *treten in Reisekleidern herein.*

SIR WILLIAM: Hier meine Tochter? Hier in diesem elenden Wirtshause?

WAITWELL: Ohne Zweifel hat Mellefont mit Fleiß das allerelendeste im ganzen Städtchen zu seinem Aufenthalte gewählt. Böse Leute suchen immer das Dunkle, weil sie böse Leute sind. Aber was hilft es ihnen, wenn sie sich auch vor der ganzen Welt verbergen könnten? Das Gewissen ist doch mehr, als eine ganze uns verklagende Welt. – Ach, Sie weinen schon wieder, schon wieder, Sir! – Sir!

SIR WILLIAM: Laß mich weinen, alter ehrlicher Diener. Oder verdient sie etwa meine Tränen nicht?

WAITWELL: Ach! sie verdient sie, und wenn es blutige Tränen wären.

SIR WILLIAM: Nun so laß mich.

WAITWELL: Das beste, schönste, unschuldigste Kind, das unter der Sonne gelebt hat, das muß so verführt werden! Ach Sarchen! Sarchen! Ich habe dich aufwachsen sehen; hundertmal habe ich dich als ein Kind auf diesen meinen Armen gehabt; auf diesen meinen Armen habe ich dein Lächeln, dein Lallen bewundert. Aus jeder kindischen Miene strahlte die Morgenröte eines Verstandes, einer Leutseligkeit, einer – –

SIR WILLIAM: O schweig! Zerfleischt nicht das Gegenwärtige *mein Herz schon* genug? Willst du meine Martern durch die Erinnerung an vergangne Glückseligkeiten noch höllischer machen? Ändre deine Sprache, wenn du mir einen Dienst tun willst. Tadle mich; mache mir aus meiner Zärtlichkeit ein Verbrechen; vergrößre das Vergehen meiner Tochter; erfülle mich, wenn du kannst, mit Abscheu gegen sie; entflamme aufs neue meine Rache gegen ihren verfluchten

Verführer; sage, daß Sara nie tugendhaft gewesen, weil sie so leicht aufgehört hat es zu sein; sage, daß sie mich nie geliebt, weil sie mich heimlich verlassen hat.

WAITWELL: Sagte ich das, so würde ich eine Lüge sagen; eine unverschämte böse Lüge. Sie könnte mir auf dem Todbette wieder einfallen, und ich alter Bösewicht müßte in Verzweiflung sterben. – Nein, Sarchen hat ihren Vater geliebt, und gewiß! gewiß! sie liebt ihn noch. Wenn Sie nur davon überzeugt sein wollen, Sir, so sehe ich sie heute noch wieder in Ihren Armen.

SIR WILLIAM: Ja, Waitwell, nur davon verlange ich überzeugt zu sein. Ich kann sie länger nicht entbehren; sie ist die Stütze meines Alters, und wenn sie nicht den traurigen Rest meines Lebens versüßen hilft, wer soll es denn tun? Wenn sie mich noch liebt, so ist ihr Fehler vergessen. Es war der Fehler eines zärtlichen Mädchens, und ihre Flucht war die Wirkung ihrer Reue. Solche Vergehungen sind besser, als erzwungene Tugenden – Doch ich fühle es, Waitwell, ich fühle es; wenn diese Vergehungen auch wahre Verbrechen, wenn es auch vorsätzliche Laster wären: ach! ich würde ihr doch vergeben. Ich würde doch lieber von einer lasterhaften Tochter, als von keiner, geliebt sein wollen.

WAITWELL: Trocknen Sie Ihre Tränen ab, lieber Sir! Ich höre jemanden kommen. Es wird der Wirt sein, uns zu empfangen.

Zweiter Auftritt

Der Wirt. Sir William Sampson. Waitwell.

DER WIRT: So früh, meine Herren, so früh? Willkommen! willkommen Waitwell! Ihr seid ohne Zweifel die Nacht gefahren? Ist das der Herr, von dem du gestern mit mir gesprochen hast?

WAITWELL: Ja, er ist es, und ich hoffe, daß du abgeredetermaßen – –

DER WIRT: Gnädiger Herr, ich bin ganz zu Ihren Diensten. Was liegt mir daran, ob ich es weiß, oder nicht, was Sie für eine Ursache hierherführt, und warum Sie bei mir im verborgnen sein wollen? Ein Wirt nimmt sein Geld, und läßt seine Gäste machen, was ihnen gut dünkt. Waitwell hat mir zwar gesagt, daß Sie den fremden Herrn, der sich seit einigen Wochen mit seinem jungen Weibchen bei mir aufhält, ein wenig beobachten wollen. Aber ich hoffe, daß Sie ihm keinen Verdruß verursachen werden. Sie würden mein Haus in einen übeln Ruf bringen, und gewisse Leute würden sich scheuen, bei mir abzutreten. Unsereiner muß von allen Sorten Menschen leben. – –

SIR WILLIAM: Besorget nichts; führt mich nur in das Zimmer, das Waitwell für mich bestellt hat. Ich komme aus rechtschaffnen Absichten hierher.

DER WIRT: Ich mag Ihre Geheimnisse nicht wissen, gnädiger Herr! Die Neugierde ist mein Fehler gar nicht. Ich hätte es, zum Exempel, längst erfahren können, wer der fremde Herr ist, auf den Sie achtgeben wollen; aber ich mag nicht. Soviel habe ich wohl herausgebracht, daß er mit dem Frauenzimmer muß durchgegangen sein. Das gute Weibchen, oder was sie ist! sie bleibt den ganzen Tag in ihrer Stube eingeschlossen und weint.

SIR WILLIAM: Und weint?

DER WIRT: Ja, und weint – – Aber, gnädiger Herr, warum weinen Sie? Das Frauenzimmer muß Ihnen sehr nahegehen. Sie sind doch wohl nicht – –

WAITWELL: Halt ihn nicht länger auf.

DER WIRT: Kommen Sie. Nur eine Wand wird Sie von dem Frauenzimmer trennen, das Ihnen so nahegeht, und die vielleicht – –

WAITWELL: Du willst es also mit aller Gewalt wissen, wer – –

DER WIRT: Nein, Waitwell, ich mag nichts wissen.

WAITWELL: Nun so mache, und bringe uns an den gehörigen Ort, ehe noch das ganze Haus wach wird.

DER WIRT: Wollen Sie mir also folgen, gnädiger Herr? *Geht ab.*

Dritter Auftritt

Der mittlere Vorhang wird aufgezogen. Mellefonts Zimmer.

Mellefont *und hernach sein* Bedienter.

MELLEFONT *unangekleidet in einem Lehnstuhle*: Wieder eine Nacht, die ich auf der Folter nicht grausamer hätte zubringen können! – Norton! – Ich muß nur machen, daß ich Gesichter zu sehen bekomme. Bliebe ich mit meinen Gedanken länger allein: sie möchten mich zu weit führen. – He, Norton! Er schläft noch. Aber bin ich nicht grausam, daß ich den armen Teufel nicht schlafen lasse? Wie glücklich ist er! – Doch ich will nicht, daß ein Mensch um mich glücklich sei. – Norton!

NORTON *kommend*: Mein Herr!

MELLEFONT: Kleide mich an! – O mache mir keine sauern Gesichter! Wenn ich werde länger schlafen können, so erlaube ich dir, daß du auch länger schlafen darfst. Wenn du von deiner Schuldigkeit nichts wissen willst, so habe wenigstens Mitleiden mit mir.

NORTON: Mitleiden, mein Herr? Mitleiden mit Ihnen? Ich weiß besser, wo das Mitleiden hingehört.

MELLEFONT: Und wohin denn?

NORTON: Ah, lassen Sie sich ankleiden, und fragen Sie mich nichts.

MELLEFONT: Henker! So sollen auch deine Verweise mit meinem Gewissen aufwachen? Ich verstehe dich; ich weiß es, wer dein Mitleiden erschöpft. – Doch, ich lasse ihr und mir Gerechtigkeit widerfahren. Ganz recht; habe kein Mitleiden mit mir. Verfluche mich in deinem Herzen, aber – verfluche auch dich.

NORTON: Auch mich?

MELLEFONT: Ja; weil du einem Elenden dienest, den die Erde nicht tragen sollte, und weil du dich seiner Verbrechen mit teilhaft gemacht hast.

NORTON: Ich mich Ihrer Verbrechen teilhaft gemacht? durch was?

MELLEFONT: Dadurch, daß du dazu geschwiegen.

NORTON: Vortrefflich! in der Hitze Ihrer Leidenschaften, würde mir ein Wort den Hals gekostet haben. – Und dazu, als ich Sie kennenlernte, fand ich Sie nicht schon so arg, daß alle Hoffnung zur Beßrung vergebens war? Was für ein Leben habe ich Sie nicht, von dem ersten Augenblicke an, führen sehen! In der nichtswürdigsten Gesellschaft von Spielern und Landstreichern – ich nenne sie, was sie waren und kehre mich an ihre Titel, Ritter und dergleichen, nicht – in solcher Gesellschaft brachten Sie ein Vermögen durch, das Ihnen den Weg zu den größten Ehrenstellen hätte bahnen können. Und Ihr strafbarer Umgang mit allen Arten von Weibsbildern, besonders der bösen Marwood – –

MELLEFONT: Setze mich, setze mich wieder in diese Lebensart: sie war Tugend in Vergleich meiner itzigen. Ich vertat mein

Vermögen; gut. Die Strafe kömmt nach, und ich werde alles, was der Mangel Hartes und Erniedrigendes hat, zeitig genug empfinden. Ich besuchte lasterhafte Weibsbilder; laß es sein. Ich ward öfter verführt, als ich verführte; und die ich selbst verführte, wollten verführt sein. – Aber – ich hatte noch keine verwahrlosete Tugend auf meiner Seele. Ich hatte noch keine Unschuld in ein unabsehliches Unglück gestürzt. Ich hatte noch keine Sara aus dem Hause eines geliebten Vaters entwendet, und sie gezwungen, einem Nichtswürdigen zu folgen, der auf keine Weise mehr sein eigen war. Ich hatte – Wer kömmt schon so früh zu mir?

Vierter Auftritt

Betty. Mellefont. Norton.

NORTON: Es ist Betty.

MELLEFONT: Schon auf, Betty? Was macht dein Fräulein?

BETTY: Was macht sie? *Schluchzend:* Es war schon lange nach Mitternacht, da ich sie endlich bewegte, zur Ruhe zu gehen. Sie schlief einige Augenblicke, aber Gott! Gott! was muß das für ein Schlaf gewesen sein! Plötzlich fuhr sie in die Höhe, sprang auf, und fiel mir als eine Unglückliche in die Arme, die von einem Mörder verfolgt wird. Sie zitterte, und ein kalter Schweiß floß ihr über das erblaßte Gesicht. Ich wandte alles an, sie zu beruhigen, aber sie hat mir bis an den Morgen nur mit stummen Tränen geantwortet. Endlich hat sie mich ein Mal über das andre an Ihre Türe geschickt, zu hören, ob Sie schon auf wären. Sie will Sie sprechen. Sie allein können sie trösten. Tun Sie es doch, liebster gnädiger Herr, tun Sie es doch. Das Herz muß mir springen, wenn sie sich so zu ängstigen fortfährt.

MELLEFONT: Geh, Betty, sage ihr, daß ich den Augenblick bei ihr sein wolle – –

BETTY: Nein, sie will selbst zu Ihnen kommen.

MELLEFONT: Nun so sage ihr, daß ich sie erwarte – Ach! – –

Betty geht ab.

Fünfter Auftritt

Mellefont. Norton.

NORTON: Gott, die arme Miß!

MELLEFONT: Wessen Gefühl willst du durch deine Ausrufung rege machen? Sieh, da läuft die erste Träne, die ich seit meiner Kindheit geweinet, die Wange herunter! – Eine schlechte Vorbereitung, eine trostsuchende Betrübte zu empfangen. Warum sucht sie ihn auch bei mir? – Doch wo soll sie ihn sonst suchen? – Ich muß mich fassen. *Indem er sich die Augen abtrocknet:* Wo ist die alte Standhaftigkeit, mit der ich ein schönes Auge konnte weinen sehen? Wo ist die Gabe der Verstellung hin, durch die ich sein und sagen konnte, was ich wollte? – Nun wird sie kommen, und wird unwiderstehliche Tränen weinen. Verwirrt, beschämt werde ich vor ihr stehen; als ein verurteilter Sünder werde ich vor ihr stehen. Rate mir doch, was soll ich tun? was soll ich sagen?

NORTON: Sie sollen tun, was sie verlangen wird.

MELLEFONT: So werde ich eine neue Grausamkeit an ihr begehen. Mit Unrecht tadelt sie die Verzögerung einer Zeremonie, die itzt ohne unser äußerstes Verderben in dem Königreiche nicht vollzogen werden kann.

NORTON: So machen Sie denn, daß Sie es verlassen. Warum zaudern wir? Warum vergeht ein Tag, warum vergeht eine Woche nach der andern? Tragen Sie mir es doch auf. Sie sollen morgen sicher eingeschifft sein. Vielleicht, daß ihr der Kummer nicht ganz über das Meer folgt; daß sie einen Teil desselben zurückläßt, und in einem andern Lande – –

MELLEFONT: Alles das hoffe ich selbst – Still, sie kömmt. Wie schlägt mir das Herz – –

Sechster Auftritt

Sara. Mellefont. Norton.

MELLEFONT *indem er ihr entgegengeht*: Sie haben eine unruhige Nacht gehabt, liebste Miß – –

SARA: Ach, Mellefont, wenn es nichts als eine unruhige Nacht wäre – –

MELLEFONT *zum Bedienten*: Verlaß uns!

NORTON *im Abgehen*: Ich wollte auch nicht dableiben, und wenn mir gleich jeder Augenblick mit Golde bezahlt würde.

Siebenter Auftritt

Sara. Mellefont.

MELLEFONT: Sie sind schwach, liebste Miß. Sie müssen sich setzen.

SARA *sie setzt sich*: Ich beunruhige Sie sehr früh; und werden Sie mir es vergeben, daß ich meine Klagen wieder mit dem Morgen anfange?

MELLEFONT: Teuerste Miß, Sie wollen sagen, daß Sie mir es nicht vergeben können, weil schon wieder ein Morgen erschienen ist, ohne daß ich Ihren Klagen ein Ende gemacht habe.

SARA: Was sollte ich Ihnen nicht vergeben? Sie wissen, was ich Ihnen bereits vergeben habe. Aber die neunte Woche, Mellefont, die neunte Woche fängt heut an, und dieses elende Haus sieht mich noch immer auf ebendem Fuße, als den ersten Tag.

MELLEFONT: So zweifeln Sie an meiner Liebe?

SARA: Ich, an Ihrer Liebe zweifeln? Nein, ich fühle mein Unglück zu sehr, zu sehr, als daß ich mir selbst diese letzte einzige Versüßung desselben rauben sollte.

MELLEFONT: Wie kann also meine Miß über die Verschiebung einer Zeremonie unruhig sein?

SARA: Ach, Mellefont, warum muß ich einen andern Begriff von dieser Zeremonie haben? – Geben Sie doch immer der weiblichen Denkungsart etwas nach. Ich stelle mir vor, daß eine nähere Einwilligung des Himmels darin liegt. Umsonst habe ich es, nur wieder erst den gestrigen langen Abend, versucht, Ihre Begriffe anzunehmen, und die Zweifel aus meiner Brust zu verbannen, die Sie, itzt nicht das erstemal, für Früchte meines Mißtrauens angesehen haben. Ich stritt mit mir selbst; ich war sinnreich genug, meinen Verstand zu betäuben; aber mein Herz und ein inneres Gefühl warfen auf einmal das mühsame Gebäude von Schlüssen übern Haufen. Mitten aus dem Schlafe weckten mich strafende Stimmen, mit welchen sich meine Phantasie, mich zu quälen, verband. Was für Bilder, was für schreckliche Bilder schwärmten um mich herum! Ich wollte sie gern für Träume halten – –

MELLEFONT: Wie? meine vernünftige Sara sollte sie für etwas mehr halten? Träume, liebste Miß, Träume! – Wie unglücklich ist der Mensch! Fand sein Schöpfer in dem Reiche der Wirklichkeiten nicht Qualen für ihn genug? Mußte er, sie zu vermehren, auch ein noch weiteres Reich von Einbildungen in ihm schaffen?

SARA: Klagen Sie den Himmel nicht an! Er hat die Einbildungen in unserer Gewalt gelassen. Sie richten sich nach unsern Taten, und wenn diese unsern Pflichten und der Tugend gemäß sind, so dienen die sie begleitenden Einbildungen zur Vermehrung unserer Ruhe und unseres Vergnügens. Eine einzige Handlung, Mellefont, ein einziger Segen, der von einem Friedensboten im Namen der ewigen Güte auf uns gelegt wird, kann meine zerrüttete Phantasie wieder heilen. Stehen Sie noch an, mir zuliebe dasjenige einige Tage eher zu tun, was Sie doch einmal tun werden? Erbarmen Sie sich meiner, und überlegen Sie, daß wenn Sie mich auch dadurch nur von Qualen der Einbildung befreien, diese eingebildete Qualen doch Qualen, und für die, die sie empfindet, wirkliche Qualen sind. – Ach, könnte ich Ihnen nur halb so lebhaft die Schrecken meiner vorigen Nacht erzählen, als ich sie gefühlt habe! – Von Weinen und Klagen, meinen einzigen Beschäftigungen, ermüdet, sank ich mit halb geschlossenen Augenlidern auf das Bett zurück. Die Natur wollte sich einen Augenblick erholen, neue Tränen zu sammeln. Aber noch schlief ich nicht ganz, als ich mich auf einmal an dem schroffsten Teile des schrecklichsten Felsen sahe. Sie gingen vor mir her, und ich folgte Ihnen mit schwankenden ängstlichen Schritten, die dann und wann ein Blick stärkte, welchen Sie auf mich zurückwarfen. Schnell hörte ich hinter mir ein freundliches Rufen, welches mir stillzustehen befahl. Es war der Ton meines Vaters – Ich Elende! kann ich denn nichts von ihm vergessen? Ach! wo ihm sein Gedächtnis ebenso grausame Dienste leistet; wo er auch mich nicht vergessen kann! – Doch er hat mich vergessen. Trost! grausamer Trost für seine Sara! – Hören Sie nur, Mellefont; indem ich mich nach dieser bekannten Stimme umsehen wollte, gleitete mein Fuß; ich wankte und sollte eben in den Abgrund herabstürzen, als ich mich, noch zur rechten Zeit, von einer mir ähnlichen

Person zurückgehalten fühlte. Schon wollte ich ihr den feurigsten Dank abstatten, als sie einen Dolch aus dem Busen zog. „Ich rettete dich“, schrie sie, „um dich zu verderben!“ Sie holte mit der bewaffneten Hand aus – und ach! ich erwachte mit dem Stiche. Wachend fühlte ich noch alles, was ein tödlicher Stich Schmerzhaftes haben kann; ohne das zu empfinden, was er Angenehmes haben muß: das Ende der Pein in dem Ende des Lebens hoffen zu dürfen.

MELLEFONT: Ach! liebste Sara, ich verspreche Ihnen das Ende Ihrer Pein, ohne das Ende Ihres Lebens, welches gewiß auch das Ende des meinigen sein würde. Vergessen Sie das schreckliche Gewebe eines sinnlosen Traumes.

SARA: Die Kraft es vergessen zu können, erwarte ich von Ihnen. Es sei Liebe oder Verführung, es sei Glück oder Unglück, das mich Ihnen in die Arme geworfen hat; ich bin in meinem Herzen die Ihrige, und werde es ewig sein. Aber noch bin ich es nicht vor den Augen jenes Richters, der die geringsten Übertretungen seiner Ordnung zu strafen gedrohet hat – –

MELLEFONT: So falle denn alle Strafe auf mich allein!

SARA: Was kann auf Sie fallen, das mich nicht treffen sollte? – – Legen Sie aber mein dringendes Anhalten nicht falsch aus. Ein andres Frauenzimmer, das durch einen gleichen Fehltritt sich ihrer Ehre verlustig gemacht hätte, würde vielleicht durch ein gesetzmäßiges Band nichts als einen Teil derselben wiederzuerlangen suchen. Ich, Mellefont, denke darauf nicht, weil ich in der Welt weiter von keiner Ehre wissen will, als von der Ehre, Sie zu lieben. Ich will mit Ihnen, nicht um der Welt willen, ich will mit Ihnen um meiner selbst willen verbunden sein. Und wenn ich es bin, so will ich gern die Schmach auf mich nehmen, als ob ich es nicht wäre. Sie sollen mich, wenn Sie nicht wollen, für Ihre Gattin nicht erklären dürfen; Sie sollen mich erklären können, für was Sie wollen. Ich will Ihren Namen nicht führen; Sie sollen unsere Verbindung so geheimhalten, als Sie es für gut befinden; und ich will derselben ewig unwert sein, wenn ich mir in den Sinn kommen lasse, einen andern Vorteil, als die Beruhigung meines Gewissens, daraus zu ziehen.

MELLEFONT: Halten Sie ein, Miß, oder ich muß vor Ihren Augen des Todes sein. Wie elend bin ich, daß ich nicht das Herz habe, Sie noch elender zu machen! – Bedenken Sie, daß

Sie sich meiner Führung überlassen haben; bedenken Sie, daß ich schuldig bin, für uns weiter hinauszusehen, und daß ich itzt gegen Ihre Klagen taub sein muß, wenn ich Sie nicht, in der ganzen Folge Ihres Lebens, noch schmerzhaftere Klagen will führen hören. Haben Sie es denn vergessen, was ich Ihnen zu meiner Rechtfertigung schon oft vorgestellt?

SARA: Ich habe es nicht vergessen, Mellefont. Sie wollen vorher ein gewisses Vermächtnis retten. – Sie wollen vorher zeitliche Güter retten, und mich vielleicht ewige darüber verscherzen lassen.

MELLEFONT: Ach Sara, wenn Ihnen alle zeitliche Güter so gewiß wären, als Ihrer Tugend die ewigen sind – –

SARA: Meiner Tugend? Nennen Sie mir dieses Wort nicht! – Sonst klang es mir süße, aber itzt schallt mir ein schrecklicher Donner darin!

MELLEFONT: Wie? muß der, welcher tugendhaft sein soll, keinen Fehler begangen haben? Hat ein einziger so unselige Wirkungen, daß er eine ganze Reihe unsträflicher Jahre vernichten kann: so ist kein Mensch tugendhaft; so ist die Tugend ein Gespenst, das in der Luft zerfließet, wenn man es am festesten umarmt zu haben glaubt; so hat kein weises Wesen unsere Pflichten nach unsern Kräften abgemessen; so ist die Lust, uns strafen zu können, der erste Zweck unsers Daseins; so ist – Ich erschrecke vor allen den gräßlichen Folgerungen, in welche Sie Ihre Kleinmut verwickeln muß! Nein, Miß, Sie sind noch die tugendhafte Sara, die Sie vor meiner unglücklichen Bekanntschaft waren. Wenn Sie sich selbst mit so grausamen Augen ansehen, mit was für Augen müssen Sie mich betrachten!

SARA: Mit den Augen der Liebe, Mellefont.

MELLEFONT: So bitte ich Sie denn um dieser Liebe, um dieser großmütigen, alle meine Unwürdigkeit übersehenden Liebe willen, zu Ihren Füßen bitte ich Sie: beruhigen Sie sich. Haben Sie nur noch einige Tage Geduld.

SARA: Einige Tage! Wie ist *ein* Tag schon so lang!

MELLEFONT: Verwünschtes Vermächtnis! Verdammter Unsinn eines sterbenden Vetters, der mir sein Vermögen nur mit der Bedingung lassen wollte, einer Anverwandtin die Hand zu geben, die mich ebensosehr haßt, als ich sie! Euch, unmenschliche Tyrannen unserer freien Neigungen, euch werde alle das Unglück, alle die Sünde zugerechnet, zu welchen uns euer Zwang bringet! – Und wenn ich ihrer nur entübriget sein könnte, dieser schimpflichen Erbschaft! Solange mein väterliches Vermögen zu meiner Unterhaltung hinreichte, habe ich sie allezeit verschmähet, und sie nicht einmal gewürdiget, mich darüber zu erklären. Aber itzt, itzt, da ich alle Schätze der Welt nur darum besitzen möchte, um sie zu den Füßen meiner Sara legen zu können, itzt da ich wenigstens darauf denken muß, sie ihrem Stande gemäß in der Welt erscheinen zu lassen, itzt muß ich meine Zuflucht dahin nehmen.

SARA: Mit der es Ihnen zuletzt doch wohl noch fehlschlägt.

MELLEFONT: Sie vermuten immer das Schlimmste. – Nein; das Frauenzimmer, die es mit betrifft, ist nicht ungeneigt, eine Art von Vergleich einzugehen. Das Vermögen soll geteilt werden; und da sie es nicht ganz mit mir genießen kann, so ist sie es zufrieden, daß ich mit der Hälfte meine Freiheit von ihr erkaufen darf. Ich erwarte alle Stunden die letzten Nachrichten in dieser Sache, deren Verzögerung allein unsern hiesigen Aufenthalt so langwierig gemacht hat. Sobald ich sie bekommen habe, wollen wir keinen Augenblick länger hier verweilen. Wir wollen sogleich, liebste Miß, nach Frankreich übergehen, wo Sie neue Freunde finden sollen, die sich itzt schon auf das Vergnügen, Sie zu sehen und Sie zu lieben, freuen. Und diese neuen Freunde sollen die Zeugen unserer Verbindung sein – –

SARA: Diese sollen die Zeugen unserer Verbindung sein? – Grausamer! so soll diese Verbindung nicht in meinem Vaterlande geschehen? So soll ich mein Vaterland als eine Verbrecherin verlassen? Und als eine solche, glauben Sie, würde ich Mut genug haben, mich der See zu vertrauen? Dessen Herz muß ruhiger oder muß ruchloser sein, als meines, welcher nur einen Augenblick zwischen sich und dem Verderben mit Gleichgültigkeit nichts, als ein schwankendes Brett, sehen kann. In jeder Welle, die an unser Schiff schlüge, würde mir der Tod entgegenrauschen; jeder Wind würde mir von den väterlichen Küsten Verwünschungen nachbrausen, und der kleinste Sturm würde mich ein Blutgericht über mein Haupt zu sein, dünken. – Nein, Mellefont, so ein Barbar können Sie gegen mich nicht sein. Wenn ich noch das Ende Ihres Vergleichs erlebe, so muß es Ihnen auf einen Tag nicht ankommen, den wir hier länger zubringen.

Es muß dieses der Tag sein, an dem Sie mich die Martern aller hier verweinten Tage vergessen lehren. Es muß dieses der heilige Tag sein – Ach! welcher wird es denn endlich sein?

MELLEFONT: Aber überlegen Sie denn nicht, Miß, daß unserer Verbindung hier diejenige Feier fehlen würde, die wir ihr zu geben schuldig sind?

SARA: Eine heilige Handlung wird durch das Feierliche nicht kräftiger.

MELLEFONT: Allein – –

SARA: Ich erstaune. Sie wollen doch wohl nicht auf einem so nichtigen Vorwande bestehen? O Mellefont, Mellefont! wenn ich mir es nicht zum unverbrüchlichsten Gesetze gemacht hätte, niemals an der Aufrichtigkeit Ihrer Liebe zu zweifeln, so würde mir dieser Umstand – – Doch schon zu viel; es möchte scheinen, als hätte ich eben itzt daran gezweifelt.

MELLEFONT: Der erste Augenblick Ihres Zweifels müsse der letzte meines Lebens sein! Ach, Sara, womit habe ich es verdient, daß Sie mir auch nur die Möglichkeit desselben voraussehen lassen? Es ist wahr, die Geständnisse, die ich Ihnen von meinen ehemaligen Ausschweifungen abzulegen, kein Bedenken getragen habe, können mir keine Ehre machen: aber Vertrauen sollten sie mir doch erwecken. Eine buhlerische Marwood führte mich in ihren Stricken, weil ich das für sie empfand, was so oft für Liebe gehalten wird, und es doch so selten ist. Ich würde noch ihre schimpflichen Fesseln tragen, hätte sich nicht der Himmel meiner erbarmt, der vielleicht mein Herz nicht für ganz unwürdig erkannte, von bessern Flammen zu brennen. Sie, liebste Sara, sehen, und alle Marwoods vergessen, war eins. Aber wie teuer kam es Ihnen zu stehen, mich aus solchen Händen zu erhalten! Ich war mit dem Laster zu vertraut geworden, und Sie kannten es zuwenig – –

SARA: Lassen Sie uns nicht mehr daran gedenken – –

ACHTER AUFTRITT

NORTON. MELLEFONT. SARA.

MELLEFONT: Was willst du?

NORTON: Ich stand eben vor dem Hause, als mir ein Bedienter

diesen Brief in die Hand gab. Die Aufschrift ist an Sie, mein Herr.

MELLEFONT: An mich? Wer weiß hier meinen Namen? – *Indem er den Brief betrachtet.* Himmel!

SARA: Sie erschrecken?

MELLEFONT: Aber ohne Ursache, Miß; wie ich nun wohl sehe. Ich irrte mich in der Hand.

SARA: Möchte doch der Inhalt Ihnen so angenehm sein, als Sie es wünschen können.

MELLEFONT: Ich vermute, daß er sehr gleichgültig sein wird.

SARA: Man braucht sich weniger Zwang anzutun, wenn man allein ist. Erlauben Sie, daß ich mich wieder in mein Zimmer begebe.

MELLEFONT: Sie machen sich also wohl Gedanken?

SARA: Ich mache mir keine, Mellefont.

MELLEFONT *indem er sie bis an die Szene begleitet*: Ich werde den Augenblick bei Ihnen sein, liebste Miß.

NEUNTER AUFTRITT

MELLEFONT. NORTON.

MELLEFONT *der den Brief noch ansieht*: Gerechter Gott!

NORTON: Weh Ihnen, wenn er nichts, als gerecht ist!

MELLEFONT: Kann es möglich sein? Ich sehe diese verruchte Hand wieder, und erstarre nicht vor Schrecken? Ist sie's? Ist sie es nicht? Was zweifle ich noch? Sie ist's! Ah, Freund, ein Brief von der Marwood! Welche Furie, welcher Satan hat ihr meinen Aufenthalt verraten? Was will sie noch von mir? – Geh, mache sogleich Anstalt, daß wir von hier wegkommen. – Doch verzieh! Vielleicht ist es nicht nötig; vielleicht haben meine verächtlichen Abschiedsbriefe die Marwood nur aufgebracht, mir mit gleicher Verachtung zu begegnen. Hier! erbrich den Brief; lies ihn. Ich zittere, es selbst zu tun.

NORTON *er liest*: „Es wird so gut sein, als ob ich Ihnen den längsten Brief geschrieben hätte, Mellefont, wenn Sie den Namen, den Sie am Ende der Seite finden werden, nur einer kleinen Betrachtung würdigen wollen – –"

MELLEFONT: Verflucht sei ihr Name! Daß ich ihn nie gehört hätte! Daß er aus dem Buche der Lebendigen vertilgt würde!

NORTON *liest weiter*: „Die Mühe Sie auszuforschen, hat mir die Liebe, welche mir forschen half, versüßt."

MELLEFONT: Die Liebe? Frevlerin! Du entheiligest Namen, die nur der Tugend geweiht sind!

NORTON *fährt fort*: „Sie hat noch mehr getan; – –"

MELLEFONT: Ich bebe – –

NORTON: „Sie hat mich Ihnen nachgebracht. – –"

MELLEFONT: Verräter, was liest du? *Er reißt ihm den Brief aus der Hand und liest selbst*: „Sie hat mich Ihnen – nachgebracht. – Ich bin hier; und es stehet bei Ihnen –, ob Sie meinen Besuch erwarten – oder mir mit dem Ihrigen – zuvorkommen wollen. Marwood." – Was für ein Donnerschlag! Sie ist hier? – Wo ist sie? Diese Frechheit soll sie mit dem Leben büßen.

NORTON: Mit dem Leben? Es wird ihr einen Blick kosten, und Sie liegen wieder zu ihren Füßen. Bedenken Sie was Sie tun! Sie müssen Sie nicht sprechen, oder das Unglück Ihrer armen Miß ist vollkommen.

MELLEFONT: Ich Unglücklicher! – Nein, ich muß sie sprechen. Sie würde mich bis in dem Zimmer der Sara suchen, und alle ihre Wut gegen diese Unschuldige auslassen.

NORTON: Aber, mein Herr – –

MELLEFONT: Sage nichts! – Laß sehen, *Indem er in den Brief sieht.* ob sie ihre Wohnung angezeigt hat. Hier ist sie. Komm, führe mich.

Sie gehen ab.

Ende des ersten Aufzugs.

ZWEITER AUFZUG

Erster Auftritt

Der Schauplatz stellt das Zimmer der Marwood vor, in einem andern Gasthofe.

Marwood *im Negligé*. Hannah.

MARWOOD: Belford hat den Brief doch richtig eingehändiget, Hannah?

HANNAH: Richtig.

MARWOOD: Ihm selbst?

HANNAH: Seinem Bedienten.

MARWOOD: Kaum kann ich es erwarten, was er für Wirkung haben wird. – Scheine ich dir nicht ein wenig unruhig, Hannah? Ich bin es auch. – Der Verräter! Doch gemach! Zornig muß ich durchaus nicht werden. Nachsicht, Liebe, Bitten, sind die einzigen Waffen, die ich wider ihn brauchen darf, wo ich anders seine schwache Seite recht kenne.

HANNAH: Wenn er sich aber dagegen verhärten sollte? –

MARWOOD: Wenn er sich dagegen verhärten sollte? So werde ich nicht zürnen – ich werde rasen. Ich fühle es, Hannah; und wollte es lieber schon itzt.

HANNAH: Fassen Sie sich ja. Er kann vielleicht den Augenblick kommen.

MARWOOD: Wo er nur gar kömmt! Wo er sich nur nicht entschlossen hat, mich festes Fußes bei sich zu erwarten! – Aber weißt du, Hannah, worauf ich noch meine meiste Hoffnung gründe, den Ungetreuen von dem neuen Gegenstande seiner Liebe abzuziehen? Auf unsere Bella.

HANNAH: Es ist wahr; sie ist sein kleiner Abgott; und der Einfall, sie mitzunehmen, hätte nicht glücklicher sein können.

MARWOOD: Wenn sein Herz auch gegen die Sprache einer alten Liebe taub ist; so wird ihm doch die Sprache des Bluts vernehmlich sein. Er riß das Kind vor einiger Zeit aus meinen Armen, unter dem Vorwande, ihm eine Art von Erziehung geben zu lassen, die es bei mir nicht haben könne. Ich habe es von der Dame, die es unter ihrer Aufsicht hatte, itzt nicht anders als durch List wiederbekommen können; er hatte auf mehr als ein Jahr vorausbezahlt, und noch den Tag vor seiner Flucht ausdrücklich befohlen, eine gewisse Marwood, die vielleicht kommen und sich für die Mutter des Kindes ausgeben würde, durchaus nicht vorzulassen. Aus diesem Befehle erkenne ich den Unterschied, den er zwischen uns beiden macht. Arabellen sieht er als einen kostbaren Teil seiner selbst an, und mich als eine Elende, die ihn mit allen ihren Reizen, bis zum Überdrusse, gesättiget hat.

HANNAH: Welcher Undank!

MARWOOD: Ach Hannah, nichts zieht den Undank so unausbleiblich nach sich, als Gefälligkeiten, für die kein Dank zu groß wäre. Warum habe ich sie ihm erzeigt, diese unseligen Gefälligkeiten? Hätte ich es nicht voraussehen sollen, daß sie ihren Wert nicht immer bei ihm behalten könnten? Daß ihr

Wert auf der Schwierigkeit des Genusses beruhe, und daß er mit derjenigen Anmut verschwinden müsse, welche die Hand der Zeit unmerklich, aber gewiß, aus unsern Gesichtern verlöscht?

HANNAH: Oh, Madame, von dieser gefährlichen Hand haben Sie noch lange nichts zu befürchten. Ich finde, daß Ihre Schönheit den Punkt ihrer prächtigsten Blüte so wenig überschritten hat, daß sie vielmehr erst darauf losgeht, und Ihnen alle Tage neue Herzen fesseln würde, wenn Sie ihr nur Vollmacht dazu geben wollten.

MARWOOD: Schweig, Hannah! Du schmeichelst mir bei einer Gelegenheit, die mir alle Schmeichelei verdächtig macht. Es ist Unsinn von neuen Eroberungen zu sprechen, wenn man nicht einmal Kräfte genug hat, sich im Besitze der schon gemachten zu erhalten.

Zweiter Auftritt

Ein Bedienter. Marwood. Hannah.

DER BEDIENTE: Madame, man will die Ehre haben, mit Ihnen zu sprechen.

MARWOOD: Wer?

DER BEDIENTE: Ich vermute, daß es eben der Herr ist, an welchen der vorige Brief überschrieben war. Wenigstens ist der Bediente bei ihm, der mir ihn abgenommen hat.

MARWOOD: Mellefont! – Geschwind, führe ihn herauf! *Der Bediente geht ab.* Ach Hannah, nun ist er da! Wie soll ich ihn empfangen? Was soll ich sagen? Welche Miene soll ich annehmen? Ist diese ruhig genug? Sieh doch!

HANNAH: Nichts weniger als ruhig.

MARWOOD: Aber diese?

HANNAH: Geben Sie ihr noch mehr Anmut.

MARWOOD: Etwa so?

HANNAH: Zu traurig!

MARWOOD: Sollte mir dieses Lächeln lassen?

HANNAH: Vollkommen! Aber nur freier – Er kömmt.

Dritter Auftritt

Mellefont. Marwood. Hannah.

MELLEFONT *der mit einer wilden Stellung hereintritt*: Ha! Marwood –

MARWOOD *die ihm mit offnen Armen lächelnd entgegenrennt*: Ach Mellefont –

MELLEFONT *beiseite*: Die Mörderin, was für ein Blick!

MARWOOD: Ich muß Sie umarmen, treuloser, lieber Flüchtling! – Teilen Sie doch meine Freude! – Warum entreißen Sie sich meinen Liebkosungen?

MELLEFONT: Marwood, ich vermutete, daß Sie mich anders empfangen würden.

MARWOOD: Warum anders? Mit mehr Liebe vielleicht? mit mehr Entzücken? Ach ich Unglückliche, daß ich weniger ausdrücken kann, als ich fühle! – Sehen Sie, Mellefont, sehen Sie, daß auch die Freude ihre Tränen hat? Hier rollen sie, diese Kinder der süßesten Wollust! – Aber ach, verlorne Tränen! seine Hand trocknet euch nicht ab.

MELLEFONT: Marwood, die Zeit ist vorbei, da mich solche Reden bezaubert hätten. Sie müssen itzt in einem andern Tone mit mir sprechen. Ich komme her, Ihre letzten Vorwürfe anzuhören, und darauf zu antworten.

MARWOOD: Vorwürfe? Was hätte ich Ihnen für Vorwürfe zu machen, Mellefont? Keine.

MELLEFONT: So hätten Sie, sollt ich meinen, Ihren Weg ersparen können.

MARWOOD: Liebste wunderliche Seele, warum wollen Sie mich nun mit Gewalt zwingen, einer Kleinigkeit zu gedenken, die ich Ihnen in ebendem Augenblicke vergab, in welchem ich sie erfuhr? Eine kurze Untreue, die mir Ihre Galanterie, aber nicht Ihr Herz spielet, verdient diese Vorwürfe? Kommen Sie, lassen Sie uns darüber scherzen.

MELLEFONT: Sie irren sich; mein Herz hat mehr Anteil daran, als es jemals an allen unsern Liebeshändeln gehabt hat, auf die ich itzt nicht ohne Abscheu zurücksehen kann.

MARWOOD: Ihr Herz, Mellefont, ist ein gutes Närrchen. Es läßt sich alles bereden, was Ihrer Einbildung ihm zu bereden einfällt. Glauben Sie mir doch, ich kenne es besser, als Sie. Wenn es nicht das beste, das getreuste Herz wäre, würde ich mir wohl so viel Mühe geben, es zu behalten?

MELLEFONT: Zu behalten? Sie haben es niemals besessen, sage ich Ihnen.

MARWOOD: Und ich sage Ihnen; ich besitze es im Grunde noch.

MELLEFONT: Marwood, wenn ich wüßte daß Sie auch nur noch eine Faser davon besäßen, so wollte ich es mir selbst, hier vor Ihren Augen, aus meinem Leibe reißen.

MARWOOD: Sie würden sehen, daß Sie meines zugleich herausrissen. Und dann, dann würden diese herausgerissenen Herzen endlich zu der Vereinigung gelangen, die sie so oft auf unsern Lippen gesucht haben.

MELLEFONT *beiseite*: Was für eine Schlange! Hier wird das beste sein, zu fliehen. – Sagen Sie mir es nur kurz, Marwood, warum Sie mir nachgekommen sind? Was Sie noch von mir verlangen? Aber sagen Sie es nur ohne dieses Lächeln, ohne diesen Blick, aus welchem mich eine ganze Hölle von Verführung schreckt.

MARWOOD *vertraulich*: Höre nur, mein lieber Mellefont; ich merke wohl, wie es itzt mit dir steht. Deine Begierden und dein Geschmack sind itzt deine Tyrannen. Laß es gut sein; man muß sie austoben lassen. Sich ihnen widersetzen, ist Torheit. Sie werden am sichersten eingeschläfert, und endlich gar überwunden, wenn man ihnen freies Feld läßt. Sie reiben sich selbst auf. Kannst du mir nachsagen, kleiner Flattergeist, daß ich jemals eifersüchtig gewesen wäre, wenn stärkere Reize, als die meinigen, dich mir auf eine Zeitlang abspenstig machten? Ich gönnte dir ja allezeit diese Veränderung, bei der ich immer mehr gewann, als verlor. Du kehrtest mit neuem Feuer, mit neuer Inbrunst in meine Arme zurück in die ich dich nur als in leichte Bande, und nie als in schwere Fesseln schloß. Bin ich nicht oft selbst deine Vertraute gewesen, wenn du mir auch schon nichts zu vertrauen hattest, als die Gunstbezeigungen, die du mir entwandtest, um sie gegen andre zu verschwenden? Warum glaubst du denn, daß ich itzt einen Eigensinn gegen dich zu zeigen anfangen würde, zu welchem ich nun eben berechtiget zu sein aufhöre, oder – vielleicht schon aufgehört habe? Wenn deine Hitze gegen das schöne Landmädchen noch nicht verraucht ist; wenn du noch in dem ersten Fieber deiner Liebe gegen sie bist; wenn du ihren Genuß noch nicht entbehren kannst: wer hindert dich denn, ihr so lange ergeben zu sein, als du es für gut befindest? Mußt du deswegen so unbesonnene Anschläge machen, und mit ihr aus dem Reiche fliehen wollen?

MELLEFONT: Marwood, Sie reden vollkommen Ihrem Charakter gemäß, dessen Häßlichkeit ich nie so gekannt habe, als seitdem ich, in dem Umgange mit einer tugendhaften Freundin, die Liebe von der Wollust unterscheiden gelernt.

MARWOOD: Ei sieh doch! Deine neue Gebieterin ist also wohl gar ein Mädchen von schönen sittlichen Empfindungen? Ihr Mannspersonen müßt doch selbst nicht wissen, was ihr wollt. Bald sind es die schlüpfrigsten Reden, die buhlerhaftesten Scherze, die euch an uns gefallen; und bald entzücken wir euch, wenn wir nichts als Tugend reden, und alle sieben Weisen auf unserer Zunge zu haben scheinen. Das schlimmste aber ist, daß ihr das eine sowohl als das andre überdrüssig werdet. Wir mögen närrisch oder vernünftig, weltlich oder geistlich gesinnet sein: wir verlieren unsere Mühe, euch beständig zu machen, ein Mal wie das andre. Du wirst an deine schöne Heilige die Reihe Zeit genug kommen lassen. Soll ich wohl einen kleinen Überschlag machen? Nun eben bist du im heftigsten Paroxysmo mit ihr: und diesem geb ich noch zwei, aufs längste drei Tage. Hierauf wird eine ziemlich geruhige Liebe folgen: der geb ich acht Tage. Die andern acht Tage wirst du nur gelegentlich an diese Liebe denken. Die dritten wirst du dich daran erinnern lassen: und wann du dieses Erinnern satt hast, so wirst du dich zu der äußersten Gleichgültigkeit so schnell gebracht sehen, daß ich kaum die vierten acht Tage auf diese letzte Veränderung rechnen darf – Das wäre nun ungefähr ein Monat. Und diesen Monat, Mellefont, will ich dir noch mit dem größten Vergnügen nachsehen; nur wirst du erlauben, daß ich dich nicht aus dem Gesichte verlieren darf.

MELLEFONT: Vergebens, Marwood, suchen Sie alle Waffen hervor, mit welchen Sie sich erinnern, gegen mich sonst glücklich gewesen zu sein. Ein tugendhafter Entschluß sichert mich gegen Ihre Zärtlichkeit und gegen Ihren Witz. Gleichwohl will ich mich beiden nicht länger aussetzen. Ich gehe, und habe Ihnen weiter nichts mehr zu sagen, als daß Sie mich in wenig Tagen auf eine Art sollen gebunden wissen, die Ihnen alle Hoffnung auf meine Rückkehr in Ihre lasterhafte Sklaverei vernichten wird. Meine Rechtfertigung werden

Sie genugsam aus dem Briefe ersehen haben, den ich Ihnen vor meiner Abreise zustellen lassen.

MARWOOD: Gut, daß Sie dieses Briefes gedenken. Sagen Sie mir, von wem hatten Sie ihn schreiben lassen?

MELLEFONT: Hatte ich ihn nicht selbst geschrieben?

MARWOOD: Unmöglich! Den Anfang desselben, in welchen Sie mir, ich weiß nicht was für Summen vorrechneten, die Sie mit mir wollen verschwendet haben, mußte ein Gastwirt, so wie den übrigen theologischen Rest ein Quäker geschrieben haben. Demungeachtet will ich Ihnen itzt ernstlich darauf antworten. Was den vornehmsten Punkt anbelangt, so wissen Sie wohl, daß alle die Geschenke, welche Sie mir gemacht haben, noch da sind. Ich habe Ihre Bankozettel, Ihre Juwelen, nie als mein Eigentum angesehen, und itzt alles mitgebracht, um es wieder in diejenigen Hände zu liefern, die mir es anvertrauet hatten.

MELLEFONT: Behalten Sie alles, Marwood.

MARWOOD: Ich will nichts davon behalten. Was hätte ich ohne Ihre Person für ein Recht darauf? Wenn Sie mich auch nicht mehr lieben, so müssen Sie mir doch die Gerechtigkeit widerfahren lassen, und mich für keine von den feilen Buhlerinnen halten, denen es gleichviel ist, von wessen Beute sie sich bereichern. Kommen Sie nur, Mellefont, Sie sollen den Augenblick wieder so reich sein, als Sie vielleicht ohne meine Bekanntschaft geblieben wären; und vielleicht auch nicht.

MELLEFONT: Welcher Geist, der mein Verderben geschworen hat, redet itzt aus Ihnen? Eine wollüstige Marwood denkt so edel nicht.

MARWOOD: Nennen Sie das edel? Ich nenne es weiter nichts, als billig. Nein, mein Herr, nein; ich verlange nicht, daß Sie mir diese Wiedererstattung als etwas Besonders anrechnen sollen. Sie kostet mich nichts; und auch den geringsten Dank, den Sie mir dafür sagen wollten, würde ich für eine Beschimpfung halten, weil er doch keinen andern Sinn als diesen haben könnte: „Marwood, ich hielt Euch für eine niederträchtige Betriegerin; ich bedanke mich, daß Ihr es wenigstens gegen mich nicht sein wollt."

MELLEFONT: Genug, Madame, genug! Ich fliehe, weil mich mein Unstern in einen Streit von Großmut zu verwickeln drohet, in welchem ich am ungernsten unterliegen möchte.

MARWOOD: Fliehen Sie nur; aber nehmen Sie auch alles mit, was Ihr Andenken bei mir erneuern könnte. Arm, verachtet, ohne Ehre und ohne Freunde, will ich es alsdann noch einmal wagen, Ihr Erbarmen rege zu machen. Ich will Ihnen in der unglücklichen Marwood nichts als eine Elende zeigen, die Geschlecht, Ansehen, Tugend und Gewissen für Sie aufgeopfert hat. Ich will Sie an den ersten Tag erinnern, da Sie mich sahen und liebten; an den ersten Tag, da auch ich Sie sahe und liebte; an das erste stammelnde, schamhafte Bekenntnis, das Sie mir zu meinen Füßen von Ihrer Liebe ablegten; an die erste Versicherung von Gegenliebe, die Sie mir auspreßten; an die zärtlichen Blicke, an die feurigen Umarmungen, die darauf folgten; an das beredte Stillschweigen, wenn wir mit beschäftigten Sinnen einer des andern geheimste Regungen errieten, und in den schmachtenden Augen die verborgensten Gedanken der Seele lasen; an das zitternde Erwarten der nahenden Wollust; an die Trunkenheit ihrer Freuden; an das süße Erstarren nach der Fülle des Genusses, in welchem sich die ermatteten Geister zu neuen Entzückungen erholten. An alles dieses will ich Sie erinnern, und dann Ihre Kniee umfassen, und nicht aufhören um das einzige Geschenk zu bitten, das Sie mir nicht versagen können, und ich ohne zu erröten annehmen darf – um den Tod von Ihren Händen.

MELLEFONT: Grausame! noch wollte ich selbst mein Leben für Sie hingeben. Fordern Sie es; fordern Sie es; nur auf meine Liebe machen Sie weiter keinen Anspruch. Ich muß Sie verlassen, Marwood, oder mich zu einem Abscheu der ganzen Natur machen. Ich bin schon strafbar, daß ich nur hier stehe, und Sie anhöre. Leben Sie wohl! leben Sie wohl!

MARWOOD *die ihn zurückhält*: Sie müssen mich verlassen? Und was wollen Sie denn, das aus mir werde? So wie ich itzt bin, bin ich Ihr Geschöpf; tun Sie also, was einem Schöpfer zukömmt; er darf die Hand von seinem Werke nicht eher abziehn, als bis er es gänzlich vernichten will. – Ach, Hannah, ich sehe wohl, meine Bitten allein sind zu schwach. Geh, bringe meinen Vorsprecher her, der mir vielleicht itzt auf einmal mehr wiedergeben wird, als er von mir erhalten hat.

Hannah geht ab.

MELLEFONT: Was für einen Vorsprecher, Marwood?

MARWOOD: Ach, einen Vorsprecher, dessen Sie mich nur

allzugern beraubet hätten. Die Natur wird seine Klagen auf einem kürzern Wege zu Ihren Herzen bringen – –

MELLEFONT: Ich erschrecke. Sie werden doch nicht – –

Vierter Auftritt

Arabella. Hannah. Mellefont. Marwood.

MELLEFONT: Was seh ich? Sie ist es! – Marwood, wie haben Sie sich unterstehen können – –

MARWOOD: Soll ich umsonst Mutter sein? – Komm, meine Bella, komm; sieh hier deinen Beschützer wieder, deinen Freund, deinen – Ach! das Herz mag es ihm sagen, was er noch mehr, als dein Beschützer, als dein Freund sein kann.

MELLEFONT *mit abgewandtem Gesichte*: Gott! wie wird es mir hier ergehen?

ARABELLA *indem sie ihm furchtsam näher tritt*: Ach, mein Herr! Sind Sie es? Sind Sie unser Mellefont? – Nein doch, Madame, er ist es nicht. – Würde er mich nicht ansehen, wenn er es wäre? Würde er mich nicht in seine Arme schließen? Er hat es ja sonst getan. Ich unglückliches Kind! Womit hätte ich ihn denn erzürnt, diesen Mann, diesen liebsten Mann, der mir erlaubte, mich seine Tochter zu nennen?

MARWOOD: Sie schweigen, Mellefont? Sie gönnen der Unschuldigen keinen Blick?

MELLEFONT: Ach! – –

ARABELLA: Er seufzet ja, Madame. Was fehlt ihm? Können wir ihm nicht helfen? Ich nicht? Sie auch nicht? So lassen Sie uns doch mit ihm seufzen. – Ach, nun sieht er mich an! – Nein, er sieht wieder weg! Er sieht gen Himmel! Was wünscht er? Was bittet er vom Himmel? Möchte er ihm doch alles gewähren, wenn er mir auch alles dafür versagte!

MARWOOD: Geh, mein Kind, geh; fall ihm zu Füßen. Er will uns verlassen; er will uns auf ewig verlassen.

ARABELLA *die vor ihm niederfällt*: Hier liege ich schon. Sie uns verlassen? Sie uns auf ewig verlassen? War es nicht schon eine kleine Ewigkeit, die wir Sie jetzt vermißt haben? Wir sollen Sie wieder vermissen? Sie haben ja so oft gesagt, daß Sie uns liebten. Verläßt man denn die, die man liebt? So muß ich Sie wohl nicht lieben: denn ich wünschte Sie nie zu verlassen. Nie; und will Sie auch nie verlassen.

MARWOOD: Ich will dir bitten helfen, mein Kind; hilf nur auch mir – Nun, Mellefont, sehen Sie auch mich zu Ihren Füßen – –

MELLEFONT *hält sie zurück, indem sie sich niederwerfen will*: Marwood, gefährliche Marwood – Und auch du, meine liebste Bella, *Hebt sie auf.* auch du bist wider deinen Mellefont?

ARABELLA: Ich wider Sie?

MARWOOD: Was beschließen Sie, Mellefont?

MELLEFONT: Was ich nicht sollte, Marwood; was ich nicht sollte.

MARWOOD *die ihn umarmt*: Ach, ich weiß es ja, daß die Redlichkeit Ihres Herzens allezeit über den Eigensinn Ihrer Begierden gesiegt hat.

MELLEFONT: Bestürmen Sie mich nicht weiter. Ich bin schon, was Sie aus mir machen wollen: ein Meineidiger, ein Verführer, ein Räuber, ein Mörder.

MARWOOD: Itzt werden Sie es einige Tage in Ihrer Einbildung sein, und hernach werden Sie erkennen, daß ich Sie abgehalten habe, es wirklich zu werden. Machen Sie nur, und kehren Sie wieder mit uns zurück.

ARABELLA *schmeichelnd*: O ja! tun Sie dieses.

MELLEFONT: Mit euch zurückkehren? Kann ich denn?

MARWOOD: Nichts ist leichter, wenn Sie nur wollen.

MELLEFONT: Und meine Miß – –

MARWOOD: Und Ihre Miß mag sehen, wo sie bleibt! – –

MELLEFONT: Ha! barbarische Marwood, diese Rede ließ mich bis auf den Grund Ihres Herzens sehen – – Und ich Verruchter gehe doch nicht wieder in mich?

MARWOOD: Wenn Sie bis auf den Grund meines Herzens gesehen hätten, so würden Sie entdeckt haben, daß es mehr wahres Erbarmen gegen Ihre Miß fühlt, als Sie selbst. Ich sage, wahres Erbarmen: denn das Ihre ist ein eigennütziges, weichherziges Erbarmen. Sie haben überhaupt diesen Liebeshandel viel zu weit getrieben. Daß Sie, als ein Mann, der bei einem langen Umgange mit unserm Geschlechte, in der Kunst zu verführen ausgelernt hatte, gegen ein so junges Frauenzimmer sich Ihre Überlegenheit an Verstellung und Erfahrung zunutze machten und nicht eher ruhten, als bis Sie Ihren Zweck erreichten: das möchte noch hingehen; Sie können sich mit der Heftigkeit Ihrer Leidenschaft entschuldigen. Allein, daß Sie einem alten Vater sein einziges Kind raubten; daß Sie einem rechtschaffnen Greise die wenigen

Schritte zu seinem Grabe noch so schwer und bitter machten; daß Sie, Ihrer Lust wegen, die stärksten Banden der Natur trennten: das, Mellefont, das können Sie nicht verantworten. Machen Sie also Ihren Fehler wieder gut, soweit es möglich ist, ihn gutzumachen. Geben Sie dem weinenden Alter seine Stütze wieder, und schicken Sie eine leichtgläubige Tochter in ihr Haus zurück, das Sie deswegen, weil Sie es beschimpft haben, nicht auch öde machen müssen.

MELLEFONT: Das fehlte noch, daß Sie auch mein Gewissen wider mich zu Hülfe riefen! Aber gesetzt, es wäre billig, was Sie sagen; müßte ich nicht eine eiserne Stirne haben, wenn ich es der unglücklichen Miß selbst vorschlagen sollte?

MARWOOD: Nunmehr will ich es Ihnen gestehen, daß ich schon im voraus bedacht gewesen bin, Ihnen diese Verwirrung zu ersparen. Sobald ich Ihren Aufenthalt erfuhr, habe ich auch dem alten Sampson unter der Hand Nachricht davon geben lassen. Er ist vor Freuden darüber ganz außer sich gewesen, und hat sich sogleich auf den Weg machen wollen. Ich wundre mich, daß er noch nicht hier ist.

MELLEFONT: Was sagen Sie?

MARWOOD: Erwarten Sie nur ruhig seine Ankunft; und lassen sich gegen die Miß nichts merken. Ich will Sie selbst jetzt nicht länger aufhalten. Gehen Sie wieder zu ihr; sie möchte Verdacht bekommen. Doch versprech ich mir, Sie heute noch einmal zu sehen.

MELLEFONT: O Marwood, mit was für Gesinnungen kam ich zu Ihnen, und mit welchen muß ich Sie verlassen! Einen Kuß, meine liebe Bella – –

ARABELLA: Der war für Sie; aber nun einen für mich. Kommen Sie nur ja bald wieder; ich bitte.

Mellefont geht ab.

Fünfter Auftritt

Marwood. Arabella. Hannah.

MARWOOD *nachdem sie tief Atem geholt*: Sieg, Hannah! aber ein saurer Sieg! – Gib mir einen Stuhl; ich fühle mich ganz abgemattet – *Sie setzt sich.* Eben war es die höchste Zeit, als er sich ergab; noch einen Augenblick hätte er anstehen dürfen, so würde ich ihm eine ganz andre Marwood gezeigt haben.

HANNAH: Ach, Madame, was sind Sie für eine Frau! Den möchte ich doch sehn, der Ihnen widerstehen könnte.

MARWOOD: Er hat mir schon zu lange widerstanden. Und gewiß, gewiß, ich will es ihm nicht vergeben, daß ich ihm fast zu Fuße gefallen wäre.

ARABELLA: O nein! Sie müssen ihm alles vergeben. Er ist ja so gut, so gut – –

MARWOOD: Schweig, kleine Närrin!

HANNAH: Auf welcher Seite wußten Sie ihn nicht zu fassen! Aber nichts, glaube ich, rührte ihn mehr, als die Uneigennützigkeit, mit welcher Sie sich erboten, alle von ihm erhaltenen Geschenke zurückzugeben.

MARWOOD: Ich glaube es auch. Ha! ha! *Verächtlich.*

HANNAH: Warum lachen Sie, Madame? Wenn es nicht Ihr Ernst war, so wagten Sie in der Tat sehr viel. Gesetzt, er hätte Sie bei Ihrem Worte gefaßt?

MARWOOD: O geh! man muß wissen, wen man vor sich hat.

HANNAH: Nun das gesteh ich! Aber auch Sie, meine schöne Bella, haben Ihre Sache vortrefflich gemacht; vortrefflich!

ARABELLA: Warum das? Konnte ich sie denn anders machen? Ich hatte ihn ja so lange nicht gesehen. Sie sind doch nicht böse, Madame, daß ich ihn so liebhabe? Ich habe Sie so lieb, wie ihn; ebenso lieb.

MARWOOD: Schon gut; dasmal will ich dir verzeihen, daß du mich nicht lieber hast als ihn.

ARABELLA: Dasmal? *Schluchzend.*

MARWOOD: Du weinst ja wohl gar? Warum denn?

ARABELLA: Ach nein! ich weine nicht. Werden Sie nur nicht ungehalten. Ich will Sie ja gern alle beide so lieb, so lieb haben, daß ich unmöglich, weder Sie noch ihn, lieber haben kann.

MARWOOD: Je nun ja!

ARABELLA: Ich bin recht unglücklich – –

MARWOOD: Sei doch nur stille – Aber was ist das?

Sechster Auftritt

Mellefont. Marwood. Arabella. Hannah.

MARWOOD: Warum kommen Sie schon wieder, Mellefont? *Sie steht auf.*

MELLEFONT *hitzig*: Weil ich mehr nicht, als einige Augenblicke nötig hatte, wieder zu mir selbst zu kommen.

MARWOOD: Nun?

MELLEFONT: Ich war betäubt, Marwood, aber nicht bewegt. Sie haben alle Ihre Mühe verloren; eine andre Luft, als diese ansteckende Luft Ihres Zimmers, gab mir Mut und Kräfte wieder, meinen Fuß aus dieser gefährlichen Schlinge noch zeitig genug zu ziehen. Waren mir Nichtswürdigem die Ränke einer Marwood noch nicht bekannt genug?

MARWOOD *hastig*: Was ist das wieder für eine Sprache?

MELLEFONT: Die Sprache der Wahrheit und des Unwillens.

MARWOOD: Nur gemach, Mellefont, oder auch ich werde diese Sprache sprechen.

MELLEFONT: Ich komme nur zurück, Sie keinen Augenblick länger in einem Irrtume von mir stecken zu lassen, der mich, selbst in Ihren Augen verächtlich machen muß.

ARABELLA *furchtsam*: Ach! Hannah –

MELLEFONT: Sehen Sie mich nur so wütend an, als Sie wollen. Je wütender, je besser. War es möglich, daß ich zwischen einer Marwood und einer Sara nur einen Augenblick unentschlüssig bleiben konnte? Und daß ich mich fast für die erstere entschlossen hätte?

ARABELLA: Ach Mellefont! – –

MELLEFONT: Zittern Sie nicht, Bella. Auch für Sie bin ich mit zurückgekommen. Geben Sie mir die Hand, und folgen Sie mir nur getrost.

MARWOOD *die beide zurückhält*: Wem soll sie folgen, Verräter?

MELLEFONT: Ihrem Vater.

MARWOOD: Geh, Elender; und lern erst ihre Mutter kennen.

MELLEFONT: Ich kenne sie. Sie ist die Schande ihres Geschlechts – –

MARWOOD: Führe sie weg, Hannah!

MELLEFONT. Bleiben Sie, Bella. *Indem er sie zurückhalten will.*

MARWOOD: Nur keine Gewalt, Mellefont, oder – –

Hannah und Arabella gehen ab.

Siebenter Auftritt

Mellefont. Marwood.

MARWOOD: Nun sind wir allein. Nun sagen Sie es noch einmal, ob Sie fest entschlossen sind, mich einer jungen Närrin aufzuopfern?

MELLEFONT *bitter*: Aufzuopfern? Sie machen, daß ich mich hier erinnere, daß den alten Göttern auch sehr unreine Tiere geopfert wurden.

MARWOOD *spöttisch*: Drücken Sie sich ohne so gelehrte Anspielungen aus.

MELLEFONT: So sage ich Ihnen, daß ich fest entschlossen bin, nie wieder ohne die schrecklichsten Verwünschungen an Sie zu denken. Wer sind Sie? und wer ist Sara? Sie sind eine wollüstige, eigennützige, schändliche Buhlerin, die sich itzt kaum mehr muß erinnern können, einmal unschuldig gewesen zu sein. Ich habe mir mit Ihnen nichts vorzuwerfen, als daß ich dasjenige genossen, was Sie ohne mich vielleicht die ganze Welt hätten genießen lassen. Sie haben mich gesucht, nicht ich Sie; und wenn ich nunmehr weiß, wer Marwood ist, so kömmt mir diese Kenntnis teuer genug zu stehen. Sie kostet mir mein Vermögen, meine Ehre, mein Glück – –

MARWOOD: Und so wollte ich, daß sie dir auch deine Seligkeit kosten müßte! Ungeheuer! Ist der Teufel ärger als du, der schwache Menschen zu Verbrechen reizet, und sie, dieser Verbrechen wegen, die sein Werk sind, hernach selbst anklagt? Was geht dich meine Unschuld an, wann und wie ich sie verloren habe? Habe ich dir meine Tugend nicht preisgeben können, so habe ich doch meinen guten Namen für dich in die Schanze geschlagen. Jene ist nichts kostbarer, als dieser. Was sage ich? kostbarer? Sie ist ohne ihn ein albernes Hirngespinst, das weder ruhig noch glücklich macht. Er allein gibt ihr noch einigen Wert, und kann vollkommen ohne sie bestehen. Mochte ich doch sein, wer ich wollte, ehe ich dich, Scheusal, kennenlernte; genug, daß ich in den Augen der Welt für ein Frauenzimmer ohne Tadel galt. Durch dich nur hat sie es erfahren, daß ich es nicht sei; durch meine Bereitwilligkeit bloß, dein Herz, wie ich damals glaubte, ohne deine Hand anzunehmen.

MELLEFONT: Ebendiese Bereitwilligkeit verdammt dich, Niederträchtige.

MARWOOD: Erinnerst du dich aber, welchen nichtswürdigen Kunstgriffen du sie zu verdanken hattest? Ward ich nicht von dir beredt, daß du dich in keine öffentliche Verbindung einlassen könntest, ohne einer Erbschaft verlustig zu werden, deren Genuß du mit niemand, als mit mir teilen wolltest? Ist es nun Zeit ihrer zu entsagen? Und ihrer für eine andre, als für mich zu entsagen?

MELLEFONT: Es ist mir eine wahre Wollust, Ihnen melden zu können, daß diese Schwierigkeit nunmehr bald wird gehoben sein. Begnügen Sie sich also nur, mich um mein väterliches Erbteil gebracht zu haben, und lassen mich, ein weit geringeres mit einer würdigern Gattin genießen.

MARWOOD: Ha! nun seh ich's, was dich eigentlich so trotzig macht. Wohl, ich will kein Wort mehr verlieren. Es sei darum! Rechne darauf, daß ich alles anwenden will, dich zu vergessen. Und das erste, was ich in dieser Absicht tun werde, soll dieses sein – Du wirst mich verstehen! Zittre für deine Bella! Ihr Leben soll das Andenken meiner verachteten Liebe auf die Nachwelt nicht bringen; meine Grausamkeit soll es tun. Sieh in mir eine neue Medea!

MELLEFONT *erschrocken*: Marwood – –

MARWOOD: Oder wenn du noch eine grausamere Mutter weißt, so sieh sie gedoppelt in mir! Gift und Dolch sollen mich rächen. Doch nein, Gift und Dolch sind zu barmherzige Werkzeuge! Sie würden dein und mein Kind zu bald töten. Ich will es nicht gestorben sehen; sterben will ich es sehen! Durch langsame Martern will ich in seinem Gesichte jeden ähnlichen Zug, den es von dir hat, sich verstellen, verzerren und verschwinden sehen. Ich will mit begieriger Hand Glied von Glied, Ader von Ader, Nerve von Nerve lösen, und das kleinste derselben auch da noch nicht aufhören zu schneiden und zu brennen, wenn es schon nichts mehr sein wird, als ein empfindungsloses Aas. Ich – ich werde wenigstens dabei empfinden, wie süß die Rache sei!

MELLEFONT: Sie rasen, Marwood – –

MARWOOD: Du erinnerst mich, daß ich nicht gegen den Rechten rase. Der Vater muß voran! Er muß schon in jener Welt sein, wenn der Geist seiner Tochter unter tausend Seufzern ihm nachzieht. – *Sie geht mit einem Dolche, den sie aus dem Busen reißt, auf ihn los.* Drum stirb, Verräter!

MELLEFONT *der ihr in den Arm fällt, und den Dolch entreißt*:

Unsinniges Weibsbild! – Was hindert mich nun, den Stahl wider dich zu kehren? Doch lebe, und deine Strafe müsse einer ehrlosen Hand aufgehoben sein!

MARWOOD *mit gerungenen Händen*: Himmel, was hab ich getan? Mellefont – –

MELLEFONT: Deine Reue soll mich nicht hintergehen! Ich weiß es doch wohl, was dich reuet; nicht daß du den Stoß tun wollen, sondern daß du ihn nicht tun können.

MARWOOD: Geben Sie mir ihn wieder, den verirrten Stahl! geben Sie mir ihn wieder! und Sie sollen es gleich sehen, für wen er geschliffen ward. Für diese Brust allein, die schon längst einem Herzen zu enge ist, das eher dem Leben als Ihrer Liebe entsagen will.

MELLEFONT: Hannah! – –

MARWOOD: Was wollen Sie tun, Mellefont?

Achter Auftritt

Hannah *erschrocken*. Marwood. Mellefont.

MELLEFONT: Hast du es gehört, Hannah, welche Furie deine Gebieterin ist? Wisse, daß ich Arabellen von deinen Händen fodern werde.

HANNAH: Ach Madame, wie sind Sie außer sich!

MELLEFONT: Ich will das unschuldige Kind bald in völlige Sicherheit bringen. Die Gerechtigkeit wird einer so grausamen Mutter die mördrischen Hände schon zu binden wissen. *Er will gehen*.

MARWOOD: Wohin, Mellefont? Ist es zu verwundern, daß die Heftigkeit meines Schmerzes mich des Verstandes nicht mächtig ließ? Wer bringt mich zu so unnatürlichen Ausschweifungen? Sind Sie es nicht selbst? Wo kann Bella sicherer sein, als bei mir? Mein Mund tobet wider sie, und mein Herz bleibt doch immer das Herz einer Mutter. Ach, Mellefont! vergessen Sie meine Raserei, und denken, zu ihrer Entschuldigung, nur an die Ursache derselben.

MELLEFONT: Es ist nur ein Mittel, welches mich bewegen kann, sie zu vergessen.

MARWOOD: Welches?

MELLEFONT: Wenn Sie den Augenblick nach London zurückkehren. Arabellen will ich in einer andern Begleitung wieder dahin bringen lassen. Sie müssen durchaus ferner mit ihr nichts zu tun haben.

MARWOOD: Gut, ich lasse mir alles gefallen; aber eine einzige Bitte gewähren Sie mir noch. Lassen Sie mich Ihre Sara wenigstens einmal sehen.

MELLEFONT: Und wozu?

MARWOOD: Um in ihren Blicken mein ganzes künftiges Schicksal zu lesen. Ich will selbst urteilen, ob sie einer Untreue, wie Sie an mir begehen, würdig ist; und ob ich Hoffnung haben kann, wenigstens einmal einen Anteil an Ihrer Liebe wiederzubekommen.

MELLEFONT: Nichtige Hoffnung!

MARWOOD: Wer ist so grausam, daß er einer Elenden auch nicht einmal die Hoffnung gönnen wollte? Ich will mich ihr nicht als Marwood, sondern als eine Anverwandte von Ihnen zeigen. Melden Sie mich bei ihr als eine solche; Sie sollen bei meinem Besuche zugegen sein, und ich verspreche Ihnen, bei allem was heilig ist, ihr nicht das geringste Anstößige zu sagen. Schlagen Sie mir meine Bitte nicht ab; denn sonst möchte ich vielleicht alles anwenden, in meiner wahren Gestalt vor ihr zu erscheinen.

MELLEFONT: Diese Bitte, Marwood, *Nachdem er einen Augenblick nachgedacht:* – – könnte ich Ihnen gewähren. Wollen Sie aber auch alsdann gewiß diesen Ort verlassen?

MARWOOD: Gewiß; ja, ich verspreche Ihnen noch mehr; ich will Sie, wo nur noch einige Möglichkeit ist, von dem Überfalle ihres Vaters befreien.

MELLEFONT: Dieses haben Sie nicht nötig. Ich hoffe, daß er auch mich in die Verzeihung mit einschließen wird, die er seiner Tochter widerfahren läßt. Will er aber dieser nicht verzeihen, so werde ich auch wissen, wie ich ihm begegnen soll. – Ich gehe, Sie bei meiner Miß zu melden. Nur halten Sie Wort, Marwood! *Geht ab.*

MARWOOD: Ach Hannah! daß unsere Kräfte nicht so groß sind, als unsere Wut! Komm, hilf mich ankleiden. Ich gebe mein Vorhaben nicht auf. Wenn ich ihn nur erst sicher gemacht habe. Komm!

DRITTER AUFZUG

Erster Auftritt

Ein Saal im erstern Gasthofe.

Sir William Sampson. Waitwell.

SIR WILLIAM: Hier, Waitwell, bring ihr diesen Brief. Es ist der Brief eines zärtlichen Vaters, der sich über nichts, als über ihre Abwesenheit beklaget. Sag ihr, daß ich dich damit vorweggeschickt, und daß ich nur noch ihre Antwort erwarten wolle, ehe ich selbst käme, sie wieder in meine Arme zu schließen.

WAITWELL: Ich glaube, Sie tun recht wohl, daß Sie Ihre Zusammenkunft auf diese Art vorbereiten.

SIR WILLIAM: Ich werde ihrer Gesinnungen dadurch gewiß, und mache ihr Gelegenheit, alles, was ihr die Reue Klägliches und Errötendes eingeben könnte, schon ausgeschüttet zu haben, ehe sie mündlich mit mir spricht. Es wird ihr in einem Briefe weniger Verwirrung, und mir vielleicht weniger Tränen kosten.

WAITWELL: Darf ich aber fragen, Sir, was Sie in Ansehung Mellefonts beschlossen haben?

SIR WILLIAM: Ach! Waitwell, wenn ich ihn von dem Geliebten meiner Tochter trennen könnte, so würde ich etwas sehr Hartes wider ihn beschließen. Aber da dieses nicht angeht, so siehst du wohl, daß er gegen meinen Unwillen gesichert ist. Ich habe selbst den größten Fehler bei diesem Unglücke begangen. Ohne mich würde Sara diesen gefährlichen Mann nicht haben kennenlernen. Ich verstattete ihm, wegen einer Verbindlichkeit, die ich gegen ihn zu haben glaubte, einen allzu freien Zutritt in meinem Hause. Es war natürlich, daß ihm die dankbare Aufmerksamkeit, die ich für ihn bezeigte, auch die Achtung meiner Tochter zuziehen mußte. Und es war ebenso natürlich, daß sich ein Mensch von seiner Denkungsart durch diese Achtung verleiten ließ, sie zu etwas Höherm zu treiben. Er hatte Geschicklichkeit genug gehabt, sie in Liebe zu verwandeln, ehe ich noch das geringste merkte, und ehe ich noch Zeit hatte, mich nach seiner übrigen Lebensart zu erkundigen. Das Unglück war geschehen, und ich hätte wohlgetan, wenn ich ihnen nur gleich alles vergeben hätte. Ich wollte unerbittlich gegen ihn sein, und überlegte nicht, daß ich es gegen ihn nicht allein sein könnte. Wenn ich meine zu späte Strenge erspart hätte, so würde ich wenigstens ihre Flucht verhindert haben. – Da bin ich nun, Waitwell! Ich muß sie selbst zurückholen, und mich noch glücklich schätzen, wenn ich aus dem Verführer nur meinen Sohn machen kann. Denn wer weiß, ob er seine Marwoods und seine übrigen Kreaturen eines Mädchens wegen wird aufgeben wollen, das seinen Begierden nichts mehr zu verlangen übriggelassen hat, und die fesselnden Künste einer Buhlerin so wenig versteht?

WAITWELL: Nun, Sir, das ist wohl nicht möglich, daß ein Mensch so gar böse sein könnte. –

SIR WILLIAM: Der Zweifel, guter Waitwell, macht deiner Tugend Ehre. Aber warum ist es gleichwohl wahr, daß sich die Grenzen der menschlichen Bosheit noch viel weiter erstrecken? – Geh nur jetzt und tue was ich dir gesagt habe. Gib auf alle ihre Mienen acht, wenn sie meinen Brief lesen wird. In der kurzen Entfernung von der Tugend, kann sie die Verstellung noch nicht gelernt haben, zu deren Larven nur das eingewurzelte Laster seine Zuflucht nimmt. Du wirst ihre ganze Seele in ihrem Gesichte lesen. Laß dir ja keinen Zug entgehen, der etwa eine Gleichgültigkeit gegen mich, eine Verschmähung ihres Vaters, anzeigen könnte. Denn wenn du diese unglückliche Entdeckung machen solltest, und wenn sie mich nicht mehr liebt: so hoffe ich, daß ich mich endlich werde überwinden können, sie ihrem Schicksale zu überlassen. Ich hoffe es, Waitwell – Ach! wenn nur hier kein Herz schlüge, das dieser Hoffnung widerspricht.

Sie gehen beide auf verschiedenen Seiten ab.

Zweiter Auftritt

Das Zimmer der Sara.

Miss Sara. Mellefont.

MELLEFONT: Ich habe unrecht getan, liebste Miß, daß ich Sie wegen des vorigen Briefes in einer kleinen Unruhe ließ.

SARA: Nein doch, Mellefont; ich bin deswegen ganz und gar

nicht unruhig gewesen. Könnten Sie mich denn nicht lieben, wenn Sie gleich noch Geheimnisse vor mir hätten?

MELLEFONT: Sie glauben also doch, daß es ein Geheimnis gewesen sei?

SARA: Aber keines, das mich angeht. Und das muß mir genug sein.

MELLEFONT: Sie sind allzu gefällig. Doch erlauben Sie mir, daß ich Ihnen dieses Geheimnis gleichwohl entdecke. Es waren einige Zeilen von einer Anverwandten, die meinen hiesigen Aufenthalt erfahren hat. Sie geht auf ihrer Reise nach London hier durch, und will mich sprechen. Sie hat zugleich um die Ehre ersucht, Ihnen ihre Aufwartung machen zu dürfen.

SARA: Es wird mir allezeit angenehm sein, Mellefont, die würdigen Personen Ihrer Familie kennenzulernen. Aber, überlegen Sie es selbst, ob ich schon, ohne zu erröten, einer derselben unter die Augen sehen darf.

MELLEFONT: Ohne zu erröten? Und worüber? Darüber, daß Sie mich lieben? Es ist wahr, Miß, Sie hätten Ihre Liebe einem Edlern, einem Reichern schenken können. Sie müssen sich schämen, daß Sie Ihr Herz nur um ein Herz haben geben wollen, und daß Sie bei diesem Tausche Ihr Glück so weit aus den Augen gesetzt.

SARA: Sie werden es selbst wissen, wie falsch Sie meine Worte erklären.

MELLEFONT: Erlauben Sie, Miß; wenn ich sie falsch erkläre, so können sie gar keine Bedeutung haben.

SARA: Wie heißt Ihre Anverwandte?

MELLEFONT: Es ist – Lady Solmes. Sie werden den Namen von mir schon gehört haben.

SARA: Ich kann mich nicht erinnern.

MELLEFONT: Darf ich bitten, daß Sie ihren Besuch annehmen wollen?

SARA: Bitten, Mellefont? Sie können mir es ja befehlen.

MELLEFONT: Was für ein Wort! – Nein, Miß, sie soll das Glück nicht haben, Sie zu sehen. Sie wird es betauern; aber sie muß es sich gefallen lassen. Miß Sara hat ihre Ursachen, die ich auch, ohne sie zu wissen, verehre.

SARA: Mein Gott! wie schnell sind Sie, Mellefont! Ich werde die Lady erwarten; und mich der Ehre ihres Besuchs, so viel möglich, würdig zu erzeigen suchen. Sind Sie zufrieden?

MELLEFONT: Ach, Miß, lassen Sie mich meinen Ehrgeiz

gestehen. Ich möchte gern gegen die ganze Welt mit Ihnen prahlen. Und wenn ich auf den Besitz einer solchen Person nicht eitel wäre, so würde ich mir selbst vorwerfen, daß ich den Wert derselben nicht zu schätzen wüßte. Ich gehe, und bringe die Lady sogleich zu Ihnen. *Gehet ab.*

SARA *allein*: Wenn es nur keine von den stolzen Weibern ist, die voll von ihrer Tugend, über alle Schwachheiten erhaben zu sein glauben. Sie machen uns mit einem einzigen verächtlichen Blicke den Prozeß, und ein zweideutiges Achselzucken ist das ganze Mitleiden, das wir ihnen zu verdienen scheinen.

Dritter Auftritt

Waitwell. Sara.

BETTY *zwischen der Szene*: Nur hier herein, wenn Er selbst mit ihr sprechen muß.

SARA *die sich umsieht*: Wer muß selbst mit mir sprechen? – Wen seh ich? Ist es möglich? Waitwell, dich?

WAITWELL: Was für ein glücklicher Mann bin ich, daß ich endlich unsere Miß Sara wiedersehe!

SARA: Gott! was bringst du? Ich hör es schon, ich hör es schon, du bringst mir die Nachricht von dem Tode meines Vaters! Er ist hin, der vortrefflichste Mann, der beste Vater! Er ist hin, und ich, ich bin die Elende, die seinen Tod beschleuniget hat.

WAITWELL: Ach! Miß – –

SARA: Sage mir, geschwind sage mir, daß die letzten Augenblicke seines Lebens ihm durch mein Andenken nicht schwerer wurden; daß er mich vergessen hatte; daß er ebenso ruhig starb als er sich sonst in meinen Armen zu sterben versprach; daß er sich meiner auch nicht einmal in seinem letzten Gebete erinnerte – –

WAITWELL: Hören Sie doch auf, sich mit so falschen Vorstellungen zu plagen! Er lebt ja noch, Ihr Vater; er lebt ja noch, der rechtschaffne Sir William.

SARA: Lebt er noch? Ist es wahr, lebt er noch? Oh! daß er noch lange leben, und glücklich leben möge! Oh! daß ihm Gott die Hälfte meiner Jahre zulegen wolle! Die Hälfte? – Ich Undankbare, wenn ich ihm nicht mit allen, so viel mir deren bestimmt sind, auch nur einige Augenblicke zu erkaufen bereit bin! Aber nun sage mir wenigstens, Waitwell, daß es ihm nicht hart fällt, ohne mich zu leben; daß es ihm leicht geworden ist, eine Tochter aufzugeben, die ihre Tugend so leicht aufgeben können; daß ihn meine Flucht erzürnet, aber nicht gekränkt hat; daß er mich verwünschet, aber nicht betauert.

WAITWELL: Ach, Sir William ist noch immer der zärtliche Vater, so wie sein Sarchen noch immer die zärtliche Tochter ist, die sie beide gewesen sind.

SARA: Was sagst du? Du bist ein Bote des Unglücks, des schrecklichsten Unglücks unter allen, die mir meine feindselige Einbildung jemals vorgestellet hat! Er ist noch der zärtliche Vater? So liebt er mich ja noch? So muß er mich ja beklagen? Nein, nein, das tut er nicht; das kann er nicht tun! Siehst du denn nicht, wie unendlich jeder Seufzer, den er um mich verlöre, meine Verbrechen vergrößern würde? Müßte mir nicht die Gerechtigkeit des Himmels jede seiner Tränen, die ich ihm ausspreßte, so anrechnen, als ob ich bei jeder derselben mein Laster und meinen Undank wiederholte? Ich erstarre über diesen Gedanken. Tränen koste ich ihm? Tränen? Und es sind andre Tränen, als Tränen der Freude? – Widersprich mir doch, Waitwell! Aufs höchste hat er einige leichte Regungen des Bluts für mich gefühlet; einige von den geschwind überhin gehenden Regungen, welche die kleinste Anstrengung der Vernunft besänftiget. Zu Tränen hat er es nicht kommen lassen. Nicht wahr, Waitwell, zu Tränen hat er es nicht kommen lassen?

WAITWELL *indem er sich die Augen wischt*: Nein, Miß, dazu hat er es nicht kommen lassen.

SARA: Ach! dein Mund sagt nein; und deine eignen Tränen sagen ja.

WAITWELL: Nehmen Sie diesen Brief, Miß; er ist von ihm selbst.

SARA: Von wem? von meinem Vater? an mich?

WAITWELL: Ja, nehmen Sie ihn nur; Sie werden mehr daraus sehen können, als ich zu sagen vermag. Er hätte einem andern, als mir, dieses Geschäfte auftragen sollen. Ich versprach mir Freude davon; aber Sie verwandeln mir diese Freude in Betrübnis.

SARA: Gib nur, ehrlicher Waitwell! – Doch nein, ich will ihn nicht eher nehmen, als bis du mir sagst, was ungefähr darin enthalten ist.

WAITWELL: Was kann darin enthalten sein? Liebe und Vergebung.

SARA: Liebe? Vergebung?

WAITWELL: Und vielleicht ein aufrichtiges Betauern, daß er die Rechte der väterlichen Gewalt gegen ein Kind brauchen wollen, für welches nur die Vorrechte der väterlichen Huld sind.

SARA: So behalte nur deinen grausamen Brief!

WAITWELL: Grausamen? fürchten Sie nichts; Sie erhalten völlige Freiheit über Ihr Herz und Ihre Hand.

SARA: Und das ist es eben, was ich fürchte. Einen Vater, wie ihn, zu betrüben: dazu habe ich noch den Mut gehabt. Allein ihn durch ebendiese Betrübnis, ihn durch seine Liebe, der ich entsagt, dahin gebracht zu sehen, daß er sich alles gefallen läßt, wozu mich eine unglückliche Leidenschaft verleitet: das Waitwell, das würde ich nicht ausstehen. Wenn sein Brief alles enthielte, was ein aufgebrachter Vater, in solchem Falle Heftiges und Hartes vorbringen kann, so würde ich ihn zwar mit Schaudern lesen, aber ich würde ihn doch lesen können. Ich würde gegen seinen Zorn noch einen Schatten von Verteidigung aufzubringen wissen, um ihn durch diese Verteidigung, wo möglich, noch zorniger zu machen. Meine Beruhigung wäre alsdann diese, daß bei einem gewaltsamen Zorne kein wehmütiger Gram Raum haben könne, und daß sich jener endlich glücklich in eine bittere Verachtung gegen mich verwandeln werde. Wen man aber verachtet, um den bekümmert man sich nicht mehr. Mein Vater wäre wieder ruhig, und ich dürfte mir nicht vorwerfen, ihn auf immer unglücklich gemacht zu haben.

WAITWELL: Ach! Miß, Sie werden sich diesen Vorwurf noch weniger machen dürfen, wenn Sie jetzt seine Liebe wieder ergreifen, die ja alles vergessen will.

SARA: Du irrst dich, Waitwell. Sein sehnliches Verlangen nach mir, verführt ihn vielleicht, zu allem ja zu sagen. Kaum aber würde dieses Verlangen ein wenig beruhiget sein, so würde er sich, seiner Schwäche wegen, vor sich selbst schämen. Ein finsterer Unwille würde sich seiner bemeistern, und er würde mich nie ansehen können, ohne mich heimlich anzuklagen, wieviel ich ihm abzutrotzen mich unterstanden habe. Ja, wenn es in meinem Vermögen stünde, ihm bei der äußersten Gewalt, die er sich meinetwegen antut, das Bitterste zu ersparen; wenn in dem Augenblicke, da er mir alles erlauben wollte, ich ihm alles aufopfern könnte: so wäre es ganz etwas anders. Ich wollte den Brief mit Vergnügen von deinen Händen nehmen, die Stärke der väterlichen Liebe darin bewundern, und ohne sie zu mißbrauchen, mich als eine reuende und gehorsame Tochter zu seinen Füßen werfen. Aber kann ich das? Ich würde es tun müssen, was er mir erlaubte, ohne mich daran zu kehren, wie teuer ihm diese Erlaubnis zu stehen komme. Und wenn ich dann am vergnügtesten darüber sein wollte, würde es mir plötzlich einfallen, daß er mein Vergnügen äußerlich nur zu teilen scheine, und in sich selbst vielleicht seufze; kurz, daß er mich mit Entsagung seiner eignen Glückseligkeit glücklich gemacht habe – Und es auf diese Art zu sein wünschen, trauest du mir das wohl zu, Waitwell?

WAITWELL: Gewiß ich weiß nicht, was ich hierauf antworten soll.

SARA: Es ist nichts darauf zu antworten. Bringe deinen Brief also nur wieder zurück. Wenn mein Vater durch mich unglücklich sein muß; so will ich selbst auch unglücklich bleiben. Ganz allein ohne ihn unglücklich zu sein, das ist es, was ich jetzt stündlich von dem Himmel bitte; glücklich aber ohne ihn ganz allein zu sein, davon will ich durchaus nichts wissen.

WAITWELL *etwas beiseite*: Ich glaube wahrhaftig, ich werde das gute Kind hintergehen müssen, damit es den Brief doch nur lieset.

SARA: Was sprichst du da für dich?

WAITWELL: Ich sage mir selbst, daß ich einen sehr ungeschickten Einfall gehabt hätte, Sie, Miß, zur Lesung des Briefes desto geschwinder zu vermögen.

SARA: Wieso?

WAITWELL: Ich konnte so weit nicht denken. Sie überlegen freilich alles genauer, als es unsereiner kann. Ich wollte Sie nicht erschrecken; der Brief ist vielleicht nur allzu hart; und wenn ich gesagt habe, daß nichts als Liebe und Vergebung darin enthalten sei, so hätte ich sagen sollen, daß ich nichts als dieses darin enthalten zu sein wünschte.

SARA: Ist das wahr? – Nun so gib mir ihn her. Ich will ihn lesen. Wenn man den Zorn eines Vaters unglücklicherweise verdient hat, so muß man wenigstens gegen diesen väterlichen Zorn so viel Achtung haben, daß er ihn nach allen Gefallen gegen uns auslassen kann. Ihn zu vereiteln suchen, heißt Beleidigungen mit Geringschätzung häufen. Ich werde ihn nach aller seiner Stärke empfinden. Du siehst, ich zittre schon – Aber ich soll auch zittern: und ich will lieber zittern, als weinen. – *Sie erbricht den Brief.* Nun ist er erbrochen! Ich bebe – Aber was seh ich? *Sie lieset:* „Einzige, geliebteste Tochter!" – Ha! du alter Betrieger, ist das die Anrede eines zornigen Vaters? Geh, weiter werde ich nicht lesen – –

WAITWELL: Ach, Miß, verzeihen Sie doch einem alten Knechte. Ja gewiß, ich glaube es ist in meinem Leben das erstemal, daß ich mit Vorsatz betrogen habe. Wer einmal betriegt, Miß, und aus einer so guten Absicht betriegt, der ist ja deswegen noch kein alter Betrieger. Das geht mir nahe, Miß. Ich weiß wohl, die gute Absicht entschuldigt nicht immer; aber was konnte ich denn tun? Einem so guten Vater seinen Brief ungelesen wiederzubringen? Das kann ich nimmermehr. Eher will ich gehen, so weit mich meine alten Beine tragen, und ihm nie wieder vor die Augen kommen.

SARA: Wie? auch du willst ihn verlassen?

WAITWELL: Werde ich denn nicht müssen, wenn Sie den Brief nicht lesen? Lesen Sie ihn doch immer. Lassen Sie doch immer den ersten vorsätzlichen Betrug, den ich mir vorzuwerfen habe, nicht ohne gute Wirkung bleiben. Sie werden ihn desto eher vergessen, und ich werde mir ihn desto eher vergeben können. Ich bin ein gemeiner einfältiger Mann, der Ihnen Ihre Ursachen, warum Sie den Brief nicht lesen können, oder wollen, freilich so muß gelten lassen. Ob sie wahr sind, weiß ich nicht; aber so recht natürlich scheinen sie mir wenigstens nicht. Ich dächte nun so, Miß: ein Vater, dächte ich, ist doch immer ein Vater; und ein Kind kann wohl einmal fehlen, es bleibt deswegen doch ein gutes Kind. Wenn der Vater den Fehler verzeiht, so kann ja das Kind sich wohl wieder so aufführen, daß er auch gar nicht mehr daran denken darf. Und wer erinnert sich denn gern an etwas, wovon er lieber wünscht, es wäre gar nicht geschehen? Es ist, Miß, als ob Sie nur immer an Ihren Fehler dächten, und glaubten, es wäre genug, wenn Sie den in Ihrer Einbildung vergrößerten, und sich selbst mit solchen vergrößerten Vorstellungen marterten. Aber ich sollte meinen, Sie müßten auch daran denken, wie Sie das, was geschehen ist, wiedergutmachten. Und wie wollen Sie es denn wiedergutmachen, wenn Sie sich selbst alle Gelegenheit dazu benehmen? Kann es Ihnen denn sauer werden, den andern Schritt zu tun, wenn so ein lieber Vater schon den ersten getan hat?

SARA: Was für Schwerter gehen aus deinem einfältigen Munde in mein Herz! – Eben das kann ich nicht aushalten, daß er den ersten Schritt tun muß. Und was willst du denn? Tut er denn nur den ersten Schritt? Er muß sie alle tun: ich kann ihm keinen entgegentun. So weit ich mich von ihm entfernet, so weit muß er sich zu mir herablassen. Wenn er mir vergibt, so muß er mein ganzes Verbrechen vergeben, und sich noch dazu gefallen lassen, die Folgen desselben vor seinen Augen fortdauern zu sehen. Ist das von einem Vater zu verlangen?

WAITWELL: Ich weiß nicht, Miß, ob ich dieses so recht verstehe. Aber mich deucht, Sie wollen sagen, er müsse Ihnen gar zu viel vergeben, und weil ihm das nicht anders, als sehr sauer werden könne, so machten Sie sich ein Gewissen, seine Vergebung anzunehmen. Wenn Sie das meinen, so sagen Sie mir doch, ist denn nicht das Vergeben für ein gutes Herz ein Vergnügen? Ich bin in meinem Leben so glücklich nicht gewesen, daß ich dieses Vergnügen oft empfunden hätte. Aber der wenigen Male, die ich es empfunden habe, erinnere ich mich noch immer gern. Ich fühlte so etwas Sanftes, so etwas Beruhigendes, so etwas Himmlisches dabei, daß ich mich nicht entbrechen konnte, an die große unüberschwengliche Seligkeit Gottes zu denken, dessen ganze Erhaltungen der elenden Menschen ein immerwährendes Vergeben ist. Ich wünschte mir, alle Augenblicke verzeihen zu können, und schämte mich, daß ich nur solche Kleinigkeiten zu verzeihen hatte. Recht schmerzhafte Beleidigungen, recht tödliche Kränkungen zu vergeben, sagt ich zu mir selbst, muß eine Wollust sein, in der die ganze Seele zerfließt – Und nun, Miß, wollen Sie denn so eine große Wollust Ihrem Vater nicht gönnen?

SARA: Ach! – Rede weiter, Waitwell, rede weiter!

WAITWELL: Ich weiß wohl, es gibt eine Art von Leuten, die nichts ungerner, als Vergebung annehmen, und zwar, weil sie keine zu erzeigen gelernt haben. Es sind stolze unbiegsame Leute, die durchaus nicht gestehen wollen, daß sie unrecht getan. Aber von der Art, Miß, sind Sie nicht. Sie haben das liebreichste und zärtlichste Herz, das die Beste Ihres Geschlechts nur haben kann. Ihren Fehler bekennen Sie auch. Woran liegt es denn nun also noch? – Doch verzeihen Sie mir nur, Miß, ich bin ein alter Plauderer, und hätte es gleich merken sollen, daß Ihr Weigern nur eine rühmliche Besorgnis, nur eine tugendhafte Schüchternheit sei. Leute, die eine große Wohltat gleich, ohne Bedenken, annehmen können, sind der Wohltat selten würdig. Die sie am meisten verdienen, haben auch immer das meiste Mißtrauen gegen sich selbst. Doch muß das Mißtrauen nicht über sein Ziel getrieben werden.

SARA: Lieber alter Vater, ich glaube du hast mich überredet.

WAITWELL: Ach Gott! wenn ich so glücklich gewesen bin, so muß mir ein guter Geist haben reden helfen. Aber nein, Miß, meine Reden haben dabei nichts getan, als daß sie Ihnen Zeit gelassen, selbst nachzudenken, und sich von einer so fröhlichen Bestürzung zu erholen. – Nicht wahr, nun werden Sie den Brief lesen? Oh! lesen Sie ihn doch gleich!

SARA: Ich will es tun, Waitwell. – Welche Bisse, welche Schmerzen werde ich fühlen!

WAITWELL: Schmerzen, Miß, aber angenehme Schmerzen.

SARA: Sei still! *Sie fängt an für sich zu lesen.*

WAITWELL *beiseite*: Oh! wenn er sie selbst sehen sollte!

SARA *nachdem sie einige Augenblicke gelesen*: Ach Waitwell, was für ein Vater! Er nennt meine Flucht eine Abwesenheit. Wieviel sträflicher wird sie durch dieses gelinde Wort! *Sie lieset weiter und unterbricht sich wieder:* Höre doch! er schmeichelt sich, ich würde ihn noch lieben. Er schmeichelt sich! *Lieset und unterbricht sich:* Er bittet mich – Er bittet mich? Ein Vater seine Tochter? seine strafbare Tochter? Und was bittet er mich denn? – *Lieset für sich.* Er bittet mich, seine übereilte Strenge zu vergessen, und ihn mit meiner Entfernung nicht länger zu strafen. Übereilte Strenge! – Zu strafen! – *Lieset wieder und unterbricht sich.* Noch mehr! Nun dankt er mir gar, und dankt mir, daß ich ihm Gelegenheit gegeben, den ganzen Umfang der väterlichen Liebe kennenzulernen. Unselige Gelegenheit! Wenn er doch nur auch sagte, daß sie ihm zugleich den ganzen Umfang des kindlichen Ungehorsams habe kennen lernen! *Sie lieset wieder.* Nein, er sagt es nicht! Er gedenkt meines Verbrechens nicht mit einem Buchstaben. *Sie fährt weiter fort für sich zu lesen.* Er will kommen, und seine Kinder selbst zurückholen. Seine Kinder, Waitwell! Das geht über alles! – Hab ich auch recht gelesen? *Sie lieset wieder für sich.* – Ich möchte vergehen! Er sagt, derjenige verdiene nur allzuwohl sein Sohn zu sein, ohne welchen er keine Tochter haben könne. – Oh! hätte er sie nie gehabt, diese unglückliche Tochter! – Geh, Waitwell, laß mich allein. Er verlangt eine Antwort, und ich will sie sogleich machen. Frag in einer Stunde wieder nach. Ich danke dir unterdessen für deine Mühe. Du bist ein rechtschaffner Mann. Es sind wenig Diener die Freunde ihrer Herren!

WAITWELL: Beschämen Sie mich nicht, Miß. Wenn alle Herren Sir Williams wären, so müßten die Diener Unmenschen sein, wenn sie nicht ihr Leben für sie lassen wollten. *Geht ab.*

Vierter Auftritt

Sara. *Sie setzet sich zum Schreiben nieder.*

Wenn man mir es vor Jahr und Tag gesagt hätte, daß ich auf einen solchen Brief würde antworten müssen! Und unter solchen Umständen! – Ja, die Feder hab ich in der Hand. – Weiß ich aber auch schon, was ich schreiben soll? Was ich denke; was ich empfinde. – Und was denkt man denn, wenn sich in einem Augenblicke tausend Gedanken durchkreuzen? Und was empfindet man denn, wenn das Herz, vor lauter Empfinden, in einer tiefen Betäubung liegt? – Ich muß doch schreiben – Ich führe ja die Feder nicht das erste Mal. Nachdem sie mir schon so manche kleine Dienste der Höflichkeit und Freundschaft abstatten helfen: sollte mir ihre Hülfe wohl bei dem wichtigsten Dienste entstehen? – *Sie denkt ein wenig nach, und schreibt darauf einige Zeilen.* Das soll der Anfang sein? Ein sehr frostiger Anfang. Und werde ich denn bei seiner Liebe anfangen wollen? Ich muß bei meinem Verbrechen anfangen. *Sie streicht aus und schreibt anders.* Daß ich mich ja nicht zu obenhin davon ausdrücke! – Das Schämen kann überall an seiner rechten Stelle sein, nur bei dem Bekenntnisse unserer Fehler nicht. Ich darf mich nicht fürchten, in Übertreibungen zu geraten, wenn ich auch schon die gräßlichsten Züge anwende. – Ach! warum muß ich nun gestört werden?

Fünfter Auftritt

Marwood. Mellefont. Sara.

MELLEFONT: Liebste Miß, ich habe die Ehre, Ihnen Lady Solmes vorzustellen, welche eine von denen Personen in meiner Familie ist, welchen ich mich am meisten verpflichtet erkenne.

MARWOOD: Ich muß um Vergebung bitten, Miß, daß ich so frei bin, mich mit meinen eignen Augen von dem Glücke eines Vetters zu überführen, dem ich das vollkommenste Frauenzimmer wünschen würde, wenn mich nicht gleich der erste Anblick überzeugt hätte, daß er es in Ihnen bereits gefunden habe.

SARA: Sie erzeigen mir allzuviel Ehre, Lady. Eine Schmeichelei, wie diese, würde mich zu allen Zeiten beschämt haben: itzt aber, sollte ich sie fast für einen versteckten Vorwurf annehmen, wenn ich Lady Solmes nicht für viel zu großmütig hielte, ihre Überlegenheit an Tugend und Klugheit eine Unglückliche fühlen zu lassen.

MARWOOD *kalt*: Ich würde untröstlich sein, Miß, wenn Sie mir andre, als die freundschaftlichsten Gesinnungen, zutrauten. – *Beiseite:* Sie ist schön!

MELLEFONT: Und wäre es denn auch möglich, Lady, gegen so viel Schönheit, gegen so viel Bescheidenheit gleichgültig zu bleiben? Man sagt zwar, daß einem reizenden Frauenzimmer selten von einem andern Gerechtigkeit erwiesen werde: allein dieses ist auf der einen Seite nur von denen, die auf ihre Vorzüge allzu eitel sind, und auf der andern nur von solchen zu verstehen, welche sich selbst keiner Vorzüge bewußt sind. Wie weit sind Sie beide von diesem Falle entfernt! – *Zur Marwood, welche in Gedanken steht:* Ist es nicht wahr, Lady, daß meine Liebe nichts weniger, als parteiisch, gewesen ist? Ist es nicht wahr, daß ich Ihnen zum Lobe meiner Miß viel, aber noch lange nicht so viel gesagt habe, als Sie selbst finden? – Aber warum so in Gedanken? – *Sachte zu ihr:* Sie vergessen, wer Sie sein wollen.

MARWOOD: Darf ich es sagen? – Die Bewunderung Ihrer liebsten Miß führte mich auf die Betrachtung ihres Schicksals.

Es ging mir nahe, daß sie die Früchte ihrer Liebe nicht in ihrem Vaterlande genießen soll. Ich erinnerte mich, daß sie einen Vater, und wie man mir gesagt hat, einen sehr zärtlichen Vater verlassen müßte, um die Ihrige sein zu können; und ich konnte mich nicht enthalten, ihre Aussöhnung mit ihm zu wünschen.

SARA: Ach! Lady, wie sehr bin ich Ihnen für diesen Wunsch verbunden. Er verdient es, daß ich meine ganze Freude mit Ihnen teile. Sie können es noch nicht wissen, Mellefont, daß er erfüllt wurde, ehe Lady die Liebe für uns hatte, ihn zu tun.

MELLEFONT: Wie verstehen Sie dieses, Miß?

MARWOOD *beiseite*: Was will das sagen?

SARA: Eben itzt habe ich einen Brief von meinem Vater erhalten. Waitwell brachte mir ihn. Ach, Mellefont, welch ein Brief!

MELLEFONT: Geschwind reißen Sie mich aus meiner Ungewißheit. Was hab ich zu fürchten? Was habe ich zu hoffen? Ist er noch der Vater, den wir flohen? Und wenn er es noch ist, wird Sara die Tochter sein, die mich zärtlich genug liebt, um ihn noch weiter zu fliehen? Ach! hätte ich Ihnen gefolgt, liebste Miß, so wären wir jetzt durch ein Band verknüpft, das man aus eigensinnigen Absichten zu trennen wohl unterlassen müßte. In diesem Augenblick empfinde ich alles das Unglück, das unser entdeckter Aufenthalt für mich nach sich ziehen kann. – Er wird kommen, und Sie aus meinen Armen reißen. – Wie hasse ich den Nichtswürdigen, der uns ihm verraten hat! *Mit einem zornigen Blick gegen die Marwood.*

SARA: Liebster Mellefont, wie schmeichelhaft ist diese Ihre Unruhe für mich! Und wie glücklich sind wir beide, daß sie vergebens ist! Lesen Sie hier seinen Brief. – *Gegen die Marwood, indem Mellefont den Brief für sich lieset:* Lady, er wird über die Liebe meines Vaters erstaunen. Meines Vaters? Ach! er ist nun auch der seinige.

MARWOOD *betroffen*: Ist es möglich?

SARA: Ja wohl, Lady, haben Sie Ursache, diese Veränderung zu bewundern. Er vergibt uns alles; wir werden uns nun vor seinen Augen lieben; er erlaubt es uns; er befiehlt es uns. – Wie hat diese Gütigkeit meine ganze Seeele durchdrungen! – Nun, Mellefont? *Der ihr den Brief wiedergibt.* Sie schweigen? O nein, diese Träne, die sich aus Ihrem Auge schleicht, sagt weit mehr, als Ihr Mund ausdrücken könnte.

MARWOOD *beiseite*: Wie sehr habe ich mir selbst geschadet! Ich Unvorsichtige!

SARA: Oh! lassen Sie mich diese Träne von Ihrer Wange küssen!

MELLEFONT: Ach Miß, warum haben wir einen so göttlichen Mann betrüben müssen? Ja wohl einen göttlichen Mann: denn was ist göttlicher, als vergeben? – Hätten wir uns diesen glücklichen Ausgang nur als möglich vorstellen können: gewiß, so wollten wir ihn jetzt so gewaltsamen Mitteln nicht zu verdanken haben; wir wollten ihn allein unsern Bitten zu verdanken haben. Welche Glückseligkeit wartet auf mich! Wie schmerzlich wird mir aber auch die eigne Überzeugung sein, daß ich dieser Glückseligkeit so unwert bin!

MARWOOD *beiseite*: Und das muß ich mit anhören!

SARA: Wie vollkommen rechtfertigen Sie, durch solche Gesinnungen, meine Liebe gegen Sie.

MARWOOD *beiseite*: Was für Zwang muß ich mir antun!

SARA: Auch Sie, vortreffliche Lady, müssen den Brief meines Vaters lesen. Sie scheinen allzu viel Anteil an unserm Schicksale zu nehmen, als daß Ihnen sein Inhalt gleichgültig sein könnte.

MARWOOD: Mir gleichgültig, Miß? *Sie nimmt den Brief.*

SARA: Aber, Lady, Sie scheinen noch immer sehr nachdenkend, sehr traurig. – –

MARWOOD: Nachdenkend, Miß, aber nicht traurig.

MELLEFONT *beiseite*: Himmel! wo sie sich verrät!

SARA: Und warum denn?

MARWOOD: Ich zittere für Sie beide. Könnte diese unvermutete Güte Ihres Vaters nicht eine Verstellung sein? eine List?

SARA: Gewiß nicht, Lady, gewiß nicht. Lesen Sie nur, und Sie werden es selbst gestehen. Die Verstellung bleibt immer kalt, und eine so zärtliche Sprache ist in ihrem Vermögen nicht. *Marwood lieset für sich.* Werden Sie nicht argwöhnisch, Mellefont; ich bitte Sie. Ich stehe Ihnen dafür, daß mein Vater sich zu keiner List herablassen kann. Er sagt nichts, was er nicht denkt, und Falschheit ist ihm ein unbekanntes Laster.

MELLEFONT: Oh! davon bin ich vollkommen überzeugt, liebste Miß. – Man muß der Lady den Verdacht vergeben, weil sie den Mann noch nicht kennt, den er trifft.

SARA *indem ihr Marwood den Brief zurückgibt*: Was seh ich, Lady? Sie haben sich entfärbt? Sie zittern? Was fehlt Ihnen?

MELLEFONT *beiseite*: In welcher Angst bin ich! Warum habe ich sie auch hergebracht?

MARWOOD: Es ist nichts, Miß, als ein kleiner Schwindel, welcher vorübergehn wird. Die Nachtluft muß mir auf der Reise nicht bekommen sein.

MELLEFONT: Sie erschrecken mich, Lady – Ist es Ihnen nicht gefällig, frische Luft zu schöpfen? Man erholt sich in einem verschloßnen Zimmer nicht so leicht.

MARWOOD: Wann Sie meinen, so reichen Sie mir Ihren Arm.

SARA: Ich werde Sie begleiten, Lady.

MARWOOD: Ich verbitte diese Höflichkeit, Miß. Meine Schwachheit wird ohne Folgen sein.

SARA: So hoffe ich denn, Lady bald wiederzusehen.

MARWOOD: Wenn Sie erlauben, Miß – *Mellefont führt sie ab.*

SARA *allein*: Die arme Lady! – Sie scheinet die freundschaftlichste Person zwar nicht zu sein; aber mürrisch und stolz scheinet sie doch auch nicht. – Ich bin wieder allein. Kann ich die wenigen Augenblicke, die ich es vielleicht sein werde, zu etwas Besserm als zur Vollendung meiner Antwort anwenden? *Sie will sich niedersetzen zu schreiben.*

Sechster Auftritt

Betty. Sara.

BETTY: Das war ja wohl ein sehr kurzer Besuch.

SARA: Ja, Betty. Es ist Lady Solmes; eine Anverwandte meines Mellefont. Es wandelte ihr gähling eine kleine Schwachheit an. Wo ist sie jetzt?

BETTY: Mellefont hat sie bis an die Türe begleitet.

SARA: So ist sie ja wohl wieder fort?

BETTY: Ich vermute es. – Aber je mehr ich Sie ansehe, Miß – Sie müssen mir meine Freiheit verzeihen – je mehr finde ich Sie verändert. Es ist etwas Ruhiges, etwas Zufriedenes in Ihren Blicken. Lady muß ein sehr angenehmer Besuch, oder der alte Mann ein sehr angenehmer Bote gewesen sein.

SARA: Das letzte, Betty, das letzte. Er kam von meinem Vater. Was für einen zärtlichen Brief will ich dich lesen lassen! Dein gutes Herz hat so oft mit mir geweint, nun soll es sich auch mit mir freuen. Ich werde wieder glücklich sein, und dich für deine guten Dienste belohnen können.

BETTY: Was habe ich Ihnen in kurzen neun Wochen für Dienste leisten können?

SARA: Du hättest mir ihrer in meinem ganzen andern Leben nicht mehrere leisten können, als in diesen neun Wochen. – Sie sind vorüber! – Komm nur itzt, Betty; weil Mellefont vielleicht wieder allein ist, so muß ich ihn noch sprechen. Ich bekomme eben den Einfall, daß es sehr gut sein würde, wenn er zugleich mit mir an meinen Vater schriebe, dem seine Danksagung schwerlich unerwartet sein dürfte. Komm!

Sie gehen ab.

Siebenter Auftritt

Der Saal.

Sir William Sampson. Waitwell.

SIR WILLIAM: Was für Balsam, Waitwell, hast du mir durch deine Erzählung in mein verwundetes Herz gegossen! Ich lebe wieder neu auf; und ihre herannahende Rückkehr scheint mich ebensoweit zu meiner Jugend wieder zurückzubringen, als mich ihre Flucht näher zu dem Grabe gebracht hatte. Sie liebt mich noch! Was will ich mehr? – Geh ja bald wieder zu ihr, Waitwell. Ich kann den Augenblick nicht erwarten, da ich sie aufs neue in diese Arme schließen soll, die ich so sehnlich gegen den Tod ausgestreckt hatte. Wie erwünscht wäre er mir in den Augenblicken meines Kummers gewesen! Und wie fürchterlich wird er mir in meinem neuen Glücke sein! Ein Alter ist ohne Zweifel zu tadeln, wenn er die Bande, die ihn noch mit der Welt verbinden, so fest wieder zuziehet. Die endliche Trennung wird desto schmerzlicher. – Doch der Gott, der sich jetzt so gnädig gegen mich erzeigt, wird mir auch diese überstehen helfen. Sollte er mir wohl eine Wohltat erweisen, um sie mir zuletzt zu meinem Verderben gereichen zu lassen? Sollte er mir eine Tochter wiedergeben, damit ich über seine Abfoderung aus diesem Leben murren müsse? Nein, nein; er schenkt mir sie wieder, um in der letzten Stunde nur um mich selbst besorgt sein zu dürfen. Dank sei dir, ewige Güte! Wie schwach ist der Dank eines sterblichen Mundes! Doch bald, bald werde ich, in einer ihm geweihten Ewigkeit, ihm würdiger danken können.

WAITWELL: Wie herzlich vergnügt es mich, Sir, Sie vor meinem Ende wieder zufrieden zu wissen! Glauben Sie mir es nur, ich habe fast so viel bei Ihrem Jammer ausgestanden, als Sie selbst. Fast so viel; gar so viel nicht: denn der Schmerz eines Vaters mag wohl bei solchen Gelegenheiten unaussprechlich sein.

SIR WILLIAM: Betrachte dich von nun an, mein guter Waitwell, nicht mehr als meinen Diener. Du hast es schon längst um mich verdient, ein anständiger Alter zu genießen. Ich will dir es auch schaffen, und du sollst es nicht schlechter haben, als ich es noch in der Welt haben werde. Ich will allen Unterschied zwischen uns aufheben; in jener Welt, weißt du wohl, ist er ohnedies aufgehoben. – Nur dasmal sei noch der alte Diener, auf den ich mich nie umsonst verlassen habe. Geh, und gib acht, daß du mir ihre Antwort sogleich bringen kannst, als sie fertig ist.

WAITWELL: Ich gehe, Sir. Aber so ein Gang ist kein Dienst, den ich Ihnen tue. Er ist eine Belohnung, die Sie mir für meine Dienste gönnen. Ja gewiß, das ist er.

Sie gehen auf verschiedenen Seiten ab.

Ende des dritten Aufzuges.

VIERTER AUFZUG

ERSTER AUFTRITT

Mellefonts Zimmer.

MELLEFONT. SARA.

MELLEFONT: Ja, liebste Miß, ja; das will ich tun; das muß ich tun.

SARA: Wie vergnügt machen Sie mich!

MELLEFONT: Ich bin es allein, der das ganze Verbrechen auf sich nehmen muß. Ich allein bin schuldig; ich allein muß um Vergebung bitten.

SARA: Nein, Mellefont, nehmen Sie mir den größern Anteil, den ich an unserm Vergehen habe, nicht. Er ist mir teuer, so strafbar er auch ist: denn er muß Sie überzeugt haben, daß ich meinen Mellefont über alles in der Welt liebe. – Aber ist es denn gewiß wahr, daß ich nunmehr diese Liebe mit der Liebe gegen meinen Vater verbinden darf? Oder befinde ich mich in einem angenehmen Traume? Wie fürchte ich mich, ihn zu verlieren, und in meinem alten Jammer zu erwachen! – Doch nein, ich bin nicht bloß in einem Traume, ich bin wirklich glücklicher, als ich jemals zu werden hoffen durfte; glücklicher, als es vielleicht dieses kurze Leben zuläßt. Vielleicht erscheint mir dieser Strahl von Glückseligkeit nur darum von ferne, und scheinet mir nur darum so schmeichelhaft näher zu kommen, damit er auf einmal wieder in die dickste Finsternis zerfließe, und mich auf einmal in einer Nacht lasse, deren Schrecklichkeit mir durch diese kurze Erleuchtung erst recht fühlbar geworden. – Was für Ahnungen quälen mich! – Sind es wirklich Ahnungen, Mellefont, oder sind es gewöhnliche Empfindungen, die von der Erwartung eines unverdienten Glücks, und von der Furcht es zu verlieren, unzertrennlich sind? – Wie schlägt mir das Herz, und wie unordentlich schlägt es! Wie stark itzt, wie geschwind! – Und nun, wie matt, wie bange, wie zitternd! – Itzt eilt es wieder, als ob es die letzten Schläge wären, die es gern recht schnell hintereinander tun wolle. Armes Herz!

MELLEFONT: Die Wallungen des Geblüts, welche plötzliche Überraschungen nicht anders als verursachen können, werden sich legen, Miß, und das Herz wird seine Verrichtungen ruhiger fortsetzen. Keiner seiner Schläge zielet auf das Zukünftige; und wir sind zu tadeln – verzeihen Sie, liebste Sara –, wenn wir des Bluts mechanische Drückungen zu fürchterlichen Propheten machen. – Deswegen aber will ich nichts unterlassen, was Sie selbst zur Besänftigung dieses kleinen innerlichen Sturms für dienlich halten. Ich will sogleich schreiben, und Sir William, hoffe ich, soll mit den Beteurungen meiner Reue, mit den Ausdrückungen meines gerührten Herzens, und mit den Angelobungen des zärtlichsten Gehorsams zufrieden sein.

SARA: Sir William? Ach Mellefont, fangen Sie doch nun an, sich an einen weit zärtlichern Namen zu gewöhnen. Mein Vater, Ihr Vater, Mellefont – –

MELLEFONT: Nun ja, Miß, unser gütiger, unser bester Vater! – Ich mußte sehr jung aufhören, diesen süßen Namen zu nennen; sehr jung mußte ich den ebenso süßen Namen, Mutter, verlernen – –

SARA: Sie haben ihn verlernt, und mir – mir ward es so gut nicht, ihn nur einmal sprechen zu können. Mein Leben war ihr Tod. – Gott! ich ward eine Muttermörderin wider mein Verschulden. Und wieviel fehlte – wie wenig, wie nichts fehlte – so wäre ich auch eine Vatermörderin geworden! Aber nicht ohne mein Verschulden; eine vorsätzliche Vatermörderin! – Und wer weiß, ob ich es nicht schon bin? Die Jahre, die Tage, die Augenblicke, die er geschwinder zu seinem Ziele kömmt, als er ohne die Betrübnis, die ich ihm verursacht, gekommen wäre – diese hab ich ihm – ich habe sie ihm geraubt. Wenn ihn sein Schicksal auch noch so alt und lebenssatt sterben läßt, so wird mein Gewissen doch nichts gegen den Vorwurf sichern können, daß er ohne mich vielleicht noch später gestorben wäre. Trauriger Vorwurf, den ich mir ohne Zweifel nicht machen dürfte, wenn eine zärtliche Mutter die Führerin meiner Jugend gewesen wäre! Ihre Lehren, ihr Exempel würden mein Herz – So zärtlich blicken Sie mich an, Mellefont? Sie haben recht; eine Mutter würde mich vielleicht mit lauter Liebe tyrannisiert haben, und ich würde Mellefonts nicht sein. Warum wünsche ich mir denn also das, was mir das weisere Schicksal nur aus Güte versagte? Seine Fügungen sind immer die besten. Lassen Sie uns nur das recht brauchen, was es uns schenkt: einen Vater, der mich noch nie nach einer Mutter seufzen lassen; einen Vater, der auch Sie ungenossene Eltern will vergessen lehren. Welche schmeichelhafte Vorstellung! Ich verliebe mich selbst darein, und vergesse es fast, daß in dem Innersten sich noch etwas regt, das ihm keinen Glauben beimessen will. – Was ist es, dieses rebellische Etwas?

MELLEFONT: Dieses Etwas, liebste Sara, wie Sie schon selbst gesagt haben, ist die natürliche furchtsame Schwierigkeit, sich in ein großes Glück zu finden. – Ach, Ihr Herz machte weniger Bedenken, sich unglücklich zu glauben, als es jetzt, zu seiner eignen Pein, macht, sich für glücklich zu halten! – Aber wie dem, der in einer schnellen Kreisbewegung drehend geworden, auch da noch, wenn er schon wieder stillsitzt, die äußern Gegenstände mit ihm herumzugehen scheinen: so wird auch das Herz, das zu heftig erschüttert worden, nicht auf einmal wieder ruhig. Es bleibt eine zitternde Bebung oft noch lange zurück, die wir ihrer eignen Abschwächung überlassen müssen.

SARA: Ich glaube es, Mellefont, ich glaube es: weil Sie es sagen; weil ich es wünsche. – Aber lassen Sie uns einer den andern nicht länger aufhalten. Ich will gehen, und meinen Brief vollenden. Ich darf doch auch den Ihrigen lesen, wenn ich Ihnen den meinigen werde gezeigt haben?

MELLEFONT: Jedes Wort soll Ihrer Beurteilung unterworfen sein; nur das nicht, was ich zu Ihrer Rettung sagen muß: denn ich weiß es, Sie halten sich nicht für so unschuldig, als Sie sind. *Indem er die Sara bis an die Szene begleitet.*

Zweiter Auftritt

Mellefont. *Nachdem er einigemal tiefsinnig auf und nieder gegangen.*

Was für ein Rätsel bin ich mir selbst! Wofür soll ich mich halten? Für einen Toren? oder für einen Bösewicht? – oder für beides? – Herz, was für ein Schalk bist du! – Ich liebe den Engel, so ein Teufel ich auch sein mag. – Ich lieb ihn? Ja, gewiß, gewiß ich lieb ihn. Ich weiß, ich wollte tausend Leben für sie aufopfern, für sie, die mir ihre Tugend aufgeopfert hat! Ich wollt es; jetzt gleich ohne Anstand wollt ich es – Und doch, doch – Ich erschrecke, mir es selbst zu sagen – Und doch – Wie soll ich es begreifen? – Und doch fürchte ich mich vor dem Augenblicke, der sie auf ewig, vor dem Angesichte der Welt, zu der Meinigen machen wird. – Er ist nun nicht zu vermeiden; denn der Vater ist versöhnt. Auch weit hinaus werde ich ihn nicht schieben können. Die Verzögerung desselben hat mir schon schmerzhafte Vorwürfe genug zugezogen. So schmerzhaft sie aber waren, so waren sie mir doch erträglicher, als der melancholische Gedanke, auf zeitlebens gefesselt zu sein. – Aber bin ich es denn nicht schon? – Ich bin es freilich, und bin es mit Vergnügen. – Freilich bin ich schon ihr Gefangener. – Was will ich also? – Das! – Itzt bin ich ein Gefangener, den man auf sein Wort frei herumgehen läßt: das schmeichelt! Warum kann es dabei nicht sein Bewenden haben? Warum muß ich eingeschmiedet werden, und auch sogar den elenden Schatten der Freiheit entbehren? – Eingeschmiedet? Nichts anders! – Sara Sampson, meine Geliebte! Wieviel Seligkeiten liegen in diesen Worten! Sara Sampson, meine Ehegattin! – Die Hälfte dieser Seligkeiten ist verschwunden! und die andre Hälfte – wird verschwinden. – Ich Ungeheuer! – Und bei diesen Gesinnungen soll ich an ihren Vater schreiben? – Doch es sind keine Gesinnungen; es sind Einbildungen! Vermaledeite Einbildungen, die mir durch ein zügelloses Leben so natürlich geworden! Ich will ihrer los werden, oder – nicht leben.

Dritter Auftritt

Norton. Mellefont.

MELLEFONT: Du störest mich, Norton!

NORTON: Verzeihen Sie also mein Herr – *Indem er wieder zurückgehen will.*

MELLEFONT: Nein, nein, bleib da. Es ist ebenso gut, daß du mich störest. Was willst du?

NORTON: Ich habe von Betty eine sehr freudige Neuigkeit gehört, und ich komme Ihnen dazu Glück zu wünschen.

MELLEFONT: Zur Versöhnung des Vaters doch wohl? Ich danke dir.

NORTON: Der Himmel will Sie also noch glücklich machen.

MELLEFONT: Wenn er es will – du siehst, Norton, ich lasse mir Gerechtigkeit widerfahren – so will er es meinetwegen gewiß nicht.

NORTON: Nein, wenn Sie dieses erkennen, so will er es auch Ihretwegen.

MELLEFONT: Meiner Sara wegen, einzig und allein meiner Sara wegen. Wollte seine schon gerüstete Rache eine ganze sündige Stadt, weniger Gerechten wegen, verschonen: so kann er ja wohl auch einen Verbrecher dulden, wenn eine ihm gefällige Seele an dem Schicksale desselben Anteil nimmt.

NORTON: Sie sprechen sehr ernsthaft und rührend. Aber drückt sich die Freude nicht etwas anders aus?

MELLEFONT: Die Freude, Norton? Sie ist nun für mich dahin.

NORTON: Darf ich frei reden? *Indem er ihn scharf ansieht.*

MELLEFONT: Du darfst.

NORTON: Der Vorwurf, den ich an dem heutigen Morgen von Ihnen hören mußte, daß ich mich Ihrer Verbrechen teilhaftig gemacht, weil ich dazu geschwiegen, mag mich bei Ihnen entschuldigen, wenn ich von nun an seltner schweige.

MELLEFONT: Nur vergiß nicht, wer du bist.

NORTON: Ich will es nicht vergessen, daß ich ein Bedienter bin: ein Bedienter, der auch etwas Bessers sein könnte, wenn er, leider! darnach gelebt hätte. Ich bin Ihr Bedienter, ja; aber nicht auf dem Fuße, daß ich mich gern mit Ihnen möchte verdammen lassen.

MELLEFONT: Mit mir? Und warum sagst du das itzt?

NORTON: Weil ich nicht wenig erstaune, Sie anders zu finden, als ich mir vorstellte.

MELLEFONT: Willst du mich nicht wissen lassen, was du dir vorstelltest?

NORTON: Sie in lauter Entzückung zu finden.

MELLEFONT: Nur der Pöbel wird gleich außer sich gebracht, wenn ihn das Glück einmal anlächelt.

NORTON: Vielleicht, weil der Pöbel noch sein Gefühl hat, das bei Vornehmern durch tausend unnatürliche Vorstellungen verderbt und geschwächt wird. Allein in Ihrem Gesichte ist noch etwas anders als Mäßigung zu lesen. Kaltsinn, Unentschlossenheit, Widerwille – –

MELLEFONT: Und wenn auch? Hast du es vergessen, wer noch außer der Sara hier ist? Die Gegenwart der Marwood – –

NORTON: Könnte Sie wohl besorgt, aber nicht niedergeschlagen machen. – Sie beunruhiget etwas anders. Und ich will mich gern geirret haben, wenn Sie es nicht lieber gesehen hätten, der Vater wäre noch nicht versöhnt. Die Aussicht in einen Stand, der sich so wenig zu Ihrer Denkungsart schickt – –

MELLEFONT: Norton! Norton! du mußt ein erschrecklicher Bösewicht, entweder gewesen sein, oder noch sein, daß du mich so erraten kannst. Weil du es getroffen hast, so will ich es nicht leugnen. Es ist wahr; so gewiß es ist, daß ich meine Sara ewig lieben werde: so wenig will es mir ein, daß ich sie ewig lieben soll – soll – Aber besorge nichts; ich will über diese närrische Grille siegen. Oder meinst du nicht, daß es eine Grille ist? Wer heißt mich, die Ehe als einen Zwang ansehen? Ich wünsche es mir ja nicht, freier zu sein, als sie mich lassen wird.

NORTON: Diese Betrachtungen sind sehr gut. Aber Marwood, Marwood wird Ihren alten Vorurteilen zu Hülfe kommen, und ich fürchte, ich fürchte – –

MELLEFONT: Was nie geschehen wird. Du sollst sie noch heute nach London zurückreisen sehen. Da ich dir meine geheimste – Narrheit will ich es nur unterdessen nennen – gestanden habe, so darf ich dir auch nicht verbergen, daß ich die Marwood in solche Furcht gejagt habe, daß sie sich durchaus nach meinem geringsten Winke bequemen muß.

NORTON: Sie sagen mir etwas Unglaubliches.

MELLEFONT: Sieh, dieses Mördereisen riß ich ihr aus der Hand, *Er zeigt ihm den Dolch, den er der Marwood genommen.* als sie mir in der schrecklichsten Wut das Herz damit durchstoßen wollte. Glaubst du es nun bald, daß ich ihr festen Obstand gehalten habe? Anfangs zwar fehlte es nicht viel, sie hätte mir ihre Schlinge wieder um den Hals geworfen. Die Verräterin hat Arabellen bei sich.

NORTON: Arabellen?

MELLEFONT: Ich habe es noch nicht untersuchen können, durch welche List sie das Kind wieder in ihre Hände bekommen. Genug, der Erfolg fiel für sie nicht so aus, als sie es ohne Zweifel gehofft hatte.

NORTON: Erlauben Sie, daß ich mich über Ihre Standhaftigkeit freuen, und Ihre Besserung schon für halb geborgen halten darf. Allein – da Sie mich doch alles wollen wissen lassen – was hat sie unter dem Namen der Lady Solmes hier gesollt?

MELLEFONT: Sie wollte ihre Nebenbuhlerin mit aller Gewalt sehen. Ich willigte in ihr Verlangen, teils aus Nachsicht, teils aus Übereilung, teils aus Begierde, sie durch den Anblick der Besten ihres Geschlechts zu demütigen. – Du schüttelst den Kopf, Norton? – –

NORTON: Das hätte ich nicht gewagt.

MELLEFONT: Gewagt? Eigentlich wagte ich nichts mehr dabei, als ich im Falle der Weigerung gewagt hätte. Sie würde als Marwood vorzukommen gesucht haben; und das Schlimmste, was bei ihrem unbekannten Besuche zu besorgen steht, ist nichts Schlimmers.

NORTON: Danken Sie dem Himmel, daß es so ruhig abgelaufen.

MELLEFONT: Es ist noch nicht ganz vorbei, Norton. Es stieß ihr eine kleine Unbäßlichkeit zu, daß sie sich, ohne Abschied zu nehmen, wegbegeben mußte. Sie will wiederkommen. – Mag sie doch! Die Wespe, die den Stachel verloren hat, *Indem er auf den Dolch weiset, den er wieder in den Busen steckt.* kann doch weiter nichts, als summen. Aber auch das

Summen soll ihr teuer werden, wenn sie zu überlästig damit wird. – Hör ich nicht jemand kommen? Verlaß mich, wenn sie es ist. – Sie ist es. Geh!

Norton geht ab.

Vierter Auftritt

Mellefont. Marwood.

MARWOOD: Sie sehen mich ohne Zweifel sehr ungern wiederkommen.

MELLEFONT: Ich sehe es sehr gern, Marwood, daß Ihre Unbäßlichkeit ohne Folgen gewesen ist. Sie befinden sich doch besser?

MARWOOD: So, so!

MELLEFONT: Sie haben also nicht wohlgetan, sich wieder hieher zu bemühen.

MARWOOD: Ich danke Ihnen, Mellefont, wenn Sie dieses aus Vorsorge für mich sagen. Und ich nehme es Ihnen nicht übel, wenn Sie etwas anders damit meinen.

MELLEFONT: Es ist mir angenehm, Sie so ruhig zu sehen.

MARWOOD: Der Sturm ist vorüber. Vergessen Sie ihn, bitte ich nochmals.

MELLEFONT: Vergessen Sie nur Ihr Versprechen nicht, Marwood, und ich will gern alles vergessen. – Aber, wenn ich wüßte, daß Sie es für keine Beleidigung annehmen wollten, so möchte ich wohl fragen – –

MARWOOD: Fragen Sie nur, Mellefont. Sie können mich nicht mehr beleidigen. – Was wollten Sie fragen?

MELLEFONT: Wie Ihnen meine Miß gefallen habe?

MARWOOD: Die Frage ist natürlich. Meine Antwort wird so natürlich nicht scheinen, aber sie ist gleichwohl nichts weniger wahr. – Sie hat mir sehr wohl gefallen.

MELLEFONT: Diese Unparteilichkeit entzückt mich. Aber wär es auch möglich, daß der, welcher die Reize einer Marwood zu schätzen wußte, eine schlechte Wahl treffen könnte?

MARWOOD: Mit dieser Schmeichelei, Mellefont, wenn es anders eine ist, hätten Sie mich verschonen sollen. Sie will sich mit meinem Vorsatze, Sie zu vergessen, nicht vertragen.

MELLEFONT: Sie wollen doch nicht, daß ich Ihnen diesen Vorsatz durch Grobheiten erleichtern soll? Lassen Sie unsere

Trennung nicht von der gemeinen Art sein. Lassen Sie uns miteinander brechen, wie Leute von Vernunft, die der Notwendigkeit weichen. Ohne Bitterkeit, ohne Groll und mit Beibehaltung eines Grades von Hochachtung, wie er sich zu unserer ehmaligen Vertraulichkeit schickt.

MARWOOD: Ehmaligen Vertraulichkeit? – Ich will nicht daran erinnert sein. Nichts mehr davon! Was geschehen muß, muß geschehen; und es kömmt wenig auf die Art an, mit welcher es geschieht. – Aber ein Wort noch von Arabellen. Sie wollen mir sie nicht lassen?

MELLEFONT: Nein, Marwood.

MARWOOD: Es ist grausam, da Sie ihr Vater nicht bleiben können, daß Sie ihr auch die Mutter nehmen wollen.

MELLEFONT: Ich kann ihr Vater bleiben; und will es auch bleiben.

MARWOOD: So beweisen sie es gleich itzt.

MELLEFONT: Wie?

MARWOOD: Erlauben Sie, daß Arabella die Reichtümer, welche ich von Ihnen in Verwahrung habe, als ihr Vaterteil besitzen darf. Was ihr Mutterteil anbelangt, so wollte ich wohl wünschen, daß ich ihr ein beßres lassen könnte, als die Schande, von mir geboren zu sein.

MELLEFONT: Reden Sie nicht so. – Ich will für Arabellen sorgen, ohne ihre Mutter wegen eines anständigen Auskommens in Verlegenheit zu setzen. Wenn sie mich vergessen will, so muß sie damit anfangen, daß sie etwas von mir zu besitzen vergißt. Ich habe Verbindlichkeiten gegen sie, und werde es nie aus der Acht lassen, daß sie mein wahres Glück, obschon wider ihren Willen, befördert hat. Ja, Marwood, ich danke Ihnen in allem Ernste, daß Sie unsern Aufenthalt einem Vater verrieten, den bloß die Unwissenheit desselben verhinderte, uns nicht eher wieder anzunehmen.

MARWOOD: Martern Sie mich nicht mit einem Danke, den ich niemals habe verdienen wollen. Sir William ist ein zu guter alter Narr: er muß anders denken, als ich an seiner Stelle würde gedacht haben. Ich hätte der Tochter vergeben, und ihrem Verführer hätt ich – –

MELLEFONT: Marwood! – –

MARWOOD: Es ist wahr; Sie sind es selbst. Ich schweige. – Werde ich der Miß mein Abschiedskompliment bald machen dürfen?

MELLEFONT: Miß Sara würde es Ihnen nicht übelnehmen können, wenn Sie auch wegreiseten, ohne sie wieder zu sprechen.

MARWOOD: Mellefont, ich spiele meine Rollen nicht gern halb, und ich will, auch unter keinem fremden Namen, für ein Frauenzimmer ohne Lebensart gehalten werden.

MELLEFONT: Wenn Ihnen Ihre eigne Ruhe lieb ist, so sollten Sie sich selbst hüten, eine Person nochmals zu sehen, die gewisse Vorstellungen bei Ihnen rege machen muß – –

MARWOOD *spöttisch lächelnd*: Sie haben eine bessere Meinung von sich selbst, als von mir. Wenn Sie es aber auch glaubten, daß ich Ihrentwegen untröstlich sein müßte, so sollten Sie es doch wenigstens ganz in der Stille glauben. – Miß Sara soll gewisse Vorstellungen bei mir rege machen? Gewisse? O ja – aber keine gewisser, als diese, daß das beste Mädchen oft den nichtswürdigsten Mann lieben kann.

MELLEFONT: Allerliebst, Marwood, allerliebst! Nun sind Sie gleich in der Verfassung, in der ich Sie längst gern gewünscht hätte: ob es mir gleich, wie ich schon gesagt, fast lieber gewesen wäre, wenn wir einige gemeinschaftliche Hochachtung füreinander hätten behalten können. Doch vielleicht findet sich diese noch, wenn nur das gärende Herz erst ausgebrauset hat. – Erlauben Sie, daß ich Sie einige Augenblicke allein lasse. Ich will Miß Sampson zu Ihnen holen.

Fünfter Auftritt

Marwood, *indem sie um sich herumsieht.*

Bin ich allein? – Kann ich unbemerkt einmal Atem schöpfen, und die Muskeln des Gesichts in ihre natürliche Lage fahren lassen? – Ich muß geschwind einmal in allen Mienen die wahre Marwood sein, um den Zwang der Verstellung wieder aushalten zu können. – Wie hasse ich dich, niedrige Verstellung! Nicht, weil ich die Aufrichtigkeit liebe, sondern weil du die armseligste Zuflucht der ohnmächtigen Rachsucht bist. Gewiß würde ich mich zu dir nicht herablassen, wenn mir ein Tyrann seine Gewalt, oder der Himmel seinen Blitz anvertrauen wollte. – Doch wann du mich nur *zu meinem* Zwecke bringst! – Der Anfang verspricht es; und Mellefont scheinet noch sichrer werden zu wollen. Wenn mir meine List gelingt, daß ich mit seiner Sara allein sprechen kann: so – Ja, so ist es doch noch sehr ungewiß, ob es mir etwas helfen wird. Die Wahrheiten von dem Mellefont werden ihr vielleicht nichts Neues sein; die Verleumdungen wird sie vielleicht nicht glauben; und die Drohungen vielleicht verachten. Aber doch soll sie Wahrheit, Verleumdung und Drohungen von mir hören. Es wäre schlecht, wenn sie in ihrem Gemüte ganz und gar keinen Stachel zurückließen – Still! sie kommen. Ich bin nun nicht mehr Marwood; ich bin eine nichtswürdige Verstoßene, die durch kleine Kunstgriffe die Schande von sich abzuwehren sucht; ein getretner Wurm, der sich krümmet und dem, der ihn getreten hat, wenigstens die Ferse gern verwunden möchte.

Sechster Auftritt

Sara. Mellefont. Marwood.

SARA: Ich freue mich, Lady, daß meine Unruhe vergebens gewesen ist.

MARWOOD: Ich danke Ihnen, Miß. Der Zufall war zu klein, als daß er Sie hätte beunruhigen sollen.

MELLEFONT: Lady will sich Ihnen empfehlen, liebste Sara.

SARA: So eilig, Lady?

MARWOOD: Ich kann es für die, denen an meiner Gegenwart in London gelegen ist, nicht genug sein.

SARA: Sie werden doch heute nicht wieder aufbrechen?

MARWOOD: Morgen mit dem frühsten.

MELLEFONT: Morgen mit dem frühsten, Lady? Ich glaubte, noch heute.

SARA: Unsere Bekanntschaft, Lady, fängt sich sehr im Vorbeigehn an. Ich schmeichle mir, in Zukunft eines nähern Umgangs mit Ihnen gewürdiget zu werden.

MARWOOD: Ich bitte um Ihre Freundschaft, Miß.

MELLEFONT: Ich stehe Ihnen dafür, liebste Sara, daß diese Bitte der Lady aufrichtig ist: ob ich Ihnen gleich voraussagen muß, daß Sie einander ohne Zweifel lange nicht wiedersehen werden. Lady, wird sich mit uns sehr selten an einem Orte aufhalten können – –

MARWOOD *beiseite*: Wie fein!

SARA: Mellefont, das heißt mir eine sehr angenehme Hoffnung rauben.

MARWOOD: Ich werde am meisten dabei verlieren, glückliche Miß.

MELLEFONT: Aber in der Tat, Lady, wollen Sie erst morgen früh wieder fort?

MARWOOD: Vielleicht auch eher. *Beiseite:* Es will noch niemand kommen!

MELLEFONT: Auch wir wollen uns nicht lange mehr hier aufhalten. Nicht wahr, liebste Miß, es wird gut sein, wenn wir unserer Antwort ungesäumt nachfolgen? Sir William kann unsere Eilfertigkeit nicht übelnehmen.

Siebenter Auftritt

Betty. Mellefont. Sara. Marwood.

MELLEFONT: Was willst du, Betty?

BETTY: Man verlangt Sie unverzüglich zu sprechen.

MARWOOD *beiseite*: Ha! Nun kömmt es drauf an – –

MELLEFONT: Mich? unverzüglich? Ich werde gleich kommen. – Lady, ist es Ihnen gefällig, Ihren Besuch abzukürzen?

SARA: Warum das, Mellefont? – Lady wird so gütig sein, und bis zu Ihrer Zurückkunft warten.

MARWOOD: Verzeihen Sie, Miß; ich kenne meinen Vetter Mellefont, und will mich lieber mit ihm wegbegeben.

BETTY: Der Fremde, mein Herr – Er will Sie nur auf ein Wort sprechen. Er sagt, er habe keinen Augenblick zu versäumen – –

MELLEFONT: Geh nur; ich will gleich bei ihm sein – Ich vermute, Miß, daß es eine endliche Nachricht von dem Vergleiche sein wird, dessen ich gegen Sie gedacht habe.

Betty gehet ab.

MARWOOD *beiseite*: Gute Vermutung!

MELLEFONT: Aber doch, Lady – –

MARWOOD: Wenn Sie es denn befehlen – Miß, so muß ich mich Ihnen – –

SARA: Nein doch, Mellefont: Sie werden mir ja das Vergnügen nicht mißgönnen, Lady Solmes so lange unterhalten zu dürfen?

MELLEFONT: Sie wollen es, Miß? – –

SARA: Halten Sie sich nicht auf, liebster Mellefont, und kommen Sie nur bald wieder. Aber mit einem freudigern Gesichte, will ich wünschen! Sie vermuten ohne Zweifel eine unangenehme Nachricht. Lassen Sie sich nichts anfechten; ich bin begieriger, zu sehen, ob Sie allenfalls auf eine gute Art mich einer Erbschaft vorziehen können, als ich begierig bin, Sie in dem Besitze derselben zu wissen. – –

MELLEFONT: Ich gehorche. *Warnend:* Lady, ich bin ganz gewiß den Augenblick wieder hier! *Geht ab.*

MARWOOD *beiseite*: Glücklich!

ACHTER AUFTRITT

SARA. MARWOOD.

SARA: Mein guter Mellefont sagt seine Höflichkeiten manchmal mit einem ganz falschen Tone. Finden Sie es nicht auch Lady? – –

MARWOOD: Ohne Zweifel bin ich seiner Art schon allzu gewohnt, als daß ich so etwas bemerken könnte.

SARA: Wollen sich Lady nicht setzen?

MARWOOD: Wenn Sie befehlen Miß – *Beiseite, indem sie sich setzen:* Ich muß diesen Augenblick nicht ungebraucht vorbeistreichen lassen.

SARA: Sagen Sie mir, Lady, werde ich nicht das glücklichste Frauenzimmer mit meinem Mellefont werden?

MARWOOD: Wenn sich Mellefont in sein Glück zu finden weiß, so wird ihn Miß Sara zu der beneidenswürdigsten Mannsperson machen. Aber – –

SARA: Ein Aber, und eine so nachdenkliche Pause, Lady – –

MARWOOD: Ich bin offenherzig, Miß – –

SARA: Und dadurch unendlich schätzbarer –

MARWOOD: Offenherzig – nicht selten bis zur Unbedachtsamkeit. Mein Aber ist der Beweis davon. Ein sehr unbedächtiges Aber!

SARA: Ich glaube nicht, daß mich Lady durch diese Ausweichung noch unruhiger machen wollen. Es mag wohl eine grausame Barmherzigkeit sein, ein Übel, das man zeigen könnte, nur argwohnen zu lassen.

MARWOOD: Nicht doch, Miß; Sie denken bei meinem Aber viel zuviel. Mellefont ist mein Anverwandter – – –

SARA: Desto wichtiger wird die geringste Einwendung, die Sie wider ihn zu machen haben.

MARWOOD: Aber wenn Mellefont auch mein Bruder wäre, so muß ich Ihnen doch sagen, daß ich mich ohne Bedenken einer Person meines Geschlechts gegen ihn annehmen würde, wenn ich bemerkte, daß er nicht rechtschaffen genug an ihr handle. Wir Frauenzimmer sollten billig jede Beleidigung, die einer einzigen von uns erwiesen wird, zu Beleidigungen des ganzen Geschlechts und zu einer allgemeinen Sache machen, an der auch die Schwester und Mutter des Schuldigen, Anteil zu nehmen, sich nicht bedenken müßten.

SARA: Diese Anmerkung – – –

MARWOOD: Ist schon dann und wann in zweifelhaften Fällen meine Richtschnur gewesen.

SARA: Und verspricht mir – Ich zittere –

MARWOOD: Nein, Miß; wenn Sie zittern wollen – Lassen Sie uns von etwas anderm sprechen – –

SARA: Grausame Lady!

MARWOOD: Es tut mir leid, daß ich verkannt werde. Ich wenigstens, wenn ich mich in Gedanken an Miß Sampsons Stelle setze, würde jede nähere Nachricht, die man mir von demjenigen geben wollte, mit dessen Schicksale ich das meinige auf ewig zu verbinden bereit wäre, als eine Wohltat ansehen.

SARA: Was wollen Sie, Lady? Kenne ich meinen Mellefont nicht schon? Glauben Sie mir, ich kenne ihn, wie meine eigne Seele. Ich weiß, daß er mich liebt – –

MARWOOD: Und andre – –

SARA: Geliebt hat. Auch das weiß ich. Hat er mich lieben sollen, ehe er von mir etwas wußte? Kann ich die einzige zu sein verlangen, die für ihn Reize genug gehabt hat? Muß ich mir es nicht selbst gestehen, daß ich mich, ihm zu gefallen, bestrebt habe? Ist er nicht liebenswürdig genug, daß er bei mehrern dieses Bestreben hat erwecken müssen? Und ist es nicht natürlich, wenn mancher dieses Bestreben gelungen ist?

MARWOOD: Sie verteidigen ihn mit ebender Hitze und fast mit ebenden Gründen, mit welchen ich ihn schon oft verteidiget habe. Es ist kein Verbrechen, geliebet haben; noch viel weniger ist es eines, geliebet worden sein. Aber die Flatterhaftigkeit ist ein Verbrechen.

SARA: Nicht immer; denn oft, glaube ich, wird sie durch die Gegenstände der Liebe entschuldiget, die es immer zu bleiben, selten verdienen.

MARWOOD: Miß Sampsons Sittenlehre scheinet nicht die strengste zu sein.

SARA: Es ist wahr; die, nach der ich diejenigen zu richten pflege, welche es selbst gestehen, daß sie auf Irrwege gegangen sind, ist die strengste nicht. Sie muß es auch nicht sein. Denn hier kömmt es nicht darauf an, die Schranken zu bestimmen, die uns die Tugend bei der Liebe setzt; sondern bloß darauf, die menschliche Schwachheit zu entschuldigen, wenn sie in diesen Schranken nicht geblieben ist, und die daraus entstehenden Folgen nach den Regeln der Klugheit zu beurteilen. Wenn zum Exempel, ein Mellefont eine Marwood liebt, und sie endlich verläßt: so ist dieses Verlassen, in Vergleichung mit der Liebe selbst, etwas sehr Gutes. Es wäre ein Unglück, wenn er eine Lasterhafte deswegen, weil er sie einmal geliebt hat, ewig lieben müßte.

MARWOOD: Aber, Miß, kennen Sie denn diese Marwood, welche Sie so getrost eine Lasterhafte nennen?

SARA: Ich kenne sie aus der Beschreibung des Mellefont.

MARWOOD: Des Mellefont? Ist es Ihnen denn nie beigefallen, daß Mellefont in seiner eigenen Sache nichts anders, als ein sehr ungültiger Zeuge sein könne.

SARA: – Nun merke ich es erst, Lady, daß Sie mich auf die Probe stellen wollen. Mellefont wird lächeln, wenn Sie es ihm wiedersagen werden, wie ernsthaft ich mich seiner angenommen.

MARWOOD: Verzeihen Sie, Miß; von dieser Unterredung muß Mellefont nichts wiedererfahren. Sie denken zu edel, als daß Sie, zum Danke für eine wohlgemeinte Warnung, eine Anverwandte mit ihm entzweien wollten, die sich nur deswegen wider ihn erklärt, weil sie sein unwürdiges Verfahren gegen mehr als eine der liebenswürdigsten Personen unsers Geschlechts so ansieht, als ob sie selbst darunter gelitten hätte.

SARA: Ich will niemand entzweien, Lady; und ich wünschte, daß es andre ebensowenig wollten.

MARWOOD: Soll ich Ihnen die Geschichte der Marwood in wenig Worten erzählen?

SARA: Ich weiß nicht – Aber doch ja, Lady; nur mit dem Beding, daß Sie davon aufhören, sobald Mellefont zurückkömmt. Er möchte denken, ich hätte mich aus eignem Triebe darnach erkundiget; und ich wollte nicht gern, daß er mir eine ihm so nachteilige Neubegierde zutrauen könnte.

MARWOOD: Ich würde Miß Sampson um gleiche Vorsicht gebeten haben, wenn sie mir nicht zuvorgekommen wäre. Er muß es auch nicht argwohnen können, daß Marwood unser Gespräch gewesen ist; und Sie werden so behutsam sein, Ihre Maßregeln ganz in der Stille darnach zu nehmen. – Hören Sie nunmehr! – Marwood ist aus einem guten Geschlechte. Sie war eine junge Witwe, als sie Mellefont bei einer ihrer Freundinnen kennenlernte. Man sagt, es habe ihr weder an Schönheit noch an derjenigen Anmut gemangelt, ohne welche die Schönheit tot sein würde. Ihr guter Name war ohne Flecken. Ein einziges fehlte ihr: – Vermögen. Alles was sie besessen hatte – und es sollen ansehnliche Reichtümer gewesen sein –, hatte sie für die Befreiung eines Mannes aufgeopfert, dem sie nichts in der Welt vorenthalten zu dürfen glaubte, nachdem sie ihm einmal ihr Herz und ihre Hand schenken wollen.

SARA: Wahrlich ein edler Zug, Lady, von dem ich wollte, daß er in einem bessern Gemälde prangte!

MARWOOD: Des Mangels an Vermögen ungeachtet, ward sie von Personen gesucht, die nichts eifriger wünschten, als sie glücklich zu machen. Unter diesen reichen und vornehmen Anbetern trat Mellefont auf. Sein Antrag war ernstlich, und der Überfluß, in welchen er die Marwood zu setzen versprach, war das Geringste, worauf er sich stützte. Er hatte es bei der ersten Unterredung weg, daß er mit keiner Eigennützigen zu tun habe, sondern mit einem Frauenzimmer, voll des zärtlichsten Gefühls, welches eine Hütte einem Palaste würde vorgezogen haben, wenn sie in jener mit einer geliebten, und in diesem mit einer gleichgültigen Person hätte leben sollen.

SARA: Wieder ein Zug, den ich der Marwood nicht gönne. Schmeicheln Sie ihr ja nicht mehr, Lady; oder ich möchte sie am Ende betauern müssen.

MARWOOD: Mellefont war eben im Begriffe, sich auf die feierlichste Art mit ihr zu verbinden, als er Nachricht von dem Tode eines Vetters bekam, welcher ihm sein ganzes Vermögen mit der Bedingung hinterließ, eine weitläuftige Anverwandte zu heuraten. Hatte Marwood seinetwegen reichere Verbindungen ausgeschlagen, so wollte er ihr nunmehr an Großmut nichts nachgeben. Er war willens, ihr von dieser Erbschaft eher nichts zu sagen, als bis er sich derselben durch sie würde verlustig gemacht haben. – Nicht wahr, Miß, das war groß gedacht?

SARA: O Lady, wer weiß es besser, als ich, daß Mellefont das edelste Herz besitzt?

MARWOOD: Was aber tat Marwood? Sie erfuhr es unter der Hand, noch spät an einem Abende, wozu sich Mellefont ihrentwegen entschlossen hätte. Mellefont kam des Morgens, sie zu besuchen, und Marwood war fort.

SARA: Wohin? Warum?

MARWOOD: Er fand nichts als einen Brief von ihr, worin sie ihm entdeckte, daß er sich keine Rechnung machen dürfe, sie jemals wiederzusehen. Sie leugne es zwar nicht, daß sie ihn liebe; aber eben deswegen könne sie sich nicht überwinden, die Ursache einer Tat zu sein, die er notwendig einmal bereuen müsse. Sie erlasse ihn seines Versprechens, und ersuche ihn, ohne weiteres Bedenken, durch die Vollziehung der in dem Testamente vorgeschriebnen Verbindung, in den Besitz eines Vermögens zu treten, welches ein Mann von Ehre zu etwas Wichtigerm brauchen könne, als einem Frauenzimmer eine unüberlegte Schmeichelei damit zu machen.

SARA: Aber Lady, warum leihen Sie der Marwood so vortreffliche Gesinnungen? Lady Solmes kann derselben wohl fähig sein, aber nicht Marwood. Gewiß Marwood nicht.

MARWOOD: Es ist nicht zu verwundern, Miß, daß Sie wider sie eingenommen sind. – Mellefont wollte über den Entschluß der Marwood von Sinnen kommen. Er schickte überall Leute aus, sie wiederaufzusuchen; und endlich fand er sie.

SARA: Weil sie sich finden lassen wollte, ohne Zweifel.

MARWOOD: Keine bittere Glossen, Miß! Sie geziemen einem Frauenzimmer, von einer sonst so sanften Denkungsart, nicht. – Er fand sie, sag ich; und fand sie unbeweglich. Sie wollte seine Hand durchaus nicht annehmen; und alles, was er von ihr erhalten konnte war dieses, daß sie nach London zurückzukommen versprach. Sie wurden eins, ihre Vermählung so lange auszusetzen, bis die Anverwandte, des langen Verzögerns überdrüssig, einen Vergleich vorzuschlagen gezwungen sei. Unterdessen konnte sich Marwood nicht wohl der täglichen Besuche des Mellefont entbrechen, die eine lange Zeit nichts, als ehrfurchtsvolle Besuche eines Liebhabers waren, den man in die Grenzen der Freundschaft zurückgewiesen hat. Aber wie unmöglich ist es, daß ein hitziges Temperament diese engen Grenzen nicht überschreiten sollte! Mellefont besitzt alles, was uns eine Mannsperson gefährlich machen kann. Niemand kann hiervon überzeugter sein, als Miß Sampson selbst.

SARA: Ach!

MARWOOD: Sie seufzen? Auch Marwood hat über ihre Schwachheit mehr als einmal geseufzet, und seufzet noch.

SARA: Genug, Lady, genug; diese Wendung, sollte ich meinen, war mehr, als eine bittere Glosse, die Sie mir zu untersagen beliebten.

MARWOOD: Ihre Absicht war nicht, zu beleidigen, sondern bloß die unglückliche Marwood Ihnen in einem Lichte zu zeigen, in welchem Sie am richtigsten von ihr urteilen könnten. – Kurz, die Liebe gab dem Mellefont die Rechte eines Gemahls; und Mellefont hielt es länger nicht für nötig, sie durch die Gesetze gültig machen zu lassen. Wie glücklich wäre Marwood, wenn sie, Mellefont und der Himmel, nur allein von ihrer Schande wüßten! Wie glücklich, wenn nicht eine jammernde Tochter dasjenige der ganzen Welt entdeckte, was sie vor sich selbst verbergen zu können wünschte!

SARA: Was sagen Sie, Lady? Eine Tochter – –

MARWOOD: Ja, Miß, eine unglückliche Tochter verlieret durch die Darzwischenkunft der Sara Sampson alle Hoffnung, ihre Eltern jemals ohne Abscheu nennen zu können.

SARA: Schreckliche Nachricht! Und dieses hat mir Mellefont verschwiegen? – – Darf ich es auch glauben, Lady?

MARWOOD: Sie dürfen sicher glauben, Miß, daß Ihnen Mellefont vielleicht noch mehr verschwiegen hat.

SARA: Noch mehr? Was könnte er mir noch mehr verschwiegen haben?

MARWOOD: Dieses, daß er die Marwood noch liebt.

SARA: Sie töten mich, Lady!

MARWOOD: Es ist unglaublich, daß sich eine Liebe, welche länger als zehn Jahr gedauert hat, so geschwind verlieren könne. Sie kann zwar eine kurze Verfinsterung leiden; weiter aber auch nichts, als eine kurze Verfinsterung, aus welcher sie hernach mit neuem Glanze wieder hervorbricht. Ich könnte Ihnen eine Miß Oklaff, eine Miß Dorkas, eine Miß Moor und mehrere nennen, welche, eine nach der andern, der Marwood einen Mann abspenstig zu machen drohten, von welchem sie sich am Ende auf das grausamste hintergangen sahen. Er hat einen gewissen Punkt, über welchen er sich nicht bringen läßt, und sobald er diesen scharf in das Gesicht bekömmt, springt er ab. Gesetzt aber, Miß, Sie wären die einzige Glückliche, bei welcher sich alle Umstände wider ihn erklärten; gesetzt Sie brächten ihn dahin, daß er seinen nunmehr zur Natur gewordenen Abscheu gegen ein förmliches Joch überwinden müßte: glaubten Sie wohl dadurch seines Herzens versichert zu sein?

SARA: Ich Unglückliche! Was muß ich hören!

MARWOOD: Nichts weniger. Alsdann würde er eben am allerersten in die Arme derjenigen zurückeilen, die auf seine Freiheit so eifersüchtig nicht gewesen. Sie würden seine Gemahlin heißen, und jene würde es sein.

SARA: Martern Sie mich nicht länger mit so schrecklichen Vorstellungen! Raten Sie mir vielmehr, Lady, ich bitte Sie, raten Sie mir, was ich tun soll. Sie müssen ihn kennen. Sie müssen es wissen, durch was es noch etwa möglich ist, ihm ein Band angenehm zu machen, ohne welches auch die aufrichtigste Liebe eine unheilige Leidenschaft bleibet.

MARWOOD: Daß man einen Vogel fangen kann, Miß, das weiß ich wohl. Aber daß man ihm seinen Käfig angenehmer, als das freie Feld machen könne, das weiß ich nicht. Mein Rat wäre also, ihn lieber nicht zu fangen, und sich den Verdruß über die vergebne Mühe zu ersparen. Begnügen Sie sich, Miß, an dem Vergnügen, ihn sehr nahe an Ihrer Schlinge gesehn zu haben, und weil Sie voraussehen können, daß er die Schlinge ganz gewiß zerreißen werde, wenn Sie ihn vollends hineinlockten; so schonen Sie Ihre Schlinge, und lokken ihn nicht herein.

SARA: Ich weiß nicht, ob ich dieses tändelnde Gleichnis recht verstehe, Lady –

MARWOOD: Wenn Sie verdrießlich darüber geworden sind, so haben Sie es verstanden. – Mit einem Worte, Ihr eigner Vorteil sowohl, als der Vorteil einer andern, die Klugheit sowohl als die Billigkeit, können und sollen Miß Sampson bewegen, Ihre Ansprüche auf einen Mann aufzugeben, auf den Marwood die ersten und stärksten hat. Noch stehen Sie, Miß, mit ihm so, daß Sie, ich will nicht sagen mit vieler Ehre, aber doch ohne öffentliche Schande von ihm ablassen können. Eine kurze Verschwindung mit einem Liebhaber ist zwar ein Fleck; aber doch ein Fleck, den die Zeit ausbleichet.

In einigen Jahren ist alles vergessen, und es finden sich für eine reiche Erbin noch immer Mannspersonen, die es so genau nicht nehmen. Wenn Marwood in diesen Umständen wäre, und sie brauchte, weder für ihre im Abzuge begriffene Reize einen Gemahl, noch für ihre hülflose Tochter einen Vater, so weiß ich gewiß, Marwood würde gegen Miß Sampson großmütiger handeln, als Miß Sampson gegen die Marwood zu handeln, schimpfliche Schwierigkeiten macht.

SARA *indem sie unwillig aufsteht*: Das geht zu weit! Ist dieses die Sprache einer Anverwandten des Mellefont? – Wie unwürdig verrät man Sie, Mellefont! – Nun merke ich es, Lady, warum er Sie so ungern bei mir allein lassen wollte. Er mag es schon wissen, wieviel man von Ihrer Zunge zu fürchten habe. Eine giftige Zunge! – Ich rede dreist! Denn Lady haben lange genug unanständig geredet. Wodurch hat Marwood sich eine solche Vorsprecherin erwerben können, die alle ihre Erfindungskraft aufbietet, mir einen blendenden Roman von ihr aufzudringen; und alle Ränke anwendet, mich gegen die Redlichkeit eines Mannes argwöhnisch zu machen, der ein Mensch, aber kein Ungeheuer ist? Ward es mir nur deswegen gesagt, daß sich Marwood einer Tochter von ihm rühme; ward mir nur deswegen diese und jene betrogene Miß genannt, damit man mir am Ende auf die empfindlichste Art zu verstehen geben könne, ich würde wohltun, wenn ich mich selbst einer verhärteten Buhlerin nachsetzte?

MARWOOD: Nur nicht so hitzig, mein junges Frauenzimmer. Eine verhärtete Buhlerin? – Sie brauchen, wahrscheinlicherweise, Worte, deren Kraft Sie nicht überleget haben.

SARA: Erscheint sie nicht als eine solche, selbst in der Schilderung der Lady Solmes? – Gut, Lady; Sie sind ihre Freundin, ihre vertrauteste Freundin vielleicht. Ich sage dieses nicht als einen Vorwurf; denn es kann leicht in der Welt nicht wohl möglich sein, nur lauter tugendhafte Freunde zu haben. Allein wie komme ich dazu, dieser Ihrer Freundschaft wegen, so tief herabgestoßen zu werden? Wenn ich der Marwood Erfahrung gehabt hätte, so würde ich den Fehltritt gewiß nicht getan haben, der mich mit ihr in eine so erniedrigende Parallel setzt. Hätte ich ihn aber doch getan, so würde ich wenigstens nicht zehn Jahr darin verharret sein. Es ist ganz etwas anders, aus Unwissenheit auf das Laster treffen; und ganz etwas anders, es kennen und demungeachtet mit ihm vertraulich werden. – Ach, Lady, wenn Sie es wüßten, was für Reue, was für Gewissensbisse, was für Angst mich mein Irrtum gekostet! Mein Irrtum, sag ich; denn warum soll ich länger so grausam gegen mich sein, und ihn als ein Verbrechen betrachten? Der Himmel selbst hört auf, ihn als ein solches anzusehen; er nimmt die Strafe von mir, und schenkt mir einen Vater wieder – Ich erschrecke, Lady; wie verändern sich auf einmal die Züge Ihres Gesichts? Sie glühen; aus dem starren Auge schreckt Wut, und des Mundes knirschende Bewegung – Ach! wo ich Sie erzürnt habe, Lady; so bitte ich um Verzeihung. Ich bin eine empfindliche Närrin; was Sie gesagt haben, war ohne Zweifel so böse nicht gemeint. Vergessen Sie meine Übereilung. Wodurch kann ich Sie besänftigen? Wodurch kann auch ich mir eine Freundin an Ihnen erwerben, so wie sie Marwood an Ihnen gefunden hat? Lassen Sie mich, Lady, lassen Sie mich fußfällig darum bitten – *Indem sie niederfällt:* Um Ihre Freundschaft, Lady – Und wo ich diese nicht erhalten kann, um die Gerechtigkeit wenigstens, mich und Marwood nicht in einen Rang zu setzen.

MARWOOD *die einige Schritte stolz zurücktritt und die Sara liegen läßt:* Diese Stellung der Sara Sampson ist für Marwood viel zu reizend, als daß sie nur unerkannt darüber frohlocken sollte – Erkennen Sie, Miß, in mir die Marwood, mit der Sie nicht verglichen zu werden, die Marwood selbst fußfällig bitten.

SARA *die voller Erschrecken aufspringt, und sich zitternd zurückzieht:* Sie, Marwood? – Ha! Nun erkenn ich sie – nun erkenn ich sie, die mördrische Retterin, deren Dolche mich ein warnender Traum preisgab. Sie ist es! Flieh unglückliche Sara! Retten Sie mich, Mellefont; retten Sie Ihre Geliebte! Und du, süße Stimme meines geliebten Vaters, erschalle! Wo schallt sie? wo soll ich auf sie zueilen? – hier? – da? – Hülfe, Mellefont! Hülfe, Betty! – Itzt dringt sie mit tötender Faust auf mich ein! Hülfe! *Eilt ab.*

Neunter Auftritt

Marwood.

Was will die Schwärmerin? – O daß sie wahr redte, und ich mit tötender Faust auf sie eindränge! Bis hieher hätte ich den Stahl sparen sollen, ich Törichte! Welche Wollust, eine Nebenbuhlerin in der freiwilligen Erniedrigung zu unsern Füßen durchbohren zu können! – Was nun? – Ich bin entdeckt. Mellefont kann den Augenblick hier sein. Soll ich ihn fliehen? Soll ich ihn erwarten? Ich will ihn erwarten, aber nicht müßig. Vielleicht, daß ihn die glückliche List meines Bedienten noch lange genug aufhält! – Ich sehe, ich werde gefürchtet. Warum folge ich ihr also nicht? Warum versuche ich nicht noch das Letzte, das ich wider sie brauchen kann? Drohungen sind armselige Waffen; doch die Verzweiflung verschmäht keine, so armselig sie sind. Ein schreckhaftes Mädchen, das betäubt und mit zerrütteten Sinnen schon vor meinem Namen flieht, kann leicht fürchterliche Worte für fürchterliche Taten halten. Aber Mellefont? – Mellefont wird ihr wieder Mut machen, und sie über meine Drohungen spotten lehren. Er wird? Vielleicht wird er auch nicht. Es wäre wenig in der Welt unternommen worden, wenn man nur immer auf den Ausgang gesehen hätte. Und bin ich auf den unglücklichsten nicht schon vorbereitet? – Der Dolch war für andre, das Gift ist für mich! – Das Gift für mich! Schon längst mit mir herumgetragen, wartet es hier, dem Herzen bereits nahe, auf den traurigen Dienst; hier, wo ich in bessern Zeiten, die geschriebenen Schmeicheleien der Anbeter verbarg; für uns ein ebenso gewisses, aber nur langsamres Gift. – Wenn es doch nur bestimmt wäre, in meinen Adern nicht allein zu toben! Wenn es doch einem Ungetreuen – Was halte ich mich mit Wünschen auf? – Fort! Ich muß weder mich, noch sie zu sich selbst kommen lassen. Der will sich nichts wagen, der sich mit kaltem Blute wagen will. *Gehet ab.*

Ende des vierten Aufzuges.

FÜNFTER AUFZUG

Erster Auftritt

Das Zimmer der Sara.

Sara *schwach in einem Lehnstuhle.* Betty.

betty: Fühlen Sie nicht, Miß, daß Ihnen ein wenig besser wird?

sara: Besser, Betty? – Wenn nur Mellefont wiederkommen wollte. Du hast doch nach ihm ausgeschickt?

betty: Norton und der Wirt suchen ihn.

sara: Norton ist ein guter Mensch, aber er ist hastig. Ich will durchaus nicht, daß er seinem Herrn meinetwegen Grobheiten sagen soll. Wie er es selbst erzählte, so ist Mellefont ja an allem unschuldig. – Nicht wahr, Betty, du hältst ihn auch für unschuldig? – Sie kömmt ihm nach; was kann er dafür? Sie tobt, sie raset, sie will ihn ermorden. Siehst du, Betty? dieser Gefahr habe ich ihn ausgesetzt. Wer sonst als ich? – Und endlich will die böse Marwood mich sehen, oder nicht eher nach London zurückkehren. Konnte er ihr diese Kleinigkeit abschlagen? Bin ich doch auch oft begierig gewesen, die Marwood zu sehen. Mellefont weiß wohl, daß wir neugierige Geschöpfe sind. Und wenn ich nicht selbst darauf gedrungen hätte, daß sie bis zu seiner Zurückkunft bei mir verziehen sollte, so würde er sie wieder mit weggenommen haben. Ich würde sie unter einem falschen Namen gesehen haben, ohne zu wissen, daß ich sie gesehen hätte. Und vielleicht würde mir dieser kleine Betrug einmal angenehm gewesen sein. Kurz, alle Schuld ist mein. – Je nun, ich bin erschrocken; weiter bin ich ja nichts? Die kleine Ohnmacht wollte nicht viel sagen. Du weißt wohl, Betty, ich bin dazu geneigt.

betty: Aber in so tiefer hatte ich Miß noch nie gesehen.

sara: Sage es mir nur nicht. Ich werde dir gutherzigen Mädchen freilich zu schaffen gemacht haben.

betty: Marwood selbst schien durch die Gefahr, in der Sie sich befanden, gerühret zu sein. So stark ich ihr auch anlag, daß sie sich nur fortbegeben möchte, so wollte sie doch das Zimmer nicht eher verlassen, als bis Sie die Augen ein wenig wieder aufschlugen, und ich Ihnen die Arzenei einflößen konnte.

SARA: Ich muß es wohl gar für ein Glück halten, daß ich in Ohnmacht gefallen bin. Denn wer weiß, was ich noch von ihr hätte hören müssen. Umsonst mochte sie mir gewiß nicht in mein Zimmer gefolgt sein. Du glaubst nicht, wie außer mir ich war. Auf einmal fiel mir der schreckliche Traum von voriger Nacht ein, und ich flohe als eine Unsinnige, die nicht weiß warum, und wohin sie flieht. – Aber Mellefont kömmt noch nicht. – Ach! –

BETTY: Was für ein Ach, Miß? Was für Zuckungen? –

SARA: Gott! was für eine Empfindung war dieses – –

BETTY: Was stößt Ihnen wieder zu?

SARA: Nichts, Betty. – Ein Stich! nicht ein Stich, tausend feurige Stiche in einem! – Sei nur ruhig; es ist vorbei.

Zweiter Auftritt

Norton. Sara. Betty.

NORTON: Mellefont wird den Augenblick hier sein.

SARA: Nun das ist gut, Norton. Aber wo hast du ihn noch gefunden?

NORTON: Ein Unbekannter hat ihn bis vor das Tor mit sich gelockt, wo ein Herr auf ihn warte, der in Sachen von der größten Wichtigkeit mit ihm sprechen müsse. Nach langem Herumführen hat sich der Betrieger ihm von der Seite geschlichen. Es ist sein Unglück, wo er sich ertappen läßt; so wütend ist Mellefont.

SARA: Hast du ihm gesagt, was vorgegangen?

NORTON: Alles.

SARA: Aber mit einer Art – –

NORTON: Ich habe auf die Art nicht denken können. Genug er weiß es, was für Angst Ihnen seine Unvorsichtigkeit wieder verursacht hat.

SARA: Nicht doch, Norton; ich habe mir sie selbst verursacht. –

NORTON: Warum soll Mellefont niemals unrecht haben? – Kommen Sie nur, mein Herr; die Liebe hat Sie bereits entschuldiget.

DRITTER AUFTRITT

MELLEFONT. NORTON. SARA. BETTY.

MELLEFONT: Ach, Miß, wenn auch diese Ihre Liebe nicht wäre –

SARA: So wäre ich von uns beiden gewiß die Unglücklichste. Ist Ihnen in Ihrer Abwesenheit nur nichts Verdrießlichers zugestoßen, als mir, so bin ich vergnügt.

MELLEFONT: So gütig empfangen zu werden, habe ich nicht verdient.

SARA: Verzeihen Sie es meiner Schwachheit, daß ich Sie nicht zärtlicher empfangen kann. Bloß Ihrer Zufriedenheit wegen wünschte ich, mich weniger krank zu fühlen.

MELLEFONT: Ha, Marwood, diese Verräterei war noch übrig! Der Nichtswürdige, der mich mit der geheimnisvollsten Miene aus einer Straße in die andre, aus einem Winkel in den andern führte, war gewiß nichts anders, als ein Abgeschickter von ihr. Sehen Sie, liebste Miß, diese List wandte sie an, mich von Ihnen zu entfernen. Eine plumpe List, ohne Zweifel; aber eben weil sie plump war, war ich weit davon entfernt, sie dafür zu halten. Umsonst muß sie so treulos nicht gewesen sein! Geschwind, Norton, geh in ihre Wohnung; laß sie nicht aus den Augen, und halte sie so lange auf, bis ich nachkomme.

SARA: Wozu dieses, Mellefont? Ich bitte für Marwood.

MELLEFONT: Geh!

Norton geht ab.

VIERTER AUFTRITT

SARA. MELLEFONT. BETTY.

SARA: Lassen Sie doch einen abgematteten Feind, der den letzten fruchtlosen Sturm gewagt hat, ruhig abziehen. Ich würde ohne Marwood vieles nicht wissen – –

MELLEFONT: Vieles? Was ist das viele?

SARA: Was Sie mir selbst nicht gesagt hätten, Mellefont. – Sie werden stutzig? – Nun wohl, ich will es wieder vergessen; weil Sie doch nicht wollen, daß ich es wissen soll.

MELLEFONT: Ich will nicht hoffen, daß Sie etwas zu meinem Nachteile glauben werden, was keinen andern Grund hat, als die Eifersucht einer aufgebrachten Verleumderin.

SARA: Auf ein andermal hiervon! – Warum aber lassen Sie es nicht das erste sein, mir von der Gefahr zu sagen, in der sich Ihr kostbares Leben befunden hat? Ich, Mellefont, ich würde den Stahl geschliffen haben, mit dem Sie Marwood durchstoßen hätte – –

MELLEFONT: Diese Gefahr war so groß nicht. Marwood ward von einer blinden Wut getrieben, und ich war bei kaltem Blute. Ihr Angriff also mußte mißlingen – Wenn ihr ein andrer, auf der Miß Sara gute Meinung von ihrem Mellefont, nur nicht besser gelungen ist! Fast muß ich es fürchten – Nein, liebste Miß, verschweigen Sie mir es nicht länger, was Sie von ihr wollen erfahren haben.

SARA: Nun wohl. – Wenn ich noch den geringsten Zweifel an Ihrer Liebe gehabt hätte, Mellefont, so würde mir ihn die tobende Marwood benommen haben. Sie muß es gewiß wissen, daß sie durch mich um das Kostbarste gekommen sei; denn ein ungewisser Verlust würde sie bedächtiger haben gehen lassen.

MELLEFONT: Bald werde ich also auf ihre blutdürstige Eifersucht, auf ihre ungestüme Frechheit, auf ihre treulose List einigen Wert legen müssen! – Aber, Miß, Sie wollen mir wieder ausweichen, und mir dasjenige nicht entdecken – – –

SARA: Ich will es; und was ich sagte war schon ein näherer Schritt dazu. Daß mich Mellefont also liebt, ist unwidersprechlich gewiß. Wenn ich nur nicht entdeckt hätte, daß seiner Liebe ein gewisses Vertrauen fehle, welches mir ebenso schmeichelhaft sein würde, als die Liebe selbst. Kurz, liebster Mellefont – Warum muß mir eine plötzliche Beklemmung das Reden so schwer machen? Ich werde es schon sagen müssen, ohne viel die behutsamste Wendung zu suchen, mit der ich es Ihnen sagen sollte. – Marwood erwähnte eines Pfandes, und der schwatzhafte Norton – Vergeben Sie es ihm nur – nannte mir einen Namen; einen Namen, Mellefont, welcher eine andre Zärtlichkeit bei Ihnen rege machen muß, als Sie gegen mich empfinden –

MELLEFONT: Ist es möglich? Hat die Unverschämte ihre eigne Schande bekannt? – Ach, Miß, haben Sie Mitleiden mit meiner Verwirrung. – Da Sie schon alles wissen, warum wollen Sie es auch noch aus meinem Munde hören? Sie soll nie vor Ihre Augen kommen die kleine Unglückliche, der man nichts vorwerfen kann, als ihre Mutter.

SARA: Sie lieben sie also doch? –

MELLEFONT: Zu sehr, Miß, zu sehr, als daß ich es leugnen sollte.

SARA: Wohl! Mellefont. – Wie sehr liebe ich Sie, auch um dieser Liebe willen. Sie würden mich empfindlich beleidiget haben, wenn Sie die Sympathie Ihres Bluts, aus mir nachteiligen Bedenklichkeiten, verleugnet hätten. Schon haben Sie mich dadurch beleidiget, daß Sie mir drohen, sie nicht vor meine Augen kommen zu lassen. Nein, Mellefont; es muß eine von den Versprechungen sein, die Sie mir vor den Augen des Höchsten angeloben, daß Sie Arabellen nicht von sich lassen wollen. Sie läuft Gefahr, in den Händen ihrer Mutter, ihres Vaters unwürdig zu werden. Brauchen Sie Ihre Rechte über beide, und lassen mich an die Stelle der Marwood treten. Gönnen Sie mir das Glück, mir eine Freundin zu erziehen, die Ihnen ihr Leben zu danken hat; einen Mellefont meines Geschlechts. Glückliche Tage, wenn mein Vater, wenn Sie, wenn Arabella, meine kindliche Ehrfurcht, meine vertrauliche Liebe, meine sorgsame Freundschaft um die Wette beschäftigen werden! Glückliche Tage! Aber ach! – sie sind noch fern in der Zukunft. – Doch vielleicht weiß auch die Zukunft nichts von ihnen, und sie sind bloß in meiner Begierde nach Glück! – Empfindungen, Mellefont, nie gefühlte Empfindungen wenden meine Augen in eine andre Aussicht! Eine dunkle Aussicht in ehrfurchtsvolle Schatten! – Wie wird mir? – *Indem sie die Hand vors Gesicht hält.*

MELLEFONT: Welcher plötzliche Übergang von Bewundrung zum Schrecken! – Eile doch, Betty! Schaffe doch Hülfe! – Was fehlt Ihnen, großmütige Miß! Himmlische Seele! Warum verbirgt mir diese neidische Hand *Indem er sie wegnimmt.* so holde Blicke? – Ach es sind Mienen, die den grausamsten Schmerz, aber ungern, verraten! – Und doch ist die Hand neidisch, die mir diese Mienen verbergen will. Soll ich Ihre Schmerzen nicht mitfühlen, Miß? Ich Unglücklicher, daß ich sie nur mitfühlen kann! – Daß ich sie nicht allein fühlen soll! – So eile doch, Betty – –

BETTY: Wohin soll ich eilen? –

MELLEFONT: Du siehst und fragst? – nach Hülfe!

SARA: Bleib nur! – Es geht vorüber. Ich will Sie nicht wieder erschrecken, Mellefont.

MELLEFONT: Betty, was ist ihr geschehen? – Das sind nicht bloße Folgen einer Ohnmacht. –

Fünfter Auftritt

Norton. Mellefont. Sara. Betty.

mellefont: Du kömmst schon wieder Norton? Recht gut! Du wirst hier nötiger sein.

norton: Marwood ist fort – –

mellefont: Und meine Flüche eilen ihr nach! – Sie ist fort? – Wohin? – Unglück und Tod, und wo möglich, die ganze Hölle möge sich auf ihrem Wege finden! Verzehrend Feuer donnre der Himmel auf sie herab, und unter ihr breche die Erde ein, der weiblichen Ungeheuer größtes zu verschlingen! – –

norton: Sobald sie in ihre Wohnung zurückgekommen, hat sie sich mit Arabellen und ihrem Mädchen in den Wagen geworfen, und die Pferde mit verhängtem Zügel davoneilen lassen. Dieser versiegelte Zettel ist von ihr an Sie zurückgeblieben.

mellefont *indem er den Zettel nimmt*: Er ist an mich. – – Soll ich ihn lesen, Miß?

sara: Wenn Sie ruhiger sein werden, Mellefont.

mellefont: Ruhiger? Kann ich es werden, ehe ich mich an Marwood gerächet, und Sie, teuerste Miß, außer Gefahr weiß?

sara: Lassen Sie mich nichts von Rache hören. Die Rache ist nicht unser! – Sie erbrechen ihn doch? – Ach, Mellefont, warum sind wir zu gewissen Tugenden bei einem gesunden und seine Kräfte fühlenden Körper weniger, als bei einem siechen und abgematteten aufgelegt? Wie sauer werden Ihnen Gelassenheit und Sanftmut, und wie unnatürlich scheint mir des Affekts ungeduldige Hitze! – – Behalten Sie den Inhalt nur für sich.

mellefont: Was ist es für ein Geist, der mich Ihnen ungehorsam zu sein zwinget? Ich erbrach ihn wider Willen – wider Willen muß ich ihn lesen.

sara *indem Mellefont für sich lieset*: Wie schlau weiß sich der Mensch zu trennen, und aus seinen Leidenschaften ein von sich unterschiedenes Wesen zu machen, dem er alles zur Last legen könne, was er bei kaltem Blute selbst nicht billiget – Mein Salz, Betty! Ich besorge einen neuen Schreck, und werde es nötig haben. – Siehst du, was der unglückliche Zettel für einen Eindruck auf ihn macht! – Mellefont! – Sie geraten außer sich! – Mellefont! – Gott! er erstarrt! – Hier, Betty! Reiche ihm das Salz! – Er hat es nötiger, als ich.

MELLEFONT *der die Betty damit zurückstößt*: Nicht näher, Unglückliche! – Deine Arzeneien sind Gift! –

SARA: Was sagen Sie? – Besinnen Sie sich! – Sie verkennen sie!

BETTY: Ich bin Betty, nehmen Sie doch.

MELLEFONT: Wünsche dir, Elende, daß du es nicht wärest! – Eile! fliehe! ehe du in Ermanglung des Schuldigern, das schuldige Opfer meiner Wut wirst!

SARA: Was für Reden! – Mellefont, liebster Mellefont – –

MELLEFONT: Das letzte „liebster Mellefont" aus diesem göttlichen Munde, und dann ewig nicht mehr! – Zu Ihren Füßen, Sara – – *Indem er sich niederwirft* – – Aber was will ich zu Ihren Füßen? *und wieder aufspringt.* Entdecken? Ich Ihnen entdekken? – Ja, ich will Ihnen entdecken, Miß, daß Sie mich hassen werden, daß Sie mich hassen müssen. – Sie sollen den Inhalt nicht erfahren; nein von mir nicht! – Aber Sie werden ihn erfahren. – Sie werden – Was steht ihr noch hier, müßig und angeheftet? Lauf Norton, bring alle Ärzte zusammen! Suche Hülfe, Betty! Laß die Hülfe so wirksam sein, als deinen Irrtum! – Nein! bleibt hier! Ich gehe selbst. –

SARA: Wohin, Mellefont? Nach was für Hülfe? Von welchem Irrtume reden Sie?

MELLEFONT: Göttliche Hülfe, Sara; oder unmenschliche Rache! – Sie sind verloren, liebste Miß! Auch ich bin verloren! – Daß die Welt mit uns verloren wäre! –

SECHSTER AUFTRITT

SARA. NORTON. BETTY.

SARA: Er ist weg? – Ich bin verloren? Was will er damit? Verstehest du ihn, Norton? – Ich bin krank, sehr krank; aber setze das Äußerste, daß ich sterben müsse: bin ich darum verloren? Und was will er denn mit dir, arme Betty? – Du ringst die Hände? Betrübe dich nicht; du hast ihn gewiß nicht beleidiget; er wird sich wieder besinnen. – Hätte er mir doch gefolgt, und den Zettel nicht gelesen! Er konnte es ja wohl denken, daß er das letzte Gift der Marwood enthalten müsse. –

BETTY: Welche schreckliche Vermutung! – Nein; es kann nicht sein; ich glaube es nicht. –

NORTON *welcher nach der Szene zugegangen*: Der alte Bediente Ihres Vaters, Miß –

SARA: Laß ihn hereinkommen, Norton!

Siebenter Auftritt

Waitwell. Sara. Betty. Norton.

SARA: Es wird dich nach meiner Antwort verlangen, guter Waitwell. Sie ist fertig, bis auf einige Zeilen. – Aber warum so bestürzt? Man hat es dir gewiß gesagt, daß ich krank bin.

WAITWELL: Und noch mehr!

SARA: Gefährlich krank? – Ich schließe es mehr aus der ungestümen Angst des Mellefont, als daß ich es fühle. – Wenn du mit dem unvollendeten Briefe der unglücklichen Sara an den unglücklichern Vater abreisen müßtest, Waitwell? – Laß uns das Beste hoffen! Willst du wohl bis morgen warten? Vielleicht finde ich einige gute Augenblicke, dich abzufertigen. Itzo möchte ich es nicht imstande sein. Diese Hand hängt wie tot an der betäubten Seite. – Wenn der ganze Körper so leicht dahinstirbt, wie diese Glieder – Du bist ein alter Mann, Waitwell, und kannst von deinem letzten Auftritte nicht weit mehr entfernet sein – Glaube mir, wenn das, was ich empfinde, Annäherungen des Todes sind – so sind die Annäherungen des Todes so bitter nicht. – Ach! – Kehre dich nicht an dieses Ach! Ohne alle unangenehme Empfindung kann es freilich nicht abgehen. Unempfindlich konnte der Mensch nicht sein; unleidlich muß er nicht sein – Aber, Betty, warum hörst du noch nicht auf, dich so untröstlich zu bezeigen?

BETTY: Erlauben Sie mir, Miß, erlauben Sie mir, daß ich mich aus Ihren Augen entfernen darf.

SARA: Geh nur; ich weiß wohl, es ist nicht eines jeden Sache, um Sterbende zu sein. Waitwell soll bei mir bleiben. Auch du Norton, wirst mir einen Gefallen erweisen, wenn du dich nach deinem Herrn umsiehst. Ich sehne mich nach seiner Gegenwart.

BETTY *im Abgehn*: Ach! Norton, ich nahm die Arzenei aus den Händen der Marwood! – –

Achter Auftritt

Waitwell. Sara.

SARA: Waitwell, wenn du mir die Liebe erzeigen und bei mir bleiben willst, so laß mich kein so wehmütiges Gesicht sehen. Du verstummst? – Sprich doch! Und wenn ich bitten darf, sprich von meinem Vater. Wiederhole mir alles, was du mir vor einigen Stunden Tröstliches sagtest. Wiederhole mir, daß mein Vater versöhnt ist, und mir vergeben hat. Wiederhole es mir, und füge hinzu, daß der ewige himmlische Vater nicht grausamer sein könne. – Nicht wahr, ich kann hierauf sterben? Wenn ich vor deiner Ankunft in diese Umstände gekommen wäre, wie würde es mit mir ausgesehen haben! Ich würde verzweifelt sein, Waitwell. Mit dem Hasse desjenigen beladen aus der Welt zu gehen, der wider seine Natur handelt, wenn er uns hassen muß – Was für ein Gedanke! Sag ihm, daß ich in den lebhaftesten Empfindungen der Reue, Dankbarkeit und Liebe gestorben sei. Sag ihm – Ach! daß ich es ihm nicht selbst sagen soll, wie voll mein Herz von seinen Wohltaten ist! Das Leben war das geringste derselben. Wie sehr wünschte ich, den schmachtenden Rest zu seinen Füßen aufgeben zu können!

WAITWELL: Wünschen Sie wirklich, Miß, ihn zu sehen?

SARA: Endlich sprichst du, um an meinem sehnlichsten Verlangen, an meinem letzten Verlangen zu zweifeln.

WAITWELL: Wo soll ich die Worte finden, die ich schon so lange suche? Eine plötzliche Freude ist so gefährlich, als ein plötzlicher Schreck. Ich fürchte mich nur vor dem allzu gewaltsamen Eindrucke, den sein unvermuteter Anblick auf einen so zärtlichen Geist machen möchte.

SARA: Wie meinst du das? Wessen unvermuteter Anblick? –

WAITWELL: Der gewünschte, Miß! – Fassen Sie sich!

Neunter Auftritt

Sir William Sampson. Sara. Waitwell.

SIR WILLIAM: Du bleibst mir viel zu lange, Waitwell. Ich muß sie sehen.

SARA: Wessen Stimme – – –

SIR WILLIAM: Ach, meine Tochter!

SARA: Ach, mein Vater! – Hilf mir auf, Waitwell, hilf mir auf, daß ich mich zu seinen Füßen werfen kann. *Sie will aufstehen, und fällt aus Schwachheit in den Lehnstuhl zurück.* Er ist es doch? Oder ist es eine erquickende Erscheinung, vom Himmel gesandt, gleich jenem Engel, der den Starken zu stärken kam? – Segne mich, wer du auch seist, ein Bote des Höchsten, in der Gestalt meines Vaters, oder selbst mein Vater!

SIR WILLIAM: Gott segne dich, meine Tochter! – Bleib ruhig. *Indem sie es nochmals versuchen will, vor ihm niederzufallen.* Ein andermal, bei mehrern Kräften, will ich dich nicht ungern mein zitterndes Knie umfassen sehen.

SARA: Jetzt, mein Vater, oder niemals. Bald werde ich nicht mehr sein! Zu glücklich, wenn ich noch einige Augenblicke gewinne, Ihnen die Empfindungen meines Herzens zu entdekken. Doch nicht Augenblicke, lange Tage, ein nochmaliges Leben würde erfodert, alles zu sagen, was eine schuldige, eine reuende, eine gestrafte Tochter, einem beleidigten, einem großmütigen, einem zärtlichen Vater sagen kann. Mein Fehler, Ihre Vergebung – –

SIR WILLIAM: Mache dir aus einer Schwachheit keinen Vorwurf, und mir aus einer Schuldigkeit kein Verdienst. Wenn du mich an mein Vergeben erinnerst, so erinnerst du mich auch daran, daß ich damit gezaudert habe. Warum vergab ich dir nicht gleich? Warum setzte ich dich in die Notwendigkeit, mich zu fliehen? Und noch heute, da ich dir schon vergeben hatte, was zwang mich, erst eine Antwort von dir zu erwarten? Itzt könnte ich dich schon einen Tag wieder genossen haben, wenn ich sogleich deinen Umarmungen zugeeilet wäre. Ein heimlicher Unwille mußte in einer der verborgensten Falten des betrognen Herzens zurückgeblieben sein, daß ich vorher deiner fortdauernden Liebe gewiß sein wollte, ehe ich dir die meinige wiederschenkte. Soll ein Vater so eigennützig handeln? Sollen wir nur die lieben, die uns lieben? Tadle mich, liebste Sara, tadle mich; ich sahe mehr auf meine Freude an dir, als auf dich selbst. – Und wenn ich sie verlieren sollte, diese Freude? – Aber wer sagt es denn, daß ich sie verlieren soll? Du wirst leben; du wirst noch lange leben! Entschlage dich aller schwarzen Gedanken. Mellefont macht die Gefahr größer als sie ist. Er brachte das ganze Haus in Aufruhr, und eilte selbst Ärzte aufzusuchen, die er in diesem armseligen Flecken vielleicht nicht finden wird.

Ich sahe seine stürmische Angst, seine hoffnungslose Betrübnis, ohne von ihm gesehen zu werden. Nun weiß ich es, daß er dich aufrichtig liebet; nun gönne ich dich ihm. Hier will ich ihn erwarten, und deine Hand in seine Hand legen. Was ich sonst nur gedrungen getan hätte, tue ich nun gern, da ich sehe, wie teuer du ihm bist. – Ist es wahr, daß es Marwood selbst gewesen ist, die dir dieses Schrecken verursacht hat? Soviel habe ich, aus den Klagen deiner Betty verstehen können, und mehr nicht. – Doch was forsche ich nach den Ursachen deiner Unbäßlichkeit, da ich nur auf die Mittel, ihr abzuhelfen, bedacht sein sollte. Ich sehe, du wirst von Augenblicke zu Augenblick schwächer, ich seh es, und bleibe hülflos stehen. Was soll ich tun, Waitwell? Wohin soll ich laufen? Was soll ich daran wenden? mein Vermögen? mein Leben? Sage doch!

SARA: Bester Vater, alle Hülfe würde vergebens sein. Auch die unschätzbarste würde vergebens sein, die Sie mit Ihrem Leben für mich erkaufen wollten.

Zehnter Auftritt

Mellefont. Sara. Sir William. Waitwell.

MELLEFONT: Ich wag es, den Fuß wieder in dieses Zimmer zu setzen? Lebt sie noch?

SARA: Treten Sie näher, Mellefont.

MELLEFONT: Ich sollt Ihr Angesicht wiedersehen? Nein, Miß; ich komme ohne Trost, ohne Hülfe zurück. Die Verzweiflung allein bringt mich zurück – Aber wen seh ich? Sie, Sir? Unglücklicher Vater! Sie sind zu einer schrecklichen Szene gekommen. Warum kamen Sie nicht eher? Sie kommen zu spät, Ihre Tochter zu retten! Aber – nur getrost! – sich gerächet zu sehen, dazu sollen Sie nicht zu spät gekommen sein.

SIR WILLIAM: Erinnern Sie sich, Mellefont, in diesem Augenblicke nicht, daß wir Feinde gewesen sind! Wir sind es nicht mehr, und wollen es nie wieder werden. Erhalten Sie mir nur eine Tochter, und Sie sollen sich selbst eine Gattin erhalten haben.

MELLEFONT: Machen Sie mich zu Gott, und wiederholen Sie dann Ihre Forderung. – Ich habe Ihnen, Miß, schon zu viel Unglück zugezogen, als daß ich mich bedenken dürfte, Ihnen auch das letzte anzukündigen: Sie müssen sterben. Und wissen Sie, durch wessen Hand Sie sterben?

SARA: Ich will es nicht wissen, und es ist mir schon zu viel, daß ich es argwöhnen kann.

MELLEFONT: Sie müssen es wissen, denn wer könnte mir dafür stehen, daß Sie nicht falsch argwöhnten? Dies schreibet Marwood. *Er lieset:* „Wenn Sie diesen Zettel lesen werden, Mellefont, wird Ihre Untreue in dem Anlasse derselben schon bestraft sein. Ich hatte mich ihr entdeckt, und vor Schrecken war sie in Ohnmacht gefallen. Betty gab sich alle Mühe, sie wieder zu sich selbst zu bringen. Ich ward gewahr, daß sie ein Kordialpulver beiseite legte, und hatte den glücklichen Einfall, es mit einem Giftpulver zu vertauschen. Ich stellte mich gerührt und dienstfertig, und machte es selbst zurechte. Ich sah es ihr geben, und ging triumphierend fort. Rache und Wut haben mich zu einer Mörderin gemacht; ich will aber keine von den gemeinen Mörderinnen sein, die sich ihrer Tat nicht zu rühmen wagen. Ich bin auf dem Wege nach Dover: Sie können mich verfolgen, und meine eigne Hand wider mich zeugen lassen. Komme ich unverfolgt in den Hafen, so will ich Arabellen unverletzt zurücklassen. Bis dahin aber werde ich sie als einen Geisel betrachten. Marwood." – Nun wissen Sie alles, Miß. Hier, Sir, verwahren Sie dieses Papier. Sie müssen die Mörderin zur Strafe ziehen lassen, und dazu ist es Ihnen unentbehrlich. – Wie erstarrt er dasteht!

SARA: Geben Sie mir dieses Papier, Mellefont. Ich will mich mit meinen Augen überzeugen. *Er gibt es ihr, und sie sieht es einen Augenblick an.* Werde ich so viel Kräfte noch haben? *Zerreißt es.*

MELLEFONT: Was machen Sie, Miß!

SARA: Marwood wird ihrem Schicksale nicht entgehen; aber weder Sie, noch mein Vater sollen ihre Ankläger werden. Ich sterbe, und vergeb es der Hand, durch die mich Gott heimsucht. – Ach mein Vater, welcher finstre Schmerz hat sich Ihrer bemächtiget? – Noch liebe ich Sie, Mellefont, und wenn Sie lieben ein Verbrechen ist, wie schuldig werde ich in jener Welt erscheinen! – Wenn ich hoffen dürfte, liebster Vater, daß Sie einen Sohn, anstatt einer Tochter, annehmen wollten! Und auch eine Tochter wird Ihnen mit ihm nicht fehlen, wenn Sie Arabellen dafür erkennen wollen. Sie müssen sie zurückholen, Mellefont; und die Mutter mag entfliehen. – Da mich mein Vater liebt, warum soll es mir nicht erlaubt sein, mit seiner Liebe, als mit einem Erbteile umzugehen? Ich vermache diese väterliche Liebe Ihnen, und Arabellen. Reden Sie dann und wann mit ihr von einer Freundin, aus deren Beispiele sie gegen alle Liebe auf ihrer Hut zu sein lerne. – Den letzten Segen, mein Vater! – Wer wollte die Fügungen des Höchsten zu richten wagen? – Tröste deinen Herrn, Waitwell. Doch auch du stehst in einem trostlosen Kummer vergraben, der du in mir weder Geliebte noch Tochter verlierest? –

SIR WILLIAM: Wir sollten dir Mut einsprechen, und dein sterbendes Auge spricht ihn uns ein. Nicht mehr meine irdische Tochter, schon halb ein Engel, was vermag der Segen eines wimmernden Vaters auf einen Geist, auf welchen alle Segen des Himmels herabströmen? Laß mir einen Strahl des Lichtes, welches dich über alles Menschliche so weit erhebt. Oder bitte Gott, den Gott, der nichts so gewiß als die Bitten eines frommen Sterbenden erhört, bitte ihn, daß dieser Tag auch der letzte meines Lebens sei.

SARA: Die bewährte Tugend muß Gott der Welt lange zum Beispiele lassen, und nur die schwache Tugend, die allzu vielen Prüfungen vielleicht unterliegen würde, hebt er plötzlich aus den gefährlichen Schranken – Wem fließen diese Tränen, mein Vater? Sie fallen als feurige Tropfen auf mein Herz; und doch – doch sind sie mir minder schrecklich, als die stumme Verzweiflung. Entreißen Sie sich ihr, Mellefont! – Mein Auge bricht – Dies war der letzte Seufzer! – Noch denke ich an Betty, und verstehe nun ihr ängstliches Händeringen. Das arme Mädchen! Daß ihr ja niemand eine Unvorsichtigkeit vorwerfe, die durch ihr Herz ohne Falsch, und also auch ohne Argwohn der Falschheit, entschuldiget wird. – Der Augenblick ist da! Mellefont – mein Vater –

MELLEFONT: Sie stirbt! – Ach! diese kalte Hand noch einmal zu küssen, *Indem er zu ihren Füßen fällt.* – Nein, ich will es nicht wagen, sie zu berühren. Die gemeine Sage schreckt mich, daß der Körper eines Erschlagenen durch die Berührung seines Mörders zu bluten anfange. Und wer ist ihr Mörder? Bin ich es nicht mehr, als Marwood? *Steht auf.* – Nun ist sie tot, Sir; nun hört sie uns nicht mehr: nun verfluchen Sie mich! Lassen Sie Ihren Schmerz in verdiente Verwünschungen aus! Es müsse keine mein Haupt verfehlen, und die gräßlichste derselben müsse gedoppelt erfüllt werden! – Was schweigen Sie noch? Sie ist tot; sie ist gewiß tot! Nun bin ich wieder nichts, als Mellefont. Ich bin nicht mehr der Geliebte einer zärtlichen Tochter, die Sie in ihm zu schonen Ursach hätten. – Was ist das? Ich will nicht, daß Sie einen barmherzigen Blick auf mich werfen sollen! Das ist Ihre Tochter! Ich bin ihr Verführer! Denken Sie nach, Sir! – Wie soll ich Ihre Wut besser reizen? – Diese blühende Schönheit, über die Sie allein ein Recht hatten, ward wider Ihren Willen mein Raub! Meinetwegen vergaß sich diese unerfahrne Tugend! Meinetwegen riß sie sich aus den Armen eines geliebten Vaters! Meinetwegen mußte sie sterben! – Sie machen mich mit Ihrer Langmut ungeduldig, Sir! Lassen Sie mich es hören, daß Sie Vater sind.

SIR WILLIAM: Ich bin Vater, Mellefont, und bin es zu sehr, als daß ich den letzten Willen meiner Tochter nicht verehren sollte. – Laß dich umarmen, mein Sohn, den ich teurer nicht erkaufen konnte!

MELLEFONT: Nicht so, Sir! Diese Heilige befahl mehr, als die menschliche Natur vermag! Sie können mein Vater nicht sein. – Sehen Sie, Sir, *Indem er den Dolch aus dem Busen zieht.* dieses ist der Dolch, den Marwood heute auf mich zuckte. Zu meinem Unglücke mußte ich sie entwaffnen. Wenn ich als das schuldige Opfer ihrer Eifersucht gefallen wäre, so lebte Sara noch. Sie hätten Ihre Tochter noch, und hätten Sie ohne Mellefont. Es stehet bei mir nicht, das Geschehene ungeschehen zu machen; aber mich wegen des Geschehenen zu strafen – das steht bei mir! *Er ersticht sich, und fällt an dem Stuhle der Sara nieder.*

SIR WILLIAM: Halt ihn, Waitwell! – Was für ein neuer Streich auf mein gebeugtes Haupt! – Oh! wenn das dritte hier erkaltende Herz das meine wäre!

MELLEFONT *sterbend*: Ich fühl es – daß ich nicht fehlgestoßen habe! – Wollen Sie mich nun Ihren Sohn nennen, Sir, und mir als diesem die Hand drücken, so sterb ich zufrieden. *Sir William umarmt ihn.* – Sie haben von einer Arabella gehört, für die die sterbende Sara Sie bat. Ich würde auch für sie bitten – aber sie ist der Marwood Kind sowohl, als meines – Was für fremde Empfindungen ergreifen mich! – Gnade! o Schöpfer, Gnade! –

SIR WILLIAM: Wenn fremde Bitten itzt kräftig sind, Waitwell, so laßt uns ihm diese Gnade erbitten helfen! Er stirbt! Ach, er war mehr unglücklich, als lasterhaft. – –

Eilfter Auftritt

Norton. Die Vorigen.

NORTON: Ärzte, Sir. –

SIR WILLIAM: Wenn sie Wunder tun können, so laß sie hereinkommen! – Laß mich nicht länger, Waitwell, bei diesem tötenden Anblicke verweilen. Ein Grab soll beide umschließen. Komm, schleunige Anstalt zu machen, und dann laß uns auf Arabellen denken. Sie sei, wer sie sei: sie ist ein Vermächtnis meiner Tochter. *Sie gehen ab, und das Theater fällt zu.*

Ende des Trauerspiels.

DOKTOR FAUST

VORSPIEL

In einem alten Dome. Der Küster und sein Sohn, welche eben zu Mitternacht geläutet, oder läuten wollen.

Die Versammlung der Teufel, unsichtbar auf den Altaren sitzend und sich über ihre Angelegenheiten beratschlagend. Verschiedne ausgeschickte Teufel erscheinen vor dem Beelzebub, Rechenschaft von ihren Verrichtungen zu geben. Einer der eine Stadt in Flammen gesetzt. Ein andrer der in einem Sturme eine ganze Flotte begraben. Werden von einem Dritten verlacht, daß sie sich mit solchen Armseligkeiten abgegeben. Er rühmt sich einen Heiligen verführt zu haben; den er beredet, sich zu betrinken, und der im Trunke einen Ehebruch und einen Mord begangen. Dieses gibt Gelegenheit von Fausten zu sprechen, der so leicht nicht zu verführen sein möchte. Dieser dritte Teufel nimmt es auf sich, und zwar ihn in vierundzwanzig Stunden der Hölle zu überliefern.

Itzt, sagt der eine Teufel, sitzt er noch bei der nächtlichen Lampe, und forschet in den Tiefen der Wahrheit.

Zu viel Wißbegierde ist ein Fehler; und aus einem Fehler können alle Laster entspringen, wenn man ihm zu sehr nachhänget.

Nach diesem Satze entwirft der Teufel, der ihn verführen will, seinen Plan.

ERSTER AUFZUG

Erster Auftritt

Dauer des Stücks, von Mitternacht zu Mitternacht.

Faust unter seinen Büchern bei der Lampe. Schlägt sich mit verschiednen Zweifeln aus der scholastischen Weltweisheit. Erinnert sich, daß ein Gelehrter den Teufel über des Aristoteles Entelechie zitieret haben soll. Auch er hat es schon vielfältigemal versucht, aber vergebens. Er versucht es nochmals; eben ist die rechte Stunde, und lieset eine Beschwörung.

Zweiter Auftritt

Ein Geist *steigt aus dem Boden, mit langem Barte, in einen Mantel gehüllet.*

GEIST: Wer beunruhiget mich? Wo bin ich? Ist das nicht Licht, was ich empfinde?

FAUST *erschrickt, fasset sich aber, und redet den Geist an*: Wer bist du? Woher kömmst du? Auf wessen Befehl erscheinest du?

GEIST: Ich lag und schlummerte und träumte, mir war nicht wohl nicht übel; da rauschte, so träumte ich, von weitem eine Stimme daher; sie kam näher und näher; Bahall! Bahall! hörte ich, und mit dem dritten Bahall, stehe ich hier!

FAUST: Aber, wer bist du?

GEIST: Wer ich bin? Laß mich besinnen! Ich bin – ich bin nur erst kürzlich was ich bin. Dieses Körpers, dieser Glieder, war ich mir dunkel bewußt; itzt etc.

FAUST: Aber wer warst du?

GEIST: Warst du?

FAUST: Ja; wer warst du sonst, ehedem?

GEIST: Sonst? ehedem?

FAUST: Erinnerst du dich keiner Vorstellungen, die diesem gegenwärtigen, und jenem deinem hinbrütenden Stande vorhergegangen? –

GEIST: Was sagst du mir? Ja, nun schießt es mir ein – Ich habe schon einmal ähnliche Vorstellungen gehabt. Warte, warte, ob ich den Faden zurückfinden kann.

FAUST: Ich will dir zu helfen suchen. Wie hießest du?

GEIST: Ich hieß – Aristoteles. Ja, so hieß ich. Wie ist mir?

Er tut als ob er sich nun völlig erinnerte und antwortet dem Faust auf seine spitzigsten Fragen. Dieser Geist ist der Teufel selbst, der den Faust zu verführen unternommen.

Doch, sagt er endlich, ich bin es müde, meinen Verstand in die vorigen Schranken zurückzuzwingen. Von allem, was du mich fragest, mag ich nicht länger reden, als ein Mensch, und kann nicht mit dir reden als ein Geist. Entlaß mich; ich fühl es, daß ich wieder entschlummre etc.

Dritter Auftritt

Er verschwindet, und Faust voller Erstaunen und Freude, daß die Beschwörung ihre Kraft gehabt, schreitet zu einer andern, einen Dämon heraufzubringen.

Vierter Auftritt

Ein Teufel erscheinet.

Wer ist der Mächtige, dessen Rufe ich gehorchen muß! Du? Ein Sterblicher? Wer lehrte dich diese gewaltige Worte?

[Dritte Szene des zweiten Aufzugs.]

Faust *und* sieben Geister.

FAUST: Ihr? Ihr seid die schnellesten Geister der Hölle?

DIE GEISTER ALLE: Wir.

FAUST: Seid ihr alle sieben gleich schnell?

DIE GEISTER ALLE: Nein.

FAUST: Und welcher von euch ist der schnelleste?

DIE GEISTER ALLE: Der bin ich!

FAUST: Ein Wunder! daß unter sieben Teufel nur sechs Lügner sind. – Ich muß euch näher kennenlernen.

DER ERSTE GEIST: Das wirst du! Einst!

FAUST: Einst! Wie meinst du das? Predigen die Teufel auch Buße?

DER ERSTE GEIST: Ja wohl, den Verstockten. – Aber halte uns nicht auf.

FAUST: Wie heißest du? Und wie schnell bist du?

DER ERSTE GEIST: Du könntest eher eine Probe, als eine Antwort haben.

FAUST: Nun wohl. Sieh her; was mache ich?

DER ERSTE GEIST: Du fährst mit deinem Finger schnell durch die Flamme des Lichts –

FAUST: Und verbrenne mich nicht. So geh auch du, und fahre siebenmal ebenso schnell durch die Flamme der Hölle, und verbrenne dich nicht. – Du verstummst? Du bleibst? – So prahlen auch die Teufel? Ja, ja; keine Sünde ist so klein, daß ihr sie euch nehmen ließet. – Zweiter, wie heißest du?

DER ZWEITE GEIST: Chil; das ist in eurer langweiligen Sprache: Pfeil der Pest.

FAUST: Und wie schnell bist du?

DER ZWEITE GEIST: Denkest du, daß ich meinen Namen vergebens führe? – Wie die Pfeile der Pest.

FAUST: Nun so geh, und diene einem Arzte! Für mich bist du viel zu langsam. – Du dritter, wie heißest du?

DER DRITTE GEIST: Ich heiße Dilla; denn mich tragen die Flügel der Winde.

FAUST: Und du vierter? –

DER VIERTE GEIST: Mein Name ist Jutta, denn ich fahre auf den Strahlen des Lichts.

FAUST: O ihr, deren Schnelligkeit in endlichen Zahlen auszudrücken, ihr Elenden –

DER FÜNFTE GEIST: Würdige sie deines Unwillens nicht. Sie sind nur Satans Boten in der Körperwelt. Wir sind es in der Welt der Geister; uns wirst du schneller finden.

FAUST: Und wie schnell bist du?

DER FÜNFTE GEIST: So schnell als die Gedanken des Menschen.

FAUST: Das ist etwas! – Aber nicht immer sind die Gedanken des Menschen schnell. Nicht da, wenn Wahrheit und Tugend sie auffordern. Wie träge sind sie alsdenn! – Du kannst schnell sein, wenn du schnell sein willst; aber wer steht mir dafür, daß du es allezeit willst? Nein, dir werde ich so wenig trauen, als ich mir selbst hätte trauen sollen. Ach! – *Zum sechsten Geiste:* Sage du, wie schnell bist du? –

DER SECHSTE GEIST: So schnell als die Rache des Rächers.

FAUST: Des Rächers? Welches Rächers?

DER SECHSTE GEIST: Des Gewaltigen, des Schrecklichen, der sich allein die Rache vorbehielt, weil ihn die Rache vergnügte. –

FAUST: Teufel! du lästerst, denn ich sehe, du zitterst. – Schnell, sagst du, wie die Rache des – Bald hätte ich ihn genennt! Nein, er werde nicht unter uns genennt! – Schnell wäre seine Rache? Schnell? – Und ich lebe noch? Und ich sündige noch? –

DER SECHSTE GEIST: Daß er dich noch sündigen läßt, ist schon Rache!

FAUST: Und daß ein Teufel mich dieses lehren muß! – Aber doch erst heute! Nein, seine Rache ist nicht schnell, und wenn du nicht schneller bist als seine Rache, so geh nur. *Zum siebenten Geiste:* – Wie schnell bist du?

DER SIEBENTE GEIST: Unzuvergnügender Sterbliche, wo auch ich dir nicht schnell genug bin – –

FAUST: So sage; wie schnell?

DER SIEBENTE GEIST: Nicht mehr und nicht weniger, als der Übergang vom Guten zum Bösen. –

FAUST: Ha! du bist mein Teufel! So schnell als der Übergang vom Guten zum Bösen! – Ja, der ist schnell; schneller ist nichts als der! – Weg von hier, ihr Schnecken des Orkus! Weg! – Als der Übergang vom Guten zum Bösen! Ich habe es erfahren, wie schnell er ist! Ich habe es erfahren! etc. – –

Schreiben über Lessings verlorengegangenen Faust

Vom Hauptmann von Blankenburg

Sie wünschen, mein teurester Freund, eine Nachricht von dem verlorengegangenen Faust des verstorbenen Lessings zu erhalten; was ich davon weiß, teile ich Ihnen um desto lieber mit, da, mit meinem Willen, nicht eine Zeile, nicht eine Idee dieses großen, und immer noch nicht genug gekannten, ja oft sogar mutwillig verkannten Mannes, verlorengehen sollte. Verloren, gänzlich verloren könnte zwar vielleicht sein Faust nicht sein; – – und zu fürchten ist denn auch nicht, daß, wenn ein anderer mit dieser Feder sich sollte schmücken wollen, der Betrug nicht entdeckt werden würde; denn was man von den Versen des Homers und den Ideen des Shakespeares sagt, gilt mit ebenso vielem Rechte von den Arbeiten Lessings, und der verlorengegangene Faust gehört zu diesen; aber wer weiß, wenn und wie, und ob das Publikum jemals etwas von diesem Werke zu Gesichte bekömmt? und so teilen Sie ihm denn einstweilig mit, was ich weiß.

Daß Lessing vor vielen Jahren schon an einem Faust gearbeitet hatte, wissen wir aus den Literaturbriefen. Aber, soviel mir bekannt ist, unternahm er die Umarbeitung – vielleicht auch nur die Vollendung – seiner Arbeit zu einer Zeit, wo aus allen Zipfeln Deutschlands Fauste angekündigt wurden, und sein Werk war, meines Wissens, fertig. Man hat mir mit Gewißheit erzählt, daß er, um es herauszugeben, nur auf die Erscheinung der übrigen Fauste gewartet habe. – Er hatte es bei sich, da er von Wolfenbüttel eine Reise nach Dresden machte; hier übergab er es in einem Kästchen, in welchem noch mehrere Papiere und andere Sachen waren, einem Fuhrmann, der dieses Kästchen einem seiner Verwandten in Leipzig, dem Kaufmann Hrn. Lessing, einliefern, und dieser sollte es dann weiter nach Wolfenbüttel besorgen. Aber das Kästchen kam nicht; der würdige Mann, an welchen es geschickt werden sollte, erkundigte sich sorgfältig, schrieb selbst deswegen an Lessing usw. Aber das Kästchen blieb aus – und der Himmel weiß, in welche Hände es geraten, oder wo es noch versteckt ist? – Es sei wo es wolle, hier ist mindesten das Skelett von seinem Faust!

Die Szene eröffnet sich mit einer Konferenz der höllischen Geister, in welcher die Subalternen dem Obersten der Teufel Rechenschaft von ihren auf der Erde unternommenen und ausgeführten Arbeiten ablegen. Denken Sie, was ein Mann, wie Lessing, von diesem Stoffe zu machen weiß! – Der letztere, welcher von den Unterteufeln erscheint, berichtet: daß er wenigstens einen Mann auf der Erde gefunden habe, welchem nun gar nicht beizukommen sei; er habe keine Leidenschaft, keine Schwachheit; in der nähern Untersuchung dieser Nachricht wird Fausts Charakter immer mehr entwickelt; und auf die Nachfragen nach allen seinen Trieben und Neigungen antwortet endlich der Geist: er hat nur einen Trieb, nur eine Neigung; einen unauslöschlichen Durst nach Wissenschaften und Kenntnis – „Ha!" ruft der Oberste der Teufel aus, „dann ist er mein, und auf immer mein, und sicherer mein, als bei jeder andern Leidenschaft!" – Sie werden ohne mein Zutun fühlen, was alles in dieser Idee liegt; vielleicht wäre sie ein wenig zu bösartig, wenn die Auflösung des Stückes nicht die Menschheit beruhigte. Aber urteilen Sie selbst, wieviel dramatisches Interesse dadurch in das Stück gebracht, wie sehr der Leser bis zur Angst beunruhigt werden müsse. – Nun erhält Mephistophiles Auftrag und Anweisung, was und wie er es anzufangen habe, um den armen Faust zu fangen; in den folgenden Akten beginnt – und vollendet er, dem Scheine nach, sein Werk; hier kann ich Ihnen keinen bestimmten Punkt angeben; aber die Größe, der Reichtum des Feldes, besonders für einen Mann wie Lessing, ist unübersehlich. – – Genug, die höllischen Heerscharen glauben ihre Arbeit vollbracht zu haben; sie stimmen im fünften Akte Triumphlieder an – wie eine Erscheinung aus der Oberwelt sie auf die unerwartetste, und doch natürlichste, und doch für jeden beruhigendste Art unterbricht: „Triumphiert nicht", ruft ihnen der Engel zu, „ihr habt nicht über Menschheit und Wissenschaft gesiegt; die Gottheit hat dem Menschen nicht den edelsten der Triebe gegeben, um ihn ewig unglücklich zu machen; was ihr sahet, und jetzt zu besitzen glaubt, war nichts als ein Phantom. –"

So wenig, mein teuerster Freund! dies auch, was ich Ihnen mitteilen kann, immer ist; so sehr verdient es, meines Bedünkens, denn doch aufbewahrt zu werden. Machen Sie nach Belieben Gebrauch davon! – etc.

Leipzig, v. Blankenburg.
am 14ten Mai 1784.

[An den Herausgeber des theatralischen Nachlasses]

Es ist ganz wahr, liebster Freund, daß Ihr seliger vortrefflicher Bruder mir verschiedene seiner Ideen zu theatralischen Stücken mitgeteilt hat. Aber das ist nun schon so lange her; die Pläne selbst waren so wenig ausgeführt oder wurden mir doch so unvollständig erzählt, daß ich nichts mehr in meinem Gedächtnis davon zusammenfinde, was des Niederschreibens, geschweige denn des öffentlichen Bekanntmachens, wert wäre. Von seinem Faust indessen, um den Sie mich vorzüglich fragen, weiß ich noch dieses und jenes; wenigstens erinnere ich mich im allgemeinen der Anlage der ersten Szene und der letzten Hauptwendung derselben.

Das Theater stellt in dieser Szene eine zerstörte gotische Kirche vor, mit einem Hauptaltar und sechs Nebenaltären. Zerstörung der Werke Gottes ist Satans Wollust; Ruinen eines Tempels, wo ehemals der Allgütige verehrt ward, sind seine Lieblingswohnung. Eben hier also ist der Versammlungsort der höllischen Geister zu ihren Beratschlagungen. Satan selbst hat seinen Sitz auf dem Hauptaltar; auf die Nebenaltäre sind die übrigen Teufel zerstreut. Alle aber bleiben dem Auge unsichtbar; nur ihre rauhen mißtönenden Stimmen werden gehört. Satan fodert Rechenschaft von den Taten, welche die übrigen Teufel ausgeführt haben; ist mit diesen zufrieden, mit jenen unzufrieden. – Da das wenige, dessen ich mich aus dieser Szene erinnere, so einzeln und abgerissen, ohne alle Wirkung sein würde; so wage ich's, die Lücken dazwischen zu füllen und die ganze Szene hieherzuwerfen. –

SATAN: Rede, du erster! Gib uns Bericht, was du getan hast!

ERSTER TEUFEL: Satan! Ich sah eine Wolke am Himmel; die trug Zerstörung in ihrem Schoß: da schwang ich mich auf zu ihr, barg mich in ihr schwärzestes Dunkel und trieb sie, und hielt mit ihr über der Hütte eines frommen Armen, der bei seinem Weibe im ersten Schlummer ruhte. Hier zerriß ich die Wolke und schüttete all ihre Glut auf die Hütte, daß die lichte Lohe emporschlug und alle Habe des Elenden ihr Raub ward. – Das war alles, was ich vermochte, Satan. Denn ihn selbst, seine jammernden Kinder, sein Weib; die riß Gottes Engel noch aus dem Feuer, und als ich den sah – entfloh ich.

SATAN: Elender! Feiger! – Und du sagst, es war eines Armen, es war eines Frommen Hütte?

ERSTER TEUFEL: Eines Frommen und eines Armen, Satan. Jetzt ist er nackt und bloß und verloren.

SATAN: Für uns! Ja, das ist er auf ewig. Nimm dem Reichen sein Gold, daß er verzweifle, und schütt es auf den Herd des Armen, daß es sein Herz verführe: dann haben wir zwiefachen Gewinn! Den frommen Armen noch ärmer machen, das knüpft ihn nur desto fester an Gott. – – Rede, du zweiter! Gib uns bessern Bericht!

ZWEITER TEUFEL: Das kann ich, Satan. – Ich ging aufs Meer und suchte mir einen Sturm, mit dem ich verderben könnte, und fand ihn: da schallten, indem ich dem Ufer zuflog, wilde

Flüche zu mir hinauf, und als ich niedersah, fand ich eine Flotte mit Wuchrern segeln. Schnell wühlt ich mich mit dem Orkan in die Tiefe, kletterte an der schäumenden Woge wieder gen Himmel – –

SATAN: Und ersäuftest sie in der Flut?

ZWEITER TEUFEL: Daß nicht einer entging! Die ganze Flotte zerriß ich, und alle Seelen, die sie trug, sind nun dein.

SATAN: Verräter! diese waren schon mein. Aber sie hätten des Fluchs und Verderbens noch mehr über die Erde gebracht; hätten an den fremden Küsten geraubt, geschändet, gemordet; hätten neue Reize zu Sünden von Weltteil zu Weltteil geführt: und das alles – das ist nun hin und verloren! – Oh, du sollst mir zurück in die Hölle, Teufel; du zerstörst nur mein Reich. – – Rede, du dritter! Fuhrst auch du in Wolken und Stürmen?

DRITTER TEUFEL: So hoch fliegt mein Geist nicht, Satan: ich liebe das Schreckliche nicht. Mein ganzes Dichten ist Wollust.

SATAN: Da bist du nur um so schrecklicher für die Seelen!

DRITTER TEUFEL: Ich sah eine Buhlerin schlummern; die wälzte sich, halb träumend halb wachend in ihren Begierden, und ich schlich hin an ihr Lager. Aufmerksam lauscht ich auf jeden Zug ihres Atems, horcht ihr in die Seele auf jede wollüstige Phantasie; und endlich – da erhascht ich glücklich das Lieblingsbild, das ihren Busen am höchsten schwellte. Aus diesem Bilde schuf ich mir eine Gestalt, eine schlanke, nervigte, blühende Jünglingsgestalt: und in der – –

SATAN *schnell*: Raubtest du einem Mädchen die Unschuld?

DRITTER TEUFEL: Raubt ich einer noch unberührten Schönheit – den ersten Kuß. Weiter trieb ich sie nicht. – Aber sei gewiß! Ich hab ihr nun eine Flamme ins Blut gehaucht; die gibt sie dem ersten Verführer preis, und diesem spart ich die Sünde. Ist dann erst s i e verführt – –

SATAN: So haben wir Opfer auf Opfer; denn sie wird wieder verführen. – Ha gut! In deiner Tat ist doch Absicht. – Da lernt, ihr ersten! ihr Elenden, die ihr nur Verderben in der Körperwelt stiftet! Dieser hier stiftet Verderben in der Welt der Seelen; das ist der bessere Teufel. – – Sag an, du vierter! Was hast du für Taten getan?

VIERTER TEUFEL: Keine, Satan. – Aber einen Gedanken gedacht, der, wenn er Tat würde, aller jener Taten zu Boden schlüge.

SATAN: Der ist? –

VIERTER TEUFEL: Gott seinen Liebling zu rauben. – Einen denkenden, einsamen Jüngling, ganz der Weisheit ergeben; ganz nur für sie atmend, für sie empfindend; jeder Leidenschaft absagend, außer der einzigen für die Wahrheit; dir und uns allen gefährlich, wenn er einst Lehrer des Volks würde – den ihm zu rauben, Satan!

SATAN: Trefflich! Herrlich! Und dein Entwurf? –

VIERTER TEUFEL: Sieh, ich knirsche; ich habe keinen. – Ich schlich von allen Seiten um seine Seele; aber ich fand keine Schwäche, bei der ich ihn fassen könnte.

SATAN: Tor! hat er nicht Wißbegierde?

VIERTER TEUFEL: Mehr, als irgendein Sterblicher.

SATAN: So laß ihn nur mir über! Das ist genug zum Verderben. – –

Und nun ist Satan viel zu voll von seinem Entwurfe, als daß er noch den Bericht der übrigen Teufel sollte hören wollen. Er bricht mit der ganzen Versammlung auf; alle sollen ihm zur Ausführung seiner großen Absichten beistehn. Des Erfolgs hält er bei den Hülfsmitteln, die ihm Macht und List geben, sich völlig versichert. Aber der Engel der Vorsehung, der unsichtbar über den Ruinen geschwebt hat, verkündiget uns die Fruchtlosigkeit der Bestrebungen Satans, mit den feierlich aber sanft gesprochenen Worten, die aus der Höhe herabschallen: Ihr sollt nicht siegen! – –

So sonderbar, wie der Entwurf dieser ersten Szene, ist der Entwurf des ganzen Stücks. Der Jüngling, den Satan zu verführen sucht, ist, wie Sie gleich werden erraten haben, Faust; diesen Faust begräbt der Engel in einen tiefen Schlummer, und erschafft an seiner Stelle ein Phantom, womit die Teufel so lange ihr Spiel treiben, bis es in dem Augenblick, da sie sich seiner völlig versichern wollen, verschwindet. Alles, was mit diesem Phantome vorgeht, ist Traumgesicht für den schlafenden wirklichen Faust: dieser erwacht, da schon die Teufel sich schamvoll und wütend entfernt haben, und dankt der Vorsehung für die Warnung, die sie durch einen so lehrreichen Traum ihm hat geben wollen. – Er ist jetzt fester in Wahrheit und Tugend, als jemals. Von der Art, wie die Teufel den Plan der Verführung anspinnen und fortführen, müssen Sie keine Nachricht von mir erwarten: ich weiß nicht, ob mich hier mehr die Erzählung Ihres Bruders oder mehr mein Gedächtnis verläßt; aber wirklich liegt alles, was mir davon vorschwebt, zu tief im Dunkeln, als daß ich hoffen dürfte, es wieder ans Licht zu ziehen.

Ich bin usw.

J. J. Engel.

PHILOTAS

Ein Trauerspiel

Personen

Aridäus, *König*
Strato, *Feldherr des Aridäus*
Philotas, *gefangen*
Parmenio, *Soldat*

Die Szene, ist ein Zelt in dem Lager des Aridäus.

Erster Auftritt

Philotas.

So bin ich wirklich gefangen? – Gefangen! – Ein würdiger Anfang meiner kriegerischen Lehrjahre! – O ihr Götter! O mein Vater! – Wie gern überredte ich mich, daß alles ein Traum sei! Meine frühste Kindheit hat nie etwas anders, als Waffen, und Läger, und Schlachten und Stürme geträumet. Könnte der Jüngling nicht von Verlust und Entwaffnung träumen? – Schmeichle dir nur, Philotas! Wenn ich sie nicht sähe, nicht fühlte, die Wunde, durch die der erstarrten Hand das Schwert entsank! – Man hat sie mir wider Willen verbunden. O der grausamen Barmherzigkeit eines listigen Feindes! Sie ist nicht tödlich, sagte der Arzt, und glaubte mich zu trösten. – Nichtswürdiger, sie sollte tödlich sein! – Und nur eine Wunde, nur eine! – Wüßte ich, daß ich sie tödlich machte, wenn ich sie wieder aufriß, und wieder verbinden ließ, und wieder aufriß – Ich rase, ich Unglücklicher! – Und was für ein höhnisches Gesicht – itzt fällt mir es ein – mir der alte Krieger machte, der mich vom Pferde riß ! Er nannte mich: Kind! – Auch sein König muß mich für ein Kind, für ein verzärteltes Kind halten. In was für ein Zelt hat er mich bringen lassen? Aufgeputzt, mit allen Bequemlichkeiten versehen! Es muß einer von seinen Beischläferinnen gehören. Ein ekler Aufenthalt für einen Soldaten! Und anstatt bewacht zu werden, werde ich bedienet. Hohnsprechende Höflichkeit! –

Zweiter Auftritt

Strato. Philotas.

STRATO: Prinz –

PHILOTAS: Schon wieder ein Besuch? Alter, ich bin gern allein.

STRATO: Prinz, ich komme auf Befehl des Königs –

PHILOTAS: Ich verstehe dich! Es ist wahr, ich bin deines Königs Gefangener, und es stehet bei ihm, wie er mir will begegnen lassen – Aber höre, wenn du der bist, dessen Miene du trägst

– bist du ein alter ehrlicher Kriegsmann, so nimm dich meiner an, und bitte den König, daß er mir als einem Soldaten, und nicht als einem Weibe begegnen lasse.

STRATO: Er wird gleich bei dir sein; ich komme ihn zu melden.

PHILOTAS: Der König bei mir? und du kömmst, ihn zu melden? – Ich will nicht, daß er mir eine von den Erniedrigungen erspare, die sich ein Gefangener muß gefallen lassen. – Komm, führe mich zu ihm! Nach dem Schimpfe entwaffnet zu sein, ist mir nichts mehr schimpflich.

STRATO: Prinz, deine Bildung, voll jugendlicher Anmut, verspricht ein sanftres Gemüt.

PHILOTAS: Laß meine Bildung unverspottet! Dein Gesicht voll Narben ist freilich ein schöners Gesicht – –

STRATO: Bei den Göttern! eine große Antwort! Ich muß dich bewundern und lieben.

PHILOTAS: Möchtest du doch, wenn du mich nur erst gefürchtet hättest.

STRATO: Immer heldenmütiger! Wir haben den schrecklichsten Feind vor uns, wenn unter seiner Jugend der Philotas viel sind.

PHILOTAS: Schmeichle mir nicht! – Euch schrecklich zu werden, müssen sie mit meinen Gesinnungen größre Taten verbinden. – Darf ich deinen Namen wissen?

STRATO: Strato.

PHILOTAS: Strato? Der tapfre Strato, der meinen Vater am Lykus schlug? –

STRATO: Gedenke mir dieses zweideutigen Sieges nicht! Und wie blutig rächte sich dein Vater in der Ebene Methymna! So ein Vater muß so einen Sohn haben.

PHILOTAS: O dir darf ich es klagen, du würdigster der Feinde meines Vaters, dir darf ich mein Schicksal klagen. – Nur du kannst mich ganz verstehen; denn auch dich, auch dich hat das herrschende Feuer der Ehre, der Ehre fürs Vaterland zu bluten, in deiner Jugend verzehret. Wärest du sonst, was du bist? – Wie habe ich ihn nicht, meinen Vater, seit sieben Tagen – denn erst sieben Tage kleidet mich die männliche Toga – wie habe ich ihn nicht gebeten, gefleht, beschworen, siebenmal alle sieben Tage auf den Knieen beschworen, zu verstatten, daß ich nicht umsonst der Kindheit entwachsen sei, und mich mit seinen Streitern ausziehen zu lassen, die mir schon längst so manche Träne der Nacheiferung gekostet. Gestern bewegte ich ihn, den besten Vater, denn Aristodem half mir bitten. – Du kennst ihn, den Aristodem; er ist meines Vaters Strato. – „Gib mir, König, den Jüngling morgen mit", sprach Aristodem; „ich will das Gebirge durchstreifen, um den Weg nach Cäsena offenzuhalten." – „Wenn ich euch nur begleiten könnte", seufzte mein Vater. – Er liegt noch an seinen Wunden krank. – „Doch es sei!" und hiermit umarmte mich mein Vater. O was fühlte der glückliche Sohn in dieser Umarmung! – Und die Nacht, die darauf folgte! Ich schloß kein Auge; doch verweilten mich Träume der Ehre und des Sieges, bis zur zweiten Nachtwache auf dem Lager. – Da sprang ich auf, warf mich in den neuen Panzer, strich die ungelockten Haare unter den Helm, wählte unter den Schwertern meines Vaters, dem ich gewachsen zu sein glaubte, stieg zu Pferde; und hatte ein Roß schon müde gespornt, noch ehe die silberne Trommete die befohlne Mannschaft weckte. Sie kamen, und ich sprach mit jedem meiner Begleiter, und da drückte mich mancher wackere Krieger an seine narbigte Brust! Nur mit meinem Vater sprach ich nicht; denn ich zitterte, wenn er mich noch einmal sähe, er möchte sein Wort widerrufen. – Nun zogen wir aus! An der Seite der unsterblichen Götter kann man nicht glücklicher sein, als ich an der Seite Aristodems mich fühlte! Auf jeden seiner anfeuernden Blicke, hätte ich, ich allein, ein Heer angegriffen, und mich in der feindlichen Eisen gewissesten Tod gestürzet. In stiller Entschlossenheit freute ich mich auf jeden Hügel, von dem ich in der Ebene Feinde zu entdecken hoffte; auf jede Krümmung des Tals, hinter der ich auf sie zu stoßen, mir schmeichelte. Und da ich sie endlich von der waldigten Höhe auf uns stürzen sahe; sie mit der Spitze des Schwerts meinen Gefährten zeigte; ihnen bergan entgegenflog – rufe dir, ruhmvoller Greis, die seligste deiner jugendlichen Entzückungen zurück – du konntest nie entzückter sein! – Aber nun, nun sieh mich, Strato, sieh mich von dem Gipfel meiner hohen Erwartungen schimpflich herabstürzen! O wie schaudert mich, diesen Fall in Gedanken noch einmal zu stürzen! – Ich war zu weit vorausgeeilt; ich ward verwundet, und – gefangen! Armseliger Jüngling, nur auf Wunden hieltest du dich, nur auf den Tod gefaßt – und wirst gefangen. So schicken die strengen Götter, unsere Fassung zu vereiteln, nur immer unvorgesehenes Übel? – Ich weine; ich muß weinen, ob ich mich schon, von dir darum verachtet zu werden, scheue. Aber verachte mich nicht! – Du wendest dich weg?

STRATO: Ich bin unwillig; du hättest mich nicht so bewegen sollen. – Ich werde mit dir zum Kinde –

PHILOTAS: Nein; höre, warum ich weine! Es ist kein kindisches Weinen, das du mit deiner männlichen Träne zu begleiten würdigest – Was ich für mein größtes Glück hielt, die zärtliche Liebe, mit der mich mein Vater liebt, wird mein größtes Unglück. Ich fürchte, ich fürchte; er liebt mich mehr, als er sein Reich liebt! Wozu wird er sich nicht verstehen, was wird ihm dein König nicht abdringen, mich aus der Gefangenschaft zu retten! Durch mich Elenden, wird er an einem Tage mehr verlieren, als er in drei langen mühsamen Jahren, durch das Blut seiner Edeln, durch sein eignes Blut gewonnen hat. Mit was für einem Angesichte soll ich wieder vor ihm erscheinen; ich, sein schlimmster Feind? Und meines Vaters Untertanen – künftig einmal die meinigen, wenn ich sie zu regieren, mich würdig gemacht hätte – wie werden sie den ausgelösten Prinzen ohne die spöttischste Verachtung unter sich dulden können? Wann ich denn vor Scham sterbe und unbetauert hinab zu den Schatten schleiche, wie finster und stolz werden die Seelen der Helden bei mir vorbeiziehen, die dem Könige die Vorteile mit ihrem Leben erkaufen mußten, deren er sich als Vater für einen unwürdigen Sohn begibt. – O das ist mehr als eine fühlende Seele ertragen kann!

STRATO: Fasse dich, lieber Prinz! Es ist der Fehler des Jünglings, sich immer für glücklicher, oder unglücklicher zu halten, als er ist. Dein Schicksal ist so grausam noch nicht; der König nähert sich, und du wirst aus seinem Munde mehr Trost hören.

Dritter Auftritt

König Aridäus. Philotas. Strato.

ARIDÄUS: Kriege, die Könige unter sich zu führen gezwungen werden, sind keine persönliche Feindschaften. – Laß dich *umarmen, mein Prinz*! O welcher glücklichen Tage erinnert mich deine blühende Jugend! So blühte die Jugend deines Vaters! Dies war sein offenes, sprechendes Auge; dies seine ernste, redliche Miene; dies sein edler Anstand! – Noch einmal laß dich umarmen; ich umarme deinen jüngern Vater in dir. – Hast du es nie von ihm gehört, Prinz, wie vertraute Freunde wir in deinem Alter waren? Das war das selige Alter, da wir uns noch ganz unserm Herzen überlassen durften. Bald aber wurden wir beide zum Throne gerufen, und der sorgende König, der eifersüchtige Nachbar unterdrückte, leider! den gefälligen Freund. –

PHILOTAS: Verzeih, o König, wenn du mich in Erwiderung so süßer Worte zu kalt findest. Man hat meine Jugend denken, aber nicht reden gelehrt. – Was kann es mir itzt helfen, daß du und mein Vater einst Freunde waren? Waren: so sagst du selbst. Der Haß, den man auf verloschne Freundschaft pfropfet, muß, unter allen, die tödlichsten Früchte bringen; – oder ich kenne das menschliche Herz noch zu wenig. – Verzögere daher, König, verzögere meine Verzweiflung nur nicht. Du hast als der höfliche Staatsmann gesprochen; sprich nun als der Monarch, der den Nebenbuhler seiner Größe, ganz in seiner Gewalt hat.

STRATO: O laß ihn, König, die Ungewißheit seines Schicksals nicht länger peinigen. –

PHILOTAS: Ich danke, Strato! – Ja, laß mich es nur gleich hören, wie verabscheuungswürdig du einen unglücklichen Sohn seinem Vater machen willst. Mit welchem schimpflichen Frieden, mit wieviel Ländern soll er ihn erkaufen? Wie klein und verächtlich soll er werden, um nicht verwaist zu bleiben? – O mein Vater! –

ARIDÄUS: Auch diese frühe, männliche Sprache, Prinz, war deines Vaters! So höre ich dich gern! Und möchte, meiner nicht minder würdig, auch mein Sohn itzt vor deinem Vater so sprechen! –

PHILOTAS: Wie meinst du das? –

ARIDÄUS: Die Götter – ich bin es überzeugt – wachen für unsere Tugend, wie sie für unser Leben wachen. Die so lang als mögliche Erhaltung beider, ist ihr geheimes, ewiges Geschäft. Wo weiß ein Sterblicher, wie böse er im Grunde ist, wie schlecht er handeln würde, ließen sie jeden verführerischen Anlaß, sich durch kleine Taten zu beschimpfen, ganz auf ihn wirken? – Ja, Prinz, vielleicht wäre ich der, den du mich glaubst; vielleicht hätte ich nicht edel genug gedacht, das wunderliche Kriegesglück, das dich mir in die Hände liefert, bescheiden zu nützen; vielleicht würde ich durch dich ertrotzt haben, was ich zu erfechten nicht länger wagen mögen; vielleicht – Doch fürchte nichts; allen diesen Vielleicht hat eine höhere Macht vorgebauet; ich kann deinen Vater seinen Sohn nicht teurer erkaufen lassen, als – durch den meinigen.

PHILOTAS: Ich erstaune! Du gibst mir zu verstehen –

ARIDÄUS: Daß mein Sohn deines Vaters Gefangener ist, wie du meiner. –

PHILOTAS: Dein Sohn meines Vaters? Dein Polytimet? – Seit wenn? Wie? Wo?

ARIDÄUS: So wollt es das Schicksal! Aus gleichen Waagschalen nahm es auf einmal gleiche Gewichte, und die Schalen blieben noch gleich.

STRATO: Du willst nähere Umstände wissen. – Ebendasselbe Geschwader, dem du zu hitzig entgegeneiltest, führte Polytimet; und als dich die Deinigen verloren erblickten, erhob sie Wut und Verzweiflung über alle menschliche Stärke. Sie brachen ein, und alle stürmten sie auf den einen, in welchem sie ihres Verlustes Ersetzung sahen. Das Ende weißt du. – Nun nimm noch von einem alten Soldaten die Lehre an: Der Angriff ist kein Wettrennen; nicht der, welcher zuerst, sondern welcher zum sichersten auf den Feind trifft, hat sich dem Siege genähert. Das merke dir, zu feuriger Prinz; sonst möchte der werdende Held im ersten Keime ersticken.

ARIDÄUS: Strato, du machst den Prinzen, durch deine, zwar freundschaftliche, Warnung verdrüßlich. Wie finster er dasteht! –

PHILOTAS: Nicht das! Aber laßt mich; in tiefe Anbetung der Vorsicht verloren –

ARIDÄUS: Die beste Anbetung, Prinz, ist dankende Freude. Ermuntere dich! Wir Väter wollen uns unsere Söhne nicht lange vorenthalten. Mein Herold hält sich bereits fertig; er soll gehen, und die Auswechselung beschleunigen. Aber du weißt wohl, freudige Nachrichten, die wir allein vom Feinde erfahren, scheinen Fallstricke. Man könnte argwohnen, du seist vielleicht an deiner Wunde gestorben. Es wird daher nötig sein, daß du selbst, mit dem Herolde einen unverdächtigen Boten an deinen Vater sendest. Komm mit mir! Suche dir einen unter den Gefangenen, den du deines Vertrauens würdigen kannst. –

PHILOTAS: So willst du, daß ich mich vervielfältiget verabscheuen soll? In jedem der Gefangenen werde ich mich selbst erblicken. – Schenke mir diese Verwirrung. –

ARIDÄUS: Aber –

PHILOTAS: Unter den Gefangenen muß sich Parmenio befinden. Den schicke mir her; ich will ihn abfertigen.

ARIDÄUS: Wohl; auch so! Komm Strato! Prinz, wir sehen uns bald wieder.

Vierter Auftritt

Philotas.

Götter! Näher konnte der Blitz, ohne mich ganz zu zerschmettern, nicht vor mir niederschlagen. Wunderbare Götter! Die Flamme kehrt zurück; der Dampf verfliegt, und ich war nur betäubt. – So war das mein ganzes Elend, zu sehen, wie elend ich hätte werden können? Wie elend mein Vater durch mich? – Nun darf ich wieder vor dir erscheinen, mein Vater! Zwar noch mit niedergeschlagenen Augen; doch nur die Scham wird sie niederschlagen, nicht das brennende Bewußtsein, dich mit mir ins Verderben gerissen zu haben. Nun darf ich nichts von dir fürchten, als einen Verweis mit Lächeln; kein stummes Trauren; keine, durch die stärkere Gewalt der väterlichen Liebe erstickte Verwünschungen. –

Aber – ja, bei dem Himmel! ich bin zu gütig gegen mich. Darf ich mir alle Fehler vergeben, die mir die Vorsicht zu vergeben scheinet? Soll ich mich nicht strenger richten, als sie und mein Vater mich richten? Die allzu gütigen! – Sonst jede der traurigen Folgen meiner Gefangenschaft konnten die Götter vernichten; nur eine konnten sie nicht: die Schande! Zwar jene leicht verfliegende wohl, die von der Zunge des Pöbels strömt; aber nicht die wahre daurende Schande, die hier der innere Richter, mein unparteiisches Selbst, über mich ausspricht! –

Und wie leicht ich mich verblende! Verlieret mein Vater durch mich nichts? Der Ausschlag, den der gefangene Polytimet – wenn ich nicht gefangen wäre – auf seine Seite brächte, der ist nichts? – Nur durch mich wird er nichts! – Das Glück hätte sich erkläret, für wen es sich erklären sollte; das Recht meines Vaters triumphierte, wäre Polytimet, nicht Philotas und Polytimet gefangen! –

Und nun – welcher Gedanke war es, den ich itzt dachte? Nein; den ein Gott in mir dachte – Ich muß ihm nachhängen! Laß dich fesseln, flüchtiger Gedanke! – Itzt denke ich ihn wieder! Wie weit er sich verbreitet, und immer weiter; und nun durchstrahlt er meine ganze Seele! –

Was sagte der König? Warum wollte er, daß ich zugleich selbst einen unverdächtigen Boten an meinen Vater schicken sollte? Damit mein Vater nicht argwohne – so waren ja seine eigne Worte – ich sei bereits an meiner Wunde gestorben. – Also meint er doch, wenn ich bereits an meiner Wunde gestorben wäre, so würde die Sache ein ganz anders Ansehn gewinnen? Würde sie das? Tausend Dank für diese Nachricht! Tausend Dank! – Und freilich! Denn mein Vater hätte alsdenn einen gefangenen Prinzen, für den er sich alles bedingen könnte; und der König, sein Feind, hätte – den Leichnam eines gefangenen Prinzen, für den er nichts fordern könnte; den er – müßte begraben oder verbrennen lassen, wenn er ihm nicht zum Abscheu werden sollte.

Gut! das begreif ich! Folglich, wenn ich, ich elender Gefangener, meinem Vater den Sieg noch in die Hände spielen will, worauf kömmt es an? Aufs Sterben. Auf weiter nichts? – O fürwahr; der Mensch ist mächtiger, als er glaubt, der Mensch, der zu sterben weiß!

Aber ich? ich, der Keim, die Knospe eines Menschen, weiß ich zu sterben? Nicht der Mensch, der vollendete Mensch allein, muß es wissen; auch der Jüngling, auch der Knabe; oder er weiß gar nichts. Wer zehn Jahr gelebt hat, hat zehn Jahr Zeit gehabt, sterben zu lernen; und was man in zehn Jahren nicht lernt, das lernt man auch in zwanzig, in dreißig und mehrern nicht.

Alles, was ich werden können, muß ich durch das zeigen, was ich schon bin. Und was könnte ich, was wollte ich werden? Ein Held. – Wer ist ein Held? – O mein abwesender vortrefflicher Vater, itzt sei ganz in meiner Seele gegenwärtig! – Hast du mich nicht gelehrt, ein Held sei ein Mann, der höhere Güter kenne, als das Leben? Ein Mann, der sein Leben dem Wohle des Staats geweihet; sich, den einzeln, dem Wohle vieler? Ein Held sei ein Mann – Ein Mann? Also kein Jüngling, mein Vater? – Seltsame Frage! Gut, daß sie mein Vater nicht gehöret hat! Er müßte glauben, ich sähe es gern, wenn er nein darauf antwortete. – Wie alt muß die

Fichte sein, die zum Maste dienen soll? Wie alt? Sie muß hoch genug, und muß stark genug sein.

Jedes Ding, sagte der Weltweise, der mich erzog, ist vollkommen, wenn es seinen Zweck erfüllen kann. Ich kann meinen Zweck erfüllen, ich kann zum Besten des Staats sterben: ich bin vollkommen also, ich bin ein Mann. Ein Mann, ob ich gleich noch vor wenig Tagen ein Knabe war.

Welch Feuer tobt in meinen Adern? Welche Begeisterung befällt mich? Die Brust wird dem Herzen zu eng! – Geduld, mein Herz! Bald will ich dir Luft machen! Bald will ich dich deines einförmigen langweiligen Dienstes erlassen! Bald sollst du ruhen, und lange ruhen –

Wer kömmt? Es ist Parmenio. – Geschwind entschlossen! – Was muß ich zu ihm sagen? Was muß ich durch ihn meinem Vater sagen lassen? – Recht! das muß ich sagen, das muß ich sagen lassen.

Fünfter Auftritt

Parmenio. Philotas.

PHILOTAS: Tritt näher, Parmenio. – Nun? warum so schüchtern? So voller Scham? Wessen schämst du dich? Deiner, oder meiner?

PARMENIO: Unser beider, Prinz.

PHILOTAS: Immer sprich, wie du denkst. Freilich, Parmenio, müssen wir beide nicht viel taugen, weil wir uns hier befinden. Hast du meine Geschichte bereits gehöret?

PARMENIO: Leider!

PHILOTAS: Und als du sie hörtest? –

PARMENIO: Ich betauerte dich, ich bewunderte dich, ich verwünschte dich, ich weiß selbst nicht, was ich alles tat.

PHILOTAS: Ja, ja! Nun aber, da du doch wohl auch erfahren, daß das Unglück so groß nicht ist, weil gleich darauf Polytimet von den Unserigen – –

PARMENIO: Ja nun; nun möchte ich fast lachen. Ich finde, daß das Glück zu einem kleinen Schlage, den es uns versetzen will, oft erschrecklich weit ausholt. Man sollte glauben, es wolle uns zerschmettern, und hat uns am Ende nichts, als eine Mücke auf der Stirne totgeschlagen.

PHILOTAS: Zur Sache! – Ich soll dich mit dem Herolde des Königs zu meinem Vater schicken.

PARMENIO: Gut! So wird deine Gefangenschaft der meinigen das Wort sprechen. Ohne die gute Nachricht, die ich ihm von dir bringen werde, und die eine freundliche Miene wohl wert ist, hätte ich mir eine ziemlich frostige von ihm versprechen müssen.

PHILOTAS: Nein, ehrlicher Parmenio; nun im Ernst! Mein Vater weiß es, daß dich der Feind verblutet und schon halb erstarrt von der Walstatt aufgehoben. Laß prahlen, wer prahlen will; der ist leicht gefangenzunehmen, den der nahende Tod schon entwaffnet hat. – Wieviel Wunden hast du nun, alter Knecht? –

PARMENIO: Oh, davon konnte ich sonst eine lange Liste hersagen. Itzt aber habe ich sie um ein gut Teil verkürzt.

PHILOTAS: Wie das?

PARMENIO: Ha! Ich rechne nun nicht mehr die Glieder, an welchen ich verwundet bin; Zeit und Atem zu ersparen, zähle ich die, an welchen ich es nicht bin. – Kleinigkeiten bei dem allen! Wozu hat man die Knochen anders, als daß sich die feindlichen Eisen darauf schartig hauen sollen?

PHILOTAS: Das ist wacker! – Aber nun – was willst du meinem Vater sagen?

PARMENIO: Was ich sehe; daß du dich wohl befindest. Denn deine Wunde, wenn man mir anders die Wahrheit gesagt hat –

PHILOTAS: Ist so gut als keine.

PARMENIO: Ein kleines liebes Andenken. Dergleichen uns ein inbrünstiges Mädchen in die Lippe beißt. Nicht wahr, Prinz?

PHILOTAS: Was weiß ich davon?

PARMENIO: Nu, nu; kömmt Zeit, kömmt Erfahrung. – Ferner will ich deinem Vater sagen, was ich glaube, daß du wünschest – –

PHILOTAS: Und was ist das?

PARMENIO: Je eher, je lieber wieder bei ihm zu sein. Deine kindliche Sehnsucht, deine bange Ungeduld –

PHILOTAS: Mein Heimweh lieber gar. Schalk! warte, ich will *dich* anders denken lehren!

PARMENIO: Bei dem Himmel, das mußt du nicht! Mein lieber frühzeitiger Held, laß dir das sagen: Du bist noch Kind!

Gib nicht zu, daß der rauhe Soldat das zärtliche Kind so bald in dir ersticke. Man möchte sonst von deinem Herzen nicht zum besten denken; man möchte deine Tapferkeit für angeborne Wildheit halten. Ich bin auch Vater, Vater eines einzigen Sohnes, der nur wenig älter als du, mit gleicher Hitze – du kennst ihn ja.

PHILOTAS: Ich kenne ihn. Er verspricht alles, was sein Vater geleistet hat.

PARMENIO: Aber wüßte ich, daß sich der junge Wildfang nicht in allen Augenblicken, die ihm der Dienst frei läßt, nach seinem Vater sehnte, und sich nicht so nach ihm sehnte, wie sich ein Lamm nach seiner Mutter sehnet: so möchte ich ihn gleich – siehst du! – nicht erzeugt haben. Itzt muß er mich noch mehr lieben, als ehren. Mit dem Ehren werde ich mich so Zeit genug müssen begnügen lassen; wenn nämlich die Natur den Strom seiner Zärtlichkeit einen andern Weg leitet; wenn er selbst Vater wird. – Werde nicht ungehalten, Prinz.

PHILOTAS: Wer kann auf dich ungehalten werden? – Du hast recht! Sage meinem Vater alles, was du glaubest, das ihm ein zärtlicher Sohn bei dieser Gelegenheit muß sagen lassen. Entschuldige meine jugendliche Unbedachtsamkeit, die ihn und sein Reich fast ins Verderben gestürzt hätte. Bitte ihn, mir meinen Fehler zu vergeben. Versichere ihn, daß ich ihn nie durch einen ähnlichen Fehler wieder daran erinnern will; daß ich alles tun will, damit er ihn auch vergessen kann. Beschwöre ihn –

PARMENIO: Laß mich nur machen! So etwas können wir Soldaten recht gut sagen. – Und besser als ein gelehrter Schwätzer; denn wir sagen es treuherziger. – Laß mich nur machen! Ich weiß schon alles. – Lebe wohl, Prinz; ich eile –

PHILOTAS: Verzieh!

PARMENIO: Nun? – Und welch feierliches Ansehen gibst du dir auf einmal?

PHILOTAS: Der Sohn hat dich abgefertiget, aber noch nicht der Prinz. – Jener mußte fühlen; dieser muß überlegen. Wie gern wollte der Sohn gleich itzt, wie gern wollte er noch eher, als möglich, wieder um seinen Vater, um seinen geliebten Vater sein; aber der Prinz – der Prinz kann nicht. – Höre!

PARMENIO: Der Prinz kann nicht?

PHILOTAS: Und will nicht.

PARMENIO: Will nicht?

PHILOTAS: Höre!

PARMENIO: Ich erstaune – –

PHILOTAS: Ich sage, du sollst hören, und nicht erstaunen. Höre!

PARMENIO: Ich erstaune, weil ich höre. Es hat geblitzt, und ich erwarte den Schlag. – Rede! – Aber, junger Prinz, keine zweite Übereilung! –

PHILOTAS: Aber, Soldat, kein Vernünfteln! – Höre! Ich habe meine Ursachen, nicht eher ausgelöset zu sein, als morgen. Nicht eher als morgen! Hörst du? – Sage also unserm Könige, daß er sich an die Eilfertigkeit des feindlichen Herolds nicht kehre. Eine gewisse Bedenklichkeit, ein gewisser Anschlag nötige den Philotas zu dieser Verzögerung. – Hast du mich verstanden?

PARMENIO: Nein!

PHILOTAS: Nicht? Verräter! –

PARMENIO: Sachte, Prinz! Ein Papagei versteht nicht, aber er behält, was man ihm vorsagt. Sei unbesorgt. Ich will deinem Vater alles wieder herplappern, was ich von dir höre.

PHILOTAS: Ha! ich untersagte dir, zu vernünfteln, und das verdreußt dich. Aber wie bist denn du so verwöhnt? Haben dir alle deine Befehlshaber Gründe gesagt? –

PARMENIO: Alle, Prinz; ausgenommen die jungen.

PHILOTAS: Vortrefflich! Parmenio, wenn ich so empfindlich wäre, als du – –

PARMENIO: Und doch kann nur derjenige meinen blinden Gehorsam heischen, dem die Erfahrung doppelte Augen gegeben.

PHILOTAS: Bald werde ich dich also um Verzeihung bitten müssen. – Nun wohl, ich bitte dich um Verzeihung, Parmenio. Murre nicht, Alter! Sei wieder gut, alter Vater! – Du bist freilich klüger, als ich. Aber nicht die Klügsten allein, haben die besten Einfälle. Gute Einfälle sind Geschenke des Glückes; und das Glück, weißt du wohl, beschenkt den Jüngling oft lieber, als den Greis. Denn das Glück ist blind. Blind, Parmenio; stockblind gegen alles Verdienst. Wenn es das nicht wäre, müßtest du nicht schon lange Feldherr sein?

PARMENIO: Sieh, wie du zu schmeicheln weißt, Prinz – Aber im Vertrauen, lieber Prinz! Willst du mich nicht etwa bestechen? mit Schmeicheleien bestechen?

PHILOTAS: Ich, schmeicheln! Und dich bestechen! Du bist der Mann, der sich bestechen läßt!

PARMENIO: Wenn du so fortfährest, so kann ich es werden. Schon traue ich mir selbst nicht mehr recht!

PHILOTAS: Was wollte ich also sagen? – So einen guten Einfall nun, wollte ich sagen, als das Glück oft in das albernste Gehirn wirft, so einen habe auch ich itzo ertappt. Bloß ertappt; von dem Meinigen ist nicht das geringste dazu gekommen. Denn hätte mein Verstand, meine Erfindungskraft einigen Anteil daran, würde ich ihn nicht gern mit dir überlegen wollen? Aber so kann ich ihn nicht mit dir überlegen; er verschwindet, wenn ich ihn mitteile; so zärtlich, so fein ist er, ich getraue mir ihn nicht in Worte zu kleiden; ich denke ihn nur, wie mich der Philosoph Gott zu denken gelehrt hat, und aufs höchste könnte ich dir nur sagen, was er nicht ist – Möglich zwar genug, daß es im Grunde ein kindischer Einfall ist; ein Einfall, den ich für einen glücklichen Einfall halte, weil ich noch keinen glücklichern gehabt habe. Aber mag er doch; kann er nichts nützen, so kann er doch auch nichts schaden. Das weiß ich gewiß; es ist der unschädlichste Einfall von der Welt; so unschädlich als – als ein Gebet. Wirst du deswegen zu beten unterlassen, weil du nicht ganz gewiß weißt, ob dir das Gebet helfen wird? – Verdirb mir immer also meine Freude nicht, Parmenio, ehrlicher Parmenio! Ich bitte dich, ich umarme dich – Wenn du mich nur ein klein wenig liebhast – Willst du? Kann ich mich darauf verlassen? Willst du machen, daß ich erst morgen ausgewechselt werde? Willst du?

PARMENIO: Ob ich will? Muß ich nicht? muß ich nicht? – Höre, Prinz, wenn du einmal König wirst, gib dich nicht mit dem Befehlen ab. Befehlen ist ein unsicheres Mittel, befolgt zu werden. Wem du etwas recht Schweres aufzulegen hast, mit dem mache es, wie du es itzt mit mir gemacht hast, und wenn er dir alsdenn seinen Gehorsam verweigert – Unmöglich! Er kann dir ihn nicht verweigern! Ich muß auch wissen, was ein Mann verweigern kann.

PHILOTAS: Was Gehorsam? Was hat die Freundschaft, die du mir erweisest, mit dem Gehorsame zu tun? Willst du, mein Freund? –

PARMENIO: Hör auf! hör auf! Du hast mich schon ganz. Ja doch, ich will alles. Ich will es, ich will es deinem Vater sagen, daß er dich erst morgen auslösen soll. Warum zwar erst morgen – das weiß ich nicht! Das brauch ich nicht zu wissen! Das braucht auch er nicht zu wissen. Genug, ich weiß, daß du es willst. Und ich will alles, was du willst. Willst du sonst nichts? Soll ich sonst nichts tun? Soll ich für dich durchs Feuer rennen? Mich für dich vom Felsen herabstürzen? Befiehl nur, mein lieber kleiner Freund, befiehl! Itzt tu ich dir alles! Sogar – sage ein Wort, und ich will für dich ein Verbrechen, ein Bubenstück begehen! Die Haut schaudert mir zwar; aber doch Prinz, wenn du willst, ich will, ich will –

PHILOTAS: O mein bester, feuriger Freund! O du – wie soll ich dich nennen? – du Schöpfer meines künftigen Ruhmes: Dir schwöre ich bei allem, was mir am heiligsten ist, bei der Ehre meines Vaters, bei dem Glücke seiner Waffen, bei der Wohlfahrt seines Landes, schwöre ich dir, nie in meinem Leben diese deine Bereitwilligkeit, deinen Eifer zu vergessen! Möchte ich ihn auch würdig genug belohnen können! – Höret, ihr Götter, meinen Schwur! – Und nun Parmenio, schwöre auch du! Schwöre mir, dein Wort treulich zu halten. –

PARMENIO: Ich schwören? Ich bin zu alt zum Schwören.

PHILOTAS: Und ich bin zu jung, dir ohne Schwur zu trauen. Schwöre mir! Ich habe dir bei meinem Vater geschworen, schwöre du mir bei deinem Sohne. Du liebst ihn doch, deinen Sohn? Du liebst ihn doch recht herzlich?

PARMENIO: So herzlich, wie dich! – Du willst es, und ich schwöre. Ich schwöre dir, bei meinem einzigen Sohne, bei meinem Blute, das in seinen Adern wallet, bei dem Blute, das ich gern für deinen Vater geblutet, das auch er gern für dich einst bluten wird, bei diesem Blute schwöre ich dir, mein Wort zu halten! Und wenn ich es nicht halte, so falle mein Sohn in seiner ersten Schlacht, und erlebe sie nicht, die glorreichen Tage deiner Regierung! – Höret, ihr Götter, meinen Schwur –

PHILOTAS: Höret ihn noch nicht, ihr Götter! – Du hast mich zum besten, Alter. In der ersten Schlacht fallen; meine Regierung nicht erleben: ist das ein Unglück? Ist früh sterben ein Unglück?

PARMENIO: Das sag ich nicht. Doch nur deswegen, um dich auf dem Throne zu sehen, um dir zu dienen, möchte ich – was ich sonst durchaus nicht möchte – noch einmal jung werden – Dein Vater ist gut; aber du wirst besser, als er.

PHILOTAS: Kein Lob zum Nachteile meines Vaters! – Ändere deinen Schwur! Komm, ändere ihn so: Wenn du dein Wort nicht hältst, so möge dein Sohn ein Feiger, ein Nichtswürdiger werden, er möge, wenn er zwischen Tod und Schande zu wählen hat, die Schande wählen; er möge neunzig Jahr ein Spott der Weiber leben, und noch im neunzigsten Jahre ungern sterben.

PARMENIO: Ich entsetze mich – doch schwöre ich: das mög er! – Höret den gräßlichsten der Schwüre, ihr Götter!

PHILOTAS: Höret ihn! – Nun gut, nun kannst du gehen, Parmenio. Wir haben einander lange genug aufgehalten, und fast zu viel Umstände über eine Kleinigkeit gemacht. Denn ist es nicht eine wahre Kleinigkeit meinem Vater zu sagen, ihn zu überreden, daß er mich nicht eher als morgen auswechsle? Und wenn er ja die Ursache wissen will; wohl, so erdenke dir unterweges eine Ursache.

PARMENIO: Das will ich auch! Ich habe zwar, so alt ich geworden bin, noch nie auf eine Unwahrheit gesonnen. Aber doch, dir zuliebe, Prinz – Laß mich nur; das Böse lernt sich auch noch im Alter. – Lebe wohl!

PHILOTAS: Umarme mich! – Geh!

Sechster Auftritt

Philotas.

Es soll so viele Betrieger in der Welt geben, und das Betriegen ist doch so schwer, wenn es auch in der besten Absicht geschieht. – Habe ich mich nicht wenden und winden müssen! – Mache nur, guter Parmenio, daß mich mein Vater erst morgen auslöset, und er soll mich gar nicht auszulösen brauchen. – Nun habe ich Zeit genug gewonnen! Zeit genug, mich in meinem Vorsatze zu bestärken – Zeit genug, die sichersten Mittel zu wählen. – Mich in meinem Vorsatze zu bestärken? – Wehe mir, wenn ich dessen bedarf! – Standhaftigkeit des Alters, wenn du mein Teil nicht bist, o so stehe du mir bei, Hartnäckigkeit des Jünglings!

Ja, es bleibt dabei! es bleibt fest dabei! – Ich fühl es, ich werde ruhig – ich bin ruhig! – Der du itzt da stehest, Philotas –

Indem er sich selbst betrachtet. – Ha! es muß ein trefflicher, ein großer Anblick sein: ein Jüngling gestreckt auf den Boden, das Schwert in der Brust! –

Das Schwert? Götter! o ich Elender! ich Ärmster! – Und itzt erst werde ich es gewahr? Ich habe kein Schwert; ich habe nichts! Es ward die Beute des Kriegers, der mich gefangennahm. – Vielleicht hätte er es mir gelassen, aber Gold war der Heft. – Unseliges Gold, bist du denn immer das Verderben der Tugend!

Kein Schwert? Ich kein Schwert? – Götter, barmherzige Götter, dies einzige schenket mir! Mächtige Götter, die ihr Erde und Himmel erschaffen, ihr könntet mir kein Schwert schaffen – wenn ihr wolltet? – Was ist nun mein großer, schimmernder Entschluß? Ich werde mir selbst ein bitteres Gelächter –

Und da kömmt er auch schon wieder, der König. – Still! Wenn ich das Kind spielte? – Dieser Gedanke verspricht etwas. – Ja! Vielleicht bin ich glücklich –

Siebenter Auftritt

Aridäus. Philotas.

ARIDÄUS: Nun sind die Boten fort, mein Prinz. Sie sind auf den schnellesten Pferden abgegangen, und das Hauptlager deines Vaters ist so nahe, daß wir in wenig Stunden Antwort erhalten können.

PHILOTAS: Du bist also, König, wohl sehr ungeduldig, deinen Sohn wieder zu umarmen?

ARIDÄUS: Wird es dein Vater weniger sein, dich wieder an seine Brust zu drücken? – Laß mich aber, liebster Prinz, deine Gesellschaft genießen. In ihr wird mir die Zeit schneller verschwinden; und vielleicht, daß es auch sonst glückliche Folgen hat, wenn wir uns näher kennen. Liebenswürdige Kinder sind schon oft die Mittelspersonen zwischen veruneinigten Vätern gewesen. Folge mir also in mein Zelt, wo die besten meiner Befehlshaber deiner warten. Sie brennen vor Begierde dich zu sehen und zu bewundern.

PHILOTAS: Männer, König, müssen kein Kind bewundern. Laß mich also nur immer hier. Scham und Ärgernis würden mich eine sehr einfältige Person spielen lassen. Und was deine Unterredung mit mir anbelangt – da seh ich vollends nicht, was daraus kommen könnte. Ich weiß weiter nichts, als daß du und mein Vater in Krieg verwickelt sind; und das Recht – das Recht, glaub ich, ist auf seiten meines Vaters. Das glaub ich, König, und will es nun einmal glauben – wenn du mir auch das Gegenteil unwidersprechlich zeigen könntest. Ich bin Sohn und Soldat, und habe weiter keine Einsicht, als die Einsicht meines Vaters und meines Feldherrn.

ARIDÄUS: Prinz, es zeiget einen großen Verstand, seinen Verstand so zu verleugnen. Doch tut es mir leid, daß ich mich also auch vor dir nicht soll rechtfertigen können. – Unseliger Krieg! –

PHILOTAS: Ja wohl, unseliger Krieg! – Und wehe seinem Urheber!

ARIDÄUS: Prinz! Prinz! erinnere dich, daß dein Vater das Schwert zuerst gezogen. Ich mag in deine Verwünschung nicht einstimmen. Er hatte sich übereilt, er war zu argwöhnisch –

PHILOTAS: Nun ja; mein Vater hat das Schwert zuerst gezogen. Aber entsteht die Feuersbrunst erst dann, wenn die lichte Flamme durch das Dach schlägt? Wo ist das geduldige, galllose, unempfindliche Geschöpf, das durch unaufhörliches Necken nicht zu erbittern wäre? – Bedenke – denn du zwingst mich mit aller Gewalt von Dingen zu reden, die mir nicht zukommen – bedenke, welch eine stolze, verächtliche Antwort du ihm erteiltest, als er – Doch du sollst mich nicht zwingen; ich will nicht davon sprechen! Unsere Schuld und Unschuld sind unendlicher Mißdeutungen, unendlicher Beschönigungen fähig. Nur dem untrieglichen Auge der Götter erscheinen wir, wie wir sind; nur das kann uns richten. Die Götter aber, du weißt es, König, sprechen ihr Urteil durch das Schwert des Tapfersten. Laß uns den blutigen Spruch aushören! Warum wollen wir uns kleinmütig von diesem höchsten Gerichte wieder zu den niedrigern wenden? Sind unsere Fäuste schon so müde, daß die geschmeidige Zunge sie ablösen müsse?

ARIDÄUS: Prinz, ich höre dich mit Erstaunen –

PHILOTAS: Ach! – Auch ein Weib kann man mit Erstaunen hören!

ARIDÄUS: Mit Erstaunen, Prinz, und nicht ohne Jammer! – Dich hat das Schicksal zur Krone bestimmt, dich! – Dir will es die Glückseligkeit eines ganzen, mächtigen, edeln Volkes anvertrauen; dir! – Welch eine schreckliche Zukunft enthüllt sich mir! Du wirst dein Volk mit Lorbeern und mit Elend überhäufen. Du wirst mehr Siege, als glückliche Untertanen zählen. – Wohl mir, daß meine Tage in die deinigen nicht reichen werden! Aber wehe meinem Sohne, meinem redlichen Sohne! Du wirst es ihm schwerlich vergönnen, den Harnisch abzulegen –

PHILOTAS: Beruhige den Vater, o König! Ich werde deinem Sohne weit mehr vergönnen! weit mehr!

ARIDÄUS: Weit mehr? Erkläre dich –

PHILOTAS: Habe ich ein Rätsel gesprochen? – O verlange nicht, König, daß ein Jüngling, wie ich, alles mit Bedachte und Absichten sprechen soll. – Ich wollte nur sagen: Die Frucht ist oft ganz anders, als die Blüte sie verspricht. Ein weibischer Prinz, hat mich die Geschichte gelehret, ward oft ein kriegerischer König. Könnte mit mir sich nicht das Gegenteil zutragen? – Oder vielleicht war auch dieses meine Meinung, daß ich noch einen weiten und gefährlichen Weg zum Throne habe. Wer weiß, ob die Götter mich ihn vollenden lassen? – Und laß mich ihn nicht vollenden, Vater der Götter und Menschen, wenn du in der Zukunft mich als einen Verschwender des Kostbarsten, was du mir anvertrauet, des Blutes meiner Untertanen, siehest! –

ARIDÄUS: Ja, Prinz; was ist ein König, wenn er kein Vater ist! Was ist ein Held ohne Menschenliebe! Nun erkenne ich auch diese in dir, und bin wieder ganz dein Freund! – Aber komm, komm; wir müssen hier nicht allein bleiben. Wir sind einer dem andern zu ernsthaft. Folge mir!

PHILOTAS: Verzeih, König –

ARIDÄUS: Weigere dich nicht!

PHILOTAS: So wie ich bin, mich vor vielen sehen zu lassen? – –

ARIDÄUS: Warum nicht?

PHILOTAS: Ich kann nicht, König; ich kann nicht.

ARIDÄUS: Und die Ursache?

PHILOTAS: O die Ursache! – Sie würde dich zum Lachen bewegen.

ARIDÄUS: Um so viel lieber laß sie mich hören. Ich bin ein Mensch, und weine und lache gern.

PHILOTAS: Nun so lache denn! – Sieh, König, ich habe kein Schwert, und ich möchte nicht gern, ohne dieses Kennzeichen des Soldaten, unter Soldaten erscheinen.

ARIDÄUS: Mein Lachen wird zur Freude. Ich habe in voraus hierauf gedacht, und du wirst sogleich befriediget werden. Strato hat Befehl, dir dein Schwert wiederzuschaffen.

PHILOTAS: Also laß uns ihn hier erwarten.

ARIDÄUS: Und alsdenn begleitest du mich doch? –

PHILOTAS: Alsdenn werde ich dir auf dem Fuße nachfolgen.

ARIDÄUS: Gewünscht! da kömmt er! Nun, Strato –

Achter Auftritt

Strato, *mit einem Schwerte in der Hand.* Aridäus. Philotas.

STRATO: König, ich kam zu dem Soldaten, der den Prinzen gefangengenommen, und forderte des Prinzen Schwert in deinem Namen von ihm zurück. Aber höre, wie edel sich der Soldat weigerte. „Der König“, sprach er, „muß mir das Schwert nicht nehmen. Es ist ein gutes Schwert, und ich werde es für ihn brauchen. Auch muß ich ein Andenken von dieser meiner Tat behalten. Bei den Göttern, sie war keine von meinen geringsten! Der Prinz ist ein kleiner Dämon. Vielleicht aber ist es euch nur um den kostbaren Heft zu tun –“ Und hiermit, ehe ich es verhindern konnte, hatte seine starke Hand den Heft abgewunden, und warf mir ihn verächtlich zu Füßen – „Da ist er!“ fuhr er fort. „Was kümmert mich euer Gold?“

ARIDÄUS: O Strato, mache mir den Mann wieder gut! –

STRATO: Ich tat es. Und hier ist eines von deinen Schwertern!

ARIDÄUS: Gib her! – Willst du es, Prinz, für das deinige annehmen?

PHILOTAS: Laß sehen! – Ha! – *Beiseite:* Habet Dank, ihr Götter! *Indem er es lange und ernsthaft betrachtet.* – Ein Schwert!

STRATO: Habe ich nicht gut gewählet, Prinz?

ARIDÄUS: Was findest du deiner tiefsinnigen Aufmerksamkeit so wert daran?

PHILOTAS: Daß es ein Schwert ist! – *Indem er wieder zu sich kömmt.* Und ein schönes Schwert! Ich werde bei diesem Tausche nichts verlieren. – Ein Schwert!

ARIDÄUS: Du zitterst, Prinz.

PHILOTAS: Vor Freuden! – Ein wenig zu kurz scheinet es mir bei alledem. Aber was zu kurz? Ein Schritt näher auf den Feind ersetzt, was ihm an Eisen abgehet. – Liebes Schwert!

Welch eine schöne Sache ist ein Schwert, zum Spiele und zum Gebrauche! Ich habe nie mit etwas andern gespielt. –

ARIDÄUS *zum Strato*: O der wunderbaren Vermischung von Kind und Held!

PHILOTAS *beiseite*: Liebes Schwert! Wer doch bald mit dir allein wäre! – Aber, gewagt!

ARIDÄUS: Nun lege das Schwert an, Prinz; und folge mir.

PHILOTAS: Sogleich! – Doch seinen Freund und sein Schwert muß man nicht bloß von außen kennen. *Er zieht es, und Strato tritt zwischen ihn und den König.*

STRATO: Ich verstehe mich mehr auf den Stahl, als auf die Arbeit. Glaube mir, Prinz; der Stahl ist gut. Der König hat, in seinen männlichen Jahren, mehr als einen Helm damit gespalten.

PHILOTAS: So stark werde ich nicht werden! Immerhin! – Tritt mir nicht so nahe, Strato.

STRATO: Warum nicht?

PHILOTAS: So! *Indem er zurückspringt, und mit dem Schwerte einen Streich durch die Luft tut.* Es hat den Zug, wie es ihn haben muß.

ARIDÄUS: Prinz, schone deines verwundeten Armes! Du wirst dich erhitzen! –

PHILOTAS: Woran erinnerst du mich, König? – An mein Unglück; nein, an meine Schande! Ich ward verwundet und gefangen! Ja! Aber ich will es nie wieder werden! Bei diesem meinem Schwerte, ich will es nie wieder werden! Nein, mein Vater, nein! Heut sparet dir ein Wunder das schimpfliche Lösegeld für deinen Sohn; künftig spar es dir sein Tod! Sein gewisser Tod, wenn er sich wieder umringt siehet! – Wieder umringt? – Entsetzen! – Ich bin es! Ich bin umringt! Was nun? Gefährte! Freunde! Brüder! Wo seid ihr? Alle tot? Überall Feinde? – Überall! – Hier durch, Philotas! Ha! Nimm das, Verwegner! – Und du das! – Und du das! *Um sich hauend.*

STRATO: Prinz! was geschieht dir? Fasse dich! *Geht auf ihn zu.*

PHILOTAS *sich von ihm entfernend*: Auch du, Strato? auch du? – O Feind, sei großmütig! Töte mich! Nimm mich nicht gefangen! – Nein, ich gebe mich nicht gefangen! Und wenn ihr alle Stratos wäret, die ihr mich umringet! Doch will ich mich gegen euch alle, gegen eine Welt will ich mich wehren! – Tut euer Bestes, Feinde! – Aber ihr wollt nicht? Ihr wollt mich nicht töten, Grausame? Ihr wollt mich mit Gewalt lebendig? – Ich lache nur! Mich lebendig gefangen? Mich? – Eher will ich dieses mein Schwert, will ich – in diese meine Brust – eher – *Er durchsticht sich.*

ARIDÄUS: Götter! Strato!

STRATO: König!

PHILOTAS: Das wollt ich! *Zurücksinkend.*

ARIDÄUS: Halt ihn, Strato! – Hülfe! dem Prinzen zur Hülfe! – Prinz, welche wütende Schwermut –

PHILOTAS: Vergib mir, König! ich habe dir einen tödlichern Streich versetzt, als mir! – Ich sterbe; und bald werden beruhigte Länder die Frucht meines Todes genießen. – Dein Sohn, König, ist gefangen; und der Sohn meines Vaters ist frei –

ARIDÄUS: Was hör ich?

STRATO: So war es Vorsatz, Prinz? – Aber als unser Gefangener hattest du kein Recht über dich selbst.

PHILOTAS: Sage das nicht, Strato! – Sollte die Freiheit zu sterben, die uns die Götter in allen Umständen des Lebens gelassen haben, sollte diese ein Mensch dem andern verkümmern können? –

STRATO: O König! – Das Schrecken hat ihn versteinert! – König!

ARIDÄUS: Wer ruft?

STRATO: König!

ARIDÄUS: Schweig!

STRATO: Der Krieg ist aus, König!

ARIDÄUS: Aus? Das leugst du, Strato! – Der Krieg ist nicht aus, Prinz! – Stirb nur! stirb! Aber nimm das mit, nimm den quälenden Gedanken mit: Als ein wahrer unerfahrner Knabe hast du geglaubt, daß die Väter alle von einer Art, alle von der weichlichen, weibischen Art deines Vaters sind. – Sie sind es nicht alle! Ich bin es nicht! Was liegt mir an meinem Sohne? Und denkst du, daß er nicht ebensowohl zum Besten seines Vaters sterben kann, als du zum Besten des deinigen? – Er sterbe! Auch sein Tod erspare mir das schimpfliche Lösegeld! – Strato, ich bin nun verwaiset, ich armer Mann! – Du hast einen Sohn; er sei der meinige! – Denn einen Sohn muß man doch haben. – Glücklicher Strato!

PHILOTAS: Noch lebt auch dein Sohn, König! Und wird leben! Ich hör es!

ARIDÄUS: Lebt er noch? – So muß ich ihn wiederhaben. Stirb du nur! Ich will ihn doch wiederhaben! Und für dich! – Oder ich will deinem toten Körper so viel Unehre, so viel Schmach erzeigen lassen! – Ich will ihn –

PHILOTAS: Den toten Körper! – Wenn du dich rächen willst, König, so erwecke ihn wieder! –

ARIDÄUS: Ach! – Wo gerat ich hin!

PHILOTAS: Du taurest mich! – Lebe wohl, Strato! Dort, wo alle tugendhafte Freunde, und alle tapfere Glieder eines seligen Staates sind, im Elysium sehen wir uns wieder! – Auch wir, König, sehen uns wieder –

ARIDÄUS: Und versöhnt! – Prinz! –

PHILOTAS: O so empfanget meine triumphierende Seele, ihr Götter; und dein Opfer, Göttin des Friedens! –

ARIDÄUS: Höre mich, Prinz! –

STRATO: Er stirbt! – Bin ich ein Verräter, König, wenn ich deinen Feind beweine? Ich kann mich nicht halten. Ein wunderbarer Jüngling!

ARIDÄUS: Beweine ihn nur! – Auch ich! – Komm! Ich muß meinen Sohn wiederhaben! Aber rede mir nicht ein, wenn ich ihn zu teuer erkaufe! – Umsonst haben wir Ströme Bluts vergossen; umsonst Länder erobert. Da zieht er mit unserer Beute davon, der größere Sieger! – Komm! Schaffe mir meinen Sohn! Und wenn ich ihn habe, will ich nicht mehr König sein. Glaubt, ihr Menschen, daß man es nicht satt wird? –

Gehen ab.

Ende des Philotas.

DIE MATRONE VON EPHESUS

Ein Lustspiel in einem Aufzuge

Personen

Antiphila
Mysis
Philokrates
Dromo

Die Szene ist ein Grabmal, in dessen Vertiefung zwei Särge; der eine verdeckt, der andere offen; von einer aus der Mitte des Gewölbes herabhangenden Lampe nur kaum erleuchtet.

Erster Auftritt

Antiphila *und* Mysis*; beide schlafend; Antiphila auf dem offenen Sarge, den Kopf gegen den verdeckten Sarg gelehnet; Mysis zum Fuße des offenen Sarges, auf einem niedrigen Steine, die Arme auf die Kniee gestützet, das Gesicht zwischen beiden Händen.*

MYSIS *indem sie erwacht*: Wo bin ich? *und um sich sieht:* Ah! noch in dem verwünschten Grabe! – Ich war eingeschlafen. *Gegen die Antiphila sich wendend:* Und sie schläft auch – Schlafen Sie, werte Frau? – Nein, ich will sie nicht wecken – – Wenn sie doch so in jenes Leben herüberschlummerte, und meiner und ihrer Qual ein Ende machte! – Hu! wie schaudert mich! – Die Nächte werden schon kalt. Es muß schlimmes Wetter über uns sein. Wie der Wind durch die Luftlöcher pfeift! Wie der Regen auf das kupferne Dach schlägt! Welche Hohlung! welche Feuchtigkeit hier! – Wenn sie den Schnupfen bekömmt, so mag sie es haben. Ja so, sie will sterben. Ob man mit oder ohne Schnupfen stirbt; sterben ist sterben. – Aber ich, die ich nicht sterben will – *Indem sie aufspringt.* – Oh, eine Sklavin ist wohl sehr unglücklich! – Horch, welch Geräusch –?

Zweiter Auftritt

Dromo. Mysis. Antiphila.

DROMO *noch von draußen*: Holla!
MYSIS: Was ist das? Eine Stimme?
DROMO: Holla! niemand da?
MYSIS: Wer sucht hier lebendige Menschen?
DROMO: Will niemand hören?
MYSIS: Es kömmt näher.
DROMO: Gleichwohl sehe ich Licht schimmern. – – Ho, ho! das geht in die Tiefe.
MYSIS: Wer muß das sein?
DROMO *indem er hereintritt*: Ha! wo komm ich hin?
MYSIS: Ich dacht es wohl, daß Er sich müßte verirrt haben.
DROMO *erschrocken*: Wo bin ich?

MYSIS *die auf ihn zugeht*: Im Grabe!

DROMO: Was? Grabe? – Da habe ich nicht hingewollt.

MYSIS: Bei Toten!

DROMO: Toten? – Gott behüte die Toten! Ich will gern niemand stören. *Indem er zurückgehen will.*

MYSIS: Nein, guter Freund – der arme Tropf fürchtet sich – so kömmt Er hier nicht wieder weg. *Ihn aufhaltend:* Was will Er?

DROMO: Blitz! ein weiblicher Geist gar! der wird mich quälen!

MYSIS: Was will Er?

DROMO: Nichts, gute Geistin, nichts; – soviel wie nichts. – Der Wind blies mir oben meine Laterne aus; fremd bin ich; stockpechfinster ist's; ich wußte nicht wohin; da schimmerte mir hier so was; da ging ich dem Schimmer nach; und ging und ging, und auf einmal führt mich mein Unglück dir in die Klauen. – Tu mir nichts, liebes Gespenst. Ich habe es wirklich nicht gewußt, daß du hier dein Wesen hast.

MYSIS: Also will Er nichts, wie sein Licht wieder anzünden?

DROMO: Weiter nichts; so wahr ich lebe! – Wenn ich anders noch lebe –

MYSIS: Nun da! *Ihn auf die Lampe weisend.* Zünde Er an!

DROMO: Ei ja doch! Wie spaßhaft die Gespenster sind! Das ist keine rechte Flamme; das sieht nur aus, wie eine Flamme! Das brennt nicht; das scheint nur zu brennen! Das scheint nicht, das scheint nur zu scheinen. Von so einem Gespensterlichte ist ein recht Licht nicht anzuzünden.

MYSIS: Geb Er her! *Nimmt ihm die Laterne und geht, das Licht darin bei der Lampe anzuzünden.*

DROMO: Das bin ich begierig zu sehn! – Wahrhaftig, es brennt: ja mir würde es so nicht gebrannt haben.

MYSIS: Hier! *Indem sie ihm die angezündete Laterne wieder zurückgibt.*

DROMO: Ein dienstfertiges Gespenst! Es mag wohl auch eine gute Art geben. – Ich danke, ich danke recht sehr.

MYSIS: Wie ich nun sehe, so ist Er ja wohl gar ein Soldat.

DROMO: Zu dienen, mein freundliches Gespenst – –

MYSIS: Aber für einen Soldaten ist Er auch verzweifelt furchtsam.

DROMO: Ja, ich bin nicht Soldat, mich mit dem Teufel zu balgen – Dies gesagt, ohne dich erzürnen zu wollen, lieber Geist –

MYSIS: Er ist nicht klug mit Seinem Geiste! Noch leib ich, und leb ich.

DROMO: Wie? im Ernst? – Mit Erlaubnis! *Indem er sie mit der flachen Hand hier und da behutsam betastet:* Gewiß, das Ding ist doch ziemlich kompakt. *Geht mit der Laterne rund um sie herum, und leuchtet ihr endlich ins Gesicht.* Ei! ein allerliebstes Gesichtchen! Nein das Gesichtchen gehört wohl keinem Gespenste. Welch ein Paar Augen! Was für ein Mündchen! Was für ein Paar Bäckchen! *Indem er sie in den einen Backen kneift.*

MYSIS: Nun? was soll das? – Weg doch!

DROMO: Ich muß mich ja wohl überzeugen, daß es wirkliches Fleisch ist. – Wahrhaftig, wirkliches Fleisch! Und gesundes, derbes Fleisch. *Indem er sie auch in den andern kneift.* – Wird mir doch wieder ganz wohl ums Herze! – Was sagte Sie denn, mein schönes Kind, ich wäre im Grabe? bei Toten?

MYSIS: Das ist er dem ohngeachtet doch!

DROMO: Doch? *Sieht sich mit der Laterne um.* – Ah! Särge? – Und was sitzt denn auf dem einen? –

MYSIS: St! geh Er nicht zu nahe! Er möchte sie aufwecken.

DROMO: Schläft's nur? Was ist es denn?

MYSIS: Es ist meine arme Frau; eine unglückliche junge Witwe.

DROMO: Junge Witwe? Und was macht ihr denn hier zusammen?

MYSIS: Ist das noch zu fragen? Sie hat ihren Gatten verloren.

DROMO: So muß sie sich einen andern nehmen. Aber hier wird sie ihn schwerlich finden.

MYSIS: Einen andern? Sein Glück, mein Freund, daß sie schläft, und diese Lästerung nicht hört. Einen zweiten Gatten! O Gott, über die Weiber, die einen zweiten Mann nehmen können!

DROMO: Nun? warum nicht? Einen zweiten, einen dritten, einen vierten – Nur nicht alle auf einmal! –

MYSIS: Weil ihr Männer es mit den Weibern so haltet! – Nein, weiß Er, daß meine Frau eine tugendhafte Frau ist.

DROMO: Welche Frau wäre das nicht!

MYSIS: Sie ist keine von denen die ihr Herz verschenken, und wieder nehmen und wieder verschenken –

DROMO: Gibt es dergleichen?

MYSIS: Wer es einmal besessen, soll es ewig besitzen.

DROMO: Ei!

MYSIS: Sie hat ihren Mann über alles in der Welt geliebt –

DROMO: Das ist viel!
MYSIS: Und liebt ihn noch über alles!
DROMO: Das ist gar zu viel! – Er ist ja gestorben.
MYSIS: Drum will sie auch sterben.
DROMO: O geh Sie, Kind; mach Sie mir nichts weis.
MYSIS: Wie könnte sie einen solchen Verlust auch ertragen? Ihre Verzweiflung ist aufs Äußerste gestiegen. Wenn Gram und Hunger töten können, so wird sie es nicht lange mehr machen. Hier, neben dem Sarge ihres geliebten Mannes, will sie den Geist aufgeben. Schon haben sie alle Kräfte verlassen. Nachdem sie zweimal vierundzwanzig Stunden nichts als gejammert, und geweint, und geschrieen, und die Hände gerungen, und die Haare zerrissen, ist sie vor Ermüdung eingeschlafen –
DROMO: Und schläft ziemlich fest. Gut; Schlaf bringt auf bessere Gedanken. Wenn sie wieder aufwacht, wird alles vorbei sein. Ich kenne das!
MYSIS *bitter*: Ich kenne das? Was kennt Er denn, Herr Soldat? Er mag viel kennen! – So? ist der Herr auch von den abgeschmackten Spöttern, die an die Treue der Frauen nicht glauben?
DROMO: Ich? behüte! Ich glaube ja an Gespenster – wie Sie gesehen hat, mein Kind –, warum sollte ich an die Treue der Frauen nicht glauben? Ich glaube an alles, was nicht so recht glaublich ist.
MYSIS: Oh, wenn Er in diesem Tone sprechen will, so gehe Er nur wieder! Er war es nicht wert, an diese heilige Stätte zu kommen, wo sich nun bald ein Beispiel der ehelichen Liebe eräugnen wird, dergleichen die Welt noch nie gesehen.
DROMO: Noch nie? Sieht Sie; so gibt Sie mir ja gewonnen Spiel. Denn ich denke immer, was nie geschehen ist, das wird auch nie geschehen, das kann gar nicht geschehen. – Ha! was hör ich! *Man hört draußen, als in der Entfernung, von verschiednen Stimmen rufen:* Wer da? – Patrouille! – Steh, Patrouille! –
MYSIS: Was ist das?
DROMO: Die Patrouille; und ich bin nicht da. – Ich muß fort; ich muß fort – – Mein Hauptmann ist ein Teufel –
MYSIS: Wo ist Sein Hauptmann?
DROMO: Nicht weit – Leb Sie wohl, mein Kind, leb Sie wohl! Denn Sie will doch nicht etwa auch sterben? – Pfui, sterbe

Sie nicht. – *Geht eilig ab, und ruft noch zurück:* Wenn ich wieder abkommen kann –

MYSIS: Oh, bemüh Er sich nicht! –

DRITTER AUFTRITT

MYSIS. ANTIPHILA, *noch schlafend.*

MYSIS: Es müssen Truppen in der Gegend eingetroffen sein. – Was es für Männer gibt! Die meisten sind keine Träne wert; geschweige, daß man mit ihnen sterben wollte. – Aber es ist doch sonderbar, daß die Frau über den Besuch nicht aufgewacht ist! *Sich ihr nähernd.* Wenn sie gar tot wäre! – Nein, das ist sie nicht! – Liebste Frau! *Stößt sie an.*

ANTIPHILA *im Schlafe*: Ah – Nein, nein – weg, weg!

MYSIS: Beste Frau! –

ANTIPHILA: Bester Mann! – Wo? wo denn? –

MYSIS: Sie redet im Schlafe. – – Erlauben Sie; Sie liegen so nicht gut; der Kopf muß Ihnen so noch wüster werden –

ANTIPHILA: Ich liege gut; recht gut – Bei ihm – auf ihm – recht gut! – Oh, mein Arm – *Indem sie den Kopf erhebt.*

MYSIS: Er muß Ihnen ja wohl schmerzen; so verwandt Sie damit gelegen. Sie haben ihn ganz wund gedrückt.

ANTIPHILA: O mein Arm! mein Nacken! – *Sie erwacht vollends.* Ah, Mysis, bist du es? – Ist er nicht bei uns?

MYSIS: Wer, meine werte Frau?

ANTIPHILA: Er! er! – Ah, dieser Sarg – *Indem sie aufspringt.* dieses schaudernde Gewölbe – diese verlöschende Lampe – sie erinnern mich, wo ich bin! wer ich bin! – Und mein Unglück stehet ganz wieder vor mir! – Mysis, Zeugin meiner Verzweiflung – *Sie bei der Hand ergreifend.*

MYSIS: Lassen Sie mich; ehe die Lampe verlöscht. Ich will Öl aufgießen – *Welches sie tut.*

ANTIPHILA: Laß sie verlöschen! – Laß die Sonne und alle Gestirne des Himmels mit ihr verlöschen! Alles werde um mir so Dunkel und Nacht, als es in mir ist! – Sieh, Mysis! Es wird heller; die Flamme lodert neu auf! – Komm her, wie hast du das gemacht?

MYSIS: Ich habe Öl zugegossen und den Dacht gereiniget –

ANTIPHILA: Kannst du das? – Oh, so wirst du mehr können. – Kannst du eine sterbende Flamme erwecken – komm, so mußt du mir auch meinen Mann erwecken! – Komm – gieß neues Leben in seine Adern – reinige seine Nerven von dem Moder der Verwesung – Komm! *Zieht sie gegen den Sarg.* Du mußt, du mußt! – *Sie wieder loslassend.* O ich Wahnsinnige!

MYSIS: Wie jammern Sie mich!

ANTIPHILA: Aus den eisernen Armen des Todes ist keine Rettung. Er ist dahin, unwiederbringlich dahin! – Und doch, je öftrer ich mir es sage, je unglaublicher wird es mir. – Er, er, mein Telamon tot? – Sage, Mysis, blühte er nicht noch vor sieben Tagen, gleich einer Rose? Als ich ihn vor sieben Tagen verließ, wie verließ ich ihn? Rede, wie du es weißt! Und gestern, wie fand ich ihn wieder? – Reime mir das zusammen, wenn du kannst! Wie ich ihn verließ, und wie ich ihn wiederfand! – Nein, da ist Betrug dahinter! Er ist nicht tot; er ist nicht tot! – Gesteh es mir, Mysis, daß er nicht tot ist! Sage: er lebt! und nimm deine Freiheit dafür, und nimm mein Geschmeide, nimm alles, was ich habe!

MYSIS: Und wenn ich es sagte? –

ANTIPHILA: So wäre es darum doch nicht wahr? So wäre er doch tot? – Wo bin ich denn indes gewesen? Fern über Land und Meer? Warum holte man mich nicht? – Bin ich weiter als in der Stadt gewesen? Hätte ich nicht den Augenblick hiersein können? Er hätte in meiner Abwesenheit sterben wollen? – Das macht die ganze Sache verdächtig. – Sage, habe ich ihn sterben sehen?

MYSIS: Freilich nicht.

ANTIPHILA: Aber ich hätte ihn sehen können? Sage –

MYSIS: Allerdings.

ANTIPHILA: So? Ich hätte ihn können sterben sehen? und habe ihn nicht gesehen? – Oh, so ist er auch nicht gestorben! – Und wo war ich in der Stadt? – Ein neuer Beweis, daß ihr mich betrügt, daß ihr mich zum besten habt! – Wo war ich? In dem Wirbel der leichtsinnigen Welt? Jugendlichen Zerstreuungen, verführerischen Ergötzlichkeiten überlassen? Ich nehme dich selbst zum Zeugen, Göttin Diana, ob mich etwas anders als dein Fest da beschäftigte? Täglich und stündlich in deinem Tempel, wo ich zu dir betete, dir Hymnen sang, dir opferte, und deine Priester beschenkte – Und du hättest indes dies Unglück von mir nicht abgewandt? Du hättest ihn sterben lassen? – O so wärest du nicht die große Diana von Ephesus –

MYSIS: Wo geraten Sie hin, meine Frau? –

ANTIPHILA: Nein, so ist sie es nicht! So will ich nie mehr zu ihr beten, nie mehr ihr Hymnen singen, nie mehr ihr opfern, nie mehr ihre Priester beschenken!

MYSIS: Die Göttin wird Ihren Schmerz ansehen, und Ihnen verzeihen.

ANTIPHILA: Und laß auch die Göttin nichts beweisen! Sie mag nicht gewollt oder nicht gekonnt haben! – Was hier, hier noch klopft, *Auf ihr Herz.* ist mir glaubwürdiger, als alle Götter. Mein Herz, das mit seinem Herze so innig verwandt, so gleichgestimmt, so völlig nur ein Herz mit ihm war, dies Herz wäre nicht zugleich mit seinem gebrochen? Reiße die Blume am Bache von ihrem Stengel, und ihr Bild im Wasser verschwindet zugleich. Verdunkle die Sonne, und der Mond hört auf zu scheinen – Nein, nichts kann sich selbst überleben. Und nur mein Herz überlebte sich selbst? überlebte das Herz, in welchem es lebte, durch das allein es lebte? – Widersprich mir das, wenn du kannst! Widersprich mir das, Mysis! – Wie stumm und beschämt du dastehst! Habe ich dich ertappt? – Nun gut, ihr habt mich aufgezogen, grausam aufgezogen. Aber macht auch einmal dem unmenschlichen Scherze ein Ende! – Komm, hilf mir den Sarg aufmachen. Ich wette mit dir, der Sarg ist leer – Telamon ist nicht darin; oder wenn er darin ist, so wird er plötzlich auffahren, und mir lachend in die Arme fallen. – Ich werde auch lachen wollen, aber das Weinen wird mir näher sein. – Nun, komm doch, Mysis; wenn er allzulange so liegt, sich allzulange so zwingt und verstellt – es könnte ihm schaden.

MYSIS: Oh, lassen Sie dem Leichname seine Ruhe! Wie oft haben Sie den Sarg schon aufgerissen! – Sie werden ihn sehen, und zu Boden sinken. – Wenn ich Ihnen raten dürfte? –

ANTIPHILA: Warum darfst du nicht? – Ja, liebe Mysis, rate mir! Ich weiß mir selbst nicht zu raten. – Wie soll ich es machen, daß ich ihn zurückrufe? daß ich ihm nachkomme?

MYSIS: Keines von beiden! Jenes ist unmöglich, und dieses –

ANTIPHILA: So bleibt mir nur dieses! – Ja, ich will ihm nach! – Nichts soll mich halten! –

MYSIS: Verlassen Sie diesen traurigen Ort, meine Frau! Kehren Sie in Ihre Wohnung zurück! Hängen Sie dort Ihrem Schmerze nach!

ANTIPHILA: Kehre du nur zurück, wenn du willst. Mein

Geschäft hier, kann deines Dienstes entbehren. Ich erwartete von einer feilen Sklavin nichts anders – Aber ich? ich sollte diesen Ort verlassen? Bei allem, was in jener Welt schrecklich und heilig ist, bei ihm, bei dem die Götter zu schwören sich scheuen – schwöre ich, daß ich nie, nie diesen Ort, ohne dem Geliebten meiner Seele, verlassen will.

MYSIS: Ich darf Ihnen nichts verhehlen. Ich besorge, wir werden hier nicht lange ruhig sein. Es müssen Truppen in der Nähe stehen. Eben, als Sie schliefen, kam ein Soldat, sein Licht hier anzuzünden. Er sprach von einem Hauptmanne, nicht weit von hier; er sprach von Wiederkommen –

ANTIPHILA: Was sagst du? – Ich will niemand sehen. Ich will mich von niemand sehen lassen. – Was wollen sie hier? Ihre Augen an meiner Verzweiflung weiden?

MYSIS: Stille! horchen Sie doch, meine Frau! – Hören Sie nichts?

ANTIPHILA: Ich höre reden über uns. – Geschwind, Mysis, lauf, verschließ, verriegle den Eingang.

MYSIS: Was würde das helfen? Es sind Soldaten. Kehren sich Soldaten an Schloß und Riegel?

ANTIPHILA: Eile, halte sie ab!

MYSIS: Ich?

ANTIPHILA: Sage ihnen, ich sei nicht mehr hier.

MYSIS: Werden sie es glauben?

ANTIPHILA: Sage ihnen, ich sei außer mir, ich tobe, ich rase –

MYSIS: Desto neugieriger werden sie sein.

ANTIPHILA: Sage ihnen, ich sei schon tot –

MYSIS: So wird noch ihr Mitleid zur Neugierde kommen. – Mir fällt was ein – – Gehen Sie geschwind, werfen Sie sich auf Ihren Sarg; tun Sie, als ob Sie noch schliefen. – So dürfen Sie doch nicht mit ihnen sprechen – Ich will suchen sie so bald als möglich wieder loszuwerden.

ANTIPHILA: Das will ich, ja – Aber laß dich nicht mit ihnen ein. – Und laß mir keinen zu nahe kommen! – *Sie wirft sich auf den Sarg; in einer nachlässigen, aber vorteilhaften Stellung.*

VIERTER AUFTRITT

PHILOKRATES. DROMO. ANTIPHILA. MYSIS.

DROMO *noch draußen*: Nun kommen Sie nur. Sie werden es sehen!

MYSIS *indem sie ihnen entgegengeht*: Liegen Sie nur ganz stille –

DROMO *im Hereintreten, mit einer brennenden Fackel*: Sehen Sie! Fürchten Sie sich nur nicht, Herr Hauptmann –

PHILOKRATES: Oh, den tapfern Dromo an seiner Seite, wer sollte sich fürchten? – Gib her die Fackel – *Nimmt sie ihm.*

MYSIS: Wer sind Sie? Was wollen Sie hier, meine Herren?

DROMO: Kennt Sie mich nicht mehr, mein schönes Kind? – Sieht Sie; ich bin geschwind wieder da. – Das ist mein Hauptmann. Ich mußte es ja wohl meinem Hauptmanne sagen, wo ich so lange gewesen, und was für ein Abenteuer mir hier aufgestoßen. – Nun ist mein Hauptmann, wie Sie ihn da sieht, sehr neugierig; und noch mitleidiger als neugierig. Weil er also hörte, daß eine junge Witwe hier für Betrübnis aus der Haut fahren wollte –

PHILOKRATES: Ja – so komme ich, sie zu trösten.

MYSIS: Sehr viel Ehre, Herr Hauptmann! – Aber sie will nicht getröstet sein.

PHILOKRATES: Oh, wenn sie getröstet sein wollte, so wäre sie schon getröstet! Die nicht getröstet sein wollen, denen ist eben der Trost am nötigsten. Die andern trösten sich selbst – Wo ist sie?

MYSIS: Sie schläft.

DROMO: Noch?

PHILOKRATES: Desto besser! So kann ich erst sehen, ob sie des Tröstens wert ist. – Wo schläft sie? –

MYSIS: Kommen Sie ihr nicht näher. Sie möchten sie aufwecken.

PHILOKRATES: Ich will sie ruhig wieder einschlafen lassen, wenn sie meine Erwartung betriegt. – Laß mich! –

DROMO: Kind, Sie wird einem Hauptmanne doch nicht den Paß verlegen wollen? Komm Sie hierher, zu mir. *Zieht sie beiseite, und Philokrates gehet in die Vertiefung nach den Särgen.*

MYSIS: Das sind Gewalttätigkeiten! – Herr Hauptmann, haben Sie Achtung gegen eine Unglückliche. – Und Er, Herr Soldat – *Sie liebkosend.* was soll das?

DROMO: Närrchen, laß dich umarmen, laß dich küssen –

MYSIS: Herr Hauptmann, dieser Unverschämte –

DROMO: Ich will ja weiter nichts, als mich nochmals überzeugen, daß du kein Geist bist.

PHILOKRATES *voller Erstaunen über den Anblick der Antiphila*: Götter! Was erblicke ich! – Dromo! –

DROMO *ohne hinzusehen, und nur mit der Mysis beschäftiget*: Ist sie hübsch? Hübsche Sklavin, hübsche Frau: das habe ich immer gehört. Häßliche Frauen können nichts Hübsches um sich leiden.

PHILOKRATES *ohne ein Auge von ihr zu verwenden*: Dromo! –

DROMO: Bewundern Sie nur, Herr Hauptmann! – Ich habe hier auch mein Teilchen zu bewundern.

PHILOKRATES *noch so*: Dromo! –

MYSIS: Sie wird unfehlbar über dieses Geschrei aufwachen.

DROMO: Das ist, ohne Zweifel, sein Wille.

PHILOKRATES: Wirst du herkommen, und mir die Fackel halten!

DROMO *geht*: Als wenn ich hier zu sonst nichts gut wäre –

MYSIS: Aber Herr Hauptmann, ich bitte Sie – Es wird mir hernach alles zur Last fallen. Wenn sie erwacht, so bin ich unglücklich.

PHILOKRATES: Da, Dromo, nimm die Fackel! – Tritt ein wenig damit zurück! – Seitwärts! So! – Nun übersehe ich die ganze göttliche Form! – Sieh doch, Dromo! *Der sich nähern will.* Nein, nein, bleib nur stehen! – Venus, als sie ihren Adonis beweinte, war nicht rührender!

MYSIS: Nun haben Sie Ihre Neugierde gestillt, Herr Hauptmann! – Nun entfernen Sie sich wieder! Verlassen Sie uns.

PHILOKRATES: Was sagst du? – Komm her, glückliche beneidenswürdige Sklavin! Denn du gehörst ihr zu. – Komm her; wie heißt deine Gebieterin?

MYSIS: Antiphila.

PHILOKRATES: Antiphila? Ein lieblicher, schmeichelnder Name! – Wie alt ist sie?

MYSIS: Vierundzwanzig Jahr –

PHILOKRATES: Nicht doch; das weiß ich besser. Aber meine Frage war auch so abgeschmackt. Es ist Hebe, die Göttin der Jugend, die keine Jahre zählt. – Und hier, neben ihr, in diesem Sarge? –

MYSIS: Ruht ihr entseelter Gemahl.

PHILOKRATES: Wie lange hat er sie gehabt?

MYSIS: Ins fünfte Jahr.

PHILOKRATES: Wie alt starb er?

MYSIS: Im dreißigsten.

PHILOKRATES: Und er liebte sie? Verstehe mich recht; es ist eine Unmöglichkeit, sie nicht zu lieben. – Ich frage: er liebte sie doch so sehr, so innig, mit der Liebe, der inbrünstigen Liebe? –

MYSIS: O ja; wie Sie aus ihrer Trostlosigkeit leicht schließen können.

PHILOKRATES: Hat sie Kinder von ihm?

MYSIS: Nein.

PHILOKRATES: Nein? *Antiphila wendet sich hier, um ihr Gesicht zu verbergen.* Sieh, sie regt sich! Itzt wird sie erwachen. – Ich zittere vor Erwartung. – Nein, sie legt sich nur anders – und entzieht uns ihr Antlitz. Das holdseligste Antlitz! – Aber unendliche Reize sind über den ganzen Körper verbreitet. Auch so könnte ich ein Jahr hier stehen, und sie anstaunen. – Dieses Haar, so lockicht und wild! – Dieser Hals, mit seiner abfallenden Schulter! – Diese Brust! Diese Hüfte! – Dieser Fuß, so frei über den andern geschlagen! – Dieser Arm, so weiß, so rund! – Diese Hand, so nachlässig im Schoße! – Diese ganze Stellung, so malerisch hingeworfen! – Ah, diese Hand – meinen Mund auf diese Hand zu drücken – da sie noch schläft – *Er ergreift sie.*

ANTIPHILA *die auffährt, und ihre Hand zurückzieht*: Ha! – Wie geschieht mir? *Sich die Augen reibend, als ob sie wirklich erwache.*

PHILOKRATES *indem er zurückspringt, zur Mysis*: Ich bin zu kühn gewesen; verrate mich nicht –

ANTIPHILA: Mysis, wo bist du? – Wer war das? – Wer sprach hier? – Wer faßte mich bei der Hand? Warst du es? – Oder träumte ich? – Was ist das für Licht? – Wer ist hier, Mysis?

PHILOKRATES *der ihr wieder näher tritt*: Verzeihen Sie, schöne Leidtragende –

ANTIPHILA *springt auf*: Götter! –

PHILOKRATES: Erschröcken Sie nicht, fromme Witwe –

ANTIPHILA *auf Mysis zufliehend*: Mysis, wo bist du? – Wer darf uns hier stören? – Unglückliche, wen hast du hereingelassen?

PHILOKRATES: Zürnen Sie nicht, großmütige Frau! Die Sklavin ist unschuldig.

MYSIS: Gewiß, das bin ich.

PHILOKRATES: Ein glücklicher Zufall hat uns hiehergebracht –

ANTIPHILA *mit niedergeschlagenen Augen*: Mein Herr, wer Sie auch sind – Gönnen Sie einer Sterbenden die Ruhe, die man Gestorbenen verstattet!

PHILOKRATES: Besorgen Sie nichts, Beste Ihres Geschlechts. – Ich weiß Ihren Schmerz, und die Ursache desselben. Ich verehre Ihre Betrübnis und – teile sie. Ich bin ein Soldat, aber ich weine gern mit Unglücklichen –

ANTIPHILA: Mitleid bringt jedem Ehre. – Aber zum Beweise dieses Mitleids – mein Herr, unterbrechen Sie nicht länger die Totenstille dieser geweihten Stätte – verlassen Sie uns!

PHILOKRATES: Ich hätte gehofft, da mich der Zufall so wohl geleitet, daß ich mich seiner würde bedienen dürfen. – Ich hoffe es noch. Nein, Madame, Sie können so grausam nicht sein, mich in dieser stürmischen Nacht auszustoßen.

ANTIPHILA: Wie? Auszustoßen? Man stößt niemanden aus, den man nicht eingenommen. – Wo kommen Sie her? Wer sind Sie? – Nicht, daß ich dieses alles zu wissen verlangte. Ich will nur sagen, daß ich Sie nicht kenne, daß ich Sie nicht kommen heißen –

PHILOKRATES: Nein, Madame; ich habe nicht das Glück Ihnen bekannt zu sein. Aber Werke der Barmherzigkeit muß man auch nicht bloß an Bekannten ausüben. – Ich suche Schirm vor Wind und Wetter. – Das schlechteste Dach ist besser als ein Zelt. – Ich bin von dem Korps des Kritolaus, welches einen Einfall in das Gebiete der Kolophonier getan. Sie wissen, Madame, wie heftig unser Staat vor kurzem von den Kolophoniern beleidiget worden. Wir haben ihr plattes Land geplündert, ihre Flecken gebrandschatzet, und alles was sich von Vornehmern auf seinen Gärten und Lustschlössern ergreifen lassen, mit uns weggeführt. Gestern sind wir über den Kayster zurückgegangen, und haben in der Aue von Larissa das Lager bezogen. Wir hatten Befehl, sobald wir den ephesischen Boden wieder betreten, drei von den mit weggeführten Kolophoniern hinrichten zu lassen. Es ist geschehen. Sie sind vor dem Lager aufgeknüpft worden; und mich hat es getroffen, den Richtplatz zu bewachen. Er ist ganz in der Nähe. Morgen mit dem frühesten brechen wir wieder auf – Erlauben Sie, daß ich den Morgen hier erwarte.

ANTIPHILA: Wie, mein Herr? Sie wollten die Nacht hier zubringen? Die ganze Nacht?

PHILOKRATES: Ah, sie wird mir kurz genug werden!

ANTIPHILA: Sie bedenken nicht, wo Sie sind.

PHILOKRATES: In einem Grabmale. Aber Grabmal oder nicht Grabmal; es ist ein bedeckter trockner Ort; weiter verlange ich nichts. Ich kann unmöglich in der freien Luft länger dauern. Es würde mir das Leben kosten. – Haben Sie Mitleid mit mir, Madame. Sie haben zwar aufgehört, es mit sich selbst zu haben: aber auch so noch, haben es edle Seelen mit andern!

ANTIPHILA: Und wenn Sie doch nur um sich sehen wollten! – Ein finstrer Ort, ohne alle Bequemlichkeit: da ist weder Erleuchtung, noch Sitz –

PHILOKRATES: Erleuchtung? Wenn diese Fackel nur einen Gegenstand erleuchtet! – Und Sitz? – Zu Ihren Füßen, Madame – *Feurig.*

ANTIPHILA *sehr ernsthaft*: Mein Herr –

PHILOKRATES *auf einmal kalt*: Keine Mißdeutung, Krone der Frauen! – Zu Ihren Füßen – will sagen, auf der Erde. – Die nackte, harte Erde, war von je des Kriegers Sitz und Lager. – – Auch wäre dem abzuhelfen. – Geschwind, Dromo, spring in mein Zelt; hole Feldstühle, Tisch, Lichter – Lauf! laß dir helfen! – Die Fackel laß da! – Oder nimm sie nur mit. – Nein, laß sie da! gib her! – Lauf! lauf!

Dromo gibt ihm die Fackel und läuft ab.

Fünfter Auftritt

Philokrates. Antiphila. Mysis.

ANTIPHILA: Nimmermehr, mein Herr; ich geb es nimmermehr zu. – Es geschieht ohne meine Einwilligung – Das heißt Gewalt brauchen; mit Gewalt Besitz nehmen. – Aber Gewalt wider eine Schwache, Unglückliche; – ein Mann sollte sich dieser Gewalt schämen.

PHILOKRATES: Ich beschwöre Sie, Madame –

ANTIPHILA: Ich Sie hinwiederum! Entfernen Sie sich, mein Herr; verlassen Sie mich! – Was würde die Welt sagen! Meine Ehre, mein Name –

PHILOKRATES: Ihr Name, Madame? – Als ob dieser nicht schon durch Ihren grausamen Entschluß über alle Verleumdung erhaben wäre! – Wer wird es wagen, die Tugend zu lästern, der an dem Sarge des Ewiggeliebten das Herz brach! – Ihr gewisser Tod, Madame – bei diesem unmäßigen Schmerze, bei dieser gänzlichen Versäumung aller Pflichten der Selbsterhaltung, ist er so nahe als gewiß – Ihr gewisser Tod drückt bald ein Siegel auf Ihre Ehre, das – Kurz, Madame, ich habe Ihre Erlaubnis; ich kann nicht anders, als sie haben. Daran zweifeln würde an Ihrer Entschlossenheit ebensosehr, als an Ihrer Lebensart, an Ihrer Menschlichkeit zweifeln heißen. – Sie wollen sterben: und ich muß leben, für das Vaterland leben, dessen Knecht ich bin. Ein jedes gehe seinen Weg, ohne das andere zu irren. – Ja, Madame; Sie erlauben mir, diese Nacht hierzubleiben; Sie erlauben mir, alles hier zu tun, was mir die Sorge für mein Leben befiehlt; essen, trinken, schlafen – Ich bedarf der Pflege. – Aber wie war es denn? Davon habe ich ja dem Dromo nichts befohlen. Ich muß ihm nach. – Können Sie glauben, Madame, daß ich heute noch den ersten Bissen in meinen Mund nehmen soll? So geht es uns armen Soldaten. – *Eilig ab.*

Sechster Auftritt

Antiphila. Mysis.

ANTIPHILA: Mysis, Mysis, das alles ist deine Schuld! Unglückliche! –

MYSIS: Meine Schuld? – Warum erwachten Sie? Konnten Sie nicht fortschlafen?

ANTIPHILA: Sollte ich mich seinen verliebten Erdreustungen noch mehr aussetzen?

MYSIS: Freilich verlohnte es sich der Mühe, die Augen auf einen Mann aufzuschlagen, den man so entzückt. Die möchte ich sehen, die es hätte unterlassen können. Auch noch am Rande des Grabes ist es gut, einen Anbeter kennenzulernen, von dessen Aufrichtigkeit man so versichert ist. Er glaubte, Sie schliefen wirklich.

ANTIPHILA: Was spricht die Närrin? – Fort! Diesen Augenblick muß ich nicht versäumen. – Laß uns fliehen, Mysis. Er muß uns nicht mehr finden, wenn er zurückkömmt.

MYSIS: Fliehen? Ist die Gefahr so groß?

ANTIPHILA: Was ist dir? Was für Unsinn sprichst du? – Gefahr! Ich sehe keine Gefahr: aber nichts soll meine Betrübnis unterbrechen. – Ohne ein Wort weiter, folge mir!

MYSIS: Liebste, beste Frau, in dieser späten, finstern Nacht, außer den Toren der Stadt, wo wollen wir hin?

ANTIPHILA: Es sind mehr Gräber in der Nähe – uns in das erste das beste verbergen, bis das Heer aufgebrochen, und die Gegend wieder ruhig ist. *Gegen den Sarg gewendet.* Geliebter Schatten, verzeihe dieser kurzen Trennung! – Und nun, Mysis –

MYSIS: Aber er wird uns nachfolgen; er kann nicht weit sein; wir werden ihm schwerlich entkommen; er wird uns zurückbringen. Und sich zurückbringen lassen, wenn man fliehen wollen: wie boshaft wissen Männer das auszulegen! – Fliehen Sie ja nicht, beste Frau! –

ANTIPHILA: So bleib, Nichtswürdige! *Geht.*

MYSIS: Oh, allein habe ich hier nichts zu schaffen! *Im Begriffe, ihr zu folgen.*

ANTIPHILA *auf den Stufen des Ausganges*: Götter, es ist zu spät! – Er kömmt schon.

Siebenter Auftritt

Philokrates. Antiphila. Mysis.

PHILOKRATES: Wohin, Madame? wo wollen Sie hin, Schönste? *Antiphila, ohne ihm zu antworten, steigt die Stufen wieder herab und geht nach den Särgen in der Vertiefung.* – Rede du, Mysis: wo wollte deine Gebieterin hin?

MYSIS: Sie fliehen, Herr Hauptmann.

PHILOKRATES: Mich fliehen! mich fliehen! Was sagst du?

ANTIPHILA *die sich kurz umwendet*: Nein, mein Herr; nicht Sie fliehen; bloß Ihnen Platz machen: das wollt ich – das will ich. *Indem sie sich wieder dem Ausgange nähert.* Sie bestehen darauf, hier zu übernachten; ich kann es nicht wehren; meine Bitten sind vergebens. Es sei: was Sie tun sollten, will ich tun.

PHILOKRATES: Madame! – Mysis!

MYSIS: Geben Sie mir die Fackel, Herr Hauptmann. Sie ist Ihnen hinderlich.

PHILOKRATES *der ihr die Fackel gibt, und die Antiphila bei der Hand ergreift*: Und das sollte ich verstatten?

ANTIPHILA *die ihre Hand loswindet*: Ich will es hoffen, mein Herr –

PHILOKRATES: Ah, so verzeihen Sie meinem Irrtume, Madame! – Ich hätte nie geglaubt, daß so viel Härte bei so viel Empfindung sein könne. Man ist sonst so mitleidig, wenn man sich selbst unglücklich fühlt. – Ich sehe, Madame, Sie sind bestimmt, in allen Dingen eine Ausnahme zu machen. – Ich bescheide mich: so nachgeben wollen, heißt auf seinem Rechte mehr als jemals bestehen. – Ich gehe, beschämt, gekränkt, aller Rechte der Gastfreiheit verweigert, auch der verweigert, die der Tiger einem verirrten müden Wanderer, der in seine Höhle schlafen kömmt, nicht immer versagt – Aber genug, ich gehe – und gehe voll Bewunderung –

ANTIPHILA: Ich erlasse Sie, mein Herr, der Bewunderung; erweisen Sie mir dafür nur Gerechtigkeit.

PHILOKRATES: Hier ist Gerechtigkeit und Bewunderung eines.

ANTIPHILA: Ich fühle alles Beleidigende dieser *Etwas höhnisch:* verbindlichen Wendung. – Und doch *Sanft:* schmerzt es mich, so verkannt zu werden. Ich bitte: treten Sie an meine Stelle –

PHILOKRATES: Nein, Madame; ich gehorche Ihrem Befehle, ohne mich selbst zu fragen, was ich an Ihrer Stelle tun würde.

ANTIPHILA: Die Götter wissen es, wie gern immer unser Dach den Fremdling, den Schutzlosen aufgenommen! Ganz Ephesus nannte Kassandern den Gastfreien. – Aber wer fodert in einem Grabmale das Gastrecht?

PHILOKRATES: Kassander? – Wen nennen Sie da, Madame?

ANTIPHILA: Wen sonst, als ihn?

PHILOKRATES: Ihren Gemahl? – Aber doch nicht Kassandern, des Metrophanes Sohn?

ANTIPHILA: Des Metrophanes Sohn.

PHILOKRATES: Des Metrophanes Sohn, den Phylarchen?

ANTIPHILA: Den Phylarchen.

PHILOKRATES: Den Phylarchen? den großmütigen bei allen Bedürfnissen des Staats sich selbst erbietenden Liturgen?

ANTIPHILA: Ihn! eben ihn!

PHILOKRATES: Und dieser Kassander ist tot? Und dieser Kassander war Ihr Gemahl?

ANTIPHILA: Und Sie haben ihn gekannt?

PHILOKRATES: Ob ich ihn gekannt habe? Diesen tapfersten, edelsten, besten aller Männer von Ephesus!

ANTIPHILA: Besten aller Männer! Dies war er! – war er! *Indem sie sich wendet, und mit gerungnen Händen nach den Särgen geht.*

PHILOKRATES *der ihr folgen will*: Ob ich ihn gekannt?

MYSIS *ihn zurückhaltend*: Ein Wort, Herr Hauptmann –

PHILOKRATES: Was willst du, Mysis?

MYSIS: Im Vertrauen, Herr Hauptmann – Sie können doch lesen?

PHILOKRATES: Warum nicht?

MYSIS: Geschriebnes, und in Stein Gehauenes?

PHILOKRATES: Beides.

MYSIS: Und haben ein gutes Gedächtnis, Herr Hauptmann?

PHILOKRATES: So ziemlich. Aber mach ein Ende: was willst du? –

MYSIS: Nun so wette ich, daß Sie unsern Toten nicht gekannt haben –

PHILOKRATES: Aber du hörst es ja –

MYSIS: Sondern daß Sie, bei dem Scheine Ihrer Fackel, das Epitaph draußen über dem Eingange gelesen haben.

PHILOKRATES: Verleumderin! – Aber, liebe Mysis, wette was du willst; du sollst alles gewinnen: nur sei mir nicht zuwider – Unterstütze mich –

MYSIS: Nur frisch! Das Eisen glüht; folgen Sie ihr –

PHILOKRATES *der ihr in der Vertiefung nachgeht*: Ob ich Kassandern gekannt? – Wir taten zusammen unsern ersten Feldzug. In so feurigen Jahren knüpft gemeinschaftliche Gefahr die zärtlichsten Freundschaften. Die unsere ward durch meinen Aufenthalt an dem persischen Hofe unterbrochen. Darauf entstand dieser Krieg mit den Kolophoniern. Ich mußte zu meinem Phalanx, ohne Kassandern vorher umarmen zu dürfen. Und indes – indes hat ihn die grausame Parze abgefodert! O ich Unglücklicher! – Doch mein Schmerz, Madame, hat kein Recht, sich neben dem Ihrigen zu äußern.

ANTIPHILA *sich langsam mit Empfindung gegen ihn wendend*: Ah! Sie waren sein Freund! – Ich kenne die Rechte der Freundschaft, so wie die Rechte der Liebe. Liebe ist nichts, als die innigste Gattung der Freundschaft. Welcher Empfindung könnte sich die Freundschaft vor den Augen der Liebe zu schämen haben? – Nein, mein Herr, ersticken Sie nichts, bergen Sie nichts, was Ihrem Herzen so rühmlich ist: nicht diese Träne, *Indem Philokrates die Hand vor die Augen führet, und das Gesicht von ihr abwendet.* die Sie dem Andenken eines Mannes opfern, der uns beiden so wert war. –

MYSIS: Oh, liebste Frau, nun dulden Sie den Herrn ja nicht länger! Seine Betrübnis würde der Ihrigen nur mehr Nahrung geben. Wir brauchen niemand, der uns noch wehmütiger macht, als wir schon sind.

PHILOKRATES: Woran erinnerst du deine Gebieterin? – Doch ich kann dir nicht unrecht geben. – Ich gehe –

ANTIPHILA: Ah, mein Herr, entziehen Sie mir den Freund des Geliebten meiner Seele nicht so schnell. – Diesem geht nichts an, was ich dem Unbekannten sagte. – Er war Ihr Freund! Sie allein können meinen Verlust schätzen: wie ich allein den Ihrigen. –

Achter Auftritt

Dromo *mit einigen Stücken von dem Befohlenen.* Antiphila. Philokrates. Mysis.

dromo: Hier bin ich, Herr Hauptmann. Das andere ist droben vor dem Eingange, wo ich es niedersetzen lassen. Komm, Mysis, hilf mir es herunterbringen.

mysis: Nicht so schnell, Herr Landsknecht. Es streitet sich noch, ob ihr werdet Quartier hier machen dürfen.

philokrates: O Dromo, welche Entdeckung habe ich gemacht! – Der Entseelte, der hier ruhet, den diese Göttliche beweinet – war mein Freund, der erste Freund meiner Jugend.

dromo: Was plaudert denn die also? – So ein Freund wird uns doch nicht die Türe weisen? – Komm, komm, laß dich die Mühe nicht verdrießen. *Er zieht sie mit fort, und nach und nach bringen sie das Befohlene herunter, und in Ordnung.*

philokrates: O Sie, noch kürzlich die Wonne meines Freundes! O Schönste, Beste – wie kann ich die Freundin meines Freundes anders nennen, als meine Freundin! – Wenn und wo ich auch seinen Tod vernommen hätte, würde er mir das Herz durchbohrt haben. Aber hier, aber itzt – da ich es sehe, mit diesen glücklichen Augen selbst sehe, wieviel er verloren, in Ihnen verloren –

antiphila: Wenigstens zu verlieren geglaubt. Denn seine Liebe zu mir war so groß, so unsäglich – –

philokrates: Nicht größer, nicht unsäglicher, als Ihr Wert! – In welcher Verzweiflung muß er gestorben sein! Ich durfte sicher sein Herz nach dem meinigen beurteilen. Was ich empfinde, das in meinem vorgehen würde, das ging alles in seinem vor. Das Licht des Tages verlassen, ist schmerzlich; schmerzlich ist es, sich vielleicht selbst verlassen müssen, aufhören sich zu fühlen, sich sagen zu können: das bist du! das gilt dir! – Aber was ist alles das gegen den Schmerz, ein Wesen zu verlassen, das wir mehr als das Licht des Tages, mehr als uns selbst lieben? – Doch welche Reden, die ich führe! Ist das die Zusprache, die Sie, Schönste, von mir erwarten? Ich sollte Öl in Ihre Wunden gießen, und reiße sie von neuem auf. – Ich Unbesonnener!

antiphila: Nein, mein Herr, nein: – solche Wunden weigern sich aller Linderung. Nur in ihnen wühlen, ist Wollust.

PHILOKRATES: Allerdings, allerdings! – Doch mir, mir verbieten Geschlecht und Stand und Bestimmung, so wollüstigen Schmerzen nachzuhängen. Allen ziemt nicht alles. Dem Mann, dem Krieger ist eine Träne vergönnt, aber kein Strom von Tränen, der unverkleinerlich nur aus so schönen Augen über so zärtliche Wangen rollt. – Wo denkt er hin, der Soldat, der sich durch Bejammerung eines verstorbnen Freundes weichherzig macht? Er soll gefaßt sein, jeden Augenblick ihm zu folgen; er soll gefaßt sein, dem Tode unter allen Gestalten, auch den gräßlichsten, entgegenzugehen: und er weinet ob der sanftesten dieser Gestalten, die seinen Freund in die Arme nahm und ihn vorantrug? – Nicht der Tod, sondern der Tod mit Unehre, ist das einzige, was ihm schrecklich sein soll. Dort durfte es mich schaudern, bei den schimpflichen Pfählen, an welchen die unglücklichen Kolophonier hangen.

MINNA VON BARNHELM
ODER
DAS SOLDATENGLÜCK

Ein Lustspiel in fünf Aufzügen

Personen

Major von Tellheim, *verabschiedet*
Minna von Barnhelm
Graf von Bruchsall, *ihr Oheim*
Franziska, *ihr Mädchen*
Just, *Bedienter des Majors*
Paul Werner, *gewesener Wachtmeister des Majors*
Der Wirt
Eine Dame in Trauer
Ein Feldjäger
Riccaut de la Marlinière

Die Szene ist abwechselnd in dem Saale eines Wirtshauses, und einem daran stoßenden Zimmer

ERSTER AUFZUG

Erster Auftritt

Just, *sitzet in einem Winkel, schlummert, und redet im Traume.*

Schurke von einem Wirte! Du, uns? – Frisch, Bruder! – Schlag zu, Bruder! – *Er holt aus, und erwacht durch die Bewegung.* Heda! schon wieder? Ich mache kein Auge zu, so schlage ich mich mit ihm herum. Hätte er nur erst die Hälfte von allen den Schlägen! – – Doch sieh, es ist Tag. Ich muß nur bald meinen armen Herrn aufsuchen. Mit meinem Willen soll er keinen Fuß mehr in das vermaledeite Haus setzen. Wo wird er die Nacht zugebracht haben?

Zweiter Auftritt

Der Wirt. Just.

DER WIRT: Guten Morgen, Herr Just, guten Morgen! Ei, schon so früh auf? Oder soll ich sagen: noch so spät auf?

JUST: Sage Er, was Er will.

DER WIRT: Ich sage nichts, als guten Morgen; und das verdient doch wohl, daß Herr Just, großen Dank, darauf sagt?

JUST: Großen Dank!

DER WIRT: Man ist verdrüßlich, wenn man seine gehörige Ruhe nicht haben kann. Was gilt's, der Herr Major ist nicht nach Hause gekommen, und Er hat hier auf ihn gelauert?

JUST: Was der Mann nicht alles erraten kann!

DER WIRT: Ich vermute, ich vermute.

JUST *kehrt sich um, und will gehen*: Sein Diener!

DER WIRT *hält ihn*: Nicht doch, Herr Just!

JUST: Nun gut; nicht Sein Diener!

DER WIRT: Ei, Herr Just! ich will doch nicht hoffen, Herr Just, daß Er noch von gestern her böse ist? Wer wird seinen Zorn über Nacht behalten?

JUST: Ich; und über alle folgende Nächte.

DER WIRT: Ist das christlich?

JUST: Ebenso christlich, als einen ehrlichen Mann, der nicht gleich bezahlen kann, aus dem Hause stoßen, auf die Straße werfen.

DER WIRT: Pfui, wer könnte so gottlos sein?

JUST: Ein christlicher Gastwirt. – Meinen Herrn! so einen Mann! so einen Offizier!

DER WIRT: Den hätte ich aus dem Hause gestoßen? auf die Straße geworfen? Dazu habe ich viel zuviel Achtung für einen Offizier, und viel zuviel Mitleid mit einem abgedankten! Ich habe ihm aus Not ein ander Zimmer einräumen müssen. – Denke Er nicht mehr daran, Herr Just. *Er ruft in die Szene:* Holla! – Ich will's auf andere Weise wiedergutmachen. *Ein Junge kömmt.* Bring ein Gläschen; Herr Just will ein Gläschen haben; und was Gutes!

JUST: Mache Er sich keine Mühe, Herr Wirt. Der Tropfen soll zu Gift werden, den – Doch ich will nicht schwören; ich bin noch nüchtern!

DER WIRT *zu dem Jungen, der eine Flasche Likör und ein Glas bringt*: Gib her; geh! – Nun, Herr Just; was ganz Vortreffliches; stark, lieblich, gesund. *Er füllt, und reicht ihm zu.* Das kann einen überwachten Magen wieder in Ordnung bringen!

JUST: Bald dürfte ich nicht! – – Doch warum soll ich meiner Gesundheit seine Grobheit entgelten lassen? – *Er nimmt und trinkt.*

DER WIRT: Wohl bekomm's, Herr Just!

JUST *indem er das Gläschen wieder zurückgibt*: Nicht übel! – Aber Herr Wirt, Er ist doch ein Grobian!

DER WIRT: Nicht doch, nicht doch! – Geschwind noch eins; auf einem Beine ist nicht gut stehen.

JUST *nachdem er getrunken*: Das muß ich sagen: gut, sehr gut! – Selbst gemacht, Herr Wirt? –

DER WIRT: Behüte, veritabler Danziger! echter, doppelter Lachs!

JUST: Sieht Er, Herr Wirt; wenn ich heucheln könnte, so würde ich für so was heucheln; aber ich kann nicht; es muß raus: – Er ist doch ein Grobian, Herr Wirt!

DER WIRT: In meinem Leben hat mir das noch niemand gesagt. – Noch eins, Herr Just, aller guten Dinge sind drei!

JUST: Meinetwegen! *Er trinkt.* Gut Ding, wahrlich gut Ding! – Aber auch die Wahrheit ist gut Ding. – Herr Wirt, Er ist doch ein Grobian!

DER WIRT: Wenn ich es wäre, würde ich das wohl so mit anhören?

JUST: O ja, denn selten hat ein Grobian Galle.

DER WIRT: Nicht noch eins, Herr Just? Eine vierfache Schnur hält desto besser.

JUST: Nein, zuviel ist zuviel! Und was hilft's Ihm, Herr Wirt? Bis auf den letzten Tropfen in der Flasche würde ich bei meiner Rede bleiben. Pfui, Herr Wirt; so guten Danziger zu haben, und so schlechte Mores! – Einem Manne, wie meinem Herrn, der Jahr und Tag bei Ihm gewohnt, von dem Er schon so manchen schönen Taler gezogen, der in seinem Leben keinen Heller schuldig geblieben ist; weil er ein paar Monate her nicht prompt bezahlt, weil er nicht mehr so viel aufgehen läßt – in der Abwesenheit das Zimmer auszuräumen!

DER WIRT: Da ich aber das Zimmer notwendig brauchte? da ich voraussahe, daß der Herr Major es selbst gutwillig würde geräumt haben, wenn wir nur lange auf seine Zurückkunft hätten warten können? Sollte ich denn so eine fremde Herrschaft wieder von meiner Türe wegfahren lassen? Sollte ich einem andern Wirte so einen Verdienst mutwillig in den Rachen jagen? Und ich glaube nicht einmal, daß sie sonstwo unterkommen wäre. Die Wirtshäuser sind jetzt alle stark besetzt. Sollte eine so junge, schöne, liebenswürdige Dame, auf der Straße bleiben? Dazu ist Sein Herr viel zu galant! Und was verliert er denn dabei? Habe ich ihm nicht ein anderes Zimmer dafür eingeräumt?

JUST: Hinten an dem Taubenschlage; die Aussicht zwischen des Nachbars Feuermauren –

DER WIRT: Die Aussicht war wohl sehr schön, ehe sie der verzweifelte Nachbar verbaute. Das Zimmer ist doch sonst galant, und tapeziert –

JUST: Gewesen!

DER WIRT: Nicht doch, die eine Wand ist es noch. Und Sein Stübchen darneben, Herr Just; was fehlt dem Stübchen? Es hat einen Kamin; der zwar im Winter ein wenig raucht – –

JUST: Aber doch im Sommer recht hübsch läßt. – Herr, ich glaube gar, Er vexiert uns noch oben drein? –

DER WIRT: Nu, nu, Herr Just, Herr Just –

JUST: Mache Er Herr Justen den Kopf nicht warm, oder –

DER WIRT: Ich macht ihn warm? der Danziger tut's! –

JUST: Einen Offizier, wie meinen Herrn! Oder meint Er, daß ein abgedankter Offizier nicht auch ein Offizier ist, der Ihm den Hals brechen kann? Warum waret ihr denn im Kriege so geschmeidig, ihr Herren Wirte? Warum war denn da jeder Offizier ein würdiger Mann, und jeder Soldat ein ehrlicher, braver Kerl? Macht euch das bißchen Friede schon so übermütig?

DER WIRT: Was ereifert Er sich nun, Herr Just? –

JUST: Ich will mich ereifern. – –

Dritter Auftritt

von Tellheim. Der Wirt. Just.

VON TELLHEIM *im Hereintreten*: Just!

JUST *in der Meinung, daß ihn der Wirt nenne*: Just? – So bekannt sind wir? –

VON TELLHEIM: Just!

JUST: Ich dächte, ich wäre wohl Herr Just für Ihn!

DER WIRT *der den Major gewahr wird*: St! st! Herr, Herr, Herr Just – seh Er Sich doch um; Sein Herr – –

VON TELLHEIM: Just, ich glaube, du zankst? Was habe ich dir befohlen?

DER WIRT: Oh, Ihro Gnaden! zanken? da sei Gott vor! Ihr untertänigster Knecht sollte sich unterstehen, mit einem, der die Gnade hat, Ihnen anzugehören, zu zanken?

JUST: Wenn ich ihm doch eins auf den Katzenbuckel geben dürfte! – –

DER WIRT: Es ist wahr, Herr Just spricht für seinen Herrn, und ein wenig hitzig. Aber daran tut er recht; ich schätze ihn um so viel höher; ich liebe ihn darum. –

JUST: Daß ich ihm nicht die Zähne austreten soll!

DER WIRT: Nur schade, daß er sich umsonst erhitzet. Denn ich bin gewiß versichert, daß Ihro Gnaden keine Ungnade deswegen auf mich geworfen haben, weil – die Not – mich notwendig –

VON TELLHEIM: Schon zuviel, mein Herr! Ich bin Ihnen schuldig; Sie räumen mir, in meiner Abwesenheit, das Zimmer aus; Sie müssen bezahlt werden; ich muß woanders unterzukommen suchen. Sehr natürlich! –

DER WIRT: Woanders? Sie wollen ausziehen, gnädiger Herr? Ich unglücklicher Mann! ich geschlagner Mann! Nein, nimmermehr! Eher muß die Dame das Quartier wieder räumen. Der Herr Major kann ihr, will ihr sein Zimmer nicht lassen;

das Zimmer ist sein; sie muß fort; ich kann ihr nicht helfen. – Ich gehe, gnädiger Herr – –

VON TELLHEIM: Freund, nicht zwei dumme Streiche für einen! Die Dame muß in dem Besitze des Zimmers bleiben. – –

DER WIRT: Und Ihro Gnaden sollten glauben, daß ich aus Mißtrauen, aus Sorge für meine Bezahlung? – – Als wenn ich nicht wüßte, daß mich Ihro Gnaden bezahlen können, sobald Sie nur wollen. – – Das versiegelte Beutelchen – fünfhundert Taler Louisdor, stehet darauf – – welches Ihro Gnaden in dem Schreibepulte stehen gehabt; – – ist in guter Verwahrung. –

VON TELLHEIM: Das will ich hoffen; so wie meine übrige Sachen. – Just soll sie in Empfang nehmen, wenn er Ihnen die Rechnung bezahlt hat. – –

DER WIRT: Wahrhaftig, ich erschrak recht, als ich das Beutelchen fand. – Ich habe immer Ihro Gnaden für einen ordentlichen und vorsichtigen Mann gehalten, der sich niemals ganz ausgibt. – – Aber dennoch – – wenn ich Bargeld in dem Schreibepulte vermutet hätte – –

VON TELLHEIM: Würden Sie höflicher mit mir verfahren sein. Ich verstehe Sie. – Gehen Sie nur, mein Herr; lassen Sie mich; ich habe mit meinem Bedienten zu sprechen. – –

DER WIRT: Aber gnädiger Herr – –

VON TELLHEIM: Komm Just, der Herr will nicht erlauben, daß ich dir in seinem Hause sage, was du tun sollst. – –

DER WIRT: Ich gehe ja schon, gnädiger Herr! – Mein ganzes Haus ist zu Ihren Diensten.

VIERTER AUFTRITT

VON TELLHEIM. JUST.

JUST *der mit dem Fuße stampft, und dem Wirte nachspuckt*: Pfui!

VON TELLHEIM: Was gibt's?

JUST: Ich ersticke vor Bosheit.

VON TELLHEIM: Das wäre soviel, als an Vollblütigkeit.

JUST: Und Sie – Sie erkenne ich nicht mehr, mein Herr. Ich sterbe vor Ihren Augen, wenn Sie nicht der Schutzengel dieses hämischen, unbarmherzigen Rackers sind! Trotz Galgen und Schwert und Rad, hätte ich ihn – hätte ich ihn mit diesen Händen erdrosseln, mit diesen Zähnen zerreißen wollen. –

VON TELLHEIM: Bestie!

JUST: Lieber Bestie, als so ein Mensch!

VON TELLHEIM: Was willst du aber?

JUST: Ich will, daß Sie es empfinden sollen, wie sehr man Sie beleidiget.

VON TELLHEIM: Und dann?

JUST: Daß Sie sich rächten – Nein, der Kerl ist Ihnen zu gering. –

VON TELLHEIM: Sondern, daß ich es dir auftrüge, mich zu rächen? Das war von Anfang mein Gedanke. Er hätte mich nicht wieder mit Augen sehen, und seine Bezahlung aus deinen Händen empfangen sollen. Ich weiß, daß du eine Handvoll Geld mit einer ziemlich verächtlichen Miene hinwerfen kannst. –

JUST: So? eine vortreffliche Rache! –

VON TELLHEIM: Aber die wir noch verschieben müssen. Ich habe keinen Heller bares Geld mehr; ich weiß auch keines aufzutreiben.

JUST: Kein bares Geld? Und was ist denn das für ein Beutel, mit fünfhundert Taler Louisdor, den der Wirt in Ihrem Schreibepulte gefunden?

VON TELLHEIM: Das ist Geld, welches mir aufzuheben gegeben worden.

JUST: Doch nicht die hundert Pistolen, die Ihnen Ihr alter Wachtmeister vor vier oder fünf Wochen brachte?

VON TELLHEIM: Die nämlichen, von Paul Wernern. Warum nicht?

JUST: Diese haben Sie noch nicht gebraucht? Mein Herr, mit diesen können Sie machen, was Sie wollen. Auf meine Verantwortung –

VON TELLHEIM: Wahrhaftig?

JUST: Werner hörte von mir, wie sehr man Sie mit Ihren Forderungen an die Generalkriegskasse aufzieht. Er hörte –

VON TELLHEIM: Daß ich sicherlich zum Bettler werden würde, wenn ich es nicht schon wäre. – Ich bin dir sehr verbunden, Just. – Und diese Nachricht vermochte Wernern, sein bißchen Armut mit mir zu teilen. – Es ist mir doch lieb, daß ich es erraten habe. – Höre Just, mache mir zugleich auch deine Rechnung; wir sind geschiedene Leute. – –

JUST: Wie? was?

VON TELLHEIM: Kein Wort mehr; es kömmt jemand. –

Fünfter Auftritt

Eine Dame *in Trauer.* von Tellheim. Just.

DIE DAME: Ich bitte um Verzeihung, mein Herr! –

VON TELLHEIM: Wen suchen Sie, Madame? –

DIE DAME: Ebenden würdigen Mann, mit welchem ich die Ehre habe zu sprechen. Sie kennen mich nicht mehr? Ich bin die Witwe Ihres ehemaligen Stabsrittmeisters –

VON TELLHEIM: Um des Himmels willen, gnädige Frau! welche Veränderung! –

DIE DAME: Ich stehe von dem Krankenbette auf, auf das mich der Schmerz über den Verlust meines Mannes warf. Ich muß Ihnen früh beschwerlich fallen, Herr Major. Ich reise auf das Land, wo mir eine gutherzige, aber eben auch nicht glückliche Freundin eine Zuflucht vors erste angeboten. –

VON TELLHEIM *zu Just*: Geh, laß uns allein. –

Sechster Auftritt

Die Dame. von Tellheim.

VON TELLHEIM: Reden Sie frei, gnädige Frau! Vor mir dürfen Sie sich Ihres Unglücks nicht schämen. Kann ich Ihnen worin dienen?

DIE DAME: Mein Herr Major –

VON TELLHEIM: Ich beklage Sie, gnädige Frau! Worin kann ich Ihnen dienen? Sie wissen, Ihr Gemahl war mein Freund; mein Freund, sage ich; ich war immer karg mit diesem Titel.

DIE DAME: Wer weiß es besser, als ich, wie wert Sie seiner Freundschaft waren, wie wert er der Ihrigen war? Sie würden sein letzter Gedanke, Ihr Name der letzte Ton seiner sterbenden Lippen gewesen sein, hätte nicht die stärkere Natur dieses traurige Vorrecht für seinen unglücklichen Sohn, für seine unglückliche Gattin gefordert –

VON TELLHEIM: Hören Sie auf, Madame! Weinen wollte ich mit Ihnen gern; aber ich habe heute keine Tränen. Verschonen Sie mich! Sie finden mich in einer Stunde, wo ich leicht zu verleiten wäre, wider die Vorsicht zu murren. – O mein rechtschaffner Marloff! Geschwind, gnädige Frau, was haben Sie zu befehlen? Wenn ich Ihnen zu dienen imstande bin, wenn ich es bin –

DIE DAME: Ich darf nicht abreisen, ohne seinen Letzten Willen zu vollziehen. Er erinnerte sich kurz vor seinem Ende, daß er als Ihr Schuldner sterbe, und beschwor mich, diese Schuld mit der ersten Barschaft zu tilgen. Ich habe seine Equipage verkauft, und komme seine Handschrift einzulösen. –

VON TELLHEIM: Wie, gnädige Frau? darum kommen Sie?

DIE DAME: Darum. Erlauben Sie, daß ich das Geld aufzähle.

VON TELLHEIM: Nicht doch, Madame; Marloff mir schuldig? das kann schwerlich sein. Lassen Sie doch sehen. *Er ziehet sein Taschenbuch heraus und sucht.* Ich finde nichts.

DIE DAME: Sie werden seine Handschrift verlegt haben, und die Handschrift tut nichts zur Sache. – Erlauben Sie –

VON TELLHEIM: Nein, Madame! so etwas pflege ich nicht zu verlegen. Wenn ich sie nicht habe, so ist es ein Beweis, daß ich nie eine gehabt habe, oder daß sie getilgt, und von mir schon zurückgegeben worden.

DIE DAME: Herr Major!

VON TELLHEIM: Ganz gewiß, gnädige Frau. Marloff ist mir nichts schuldig geblieben. Ich wüßte mich auch nicht zu erinnern, daß er mir jemals etwas schuldig gewesen wäre. Nicht anders, Madame; er hat mich vielmehr als seinen Schuldner hinterlassen. Ich habe nie etwas tun können, mich mit einem Manne abzufinden, der sechs Jahre Glück und Unglück, Ehre und Gefahr mit mir geteilet. Ich werde es nicht vergessen, daß ein Sohn von ihm da ist. Er wird mein Sohn sein, sobald ich sein Vater sein kann. Die Verwirrung, in der ich mich jetzt selbst befinde –

DIE DAME: Edelmütiger Mann! Aber denken Sie auch von mir nicht zu klein. Nehmen Sie das Geld, Herr Major; so bin ich wenigstens beruhiget. –

VON TELLHEIM: Was brauchen Sie zu Ihrer Beruhigung weiter, als meine Versicherung, daß mir dieses Geld nicht gehöret? Oder wollen Sie, daß ich die unerzogene Waise meines Freundes bestehlen soll? Bestehlen, Madame; das würde es in dem eigentlichsten Verstande sein. Ihm gehört es; für ihn legen Sie es an. –

DIE DAME: Ich verstehe Sie; verzeihen Sie nur, wenn ich noch nicht recht weiß, wie man Wohltaten annehmen muß. Woher wissen es denn aber auch Sie, daß eine Mutter mehr für ihren Sohn tut, als sie für ihr eigen Leben tun würde? Ich gehe –

VON TELLHEIM: Gehen Sie, Madame, gehen Sie! Reisen Sie glücklich! Ich bitte Sie nicht, mir Nachricht von Ihnen zu geben. Sie möchte mir zu einer Zeit kommen, wo ich sie nicht nutzen könnte. Aber noch eines, gnädige Frau; bald hätte ich das Wichtigste vergessen. Marloff hat noch an der Kasse unsers ehemaligen Regiments zu fodern. Seine Foderungen sind so richtig, wie die meinigen. Werden meine bezahlt, so müssen auch die seinigen bezahlt werden. Ich hafte dafür. –

DIE DAME: Oh! mein Herr – Aber ich schweige lieber. – Künftige Wohltaten so vorbereiten, heißt sie in den Augen des Himmels schon erwiesen haben. Empfangen Sie seine Belohnung, und meine Tränen! *Geht ab.*

SIEBENTER AUFTRITT

VON TELLHEIM.

Armes, braves Weib! Ich muß nicht vergessen, den Bettel zu vernichten. *Er nimmt aus seinem Taschenbuche Briefschaften, die er zerreißt.* Wer steht mir dafür, daß eigner Mangel mich nicht einmal verleiten könnte, Gebrauch davon zu machen?

ACHTER AUFTRITT

JUST. VON TELLHEIM.

VON TELLHEIM: Bist du da?

JUST *indem er sich die Augen wischt*: Ja!

VON TELLHEIM: Du hast geweint?

JUST: Ich habe in der Küche meine Rechnung geschrieben, und die Küche ist voll Rauch. Hier ist sie, mein Herr!

VON TELLHEIM: Gib her.

JUST: Haben Sie Barmherzigkeit mit mir, mein Herr. Ich weiß wohl, daß die Menschen mit Ihnen keine haben; aber –

VON TELLHEIM: Was willst du?

JUST: Ich hätte mir ehr den Tod, als meinen Abschied vermutet.

VON TELLHEIM: Ich kann dich nicht länger brauchen; ich muß mich ohne Bedienten behelfen lernen. *Schlägt die Rechnung auf, und lieset:* „Was der Herr Major mir schuldig: Drei und einen halben Monat Lohn, den Monat 6 Taler, macht 21 Taler. Seit dem ersten dieses, an Kleinigkeiten ausgelegt, 1 Taler 7 Gr. 9 Pf. Summa summarum, 22 Taler 7 Gr. 9 Pf." – Gut, und es ist billig, daß ich dir diesen laufenden Monat ganz bezahle.

JUST: Die andere Seite, Herr Major –

VON TELLHEIM: Noch mehr? *Lieset:* „Was dem Herrn Major ich schuldig: An den Feldscher für mich bezahlt, 25 Taler. Für Wartung und Pflege, während meiner Kur, für mich bezahlt, 39 Taler. Meinem abgebrannten und geplünderten Vater, auf meine Bitte, vorgeschossen, ohne die zwei Beutepferde zu rechnen, die er ihm geschenkt, 50 Taler. Summa summarum, 114 Taler. Davon abgezogen vorstehende 22 Taler 7 Gr. 9 Pf. bleibe dem Herrn Major schuldig, 91 Taler 16 Gr. 3 Pf." – Kerl, du bist toll! –

JUST: Ich glaube es gern, daß ich Ihnen weit mehr koste. Aber es wäre verlorne Dinte, es dazuzuschreiben. Ich kann Ihnen das nicht bezahlen, und wenn Sie mir vollends die Liverei nehmen, die ich auch noch nicht verdient habe – so wollte ich lieber, Sie hätten mich in dem Lazarette krepieren lassen.

VON TELLHEIM: Wofür siehst du mich an? Du bist mir nichts schuldig, und ich will dich einem von meinen Bekannten empfehlen, bei dem du es besser haben sollst, als bei mir.

JUST: Ich bin Ihnen nichts schuldig, und doch wollen Sie mich verstoßen?

VON TELLHEIM: Weil ich dir nichts schuldig werden will.

JUST: Darum? nur darum? – So gewiß ich Ihnen schuldig bin, so gewiß Sie mir nichts schuldig werden können, so gewiß sollen Sie mich nun nicht verstoßen. – Machen Sie, was Sie wollen, Herr Major; ich bleibe bei Ihnen; ich muß bei Ihnen bleiben. –

VON TELLHEIM: Und deine Hartnäckigkeit, dein Trotz, dein wildes ungestümes Wesen gegen alle, von denen du meinest, daß sie dir nichts zu sagen haben, deine tückische Schadenfreude, deine Rachsucht – –

JUST: Machen Sie mich so schlimm, wie Sie wollen; ich will darum doch nicht schlechter von mir denken, als von meinem Hunde. Vorigen Winter ging ich in der Dämmerung an dem Kanale, und hörte etwas winseln. Ich stieg herab, und griff nach der Stimme, und glaubte ein Kind zu retten, und zog einen Budel aus dem Wasser. Auch gut; dachte ich.

Der Budel kam mir nach; aber ich bin kein Liebhaber von Budeln. Ich jagte ihn fort, umsonst; ich prügelte ihn von mir, umsonst. Ich ließ ihn des Nachts nicht in meine Kammer; er blieb vor der Tür auf der Schwelle. Wo er mir zu nahe kam, stieß ich ihn mit dem Fuße; er schrie, sahe mich an, und wedelte mit dem Schwanze. Noch hat er keinen Bissen Brot aus meiner Hand bekommen; und doch bin ich der einzige, dem er hört, und der ihn anrühren darf. Er springt vor mir her, und macht mir seine Künste unbefohlen vor. Es ist ein häßlicher Budel, aber ein gar zu guter Hund. Wenn er es länger treibt, so höre ich endlich auf, den Budeln gram zu sein.

VON TELLHEIM *beiseite*: So wie ich ihm! Nein, es gibt keine völlige Unmenschen! – – Just, wir bleiben beisammen.

JUST: Ganz gewiß! – Sie wollten sich ohne Bedienten behelfen? Sie vergessen Ihrer Blessuren, und daß Sie nur eines Armes mächtig sind. Sie können sich ja nicht allein ankleiden. Ich bin Ihnen unentbehrlich; und bin – – ohne mich selbst zu rühmen, Herr Major – und bin ein Bedienter, der – wenn das Schlimmste zum Schlimmen kömmet – für seinen Herrn betteln und stehlen kann.

VON TELLHEIM: Just, wir bleiben nicht beisammen.

JUST: Schon gut!

Neunter Auftritt

Ein Bedienter. von Tellheim. Just.

DER BEDIENTE: Bst! Kamerad!

JUST: Was gibt's?

DER BEDIENTE: Kann Er mir nicht den Offizier nachweisen, der gestern noch in diesem Zimmer *Auf eines an der Seite zeigend, von welcher er herkömmt.* gewohnt hat?

JUST: Das dürfte ich leicht können. Was bringt Er ihm?

DER BEDIENTE: Was wir immer bringen, wenn wir nichts bringen; ein Kompliment. Meine Herrschaft hört, daß er durch sie verdrängt worden. Meine Herrschaft weiß zu leben, und ich soll ihn desfalls um Verzeihung bitten.

JUST: Nun so bitte Er ihn um Verzeihung; da steht er.

DER BEDIENTE: Was ist er? Wie nennt man ihn?

VON TELLHEIM: Mein Freund, ich habe Euern Auftrag schon

gehört. Es ist eine überflüssige Höflichkeit von Eurer Herrschaft, die ich erkenne, wie ich soll. Macht ihr meinen Empfehl. – Wie heißt Eure Herrschaft? –

DER BEDIENTE: Wie sie heißt? Sie läßt sich gnädiges Fräulein heißen.

VON TELLHEIM: Und ihr Familienname?

DER BEDIENTE: Den habe ich noch nicht gehört, und darnach zu fragen, ist meine Sache nicht. Ich richte mich so ein, daß ich, meistenteils aller sechs Wochen, eine neue Herrschaft habe. Der Henker behalte alle ihre Namen! –

JUST: Bravo, Kamerad!

DER BEDIENTE: Zu dieser bin ich erst vor wenigen Tagen in Dresden gekommen. Sie sucht, glaube ich, hier ihren Bräutigam. –

VON TELLHEIM: Genug, mein Freund. Den Namen Eurer Herrschaft wollte ich wissen; aber nicht ihre Geheimnisse. Geht nur!

DER BEDIENTE: Kamerad, das wäre kein Herr für mich!

Zehnter Auftritt

VON TELLHEIM. JUST.

VON TELLHEIM: Mache, Just, mache, daß wir aus diesem Hause kommen! Die Höflichkeit der fremden Dame ist mir empfindlicher, als die Grobheit des Wirts. Hier nimm diesen Ring; die einzige Kostbarkeit, die mir übrig ist; von der ich nie geglaubt hätte, einen solchen Gebrauch zu machen! – Versetze ihn! laß dir achtzig Friedrichsdor darauf geben; die Rechnung des Wirts kann keine dreißig betragen. Bezahle ihn, und räume meine Sachen – Ja, wohin? – Wohin du willst. Der wohlfeilste Gasthof der beste. Du sollst mich hier nebenan, auf dem Kaffeehause, treffen. Ich gehe, mache deine Sache gut. –

JUST: Sorgen Sie nicht, Herr Major! –

VON TELLHEIM *kömmt wieder zurück*: Vor allen Dingen, daß meine Pistolen, die hinter dem Bette gehangen, nicht vergessen werden.

JUST: Ich will nichts vergessen.

VON TELLHEIM *kömmt nochmals zurück*: Noch eins; nimm mir auch deinen Budel mit; hörst du, Just! –

Eilfter Auftritt

Just.

Der Budel wird nicht zurückbleiben. Dafür laß ich den Budel sorgen. – Hm! auch den kostbaren Ring hat der Herr noch gehabt? Und trug ihn in der Tasche, anstatt am Finger? – Guter Wirt, wir sind so kahl noch nicht, als wir scheinen. Bei ihm, bei ihm selbst will ich dich versetzen, schönes Ringelchen! Ich weiß, er ärgert sich, daß du in seinem Hause nicht ganz sollst verzehrt werden! – Ah –

Zwölfter Auftritt

Paul Werner. Just.

JUST: Sieh da, Werner! guten Tag, Werner! willkommen in der Stadt!

WERNER: Das verwünschte Dorf! Ich kann's unmöglich wieder gewohnt werden. Lustig, Kinder, lustig; ich bringe frisches Geld! Wo ist der Major?

JUST: Er muß dir begegnet sein; er ging eben die Treppe herab.

WERNER: Ich komme die Hintertreppe herauf. Nun wie geht's ihm? Ich wäre schon vorige Woche bei euch gewesen, aber –

JUST: Nun? was hat dich abgehalten? –

WERNER: – Just – hast du von dem Prinzen Heraklius gehört?

JUST: Heraklius? Ich wüßte nicht.

WERNER: Kennst du den großen Helden im Morgenlande nicht?

JUST: Die Weisen aus dem Morgenlande kenn ich wohl, die ums Neujahr mit dem Sterne herumlaufen. – –

WERNER: Mensch, ich glaube, du liesest ebensowenig die Zeitungen, als die Bibel? – Du kennst den Prinz Heraklius nicht? den braven Mann nicht, der Persien weggenommen, und nächster Tage die Ottomanische Pforte einsprengen wird? Gott sei Dank, daß doch noch irgendwo in der Welt Krieg ist! Ich habe lange genug gehofft, es sollte hier wieder losgehen. Aber da sitzen sie, und heilen sich die Haut. Nein, Soldat war ich, Soldat muß ich wieder sein! Kurz – *Indem er sich schüchtern umsieht, ob ihn jemand behorcht.* Im Vertrauen, Just; ich wandere nach Persien, um unter Sr. Königlichen Hoheit, dem Prinzen Heraklius, ein paar Feldzüge wider den Türken zu machen.

JUST: Du?

WERNER: Ich, wie du mich hier siehst! Unsere Vorfahren zogen fleißig wider den Türken; und das sollten wir noch tun, wenn wir ehrliche Kerls, und gute Christen wären. Freilich begreife ich wohl, daß ein Feldzug wider den Türken nicht halb so lustig sein kann, als einer wider den Franzosen; aber dafür muß er auch desto verdienstlicher sein, in diesem und in jenem Leben. Die Türken haben dir alle Säbels, mit Diamanten besetzt –

JUST: Um mir von so einem Säbel den Kopf spalten zu lassen, reise ich nicht eine Meile. Du wirst doch nicht toll sein, und dein schönes Schulzengerichte verlassen? –

WERNER: Oh, das nehme ich mit! – Merkst du was? – Das Gütchen ist verkauft –

JUST: Verkauft?

WERNER: St! – hier sind hundert Dukaten, die ich gestern auf den Kauf bekommen; die bring ich dem Major –

JUST: Und was soll der damit?

WERNER: Was er damit soll? Verzehren soll er sie; verspielen, vertrinken, ver – wie er will. Der Mann muß Geld haben, und es ist schlecht genug, daß man ihm das Seinige so sauer macht! Aber ich wüßte schon, was ich täte, wenn ich an seiner Stelle wäre! Ich dächte: hol euch hier alle der Henker; und ginge mit Paul Wernern, nach Persien! – Blitz! – der Prinz Heraklius muß ja wohl von dem Major Tellheim gehört haben; wenn er auch schon seinen gewesenen Wachtmeister, Paul Wernern, nicht kennt. Unsere Affäre bei den Katzenhäusern –

JUST: Soll ich dir die erzählen? –

WERNER: Du mir? – Ich merke wohl, daß eine schöne Disposition über deinen Verstand geht. Ich will meine Perlen nicht vor die Säue werfen. – Da nimm die hundert Dukaten; gib sie dem Major. Sage ihm: er soll mir auch die aufheben. Ich muß jetzt auf den Markt; ich habe zwei Winspel Rocken hereingeschickt; was ich daraus löse, kann er gleichfalls haben. –

JUST: Werner, du meinest es herzlich gut; aber wir mögen dein Geld nicht. Behalte deine Dukaten, und deine hundert Pistolen kannst du auch unversehrt wiederbekommen, sobald als du willst. –

WERNER: So? hat denn der Major noch Geld?

JUST: Nein.

WERNER: Hat er sich wo welches geborgt?

JUST: Nein.

WERNER: Und wovon lebt ihr denn?

JUST: Wir lassen anschreiben, und wenn man nicht mehr anschreiben will, und uns zum Hause herauswirft, so versetzen wir, was wir noch haben, und ziehen weiter. – Höre nur, Paul; dem Wirte hier müssen wir einen Possen spielen.

WERNER: Hat er dem Major was in den Weg gelegt? – Ich bin dabei! –

JUST: Wie wär's, wenn wir ihm des Abends, wenn er aus der Tabagie kömmt, aufpaßten, und ihn brav durchprügelten? –

WERNER: Des Abends? – aufpaßten? – ihrer zwei, einem? – Das ist nichts. –

JUST: Oder, wenn wir ihm das Haus über dem Kopf ansteckten? –

WERNER: Sengen und brennen? – Kerl, man hört's, daß du Packknecht gewesen bist, und nicht Soldat; – pfui!

JUST: Oder, wenn wir ihm seine Tochter zur Hure machten? Sie ist zwar verdammt häßlich –

WERNER: Oh, da wird sie's lange schon sein! Und allenfalls brauchst du auch hierzu keinen Gehülfen. Aber was hast du denn? Was gibt's denn?

JUST: Komm nur, du sollst dein Wunder hören!

WERNER: So ist der Teufel wohl hier gar los?

JUST: Ja wohl; komm nur!

WERNER: Desto besser! Nach Persien also, nach Persien!

Ende des ersten Aufzugs.

ZWEITER AUFZUG

Erster Auftritt

Die Szene ist in dem Zimmer des Fräuleins.

Minna von Barnhelm. Franziska.

DAS FRÄULEIN *im Negligé, nach ihrer Uhr sehend*: Franziska, wir sind auch sehr früh aufgestanden. Die Zeit wird uns lang werden.

FRANZISKA: Wer kann in den verzweifelten großen Städten schlafen? Die Karossen, die Nachtwächter, die Trommeln, die Katzen, die Korporals – das hört nicht auf zu rasseln, zu schreien, zu wirbeln, zu mauen, zu fluchen; gerade, als ob die Nacht zu nichts weniger wäre, als zur Ruhe. – Eine Tasse Tee, gnädiges Fräulein? –

DAS FRÄULEIN: Der Tee schmeckt mir nicht. –

FRANZISKA: Ich will von unserer Schokolate machen lassen.

DAS FRÄULEIN: Laß machen, für dich!

FRANZISKA: Für mich? Ich wollte ebensogern für mich allein plaudern, als für mich allein trinken. – Freilich wird uns die Zeit so lang werden. – Wir werden, vor Langeweile, uns putzen müssen, und das Kleid versuchen, in welchem wir den ersten Sturm geben wollen.

DAS FRÄULEIN: Was redest du von Stürmen, da ich bloß herkomme, die Haltung der Kapitulation zu fordern?

FRANZISKA: Und der Herr Offizier, den wir vertrieben, und dem wir das Kompliment darüber machen lassen; er muß auch nicht die feinste Lebensart haben; sonst hätte er wohl um die Ehre können bitten lassen, uns seine Aufwartung machen zu dürfen. –

DAS FRÄULEIN: Es sind nicht alle Offiziere Tellheims. Die Wahrheit zu sagen, ich ließ ihm das Kompliment auch bloß machen, um Gelegenheit zu haben, mich nach diesem bei ihm zu erkundigen. – Franziska, mein Herz sagt es mir, daß meine Reise glücklich sein wird, daß ich ihn finden werde. –

FRANZISKA: Das Herz, gnädiges Fräulein? Man traue doch ja seinem Herzen nicht zuviel. Das Herz redet uns gewaltig gern nach dem Maule. Wenn das Maul ebenso geneigt wäre, nach dem Herzen zu reden, so wäre die Mode längst aufgekommen, die Mäuler unterm Schlosse zu tragen.

DAS FRÄULEIN: Ha! ha! mit deinen Mäulern unterm Schlosse! Die Mode wäre mir eben recht!

FRANZISKA: Lieber die schönsten Zähne nicht gezeigt, als alle Augenblicke das Herz darüber springen lassen!

DAS FRÄULEIN: Was? bist du so zurückhaltend? –

FRANZISKA: Nein, gnädiges Fräulein; sondern ich wollte es gern mehr sein. Man spricht selten von der Tugend, die man hat; aber desto öftrer von der, die uns fehlt.

DAS FRÄULEIN: Siehst du, Franziska? da hast du eine sehr gute Anmerkung gemacht. –

FRANZISKA: Gemacht? macht man das, was einem so einfällt? –

DAS FRÄULEIN: Und weißt du, warum ich eigentlich diese Anmerkung so gut finde? Sie hat viele Beziehung auf meinen Tellheim.

FRANZISKA: Was hätte bei Ihnen nicht auch Beziehung auf ihn?

DAS FRÄULEIN: Freund und Feind sagen, daß er der tapferste Mann von der Welt ist. Aber wer hat ihn von Tapferkeit jemals reden hören? Er hat das rechtschaffenste Herz, aber Rechtschaffenheit und Edelmut sind Worte, die er nie auf die Zunge bringt.

FRANZISKA: Von was für Tugenden spricht er denn?

DAS FRÄULEIN: Er spricht von keiner; denn ihm fehlt keine.

FRANZISKA: Das wollte ich nur hören.

DAS FRÄULEIN: Warte, Franziska; ich besinne mich. Er spricht sehr oft von Ökonomie. Im Vertrauen, Franziska; ich glaube, der Mann ist ein Verschwender.

FRANZISKA: Noch eins, gnädiges Fräulein. Ich habe ihn auch sehr oft der Treue und Beständigkeit gegen Sie erwähnen hören. Wie, wenn der Herr auch ein Flattergeist wäre?

DAS FRÄULEIN: Du Unglückliche! – Aber meinest du das im Ernste, Franziska?

FRANZISKA: Wie lange hat er Ihnen nun schon nicht geschrieben?

DAS FRÄULEIN: Ach! seit dem Frieden hat er mir nur ein einziges Mal geschrieben.

FRANZISKA: Auch ein Seufzer wider den Frieden! Wunderbar! der Friede sollte nur das Böse wiedergutmachen, das der Krieg gestiftet, und er zerrüttet auch das Gute, was dieser sein Gegenpart etwa noch veranlasset hat. Der Friede sollte so eigensinnig nicht sein! – Und wie lange haben wir schon Friede? Die Zeit wird einem gewaltig lang, wenn es so wenig Neuigkeiten gibt. – Umsonst gehen die Posten wieder richtig; niemand schreibt; denn niemand hat was zu schreiben.

DAS FRÄULEIN: Es ist Friede, schrieb er mir, und ich nähere mich der Erfüllung meiner Wünsche. Aber, daß er mir dieses nur einmal, nur ein einziges Mal geschrieben –

FRANZISKA: Daß er uns zwingt, dieser Erfüllung der Wünsche selbst entgegenzueilen: finden wir ihn nur; das soll er uns entgelten! – Wenn indes der Mann doch Wünsche erfüllt hätte, und wir erführen hier –

DAS FRÄULEIN *ängstlich und hitzig*: Daß er tot wäre?

FRANZISKA: Für Sie, gnädiges Fräulein; in den Armen einer andern. –

DAS FRÄULEIN: Du Quälgeist! Warte, Franziska, er soll dir es gedenken! – Doch schwatze nur; sonst schlafen wir wieder ein. – Sein Regiment ward nach dem Frieden zerrissen. Wer weiß, in welche Verwirrung von Rechnungen und Nachweisungen er dadurch geraten? Wer weiß, zu welchem andern Regimente, in welche entlegne Provinz, er versetzt worden? Wer weiß, welche Umstände – Es pocht jemand.

FRANZISKA: Herein!

Zweiter Auftritt

Der Wirt. Die Vorigen.

DER WIRT *den Kopf voransteckend*: Ist es erlaubt, meine gnädige Herrschaft? –

FRANZISKA: Unser Herr Wirt? – Nur vollends herein.

DER WIRT *mit einer Feder hinter dem Ohre, ein Blatt Papier und Schreibzeug in der Hand*: Ich komme, gnädiges Fräulein, Ihnen einen untertänigen guten Morgen zu wünschen – *Zur Franziska:* und auch Ihr, mein schönes Kind –

FRANZISKA: Ein höflicher Mann!

DAS FRÄULEIN: Wir bedanken uns.

FRANZISKA: Und wünschen Ihm auch einen guten Morgen.

DER WIRT: Darf ich mich unterstehen zu fragen, wie Ihro Gnaden die erste Nacht unter meinem schlechten Dache geruhet? –

FRANZISKA: Das Dach ist so schlecht nicht, Herr Wirt; aber die Betten hätten besser sein können.

DER WIRT: Was höre ich? Nicht wohl geruht? Vielleicht, daß die gar zu große Ermüdung von der Reise –

DAS FRÄULEIN: Es kann sein.

DER WIRT: Gewiß, gewiß! denn sonst – Indes sollte etwas nicht vollkommen nach Ihro Gnaden Bequemlichkeit gewesen sein, so geruhen Ihro Gnaden, nur zu befehlen.

FRANZISKA: Gut, Herr Wirt, gut! Wir sind auch nicht blöde; und am wenigsten muß man im Gasthofe blöde sein. Wir wollen schon sagen, wie wir es gern hätten.

DER WIRT: Hiernächst komme ich zugleich – *Indem er die Feder hinter dem Ohr hervorzieht.*

FRANZISKA: Nun? –

DER WIRT: Ohne Zweifel kennen Ihro Gnaden schon die weisen Verordnungen unserer Polizei. –

DAS FRÄULEIN: Nicht im geringsten, Herr Wirt –

DER WIRT: Wir Wirte sind angewiesen, keinen Fremden, wes Standes und Geschlechts er auch sei, vierundzwanzig Stunden zu behausen, ohne seinen Namen, Heimat, Charakter, hiesige Geschäfte, vermutliche Dauer des Aufenthalts, und so weiter, gehörigen Orts schriftlich einzureichen.

DAS FRÄULEIN: Sehr wohl.

DER WIRT: Ihro Gnaden werden also sich gefallen lassen – *Indem er an einen Tisch tritt, und sich fertig macht, zu schreiben.*

DAS FRÄULEIN: Sehr gern. – Ich heiße –

DER WIRT: Einen kleinen Augenblick Geduld! – *Er schreibt.* „Dato, den 22. August a. c. allhier zum Könige von Spanien angelangt" – Nun Dero Namen, gnädiges Fräulein?

DAS FRÄULEIN: Das Fräulein von Barnhelm.

DER WIRT *schreibt*: „von Barnhelm" – Kommend? woher, gnädiges Fräulein?

DAS FRÄULEIN: Von meinen Gütern aus Sachsen.

DER WIRT *schreibt*: „Gütern aus Sachsen" – Aus Sachsen! Ei, ei, aus Sachsen, gnädiges Fräulein? aus Sachsen?

FRANZISKA: Nun? warum nicht? Es ist doch wohl hierzulande keine Sünde, aus Sachsen zu sein?

DER WIRT: Eine Sünde? behüte! das wäre ja eine ganz neue Sünde! – Aus Sachsen also? Ei, ei! aus Sachsen! das liebe Sachsen! – Aber wo mir recht ist, gnädiges Fräulein, Sachsen ist nicht klein, und hat mehrere – wie soll ich es nennen? – Distrikte, Provinzen. – Unsere Polizei ist sehr exakt, gnädiges Fräulein. –

DAS FRÄULEIN: Ich verstehe: von meinen Gütern aus Thüringen also.

DER WIRT: Aus Thüringen! Ja, das ist besser, gnädiges Fräulein, das ist genauer. – *Schreibt und liest:* „Das Fräulein von Barnhelm, kommend von ihren Gütern aus Thüringen, nebst einer Kammerfrau und zwei Bedienten" –

FRANZISKA: Einer Kammerfrau? das soll ich wohl sein?

DER WIRT: Ja, mein schönes Kind. –

FRANZISKA: Nun, Herr Wirt, so setzen Sie anstatt Kammerfrau, Kammerjungfer. – Ich höre, die Polizei ist sehr exakt; es möchte ein Mißverständnis geben, welches mir bei meinem Aufgebote einmal Händel machen könnte. Denn ich bin wirklich noch Jungfer, und heiße Franziska; mit dem Geschlechtsnamen, Willig; Franziska Willig. Ich bin auch aus Thüringen. Mein Vater war Müller auf einem von den Gütern des gnädigen Fräuleins. Es heißt Klein-Rammsdorf. Die Mühle hat jetzt mein Bruder. Ich kam sehr jung auf den Hof, und ward mit dem gnädigen Fräulein erzogen. Wir sind von einem Alter; künftige Lichtmeß einundzwanzig Jahr. Ich habe alles gelernt, was das gnädige Fräulein gelernt hat. Es soll mir lieb sein, wenn mich die Polizei recht kennt.

DER WIRT: Gut, mein schönes Kind; das will ich mir auf weitere Nachfrage merken – Aber nunmehr, gnädiges Fräulein, Dero Verrichtungen allhier? –

DAS FRÄULEIN: Meine Verrichtungen?

DER WIRT: Suchen Ihro Gnaden etwas bei des Königs Majestät?

DAS FRÄULEIN: Oh, nein!

DER WIRT: Oder bei unsern hohen Justizkollegiis?

DAS FRÄULEIN: Auch nicht.

DER WIRT: Oder –

DAS FRÄULEIN: Nein, nein. Ich bin lediglich in meinen eigenen Angelegenheiten hier.

DER WIRT: Ganz wohl, gnädiges Fräulein; aber wie nennen sich diese eigne Angelegenheiten?

DAS FRÄULEIN: Sie nennen sich – Franziska, ich glaube wir werden vernommen.

FRANZISKA: Herr Wirt, die Polizei wird doch nicht die Geheimnisse eines Frauenzimmers zu wissen verlangen?

DER WIRT: Allerdings, mein schönes Kind: die Polizei will alles wissen; und besonders Geheimnisse.

FRANZISKA: Ja nun, gnädiges Fräulein, was ist zu tun? – So hören Sie nur, Herr Wirt; – aber daß es ja unter uns und der Polizei bleibt! –

DAS FRÄULEIN: Was wird ihm die Närrin sagen?

FRANZISKA: Wir kommen, dem Könige einen Offizier wegzukapern –

DER WIRT: Wie? was? Mein Kind! mein Kind! –

FRANZISKA: Oder uns von dem Offiziere kapern zu lassen. Beides ist eins.

DAS FRÄULEIN: Franziska, bist du toll? – Herr Wirt, die Nasenweise hat Sie zum besten. –

DER WIRT: Ich will nicht hoffen! Zwar mit meiner Wenigkeit kann sie scherzen so viel, wie sie will; nur mit einer hohen Polizei –

DAS FRÄULEIN: Wissen Sie was, Herr Wirt? – Ich weiß mich in dieser Sache nicht zu nehmen. Ich dächte, Sie ließen die ganze Schreiberei bis auf die Ankunft meines Oheims. Ich habe Ihnen schon gestern gesagt, warum er nicht mit mir zugleich angekommen. Er verunglückte, zwei Meilen von hier, mit seinem Wagen; und wollte durchaus nicht, daß mich dieser Zufall eine Nacht mehr kosten sollte. Ich mußte also voran. Wenn er vierundzwanzig Stunden nach mir eintrifft, so ist es das längste.

DER WIRT: Nun ja, gnädiges Fräulein, so wollen wir ihn erwarten.

DAS FRÄULEIN: Er wird auf Ihre Fragen besser antworten können. Er wird wissen, wem, und wie weit er sich zu entdecken hat; was er von seinen Geschäften anzeigen muß, und was er davon verschweigen darf.

DER WIRT: Desto besser! Freilich, freilich kann man von einem jungen Mädchen *Die Franziska mit einer bedeutenden Miene ansehend.* nicht verlangen, daß es eine ernsthafte Sache, mit ernsthaften Leuten, ernsthaft traktiere –

DAS FRÄULEIN: Und die Zimmer für ihn, sind doch in Bereitschaft, Herr Wirt?

DER WIRT: Völlig, gnädiges Fräulein, völlig; bis auf das eine –

FRANZISKA: Aus dem Sie vielleicht auch noch erst einen ehrlichen Mann vertreiben müssen?

DER WIRT: Die Kammerjungfern aus Sachsen, gnädiges Fräulein, sind wohl sehr mitleidig. –

DAS FRÄULEIN: Doch, Herr Wirt; das haben Sie nicht gut gemacht. Lieber hätten Sie uns nicht einnehmen sollen.

DER WIRT: Wieso, gnädiges Fräulein, wieso?

DAS FRÄULEIN: Ich höre, daß der Offizier, welcher durch uns verdrängt worden –

DER WIRT: Ja nur ein abgedankter Offizier ist, gnädiges Fräulein. –

DAS FRÄULEIN: Wenn schon! –

DER WIRT: Mit dem es zu Ende geht. –

DAS FRÄULEIN: Desto schlimmer! Es soll ein sehr verdienter Mann sein.

DER WIRT: Ich sage Ihnen ja, daß er abgedankt ist.

DAS FRÄULEIN: Der König kann nicht alle verdiente Männer kennen.

DER WIRT: O gewiß, er kennt sie, er kennt sie alle. –

DAS FRÄULEIN: So kann er sie nicht alle belohnen.

DER WIRT: Sie wären alle belohnt, wenn sie darnach gelebt hätten. Aber so lebten die Herren, währendes Krieges, als ob ewig Krieg bleiben würde; als ob das Dein und Mein ewig aufgehoben sein würde. Jetzt liegen alle Wirtshäuser und Gasthöfe von ihnen voll; und ein Wirt hat sich wohl mit ihnen in acht zu nehmen. Ich bin mit diesem noch so ziemlich weggekommen. Hatte er gleich kein Geld mehr, so hatte er doch noch Geldeswert; und zwei, drei Monate hätte ich ihn freilich noch ruhig können sitzen lassen. Doch besser ist besser. – Apropos, gnädiges Fräulein; Sie verstehen sich doch auf Juwelen? –

DAS FRÄULEIN: Nicht sonderlich.

DER WIRT: Was sollten Ihro Gnaden nicht? – Ich muß Ihnen einen Ring zeigen, einen kostbaren Ring. Zwar gnädiges Fräulein haben da auch einen sehr schönen am Finger, und je mehr ich ihn betrachte, je mehr muß ich mich wundern, daß er dem meinigen so ähnlich ist. – Oh! sehen Sie doch, sehen Sie doch! *Indem er ihn aus dem Futteral herausnimmt, und der Fräulein zureicht:* Welch ein Feuer! der mittelste Brillant allein, wiegt über fünf Karat.

DAS FRÄULEIN *ihn betrachtend*: Wo bin ich? was seh ich? Dieser Ring –

DER WIRT: Ist seine funfzehnhundert Taler unter Brüdern wert.

DAS FRÄULEIN: Franziska! – Sieh doch! –

DER WIRT: Ich habe mich auch nicht einen Augenblick bedacht, achtzig Pistolen darauf zu leihen.

DAS FRÄULEIN: Erkennst du ihn nicht, Franziska?

FRANZISKA: Der nämliche! – Herr Wirt, wo haben Sie diesen Ring her? –

DER WIRT: Nun, mein Kind? Sie hat doch wohl kein Recht daran?

FRANZISKA: Wir kein Recht an diesem Ringe? – Inwärts auf dem Kasten muß der Fräulein verzogener Name stehn. – Weisen Sie doch, Fräulein.

DAS FRÄULEIN: Er ist's, er ist's! – Wie kommen Sie zu diesem Ringe, Herr Wirt?

DER WIRT: Ich? auf die ehrlichste Weise von der Welt. – Gnädiges Fräulein, gnädiges Fräulein, Sie werden mich nicht in Schaden und Unglück bringen wollen? Was weiß ich, wo sich der Ring eigentlich herschreibt? Währendes Krieges hat manches seinen Herrn, sehr oft, mit und ohne Vorbewußt des Herrn, verändert. Und Krieg war Krieg. Es werden mehr Ringe aus Sachsen über die Grenze gegangen sein. – Geben Sie mir ihn wieder, gnädiges Fräulein, geben Sie mir ihn wieder!

FRANZISKA: Erst geantwortet: von wem haben Sie ihn?

DER WIRT: Von einem Manne, dem ich so was nicht zutrauen kann; von einem sonst guten Manne –

DAS FRÄULEIN: Von dem besten Manne unter der Sonne, wenn Sie ihn von seinem Eigentümer haben. – Geschwind bringen Sie mir den Mann! Er ist es selbst, oder wenigstens muß er ihn kennen.

DER WIRT: Wer denn? wen denn, gnädiges Fräulein?

FRANZISKA: Hören Sie denn nicht? unsern Major!

DER WIRT: Major? Recht, er ist Major, der dieses Zimmer vor Ihnen bewohnt hat, und von dem ich ihn habe.

DAS FRÄULEIN: Major von Tellheim.

DER WIRT: Von Tellheim; ja! Kennen Sie ihn?

DAS FRÄULEIN: Ob ich ihn kenne? Er ist hier? Tellheim ist hier? Er, er hat in diesem Zimmer gewohnt? Er, er hat Ihnen diesen Ring versetzt? Wie kommt der Mann in diese Verlegenheit? Wo ist er? Er ist Ihnen schuldig? – – Franziska, die Schatulle her! Schließ auf! *Indem sie Franziska auf den Tisch setzet, und öffnet.* Was ist er Ihnen schuldig? Wem ist er mehr schuldig? Bringen Sie mir alle seine Schuldner. Hier ist Geld. Hier sind Wechsel. Alles ist sein!

DER WIRT: Was höre ich?

DAS FRÄULEIN: Wo ist er? wo ist er?

DER WIRT: Noch vor einer Stunde war er hier.

DAS FRÄULEIN: Häßlicher Mann, wie konnten Sie gegen ihn so unfreundlich, so hart, so grausam sein?

DER WIRT: Ihro Gnaden verzeihen –

DAS FRÄULEIN: Geschwind, schaffen Sie mir ihn zur Stelle.

DER WIRT: Sein Bedienter ist vielleicht noch hier. Wollen Ihro Gnaden, daß er ihn aufsuchen soll?

DAS FRÄULEIN: Ob ich will? Eilen Sie, laufen Sie; für diesen Dienst allein, will ich es vergessen, wie schlecht Sie mit ihm umgegangen sind. –

FRANZISKA: Fix, Herr Wirt, hurtig, fort, fort! *Stößt ihn heraus.*

Dritter Auftritt

Das Fräulein. Franziska.

DAS FRÄULEIN: Nun habe ich ihn wieder, Franziska! Siehst du, nun habe ich ihn wieder! Ich weiß nicht, wo ich vor Freuden bin! Freue dich doch mit, liebe Franziska. Aber freilich, warum du? Doch du sollst dich, du mußt dich mit mir freuen. Komm, Liebe, ich will dich beschenken, damit du dich mit mir freuen kannst. Sprich, Franziska, was soll ich dir geben? Was steht dir von meinen Sachen an? Was hättest du gern? Nimm, was du willst; aber freue dich nur. Ich sehe wohl, du wirst dir nichts nehmen. Warte! *Sie faßt in die Schatulle,* da, liebe Franziska; *und gibt ihr Geld.* kaufe dir, was du gern hättest. Fordere mehr, wenn es nicht zulangt. Aber freue dich nur mit mir. Es ist so traurig, sich allein zu freuen. Nun, so nimm doch –

FRANZISKA: Ich stehle es Ihnen, Fräulein; Sie sind trunken, von Fröhlichkeit trunken. –

DAS FRÄULEIN: Mädchen, ich habe einen zänkischen Rausch, nimm, oder – *Sie zwingt ihr das Geld in die Hand.* Und wenn du dich bedankest! – Warte; gut, daß ich daran denke. *Sie greift nochmals in die Schatulle nach Geld.* Das, liebe Franziska, stecke beiseite; für den ersten blessierten armen Soldaten, der uns anspricht. –

Vierter Auftritt

Der Wirt. Das Fräulein. Franziska.

DAS FRÄULEIN: Nun? wird er kommen?

DER WIRT: Der widerwärtige, ungeschliffene Kerl!

DAS FRÄULEIN: Wer?

DER WIRT: Sein Bedienter. Er weigert sich, nach ihm zu gehen.

FRANZISKA: Bringen Sie doch den Schurken her. – Des Majors Bediente kenne ich ja wohl alle. Welcher wäre denn das?

DAS FRÄULEIN: Bringen Sie ihn geschwind her. Wenn er uns sieht, wird er schon gehen.

Der Wirt geht ab.

FÜNFTER AUFTRITT

DAS FRÄULEIN. FRANZISKA.

DAS FRÄULEIN: Ich kann den Augenblick nicht erwarten. Aber, Franziska, du bist noch immer so kalt? Du willst dich noch nicht mit mir freuen?

FRANZISKA: Ich wollte von Herzen gern; wenn nur –

DAS FRÄULEIN: Wenn nur?

FRANZISKA: Wir haben den Mann wiedergefunden; aber wie haben wir ihn wiedergefunden? Nach allem, was wir von ihm hören, muß es ihm übel gehn. Er muß unglücklich sein. Das jammert mich.

DAS FRÄULEIN: Jammert dich? – Laß dich dafür umarmen, meine liebste Gespielin! Das will ich dir nie vergessen! – Ich bin nur verliebt, und du bist gut. –

SECHSTER AUFTRITT

DER WIRT. JUST. DIE VORIGEN.

DER WIRT: Mit genauer Not bring ich ihn.

FRANZISKA: Ein fremdes Gesicht! Ich kenne ihn nicht.

DAS FRÄULEIN: Mein Freund, ist Er bei dem Major von Tellheim?

JUST: Ja.

DAS FRÄULEIN: Wo ist Sein Herr?

JUST: Nicht hier.

DAS FRÄULEIN: Aber Er weiß ihn zu finden?

JUST: Ja.

DAS FRÄULEIN: Will Er ihn nicht geschwind herholen?

JUST: Nein.

DAS FRÄULEIN: Er erweiset mir damit einen Gefallen. –

JUST: Ei!

DAS FRÄULEIN: Und Seinem Herrn einen Dienst. –

JUST: Vielleicht auch nicht. –

DAS FRÄULEIN: Woher vermutet Er das?

JUST: Sie sind doch die fremde Herrschaft, die ihn diesen Morgen komplimentieren lassen?

DAS FRÄULEIN: Ja.

JUST: So bin ich schon recht.

DAS FRÄULEIN: Weiß Sein Herr meinen Namen?

JUST: Nein; aber er kann die allzu höflichen Damen ebensowenig leiden, als die allzu groben Wirte.

DER WIRT: Das soll wohl mit auf mich gehn?

JUST: Ja.

DER WIRT: So laß Er es doch dem gnädigen Fräulein nicht entgelten; und hole Er ihn geschwind her.

DAS FRÄULEIN *zur Franziska*: Franziska, gib ihm etwas –

FRANZISKA *die dem Just Geld in die Hand drücken will*: Wir verlangen Seine Dienste nicht umsonst. –

JUST: Und ich Ihr Geld nicht ohne Dienste.

FRANZISKA: Eines für das andere.

JUST: Ich kann nicht. Mein Herr hat mir befohlen, auszuräumen. Das tu ich jetzt, und daran, bitte ich, mich nicht weiter zu verhindern. Wenn ich fertig bin, so will ich es ihm ja wohl sagen, daß er herkommen kann. Er ist nebenan auf dem Kaffeehause; und wenn er da nichts Bessers zu tun findet, wird er auch wohl kommen. *Will fortgehen.*

FRANZISKA: So warte Er doch. – Das gnädige Fräulein ist des Herrn Majors – Schwester. –

DAS FRÄULEIN: Ja, ja, seine Schwester.

JUST: Das weiß ich besser, daß der Major keine Schwester hat. Er hat mich in sechs Monaten zweimal an seine Familie nach Kurland geschickt. – Zwar es gibt mancherlei Schwestern –

FRANZISKA: Unverschämter!

JUST: Muß man es nicht sein, wenn einen die Leute sollen gehen lassen? *Geht ab.*

FRANZISKA: Das ist ein Schlingel!

DER WIRT: Ich sagt es ja. Aber lassen Sie ihn nur! Weiß ich doch nunmehr, wo sein Herr ist. Ich will ihn gleich selbst holen. – Nur, gnädiges Fräulein, bitte ich untertänigst, sodann ja mich bei dem Herrn Major zu entschuldigen, daß ich so unglücklich gewesen, wider meinen Willen, einen Mann von seinen Verdiensten –

DAS FRÄULEIN: Gehen Sie nur geschwind, Herr Wirt. Das will ich alles wiedergutmachen. *Der Wirt geht ab, und hierauf:* Franziska, lauf ihm nach: er soll ihm meinen Namen nicht nennen!

Franziska, dem Wirte nach.

SIEBENTER AUFTRITT

DAS FRÄULEIN, *und hierauf* FRANZISKA.

DAS FRÄULEIN: Ich habe ihn wieder! – Bin ich allein? – Ich will nicht umsonst allein sein. *Sie faltet die Hände* Auch bin ich nicht allein! *und blickt aufwärts.* Ein einziger dankbarer Gedanke gen Himmel ist das vollkommenste Gebet! – Ich hab ihn, ich hab ihn! *Mit ausgebreiteten Armen.* Ich bin glücklich! und fröhlich! Was kann der Schöpfer lieber sehen, als ein fröhliches Geschöpf! – *Franziska kömmt.* Bist du wieder da, Franziska? – Er jammert dich? Mich jammert er nicht. Unglück ist auch gut. Vielleicht, daß ihm der Himmel alles nahm, um ihm in mir alles wiederzugeben!

FRANZISKA: Er kann den Augenblick hier sein – Sie sind noch in Ihrem Negligé, gnädiges Fräulein. Wie, wenn Sie sich geschwind ankleideten?

DAS FRÄULEIN: Geh! ich bitte dich. Er wird mich von nun an öfterer so, als geputzt sehen.

FRANZISKA: Oh, Sie kennen sich, mein Fräulein.

DAS FRÄULEIN *nach einem kurzen Nachdenken*: Wahrhaftig, Mädchen, du hast es wiederum getroffen.

FRANZISKA: Wenn wir schön sind, sind wir ungeputzt am schönsten.

DAS FRÄULEIN: Müssen wir denn schön sein? – Aber, daß wir uns schön glauben, war vielleicht notwendig. – Nein, wenn ich ihm, ihm nur schön bin – Franziska, wenn alle Mädchens so sind, wie ich mich jetzt fühle, so sind wir – sonderbare Dinger. – Zärtlich und stolz, tugendhaft und eitel, wollüstig und fromm – Du wirst mich nicht verstehen. Ich verstehe mich wohl selbst nicht. – Die Freude macht drehend, wirblicht. –

FRANZISKA: Fassen Sie sich, mein Fräulein; ich höre kommen –

DAS FRÄULEIN: Mich fassen? Ich sollte ihn ruhig empfangen?

ACHTER AUFTRITT

VON TELLHEIM. DER WIRT. DIE VORIGEN.

VON TELLHEIM *tritt herein, und indem er sie erblickt, flieht er auf sie zu*: Ah! meine Minna! –

DAS FRÄULEIN *ihm entgegenfliehend*: Ah! mein Tellheim! –

VON TELLHEIM *stutzt auf einmal, und tritt wieder zurück*: Verzeihen Sie, gnädiges Fräulein – das Fräulein von Barnhelm hier zu finden –

DAS FRÄULEIN: Kann Ihnen doch so gar unerwartet nicht sein? – *Indem sie ihm näher tritt, und er mehr zurückweicht.* Ich soll Ihnen verzeihen, daß ich noch Ihre Minna bin? Verzeih Ihnen der Himmel, daß ich noch das Fräulein von Barnhelm bin! –

VON TELLHEIM: Gnädiges Fräulein – *Sieht starr auf den Wirt, und zuckt die Schultern.*

DAS FRÄULEIN *wird den Wirt gewahr, und winkt der Franziska*: Mein Herr –

VON TELLHEIM: Wenn wir uns beiderseits nicht irren –

FRANZISKA: Je, Herr Wirt, wen bringen Sie uns denn da? Geschwind kommen Sie, lassen Sie uns den Rechten suchen.

DER WIRT: Ist es nicht der Rechte? Ei ja doch!

FRANZISKA: Ei nicht doch! Geschwind kommen Sie; ich habe Ihrer Jungfer Tochter noch keinen guten Morgen gesagt.

DER WIRT: Oh! viel Ehre – *Doch ohne von der Stelle zu gehn.*

FRANZISKA *faßt ihn an*: Kommen Sie, wir wollen den Küchenzettel machen. – Lassen Sie sehen, was wir haben werden –

DER WIRT: Sie sollen haben; vors erste –

FRANZISKA: Still, ja stille! Wenn das Fräulein jetzt schon weiß, was sie zu Mittag speisen soll, so ist es um ihren Appetit geschehen. Kommen Sie, das müssen Sie mir allein sagen. *Führet ihn mit Gewalt ab.*

NEUNTER AUFTRITT

VON TELLHEIM. DAS FRÄULEIN.

DAS FRÄULEIN: Nun? irren wir uns noch?

VON TELLHEIM: Daß es der Himmel wollte! – Aber es gibt nur eine, und Sie sind es. –

DAS FRÄULEIN: Welche Umstände! Was wir uns zu sagen haben, kann jedermann hören.

VON TELLHEIM: Sie hier? Was suchen Sie hier, gnädiges Fräulein?

DAS FRÄULEIN: Nichts suche ich mehr. *Mit offenen Armen auf ihn zugehend.* Alles, was ich suchte, habe ich gefunden.

VON TELLHEIM *zurückweichend*: Sie suchten einen glücklichen, einen Ihrer Liebe würdigen Mann; und finden – einen Elenden.

DAS FRÄULEIN: So lieben Sie mich nicht mehr? – Und lieben eine andere?

VON TELLHEIM: Ah! der hat Sie nie geliebt, mein Fräulein, der eine andere nach Ihnen lieben kann.

DAS FRÄULEIN: Sie reißen nur einen Stachel aus meiner Seele. – Wenn ich Ihr Herz verloren habe, was liegt daran, ob mich Gleichgültigkeit oder mächtigere Reize darum gebracht? – Sie lieben mich nicht mehr: und lieben auch keine andere? – Unglücklicher Mann, wenn Sie gar nichts lieben! –

VON TELLHEIM: Recht, gnädiges Fräulein; der Unglückliche muß gar nichts lieben. Er verdient sein Unglück, wenn er diesen Sieg nicht über sich selbst zu erhalten weiß; wenn er es sich gefallen lassen kann, daß die, welche er liebt, an seinem Unglück Anteil nehmen dürfen. – Wie schwer ist dieser Sieg! – Seitdem mir Vernunft und Notwendigkeit befehlen, Minna von Barnhelm zu vergessen: was für Mühe habe ich angewandt! Eben wollte ich anfangen zu hoffen, daß diese Mühe nicht ewig vergebens sein würde: – und Sie erscheinen, mein Fräulein! –

DAS FRÄULEIN: Versteh ich Sie recht? – Halten Sie, mein Herr; lassen Sie sehen, wo wir sind, ehe wir uns weiter verirren! – Wollen Sie mir die einzige Frage beantworten?

VON TELLHEIM: Jede, mein Fräulein –

DAS FRÄULEIN: Wollen Sie mir auch ohne Wendung, ohne Winkelzug, antworten? Mit nichts, als einem trockenen Ja, oder Nein?

VON TELLHEIM: Ich will es – wenn ich kann.

DAS FRÄULEIN: Sie können es. – Gut: ohngeachtet der Mühe, die Sie angewendet, mich zu vergessen – lieben Sie mich noch, Tellheim?

VON TELLHEIM: Mein Fräulein, diese Frage –

DAS FRÄULEIN: Sie haben versprochen, mit nichts, als Ja oder Nein zu antworten.

VON TELLHEIM: Und hinzugesetzt: wenn ich kann.

DAS FRÄULEIN: Sie können; Sie müssen wissen, was in Ihrem Herzen vorgeht. – Lieben Sie mich noch, Tellheim? – Ja, oder nein.

VON TELLHEIM: Wenn mein Herz –

DAS FRÄULEIN: Ja, oder nein!

VON TELLHEIM: Nun, ja!

DAS FRÄULEIN: Ja?

VON TELLHEIM: Ja, ja! – Allein –

DAS FRÄULEIN: Geduld! – Sie lieben mich noch: genug für mich. – In was für einen Ton bin ich mit Ihnen gefallen! Ein widriger, melancholischer, ansteckender Ton. – Ich nehme den meinigen wieder an. – Nun, mein lieber Unglücklicher, Sie lieben mich noch, und haben Ihre Minna noch, und sind unglücklich? Hören Sie doch, was Ihre Minna für ein eingebildetes, albernes Ding war – ist. Sie ließ, sie läßt sich träumen, Ihr ganzes Glück sei sie. – Geschwind kramen Sie Ihr Unglück aus. Sie mag versuchen, wieviel sie dessen aufwiegt. – Nun?

VON TELLHEIM: Mein Fräulein, ich bin nicht gewohnt zu klagen.

DAS FRÄULEIN: Sehr wohl. Ich wüßte auch nicht, was mir an einem Soldaten, nach dem Prahlen, weniger gefiele, als das Klagen. Aber es gibt eine gewisse kalte, nachlässige Art, von seiner Tapferkeit und von seinem Unglücke zu sprechen –

VON TELLHEIM: Die im Grunde auch geprahlt und geklagt ist.

DAS FRÄULEIN: Oh, mein Rechthaber, so hätten Sie sich auch gar nicht unglücklich nennen sollen. – Ganz geschwiegen, oder ganz mit der Sprache heraus. – Eine Vernunft, eine Notwendigkeit, die Ihnen mich zu vergessen befiehlt? – Ich bin eine große Liebhaberin von Vernunft, ich habe sehr viel Ehrerbietung für die Notwendigkeit. – Aber lassen Sie doch hören, wie vernünftig diese Vernunft, wie notwendig diese Notwendigkeit ist.

VON TELLHEIM: Wohl denn; so hören Sie, mein Fräulein. – Sie nennen mich Tellheim; der Name trifft ein. – Aber Sie meinen, ich sei der Tellheim, den Sie in Ihrem Vaterlande gekannt haben; der blühende Mann, voller Ansprüche, voller Ruhmbegierde; der seines ganzen Körpers, seiner ganzen Seele mächtig war; vor dem die Schranken der Ehre und des Glückes eröffnet standen; der Ihres Herzens und Ihrer Hand, wann er schon Ihrer noch nicht würdig war, täglich würdiger zu werden hoffen durfte. – Dieser Tellheim bin ich ebensowenig – als ich mein Vater bin. Beide sind gewesen. – Ich bin Tellheim, der verabschiedete, der an seiner Ehre gekränkte, der Krüppel, der Bettler. – Jenem, mein Fräulein, versprachen Sie sich; wollen Sie diesem Wort halten? –

DAS FRÄULEIN: Das klingt sehr tragisch! – Doch, mein Herr, bis ich jenen wiederfinde – in die Tellheims bin ich nun einmal vernarret – dieser wird mir schon aus der Not helfen müssen. – Deine Hand, lieber Bettler! *Indem sie ihn bei der Hand ergreift.*

VON TELLHEIM *der die andere Hand mit dem Hute vor das Gesicht schlägt, und sich von ihr abwendet*: Das ist zuviel! – Wo bin ich? – Lassen Sie mich, Fräulein! – Ihre Güte foltert mich! – Lassen Sie mich.

DAS FRÄULEIN: Was ist Ihnen? wo wollen Sie hin?

VON TELLHEIM: Von Ihnen! –

DAS FRÄULEIN: Von mir? *Indem sie seine Hand an ihre Brust zieht.* Träumer!

VON TELLHEIM: Die Verzweiflung wird mich tot zu Ihren Füßen werfen.

DAS FRÄULEIN: Von mir?

VON TELLHEIM: Von Ihnen. – Sie nie, nie wiederzusehen – Oder doch so entschlossen, so fest entschlossen – keine Niederträchtigkeit zu begehen – Sie keine Unbesonnenheit begehen zu lassen – Lassen Sie mich, Minna! *Reißt sich los, und ab.*

DAS FRÄULEIN *ihm nach*: Minna Sie lassen? Tellheim! Tellheim!

Ende des zweiten Aufzuges.

DRITTER AUFZUG

ERSTER AUFTRITT

Die Szene, der Saal.

JUST, *einen Brief in der Hand.*

Muß ich doch noch einmal in das verdammte Haus kommen! – Ein Briefchen von meinem Herrn an das gnädige Fräulein, das seine Schwester sein will. – Wenn sich nur da nichts anspinnt! – Sonst wird des Brieftragens kein Ende werden. – Ich wäre es gern los; aber ich möchte auch nicht gern ins Zimmer hinein. – Das Frauenszeug fragt so viel; und ich antworte so ungern! – Ha, die Türe geht auf. Wie gewünscht! das Kammerkätzchen!

ZWEITER AUFTRITT

FRANZISKA. JUST.

FRANZISKA *zur Türe herein, aus der sie kömmt*: Sorgen Sie nicht; ich will schon aufpassen. – Sieh! *Indem sie Justen gewahr wird.* Da stieße mir ja gleich was auf. Aber mit dem Vieh ist nichts anzufangen.

JUST: Ihr Diener –

FRANZISKA: Ich wollte so einen Diener nicht –

JUST: Nu, nu; verzeih Sie mir die Redensart! – Da bring ich ein Briefchen von meinem Herrn an Ihre Herrschaft, das gnädige Fräulein – Schwester. – War's nicht so? Schwester.

FRANZISKA: Geb Er her! *Reißt ihm den Brief aus der Hand.*

JUST: Sie soll so gut sein, läßt mein Herr bitten, und es übergeben. Hernach soll Sie so gut sein, läßt mein Herr bitten – daß Sie nicht etwa denkt, ich bitte was! –

FRANZISKA: Nun denn?

JUST: Mein Herr versteht den Rummel. Er weiß, daß der Weg zu den Fräuleins durch die Kammermädchens geht: – bild ich mir ein! – Die Jungfer soll also so gut sein – läßt mein Herr bitten – und ihm sagen lassen, ob er nicht das Vergnügen haben könnte, die Jungfer auf ein Viertelstündchen zu sprechen.

FRANZISKA: Mich?

JUST: Verzeih Sie mir, wenn ich Ihr einen unrechten Titel gebe. – Ja, Sie! – Nur auf ein Viertelstündchen; aber allein, ganz allein, insgeheim, unter vier Augen. Er hätte Ihr was sehr Notwendiges zu sagen.

FRANZISKA: Gut! ich habe ihm auch viel zu sagen. – Er kann nur kommen, ich werde zu seinem Befehle sein.

JUST: Aber, wenn kann er kommen? Wenn ist es Ihr am gelegensten, Jungfer? So in der Dämmerung? –

FRANZISKA: Wie meint Er das? – Sein Herr kann kommen, wenn er will; – und damit packe Er sich nur!

JUST: Herzlich gern! *Will fortgehen.*

FRANZISKA: Hör Er doch; noch auf ein Wort. – Wo sind denn die andern Bedienten des Majors?

JUST: Die andern? Dahin, dorthin, überallhin.

FRANZISKA: Wo ist Wilhelm?

JUST: Der Kammerdiener? den läßt der Major reisen.

FRANZISKA: So? Und Philipp, wo ist der?

JUST: Der Jäger? den hat der Herr aufzuheben gegeben.

FRANZISKA: Weil er jetzt keine Jagd hat, ohne Zweifel. – Aber Martin?

JUST: Der Kutscher? der ist weggeritten.

FRANZISKA: Und Fritz?

JUST: Der Läufer? der ist avanciert.

FRANZISKA: Wo war Er denn, als der Major bei uns in Thüringen im Winterquartiere stand? Er war wohl noch nicht bei ihm?

JUST: O ja; ich war Reitknecht bei ihm; aber ich lag im Lazarett.

FRANZISKA: Reitknecht? Und jetzt ist Er?

JUST: Alles in allem; Kammerdiener und Jäger, Läufer und Reitknecht.

FRANZISKA: Das muß ich gestehen! So viele gute, tüchtige Leute von sich zu lassen, und gerade den allerschlechtesten zu behalten! Ich möchte doch wissen, was Sein Herr an Ihm fände!

JUST: Vielleicht findet er, daß ich ein ehrlicher Kerl bin.

FRANZISKA: Oh, man ist auch verzweifelt wenig, wenn man weiter nichts ist, als ehrlich. – Wilhelm war ein andrer Mensch! – Reisen läßt ihn der Herr?

JUST: Ja, er läßt ihn; – da er's nicht hindern kann.

FRANZISKA: Wie?

JUST: Oh, Wilhelm wird sich alle Ehre auf seinen Reisen machen. Er hat des Herrn ganze Garderobe mit.

FRANZISKA: Was? er ist doch nicht damit durchgegangen?

JUST: Das kann man nun eben nicht sagen; sondern, als wir von Nürnberg weggingen, ist er uns nur nicht damit nachgekommen.

FRANZISKA: O der Spitzbube!

JUST: Es war ein ganzer Mensch! er konnte frisieren, und rasieren, und parlieren – und scharmieren. – Nicht wahr?

FRANZISKA: Sonach hätte ich den Jäger nicht von mir getan, wenn ich wie der Major gewesen wäre. Konnte er ihn schon nicht als Jäger nützen, so war es doch sonst ein tüchtiger Bursche. – Wem hat er ihn denn aufzuheben gegeben?

JUST: Dem Kommendanten von Spandau.

FRANZISKA: Der Festung? Die Jagd auf den Wällen kann doch da auch nicht groß sein.

JUST: Oh, Philipp jagt auch da nicht.

FRANZISKA: Was tut er denn?

JUST: Er karrt.

FRANZISKA: Er karrt?

JUST: Aber nur auf drei Jahr. Er machte ein kleines Komplott unter des Herrn Kompanie, und wollte sechs Mann durch die Vorposten bringen. –

FRANZISKA: Ich erstaune; der Bösewicht!

JUST: Oh, es ist ein tüchtiger Kerl! Ein Jäger, der funfzig Meilen in der Runde, durch Wälder und Moräste, alle Fußsteige, alle Schleifwege kennt. Und schießen kann er!

FRANZISKA: Gut, daß der Major nur noch den braven Kutscher hat!

JUST: Hat er ihn noch?

FRANZISKA: Ich denke, Er sagte, Martin wäre weggeritten? So wird er doch wohl wiederkommen?

JUST: Meint Sie?

FRANZISKA: Wo ist er denn hingeritten?

JUST: Es geht nun in die zehnte Woche, da ritt er mit des Herrn einzigem und letztem Reitpferde – nach der Schwemme.

FRANZISKA: Und ist noch nicht wieder da? Oh, der Galgenstrick!

JUST: Die Schwemme kann den braven Kutscher auch wohl verschwemmt haben! – Es war gar ein rechter Kutscher! Er hatte in Wien zehn Jahre gefahren. So einen kriegt der Herr gar nicht wieder. Wenn die Pferde in vollen Rennen waren, so durfte er nur machen: burr! und auf einmal standen sie, wie die Mauern. Dabei war er ein ausgelernter Roßarzt!

FRANZISKA: Nun ist mir für das Avancement des Läufers bange.

JUST: Nein, nein; damit hat's seine Richtigkeit. Er ist Trommelschläger bei einem Garnisonregimente geworden.

FRANZISKA: Dacht ich's doch!

JUST: Fritz hing sich an ein lüderliches Mensch, kam des Nachts niemals nach Hause, machte auf des Herrn Namen überall Schulden, und tausend infame Streiche. Kurz, der Major sahe, daß er mit aller Gewalt höher wollte: *Das Hängen pantomimisch anzeigend.* er brachte ihn also auf guten Weg.

FRANZISKA: O der Bube!

JUST: Aber ein perfekter Läufer ist er, das ist gewiß. Wenn ihm der Herr funfzig Schritte vorgab, so konnte er ihn mit seinem besten Renner nicht einholen. Fritz hingegen kann dem Galgen tausend Schritte vorgeben, und ich wette mein Leben, er holt ihn ein. – Es waren wohl alles Ihre guten Freunde, Jungfer? Der Wilhelm und der Philipp, der Martin und der Fritz? – Nun, Just empfiehlt sich! *Geht ab.*

DRITTER AUFTRITT

FRANZISKA, *und hernach* DER WIRT.

FRANZISKA *die ihm ernsthaft nachsieht*: Ich verdiene den Biß! – Ich bedanke mich, Just. Ich setzte die Ehrlichkeit zu tief herab. Ich will die Lehre nicht vergessen. – Ah! der unglückliche Mann! *Kehrt sich um, und will nach dem Zimmer des Fräuleins gehen, indem der Wirt kömmt.*

DER WIRT: Warte Sie doch, mein schönes Kind.

FRANZISKA: Ich habe jetzt nicht Zeit, Herr Wirt –

DER WIRT: Nur ein kleines Augenblickchen! – Noch keine Nachricht weiter von dem Herrn Major? Das konnte doch unmöglich sein Abschied sein! –

FRANZISKA: Was denn?

DER WIRT: Hat es Ihr das gnädige Fräulein nicht erzählt? – Als ich Sie, mein schönes Kind, unten in der Küche verließ, so kam ich von ungefähr wieder hier in den Saal –

FRANZISKA: Von ungefähr, in der Absicht, ein wenig zu horchen.

DER WIRT: Ei, mein Kind, wie kann Sie das von mir denken? Einem Wirte läßt nichts übler, als Neugierde. – Ich war nicht lange hier, so prellte auf einmal die Türe bei dem gnädigen Fräulein auf. Der Major stürzte heraus; das Fräulein ihm nach; beide in einer Bewegung, mit Blicken, in einer Stellung – so was läßt sich nur sehen. Sie ergriff ihn; er riß sich los; sie ergriff ihn wieder. „Tellheim!" – „Fräulein! lassen Sie mich!" – „Wohin?" – So zog er sie bis an die Treppe. Mir war schon bange, er würde sie mit herabreißen. Aber er wand sich noch los. Das Fräulein blieb an der obersten Schwelle stehn; sah ihm nach; rief ihm nach; rang die Hände. Auf einmal wandte sie sich um, lief nach dem Fenster, von dem Fenster wieder zur Treppe, von der Treppe in dem Saale hin und wieder. Hier stand ich; hier ging sie dreimal bei mir vorbei, ohne mich zu sehen. Endlich war es, als ob sie mich sähe; aber, Gott sei bei uns! ich glaube, das Fräulein sahe mich für Sie an, mein Kind. „Franziska", rief sie, die Augen auf mich gerichtet, „bin ich nun glücklich?" Darauf sahe sie steif an die Decke, und wiederum: „Bin ich nun glücklich?" Darauf wischte sie sich Tränen aus dem Auge, und lächelte, und fragte mich wiederum: „Franziska, bin ich nun glücklich?" – Wahrhaftig, ich wußte nicht, wie mir war. Bis sie nach ihrer Türe lief; da kehrte sie sich nochmals nach mir um: „So komm doch, Franziska; wer jammert dich nun?" – Und damit hinein.

FRANZISKA: Oh, Herr Wirt, das hat Ihnen geträumt.

DER WIRT: Geträumt? Nein, mein schönes Kind; so umständlich träumt man nicht. – Ja, ich wollte wieviel drum geben – ich bin nicht neugierig – aber ich wollte wieviel drum geben, wenn ich den Schlüssel dazu hätte.

FRANZISKA: Den Schlüssel? zu unsrer Türe? Herr Wirt, der steckt innerhalb; wir haben ihn zur Nacht hereingezogen; wir sind furchtsam.

DER WIRT: Nicht so einen Schlüssel; ich will sagen, mein schönes Kind, den Schlüssel; die Auslegung gleichsam; so den eigentlichen Zusammenhang von dem, was ich gesehen. –

FRANZISKA: Ja so! – Nun, adieu, Herr Wirt. Werden wir bald essen, Herr Wirt?

DER WIRT: Mein schönes Kind, nicht zu vergessen, was ich eigentlich sagen wollte.

FRANZISKA: Nun? aber nur kurz –

DER WIRT: Das gnädige Fräulein hat noch meinen Ring; ich nenne ihn meinen –

FRANZISKA: Er soll Ihnen unverloren sein.

DER WIRT: Ich trage darum auch keine Sorge; ich will's nur erinnern. Sieht Sie; ich will ihn gar nicht einmal wiederhaben. Ich kann mir doch wohl an den Fingern abzählen, woher sie den Ring kannte, und woher er dem ihrigen so ähnlich sah. Er ist in ihren Händen am besten aufgehoben. Ich mag ihn gar nicht mehr, und will indes die hundert Pistolen, die ich darauf gegeben habe, auf des gnädigen Fräuleins Rechnung setzen. Nicht so recht, mein schönes Kind?

Vierter Auftritt

Paul Werner. Der Wirt. Franziska.

WERNER: Da ist er ja!

FRANZISKA: Hundert Pistolen? Ich meinte, nur achtzig.

DER WIRT: Es ist wahr, nur neunzig, nur neunzig. Das will ich tun, mein schönes Kind, das will ich tun.

FRANZISKA: Alles das wird sich finden, Herr Wirt.

WERNER *der ihnen hinterwärts näher kömmt, und auf einmal der Franziska auf die Schulter klopft*: Frauenzimmerchen! Frauenzimmerchen!

FRANZISKA *erschrickt*: He!

WERNER: Erschrecke Sie nicht! – Frauenzimmerchen, Frauenzimmerchen, ich sehe, Sie ist hübsch, und ist wohl gar fremd – Und hübsche fremde Leute müssen gewarnet werden – Frauenzimmerchen, Frauenzimmerchen, nehm Sie sich vor dem Manne in acht! *Auf den Wirt zeigend.*

DER WIRT: Je, unvermutete Freude! Herr Paul Werner! Willkommen bei uns, willkommen! – Ah, es ist doch immer noch der lustige, spaßhafte, ehrliche Werner! – Sie soll sich vor mir in acht nehmen, mein schönes Kind! Ha, ha, ha!

WERNER: Geh Sie ihm überall aus dem Wege!

DER WIRT: Mir! mir! – Bin ich denn so gefährlich? – Ha, ha, ha! – Hör Sie doch, mein schönes Kind! Wie gefällt Ihr der Spaß?

WERNER: Daß es doch immer seinesgleichen für Spaß erklären, wenn man ihnen die Wahrheit sagt.

DER WIRT: Die Wahrheit! ha, ha, ha! – Nicht wahr, mein schönes Kind, immer besser! Der Mann kann spaßen! Ich gefährlich? – ich? – So vor zwanzig Jahren war was dran. Ja, ja, mein schönes Kind, da war ich gefährlich; da wußte manche davon zu sagen; aber jetzt –

WERNER: O über den alten Narrn!

DER WIRT: Da steckt's eben! Wenn wir alt werden, ist es mit unserer Gefährlichkeit aus. Es wird Ihm auch nicht besser gehn, Herr Werner!

WERNER: Potz Geck, und kein Ende! – Frauenzimmerchen, so viel Verstand wird Sie mir wohl zutrauen, daß ich von der Gefährlichkeit nicht rede. Der eine Teufel hat ihn verlassen, aber es sind dafür sieben andre in ihn gefahren –

DER WIRT: O hör Sie doch, hör Sie doch! Wie er das nun wieder so herumzubringen weiß! – Spaß über Spaß, und immer was Neues! Oh, es ist ein vortrefflicher Mann, der Herr Paul Werner! – *Zur Franziska, als ins Ohr:* Ein wohlhabender Mann, und noch ledig. Er hat drei Meilen von hier ein schönes Freischulzengerichte. Der hat Beute gemacht im Kriege! – Und ist Wachtmeister bei unserm Herrn Major gewesen.

Oh, das ist ein Freund von unserm Herrn Major! das ist ein Freund! der sich für ihn totschlagen ließe! –

WERNER: Ja! und das ist ein Freund von meinem Major! das ist ein Freund! – den der Major sollte totschlagen lassen.

DER WIRT: Wie? was? – Nein, Herr Werner, das ist nicht guter Spaß. – Ich kein Freund vom Herrn Major? – Nein, den Spaß versteh ich nicht.

WERNER: Just hat mir schöne Dinge erzählt.

DER WIRT: Just? Ich dacht's wohl, daß Just durch Sie spräche. Just ist ein böser, garstiger Mensch. Aber hier ist ein schönes Kind zur Stelle; das kann reden; das mag sagen, ob ich kein Freund von dem Herrn Major bin? ob ich ihm keine Dienste erwiesen habe? Und warum sollte ich nicht sein Freund sein? Ist er nicht ein verdienter Mann? Es ist wahr; er hat das Unglück gehabt, abgedankt zu werden; aber was tut das? Der König kann nicht alle verdiente Männer kennen; und wenn er sie auch alle kennte, so kann er sie nicht alle belohnen.

WERNER: Das heißt Ihn Gott sprechen! – Aber Just – freilich ist an Justen auch nicht viel Besonders; doch ein Lügner ist Just nicht; und wenn das wahr wäre, was er mir gesagt hat –

DER WIRT: Ich will von Justen nichts hören! Wie gesagt: das schöne Kind hier mag sprechen! *Zu ihr ins Ohr:* Sie weiß, mein Kind; den Ring! – Erzähl Sie es doch Herr Wernern. Da wird er mich besser kennenlernen. Und damit es nicht herauskömmt, als ob Sie mir nur zu Gefallen rede; so will ich nicht einmal dabeisein. Ich will nicht dabeisein; ich will gehn; aber Sie sollen mir es wiedersagen, Herr Werner, Sie sollen mir es wiedersagen, ob Just nicht ein garstiger Verleumder ist.

FÜNFTER AUFTRITT

PAUL WERNER. FRANZISKA.

WERNER: Frauenzimmerchen, kennt Sie denn meinen Major?

FRANZISKA: Den Major von Tellheim? Ja wohl kenn ich den braven Mann?

WERNER: Ist es nicht ein braver Mann? Ist Sie dem Manne wohl gut? –

FRANZISKA: Von Grund meines Herzens.

WERNER: Wahrhaftig? Sieht Sie, Frauenzimmerchen; nun

kömmt Sie mir noch einmal so schön vor. – Aber was sind denn das für Dienste, die der Wirt unserm Major will erwiesen haben?

FRANZISKA: Ich wüßte eben nicht; es wäre denn, daß er sich das Gute zuschreiben wollte, welches glücklicherweise aus seinem schurkischen Betragen entstanden.

WERNER: So wäre es ja wahr, was mir Just gesagt hat? – *Gegen die Seite, wo der Wirt abgegangen:* Dein Glück, daß du gegangen bist! – Er hat ihm wirklich die Zimmer ausgeräumt? – So einem Manne, so einen Streich zu spielen, weil sich das Eselsgehirn einbildet, daß der Mann kein Geld mehr habe! Der Major kein Geld?

FRANZISKA: So? hat der Major Geld?

WERNER: Wie Heu! Er weiß nicht, wieviel er hat. Er weiß nicht, wer ihm schuldig ist. Ich bin ihm selber schuldig, und bringe ihm ein altes Restchen. Sieht Sie, Frauenzimmerchen, hier in diesem Beutelchen *Das er aus der einen Tasche zieht.* sind hundert Louisdor; und in diesem Röllchen *Das er aus der andern zieht.* hundert Dukaten. Alles sein Geld!

FRANZISKA: Wahrhaftig? Aber warum versetzt denn der Major? Er hat ja einen Ring versetzt –

WERNER: Versetzt! Glaub Sie doch so was nicht. Vielleicht, daß er den Bettel hat gern wollen los sein.

FRANZISKA: Es ist kein Bettel! es ist ein sehr kostbarer Ring, den er wohl noch dazu von lieben Händen hat.

WERNER: Das wird's auch sein. Von lieben Händen! ja, ja! So was erinnert einen manchmal, woran man nicht gern erinnert sein will. Drum schafft man's aus den Augen.

FRANZISKA: Wie?

WERNER: Dem Soldaten geht's in Winterquartieren wunderlich. Da hat er nichts zu tun, und pflegt sich, und macht vor Langerweile Bekanntschaften, die er nur auf den Winter meinet, und die das gute Herz, mit dem er sie macht, für zeitlebens annimmt. Husch ist ihm denn ein Ringelchen an den Finger praktiziert; er weiß selbst nicht, wie es daran kömmt. Und nicht selten gäb er gern den Finger mit drum, wenn er es nur wieder loswerden könnte.

FRANZISKA: Ei! und sollte es dem Major auch so gegangen sein?

WERNER: Ganz gewiß. Besonders in Sachsen; wenn er zehn Finger an jeder Hand gehabt hätte, er hätte sie alle zwanzig voller Ringe gekriegt.

FRANZISKA *beiseite*: Das klingt ja ganz besonders, und verdient untersucht zu werden. – Herr Freischulze, oder Herr Wachtmeister –

WERNER: Frauenzimmerchen, wenn's Ihr nichts verschlägt: – Herr Wachtmeister, höre ich am liebsten.

FRANZISKA: Nun, Herr Wachtmeister, hier habe ich ein Briefchen von dem Herrn Major an meine Herrschaft. Ich will es nur geschwind hereintragen, und bin gleich wieder da. Will Er wohl so gut sein, und so lange hier warten? Ich möchte gar zu gern mehr mit Ihm plaudern.

WERNER: Plaudert Sie gern, Frauenzimmerchen? Nun meinetwegen; geh Sie nur; ich plaudere auch gern; ich will warten.

FRANZISKA: Oh, warte Er doch ja! *Geht ab.*

Sechster Auftritt

Paul Werner.

Das ist kein unebenes Frauenzimmerchen! – Aber ich hätte ihr doch nicht versprechen sollen, zu warten. – Denn das wichtigste wäre wohl, ich suchte den Major auf. – Er will mein Geld nicht, und versetzt lieber? – Daran kenn ich ihn. – Es fällt mir ein Schneller ein. – Als ich vor vierzehn Tagen in der Stadt war, besuchte ich die Rittmeisterin Marloff. Das arme Weib lag krank, und jammerte, daß ihr Mann dem Major vierhundert Taler schuldig geblieben wäre, die sie nicht wüßte, wie sie sie bezahlen sollte. Heute wollte ich sie wieder besuchen; – ich wollte ihr sagen, wenn ich das Geld für mein Gütchen ausgezahlt kriegte, daß ich ihr fünfhundert Taler leihen könnte. – Denn ich muß ja wohl was davon in Sicherheit bringen, wenn's in Persien nicht geht. – Aber sie war über alle Berge. Und ganz gewiß wird sie dem Major nicht haben bezahlen können. – Ja, so will ich's machen; und das je eher, je lieber. – Das Frauenzimmerchen mag mir's nicht übelnehmen; ich kann nicht warten. *Geht in Gedanken ab, und stößt fast auf den Major, der ihm entgegenkömmt.*

Siebenter Auftritt

von Tellheim. Paul Werner.

VON TELLHEIM: So in Gedanken, Werner?

WERNER: Da sind Sie ja; ich wollte eben gehn, und Sie in Ihrem neuen Quartiere besuchen, Herr Major.

VON TELLHEIM: Um mir auf den Wirt des alten die Ohren voll zu fluchen. Gedenke mir nicht daran.

WERNER: Das hätte ich beiher getan; ja. Aber eigentlich wollte ich mich nur bei Ihnen bedanken, daß Sie so gut gewesen, und mir die hundert Louisdor aufgehoben. Just hat mir sie wiedergegeben. Es wäre mir wohl freilich lieb, wenn Sie mir sie noch länger aufheben könnten. Aber Sie sind in ein neu Quartier gezogen, das weder Sie, noch ich kennen. Wer weiß, wie's da ist. Sie könnten Ihnen da gestohlen werden; und Sie müßten mir sie ersetzen; da hülfe nichts davor. Also kann ich's Ihnen freilich nicht zumuten.

VON TELLHEIM *lächelnd*: Seit wenn bist du so vorsichtig, Werner?

WERNER: Es lernt sich wohl. Man kann, heutezutage, mit seinem Gelde nicht vorsichtig genug sein. – Darnach hatte ich noch was an Sie zu bestellen, Herr Major; von der Rittmeisterin Marloff; ich kam eben von ihr her. Ihr Mann ist Ihnen ja vierhundert Taler schuldig geblieben; hier schickt sie Ihnen auf Abschlag hundert Dukaten. Das übrige will sie künftige Woche schicken. Ich mochte wohl selber Ursache sein, daß sie die Summe nicht ganz schickt. Denn sie war mir auch ein Taler achtzig schuldig; und weil sie dachte, ich wäre gekommen, sie zu mahnen – wie's denn auch wohl wahr war; – so gab sie mir sie, und gab sie mir aus dem Röllchen, das sie für Sie schon zurechte gelegt hatte. – Sie können auch schon eher Ihre hundert Taler ein acht Tage noch missen, als ich meine paar Groschen. – Da nehmen Sie doch! *Reicht ihm die Rolle Dukaten.*

VON TELLHEIM: Werner!

WERNER: Nun? warum sehen Sie mich so starr an? – So nehmen Sie doch, Herr Major! –

VON TELLHEIM: Werner!

WERNER: Was fehlt Ihnen? Was ärgert Sie?

VON TELLHEIM *bitter, indem er sich vor die Stirne schlägt, und mit dem Fuße auftritt*: Daß es – die vierhundert Taler nicht ganz sind!

WERNER: Nun, nun, Herr Major! Haben Sie mich denn nicht verstanden?

VON TELLHEIM: Eben weil ich dich verstanden habe! – Daß mich doch die besten Menschen heut am meisten quälen müssen!

WERNER: Was sagen Sie?

VON TELLHEIM: Es geht dich nur zur Hälfte an! – Geh, Werner! *Indem er die Hand, mit der ihm Werner die Dukaten reicht, zurückstößt.*

WERNER: Sobald ich das los bin!

VON TELLHEIM: Werner, wenn du nun von mir hörst: daß die Marloffin, heute ganz früh, selbst bei mir gewesen ist?

WERNER: So?

VON TELLHEIM: Daß sie mir nichts mehr schuldig ist?

WERNER: Wahrhaftig?

VON TELLHEIM: Daß sie mich bei Heller und Pfennig bezahlt hat: was wirst du denn sagen?

WERNER *der sich einen Augenblick besinnt*: Ich werde sagen, daß ich gelogen habe, und daß es eine hundsfött'sche Sache ums Lügen ist, weil man darüber ertappt werden kann.

VON TELLHEIM: Und wirst dich schämen?

WERNER: Aber der, der mich so zu lügen zwingt, was sollte der? Sollte der sich nicht auch schämen? Sehen Sie, Herr Major; wenn ich sagte, daß mich Ihr Verfahren nicht verdrösse, so hätte ich wieder gelogen, und ich will nicht mehr lügen. –

VON TELLHEIM: Sei nicht verdrüßlich, Werner! Ich erkenne dein Herz und deine Liebe zu mir. Aber ich brauche dein Geld nicht.

WERNER: Sie brauchen es nicht? Und verkaufen lieber, und versetzen lieber, und bringen sich lieber in der Leute Mäuler?

VON TELLHEIM: Die Leute mögen es immer wissen, daß ich nichts mehr habe. Man muß nicht reicher scheinen wollen, als man ist.

WERNER: Aber warum ärmer? – Wir haben, solange unser Freund hat.

VON TELLHEIM: Es ziemt sich nicht, daß ich dein Schuldner bin.

WERNER: Ziemt sich nicht? – Wenn an einem heißen Tage, den uns die Sonne und der Feind heiß machte, sich Ihr Reitknecht mit den Kantinen verloren hatte; und Sie zu mir kamen, und sagten: „Werner hast du nichts zu trinken?“ und ich Ihnen meine Feldflasche reichte, nicht wahr, Sie nahmen und tranken? – Ziemte sich das? – Bei meiner armen Seele, wenn ein Trunk faules Wasser damals nicht oft mehr wert war, als alle der Quark! *Indem er auch den Beutel mit den Louisdoren herauszieht, und ihm beides hinreicht.* Nehmen Sie, lieber Major! Bilden Sie sich ein, es ist Wasser. Auch das hat Gott für alle geschaffen.

VON TELLHEIM: Du marterst mich; du hörst es ja, ich will dein Schuldner nicht sein.

WERNER: Erst ziemte es sich nicht; nun wollen Sie nicht? Ja, das ist was anders. *Etwas ärgerlich:* Sie wollen mein Schuldner nicht sein? Wenn Sie es denn aber schon wären, Herr Major? Oder sind Sie dem Manne nichts schuldig, der einmal den Hieb auffing, der Ihnen den Kopf spalten sollte, und ein andermal den Arm vom Rumpfe hieb, der eben losdrücken und Ihnen die Kugel durch die Brust jagen wollte? – Was können Sie diesem Manne mehr schuldig werden? Oder hat es mit meinem Halse weniger zu sagen, als mit meinem Beutel? – Wenn das vornehm gedacht ist, bei meiner armen Seele, so ist es auch sehr abgeschmackt gedacht!

VON TELLHEIM: Mit wem sprichst du so, Werner? Wir sind allein; jetzt darf ich es sagen; wenn uns ein Dritter hörte, so wäre es Windbeutelei. Ich bekenne es mit Vergnügen, daß ich dir zweimal mein Leben zu danken habe. Aber, Freund, woran fehlte mir es, daß ich bei Gelegenheit nicht ebensoviel für dich würde getan haben? He!

WERNER: Nur an der Gelegenheit! Wer hat daran gezweifelt, Herr Major? Habe ich Sie nicht hundertmal für den gemeinsten Soldaten, wenn er ins Gedränge gekommen war, Ihr Leben wagen sehen?

VON TELLHEIM: Also!

WERNER: Aber –

VON TELLHEIM: Warum verstehst du mich nicht recht? Ich sage: es ziemt sich nicht, daß ich dein Schuldner bin; ich will dein Schuldner nicht sein. Nämlich in den Umständen nicht, in welchen ich mich jetzt befinde.

WERNER: So, so! Sie wollen es versparen, bis auf beßre Zeiten; Sie wollen ein andermal Geld von mir borgen, wenn Sie keines brauchen, wenn Sie selbst welches haben, und ich vielleicht keines.

VON TELLHEIM: Man muß nicht borgen, wenn man nicht wiederzugeben weiß.

WERNER: Einem Manne, wie Sie, kann es nicht immer fehlen.

VON TELLHEIM: Du kennst die Welt! – Am wenigsten muß man sodann von einem borgen, der sein Geld selbst braucht.

WERNER: O ja, so einer bin ich! Wozu braucht ich's denn? – Wo man einen Wachtmeister nötig hat, gibt man ihm auch zu leben.

VON TELLHEIM: Du brauchst es, mehr als Wachtmeister zu werden; dich auf einer Bahn weiterzubringen, auf der, ohne Geld, auch der Würdigste zurückbleiben kann.

WERNER: Mehr als Wachtmeister zu werden? daran denke ich nicht. Ich bin ein guter Wachtmeister; und dürfte leicht ein schlechter Rittmeister, und sicherlich noch ein schlechtrer General werden. Die Erfahrung hat man.

VON TELLHEIM: Mache nicht, daß ich etwas Unrechtes von dir denken muß, Werner! Ich habe es nicht gern gehört, was mir Just gesagt hat. Du hast dein Gut verkauft, und willst wieder herumschwärmen. Laß mich nicht von dir glauben, daß du nicht sowohl das Metier, als die wilde, lüderliche Lebensart liebest, die unglücklicherweise damit verbunden ist. Man muß Soldat sein, für sein Land; oder aus Liebe zu der Sache, für die gefochten wird. Ohne Absicht heute hier, morgen da dienen: heißt wie ein Fleischerknecht reisen, weiter nichts.

WERNER: Nun ja doch, Herr Major; ich will Ihnen folgen. Sie wissen besser, was sich gehört. Ich will bei Ihnen bleiben. – Aber, lieber Major, nehmen Sie doch auch derweile mein Geld. Heut oder morgen muß Ihre Sache aus sein. Sie müssen Geld die Menge bekommen. Sie sollen mir es sodann mit Interessen wiedergeben. Ich tu es ja nur der Interessen wegen.

VON TELLHEIM: Schweig davon!

WERNER: Bei meiner armen Seele, ich tu es nur der Interessen wegen – Wenn ich manchmal dachte: wie wird es mit dir aufs Alter werden? wenn du zuschanden gehauen bist? wenn du nichts haben wirst? wenn du wirst betteln gehen müssen? So dachte ich wieder: Nein, du wirst nicht betteln gehn; du wirst zum Major Tellheim gehn; der wird seinen letzten Pfennig mit dir teilen: der wird dich zu Tode füttern; bei dem wirst du als ein ehrlicher Kerl sterben können.

VON TELLHEIM *indem er Werners Hand ergreift*: Und, Kamerad, das denkst du nicht noch?

WERNER: Nein, das denk ich nicht mehr. – Wer von mir nichts

annehmen will, wenn er's bedarf, und ich's habe; der will mir auch nichts geben, wenn er's hat, und ich's bedarf. – Schon gut! *Will gehen.*

VON TELLHEIM: Mensch, mache mich nicht rasend! Wo willst du hin? *Hält ihn zurück.* Wenn ich dich nun auf meine Ehre versichere, daß ich noch Geld habe; wenn ich dir auf meine Ehre verspreche, daß ich dir es sagen will, wenn ich keines mehr habe; daß du der erste und einzige sein sollst, bei dem ich mir etwas borgen will: – Bist du dann zufrieden?

WERNER: Muß ich nicht? – Geben Sie mir die Hand darauf, Herr Major.

VON TELLHEIM: Da, Paul! – Und nun genug davon. Ich kam hieher, um ein gewisses Mädchen zu sprechen –

Achter Auftritt

Franziska, *aus dem Zimmer des Fräuleins.* von Tellheim. Paul Werner.

FRANZISKA *im Heraustreten*: Sind Sie noch da, Herr Wachtmeister? – *Indem sie den Tellheim gewahr wird.* Und Sie sind auch da, Herr Major? – Den Augenblick bin ich zu Ihren Diensten. *Geht geschwind wieder in das Zimmer.*

Neunter Auftritt

von Tellheim. Paul Werner.

VON TELLHEIM: Das war sie! – Aber ich höre ja, du kennst sie, Werner?

WERNER: Ja, ich kenne das Frauenzimmerchen. –

VON TELLHEIM: Gleichwohl, wenn ich mich recht erinnere, als ich in Thüringen Winterquartier hatte, warst du nicht bei mir?

WERNER: Nein, da besorgte ich in Leipzig Mundierungsstücke.

VON TELLHEIM: Woher kennst du sie denn also?

WERNER: Unsere Bekanntschaft ist noch blutjung. Sie ist von heute. Aber junge Bekanntschaft ist warm.

VON TELLHEIM: Also hast du ihr Fräulein wohl auch schon gesehen?

WERNER: Ist ihre Herrschaft ein Fräulein? Sie hat mir gesagt, Sie kennten ihre Herrschaft.

VON TELLHEIM: Hörst du nicht? aus Thüringen her.
WERNER: Ist das Fräulein jung?
VON TELLHEIM: Ja.
WERNER: Schön?
VON TELLHEIM: Sehr schön.
WERNER: Reich?
VON TELLHEIM: Sehr reich.
WERNER: Ist Ihnen das Fräulein auch so gut, wie das Mädchen? Das wäre ja vortrefflich!
VON TELLHEIM: Wie meinst du?

Zehnter Auftritt

Franziska, *wieder heraus, mit einem Brief in der Hand.* von Tellheim. Paul Werner.

FRANZISKA: Herr Major –
VON TELLHEIM: Liebe Franziska, ich habe dich noch nicht willkommen heißen können.
FRANZISKA: In Gedanken werden Sie es doch schon getan haben. Ich weiß, Sie sind mir gut. Ich Ihnen auch. Aber das ist gar nicht artig, daß Sie Leute, die Ihnen gut sind, so ängstigen.
WERNER *vor sich*: Ha, nun merk ich. Es ist richtig!
VON TELLHEIM: Mein Schicksal, Franziska! – Hast du ihr den Brief übergeben?
FRANZISKA: Ja, und hier übergebe ich Ihnen – *Reicht ihm den Brief.*
VON TELLHEIM: Eine Antwort? –
FRANZISKA: Nein, Ihren eignen Brief wieder.
VON TELLHEIM: Was? Sie will ihn nicht lesen?
FRANZISKA: Sie wollte wohl; aber – wir können Geschriebenes nicht gut lesen.
VON TELLHEIM: Schäkerin!
FRANZISKA: Und wir denken, daß das Briefschreiben für die nicht erfunden ist, die sich mündlich miteinander unterhalten können, sobald sie wollen.
VON TELLHEIM: Welcher Vorwand! Sie muß ihn lesen. Er enthält meine Rechtfertigung – alle die Gründe und Ursachen –
FRANZISKA: Die will das Fräulein von Ihnen selbst hören, nicht lesen.

VON TELLHEIM: Von mir selbst hören? Damit mich jedes Wort, jede Miene von ihr verwirre; damit ich in jedem ihrer Blicke die ganze Größe meines Verlusts empfinde? –

FRANZISKA: Ohne Barmherzigkeit! – Nehmen Sie! *Sie gibt ihm den Brief.* Sie erwartet Sie um drei Uhr. Sie will ausfahren, und die Stadt besehen. Sie sollen mit ihr fahren.

VON TELLHEIM: Mit ihr fahren?

FRANZISKA: Und was geben Sie mir, so laß ich Sie beide ganz allein fahren? Ich will zu Hause bleiben.

VON TELLHEIM: Ganz allein?

FRANZISKA: In einem schönen verschloßnen Wagen.

VON TELLHEIM: Unmöglich!

FRANZISKA: Ja, ja; im Wagen muß der Herr Major Katz aushalten; da kann er uns nicht entwischen. Darum geschicht es eben. – Kurz, Sie kommen, Herr Major; und Punkte drei. – Nun? Sie wollten mich ja auch allein sprechen. Was haben Sie mir denn zu sagen? – Ja so, wir sind nicht allein.

Indem sie Wernern ansieht.

VON TELLHEIM: Doch Franziska; wir wären allein. Aber da das Fräulein den Brief nicht gelesen hat, so habe ich dir noch nichts zu sagen.

FRANZISKA: So? wären wir doch allein? Sie haben vor dem Herrn Wachtmeister keine Geheimnisse?

VON TELLHEIM: Nein, keine.

FRANZISKA: Gleichwohl, dünkt mich, sollten Sie welche vor ihm haben.

VON TELLHEIM: Wie das?

WERNER: Warum das, Frauenzimmerchen?

FRANZISKA: Besonders Geheimnisse von einer gewissen Art. – Alle zwanzig, Herr Wachtmeister? *Indem sie beide Hände mit gespreizten Fingern in die Höhe hält.*

WERNER: St! st! Frauenzimmerchen, Frauenzimmerchen!

VON TELLHEIM: Was heißt das?

FRANZISKA: Husch ist's am Finger, Herr Wachtmeister? *Als ob sie einen Ring geschwind ansteckte.*

VON TELLHEIM: Was habt ihr?

WERNER: Frauenzimmerchen, Frauenzimmerchen, Sie wird ja wohl Spaß verstehn?

VON TELLHEIM: Werner, du hast doch nicht vergessen, was ich dir mehrmal gesagt habe; daß man über einen gewissen Punkt mit dem Frauenzimmer nie scherzen muß.

WERNER: Bei meiner armen Seele, ich kann's vergessen haben! – Frauenzimmerchen, ich bitte –

FRANZISKA: Nun wenn es Spaß gewesen ist; dasmal will ich es Ihm verzeihen.

VON TELLHEIM: Wenn ich denn durchaus kommen muß, Franziska: so mache doch nur, daß das Fräulein den Brief vorher noch lieset. Das wird mir die Peinigung ersparen, Dinge noch einmal zu denken, noch einmal zu sagen, die ich so gern vergessen möchte. Da, gib ihr ihn! *Indem er den Brief umkehrt, und ihr ihn zureichen will, wird er gewahr, daß er erbrochen ist.* Aber sehe ich recht? Der Brief, Franziska, ist ja erbrochen.

FRANZISKA: Das kann wohl sein. *Besieht ihn.* Wahrhaftig er ist erbrochen. Wer muß ihn denn erbrochen haben? Doch gelesen haben wir ihn wirklich nicht, Herr Major, wirklich nicht. Wir wollen ihn auch nicht lesen, denn der Schreiber kömmt selbst. Kommen Sie ja; und wissen Sie was, Herr Major? Kommen Sie nicht so, wie Sie da sind; in Stiefeln, kaum frisiert. Sie sind zu entschuldigen; Sie haben uns nicht vermutet. Kommen Sie in Schuhen, und lassen Sie sich frisch frisieren. – So sehen Sie mir gar zu brav, gar zu preußisch aus!

VON TELLHEIM: Ich danke dir, Franziska.

FRANZISKA: Sie sehen aus, als ob Sie vorige Nacht kampiert hätten.

VON TELLHEIM: Du kannst es erraten haben.

FRANZISKA: Wir wollen uns gleich auch putzen, und sodann essen. Wir behielten Sie gern zum Essen, aber Ihre Gegenwart möchte uns an dem Essen hindern; und sehen Sie, so gar verliebt sind wir nicht, daß uns nicht hungerte.

VON TELLHEIM: Ich geh! Franziska, bereite sie indes ein wenig vor; damit ich weder in ihren, noch in meinen Augen verächtlich werden darf. – Komm, Werner, du sollst mit mir essen.

WERNER: An der Wirtstafel, hier im Hause? Da wird mir kein Bissen schmecken.

VON TELLHEIM: Bei mir auf der Stube.

WERNER: So folge ich Ihnen gleich. Nur noch ein Wort mit dem Frauenzimmerchen.

VON TELLHEIM: Das gefällt mir nicht übel! *Geht ab.*

Eilfter Auftritt

Paul Werner. Franziska.

FRANZISKA: Nun, Herr Wachtmeister? –

WERNER: Frauenzimmerchen, wenn ich wiederkomme, soll ich auch geputzter kommen?

FRANZISKA: Komm Er, wie Er will, Herr Wachtmeister; meine Augen werden nichts wider Ihn haben. Aber meine Ohren werden desto mehr auf ihrer Hut gegen Ihn sein müssen. – Zwanzig Finger, alle voller Ringe! Ei, ei, Herr Wachtmeister!

WERNER: Nein, Frauenzimmerchen; eben das wollt ich Ihr noch sagen: die Schnurre fuhr mir nun so heraus! Es ist nichts dran. Man hat ja wohl an einem Ringe genug. Und hundert- und aberhundertmal, habe ich den Major sagen hören: Das muß ein Schurke von einem Soldaten sein, der ein Mädchen anführen kann! – So denk ich auch, Frauenzimmerchen. Verlaß Sie sich darauf! – Ich muß machen, daß ich ihm nachkomme. – Guten Appetit, Frauenzimmerchen! *Geht ab.*

FRANZISKA: Gleichfalls, Herr Wachtmeister! – Ich glaube, der Mann gefällt mir! *Indem sie hereingehen will, kommt ihr das Fräulein entgegen.*

Zwölfter Auftritt

Das Fräulein. Franziska.

DAS FRÄULEIN: Ist der Major schon wieder fort? – Franziska, ich glaube, ich wäre jetzt schon wieder ruhig genug, daß ich ihn hätte hierbehalten können.

FRANZISKA: Und ich will Sie noch ruhiger machen.

DAS FRÄULEIN: Desto besser! Sein Brief, o sein Brief! Jede Zeile sprach den ehrlichen, edlen Mann. Jede Weigerung, mich zu besitzen, beteuerte mir seine Liebe. – Er wird es wohl gemerkt haben, daß wir den Brief gelesen. – Mag er doch; wenn er nur kömmt. Er kömmt doch gewiß? – Bloß ein wenig zu viel Stolz, Franziska, scheint mir in seiner Aufführung zu sein. Denn auch seiner Geliebten sein Glück nicht wollen zu danken haben, ist Stolz, unverzeihlicher Stolz! Wenn er mir diesen zu stark merken läßt, Franziska –

FRANZISKA: So wollen Sie seiner entsagen?

DAS FRÄULEIN: Ei, sieh doch! Jammert er dich nicht schon wieder? Nein, liebe Närrin, eines Fehlers wegen entsagt man keinem Manne. Nein; aber ein Streich ist mir beigefallen, ihn wegen dieses Stolzes mit ähnlichem Stolze ein wenig zu martern.

FRANZISKA: Nun da müssen Sie ja recht sehr ruhig sein, mein Fräulein, wenn Ihnen schon wieder Streiche beifallen.

DAS FRÄULEIN: Ich bin es auch; komm nur. Du wirst deine Rolle dabei zu spielen haben.

Sie gehen herein.

Ende des dritten Aufzugs.

VIERTER AUFZUG

Erster Auftritt

Die Szene: das Zimmer des Fräuleins.

Das Fräulein *völlig, und reich, aber mit Geschmack gekleidet.* Franziska. *Sie stehen vom Tische auf, den ein Bedienter abräumt.*

FRANZISKA: Sie können unmöglich satt sein, gnädiges Fräulein.

DAS FRÄULEIN: Meinst du, Franziska? Vielleicht, daß ich mich nicht hungrig niedersetzte.

FRANZISKA: Wir hatten ausgemacht, seiner währender Mahlzeit nicht zu erwähnen. Aber wir hätten uns auch vornehmen sollen, an ihn nicht zu denken.

DAS FRÄULEIN: Wirklich, ich habe an nichts, als an ihn gedacht.

FRANZISKA: Das merkte ich wohl. Ich fing von hundert Dingen an zu sprechen, und Sie antworteten mir auf jedes verkehrt. *Ein andrer Bedienter trägt Kaffee auf.* Hier kömmt eine Nahrung, bei der man eher Grillen machen kann. Der liebe melancholische Kaffee!

DAS FRÄULEIN: Grillen? Ich mache keine. Ich denke bloß der Lektion nach, die ich ihm geben will. Hast du mich recht begriffen, Franziska?

FRANZISKA: O ja; am besten aber wäre es, er ersparte sie uns.

DAS FRÄULEIN: Du wirst sehen, daß ich ihn von Grund aus

kenne. Der Mann, der mich jetzt mit allen Reichtümern verweigert, wird mich der ganzen Welt streitig machen, sobald er hört, daß ich unglücklich und verlassen bin.

FRANZISKA *sehr ernsthaft*: Und so was muß die feinste Eigenliebe unendlich kützeln.

DAS FRÄULEIN: Sittenrichterin! Seht doch! vorhin ertappte sie mich auf Eitelkeit; jetzt auf Eigenliebe. – Nun, laß mich nur, liebe Franziska. Du sollst mit deinem Wachtmeister auch machen können, was du willst.

FRANZISKA: Mit meinem Wachtmeister?

DAS FRÄULEIN: Ja, wenn du es vollends leugnest, so ist es richtig. – Ich habe ihn noch nicht gesehen; aber aus jedem Worte, das du mir von ihm gesagt hast, prophezeie ich dir deinen Mann.

Zweiter Auftritt

Riccaut de la Marlinière. Das Fräulein. Franziska.

RICCAUT *noch innerhalb der Szene*: Est-il permis, Monsieur le Major?

FRANZISKA: Was ist das? Will das zu uns? *Gegen die Türe gehend.*

RICCAUT: Parbleu! Ik bin unriktig. – Mais non – Ik bin nit unriktig – C'est sa chambre –

FRANZISKA: Ganz gewiß, gnädiges Fräulein, glaubt dieser Herr, den Major von Tellheim noch hier zu finden.

RICCAUT: Iß so! – Le Major de Tellheim; juste, ma belle enfant, c'est lui que je cherche. Où est-il?

FRANZISKA: Er wohnt nicht mehr hier.

RICCAUT: Comment? nok vor vierunswanzik Stund hier logier? Und logier nit mehr hier? Wo logier er denn?

DAS FRÄULEIN *die auf ihn zukömmt*: Mein Herr –

RICCAUT: Ah, Madame – Mademoiselle – Ihro Gnad verzeih –

DAS FRÄULEIN: Mein Herr, Ihre Irrung ist sehr zu vergeben, und Ihre Verwunderung sehr natürlich. Der Herr Major hat die Güte gehabt, mir, als einer Fremden, die nicht unterzukommen wußte, sein Zimmer zu überlassen.

RICCAUT: Ah voilà de ses politesses! C'est un très-galant-homme que ce Major!

DAS FRÄULEIN: Wo er indes hingezogen – wahrhaftig, ich muß mich schämen, es nicht zu wissen.

RICCAUT: Ihro Gnad nit wiß? C'est dommage; j'en suis faché.

DAS FRÄULEIN: Ich hätte mich allerdings darnach erkundigen sollen. Freilich werden ihn seine Freunde noch hier suchen.

RICCAUT: Ik bin sehr von seine Freund, Ihro Gnad –

DAS FRÄULEIN: Franziska, weißt du es nicht?

FRANZISKA: Nein, gnädiges Fräulein.

RICCAUT: Ik hätt ihn zu sprek sehr notwendik. Ik komm ihm bringen eine Nouvelle, davon er sehr frölik sein wird.

DAS FRÄULEIN: Ich betauere um soviel mehr. – Doch hoffe ich, vielleicht bald, ihn zu sprechen. Ist es gleichviel, aus wessen Munde er diese gute Nachricht erfährt, so erbiete ich mich, mein Herr –

RICCAUT: Ik versteh. – Mademoiselle parle françois? Mais sans doute; telle que je la vois! – La demande étoit bien impolie; Vous me pardonnerés, Mademoiselle. –

DAS FRÄULEIN: Mein Herr –

RICCAUT: Nit? Sie sprek nit Französisch, Ihro Gnad?

DAS FRÄULEIN: Mein Herr, in Frankreich würde ich es zu sprechen suchen. Aber warum hier? Ich höre ja, daß Sie mich verstehen, mein Herr. Und ich, mein Herr, werde Sie gewiß auch verstehen; sprechen Sie, wie es Ihnen beliebt.

RICCAUT: Gutt, gutt! Ik kann auk mik auf deutsch explizier. – Sachés donc, Mademoiselle – Ihro Gnad soll also wiß, daß ik komm von die Tafel bei der Minister – Minister von – Minister von – wie heiß der Minister da draus? – in der lange Straß? – auf die breite Platz? –

DAS FRÄULEIN: Ich bin hier noch völlig unbekannt.

RICCAUT: Nun, die Minister von der Kriegsdepartement. – Da haben ik zu Mittag gespeisen; – ik speisen à l'ordinaire bei ihm – und da iß man gekommen reden auf der Major Tellheim; et le Ministre m'a dit en confidence, car Son Excellence est de mes amis, et il n'y a point de mystères entre nous – Se. Excellenz, will ik sag, haben mir vertrau, daß die Sak von unserm Major sei auf den Point zu enden, und gutt zu enden. Er habe gemakt ein Rapport an den Könik, und der Könik habe darauf resolvir, tout-à-fait en faveur du Major. – Monsieur, m'a dit Son Excellence, Vous comprenés bien, que tout dépend de la manière, dont on fait envisager les choses au Roi, et Vous me connoissés. Cela fait un très joli garçon que ce Tellheim, et ne sais-je pas que Vous l'aimés? Les amis de mes amis sont aussi les miens. Il coute un peu cher au Roi ce Tellheim, mais est-ce que l'on sert les Rois pour rien? Il faut s'entr'aider en ce monde; et quand il s'agit de pertes, que ce soit le Roi, qui en fasse, et non pas un honnêt-homme de nous autres. Voilà le principe, dont je ne me départs jamais. – Was sag Ihro Gnad hierzu? Nit wahr, das iß ein brav Mann? Ah que Son Excellence a le coeur bien placé! Er hat mir au reste versiker, wenn der Major nit schon bekommen habe une Lettre de la main – – eine könikliken Handbrief, daß er heut infailliblement müsse bekommen einen.

DAS FRÄULEIN: Gewiß, mein Herr, diese Nachricht wird dem Major von Tellheim höchst angenehm sein. Ich wünschte nur, ihm den Freund zugleich mit Namen nennen zu können, der so viel Anteil an seinem Glücke nimmt –

RICCAUT: Mein Namen wünscht Ihro Gnad? – Vous voyés en moi – Ihro Gnad seh in mik le Chevalier Riccaut de la Marlinière, Seigneur de Pret-au-vol, de la Branche de Prensd'or. – Ihro Gnad steh verwundert, mik aus so ein groß, groß Familie zu hören, qui est véritablement du sang Royal. – Il faut le dire; je suis sans doute le Cadet le plus avantureux, que la maison a jamais eu – Ik dien von meiner elfte Jahr. Ein Affaire d'honneur makte mik fliehen. Darauf haben ik gedienet Sr. Päpstlichen Eilikheit, der Republik St. Marino, der Kron Polen, und den Staaten-General, bis ik endlik bin worden gezogen hierher. Ah, Mademoiselle, que je voudrois n'avoir jamais vu ce pais-là! Hätte man mik gelaß im Dienst von den Staaten-General, so müßt ik nun sein, aufs wenikst Oberst. Aber so hier immer und ewik Capitaine geblieben, und nun gar sein ein abgedankte Capitaine –

DAS FRÄULEIN: Das ist viel Unglück.

RICCAUT: Oui, Mademoiselle, me voilà reformé, et par-là mis sur le pavé!

DAS FRÄULEIN: Ich beklage sehr.

RICCAUT: Vous êtes bien bonne, Mademoiselle – Nein, man kenn sik hier nit auf den Verdienst. Einen Mann, wie mik, su reformir! Einen Mann, der sik nok dasu in diesem Dienst hat rouinir! – Ik haben dabei sugesetzt, mehr als swansik tausend Livres. Was hab ik nun? Tranchons le mot; je n'ai pas le sou, et me voilà exactement vis-à-vis du rien. –

DAS FRÄULEIN: Es tut mir ungemein leid.

RICCAUT: Vous êtes bien bonne, Mademoiselle. Aber wie man

pfleg su sagen: ein jeder Unglück schlepp nak sik seine Bruder; qu'un malheur ne vient jamais seul: so mit mir arrivir. Was ein Honnêt-homme von mein Extraction kann anders haben für Resource, als das Spiel? Nun hab ik immer gespielen mit Glück, so lang ik hatte nit vonnöten der Glück. Nun ik ihr hätte vonnöten, Mademoiselle, je joue avec un guignon, qui surpasse toute croyance. Seit funfzehn Tag iß vergangen keine, wo sie mik nit hab gesprenkt. Nok gestern hab sie mik gesprenkt dreimal. Je sais bien, qu'il y avoit quelque chose de plus que le jeu. Car parmi mes pontes se trouvoient certaines Dames – Ik will niks weiter sag. Man muß sein galant gegen die Damen. Sie haben auk mik heut invitir, mir zu geben revanche; mais – Vous m'entendés, Mademoiselle – Man muß erst wiß, wovon leben; ehe man haben kann, wovon su spielen –

DAS FRÄULEIN: Ich will nicht hoffen, mein Herr –

RICCAUT: Vous êtes bien bonne, Mademoiselle –

DAS FRÄULEIN *nimmt die Franziska beiseite*: Franziska, der Mann tauert mich im Ernste. Ob er mir es wohl übelnehmen würde, wenn ich ihm etwas anböte?

FRANZISKA: Der sieht mir nicht darnach aus.

DAS FRÄULEIN: Gut! – Mein Herr, ich höre – daß Sie spielen; daß Sie Bank machen; ohne Zweifel an Orten, wo etwas zu gewinnen ist. Ich muß Ihnen bekennen, daß ich – gleichfalls das Spiel sehr liebe –

RICCAUT: Tant mieux, Mademoiselle, tant mieux! Tous les gens d'esprit aiment le jeu à la fureur.

DAS FRÄULEIN: Daß ich sehr gern gewinne; sehr gern mein Geld mit einem Manne wage, der – zu spielen weiß. – Wären Sie wohl geneigt, mein Herr, mich in Gesellschaft zu nehmen? mir einen Anteil an Ihrer Bank zu gönnen?

RICCAUT: Comment, Mademoiselle, Vous voulés être de moitié avec moi? De tout mon coeur.

DAS FRÄULEIN: Vors erste, nur mit einer Kleinigkeit – *Geht und langt Geld aus ihrer Schatulle.*

RICCAUT: Ah, Mademoiselle, que Vous êtes charmante! –

DAS FRÄULEIN: Hier habe ich, was ich ohnlängst gewonnen; nur zehn Pistolen – Ich muß mich zwar schämen, so wenig –

RICCAUT: Donnés toujours, Mademoiselle, donnés. *Nimmt es.*

DAS FRÄULEIN: Ohne Zweifel, daß Ihre Bank, mein Herr, sehr ansehnlich ist –

RICCAUT: Ja wohl sehr ansehnlik. Sehn Pistol? Ihr Gnad soll sein dafür interessir bei meiner Bank auf ein Dreiteil, pour le tiers. Swar auf ein Dreiteil sollen sein – etwas mehr. Dok mit einer schöne Damen muß man es nehmen nit so genau. Ik gratulir mik, zu kommen dadurk in liaison mit Ihro Gnad et, de ce moment je recommence à bien augurer de ma fortune.

DAS FRÄULEIN: Ich kann aber nicht dabeisein, wenn Sie spielen, mein Herr.

RICCAUT: Was brauk Ihro Gnad dabei su sein? Wir andern Spieler sind ehrlike Leut untereinander.

DAS FRÄULEIN: Wenn wir glücklich sind, mein Herr, so werden Sie mir meinen Anteil schon bringen. Sind wir aber unglücklich –

RICCAUT: So komm ik holen Rekruten. Nit wahr, Ihro Gnad?

DAS FRÄULEIN: Auf die Länge dürften die Rekruten fehlen. Verteidigen Sie unser Geld daher ja wohl, mein Herr.

RICCAUT: Wofür seh mik Ihro Gnad an? Für ein Einfalspinse? für ein dumme Teuff?

DAS FRÄULEIN: Verzeihen Sie mir –

RICCAUT: Je suis des bons, Mademoiselle. Savés-vous ce que cela veut dire? Ik bin von die Ausgelernt –

DAS FRÄULEIN: Aber doch wohl, mein Herr –

RICCAUT: Je sais monter un coup –

DAS FRÄULEIN *verwundernd*: Sollten Sie?

RICCAUT: Je file la carte avec une adresse –

DAS FRÄULEIN: Nimmermehr!

RICCAUT: Je fais sauter la coupe avec une dexterité –

DAS FRÄULEIN: Sie werden doch nicht, mein Herr? –

RICCAUT: Was nit? Ihro Gnade, was nit? Donnés-moi un pigeonneau à plumer, et –

DAS FRÄULEIN: Falsch spielen? betrügen?

RICCAUT: Comment, Mademoiselle? Vous appellés cela betrügen? Corriger la fortune, l'enchainer sous ses doits, être sûr de son fait, das nenn die Deutsch betrügen? betrügen! Oh, was ist die deutsch Sprak für ein arm Sprak! für ein plump Sprak!

DAS FRÄULEIN: Nein, mein Herr, wenn Sie so denken –

RICCAUT: Laissés-moi faire, Mademoiselle, und sein Sie ruhik? Was gehn Sie an, wie ik spiel? – Genug, morgen entweder sehn mik wieder Ihro Gnad mit hundert Pistol, oder seh mik wieder gar nit – Votre très-humble, Mademoiselle, votre très-humble – *Eilends ab.*

DAS FRÄULEIN *die ihm mit Erstaunen und Verdruß nachsieht*: Ich wünsche das letzte, mein Herr, das letzte!

Dritter Auftritt

Das Fräulein. Franziska.

FRANZISKA erbittert: Kann ich noch reden? O schön! o schön!

DAS FRÄULEIN: Spotte nur; ich verdiene es. *Nach einem kleinen Nachdenken, und gelassener:* Spotte nicht, Franziska; ich verdiene es nicht.

FRANZISKA: Vortrefflich! da haben Sie etwas Allerliebstes getan; einen Spitzbuben wieder auf die Beine geholfen.

DAS FRÄULEIN: Es war einem Unglücklichen zugedacht.

FRANZISKA: Und was das Beste dabei ist: der Kerl hält Sie für seinesgleichen. – O ich muß ihm nach, und ihm das Geld wieder abnehmen. *Will fort.*

DAS FRÄULEIN: Franziska, laß den Kaffee nicht vollends kalt werden; schenk ein.

FRANZISKA: Er muß es Ihnen wiedergeben; Sie haben sich anders besonnen; Sie wollen mit ihm nicht in Gesellschaft spielen. Zehn Pistolen! Sie hörten ja, Fräulein, daß es ein Bettler war! *Das Fräulein schenkt indes selbst ein.* Wer wird einem Bettler so viel geben? Und ihm noch dazu die Erniedrigung, es erbettelt zu haben, zu ersparen suchen? Den Mildtätigen, der den Bettler aus Großmut verkennen will, verkennt der Bettler wieder. Nun mögen Sie es haben, Fräulein, wenn er Ihre Gabe, ich weiß nicht wofür, ansieht. – *Und reicht der Franziska eine Tasse.* Wollen Sie mir das Blut noch mehr in Wallung bringen? Ich mag nicht trinken. *Das Fräulein setzt sie wieder weg.* – „Parbleu, Ihro Gnad, man kenn sik hier nit auf den Verdienst“ *In dem Tone des Franzosen.* Freilich nicht, wenn man die Spitzbuben so ungehangen herumlaufen läßt.

DAS FRÄULEIN *kalt und nachdenkend, indem sie trinkt*: Mädchen, du verstehst dich so trefflich auf die guten Menschen: aber, wenn willst du die schlechten ertragen lernen? – Und sie sind doch auch Menschen. – Und öfters bei weitem so schlechte Menschen nicht, als sie scheinen. – Man muß ihre gute Seite nur aufsuchen. – Ich bilde mir ein, dieser Franzose ist nichts, als eitel. Aus bloßer Eitelkeit macht er sich zum falschen Spieler; er will mir nicht verbunden scheinen; er will sich den Dank ersparen. Vielleicht, daß er nun hingeht, seine kleine Schulden bezahlt, von dem Reste, so weit er reicht, still und sparsam lebt, und an das Spiel nicht denkt. Wenn das ist, liebe Franziska, so laß ihn Rekruten holen, wenn er will. – *Gibt ihr die Tasse.* Da, setz weg! – Aber, sage mir, sollte Tellheim nicht schon da sein?

FRANZISKA: Nein, gnädiges Fräulein; ich kann beides nicht; weder an einem schlechten Menschen die gute, noch an einem guten Menschen die böse Seite aussuchen.

DAS FRÄULEIN: Er kömmt doch ganz gewiß? –

FRANZISKA: Er sollte wegbleiben! – Sie bemerken an ihm, an ihm, dem besten Manne, ein wenig Stolz, und darum wollen Sie ihn so grausam necken?

DAS FRÄULEIN: Kömmst du da wieder hin? – Schweig, das will ich nun einmal so. Wo du mir diese Lust verdirbst; wo du nicht alles sagst und tust, wie wir es abgeredet haben! – Ich will dich schon allein mit ihm lassen; und dann – – Jetzt kömmt er wohl.

Vierter Auftritt

Paul Werner, *der in einer steifen Stellung, gleichsam im Dienste, hereintritt.* Das Fräulein. Franziska.

FRANZISKA: Nein, es ist nur sein lieber Wachtmeister.

DAS FRÄULEIN: Lieber Wachtmeister? Auf wen bezieht sich dieses Lieber?

FRANZISKA: Gnädiges Fräulein, machen Sie mir den Mann nicht verwirrt. – Ihre Dienerin, Herr Wachtmeister; was bringen Sie uns?

WERNER *geht, ohne auf die Franziska zu achten, an das Fräulein*: Der Major von Tellheim läßt an das gnädige Fräulein von Barnhelm durch mich, den Wachtmeister Werner, seinen untertänigen Respekt vermelden, und sagen, daß er sogleich hiersein werde.

DAS FRÄULEIN: Wo bleibt er denn?

WERNER: Ihro Gnaden werden verzeihen; wir sind, noch vor dem Schlage drei, aus dem Quartier gegangen; aber da hat ihn der Kriegszahlmeister unterwegens angeredt; und weil mit dergleichen Herren des Redens immer kein Ende ist: so gab er mir einen Wink, dem gnädigen Fräulein den Vorfall zu rapportieren.

DAS FRÄULEIN: Recht wohl, Herr Wachtmeister. Ich wünsche nur, daß der Kriegszahlmeister dem Major etwas Angenehmes möge zu sagen haben.

WERNER: Das haben dergleichen Herren den Offizieren selten. – Haben Ihro Gnaden etwas zu befehlen? *Im Begriffe wieder zu gehen.*

FRANZISKA: Nun, wo denn schon wieder hin, Herr Wachtmeister? Hätten wir denn nichts miteinander zu plaudern?

WERNER *sachte zur Franziska, und ernsthaft*: Hier nicht, Frauenzimmerchen. Es ist wider den Respekt, wider die Subordination. – Gnädiges Fräulein –

DAS FRÄULEIN: Ich danke für Seine Bemühung, Herr Wachtmeister. – Es ist mir lieb gewesen, Ihn kennenzulernen. Franziska hat mir viel Gutes von Ihm gesagt.

Werner macht eine steife Verbeugung, und geht ab.

Fünfter Auftritt

Das Fräulein. Franziska.

DAS FRÄULEIN: Das ist dein Wachtmeister, Franziska?

FRANZISKA: Wegen des spöttischen Tones habe ich nicht Zeit, dieses Dein nochmals aufzumutzen. – – Ja, gnädiges Fräulein, das ist mein Wachtmeister. Sie finden ihn, ohne Zweifel, ein wenig steif und hölzern. Jetzt kam er mir fast auch so vor. Aber ich merke wohl; er glaubte, vor Ihro Gnaden, auf die Parade ziehen zu müssen. Und wenn die Soldaten paradieren – ja freilich scheinen sie da mehr Drechslerpuppen, als Männer. Sie sollten ihn hingegen nur sehn und hören, wenn er sich selbst gelassen ist.

DAS FRÄULEIN: Das müßte ich denn wohl!

FRANZISKA: Er wird noch auf dem Saale sein. Darf ich nicht gehn, und ein wenig mit ihm plaudern?

DAS FRÄULEIN: Ich versage dir ungern dieses Vergnügen. Du mußt hierbleiben, Franziska. Du mußt bei unserer Unterredung gegenwärtig sein. – Es fällt mir noch etwas bei. *Sie zieht ihren Ring vom Finger.* Da, nimm meinen Ring, verwahre ihn, und gib mir des Majors seinen dafür.

FRANZISKA: Warum das?

DAS FRÄULEIN *indem Franziska den andern Ring holt*: Recht weiß ich es selbst nicht; aber mich dünkt, ich sehe so etwas voraus, wo ich ihn brauchen könnte. – Man pocht – Geschwind gib her! *Sie steckt ihn an.* Er ist's!

SECHSTER AUFTRITT

VON TELLHEIM, *in dem nämlichen Kleide, aber sonst so, wie es Franziska verlangt.* DAS FRÄULEIN. FRANZISKA.

VON TELLHEIM: Gnädiges Fräulein, Sie werden mein Verweilen entschuldigen –

DAS FRÄULEIN: Oh, Herr Major, so gar militärisch wollen wir es miteinander nicht nehmen. Sie sind ja da! Und ein Vergnügen erwarten, ist auch ein Vergnügen. – Nun? *Indem sie ihm lächelnd ins Gesicht sieht.* lieber Tellheim, waren wir nicht vorhin Kinder?

VON TELLHEIM: Ja wohl Kinder, gnädiges Fräulein; Kinder, die sich sperren, wo sie gelassen folgen sollten.

DAS FRÄULEIN: Wir wollen ausfahren, lieber Major – die Stadt ein wenig zu besehen – und hernach, meinem Oheim entgegen.

VON TELLHEIM: Wie?

DAS FRÄULEIN: Sehen Sie; auch das Wichtigste haben wir einander noch nicht sagen können. Ja, er trifft noch heut hier ein. Ein Zufall ist schuld, daß ich, einen Tag früher, ohne ihn angekommen bin.

VON TELLHEIM: Der Graf von Bruchsall? Ist er zurück?

DAS FRÄULEIN: Die Unruhen des Krieges verscheuchten ihn nach Italien; der Friede hat ihn wieder zurückgebracht. – Machen Sie sich keine Gedanken, Tellheim. Besorgten wir schon ehemals das stärkste Hindernis unsrer Verbindung von seiner Seite –

VON TELLHEIM: Unserer Verbindung?

DAS FRÄULEIN: Er ist Ihr Freund. Er hat von zu vielen, zu viel Gutes von Ihnen gehört, um es nicht zu sein. Er brennet, den Mann von Antlitz zu kennen, den seine einzige Erbin gewählt hat. Er kömmt als Oheim, als Vormund, als Vater, mich Ihnen zu übergeben.

VON TELLHEIM: Ah, Fräulein, warum haben Sie meinen Brief nicht gelesen? Warum haben Sie ihn nicht lesen wollen?

DAS FRÄULEIN: Ihren Brief? Ja, ich erinnere mich, Sie schickten mir einen. Wie war es denn mit diesem Briefe, Franziska? Haben wir ihn gelesen, oder haben wir ihn nicht gelesen? Was schrieben Sie mir denn, lieber Tellheim? –

VON TELLHEIM: Nichts, als was mir die Ehre befiehlt.

DAS FRÄULEIN: Das ist, ein ehrliches Mädchen, die Sie liebt, nicht sitzenzulassen. Freilich befiehlt das die Ehre. Gewiß ich hätte den Brief lesen sollen. Aber was ich nicht gelesen habe, das höre ich ja.

VON TELLHEIM: Ja, Sie sollen es hören –

DAS FRÄULEIN: Nein, ich brauch es auch nicht einmal zu hören. Es versteht sich von selbst. Sie könnten eines so häßlichen Streiches fähig sein, daß Sie mich nun nicht wollten? Wissen Sie, daß ich auf zeit meines Lebens beschimpft wäre? Meine Landsmänninnen würden mit Fingern auf mich weisen. – „Das ist sie", würde es heißen, „das ist das Fräulein von Barnhelm, die sich einbildete, weil sie reich sei, den wackern Tellheim zu bekommen: als ob die wackern Männer für Geld zu haben wären!" So würde es heißen: denn meine Landsmänninnen sind alle neidisch auf mich. Daß ich reich bin, können sie nicht leugnen; aber davon wollen sie nichts wissen; daß ich auch sonst noch ein ziemlich gutes Mädchen bin, das seines Mannes wert ist. Nicht wahr, Tellheim?

VON TELLHEIM: Ja, ja, gnädiges Fräulein, daran erkenne ich Ihre Landsmänninnen. Sie werden Ihnen einen abgedankten, an seiner Ehre gekränkten Offizier, einen Krüppel, einen Bettler, trefflich beneiden.

DAS FRÄULEIN: Und das alles wären Sie? Ich hörte so was, wenn ich mich nicht irre, schon heute vormittage. Da ist Böses und Gutes untereinander. Lassen Sie uns doch jedes näher beleuchten. – Verabschiedet sind Sie? So höre ich. Ich glaubte, Ihr Regiment sei bloß untergesteckt worden. Wie ist es gekommen, daß man einen Mann von Ihren Verdiensten nicht beibehalten?

VON TELLHEIM: Es ist gekommen, wie es kommen müssen. Die Großen haben sich überzeugt, daß ein Soldat aus Neigung für sie ganz wenig; aus Pflicht nicht viel mehr: aber alles seiner eignen Ehre wegen tut. Was können sie ihm also schuldig zu sein glauben? Der Friede hat ihnen mehrere meinesgleichen entbehrlich gemacht; und am Ende ist ihnen niemand unentbehrlich.

DAS FRÄULEIN: Sie sprechen, wie ein Mann sprechen muß, dem die Großen hinwiederum sehr entbehrlich sind. Und niemals waren sie es mehr, als jetzt. Ich sage den Großen meinen großen Dank, daß sie ihre Ansprüche auf einen Mann haben fahrenlassen, den ich doch nur sehr ungern mit ihnen geteilet hätte. – Ich bin Ihre Gebieterin, Tellheim; Sie brauchen weiter keinen Herrn. – Sie verabschiedet zu finden, das Glück hätte ich mir kaum träumen lassen! – Doch Sie sind nicht bloß verabschiedet: Sie sind noch mehr. Was sind Sie noch mehr? Ein Krüppel: sagten Sie? Nun, *Indem sie ihn von oben bis unten betrachtet.* der Krüppel ist doch noch ziemlich ganz und gerade; scheinet doch noch ziemlich gesund und stark. – Lieber Tellheim, wenn Sie auf den Verlust Ihrer gesunden Gliedmaßen betteln zu gehen denken: so prophezeie ich Ihnen voraus, daß Sie vor den wenigsten Türen etwas bekommen werden; ausgenommen vor den Türen der gutherzigen Mädchen, wie ich.

VON TELLHEIM: Jetzt höre ich nur das mutwillige Mädchen, liebe Minna.

DAS FRÄULEIN: Und ich höre in Ihrem Verweise nur das „liebe Minna". – Ich will nicht mehr mutwillig sein. Denn ich besinne mich, daß Sie allerdings ein kleiner Krüppel sind. Ein Schuß hat Ihnen den rechten Arm ein wenig gelähmt. – Doch alles wohl überlegt: so ist auch das so schlimm nicht. Um soviel sichrer bin ich vor Ihren Schlägen.

VON TELLHEIM: Fräulein!

DAS FRÄULEIN: Sie wollen sagen: Aber Sie um soviel weniger vor meinen. Nun, nun, lieber Tellheim, ich hoffe, Sie werden es nicht dazu kommen lassen.

VON TELLHEIM: Sie wollen lachen, mein Fräulein. Ich beklage nur, daß ich nicht mitlachen kann.

DAS FRÄULEIN: Warum nicht? Was haben Sie denn gegen das Lachen? Kann man denn auch nicht lachend sehr ernsthaft sein? Lieber Major, das Lachen erhält uns vernünftiger, als der Verdruß. Der Beweis liegt vor uns. Ihre lachende Freundin beurteilet Ihre Umstände weit richtiger, als Sie selbst. Weil Sie verabschiedet sind, nennen Sie sich an Ihrer Ehre gekränkt: weil Sie einen Schuß in dem Arme haben, machen Sie sich zu einem Krüppel. Ist das so recht? Ist das keine Übertreibung? Und ist es meine Einrichtung, daß alle Übertreibungen des Lächerlichen so fähig sind? Ich wette, wenn ich Ihren Bettler nun vornehme, daß auch dieser ebensowenig stichhalten wird. Sie werden einmal, zweimal, dreimal Ihre Equipage verloren haben; bei dem oder jenem Bankier werden einige Kapitale jetzt mit schwinden; Sie werden diesen und jenen Vorschuß, den Sie im Dienste getan, keine Hoffnung haben, wiederzuerhalten: aber sind Sie darum ein Bettler? Wenn Ihnen auch nichts übriggeblieben ist, als was mein Oheim für Sie mitbringt –

VON TELLHEIM: Ihr Oheim, gnädiges Fräulein, wird für mich nichts mitbringen.

DAS FRÄULEIN: Nichts, als die zweitausend Pistolen, die Sie unsern Ständen so großmütig vorschossen.

VON TELLHEIM: Hätten Sie doch nur meinen Brief gelesen, gnädiges Fräulein!

DAS FRÄULEIN: Nun ja, ich habe ihn gelesen. Aber was ich über diesen Punkt darin gelesen, ist mir ein wahres Rätsel. Unmöglich kann man Ihnen aus einer edlen Handlung ein Verbrechen machen wollen. – Erklären Sie mir doch, lieber Major –

VON TELLHEIM: Sie erinnern sich, gnädiges Fräulein, daß ich Ordre hatte, in den Ämtern Ihrer Gegend die Kontribution mit der äußersten Strenge bar beizutreiben. Ich wollte mir diese Strenge ersparen, und schoß die fehlende Summe selbst vor. –

DAS FRÄULEIN: Ja wohl erinnere ich mich. – Ich liebte Sie um dieser Tat willen, ohne Sie noch gesehen zu haben.

VON TELLHEIM: Die Stände gaben mir ihren Wechsel, und diesen wollte ich, bei Zeichnung des Friedens, unter die zu ratihabierende Schulden eintragen lassen. Der Wechsel ward für gültig erkannt, aber mir ward das Eigentum desselben streitig gemacht. Man zog spöttisch das Maul, als ich versicherte, die Valute bar hergegeben zu haben. Man erklärte ihn für eine Bestechung, für das Gratial der Stände, weil ich so bald mit ihnen auf die niedrigste Summe einig geworden war, mit der ich mich nur im äußersten Notfall zu begnügen, Vollmacht hatte. So kam der Wechsel aus meinen Händen, und wenn er bezahlt wird, wird er sicherlich nicht an mich bezahlt. – Hierdurch, mein Fräulein, halte ich meine Ehre für gekränkt; nicht durch den Abschied, den ich gefordert *haben würde, wenn ich* ihn nicht bekommen hätte. – Sie sind ernsthaft, mein Fräulein? Warum lachen Sie nicht? Ha, ha, ha! Ich lache ja.

DAS FRÄULEIN: Oh, ersticken Sie dieses Lachen, Tellheim! Ich beschwöre Sie! Es ist das schreckliche Lachen des Menschenhasses! Nein, Sie sind der Mann nicht, den eine gute Tat reuen kann, weil sie üble Folgen für ihn hat. Nein, unmöglich können diese üble Folgen dauren! Die Wahrheit muß an den Tag kommen. Das Zeugnis meines Oheims, aller unsrer Stände –

VON TELLHEIM: Ihres Oheims! Ihrer Stände! Ha, ha, ha!

DAS FRÄULEIN: Ihr Lachen tötet mich, Tellheim! Wenn Sie an Tugend und Vorsicht glauben, Tellheim, so lachen Sie so nicht! Ich habe nie fürchterlicher fluchen hören, als Sie lachen. – Und lassen Sie uns das Schlimmste setzen! Wenn man Sie hier durchaus verkennen will; so kann man Sie bei uns nicht verkennen. Nein, wir können, wir werden Sie nicht verkennen, Tellheim. Und wenn unsere Stände die geringste Empfindung von Ehre haben, so weiß ich was sie tun müssen. Doch ich bin nicht klug: was wäre das nötig? Bilden Sie sich ein, Tellheim, Sie hätten die zweitausend Pistolen an einem wilden Abende verloren. Der König war eine unglückliche Karte für Sie: die Dame *Auf sich weisend.* wird Ihnen desto günstiger sein. – Die Vorsicht, glauben Sie mir, hält den ehrlichen Mann immer schadlos; und öfters schon im voraus. Die Tat, die Sie einmal um zweitausend Pistolen bringen sollte, erwarb mich Ihnen. Ohne diese Tat, würde ich nie begierig gewesen sein, Sie kennenzulernen. Sie wissen, ich kam uneingeladen in die erste Gesellschaft, wo ich Sie zu finden glaubte. Ich kam bloß Ihrentwegen. Ich kam in dem festen Vorsatze, Sie zu lieben – ich liebte Sie schon! – in dem festen Vorsatze, Sie zu besitzen, wenn ich Sie auch so schwarz und häßlich finden sollte, als den Mohr von Venedig. Sie sind so schwarz und häßlich nicht; auch so eifersüchtig werden Sie nicht sein. Aber Tellheim, Tellheim, Sie haben doch noch viel Ähnliches mit ihm! Oh, über die wilden, unbiegsamen Männer, die nur immer ihr stieres Auge auf das Gespenst der Ehre heften! für alles andere Gefühl sich verhärten! – Hierher Ihr Auge! auf mich, Tellheim! *Der indes vertieft, und unbeweglich, mit starren Augen immer auf eine Stelle gesehen.* Woran denken Sie? Sie hören mich nicht?

VON TELLHEIM *zerstreut*: O ja! Aber sagen Sie mir doch, mein Fräulein, wie kam der Mohr in venezianische Dienste? Hatte der Mohr kein Vaterland? Warum vermietete er seinen Arm und sein Blut einem fremden Staate? –

DAS FRÄULEIN *erschrocken*: Wo sind Sie, Tellheim? – Nun ist es Zeit, daß wir abbrechen; – kommen Sie! *Indem sie ihn bei der Hand ergreift.* – Franziska, laß den Wagen vorfahren.

VON TELLHEIM *der sich von dem Fräulein losreißt und der Franziska nachgeht*: Nein, Franziska; ich kann nicht die Ehre haben, das Fräulein zu begleiten. – Mein Fräulein, lassen Sie mir noch heute meinen gesunden Verstand, und beurlauben Sie mich. Sie sind auf dem besten Wege, mich darum zu bringen. Ich stemme mich, soviel ich kann. – Aber weil ich noch bei Verstande bin: so hören Sie, mein Fräulein, was ich fest beschlossen habe; wovon mich nichts in der Welt abbringen soll. – Wenn nicht noch ein glücklicher Wurf für mich im Spiele ist, wenn sich das Blatt nicht völlig wendet, wenn –

DAS FRÄULEIN: Ich muß Ihnen ins Wort fallen, Herr Major. – Das hätten wir ihm gleich sagen sollen, Franziska. Du erinnerst mich auch an gar nichts. – Unser Gespräch würde ganz anders gefallen sein, Tellheim, wenn ich mit der guten Nachricht angefangen hätte, die Ihnen der Chevalier de la Marlinière nur eben zu bringen kam.

VON TELLHEIM: Der Chevalier de la Marlinière? Wer ist das?

FRANZISKA: Es mag ein ganz guter Mann sein, Herr Major, bis auf –

DAS FRÄULEIN: Schweig, Franziska! – Gleichfalls ein verabschiedeter Offizier, der aus holländischen Diensten –

VON TELLHEIM: Ha! der Lieutenant Riccaut!

DAS FRÄULEIN: Er versicherte, daß er Ihr Freund sei.

VON TELLHEIM: Ich versichere, daß ich seiner nicht bin.

DAS FRÄULEIN: Und daß ihm, ich weiß nicht welcher Minister, vertrauet habe, Ihre Sache sei dem glücklichsten Ausgange nahe. Es müsse ein Königliches Handschreiben an Sie unterwegens sein. –

VON TELLHEIM: Wie kämen Riccaut und ein Minister zusammen? – Etwas zwar muß in meiner Sache geschehen sein. Denn nur jetzt erklärte mir der Kriegszahlmeister, daß der König alles niedergeschlagen habe, was wider mich urgieret worden; und daß ich mein schriftlich gegebenes Ehrenwort, nicht eher von hier zu gehen, als bis man mich völlig entladen habe, wieder zurücknehmen könne. – Das wird es aber auch alles sein. Man wird mich wollen laufenlassen. Allein man irrt sich; ich werde nicht laufen. Eher soll mich hier das äußerste Elend, vor den Augen meiner Verleumder, verzehren –

DAS FRÄULEIN: Hartnäckiger Mann!

VON TELLHEIM: Ich brauche keine Gnade; ich will Gerechtigkeit. Meine Ehre –

DAS FRÄULEIN: Die Ehre eines Mannes, wie Sie –

VON TELLHEIM *hitzig*: Nein, mein Fräulein, Sie werden von allen Dingen recht gut urteilen können, nur hierüber nicht. Die Ehre ist nicht die Stimme unsers Gewissens, nicht das Zeugnis weniger Rechtschaffenen – –

DAS FRÄULEIN: Nein, nein, ich weiß wohl. – Die Ehre ist – die Ehre.

VON TELLHEIM: Kurz, mein Fräulein – Sie haben mich nicht ausreden lassen. – Ich wollte sagen: wenn man mir das Meinige so schimpflich vorenthält, wenn meiner Ehre nicht die vollkommenste Genugtuung geschieht; so kann ich, mein Fräulein, der Ihrige nicht sein. Denn ich bin es in den Augen der Welt nicht wert, zu sein. Das Fräulein von Barnhelm verdienet einen unbescholtenen Mann. Es ist eine nichtswürdige Liebe, die kein Bedenken trägt, ihren Gegenstand der Verachtung auszusetzen. Es ist ein nichtswürdiger Mann, der sich nicht schämet, sein ganzes Glück einem Frauenzimmer zu verdanken, dessen blinde Zärtlichkeit –

DAS FRÄULEIN: Und das ist Ihr Ernst, Herr Major? – *Indem sie ihm plötzlich den Rücken wendet.* Franziska!

VON TELLHEIM: Werden Sie nicht ungehalten, mein Fräulein –

DAS FRÄULEIN *beiseite zur Franziska*: Jetzt wäre es Zeit! Was rätst du mir, Franziska? –

FRANZISKA: Ich rate nichts. Aber freilich macht er es Ihnen ein wenig zu bunt. –

VON TELLHEIM *der sie zu unterbrechen kömmt*: Sie sind ungehalten, mein Fräulein –

DAS FRÄULEIN *höhnisch*: Ich? im geringsten nicht.

VON TELLHEIM: Wenn ich Sie weniger liebte, mein Fräulein –

DAS FRÄULEIN *noch in diesem Tone*: O gewiß, es wäre mein Unglück! – Und sehen Sie, Herr Major, ich will Ihr Unglück auch nicht. – Man muß ganz uneigennützig lieben. – Ebenso gut, daß ich nicht offenherziger gewesen bin! Vielleicht würde mir Ihr Mitleid gewähret haben, was mir Ihre Liebe versagt. – *Indem sie den Ring langsam vom Finger zieht.*

VON TELLHEIM: Was meinen Sie damit, Fräulein?

DAS FRÄULEIN: Nein, keines muß das andere, weder glücklicher noch unglücklicher machen. So will es die wahre Liebe! Ich glaube Ihnen, Herr Major; und Sie haben zu viel Ehre, als daß Sie die Liebe verkennen sollten.

VON TELLHEIM: Spotten Sie, mein Fräulein?

DAS FRÄULEIN: Hier! Nehmen Sie den Ring wieder zurück, mit dem Sie mir Ihre Treue verpflichtet. *Überreicht ihm den Ring.* Es sei drum! Wir wollen einander nicht gekannt haben!

VON TELLHEIM: Was höre ich?

DAS FRÄULEIN: Und das befremdet Sie? – Nehmen Sie, mein Herr. – Sie haben sich doch wohl nicht bloß gezieret?

VON TELLHEIM *indem er den Ring aus ihrer Hand nimmt*: Gott! So kann Minna sprechen! –

DAS FRÄULEIN: Sie können der Meinige in einem Falle nicht sein: ich kann die Ihrige, in keinem sein. Ihr Unglück ist wahrscheinlich; meines ist gewiß – Leben Sie wohl! *Will fort.*

VON TELLHEIM: Wohin, liebste Minna? –

DAS FRÄULEIN: Mein Herr, Sie beschimpfen mich jetzt mit dieser vertraulichen Benennung.

VON TELLHEIM: Was ist Ihnen, mein Fräulein? Wohin?

DAS FRÄULEIN: Lassen Sie mich. – Meine Tränen vor Ihnen zu verbergen, Verräter! *Geht ab.*

Siebenter Auftritt

VON TELLHEIM. FRANZISKA.

VON TELLHEIM: Ihre Tränen? Und ich sollte sie lassen? *Will ihr nach.*

FRANZISKA *die ihn zurückhält*: Nicht doch, Herr Major! Sie werden ihr ja nicht in ihr Schlafzimmer folgen wollen?

VON TELLHEIM: Ihr Unglück? Sprach sie nicht von Unglück?

FRANZISKA: Nun freilich; das Unglück, Sie zu verlieren, nachdem –

VON TELLHEIM: Nachdem? was nachdem? Hier hinter steckt mehr. Was ist es, Franziska? Rede, sprich –

FRANZISKA: Nachdem sie, wollte ich sagen – Ihnen so vieles *aufgeopfert.*

VON TELLHEIM: Mir aufgeopfert?

FRANZISKA: Hören Sie nur kurz. – Es ist für Sie recht gut, Herr

Major, daß Sie auf diese Art von ihr losgekommen sind. – Warum soll ich es Ihnen nicht sagen? Es kann doch länger kein Geheimnis bleiben. – Wir sind entflohen! – Der Graf von Bruchsall hat das Fräulein enterbt, weil sie keinen Mann von seiner Hand annehmen wollte. Alles verließ, alles verachtete sie hierauf. Was sollten wir tun? Wir entschlossen uns denjenigen aufzusuchen, dem wir –

VON TELLHEIM: Ich habe genug! – Komm, ich muß mich zu ihren Füßen werfen.

FRANZISKA: Was denken Sie? Gehen Sie vielmehr, und danken Ihrem guten Geschicke –

VON TELLHEIM: Elende! für wen hältst du mich? – Nein, liebe Franziska, der Rat kam nicht aus deinem Herzen. Vergib meinem Unwillen!

FRANZISKA: Halten Sie mich nicht länger auf. Ich muß sehen, was sie macht. Wie leicht könnte ihr etwas zugestoßen sein. – Gehen Sie! Kommen Sie lieber wieder, wenn Sie wiederkommen wollen. *Geht dem Fräulein nach.*

ACHTER AUFTRITT

VON TELLHEIM.

Aber, Franziska! – Oh, ich erwarte euch hier! – Nein, das ist dringender! – Wenn sie Ernst sieht, kann mir ihre Vergebung nicht entstehen. – Nun brauch ich dich, ehrlicher Werner! – Nein, Minna, ich bin kein Verräter! *Eilends ab.*

Ende des vierten Aufzuges.

FÜNFTER AUFZUG

ERSTER AUFTRITT

Die Szene, der Saal.

VON TELLHEIM *von der einen und* WERNER *von der andern Seite.*

VON TELLHEIM: Ha, Werner! ich suche dich überall. Wo steckst du?

WERNER: Und ich habe Sie gesucht, Herr Major; so geht's mit dem Suchen. – Ich bringe Ihnen gar eine gute Nachricht.

VON TELLHEIM: Ah, ich brauche jetzt nicht deine Nachrichten: ich brauche dein Geld. Geschwind, Werner, gib mir soviel du hast; und denn suche so viel aufzubringen, als du kannst.

WERNER: Herr Major? – Nun, bei meiner armen Seele, habe ich's doch gesagt; er wird Geld von mir borgen, wenn er selber welches zu verleihen hat.

VON TELLHEIM: Du suchst doch nicht Ausflüchte?

WERNER: Damit ich ihm nichts vorzuwerfen habe, so nimmt er mir's mit der Rechten, und gibt mir's mit der Linken wieder.

VON TELLHEIM: Halte mich nicht auf, Werner! – Ich habe den guten Willen, dir es wiederzugeben; aber wenn und wie? – Das weiß Gott!

WERNER: Sie wissen es also noch nicht, daß die Hofstaatskasse Ordre hat, Ihnen Ihre Gelder zu bezahlen? Eben erfuhr ich es bei –

VON TELLHEIM: Was plauderst du? Was lässest du dir weismachen? Begreifst du denn nicht, daß, wenn es wahr wäre, ich es doch wohl am ersten wissen müßte? – Kurz, Werner, Geld! Geld!

WERNER: Je nu, mit Freuden! hier ist was! – Das sind die hundert Louisdor, und das die hundert Dukaten. – *Gibt ihm beides.*

VON TELLHEIM: Die hundert Louisdor, Werner, geh und bringe Justen. Er soll sogleich den Ring wieder einlösen, den er heute früh versetzt hat. – Aber wo wirst du mehr hernehmen, Werner? – Ich brauche weit mehr.

WERNER: Dafür lassen Sie mich sorgen. – Der Mann, der mein Gut gekauft hat, wohnt in der Stadt. Der Zahlungstermin wäre zwar erst in vierzehn Tagen; aber das Geld liegt parat, und ein halb Prozentchen Abzug –

VON TELLHEIM: Nun ja, lieber Werner! – Siehst du, daß ich meine einzige Zuflucht zu dir nehme? – Ich muß dir auch alles vertrauen. Das Fräulein hier – du hast sie gesehn – ist unglücklich –

WERNER: O Jammer!

VON TELLHEIM: Aber morgen ist sie meine Frau –

WERNER: O Freude!

VON TELLHEIM: Und übermorgen, geh ich mit ihr fort. Ich darf fort; ich will fort. Lieber hier alles im Stiche gelassen! Wer weiß, wo mir sonst ein Glück aufgehoben ist. Wenn du willst, Werner, so komm mit. Wir wollen wieder Dienste nehmen.

WERNER: Wahrhaftig? – Aber doch wo's Krieg gibt, Herr Major?

VON TELLHEIM: Wo sonst? – Geh, lieber Werner, wir sprechen davon weiter.

WERNER: O Herzensmajor! – Übermorgen? Warum nicht lieber morgen? – Ich will schon alles zusammenbringen – In Persien, Herr Major, gibt's einen trefflichen Krieg; was meinen Sie?

VON TELLHEIM: Wir wollen das überlegen! geh nur, Werner! –

WERNER: Juchhe! es lebe der Prinz Heraklius! *Geht ab.*

Zweiter Auftritt

VON TELLHEIM.

Wie ist mir? – Meine ganze Seele hat neue Triebfedern bekommen. Mein eignes Unglück schlug mich nieder; machte mich ärgerlich, kurzsichtig, schüchtern, lässig: ihr Unglück hebt mich empor, ich sehe wieder frei um mich, und fühle mich willig und stark, alles für sie zu unternehmen – Was verweile ich? *Will nach dem Zimmer des Fräuleins, aus dem ihm Franziska entgegenkömmt.*

Dritter Auftritt

FRANZISKA. VON TELLHEIM.

FRANZISKA: Sind Sie es doch? – Es war mir, als ob ich Ihre Stimme hörte. – Was wollen Sie, Herr Major?

VON TELLHEIM: Was ich will? – Was macht dein Fräulein? – Komm! –

FRANZISKA: Sie will den Augenblick ausfahren.

VON TELLHEIM: Und allein? ohne mich? wohin?

FRANZISKA: Haben Sie vergessen, Herr Major?

VON TELLHEIM: Bist du nicht klug, Franziska? – Ich habe sie gereizt, und sie ward empfindlich: ich werde sie um Vergebung bitten, und sie wird mir vergeben.

FRANZISKA: Wie? – Nachdem Sie den Ring zurückgenommen, Herr Major?

VON TELLHEIM: Ha! – das tat ich in der Betäubung. – Jetzt denk ich erst wieder an den Ring. – Wo habe ich ihn hingesteckt? – *Er sucht ihn.* Hier ist er.

FRANZISKA: Ist er das? *Indem er ihn wieder einsteckt, beiseite:* Wenn er ihn doch genauer besehen wollte!

VON TELLHEIM: Sie drang mir ihn auf, mit einer Bitterkeit – Ich habe diese Bitterkeit schon vergessen. Ein volles Herz kann die Worte nicht wägen. – Aber sie wird sich auch keinen Augenblick weigern, den Ring wieder anzunehmen. – Und habe ich nicht noch ihren?

FRANZISKA: Den erwartet sie dafür zurück. – Wo haben Sie ihn denn, Herr Major? Zeigen Sie mir ihn doch.

VON TELLHEIM *etwas verlegen*: Ich habe – ihn anzustecken vergessen. – Just – Just wird mir ihn gleich nachbringen.

FRANZISKA: Es ist wohl einer ziemlich wie der andere; lassen Sie mich doch diesen sehen; ich sehe so was gar zu gern.

VON TELLHEIM: Ein andermal, Franziska. Jetzt komm –

FRANZISKA *beiseite*: Er will sich durchaus nicht aus seinem Irrtume bringen lassen.

VON TELLHEIM: Was sagst du? Irrtume?

FRANZISKA: Es ist ein Irrtum, sag ich, wenn Sie meinen, daß das Fräulein doch noch eine gute Partie sei. Ihr eigenes Vermögen ist gar nicht beträchtlich; durch ein wenig eigennützige Rechnungen, können es ihr die Vormünder völlig zu Wasser machen. Sie erwartete alles von dem Oheim; aber dieser grausame Oheim –

VON TELLHEIM: Laß ihn doch! – Bin ich nicht Manns genug, ihr einmal alles zu ersetzen? –

FRANZISKA: Hören Sie? Sie klingelt; ich muß herein.

VON TELLHEIM: Ich gehe mit dir.

FRANZISKA: Um des Himmels willen nicht! Sie hat mir ausdrücklich verboten, mit Ihnen zu sprechen. Kommen Sie wenigstens mir erst nach. – *Geht herein.*

Vierter Auftritt

VON TELLHEIM.

Ihr nachrufend: Melde mich ihr! – Sprich für mich, Franziska! – Ich folge dir sogleich! – Was werde ich ihr sagen? – Wo das Herz reden darf, braucht es keiner Vorbereitung. –

Das einzige möchte eine studierte Wendung bedürfen: ihre Zurückhaltung, ihre Bedenklichkeit, sich als unglücklich in meine Arme zu werfen; ihre Beflissenheit, mir ein Glück vorzuspiegeln, das sie durch mich verloren hat. Dieses Mißtrauen in meine Ehre, in ihren eigenen Wert, vor ihr selbst zu entschuldigen, vor ihr selbst – Vor mir ist es schon entschuldiget! – Ha! hier kömmt sie. –

Fünfter Auftritt

Das Fräulein. Franziska. von Tellheim.

DAS FRÄULEIN *im Heraustreten, als ob sie den Major nicht gewahr würde*: Der Wagen ist doch vor der Türe, Franziska? – Meinen Fächer! –

VON TELLHEIM *auf sie zu*: Wohin, mein Fräulein?

DAS FRÄULEIN *mit einer affektierten Kälte*: Aus, Herr Major. – Ich errate, warum Sie sich nochmals herbemühet haben: mir auch meinen Ring wieder zurückzugeben. – Wohl, Herr Major; haben Sie nur die Güte, ihn der Franziska einzuhändigen. – Franziska, nimm dem Herrn Major den Ring ab! – Ich habe keine Zeit zu verlieren. *Will fort.*

VON TELLHEIM *der ihr vortritt*: Mein Fräulein! – Ah, was habe ich erfahren, mein Fräulein! Ich war so vieler Liebe nicht wert.

DAS FRÄULEIN: So, Franziska? Du hast dem Herrn Major –

FRANZISKA: Alles entdeckt.

VON TELLHEIM: Zürnen Sie nicht auf mich, mein Fräulein. Ich bin kein Verräter. Sie haben um mich, in den Augen der Welt, viel verloren, aber nicht in meinen. In meinen Augen haben Sie unendlich durch diesen Verlust gewonnen. Er war Ihnen noch zu neu; Sie fürchteten, er möchte einen allzu nachteiligen Eindruck auf mich machen; Sie wollten mir ihn vors erste verbergen. Ich beschwere mich nicht über dieses Mißtrauen. Es entsprang aus dem Verlangen, mich zu erhalten. Dieses Verlangen ist mein Stolz! Sie fanden mich selbst unglücklich; und Sie wollten Unglück nicht mit Unglück häufen. Sie konnten nicht vermuten, wie sehr mich Ihr Unglück über das meinige hinaussetzen würde.

DAS FRÄULEIN: Alles recht gut, Herr Major! Aber es ist nun

einmal geschehen. Ich habe Sie Ihrer Verbindlichkeit erlassen; Sie haben durch Zurücknehmung des Ringes –

VON TELLHEIM: In nichts gewilliget! – Vielmehr halte ich mich jetzt für gebundener, als jemals. – Sie sind die Meinige, Minna, auf ewig die Meinige. *Zieht den Ring heraus.* Hier, empfangen Sie es zum zweiten Male, das Unterpfand meiner Treue –

DAS FRÄULEIN: Ich diesen Ring wiedernehmen? diesen Ring?

VON TELLHEIM: Ja, liebste Minna, ja!

DAS FRÄULEIN: Was muten Sie mir zu? diesen Ring?

VON TELLHEIM: Diesen Ring nahmen Sie das erstemal aus meiner Hand, als unser beider Umstände einander gleich, und glücklich waren. Sie sind nicht mehr glücklich, aber wiederum einander gleich. Gleichheit ist immer das festeste Band der Liebe. – Erlauben Sie, liebste Minna! – *Ergreift ihre Hand, um ihr den Ring anzustecken.*

DAS FRÄULEIN: Wie? mit Gewalt, Herr Major? – Nein, da ist keine Gewalt in der Welt, die mich zwingen soll, diesen Ring wieder anzunehmen! – – Meinen Sie etwa, daß es mir an einem Ringe fehlt? – Oh, Sie sehen ja wohl, *Auf ihren Ring zeigend.* daß ich hier noch einen habe, der Ihrem nicht das geringste nachgibt? –

FRANZISKA: Wenn er es noch nicht merkt! –

VON TELLHEIM *indem er die Hand des Fräuleins fahrenläßt*: Was ist das? – Ich sehe das Fräulein von Barnhelm, aber ich höre es nicht. – Sie zieren sich, mein Fräulein. – Vergeben Sie, daß ich Ihnen dieses Wort nachbrauche.

DAS FRÄULEIN *in ihrem wahren Tone*: Hat Sie dieses Wort beleidiget, Herr Major?

VON TELLHEIM: Es hat mir weh getan.

DAS FRÄULEIN *gerührt*: Das sollte es nicht, Tellheim. – Verzeihen Sie mir, Tellheim.

VON TELLHEIM: Ha, dieser vertrauliche Ton sagt mir, daß Sie wieder zu sich kommen, mein Fräulein; daß Sie mich noch lieben, Minna. –

FRANZISKA *herausplatzend*: Bald wäre der Spaß auch zu weit gegangen. –

DAS FRÄULEIN *gebieterisch*: Ohne dich in unser Spiel zu mengen, Franziska, wenn ich bitten darf! –

FRANZISKA *beiseite und betroffen*: Noch nicht genug?

DAS FRÄULEIN: Ja, mein Herr; es wäre weibliche Eitelkeit, mich kalt und höhnisch zu stellen. Weg damit! Sie verdienen es, mich ebenso wahrhaft zu finden, als Sie selbst sind. – Ich liebe Sie noch, Tellheim, ich liebe Sie noch; aber dem ohngeachtet –

VON TELLHEIM: Nicht weiter, liebste Minna, nicht weiter! *Ergreift ihre Hand nochmals, ihr den Ring anzustecken.*

DAS FRÄULEIN *die ihre Hand zurückzieht*: Dem ohngeachtet – um soviel mehr werde ich dieses nimmermehr geschehen lassen; nimmermehr! – Wo denken Sie hin, Herr Major? – Ich meinte, Sie hätten an Ihrem eigenen Unglücke genug. – Sie müssen hierbleiben; Sie müssen sich die allervollständigste Genugtuung – ertrotzen. Ich weiß in der Geschwindigkeit kein ander Wort. – Ertrotzen – und sollte Sie auch das äußerste Elend, vor den Augen Ihrer Verleumder, darüber verzehren!

VON TELLHEIM: So dacht ich, so sprach ich, als ich nicht wußte, was ich dachte und sprach. Ärgernis und verbissene Wut hatten meine ganze Seele umnebelt; die Liebe selbst, in dem vollesten Glanze des Glücks, konnte sich darin nicht Tag schaffen. Aber sie sendet ihre Tochter, das Mitleid, die, mit dem finstern Schmerze vertrauter, die Nebel zerstreuet, und alle Zugänge meiner Seele den Eindrücken der Zärtlichkeit wiederum öffnet. Der Trieb der Selbsterhaltung erwacht, da ich etwas Kostbarers zu erhalten habe, als mich, und es durch mich zu erhalten habe. Lassen Sie sich, mein Fräulein, das Wort Mitleid nicht beleidigen. Von der unschuldigen Ursache unsers Unglücks, können wir es ohne Erniedrigung hören. Ich bin diese Ursache; durch mich, Minna, verlieren Sie Freunde und Anverwandte, Vermögen und Vaterland. Durch mich, in mir müssen Sie alles dieses wiederfinden, oder ich habe das Verderben der Liebenswürdigsten Ihres Geschlechts auf meiner Seele. Lassen Sie mich keine Zukunft denken, wo ich mich selbst hassen müßte. – Nein, nichts soll mich hier länger halten. Von diesem Augenblicke an, will ich dem Unrechte, das mir hier widerfährt, nichts als Verachtung entgegensetzen. Ist dieses Land die Welt? Geht hier allein die Sonne auf? Wo darf ich nicht hinkommen? Welche Dienste wird man mir verweigern? Und müßte ich sie unter dem entferntesten Himmel suchen; folgen Sie mir nur getrost, liebste Minna; es soll uns an nichts fehlen. – Ich habe einen Freund, der mich gern unterstützet. –

Sechster Auftritt

Ein Feldjäger. von Tellheim. Das Fräulein. Franziska.

FRANZISKA *indem sie den Feldjäger gewahr wird*: St! Herr Major –

VON TELLHEIM *gegen den Feldjäger*: Zu wem wollen Sie?

DER FELDJÄGER: Ich suche den Herrn Major von Tellheim. – Ah, Sie sind es ja selbst. Mein Herr Major, dieses königliche Handschreiben *Das er aus seiner Brieftasche nimmt.* habe ich an Sie zu übergeben.

VON TELLHEIM: An mich?

DER FELDJÄGER: Zufolge der Aufschrift –

DAS FRÄULEIN: Franziska, hörst du? – Der Chevalier hat doch wahr geredet!

DER FELDJÄGER *indem Tellheim den Brief nimmt*: Ich bitte um Verzeihung, Herr Major; Sie hätten es bereits gestern erhalten sollen; aber es ist mir nicht möglich gewesen, Sie auszufragen. Erst heute, auf der Parade, habe ich Ihre Wohnung von dem Lieutenant Riccaut erfahren.

FRANZISKA: Gnädiges Fräulein, hören Sie? – Das ist des Chevaliers Minister. – „Wie heißen der Minister, da draus auf die breite Platz?" –

VON TELLHEIM: Ich bin Ihnen für Ihre Mühe sehr verbunden.

DER FELDJÄGER: Es ist meine Schuldigkeit, Herr Major. *Geht ab.*

Siebenter Auftritt

von Tellheim. Das Fräulein. Franziska.

VON TELLHEIM: Ah, mein Fräulein, was habe ich hier? Was enthält dieses Schreiben?

DAS FRÄULEIN: Ich bin nicht befugt, meine Neugierde so weit zu erstrecken.

VON TELLHEIM: Wie? Sie trennen mein Schicksal noch von dem Ihrigen? – Aber warum steh ich an, es zu erbrechen? – Es kann mich nicht unglücklicher machen, als ich bin; nein, liebste Minna, es kann uns nicht unglücklicher machen; – wohl aber glücklicher! – Erlauben Sie, mein Fräulein! *Erbricht und lieset den Brief, indes daß der Wirt an die Szene geschlichen kömmt.*

ACHTER AUFTRITT

DER WIRT. DIE VORIGEN.

DER WIRT *gegen die Franziska*: Bst! mein schönes Kind! auf ein Wort!

FRANZISKA *die sich ihm nähert*: Herr Wirt? – Gewiß, wir wissen selbst noch nicht, was in dem Briefe steht.

DER WIRT: Wer will vom Briefe wissen? – Ich komme des Ringes wegen. Das gnädige Fräulein muß mir ihn gleich wiedergeben. Just ist da, er soll ihn wieder einlösen.

DAS FRÄULEIN *die sich indes gleichfalls dem Wirte genähert*: Sagen Sie Justen nur, daß er schon eingelöset sei; und sagen Sie ihm nur von wem; von mir.

DER WIRT: Aber –

DAS FRÄULEIN: Ich nehme alles auf mich; gehen Sie doch!

Der Wirt geht ab.

NEUNTER AUFTRITT

VON TELLHEIM. DAS FRÄULEIN. FRANZISKA.

FRANZISKA: Und nun, gnädiges Fräulein, lassen Sie es mit dem armen Major gut sein.

DAS FRÄULEIN: Oh, über die Vorbitterin! Als ob der Knoten sich nicht von selbst bald lösen müßte.

VON TELLHEIM *nachdem er gelesen, mit der lebhaftesten Rührung*: Ha! er hat sich auch hier nicht verleugnet! – Oh, mein Fräulein, welche Gerechtigkeit! – Welche Gnade! – Das ist mehr, als ich erwartet! – Mehr, als ich verdiene! – Mein Glück, meine Ehre, alles ist wiederhergestellt! – Ich träume doch nicht? *Indem er wieder in den Brief sieht, als um sich nochmals zu überzeugen.* Nein, kein Blendwerk meiner Wünsche! – Lesen Sie selbst, mein Fräulein; lesen Sie selbst!

DAS FRÄULEIN: Ich bin nicht so unbescheiden, Herr Major.

VON TELLHEIM: Unbescheiden? Der Brief ist an mich; an Ihren Tellheim, Minna. Er enthält – was Ihnen Ihr Oheim nicht nehmen kann. Sie müssen ihn lesen; lesen Sie doch!

DAS FRÄULEIN: Wenn Ihnen ein Gefalle damit geschieht, Herr Major – *Sie nimmt den Brief und lieset.*

„Mein lieber Major von Tellheim!

Ich tue Euch zu wissen, daß der Handel, der mich um Eure Ehre besorgt machte, sich zu Eurem Vorteil aufgekläret hat. Mein Bruder war des nähern davon unterrichtet, und sein Zeugnis hat Euch für mehr als unschuldig erkläret. Die Hofstaatskasse hat Ordre, Euch den bewußten Wechsel wieder auszuliefern, und die getanen Vorschüsse zu bezahlen; auch habe ich befohlen, daß alles, was die Feldkriegskassen wider Eure Rechnungen urgieren, niedergeschlagen werde. Meldet mir, ob Euch Eure Gesundheit erlaubet, wieder Dienste zu nehmen. Ich möchte nicht gern einen Mann von Eurer Bravour und Denkungsart entbehren. Ich bin Euer wohlaffektionierter König etc."

VON TELLHEIM: Nun, was sagen Sie hierzu, mein Fräulein?

DAS FRÄULEIN *indem sie den Brief wieder zusammenschlägt, und zurückgibt*: Ich? nichts.

VON TELLHEIM: Nichts?

DAS FRÄULEIN: Doch ja: daß Ihr König, der ein großer Mann ist, auch wohl ein guter Mann sein mag. – Aber was geht mich das an? Er ist nicht mein König.

VON TELLHEIM: Und sonst sagen Sie nichts? Nichts von Rücksicht auf uns selbst?

DAS FRÄULEIN: Sie treten wieder in seine Dienste; der Herr Major wird Oberstlieutenant, Oberster vielleicht. Ich gratuliere von Herzen.

VON TELLHEIM: Und Sie kennen mich nicht besser? – Nein, da mir das Glück soviel zurückgibt, als genug ist, die Wünsche eines vernünftigen Mannes zu befriedigen, soll es einzig von meiner Minna abhangen, ob ich sonst noch jemanden wieder zugehören soll, als ihr. Ihrem Dienste allein sei mein ganzes Leben gewidmet! Die Dienste der Großen sind gefährlich, und lohnen der Mühe, des Zwanges, der Erniedrigung nicht, die sie kosten. Minna ist keine von den Eiteln, die in ihren Männern nichts als den Titel und die Ehrenstelle lieben. Sie wird mich um mich selbst lieben; und ich werde um sie die ganze Welt vergessen. Ich ward Soldat, aus Parteilichkeit, ich weiß selbst nicht für welche politische Grundsätze, und aus der Grille, daß es für jeden ehrlichen Mann gut sei, sich in diesem Stande eine Zeitlang zu versuchen, um sich mit allem, was Gefahr heißt, vertraulich zu machen, und Kälte und Entschlossenheit zu lernen. Nur die äußerste Not hätte mich zwingen können, aus diesem Versuche eine Bestimmung, aus dieser gelegentlichen Beschäftigung ein Handwerk zu machen. Aber nun, da mich nichts mehr zwingt, nun ist mein ganzer Ehrgeiz wiederum einzig und allein, ein ruhiger und zufriedener Mensch zu sein. Der werde ich mit Ihnen, liebste Minna, unfehlbar werden; der werde ich in Ihrer Gesellschaft unveränderlich bleiben. – Morgen verbinde uns das heiligste Band; und sodann wollen wir um uns sehen, und wollen in der ganzen weiten bewohnten Welt den stillsten, heitersten, lachendsten Winkel suchen, dem zum Paradiese nichts fehlt, als ein glückliches Paar. Da wollen wir wohnen; da soll jeder unsrer Tage – Was ist Ihnen, mein Fräulein? *Die sich unruhig hin und her wendet, und ihre Rührung zu verbergen sucht.*

DAS FRÄULEIN *sich fassend*: Sie sind sehr grausam, Tellheim, mir ein Glück so reizend darzustellen, dem ich entsagen muß. Mein Verlust –

VON TELLHEIM: Ihr Verlust? – Was nennen Sie Ihren Verlust? Alles, was Minna verlieren konnte, ist nicht Minna. Sie sind noch das süßeste, lieblichste, holdseligste, beste Geschöpf unter der Sonne; ganz Güte und Großmut, ganz Unschuld und Freude! – Dann und wann ein kleiner Mutwille; hier und da ein wenig Eigensinn – Desto besser! desto besser! Minna wäre sonst ein Engel, den ich mit Schaudern verehren müßte, den ich nicht lieben könnte. *Ergreift ihre Hand, sie zu küssen.*

DAS FRÄULEIN *die ihre Hand zurückzieht*: Nicht so, mein Herr! – Wie auf einmal so verändert? – Ist dieser schmeichelnde, stürmische Liebhaber der kalte Tellheim? – Konnte nur sein wiederkehrendes Glück ihn in dieses Feuer setzen? – Er erlaube mir, daß ich, bei seiner fliegenden Hitze, für uns beide Überlegung behalte. – Als er selbst überlegen konnte, hörte ich ihn sagen; es sei eine nichtswürdige Liebe, die kein Bedenken trage, ihren Gegenstand der Verachtung auszusetzen. – Recht; aber ich bestrebe mich einer ebenso reinen und edeln Liebe, als er. – Jetzt, da ihn die Ehre ruft, da sich ein großer Monarch um ihn bewirbt, sollte ich zugeben, daß er sich verliebten Träumereien mit mir überließe? daß der ruhmvolle Krieger in einen tändelnden Schäfer ausarte? – Nein, Herr Major, folgen Sie dem Wink Ihres bessern Schicksals –

VON TELLHEIM: Nun wohl! Wenn Ihnen die große Welt reizender ist, Minna – wohl! so behalte uns die große Welt! –

Wie klein, wie armselig ist diese große Welt; – Sie kennen sie nur erst von ihrer Flitterseite. Aber gewiß, Minna, Sie werden – Es sei! Bis dahin, wohl! Es soll Ihren Vollkommenheiten nicht an Bewunderern fehlen, und meinem Glücke wird es nicht an Neidern gebrechen.

DAS FRÄULEIN: Nein, Tellheim, so ist es nicht gemeint! Ich weise Sie in die große Welt, auf die Bahn der Ehre zurück, ohne Ihnen dahin folgen zu wollen. – Dort braucht Tellheim eine unbescholtene Gattin! Ein sächsisches verlaufenes Fräulein, das sich ihm an den Kopf geworfen –

VON TELLHEIM *auffahrend und wild um sich sehend*: Wer darf so sprechen? – Ah, Minna, ich erschrecke vor mir selbst, wenn ich mir vorstelle, daß jemand anders dieses gesagt hätte, als Sie. Meine Wut gegen ihn würde ohne Grenzen sein.

DAS FRÄULEIN: Nun da! Das eben besorge ich. Sie würden nicht die geringste Spötterei über mich dulden, und doch würden Sie täglich die bittersten einzunehmen haben. – Kurz; hören Sie also, Tellheim, was ich fest beschlossen, wovon mich nichts in der Welt abbringen soll –

VON TELLHEIM: Ehe Sie ausreden, Fräulein – ich beschwöre Sie, Minna! – überlegen Sie es noch einen Augenblick, daß Sie mir das Urteil über Leben und Tod sprechen! –

DAS FRÄULEIN: Ohne weitere Überlegung! – So gewiß ich Ihnen den Ring zurückgegeben, mit welchem Sie mir ehemals Ihre Treue verpflichtet, so gewiß Sie diesen nämlichen Ring zurückgenommen: so gewiß soll die unglückliche Barnhelm die Gattin des glücklichern Tellheims nie werden!

VON TELLHEIM: Und hiermit brechen Sie den Stab, Fräulein?

DAS FRÄULEIN: Gleichheit ist allein das feste Band der Liebe. – Die glückliche Barnhelm wünschte, nur für den glücklichen Tellheim zu leben. Auch die unglückliche Minna hätte sich endlich überreden lassen, das Unglück ihres Freundes durch sich, es sei zu vermehren, oder zu lindern – Er bemerkte es ja wohl, ehe dieser Brief ankam, der alle Gleichheit zwischen uns wieder aufhebt, wie sehr zum Schein ich mich nur noch weigerte.

VON TELLHEIM: Ist das wahr, mein Fräulein? – Ich danke Ihnen, Minna, daß Sie den Stab noch nicht gebrochen. – Sie wollen *nur* den unglücklichen Tellheim? Er ist zu haben. *Kalt:* Ich empfinde eben, daß es mir unanständig ist, diese späte Gerechtigkeit anzunehmen; daß es besser sein wird, wenn ich das, was man durch einen so schimpflichen Verdacht entehret hat, gar nicht wiederverlange. – Ja; ich will den Brief nicht bekommen haben. Das sei alles, was ich darauf antworte und tue! *Im Begriffe, ihn zu zerreißen.*

DAS FRÄULEIN *das ihm in die Hände greift*: Was wollen Sie, Tellheim?

VON TELLHEIM: Sie besitzen.

DAS FRÄULEIN: Halten Sie!

VON TELLHEIM: Fräulein, er ist unfehlbar zerrissen, wenn Sie nicht bald sich anders erklären. – Alsdann wollen wir doch sehen, was Sie noch wider mich einzuwenden haben!

DAS FRÄULEIN: Wie? in diesem Tone? – So soll ich, so muß ich in meinen eignen Augen verächtlich werden? Nimmermehr! Es ist eine nichtswürdige Kreatur, die sich nicht schämet, ihr ganzes Glück der blinden Zärtlichkeit eines Mannes zu verdanken!

VON TELLHEIM: Falsch, grundfalsch!

DAS FRÄULEIN: Wollen Sie es wagen, Ihre eigene Rede in meinem Munde zu schelten?

VON TELLHEIM: Sophistin! So entehrt sich das schwächere Geschlecht durch alles, was dem stärkern nicht ansteht? So soll sich der Mann alles erlauben, was dem Weibe geziemet? Welches bestimmte die Natur zur Stütze des andern?

DAS FRÄULEIN: Beruhigen Sie sich, Tellheim! – Ich werde nicht ganz ohne Schutz sein, wenn ich schon die Ehre des Ihrigen ausschlagen muß. So viel muß mir immer noch werden, als die Not erfordert. Ich habe mich bei unserm Gesandten melden lassen. Er will mich noch heute sprechen. Hoffentlich wird er sich meiner annehmen. Die Zeit verfließt. Erlauben Sie, Herr Major. –

VON TELLHEIM: Ich werde Sie begleiten, gnädiges Fräulein. –

DAS FRÄULEIN: Nicht doch, Herr Major; lassen Sie mich –

VON TELLHEIM: Eher soll Ihr Schatten Sie verlassen! Kommen Sie nur, mein Fräulein, wohin Sie wollen; zu wem Sie wollen. Überall, an Bekannte und Unbekannte, will ich es erzählen, in Ihrer Gegenwart des Tages hundertmal erzählen, welche Bande Sie an mich verknüpfen, aus welchem grausamen Eigensinne Sie diese Bande trennen wollen –

Zehnter Auftritt

Just. Die Vorigen.

JUST *mit Ungestüm*: Herr Major! Herr Major!

VON TELLHEIM: Nun?

JUST: Kommen Sie doch geschwind, geschwind!

VON TELLHEIM: Was soll ich? Zu mir her! Sprich, was ist's?

JUST: Hören Sie nur – *Redet ihm heimlich ins Ohr.*

DAS FRÄULEIN *indes beiseite zur Franziska*: Merkst du was, Franziska?

FRANZISKA: Oh, Sie Unbarmherzige! Ich habe hier gestanden, wie auf Kohlen!

VON TELLHEIM *zu Justen*: Was sagst du? – Das ist nicht möglich! – Sie? *Indem er das Fräulein wild anblickt.* – Hören Sie doch, mein Fräulein! –

JUST: Der Wirt sagt, das Fräulein von Barnhelm habe den Ring, welchen ich bei ihm versetzt, zu sich genommen; sie habe ihn für den ihrigen erkannt, und wolle ihn nicht wieder herausgeben. –

VON TELLHEIM: Ist das wahr, mein Fräulein? – Nein, das kann nicht wahr sein!

DAS FRÄULEIN *lächelnd*: Und warum nicht, Tellheim? – Warum kann es nicht wahr sein?

VON TELLHEIM *heftig*: Nun, so sei es wahr! – Welch schreckliches Licht, das mir auf einmal aufgegangen! Nun erkenne ich Sie, die Falsche, die Ungetreue!

DAS FRÄULEIN *erschrocken*: Wer? wer ist diese Ungetreue?

VON TELLHEIM: Sie, die ich nicht mehr nennen will!

DAS FRÄULEIN: Tellheim!

VON TELLHEIM: Vergessen Sie meinen Namen! – Sie kamen hierher, mit mir zu brechen. Es ist klar! – Daß der Zufall so gern dem Treulosen zustatten kömmt! Er führte Ihnen Ihren Ring in die Hände. Ihre Arglist wußte mir den meinigen zuzuschanzen.

DAS FRÄULEIN: Tellheim, was für Gespenster sehen Sie! Fassen Sie sich doch, und hören Sie mich.

FRANZISKA *vor sich*: Nun mag sie es haben!

EILFTER AUFTRITT

WERNER *mit einem Beutel Gold.* VON TELLHEIM. DAS FRÄULEIN. FRANZISKA. JUST.

WERNER: Hier bin ich schon, Herr Major! –

VON TELLHEIM *ohne ihn anzusehen*: Wer verlangt dich? –

WERNER: Hier ist Geld! tausend Pistolen!

VON TELLHEIM: Ich will sie nicht!

WERNER: Morgen können Sie, Herr Major, über noch einmal so viel befehlen.

VON TELLHEIM: Behalte dein Geld!

WERNER: Es ist ja Ihr Geld, Herr Major. – Ich glaube, Sie sehen nicht, mit wem Sie sprechen?

VON TELLHEIM: Weg damit! sag ich.

WERNER: Was fehlt Ihnen? – Ich bin Werner.

VON TELLHEIM: Alle Güte ist Verstellung; alle Dienstfertigkeit Betrug.

WERNER: Gilt das mir?

VON TELLHEIM: Wie du willst!

WERNER: Ich habe ja nur Ihren Befehl vollzogen. –

VON TELLHEIM: So vollziehe auch den, und packe dich!

WERNER: Herr Major! *Ärgerlich:* ich bin ein Mensch –

VON TELLHEIM: Da bist du was Rechts!

WERNER: Der auch Galle hat –

VON TELLHEIM: Gut! Galle ist noch das Beste, was wir haben.

WERNER: Ich bitte Sie, Herr Major –

VON TELLHEIM: Wievielmal soll ich dir es sagen? Ich brauche dein Geld nicht!

WERNER *zornig*: Nun so brauch es, wer da will! *Indem er ihm den Beutel vor die Füße wirft, und beiseite geht.*

DAS FRÄULEIN *zur Franziska*: Ah, liebe Franziska, ich hätte dir folgen sollen. Ich habe den Scherz zu weit getrieben. – Doch er darf mich ja nur hören – *Auf ihn zugehend.*

FRANZISKA *die, ohne dem Fräulein zu antworten, sich Wernern nähert*: Herr Wachtmeister! –

WERNER *mürrisch*: Geh Sie! –

FRANZISKA: Hu! was sind das für Männer!

DAS FRÄULEIN: Tellheim! – Tellheim! *Der vor Wut an den Fingern naget, das Gesicht wegwendet, und nichts höret.* – Nein, das ist zu arg! – Hören Sie mich doch! – Sie betrügen sich! – Ein bloßes Mißverständnis – Tellheim! – Sie wollen Ihre Minna nicht hören? – Können Sie einen solchen Verdacht fassen? – Ich mit Ihnen brechen wollen? – Ich darum hergekommen? – Tellheim!

Zwölfter Auftritt

Zwei Bediente, *nacheinander, von verschiedenen Seiten über den Saal laufend.* Die Vorigen.

der eine bediente: Gnädiges Fräulein, Ihro Exzellenz, der Graf! –

der andere bediente: Er kömmt, gnädiges Fräulein! –

franziska *die ans Fenster gelaufen*: Er ist es! er ist es!

das fräulein: Ist er's? – O nun geschwind, Tellheim –

von tellheim *auf einmal zu sich selbst kommend*: Wer? wer kömmt? Ihr Oheim, Fräulein? dieser grausame Oheim? Lassen Sie ihn nur kommen; lassen Sie ihn nur kommen! – Fürchten Sie nichts! Er soll Sie mit keinem Blicke beleidigen dürfen! Er hat es mit mir zu tun. – Zwar verdienen Sie es um mich nicht –

das fräulein: Geschwind umarmen Sie mich, Tellheim, und vergessen Sie alles –

von tellheim: Ha, wenn ich wüßte, daß Sie es bereuen könnten! –

das fräulein: Nein, ich kann es nicht bereuen, mir den Anblick Ihres ganzen Herzens verschafft zu haben! – Ah, was sind Sie für ein Mann! – Umarmen Sie Ihre Minna, Ihre glückliche Minna! aber durch nichts glücklicher, als durch Sie! *Sie fällt ihm in die Arme:* Und nun, ihm entgegen! –

von tellheim: Wem entgegen?

das fräulein: Dem besten Ihrer unbekannten Freunde.

von tellheim: Wie?

das fräulein: Dem Grafen, meinem Oheim, meinem Vater, Ihrem Vater – – Meine Flucht, sein Unwille, meine Enterbung; – hören Sie denn nicht, daß alles erdichtet ist? Leichtgläubiger Ritter!

von tellheim: Erdichtet? Aber der Ring? der Ring?

das fräulein: Wo haben Sie den Ring, den ich Ihnen zurückgegeben?

von tellheim: Sie nehmen ihn wieder? – Oh, so bin ich glücklich! – Hier Minna! – *Ihn herausziehend.*

das fräulein: So besehen Sie ihn doch erst! – O über die Blinden, die nicht sehen wollen! – Welcher Ring ist es denn? Den ich von Ihnen habe, oder den Sie von mir? – Ist es denn nicht eben der, den ich in den Händen des Wirts nicht lassen wollen?

VON TELLHEIM: Gott! was seh ich? was hör ich?

DAS FRÄULEIN: Soll ich ihn nun wiedernehmen? soll ich? – Geben Sie her, geben Sie her! *Reißt ihn ihm aus der Hand, und steckt ihn ihm selbst an den Finger.* Nun? ist alles richtig?

VON TELLHEIM: Wo bin ich? – *Ihre Hand küssend.* O boshafter Engel! – mich so zu quälen!

DAS FRÄULEIN: Dieses zur Probe, mein lieber Gemahl, daß Sie mir nie einen Streich spielen sollen, ohne daß ich Ihnen nicht gleich darauf wieder einen spiele. – Denken Sie, daß Sie mich nicht auch gequälet hatten?

VON TELLHEIM: O Komödiantinnen, ich hätte euch doch kennen sollen!

FRANZISKA: Nein, wahrhaftig; ich bin zur Komödiantin verdorben. Ich habe gezittert und gebebt, und mir mit der Hand das Maul zuhalten müssen.

DAS FRÄULEIN: Leicht ist mir meine Rolle auch nicht geworden. – Aber so kommen Sie doch!

VON TELLHEIM: Noch kann ich mich nicht erholen. – Wie wohl, wie ängstlich ist mir! So erwacht man plötzlich aus einem schreckhaften Traume!

DAS FRÄULEIN: Wir zaudern. – Ich höre ihn schon.

Dreizehnter Auftritt

Der Graf von Bruchsall, *von verschiedenen Bedienten und dem* Wirte *begleitet.* Die Vorigen.

DER GRAF *im Hereintreten*: Sie ist doch glücklich angelangt? –

DAS FRÄULEIN *die ihm entgegenspringt*: Ah, mein Vater! –

DER GRAF: Da bin ich, liebe Minna! *Sie umarmend.* Aber was, Mädchen? *Indem er den Tellheim gewahr wird.* Vierundzwanzig Stunden erst hier, und schon Bekanntschaft, und schon Gesellschaft?

DAS FRÄULEIN: Raten Sie, wer es ist? –

DER GRAF: Doch nicht dein Tellheim?

DAS FRÄULEIN: Wer sonst, als er? – Kommen Sie, Tellheim! *Ihn dem Grafen zuführend.*

DER GRAF: Mein Herr, wir haben uns nie gesehen; aber bei dem ersten Anblicke glaubte ich, Sie zu erkennen. Ich wünschte, daß Sie es sein möchten. – Umarmen Sie mich. – Sie haben meine völlige Hochachtung. Ich bitte um Ihre Freundschaft. – Meine Nichte, meine Tochter liebet Sie –

DAS FRÄULEIN: Das wissen Sie, mein Vater! – Und ist sie blind, meine Liebe?

DER GRAF: Nein, Minna; deine Liebe ist nicht blind; aber dein Liebhaber – ist stumm.

VON TELLHEIM *sich ihm in die Arme werfend*: Lassen Sie mich zu mir selbst kommen, mein Vater! –

DER GRAF: So recht, mein Sohn! Ich höre es; wenn dein Mund nicht plaudern kann, so kann dein Herz doch reden. – Ich bin sonst den Offizieren von dieser Farbe *Auf Tellheims Uniform weisend.* eben nicht gut. Doch Sie sind ein ehrlicher Mann, Tellheim; und ein ehrlicher Mann mag stecken, in welchem Kleide er will, man muß ihn lieben.

DAS FRÄULEIN: Oh, wenn Sie alles wüßten! –

DER GRAF: Was hindert's, daß ich nicht alles erfahre? – Wo sind meine Zimmer, Herr Wirt?

DER WIRT: Wollen Ihro Exzellenz nur die Gnade haben, hier hereinzutreten.

DER GRAF: Komm Minna! Kommen Sie, Herr Major! *Geht mit dem Wirte und den Bedienten ab.*

DAS FRÄULEIN: Kommen Sie, Tellheim!

VON TELLHEIM: Ich folge Ihnen den Augenblick, mein Fräulein. Nur noch ein Wort mit diesem Manne! *Gegen Wernern sich wendend.*

DAS FRÄULEIN: Und ja ein recht gutes; mich dünkt, Sie haben es nötig. – Franziska, nicht wahr? *Dem Grafen nach.*

VIERZEHNTER AUFTRITT

VON TELLHEIM. WERNER. JUST. FRANZISKA.

VON TELLHEIM *auf den Beutel weisend, den Werner weggeworfen*: Hier, Just! – hebe den Beutel auf, und trage ihn nach Hause. Geh! – *Just damit ab.*

WERNER *der noch immer mürrisch im Winkel gestanden, und an nichts teilzunehmen geschienen; indem er das hört*: Ja, nun!

VON TELLHEIM *vertraulich, auf ihn zugehend*: Werner, wann kann ich die andern tausend Pistolen haben?

WERNER *auf einmal wieder in seiner guten Laune*: Morgen, Herr Major, morgen. –

VON TELLHEIM: Ich brauche dein Schuldner nicht zu werden; aber ich will dein Rentmeister sein. Euch gutherzigen Leuten sollte man allen einen Vormund setzen. Ihr seid eine Art Verschwender. – Ich habe dich vorhin erzürnt, Werner! –

WERNER: Bei meiner armen Seele, ja! – Ich hätte aber doch so ein Tölpel nicht sein sollen. Nun seh ich's wohl. Ich verdiente hundert Fuchtel. Lassen Sie mir sie auch schon geben; nur weiter keinen Groll, lieber Major! –

VON TELLHEIM: Groll? – *Ihm die Hand drückend.* Lies es in meinen Augen, was ich dir nicht alles sagen kann. – Ha! wer ein besseres Mädchen, und einen redlichern Freund hat, als ich, den will ich sehen! – Franziska, nicht wahr? – *Geht ab.*

FUNFZEHNTER AUFTRITT

WERNER. FRANZISKA.

FRANZISKA *vor sich*: Ja gewiß, es ist ein gar zu guter Mann! – So einer kömmt mir nicht wieder vor. – Es muß heraus! *Schüchtern und verschämt sich Wernern nähernd.* Herr Wachtmeister! –

WERNER *der sich die Augen wischt*: Nu? –

FRANZISKA: Herr Wachtmeister –

WERNER: Was will Sie denn, Frauenzimmerchen?

FRANZISKA: Seh Er mich einmal an, Herr Wachtmeister. –

WERNER: Ich kann noch nicht; ich weiß nicht, was mir in die Augen gekommen.

FRANZISKA: So seh Er mich doch an!

WERNER: Ich fürchte, ich habe Sie schon zuviel angesehen, Frauenzimmerchen! – Nun, da seh ich Sie ja! Was gibt's denn?

FRANZISKA: Herr Wachtmeister – – braucht Er keine Frau Wachtmeisterin?

WERNER: Ist das Ihr Ernst, Frauenzimmerchen?

FRANZISKA: Mein völliger!

WERNER: Zöge Sie wohl auch mit nach Persien?

FRANZISKA: Wohin Er will!

WERNER: Gewiß? – Holla! Herr Major! nicht großgetan! Nun habe ich wenigstens ein ebenso gutes Mädchen, und einen ebenso redlichen Freund, als Sie! – Geb Sie mir Ihre Hand, Frauenzimmerchen! Topp! – Über zehn Jahr ist Sie Frau Generalin, oder Witwe!

Ende der Minna von Barnhelm,
oder des Soldatenglücks.

EMILIA GALOTTI

Ein Trauerspiel in fünf Aufzügen

Personen

Emilia Galotti
Odoardo *und* / Claudia — Galotti, *Eltern der Emilia*
Hettore Gonzaga, *Prinz von Guastalla*
Marinelli, *Kammerherr des Prinzen*
Camillo Rota, *einer von des Prinzen Räten*
Conti, *Maler*
Graf Appiani
Gräfin Orsina
Angelo
Pirro, *Bedienter des Odoardo*
Battista, *Bedienter des Marinelli*

ERSTER AUFZUG

Die Szene, ein Kabinett des Prinzen

Erster Auftritt

Der Prinz, *an einem Arbeitstische, voller Briefschaften und Papiere, deren einige er durchläuft.*

Klagen, nichts als Klagen! Bittschriften, nichts als Bittschriften! – Die traurigen Geschäfte; und man beneidet uns noch! – Das glaub ich, wenn wir allen helfen könnten: dann wären wir zu beneiden. – Emilia? *Indem er noch eine von den Bittschriften aufschlägt, und nach dem unterschriebnen Namen sieht.* Eine Emilia? – Aber eine Emilia Bruneschi – nicht Galotti. Nicht Emilia Galotti! – Was will sie, diese Emilia Bruneschi? *Er lieset.* Viel gefodert; sehr viel. – Doch sie heißt Emilia. Gewährt! *Er unterschreibt und klingelt; worauf ein Kammerdiener hereintritt.* Es ist wohl noch keiner von den Räten in dem Vorzimmer?

DER KAMMERDIENER: Nein.

DER PRINZ: Ich habe zu früh Tag gemacht. – Der Morgen ist so schön. Ich will ausfahren. Marchese Marinelli soll mich begleiten. Laßt ihn rufen. *Der Kammerdiener geht ab.* – Ich kann doch nicht mehr arbeiten. – Ich war so ruhig, bild ich mir ein, so ruhig – Auf einmal muß eine arme Bruneschi, Emilia heißen: – weg ist meine Ruhe, und alles! –

DER KAMMERDIENER *welcher wieder hereintritt*: Nach dem Marchese ist geschickt. Und hier, ein Brief von der Gräfin Orsina.

DER PRINZ: Der Orsina? Legt ihn hin.

DER KAMMERDIENER: Ihr Läufer wartet.

DER PRINZ: Ich will die Antwort senden; wenn es einer bedarf. – Wo ist sie? In der Stadt? oder auf ihrer Villa?

DER KAMMERDIENER: Sie ist gestern in die Stadt gekommen.

DER PRINZ: Desto schlimmer – besser; wollt ich sagen. So braucht der Läufer um so weniger zu warten. *Der Kammerdiener geht ab.* Meine teure Gräfin! *Bitter, indem er den Brief in die Hand nimmt:* So gut, als gelesen! *und ihn wieder wegwirft.*

– Nun ja; ich habe sie zu lieben geglaubt! Was glaubt man nicht alles? Kann sein, ich habe sie auch wirklich geliebt. Aber – ich habe!

DER KAMMERDIENER *der nochmals hereintritt*: Der Maler Conti will die Gnade haben – –

DER PRINZ: Conti? Recht wohl; laßt ihn hereinkommen. – Das wird mir andere Gedanken in den Kopf bringen. – *Steht auf.*

Zweiter Auftritt

Conti. Der Prinz.

DER PRINZ: Guten Morgen, Conti. Wie leben Sie? Was macht die Kunst?

CONTI: Prinz, die Kunst geht nach Brot.

DER PRINZ: Das muß sie nicht; das soll sie nicht – in meinem kleinen Gebiete gewiß nicht. – Aber der Künstler muß auch arbeiten wollen.

CONTI: Arbeiten? Das ist seine Lust. Nur zu viel arbeiten müssen, kann ihn um den Namen Künstler bringen.

DER PRINZ: Ich meine nicht vieles; sondern viel: ein weniges; aber mit Fleiß. – Sie kommen doch nicht leer, Conti?

CONTI: Ich bringe das Porträt, welches Sie mir befohlen haben, gnädiger Herr. Und bringe noch eines, welches Sie mir nicht befohlen: aber weil es gesehen zu werden verdienet –

DER PRINZ: Jenes ist? – Kann ich mich doch kaum erinnern –

CONTI: Die Gräfin Orsina.

DER PRINZ: Wahr! – Der Auftrag ist nur ein wenig von lange her.

CONTI: Unsere schönen Damen sind nicht alle Tage zum Malen. Die Gräfin hat, seit drei Monaten, gerade einmal sich entschließen können, zu sitzen.

DER PRINZ: Wo sind die Stücke?

CONTI: In dem Vorzimmer: ich hole sie.

Dritter Auftritt

Der Prinz.

Ihr Bild! – mag! – Ihr Bild, ist sie doch nicht selber. – Und vielleicht find ich in dem Bilde wieder, was ich in der Person nicht mehr erblicke. – Ich will es aber nicht wiederfinden. – Der beschwerliche Maler! Ich glaube gar, sie hat ihn bestochen. – Wär es auch! Wenn ihr ein anderes Bild, das mit andern Farben, auf einen andern Grund gemalet ist – in meinem Herzen wieder Platz machen will: – Wahrlich, ich glaube, ich wär es zufrieden. Als ich dort liebte, war ich immer so leicht, so fröhlich, so ausgelassen – Nun bin ich von allem das Gegenteil. – Doch nein; nein, nein! Behäglicher, oder nicht behäglicher: ich bin so besser.

Vierter Auftritt

Der Prinz. Conti, *mit den Gemälden, wovon er das eine verwandt gegen einen Stuhl lehnet.*

CONTI *indem er das andere zurechtstellet*: Ich bitte, Prinz, daß Sie die Grenzen unserer Kunst erwägen wollen. Vieles von dem Anzüglichsten der Schönheit liegt ganz außer den Grenzen derselben. – Treten Sie so! –

DER PRINZ *nach einer kurzen Betrachtung*: Vortrefflich, Conti; – ganz vortrefflich! – Das gilt Ihrer Kunst, Ihrem Pinsel. – Aber geschmeichelt, Conti; ganz unendlich geschmeichelt!

CONTI: Das Original schien dieser Meinung nicht zu sein. Auch ist es in der Tat nicht mehr geschmeichelt, als die Kunst schmeicheln muß. Die Kunst muß malen, wie sich die plastische Natur – wenn es eine gibt – das Bild dachte: ohne den Abfall, welchen der widerstrebende Stoff unvermeidlich macht; ohne das Verderb, mit welchem die Zeit dagegen ankämpfet.

DER PRINZ: Der denkende Künstler ist noch eins so viel wert. – Aber das Original, sagen Sie, fand demungeachtet –

CONTI: Verzeihen Sie, Prinz. Das Original ist eine Person, die meine Ehrerbietung fodert. Ich habe nichts Nachteiliges von ihr äußern wollen.

DER PRINZ: So viel als Ihnen beliebt! – Und was sagte das Original?

CONTI: Ich bin zufrieden, sagte die Gräfin, wenn ich nicht häßlicher aussehe.

DER PRINZ: Nicht häßlicher? – O das wahre Original!

CONTI: Und mit einer Miene sagte sie das – von der freilich dieses ihr Bild keine Spur, keinen Verdacht zeiget.

DER PRINZ: Das meint ich ja; das ist es eben, worin ich die unendliche Schmeichelei finde. – Oh! ich kenne sie, jene stolze höhnische Miene, die auch das Gesicht einer Grazie entstellen würde! – Ich leugne nicht, daß ein schöner Mund, der sich ein wenig spöttisch verziehet, nicht selten um soviel schöner ist. Aber, wohlgemerkt, ein wenig: die Verziehung muß nicht bis zur Grimasse gehen, wie bei dieser Gräfin. Und Augen müssen über den wollüstigen Spötter die Aufsicht führen – Augen, wie sie die gute Gräfin nun gerade gar nicht hat. Auch nicht einmal hier im Bilde hat.

CONTI: Gnädiger Herr, ich bin äußerst betroffen –

DER PRINZ: Und worüber? Alles, was die Kunst aus den großen, hervorragenden, stieren, starren Medusenaugen der Gräfin Gutes machen kann, das haben Sie, Conti, redlich daraus gemacht. – Redlich, sag ich? – Nicht so redlich, wäre redlicher. Denn sagen Sie selbst, Conti, läßt sich aus diesem Bilde wohl der Charakter der Person schließen? Und das sollte doch. Stolz haben Sie in Würde, Hohn in Lächeln, Ansatz zu trübsinniger Schwärmerei in sanfte Schwermut verwandelt.

CONTI *etwas ärgerlich*: Ah, mein Prinz – wir Maler rechnen darauf, daß das fertige Bild den Liebhaber noch ebenso warm findet, als warm er es bestellte. Wir malen mit Augen der Liebe: und Augen der Liebe müßten uns auch nur beurteilen.

DER PRINZ: Ja nun, Conti; – warum kamen Sie nicht einen Monat früher damit? – Setzen Sie weg. – Was ist das andere Stück?

CONTI *indem er es holt, und noch verkehrt in der Hand hält*: Auch ein weibliches Porträt.

DER PRINZ: So möcht ich es bald – lieber gar nicht sehen. Denn dem Ideal hier *Mit dem Finger auf die Stirne.* – oder vielmehr hier, *Mit dem Finger auf das Herz.* kömmt es doch nicht bei. – Ich wünschte, Conti, Ihre Kunst in andern Vorwürfen zu bewundern.

CONTI: Eine bewundernswürdigere Kunst gibt es; aber sicherlich keinen bewundernswürdigern Gegenstand, als diesen.

DER PRINZ: So wett ich, Conti, daß es des Künstlers eigene Gebieterin ist. – *Indem der Maler das Bild umwendet.* Was seh ich? Ihr Werk, Conti? oder das Werk meiner Phantasie? – Emilia Galotti!

CONTI: Wie, mein Prinz? Sie kennen diesen Engel?

DER PRINZ *indem er sich zu fassen sucht, aber ohne ein Auge von dem Bilde zu verwenden*: So halb! – um sie eben wiederzukennen. – Es ist einige Wochen her, als ich sie mit ihrer Mutter in einer Vegghia traf. – Nachher ist sie mir nur an heiligen Stätten wieder vorgekommen – wo das Angaffen sich weniger ziemet. – Auch kenn ich ihren Vater. Er ist mein Freund nicht. Er war es, der sich meinen Ansprüchen auf Sabionetta am meisten widersetzte. – Ein alter Degen; stolz und rauh; sonst bieder und gut! –

CONTI: Der Vater! Aber hier haben wir seine Tochter. –

DER PRINZ: Bei Gott! wie aus dem Spiegel gestohlen! *Noch immer die Augen auf das Bild geheftet.* Oh, Sie wissen es ja wohl, Conti, daß man den Künstler dann erst recht lobt, wenn man über sein Werk sein Lob vergißt.

CONTI: Gleichwohl hat mich dieses noch sehr unzufrieden mit mir gelassen. – Und doch bin ich wiederum sehr zufrieden mit meiner Unzufriedenheit mit mir selbst. – Ha! daß wir nicht unmittelbar mit den Augen malen! Auf dem langen Wege, aus dem Auge durch den Arm in den Pinsel, wieviel geht da verloren! – Aber, wie ich sage, daß ich es weiß, was hier verlorengegangen, und wie es verlorengegangen, und warum es verlorengehen müssen: darauf bin ich ebenso stolz, und stolzer, als ich auf alles das bin, was ich nicht verlorengehen lassen. Denn aus jenem erkenne ich, mehr als aus diesem, daß ich wirklich ein großer Maler bin; daß es aber meine Hand nur nicht immer ist. – Oder meinen Sie, Prinz, daß Raffael nicht das größte malerische Genie gewesen wäre, wenn er unglücklicherweise ohne Hände wäre geboren worden? Meinen Sie, Prinz?

DER PRINZ *indem er nur eben von dem Bilde wegblickt*: Was sagen Sie, Conti? Was wollen Sie wissen?

CONTI: O nichts, nichts! – Plauderei! Ihre Seele, merk ich, war ganz in Ihren Augen. Ich liebe solche Seelen, und solche Augen.

DER PRINZ *mit einer erzwungenen Kälte*: Also, Conti, rechnen Sie doch wirklich Emilia Galotti mit zu den vorzüglichsten Schönheiten unserer Stadt?

CONTI: Also? mit? mit zu den vorzüglichsten? und den vorzüglichsten unserer Stadt? – Sie spotten meiner, Prinz. Oder Sie sahen, die ganze Zeit, ebensowenig, als Sie hörten.

DER PRINZ: Lieber Conti – *Die Augen wieder auf das Bild gerichtet.*

wie darf unsereiner seinen Augen trauen? Eigentlich weiß doch nur allein ein Maler von der Schönheit zu urteilen.

CONTI: Und eines jeden Empfindung sollte erst auf den Ausspruch eines Malers warten? – Ins Kloster mit dem, der es von uns lernen will, was schön ist! Aber das muß ich Ihnen doch als Maler sagen, mein Prinz: eine von den größten Glückseligkeiten meines Lebens ist es, daß Emilia Galotti mir gesessen. Dieser Kopf, dieses Antlitz, diese Stirn, diese Augen, diese Nase, dieser Mund, dieses Kinn, dieser Hals, diese Brust, dieser Wuchs, dieser ganze Bau, sind, von der Zeit an, mein einziges Studium der weiblichen Schönheit. – Die Schilderei selbst, wovor sie gesessen, hat ihr abwesender Vater bekommen. Aber diese Kopie –

DER PRINZ *der sich schnell gegen ihn kehret*: Nun, Conti? ist doch nicht schon versagt?

CONTI: Ist für Sie, Prinz; wenn Sie Geschmack daran finden.

DER PRINZ: Geschmack! – *Lächelnd:* Dieses Ihr Studium der weiblichen Schönheit, Conti, wie könnt ich besser tun, als es auch zu dem meinigen zu machen? – Dort, jenes Porträt nehmen Sie nur wieder mit – einen Rahmen darum zu bestellen.

CONTI: Wohl!

DER PRINZ: So schön, so reich, als ihn der Schnitzer nur machen kann. Es soll in der Galerie aufgestellet werden. – Aber dieses, bleibt hier. Mit einem Studio macht man so viel Umstände nicht: auch läßt man das nicht aufhängen; sondern hat es gern bei der Hand. – Ich danke Ihnen, Conti; ich danke Ihnen recht sehr. – Und wie gesagt; in meinem Gebiete soll die Kunst nicht nach Brot gehen; – bis ich selbst keines habe. – Schicken Sie, Conti, zu meinem Schatzmeister, und lassen Sie, auf Ihre Quittung, für beide Porträte sich bezahlen – was Sie wollen. Soviel Sie wollen, Conti.

CONTI: Sollte ich doch nun bald fürchten, Prinz, daß Sie so, noch etwas anders belohnen wollen, als die Kunst.

DER PRINZ: O des eifersüchtigen Künstlers! Nicht doch! – Hören Sie, Conti; soviel Sie wollen.

Conti geht ab.

FÜNFTER AUFTRITT

DER PRINZ.

Soviel er will! – *Gegen das Bild:* Dich hab ich für jeden Preis noch zu wohlfeil. – Ah! schönes Werk der Kunst, ist es wahr, daß ich dich besitze? – Wer dich auch besäße, schönres Meisterstück der Natur! – Was Sie dafür wollen, ehrliche Mutter! Was du willst, alter Murrkopf! Fodre nur! Fodert nur! – Am liebsten kauft ich dich, Zauberin, von dir selbst! – Dieses Auge voll Liebreiz und Bescheidenheit! Dieser Mund! und wenn er sich zum Reden öffnet! wenn er lächelt! Dieser Mund! – Ich höre kommen. – Noch bin ich mit dir zu neidisch. *Indem er das Bild gegen die Wand kehret.* Es wird Marinelli sein. Hätt ich ihn doch nicht rufen lassen! Was für einen Morgen könnt ich haben!

SECHSTER AUFTRITT

MARINELLI. DER PRINZ.

MARINELLI: Gnädiger Herr, Sie werden verzeihen. – Ich war mir eines so frühen Befehls nicht gewärtig.

DER PRINZ: Ich bekam Lust, auszufahren. Der Morgen war so schön. – Aber nun ist er ja wohl verstrichen; und die Lust ist mir vergangen. – *Nach einem kurzen Stillschweigen.* Was haben wir Neues, Marinelli?

MARINELLI: Nichts von Belang, das ich wüßte. – Die Gräfin Orsina ist gestern zur Stadt gekommen.

DER PRINZ: Hier liegt auch schon ihr guter Morgen, *Auf ihren Brief zeigend.* oder was es sonst sein mag! Ich bin gar nicht neugierig darauf. – Sie haben sie gesprochen?

MARINELLI: Bin ich, leider, nicht ihr Vertrauter? – Aber, wenn ich es wieder von einer Dame werde, der es einkömmt, Sie in gutem Ernste zu lieben, Prinz: so – –

DER PRINZ: Nichts verschworen, Marinelli!

MARINELLI: Ja? In der Tat, Prinz? Könnt es doch kommen? – Oh! so mag die Gräfin auch so unrecht nicht haben.

DER PRINZ: Allerdings, sehr unrecht! – Meine nahe Vermählung mit der Prinzessin von Massa, will durchaus, daß ich alle dergleichen Händel fürs erste abbreche.

MARINELLI: Wenn es nur das wäre: so müßte freilich Orsina

sich in ihr Schicksal ebensowohl zu finden wissen, als der Prinz in seines.

DER PRINZ: Das unstreitig härter ist, als ihres. Mein Herz wird das Opfer eines elenden Staatsinteresse. Ihres darf sie nur zurücknehmen: aber nicht wider Willen verschenken.

MARINELLI: Zurücknehmen? Warum zurücknehmen? fragt die Gräfin: wenn es weiter nichts, als eine Gemahlin ist, die dem Prinzen nicht die Liebe, sondern die Politik zuführet? Neben so einer Gemahlin sieht die Geliebte noch immer ihren Platz. Nicht so einer Gemahlin fürchtet sie aufgeopfert zu sein, sondern – –

DER PRINZ: Einer neuen Geliebten. – Nun denn? Wollten Sie mir daraus ein Verbrechen machen, Marinelli?

MARINELLI: Ich? – Oh! vermengen Sie mich ja nicht, mein Prinz, mit der Närrin, deren Wort ich führe – aus Mitleid führe. Denn gestern, wahrlich, hat sie mich sonderbar gerühret. Sie wollte von ihrer Angelegenheit mit Ihnen gar nicht sprechen. Sie wollte sich ganz gelassen und kalt stellen. Aber mitten in dem gleichgültigsten Gespräche, entfuhr ihr eine Wendung, eine Beziehung über die andere, die ihr gefoltertes Herz verriet. Mit dem lustigsten Wesen sagte sie die melancholischsten Dinge: und wiederum die lächerlichsten Possen mit der allertraurigsten Miene. Sie hat zu den Büchern ihre Zuflucht genommen; und ich fürchte, die werden ihr den Rest geben.

DER PRINZ: So wie sie ihrem armen Verstande auch den ersten Stoß gegeben. – Aber was mich vornehmlich mit von ihr entfernt hat, das wollen Sie doch nicht brauchen, Marinelli, mich wieder zu ihr zurückzubringen? – Wenn sie aus Liebe närrisch wird, so wäre sie es, früher oder später, auch ohne Liebe geworden – Und nun, genug von ihr. – Von etwas anderm! – Geht denn gar nichts vor, in der Stadt? –

MARINELLI: So gut, wie gar nichts. Denn daß die Verbindung des Grafen Appiani heute vollzogen wird – ist nicht viel mehr, als gar nichts.

DER PRINZ: Des Grafen Appiani? und mit wem denn? – Ich soll ja noch hören, daß er versprochen ist.

MARINELLI: Die Sache ist sehr geheimgehalten worden. Auch war nicht viel Aufhebens davon zu machen. – Sie werden lachen, Prinz. – Aber so geht es den Empfindsamen! Die Liebe spielet ihnen immer die schlimmsten Streiche. Ein Mädchen ohne Vermögen und ohne Rang, hat ihn in ihre Schlinge zu ziehen gewußt – mit ein wenig Larve: aber mit vielem Prunke von Tugend und Gefühl und Witz – und was weiß ich?

DER PRINZ: Wer sich den Eindrücken, die Unschuld und Schönheit auf ihn machen, ohne weitere Rücksicht, so ganz überlassen darf; – ich dächte, der wär eher zu beneiden, als zu belachen. – Und wie heißt denn die Glückliche? – Denn bei alledem ist Appiani – ich weiß wohl, daß Sie, Marinelli, ihn nicht leiden können; ebensowenig als er Sie – bei alledem ist er doch ein sehr würdiger junger Mann, ein schöner Mann, ein reicher Mann, ein Mann voller Ehre. Ich hätte sehr gewünscht, ihn mir verbinden zu können. Ich werde noch darauf denken.

MARINELLI: Wenn es nicht zu spät ist. – Denn soviel ich höre, ist sein Plan gar nicht, bei Hofe sein Glück zu machen. – Er will mit seiner Gebieterin nach seinen Tälern von Piemont: – Gemsen zu jagen, auf den Alpen; und Murmeltiere abzurichten. – Was kann er Beßres tun? Hier ist es durch das Mißbündnis, welches er trifft, mit ihm doch aus. Der Zirkel der ersten Häuser ist ihm von nun an verschlossen – –

DER PRINZ: Mit euern ersten Häusern! – in welchen das Zeremoniell, der Zwang, die Langeweile, und nicht selten die Dürftigkeit herrschet. – Aber so nennen Sie mir sie doch, der er dieses so große Opfer bringt.

MARINELLI: Es ist eine gewisse Emilia Galotti.

DER PRINZ: Wie, Marinelli? eine gewisse –

MARINELLI: Emilia Galotti.

DER PRINZ: Emilia Galotti? – Nimmermehr!

MARINELLI: Zuverlässig, gnädiger Herr.

DER PRINZ: Nein, sag ich; das ist nicht, das kann nicht sein. – Sie irren sich in dem Namen. – Das Geschlecht der Galotti ist groß. – Eine Galotti kann es sein: aber nicht Emilia Galotti; nicht Emilia!

MARINELLI: Emilia – Emilia Galotti!

DER PRINZ: So gibt es noch eine, die beide Namen führt. – Sie sagten ohnedem, eine gewisse Emilia Galotti – eine gewisse. Von der rechten könnte nur ein Narr so sprechen –

MARINELLI: Sie sind außer sich, gnädiger Herr. – Kennen Sie denn diese Emilia?

DER PRINZ: Ich habe zu fragen, Marinelli, nicht Er. – Emilia Galotti? Die Tochter des Obersten Galotti, bei Sabionetta?

MARINELLI: Ebendie.

DER PRINZ: Die hier in Guastalla mit ihrer Mutter wohnet?

MARINELLI: Ebendie.

DER PRINZ: Unfern der Kirche Allerheiligen?

MARINELLI: Ebendie.

DER PRINZ: Mit einem Worte – *Indem er nach dem Porträte springt, und es dem Marinelli in die Hand gibt.* Da! – Diese? Diese Emilia Galotti? – Sprich dein verdammtes „ebendie" noch einmal, und stoß mir den Dolch ins Herz.

MARINELLI: Ebendie!

DER PRINZ: Henker! – Diese? – Diese Emilia Galotti wird heute – –

MARINELLI: Gräfin Appiani! – *Hier reißt der Prinz dem Marinelli das Bild wieder aus der Hand, und wirft es beiseite.* Die Trauung geschieht in der Stille, auf dem Landgute des Vaters bei Sabionetta. Gegen Mittag fahren Mutter und Tochter, der Graf und vielleicht ein paar Freunde dahin ab.

DER PRINZ *der sich voll Verzweiflung in einen Stuhl wirft*: So bin ich verloren! – So will ich nicht leben!

MARINELLI: Aber was ist Ihnen, gnädiger Herr?

DER PRINZ *der gegen ihn wieder aufspringt*: Verräter! – was mir ist? – Nun ja ich liebe sie; ich bete sie an. Mögt ihr es doch wissen! mögt ihr es doch längst gewußt haben, alle ihr, denen ich der tollen Orsina schimpfliche Fesseln lieber ewig tragen sollte! – Nur daß Sie, Marinelli, der Sie so oft mich Ihrer innigsten Freundschaft versicherten – O ein Fürst hat keinen Freund! kann keinen Freund haben! – daß Sie, Sie, so treulos, so hämisch mir bis auf diesen Augenblick die Gefahr verhehlen dürfen, die meiner Liebe drohte: wenn ich Ihnen jemals das vergebe – so werde mir meiner Sünden keine vergeben!

MARINELLI: Ich weiß kaum Worte zu finden, Prinz – wenn Sie mich auch dazu kommen ließen – Ihnen mein Erstaunen zu bezeigen. – Sie lieben Emilia Galotti? – Schwur dann gegen Schwur: Wenn ich von dieser Liebe das geringste gewußt, das geringste vermutet habe; so möge weder Engel noch Heiliger von mir wissen! – Eben das wollt ich in die Seele der Orsina schwören. Ihr Verdacht schweift auf einer ganz *andern* Fährte.

DER PRINZ: So verzeihen Sie mir, Marinelli; – *Indem er sich ihm in die Arme wirft.* – und betauern Sie mich.

MARINELLI: Nun da, Prinz! Erkennen Sie da die Frucht Ihrer Zurückhaltung! – „Fürsten haben keinen Freund! können keinen Freund haben!“ – Und die Ursache, wenn dem so ist? – Weil sie keinen haben wollen. – Heute beehren sie uns mit ihrem Vertrauen, teilen uns ihre geheimsten Wünsche mit, schließen uns ihre ganze Seele auf: und morgen sind wir ihnen wieder so fremd, als hätten sie nie ein Wort mit uns gewechselt.

DER PRINZ: Ach! Marinelli, wie konnt ich Ihnen vertrauen, was ich mir selbst kaum gestehen wollte?

MARINELLI: Und also wohl noch weniger der Urheberin Ihrer Qual gestanden haben?

DER PRINZ: Ihr? – Alle meine Mühe ist vergebens gewesen, sie ein zweites Mal zu sprechen. –

MARINELLI: Und das erstemal –

DER PRINZ: Sprach ich sie – Oh, ich komme von Sinnen! Und ich soll Ihnen noch lange erzählen? – Sie sehen mich einen Raub der Wellen: was fragen Sie viel, wie ich es geworden? Retten Sie mich, wenn Sie können: und fragen Sie dann.

MARINELLI: Retten? ist da viel zu retten? – Was Sie versäumt haben, gnädiger Herr, der Emilia Galotti zu bekennen, das bekennen Sie nun der Gräfin Appiani. Waren, die man aus der ersten Hand nicht haben kann, kauft man aus der zweiten: – und solche Waren nicht selten aus der zweiten um so viel wohlfeiler.

DER PRINZ: Ernsthaft, Marinelli, ernsthaft, oder –

MARINELLI: Freilich, auch um so viel schlechter – –

DER PRINZ: Sie werden unverschämt!

MARINELLI: Und dazu will der Graf damit aus dem Lande. – Ja, so müßte man auf etwas anders denken. –

DER PRINZ: Und auf was? – Liebster, bester Marinelli, denken Sie für mich. Was würden Sie tun, wenn Sie an meiner Stelle wären?

MARINELLI: Vor allen Dingen, eine Kleinigkeit als eine Kleinigkeit ansehen; – und mir sagen, daß ich nicht vergebens sein wolle, was ich bin – Herr!

DER PRINZ: Schmeicheln Sie mir nicht mit einer Gewalt, von der ich hier keinen Gebrauch absehe. – Heute sagen Sie? schon heute?

MARINELLI: Erst heute – soll es geschehen. Und nur geschehenen Dingen ist nicht zu raten. – *Nach einer kurzen Überlegung.*

Wollen Sie mir freie Hand lassen, Prinz? Wollen Sie alles genehmigen, was ich tue?

DER PRINZ: Alles, Marinelli, alles, was diesen Streich abwenden kann.

MARINELLI: So lassen Sie uns keine Zeit verlieren. – Aber bleiben Sie nicht in der Stadt. Fahren Sie sogleich nach Ihrem Lustschlosse, nach Dosalo. Der Weg nach Sabionetta geht da vorbei. Wenn es mir nicht gelingt, den Grafen augenblicklich zu entfernen: so denk ich – Doch, doch; ich glaube, er geht in diese Falle gewiß. Sie wollen ja, Prinz, wegen Ihrer Vermählung einen Gesandten nach Massa schicken? Lassen Sie den Grafen dieser Gesandte sein; mit dem Bedinge, daß er noch heute abreiset. – Verstehen Sie?

DER PRINZ: Vortrefflich! – Bringen Sie ihn zu mir heraus. Gehen Sie, eilen Sie. Ich werfe mich sogleich in den Wagen.

Marinelli geht ab.

Siebenter Auftritt

Der Prinz.

Sogleich! sogleich! – Wo blieb es? – *Sich nach dem Porträte umsehend:* Auf der Erde? das war zu arg! *Indem er es aufhebt.* Doch betrachten? betrachten mag ich dich fürs erste nicht mehr. – Warum sollt ich mir den Pfeil noch tiefer in die Wunde drücken? *Setzt es beiseite.* – Geschmachtet, geseufzet hab ich lange genung – länger als ich gesollt hätte: aber nichts getan! und über die zärtliche Untätigkeit bei einem Haar alles verloren! – Und wenn nun doch alles verloren wäre? Wenn Marinelli nichts ausrichtete? – Warum will ich mich auch auf ihn allein verlassen? Es fällt mir ein – um diese Stunde, *Nach der Uhr sehend.* um diese nämliche Stunde pflegt das fromme Mädchen alle Morgen bei den Dominikanern die Messe zu hören. – Wie wenn ich sie da zu sprechen suchte? – Doch heute, heut an ihrem Hochzeittage – heute werden ihr andere Dinge am Herzen liegen, als die Messe. – Indes, wer weiß? – Es ist ein Gang. – *Er klingelt, und indem er einige von den Papieren auf dem Tische hastig zusammenrafft, tritt der Kammerdiener herein.* Laßt vorfahren! – Ist noch keiner von den Räten da?

DER KAMMERDIENER: Camillo Rota.

DER PRINZ: Er soll hereinkommen. *Der Kammerdiener geht ab.* Nur aufhalten muß er mich nicht wollen. Dasmal nicht! – Ich stehe gern seinen Bedenklichkeiten ein andermal um so viel länger zu Diensten. – Da war ja noch die Bittschrift einer Emilia Bruneschi – *Sie suchend.* Die ist's. – Aber, gute Bruneschi, wo deine Vorsprecherin – –

Achter Auftritt

Camillo Rota, *Schriften in der Hand.* Der Prinz.

DER PRINZ: Kommen Sie, Rota, kommen Sie. – Hier ist, was ich diesen Morgen erbrochen. Nicht viel Tröstliches! – Sie werden von selbst sehen, was darauf zu verfügen. – Nehmen Sie nur.

CAMILLO ROTA: Gut, gnädiger Herr.

DER PRINZ: Noch ist hier eine Bittschrift einer Emilia Galot – – Bruneschi will ich sagen. – Ich habe meine Bewilligung zwar schon beigeschrieben. Aber doch – die Sache ist keine Kleinigkeit – Lassen Sie die Ausfertigung noch anstehen. – Oder auch nicht anstehen: wie Sie wollen.

CAMILLO ROTA: Nicht wie ich will, gnädiger Herr.

DER PRINZ: Was ist sonst? Etwas zu unterschreiben?

CAMILLO ROTA: Ein Todesurteil wäre zu unterschreiben.

DER PRINZ: Recht gern. – Nur her! geschwind.

CAMILLO ROTA *stutzig und den Prinzen starr ansehend*: Ein Todesurteil, sagt ich.

DER PRINZ: Ich höre ja wohl. Es könnte schon geschehen sein. Ich bin eilig.

CAMILLO ROTA *seine Schriften nachsehend*: Nun hab ich es doch wohl nicht mitgenommen! – Verzeihen Sie, gnädiger Herr. – Es kann Anstand damit haben bis morgen.

DER PRINZ: Auch das! – Packen Sie nur zusammen: ich muß fort – Morgen, Rota, ein mehres! *Geht ab.*

CAMILLO ROTA *den Kopf schüttelnd, indem er die Papiere zu sich nimmt und abgeht*: Recht gern? – Ein Todesurteil recht gern? – Ich hätt es ihn in diesem Augenblicke nicht mögen unterschreiben lassen, und wenn es den Mörder meines einzigen Sohnes betroffen hätte. – Recht gern! recht gern! – Es geht mir durch die Seele dieses gräßliche „recht gern!"

ZWEITER AUFZUG

Die Szene, ein Saal in dem Hause der Galotti.

Erster Auftritt

Claudia Galotti. Pirro.

CLAUDIA *im Heraustreten zu Pirro, der von der andern Seite hereintritt*: Wer sprengte da in den Hof?

PIRRO: Unser Herr, gnädige Frau.

CLAUDIA: Mein Gemahl? Ist es möglich?

PIRRO: Er folgt mir auf dem Fuße.

CLAUDIA: So unvermutet? – *Ihm entgegeneilend.* Ah! mein Bester! –

Zweiter Auftritt

Odoardo Galotti, *und* die Vorigen.

ODOARDO: Guten Morgen, meine Liebe! – Nicht wahr, das heißt überraschen?

CLAUDIA: Und auf die angenehmste Art! – Wenn es anders nur eine Überraschung sein soll.

ODOARDO: Nichts weiter! Sei unbesorgt. – Das Glück des heutigen Tages weckte mich so früh; der Morgen war so schön; der Weg ist so kurz; ich vermutete euch hier so geschäftig – Wie leicht vergessen sie etwas: fiel mir ein. – Mit einem Worte: ich komme, und sehe, und kehre sogleich wieder zurück. – Wo ist Emilia? Unstreitig beschäftigt mit dem Putze? –

CLAUDIA: Ihrer Seele! – Sie ist in der Messe. – „Ich habe heute, mehr als jeden andern Tag, Gnade von oben zu erflehen", sagte sie, und ließ alles liegen, und nahm ihren Schleier, und eilte –

ODOARDO: Ganz allein?

CLAUDIA: Die wenigen Schritte – –

ODOARDO: Einer ist genug zu einem Fehltritt! –

CLAUDIA: Zürnen Sie nicht, mein Bester; und kommen Sie herein – einen Augenblick auszuruhen, und, wann Sie wollen, eine Erfrischung zu nehmen.

ODOARDO: Wie du meinest, Claudia. – Aber sie sollte nicht allein gegangen sein. –

CLAUDIA: Und Ihr, Pirro, bleibt hier in dem Vorzimmer, alle Besuche auf heute zu verbitten.

DRITTER AUFTRITT

PIRRO, *und bald darauf* ANGELO.

PIRRO: Die sich nur aus Neugierde melden lassen. – Was bin ich seit einer Stunde nicht alles ausgefragt worden! – Und wer kömmt da?

ANGELO *noch halb hinter der Szene, in einem kurzen Mantel, den er über das Gesicht gezogen, den Hut in die Stirne*: Pirro! – Pirro!

PIRRO: Ein Bekannter? – *Indem Angelo vollends hereintritt, und den Mantel auseinanderschlägt.* Himmel! Angelo? – Du?

ANGELO: Wie du siehst. – Ich bin lange genug um das Haus herumgegangen, dich zu sprechen. – Auf ein Wort! –

PIRRO: Und du wagst es, wieder ans Licht zu kommen? – Du bist seit deiner letzten Mordtat vogelfrei erkläret; auf deinen Kopf steht eine Belohnung –

ANGELO: Die doch du nicht wirst verdienen wollen? –

PIRRO: Was willst du? Ich bitte dich, mache mich nicht unglücklich.

ANGELO: Damit etwa? *Ihm einen Beutel mit Gelde zeigend.* – Nimm! Es gehöret dir!

PIRRO: Mir?

ANGELO: Hast du vergessen? Der Deutsche, dein voriger Herr – –

PIRRO: Schweig davon!

ANGELO: Den du uns, auf dem Wege nach Pisa, in die Falle führtest –

PIRRO: Wenn uns jemand hörte!

ANGELO: Hatte ja die Güte, uns auch einen kostbaren Ring zu hinterlassen. – Weißt du nicht? – Er war zu kostbar, der Ring, als daß wir ihn sogleich ohne Verdacht hätten zu Gelde machen können. Endlich ist mir es damit gelungen. Ich habe hundert Pistolen dafür erhalten: und das ist dein Anteil. Nimm!

PIRRO: Ich mag nichts – behalt alles.

ANGELO: Meinetwegen! – wenn es dir gleichviel ist, wie hoch du deinen Kopf feil trägst – *Als ob er den Beutel wieder einstecken wollte.*

PIRRO: So gib mir! *Nimmt ihn.* – Und was nun? Denn daß du bloß deswegen mich aufgesucht haben solltest – –

ANGELO: Das kömmt dir nicht so recht glaublich vor? – Halunke! Was denkst du von uns? – daß wir fähig sind, jemand seinen Verdienst vorzuenthalten? Das mag unter den sogenannten ehrlichen Leuten Mode sein: unter uns nicht. – Leb wohl! – *Tut als ob er gehen wollte, und kehrt wieder um.* Eins muß ich doch fragen. – Da kam ja der alte Galotti so ganz allein in die Stadt gesprengt. Was will der?

PIRRO: Nichts will er: ein bloßer Spazierritt. Seine Tochter wird, heut abend, auf dem Gute, von dem er herkömmt, dem Grafen Appiani angetrauet. Er kann die Zeit nicht erwarten –

ANGELO: Und reitet bald wieder hinaus?

PIRRO: So bald, daß er dich hier trifft, wo du noch lange verziehest. – Aber du hast doch keinen Anschlag auf ihn? Nimm dich in acht. Er ist ein Mann –

ANGELO: Kenn ich ihn nicht? Hab ich nicht unter ihm gedient? – Wenn darum bei ihm nur viel zu holen wäre! – Wenn fahren die junge Leute nach?

PIRRO: Gegen Mittag.

ANGELO: Mit viel Begleitung?

PIRRO: In einem einzigen Wagen: die Mutter, die Tochter und der Graf. Ein paar Freunde kommen aus Sabionetta als Zeugen.

ANGELO: Und Bediente?

PIRRO: Nur zwei; außer mir, der ich zu Pferde voraufreiten soll.

ANGELO: Das ist gut. – Noch eins: wessen ist die Equipage? Ist es eure? oder des Grafen?

PIRRO: Des Grafen.

ANGELO: Schlimm! Da ist noch ein Vorreiter, außer einem handfesten Kutscher. Doch! –

PIRRO: Ich erstaune. Aber was willst du? – Das bißchen Schmuck, das die Braut etwa haben dürfte, wird schwerlich der Mühe lohnen –

ANGELO: So lohnt ihrer die Braut selbst!

PIRRO: Und auch bei diesem Verbrechen soll ich dein Mitschuldiger sein?

ANGELO: Du reitest vorauf. Reite doch, reite! und kehre dich an nichts!

PIRRO: Nimmermehr!

ANGELO: Wie? ich glaube gar, du willst den Gewissenhaften spielen. – Bursche! ich denke, du kennst mich. – Wo du plauderst! Wo sich ein einziger Umstand anders findet, als du mir ihn angegeben! –

PIRRO: Aber, Angelo, um des Himmels willen! –

ANGELO: Tu, was du nicht lassen kannst! *Geht ab.*

PIRRO: Ha! Laß dich den Teufel bei einem Haare fassen; und du bist sein auf ewig! Ich Unglücklicher!

Vierter Auftritt

Odoardo *und* Claudia Galotti. Pirro.

ODOARDO: Sie bleibt mir zu lang aus –

CLAUDIA: Noch einen Augenblick, Odoardo! Es würde sie schmerzen, deines Anblicks so zu verfehlen.

ODOARDO: Ich muß auch bei dem Grafen noch einsprechen. Kaum kann ich's erwarten, diesen würdigen jungen Mann meinen Sohn zu nennen. Alles entzückt mich an ihm. Und vor allem der Entschluß, in seinen väterlichen Tälern sich selbst zu leben.

CLAUDIA: Das Herz bricht mir, wenn ich hieran gedenke. – So ganz sollen wir sie verlieren, diese einzige geliebte Tochter?

ODOARDO: Was nennst du, sie verlieren? Sie in den Armen der Liebe zu wissen? Vermenge dein Vergnügen an ihr, nicht mit ihrem Glücke. – Du möchtest meinen alten Argwohn erneuern: – daß es mehr das Geräusch und die Zerstreuung der Welt, mehr die Nähe des Hofes war, als die Notwendigkeit, unserer Tochter eine anständige Erziehung zu geben, was dich bewog, hier in der Stadt mit ihr zu bleiben; – fern von einem Manne und Vater, der euch so herzlich liebet.

CLAUDIA: Wie ungerecht, Odoardo! Aber laß mich heute nur ein einziges für diese Stadt, für diese Nähe des Hofes sprechen, die deiner strengen Tugend so verhaßt sind. – Hier, nur hier konnte die Liebe zusammenbringen, was füreinander geschaffen war. Hier nur konnte der Graf Emilien finden; und fand sie.

ODOARDO: Das räum ich ein. Aber, gute Claudia, hattest du darum recht, weil dir der Ausgang recht gibt? – Gut, daß es mit dieser Stadterziehung so abgelaufen! Laß uns nicht weise sein wollen, wo wir nichts, als glücklich gewesen! Gut, daß es so damit abgelaufen! – Nun haben sie sich gefunden, die füreinander bestimmt waren: nun laß sie ziehen, wohin Unschuld und Ruhe sie rufen. – Was sollte der Graf hier? Sich bücken, schmeicheln und kriechen, und die Marinellis auszustechen suchen? um endlich ein Glück zu machen, dessen er nicht bedarf? um endlich einer Ehre gewürdiget zu werden, die für ihn keine wäre? – Pirro!

PIRRO: Hier bin ich.

ODOARDO: Geh und führe mein Pferd vor das Haus des Grafen. Ich komme nach, und will mich da wieder aufsetzen. *Pirro geht* .– Warum soll der Graf hier dienen, wenn er dort selbst befehlen kann? – Dazu bedenkst du nicht, Claudia, daß durch unsere Tochter er es vollends mit dem Prinzen verderbt. Der Prinz haßt mich –

CLAUDIA: Vielleicht weniger, als du besorgest.

ODOARDO: Besorgest! Ich besorg auch so was!

CLAUDIA: Denn hab ich dir schon gesagt, daß der Prinz unsere Tochter gesehen hat?

ODOARDO: Der Prinz? Und wo das?

CLAUDIA: In der letzten Vegghia, bei dem Kanzler Grimaldi, die er mit seiner Gegenwart beehrte. Er bezeigte sich gegen sie so gnädig. – –

ODOARDO: So gnädig?

CLAUDIA: Er unterhielt sich mit ihr so lange – –

ODOARDO: Unterhielt sich mit ihr?

CLAUDIA: Schien von ihrer Munterkeit und ihrem Witze so bezaubert – –

ODOARDO: So bezaubert? –

CLAUDIA: Hat von ihrer Schönheit mit so vielen Lobeserhebungen gesprochen – –

ODOARDO: Lobeserhebungen? Und das alles erzählst du mir in einem Tone der Entzückung? O Claudia! eitle, törichte Mutter!

CLAUDIA: Wieso?

ODOARDO: Nun gut, nun gut! Auch das ist so abgelaufen. – Ha! wenn ich mir einbilde – Das gerade wäre der Ort, wo ich am tödlichsten zu verwunden bin! – Ein Wollüstling, der bewundert, begehrt. – Claudia! Claudia! der bloße Gedanke setzt mich in Wut. – Du hättest mir das sogleich sollen gemeldet haben. – Doch, ich möchte dir heute nicht gern etwas Unangenehmes sagen. Und ich würde, *Indem sie ihn bei der Hand greift.* wenn ich länger bliebe. – Drum laß mich! laß mich! – Gott befohlen, Claudia! – Kommt glücklich nach!

Fünfter Auftritt

Claudia Galotti.

Welch ein Mann! – Oh, der rauhen Tugend! – wenn anders sie diesen Namen verdienet. – Alles scheint ihr verdächtig, alles strafbar! – Oder, wenn das die Menschen kennen heißt: – wer sollte sich wünschen, sie zu kennen? – Wo bleibt aber auch Emilia? – Er ist des Vaters Feind: folglich – folglich, wenn er ein Auge für die Tochter hat, so ist es einzig, um ihn zu beschimpfen? –

Sechster Auftritt

Emilia *und* Claudia Galotti.

EMILIA *stürzet in einer ängstlichen Verwirrung herein*: Wohl mir! wohl mir! Nun bin ich in Sicherheit. Oder ist er mir gar gefolgt? *Indem sie den Schleier zurückwirft und ihre Mutter erblicket.* Ist er, meine Mutter? ist er? – Nein, dem Himmel sei Dank!

CLAUDIA: Was ist dir, meine Tochter? was ist dir?

EMILIA: Nichts, nichts –

CLAUDIA: Und blickest so wild um dich? Und zitterst an jedem Gliede?

EMILIA: Was hab ich hören müssen? Und wo, wo hab ich es hören müssen?

CLAUDIA: Ich habe dich in der Kirche geglaubt –

EMILIA: Eben da! Was ist dem Laster Kirch und Altar? – Ah, meine Mutter! *Sich ihr in die Arme werfend.*

CLAUDIA: Rede, meine Tochter! – Mach meiner Furcht ein Ende. – Was kann dir da, an heiliger Stätte, so Schlimmes begegnet sein?

EMILIA: Nie hätte meine Andacht inniger, brünstiger sein sollen, als heute: nie ist sie weniger gewesen, was sie sein sollte.

CLAUDIA: Wir sind Menschen, Emilia. Die Gabe zu beten ist nicht immer in unserer Gewalt. Dem Himmel ist beten wollen, auch beten.

EMILIA: Und sündigen wollen, auch sündigen.

CLAUDIA: Das hat meine Emilia nicht wollen!

EMILIA: Nein, meine Mutter; so tief ließ mich die Gnade nicht sinken. – Aber daß fremdes Laster uns, wider unsern Willen, zu Mitschuldigen machen kann!

CLAUDIA: Fasse dich! – Sammle deine Gedanken, soviel dir möglich. – Sag es mir mit eins, was dir geschehen.

EMILIA: Eben hatt ich mich – weiter von dem Altare, als ich sonst pflege – denn ich kam zu spät – auf meine Knie gelassen. Eben fing ich an, mein Herz zu erheben: als dicht hinter mir etwas seinen Platz nahm. So dicht hinter mir! – Ich konnte weder vor, noch zur Seite rücken – so gern ich auch wollte; aus Furcht, daß eines andern Andacht mich in meiner stören möchte. – Andacht! das war das Schlimmste, was ich besorgte. – Aber es währte nicht lange, so hört ich, ganz nah an meinem Ohre – nach einem tiefen Seufzer – nicht den Namen einer Heiligen – den Namen – zürnen Sie nicht, meine Mutter – den Namen Ihrer Tochter! – Meinen Namen! – O daß laute Donner mich verhindert hätten, mehr zu hören! – Es sprach von Schönheit, von Liebe – Es klagte, daß dieser Tag, welcher mein Glück mache – wenn er es anders mache – sein Unglück auf immer entscheide. – Es beschwor mich – hören mußt ich dies alles. Aber ich blickte nicht um; ich wollte tun, als ob ich es nicht hörte. – Was konnt ich sonst? – Meinen guten Engel bitten, mich mit Taubheit zu schlagen; und wann auch, wann auch auf immer! – – Das bat ich; das war das einzige, was ich beten konnte. – Endlich ward es Zeit, mich wieder zu erheben. Das heilige Amt ging zu Ende. Ich zitterte, mich umzukehren. Ich zitterte, ihn zu erblicken, der sich den Frevel erlauben dürfen. Und da ich mich umwandte, da ich ihn erblickte –

CLAUDIA: Wen, meine Tochter?

EMILIA: Raten Sie, meine Mutter; raten Sie – Ich glaubte in die Erde zu sinken – Ihn selbst.

CLAUDIA: Wen, ihn selbst?

EMILIA: Den Prinzen.

CLAUDIA: Den Prinzen! – O gesegnet sei die Ungeduld deines Vaters, der eben hier war, und dich nicht erwarten wollte!

EMILIA: Mein Vater hier? – und wollte mich nicht erwarten?

CLAUDIA: Wenn du in deiner Verwirrung auch ihn das hättest hören lassen!

EMILIA: Nun, meine Mutter? – Was hätt er an mir Strafbares finden können?

CLAUDIA: Nichts; ebensowenig, als an mir. Und doch, doch – Ha, du kennst deinen Vater nicht! In seinem Zorne hätt er den unschuldigen Gegenstand des Verbrechens mit dem Verbrecher verwechselt. In seiner Wut hätt ich ihm geschienen, das veranlaßt zu haben, was ich weder verhindern, noch vorhersehen können. – Aber weiter, meine Tochter, weiter! Als du den Prinzen erkanntest – Ich will hoffen, daß du deiner mächtig genug warest, ihm in einem Blicke alle die Verachtung zu bezeigen, die er verdienet.

EMILIA: Das war ich nicht, meine Mutter! Nach dem Blicke, mit dem ich ihn erkannte, hatt ich nicht das Herz, einen zweiten auf ihn zu richten. Ich floh –

CLAUDIA: Und der Prinz dir nach –

EMILIA: Was ich nicht wußte, bis ich in der Halle mich bei der Hand ergriffen fühlte. Und von ihm! Aus Scham mußt ich standhalten: mich von ihm loszuwinden, würde die Vorbeigehenden zu aufmerksam auf uns gemacht haben. Das war die einzige Überlegung, deren ich fähig war – oder deren ich nun mich wieder erinnere. Er sprach; und ich hab ihm geantwortet. Aber was er sprach, was ich ihm geantwortet; – fällt mir es noch bei, so ist es gut, so will ich es Ihnen sagen, meine Mutter. Itzt weiß ich von dem allen nichts. Meine Sinne hatten mich verlassen. – Umsonst denk ich nach, wie ich von ihm weg, und aus der Halle gekommen. Ich finde mich erst auf der Straße wieder; und höre ihn hinter mir herkommen; und höre ihn mit mir zugleich in das Haus treten, mit mir die Treppe hinaufsteigen – –

CLAUDIA: Die Furcht hat ihren besondern Sinn, meine Tochter! – Ich werde es nie vergessen, mit welcher Gebärde du hereinstürztest. – Nein, so weit durfte er nicht wagen, dir zu folgen. – Gott! Gott! wenn dein Vater das wüßte! – Wie wild er schon war, als er nur hörte, daß der Prinz dich jüngst nicht ohne Mißfallen gesehen! – Indes, sei ruhig, meine Tochter! Nimm es für einen Traum, was dir begegnet ist. Auch wird es noch weniger Folgen haben, als ein Traum. Du entgehest heute mit eins allen Nachstellungen.

EMILIA: Aber nicht, meine Mutter? Der Graf muß das wissen. *Ihm muß ich* es sagen.

CLAUDIA: Um alle Welt nicht! – Wozu? warum? Willst du für nichts, und wieder für nichts ihn unruhig machen? Und wann er es auch itzt nicht würde: wisse, mein Kind, daß ein Gift, welches nicht gleich wirket, darum kein minder gefährliches Gift ist. Was auf den Liebhaber keinen Eindruck macht, kann ihn auf den Gemahl machen. Den Liebhaber könnt es sogar schmeicheln, einem so wichtigen Mitbewerber den Rang abzulaufen. Aber wenn er ihm den nun einmal abgelaufen hat: ah, mein Kind – so wird aus dem Liebhaber oft ein ganz anderes Geschöpf. Dein gutes Gestirn behüte dich vor dieser Erfahrung.

EMILIA: Sie wissen, meine Mutter, wie gern ich Ihren bessern Einsichten mich in allem unterwerfe. – Aber, wenn er es von einem andern erführe, daß der Prinz mich heute gesprochen? Würde mein Verschweigen nicht, früh oder spät, seine Unruhe vermehren? – Ich dächte doch, ich behielte lieber vor ihm nichts auf dem Herzen.

CLAUDIA: Schwachheit! verliebte Schwachheit! – Nein, durchaus nicht, meine Tochter! Sag ihm nichts. Laß ihn nichts merken!

EMILIA: Nun ja, meine Mutter! Ich habe keinen Willen gegen den Ihrigen. – Aha! *Mit einem tiefen Atemzuge:* Auch wird mir wieder ganz leicht. – Was für ein albernes, furchtsames Ding ich bin! – Nicht, meine Mutter? – Ich hätte mich noch wohl anders dabei nehmen können, und würde mir ebensowenig vergeben haben.

CLAUDIA: Ich wollte dir das nicht sagen, meine Tochter, bevor dir es dein eigner gesunder Verstand sagte. Und ich wußte, er würde dir es sagen, sobald du wieder zu dir selbst gekommen. – Der Prinz ist galant. Du bist die unbedeutende Sprache der Galanterie zu wenig gewohnt. Eine Höflichkeit wird in ihr zur Empfindung; eine Schmeichelei zur Beteurung; ein Einfall zum Wunsche; ein Wunsch zum Vorsatze. Nichts klingt in dieser Sprache wie alles: und alles ist in ihr so viel als nichts.

EMILIA: O meine Mutter! – so müßte ich mir mit meiner Furcht vollends lächerlich vorkommen! – Nun soll er gewiß nichts davon erfahren, mein guter Appiani! Er könnte mich leicht für mehr eitel, als tugendhaft, halten. – Hui! daß er da selbst kömmt! Es ist sein Gang.

Siebenter Auftritt

Graf Appiani. Die Vorigen.

APPIANI *tritt tiefsinnig, mit vor sich hingeschlagnen Augen herein, und kömmt ihnen näher, ohne sie zu erblicken; bis Emilia ihm ent-*

gegenspringt: Ah, meine Teuerste! – Ich war mir Sie in dem Vorzimmer nicht vermutend.

EMILIA: Ich wünschte Sie heiter, Herr Graf, auch wo Sie mich nicht vermuten. – So feierlich? so ernsthaft? – Ist dieser Tag keiner freudigern Aufwallung wert?

APPIANI: Er ist mehr wert, als mein ganzes Leben. Aber schwanger mit so viel Glückseligkeit für mich – mag es wohl diese Glückseligkeit selbst sein, die mich so ernst, die mich, wie Sie es nennen, mein Fräulein, so feierlich macht. – *Indem er die Mutter erblickt.* Ha! auch Sie hier, meine gnädige Frau! – nun bald mir mit einem innigern Namen zu verehrende!

CLAUDIA: Der mein größter Stolz sein wird! – Wie glücklich bist du, meine Emilia! – Warum hat dein Vater unsere Entzückung nicht teilen wollen?

APPIANI: Eben hab ich mich aus seinen Armen gerissen: – oder vielmehr er, sich aus meinen. – Welch ein Mann, meine Emilia, Ihr Vater! Das Muster aller männlichen Tugend! Zu was für Gesinnungen erhebt sich meine Seele in seiner Gegenwart! Nie ist mein Entschluß immer gut, immer edel zu sein, lebendiger, als wenn ich ihn sehe – wenn ich ihn mir denke. Und womit sonst, als mit der Erfüllung dieses Entschlusses kann ich mich der Ehre würdig machen, sein Sohn zu heißen; – der Ihrige zu sein, meine Emilia?

EMILIA: Und er wollte mich nicht erwarten!

APPIANI: Ich urteile, weil ihn seine Emilia, für diesen augenblicklichen Besuch, zu sehr erschüttert, zu sehr sich seiner ganzen Seele bemächtiget hätte.

CLAUDIA: Er glaubte dich mit deinem Brautschmucke beschäftiget zu finden: und hörte –

APPIANI: Was ich mit der zärtlichsten Bewunderung wieder von ihm gehört habe. – So recht, meine Emilia! Ich werde eine fromme Frau an Ihnen haben; und die nicht stolz auf ihre Frömmigkeit ist.

CLAUDIA: Aber, meine Kinder, eines tun, und das andere nicht lassen! – Nun ist es hohe Zeit; nun mach, Emilia!

APPIANI: Was? meine gnädige Frau.

CLAUDIA: Sie wollen sie doch nicht so, Herr Graf, so wie sie da ist, zum Altare führen?

APPIANI: Wahrlich, das werd ich nun erst gewahr. – Wer kann Sie sehen, Emilia, und auch auf Ihren Putz achten? – Und warum nicht so, so wie sie da ist?

EMILIA: Nein, mein lieber Graf, nicht so; nicht ganz so. Aber auch nicht viel prächtiger; nicht viel. – Husch, husch, und ich bin fertig! – Nichts, gar nichts von dem Geschmeide, dem letzten Geschenke Ihrer verschwendrischen Großmut! Nichts, gar nichts, was sich nur zu solchem Geschmeide schickte! – Ich könnte ihm gram sein, diesem Geschmeide, wenn es nicht von Ihnen wäre. – Denn dreimal hat mir von ihm geträumet –

CLAUDIA: Nun! davon weiß ich ja nichts.

EMILIA: Als ob ich es trüge, und als ob plötzlich sich jeder Stein desselben in eine Perle verwandle. – Perlen aber, meine Mutter, Perlen bedeuten Tränen.

CLAUDIA: Kind! Die Bedeutung ist träumerischer, als der Traum. – Warest du nicht von jeher eine größere Liebhaberin von Perlen, als von Steinen? –

EMILIA: Freilich, meine Mutter, freilich –

APPIANI *nachdenkend und schwermütig*: Bedeuten Tränen – bedeuten Tränen!

EMILIA: Wie? Ihnen fällt das auf? Ihnen?

APPIANI: Ja wohl; ich sollte mich schämen. – Aber, wenn die Einbildungskraft einmal zu traurigen Bildern gestimmt ist –

EMILIA: Warum ist sie das auch? – Und was meinen Sie, das ich mir ausgedacht habe? – Was trug ich, wie sah ich, als ich Ihnen zuerst gefiel? – Wissen Sie es noch?

APPIANI: Ob ich es noch weiß? Ich sehe Sie in Gedanken nie anders, als so; und sehe Sie so, auch wenn ich Sie nicht so sehe.

EMILIA: Also, ein Kleid von der nämlichen Farbe, von dem nämlichen Schnitte; fliegend und frei –

APPIANI: Vortrefflich!

EMILIA: Und das Haar –

APPIANI: In seinem eignen braunen Glanze; in Locken, wie sie die Natur schlug –

EMILIA: Die Rose darin nicht zu vergessen! Recht! recht! – Eine kleine Geduld, und ich stehe so vor Ihnen da!

Achter Auftritt

Graf Appiani. Claudia Galotti.

APPIANI *indem er ihr mit einer niedergeschlagnen Miene nachsieht*: Perlen bedeuten Tränen! – Eine kleine Geduld! – Ja, wenn die Zeit nur außer uns wäre! – Wenn eine Minute am Zeiger, sich in uns nicht in Jahre ausdehnen könnte! –

CLAUDIA: Emiliens Beobachtung, Herr Graf, war so schnell, als richtig. Sie sind heut ernster als gewöhnlich. Nur noch einen Schritt von dem Ziele Ihrer Wünsche – sollt es Sie reuen, Herr Graf, daß es das Ziel Ihrer Wünsche gewesen?

APPIANI: Ah, meine Mutter, und Sie können das von Ihrem Sohne argwohnen? – Aber, es ist wahr; ich bin heut ungewöhnlich trübe und finster. – Nur sehen Sie, gnädige Frau; – noch einen Schritt vom Ziele, oder noch gar nicht ausgelaufen sein, ist im Grunde eines. – Alles was ich sehe, alles was ich höre, alles was ich träume, prediget mir seit gestern und ehegestern diese Wahrheit. Dieser eine Gedanke kettet sich an jeden andern, den ich haben muß und haben will. – Was ist das? Ich versteh es nicht. –

CLAUDIA: Sie machen mich unruhig, Herr Graf –

APPIANI: Eines kömmt dann zum andern! – Ich bin ärgerlich; ärgerlich über meine Freunde, über mich selbst –

CLAUDIA: Wieso?

APPIANI: Meine Freunde verlangen schlechterdings, daß ich dem Prinzen von meiner Heirat ein Wort sagen soll, ehe ich sie vollziehe. Sie geben mir zu, ich sei es nicht schuldig: aber die Achtung gegen ihn woll es nicht anders. – Und ich bin schwach genug gewesen, es ihnen zu versprechen. Eben wollt ich noch bei ihm vorfahren.

CLAUDIA *stutzig*: Bei dem Prinzen?

NEUNTER AUFTRITT

PIRRO, *gleich darauf* MARINELLI, *und* DIE VORIGEN.

PIRRO: Gnädige Frau, der Marchese Marinelli hält vor dem Hause, und erkundiget sich nach dem Herrn Grafen.

APPIANI: Nach mir?

PIRRO: Hier ist er schon. *Öffnet ihm die Türe und geht ab.*

MARINELLI: Ich bitt um Verzeihung, gnädige Frau. – Mein Herr Graf, ich war vor Ihrem Hause, und erfuhr, daß ich Sie hier treffen würde. Ich hab ein dringendes Geschäft an Sie – Gnädige Frau, ich bitte nochmals um Verzeihung; es ist in einigen Minuten geschehen.

CLAUDIA: Die ich nicht verzögern will.

Macht ihm eine Verbeugung und geht ab.

Zehnter Auftritt

Marinelli. Appiani.

APPIANI: Nun, mein Herr?

MARINELLI: Ich komme von des Prinzen Durchlaucht.

APPIANI: Was ist zu seinem Befehl?

MARINELLI: Ich bin stolz, der Überbringer einer so vorzüglichen Gnade zu sein. – Und wenn Graf Appiani nicht mit Gewalt einen seiner ergebensten Freunde in mir verkennen will – –

APPIANI: Ohne weitere Vorrede; wenn ich bitten darf.

MARINELLI: Auch das! – Der Prinz muß sogleich an den Herzog von Massa, in Angelegenheit seiner Vermählung mit dessen Prinzessin Tochter, einen Bevollmächtigten senden. Er war lange unschlüssig, wen er dazu ernennen solle. Endlich ist seine Wahl, Herr Graf auf Sie gefallen.

APPIANI: Auf mich?

MARINELLI: Und das – wenn die Freundschaft ruhmredig sein darf – nicht ohne mein Zutun –

APPIANI: Wahrlich, Sie setzen mich wegen eines Dankes in Verlegenheit. – Ich habe schon längst nicht mehr erwartet, daß der Prinz mich zu brauchen geruhen werde. –

MARINELLI: Ich bin versichert, daß es ihm bloß an einer würdigen Gelegenheit gemangelt hat. Und wenn auch diese so eines Mannes, wie Graf Appiani, noch nicht würdig genug sein sollte: so ist freilich meine Freundschaft zu voreilig gewesen.

APPIANI: Freundschaft und Freundschaft, um das dritte Wort! – Mit wem red ich denn? Des Marchese Marinelli Freundschaft hätt ich mir nie träumen lassen. –

MARINELLI: Ich erkenne mein Unrecht, Herr Graf, mein unverzeihliches Unrecht, daß ich, ohne Ihre Erlaubnis, Ihr Freund sein wollen. – Bei dem allen: was tut das? Die Gnade des Prinzen, die Ihnen angetragene Ehre, bleiben, was sie sind: und ich zweifle nicht, Sie werden sie mit Begierd ergreifen.

APPIANI *nach einiger Überlegung*: Allerdings.

MARINELLI: Nun so kommen Sie.

APPIANI: Wohin?

MARINELLI: Nach Dosalo, zu dem Prinzen. – Es liegt schon alles fertig; und Sie müssen noch heut abreisen.

APPIANI: Was sagen Sie? – Noch heute?

MARINELLI: Lieber noch in dieser nämlichen Stunde, als in der folgenden. Die Sache ist von der äußersten Eil.

APPIANI: In Wahrheit? – So tut es mir leid, daß ich die Ehre, welche mir der Prinz zugedacht, verbitten muß.

MARINELLI: Wie?

APPIANI: Ich kann heute nicht abreisen; – auch morgen nicht; – auch übermorgen noch nicht. –

MARINELLI: Sie scherzen, Herr Graf.

APPIANI: Mit Ihnen?

MARINELLI: Unvergleichlich! Wenn der Scherz den Prinzen gilt, so ist er um so viel lustiger. – Sie können nicht?

APPIANI: Nein, mein Herr, nein. – Und ich hoffe, daß der Prinz selbst meine Entschuldigung wird gelten lassen.

MARINELLI: Die bin ich begierig, zu hören.

APPIANI: Oh, eine Kleinigkeit! – Sehen Sie; ich soll noch heut eine Frau nehmen.

MARINELLI: Nun? und dann?

APPIANI: Und dann? – und dann? – Ihre Frage ist auch verzweifelt naiv.

MARINELLI: Man hat Exempel, Herr Graf, daß sich Hochzeiten aufschieben lassen. – Ich glaube freilich nicht, daß der Braut oder dem Bräutigam immer damit gedient ist. Die Sache mag ihr Unangenehmes haben. Aber doch, dächt ich, der Befehl des Herrn –

APPIANI: Der Befehl des Herrn? – des Herrn? Ein Herr, den man sich selber wählt, ist unser Herr so eigentlich nicht – Ich gebe zu, daß Sie dem Prinzen unbedingtern Gehorsam schuldig wären. Aber nicht ich. – Ich kam an seinen Hof als ein Freiwilliger. Ich wollte die Ehre haben, ihm zu dienen: aber nicht sein Sklave werden. Ich bin der Vasall eines größern Herrn –

MARINELLI: Größer oder kleiner: Herr ist Herr.

APPIANI: Daß ich mit Ihnen darüber stritte! – Genug, sagen Sie dem Prinzen, was Sie gehört haben: – daß es mir leid tut, seine Gnade nicht annehmen zu können; weil ich eben heut eine Verbindung vollzöge, die mein ganzes Glück ausmache.

MARINELLI: Wollen Sie ihn nicht zugleich wissen lassen, mit wem?

APPIANI: Mit Emilia Galotti.

MARINELLI: Der Tochter aus diesem Hause?

APPIANI: Aus diesem Hause.

MARINELLI: Hm! hm!

APPIANI: Was beliebt?

MARINELLI: Ich sollte meinen, daß es sonach um so weniger Schwierigkeit haben könne, die Zeremonie bis zu Ihrer Zurückkunft auszusetzen.

APPIANI: Die Zeremonie? Nur die Zeremonie?

MARINELLI: Die guten Eltern werden es so genau nicht nehmen.

APPIANI: Die guten Eltern?

MARINELLI: Und Emilia bleibt Ihnen ja wohl gewiß.

APPIANI: Ja wohl gewiß? – Sie sind mit Ihrem Ja wohl – ja wohl ein ganzer Affe!

MARINELLI: Mir das, Graf?

APPIANI: Warum nicht?

MARINELLI: Himmel und Hölle! – Wir werden uns sprechen.

APPIANI: Pah! Hämisch ist der Affe; aber –

MARINELLI: Tod und Verdammnis! – Graf, ich fodere Genugtuung.

APPIANI: Das versteht sich.

MARINELLI: Und würde sie gleich itzt nehmen: – nur daß ich dem zärtlichen Bräutigam den heutigen Tag nicht verderben mag.

APPIANI: Gutherziges Ding! Nicht doch! Nicht doch! *Indem er ihn bei der Hand ergreift.* Nach Massa freilich mag ich mich heute nicht schicken lassen: aber zu einem Spaziergange mit Ihnen hab ich Zeit übrig. – Kommen Sie, kommen Sie!

MARINELLI *der sich losreißt, und abgeht*: Nur Geduld, Graf, nur Geduld!

Eilfter Auftritt

Appiani. Claudia Galotti.

APPIANI: Geh, Nichtswürdiger! – Ha! das hat gutgetan. Mein Blut ist in Wallung gekommen. Ich fühle mich anders und besser.

CLAUDIA *eiligst und besorgt*: Gott! Herr Graf – Ich hab einen heftigen Wortwechsel gehört. – Ihr Gesicht glühet. Was ist vorgefallen?

APPIANI: Nichts, gnädige Frau, gar nichts. Der Kammerherr Marinelli hat mir einen großen Dienst erwiesen. Er hat mich des Ganges zum Prinzen überhoben.

CLAUDIA: In der Tat?

APPIANI: Wir können nun um so viel früher abfahren. Ich gehe, meine Leute zu treiben, und bin sogleich wieder hier. Emilia wird indes auch fertig.

CLAUDIA: Kann ich ganz ruhig sein, Herr Graf?

APPIANI: Ganz ruhig, gnädige Frau.

Sie geht herein und er fort.

DRITTER AUFZUG

Die Szene, ein Vorsaal auf dem Lustschlosse des Prinzen.

Erster Auftritt

Der Prinz. Marinelli.

MARINELLI: Umsonst; er schlug die angetragene Ehre mit der größten Verachtung aus.

DER PRINZ: Und so bleibt es dabei? So geht es vor sich? So wird Emilia noch heute die Seinige?

MARINELLI: Allem Ansehen nach.

DER PRINZ: Ich versprach mir von Ihrem Einfalle so viel! – Wer weiß, wie albern Sie sich dabei genommen. – Wenn der Rat eines Toren einmal gut ist, so muß ihn ein gescheuter Mann ausführen. Das hätt ich bedenken sollen.

MARINELLI: Da find ich mich schön belohnt!

DER PRINZ: Und wofür belohnt?

MARINELLI: Daß ich noch mein Leben darüber in die Schanze schlagen wollte. – Als ich sahe, daß weder Ernst noch Spott den Grafen bewegen konnte, seine Liebe der Ehre nachzusetzen: versucht ich es, ihn in Harnisch zu jagen. Ich sagte ihm Dinge, über die er sich vergaß. Er stieß Beleidigungen gegen mich aus: und ich foderte Genugtuung – und foderte sie gleich auf der Stelle. – Ich dachte so: entweder er mich; oder ich ihn. Ich ihn: so ist das Feld ganz unser. Oder er mich: nun, wenn auch; so muß er fliehen, und der Prinz gewinnt wenigstens Zeit.

DER PRINZ: Das hätten Sie getan, Marinelli?

MARINELLI: Ha! man sollt es vorauswissen, wenn man so töricht bereit ist, sich für die Großen aufzuopfern – man sollt es vorauswissen, wie erkenntlich sie sein würden –

DER PRINZ: Und der Graf? – Er stehet in dem Rufe, sich so etwas nicht zweimal sagen zu lassen.

MARINELLI: Nachdem es fällt, ohne Zweifel. – Wer kann es ihm auch verdenken? – Er versetzte, daß er auf heute doch noch etwas Wichtigeres zu tun habe, als sich mit mir den Hals zu brechen. Und so beschied er mich auf die ersten acht Tage nach der Hochzeit.

DER PRINZ: Mit Emilia Galotti! Der Gedanke macht mich rasend! – Darauf ließen Sie es gut sein, und gingen: – und kommen und prahlen, daß Sie Ihr Leben für mich in die Schanze geschlagen; sich mir aufgeopfert –

MARINELLI: Was wollen Sie aber, gnädiger Herr, das ich weiter hätte tun sollen?

DER PRINZ: Weiter tun? – Als ob er etwas getan hätte!

MARINELLI: Und lassen Sie doch hören, gnädiger Herr, was Sie für sich selbst getan haben. – Sie waren so glücklich, sie noch in der Kirche zu sprechen. Was haben Sie mit ihr abgeredet?

DER PRINZ *höhnisch*: Neugierde zur Gnüge! – Die ich nur befriedigen muß. – Oh, es ging alles nach Wunsch. – Sie brauchen sich nicht weiter zu bemühen, mein allzu dienstfertiger Freund! – Sie kam meinem Verlangen, mehr als halbes Weges, entgegen. Ich hätte sie nur gleich mitnehmen dürfen. *Kalt und befehlend:* Nun wissen Sie, was Sie wissen wollen; – und können gehn!

MARINELLI: Und können gehn! – Ja, ja; das ist das Ende vom Liede! und würd es sein, gesetzt auch, ich wollte noch das Unmögliche versuchen. – Das Unmögliche, sag ich? – So unmöglich wär es nun wohl nicht: aber kühn. – Wenn wir die Braut in unserer Gewalt hätten: so stünd ich dafür, daß aus der Hochzeit nichts werden sollte.

DER PRINZ: Ei! wofür der Mann nicht alles stehen will! Nun dürft ich ihm nur noch ein Kommando von meiner Leibwache geben, und er legte sich an der Landstraße damit in Hinterhalt, und fiele selbst funfziger einen Wagen an, und riß ein Mädchen heraus, das er im Triumphe mir zubrächte.

MARINELLI: Es ist eher ein Mädchen mit Gewalt entführt worden, ohne daß es einer gewaltsamen Entführung ähnlich gesehen.

DER PRINZ: Wenn Sie das zu machen wüßten: so würden Sie nicht erst lange davon schwatzen.

MARINELLI: Aber für den Ausgang müßte man nicht stehen sollen. – Es könnten sich Unglücksfälle dabei eräugnen –

DER PRINZ: Und es ist meine Art, daß ich Leute Dinge verantworten lasse, wofür sie nicht können!

MARINELLI: Also, gnädiger Herr – *Man hört von weitem einen Schuß.* Ha! was war das? – Hört ich recht? – Hörten Sie nicht auch, gnädiger Herr, einen Schuß fallen? – Und da noch einen!

DER PRINZ: Was ist das? was gibt's?

MARINELLI: Was meinen Sie wohl? – Wie wann ich tätiger wäre, als Sie glauben?

DER PRINZ: Tätiger? – So sagen Sie doch –

MARINELLI: Kurz: wovon ich gesprochen, geschieht.

DER PRINZ: Ist es möglich?

MARINELLI: Nur vergessen Sie nicht, Prinz, wessen Sie mich eben versichert. – Ich habe nochmals Ihr Wort – –

DER PRINZ: Aber die Anstalten sind doch so –

MARINELLI: Als sie nur immer sein können! – Die Ausführung ist Leuten anvertrauet, auf die ich mich verlassen kann. Der Weg geht hart an der Planke des Tiergartens vorbei. Da wird ein Teil den Wagen angefallen haben, gleichsam, um ihn zu plündern. Und ein andrer Teil, wobei einer von meinen Bedienten ist, wird aus dem Tiergarten gestürzt sein; den Angefallenen gleichsam zur Hülfe. Während des Handgemenges, in das beide Teile zum Schein geraten, soll mein Bedienter Emilien ergreifen, als ob er sie retten wolle, und durch den Tiergarten in das Schloß bringen. – So ist die Abrede. – Was sagen Sie nun, Prinz?

DER PRINZ: Sie überraschen mich auf eine sonderbare Art. – Und eine Bangigkeit überfällt mich – *Marinelli tritt an das Fenster.* Wornach sehen Sie?

MARINELLI: Dahinaus muß es sein! – Recht! – und eine Maske kömmt bereits um die Planke gesprengt; – ohne Zweifel, mir den Erfolg zu berichten. – Entfernen Sie sich, gnädiger Herr.

DER PRINZ: Ah, Marinelli –

MARINELLI: Nun? Nicht wahr, nun hab ich zuviel getan; und vorhin zuwenig?

DER PRINZ: Das nicht. Aber ich sehe bei alledem nicht ab – –

MARINELLI: Absehn? – Lieber alles mit eins! – Geschwind entfernen Sie sich. – Die Maske muß Sie nicht sehen.

Der Prinz geht ab.

Zweiter Auftritt

Marinelli, *und bald darauf* Angelo.

MARINELLI *der wieder nach dem Fenster geht*: Dort fährt der Wagen langsam nach der Stadt zurück. – So langsam? Und in jedem Schlage ein Bedienter? – Das sind Anzeigen, die mir nicht gefallen: – daß der Streich wohl nur halb gelungen ist; – daß man einen Verwundeten gemächlich zurückführet – und keinen Toten. – Die Maske steigt ab. – Es ist Angelo selbst. Der Tolldreiste! – Endlich, hier weiß er die Schliche. – Er winkt mir zu. Er muß seiner Sache gewiß sein. – Ha, Herr Graf, der Sie nicht nach Massa wollten, und nun noch einen weitern Weg müssen! – Wer hatte Sie die Affen so kennen gelehrt? *Indem er nach der Türe zugeht:* Ja wohl sind sie hämisch. – Nun Angelo?

ANGELO *der die Maske abgenommen*: Passen Sie auf, Herr Kammerherr! Man muß sie gleich bringen.

MARINELLI: Und wie lief es sonst ab?

ANGELO: Ich denke ja, recht gut.

MARINELLI: Wie steht es mit dem Grafen?

ANGELO: Zu dienen! So, so! – Aber er muß Wind gehabt haben. Denn er war nicht so ganz unbereitet.

MARINELLI: Geschwind sage mir, was du mir zu sagen hast! – Ist er tot?

ANGELO: Es tut mir leid um den guten Herrn.

MARINELLI: Nun da, für dein mitleidiges Herz! *Gibt ihm einen Beutel mit Gold.*

ANGELO: Vollends mein braver Niccolo! der das Bad mit bezahlen müssen.

MARINELLI: So? Verlust auf beiden Seiten?

ANGELO: Ich könnte weinen! um den ehrlichen Jungen! Ob mir sein Tod schon das *Indem er den Beutel in der Hand wieget.* um ein Vierteil verbessert. Denn ich bin sein Erbe; weil ich ihn gerächet habe. Das ist so unser Gesetz: ein so gutes, mein ich, als für Treu und Freundschaft je gemacht worden. Dieser Niccolo, Herr Kammerherr –

MARINELLI: Mit deinem Niccolo! – Aber der Graf, der Graf –

ANGELO: Blitz! der Graf hatte ihn gut gefaßt. Dafür faßt ich *auch wieder* den Grafen! – Er stürzte; und wenn er noch lebendig zurück in die Kutsche kam: so steh ich dafür, daß er nicht lebendig wieder herauskömmt.

MARINELLI: Wenn das nur gewiß ist, Angelo.

ANGELO: Ich will Ihre Kundschaft verlieren, wenn es nicht gewiß ist! – Haben Sie noch was zu befehlen? denn mein Weg ist der weiteste: wir wollen heute noch über die Grenze.

MARINELLI: So geh.

ANGELO: Wenn wieder was vorfällt, Herr Kammerherr – Sie wissen, wo ich zu erfragen bin. Was sich ein andrer zu tun getrauet, wird für mich auch keine Hexerei sein. Und billiger bin ich, als jeder andere. *Geht ab.*

MARINELLI: Gut das! – Aber doch nicht so recht gut. – Pfui, Angelo! so ein Knicker zu sein! Einen zweiten Schuß wäre er ja wohl noch wert gewesen. – Und wie er sich vielleicht nun martern muß, der arme Graf! – Pfui, Angelo! Das heißt sein Handwerk sehr grausam treiben; – und verpfuschen. – Aber davon muß der Prinz noch nichts wissen. Er muß erst selbst finden, wie zuträglich ihm dieser Tod ist. – Dieser Tod! – Was gäb ich um die Gewißheit!

DRITTER AUFTRITT

DER PRINZ. MARINELLI.

DER PRINZ: Dort kömmt sie, die Allee herauf. Sie eilet vor dem Bedienten her. Die Furcht, wie es scheinet, beflügelt ihre Füße. Sie muß noch nichts argwohnen. Sie glaubt sich nur vor Räubern zu retten. – Aber wie lange kann das dauern?

MARINELLI: So haben wir sie doch fürs erste.

DER PRINZ: Und wird die Mutter sie nicht aufsuchen? Wird der Graf ihr nicht nachkommen? Was sind wir alsdann weiter? Wie kann ich sie ihnen vorenthalten?

MARINELLI: Auf das alles weiß ich freilich noch nichts zu antworten. Aber wir müssen sehen. Gedulden Sie sich, gnädiger Herr. Der erste Schritt mußte doch getan sein. –

DER PRINZ: Wozu? wenn wir ihn zurücktun müssen.

MARINELLI: Vielleicht müssen wir nicht. – Da sind tausend Dinge, auf die sich weiter fußen läßt. – Und vergessen Sie denn das Vornehmste?

DER PRINZ: Was kann ich vergessen, woran ich sicher noch nicht gedacht habe? – Das Vornehmste? was ist das?

MARINELLI: Die Kunst zu gefallen, zu überreden – die einem Prinzen, welcher liebt, nie fehlet.

DER PRINZ: Nie fehlet? Außer, wo er sie gerade am nötigsten brauchte. – Ich habe von dieser Kunst schon heut einen zu schlechten Versuch gemacht. Mit allen Schmeicheleien und Beteuerungen konnt ich ihr auch nicht ein Wort auspressen. Stumm und niedergeschlagen und zitternd stand sie da; wie eine Verbrecherin, die ihr Todesurteil höret. Ihre Angst steckte mich an, ich zitterte mit, und schloß mit einer Bitte um Vergebung. Kaum getrau ich mir, sie wieder anzureden. – Bei ihrem Eintritte wenigstens wag ich es nicht zu sein. Sie, Marinelli, müssen sie empfangen. Ich will hier in der Nähe hören, wie es abläuft; und kommen, wenn ich mich mehr gesammelt habe.

Vierter Auftritt

Marinelli, *und bald darauf dessen Bedienter* Battista *mit* Emilien.

MARINELLI: Wenn sie ihn nicht selbst stürzen gesehen – Und das muß sie wohl nicht; da sie so fortgeeilet – Sie kömmt. Auch ich will nicht das erste sein, was ihr hier in die Augen fällt. *Er zieht sich in einen Winkel des Saales zurück.*

BATTISTA: Nur hier herein, gnädiges Fräulein.

EMILIA *außer Atem*: Ah! – Ah! – Ich danke Ihm, mein Freund; – ich dank Ihm. – Aber Gott, Gott! wo bin ich? – Und so ganz allein? Wo bleibt meine Mutter? Wo blieb der Graf? – Sie kommen doch nach? mir auf dem Fuße nach?

BATTISTA: Ich vermute.

EMILIA: Er vermutet? Er weiß es nicht? Er sah sie nicht? – Ward nicht gar hinter uns geschossen? –

BATTISTA: Geschossen? – Das wäre! –

EMILIA: Ganz gewiß! Und das hat den Grafen, oder meine Mutter getroffen. –

BATTISTA: Ich will gleich nach ihnen ausgehen.

EMILIA: Nicht ohne mich. – Ich will mit; ich muß mit: komm Er, mein Freund!

MARINELLI *der plötzlich herzutritt, als ob er eben hereinkäme*: Ah, gnädiges Fräulein! Was für ein Unglück, oder vielmehr, was für ein Glück – was für ein glückliches Unglück verschafft uns die Ehre –

EMILIA *stutzend*: Wie? Sie hier, mein Herr? – Ich bin also wohl bei Ihnen? – Verzeihen Sie, Herr Kammerherr. Wir sind von Räubern ohnfern überfallen worden. Da kamen uns gute Leute zu Hülfe; – und dieser ehrliche Mann hob mich aus dem Wagen, und brachte mich hierher. – Aber ich erschrecke, mich allein gerettet zu sehen. Meine Mutter ist noch in der Gefahr. Hinter uns ward sogar geschossen. Sie ist vielleicht tot; – und ich lebe? – Verzeihen Sie. Ich muß fort; ich muß wieder hin – wo ich gleich hätte bleiben sollen.

MARINELLI: Beruhigen Sie sich, gnädiges Fräulein. Es stehet alles gut; sie werden bald bei Ihnen sein, die geliebten Personen, für die Sie so viel zärtliche Angst empfinden. – Indes, Battista, geh, lauf: sie dürften vielleicht nicht wissen, wo das Fräulein ist. Sie dürften sie vielleicht in einem von den Wirtschaftshäusern des Gartens suchen. Bringe sie unverzüglich hierher.

Battista geht ab.

EMILIA: Gewiß? Sind sie alle geborgen? Ist ihnen nichts widerfahren? – Ah, was ist dieser Tag für ein Tag des Schreckens für mich! – Aber ich sollte nicht hierbleiben; ich sollte ihnen entgegeneilen –

MARINELLI: Wozu das, gnädiges Fräulein? Sie sind ohnedem schon ohne Atem und Kräfte. Erholen Sie sich vielmehr, und geruhen in ein Zimmer zu treten, wo mehr Bequemlichkeit ist. – Ich will wetten, daß der Prinz schon selbst um Ihre teuere ehrwürdige Mutter ist, und sie Ihnen zuführet.

EMILIA: Wer, sagen Sie?

MARINELLI: Unser gnädigster Prinz selbst.

EMILIA *äußerst bestürzt*: Der Prinz?

MARINELLI: Er floh, auf die erste Nachricht, Ihnen zu Hülfe. – Er ist höchst ergrimmt, daß ein solches Verbrechen ihm so nahe, unter seinen Augen gleichsam, hat dürfen gewagt werden. Er läßt den Tätern nachsetzen, und ihre Strafe, wenn sie ergriffen werden, wird unerhört sein.

EMILIA: Der Prinz! – Wo bin ich denn also?

MARINELLI: Auf Dosalo, dem Lustschlosse des Prinzen.

EMILIA: Welch ein Zufall! – Und Sie glauben, daß er gleich selbst erscheinen könne? – Aber doch in Gesellschaft meiner Mutter?

MARINELLI: Hier ist er schon.

Fünfter Auftritt

Der Prinz. Emilia. Marinelli.

DER PRINZ: Wo ist sie? wo? – Wir suchen Sie überall, schönstes Fräulein. – Sie sind doch wohl? – Nun so ist alles wohl! Der Graf, Ihre Mutter –

EMILIA: Ah, gnädigster Herr! wo sind sie? Wo ist meine Mutter?

DER PRINZ: Nicht weit; hier ganz in der Nähe.

EMILIA: Gott, in welchem Zustande werde ich die eine, oder den andern, vielleicht treffen! Ganz gewiß treffen! – denn Sie verhehlen mir, gnädiger Herr – ich seh es, Sie verhehlen mir –

DER PRINZ: Nicht doch, bestes Fräulein. – Geben Sie mir Ihren Arm, und folgen Sie mir getrost.

EMILIA *unentschlossen*: Aber – wenn ihnen nichts widerfahren – wenn meine Ahnungen mich trügen: – warum sind sie nicht schon hier? Warum kamen sie nicht mit Ihnen, gnädiger Herr?

DER PRINZ: So eilen Sie doch, mein Fräulein, alle diese Schrekkenbilder mit eins verschwinden zu sehen. –

EMILIA: Was soll ich tun! *Die Hände ringend.*

DER PRINZ: Wie, mein Fräulein? Sollten Sie einen Verdacht gegen mich hegen? –

EMILIA *die vor ihm niederfällt*: Zu Ihren Füßen, gnädiger Herr –

DER PRINZ *sie aufhebend*: Ich bin äußerst beschämt. – Ja, Emilia, ich verdiene diesen stummen Vorwurf. – Mein Betragen diesen Morgen, ist nicht zu rechtfertigen: – zu entschuldigen höchstens. Verzeihen Sie meiner Schwachheit. Ich hätte Sie mit keinem Geständnisse beunruhigen sollen, von dem ich keinen Vorteil zu erwarten habe. Auch ward ich durch die sprachlose Bestürzung, mit der Sie es anhörten, oder vielmehr nicht anhörten, genugsam bestraft. – Und könnt ich schon diesen Zufall, der mir nochmals, ehe alle meine Hoffnung auf ewig verschwindet – mir nochmals das Glück Sie zu sehen und zu sprechen verschafft; könnt ich schon diesen Zufall für den Wink eines günstigen Glückes erklären – für den wunderbarsten Aufschub meiner endlichen Verurteilung erklären, um nochmals um Gnade flehen zu dürfen: so will ich doch – Beben Sie nicht, mein Fräulein – einzig und allein von Ihrem Blicke abhangen. Kein Wort, kein Seufzer, soll Sie beleidigen. – Nur kränke mich nicht Ihr Mißtrauen. Nur zweifeln Sie keinen Augenblick an der unumschränktesten Gewalt, die Sie über mich haben. Nur falle Ihnen nie bei, daß Sie eines andern Schutzes gegen mich bedürfen. – Und nun kommen Sie, mein Fräulein – kommen Sie, wo Entzückungen auf Sie warten, die Sie mehr billigen. *Er führt sie, nicht ohne Sträuben, ab.* Folgen Sie uns, Marinelli. –

MARINELLI: Folgen Sie uns – das mag heißen: folgen Sie uns nicht! – Was hätte ich ihnen auch zu folgen? Er mag sehen, wie weit er es unter vier Augen mit ihr bringt. – Alles, was ich zu tun habe, ist – zu verhindern, daß sie nicht gestöret werden. Von dem Grafen zwar, hoffe ich nun wohl nicht. Aber von der Mutter; von der Mutter! Es sollte mich sehr wundern, wenn die so ruhig abgezogen wäre, und ihre Tochter im Stiche gelassen hätte. – Nun, Battista? was gibt's?

SECHSTER AUFTRITT

BATTISTA. MARINELLI.

BATTISTA *eiligst*: Die Mutter, Herr Kammerherr –

MARINELLI: Dacht ich's doch! – Wo ist sie?

BATTISTA: Wann Sie ihr nicht zuvorkommen, so wird sie den Augenblick hiersein. – Ich war gar nicht willens, wie Sie mir zum Schein geboten, mich nach ihr umzusehen: als ich ihr Geschrei von weitem hörte. Sie ist der Tochter auf der Spur, und wo nur nicht – unserm ganzen Anschlage! Alles, was in dieser einsamen Gegend von Menschen ist, hat sich um sie versammelt; und jeder will der sein, der ihr den Weg weiset. Ob man ihr schon gesagt, daß der Prinz hier ist, daß Sie hier sind, weiß ich nicht. – Was wollen Sie tun?

MARINELLI: Laß sehen! – *Er überlegt.* Sie nicht einlassen, wenn sie weiß, daß die Tochter hier ist? – Das geht nicht. – Freilich, sie wird Augen machen, wenn sie den Wolf bei dem Schäfchen sieht. – Augen? Das möchte noch sein. Aber der Himmel sei unsern Ohren gnädig! – Nun was? die beste Lunge erschöpft sich; auch sogar eine weibliche. Sie hören alle auf zu schreien, wenn sie nicht mehr können. – Dazu, es ist doch einmal die Mutter, die wir auf unserer Seite haben müssen. – Wenn ich die Mütter recht kenne: – so etwas von einer Schwiegermutter eines Prinzen zu sein, schmeichelt die meisten. – Laß sie kommen, Battista, laß sie kommen!

BATTISTA: Hören Sie! hören Sie!

CLAUDIA GALOTTI *innerhalb*: Emilia! Emilia! Mein Kind, wo bist du?

MARINELLI: Geh, Battista, und suche nur ihre neugierigen Begleiter zu entfernen.

SIEBENTER AUFTRITT

CLAUDIA GALOTTI. BATTISTA. MARINELLI.

CLAUDIA *die in die Türe tritt, indem Battista herausgehen will*: Ha! der hob sie aus dem Wagen! Der führte sie fort! Ich erkenne dich. Wo ist sie? Sprich, Unglücklicher!

BATTISTA: Das ist mein Dank?

CLAUDIA: Oh, wenn du Dank verdienest: *In einem gelinden Tone.* – so verzeihe mir, ehrlicher Mann! – Wo ist sie? – Laßt mich sie nicht länger entbehren. Wo ist sie?

BATTISTA: Oh, Ihre Gnaden, Sie könnte in dem Schoße der Seligkeit nicht aufgehobner sein. – Hier mein Herr wird Ihre Gnaden zu ihr führen. *Gegen einige Leute, welche nachdringen wollen:* Zurück da! ihr!

ACHTER AUFTRITT

CLAUDIA GALOTTI. MARINELLI.

CLAUDIA: Dein Herr? – *Erblicket den Marinelli und fährt zurück.* Ha! – Das dein Herr? – Sie hier, mein Herr? Und hier meine Tochter? Und Sie, Sie sollen mich zu ihr führen?

MARINELLI: Mit vielem Vergnügen, gnädige Frau.

CLAUDIA: Halten Sie! – Eben fällt mir es bei – Sie waren es ja – nicht? – Der den Grafen diesen Morgen in meinem Hause aufsuchte? mit dem ich ihn allein ließ? mit dem er Streit bekam?

MARINELLI: Streit? – Was ich nicht wüßte: ein unbedeutender Wortwechsel in herrschaftlichen Angelegenheiten –

CLAUDIA: Und Marinelli heißen Sie?

MARINELLI: Marchese Marinelli.

CLAUDIA: So ist es richtig. – Hören Sie doch, Herr Marchese. – Marinelli war – der Name Marinelli war – begleitet mit einer Verwünschung – Nein, daß ich den edeln Mann nicht verleumde! – begleitet mit keiner Verwünschung – Die Verwünschung denk ich hinzu. – Der Name Marinelli war das letzte Wort des sterbenden Grafen.

MARINELLI: Des sterbenden Grafen? Grafen Appiani? – Sie hören, gnädige Frau, was mir in Ihrer seltsamen Rede am meisten auffällt. – Des sterbenden Grafen? – Was Sie sonst sagen wollen, versteh ich nicht.

CLAUDIA *bitter und langsam*: Der Name Marinelli war das letzte Wort des sterbenden Grafen! – Verstehen Sie nun? – Ich verstand es erst auch nicht: obschon mit einem Tone gesprochen – mit einem Tone! – Ich höre ihn noch! Wo waren meine Sinne, daß sie diesen Ton nicht sogleich verstanden?

MARINELLI: Nun, gnädige Frau? – Ich war von jeher des Grafen Freund; sein vertrautester Freund. Also, wenn er mich noch im Sterben nannte –

CLAUDIA: Mit dem Tone? – Ich kann ihn nicht nachmachen; ich kann ihn nicht beschreiben: aber er enthielt alles! alles! – Was? Räuber wären es gewesen, die uns anfielen? – Mörder waren es; erkaufte Mörder! – Und Marinelli, Marinelli war das letzte Wort des sterbenden Grafen! Mit einem Tone!

MARINELLI: Mit einem Tone? – Ist es erhört, auf einen Ton, in einem Augenblicke des Schreckens vernommen, die Anklage eines rechtschaffnen Mannes zu gründen?

CLAUDIA: Ha, könnt ich ihn nur vor Gerichte stellen, diesen Ton! – Doch, weh mir! Ich vergesse darüber meine Tochter. – Wo ist sie? – Wie? auch tot? – Was konnte meine Tochter dafür, daß Appiani dein Feind war?

MARINELLI: Ich verzeihe der bangen Mutter. – Kommen Sie, gnädige Frau – Ihre Tochter ist hier; in einem von den nächsten Zimmern: und hat sich hoffentlich von ihrem Schrecken schon völlig erholt. Mit der zärtlichsten Sorgfalt ist der Prinz selbst um sie beschäftiget –

CLAUDIA: Wer? – Wer selbst?

MARINELLI: Der Prinz.

CLAUDIA: Der Prinz? – Sagen Sie wirklich, der Prinz? – Unser Prinz?

MARINELLI: Welcher sonst?

CLAUDIA: Nun dann! – Ich unglückselige Mutter! – Und ihr Vater! ihr Vater! – Er wird den Tag ihrer Geburt verfluchen. Er wird mich verfluchen.

MARINELLI: Um des Himmels willen, gnädige Frau! Was fällt Ihnen nun ein?

CLAUDIA: Es ist klar! – Ist es nicht? – Heute im Tempel! vor den Augen der Allerreinesten! in der nähern Gegenwart des Ewigen! – begann das Bubenstück; da brach es aus! *Gegen den Marinelli:* Ha, Mörder! feiger, elender Mörder! Nicht tapfer genug, mit eigner Hand zu morden: aber nichtswürdig genug, zu Befriedigung eines fremden Kitzels zu morden! – morden zu lassen! – Abschaum aller Mörder! – Was ehrliche Mörder sind, werden dich unter sich nicht dulden! Dich! Dich! – Denn warum soll ich dir nicht alle meine Galle, allen meinen Geifer mit einem einzigen Worte ins Gesicht speien? – Dich! Dich Kuppler!

MARINELLI: Sie schwärmen, gute Frau. – Aber mäßigen Sie wenigstens Ihr wildes Geschrei, und bedenken Sie, wo Sie sind.

CLAUDIA: Wo ich bin? Bedenken, wo ich bin? – Was kümmert es die Löwin, der man die Jungen geraubet, in wessen Walde sie brüllet?

EMILIA *innerhalb*: Ha, meine Mutter! Ich höre meine Mutter!

CLAUDIA: Ihre Stimme? Das ist sie! Sie hat mich gehört; sie hat mich gehört. Und ich sollte nicht schreien? – Wo bist du, mein Kind? Ich komme, ich komme!

Sie stürzt in das Zimmer, und Marinelli ihr nach.

VIERTER AUFZUG

Die Szene bleibt.

Erster Auftritt

Der Prinz. Marinelli.

DER PRINZ *als aus dem Zimmer von Emilien kommend*: Kommen Sie, Marinelli! Ich muß mich erholen – und muß Licht von Ihnen haben.

MARINELLI: O der mütterlichen Wut! Ha! ha! ha!

DER PRINZ: Sie lachen?

MARINELLI: Wenn Sie gesehen hätten, Prinz, wie toll sich hier, hier im Saale, die Mutter gebärdete – Sie hörten sie ja wohl schreien! – und wie zahm sie auf einmal ward, bei dem ersten

Anblicke von Ihnen – – Ha! ha! – Das weiß ich ja wohl, daß keine Mutter einem Prinzen die Augen auskratzt, weil er ihre Tochter schön findet.

DER PRINZ: Sie sind ein schlechter Beobachter! – Die Tochter stürzte der Mutter ohnmächtig in die Arme. Darüber vergaß die Mutter ihre Wut: nicht über mir. Ihre Tochter schonte sie, nicht mich; wenn sie es nicht lauter, nicht deutlicher sagte – was ich lieber selbst nicht gehört, nicht verstanden haben will.

MARINELLI: Was, gnädiger Herr?

DER PRINZ: Wozu die Verstellung? – Heraus damit. Ist es wahr? oder ist es nicht wahr?

MARINELLI: Und wenn es denn wäre!

DER PRINZ: Wenn es denn wäre? – Also ist es? – Er ist tot? tot? – *Drohend:* Marinelli! Marinelli!

MARINELLI: Nun?

DER PRINZ: Bei Gott! bei dem allgerechten Gott! ich bin unschuldig an diesem Blute. – Wenn Sie mir vorher gesagt hätten, daß es dem Grafen das Leben kosten werde – Nein, nein! und wenn es mir selbst das Leben gekostet hätte! –

MARINELLI: Wenn ich Ihnen vorher gesagt hätte? – Als ob sein Tod in meinem Plane gewesen wäre! Ich hatte es dem Angelo auf die Seele gebunden, zu verhüten, daß niemanden Leides geschähe. Es würde auch ohne die geringste Gewalttätigkeit abgelaufen sein, wenn sich der Graf nicht die erste erlaubt hätte. Er schoß Knall und Fall den einen nieder.

DER PRINZ: Wahrlich; er hätte sollen Spaß verstehen!

MARINELLI: Daß Angelo sodann in Wut kam, und den Tod seines Gefährten rächte –

DER PRINZ: Freilich, das ist sehr natürlich!

MARINELLI: Ich hab es ihm genug verwiesen.

DER PRINZ: Verwiesen? Wie freundschaftlich! – Warnen Sie ihn, daß er sich in meinem Gebiete nicht betreten läßt. Mein Verweis möchte so freundschaftlich nicht sein.

MARINELLI: Recht wohl! – Ich und Angelo; Vorsatz und Zufall: alles ist eins. – Zwar ward es voraus bedungen, zwar ward es voraus versprochen, daß keiner der Unglücksfälle, die sich dabei eräugnen könnten, mir zuschulden kommen solle –

DER PRINZ: Die sich dabei eräugnen – könnten, sagen Sie? oder sollten?

MARINELLI: Immer besser! – Doch, gnädiger Herr – ehe Sie mir es mit dem trocknen Worte sagen, wofür Sie mich halten – eine einzige Vorstellung! Der Tod des Grafen ist mir nichts weniger, als gleichgültig. Ich hatte ihn ausgefodert; er war mir Genugtuung schuldig, er ist ohne diese aus der Welt gegangen; und meine Ehre bleibt beleidiget. Gesetzt, ich verdiente unter jeden andern Umständen den Verdacht, den Sie gegen mich hegen: aber auch unter diesen? – *Mit einer angenommenen Hitze:* Wer das von mir denken kann! –

DER PRINZ *nachgebend*: Nun gut, nun gut –

MARINELLI: Daß er noch lebte! O daß er noch lebte! Alles, alles in der Welt wollte ich darum geben – *Bitter:* selbst die Gnade meines Prinzen – diese unschätzbare, nie zu verscherzende Gnade – wollt ich drum geben!

DER PRINZ: Ich verstehe. – Nun gut, nun gut. Sein Tod war Zufall, bloßer Zufall. Sie versichern es; und ich, ich glaub es. – Aber wer mehr? Wer wird es mehr glauben? Auch der Vater? Auch die Mutter? Auch Emilia? – Auch die Welt?

MARINELLI *kalt*: Schwerlich.

DER PRINZ: Und wenn man es nicht glaubt, was wird man denn glauben? – Sie zucken die Achsel? – Ihren Angelo wird man für das Werkzeug, und mich für den Täter halten –

MARINELLI *noch kälter*: Wahrscheinlich genug.

DER PRINZ: Mich! mich selbst! – Oder ich muß von Stund an alle Absicht auf Emilien aufgeben –

MARINELLI *höchst gleichgültig*: Was Sie auch gemußt hätten – wenn der Graf noch lebte. –

DER PRINZ *heftig, aber sich gleich wieder fassend*: Marinelli! – Doch, Sie sollen mich nicht wild machen. – Es sei so – Es ist so! Und das wollen Sie doch nur sagen: der Tod des Grafen ist für mich ein Glück – Das größte Glück, was mir begegnen konnte – das einzige Glück, was meiner Liebe zustatten kommen konnte. Und als dieses – mag er doch geschehen sein, wie er will! – Ein Graf mehr in der Welt, oder weniger! Denke ich Ihnen so recht? – Topp! auch ich erschrecke vor einem kleinen Verbrechen nicht. Nur, guter Freund, muß es ein kleines stilles Verbrechen, ein kleines heilsames Verbrechen sein. Und sehen Sie, unseres da, wäre nun gerade weder stille noch heilsam. Es hätte den Weg zwar gereiniget, aber zugleich gesperrt. Jedermann würde es uns auf den Kopf zusagen – und leider hätten wir es gar nicht einmal begangen! – Das liegt doch wohl nur bloß an Ihren weisen, wunderbaren Anstalten?

MARINELLI: Wenn Sie so befehlen –

DER PRINZ: Woran sonst? – Ich will Rede!

MARINELLI: Es kömmt mehr auf meine Rechnung, was nicht darauf gehört.

DER PRINZ: Rede will ich!

MARINELLI: Nun dann. Was läge an meinen Anstalten? daß den Prinzen bei diesem Unfalle ein so sichtbarer Verdacht trifft? – An dem Meisterstreiche liegt das, den er selbst meinen Anstalten mit einzumengen die Gnade hatte.

DER PRINZ: Ich?

MARINELLI: Er erlaube mir, ihm zu sagen, daß der Schritt, den er heute morgen in der Kirche getan – mit so vielem Anstande er ihn auch getan – so unvermeidlich er ihn auch tun mußte – daß dieser Schritt dennoch nicht in den Tanz gehörte.

DER PRINZ: Was verdarb er denn auch?

MARINELLI: Freilich nicht den ganzen Tanz: aber doch voritzo den Takt.

DER PRINZ: Hm! Versteh ich Sie?

MARINELLI: Also, kurz und einfältig. Da ich die Sache übernahm, nicht wahr, da wußte Emilia von der Liebe des Prinzen noch nichts? Emiliens Mutter noch weniger. Wenn ich nun auf diesen Umstand baute? und der Prinz indes den Grund meines Gebäudes untergrub? –

DER PRINZ *sich vor die Stirne schlagend*: Verwünscht!

MARINELLI: Wenn er es nun selbst verriet, was er im Schilde führe?

DER PRINZ: Verdammter Einfall!

MARINELLI: Und wenn er es nicht selbst verraten hätte? – Traun! Ich möchte doch wissen, aus welcher meiner Anstalten, Mutter oder Tochter den geringsten Argwohn gegen ihn schöpfen könnte?

DER PRINZ: Daß Sie recht haben!

MARINELLI: Daran tu ich freilich sehr unrecht – Sie werden verzeihen, gnädiger Herr –

Zweiter Auftritt

Battista. Der Prinz. Marinelli.

BATTISTA *eiligst*: Eben kömmt die Gräfin an.
DER PRINZ: Die Gräfin? Was für eine Gräfin?
BATTISTA: Orsina.
DER PRINZ: Orsina? – Marinelli! – Orsina? – Marinelli!
MARINELLI: Ich erstaune darüber, nicht weniger als Sie selbst.
DER PRINZ: Geh, lauf, Battista: sie soll nicht aussteigen. Ich bin nicht hier. Ich bin für sie nicht hier. Sie soll augenblicklich wieder umkehren. Geh, lauf! *–Battista geht ab.* Was will die Närrin? Was untersteht sie sich? Wie weiß sie, daß wir hier sind? Sollte sie wohl auf Kundschaft kommen? Sollte sie wohl schon etwas vernommen haben? – Ah, Marinelli! So reden Sie, so antworten Sie doch! – Ist er beleidiget der Mann, der mein Freund sein will? Und durch einen elenden Wortwechsel beleidiget? Soll ich ihn um Verzeihung bitten?
MARINELLI: Ah, mein Prinz, sobald Sie wieder Sie sind, bin ich mit ganzer Seele wieder der Ihrige! – Die Ankunft der Orsina ist mir ein Rätsel, wie Ihnen. Doch abweisen wird sie schwerlich sich lassen. Was wollen Sie tun?
DER PRINZ: Sie durchaus nicht sprechen; mich entfernen –
MARINELLI: Wohl! und nur geschwind. Ich will sie empfangen –
DER PRINZ: Aber bloß, um sie gehen zu heißen. – Weiter geben Sie mit ihr sich nicht ab. Wir haben andere Dinge hier zu tun –
MARINELLI: Nicht doch, Prinz! Diese andern Dinge sind getan. Fassen Sie doch Mut! Was noch fehlt, kömmt sicherlich von selbst. – Aber hör ich sie nicht schon? – Eilen Sie, Prinz! – Da, *Auf ein Kabinett zeigend, in welches sich der Prinz begibt.* wenn Sie wollen, werden Sie uns hören können. – Ich fürchte, ich fürchte, sie ist nicht zu ihrer besten Stunde ausgefahren.

Dritter Auftritt

Die Gräfin Orsina. Marinelli.

ORSINA *ohne den Marinelli anfangs zu erblicken*: Was ist das? – Niemand kömmt mir entgegen, außer ein Unverschämter, der mir lieber gar den Eintritt verweigert hätte? – Ich bin doch zu Dosalo? Zu dem Dosalo, wo mir sonst ein ganzes Heer geschäftiger Augendiener entgegenstürzte? wo mich sonst Liebe und Entzücken erwarteten? – Der Ort ist es: aber, aber! – Sieh da, Marinelli! – Recht gut, daß der Prinz Sie mitgenommen. – Nein, nicht gut! Was ich mit ihm auszumachen hätte, hätte ich nur mit ihm auszumachen. – Wo ist er?

MARINELLI: Der Prinz, meine gnädige Gräfin?

ORSINA: Wer sonst?

MARINELLI: Sie vermuten ihn also hier? wissen ihn hier? – Er wenigstens ist der Gräfin Orsina hier nicht vermutend.

ORSINA: Nicht? So hat er meinen Brief heute morgen nicht erhalten?

MARINELLI: Ihren Brief? Doch ja; ich erinnere mich, daß er eines Briefes von Ihnen erwähnte.

ORSINA: Nun? habe ich ihn nicht in diesem Briefe auf heute um eine Zusammenkunft hier auf Dosalo gebeten? – Es ist wahr, es hat ihm nicht beliebet, mir schriftlich zu antworten. Aber ich erfuhr, daß er eine Stunde darauf wirklich nach Dosalo abgefahren. Ich glaubte, das sei Antworts genug; und ich komme.

MARINELLI: Ein sonderbarer Zufall!

ORSINA: Zufall? – Sie hören ja, daß es verabredet worden. So gut, als verabredet. Von meiner Seite, der Brief: von seiner, die Tat. – Wie er dasteht, der Herr Marchese! Was er für Augen macht! Wundert sich das Gehirnchen? und worüber denn?

MARINELLI: Sie schienen gestern so weit entfernt, dem Prinzen jemals wieder vor die Augen zu kommen.

ORSINA: Beßrer Rat kömmt über Nacht. – Wo ist er? wo ist er? – Was gilt's, er ist in dem Zimmer, wo ich das Gequicke, das Gekreusche hörte? – Ich wollte herein, und der Schurke vom Bedienten trat vor.

MARINELLI: Meine liebste, beste Gräfin –

ORSINA: Es war ein weibliches Gekreusche. Was gilt's, Marinelli? – O sagen Sie mir doch, sagen Sie mir – wenn ich anders Ihre liebste, beste Gräfin bin – Verdammt, über das Hofgeschmeiß! Soviel Worte, soviel Lügen! – Nun, was liegt daran, ob Sie mir es voraus sagen, oder nicht? Ich werd es ja wohl sehen. *Will gehen.*

MARINELLI *der sie zurückhält*: Wohin?

ORSINA: Wo ich längst sein sollte. – Denken Sie, daß es schicklich ist, mit Ihnen hier in dem Vorgemache einen elenden

Schnickschnack zu halten, indes der Prinz in dem Gemache auf mich wartet?

MARINELLI: Sie irren sich, gnädige Gräfin. Der Prinz erwartet Sie nicht. Der Prinz kann Sie hier nicht sprechen – will Sie nicht sprechen.

ORSINA: Und wäre doch hier? und wäre doch auf meinen Brief hier?

MARINELLI: Nicht auf Ihren Brief –

ORSINA: Den er ja erhalten, sagen Sie –

MARINELLI: Erhalten, aber nicht gelesen.

ORSINA *heftig*: Nicht gelesen? – *Minder heftig:* Nicht gelesen? – *Wehmütig, und eine Träne aus dem Auge wischend:* Nicht einmal gelesen?

MARINELLI: Aus Zerstreuung, weiß ich – Nicht aus Verachtung.

ORSINA *stolz*: Verachtung? – Wer denkt daran? – Wem brauchen Sie das zu sagen? – Sie sind ein unverschämter Tröster, Marinelli! – Verachtung! Verachtung! Mich verachtet man auch! mich! – *Gelinder, bis zum Tone der Schwermut:* Freilich liebt er mich nicht mehr. Das ist ausgemacht. Und an die Stelle der Liebe trat in seiner Seele etwas anders. Das ist natürlich. Aber warum denn eben Verachtung? Es braucht ja nur Gleichgültigkeit zu sein. Nicht wahr, Marinelli?

MARINELLI: Allerdings, allerdings.

ORSINA *höhnisch*: Allerdings? – O des weisen Mannes, den man sagen lassen kann, was man will! – Gleichgültigkeit! Gleichgültigkeit an die Stelle der Liebe? – Das heißt, nichts an die Stelle von etwas. Denn lernen Sie, nachplauderndes Hofmännchen, lernen Sie von einem Weibe, daß Gleichgültigkeit ein leeres Wort, ein bloßer Schall ist, dem nichts, gar nichts entspricht. Gleichgültig ist die Seele nur gegen das, woran sie nicht denkt; nur gegen ein Ding, das für sie kein Ding ist. Und nur gleichgültig für ein Ding, das kein Ding ist – das ist soviel, als gar nicht gleichgültig. – Ist dir das zu hoch, Mensch?

MARINELLI *vor sich*: O weh! wie wahr ist es, was ich fürchtete!

ORSINA: Was murmeln Sie da?

MARINELLI: Lauter Bewunderung! – Und wem ist es nicht bekannt, gnädige Gräfin, daß Sie eine Philosophin sind?

ORSINA: Nicht wahr? – Ja, ja; ich bin eine. – Aber habe ich mir es itzt merken lassen, daß ich eine bin? – O pfui, wenn ich mir es habe merken lassen; und wenn ich mir es öftrer habe merken lassen! Ist es wohl noch Wunder, daß mich der Prinz verachtet? Wie kann ein Mann ein Ding lieben, das, ihm zum Trotze, auch denken will? Ein Frauenzimmer, das denket, ist ebenso ekel als ein Mann, der sich schminket. Lachen soll es, nichts als lachen, um immerdar den gestrengen Herrn der Schöpfung, bei guter Laune zu erhalten. – Nun, worüber lach ich denn gleich, Marinelli? – Ach, ja wohl! Über den Zufall! daß ich dem Prinzen schreibe, er soll nach Dosalo kommen; daß der Prinz meinen Brief nicht lieset, und daß er doch nach Dosalo kömmt. Ha! ha! ha! Wahrlich ein sonderbarer Zufall! Sehr lustig, sehr närrisch! – Und Sie lachen nicht mit, Marinelli? – Mitlachen kann ja wohl der gestrenge Herr der Schöpfung, ob wir arme Geschöpfe gleich nicht mitdenken dürfen. – *Ernsthaft und befehlend:* So lachen Sie doch!

MARINELLI: Gleich, gnädige Gräfin, gleich!

ORSINA: Stock! Und darüber geht der Augenblick vorbei. Nein, nein, lachen Sie nur nicht. – Denn sehen Sie, Marinelli, *Nachdenkend bis zur Rührung:* was mich so herzlich zu lachen macht, das hat auch seine ernsthafte – sehr ernsthafte Seite. Wie alles in der Welt! – Zufall? Ein Zufall wär es, daß der Prinz nicht daran gedacht, mich hier zu sprechen, und mich doch hier sprechen muß? Ein Zufall? – Glauben Sie mir, Marinelli: das Wort Zufall ist Gotteslästerung. Nichts unter der Sonne ist Zufall; – am wenigsten das, wovon die Absicht so klar in die Augen leuchtet. – Allmächtige, allgütige Vorsicht, vergib mir, daß ich mit diesem albernen Sünder einen Zufall genennet habe, was so offenbar dein Werk, wohl gar dein unmittelbares Werk ist! – *Hastig gegen Marinelli:* Kommen Sie mir, und verleiten Sie mich noch einmal zu so einem Frevel!

MARINELLI *vor sich*: Das geht weit! – Aber gnädige Gräfin –

ORSINA: Still mit dem Aber! Die Aber kosten Überlegung: – und mein Kopf! mein Kopf! *Sich mit der Hand die Stirne haltend.* – Machen Sie, Marinelli, machen Sie, daß ich ihn bald spreche, den Prinzen; sonst bin ich es wohl gar nicht imstande. – Sie sehen, wir sollen uns sprechen; wir müssen uns sprechen –

Vierter Auftritt

Der Prinz. Orsina. Marinelli.

DER PRINZ *indem er aus dem Kabinett tritt, vor sich*: Ich muß ihm zu Hülfe kommen –

ORSINA *die ihn erblickt, aber unentschlüssig bleibt, ob sie auf ihn zugehen soll*: Ha! da ist er.

DER PRINZ *geht quer über den Saal, bei ihr vorbei, nach den andern Zimmern, ohne sich im Reden aufzuhalten*: Sieh da! unsere schöne Gräfin. – Wie sehr betaure ich, Madame, daß ich mir die Ehre Ihres Besuchs für heute so wenig zunutze machen kann! Ich bin beschäftiget. Ich bin nicht allein. – Ein andermal, meine liebe Gräfin! Ein andermal. – Itzt halten Sie länger sich nicht auf. Ja nicht länger! – Und Sie, Marinelli, ich erwarte Sie.

Fünfter Auftritt

Orsina. Marinelli.

MARINELLI: Haben Sie es, gnädige Gräfin, nun von ihm selbst gehört, was Sie mir nicht glauben wollen?

ORSINA *wie betäubt*: Hab ich, hab ich wirklich?

MARINELLI: Wirklich.

ORSINA *mit Rührung*: „Ich bin beschäftiget. Ich bin nicht allein." Ist das die Entschuldigung ganz, die ich wert bin? Wen weiset man damit nicht ab? Jeden Überlästigen, jeden Bettler. Für mich keine einzige Lüge mehr? Keine einzige kleine Lüge mehr, für mich? – Beschäftiget? womit denn? Nicht allein? wer wäre denn bei ihm? – Kommen Sie, Marinelli; aus Barmherzigkeit, lieber Marinelli! Lügen Sie mir eines auf eigene Rechnung vor. Was kostet Ihnen denn eine Lüge? – Was hat er zu tun? Wer ist bei ihm? – Sagen Sie mir; sagen Sie mir, was Ihnen zuerst in den Mund kömmt – und ich gehe.

MARINELLI *vor sich*: Mit dieser Bedingung, kann ich ihr ja wohl einen Teil der Wahrheit sagen.

ORSINA: Nun? Geschwind, Marinelli; und ich gehe. – Er sagte ohnedem, der Prinz: „Ein andermal, meine liebe Gräfin!" *Sagte er* nicht so? – Damit er mir Wort hält, damit er keinen Vorwand hat, mir nicht Wort zu halten: geschwind, Marinelli, Ihre Lüge; und ich gehe.

MARINELLI: Der Prinz, liebe Gräfin, ist wahrlich nicht allein. Es sind Personen bei ihm, von denen er sich keinen Augenblick abmüßigen kann; Personen, die eben einer großen Gefahr entgangen sind. Der Graf Appiani –

ORSINA: Wäre bei ihm? – Schade, daß ich über diese Lüge Sie ertappen muß. Geschwind eine andere. – Denn Graf Appiani, wenn Sie es noch nicht wissen, ist eben von Räubern erschossen worden. Der Wagen mit seinem Leichname begegnete mir kurz vor der Stadt. – Oder ist er nicht? Hätte es mir bloß geträumet?

MARINELLI: Leider nicht bloß geträumet! – Aber die andern, die mit dem Grafen waren, haben sich glücklich hierher nach dem Schlosse gerettet: seine Braut nämlich, und die Mutter der Braut, mit welchen er nach Sabionetta zu seiner feierlichen Verbindung fahren wollte.

ORSINA: Also die? Die sind bei dem Prinzen? die Braut? und die Mutter der Braut? – Ist die Braut schön?

MARINELLI: Dem Prinzen geht ihr Unfall ungemein nahe.

ORSINA: Ich will hoffen; auch wenn sie häßlich wäre. Denn ihr Schicksal ist schrecklich. – Armes gutes Mädchen, eben da er dein auf immer werden sollte, wird er dir auf immer entrissen! – Wer ist sie denn, diese Braut? Kenn ich sie gar? – Ich bin so lange aus der Stadt, daß ich von nichts weiß.

MARINELLI: Es ist Emilia Galotti.

ORSINA: Wer? – Emilia Galotti? Emilia Galotti? – Marinelli! daß ich diese Lüge nicht für Wahrheit nehme!

MARINELLI: Wieso?

ORSINA: Emilia Galotti?

MARINELLI: Die Sie schwerlich kennen werden –

ORSINA: Doch! doch! Wenn es auch nur von heute wäre. – Im Ernst, Marinelli? Emilia Galotti? – Emilia Galotti wäre die unglückliche Braut, die der Prinz tröstet?

MARINELLI *vor sich*: Sollte ich ihr schon zu viel gesagt haben?

ORSINA: Und Graf Appiani war der Bräutigam dieser Braut? der eben erschossene Appiani?

MARINELLI: Nicht anders.

ORSINA: Bravo! o bravo! bravo! *In die Hände schlagend.*

MARINELLI: Wie das?

ORSINA: Küssen möcht ich den Teufel, der ihn dazu verleitet hat!

MARINELLI: Wen? verleitet? wozu?

ORSINA: Ja, küssen, küssen möcht ich ihn – Und wenn Sie selbst dieser Teufel wären, Marinelli.

MARINELLI: Gräfin!

ORSINA: Kommen Sie her! Sehen Sie mich an! steif an! Aug in Auge!

MARINELLI: Nun?

ORSINA: Wissen Sie nicht, was ich denke?

MARINELLI: Wie kann ich das?

ORSINA: Haben Sie keinen Anteil daran?

MARINELLI: Woran?

ORSINA: Schwören Sie! – Nein, schwören Sie nicht. Sie möchten eine Sünde mehr begehen – Oder ja; schwören Sie nur. Eine Sünde mehr oder weniger für einen, der doch verdammt ist! – Haben Sie keinen Anteil daran?

MARINELLI: Sie erschrecken mich, Gräfin.

ORSINA: Gewiß? – Nun, Marinelli, argwohnet Ihr gutes Herz auch nichts?

MARINELLI: Was? worüber?

ORSINA: Wohl – so will ich Ihnen etwas vertrauen; – etwas, das Ihnen jedes Haar auf dem Kopfe zu Berge sträuben soll. – Aber hier, so nahe an der Türe, möchte uns jemand hören. Kommen Sie hieher. – Und! *Indem sie den Finger auf den Mund legt:* Hören Sie! ganz in geheim! ganz in geheim! *und ihren Mund seinem Ohre nähert, als ob sie ihm zuflüstern wollte, was sie aber sehr laut ihm zuschreiet:* Der Prinz ist ein Mörder!

MARINELLI: Gräfin – Gräfin – sind Sie ganz von Sinnen?

ORSINA: Von Sinnen? Ha! ha! ha! *Aus vollem Halse lachend.* Ich bin selten, oder nie, mit meinem Verstande so wohl zufrieden gewesen, als eben itzt. – Zuverlässig, Marinelli; – aber es bleibt unter uns – *Leise:* der Prinz ist ein Mörder! Des Grafen Appiani Mörder! – Den haben nicht Räuber, den haben Helfershelfer des Prinzen, den hat der Prinz umgebracht!

MARINELLI: Wie kann Ihnen so eine Abscheulichkeit in den Mund, in die Gedanken kommen?

ORSINA: Wie? – Ganz natürlich. – Mit dieser Emilia Galotti, die hier bei ihm ist – deren Bräutigam so über Hals über Kopf sich aus der Welt trollen müssen – mit dieser Emilia Galotti hat der Prinz heute morgen, in der Halle bei den Dominikanern, ein langes und breites gesprochen. Das weiß ich; das haben meine Kundschafter gesehen. Sie haben auch gehört, was er mit ihr gesprochen. – Nun, guter Herr? Bin ich von Sinnen? Ich reime, dächt ich, doch noch so ziemlich zusammen, was zusammengehört. – Oder trifft auch das nur so von ungefähr zu? Ist Ihnen auch das Zufall? Oh, Marinelli, so verstehen Sie auf die Bosheit der Menschen sich ebenso schlecht, als auf die Vorsicht.

MARINELLI: Gräfin, Sie würden sich um den Hals reden –

ORSINA: Wenn ich das mehrern sagte? – Desto besser, desto besser! – Morgen will ich es auf dem Markte ausrufen. – Und wer mir widerspricht – wer mir widerspricht, der war des Mörders Spießgeselle. – Leben Sie wohl. *Indem sie fortgehen will, begegnet sie an der Türe dem alten Galotti, der eiligst hereintritt.*

Sechster Auftritt

Odoardo Galotti. Die Gräfin. Marinelli.

ODOARDO: Verzeihen Sie, gnädige Frau –

ORSINA: Ich habe hier nichts zu verzeihen. Denn ich habe hier nichts übelzunehmen – An diesen Herrn wenden Sie sich. *Ihn nach dem Marinelli weisend.*

MARINELLI *indem er ihn erblicket, vor sich*: Nun vollends! der Alte! –

ODOARDO: Vergeben Sie, mein Herr, einem Vater, der in der äußersten Bestürzung ist – daß er so unangemeldet hereintritt.

ORSINA: Vater? *Kehrt wieder um.* Der Emilia, ohne Zweifel. – Ha, willkommen!

ODOARDO: Ein Bedienter kam mir entgegengesprengt, mit der Nachricht, daß hierherum die Meinigen in Gefahr wären. Ich fliege herzu, und höre, daß der Graf Appiani verwundet worden; daß er nach der Stadt zurückgekehret; daß meine Frau und Tochter sich in das Schloß gerettet. – Wo sind sie, mein Herr? wo sind sie?

MARINELLI: Sein Sie ruhig, Herr Oberster. Ihrer Gemahlin und Ihrer Tochter ist nichts Übles widerfahren; den Schreck ausgenommen. Sie befinden sich beide wohl. Der Prinz ist bei ihnen. Ich gehe sogleich, Sie zu melden.

ODOARDO: Warum melden? erst melden?

MARINELLI: Aus Ursachen – von wegen – Von wegen des Prinzen. Sie wissen, Herr Oberster, wie Sie mit dem Prinzen stehen. Nicht auf dem freundschaftlichsten Fuße. So gnädig er sich gegen Ihre Gemahlin und Tochter bezeiget: – es sind Damen – Wird darum auch Ihr unvermuteter Anblick ihm gelegen sein?

ODOARDO: Sie haben recht, mein Herr; Sie haben recht.

MARINELLI: Aber, gnädige Gräfin – kann ich vorher die Ehre haben, Sie nach Ihrem Wagen zu begleiten?

ORSINA: Nicht doch, nicht doch.

MARINELLI *sie bei der Hand nicht unsanft ergreifend*: Erlauben Sie, daß ich meine Schuldigkeit beobachte. –

ORSINA: Nur gemach! – Ich erlasse Sie deren, mein Herr. – Daß doch immer Ihresgleichen Höflichkeit zur Schuldigkeit machen; um was eigentlich ihre Schuldigkeit wäre, als die Nebensache betreiben zu dürfen! – Diesen würdigen Mann je eher je lieber zu melden, das ist Ihre Schuldigkeit.

MARINELLI: Vergessen Sie, was Ihnen der Prinz selbst befohlen?

ORSINA: Er komme, und befehle es mir noch einmal. Ich erwarte ihn.

MARINELLI *leise zu dem Obersten, den er beiseite ziehet*: Mein Herr, ich muß Sie hier mit einer Dame lassen, die – der – mit deren Verstande – Sie verstehen mich. Ich sage Ihnen dieses, damit Sie wissen, was Sie auf ihre Reden zu geben haben – deren sie oft sehr seltsame führet. Am besten, Sie lassen sich mit ihr nicht ins Wort.

ODOARDO: Recht wohl. – Eilen Sie nur, mein Herr.

Siebenter Auftritt

Die Gräfin Orsina. Odoardo Galotti.

ORSINA *nach einigem Stillschweigen, unter welchem sie den Obersten mit Mitleid betrachtet; so wie er sie, mit einer flüchtigen Neugierde*: Was er Ihnen auch da gesagt hat, unglücklicher Mann! –

ODOARDO *halb vor sich, halb gegen sie*: Unglücklicher?

ORSINA: Eine Wahrheit war es gewiß nicht; – am wenigsten eine von denen, die auf Sie warten.

ODOARDO: Auf mich warten? – Weiß ich nicht schon genug? – Madame! – Aber, reden Sie nur, reden Sie nur.

ORSINA: Sie wissen nichts.

ODOARDO: Nichts?

ORSINA: Guter, lieber Vater! – Was gäbe ich darum, wann Sie

auch mein Vater wären! – Verzeihen Sie! Die Unglücklichen ketten sich so gern aneinander. – Ich wollte treulich Schmerz und Wut mit Ihnen teilen.

ODOARDO: Schmerz und Wut? Madame! – Aber ich vergesse – Reden Sie nur.

ORSINA: Wenn es gar Ihre einzige Tochter – Ihr einziges Kind wäre! – Zwar einzig, oder nicht. Das unglückliche Kind, ist immer das einzige.

ODOARDO: Das unglückliche? – Madame! – Was will ich von ihr? – Doch, bei Gott, so spricht keine Wahnwitzige!

ORSINA: Wahnwitzige? Das war es also, was er Ihnen von mir vertraute? – Nun, nun; es mag leicht keine von seinen gröbsten Lügen sein. – Ich fühle so was! – Und glauben Sie, glauben Sie mir: wer über gewisse Dinge den Verstand nicht verlieret, der hat keinen zu verlieren. –

ODOARDO: Was soll ich denken?

ORSINA: Daß Sie mich also ja nicht verachten! – Denn auch Sie haben Verstand, guter Alter; auch Sie. – Ich seh es an dieser entschlossenen, ehrwürdigen Miene. Auch Sie haben Verstand; und es kostet mich ein Wort – so haben Sie keinen.

ODOARDO: Madame! – Madame! – Ich habe schon keinen mehr, noch ehe Sie mir dieses Wort sagen, wenn Sie mir es nicht bald sagen. – Sagen Sie es! sagen Sie es! – Oder es ist nicht wahr – es ist nicht wahr, daß Sie von jener guten, unsres Mitleids, unsrer Hochachtung so würdigen Gattung der Wahnwitzigen sind – Sie sind eine gemeine Törin. Sie haben nicht, was Sie nie hatten.

ORSINA: So merken Sie auf! – Was wissen Sie, der Sie schon genug wissen wollen? Daß Appiani verwundet worden? Nur verwundet? – Appiani ist tot!

ODOARDO: Tot? tot? – Ha, Frau, das ist wider die Abrede. Sie wollen mich um den Verstand bringen: und Sie brechen mir das Herz.

ORSINA: Das beiher! – Nur weiter. – Der Bräutigam ist tot: und die *Braut* – *Ihre* Tochter – schlimmer als tot.

ODOARDO: Schlimmer? schlimmer als tot? – Aber doch zugleich, auch tot? – Denn ich kenne nur e i n Schlimmeres –

ORSINA: Nicht zugleich auch tot. Nein, guter Vater, nein! – Sie lebt, sie lebt. Sie wird nun erst recht anfangen zu leben. – Ein Leben voll Wonne! Das schönste, lustigste Schlaraffenleben – solang es dauert.

ODOARDO: Das Wort, Madame; das einzige Wort, das mich um den Verstand bringen soll! heraus damit! – Schütten Sie nicht Ihren Tropfen Gift in einen Eimer. – Das einzige Wort! geschwind.

ORSINA: Nun da; buchstabieren Sie es zusammen! – Des Morgens, sprach der Prinz Ihre Tochter in der Messe; des Nachmittags, hat er sie auf seinem Lust – Lustschlosse.

ODOARDO: Sprach sie in der Messe? Der Prinz meine Tochter?

ORSINA: Mit einer Vertraulichkeit! mit einer Inbrunst! – Sie hatten nichts Kleines abzureden. Und recht gut, wenn es abgeredet worden; recht gut, wenn Ihre Tochter freiwillig sich hierher gerettet! Sehen Sie: so ist es doch keine gewaltsame Entführung; sondern bloß ein kleiner – kleiner Meuchelmord.

ODOARDO: Verleumdung! verdammte Verleumdung! Ich kenne meine Tochter. Ist es Meuchelmord: so ist es auch Entführung. – *Blickt wild um sich, und stampft und schäumet.* Nun, Claudia? Nun, Mütterchen? – Haben wir nicht Freude erlebt! O des gnädigen Prinzen! O der ganz besondern Ehre!

ORSINA: Wirkt es, Alter! wirkt es?

ODOARDO: Da steh ich nun vor der Höhle des Räubers – *Indem er den Rock von beiden Seiten auseinanderschlägt, und sich ohne Gewehr sieht.* Wunder, daß ich aus Eilfertigkeit nicht auch die Hände zurückgelassen! – *An alle Schubsäcke fühlend, als etwas suchend.* Nichts! gar nichts! nirgends!

ORSINA: Ha, ich verstehe! – Damit kann ich aushelfen! – Ich hab einen mitgebracht. *Einen Dolch hervorziehend.* Da nehmen Sie! Nehmen Sie geschwind, eh uns jemand sieht. – Auch hätte ich noch etwas – Gift. Aber Gift ist nur für uns Weiber; nicht für Männer. – Nehmen Sie ihn! *Ihm den Dolch aufdringend.* Nehmen Sie!

ODOARDO: Ich danke, ich danke. – Liebes Kind, wer wieder sagt, daß du eine Närrin bist, der hat es mit mir zu tun.

ORSINA: Stecken Sie beiseite! geschwind beiseite! – Mir – wird die Gelegenheit versagt, Gebrauch davon zu machen. Ihnen wird sie nicht fehlen, diese Gelegenheit: und Sie werden sie ergreifen, die erste, die beste – wenn Sie ein Mann sind. – Ich, ich bin nur ein Weib: aber so kam ich her! Fest entschlossen! – Wir, Alter, wir können uns alles vertrauen. Denn wir sind beide beleidiget; von dem nämlichen Verführer beleidiget. – Ah, wenn Sie wüßten – wenn Sie wüßten, wie überschwenglich, wie unaussprechlich, wie unbegreiflich ich von ihm beleidiget worden, und noch werde: – Sie könnten, Sie würden Ihre eigene Beleidigung darüber vergessen. – Kennen Sie mich? Ich bin Orsina; die betrogene, verlassene Orsina. – Zwar vielleicht nur um Ihre Tochter verlassen. – Doch was kann Ihre Tochter dafür? – Bald wird auch sie verlassen sein. – Und dann wieder eine! – Und wieder eine! – Ha! *Wie in der Entzückung:* welch eine himmlische Phantasie! Wann wir einmal alle – wir, das ganze Heer der Verlassenen – wir alle in Bacchantinnen, in Furien verwandelt, wenn wir alle ihn unter uns hätten, ihn unter uns zerrissen, zerfleischten, sein Eingeweide durchwühlten – um das Herz zu finden, das der Verräter einer jeden versprach, und keiner gab! Ha! das sollte ein Tanz werden! das sollte!

ACHTER AUFTRITT

CLAUDIA GALOTTI. DIE VORIGEN.

CLAUDIA *die im Hereintreten sich umsiehet, und sobald sie ihren Gemahl erblickt, auf ihn zuflieget*: Erraten! – Ah, unser Beschützer, unser Retter! Bist du da, Odoardo? Bist du da? – Aus ihren Wispern, aus ihren Mienen schloß ich es. – Was soll ich dir sagen, wenn du noch nichts weißt? – Was soll ich dir sagen, wenn du schon alles weißt? – Aber wir sind unschuldig. Ich bin unschuldig. Deine Tochter ist unschuldig. Unschuldig, in allem unschuldig!

ODOARDO *der sich bei Erblickung seiner Gemahlin zu fassen gesucht*: Gut, gut. Sei nur ruhig, nur ruhig – und antworte mir. *Gegen die Orsina:* Nicht, Madame, als ob ich noch zweifelte – Ist der Graf tot?

CLAUDIA: Tot.

ODOARDO: Ist es wahr, daß der Prinz heute morgen Emilien in der Messe gesprochen?

CLAUDIA: Wahr. Aber wenn du wüßtest, welchen Schreck es ihr verursacht; in welcher Bestürzung sie nach Hause kam –

ORSINA: Nun hab ich gelogen?

ODOARDO *mit einem bittern Lachen*: Ich wollt auch nicht, Sie hätten! Um wie vieles nicht!

ORSINA: Bin ich wahnwitzig?

ODOARDO *wild hin und her gehend*: Oh – noch bin ich es auch nicht.

CLAUDIA: Du gebotest mir ruhig zu sein; und ich bin ruhig. – Bester Mann, darf auch ich – ich dich bitten –

ODOARDO: Was willst du? Bin ich nicht ruhig? Kann man ruhiger sein, als ich bin? – *Sich zwingend:* Weiß es Emilia, daß Appiani tot ist?

CLAUDIA: Wissen kann sie es nicht. Aber ich fürchte, daß sie es argwohnet; weil er nicht erscheinet. –

ODOARDO: Und sie jammert und winselt –

CLAUDIA: Nicht mehr. – Das ist vorbei: nach ihrer Art, die du kennest. Sie ist die Furchtsamste und Entschlossenste unsers Geschlechts. Ihrer ersten Eindrücke nie mächtig; aber nach der geringsten Überlegung, in alles sich findend, auf alles gefaßt. Sie hält den Prinzen in einer Entfernung; sie spricht mit ihm in einem Tone – Mache nur, Odoardo, daß wir wegkommen.

ODOARDO: Ich bin zu Pferde. – Was zu tun? – Doch, Madame, Sie fahren ja nach der Stadt zurück?

ORSINA: Nicht anders.

ODOARDO: Hätten Sie wohl die Gewogenheit, meine Frau mit sich zu nehmen?

ORSINA: Warum nicht? Sehr gern.

ODOARDO: Claudia – *Ihr die Gräfin bekannt machend.* Die Gräfin Orsina; eine Dame von großem Verstande; meine Freundin, meine Wohltäterin. – Du mußt mit ihr herein; um uns sogleich den Wagen herauszuschicken. Emilia darf nicht wieder nach Guastalla. Sie soll mit mir.

CLAUDIA: Aber – wenn nur – Ich trenne mich ungern von dem Kinde.

ODOARDO: Bleibt der Vater nicht in der Nähe? Man wird ihn endlich doch vorlassen. Keine Einwendung! – Kommen Sie, gnädige Frau. *Leise zu ihr:* Sie werden von mir hören. – Komm Claudia. *Er führt sie ab.*

FÜNFTER AUFZUG

Die Szene bleibt.

ERSTER AUFTRITT

MARINELLI. DER PRINZ.

MARINELLI: Hier, gnädiger Herr, aus diesem Fenster können Sie ihn sehen. Er geht die Arkade auf und nieder. – Eben biegt er ein; er kömmt. – Nein, er kehrt wieder um. – Ganz einig ist er mit sich noch nicht. Aber um ein großes ruhiger ist er – oder scheinet er. Für uns gleichviel! – Natürlich! Was ihm auch beide Weiber in den Kopf gesetzt haben, wird er es wagen zu äußern? – Wie Battista gehört, soll ihm seine Frau den Wagen sogleich heraussenden. Denn er kam zu Pferde. – Geben Sie acht, wenn er nun vor Ihnen erscheinet, wird er ganz untertänigst Eurer Durchlaucht für den gnädigen Schutz danken, den seine Familie bei diesem so traurigen Zufalle hier gefunden; wird sich, mitsamt seiner Tochter, zu fernerer Gnade empfehlen; wird sie ruhig nach der Stadt bringen, und es in tiefster Unterwerfung erwarten, welchen weitern Anteil Euer Durchlaucht an seinem unglücklichen, lieben Mädchen zu nehmen geruhen wollen.

DER PRINZ: Wenn er nun aber so zahm nicht ist? Und schwerlich, schwerlich wird er es sein. Ich kenne ihn zu gut. – Wenn er höchstens seinen Argwohn erstickt, seine Wut verbeißt: aber Emilien, anstatt sie nach der Stadt zu führen, mit sich nimmt? bei sich behält? oder wohl gar in ein Kloster, außer meinem Gebiete, verschließt? Wie dann?

MARINELLI: Die fürchtende Liebe sieht weit. Wahrlich! – Aber er wird ja nicht –

DER PRINZ: Wenn er nun aber! Wie dann? Was wird es uns dann helfen, daß der unglückliche Graf sein Leben darüber verloren?

MARINELLI: Wozu dieser traurige Seitenblick? Vorwärts! denkt der Sieger: es falle neben ihm Feind oder Freund. – Und wenn auch! Wenn er es auch wollte, der alte Neidhart, was Sie von ihm fürchten, Prinz: – *Überlegend.* Das geht! Ich hab es! – Weiter als zum Wollen, soll er es gewiß nicht bringen. Gewiß nicht! – Aber daß wir ihn nicht aus dem Gesichte verlieren. – *Tritt wieder ans Fenster.* Bald hätt er uns überrascht!

Er kömmt. – Lassen Sie uns ihm noch ausweichen: und hören Sie erst, Prinz, was wir auf den zu befürchtenden Fall tun müssen.

DER PRINZ *drohend*: Nur Marinelli! –

MARINELLI: Das Unschuldigste von der Welt!

Zweiter Auftritt

Odoardo Galotti.

Noch niemand hier? – Gut; ich soll noch kälter werden. Es ist mein Glück. – Nichts verächtlicher, als ein brausender Jünglingskopf mit grauen Haaren! Ich hab es mir so oft gesagt. Und doch ließ ich mich fortreißen: und von wem? Von einer Eifersüchtigen; von einer für Eifersucht Wahnwitzigen. – Was hat die gekränkte Tugend mit der Rache des Lasters zu schaffen? Jene allein hab ich zu retten. – Und deine Sache – mein Sohn! mein Sohn! – Weinen konnt ich nie; – und will es nun nicht erst lernen – Deine Sache wird ein ganz anderer zu seiner machen! Genug für mich, wenn dein Mörder die Frucht seines Verbrechens nicht genießt. – Dies martere ihn mehr, als das Verbrechen! Wenn nun bald ihn Sättigung und Ekel von Lüsten zu Lüsten treiben; so vergälle die Erinnerung, diese eine Lust nicht gebüßet zu haben, ihm den Genuß aller! In jedem Traume führe der blutige Bräutigam ihm die Braut vor das Bette; und wann er dennoch den wollüstigen Arm nach ihr ausstreckt: so höre er plötzlich das Hohngelächter der Hölle, und erwache!

Dritter Auftritt

Marinelli. Odoardo Galotti.

MARINELLI: Wo blieben Sie, mein Herr? wo blieben Sie?

ODOARDO: War meine Tochter hier?

MARINELLI: Nicht sie: aber der Prinz.

ODOARDO: Er verzeihe. – Ich habe die Gräfin begleitet.

MARINELLI: Nun?

ODOARDO: Die gute Dame!

MARINELLI: Und Ihre Gemahlin?

ODOARDO: Ist mit der Gräfin; – um uns den Wagen sogleich

herauszusenden. Der Prinz vergönne nur, daß ich mich so lange mit meiner Tochter noch hier verweile.

MARINELLI: Wozu diese Umstände? Würde sich der Prinz nicht ein Vergnügen daraus gemacht haben, sie beide, Mutter und Tochter, selbst nach der Stadt zu bringen?

ODOARDO: Die Tochter wenigstens würde diese Ehre haben verbitten müssen.

MARINELLI: Wieso?

ODOARDO: Sie soll nicht mehr nach Guastalla.

MARINELLI: Nicht? und warum nicht?

ODOARDO: Der Graf ist tot.

MARINELLI: Um soviel mehr –

ODOARDO: Sie soll mit mir.

MARINELLI: Mit Ihnen?

ODOARDO: Mit mir. Ich sage Ihnen ja, der Graf ist tot. – Wenn Sie es noch nicht wissen – Was hat sie nun weiter in Guastalla zu tun? – Sie soll mit mir.

MARINELLI: Allerdings wird der künftige Aufenthalt der Tochter einzig von dem Willen des Vaters abhangen. Nur vors erste –

ODOARDO: Was vors erste?

MARINELLI: Werden Sie wohl erlauben müssen, Herr Oberster, daß sie nach Guastalla gebracht wird.

ODOARDO: Meine Tochter? nach Guastalla gebracht wird? und warum?

MARINELLI: Warum? Erwägen Sie doch nur –

ODOARDO *hitzig*: Erwägen! erwägen! Ich erwäge, daß hier nichts zu erwägen ist. – Sie soll, sie muß mit mir.

MARINELLI: O mein Herr – was brauchen wir, uns hierüber zu ereifern? Es kann sein, daß ich mich irre; daß es nicht nötig ist, was ich für nötig halte. – Der Prinz wird es am besten zu beurteilen wissen. Der Prinz entscheide. – Ich geh und hole ihn.

Vierter Auftritt

Odoardo Galotti.

Wie? – Nimmermehr! – Mir vorschreiben, wo sie hin soll? – Mir sie vorenthalten? – Wer will das? Wer darf das? – Der hier alles darf, was er will? Gut, gut; so soll er sehen, wieviel auch ich darf, ob ich es schon nicht dürfte! Kurzsichtiger Wüterich! Mit dir will ich es wohl aufnehmen. Wer kein Gesetz achtet, ist ebenso mächtig, als wer kein Gesetz hat. Das weißt du nicht? Komm an! komm an! – Aber, sieh da! Schon wieder; schon wieder rennet der Zorn mit dem Verstande davon. – Was will ich? Erst müßt es doch geschehen sein, worüber ich tobe. Was plaudert nicht eine Hofschranze! Und hätte ich ihn doch nur plaudern lassen! Hätte ich seinen Vorwand, warum sie wieder nach Guastalla soll, doch nur angehört! – So könnte ich mich itzt auf eine Antwort gefaßt machen. – Zwar auf welchen kann mir eine fehlen? – Sollte sie mir aber fehlen; sollte sie – Man kömmt. Ruhig, alter Knabe, ruhig!

Fünfter Auftritt

Der Prinz. Marinelli. Odoardo Galotti.

der prinz: Ah, mein lieber, rechtschaffner Galotti – so etwas muß auch geschehen, wenn ich Sie bei mir sehen soll. Um ein Geringeres tun Sie es nicht. Doch keine Vorwürfe!

odoardo: Gnädiger Herr, ich halte es in allen Fällen für unanständig, sich zu seinem Fürsten zu drängen. Wen er kennt, den wird er fodern lassen, wenn er seiner bedarf. Selbst itzt bitte ich um Verzeihung –

der prinz: Wie manchem andern wollte ich diese stolze Bescheidenheit wünschen! – Doch zur Sache. Sie werden begierig sein, Ihre Tochter zu sehen. Sie ist in neuer Unruhe, wegen der plötzlichen Entfernung einer so zärtlichen Mutter. – Wozu auch diese Entfernung? Ich wartete nur, daß die liebenswürdige Emilie sich völlig erholet hätte, um beide im Triumphe nach der Stadt zu bringen. Sie haben mir diesen Triumph um die Hälfte verkümmert; aber ganz werde ich mir ihn nicht nehmen lassen.

odoardo: Zu viel Gnade! – Erlauben Sie, Prinz, daß ich meinem unglücklichen Kinde alle die mannigfaltigen Kränkungen erspare, die Freund und Feind, Mitleid und Schadenfreude in Guastalla für sie bereithalten.

der prinz: Um die süßen Kränkungen des Freundes und des Mitleids, würde es Grausamkeit sein, sie zu bringen. Daß aber die Kränkungen des Feindes und der Schadenfreude sie nicht erreichen sollen; dafür, lieber Galotti, lassen Sie mich sorgen.

ODOARDO: Prinz, die väterliche Liebe teilet ihre Sorgen nicht gern. – Ich denke, ich weiß es, was meiner Tochter in ihren itzigen Umständen einzig ziemet. – Entfernung aus der Welt; – ein Kloster – so bald als möglich.

DER PRINZ: Ein Kloster?

ODOARDO: Bis dahin weine sie unter den Augen ihres Vaters.

DER PRINZ: So viel Schönheit soll in einem Kloster verblühen? – Darf eine einzige fehlgeschlagene Hoffnung uns gegen die Welt so unversöhnlich machen? – Doch allerdings: dem Vater hat niemand einzureden. Bringen Sie Ihre Tochter, Galotti, wohin Sie wollen.

ODOARDO *gegen Marinelli*: Nun, mein Herr?

MARINELLI: Wenn Sie mich sogar auffodern! –

ODOARDO: O mitnichten, mitnichten.

DER PRINZ: Was haben Sie beide?

ODOARDO: Nichts, gnädiger Herr, nichts. – Wir erwägen bloß, welcher von uns sich in Ihnen geirret hat.

DER PRINZ: Wieso? – Reden Sie, Marinelli.

MARINELLI: Es geht mir nahe, der Gnade meines Fürsten in den Weg zu treten. Doch wenn die Freundschaft gebietet, vor allem in ihm den Richter aufzufodern –

DER PRINZ: Welche Freundschaft? –

MARINELLI: Sie wissen, gnädiger Herr, wie sehr ich den Grafen Appiani liebte; wie sehr unser beider Seelen ineinander verwebt schienen –

ODOARDO: Das wissen Sie, Prinz? So wissen Sie es wahrlich allein.

MARINELLI: Von ihm selbst zu seinem Rächer bestellet –

ODOARDO: Sie?

MARINELLI: Fragen Sie nur Ihre Gemahlin. Marinelli, der Name Marinelli war das letzte Wort des sterbenden Grafen: und in einem Tone! in einem Tone! – Daß er mir nie aus dem Gehöre komme dieser schreckliche Ton, wenn ich nicht alles anwende, daß seine Mörder entdeckt und bestraft werden!

DER PRINZ: Rechnen Sie auf meine kräftigste Mitwirkung.

ODOARDO: Und meine heißesten Wünsche! – Gut, gut! – Aber was weiter?

DER PRINZ: Das frag ich, Marinelli.

MARINELLI: Man hat Verdacht, daß es nicht Räuber gewesen, welche den Grafen angefallen.

ODOARDO *höhnisch*: Nicht? wirklich nicht?

MARINELLI: Daß ein Nebenbuhler ihn aus dem Wege räumen lassen.

ODOARDO *bitter*: Ei! Ein Nebenbuhler?

MARINELLI: Nicht anders.

ODOARDO: Nun dann – Gott verdamm ihn den meuchelmörder'schen Buben!

MARINELLI: Ein Nebenbuhler, und ein begünstigter Nebenbuhler –

ODOARDO: Was? ein begünstigter? – Was sagen Sie?

MARINELLI: Nichts, als was das Gerüchte verbreitet.

ODOARDO: Ein begünstigter? von meiner Tochter begünstiget?

MARINELLI: Das ist gewiß nicht. Das kann nicht sein. Dem widersprech ich, trotz Ihnen. – Aber bei dem allen, gnädiger Herr. – Denn das gegründetste Vorurteil wieget auf der Waage der Gerechtigkeit soviel als nichts – bei dem allen wird man doch nicht umhinkönnen, die schöne Unglückliche darüber zu vernehmen.

DER PRINZ: Ja wohl, allerdings.

MARINELLI: Und wo anders? wo kann das anders geschehen, als in Guastalla?

DER PRINZ: Da haben Sie recht, Marinelli; da haben Sie recht. – Ja so: das verändert die Sache, lieber Galotti. Nicht wahr? Sie sehen selbst –

ODOARDO: O ja, ich sehe – Ich sehe, was ich sehe. – Gott! Gott!

DER PRINZ: Was ist Ihnen? was haben Sie mit sich?

ODOARDO: Daß ich es nicht vorausgesehen, was ich da sehe. Das ärgert mich: weiter nichts. – Nun ja; sie soll wieder nach Guastalla. Ich will sie wieder zu ihrer Mutter bringen: und bis die strengste Untersuchung sie freigesprochen, will ich selbst aus Guastalla nicht weichen. Denn wer weiß – *Mit einem bittern Lachen:* wer weiß, ob die Gerechtigkeit nicht auch nötig findet, mich zu vernehmen.

MARINELLI: Sehr möglich! In solchen Fällen tut die Gerechtigkeit lieber zuviel, als zuwenig. – Daher fürchte ich sogar –

DER PRINZ: Was? was fürchten Sie?

MARINELLI: Man werde vorderhand nicht verstatten können, daß Mutter und Tochter sich sprechen.

ODOARDO: Sich nicht sprechen?

MARINELLI: Man werde genötiget sein, Mutter und Tochter zu trennen.

ODOARDO: Mutter und Tochter zu trennen?

MARINELLI: Mutter und Tochter und Vater. Die Form des Verhörs erfodert diese Vorsichtigkeit schlechterdings. Und es tut mir leid, gnädiger Herr, daß ich mich gezwungen sehe, ausdrücklich darauf anzutragen, wenigstens Emilien in eine besondere Verwahrung zu bringen.

ODOARDO: Besondere Verwahrung? – Prinz! Prinz! – Doch ja; freilich, freilich! Ganz recht: in eine besondere Verwahrung! Nicht Prinz? nicht? – O wie fein die Gerechtigkeit ist! Vortrefflich! *Fährt schnell nach dem Schubsacke, in welchem er den Dolch hat.*

DER PRINZ *schmeichelhaft auf ihn zutretend*: Fassen Sie sich, lieber Galotti –

ODOARDO *beiseite, indem er die Hand leer wieder herauszieht*: Das sprach sein Engel!

DER PRINZ: Sie sind irrig; Sie verstehen ihn nicht. Sie denken bei dem Worte Verwahrung, wohl gar an Gefängnis und Kerker.

ODOARDO: Lassen Sie mich daran denken: und ich bin ruhig!

DER PRINZ: Kein Wort von Gefängnis, Marinelli! Hier ist die Strenge der Gesetze mit der Achtung gegen unbescholtene Tugend leicht zu vereinigen. Wenn Emilia in besondere Verwahrung gebracht werden muß: so weiß ich schon – die alleranständigste. Das Haus meines Kanzlers – Keinen Widerspruch, Marinelli! – Da will ich sie selbst hinbringen, da will ich sie der Aufsicht einer der würdigsten Damen übergeben. Die soll mir für sie bürgen, haften. – Sie gehen zu weit, Marinelli, wirklich zu weit, wenn Sie mehr verlangen. – Sie kennen doch, Galotti, meinen Kanzler Grimaldi, und seine Gemahlin?

ODOARDO: Was sollt ich nicht? Sogar die liebenswürdigen Töchter dieses edeln Paares kenn ich. Wer kennt sie nicht? – *Zu Marinelli:* Nein, mein Herr, geben Sie das nicht zu. Wenn Emilia verwahret werden muß: so müßte sie in dem tiefsten Kerker verwahret werden. Dringen Sie darauf; ich bitte Sie. – Ich Tor, mit meiner Bitte! ich alter Geck! – Ja wohl hat sie recht die gute Sibylle: Wer über gewisse Dinge seinen Verstand nicht verlieret, der hat keinen zu verlieren!

DER PRINZ: Ich verstehe Sie nicht. – Lieber Galotti, was kann ich mehr tun? – Lassen Sie es dabei: ich bitte Sie. – Ja, ja, in das Haus meines Kanzlers! da soll sie hin; da bring ich sie selbst hin; und wenn ihr da nicht mit der äußersten Achtung begegnet wird, so hat mein Wort nichts gegolten. Aber sorgen Sie nicht. – Dabei bleibt es! dabei bleibt es! – Sie selbst, Galotti, mit sich, können es halten, wie Sie wollen. Sie können uns nach Guastalla folgen; Sie können nach Sabionetta zurückkehren: wie Sie wollen. Es wäre lächerlich, Ihnen vorzuschreiben. – Und nun, auf Wiedersehen, lieber Galotti! – Kommen Sie, Marinelli: es wird spät.

ODOARDO *der in tiefen Gedanken gestanden*: Wie? so soll ich sie gar nicht sprechen meine Tochter? Auch hier nicht? Ich lasse mir alles gefallen; ich finde ja alles ganz vortrefflich. Das Haus eines Kanzlers ist natürlicherweise eine Freistatt der Tugend. Oh, gnädiger Herr, bringen Sie ja meine Tochter dahin; nirgends anders als dahin. – Aber sprechen wollt ich sie doch gern vorher. Der Tod des Grafen ist ihr noch unbekannt. Sie wird nicht begreifen können, warum man sie von ihren Eltern trennet. Ihr jenen auf gute Art beizubringen; sie dieser Trennung wegen zu beruhigen: – muß ich sie sprechen, gnädiger Herr, muß ich sie sprechen.

DER PRINZ: So kommen Sie denn –

ODOARDO: Oh, die Tochter kann auch wohl zu dem Vater kommen. – Hier, unter vier Augen, bin ich gleich mit ihr fertig. Senden Sie mir sie nur, gnädiger Herr.

DER PRINZ: Auch das! – O Galotti, wenn Sie mein Freund, mein Führer, mein Vater sein wollten!

Der Prinz und Marinelli gehen ab.

Sechster Auftritt

Odoardo Galotti.

Ihm nachsehend; nach einer Pause: Warum nicht? – Herzlich gern – Ha! ha! ha! – *Blickt wild umher:* Wer lacht da? – Bei Gott, ich glaub, ich war es selbst. – Schon recht! Lustig, lustig. Das Spiel geht zu Ende. So, oder so! – Aber – *Pause.* wenn sie mit ihm sich verstünde? Wenn es das alltägliche Possenspiel wäre? Wenn sie es nicht wert wäre, was ich für sie tun will? – *Pause.* Für sie tun will? Was will ich denn für sie tun? – Hab ich das Herz, es mir zu sagen? – Da denk ich so was: So was, was sich nur denken läßt! – Gräßlich! Fort, fort! Ich will sie nicht erwarten. Nein! – *Gegen den Himmel:*

Wer sie unschuldig in diesen Abgrund gestürzt hat, der ziehe sie wieder heraus. Was braucht er meine Hand dazu? Fort! *Er will gehen, und sieht Emilien kommen.* Zu spät! Ah! er will meine Hand; er will sie!

Siebenter Auftritt

Emilia. Odoardo.

EMILIA: Wie? Sie hier, mein Vater? – Und nur Sie? – Und meine Mutter? nicht hier? – Und der Graf? nicht hier? – Und Sie so unruhig, mein Vater?

ODOARDO: Und du so ruhig, meine Tochter?

EMILIA: Warum nicht, mein Vater? – Entweder ist nichts verloren: oder alles. Ruhig sein können, und ruhig sein müssen: kömmt es nicht auf eines?

ODOARDO: Aber, was meinest du, daß der Fall ist?

EMILIA: Daß alles verloren ist; – und daß wir wohl ruhig sein müssen, mein Vater.

ODOARDO: Und du wärest ruhig, weil du ruhig sein mußt? – Wer bist du? Ein Mädchen? und meine Tochter? So sollte der Mann, und der Vater sich wohl vor dir schämen? – Aber laß doch hören: was nennest du, alles verloren? – daß der Graf tot ist?

EMILIA: Und warum er tot ist! Warum! – Ha, so ist es wahr, mein Vater? So ist sie wahr die ganze schreckliche Geschichte, die ich in dem nassen und wilden Auge meiner Mutter las? – Wo ist meine Mutter? Wo ist sie hin, mein Vater?

ODOARDO: Voraus; – wann wir anders ihr nachkommen.

EMILIA: Je eher, je besser. Denn wenn der Graf tot ist; wenn er darum tot ist – darum! was verweilen wir noch hier? Lassen Sie uns fliehen, mein Vater.

ODOARDO: Fliehen? – Was hätt es dann für Not? – Du bist, du bleibst in den Händen deines Räubers.

EMILIA: Ich bleibe in seinen Händen?

ODOARDO: Und allein; ohne deine Mutter; ohne mich.

EMILIA: Ich allein in seinen Händen? – Nimmermehr, mein Vater. – Oder Sie sind nicht mein Vater. – Ich allein in seinen Händen? – Gut, lassen Sie mich nur; lassen Sie mich nur. – Ich will doch sehn, wer mich hält – wer mich zwingt – wer der Mensch ist, der einen Menschen zwingen kann.

ODOARDO: Ich meine, du bist ruhig, mein Kind.

EMILIA: Das bin ich. Aber was nennen Sie ruhig sein? Die Hände in den Schoß legen? Leiden, was man nicht sollte? Dulden, was man nicht dürfte?

ODOARDO: Ha! wenn du so denkest! – Laß dich umarmen, meine Tochter! – Ich hab es immer gesagt: das Weib wollte die Natur zu ihrem Meisterstücke machen. Aber sie vergriff sich im Tone; sie nahm ihn zu fein. Sonst ist alles besser an euch, als an uns. – Ha, wenn das deine Ruhe ist: so habe ich meine in ihr wiedergefunden! Laß dich umarmen, meine Tochter! – Denke nur: unter dem Vorwande einer gerichtlichen Untersuchung – o des höllischen Gaukelspieles! – reißt er dich aus unsern Armen, und bringt dich zur Grimaldi.

EMILIA: Reißt mich? bringt mich? – Will mich reißen; will mich bringen: will! will! – Als ob wir, wir keinen Willen hätten, mein Vater!

ODOARDO: Ich ward auch so wütend, daß ich schon nach diesem Dolche griff, *Ihn herausziehend.* um einem von beiden – beiden! – das Herz zu durchstoßen.

EMILIA: Um des Himmels willen nicht, mein Vater! – Dieses Leben ist alles, was die Lasterhaften haben. – Mir, mein Vater, mir geben Sie diesen Dolch.

ODOARDO: Kind, es ist keine Haarnadel.

EMILIA: So werde die Haarnadel zum Dolche! – Gleichviel.

ODOARDO: Was? Dahin wär es gekommen? Nicht doch; nicht doch! Besinne dich. – Auch du hast nur ein Leben zu verlieren.

EMILIA: Und nur eine Unschuld!

ODOARDO: Die über alle Gewalt erhaben ist. –

EMILIA: Aber nicht über alle Verführung. – Gewalt! Gewalt! wer kann der Gewalt nicht trotzen? Was Gewalt heißt, ist nichts: Verführung ist die wahre Gewalt. – Ich habe Blut, mein Vater; so jugendliches, so warmes Blut, als eine. Auch meine Sinne, sind Sinne. Ich stehe für nichts. Ich bin für nichts gut. Ich kenne das Haus der Grimaldi. Es ist das Haus der Freude. Eine Stunde da, unter den Augen meiner Mutter; – und es erhob sich so mancher Tumult in meiner Seele, den die strengsten Übungen der Religion kaum in Wochen besänftigen konnten! – Der Religion! Und welcher Religion? – Nichts Schlimmers zu vermeiden, sprangen Tausende in die Fluten, und sind Heilige! – Geben Sie mir, mein Vater, geben Sie mir diesen Dolch.

ODOARDO: Und wenn du ihn kenntest diesen Dolch! –

EMILIA: Wenn ich ihn auch nicht kenne! – Ein unbekannter Freund, ist auch ein Freund. – Geben Sie mir ihn, mein Vater; geben Sie mir ihn.

ODOARDO: Wenn ich dir ihn nun gebe – da! *Gibt ihr ihn.*

EMILIA: Und da! *Im Begriffe sich damit zu durchstoßen, reißt der Vater ihr ihn wieder aus der Hand.*

ODOARDO: Sieh, wie rasch! – Nein, das ist nicht für deine Hand.

EMILIA: Es ist wahr, mit einer Haarnadel soll ich – *Sie fährt mit der Hand nach dem Haare, eine zu suchen, und bekömmt die Rose zu fassen.* Du noch hier? – Herunter mit dir! Du gehörest nicht in das Haar einer – wie mein Vater will, daß ich werden soll!

ODOARDO: Oh, meine Tochter! –

EMILIA: Oh, mein Vater, wenn ich Sie erriete! – Doch nein; das wollen Sie auch nicht. Warum zauderten Sie sonst? – *In einem bittern Tone, während daß sie die Rose zerpflückt:* Ehedem wohl gab es einen Vater, der seine Tochter von der Schande zu retten, ihr den ersten den besten Stahl in das Herz senkte – ihr zum zweiten das Leben gab. Aber alle solche Taten sind von ehedem! Solcher Väter gibt es keinen mehr!

ODOARDO: Doch, meine Tochter, doch! *Indem er sie durchsticht.* – Gott, was hab ich getan! *Sie will sinken und er faßt sie in seine Arme.*

EMILIA: Eine Rose gebrochen, ehe der Sturm sie entblättert. – Lassen Sie mich sie küssen, diese väterliche Hand.

Achter Auftritt

Der Prinz. Marinelli. Die Vorigen.

DER PRINZ *im Hereintreten*: Was ist das? – Ist Emilien nicht wohl?

ODOARDO: Sehr wohl; sehr wohl!

DER PRINZ *indem er näher kömmt*: Was seh ich? – Entsetzen!

MARINELLI: Weh mir!

DER PRINZ: Grausamer Vater, was haben Sie getan?

ODOARDO: Eine Rose gebrochen, ehe der Sturm sie entblättert.– War es nicht so, meine Tochter?

EMILIA: Nicht Sie, mein Vater – Ich selbst – ich selbst –

ODOARDO: Nicht du, meine Tochter; – nicht du! – Gehe mit keiner Unwahrheit aus der Welt. Nicht du, meine Tochter! Dein Vater, dein unglücklicher Vater!

EMILIA: Ah – mein Vater – *Sie stirbt, und er legt sie sanft auf den Boden.*

ODOARDO: Zieh hin! – Nun da, Prinz! Gefällt sie Ihnen noch? Reizt sie noch Ihre Lüste? Noch, in diesem Blute, das wider Sie um Rache schreiet? *Nach einer Pause:* Aber Sie erwarten, wo das alles hinaussoll? Sie erwarten vielleicht, daß ich den Stahl wider mich selbst kehren werde, um meine Tat wie eine schale Tragödie zu beschließen? – Sie irren sich. Hier! *Indem er ihm den Dolch vor die Füße wirft:* Hier liegt er, der blutige Zeuge meines Verbrechens! Ich gehe und liefere mich selbst in das Gefängnis. Ich gehe, und erwarte Sie, als Richter. – Und dann dort – erwarte ich Sie vor dem Richter unser aller!

DER PRINZ *nach einigem Stillschweigen, unter welchem er den Körper mit Entsetzen und Verzweiflung betrachtet, zu Marinelli:* Hier! heb ihn auf. – Nun? Du bedenkst dich? – Elender! – *Indem er ihm den Dolch aus der Hand reißt:* Nein, dein Blut soll mit diesem Blute sich nicht mischen. – Geh, dich auf ewig zu verbergen! – Geh! sag ich. – Gott! Gott! – Ist es, zum Unglücke so mancher, nicht genug, daß Fürsten Menschen sind: müssen sich auch noch Teufel in ihren Freund verstellen?

Ende des Trauerspiels.

NATHAN DER WEISE

Ein dramatisches Gedicht, in fünf Aufzügen

Introite, nam et heic Dii sunt!
APVD GELLIVM.

Personen

Sultan Saladin
Sittah, *dessen Schwester*
Nathan, *ein reicher Jude in Jerusalem*
Recha, *dessen angenommene Tochter*
Daja, *eine Christin, aber in dem Hause des Juden, als Gesellschafterin der Recha*
Ein junger Tempelherr
Ein Derwisch
Der Patriarch *von Jerusalem*
Ein Klosterbruder
Ein Emir *nebst verschiednen* Mamelucken *des Saladin*

Die Szene ist in Jerusalem.

ERSTER AUFZUG

Szene: Flur in Nathans Hause.

ERSTER AUFTRITT

NATHAN *von der Reise kommend.* DAJA *ihm entgegen.*

DAJA: Er ist es! Nathan! – Gott sei ewig Dank,
Daß Ihr doch endlich einmal wiederkommt.
NATHAN: Ja, Daja; Gott sei Dank! Doch warum endlich?
Hab ich denn eher wiederkommen wollen?
Und wiederkommen können? Babylon
Ist von Jerusalem, wie ich den Weg,
Seitab bald rechts, bald links, zu nehmen bin
Genötigt worden, gut zweihundert Meilen;
Und Schulden einkassieren, ist gewiß
Auch kein Geschäft, das merklich födert, das
So von der Hand sich schlagen läßt.
DAJA: O Nathan,
Wie elend, elend hättet Ihr indes
Hier werden können! Euer Haus . . .
NATHAN: Das brannte.
So hab ich schon vernommen. – Gebe Gott,
Daß ich nur alles schon vernommen habe!
DAJA: Und wäre leicht von Grund aus abgebrannt.
NATHAN: Dann, Daja, hätten wir ein neues uns
Gebaut; und ein bequemeres.
DAJA: Schon wahr! –
Doch Recha wär bei einem Haare mit
Verbrannt.
NATHAN: Verbrannt? Wer? meine Recha? sie? –
Das hab ich nicht gehört. – Nun dann ! So hätte
Ich keines Hauses mehr bedurft. – Verbrannt
Bei einem Haare! – Ha! sie ist es wohl!
Ist wirklich wohl verbrannt! – Sag nur heraus!
Heraus nur! – Töte mich: und martre mich
Nicht länger. – Ja, sie ist verbrannt.

DAJA: Wenn sie
Es wäre, würdet Ihr von mir es hören?
NATHAN: Warum erschreckest du mich denn? – O Recha!
O meine Recha!
DAJA: Eure? Eure Recha?
NATHAN: Wenn ich mich wieder je entwöhnen müßte,
Dies Kind mein Kind zu nennen!
DAJA: Nennt Ihr alles,
Was Ihr besitzt, mit ebensoviel Rechte
Das Eure?
NATHAN: Nichts mit größerm! Alles, was
Ich sonst besitze, hat Natur und Glück
Mir zugeteilt. Dies Eigentum allein
Dank ich der Tugend.
DAJA: O wie teuer laßt
Ihr Eure Güte, Nathan, mich bezahlen!
Wenn Güt, in solcher Absicht ausgeübt,
Noch Güte heißen kann!
NATHAN: In solcher Absicht?
In welcher?
DAJA: Mein Gewissen ...
NATHAN: Daja, laß
Vor allen Dingen dir erzählen ...
DAJA: Mein
Gewissen, sag ich ...
NATHAN: Was in Babylon
Für einen schönen Stoff ich dir gekauft.
So reich, und mit Geschmack so reich! Ich bringe
Für Recha selbst kaum einen schönern mit.
DAJA: Was hilft's? Denn mein Gewissen, muß ich Euch
Nur sagen, läßt sich länger nicht betäuben.
NATHAN: Und wie die Spangen, wie die Ohrgehenke,
Wie Ring und Kette dir gefallen werden,
Die in Damaskus ich dir ausgesucht:
Verlanget mich zu sehn.
DAJA: So seid Ihr nun!
Wenn Ihr nur schenken könnt! nur schenken könnt!
NATHAN: Nimm du so gern, als ich dir geb: – und schweig!
DAJA: *Und schweig!* Wer zweifelt, Nathan, daß Ihr nicht
Die Ehrlichkeit, die Großmut selber seid?
Und doch ...

NATHAN: Doch bin ich nur ein Jude. – Gelt,
Das willst du sagen?

DAJA: Was ich sagen will,
Das wißt Ihr besser.

NATHAN: Nun so schweig!

DAJA: Ich schweige.
Was Sträfliches vor Gott hierbei geschieht,
Und ich nicht hindern kann, nicht ändern kann –
Nicht kann – komm über Euch!

NATHAN: Komm über mich! –
Wo aber ist sie denn? wo bleibt sie? – Daja,
Wenn du mich hintergehst! – Weiß sie es denn,
Daß ich gekommen bin?

DAJA: Das frag ich Euch!
Noch zittert ihr der Schreck durch jede Nerve.
Noch malet Feuer ihre Phantasie
Zu allem, was sie malt. Im Schlafe wacht,
Im Wachen schläft ihr Geist: bald weniger
Als Tier, bald mehr als Engel.

NATHAN: Armes Kind!
Was sind wir Menschen!

DAJA: Diesen Morgen lag
Sie lange mit verschloßnem Aug, und war
Wie tot. Schnell fuhr sie auf, und rief: „Horch! horch!
Da kommen die Kamele meines Vaters!
Horch! seine sanfte Stimme selbst!" – Indem
Brach sich ihr Auge wieder: und ihr Haupt,
Dem seines Armes Stütze sich entzog,
Stürzt auf das Küssen. – Ich, zur Pfort hinaus!
Und sieh: da kommt Ihr wahrlich! kommt Ihr wahrlich! –
Was Wunder! ihre ganze Seele war
Die Zeit her nur bei Euch – und ihm. –

NATHAN: Bei ihm?
Bei welchem Ihm?

DAJA: Bei ihm, der aus dem Feuer
Sie rettete.

NATHAN: Wer war das? wer? – Wo ist er?
Wer rettete mir meine Recha? wer?

DAJA: Ein junger Tempelherr, den, wenig Tage
Zuvor, man hier gefangen eingebracht,
Und Saladin begnadigt hatte.

NATHAN: Wie?
Ein Tempelherr, dem Sultan Saladin
Das Leben ließ? Durch ein geringres Wunder
War Recha nicht zu retten? Gott!
DAJA: Ohn ihn,
Der seinen unvermuteten Gewinst
Frisch wieder wagte, war es aus mit ihr.
NATHAN: Wo ist er, Daja, dieser edle Mann? –
Wo ist er? Führe mich zu seinen Füßen.
Ihr gabt ihm doch vors erste, was an Schätzen
Ich euch gelassen hatte? gabt ihm alles?
Verspracht ihm mehr? weit mehr?
DAJA: Wie konnten wir?
NATHAN: Nicht? nicht?
DAJA: Er kam, und niemand weiß woher.
Er ging, und niemand weiß wohin. – Ohn alle
Des Hauses Kundschaft, nur von seinem Ohr
Geleitet, drang, mit vorgespreiztem Mantel,
Er kühn durch Flamm und Rauch der Stimme nach,
Die uns um Hülfe rief. Schon hielten wir
Ihn für verloren, als aus Rauch und Flamme
Mit eins er vor uns stand, im starken Arm
Empor sie tragend. Kalt und ungerührt
Vom Jauchzen unsers Danks, setzt seine Beute
Er nieder, drängt sich unters Volk und ist –
Verschwunden!
NATHAN: Nicht auf immer, will ich hoffen.
DAJA: Nachher die ersten Tage sahen wir
Ihn untern Palmen auf und nieder wandeln,
Die dort des Auferstandnen Grab umschatten.
Ich nahte mich ihm mit Entzücken, dankte,
Erhob, entbot, beschwor – nur einmal noch
Die fromme Kreatur zu sehen, die
Nicht ruhen könne, bis sie ihren Dank
Zu seinen Füßen ausgeweinet.
NATHAN: Nun?
DAJA: Umsonst! Er war zu unsrer Bitte taub;
Und goß so bittern Spott auf mich besonders ...
NATHAN: Bis dadurch abgeschreckt ...
DAJA: Nichts weniger!
Ich trat ihn jeden Tag von neuem an;

Ließ jeden Tag von neuem mich verhöhnen.
Was litt ich nicht von ihm! Was hätt ich nicht
Noch gern ertragen! – aber lange schon
Kommt er nicht mehr, die Palmen zu besuchen,
Die unsers Auferstandnen Grab umschatten;
Und niemand weiß, wo er geblieben ist. –
Ihr staunt? Ihr sinnt?

NATHAN: Ich überdenke mir,
Was das auf einen Geist, wie Rechas, wohl
Für Eindruck machen muß. Sich so verschmäht
Von dem zu finden, den man hochzuschätzen
Sich so gezwungen fühlt; so weggestoßen,
Und doch so angezogen werden; – Traun,
Da müssen Herz und Kopf sich lange zanken,
Ob Menschenhaß, ob Schwermut siegen soll.
Oft siegt auch keines; und die Phantasie,
Die in den Streit sich mengt, macht Schwärmer,
Bei welchen bald der Kopf das Herz, und bald
Das Herz den Kopf muß spielen. – Schlimmer Tausch! –
Das letztere, verkenn ich Recha nicht,
Ist Rechas Fall: sie schwärmt.

DAJA: Allein so fromm,
So liebenswürdig!

NATHAN: Ist doch auch geschwärmt!

DAJA: Vornehmlich e i n e – Grille, wenn Ihr wollt,
Ist ihr sehr wert. Es sei ihr Tempelherr
Kein irdischer und keines irdischen;
Der Engel einer, deren Schutze sich
Ihr kleines Herz, von Kindheit auf, so gern
Vertrauet glaubte, sei aus seiner Wolke
In die er sonst verhüllt, auch noch im Feuer,
Um sie geschwebt, mit eins als Tempelherr
Hervorgetreten. – Lächelt nicht! – Wer weiß?
Laßt lächelnd wenigstens ihr einen Wahn,
In dem sich Jud und Christ und Muselmann
Vereinigen; – so einen süßen Wahn!

NATHAN: Auch mir so süß! – Geh, wackre Daja, geh;
Sieh, was sie macht; ob ich sie sprechen kann. –
Sodann such ich den wilden, launigen
Schutzengel auf. Und wenn ihm noch beliebt,
Hiernieden unter uns zu wallen; noch

Beliebt, so ungesittet Ritterschaft
Zu treiben: find ich ihn gewiß; und bring
Ihn her.
DAJA: Ihr unternehmet viel.
NATHAN: Macht dann
Der süße Wahn der süßern Wahrheit Platz: –
Denn, Daja, glaube mir; dem Menschen ist
Ein Mensch noch immer lieber, als ein Engel –
So wirst du doch auf mich, auf mich nicht zürnen,
Die Engelschwärmerin geheilt zu sehn?
DAJA: Ihr seid so gut, und seid zugleich so schlimm!
Ich geh! – Doch hört! doch seht! – Da kommt sie selbst.

Zweiter Auftritt

Recha *und* die Vorigen.

RECHA: So seid Ihr es doch ganz und gar, mein Vater?
Ich glaubt, Ihr hättet Eure Stimme nur
Vorausgeschickt. Wo bleibt Ihr? Was für Berge,
Für Wüsten, was für Ströme trennen uns
Denn noch? Ihr atmet Wand an Wand mit ihr,
Und eilt nicht, Eure Recha zu umarmen?
Die arme Recha, die indes verbrannte! –
Fast, fast verbrannte! Fast nur. Schaudert nicht!
Es ist ein garst'ger Tod, verbrennen. Oh!
NATHAN: Mein Kind! mein liebes Kind!
RECHA: Ihr mußtet über
Den Euphrat, Tigris, Jordan; über – wer
Weiß was für Wasser all? – Wie oft hab ich
Um Euch gezittert, eh das Feuer mir
So nahe kam! Denn seit das Feuer mir
So nahe kam: dünkt mich im Wasser sterben
Erquickung, Labsal, Rettung. – Doch Ihr seid
Ja nicht ertrunken: ich, ich bin ja nicht
Verbrannt. Wie wollen wir uns freun, und Gott
Gott loben! Er, er trug Euch und den Nachen
Auf Flügeln seiner unsichtbaren Engel
Die ungetreuen Ström hinüber. Er,
Er winkte meinem Engel, daß er sichtbar
Auf seinem weißen Fittiche, mich durch

Das Feuer trüge –
NATHAN: (Weißem Fittiche!
Ja, ja! der weiße vorgespreizte Mantel
Des Tempelherrn.)
RECHA: Er sichtbar, sichtbar mich
Durchs Feuer trüg, von seinem Fittiche
Verweht. – Ich also, ich hab einen Engel
Von Angesicht zu Angesicht gesehn;
Und meinen Engel.
NATHAN: Recha wär es wert;
Und würd an ihm nichts Schönres sehn, als er
An ihr.
RECHA *lächelnd*: Wem schmeichelt Ihr, mein Vater? wem?
Dem Engel, oder Euch?
NATHAN: Doch hätt auch nur
Ein Mensch – ein Mensch, wie die Natur sie täglich
Gewährt, dir diesen Dienst erzeigt: er müßte
Für dich ein Engel sein. Er müßt und würde.
RECHA: Nicht so ein Engel; nein! ein wirklicher;
Es war gewiß ein wirklicher! – Habt Ihr,
Ihr selbst die Möglichkeit, daß Engel sind,
Daß Gott zum Besten derer, die ihn lieben,
Auch Wunder könne tun, mich nicht gelehrt?
Ich lieb ihn ja.
NATHAN: Und er liebt dich; und tut
Für dich, und deinesgleichen, stündlich Wunder;
Ja, hat sie schon von aller Ewigkeit
Für euch getan.
RECHA: Das hör ich gern.
NATHAN: Wie? weil
Es ganz natürlich, ganz alltäglich klänge
Wenn dich ein eigentlicher Tempelherr
Gerettet hätte: sollt es darum weniger
Ein Wunder sein? – Der Wunder höchstes ist,
Daß uns die wahren, echten Wunder so
Alltäglich werden können, werden sollen.
Ohn dieses allgemeine Wunder, hätte
Ein Denkender wohl schwerlich Wunder je
Genannt, was Kindern bloß so heißen müßte,
Die gaffend nur das Ungewöhnlichste,
Das Neuste nur verfolgen.

DAJA *zu Nathan*: Wollt Ihr denn
Ihr ohnedem schon überspanntes Hirn
Durch solcherlei Subtilitäten ganz
Zersprengen?
NATHAN: Laß mich! – Meiner Recha wär
Es Wunders nicht genug, daß sie ein Mensch
Gerettet, welchen selbst kein kleines Wunder!
Erst retten müssen? Ja, kein kleines Wunder.
Denn wer hat schon gehört, daß Saladin
Je eines Tempelherrn verschont? daß je
Ein Tempelherr von ihm verschont zu werden
Verlangt? gehofft? ihm je für seine Freiheit
Mehr als den ledern Gurt geboten, der
Sein Eisen schleppt: und höchstens seinen Dolch?
RECHA: Das schließt für mich, mein Vater. – Darum eben
War das kein Tempelherr; er schien es nur. –
Kömmt kein gefangner Tempelherr je anders
Als zum gewissen Tode nach Jerusalem:
Geht keiner in Jerusalem so frei
Umher: wie hätte mich des Nachts freiwillig
Denn einer retten können?
NATHAN: Sieh! wie sinnreich.
Jetzt, Daja, nimm das Wort. Ich hab es ja
Von dir, daß er gefangen hergeschickt
Ist worden. Ohne Zweifel weißt du mehr.
DAJA: Nun ja. – So sagt man freilich; – doch man sagt
Zugleich, daß Saladin den Tempelherrn
Begnadigt, weil er seiner Brüder einem,
Den er besonders liebgehabt, so ähnlich sehe.
Doch da es viele zwanzig Jahre her,
Daß dieser Bruder nicht mehr lebt – er hieß,
Ich weiß nicht wie; – er blieb, ich weiß nicht wo: –
So klingt das ja so gar – so gar unglaublich,
Daß an der ganzen Sache wohl nichts ist.
NATHAN: Ei, Daja! Warum wäre denn das so
Unglaublich? Doch wohl nicht – wie's wohl geschieht –
Um lieber etwas noch Unglaublichers
Zu glauben? – Warum hätte Saladin,
Der sein Geschwister insgesamt so liebt,
In jüngern Jahren einen Bruder nicht
Noch ganz besonders lieben können? – Pflegen

Sich zwei Gesichter nicht zu ähneln? – Ist
Ein alter Eindruck ein verlorner? – Wirkt
Das nämliche nicht mehr das nämliche? –
Seit wenn? – Wo steckt hier das Unglaubliche? –
Ei freilich, weise Daja, wär's für dich
Kein Wunder mehr; und deine Wunder nur
Bedürf ... verdienen, will ich sagen, Glauben.

DAJA: Ihr spottet.

NATHAN: Weil du meiner spottest. – Doch
Auch so noch, Recha, bleibet deine Rettung
Ein Wunder, dem nur möglich, der die strengsten
Entschlüsse, die unbändigsten Entwürfe
Der Könige, sein Spiel – wenn nicht sein Spott –
Gern an den schwächsten Fäden lenkt.

RECHA: Mein Vater!
Mein Vater, wenn ich irr, Ihr wißt, ich irre
Nicht gern.

NATHAN: Vielmehr du läßt dich gern belehren. –
Sieh! eine Stirn, so oder so gewölbt;
Der Rücken einer Nase, so viel mehr
Als so geführet; Augenbraunen, die
Auf einem scharfen oder stumpfen Knochen
So oder so sich schlängeln; eine Linie,
Ein Bug, ein Winkel, eine Falt, ein Mal,
Ein Nichts, auf eines wilden Europäers
Gesicht: – und du entkömmst dem Feur, in Asien!
Das wär kein Wunder, wundersücht'ges Volk?
Warum bemüht ihr denn noch einen Engel?

DAJA: Was schadet's – Nathan, wenn ich sprechen darf –
Bei alledem, von einem Engel lieber
Als einem Menschen sich gerettet denken?
Fühlt man der ersten unbegreiflichen
Ursache seiner Rettung nicht sich so
Viel näher?

NATHAN: Stolz! und nichts als Stolz! Der Topf
Von Eisen will mit einer silbern Zange
Gern aus der Glut gehoben sein, um selbst
Ein Topf von Silber sich zu dünken. – Pah! –
Und was es schadet, fragst du? was es schadet?
Was hilft es? dürft ich nur hinwieder fragen. –
Denn dein „Sich Gott um so viel näher fühlen",

Ist Unsinn oder Gotteslästerung. –
Allein es schadet; ja, es schadet allerdings. –
Kommt! hört mir zu. – Nicht wahr? dem Wesen, das
Dich rettete – es sei ein Engel oder
Ein Mensch – dem möchtet ihr, und du besonders,
Gern wieder viele große Dienste tun? –
Nicht wahr? – Nun, einem Engel, was für Dienste,
Für große Dienste könnt ihr dem wohl tun?
Ihr könnt ihm danken; zu ihm seufzen, beten;
Könnt in Entzückung über ihn zerschmelzen;
Könnt an dem Tage seiner Feier fasten,
Almosen spenden. – Alles nichts. – Denn mich
Deucht immer, daß ihr selbst und euer Nächster
Hierbei weit mehr gewinnt, als er. Er wird
Nicht fett durch euer Fasten; wird nicht reich
Durch eure Spenden; wird nicht herrlicher
Durch eur Entzücken; wird nicht mächtiger
Durch eur Vertraun. Nicht wahr? Allein ein Mensch!

DAJA: Ei freilich hätt ein Mensch, etwas für ihn
Zu tun uns mehr Gelegenheit verschafft.
Und Gott weiß, wie bereit wir dazu waren!
Allein er wollte ja, bedurfte ja
So völlig nichts; war in sich, mit sich so
Vergnügsam, als nur Engel sind, nur Engel
Sein können.

RECHA: Endlich, als er gar verschwand . . .

NATHAN:
Verschwand? – Wie denn verschwand? – Sich untern Palmen
Nicht ferner sehen ließ? – Wie? oder habt
Ihr wirklich schon ihn weiter aufgesucht?

DAJA: Das nun wohl nicht.

NATHAN: Nicht, Daja? nicht? – Da sieh
Nun was es schadt! – Grausame Schwärmerinnen! –
Wenn dieser Engel nun – nun krank geworden! . . .

RECHA: Krank!

DAJA: Krank! Er wird doch nicht!

RECHA: Welch kalter Schauer
Befällt mich! – Daja! – Meine Stirne, sonst
So warm, fühl! ist auf einmal Eis.

NATHAN: Er ist
Ein Franke, dieses Klimas ungewohnt;

Ist jung; der harten Arbeit seines Standes,
Des Hungerns, Wachens ungewohnt.
RECHA: Krank! krank!
DAJA: Das wäre möglich, meint ja Nathan nur.
NATHAN: Nun liegt er da! hat weder Freund, noch Geld
Sich Freunde zu besolden.
RECHA: Ah, mein Vater!
NATHAN: Liegt ohne Wartung, ohne Rat und Zusprach,
Ein Raub der Schmerzen und des Todes da!
RECHA: Wo? wo?
NATHAN: Er, der für eine, die er nie
Gekannt, gesehn – genug, es war ein Mensch –
Ins Feur sich stürzte ...
DAJA: Nathan, schonet ihrer!
NATHAN: Der, was er rettete nicht näher kennen,
Nicht weiter sehen mocht, um ihm den Dank
Zu sparen ...
DAJA: Schonet ihrer, Nathan!
NATHAN: Weiter
Auch nicht zu sehn verlangt, es wäre denn,
Daß er zum zweitenmal es retten sollte –
Denn gnug, es ist ein Mensch ...
DAJA: Hört auf, und seht!
NATHAN: Der, der hat sterbend sich zu laben, nichts –
Als das Bewußtsein dieser Tat!
DAJA: Hört auf!
Ihr tötet sie!
NATHAN: Und du hast ihn getötet! –
Hättst so ihn töten können. – Recha! Recha!
Es ist Arznei, nicht Gift, was ich dir reiche.
Er lebt! – komm zu dir! – ist auch wohl nicht krank;
Nicht einmal krank!
RECHA: Gewiß? – nicht tot? nicht krank?
NATHAN: Gewiß, nicht tot! Denn Gott lohnt Gutes, hier
Getan, auch hier noch. – Geh! – Begreifst du aber,
Wieviel andächtig schwärmen leichter, als
Gut handeln ist? wie gern der schlaffste Mensch
Andächtig schwärmt, um nur – ist er zuzeiten
Sich schon der Absicht deutlich nicht bewußt –
Um nur gut handeln nicht zu dürfen?
RECHA: Ah,

Mein Vater! laßt, laßt Eure Recha doch
Nie wiederum allein! – Nicht wahr, er kann
Auch wohl verreist nur sein? –

NATHAN: Geht! – Allerdings. –
Ich seh, dort mustert mit neugier'gem Blick
Ein Muselmann mir die beladenen
Kamele. Kennt ihr ihn?

DAJA: Ha! Euer Derwisch.

NATHAN: Wer?

DAJA: Euer Derwisch; Euer Schachgesell!

NATHAN: Al-Hafi? das Al-Hafi?

DAJA: Itzt des Sultans
Schatzmeister.

NATHAN: Wie? Al-Hafi? Träumst du wieder? –
Er ist's! – wahrhaftig, ist's! – kömmt auf uns zu.
Hinein mit euch, geschwind! – Was werd ich hören!

Dritter Auftritt

Nathan *und der* Derwisch.

DERWISCH: Reißt nur die Augen auf, so weit Ihr könnt!

NATHAN: Bist du's? bist du es nicht? – In dieser Pracht,
Ein Derwisch! . . .

DERWISCH: Nun? warum denn nicht? Läßt sich
Aus einem Derwisch denn nichts, gar nichts machen?

NATHAN: Ei wohl, genug! – Ich dachte mir nur immer,
Der Derwisch – so der rechte Derwisch – woll
Aus sich nichts machen lassen.

DERWISCH: Beim Propheten!
Daß ich kein rechter bin, mag auch wohl wahr sein.
Zwar wenn man muß –

NATHAN: Muß! Derwisch! – Derwisch muß?
Kein Mensch muß müssen, und ein Derwisch müßte?
Was müßt er denn?

DERWISCH: Warum man ihn recht bittet,
Und er für gut erkennt: das muß ein Derwisch.

NATHAN: Bei unserm Gott! da sagst du wahr. – Laß dich
Umarmen, Mensch. – Du bist doch noch mein Freund?

DERWISCH: Und fragt nicht erst, was ich geworden bin?

NATHAN: Trotz dem, was du geworden!

DERWISCH: Könnt ich nicht
Ein Kerl im Staat geworden sein, des Freundschaft
Euch ungelegen wäre?
NATHAN: Wenn dein Herz
Noch Derwisch ist, so wag ich's drauf. Der Kerl
Im Staat, ist nur dein Kleid.
DERWISCH: Das auch geehrt
Will sein. – Was meint Ihr? ratet! – Was wär ich
An Eurem Hofe?
NATHAN: Derwisch; weiter nichts.
Doch nebenher, wahrscheinlich – Koch.
DERWISCH: Nun ja
Mein Handwerk bei Euch zu verlernen. – Koch!
Nicht Kellner auch? – Gesteht, daß Saladin
Mich besser kennt. – Schatzmeister bin ich bei
Ihm worden.
NATHAN: Du? – bei ihm?
DERWISCH: Versteht:
Des kleinern Schatzes, denn des größern waltet
Sein Vater noch – des Schatzes für sein Haus.
NATHAN: Sein Haus ist groß.
DERWISCH: Und größer, als Ihr glaubt;
Denn jeder Bettler ist von seinem Hause.
NATHAN: Doch ist den Bettlern Saladin so feind –
DERWISCH: Daß er mit Strumpf und Stiel sie zu vertilgen
Sich vorgesetzt – und sollt er selbst darüber
Zum Bettler werden.
NATHAN: Brav! So mein ich's eben.
DERWISCH: Er ist's auch schon, trotz einem! – Denn sein Schatz
Ist jeden Tag mit Sonnenuntergang
Viel leerer noch, als leer. Die Flut, so hoch
Sie morgens eintritt, ist des Mittags längst
Verlaufen –
NATHAN: Weil Kanäle sie zum Teil
Verschlingen, die zu füllen oder zu
Verstopfen, gleich unmöglich ist.
DERWISCH: Getroffen!
NATHAN: Ich kenne das!
DERWISCH: Es taugt nun freilich nichts,
Wenn Fürsten Geier unter Äsern sind.
Doch sind sie Äser unter Geiern, taugt's

Noch zehnmal weniger.

NATHAN: O nicht doch, Derwisch!
Nicht doch!

DERWISCH: Ihr habt gut reden, Ihr! – Kommt an:
Was gebt Ihr mir? so tret ich meine Stell
Euch ab.

NATHAN: Was bringt dir deine Stelle?

DERWISCH: Mir?
Nicht viel. Doch Euch, Euch kann sie trefflich wuchern.
Denn ist es Ebb im Schatz – wie öfters ist –
So zieht Ihre Eure Schleusen auf: schießt vor,
Und nehmt an Zinsen, was Euch nur gefällt.

NATHAN: Auch Zins vom Zins der Zinsen?

DERWISCH: Freilich!

NATHAN: Bis
Mein Kapital zu lauter Zinsen wird.

DERWISCH:
Das lockt Euch nicht? So schreibet unsrer Freundschaft
Nur gleich den Scheidebrief! Denn wahrlich hab
Ich sehr auf Euch gerechnet.

NATHAN: Wahrlich? Wie
Denn so? wieso denn?

DERWISCH: Daß Ihr mir mein Amt
Mit Ehren würdet führen helfen; daß
Ich allzeit offne Kasse bei Euch hätte. –
Ihr schüttelt?

NATHAN: Nun, verstehn wir uns nur recht!
Hier gibt's zu unterscheiden. – Du? warum
Nicht du? Al-Hafi Derwisch ist zu allem,
Was ich vermag, mir stets willkommen. – Aber
Al-Hafi Defterdar des Saladin,
Der – dem –

DERWISCH: Erriet ich's nicht? Daß Ihr doch immer
So gut als klug, so klug als weise seid! –
Geduld! Was Ihr am Hafi unterscheidet,
Soll bald geschieden wieder sein. – Seht da
Das Ehrenkleid, das Saladin mir gab.
Eh es verschossen ist, eh es zu Lumpen
Geworden, wie sie einen Derwisch kleiden,
Hängt's in Jerusalem am Nagel, und
Ich bin am Ganges, wo ich leicht und barfuß

Den heißen Sand mit meinen Lehrern trete.
NATHAN: Dir ähnlich gnug!
DERWISCH: Und Schach mit ihnen spiele.
NATHAN: Dein höchstes Gut!
DERWISCH: Denkt nur, was mich verführte! –
Damit ich selbst nicht länger betteln dürfte?
Den reichen Mann mit Bettlern spielen könnte?
Vermögend wär im Hui den reichsten Bettler
In einen armen Reichen zu verwandeln?
NATHAN: Das nun wohl nicht.
DERWISCH: Weit etwas Abgeschmackters!
Ich fühlte mich zum erstenmal geschmeichelt;
Durch Saladins gutherz'gen Wahn geschmeichelt –
NATHAN: Der war?
DERWISCH: „Ein Bettler wisse nur, wie Bettlern
Zumute sei; ein Bettler habe nur
Gelernt, mit guter Weise Bettlern geben.
Dein Vorfahr", sprach er, „war mir viel zu kalt,
Zu rauh. Er gab so unhold, wenn er gab;
Erkundigte so ungestüm sich erst
Nach dem Empfänger; nie zufrieden, daß
Er nur den Mangel kenne, wollt er auch
Des Mangels Ursach wissen, um die Gabe
Nach dieser Ursach filzig abzuwägen.
Das wird Al-Hafi nicht! So unmild mild
Wird Saladin im Hafi nicht erscheinen!
Al-Hafi gleicht verstopften Röhren nicht,
Die ihre klar und still empfangnen Wasser
So unrein und so sprudelnd wiedergeben.
Al-Hafi denkt; Al-Hafi fühlt wie ich!" –
So lieblich klang des Voglers Pfeife, bis
Der Gimpel in dem Netze war. – Ich Geck!
Ich eines Gecken Geck!
NATHAN: Gemach, mein Derwisch,
Gemach!
DERWISCH: Ei was! – Es wär nicht Geckerei,
Bei Hunderttausenden die Menschen drücken,
Ausmergeln, plündern, martern, würgen; und
Ein Menschenfreund an einzeln' scheinen wollen?
Es wär nicht Geckerei, des Höchsten Milde,
Die sonder Auswahl über Bös' und Gute

Und Flur und Wüstenei, in Sonnenschein
Und Regen sich verbreitet – nachzuäffen,
Und nicht des Höchsten immer volle Hand
Zu haben? Was? es wär nicht Geckerei . . .

NATHAN: Genug! hör auf!

DERWISCH: Laßt meiner Geckerei
Mich doch nur auch erwähnen! – Was? es wäre
Nicht Geckerei, an solchen Geckereien
Die gute Seite dennoch auszuspüren,
Um Anteil, dieser guten Seite wegen,
An dieser Geckerei zu nehmen? He?
Das nicht?

NATHAN: Al-Hafi, mache, daß du bald
In deine Wüste wieder kömmst. Ich fürchte
Grad unter Menschen möchtest du ein Mensch
Zu sein verlernen.

DERWISCH: Recht, das fürcht ich auch.
Lebt wohl!

NATHAN: So hastig? – Warte doch, Al-Hafi.
Entläuft dir denn die Wüste? – Warte doch! –
Daß er mich hörte! – He, Al-Hafi! hier! –
Weg ist er; und ich hätt ihn noch so gern
Nach unserm Tempelherrn gefragt. Vermutlich,
Daß er ihn kennt.

Vierter Auftritt

Daja *eilig herbei*. Nathan.

DAJA: O Nathan, Nathan!

NATHAN: Nun?
Was gibt's?

DAJA: Er läßt sich wieder sehn! Er läßt
Sich wieder sehn!

NATHAN: Wer, Daja? wer?

DAJA: Er! er!

NATHAN: Er? Er? – Wann läßt sich der nicht sehn! – Ja so,
Nur euer Er heißt er. – Das sollt er nicht!
Und wenn er auch ein Engel wäre, nicht!

DAJA: Er wandelt untern Palmen wieder auf
Und ab; und bricht von Zeit zu Zeit sich Datteln.

NATHAN: Sie essend? – und als Tempelherr?

DAJA: Was quält
Ihr mich? – Ihr gierig Aug erriet ihn hinter
Den dicht verschränkten Palmen schon; und folgt
Ihm unverrückt. Sie läßt Euch bitten – Euch
Beschwören – ungesäumt ihn anzugehn.
O eilt! Sie wird Euch aus dem Fenster winken,
Ob er hinaufgeht oder weiter ab
Sich schlägt. O eilt!

NATHAN: So wie ich vom Kamele
Gestiegen? – Schickt sich das? – Geh, eile du
Ihm zu; und meld ihm meine Wiederkunft.
Gib acht, der Biedermann hat nur mein Haus
In meinem Absein nicht betreten wollen;
Und kömmt nicht ungern, wenn der Vater selbst
Ihn laden läßt. Geh, sag, ich laß ihn bitten,
Ihn herzlich bitten . . .

DAJA: All umsonst! Er kömmt
Euch nicht. – Denn kurz; er kömmt zu keinem Juden.

NATHAN: So geh, geh wenigstens ihn anzuhalten;
Ihn wenigstens mit deinen Augen zu
Begleiten. – Geh, ich komme gleich dir nach.

Nathan eilet hinein, und Daja heraus.

FÜNFTER AUFTRITT

Szene: ein Platz mit Palmen, unter welchen der TEMPELHERR *auf und nieder geht. Ein* KLOSTERBRUDER *folgt ihm in einiger Entfernung von der Seite, immer als ob er ihn anreden wolle.*

TEMPELHERR: Der folgt mir nicht vor Langerweile! – Sieh,
Wie schielt er nach den Händen! – Guter Bruder . . .
Ich kann Euch auch wohl Vater nennen; nicht?

KLOSTERBRUDER: Nur Bruder. – Laienbruder nur; zu dienen.

TEMPELHERR: Ja, guter Bruder, wer nur selbst was hätte!
Bei Gott! bei Gott! ich habe nichts –

KLOSTERBRUDER: Und doch
Recht warmen Dank! Gott geb Euch tausendfach
Was Ihr gern geben wolltet. Denn der Wille
Und nicht die Gabe macht den Geber. – Auch
Ward ich dem Herrn Almosens wegen gar
Nicht nachgeschickt.

TEMPELHERR: Doch aber nachgeschickt?
KLOSTERBRUDER: Ja; aus dem Kloster.
TEMPELHERR: Wo ich eben jetzt
Ein kleines Pilgermahl zu finden hoffte?
KLOSTERBRUDER: Die Tische waren schon besetzt: komm aber
Der Herr nur wieder mit zurück.
TEMPELHERR: Wozu?
Ich habe Fleisch wohl lange nicht gegessen:
Allein was tut's? Die Datteln sind ja reif.
KLOSTERBRUDER: Nehm sich der Herr in acht mit dieser Frucht.
Zu viel genossen taugt sie nicht; verstopft
Die Milz; macht melancholisches Geblüt.
TEMPELHERR: Wenn ich nun melancholisch gern mich fühlte? –
Doch dieser Warnung wegen wurdet Ihr
Mir doch nicht nachgeschickt?
KLOSTERBRUDER: O nein! – Ich soll
Mich nur nach Euch erkunden; auf den Zahn
Euch fühlen.
TEMPELHERR: Und das sagt Ihr mir so selbst?
KLOSTERBRUDER: Warum nicht?
TEMPELHERR: (Ein verschmitzter Bruder!) – Hat
Das Kloster Euresgleichen mehr?
KLOSTERBRUDER: Weiß nicht.
Ich muß gehorchen, lieber Herr.
TEMPELHERR: Und da
Gehorcht Ihr denn auch ohne viel zu klügeln?
KLOSTERBRUDER: Wär's sonst gehorchen, lieber Herr?
TEMPELHERR: (Daß doch
Die Einfalt immer recht behält!) – Ihr dürft
Mir doch auch wohl vertrauen, wer mich gern
Genauer kennen möchte? – Daß Ihr's selbst
Nicht seid, will ich wohl schwören.
KLOSTERBRUDER: Ziemte mir's?
Und frommte mir's?
TEMPELHERR: Wem ziemt und frommt es denn,
Daß er so neubegierig ist? Wem denn?
KLOSTERBRUDER: Dem Patriarchen; muß ich glauben. – Denn
Der sandte mich Euch nach.
TEMPELHERR: Der Patriarch?
Kennt der das rote Kreuz auf weißem Mantel
Nicht besser?

KLOSTERBRUDER: Kenn ja ich's!
TEMPELHERR: Nun, Bruder? nun: –
Ich bin ein Tempelherr; und ein gefangner. –
Setz ich hinzu; gefangen bei Tebnin,
Der Burg, die mit des Stillstands letzter Stunde
Wir gern erstiegen hätten, um sodann
Auf Sidon loszugehn – Setz ich hinzu:
Selbzwanzigster gefangen und allein
Vom Saladin begnadiget: so weiß
Der Patriarch, was er zu wissen braucht. –
Mehr, als er braucht.
KLOSTERBRUDER: Wohl aber schwerlich mehr,
Als er schon weiß. – Er wüßt auch gern, warum
Der Herr vom Saladin begnadigt worden;
Er ganz allein.
TEMPELHERR: Weiß ich das selber? – Schon
Den Hals entblößt, kniet ich auf meinem Mantel
Den Streich erwartend: als mich schärfer Saladin
Ins Auge faßt, mir näher springt, und winkt.
Man hebt mich auf; ich bin entfesselt; will
Ihm danken; seh sein Aug in Tränen: stumm
Ist er, bin ich; er geht, ich bleibe. – Wie
Nun das zusammenhängt, enträtsle sich
Der Patriarche selbst.
KLOSTERBRUDER: Er schließt daraus,
Daß Gott zu großen, großen Dingen Euch
Müß aufbehalten haben.
TEMPELHERR: Ja, zu großen!
Ein Judenmädchen aus dem Feur zu retten;
Auf Sinai neugier'ge Pilger zu
Geleiten; und dergleichen mehr.
KLOSTERBRUDER: Wird schon
Noch kommen! – Ist inzwischen auch nicht übel. –
Vielleicht hat selbst der Patriarch bereits
Weit wicht'gere Geschäfte für den Herrn.
TEMPELHERR: So? meint Ihr, Bruder? – Hat er gar Euch schon
Was merken lassen?
KLOSTERBRUDER: Ei, ja wohl! – Ich soll
Den Herrn nur erst ergründen, ob er so
Der Mann wohl ist.
TEMPELHERR: Nun ja; ergründet nur!

(Ich will doch sehn, wie der ergründet!) – Nun?

KLOSTERBRUDER:
Das kürzste wird wohl sein, daß ich dem Herrn
Ganz gradezu des Patriarchen Wunsch
Eröffne.

TEMPELHERR: Wohl!

KLOSTERBRUDER: Er hätte durch den Herrn
Ein Briefchen gern bestellt.

TEMPELHERR: Durch mich? Ich bin
Kein Bote. – Das, das wäre das Geschäft,
Das weit glorreicher sei, als Judenmädchen
Dem Feur entreißen?

KLOSTERBRUDER: Muß doch wohl! Denn – sagt
Der Patriarch – an diesem Briefchen sei
Der ganzen Christenheit sehr viel gelegen.
Dies Briefchen wohl bestellt zu haben – sagt
Der Patriarch – werd einst im Himmel Gott
Mit einer ganz besondern Krone lohnen.
Und dieser Krone – sagt der Patriarch –
Sei niemand würd'ger, als mein Herr.

TEMPELHERR: Als ich?

KLOSTERBRUDER: Denn diese Krone zu verdienen – sagt
Der Patriarch – sei schwerlich jemand auch
Geschickter, als mein Herr.

TEMPELHERR: Als ich?

KLOSTERBRUDER: Er sei
Hier frei; könn überall sich hier besehn;
Versteh, wie eine Stadt zu stürmen und
Zu schirmen; könne – sagt der Patriarch –
Die Stärk und Schwäche der von Saladin
Neu aufgeführten, innern, zweiten Mauer
Am besten schätzen, sie am deutlichsten
Den Streitern Gottes, sagt der Patriarch,
Beschreiben.

TEMPELHERR: Guter Bruder, wenn ich doch
Nun auch des Briefchens nähern Inhalt wüßte.

KLOSTERBRUDER: Ja den – den weiß ich nun wohl nicht so recht.
Das Briefchen aber ist an König Philipp. –
Der Patriarch . . . Ich hab mich oft gewundert
Wie doch ein Heiliger, der sonst so ganz
Im Himmel lebt, zugleich so unterrichtet

Von Dingen dieser Welt zu sein herab
Sich lassen kann. Es muß ihm sauer werden.
TEMPELHERR: Nun dann? der Patriarch? –
KLOSTERBRUDER: Weiß ganz genau,
Ganz zuverlässig, wie und wo, wie stark,
Von welcher Seite Saladin, im Fall
Es völlig wieder losgeht, seinen Feldzug
Eröffnen wird.
TEMPELHERR: Das weiß er?
KLOSTERBRUDER: Ja, und möcht
Es gern dem König Philipp wissen lassen:
Damit der ungefähr ermessen könne,
Ob die Gefahr denn gar so schrecklich, um
Mit Saladin den Waffenstillestand,
Den Euer Orden schon so brav gebrochen,
Es koste was es wolle, wiederher –
Zustellen.
TEMPELHERR: Welch ein Patriarch! – Ja so!
Der liebe tapfre Mann will mich zu keinem
Gemeinen Boten; will mich – zum Spion.
Sagt Euerm Patriarchen, guter Bruder,
Soviel Ihr mich ergründen können, wär
Das meine Sache nicht. – Ich müsse mich
Noch als Gefangenen betrachten; und
Der Tempelherren einziger Beruf
Sei mit dem Schwerte dreinzuschlagen, nicht
Kundschafterei zu treiben.
KLOSTERBRUDER: Dacht ich's doch! –
Will's auch dem Herrn nicht eben sehr verübeln. –
Zwar kömmt das Beste noch. – Der Patriarch
Hiernächst hat ausgegattert, wie die Feste
Sich nennt, und wo auf Libanon sie liegt,
In der die ungeheuern Summen stecken,
Mit welchen Saladins vorsicht'ger Vater
Das Heer besoldet, und die Zurüstungen
Des Kriegs bestreitet. Saladin verfügt
Von Zeit zu Zeit auf abgelegnen Wegen
Nach dieser Feste sich, nur kaum begleitet. –
Ihr merkt doch?
TEMPELHERR: Nimmermehr!
KLOSTERBRUDER: Was wäre da

Wohl leichter, als des Saladins sich zu
Bemächtigen? den Garaus ihm zu machen? –
Ihr schaudert? – O es haben schon ein paar
Gottsfürcht'ge Maroniten sich erboten,
Wenn nur ein wackrer Mann sie führen wolle,
Das Stück zu wagen.

TEMPELHERR: Und der Patriarch
Hätt auch zu diesem wackern Manne mich
Ersehn?

KLOSTERBRUDER: Er glaubt, daß König Philipp wohl
Von Ptolemais aus die Hand hierzu
Am besten bieten könne.

TEMPELHERR: Mir? mir, Bruder?
Mir? Habt Ihr nicht gehört? nur erst gehört,
Was für Verbindlichkeit dem Saladin
Ich habe?

KLOSTERBRUDER: Wohl hab ich's gehört.

TEMPELHERR: Und doch?

KLOSTERBRUDER: Ja – meint der Patriarch – das wär schon gut:
Gott aber und der Orden . . .

TEMPELHERR: Ändern nichts!
Gebieten mir kein Bubenstück!

KLOSTERBRUDER: Gewiß nicht! –
Nur – meint der Patriarch – sei Bubenstück
Vor Menschen, nicht auch Bubenstück vor Gott.

TEMPELHERR: Ich wär dem Saladin mein Leben schuldig:
Und raubt ihm seines?

KLOSTERBRUDER: Pfui! – Doch bliebe – meint
Der Patriarch – noch immer Saladin
Ein Feind der Christenheit, der Euer Freund
Zu sein, kein Recht erwerben könne.

TEMPELHERR: Freund?
An dem ich bloß nicht will zum Schurken werden;
Zum undankbaren Schurken?

KLOSTERBRUDER: Allerdings! –
Zwar, meint der Patriarch – des Dankes sei
Man quitt, vor Gott und Menschen quitt, wenn uns
Der Dienst um unsertwillen nicht geschehen.
Und da verlauten wolle – meint der Patriarch –
Daß Euch nur darum Saladin begnadet,

Weil ihm in Eurer Mien, in Euerm Wesen,
So was von seinem Bruder eingeleuchtet . . .

TEMPELHERR: Auch dieses weiß der Patriarch; und doch? –
Ah! wäre das gewiß! Ah, Saladin! –
Wie? die Natur hätt auch nur einen Zug
Von mir in deines Bruders Form gebildet:
Und dem entspräche nichts in meiner Seele?
Was dem entspräche, könnt ich unterdrücken,
Um einem Patriarchen zu gefallen? –
Natur, so leugst du nicht! So widerspricht
Sich Gott in seinen Werken nicht! – Geht Bruder! –
Erregt mir meine Galle nicht! – Geht! geht!

KLOSTERBRUDER: Ich geh; und geh vergnügter, als ich kam.
Verzeihe mir der Herr. Wir Klosterleute
Sind schuldig, unsern Obern zu gehorchen.

Sechster Auftritt

Der Tempelherr *und* Daja, *die den Tempelherrn schon eine Zeitlang von weiten beobachtet hatte, und sich nun ihm nähert.*

DAJA: Der Klosterbruder, wie mich dünkt, ließ in
Der besten Laun ihn nicht. – Doch muß ich mein
Paket nur wagen.

TEMPELHERR: Nun, vortrefflich! – Lügt
Das Sprichwort wohl: daß Mönch und Weib, und Weib
Und Mönch des Teufels beide Krallen sind?
Er wirft mich heut aus einer in die andre.

DAJA: Was seh ich? – Edler Ritter, Euch? – Gott Dank!
Gott tausend Dank! – Wo habt Ihr denn
Die ganze Zeit gesteckt? – Ihr seid doch wohl
Nicht krank gewesen?

TEMPELHERR: Nein.

DAJA: Gesund doch?

TEMPELHERR: Ja.

DAJA: Wir waren Euertwegen wahrlich ganz
Bekümmert.

TEMPELHERR: So?

DAJA: Ihr wart gewiß verreist?

TEMPELHERR: Erraten!

DAJA: Und kamt heut erst wieder?

TEMPELHERR: Gestern.

DAJA: Auch Rechas Vater ist heut angekommen.
Und nun darf Recha doch wohl hoffen?

TEMPELHERR: Was?

DAJA: Warum sie Euch so öfters bitten lassen.
Ihr Vater ladet Euch nun selber bald
Aufs dringlichste. Er kömmt von Babylon;
Mit zwanzig hochbeladenen Kamelen,
Und allem, was an edeln Spezereien,
An Steinen und an Stoffen, Indien
Und Persien und Syrien, gar Sina,
Kostbares nur gewähren.

TEMPELHERR: Kaufe nichts.

DAJA: Sein Volk verehret ihn als einen Fürsten.
Doch daß es ihn den Weisen Nathan nennt,
Und nicht vielmehr den Reichen, hat mich oft
Gewundert.

TEMPELHERR: Seinem Volk ist reich und weise
Vielleicht das nämliche.

DAJA: Vor allen aber
Hätt's ihn den Guten nennen müssen. Denn
Ihr stellt Euch gar nicht vor, wie gut er ist.
Als er erfuhr, wieviel Euch Recha schuldig:
Was hätt, in diesem Augenblicke, nicht
Er alles Euch getan, gegeben!

TEMPELHERR: Ei!

DAJA: Versucht's und kommt und seht!

TEMPELHERR: Was denn? wie schnell
Ein Augenblick vorüber ist?

DAJA: Hätt ich,
Wenn er so gut nicht wär, es mir so lange
Bei ihm gefallen lassen? Meint Ihr etwa,
Ich fühle meinen Wert als Christin nicht?
Auch mir ward's vor der Wiege nicht gesungen,
Daß ich nur darum meinem Ehgemahl
Nach Palästina folgen würd, um da
Ein Judenmädchen zu erziehn. Es war
Mein lieber Ehgemahl ein edler Knecht
In Kaiser Friedrichs Heere –

TEMPELHERR: Von Geburt
Ein Schweizer, dem die Ehr und Gnade ward

Mit Seiner Kaiserlichen Majestät
In einem Flusse zu ersäufen. – Weib!
Wievielmal habt Ihr mir das schon erzählt?
Hört Ihr denn gar nicht auf mich zu verfolgen?
DAJA: Verfolgen! lieber Gott!
TEMPELHERR: Ja, ja, verfolgen.
Ich will nun einmal Euch nicht weiter sehn!
Nicht hören! Will von Euch an eine Tat
Nicht fort und fort erinnert sein, bei der
Ich nichts gedacht; die, wenn ich drüber denke,
Zum Rätsel von mir selbst mir wird. Zwar möcht
Ich sie nicht gern bereuen. Aber seht;
Eräugnet so ein Fall sich wieder: Ihr
Seid schuld, wenn ich so rasch nicht handle; wenn
Ich mich vorher erkund – und brennen lasse,
Was brennt.
DAJA: Bewahre Gott!
TEMPELHERR: Von heut an tut
Mir den Gefallen wenigstens, und kennt
Mich weiter nicht. Ich bitt Euch drum. Auch laßt
Den Vater mir vom Halse. Jud ist Jude.
Ich bin ein plumper Schwab. Des Mädchens Bild
Ist längst aus meiner Seele; wenn es je
Da war.
DAJA: Doch Eures ist aus ihrer nicht.
TEMPELHERR: Was soll's nun aber da? was soll's?
DAJA: Wer weiß!
Die Menschen sind nicht immer, was sie scheinen.
TEMPELHERR: Doch selten etwas Bessers. *Er geht.*
DAJA: Wartet doch!
Was eilt Ihr?
TEMPELHERR: Weib, macht mir die Palmen nicht
Verhaßt, worunter ich so gern sonst wandle.
DAJA: So geh, du deutscher Bär! so geh! – Und doch
Muß ich die Spur des Tieres nicht verlieren.
Sie geht ihm von weiten nach.

ZWEITER AUFZUG

Erster Auftritt

Die Szene: des Sultans Palast.

Saladin *und* Sittah *spielen Schach.*

SITTAH: Wo bist du, Saladin? Wie spielst du heut?
SALADIN: Nicht gut? Ich dächte doch.
SITTAH: Für mich; und kaum.
Nimm diesen Zug zurück.
SALADIN: Warum?
SITTAH: Der Springer
Wird unbedeckt.
SALADIN: Ist wahr. Nun so!
SITTAH: So zieh
Ich in die Gabel.
SALADIN: Wieder wahr. – Schach dann!
SITTAH: Was hilft dir das? Ich setze vor: und du
Bist, wie du warst.
SALADIN: Aus dieser Klemme, seh
Ich wohl, ist ohne Buße nicht zu kommen.
Mag's! nimm den Springer nur.
SITTAH: Ich will ihn nicht.
Ich geh vorbei.
SALADIN: Du schenkst mir nichts. Dir liegt
An diesem Platze mehr, als an dem Springer.
SITTAH: Kann sein.
SALADIN: Mach deine Rechnung nur nicht ohne
Den Wirt. Denn sieh! Was gilt's, das warst du nicht
Vermuten?
SITTAH: Freilich nicht. Wie konnt ich auch
Vermuten, daß du deiner Königin
So müde wärst?
SALADIN: Ich meiner Königin?
SITTAH: Ich seh nun schon: ich soll heut meine tausend
Dinar', kein Naserinchen mehr gewinnen.
SALADIN: Wieso?
SITTAH: Frag noch! – Weil du mit Fleiß, mit aller
Gewalt verlieren willst. – Doch dabei find
Ich meine Rechnung nicht. Denn außer, daß

Ein solches Spiel das unterhaltendste
Nicht ist: gewann ich immer nicht am meisten
Mit dir, wenn ich verlor? Wenn hast du mir
Den Satz, mich des verlornen Spieles wegen
Zu trösten, doppelt nicht hernach geschenkt?
SALADIN: Ei sieh! so hättest du ja wohl, wenn du
Verlorst, mit Fleiß verloren, Schwesterchen?
SITTAH: Zum wenigsten kann gar wohl sein, daß deine
Freigebigkeit, mein liebes Brüderchen,
Schuld ist, daß ich nicht besser spielen lernen.
SALADIN: Wir kommen ab vom Spiele. Mach ein Ende!
SITTAH: So bleibt es? Nun dann: Schach! und doppelt Schach!
SALADIN: Nun freilich; dieses Abschach hab ich nicht
Gesehn, das meine Königin zugleich
Mit niederwirft.
SITTAH: War dem noch abzuhelfen?
Laß sehn.
SALADIN: Nein, nein; nimm nur die Königin.
Ich war mit diesem Steine nie recht glücklich.
SITTAH: Bloß mit dem Steine?
SALADIN: Fort damit! – Das tut
Mir nichts. Denn so ist alles wiederum
Geschützt.
SITTAH: Wie höflich man mit Königinnen
Verfahren müsse: hat mein Bruder mich
Zu wohl gelehrt. *Sie läßt sie stehen.*
SALADIN: Nimm, oder nimm sie nicht!
Ich habe keine mehr.
SITTAH: Wozu sie nehmen?
Schach! – Schach!
SALADIN: Nur weiter.
SITTAH: Schach – und Schach! – und Schach! –
SALADIN: Und matt!
SITTAH: Nicht ganz; du ziehst den Springer noch
Dazwischen; oder was du machen willst.
Gleichviel!
SALADIN: Ganz recht! – Du hast gewonnen: und
Al-Hafi zahlt. – Man laß ihn rufen! gleich!
Du hattest, Sittah, nicht so unrecht; ich
War nicht so ganz beim Spiele; war zerstreut.
Und dann: wer gibt uns denn die glatten Steine

Beständig? die an nichts erinnern, nichts
Bezeichnen. Hab ich mit dem Iman denn
Gespielt? – Doch was? Verlust will Vorwand. Nicht
Die ungeformten Steine, Sittah, sind's
Die mich verlieren machten: deine Kunst,
Dein ruhiger und schneller Blick . . .

SITTAH: Auch so
Willst du den Stachel des Verlusts nur stumpfen.
Genug, du warst zerstreut; und mehr als ich.

SALADIN: Als du? Was hätte dich zerstreuet?

SITTAH: Deine
Zerstreuung freilich nicht! – O Saladin,
Wenn werden wir so fleißig wieder spielen!

SALADIN: So spielen wir um so viel gieriger! –
Ah! weil es wieder losgeht, weinst du? – Mag's! –
Nur zu! – Ich habe nicht zuerst gezogen;
Ich hätte gern den Stillestand aufs neue
Verlängert; hätte meiner Sittah gern,
Gern einen guten Mann zugleich verschafft.
Und das muß Richards Bruder sein: er ist
Ja Richards Bruder.

SITTAH: Wenn du deinen Richard
Nur loben kannst!

SALADIN: Wenn unserm Bruder Melek
Dann Richards Schwester wär zu Teile worden:
Ha! welch ein Haus zusammen! Ha, der ersten,
Der besten Häuser in der Welt das beste! –
Du hörst, ich bin mich selbst zu loben, auch
Nicht faul. Ich dünk mich meiner Freunde wert. –
Das hätte Menschen geben sollen! das!

SITTAH: Hab ich des schönen Traums nicht gleich gelacht?
Du kennst die Christen nicht, willst sie nicht kennen.
Ihr Stolz ist: Christen sein; nicht Menschen. Denn
Selbst das, was, noch von ihrem Stifter her,
Mit Menschlichkeit den Aberglauben wirzt,
Das lieben sie, nicht weil es menschlich ist:
Weil's Christus lehrt; weil's Christus hat getan. –
Wohl ihnen, daß er ein so guter Mensch
Noch war! Wohl ihnen, daß sie seine Tugend
Auf Treu und Glaube nehmen können! – Doch
Was Tugend? – Seine Tugend nicht; sein Name

Soll überall verbreitet werden; soll
Die Namen aller guten Menschen schänden,
Verschlingen. Um den Namen, um den Namen
Ist ihnen nur zu tun.

SALADIN: Du meinst: warum
Sie sonst verlangen würden, daß auch ihr,
Auch du und Melek, Christen hießet, eh
Als Ehgemahl ihr Christen lieben wolltet?

SITTAH: Ja wohl! Als wär von Christen nur, als Christen,
Die Liebe zu gewärtigen, womit
Der Schöpfer Mann und Männin ausgestattet!

SALADIN: Die Christen glauben mehr Armseligkeiten,
Als daß sie die nicht auch noch glauben könnten! –
Und gleichwohl irrst du dich. – Die Tempelherren,
Die Christen nicht, sind schuld: sind nicht, als Christen,
Als Tempelherren schuld. Durch die allein
Wird aus der Sache nichts. Sie wollen Acca,
Das Richards Schwester unserm Bruder Melek
Zum Brautschatz bringen müßte, schlechterdings
Nicht fahrenlassen. Daß des Ritters Vorteil
Gefahr nicht laufe, spielen sie den Mönch,
Den albern Mönch. Und ob vielleicht im Fluge
Ein guter Streich gelänge: haben sie
Des Waffenstillestandes Ablauf kaum
Erwarten können. – Lustig! Nur so weiter!
Ihr Herren, nur so weiter! – Mir schon recht! –
Wär alles sonst nur, wie es müßte.

SITTAH: Nun?
Was irrte dich denn sonst? Was könnte sonst
Dich aus der Fassung bringen?

SALADIN: Was von je
Mich immer aus der Fassung hat gebracht. –
Ich war auf Libanon, bei unserm Vater.
Er unterliegt den Sorgen noch . . .

SITTAH: O weh!

SALADIN: Er kann nicht durch; es klemmt sich allerorten!
Es fehlt bald da, bald dort –

SITTAH: Was klemmt? was fehlt?

SALADIN: Was sonst, als was ich kaum zu nennen würd'ge?
Was, wenn ich's habe, mir so überflüssig,
Und hab ich's nicht, so unentbehrlich scheint. –

Wo bleibt Al-Hafi denn? Ist niemand nach
Ihm aus? – Das leidige, verwünschte Geld! –
Gut, Hafi, daß du kömmst.

ZWEITER AUFTRITT

Der Derwisch Al-Hafi. Saladin. Sittah.

AL-HAFI: Die Gelder aus
Ägypten sind vermutlich angelangt.
Wenn's nur fein viel ist.
SALADIN: Hast du Nachricht?
AL-HAFI: Ich?
Ich nicht. Ich denke, daß ich hier sie in
Empfang soll nehmen.
SALADIN: Zahl an Sittah tausend
Dinare! *In Gedanken hin und her gehend.*
AL-HAFI: Zahl! anstatt, empfang! O schön!
Das ist für was noch weniger als nichts. –
An Sittah? – wiederum an Sittah? Und
Verloren? – wiederum im Schach verloren? –
Da steht es noch das Spiel!
SITTAH: Du gönnst mir doch
Mein Glück?
AL-HAFI *das Spiel betrachtend*:
Was gönnen? Wenn – Ihr wißt ja wohl.
SITTAH *ihm winkend*: Bst! Hafi! bst!
AL-HAFI *noch auf das Spiel gerichtet*:
Gönnt's Euch nur selber erst!
SITTAH: Al-Hafi; bst!
AL-HAFI *zu Sittah*: Die Weißen waren Euer?
Ihr bietet Schach?
SITTAH: Gut, daß er nichts gehört!
AL-HAFI: Nun ist der Zug an ihm?
SITTAH *ihm näher tretend*: So sage doch,
Daß ich mein Geld bekommen kann.
AL-HAFI *noch auf das Spiel geheftet*: Nun ja;
Ihr sollt's bekommen, wie Ihr's stets bekommen.
SITTAH: Wie? bist du toll?
AL-HAFI: Das Spiel ist ja nicht aus.
Ihr habt ja nicht verloren, Saladin.

SALADIN *kaum hinhörend*: Doch! doch! Bezahl! bezahl!
AL-HAFI: Bezahl! bezahl!
Da steht ja Eure Königin.
SALADIN *noch so*: Gilt nicht;
Gehört nicht mehr ins Spiel.
SITTAH: So mach und sag,
Daß ich das Geld mir nur kann holen lassen.
AL-HAFI *noch immer in das Spiel vertieft*:
Versteht sich, so wie immer. – Wenn auch schon;
Wenn auch die Königin nichts gilt: Ihr seid
Doch darum noch nicht matt.
SALADIN *tritt hinzu und wirft das Spiel um*: Ich bin es; will
Es sein.
AL-HAFI: Ja so! – Spiel wie Gewinst! So wie
Gewonnen, so bezahlt.
SALADIN *zur Sittah*: Was sagt er? was?
SITTAH *von Zeit zu Zeit dem Hafi winkend*:
Du kennst ihn ja. Er sträubt sich gern; läßt gern
Sich bitten; ist wohl gar ein wenig neidisch. –
SALADIN: Auf dich doch nicht? Auf meine Schwester nicht? –
Was hör ich, Hafi? Neidisch? du?
AL-HAFI: Kann sein!
Kann sein! – Ich hätt ihr Hirn wohl lieber selbst;
Wär lieber selbst so gut, als sie.
SITTAH: Indes
Hat er doch immer richtig noch bezahlt.
Und wird auch heut bezahlen. Laß ihn nur! –
Geh nur, Al-Hafi, geh! Ich will das Geld
Schon holen lassen.
AL-HAFI: Nein; ich spiele länger
Die Mummerei nicht mit. Er muß es doch
Einmal erfahren.
SALADIN: Wer? und was?
SITTAH: Al-Hafi!
Ist dieses dein Versprechen? Hältst du so
Mir Wort!
AL-HAFI: Wie konnt ich glauben, daß es so
Weit gehen würde.
SALADIN: Nun? erfahr ich nichts?
SITTAH: Ich bitte dich, Al-Hafi; sei bescheiden.
SALADIN: Das ist doch sonderbar! Was könnte Sittah

So feierlich, so warm bei einem Fremden,
Bei einem Derwisch lieber, als bei mir,
Bei ihrem Bruder sich verbitten wollen.
Al-Hafi, nun befehl ich. – Rede, Derwisch!

SITTAH: Laß eine Kleinigkeit, mein Bruder, dir
Nicht näher treten, als sie würdig ist.
Du weißt, ich habe zu verschiednen Malen
Dieselbe Summ im Schach von dir gewonnen.
Und weil ich itzt das Geld nicht nötig habe;
Weil itzt in Hafis Kasse doch das Geld
Nicht eben allzu häufig ist: so sind
Die Posten stehn geblieben. Aber sorgt
Nur nicht! Ich will sie weder dir, mein Bruder,
Noch Hafi, noch der Kasse schenken.

AL-HAFI: Ja,
Wenn's das nur wäre! das!

SITTAH: Und mehr dergleichen. –
Auch das ist in der Kasse stehn geblieben,
Was du mir einmal ausgeworfen; ist
Seit wenig Monden stehn geblieben.

AL-HAFI: Noch
Nicht alles.

SALADIN: Noch nicht? – Wirst du reden?

AL-HAFI: Seit aus Ägypten wir das Geld erwarten,
Hat sie . . .

SITTAH *zu Saladin*: Wozu ihn hören?

AL-HAFI: Nicht nur nichts
Bekommen . . .

SALADIN: Gutes Mädchen! – Auch beiher
Mir vorgeschossen. Nicht?

AL-HAFI: Den ganzen Hof
Erhalten; Euern Aufwand ganz allein
Bestritten.

SALADIN: Ha! das, das ist meine Schwester! *Sie umarmend.*

SITTAH: Wer hatte, dies zu können, mich so reich
Gemacht, als du, mein Bruder?

AL-HAFI: Wird schon auch
So bettelarm sie wieder machen, als
Er selber ist.

SALADIN: Ich arm? der Bruder arm?
Wenn hab ich mehr? wenn weniger gehabt? –

Ein Kleid, ein Schwert, ein Pferd – und einen Gott!
Was brauch ich mehr? Wenn kann's an dem mir fehlen?
Und doch, Al-Hafi, könnt ich mit dir schelten.

SITTAH: Schilt nicht, mein Bruder. Wenn ich unserm Vater
Auch seine Sorgen so erleichtern könnte!

SALADIN: Ah! Ah! Nun schlägst du meine Freudigkeit
Auf einmal wieder nieder! – Mir, für mich
Fehlt nichts, und kann nichts fehlen. Aber ihm,
Ihm fehlet; und in ihm uns allen. – Sagt,
Was soll ich machen? – Aus Ägypten kommt
Vielleicht noch lange nichts. Woran das liegt,
Weiß Gott. Es ist doch da noch alles ruhig. –
Abbrechen, einziehn, sparen, will ich gern,
Mir gern gefallen lassen; wenn es mich,
Bloß mich betrifft; bloß mich, und niemand sonst
Darunter leidet. – Doch was kann das machen?
Ein Pferd, ein Kleid, ein Schwert, muß ich doch haben.
Und meinem Gott ist auch nichts abzudingen.
Ihm gnügt schon so mit wenigem genug;
Mit meinem Herzen. – Auf den Überschuß
Von deiner Kasse, Hafi, hatt ich sehr
Gerechnet.

AL-HAFI: Überschuß? – Sagt selber, ob
Ihr mich nicht hättet spießen, wenigstens
Mich drosseln lassen, wenn auf Überschuß
Ich von Euch wär ergriffen worden. Ja,
Auf Unterschleif! das war zu wagen.

SALADIN: Nun,
Was machen wir denn aber? – Konntest du
Vorerst bei niemand andern borgen, als
Bei Sittah?

SITTAH: Würd ich dieses Vorrecht, Bruder,
Mir haben nehmen lassen? Mir von ihm?
Auch noch besteh ich drauf. Noch bin ich auf
Dem trocknen völlig nicht.

SALADIN: Nur völlig nicht!
Das fehlte noch! – Geh gleich, mach Anstalt, Hafi!
Nimm auf bei wem du kannst! und wie du kannst!
Geh, borg, versprich. – Nur, Hafi, borge nicht
Bei denen, die ich reich gemacht. Denn borgen
Von diesen, möchte wiederfodern heißen.

Geh zu den Geizigsten; die werden mir
Am liebsten leihen. Denn sie wissen wohl,
Wie gut ihr Geld in meinen Händen wuchert.

AL-HAFI: Ich kenne deren keine.

SITTAH: Eben fällt
Mir ein, gehört zu haben, Hafi, daß
Dein Freund zurückgekommen.

AL-HAFI *betroffen*: Freund? mein Freund?
Wer wär denn das?

SITTAH: Dein hochgepriesner Jude.

AL-HAFI: Gepriesner Jude? hoch von mir?

SITTAH: Dem Gott –
Mich denkt des Ausdrucks noch recht wohl, des einst
Du selber dich von ihm bedientest – dem
Sein Gott von allen Gütern dieser Welt
Das Kleinst und Größte so in vollem Maß
Erteilet habe. –

AL-HAFI: Sagt ich so? – Was meint
Ich denn damit?

SITTAH: Das Kleinste: Reichtum. Und
Das Größte: Weisheit.

AL-HAFI: Wie? von einem Juden?
Von einem Juden hätt ich das gesagt?

SITTAH: Das hättest du von deinem Nathan nicht
Gesagt?

AL-HAFI: Ja so! von dem! vom Nathan! – Fiel
Mir der doch gar nicht bei. – Wahrhaftig? Der
Ist endlich wieder heimgekommen? Ei!
So mag's doch gar so schlecht mit ihm nicht stehn. –
Ganz recht: den nannt einmal das Volk den Weisen!
Den Reichen auch.

SITTAH: Den Reichen nennt es ihn
Itzt mehr als je. Die ganze Stadt erschallt,
Was er für Kostbarkeiten, was für Schätze,
Er mitgebracht.

AL-HAFI: Nun, ist's der Reiche wieder:
So wird's auch wohl der Weise wieder sein.

SITTAH: Was meinst du, Hafi, wenn du diesen angingst?

AL-HAFI: Und was bei ihm? – Doch wohl nicht borgen? – Ja,
Da kennt Ihr ihn. – Er borgen! – Seine Weisheit
Ist eben, daß er niemand borgt.

SITTAH: Du hast
Mir sonst doch ganz ein ander Bild von ihm
Gemacht.
AL-HAFI: Zur Not wird er Euch Waren borgen.
Geld aber, Geld? Geld nimmermehr. – Es ist
Ein Jude freilich übrigens, wie's nicht
Viel Juden gibt. Er hat Verstand; er weiß
Zu leben; spielt gut Schach. Doch zeichnet er
Im Schlechten sich nicht minder, als im Guten
Von allen andern Juden aus. – Auf den,
Auf den nur rechnet nicht. – Den Armen gibt
Er zwar; und gibt vielleicht trotz Saladin.
Wennschon nicht ganz so viel: doch ganz so gern;
Doch ganz so sonder Ansehn. Jud und Christ
Und Muselmann und Parsi, alles ist
Ihm eins.
SITTAH: Und so ein Mann . . .
SALADIN: Wie kommt es denn,
Daß ich von diesem Manne nie gehört? . . .
SITTAH: Der sollte Saladin nicht borgen? nicht
Dem Saladin, der nur für andre braucht,
Nicht sich?
AL-HAFI: Da seht nun gleich den Juden wieder;
Den ganz gemeinen Juden! – Glaubt mir's doch! –
Er ist aufs Geben Euch so eifersüchtig,
So neidisch! Jedes Lohn von Gott, das in
Der Welt gesagt wird, zög er lieber ganz
Allein. Nur darum eben leiht er keinem,
Damit er stets zu geben habe. Weil
Die Mild ihm im Gesetz geboten; die
Gefälligkeit ihm aber nicht geboten: macht
Die Mild ihn zu dem ungefälligsten
Gesellen auf der Welt. Zwar bin ich seit
Geraumer Zeit ein wenig übern Fuß
Mit ihm gespannt; doch denkt nur nicht, daß ich
Ihm darum nicht Gerechtigkeit erzeige.
Er ist zu allem gut: bloß dazu nicht;
Bloß dazu wahrlich nicht. Ich will auch gleich
Nur gehn, an andre Türen klopfen . . . Da
Besinn ich mich soeben eines Mohren,
Der reich und geizig ist. – Ich geh; ich geh.

SITTAH: Was eilst du, Hafi.
SALADIN: Laß ihn! laß ihn!

Dritter Auftritt

Sittah. Saladin.

SITTAH: Eilt
Er doch, als ob er mir nur gern entkäme!
Was heißt das? – Hat er wirklich sich in ihm
Betrogen, oder – möcht er uns nur gern
Betriegen?
SALADIN: Wie? das fragst du mich? Ich weiß
Ja kaum, von wem die Rede war; und höre
Von euerm Juden, euerm Nathan, heut
Zum erstenmal.
SITTAH: Ist's möglich? daß ein Mann
Dir so verborgen blieb, von dem es heißt,
Er habe Salomons und Davids Gräber
Erforscht, und wisse deren Siegel durch
Ein mächtiges geheimes Wort zu lösen?
Aus ihnen bring er dann von Zeit zu Zeit
Die unermeßlichen Reichtümer an
Den Tag, die keinen mindern Quell verrieten.
SALADIN: Hat seinen Reichtum dieser Mann aus Gräbern,
So waren's sicherlich nicht Salomons
Nicht Davids Gräber. Narren lagen da
Begraben!
SITTAH: Oder Bösewichter! – Auch
Ist seines Reichtums Quelle weit ergiebiger,
Weit unerschöpflicher, als so ein Grab
Voll Mammon.
SALADIN: Denn er handelt; wie ich hörte.
SITTAH: Sein Saumtier treibt auf allen Straßen, zieht
Durch alle Wüsten; seine Schiffe liegen
In allen Häfen. Das hat mir wohl eh
Al-Hafi selbst gesagt; und voll Entzücken
Hinzugefügt, wie groß, wie edel dieser
Sein Freund anwende, was so klug und emsig
Er zu erwerben für zu klein nicht achte:
Hinzugefügt, wie frei von Vorurteilen

Sein Geist; sein Herz wie offen jeder Tugend,
Wie eingestimmt mit jeder Schönheit sei.

SALADIN: Und itzt sprach Hafi doch so ungewiß,
So kalt von ihm.

SITTAH: Kalt nun wohl nicht; verlegen.
Als halt er's für gefährlich, ihn zu loben,
Und woll ihn unverdient doch auch nicht tadeln. –
Wie? oder wär es wirklich so, daß selbst
Der Beste seines Volkes seinem Volke
Nicht ganz entfliehen kann? daß wirklich sich
Al-Hafi seines Freunds von dieser Seite
Zu schämen hätte? – Sei dem, wie ihm wolle! –
Der Jude sei mehr oder weniger
Als Jud, ist er nur reich: genug für uns!

SALADIN: Du willst ihm aber doch das Seine mit
Gewalt nicht nehmen, Schwester?

SITTAH: Ja, was heißt
Bei dir Gewalt! Mit Feur und Schwert? Nein, nein,
Was braucht es mit den Schwachen für Gewalt,
Als ihre Schwäche? – Komm vor itzt nur mit
In meinen Haram, eine Sängerin
Zu hören, die ich gestern erst gekauft.
Es reift indes bei mir vielleicht ein Anschlag,
Den ich auf diesen Nathan habe. – Komm!

Vierter Auftritt

Szene: vor dem Hause des Nathan, wo es an die Palmen stößt.

Recha *und* Nathan *kommen heraus. Zu ihnen* Daja.

RECHA: Ihr habt Euch sehr verweilt, mein Vater. Er
Wird kaum noch mehr zu treffen sein.

NATHAN: Nun, nun;
Wenn hier, hier untern Palmen schon nicht mehr:
Doch anderwärts. – Sei itzt nur ruhig. – Sieh!
Kömmt dort nicht Daja auf uns zu?

RECHA: Sie wird
Ihn ganz gewiß verloren haben.

NATHAN: Auch
Wohl nicht.

RECHA: Sie würde sonst geschwinder kommen.
NATHAN: Sie hat uns wohl noch nicht gesehn . . .
RECHA: Nun sieht
Sie uns.
NATHAN: Und doppelt ihre Schritte. Sieh! –
Sei doch nur ruhig! ruhig!
RECHA: Wolltet Ihr
Wohl eine Tochter, die hier ruhig wäre?
Sich unbekümmert ließe, wessen Wohltat
Ihr Leben sei? Ihr Leben – das ihr nur
So lieb, weil sie es Euch zuerst verdanket.
NATHAN: Ich möchte dich nicht anders, als du bist:
Auch wenn ich wüßte, daß in deiner Seele
Ganz etwas anders noch sich rege.
RECHA: Was,
Mein Vater?
NATHAN: Fragst du mich? so schüchtern mich?
Was auch in deinem Innern vorgeht, ist
Natur und Unschuld. Laß es keine Sorge
Dir machen. Mir, mir macht es keine. Nur
Versprich mir: wenn dein Herz vernehmlicher
Sich einst erklärt, mir seiner Wünsche keinen
Zu bergen.
RECHA: Schon die Möglichkeit, mein Herz
Euch lieber zu verhüllen, macht mich zittern.
NATHAN: Nichts mehr hiervon! Das ein für allemal
Ist abgetan. – Da ist ja Daja. – Nun?
DAJA: Noch wandelt er hier untern Palmen; und
Wird gleich um jene Mauer kommen. – Seht,
Da kömmt er!
RECHA: Ach! und scheinet unentschlossen,
Wohin? ob weiter? ob hinab? ob rechts?
Ob links?
DAJA: Nein, nein; er macht den Weg ums Kloster
Gewiß noch öfter; und dann muß er hier
Vorbei. – Was gilt's?
RECHA: Recht! recht! – Hast du ihn schon
Gesprochen? Und wie ist er heut?
DAJA: Wie immer.
NATHAN: So macht nur, daß er euch hier nicht gewahr
Wird. Tretet mehr zurück. Geht lieber ganz hinein.

RECHA: Nur einen Blick noch! – Ah! die Hecke,
Die mir ihn stiehlt.
DAJA: Kommt! kommt! Der Vater hat
Ganz recht. Ihr lauft Gefahr, wenn er Euch sieht,
Daß auf der Stell er umkehrt.
RECHA: Ah! die Hecke!
NATHAN: Und kömmt er plötzlich dort aus ihr hervor:
So kann er anders nicht, er muß euch sehn.
Drum geht doch nur!
DAJA: Kommt! kommt! Ich weiß ein Fenster
Aus dem wir sie bemerken können.
RECHA: Ja?

Beide hinein.

Fünfter Auftritt

Nathan *und bald darauf der* Tempelherr.

NATHAN: Fast scheu ich mich des Sonderlings. Fast macht
Mich seine rauhe Tugend stutzen. Daß
Ein Mensch doch einen Menschen so verlegen
Soll machen können! – Ha! er kömmt. – Bei Gott!
Ein Jüngling wie ein Mann. Ich mag ihn wohl
Den guten, trotz'gen Blick! den prallen Gang!
Die Schale kann nur bitter sein: der Kern
Ist's sicher nicht. – Wo sah ich doch dergleichen? –
Verzeihet, edler Franke ...
TEMPELHERR: Was?
NATHAN: Erlaubt ...
TEMPELHERR: Was, Jude? was?
NATHAN: Daß ich mich untersteh,
Euch anzureden.
TEMPELHERR: Kann ich's wehren? Doch
Nur kurz.
NATHAN: Verzieht, und eilet nicht so stolz,
Nicht so verächtlich einem Mann vorüber,
Den Ihr auf ewig Euch verbunden habt.
TEMPELHERR: Wie das? – Ah, fast errat ich's. Nicht? Ihr seid ...
NATHAN: Ich heiße Nathan; bin des Mädchens Vater,
Das Eure Großmut aus dem Feur gerettet;
Und komme ...

TEMPELHERR: Wenn zu danken: – spart's! Ich hab
Um diese Kleinigkeit des Dankes schon
Zu viel erdulden müssen. – Vollends Ihr,
Ihr seid mir gar nichts schuldig. Wußt ich denn,
Daß dieses Mädchen Eure Tochter war?
Es ist der Tempelherren Pflicht, dem ersten
Dem besten beizuspringen, dessen Not
Sie sehn. Mein Leben war mir ohnedem
In diesem Augenblicke lästig. Gern,
Sehr gern ergriff ich die Gelegenheit,
Es für ein andres Leben in die Schanze
Zu schlagen: für ein andres – wenn's auch nur
Das Leben einer Jüdin wäre.
NATHAN: Groß!
Groß und abscheulich! – Doch die Wendung läßt
Sich denken. Die bescheidne Größe flüchtet
Sich hinter das Abscheuliche, um der
Bewundrung auszuweichen. – Aber wenn
Sie so das Opfer der Bewunderung
Verschmäht: was für ein Opfer denn verschmäht
Sie minder? – Ritter, wenn Ihr hier nicht fremd,
Und nicht gefangen wäret, würd ich Euch
So dreist nicht fragen. Sagt, befehlt: womit
Kann man Euch dienen?
TEMPELHERR: Ihr? Mit nichts.
NATHAN: Ich bin
Ein reicher Mann.
TEMPELHERR: Der reichre Jude war
Mir nie der beßre Jude.
NATHAN: Dürft Ihr denn
Darum nicht nützen, was demungeachtet
Er Beßres hat? nicht seinen Reichtum nützen?
TEMPELHERR: Nun gut, das will ich auch nicht ganz verreden;
Um meines Mantels willen nicht. Sobald
Der ganz und gar verschlissen; weder Stich
Noch Fetze länger halten will: komm ich
Und borge mir bei Euch zu einem neuen,
Tuch oder Geld. – Seht nicht mit eins so finster!
Noch seid Ihr sicher; noch ist's nicht so weit
Mit ihm. Ihr seht; er ist so ziemlich noch
Im Stande. Nur der eine Zipfel da

Hat einen garst'gen Fleck; er ist versengt.
Und das bekam er, als ich Eure Tochter
Durchs Feuer trug.

NATHAN *der nach dem Zipfel greift und ihn betrachtet*:
Es ist doch sonderbar,
Daß so ein böser Fleck, daß so ein Brandmal
Dem Mann ein beßres Zeugnis redet, als
Sein eigner Mund. Ich möcht ihn küssen gleich –
Den Flecken! – Ah, verzeiht! – Ich tat es ungern.

TEMPELHERR: Was?

NATHAN: Eine Träne fiel darauf.

TEMPELHERR: Tut nichts!
Er hat der Tropfen mehr. – (Bald aber fängt
Mich dieser Jud an zu verwirren.)

NATHAN: Wärt
Ihr wohl so gut, und schicktet Euren Mantel
Auch einmal meinem Mädchen?

TEMPELHERR: Was damit?

NATHAN: Auch ihren Mund auf diesen Fleck zu drücken.
Denn Eure Kniee selber zu umfassen,
Wünscht sie nun wohl vergebens.

TEMPELHERR: Aber, Jude –
Ihr heißet Nathan? – Aber, Nathan – Ihr
Setzt Eure Worte sehr – sehr gut – sehr spitz –
Ich bin betreten – Allerdings – ich hätte ...

NATHAN: Stellt und verstellt Euch, wie Ihr wollt. Ich find
Auch hier Euch aus. Ihr wart zu gut, zu bieder,
Um höflicher zu sein. – Das Mädchen, ganz
Gefühl; der weibliche Gesandte, ganz
Dienstfertigkeit; der Vater weit entfernt –
Ihr trugt für ihren guten Namen Sorge;
Floht ihre Prüfung; floht, um nicht zu siegen.
Auch dafür dank ich Euch –

TEMPELHERR: Ich muß gestehn,
Ihr wißt, wie Tempelherren denken sollten.

NATHAN: Nur Tempelherren? s o l l t e n bloß? und bloß
Weil es die Ordensregeln so gebieten?
Ich weiß, wie gute Menschen denken; weiß,
Daß alle Länder gute Menschen tragen.

TEMPELHERR: Mit Unterschied, doch hoffentlich?

NATHAN: Ja wohl;

An Farb, an Kleidung, an Gestalt verschieden.
TEMPELHERR: Auch hier bald mehr, bald weniger, als dort.
NATHAN: Mit diesem Unterschied ist's nicht weit her.
Der große Mann braucht überall viel Boden;
Und mehrere, zu nah gepflanzt, zerschlagen
Sich nur die Äste. Mittelgut, wie wir,
Findt sich hingegen überall in Menge.
Nur muß der eine nicht den andern mäkeln.
Nur muß der Knorr den Knuppen hübsch vertragen.
Nur muß ein Gipfelchen sich nicht vermessen,
Daß es allein der Erde nicht entschossen.
TEMPELHERR:
Sehr wohl gesagt! – Doch kennt Ihr auch das Volk,
Das diese Menschenmäkelei zuerst
Getrieben? Wißt Ihr, Nathan, welches Volk
Zuerst das auserwählte Volk sich nannte?
Wie? wenn ich dieses Volk nun, zwar nicht haßte,
Doch wegen seines Stolzes zu verachten,
Mich nicht entbrechen könnte? Seines Stolzes;
Den es auf Christ und Muselmann vererbte,
Nur sein Gott sei der rechte Gott! – Ihr stutzt,
Daß ich, ein Christ, ein Tempelherr, so rede?
Wenn hat, und wo die fromme Raserei,
Den bessern Gott zu haben, diesen bessern,
Der ganzen Welt als besten aufzudringen,
In ihrer schwärzesten Gestalt sich mehr
Gezeigt, als hier, als itzt? Wem hier, wem itzt
Die Schuppen nicht vom Auge fallen . . . Doch
Sei blind, wer will! – Vergeßt, was ich gesagt;
Und laßt mich! *Will gehen.*
NATHAN: Ha! Ihr wißt nicht, wieviel fester
Ich nun mich an Euch drängen werde. – Kommt,
Wir müssen, müssen Freunde sein! – Verachtet
Mein Volk sosehr Ihr wollt. Wir haben beide
Uns unser Volk nicht auserlesen. Sind
Wir unser Volk? Was heißt denn Volk?
Sind Christ und Jude eher Christ und Jude,
Als Mensch? Ah! wenn ich einen mehr in Euch
Gefunden hätte, dem es gnügt, ein Mensch
Zu heißen!
TEMPELHERR: Ja, bei Gott, das habt Ihr, Nathan!

Das habt Ihr! – Eure Hand! – Ich schäme mich
Euch einen Augenblick verkannt zu haben.
NATHAN: Und ich bin stolz darauf. Nur das Gemeine
Verkennt man selten.
TEMPELHERR: Und das Seltene
Vergißt man schwerlich. – Nathan, ja;
Wir müssen, müssen Freunde werden.
NATHAN: Sind
Es schon. – Wie wird sich meine Recha freuen! –
Und ah! welch eine heitre Ferne schließt
Sich meinen Blicken auf! – Kennt sie nur erst!
TEMPELHERR: Ich brenne vor Verlangen – Wer stürzt dort
Aus Euerm Hause? Ist's nicht ihre Daja?
NATHAN: Ja wohl. So ängstlich?
TEMPELHERR: Unsrer Recha ist
Doch nichts begegnet?

SECHSTER AUFTRITT

Die VORIGEN *und* DAJA *eilig.*

DAJA: Nathan! Nathan!
NATHAN: Nun?
DAJA: Verzeihet, edler Ritter, daß ich Euch
Muß unterbrechen.
NATHAN: Nun, was ist's?
TEMPELHERR: Was ist's?
DAJA: Der Sultan hat geschickt. Der Sultan will
Euch sprechen. Gott, der Sultan!
NATHAN: Mich? der Sultan?
Er wird begierig sein, zu sehen, was
Ich Neues mitgebracht. Sag nur, es sei
Noch wenig oder gar nichts ausgepackt.
DAJA: Nein, nein; er will nichts sehen; will Euch sprechen,
Euch in Person, und bald; sobald Ihr könnt.
NATHAN: Ich werde kommen. – Geh nur wieder, geh!
DAJA: Nehmt ja nicht übel auf, gestrenger Ritter. –
Gott, wir sind so bekümmert, was der Sultan
Doch will.
NATHAN: Das wird sich zeigen. Geh nur, geh!

Siebenter Auftritt

Nathan *und der* Tempelherr.

TEMPELHERR: So kennt Ihr ihn noch nicht? – ich meine, von
Person.
NATHAN: Den Saladin? Noch nicht. Ich habe
Ihn nicht vermieden, nicht gesucht zu kennen.
Der allgemeine Ruf sprach viel zu gut
Von ihm, daß ich nicht lieber glauben wollte,
Als sehn. Doch nun – wenn anders dem so ist –
Hat er durch Sparung Eures Lebens . . .
TEMPELHERR: Ja;
Dem allerdings ist so. Das Leben, das
Ich leb, ist sein Geschenk.
NATHAN: Durch das er mir
Ein doppelt, dreifach Leben schenkte. Dies
Hat alles zwischen uns verändert; hat
Mit eins ein Seil mir umgeworfen, das
Mich seinem Dienst auf ewig fesselt. Kaum,
Und kaum, kann ich es nun erwarten, was
Er mir zuerst befehlen wird. Ich bin
Bereit zu allem; bin bereit ihm zu
Gestehn, daß ich es Euertwegen bin.
TEMPELHERR: Noch hab ich selber ihm nicht danken können:
So oft ich auch ihm in den Weg getreten.
Der Eindruck, den ich auf ihn machte, kam
So schnell, als schnell er wiederum verschwunden.
Wer weiß, ob er sich meiner gar erinnert.
Und dennoch muß er, einmal wenigstens,
Sich meiner noch erinnern, um mein Schicksal
Ganz zu entscheiden. Nicht genug, daß ich
Auf sein Geheiß noch bin, mit seinem Willen
Noch leb; ich muß nun auch von ihm erwarten,
Nach wessen Willen ich zu leben habe.
NATHAN: Nicht anders; um so mehr will ich nicht säumen. –
Es fällt vielleicht ein Wort, das mir, auf Euch
Zu kommen, Anlaß gibt. – Erlaubt, verzeiht –
Ich eile – Wenn, wenn aber sehn wir Euch
Bei uns?
TEMPELHERR: Sobald ich darf.
NATHAN: Sobald Ihr wollt.

TEMPELHERR: Noch heut.
NATHAN: Und Euer Name? – muß ich bitten.
TEMPELHERR: Mein Name war – ist Curd von Stauffen. – Curd!
NATHAN: Von Stauffen? – Stauffen? – Stauffen?
TEMPELHERR: Warum fällt
Euch das so auf?
NATHAN: Von Stauffen? – Des Geschlechts
Sind wohl schon mehrere . . .
TEMPELHERR: O ja! hier waren,
Hier faulen des Geschlechts schon mehrere.
Mein Oheim selbst – mein Vater will ich sagen –
Doch warum schärft sich Euer Blick auf mich
Je mehr und mehr?
NATHAN: O nichts! o nichts! Wie kann
Ich Euch zu sehn ermüden?
TEMPELHERR: Drum verlaß
Ich Euch zuerst. Der Blick des Forschers fand
Nicht selten mehr, als er zu finden wünschte.
Ich fürcht ihn, Nathan. Laßt die Zeit allmählich,
Und nicht die Neugier, unsre Kundschaft machen. *Er geht.*
NATHAN *der ihm mit Erstaunen nachsieht*:
„Der Forscher fand nicht selten mehr, als er
Zu finden wünschte." – Ist es doch, als ob
In meiner Seel er lese! – Wahrlich ja;
Das könnt auch mir begegnen. – Nicht allein
Wolfs Wuchs, Wolfs Gang: auch seine Stimme. So,
Vollkommen so, warf Wolf sogar den Kopf:
Trug Wolf sogar das Schwert im Arm; strich Wolf
Sogar die Augenbraunen mit der Hand,
Gleichsam das Feuer seines Blicks zu bergen. –
Wie solche tiefgeprägte Bilder doch
Zuzeiten in uns schlafen können, bis
Ein Wort, ein Laut sie weckt. – Von Stauffen! –
Ganz recht, ganz recht; Filneck und Stauffen. –
Ich will das bald genauer wissen; bald.
Nur erst zum Saladin. – Doch wie? lauscht dort
Nicht Daja? – Nun so komm nur näher, Daja.

Achter Auftritt

Daja. Nathan.

NATHAN: Was gilt's? nun drückt's euch beiden schon das Herz
Noch ganz was anders zu erfahren, als
Was Saladin mir will.
DAJA: Verdenkt Ihr's ihr?
Ihr fingt soeben an, vertraulicher
Mit ihm zu sprechen: als des Sultans Botschaft
Uns von dem Fenster scheuchte.
NATHAN: Nun so sag
Ihr nur, daß sie ihn jeden Augenblick
Erwarten darf.
DAJA: Gewiß? gewiß?
NATHAN: Ich kann
Mich doch auf dich verlassen, Daja? Sei
Auf deiner Hut; ich bitte dich. Es soll
Dich nicht gereuen. Dein Gewissen selbst
Soll seine Rechnung dabei finden. Nur
Verdirb mir nichts in meinem Plane. Nur
Erzähl und frage mit Bescheidenheit,
Mit Rückhalt . . .
DAJA: Daß Ihr doch noch erst, so was
Erinnern könnt! – Ich geh; geht Ihr nur auch.
Denn seht! ich glaube gar, da kömmt vom Sultan
Ein zweiter Bot, Al-Hafi, Euer Derwisch. *Geht ab.*

Neunter Auftritt

Nathan. Al-Hafi.

AL-HAFI: Ha! ha! zu Euch wollt ich nun eben wieder.
NATHAN: Ist's denn so eilig? Was verlangt er denn
Von mir?
AL-HAFI: Wer?
NATHAN: Saladin. – Ich komm, ich komme.
AL-HAFI: Zu wem? Zum Saladin?
NATHAN: Schickt Saladin
Dich nicht?
AL-HAFI: Mich? nein. Hat er denn schon geschickt?
NATHAN: Ja freilich hat er.

AL-HAFI: Nun, so ist es richtig.
NATHAN: Was? was ist richtig?
AL-HAFI: Daß ... ich bin nicht schuld;
Gott weiß, ich bin nicht schuld. – Was hab ich nicht
Von Euch gesagt, gelogen, um es abzuwenden!
NATHAN: Was abzuwenden? Was ist richtig?
AL-HAFI: Daß
Nun Ihr sein Defterdar geworden. Ich
Betaur Euch. Doch mit ansehn will ich's nicht.
Ich geh von Stund an; geh. Ihr habt es schon
Gehört, wohin; und wißt den Weg. – Habt Ihr
Des Wegs was zu bestellen, sagt: ich bin
Zu Diensten. Freilich muß es mehr nicht sein,
Als was ein Nackter mit sich schleppen kann.
Ich geh, sagt bald.
NATHAN: Besinn dich doch, Al-Hafi.
Besinn dich, daß ich noch von gar nichts weiß.
Was plauderst du denn da?
AL-HAFI: Ihr bringt sie doch
Gleich mit, die Beutel?
NATHAN: Beutel?
AL-HAFI: Nun, das Geld,
Das Ihr dem Saladin vorschießen sollt.
NATHAN: Und weiter ist es nichts?
AL-HAFI: Ich sollt es wohl
Mit ansehn, wie er Euch von Tag zu Tag
Aushöhlen wird bis auf die Zehen? Sollt
Es wohl mit ansehn, daß Verschwendung aus
Der weisen Milde sonst nie leeren Scheuern
So lange borgt, und borgt, und borgt, bis auch
Die armen eingebornen Mäuschen drin
Verhungern? – Bildet Ihr vielleicht Euch ein,
Wer Euers Gelds bedürftig sei, der werde
Doch Euerm Rate wohl auch folgen? – Ja;
Er Rate folgen! Wenn hat Saladin
Sich raten lassen? – Denkt nur, Nathan, was
Mir eben itzt mit ihm begegnet.
NATHAN: Nun?
AL-HAFI: Da komm ich zu ihm, eben daß er Schach
Gespielt mit seiner Schwester. Sittah spielt
Nicht übel; und das Spiel, das Saladin

Verloren glaubte, schon gegeben hatte,
Das stand noch ganz so da. Ich seh Euch hin,
Und sehe, daß das Spiel noch lange nicht verloren.
NATHAN: Ei! das war für dich ein Fund!
AL-HAFI: Er durfte mit dem König an den Bauer
Nur rücken, auf ihr Schach – Wenn ich's Euch gleich
Nur zeigen könnte!
NATHAN: O ich traue dir!
AL-HAFI: Denn so bekam der Roche Feld: und sie
War hin. – Das alles will ich ihm nun weisen
Und ruf ihn. – Denkt! . . .
NATHAN: Er ist nicht deiner Meinung?
AL-HAFI: Er hört mich gar nicht an, und wirft verächtlich
Das ganze Spiel in Klumpen.
NATHAN: Ist das möglich?
AL-HAFI: Und sagt: er wolle matt nun einmal sein;
Er wolle! Heißt das spielen?
NATHAN: Schwerlich wohl;
Heißt mit dem Spiele spielen.
AL-HAFI: Gleichwohl galt
Es keine taube Nuß.
NATHAN: Geld hin, Geld her!
Das ist das wenigste. Allein dich gar
Nicht anzuhören! über einen Punkt
Von solcher Wichtigkeit dich nicht einmal
Zu hören! deinen Adlerblick nicht zu
Bewundern! das, das schreit um Rache; nicht?
AL-HAFI: Ach was? Ich sag Euch das nur so, damit
Ihr sehen könnt, was für ein Kopf er ist.
Kurz, ich, ich halt's mit ihm nicht länger aus.
Da lauf ich nun bei allen schmutz'gen Mohren
Herum, und frage, wer ihm borgen will.
Ich, der ich nie für mich gebettelt habe,
Soll nun für andre borgen. Borgen ist
Viel besser nicht als betteln: so wie leihen,
Auf Wucher leihen, nicht viel besser ist,
Als stehlen. Unter meinen Ghebern, an
Dem Ganges, brauch ich beides nicht, und brauche
Das Werkzeug beider nicht zu sein. Am Ganges,
Am Ganges nur gibt's Menschen. Hier seid Ihr
Der einzige, der noch so würdig wäre,

Daß er am Ganges lebte. – Wollt Ihr mit? –
Laßt ihm mit eins den Plunder ganz im Stiche,
Um den es ihm zu tun. Er bringt Euch nach
Und nach doch drum. So wär die Plackerei
Auf einmal aus. Ich schaff Euch einen Delk.
Kommt! kommt!

NATHAN: Ich dächte zwar, das blieb uns ja
Noch immer übrig. Doch, Al-Hafi, will
Ich's überlegen. Warte . . .

AL-HAFI: Überlegen?
Nein, so was überlegt sich nicht.

NATHAN: Nur bis
Ich von dem Sultan wiederkomme; bis
Ich Abschied erst . . .

AL-HAFI: Wer überlegt, der sucht
Bewegungsgründe, nicht zu dürfen. Wer
Sich Knall und Fall, ihm selbst zu leben, nicht
Entschließen kann, der lebet andrer Sklav
Auf immer. – Wie Ihr wollt! – Lebt wohl! wie's Euch
Wohl dünkt. – Mein Weg liegt dort; und Eurer da.

NATHAN: Al-Hafi! Du wirst selbst doch erst das Deine
Berichtigen?

AL-HAFI: Ach Possen! Der Bestand
Von meiner Kass' ist nicht des Zählens wert;
Und meine Rechnung bürgt – Ihr oder Sittah.
Lebt wohl! *Ab.*

NATHAN *ihm nachsehend*:
Die bürg ich! – Wilder, guter, edler –
Wie nenn ich ihn? – Der wahre Bettler ist
Doch einzig und allein der wahre König!
Von einer andern Seite ab.

DRITTER AUFZUG

ERSTER AUFTRITT

Szene: in Nathans Hause.

RECHA *und* DAJA.

RECHA: Wie, Daja, drückte sich mein Vater aus?
„Ich dürf ihn jeden Augenblick erwarten?"

Das klingt – nicht wahr? – als ob er noch so bald
Erscheinen werde. – Wieviel Augenblicke
Sind aber schon vorbei! – Ah nun: wer denkt
An die verflossenen? – Ich will allein
In jedem nächsten Augenblicke leben.
Er wird doch einmal kommen, der ihn bringt.

DAJA: O der verwünschten Botschaft von dem Sultan!
Denn Nathan hätte sicher ohne sie
Ihn gleich mit hergebracht.

RECHA: Und wenn er nun
Gekommen dieser Augenblick; wenn denn
Nun meiner Wünsche wärmster, innigster
Erfüllet ist: was dann? – was dann?

DAJA: Was dann?
Dann hoff ich, daß auch meiner Wünsche wärmster
Soll in Erfüllung gehen.

RECHA: Was wird dann
In meiner Brust an dessen Stelle treten,
Die schon verlernt, ohn einen herrschenden
Wunsch aller Wünsche sich zu dehnen? – Nichts?
Ah, ich erschrecke! . . .

DAJA: Mein, mein Wunsch wird dann
An des erfüllten Stelle treten; meiner.
Mein Wunsch, dich in Europa, dich in Händen
Zu wissen, welche deiner würdig sind.

RECHA: Du irrst. – Was diesen Wunsch zu deinem macht,
Das nämliche verhindert, daß er meiner
Je werden kann. Dich zieht dein Vaterland:
Und meines, meines sollte mich nicht halten?
Ein Bild der Deinen, das in deiner Seele
Noch nicht verloschen, sollte mehr vermögen,
Als die ich sehn, und greifen kann, und hören,
Die Meinen?

DAJA: Sperre dich, soviel du willst!
Des Himmels Wege sind des Himmels Wege.
Und wenn es nun dein Retter selber wäre,
Durch den sein Gott, für den er kämpft, dich in
Das Land, dich zu dem Volke führen wollte,
Für welche du geboren wurdest?

RECHA: Daja!
Was sprichst du da nun wieder, liebe Daja!

Du hast doch wahrlich deine sonderbaren
Begriffe! „Sein, sein Gott! für den er kämpft!"
Wem eignet Gott? was ist das für ein Gott,
Der einem Menschen eignet? der für sich
Muß kämpfen lassen? – und wie weiß
Man denn, für welchen Erdkloß man geboren,
Wenn man's für den nicht ist, auf welchem man
Geboren? – Wenn mein Vater dich so hörte! –
Was tat er dir, mir immer nur mein Glück
So weit von ihm als möglich vorzuspiegeln?
Was tat er dir, den Samen der Vernunft,
Den er so rein in meine Seele streute,
Mit deines Landes Unkraut oder Blumen
So gern zu mischen? – Liebe, liebe Daja,
Er will nun deine bunten Blumen nicht
Auf meinem Boden! – Und ich muß dir sagen,
Ich selber fühle meinen Boden, wenn
Sie noch so schön ihn kleiden, so entkräftet,
So ausgezehrt durch deine Blumen; fühle
In ihrem Dufte, sauersüßem Dufte,
Mich so betäubt, so schwindelnd! – Dein Gehirn
Ist dessen mehr gewohnt. Ich tadle drum
Die stärkern Nerven nicht, die ihn vertragen.
Nur schlägt er mir nicht zu; und schon dein Engel,
Wie wenig fehlte, daß er mich zur Närrin
Gemacht? – Noch schäm ich mich vor meinem Vater
Der Posse!

DAJA: Posse! – Als ob der Verstand
Nur hier zu Hause wäre! Posse! Posse!
Wenn ich nur reden dürfte!

RECHA: Darfst du nicht?
Wenn war ich nicht ganz Ohr, sooft es dir
Gefiel, von deinen Glaubenshelden mich
Zu unterhalten? Hab ich ihren Taten
Nicht stets Bewunderung; und ihren Leiden
Nicht immer Tränen gern gezollt? Ihr Glaube
Schien freilich mir das Heldenmäßigste
An ihnen nie. Doch so viel tröstender
War mir die Lehre, daß Ergebenheit
In Gott von unserm Wähnen über Gott
So ganz und gar nicht abhängt. – Liebe Daja,

Das hat mein Vater uns so oft gesagt;
Darüber hast du selbst mit ihm so oft
Dich einverstanden: warum untergräbst
Du denn allein, was du mit ihm zugleich
Gebauet? – Liebe Daja, das ist kein
Gespräch, womit wir unserm Freund am besten
Entgegensehn. Für mich zwar, ja! Denn mir
Mir liegt daran unendlich, ob auch er . . .
Horch, Daja! – Kommt es nicht an unsre Türe?
Wenn er es wäre! horch!

Zweiter Auftritt

Recha. Daja *und der* Tempelherr, *dem jemand von außen die Türe öffnet, mit den Worten*:

Nur hier herein!

recha *fährt zusammen, faßt sich, und will ihm zu Füßen fallen*:
Er ist's! – Mein Retter, ah!

tempelherr: Dies zu vermeiden
Erschien ich bloß so spät: und doch –

recha: Ich will
Ja zu den Füßen dieses stolzen Mannes
Nur Gott noch einmal danken; nicht dem Manne.
Der Mann will keinen Dank; will ihn so wenig
Als ihn der Wassereimer will, der bei
Dem Löschen so geschäftig sich erwiesen.
Der ließ sich füllen, ließ sich leeren, mir
Nichts, dir nichts: also auch der Mann. Auch der
Ward nun so in die Glut hineingestoßen;
Da fiel ich ungefähr ihm in den Arm;
Da blieb ich ungefähr, so wie ein Funken
Auf seinem Mantel, ihm in seinen Armen;
Bis wiederum, ich weiß nicht was, uns beide
Herausschmiß aus der Glut. – Was gibt es da
Zu danken? – In Europa treibt der Wein
Zu noch weit andern Taten. – Tempelherren,
Die müssen einmal nun so handeln; müssen
Wie etwas besser zugelernte Hunde,
Sowohl aus Feuer, als aus Wasser holen.

tempelherr *der sie mit Erstaunen und Unruhe die Zeit über be-*

trachtet: O Daja, Daja! Wenn in Augenblicken
Des Kummers und der Galle, meine Laune
Dich übel anließ, warum jede Torheit,
Die meiner Zung entfuhr, ihr hinterbringen?
Das hieß sich zu empfindlich rächen, Daja!
Doch wenn du nur von nun an, besser mich
Bei ihr vertreten willst.

DAJA: Ich denke, Ritter,
Ich denke nicht, daß diese kleinen Stacheln,
Ihr an das Herz geworfen, Euch da sehr
Geschadet haben.

RECHA: Wie? Ihr hattet Kummer?
Und wart mit Euerm Kummer geiziger
Als Euerm Leben?

TEMPELHERR: Gutes, holdes Kind –
Wie ist doch meine Seele zwischen Auge
Und Ohr geteilt! – Das war das Mädchen nicht,
Nein, nein, das war es nicht, das aus dem Feuer
Ich holte. – Denn wer hätte die gekannt,
Und aus dem Feuer nicht geholt? Wer hätte
Auf mich gewartet? – Zwar – verstellt – der Schreck

Pause, unter der er, in Anschauung ihrer, sich wie verliert.

RECHA: Ich aber find Euch noch den nämlichen. –

Dergleichen; bis sie fortfährt, um ihn in seinem Anstaunen zu unterbrechen.

Nun, Ritter, sagt uns doch, wo Ihr so lange
Gewesen? – Fast dürft ich auch fragen: wo
Ihr itzo seid?

TEMPELHERR: Ich bin – wo ich vielleicht
Nicht sollte sein. –

RECHA: Wo Ihr gewesen? – Auch
Wo Ihr vielleicht nicht solltet sein gewesen?
Das ist nicht gut.

TEMPELHERR: Auf – auf – wie heißt der Berg?
Auf Sinai.

RECHA: Auf Sinai? – Ah schön!
Nun kann ich zuverlässig doch einmal
Erfahren, ob es wahr . . .

TEMPELHERR: Was? was? Ob's wahr,
Daß noch daselbst der Ort zu sehn, wo Moses
Vor Gott gestanden, als . . .

RECHA: Nun das wohl nicht.
Denn wo er stand, stand er vor Gott. Und davon
Ist mir zur Gnüge schon bekannt. – Ob's wahr,
Möcht ich nur gern von Euch erfahren, daß –
Daß es bei weitem nicht so mühsam sei,
Auf diesen Berg hinaufzusteigen, als
Herab? – Denn seht; so viel ich Berge noch
Gestiegen bin, war's just das Gegenteil. –
Nun, Ritter? – Was? – Ihr kehrt Euch von mir ab?
Wollt mich nicht sehn?

TEMPELHERR: Weil ich Euch hören will.

RECHA: Weil Ihr mich nicht wollt merken lassen, daß
Ihr meiner Einfalt lächelt; daß Ihr lächelt,
Wie ich Euch doch so gar nichts Wichtigers
Von diesem heiligen Berg aller Berge
Zu fragen weiß? Nicht wahr?

TEMPELHERR: So muß
Ich doch Euch wieder in die Augen sehn. –
Was? Nun schlagt Ihr sie nieder? nun verbeißt
Das Lächeln Ihr? wie ich noch erst in Mienen,
In zweifelhaften Mienen lesen will,
Was ich so deutlich hör, Ihr so vernehmlich
Mir sagt – verschweigt? – Ah Recha! Recha! Wie
Hat er so wahr gesagt: „Kennt sie nur erst!"

RECHA: Wer hat? – von wem? – Euch das gesagt?

TEMPELHERR: „Kennt sie
Nur erst!" hat Euer Vater mir gesagt;
Von Euch gesagt.

DAJA: Und ich nicht etwa auch?
Ich denn nicht auch?

TEMPELHERR: Allein wo ist er denn?
Wo ist denn Euer Vater? Ist er noch
Beim Sultan?

RECHA: Ohne Zweifel.

TEMPELHERR: Noch, noch da? –
O mich Vergeßlichen! Nein, nein; da ist
Er schwerlich mehr. – Er wird dort unten bei
Dem Kloster meiner warten; ganz gewiß.
So redten, mein ich, wir es ab. Erlaubt!
Ich geh, ich hol ihn . . .

DAJA: Das ist meine Sache.

Bleibt, Ritter, bleibt. Ich bring ihn unverzüglich.
TEMPELHERR: Nicht so, nicht so! Er sieht mir selbst entgegen;
Nicht Euch. Dazu, er könnte leicht ... wer weiß? ...
Er könnte bei dem Sultan leicht ... Ihr kennt
Den Sultan nicht! ... leicht in Verlegenheit
Gekommen sein. – Glaubt mir; es hat Gefahr,
Wenn ich nicht geh.
RECHA: Gefahr? was für Gefahr?
TEMPELHERR: Gefahr für mich, für Euch, für ihn: wenn ich
Nicht schleunig, schleunig geh. *Ab.*

Dritter Auftritt

Recha *und* Daja.

RECHA: Was ist das, Daja? –
So schnell? – Was kömmt ihm an? Was fiel ihm auf?
Was jagt ihn?
DAJA: Laßt nur, laßt. Ich denk, es ist
Kein schlimmes Zeichen.
RECHA: Zeichen? und wovon?
DAJA: Daß etwas vorgeht innerhalb. Es kocht,
Und soll nicht überkochen. Laßt ihn nur.
Nun ist's an Euch.
RECHA: Was ist an mir? Du wirst,
Wie er, mir unbegreiflich.
DAJA: Bald nun könnt
Ihr ihm die Unruh all vergelten, die
Er Euch gemacht hat. Seid nur aber auch
Nicht allzu streng, nicht allzu rachbegierig.
RECHA: Wovon du sprichst, das magst du selber wissen.
DAJA: Und seid denn Ihr bereits so ruhig wieder?
RECHA: Das bin ich; ja das bin ich ...
DAJA: Wenigstens
Gesteht, daß Ihr Euch seiner Unruh freut;
Und seiner Unruh danket, was Ihr itzt
Von Ruh genießt.
RECHA: Mir völlig unbewußt!
Denn was ich höchstens dir gestehen könnte,
Wär, daß es mich – mich selbst befremdet, wie
Auf einen solchen Sturm in meinem Herzen

So eine Stille plötzlich folgen können.
Sein voller Anblick, sein Gespräch, sein Tun
Hat mich . . .

DAJA: Gesättigt schon?

RECHA: Gesättigt, will
Ich nun nicht sagen; nein – bei weitem nicht –

DAJA: Den heißen Hunger nur gestillt.

RECHA: Nun ja;
Wenn du so willst.

DAJA: Ich eben nicht.

RECHA: Er wird
Mir ewig wert; mir ewig werter, als
Mein Leben bleiben: wenn auch schon mein Puls
Nicht mehr bei seinem bloßen Namen wechselt;
Nicht mehr mein Herz, sooft ich an ihn denke,
Geschwinder, stärker schlägt. – Was schwatz ich? Komm,
Komm, liebe Daja, wieder an das Fenster,
Das auf die Palmen sieht.

DAJA: So ist er doch
Wohl noch nicht ganz gestillt, der heiße Hunger.

RECHA: Nun werd ich auch die Palmen wiedersehn:
Nicht ihn bloß untern Palmen.

DAJA: Diese Kälte
Beginnt auch wohl ein neues Fieber nur.

RECHA: Was Kält? Ich bin nicht kalt. Ich sehe wahrlich
Nicht minder gern, was ich mit Ruhe sehe.

Vierter Auftritt

Szene: ein Audienzsaal in dem Palaste des Saladin.

Saladin *und* Sittah.

SALADIN *im Hereintreten, gegen die Türe*:
Hier bringt den Juden her, sobald er kömmt.
Er scheint sich eben nicht zu übereilen.

SITTAH: Er war auch wohl nicht bei der Hand; nicht gleich
Zu finden.

SALADIN: Schwester! Schwester!

SITTAH: Tust du doch
Als stünde dir ein Treffen vor.

SALADIN: Und das
Mit Waffen, die ich nicht gelernt zu führen.
Ich soll mich stellen; soll besorgen lassen;
Soll Fallen legen; soll auf Glatteis führen.
Wenn hätt ich das gekonnt? Wo hätt ich das
Gelernt? – Und soll das alles, ah, wozu?
Wozu? – Um Geld zu fischen! Geld! – Um Geld,
Geld einem Juden abzubangen? Geld!
Zu solchen kleinen Listen wär ich endlich
Gebracht, der Kleinigkeiten kleinste mir
Zu schaffen?

SITTAH: Jede Kleinigkeit, zu sehr
Verschmäht, die rächt sich, Bruder.

SALADIN: Leider wahr. –
Und wenn nun dieser Jude gar der gute,
Vernünft'ge Mann ist, wie der Derwisch dir
Ihn ehedem beschrieben?

SITTAH: O nun dann!
Was hat es denn für Not! Die Schlinge liegt
Ja nur dem geizigen, besorglichen,
Furchtsamen Juden: nicht dem guten, nicht
Dem weisen Manne. Dieser ist ja so
Schon unser, ohne Schlinge. Das Vergnügen
Zu hören, wie ein solcher Mann sich ausredt;
Mit welcher dreisten Stärk entweder, er
Die Stricke kurz zerreißet; oder auch
Mit welcher schlauen Vorsicht er die Netze
Vorbei sich windet: dies Vergnügen hast
Du obendrein.

SALADIN: Nun, das ist wahr. Gewiß;
Ich freue mich darauf.

SITTAH: So kann dich ja
Auch weiter nichts verlegen machen. Denn
Ist's einer aus der Menge bloß; ist's bloß
Ein Jude, wie ein Jude: gegen den
Wirst du dich doch nicht schämen, so zu scheinen
Wie er die Menschen all sich denkt? Vielmehr;
Wer sich ihm besser zeigt, der zeigt sich ihm
Als Geck, als Narr.

SALADIN: So muß ich ja wohl gar
Schlecht handeln, daß von mir der Schlechte nicht

Schlecht denke?
SITTAH: Traun: wenn du schlecht handeln nennst,
Ein jedes Ding nach seiner Art zu brauchen.
SALADIN: Was hätt ein Weiberkopf erdacht, das er
Nicht zu beschönen wüßte!
SITTAH: Zu beschönen!
SALADIN: Das feine, spitze Ding, besorg ich nur,
In meiner plumpen Hand zerbricht! – So was
Will ausgeführt sein, wie's erfunden ist:
Mit aller Pfiffigkeit, Gewandtheit. – Doch,
Mag's doch nur, mag's! Ich tanze, wie ich kann;
Und könnt es freilich, lieber – schlechter noch
Als besser.
SITTAH: Trau dir auch nur nicht zu wenig!
Ich stehe dir für dich! Wenn du nur willst. –
Daß uns die Männer deinesgleichen doch
So gern bereden möchten, nur ihr Schwert,
Ihr Schwert nur habe sie so weit gebracht.
Der Löwe schämt sich freilich, wenn er mit
Dem Fuchse jagt: des Fuchses, nicht der List.
SALADIN: Und daß die Weiber doch so gern den Mann
Zu sich herunter hätten! – Geh nur, geh! –
Ich glaube meine Lektion zu können.
SITTAH: Was? ich soll gehn?
SALADIN: Du wolltest doch nicht bleiben?
SITTAH: Wenn auch nicht bleiben ... im Gesicht euch bleiben –
Doch hier im Nebenzimmer –
SALADIN: Da zu horchen?
Auch das nicht, Schwester; wenn ich soll bestehn. –
Fort, fort, der Vorhang rauscht; er kömmt! – doch daß
Du ja nicht da verweilst! Ich sehe nach.

Indem sie sich durch die eine Türe entfernt, tritt Nathan zu der andern herein; und Saladin hat sich gesetzt.

Fünfter Auftritt

Saladin *und* Nathan.

SALADIN: Tritt näher, Jude! – Näher! – Nur ganz her! –
Nur ohne Furcht!
NATHAN: Die bleibe deinem Feinde!

SALADIN: Du nennst dich Nathan?
NATHAN: Ja.
SALADIN: Den weisen Nathan?
NATHAN: Nein.
SALADIN: Wohl! nennst du dich nicht; nennt dich das Volk.
NATHAN: Kann sein, das Volk!
SALADIN: Du glaubst doch nicht, daß ich
Verächtlich von des Volkes Stimme denke? –
Ich habe längst gewünscht, den Mann zu kennen,
Den es den Weisen nennt.
NATHAN: Und wenn es ihn
Zum Spott so nennte? Wenn dem Volke weise
Nichts weiter wär als klug? und klug nur der,
Der sich auf seinen Vorteil gut versteht?
SALADIN: Auf seinen wahren Vorteil, meinst du doch?
NATHAN: Dann freilich wär der Eigennützigste
Der Klügste. Dann wär freilich klug und weise
Nur eins.
SALADIN: Ich höre dich erweisen, was
Du widersprechen willst. – Des Menschen wahre
Vorteile, die das Volk nicht kennt, kennst du,
Hast du zu kennen wenigstens gesucht;
Hast drüber nachgedacht: das auch allein
Macht schon den Weisen.
NATHAN: Der sich jeder dünkt
Zu sein.
SALADIN: Nun der Bescheidenheit genug!
Denn sie nur immerdar zu hören, wo
Man trockene Vernunft erwartet, ekelt. *Er springt auf.*
Laß uns zur Sache kommen! Aber, aber
Aufrichtig, Jud, aufrichtig!
NATHAN: Sultan, ich
Will sicherlich dich so bedienen, daß
Ich deiner fernern Kundschaft würdig bleibe.
SALADIN: *Bedienen?* wie?
NATHAN: Du sollst das Beste haben
Von allem; sollst es um den billigsten
Preis haben.
SALADIN: Wovon sprichst du? doch wohl nicht
Von deinen Waren? – Schachern wird mit dir
Schon meine Schwester. (Das der Horcherin!) –

Ich habe mit dem Kaufmann nichts zu tun.

NATHAN: So wirst du ohne Zweifel wissen wollen,
Was ich auf meinem Wege von dem Feinde,
Der allerdings sich wieder reget, etwa
Bemerkt, getroffen? – Wenn ich unverhohlen . . .

SALADIN: Auch darauf bin ich eben nicht mit dir
Gesteuert. Davon weiß ich schon, soviel
Ich nötig habe. – Kurz; –

NATHAN: Gebiete, Sultan.

SALADIN: Ich heische deinen Unterricht in ganz
Was anderm; ganz was anderm. – Da du nun
So weise bist: so sage mir doch einmal –
Was für ein Glaube, was für ein Gesetz
Hat dir am meisten eingeleuchtet?

NATHAN: Sultan,
Ich bin ein Jud.

SALADIN: Und ich ein Muselmann.
Der Christ ist zwischen uns. – Von diesen drei
Religionen kann doch eine nur
Die wahre sein. – Ein Mann, wie du, bleibt da
Nicht stehen, wo der Zufall der Geburt
Ihn hingeworfen: oder wenn er bleibt,
Bleibt er aus Einsicht, Gründen, Wahl des Bessern.
Wohlan! so teile deine Einsicht mir
Dann mit. Laß mich die Gründe hören, denen
Ich selber nachzugrübeln, nicht die Zeit
Gehabt. Laß mich die Wahl, die diese Gründe
Bestimmt – versteht sich, im Vertrauen – wissen,
Damit ich sie zu meiner mache. – Wie?
Du stutzest? wägst mich mit dem Auge? – Kann
Wohl sein, daß ich der erste Sultan bin,
Der eine solche Grille hat; die mich
Doch eines Sultans eben nicht so ganz
Unwürdig dünkt. – Nicht wahr? So rede doch!
Sprich! – Oder willst du einen Augenblick,
Dich zu bedenken? Gut; ich geb ihn dir. –
(Ob sie wohl horcht? Ich will sie doch belauschen;
Will hören, ob ich's recht gemacht. –) Denk nach!
Geschwind denk nach! Ich säume nicht, zurück-
Zukommen.

Er geht in das Nebenzimmer, nach welchem sich Sittah begeben.

Sechster Auftritt

Nathan *allein.*

Hm! hm! – wunderlich! Wie ist
Mir denn? – Was will der Sultan? was? – Ich bin
Auf Geld gefaßt; und er will – Wahrheit. Wahrheit!
Und will sie so – so bar, so blank – als ob
Die Wahrheit Münze wäre! – Ja, wenn noch
Uralte Münze, die gewogen ward! –
Das ginge noch! Allein so neue Münze,
Die nur der Stempel macht, die man aufs Brett
Nur zählen darf, das ist sie doch nun nicht!
Wie Geld in Sack, so striche man in Kopf
Auch Wahrheit ein? Wer ist denn hier der Jude?
Ich oder er? – Doch wie? Sollt er auch wohl
Die Wahrheit nicht in Wahrheit fodern? – Zwar,
Zwar der Verdacht, daß er die Wahrheit nur
Als Falle brauche, wär auch gar zu klein! –
Zu klein? – Was ist für einen Großen denn
Zu klein? – Gewiß, gewiß: er stürzte mit
Der Türe so ins Haus! Man pocht doch, hört
Doch erst, wenn man als Freund sich naht. – Ich muß
Behutsam gehn! – und wie? wie das? – So ganz
Stockjude sein zu wollen, geht schon nicht. –
Und ganz und gar nicht Jude, geht noch minder.
Denn, wenn kein Jude, dürft er mich nur fragen,
Warum kein Muselmann? – Das war's! Das kann
Mich retten! – Nicht die Kinder bloß, speist man
Mit Märchen ab. – Er kömmt. Er komme nur!

Siebenter Auftritt

Saladin *und* Nathan.

SALADIN: (So ist das Feld hier rein!) – Ich komm dir doch
Nicht zu geschwind zurück? Du bist zu Rande
Mit deiner Überlegung. – Nun so rede!
Es hört uns keine Seele.
NATHAN: Möcht auch doch
Die ganze Welt uns hören.
SALADIN: So gewiß

Ist Nathan seiner Sache? Ha! das nenn
Ich einen Weisen! Nie die Wahrheit zu
Verhehlen! für sie alles auf das Spiel
Zu setzen! Leib und Leben! Gut und Blut!

NATHAN: Ja! ja! wann's nötig ist und nutzt.

SALADIN: Von nun
An darf ich hoffen, einen meiner Titel,
Verbesserer der Welt und des Gesetzes,
Mit Recht zu führen.

NATHAN: Traun, ein schöner Titel!
Doch, Sultan, eh ich mich dir ganz vertraue,
Erlaubst du wohl, dir ein Geschichtchen zu
Erzählen?

SALADIN: Warum das nicht? Ich bin stets
Ein Freund gewesen von Geschichtchen, gut
Erzählt.

NATHAN: Ja, gut erzählen, das ist nun
Wohl eben meine Sache nicht.

SALADIN: Schon wieder
So stolz bescheiden? – Mach! erzähl, erzähle!

NATHAN: Vor grauen Jahren lebt' ein Mann in Osten,
Der einen Ring von unschätzbarem Wert
Aus lieber Hand besaß. Der Stein war ein
Opal, der hundert schöne Farben spielte,
Und hatte die geheime Kraft, vor Gott
Und Menschen angenehm zu machen, wer
In dieser Zuversicht ihn trug. Was Wunder,
Daß ihn der Mann in Osten darum nie
Vom Finger ließ; und die Verfügung traf,
Auf ewig ihn bei seinem Hause zu
Erhalten? Nämlich so. Er ließ den Ring
Von seinen Söhnen dem geliebtesten;
Und setzte fest, daß dieser wiederum
Den Ring von seinen Söhnen dem vermache,
Der ihm der liebste sei; und stets der liebste,
Ohn Ansehn der Geburt, in Kraft allein
Des Rings, das Haupt, der Fürst des Hauses werde. –
Versteh mich, Sultan.

SALADIN: Ich versteh dich. Weiter!

NATHAN: So kam nun dieser Ring, von Sohn zu Sohn,
Auf einen Vater endlich von drei Söhnen;

Die alle drei ihm gleich gehorsam waren,
Die alle drei er folglich gleich zu lieben
Sich nicht entbrechen konnte. Nur von Zeit
Zu Zeit schien ihm bald der, bald dieser, bald
Der dritte – so wie jeder sich mit ihm
Allein befand, und sein ergießend Herz
Die andern zwei nicht teilten – würdiger
Des Ringes; den er denn auch einem jeden
Die fromme Schwachheit hatte, zu versprechen.
Das ging nun so, solang es ging. – Allein
Es kam zum Sterben, und der gute Vater
Kömmt in Verlegenheit. Es schmerzt ihn, zwei
Von seinen Söhnen, die sich auf sein Wort
Verlassen, so zu kränken. – Was zu tun? –
Er sendet in geheim zu einem Künstler,
Bei dem er, nach dem Muster seines Ringes,
Zwei andere bestellt, und weder Kosten
Noch Mühe sparen heißt, sie jenem gleich,
Vollkommen gleich zu machen. Das gelingt
Dem Künstler. Da er ihm die Ringe bringt,
Kann selbst der Vater seinen Musterring
Nicht unterscheiden. Froh und freudig ruft
Er seine Söhne, jeden insbesondre;
Gibt jedem insbesondre seinen Segen –
Und seinen Ring – und stirbt. – Du hörst doch, Sultan?

SALADIN *der sich betroffen von ihm gewandt*:
Ich hör, ich höre! – Komm mit deinem Märchen
Nur bald zu Ende. – Wird's?

NATHAN: Ich bin zu Ende.
Denn was noch folgt, versteht sich ja von selbst. –
Kaum war der Vater tot, so kömmt ein jeder
Mit seinem Ring, und jeder will der Fürst
Des Hauses sein. Man untersucht, man zankt,
Man klagt. Umsonst; der rechte Ring war nicht
Erweislich; –

Nach einer Pause, in welcher er des Sultans Antwort erwartet.

Fast so unerweislich, als
Uns itzt – der rechte Glaube.

SALADIN: Wie? das soll
Die Antwort sein auf meine Frage? . . .

NATHAN: Soll

Mich bloß entschuldigen, wenn ich die Ringe,
Mir nicht getrau zu unterscheiden, die
Der Vater in der Absicht machen ließ,
Damit sie nicht zu unterscheiden wären.
SALADIN: Die Ringe! – Spiele nicht mit mir! – Ich dächte,
Daß die Religionen, die ich dir
Genannt, doch wohl zu unterscheiden wären.
Bis auf die Kleidung; bis auf Speis und Trank!
NATHAN: Und nur von seiten ihrer Gründe nicht. –
Denn gründen alle sich nicht auf Geschichte?
Geschrieben oder überliefert! – Und
Geschichte muß doch wohl allein auf Treu
Und Glauben angenommen werden? – Nicht? –
Nun wessen Treu und Glauben zieht man denn
Am wenigsten in Zweifel? Doch der Seinen?
Doch deren Blut wir sind? doch deren, die
Von Kindheit an uns Proben ihrer Liebe
Gegeben? die uns nie getäuscht, als wo
Getäuscht zu werden uns heilsamer war? –
Wie kann ich meinen Vätern weniger,
Als du den deinen glauben? Oder umgekehrt. –
Kann ich von dir verlangen, daß du deine
Vorfahren Lügen strafst, um meinen nicht
Zu widersprechen? Oder umgekehrt.
Das nämliche gilt von den Christen. Nicht? –
SALADIN: (Bei dem Lebendigen! Der Mann hat recht.
Ich muß verstummen.)
NATHAN: Laß auf unsre Ring'
Uns wieder kommen. Wie gesagt: die Söhne
Verklagten sich; und jeder schwur dem Richter,
Unmittelbar aus seines Vaters Hand
Den Ring zu haben. – Wie auch wahr! Nachdem
Er von ihm lange das Versprechen schon
Gehabt, des Ringes Vorrecht einmal zu
Genießen. – Wie nicht minder wahr! – Der Vater,
Beteurte jeder, könne gegen ihn
Nicht falsch gewesen sein; und eh er dieses
Von ihm, von einem solchen lieben Vater,
Argwohnen laß: eh müß er seine Brüder,
So gern er sonst von ihnen nur das Beste
Bereit zu glauben sei, des falschen Spiels

Bezeihen; und er wolle die Verräter
Schon auszufinden wissen; sich schon rächen.

SALADIN: Und nun, der Richter? – Mich verlangt zu hören,
Was du den Richter sagen lässest. Sprich!

NATHAN: Der Richter sprach: „Wenn ihr mir nun den Vater
Nicht bald zur Stelle schafft, so weis ich euch
Von meinem Stuhle. Denkt ihr, daß ich Rätsel
Zu lösen da bin? Oder harret ihr,
Bis daß der rechte Ring den Mund eröffne? –
Doch halt! Ich höre ja, der rechte Ring
Besitzt die Wunderkraft beliebt zu machen;
Vor Gott und Menschen angenehm. Das muß
Entscheiden! Denn die falschen Ringe werden
Doch das nicht können! – Nun; wen lieben zwei
Von euch am meisten? – Macht, sagt an! Ihr schweigt?
Die Ringe wirken nur zurück? und nicht
Nach außen? Jeder liebt sich selber nur
Am meisten? – O so seid ihr alle drei
Betrogene Betrieger! Eure Ringe
Sind alle drei nicht echt. Der echte Ring
Vermutlich ging verloren. Den Verlust
Zu bergen, zu ersetzen, ließ der Vater
Die drei für einen machen."

SALADIN: Herrlich! herrlich!

NATHAN: „Und also"; fuhr der Richter fort, „wenn ihr
Nicht meinen Rat, statt meines Spruches, wollt:
Geht nur! – Mein Rat ist aber der: ihr nehmt
Die Sache völlig wie sie liegt. Hat von
Euch jeder seinen Ring von seinem Vater:
So glaube jeder sicher seinen Ring
Den echten. – Möglich; daß der Vater nun
Die Tyrannei des *einen* Rings nicht länger
In seinem Hause dulden wollen! – Und gewiß;
Daß er euch alle drei geliebt, und gleich
Geliebt: indem er zwei nicht drücken mögen,
Um einen zu begünstigen. – Wohlan!
Es eifre jeder seiner unbestochnen
Von Vorurteilen freien Liebe nach!
Es strebe von euch jeder um die Wette,
Die Kraft des Steins in seinem Ring an Tag
Zu legen! komme dieser Kraft mit Sanftmut,

Mit herzlicher Verträglichkeit, mit Wohltun,
Mit innigster Ergebenheit in Gott,
Zu Hülf! Und wenn sich dann der Steine Kräfte
Bei euern Kindes-Kindeskindern äußern:
So lad ich über tausend tausend Jahre,
Sie wiederum vor diesen Stuhl. Da wird
Ein weisrer Mann auf diesem Stuhle sitzen,
Als ich; und sprechen: ‚geht!' " – So sagte der
Bescheidne Richter.

SALADIN: Gott! Gott!

NATHAN: Saladin,
Wenn du dich fühlest, dieser weisere
Versprochne Mann zu sein: . . .

SALADIN *der auf ihn zustürzt, und seine Hand ergreift, die er bis zu Ende nicht wieder fahrenläßt*: Ich Staub? Ich Nichts?
O Gott!

NATHAN: Was ist dir, Sultan?

SALADIN: Nathan, lieber Nathan! –
Die tausend tausend Jahre deines Richters
Sind noch nicht um. – Sein Richterstuhl ist nicht
Der meine. – Geh! – Geh! – Aber sei mein Freund.

NATHAN: Und weiter hätte Saladin mir nichts
Zu sagen?

SALADIN: Nichts.

NATHAN: Nichts?

SALADIN: Gar nichts. – Und warum?

NATHAN: Ich hätte noch Gelegenheit gewünscht,
Dir eine Bitte vorzutragen.

SALADIN: Braucht's
Gelegenheit zu einer Bitte? – Rede!

NATHAN: Ich komm von einer weiten Reis, auf welcher
Ich Schulden eingetrieben. – Fast hab ich
Des baren Gelds zuviel. – Die Zeit beginnt
Bedenklich wiederum zu werden; – und
Ich weiß nicht recht, wo sicher damit hin. –
Da dacht ich, ob nicht du vielleicht – weil doch
Ein naher Krieg des Geldes immer mehr
Erfodert – etwas brauchen könntest.

SALADIN *ihm steif in die Augen sehend*: Nathan! –
Ich will nicht fragen, ob Al-Hafi schon
Bei dir gewesen; – will nicht untersuchen,

Ob dich nicht sonst ein Argwohn treibt, mir dieses
Erbieten freierdings zu tun: . . .

NATHAN: Ein Argwohn?

SALADIN: Ich bin ihn wert. – Verzeih mir! – denn was hilft's?
Ich muß dir nur gestehen – daß ich im
Begriffe war –

NATHAN: Doch nicht, das nämliche
An mich zu suchen?

SALADIN: Allerdings.

NATHAN: So wär
Uns beiden ja geholfen! Daß ich aber
Dir alle meine Barschaft nicht kann schicken,
Das macht der junge Tempelherr. Du kennst
Ihn ja. Ihm hab ich eine große Post
Vorher noch zu bezahlen.

SALADIN: Tempelherr?
Du wirst doch meine schlimmsten Feinde nicht
Mit deinem Geld auch unterstützen wollen?

NATHAN: Ich spreche von dem einen nur, dem du
Das Leben spartest . . .

SALADIN: Ah! woran erinnerst
Du mich! – Hab ich doch diesen Jüngling ganz
Vergessen! – Kennst du ihn? – Wo ist er?

NATHAN: Wie?
So weißt du nicht, wieviel von deiner Gnade
Für ihn, durch ihn auf mich geflossen? Er,
Er mit Gefahr des neu erhaltnen Lebens,
Hat meine Tochter aus dem Feur gerettet.

SALADIN: Er? Hat er das? – Ha! darnach sah er aus.
Das hätte traun mein Bruder auch getan,
Dem er so ähnelt! – Ist er denn noch hier?
So bring ihn her! – Ich habe meiner Schwester
Von diesem ihren Bruder, den sie nicht
Gekannt, so viel erzählet, daß ich sie
Sein Ebenbild doch auch muß sehen lassen! –
Geh, hol ihn! – Wie aus einer guten Tat,
Gebar sie auch schon bloße Leidenschaft,
Doch so viel andre gute Taten fließen!
Geh, hol ihn!

NATHAN *indem er Saladins Hand fahrenläßt*:
Augenblicks! Und bei dem andern

Bleibt es doch auch? *Ab.*

SALADIN: Ah! daß ich meine Schwester
Nicht horchen lassen! – Zu ihr! zu ihr! – Denn
Wie soll ich alles das ihr nun erzählen? *Ab von der andern Seite.*

ACHTER AUFTRITT

Die Szene: unter den Palmen, in der Nähe des Klosters, wo der Tempelherr Nathans wartet.

DER TEMPELHERR. *Geht, mit sich selbst kämpfend, auf und ab; bis er losbricht:*

– Hier hält das Opfertier ermüdet still. –
Nun gut! Ich mag nicht, mag nicht näher wissen,
Was in mir vorgeht; mag voraus nicht wittern,
Was vorgehn wird. – Genug, ich bin umsonst
Geflohn! umsonst. – Und weiter konnt ich doch
Auch nichts, als fliehn? – Nun komm, was kommen soll! –
Ihm auszubeugen, war der Streich zu schnell
Gefallen; unter den zu kommen, ich
So lang und viel mich weigerte. – Sie sehn,
Die ich zu sehn so wenig lüstern war –
Sie sehn, und der Entschluß, sie wieder aus
Den Augen nie zu lassen – Was Entschluß?
Entschluß ist Vorsatz, Tat: und ich, ich litt
Ich litte bloß. – Sie sehn, und das Gefühl
An sie verstrickt, in sie verwebt zu sein,
War eins. – Bleibt eins. – Von ihr getrennt
Zu leben, ist mir ganz undenkbar; wär
Mein Tod – und wo wir immer nach dem Tode
Noch sind, auch da mein Tod. – Ist das nun Liebe:
So – liebt der Tempelritter freilich – liebt
Der Christ das Judenmädchen freilich. – Hm!
Was tut's? – Ich hab in dem Gelobten Lande –
Und drum auch mir gelobt auf immerdar! –
Der Vorurteile mehr schon abgelegt. –
Was will mein Orden auch? Ich Tempelherr
Bin tot; war von dem Augenblick ihm tot,
Der mich zu Saladins Gefangnen machte.
Der Kopf, den Saladin mir schenkte, wär

Mein alter? – Ist ein neuer; der von allem
Nichts weiß, was jenem eingeplaudert ward,
Was jenen band. – Und ist ein beßrer; für
Den väterlichen Himmel mehr gemacht.
Das spür ich ja. Denn erst mit ihm beginn
Ich so zu denken, wie mein Vater hier
Gedacht muß haben; wenn man Märchen nicht
Von ihm mir vorgelogen. – Märchen? – doch
Ganz glaubliche; die glaublicher mir nie,
Als itzt geschienen, da ich nur Gefahr
Zu straucheln laufe, wo er fiel. – Er fiel?
Ich will mit Männern lieber fallen, als
Mit Kindern stehn. – Sein Beispiel bürget mir
Für seinen Beifall. Und an wessen Beifall
Liegt mir denn sonst – An Nathans? – O an dessen
Ermuntrung mehr, als Beifall, kann es mir
Noch weniger gebrechen. – Welch ein Jude! –
Und der so ganz nur Jude scheinen will!
Da kömmt er; kömmt mit Hast; glüht heitre Freude.
Wer kam vom Saladin je anders? He!
He, Nathan!

NEUNTER AUFTRITT

NATHAN *und der* TEMPELHERR.

NATHAN: Wie? seid Ihr's?
TEMPELHERR: Ihr habt
Sehr lang Euch bei dem Sultan aufgehalten.
NATHAN: So lange nun wohl nicht. Ich ward im Hingehn
Zu viel verweilt. – Ah, wahrlich Curd; der Mann
Steht seinen Ruhm. Sein Ruhm ist bloß sein Schatten. –
Doch laßt vor allen Dingen Euch geschwind
Nur sagen ...
TEMPELHERR: Was?
NATHAN: Er will Euch sprechen; will,
Daß ungesäumt Ihr zu ihm kommt. Begleitet
Mich nur nach Hause, wo ich noch für ihn
Erst etwas anders zu verfügen habe:
Und dann, so gehn wir.
TEMPELHERR: Nathan, Euer Haus
Betret ich wieder eher nicht ...

NATHAN: So seid
Ihr doch indes schon da gewesen? habt
Indes sie doch gesprochen? – Nun? – Sagt: wie
Gefällt Euch Recha?
TEMPELHERR: Über allen Ausdruck!
Allein – sie wiedersehn – das werd ich nie!
Nie! nie! – Ihr müßtet mir zur Stelle denn
Versprechen: – daß ich sie auf immer, immer –
Soll können sehn.
NATHAN: Wie wollt Ihr, daß ich das
Versteh?
TEMPELHERR *nach einer kurzen Pause ihm plötzlich um den Hals fallend*: Mein Vater!
NATHAN: – Junger Mann!
TEMPELHERR *ihn ebenso plötzlich wieder lassend*: Nicht Sohn? –
Ich bitt Euch, Nathan! –
NATHAN: Lieber junger Mann!
TEMPELHERR:
Nicht Sohn? – Ich bitt Euch, Nathan! – Ich beschwör
Euch bei den ersten Banden der Natur! –
Zieht ihnen spätre Fesseln doch nicht vor! –
Begnügt Euch doch ein Mensch zu sein! – Stoßt mich
Nicht von Euch!
NATHAN: Lieber, lieber Freund!...
TEMPELHERR: Und Sohn?
Sohn nicht? – Auch dann nicht, dann nicht einmal, wenn
Erkenntlichkeit zum Herzen Eurer Tochter
Der Liebe schon den Weg gebahnet hätte?
Auch dann nicht einmal, wenn in eins zu schmelzen
Auf Euern Wink nur beide warteten? –
Ihr schweigt?
NATHAN: Ihr überrascht mich, junger Ritter.
TEMPELHERR: Ich überrasch Euch? – überrasch Euch, Nathan,
Mit Euern eigenen Gedanken? – Ihr
Verkennt sie doch in meinem Munde nicht? –
Ich überrasch Euch?
NATHAN: Eh ich einmal weiß,
Was für ein Stauffen Euer Vater denn
Gewesen ist!
TEMPELHERR: Was sagt Ihr, Nathan? was? –
In diesem Augenblicke fühlt Ihr nichts,

Als Neubegier?

NATHAN: Denn seht! Ich habe selbst
Wohl einen Stauffen ehedem gekannt,
Der Conrad hieß.

TEMPELHERR: Nun – wenn mein Vater denn
Nun ebenso geheißen hätte?

NATHAN: Wahrlich?

TEMPELHERR: Ich heiße selber ja nach meinem Vater: Curd
Ist Conrad.

NATHAN: Nun – so war mein Conrad doch
Nicht Euer Vater. Denn mein Conrad war,
Was Ihr; war Tempelherr; war nie vermählt.

TEMPELHERR: O darum!

NATHAN: Wie?

TEMPELHERR: O darum könnt er doch
Mein Vater wohl gewesen sein.

NATHAN: Ihr scherzt.

TEMPELHERR: Und Ihr nehmt's wahrlich zu genau! – Was wär's
Denn nun? So was von Bastard oder Bankert!
Der Schlag ist auch nicht zu verachten. – Doch
Entlaßt mich immer meiner Ahnenprobe.
Ich will Euch Eurer wiederum entlassen.
Nicht zwar, als ob ich den geringsten Zweifel
In Euern Stammbaum setzte. Gott behüte!
Ihr könnt ihn Blatt vor Blatt bis Abraham
Hinauf belegen. Und von da so weiter,
Weiß ich ihn selbst; will ich ihn selbst beschwören.

NATHAN: Ihr werdet bitter. – Doch verdien ich's? – Schlug
Ich denn Euch schon was ab? – Ich will Euch ja
Nur bei dem Worte nicht den Augenblick
So fassen. – Weiter nichts.

TEMPELHERR: Gewiß? – Nichts weiter?
O so vergebt! . . .

NATHAN: Nun kommt nur, kommt!

TEMPELHERR: Wohin?
Nein! – Mit in Euer Haus? – Das nicht! das nicht! –
Da brennt's! – Ich will Euch hier erwarten. Geht! –
Soll ich sie wiedersehn: so seh ich sie
Noch oft genug. Wo nicht: so sah ich sie
Schon viel zuviel . . .

NATHAN: Ich will mich möglichst eilen.

Zehnter Auftritt

Der Tempelherr *und bald darauf* Daja.

tempelherr:
Schon mehr als gnug! – Des Menschen Hirn faßt so
Unendlich viel; und ist doch manchmal auch
So plötzlich voll! von einer Kleinigkeit
So plötzlich voll! – Taugt nichts, taugt nichts; es sei
Auch voll wovon es will. – Doch nur Geduld!
Die Seele wirkt den aufgedunsnen Stoff
Bald ineinander, schafft sich Raum, und Licht
Und Ordnung kommen wieder. – Lieb ich denn
Zum ersten Male? – Oder war, was ich
Als Liebe kenne, Liebe nicht? – Ist Liebe
Nur was ich itzt empfinde? . . .

daja *die sich von der Seite herbeigeschlichen*: Ritter! Ritter!

tempelherr: Wer ruft? – Ha, Daja, Ihr?

daja: Ich habe mich
Bei ihm vorbeigeschlichen. Aber noch
Könnt er uns sehn, wo Ihr da steht. – Drum kommt
Doch näher zu mir, hinter diesen Baum.

tempelherr:
Was gibt's denn? – So geheimnisvoll? – Was ist's?

daja: Ja wohl betrifft es ein Geheimnis, was
Mich zu Euch bringt; und zwar ein doppeltes.
Das eine weiß nur ich; das andre wißt
Nur Ihr. – Wie wär es, wenn wir tauschten?
Vertraut mir Euers: so vertrau ich Euch
Das meine.

tempelherr: Mit Vergnügen. – Wenn ich nur
Erst weiß, was Ihr für meines achtet. Doch
Das wird aus Euerm wohl erhellen. – Fangt
Nur immer an.

daja: Ei denkt doch! – Nein, Herr Ritter:
Erst Ihr; ich folge. – Denn versichert, mein
Geheimnis kann Euch gar nichts nutzen, wenn
Ich nicht zuvor das Eure habe. – Nur
Geschwind! – Denn frag ich's Euch erst ab: so habt
Ihr nichts vertrauet. Mein Geheimnis dann
Bleibt mein Geheimnis; und das Eure seid
Ihr los. – Doch armer Ritter! – Daß ihr Männer

Ein solch Geheimnis vor uns Weibern haben
Zu können, auch nur glaubt!

TEMPELHERR: Das wir zu haben
Oft selbst nicht wissen.

DAJA: Kann wohl sein. Drum muß
Ich freilich erst, Euch selbst damit bekannt
Zu machen, schon die Freundschaft haben. – Sagt:
Was hieß denn das, daß Ihr so Knall und Fall
Euch aus dem Staube machtet? daß Ihr uns
So sitzenließet? – daß Ihr nun mit Nathan
Nicht wiederkommt? Hat Recha denn so wenig
Auf Euch gewirkt? wie? oder auch, so viel? –
So viel! so viel! – Lehrt Ihr des armen Vogels,
Der an der Rute klebt, Geflattre mich
Doch kennen! – Kurz: gesteht es mir nur gleich,
Daß Ihr sie liebt, liebt bis zum Unsinn; und
Ich sag Euch was ...

TEMPELHERR: Zum Unsinn? Wahrlich; Ihr
Versteht Euch trefflich drauf.

DAJA: Nun gebt mir nur
Die Liebe zu; den Unsinn will ich Euch
Erlassen.

TEMPELHERR: Weil er sich von selbst versteht? –
Ein Tempelherr ein Judenmädchen lieben! ...

DAJA: Scheint freilich wenig Sinn zu haben. – Doch
Zuweilen ist des Sinns in einer Sache
Auch mehr, als wir vermuten; und es wäre
So unerhört doch nicht, daß uns der Heiland
Auf Wegen zu sich zöge, die der Kluge
Von selbst nicht leicht betreten würde.

TEMPELHERR: Das
So feierlich? – (Und setz ich statt des Heilands
Die Vorsicht: hat sie denn nicht recht?) Ihr macht
Mich neubegieriger, als ich wohl sonst
Zu sein gewohnt bin.

DAJA: Oh! das ist das Land
Der Wunder!

TEMPELHERR: (Nun! – des Wunderbaren. Kann
Es auch wohl anders sein? Die ganze Welt
Drängt sich ja hier zusammen.) – Liebe Daja,
Nehmt für gestanden an, was Ihr verlangt;

Daß ich sie liebe; daß ich nicht begreife,
Wie ohne sie ich leben werde; daß . . .

DAJA: Gewiß? gewiß? – So schwört mir, Ritter, sie
Zur Eurigen zu machen; sie zu retten;
Sie zeitlich hier, sie ewig dort zu retten.

TEMPELHERR:
Und wie? – Wie kann ich? – Kann ich schwören, was
In meiner Macht nicht steht?

DAJA: In Eurer Macht
Steht es. Ich bring es durch ein einzig Wort
In Eure Macht.

TEMPELHERR: Daß selbst der Vater nichts
Dawider hätte?

DAJA: Ei, was Vater! Vater!
Der Vater soll schon müssen.

TEMPELHERR: Müssen, Daja? –
Noch ist er unter Räuber nicht gefallen. –
Er muß nicht müssen.

DAJA: – Nun, so muß er wollen;
Muß gern am Ende wollen.

TEMPELHERR: Muß und gern! –
Doch, Daja, wenn ich Euch nun sage, daß
Ich selber diese Sait ihm anzuschlagen
Bereits versucht!

DAJA: Was? und er fiel nicht ein?

TEMPELHERR: Er fiel mit einem Mißlaut ein, der mich –
Beleidigte.

DAJA: Was sagt Ihr? – Wie? Ihr hättet
Den Schatten eines Wunsches nur nach Recha
Ihm blicken lassen: und er wär vor Freuden
Nicht aufgesprungen? hätte frostig sich
Zurückgezogen? hätte Schwierigkeiten
Gemacht?

TEMPELHERR: So ungefähr.

DAJA: So will ich denn
Mich länger keinen Augenblick bedenken –

Pause.

TEMPELHERR: Und Ihr bedenkt Euch doch?

DAJA: Der Mann ist sonst
So gut! – Ich selber bin so viel ihm schuldig! –
Daß er doch gar nicht hören will! – Gott weiß,

Das Herze blutet mir, ihn so zu zwingen.
TEMPELHERR: Ich bitt Euch, Daja, setzt mich kurz und gut
Aus dieser Ungewißheit. Seid Ihr aber
Noch selber ungewiß; ob, was Ihr vorhabt,
Gut oder böse, schändlich oder löblich
Zu nennen: – schweigt! Ich will vergessen, daß
Ihr etwas zu verschweigen habt.
DAJA: Das spornt
Anstatt zu halten. Nun; so wißt denn: Recha
Ist keine Jüdin; ist – ist eine Christin.
TEMPELHERR *kalt*:
So? Wünsch Euch Glück! Hat's schwergehalten? Laßt
Euch nicht die Wehen schrecken! – Fahret ja
Mit Eifer fort, den Himmel zu bevölkern;
Wenn Ihr die Erde nicht mehr könnt!
DAJA: Wie, Ritter?
Verdienet meine Nachricht diesen Spott?
Daß Recha eine Christin ist: das freuet
Euch, einen Christen, einen Tempelherrn,
Der Ihr sie liebt, nicht mehr?
TEMPELHERR: Besonders, da
Sie eine Christin ist von Eurer Mache.
DAJA: Ah! so versteht Ihr's? So mag's gelten! – Nein!
Den will ich sehn, der die bekehren soll!
Ihr Glück ist, längst zu sein, was sie zu werden
Verdorben ist.
TEMPELHERR: Erklärt Euch, oder – geht!
DAJA: Sie ist ein Christenkind; von Christeneltern
Geboren; ist getauft . . .
TEMPELHERR *hastig*: Und Nathan?
DAJA: Nicht
Ihr Vater!
TEMPELHERR: Nathan nicht ihr Vater? – Wißt
Ihr, was Ihr sagt?
DAJA: Die Wahrheit, die so oft
Mich blut'ge Tränen weinen machen. – Nein,
Er ist ihr Vater nicht . . .
TEMPELHERR: Und hätte sie,
Als seine Tochter nur erzogen? hätte
Das Christenkind als eine Jüdin sich
Erzogen?

DAJA: Ganz gewiß.
TEMPELHERR: Sie wüßte nicht,
Was sie geboren sei? – Sie hätt es nie
Von ihm erfahren, daß sie eine Christin
Geboren sei, und keine Jüdin?
DAJA: Nie!
TEMPELHERR: Er hätt in diesem Wahne nicht das Kind
Bloß auferzogen? ließ das Mädchen noch
In diesem Wahne?
DAJA: Leider!
TEMPELHERR: Nathan – Wie? –
Der weise gute Nathan hätte sich
Erlaubt, die Stimme der Natur so zu
Verfälschen? – Die Ergießung eines Herzens
So zu verlenken, die, sich selbst gelassen,
Ganz andre Wege nehmen würde? – Daja,
Ihr habt mir allerdings etwas vertraut –
Von Wichtigkeit – was Folgen haben kann –
Was mich verwirrt – worauf ich gleich nicht weiß,
Was mir zu tun. – Drum laßt mir Zeit. – Drum geht!
Er kömmt hier wiederum vorbei. Er möcht
Uns überfallen. Geht!
DAJA: Ich wär des Todes!
TEMPELHERR: Ich bin ihn jetzt zu sprechen ganz und gar
Nicht fähig. Wenn Ihr ihm begegnet, sagt
Ihm nur, daß wir einander bei dem Sultan
Schon finden würden.
DAJA: Aber laßt Euch ja
Nichts merken gegen ihn. – Das soll nur so
Den letzten Druck dem Dinge geben; soll
Euch, Rechas wegen, alle Skrupel nur
Benehmen! – Wenn Ihr aber dann, sie nach
Europa führt: so laßt Ihr doch mich nicht
Zurück?
TEMPELHERR: Das wird sich finden. Geht nur, geht!

VIERTER AUFZUG

ERSTER AUFTRITT

Szene: in den Kreuzgängen des Klosters.

Der KLOSTERBRUDER *und bald darauf der* TEMPELHERR.

KLOSTERBRUDER: Ja, ja! er hat schon recht, der Patriarch!
Es hat mir freilich noch von alledem
Nicht viel gelingen wollen, was er mir
So aufgetragen. – Warum trägt er mir
Auch lauter solche Sachen auf? – Ich mag
Nicht fein sein; mag nicht überreden; mag
Mein Näschen nicht in alles stecken; mag
Mein Händchen nicht in allem haben. – Bin
Ich darum aus der Welt geschieden, ich
Für mich; um mich für andre mit der Welt
Noch erst recht zu verwickeln?

TEMPELHERR *mit Hast auf ihn zukommend*: Guter Bruder!
Da seid Ihr ja. Ich hab Euch lange schon
Gesucht.

KLOSTERBRUDER:
Mich, Herr?

TEMPELHERR: Ihr kennt mich schon nicht mehr?

KLOSTERBRUDER:
Doch, doch! Ich glaubte nur, daß ich den Herrn
In meinem Leben wieder nie zu sehn
Bekommen würde. Denn ich hofft es zu
Dem lieben Gott. – Der liebe Gott, der weiß
Wie sauer mir der Antrag ward, den ich
Dem Herrn zu tun verbunden war. Er weiß,
Ob ich gewünscht, ein offnes Ohr bei Euch
Zu finden; weiß, wie sehr ich mich gefreut,
Im Innersten gefreut, daß Ihr so rund
Das alles, ohne viel Bedenken, von
Euch wiest, was einem Ritter nicht geziemt. –
Nun kommt Ihr doch; nun hat's doch nachgewirkt!

TEMPELHERR: Ihr wißt es schon, warum ich komme? Kaum
Weiß ich es selbst.

KLOSTERBRUDER: Ihr habt's nun überlegt;
Habt nun gefunden, daß der Patriarch

So unrecht doch nicht hat; daß Ehr und Geld
Durch seinen Anschlag zu gewinnen; daß
Ein Feind ein Feind ist, wenn er unser Engel
Auch siebenmal gewesen wäre. Das,
Das habt Ihr nun mit Fleisch und Blut erwogen,
Und kommt, und tragt Euch wieder an. – Ach Gott!

TEMPELHERR:
Mein frommer, lieber Mann! gebt Euch zufrieden.
Deswegen komm ich nicht; deswegen will
Ich nicht den Patriarchen sprechen. Noch,
Noch denk ich über jenen Punkt, wie ich
Gedacht, und wollt um alles in der Welt
Die gute Meinung nicht verlieren, deren
Mich ein so grader, frommer, lieber Mann
Einmal gewürdiget. – Ich komme bloß,
Den Patriarchen über eine Sache
Um Rat zu fragen . . .

KLOSTERBRUDER: Ihr den Patriarchen?
Ein Ritter, einen – Pfaffen? *Sich schüchtern umsehend.*

TEMPELHERR: Ja; – die Sach
Ist ziemlich pfäffisch.

KLOSTERBRUDER: Gleichwohl fragt der Pfaffe
Den Ritter nie, die Sache sei auch noch
So ritterlich.

TEMPELHERR: Weil er das Vorrecht hat,
Sich zu vergehn; das unsereiner ihm
Nicht sehr beneidet. – Freilich, wenn ich nur
Für mich zu handeln hätte; freilich, wenn
Ich Rechenschaft nur mir zu geben hätte:
Was braucht ich Eures Patriarchen? Aber
Gewisse Dinge will ich lieber schlecht,
Nach andrer Willen, machen; als allein
Nach meinem, gut. – Zudem, ich seh nun wohl,
Religion ist auch Partei; und wer
Sich drob auch noch so unparteiisch glaubt,
Hält, ohn es selbst zu wissen, doch nur seiner
Die Stange. Weil das einmal nun so ist:
Wird's so wohl recht sein.

KLOSTERBRUDER: Dazu schweig ich lieber.
Denn ich versteh den Herrn nicht recht.

TEMPELHERR: Und doch! –

(Laß sehn, warum mir eigentlich zu tun!
Um Machtspruch oder Rat? – Um lautern, oder
Gelehrten Rat?) – Ich dank Euch, Bruder; dank
Euch für den guten Wink. – Was Patriarch? –
Seid Ihr mein Patriarch! Ich will ja doch
Den Christen mehr im Patriarchen, als
Den Patriarchen in dem Christen fragen. –
Die Sach ist die . . .

KLOSTERBRUDER: Nicht weiter, Herr, nicht weiter!
Wozu? – Der Herr verkennt mich. – Wer viel weiß,
Hat viel zu sorgen; und ich habe ja
Mich einer Sorge nur gelobt. – O gut!
Hört! seht! Dort kömmt, zu meinem Glück, er selbst.
Bleibt hier nur stehn. Er hat Euch schon erblickt.

Zweiter Auftritt

Der Patriarch, *welcher mit allem geistlichen Pomp den einen Kreuzgang heraufkömmt, und* die Vorigen.

TEMPELHERR:
Ich wich ihm lieber aus. – Wär nicht mein Mann! –
Ein dicker, roter, freundlicher Prälat!
Und welcher Prunk!

KLOSTERBRUDER: Ihr solltet ihn erst sehn,
Nach Hofe sich erheben. Itzo kömmt
Er nur von einem Kranken.

TEMPELHERR: Wie sich da
Nicht Saladin wird schämen müssen!

PATRIARCH *indem er näher kömmt, winkt dem Bruder*:
Hier! –
Das ist ja wohl der Tempelherr. Was will
Er?

KLOSTERBRUDER: Weiß nicht.

PATRIARCH *auf ihn zugehend, indem der Bruder und das Gefolge zurücktreten*: Nun, Herr Ritter! – Sehr erfreut
Den braven jungen Mann zu sehn! – Ei, noch
So gar jung! – Nun, mit Gottes Hülfe, daraus
Kann etwas werden.

TEMPELHERR: Mehr, ehrwürd'ger Herr,
Wohl schwerlich, als schon ist. Und eher noch,

Was weniger.

PATRIARCH: Ich wünsche wenigstens,
Daß so ein frommer Ritter lange noch
Der lieben Christenheit, der Sache Gottes
Zu Ehr und Frommen blühn und grünen möge!
Das wird denn auch nicht fehlen, wenn nur fein
Die junge Tapferkeit dem reifen Rate
Des Alters folgen will! – Womit wär sonst
Dem Herrn zu dienen?

TEMPELHERR: Mit dem nämlichen,
Woran es meiner Jugend fehlt: mit Rat.

PATRIARCH: Recht gern! – Nur ist der Rat auch anzunehmen.

TEMPELHERR: Doch blindlings nicht?

PATRIARCH: Wer sagt denn das? – Ei freilich
Muß niemand die Vernunft, die Gott ihm gab,
Zu brauchen unterlassen – wo sie hin
Gehört. – Gehört sie aber überall
Denn hin? – O nein! – Zum Beispiel: wenn uns Gott
Durch einen seiner Engel – ist zu sagen,
Durch einen Diener seines Worts, ein Mittel
Bekanntzumachen würdiget, das Wohl
Der ganzen Christenheit, das Heil der Kirche,
Auf irgendeine ganz besondre Weise
Zu fördern, zu befestigen: wer darf
Sich da noch unterstehn, die Willkür des,
Der die Vernunft erschaffen, nach Vernunft
Zu untersuchen? und das ewige
Gesetz der Herrlichkeit des Himmels, nach
Den kleinen Regeln einer eiteln Ehre
Zu prüfen? – Doch hiervon genug. – Was ist
Es denn, worüber unsern Rat für itzt
Der Herr verlangt?

TEMPELHERR: Gesetzt, ehrwürd'ger Vater,
Ein Jude hätt ein einzig Kind – es sei
Ein Mädchen – das er mit der größten Sorgfalt
Zu allem Guten auferzogen, das
Er liebe mehr als seine Seele, das
Ihn wieder mit der frömmsten Liebe liebe.
Und nun würd unsereinem hinterbracht,
Dies Mädchen sei des Juden Tochter nicht;
Er hab es in der Kindheit aufgelesen,

Gekauft, gestohlen – was Ihr wollt; man wisse,
Das Mädchen sei ein Christenkind, und sei
Getauft; der Jude hab es nur als Jüdin
Erzogen; laß es nur als Jüdin und
Als seine Tochter so verharren: – sagt,
Ehrwürd'ger Vater, was wär hierbei wohl
Zu tun?

PATRIARCH: Mich schaudert! – Doch zuallererst
Erkläre sich der Herr, ob so ein Fall
Ein Faktum oder eine Hypothes.
Das ist zu sagen: ob der Herr sich das
Nur bloß so dichtet, oder ob's geschehn,
Und fortfährt zu geschehn.

TEMPELHERR: Ich glaubte, das
Sei eins, um Euer Hochehrwürden Meinung
Bloß zu vernehmen.

PATRIARCH: Eins? – Da seh der Herr
Wie sich die stolze menschliche Vernunft
Im Geistlichen doch irren kann. – Mitnichten!
Denn ist der vorgetragne Fall nur so
Ein Spiel des Witzes: so verlohnt es sich
Der Mühe nicht, im Ernst ihn durchzudenken.
Ich will den Herrn damit auf das Theater
Verwiesen haben, wo dergleichen pro
Et contra sich mit vielem Beifall könnte
Behandeln lassen. – Hat der Herr mich aber
Nicht bloß mit einer theathral'schen Schnurre
Zum besten; ist der Fall ein Faktum; hätt
Er sich wohl gar in unsrer Diözes,
In unsrer lieben Stadt Jerusalem,
Eräugnet: – ja alsdann –

TEMPELHERR: Und was alsdann?

PATRIARCH: Dann wäre mit dem Juden fördersamst
Die Strafe zu vollziehn, die Päpstliches
Und Kaiserliches Recht so einem Frevel,
So einer Lastertat bestimmen.

TEMPELHERR: So?

PATRIARCH: Und zwar bestimmen obbesagte Rechte
Dem Juden, welcher einen Christen zur
Apostasie verführt – den Scheiterhaufen –
Den Holzstoß –

TEMPELHERR: So?
PATRIARCH: Und wieviel mehr dem Juden,
Der mit Gewalt ein armes Christenkind
Dem Bunde seiner Tauf entreißt! Denn ist
Nicht alles, was man Kindern tut, Gewalt? –
Zu sagen: – ausgenommen, was die Kirch
An Kindern tut.
TEMPELHERR: Wenn aber nun das Kind,
Erbarmte seiner sich der Jude nicht,
Vielleicht im Elend umgekommen wäre?
PATRIARCH: Tut nichts! der Jude wird verbrannt. – Denn besser,
Es wäre hier im Elend umgekommen,
Als daß zu seinem ewigen Verderben
Es so gerettet ward. – Zudem, was hat
Der Jude Gott denn vorzugreifen? Gott
Kann, wen er retten will, schon ohn ihn retten.
TEMPELHERR: Auch trotz ihm, sollt ich meinen – selig machen.
PATRIARCH: Tut nichts! der Jude wird verbrannt.
TEMPELHERR: Das geht
Mir nah! Besonders, da man sagt, er habe
Das Mädchen nicht sowohl in seinem, als
Vielmehr in keinem Glauben auferzogen,
Und sie von Gott nicht mehr nicht weniger
Gelehrt, als der Vernunft genügt.
PATRIARCH: Tut nichts!
Der Jude wird verbrannt ... Ja, wär allein
Schon dieserwegen wert, dreimal verbrannt
Zu werden! – Was? ein Kind ohn allen Glauben
Erwachsen lassen? – Wie? die große Pflicht
Zu glauben, ganz und gar ein Kind nicht lehren?
Das ist zu arg! Mich wundert sehr, Herr Ritter,
Euch selbst ...
TEMPELHERR: Ehrwürd'ger Herr, das übrige,
Wenn Gott will, in der Beichte. *Will gehn.*
PATRIARCH: Was? mir nun
Nicht einmal Rede stehn? – Den Bösewicht,
Den Juden mir nicht nennen? – mir ihn nicht
Zur Stelle schaffen? – O da weiß ich Rat!
Ich geh sogleich zum Sultan. – Saladin,
Vermöge der Kapitulation,
Die er beschworen, muß uns, muß uns schützen;

Bei allen Rechten, allen Lehren schützen,
Die wir zu unsrer allerheiligsten
Religion nur immer rechnen dürfen!
Gottlob! wir haben das Original.
Wir haben seine Hand, sein Siegel. Wir! –
Auch mach ich ihm gar leicht begreiflich, wie
Gefährlich selber für den Staat es ist,
Nichts glauben! Alle bürgerliche Bande
Sind aufgelöset, sind zerrissen, wenn
Der Mensch nichts glauben darf. – Hinweg! hinweg
Mit solchem Frevel! . . .

TEMPELHERR: Schade, daß ich nicht
Den trefflichen Sermon mit beßrer Muße
Genießen kann! Ich bin zum Saladin
Gerufen.

PATRIARCH: Ja? – Nun so – Nun freilich – Dann –

TEMPELHERR: Ich will den Sultan vorbereiten, wenn
Es Eurer Hochehrwürden so gefällt.

PATRIARCH: Oh, oh! – Ich weiß, der Herr hat Gnade funden,
Vor Saladin! – Ich bitte meiner nur
Im Besten bei ihm eingedenk zu sein. –
Mich treibt der Eifer Gottes lediglich.
Was ich zu viel tu, tu ich ihm. – Das wolle
Doch ja der Herr erwägen! – Und nicht wahr,
Herr Ritter? das vorhin Erwähnte von
Dem Juden, war nur ein Problema? – ist
Zu sagen –

TEMPELHERR: Ein Problema. *Geht ab.*

PATRIARCH: (Dem ich tiefer
Doch auf den Grund zu kommen suchen muß.
Das wär so wiederum ein Auftrag für
Den Bruder Bonafides.) – Hier, mein Sohn!

Er spricht im Abgehn mit dem Klosterbruder.

Dritter Auftritt

Szene: Ein Zimmer im Palaste des Saladin, in welches von Sklaven eine Menge Beutel getragen, und auf dem Boden nebeneinandergestellt werden.

Saladin *und bald darauf* Sittah.

SALADIN *der dazukömmt*:
Nun wahrlich! das hat noch kein Ende. – Ist
Des Dings noch viel zurück?
EIN SKLAVE: Wohl noch die Hälfte.
SALADIN: So tragt das übrige zu Sittah. – Und
Wo bleibt Al-Hafi? Das hier soll sogleich
Al-Hafi zu sich nehmen. – Oder ob
Ich's nicht vielmehr dem Vater schicke? Hier
Fällt mir es doch nur durch die Finger. – Zwar
Man wird wohl endlich hart; und nun gewiß
Soll's Künste kosten, mir viel abzuzwacken.
Bis wenigstens die Gelder aus Ägypten
Zur Stelle kommen, mag das Armut sehn
Wie's fertig wird! – Die Spenden bei dem Grabe,
Wenn die nur fortgehn! Wenn die Christenpilger
Mit leeren Händen nur nicht abziehn dürfen.
Wenn nur –
SITTAH: Was soll nun das? Was soll das Geld
Bei mir?
SALADIN: Mach dich davon bezahlt; und leg
Auf Vorrat, wenn was übrigbleibt.
SITTAH: Ist Nathan
Noch mit dem Tempelherrn nicht da?
SALADIN: Er sucht
Ihn allerorten.
SITTAH: Sieh doch, was ich hier,
Indem mir so mein alt Geschmeide durch
Die Hände geht, gefunden. *Ihm ein klein Gemälde zeigend.*
SALADIN: Ha! mein Bruder!
Das ist er, ist er! – War er! war er! ah! –
Ah wackrer lieber Junge, daß ich dich
So früh verlor! Was hätt ich erst mit dir,
An deiner Seit erst unternommen! – Sittah,
Laß mir das Bild. Auch kenn ich's schon: er gab

Es deiner ältern Schwester, seiner Lilla,
Die eines Morgens ihn so ganz und gar
Nicht aus den Armen lassen wollt. Es war
Der letzte, den er ausritt. – Ah, ich ließ
Ihn reiten, und allein! – Ah, Lilla starb
Vor Gram, und hat mir's nie vergeben, daß
Ich so allein ihn reiten lassen. – Er
Blieb weg!

SITTAH: Der arme Bruder!

SALADIN: Laß nur gut
Sein! – Einmal bleiben wir doch alle weg! –
Zudem – wer weiß? Der Tod ist's nicht allein,
Der einem Jüngling seiner Art das Ziel
Verrückt. Er hat der Feinde mehr; und oft
Erliegt der Stärkste gleich dem Schwächsten. – Nun,
Sei wie ihm sei! – Ich muß das Bild doch mit
Dem jungen Tempelherrn vergleichen; muß
Doch sehn, wieviel mich meine Phantasie
Getäuscht.

SITTAH: Nur darum bring ich's. Aber gib
Doch, gib! Ich will dir das wohl sagen; das
Versteht ein weiblich Aug am besten.

SALADIN *zu einem Türsteher, der hereintritt*: Wer
Ist da? – der Tempelherr? – Er komm!

SITTAH: Euch nicht
Zu stören: ihn mit meiner Neugier nicht
Zu irren –

Sie setzt sich seitwärts auf einen Sofa und läßt den Schleier fallen.

SALADIN: Gut so! gut! – (Und nun sein Ton!
Wie der wohl sein wird! – Assads Ton
Schläft auch wohl wo in meiner Seele noch!)

VIERTER AUFTRITT

Der TEMPELHERR *und* SALADIN.

TEMPELHERR: Ich, dein Gefangner, Sultan . . .

SALADIN: Mein Gefangner?
Wem ich das Leben schenke, werd ich dem
Nicht auch die Freiheit schenken?

TEMPELHERR: Was dir ziemt

Zu tun, ziemt mir, erst zu vernehmen, nicht
Vorauszusetzen. Aber, Sultan – Dank,
Besondern Dank dir für mein Leben zu
Beteuern, stimmt mit meinem Stand und meinem
Charakter nicht. – Es steht in allen Fällen
Zu deinen Diensten wieder.

SALADIN: Brauch es nur
Nicht wider mich! – Zwar ein Paar Hände mehr,
Die gönnt ich meinem Feinde gern. Allein
Ihm so ein Herz auch mehr zu gönnen, fällt
Mir schwer. – Ich habe mich mit dir in nichts
Betrogen, braver junger Mann! Du bist
Mit Seel und Leib mein Assad. Sieh! ich könnte
Dich fragen: wo du denn die ganze Zeit
Gesteckt? in welcher Höhle du geschlafen?
In welchem Ginnistan, von welcher guten
Div diese Blume fort und fort so frisch
Erhalten worden? Sieh! ich könnte dich
Erinnern wollen, was wir dort und dort
Zusammen ausgeführt. Ich könnte mit
Dir zanken, daß du ein Geheimnis doch
Vor mir gehabt! Ein Abenteuer mir
Doch unterschlagen: – Ja das könnt ich; wenn
Ich dich nur säh, und nicht auch mich. – Nun, mag's!,
Von dieser süßen Träumerei ist immer
Doch so viel wahr, daß mir in meinem Herbst
Ein Assad wieder blühen soll. – Du bist
Es doch zufrieden, Ritter?

TEMPELHERR: Alles, was
Von dir mir kömmt – sei was es will – das lag
Als Wunsch in meiner Seele.

SALADIN: Laß uns das
Sogleich versuchen. – Bliebst du wohl bei mir?
Um mir? – Als Christ, als Muselmann: gleichviel!
Im weißen Mantel, oder Jamerlonk;
Im Tulban, oder deinem Filze: wie
Du willst! Gleichviel! Ich habe nie verlangt,
Daß allen Bäumen eine Rinde wachse.

TEMPELHERR: Sonst wärst du wohl auch schwerlich, der du bist:
Der Held, der lieber Gottes Gärtner wäre.

SALADIN: Nun dann; wenn du nicht schlechter von mir denkst:

So wären wir ja halb schon richtig?
TEMPELHERR: Ganz!
SALADIN *ihm die Hand bietend*:
Ein Wort?
TEMPELHERR *einschlagend*:
Ein Mann! – Hiermit empfange mehr
Als du mir nehmen konntest. Ganz der Deine!
SALADIN: Zuviel Gewinn für einen Tag! zuviel! –
Kam er nicht mit?
TEMPELHERR: Wer?
SALADIN: Nathan.
TEMPELHERR *frostig*: Nein. Ich kam
Allein.
SALADIN: Welch eine Tat von dir! Und welch
Ein weises Glück, das eine solche Tat
Zum Besten eines solchen Mannes ausschlug.
TEMPELHERR: Ja, ja!
SALADIN: So kalt? – Nein, junger Mann! wenn Gott
Was Gutes durch uns tut, muß man so kalt
Nicht sein! – selbst aus Bescheidenheit so kalt
Nicht scheinen wollen!
TEMPELHERR: Daß doch in der Welt
Ein jedes Ding so manche Seiten hat! –
Von denen oft sich gar nicht denken läßt,
Wie sie zusammenpassen!
SALADIN: Halte dich
Nur immer an die best, und preise Gott!
Der weiß, wie sie zusammenpassen. – Aber,
Wenn du so schwierig sein willst, junger Mann:
So werd auch ich ja wohl auf meiner Hut
Mich mit dir halten müssen? Leider bin
Auch ich ein Ding von vielen Seiten, die
Oft nicht so recht zu passen scheinen mögen.
TEMPELHERR:
Das schmerzt! – Denn Argwohn ist so wenig sonst
Mein Fehler –
SALADIN: Nun, so sage doch, mit wem
Du's hast? – Es schien ja gar, mit Nathan. Wie?
Auf Nathan Argwohn? du? – Erklär dich! sprich!
Komm, gib mir deines Zutrauns erste Probe.
TEMPELHERR: Ich habe wider Nathan nichts. Ich zürn

Allein mit mir –

SALADIN: Und über was?

TEMPELHERR: Daß mir
Geträumt, ein Jude könn auch wohl ein Jude
Zu sein verlernen; daß mir wachend so
Geträumt.

SALADIN: Heraus mit diesem wachen Traume!

TEMPELHERR: Du weißt von Nathans Tochter, Sultan. Was
Ich für sie tat, das tat ich – weil ich's tat.
Zu stolz, Dank einzuernten, wo ich ihn
Nicht säete, verschmäht ich Tag für Tag
Das Mädchen noch einmal zu sehn. Der Vater
War fern; er kömmt; er hört; er sucht mich auf;
Er dankt; er wünscht, daß seine Tochter mir
Gefallen möge; spricht von Aussicht, spricht
Von heitern Fernen. – Nun, ich lasse mich
Beschwatzen, komme, sehe, finde wirklich
Ein Mädchen . . . Ah, ich muß mich schämen, Sultan! –

SALADIN: Dich schämen? – daß ein Judenmädchen auf
Dich Eindruck machte: doch wohl nimmermehr?

TEMPELHERR: Daß diesem Eindruck, auf das liebliche
Geschwätz des Vaters hin, mein rasches Herz
So wenig Widerstand entgegensetzte! –
Ich Tropf! ich sprang zum zweitenmal ins Feuer. –
Denn nun warb ich, und nun ward ich verschmäht.

SALADIN: Verschmäht?

TEMPELHERR: Der weise Vater schlägt nun wohl
Mich platterdings nicht aus. Der weise Vater
Muß aber doch sich erst erkunden, erst
Besinnen. Allerdings! Tat ich denn das
Nicht auch? Erkundete, besann ich denn
Mich erst nicht auch, als sie im Feuer schrie? –
Fürwahr! bei Gott! Es ist doch gar was Schönes,
So weise, so bedächtig sein!

SALADIN: Nun, nun!
So sieh doch einem Alten etwas nach!
Wie lange können seine Weigerungen
Denn dauern? Wird er denn von dir verlangen,
Daß du erst Jude werden sollst?

TEMPELHERR: Wer weiß!

SALADIN: Wer weiß? – der diesen Nathan besser kennt.

TEMPELHERR: Der Aberglaub, in dem wir aufgewachsen,
Verliert, auch wenn wir ihn erkennen, darum
Doch seine Macht nicht über uns. – Es sind
Nicht alle frei, die ihrer Ketten spotten.
SALADIN: Sehr reif bemerkt! Doch Nathan wahrlich, Nathan …
TEMPELHERR: Der Aberglauben schlimmster ist, den seinen
Für den erträglichern zu halten …
SALADIN: Mag
Wohl sein! Doch Nathan …
TEMPELHERR: Dem allein
Die blöde Menschheit zu vertrauen, bis
Sie hellern Wahrheitstag gewöhne; dem
Allein …
SALADIN: Gut! Aber Nathan! – Nathans Los
Ist diese Schwachheit nicht.
TEMPELHERR: So dacht ich auch! …
Wenn gleichwohl dieser Ausbund aller Menschen
So ein gemeiner Jude wäre, daß
Er Christenkinder zu bekommen suche,
Um sie als Juden aufzuziehn: – wie dann?
SALADIN: Wer sagt ihm so was nach?
TEMPELHERR: Das Mädchen selbst,
Mit welcher er mich körnt, mit deren Hoffnung
Er gern mir zu bezahlen schiene, was
Ich nicht umsonst für sie getan soll haben: –
Dies Mädchen selbst, ist seine Tochter – nicht;
Ist ein verzettelt Christenkind.
SALADIN: Das er
Demungeachtet dir nicht geben wollte?
TEMPELHERR *heftig*: Woll oder wolle nicht! Er ist entdeckt.
Der tolerante Schwätzer ist entdeckt!
Ich werde hinter diesen jüd'schen Wolf
Im philosoph'schen Schafpelz, Hunde schon
Zu bringen wissen, die ihn zausen sollen!
SALADIN *ernst*: Sei ruhig, Christ!
TEMPELHERR: Was? ruhig Christ? – Wenn Jud
Und Muselmann, auf Jud, auf Muselmann
Bestehen: soll allein der Christ den Christen
Nicht machen dürfen?
SALADIN *noch ernster*: Ruhig, Christ!
TEMPELHERR *gelassen*: Ich fühle

Des Vorwurfs ganze Last – die Saladin
In diese Silbe preßt! Ah, wenn ich wüßte,
Wie Assad – Assad sich an meiner Stelle
Hierbei genommen hätte!

SALADIN: Nicht viel besser! –
Vermutlich, ganz so brausend! – Doch, wer hat
Denn dich auch schon gelehrt, mich so wie er
Mit einem Worte zu bestechen? Freilich
Wenn alles sich verhält, wie du mir sagest:
Kann ich mich selber kaum in Nathan finden. –
Indes, er ist mein Freund, und meiner Freunde
Muß keiner mit dem andern hadern. – Laß
Dich weisen! Geh behutsam! Gib ihn nicht
Sofort den Schwärmern deines Pöbels preis!
Verschweig, was deine Geistlichkeit, an ihm
Zu rächen, mir so nahelegen würde!
Sei keinem Juden, keinem Muselmanne
Zum Trotz ein Christ!

TEMPELHERR: Bald wär's damit zu spät!
Doch Dank der Blutbegier des Patriarchen,
Des Werkzeug mir zu werden graute!

SALADIN: Wie?
Du kamst zum Patriarchen eher, als
Zu mir?

TEMPELHERR: Im Sturm der Leidenschaft, im Wirbel
Der Unentschlossenheit! – Verzeih! – Du wirst
Von deinem Assad, fürcht ich, ferner nun
Nichts mehr in mir erkennen wollen.

SALADIN: Wär
Es diese Furcht nicht selbst! Mich dünkt, ich weiß,
Aus welchen Fehlern unsre Tugend keimt.
Pfleg diese ferner nur, und jene sollen
Bei mir dir wenig schaden. – Aber geh!
Such du nun Nathan, wie er dich gesucht;
Und bring ihn her. Ich muß euch doch zusammen
Verständigen. – Wär um das Mädchen dir
Im Ernst zu tun: sei ruhig. Sie ist dein!
Auch soll es Nathan schon empfinden, daß
Er ohne Schweinefleisch ein Christenkind
Erziehen dürfen! – Geh!

Der Tempelherr geht ab, und Sittah verläßt den Sofa.

Fünfter Auftritt

Saladin *und* Sittah.

SITTAH: Ganz sonderbar!
SALADIN: Gelt, Sittah? Muß mein Assad nicht ein braver,
Ein schöner junger Mann gewesen sein?
SITTAH: Wenn er so war, und nicht zu diesem Bilde
Der Tempelherr vielmehr gesessen! – Aber
Wie hast du doch vergessen können dich
Nach seinen Eltern zu erkundigen?
SALADIN: Und insbesondre wohl nach seiner Mutter?
Ob seine Mutter hierzulande nie
Gewesen sei? – Nicht wahr?
SITTAH: Das machst du gut!
SALADIN: Oh, möglicher wär nichts! Denn Assad war
Bei hübschen Christendamen so willkommen,
Auf hübsche Christendamen so erpicht,
Daß einmal gar die Rede ging – Nun, nun;
Man spricht nicht gern davon. – Genug; ich hab
Ihn wieder! – will mit allen seinen Fehlern,
Mit allen Launen seines weichen Herzens
Ihn wiederhaben! – Oh! das Mädchen muß
Ihm Nathan geben. – Meinst du nicht?
SITTAH: Ihm geben?
Ihm lassen!
SALADIN: Allerdings! Was hätte Nathan,
Sobald er nicht ihr Vater ist, für Recht
Auf sie? Wer ihr das Leben so erhielt,
Tritt einzig in die Rechte des, der ihr
Es gab.
SITTAH: Wie also, Saladin? wenn du
Nur gleich das Mädchen zu dir nähmst? Sie nur
Dem unrechtmäßigen Besitzer gleich
Entzögest?
SALADIN: Täte das wohl not?
SITTAH: Not nun
Wohl eben nicht! – Die liebe Neubegier
Treibt mich allein, dir diesen Rat zu geben.
Denn von gewissen Männern mag ich gar

Zu gern, so bald wie möglich, wissen, was
Sie für ein Mädchen lieben können.

SALADIN: Nun,
So schick und laß sie holen.

SITTAH: Darf ich, Bruder?

SALADIN: Nur schone Nathans! Nathan muß durchaus
Nicht glauben, daß man mit Gewalt ihn von
Ihr trennen wolle.

SITTAH: Sorge nicht.

SALADIN: Und ich,
Ich muß schon selbst sehn, wo Al-Hafi bleibt.

Sechster Auftritt

Szene: die offne Flur in Nathans Hause, gegen die Palmen zu; wie im ersten Auftritte des ersten Aufzuges.
Ein Teil der Waren und Kostbarkeiten liegt ausgekramt, deren ebendaselbt gedacht wird.

Nathan *und* Daja.

DAJA: Oh, alles herrlich! alles auserlesen!
Oh, alles – wie nur Ihr es geben könnt.
Wo wird der Silberstoff mit goldnen Ranken
Gemacht? Was kostet er? – Das nenn ich noch
Ein Brautkleid! Keine Königin verlangt
Es besser.

NATHAN: Brautkleid? Warum Brautkleid eben?

DAJA: Je nun! Ihr dachtet daran freilich nicht,
Als Ihr ihn kauftet. – Aber wahrlich, Nathan,
Der und kein andrer muß es sein! Er ist
Zum Brautkleid wie bestellt. Der weiße Grund;
Ein Bild der Unschuld: und die goldnen Ströme,
Die allerorten diesen Grund durchschlängeln;
Ein Bild des Reichtums. Seht Ihr? Allerliebst!

NATHAN: Was witzelst du mir da? Von wessen Brautkleid
Sinnbilderst du mir so gelehrt? – Bist du
Denn Braut?

DAJA: Ich?

NATHAN: Nun wer denn?

DAJA: Ich? – lieber Gott!

NATHAN:
Wer denn? Von wessen Brautkleid sprichst du denn? –
Das alles ist ja dein, und keiner andern.
DAJA: Ist mein? Soll mein sein? – Ist für Recha nicht?
NATHAN: Was ich für Recha mitgebracht, das liegt
In einem andern Ballen. Mach! nimm weg!
Trag deine Siebensachen fort!
DAJA: Versucher!
Nein, wären es die Kostbarkeiten auch
Der ganzen Welt! Nicht rühr an! wenn Ihr mir
Vorher nicht schwört, von dieser einzigen
Gelegenheit, dergleichen Euch der Himmel
Nicht zweimal schicken wird, Gebrauch zu machen.
NATHAN: Gebrauch? von was? – Gelegenheit? wozu?
DAJA: O stellt Euch nicht so fremd! – Mit kurzen Worten!
Der Tempelherr liebt Recha: gebt sie ihm,
So hat doch einmal Eure Sünde, die
Ich länger nicht verschweigen kann, ein Ende.
So kömmt das Mädchen wieder unter Christen;
Wird wieder was sie ist; ist wieder, was
Sie ward: und Ihr, Ihr habt mit all dem Guten,
Das wir Euch nicht genug verdanken können,
Nicht Feuerkohlen bloß auf Euer Haupt
Gesammelt.
NATHAN: Doch die alte Leier wieder? –
Mit einer neuen Saite nur bezogen,
Die, fürcht ich, weder stimmt noch hält.
DAJA: Wieso?
NATHAN: Mir wär der Tempelherr schon recht. Ihm gönnt
Ich Recha mehr als einem in der Welt.
Allein . . . Nun, habe nur Geduld.
DAJA: Geduld?
Geduld, ist Eure alte Leier nun
Wohl nicht?
NATHAN: Nur wenig Tage noch Geduld! . . .
Sieh doch! – Wer kömmt denn dort? Ein Klosterbruder?
Geh, frag ihn was er will.
DAJA: Was wird er wollen?

Sie geht auf ihn zu und fragt.

NATHAN: So gib! – und eh er bittet. – (Wüßt ich nur
Dem Tempelherrn erst beizukommen, ohne

Die Ursach meiner Neugier ihm zu sagen!
Denn wenn ich sie ihm sag, und der Verdacht
Ist ohne Grund: so hab ich ganz umsonst
Den Vater auf das Spiel gesetzt.) – Was ist's?

DAJA: Er will Euch sprechen.

NATHAN: Nun, so laß ihn kommen;
Und geh indes.

SIEBENTER AUFTRITT

NATHAN *und der* KLOSTERBRUDER.

NATHAN: (Ich bliebe Rechas Vater
Doch gar zu gern! – Zwar kann ich's denn nicht bleiben,
Auch wenn ich aufhör, es zu heißen? – Ihr,
Ihr selbst werd ich's doch immer auch noch heißen,
Wenn sie erkennt, wie gern ich's wäre.) – Geh! –
Was ist zu Euern Diensten, frommer Bruder?

KLOSTERBRUDER:
Nicht eben viel. – Ich freue mich, Herr Nathan,
Euch annoch wohl zu sehn.

NATHAN: So kennt Ihr mich?

KLOSTERBRUDER:
Je nu; wer kennt Euch nicht? Ihr habt so manchem
Ja Euern Namen in die Hand gedrückt.
Er steht in meiner auch, seit vielen Jahren.

NATHAN *nach seinem Beutel langend*:
Kommt, Bruder, kommt; ich frisch ihn auf.

KLOSTERBRUDER: Habt Dank!
Ich würd es Ärmern stehlen; nehme nichts. –
Wenn Ihr mir nur erlauben wollt, ein wenig
Euch m e i n e n Namen aufzufrischen. Denn
Ich kann mich rühmen, auch in E u r e Hand
Etwas gelegt zu haben, was nicht zu
Verachten war.

NATHAN: Verzeiht! – Ich schäme mich –
Sagt, was? – und nehmt zur Buße siebenfach
Den Wert desselben von mir an.

KLOSTERBRUDER: Hört doch
Vor allen Dingen, wie ich selber nur
Erst heut an dies mein Euch vertrautes Pfand

Erinnert worden.
NATHAN: Mir vertrautes Pfand?
KLOSTERBRUDER: Vor kurzem saß ich noch als Eremit
Auf Quarantana, unweit Jericho.
Da kam arabisch Raubgesindel, brach
Mein Gotteshäuschen ab und meine Zelle,
Und schleppte mich mit fort. Zum Glück entkam
Ich noch, und floh hierher zum Patriarchen,
Um mir ein ander Plätzchen auszubitten,
Allwo ich meinem Gott in Einsamkeit
Bis an mein selig Ende dienen könne.
NATHAN: Ich steh auf Kohlen, guter Bruder. Macht
Es kurz. Das Pfand! das mir vertraute Pfand!
KLOSTERBRUDER: Sogleich, Herr Nathan. – Nun, der Patriarch
Versprach mir eine Siedelei auf Tabor,
So bald als eine leer; und hieß inzwischen
Im Kloster mich als Laienbruder bleiben.
Da bin ich itzt, Herr Nathan; und verlange
Des Tags wohl hundertmal auf Tabor. Denn
Der Patriarch braucht mich zu allerlei,
Wovor ich großen Ekel habe. Zum
Exempel:
NATHAN: Macht, ich bitt Euch!
KLOSTERBRUDER: Nun, es kömmt! –
Da hat ihm jemand heut ins Ohr gesetzt:
Es lebe hierherum ein Jude, der
Ein Christenkind als seine Tochter sich
Erzöge.
NATHAN: Wie? *Betroffen.*
KLOSTERBRUDER: Hört mich nur aus! – Indem
Er mir nun aufträgt, diesem Juden stracks,
Wo möglich, auf die Spur zu kommen, und
Gewaltig sich ob eines solchen Frevels
Erzürnt, der ihm die wahre Sünde wider
Den heil'gen Geist bedünkt; – das ist, die Sünde,
Die aller Sünden größte Sünd uns gilt,
Nur daß wir, Gott sei Dank, so recht nicht wissen,
Worin sie eigentlich besteht: – da wacht
Mit einmal mein Gewissen auf; und mir
Fällt bei, ich könnte selber wohl vorzeiten
Zu dieser unverzeihlich großen Sünde

Gelegenheit gegeben haben. – Sagt:
Hat Euch ein Reitknecht nicht vor achtzehn Jahren
Ein Töchterlein gebracht von wenig Wochen?

NATHAN: Wie das? – Nun freilich – allerdings –

KLOSTERBRUDER: Ei, seht
Mich doch recht an! – Der Reitknecht, der bin ich.

NATHAN: Seid Ihr?

KLOSTERBRUDER: Der Herr, von welchem ich's Euch brachte,
War – ist mir recht – ein Herr von Filneck. – Wolf
Von Filneck!

NATHAN: Richtig!

KLOSTERBRUDER: Weil die Mutter kurz
Vorher gestorben war; und sich der Vater
Nach – mein ich – Gazza plötzlich werfen mußte,
Wohin das Würmchen ihm nicht folgen konnte:
So sandt er's Euch. Und traf ich Euch damit
Nicht in Darun?

NATHAN: Ganz recht!

KLOSTERBRUDER: Es wär kein Wunder,
Wenn mein Gedächtnis mich betrög. Ich habe
Der braven Herrn so viel gehabt; und diesem
Hab ich nur gar zu kurze Zeit gedient.
Er blieb bald drauf bei Askalon; und war
Wohl sonst ein lieber Herr.

NATHAN: Ja wohl! ja wohl!
Dem ich so viel, so viel zu danken habe!
Der mehr als einmal mich dem Schwert entrissen!

KLOSTERBRUDER: O schön! So werdt Ihr seines Töchterchens
Euch um so lieber angenommen haben.

NATHAN: Das könnt Ihr denken.

KLOSTERBRUDER: Nun, wo ist es denn?
Es ist doch wohl nicht etwa gar gestorben? –
Laßt's lieber nicht gestorben sein! – Wenn sonst
Nur niemand um die Sache weiß: so hat
Es gute Wege.

NATHAN: Hat es?

KLOSTERBRUDER: Traut mir, Nathan!
Denn seht, ich denke so! Wenn an das Gute,
Das ich zu tun vermeine, gar zu nah
Was gar zu Schlimmes grenzt: so tu ich lieber
Das Gute nicht; weil wir das Schlimme zwar

So ziemlich zuverlässig kennen, aber
Bei weiten nicht das Gute. – War ja wohl
Natürlich; wenn das Christentöchterchen
Recht gut von Euch erzogen werden sollte:
Daß Ihr's als Euer eigen Töchterchen
Erzögt. – Das hättet ihr mit aller Lieb
Und Treue nun getan, und müßtet so
Belohnet werden? Das will mir nicht ein.
Ei freilich, klüger hättet Ihr getan;
Wenn Ihr die Christin durch die zweite Hand
Als Christin auferziehen lassen: aber
So hättet Ihr das Kindchen Eures Freunds
Auch nicht geliebt. Und Kinder brauchen Liebe,
Wär's eines wilden Tieres Lieb auch nur,
In solchen Jahren mehr, als Christentum.
Zum Christentume hat's noch immer Zeit.
Wenn nur das Mädchen sonst gesund und fromm
Vor Euern Augen aufgewachsen ist,
So blieb's vor Gottes Augen, was es war.
Und ist denn nicht das ganze Christentum
Aufs Judentum gebaut? Es hat mich oft
Geärgert, hat mir Tränen gnug gekostet,
Wenn Christen gar so sehr vergessen konnten,
Daß unser Herr ja selbst ein Jude war.

NATHAN: Ihr, guter Bruder, müßt mein Fürsprach sein,
Wenn Haß und Gleisnerei sich gegen mich
Erheben sollten – wegen einer Tat –
Ah, wegen einer Tat! – Nur Ihr, Ihr sollt
Sie wissen! – Nehmt sie aber mit ins Grab!
Noch hat mich nie die Eitelkeit versucht,
Sie jemand andern zu erzählen. Euch
Allein erzähl ich sie. Der frommen Einfalt
Allein erzähl ich sie. Weil die allein
Versteht, was sich der gottergebne Mensch
Für Taten abgewinnen kann.

KLOSTERBRUDER: Ihr seid
Gerührt, und Euer Auge steht voll Wasser?

NATHAN: Ihr traft mich mit dem Kinde zu Darun.
Ihr wißt wohl aber nicht, daß wenig Tage
Zuvor, in Gath die Christen alle Juden
Mit Weib und Kind ermordet hatten; wißt

Wohl nicht, daß unter diesen meine Frau
Mit sieben hoffnungsvollen Söhnen sich
Befunden, die in meines Bruders Hause,
Zu dem ich sie geflüchtet, insgesamt
Verbrennen müssen.

KLOSTERBRUDER: Allgerechter!

NATHAN: Als
Ihr kamt, hatt ich drei Tag und Nächt in Asch
Und Staub vor Gott gelegen, und geweint. –
Geweint? Beiher mit Gott auch wohl gerechtet,
Gezürnt, getobt, mich und die Welt verwünscht;
Der Christenheit den unversöhnlichsten
Haß zugeschworen –

KLOSTERBRUDER: Ach! Ich glaub's Euch wohl!

NATHAN: Doch nun kam die Vernunft allmählich wieder.
Sie sprach mit sanfter Stimm: „Und doch ist Gott!
Doch war auch Gottes Ratschluß das! Wohlan!
Komm! übe, was du längst begriffen hast;
Was sicherlich zu üben schwerer nicht,
Als zu begreifen ist, wenn du nur willst.
Steh auf!" – Ich stand! und rief zu Gott: „Ich will!
Willst du nur, daß ich will!" – Indem stiegt Ihr
Vom Pferd, und überreichtet mir das Kind,
In Euern Mantel eingehüllt. – Was Ihr
Mir damals sagtet; was ich Euch: hab ich
Vergessen. Soviel weiß ich nur; ich nahm
Das Kind, trug's auf mein Lager, küßt es, warf
Mich auf die Knie und schluchzte: „Gott! auf sieben
Doch nun schon eines wieder!"

KLOSTERBRUDER: Nathan! Nathan!
Ihr seid ein Christ! – Bei Gott, Ihr seid ein Christ!
Ein beßrer Christ war nie!

NATHAN: Wohl uns! Denn was
Mich Euch zum Christen macht, das macht Euch mir
Zum Juden! – Aber laßt uns länger nicht
Einander nur erweichen. Hier braucht's Tat!
Und ob mich siebenfache Liebe schon
Bald an dies einz'ge fremde Mädchen band;
Ob der Gedanke mich schon tötet, daß
Ich meine sieben Söhn in ihr aufs neue
Verlieren soll: – wenn sie von meinen Händen

Die Vorsicht wiederfodert – ich gehorche!
KLOSTERBRUDER: Nun vollends! – Eben das bedacht ich mich
So viel, Euch anzuraten! Und so hat's
Euch Euer guter Geist schon angeraten!
NATHAN: Nur muß der erste beste mir sie nicht
Entreißen wollen!
KLOSTERBRUDER: Nein, gewiß nicht!
NATHAN: Wer
Auf sie nicht größre Rechte hat, als ich;
Muß frühere zum mindsten haben –
KLOSTERBRUDER: Freilich!
NATHAN: Die ihm Natur und Blut erteilen.
KLOSTERBRUDER: So
Mein ich es auch!
NATHAN: Drum nennt mir nur geschwind
Den Mann, der ihr als Bruder oder Ohm,
Als Vetter oder sonst als Sipp verwandt:
Ihm will ich sie nicht vorenthalten – Sie,
Die jedes Hauses, jedes Glaubens Zierde
Zu sein erschaffen und erzogen ward. –
Ich hoff, Ihr wißt von diesem Euern Herrn
Und dem Geschlechte dessen, mehr als ich.
KLOSTERBRUDER:
Das, guter Nathan, wohl nun schwerlich! – Denn
Ihr habt ja schon gehört, daß ich nur gar
Zu kurze Zeit bei ihm gewesen.
NATHAN: Wißt
Ihr denn nicht wenigstens, was für Geschlechts
Die Mutter war? – War sie nicht eine Stauffin?
KLOSTERBRUDER: Wohl möglich! – Ja, mich dünkt.
NATHAN: Hieß nicht ihr Bruder
Conrad von Stauffen? – und war Tempelherr?
KLOSTERBRUDER:
Wenn mich's nicht triegt. Doch halt! Da fällt mir ein,
Daß ich vom sel'gen Herrn ein Büchelchen
Noch hab. Ich zog's ihm aus dem Busen, als
Wir ihn bei Askalon verscharrten.
NATHAN: Nun?
KLOSTERBRUDER: Es sind Gebete drin. Wir nennen's ein
Brevier. – Das, dacht ich, kann ein Christenmensch
Ja wohl noch brauchen. – Ich nun freilich nicht –

Ich kann nicht lesen –

NATHAN: Tut nichts! – Nur zur Sache.

KLOSTERBRUDER: In diesem Büchelchen stehn vorn und hinten,
Wie ich mir sagen lassen, mit des Herrn
Selbsteigner Hand, die Angehörigen
Von ihm und ihr geschrieben.

NATHAN: O erwünscht!
Geht! lauft! holt mir das Büchelchen. Geschwind!
Ich bin bereit mit Gold es aufzuwiegen;
Und tausend Dank dazu! Eilt! lauft!

KLOSTERBRUDER: Recht gern!
Es ist arabisch aber, was der Herr
Hineingeschrieben. *Ab.*

NATHAN: Einerlei! Nur her! –
Gott! wenn ich doch das Mädchen noch behalten,
Und einen solchen Eidam mir damit
Erkaufen könnte! – Schwerlich wohl! – Nun fall
Es aus, wie's will! – Wer mag es aber denn
Gewesen sein, der bei dem Patriarchen
So etwas angebracht? Das muß ich doch
Zu fragen nicht vergessen. – Wenn es gar
Von Daja käme?

Achter Auftritt

Daja *und* Nathan.

DAJA *eilig und verlegen*: Denkt doch, Nathan!

NATHAN: Nun?

DAJA: Das arme Kind erschrak wohl recht darüber!
Da schickt ...

NATHAN: Der Patriarch?

DAJA: Des Sultans Schwester,
Prinzessin Sittah ...

NATHAN: Nicht der Patriarch?

DAJA: Nein Sittah! – Hört Ihr nicht? – Prinzessin Sittah
Schickt her, und läßt sie zu sich holen.

NATHAN: Wen?
Läßt Recha holen? – Sittah läßt sie holen? –
Nun; wenn sie Sittah holen läßt, und nicht
Der Patriarch ...

DAJA: Wie kommt Ihr denn auf den?
NATHAN: So hast du kürzlich nichts von ihm gehört?
Gewiß nicht? Auch ihm nichts gesteckt?
DAJA: Ich? ihm?
NATHAN: Wo sind die Boten?
DAJA: Vorn.
NATHAN: Ich will sie doch
Aus Vorsicht selber sprechen. Komm! – Wenn nur
Vom Patriarchen nichts dahintersteckt. *Ab.*
DAJA: Und ich – ich fürchte ganz was anders noch.
Was gilt's? die einzige vermeinte Tochter
So eines reichen Juden wär auch wohl
Für einen Muselmann nicht übel? – Hui,
Der Tempelherr ist drum. Ist drum: wenn ich
Den zweiten Schritt nicht auch noch wage; nicht
Auch ihr noch selbst entdecke, wer sie ist! –
Getrost! Laß mich den ersten Augenblick,
Den ich allein sie habe, dazu brauchen!
Und der wird sein – vielleicht nun eben, wenn
Ich sie begleite. So ein erster Wink
Kann unterwegens wenigstens nicht schaden.
Ja, ja! Nur zu! Itzt oder nie! Nur zu! *Ihm nach.*

FÜNFTER AUFZUG

ERSTER AUFTRITT

Szene: das Zimmer in Saladins Palaste, in welches die Beutel mit Geld getragen worden, die noch zu sehen.

SALADIN *und bald darauf verschiedne* MAMELUCKEN.

SALADIN *im Hereintreten*:
Da steht das Geld nun noch! Und niemand weiß
Den Derwisch aufzufinden, der vermutlich
Ans Schachbrett irgendwo geraten ist,
Das ihn wohl seiner selbst vergessen macht; –
Warum nicht meiner? – Nun, Geduld! Was gibt's?
EIN MAMELUCK:
Erwünschte Nachricht, Sultan! Freude, Sultan! . . .
Die Karawane von Kahira kömmt;
Ist glücklich da! mit siebenjährigem

Tribut des reichen Nils.

SALADIN: Brav, Ibrahim!
Du bist mir wahrlich ein willkommner Bote! –
Ha! endlich einmal! endlich! – Habe Dank
Der guten Zeitung.

DER MAMELUCK *wartend*: (Nun? nur her damit!)

SALADIN: Was wartst du? Geh nur wieder.

DER MAMELUCK: Dem Willkommnen
Sonst nichts?

SALADIN: Was denn noch sonst?

DER MAMELUCK: Dem guten Boten
Kein Botenbrot? – So wär ich ja der erste,
Den Saladin mit Worten abzulohnen,
Doch endlich lernte? – Auch ein Ruhm! – Der erste,
Mit dem er knickerte.

SALADIN: So nimm dir nur
Dort einen Beutel.

DER MAMELUCK: Nein, nun nicht! Du kannst
Mir sie nun alle schenken wollen.

SALADIN: Trotz! –
Komm her! Da hast du zwei. – Im Ernst? er geht?
Tut mir's an Edelmut zuvor? – Denn sicher
Muß ihm es saurer werden, auszuschlagen,
Als mir zu geben. – Ibrahim! – Was kömmt
Mir denn auch ein, so kurz vor meinem Abtritt
Auf einmal ganz ein andrer sein zu wollen? –
Will Saladin als Saladin nicht sterben? –
So mußt er auch als Saladin nicht leben.

EIN ZWEITER MAMELUCK: Nun, Sultan! . . .

SALADIN: Wenn du mir zu melden kömmst . . .

ZWEITER MAMELUCK: Daß aus Ägypten der Transport nun da!

SALADIN: Ich weiß schon.

ZWEITER MAMELUCK: Kam ich doch zu spät!

SALADIN: Warum
Zu spät? – Da nimm für deinen guten Willen
Der Beutel einen oder zwei.

ZWEITER MAMELUCK: Macht drei!

SALADIN: Ja, wenn du rechnen kannst! – So nimm sie nur.

ZWEITER MAMELUCK:
Es wird wohl noch ein dritter kommen – wenn
Er anders kommen kann.

SALADIN: Wie das?
ZWEITER MAMELUCK: Je nu;
Er hat auch wohl den Hals gebrochen! Denn
Sobald wir drei der Ankunft des Transports
Versichert waren, sprengte jeder frisch
Davon. Der vorderste, der stürzt; und so
Komm ich nun vor, und bleib auch vor bis in
Die Stadt; wo aber Ibrahim, der Lecker,
Die Gassen besser kennt.
SALADIN: O der Gestürzte!
Freund, der Gestürzte! – Reit ihm doch entgegen.
ZWEITER MAMELUCK:
Das werd ich ja wohl tun! – Und wenn er lebt:
So ist die Hälfte dieser Beutel sein. *Geht ab.*
SALADIN: Sieh, welch ein guter edler Kerl auch das! –
Wer kann sich solcher Mamelucken rühmen?
Und wär mir denn zu denken nicht erlaubt,
Daß sie mein Beispiel bilden helfen? – Fort
Mit dem Gedanken, sie zu guter Letzt
Noch an ein anders zu gewöhnen! . . .
EIN DRITTER MAMELUCK: Sultan . . .
SALADIN: Bist du's, der stürzte?
DRITTER MAMELUCK: Nein. Ich melde nur –
Daß Emir Mansor, der die Karawane
Geführt, vom Pferde steigt . . .
SALADIN: Bring ihn! geschwind! –
Da ist er ja! –

Zweiter Auftritt

Emir Mansor *und* Saladin.

SALADIN: Willkommen, Emir! Nun,
Wie ist's gegangen? – Mansor, Mansor, hast
Uns lange warten lassen!
MANSOR: Dieser Brief
Berichtet, was dein Abulkassem erst
Für Unruh in Thebais dämpfen müssen:
Eh wir es wagen durften abzugehen.
Den Zug darauf hab ich beschleuniget
So viel, wie möglich war.

SALADIN: Ich glaube dir! –
Und nimm nur, guter Mansor, nimm sogleich ...
Du tust es aber doch auch gern? ... nimm frische
Bedeckung nur sogleich. Du mußt sogleich
Noch weiter; mußt der Gelder größern Teil
Auf Libanon zum Vater bringen.

MANSOR: Gern!
Sehr gern!

SALADIN: Und nimm dir die Bedeckung ja
Nur nicht zu schwach. Es ist um Libanon
Nicht alles mehr so sicher. Hast du nicht
Gehört? Die Tempelherrn sind wieder rege.
Sei wohl auf deiner Hut! – Komm nur! Wo hält
Der Zug? Ich will ihn sehn; und alles selbst
Betreiben. – Ihr! ich bin sodann bei Sittah.

Dritter Auftritt

Szene: die Palmen vor Nathans Hause, wo der TEMPELHERR *auf und nieder geht.*

Ins Haus nun will ich einmal nicht. – Er wird
Sich endlich doch wohl sehen lassen! – Man
Bemerkte mich ja sonst so bald, so gern! –
Will's noch erleben, daß er sich's verbittet,
Vor seinem Hause mich so fleißig finden
Zu lassen. – Hm! – ich bin doch aber auch
Sehr ärgerlich. – Was hat mich denn nun so
Erbittert gegen ihn? – Er sagte ja:
Noch schlüg er mir nichts ab. Und Saladin
Hat's über sich genommen, ihn zu stimmen. –
Wie? sollte wirklich wohl in mir der Christ
Noch tiefer nisten, als in ihm der Jude? –
Wer kennt sich recht? Wie könnt ich ihm denn sonst
Den kleinen Raub nicht gönnen wollen, den
Er sich's zu solcher Angelegenheit
Gemacht, den Christen abzujagen? – Freilich;
Kein kleiner Raub, ein solch Geschöpf! – Geschöpf?
Und wessen? – Doch des Sklaven nicht, der auf
Des Lebens öden Strand den Block geflößt,
Und sich davongemacht? Des Künstlers doch

Wohl mehr, der in dem hingeworfnen Blocke
Die göttliche Gestalt sich dachte, die
Er dargestellt? – Ach! Rechas wahrer Vater
Bleibt, trotz dem Christen, der sie zeugte – bleibt
In Ewigkeit der Jude. – Wenn ich mir
Sie lediglich als Christendirne denke,
Sie sonder alles das mir denke, was
Allein ihr so ein Jude geben konnte: –
Sprich, Herz – was wär an ihr, das dir gefiel?
Nichts! Wenig! Selbst ihr Lächeln, wär es nichts
Als sanfte schöne Zuckung ihrer Muskeln;
Wär, was sie lächeln macht, des Reizes unwert,
In den es sich auf ihrem Munde kleidet: –
Nein; selbst ihr Lächeln nicht! Ich hab es ja
Wohl schöner noch an Aberwitz, an Tand,
An Höhnerei, an Schmeichler und an Buhler,
Verschwenden sehn! – Hat's da mich auch bezaubert?
Hat's da mir auch den Wunsch entlockt, mein Leben
In seinem Sonnenscheine zu verflattern? –
Ich wüßte nicht. Und bin auf den doch launisch
Der diesen höhern Wert allein ihr gab?
Wie das? warum? – Wenn ich den Spott verdiente,
Mit dem mich Saladin entließ! Schon schlimm
Genug, daß Saladin es glauben konnte!
Wie klein ich ihm da scheinen mußte! wie
Verächtlich! – Und das alles um ein Mädchen? –
Curd! Curd! das geht so nicht. Lenk ein! Wenn vollends
Mir Daja nur was vorgeplaudert hätte,
Was schwerlich zu erweisen stünde? – Sieh,
Da tritt er endlich, im Gespräch vertieft,
Aus seinem Hause! – Ha! mit wem! – Mit ihm?
Mit meinem Klosterbruder? – Ha! so weiß
Er sicherlich schon alles! ist wohl gar
Dem Patriarchen schon verraten! – Ha!
Was hab ich Querkopf nun gestiftet! – Daß
Ein einz'ger Funken dieser Leidenschaft
Doch unsers Hirns so viel verbrennen kann! –
Geschwind entschließ dich, was nunmehr zu tun!
Ich will hier seitwärts ihrer warten; – ob
Vielleicht der Klosterbruder ihn verläßt.

Vierter Auftritt

Nathan *und der* Klosterbruder.

NATHAN *im Näherkommen*:
Habt nochmals, guter Bruder, vielen Dank!
KLOSTERBRUDER: Und Ihr desgleichen!
NATHAN: Ich? von Euch? wofür?
Für meinen Eigensinn, Euch aufzudringen,
Was Ihr nicht braucht? – Ja, wenn ihm Eurer nur
Auch nachgegeben hätt; Ihr mit Gewalt
Nicht wolltet reicher sein, als ich.
KLOSTERBRUDER: Das Buch
Gehört ja ohnedem nicht mir; gehört
Ja ohnedem der Tochter; ist ja so
Der Tochter ganzes väterliches Erbe. –
Je nu, sie hat ja Euch. – Gott gebe nur,
Daß Ihr es nie bereuen dürft, so viel
Für sie getan zu haben!
NATHAN: Kann ich das?
Das kann ich nie. Seid unbesorgt!
KLOSTERBRUDER: Nu, nu!
Die Patriarchen und die Tempelherren . . .
NATHAN: Vermögen mir des Bösen nie so viel
Zu tun, daß irgendwas mich reuen könnte:
Geschweige, das! – Und seid Ihr denn so ganz
Versichert, daß ein Tempelherr es ist,
Der Euern Patriarchen hetzt?
KLOSTERBRUDER: Es kann
Beinah kein andrer sein. Ein Tempelherr
Sprach kurz vorher mit ihm; und was ich hörte,
Das klang darnach.
NATHAN: Es ist doch aber nur
Ein einziger itzt in Jerusalem.
Und diesen kenn ich. Dieser ist mein Freund.
Ein junger, edler, offner Mann!
KLOSTERBRUDER: Ganz recht;
Der nämliche! – Doch was man ist, und was
Man sein muß in der Welt, das paßt ja wohl
Nicht immer.
NATHAN: Leider nicht. – So tue, wer's
Auch immer ist, sein Schlimmstes oder Bestes!

Mit Euerm Buche, Bruder, trotz ich allen;
Und gehe gradenwegs damit zum Sultan.

KLOSTERBRUDER:
Viel Glücks! Ich will Euch denn nur hier verlassen.

NATHAN: Und habt sie nicht einmal gesehn! – Kommt ja
Doch bald, doch fleißig wieder. – Wenn nur heut
Der Patriarch noch nichts erfährt! – Doch was?
Sagt ihm auch heute, was Ihr wollt.

KLOSTERBRUDER: Ich nicht.
Lebt wohl! *Geht ab.*

NATHAN: Vergeßt uns ja nicht, Bruder! – Gott!
Daß ich nicht gleich hier unter freiem Himmel
Auf meine Kniee sinken kann! Wie sich
Der Knoten, der so oft mir bange machte,
Nun von sich selber löset! – Gott! wie leicht
Mir wird, daß ich nun weiter auf der Welt
Nichts zu verbergen habe! daß ich vor
Den Menschen nun so frei kann wandeln, als
Vor dir, der du allein den Menschen nicht
Nach seinen Taten brauchst zu richten, die
So selten seine Taten sind, o Gott! –

Fünfter Auftritt

NATHAN *und der* TEMPELHERR, *der von der Seite auf ihn zukömmt.*

TEMPELHERR: He! wartet, Nathan; nehmt mich mit!

NATHAN: Wer ruft? –
Seid Ihr es, Ritter? Wo gewesen, daß
Ihr bei dem Sultan Euch nicht treffen lassen?

TEMPELHERR: Wir sind einander fehlgegangen. Nehmt's
Nicht übel!

NATHAN: Ich nicht; aber Saladin ...

TEMPELHERR: Ihr wart nur eben fort ...

NATHAN: Und spracht ihn doch?
Nun, so ist's gut.

TEMPELHERR: Er will uns aber beide
Zusammen sprechen.

NATHAN: Desto besser. Kommt
Nur mit. Mein Gang stand ohnehin zu ihm. –

TEMPELHERR: Ich darf ja doch wohl fragen, Nathan, wer

Euch da verließ?

NATHAN: Ihr kennt ihn doch wohl nicht?

TEMPELHERR: War's nicht die gute Haut, der Laienbruder,
Des sich der Patriarch so gern zum Stöber
Bedient?

NATHAN: Kann sein! Beim Patriarchen ist
Er allerdings.

TEMPELHERR: Der Pfiff ist gar nicht übel:
Die Einfalt vor der Schurkerei voraus
Zu schicken.

NATHAN: Ja, die dumme; – nicht die fromme.

TEMPELHERR: An fromme glaubt kein Patriarch.

NATHAN: Für den
Nun steh ich. Der wird seinem Patriarchen
Nichts Ungebührliches vollziehen helfen.

TEMPELHERR: So stellt er wenigstens sich an. – Doch hat
Er Euch von mir denn nichts gesagt?

NATHAN: Von Euch?
Von Euch nun namentlich wohl nichts. – Er weiß
Ja wohl auch schwerlich Euern Namen?

TEMPELHERR: Schwerlich.

NATHAN: Von einem Tempelherren freilich hat
Er mir gesagt ...

TEMPELHERR: Und was?

NATHAN: Womit er Euch
Doch ein für allemal nicht meinen kann!

TEMPELHERR: Wer weiß? Laßt doch nur hören.

NATHAN: Daß mich einer
Bei seinem Patriarchen angeklagt ...

TEMPELHERR: Euch angeklagt? – Das ist, mit seiner Gunst –
Erlogen. – Hört mich, Nathan! – Ich bin nicht
Der Mensch, der irgend etwas abzuleugnen
Imstande wäre. Was ich tat, das tat ich!
Doch bin ich auch nicht der, der alles, was
Er tat, als wohlgetan verteid'gen möchte.
Was sollt ich eines Fehls mich schämen? Hab
Ich nicht den festen Vorsatz ihn zu bessern?
Und weiß ich etwa nicht, wie weit mit dem
Es Menschen bringen können? – Hört mich, Nathan! –
Ich bin des Laienbruders Tempelherr,
Der euch verklagt soll haben, allerdings. –

Ihr wißt ja, was mich wurmisch machte! was
Mein Blut in allen Adern sieden machte!
Ich Gauch! – ich kam, so ganz mit Leib und Seel
Euch in die Arme mich zu werfen. Wie
Ihr mich empfingt – wie kalt – wie lau – denn lau
Ist schlimmer noch als kalt; wie abgemessen
Mir auszubeugen Ihr beflissen wart;
Mit welchen aus der Luft gegriffnen Fragen
Ihr Antwort mir zu geben scheinen wolltet:
Das darf ich kaum mir itzt noch denken, wenn
Ich soll gelassen bleiben. – Hört mich, Nathan! –
In dieser Gärung schlich mir Daja nach,
Und warf mir ihr Geheimnis an den Kopf,
Das mir den Aufschluß Euers rätselhaften
Betragens zu enthalten schien.

NATHAN: Wie das?

TEMPELHERR: Hört mich nur aus! – Ich bildete mir ein,
Ihr wolltet, was Ihr einmal nun den Christen
So abgejagt, an einen Christen wieder
Nicht gern verlieren. Und so fiel mir ein,
Euch kurz und gut das Messer an die Kehle
Zu setzen.

NATHAN: Kurz und gut? und gut? – Wo steckt
Das Gute?

TEMPELHERR: Hört mich, Nathan! – Allerdings:
Ich tat nicht recht! – Ihr seid wohl gar nicht schuldig. –
Die Närrin Daja weiß nicht was sie spricht –
Ist Euch gehässig – Sucht Euch nur damit
In einen bösen Handel zu verwickeln –
Kann sein! kann sein! – Ich bin ein junger Laffe,
Der immer nur an beiden Enden schwärmt;
Bald viel zuviel, bald viel zuwenig tut –
Auch das kann sein! Verzeiht mir, Nathan.

NATHAN: Wenn
Ihr so mich freilich fasset –

TEMPELHERR: Kurz, ich ging
Zum Patriarchen! – hab Euch aber nicht
Genannt. Das ist erlogen, wie gesagt!
Ich hab ihm bloß den Fall ganz allgemein
Erzählt, um seine Meinung zu vernehmen. –
Auch das hätt unterbleiben können: ja doch! –

Denn kannt ich nicht den Patriarchen schon
Als einen Schurken? Konnt ich Euch nicht selber
Nur gleich zur Rede stellen? – Mußt ich der
Gefahr, so einen Vater zu verlieren,
Das arme Mädchen opfern? – Nun, was tut's?
Die Schurkerei des Patriarchen, die
So ähnlich immer sich erhält, hat mich
Des nächsten Weges wieder zu mir selbst
Gebracht. – Denn hört mich, Nathan; hört mich aus! –
Gesetzt; er wüßt auch Euern Namen: was
Nun mehr, was mehr? – Er kann Euch ja das Mädchen
Nur nehmen, wenn sie niemands ist, als Euer.
Er kann sie doch aus Euerm Hause nur
Ins Kloster schleppen. – Also – gebt sie mir!
Gebt sie nur mir; und laßt ihn kommen. Ha!
Er soll's wohl bleiben lassen, mir mein Weib
Zu nehmen. – Gebt sie mir; geschwind! – Sie sei
Nun Eure Tochter, oder sei es nicht!
Sei Christin, oder Jüdin, oder keines!
Gleichviel! gleichviel! Ich werd Euch weder itzt
Noch jemals sonst in meinem ganzen Leben
Darum befragen. Sei, wie's sei!

NATHAN: Ihr wähnt
Wohl gar, daß mir die Wahrheit zu verbergen
Sehr nötig?

TEMPELHERR: Sei, wie's sei!

NATHAN: Ich hab es ja
Euch – oder wem es sonst zu wissen ziemt –
Noch nicht geleugnet, daß sie eine Christin,
Und nichts als meine Pflegetochter ist. –
Warum ich's aber ihr noch nicht entdeckt? –
Darüber brauch ich nur bei ihr mich zu
Entschuldigen.

TEMPELHERR: Das sollt Ihr auch bei ihr
Nicht brauchen. – Gönnt's ihr doch, daß sie Euch nie
Mit andern Augen darf betrachten! Spart
Ihr die Entdeckung doch! – Noch habt Ihr ja,
Ihr ganz allein, mit ihr zu schalten. Gebt
Sie mir! Ich bitt Euch, Nathan; gebt sie mir!
Ich bin's allein, der sie zum zweiten Male
Euch retten kann – und will.

NATHAN: Ja – konnte! konnte!
Nun auch nicht mehr. Es ist damit zu spät.
TEMPELHERR: Wieso? zu spät?
NATHAN: Dank sei dem Patriarchen . . .
TEMPELHERR: Dem Patriarchen? Dank? ihm Dank? wofür?
Dank hätte der bei uns verdienen wollen?
Wofür? wofür?
NATHAN: Daß wir nun wissen, wem
Sie anverwandt; nun wissen, wessen Händen
Sie sicher ausgeliefert werden kann.
TEMPELHERR:
Das dank ihm – wer für mehr ihm danken wird!
NATHAN: Aus diesen müßt Ihr sie nun auch erhalten;
Und nicht aus meinen.
TEMPELHERR: Arme Recha! Was
Dir alles zustößt, arme Recha! Was
Ein Glück für andre Waisen wäre, wird
Dein Unglück! – Nathan! – Und wo sind sie, diese
Verwandte?
NATHAN: Wo sie sind?
TEMPELHERR: Und wer sie sind?
NATHAN: Besonders hat ein Bruder sich gefunden,
Bei dem Ihr um sie werben müßt.
TEMPELHERR: Ein Bruder?
Was ist er, dieser Bruder? Ein Soldat?
Ein Geistlicher? – Laßt hören, was ich mir
Versprechen darf.
NATHAN: Ich glaube, daß er keines
Von beiden – oder beides ist. Ich kenn
Ihn noch nicht recht.
TEMPELHERR: Und sonst?
NATHAN: Ein braver Mann!
Bei dem sich Recha gar nicht übel wird
Befinden.
TEMPELHERR: Doch ein Christ! – Ich weiß zuzeiten
Auch gar nicht, was ich von Euch denken soll: –
Nehmt mir's nicht ungut, Nathan. – Wird sie nicht
Die Christin spielen müssen, unter Christen?
Und wird sie, was sie lange gnug gespielt,
Nicht endlich werden? Wird den lautern Weizen,
Den Ihr gesät, das Unkraut endlich nicht

Ersticken? – Und das kümmert Euch so wenig?
Demungeachtet könnt Ihr sagen – Ihr? –
Daß sie bei ihrem Bruder sich nicht übel
Befinden werde?

NATHAN: Denk ich! hoff ich! – Wenn
Ihr ja bei ihm was mangeln sollte, hat
Sie Euch und mich denn nicht noch immer?

TEMPELHERR: Oh!
Was wird bei ihm ihr mangeln können! Wird
Das Brüderchen mit Essen und mit Kleidung,
Mit Naschwerk und mit Putz, das Schwesterchen
Nicht reichlich gnug versorgen? Und was braucht
Ein Schwesterchen denn mehr? – Ei freilich: auch
Noch einen Mann! – Nun, nun; auch den, auch den
Wird ihr das Brüderchen zu seiner Zeit
Schon schaffen; wie er immer nur zu finden!
Der Christlichste der Beste! – Nathan, Nathan!
Welch einen Engel hattet Ihr gebildet,
Den Euch nun andre so verhunzen werden!

NATHAN: Hat keine Not! Er wird sich unsrer Liebe
Noch immer wert genug behaupten.

TEMPELHERR: Sagt
Das nicht! Von meiner Liebe sagt das nicht!
Denn die läßt nichts sich unterschlagen; nichts.
Es sei auch noch so klein! Auch keinen Namen! –
Doch halt! – Argwohnt sie wohl bereits, was mit
Ihr vorgeht?

NATHAN: Möglich; ob ich schon nicht wüßte,
Woher?

TEMPELHERR: Auch eben viel; sie soll – sie muß
In beiden Fällen, was ihr Schicksal droht,
Von mir zuerst erfahren. Mein Gedanke,
Sie eher wieder nicht zu sehn, zu sprechen,
Als bis ich sie die Meine nennen dürfe,
Fällt weg. Ich eile . . .

NATHAN: Bleibt! wohin?

TEMPELHERR: Zu ihr!
Zu sehn, ob diese Mädchenseele Manns genug
Wohl ist, den einzigen Entschluß zu fassen
Der ihrer würdig wäre!

NATHAN: Welchen?

TEMPELHERR: Den:
Nach Euch und ihrem Bruder weiter nicht
Zu fragen –
NATHAN: Und?
TEMPELHERR: Und mir zu folgen; – wenn
Sie drüber eines Muselmannes Frau
Auch werden müßte.
NATHAN: Bleibt! Ihr trefft sie nicht.
Sie ist bei Sittah, bei des Sultans Schwester.
TEMPELHERR: Seit wenn? warum?
NATHAN: Und wollt Ihr da bei ihnen
Zugleich den Bruder finden: kommt nur mit.
TEMPELHERR: Den Bruder? welchen? Sittahs oder Rechas?
NATHAN: Leicht beide. Kommt nur mit! Ich bitt Euch, kommt!
Er führt ihn fort.

Sechster Auftritt

Szene: in Sittahs Harem.

Sittah *und* Recha *in Unterhaltung begriffen.*

SITTAH: Was freu ich mich nicht deiner, süßes Mädchen! –
Sei so beklemmt nur nicht! so angst! so schüchtern! –
Sei munter! sei gesprächiger! vertrauter!
RECHA: Prinzessin . . .
SITTAH: Nicht doch! nicht Prinzessin! Nenn
Mich Sittah – deine Freundin – deine Schwester.
Nenn mich dein Mütterchen! – Ich könnte das
Ja schier auch sein. – So jung! so klug! so fromm!
Was du nicht alles weißt! nicht alles mußt
Gelesen haben!
RECHA: Ich gelesen? – Sittah,
Du spottest deiner kleinen albern Schwester.
Ich kann kaum lesen.
SITTAH: Kannst kaum, Lügnerin!
RECHA: Ein wenig meines Vaters Hand! – Ich meinte,
Du sprächst von Büchern.
SITTAH: Allerdings! von Büchern.
RECHA: Nun, Bücher wird mir wahrlich schwer zu lesen! –
SITTAH: Im Ernst?

RECHA: In ganzem Ernst. Mein Vater liebt
Die kalte Buchgelehrsamkeit, die sich
Mit toten Zeichen ins Gehirn nur drückt,
Zu wenig.
SITTAH: Ei, was sagst du! – Hat indes
Wohl nicht sehr unrecht! – Und so manches, was
Du weißt ...?
RECHA: Weiß ich allein aus seinem Munde.
Und könnte bei dem meisten dir noch sagen,
Wie? wo? warum? er mich's gelehrt.
SITTAH: So hängt
Sich freilich alles besser an. So lernt
Mit eins die ganze Seele.
RECHA: Sicher hat
Auch Sittah wenig oder nichts gelesen!
SITTAH: Wieso? – Ich bin nicht stolz aufs Gegenteil. –
Allein wieso? Dein Grund! Sprich dreist. Dein Grund?
RECHA: Sie ist so schlecht und recht; so unverkünstelt;
So ganz sich selbst nur ähnlich ...
SITTAH: Nun?
RECHA: Das sollen
Die Bücher uns nur selten lassen: sagt
Mein Vater.
SITTAH: O was ist dein Vater für
Ein Mann!
RECHA: Nicht wahr?
SITTAH: Wie nah er immer doch
Zum Ziele trifft!
RECHA: Nicht wahr? – Und diesen Vater –
SITTAH: Was ist dir, Liebe?
RECHA: Diesen Vater –
SITTAH: Gott!
Du weinst?
RECHA: Und diesen Vater – Ah! es muß
Heraus! Mein Herz will Luft, will Luft ...
Wirft sich, von Tränen überwältiget, zu ihren Füßen.
SITTAH: Kind, was
Geschieht dir? Recha?
RECHA: Diesen Vater soll –
Soll ich verlieren!
SITTAH: Du? verlieren? ihn?

Wie das? – Sei ruhig! – Nimmermehr! – Steh auf!
RECHA: Du sollst vergebens dich zu meiner Freundin,
Zu meiner Schwester nicht erboten haben!
SITTAH: Ich bin's ja! bin's! – Steh doch nur auf! Ich muß
Sonst Hülfe rufen.
RECHA *die sich ermannt und aufsteht*:
Ah! verzeih! vergib! –
Mein Schmerz hat mich vergessen machen, wer
Du bist. Vor Sittah gilt kein Winseln, kein
Verzweifeln. Kalte, ruhige Vernunft
Will alles über sie allein vermögen.
Wes Sache diese bei ihr führt, der siegt!
SITTAH: Nun dann?
RECHA: Nein; meine Freundin, meine Schwester
Gibt das nicht zu! Gibt nimmer zu, daß mir
Ein andrer Vater aufgedrungen werde!
SITTAH: Ein andrer Vater? aufgedrungen? dir?
Wer kann das? kann das auch nur wollen, Liebe?
RECHA: Wer? Meine gute böse Daja kann
Das wollen – will das können. – Ja; du kennst
Wohl diese gute böse Daja nicht?
Nun, Gott vergeb es ihr! – belohn es ihr!
Sie hat mir so viel Gutes – so viel Böses
Erwiesen!
SITTAH: Böses dir? – So muß sie Gutes
Doch wahrlich wenig haben.
RECHA: Doch! recht viel,
Recht viel!
SITTAH: Wer ist sie?
RECHA: Eine Christin, die
In meiner Kindheit mich gepflegt; mich so
Gepflegt! – Du glaubst nicht! – Die mir eine Mutter
So wenig missen lassen! – Gott vergelt
Es ihr! – Die aber mich auch so geängstet!
Mich so gequält!
SITTAH: Und über was? warum?
Wie?
RECHA: Ach! die arme Frau – ich sag dir's ja –
Ist eine Christin; – muß aus Liebe quälen; –
Ist eine von den Schwärmerinnen, die
Den allgemeinen, einzig wahren Weg

Nach Gott, zu wissen wähnen!
SITTAH: Nun versteh ich!
RECHA: Und sich gedrungen fühlen, einen jeden,
Der dieses Wegs verfehlt, daraufzulenken. –
Kaum können sie auch anders. Denn ist's wahr,
Daß dieser Weg allein nur richtig führt:
Wie sollen sie gelassen ihre Freunde
Auf einem andern wandeln sehn – der ins
Verderben stürzt, ins ewige Verderben?
Es müßte möglich sein, denselben Menschen
Zur selben Zeit zu lieben und zu hassen. –
Auch ist's das nicht, was endlich laute Klagen
Mich über sie zu führen zwingt. Ihr Seufzen,
Ihr Warnen, ihr Gebet, ihr Drohen hätt
Ich gern noch länger ausgehalten; gern!
Es brachte mich doch immer auf Gedanken,
Die gut und nützlich. Und wem schmeichelt's doch
Im Grunde nicht, sich gar so wert und teuer,
Von wem's auch sei, gehalten fühlen, daß
Er den Gedanken nicht ertragen kann,
Er müß einmal auf ewig uns entbehren!
SITTAH: Sehr wahr!
RECHA: Allein – allein – das geht zu weit!
Dem kann ich nichts entgegensetzen; nicht
Geduld, nicht Überlegung; nichts!
SITTAH: Was? wem?
RECHA: Was sie mir eben itzt entdeckt will haben.
SITTAH: Entdeckt? und eben itzt?
RECHA: Nur eben itzt!
Wir nahten, auf dem Weg hierher, uns einem
Verfallnen Christentempel. Plötzlich stand
Sie still; schien mit sich selbst zu kämpfen; blickte
Mit nassen Augen bald gen Himmel, bald
Auf mich. „Komm", sprach sie endlich, „laß uns hier
Durch diesen Tempel in die Richte gehn!"
Sie geht; ich folg ihr, und mein Auge schweift
Mit Graus die wankenden Ruinen durch.
Nun steht sie wieder; und ich sehe mich
An den versunknen Stufen eines morschen
Altars mit ihr. Wie ward mir? als sie da
Mit heißen Tränen, mit gerungnen Händen,

Zu meinen Füßen stürzte . . .
SITTAH: Gutes Kind!
RECHA: Und bei der Göttlichen, die da wohl sonst
So manch Gebet erhört, so manches Wunder
Verrichtet habe, mich beschwor; – mit Blicken
Des wahren Mitleids mich beschwor, mich meiner
Doch zu erbarmen! – Wenigstens, ihr zu
Vergeben, wenn sie mir entdecken müsse,
Was ihre Kirch auf mich für Anspruch habe.
SITTAH: (Unglückliche! – Es ahndte mir!)
RECHA: Ich sei
Aus christlichem Geblüte; sei getauft;
Sei Nathans Tochter nicht; er nicht mein Vater! –
Gott! Gott! Er nicht mein Vater! – Sittah! Sittah!
Sieh mich aufs neu zu deinen Füßen . . .
SITTAH: Recha!
Nicht doch! steh auf! – Mein Bruder kömmt! steh auf!

Siebenter Auftritt

Saladin *und die* Vorigen.

SALADIN: Was gibt's hier, Sittah?
SITTAH: Sie ist von sich! Gott!
SALADIN: Wer ist's?
SITTAH: Du weißt ja . . .
SALADIN: Unsers Nathans Tochter?
Was fehlt ihr?
SITTAH: Komm doch zu dir, Kind! – Der Sultan . . .
RECHA *die sich auf den Knieen zu Saladins Füßen schleppt, den Kopf zur Erde gesenkt*:
Ich steh nicht auf! nicht eher auf! – mag eher
Des Sultans Antlitz nicht erblicken! – eher
Den Abglanz ewiger Gerechtigkeit
Und Güte nicht in seinen Augen, nicht
Auf seiner Stirn bewundern . . .
SALADIN: Steh . . . steh auf!
RECHA: Eh er mir nicht verspricht . . .
SALADIN: Komm! ich verspreche . . .
Sei was es will!
RECHA: Nicht mehr, nicht weniger,

Als meinen Vater mir zu lassen; und
Mich ihm! – Noch weiß ich nicht, wer sonst mein Vater
Zu sein verlangt; – verlangen kann. Will's auch
Nicht wissen. Aber macht denn nur das Blut
Den Vater? nur das Blut?

SALADIN *der sie aufhebt*: Ich merke wohl! –
Wer war so grausam denn, dir selbst – dir selbst
Dergleichen in den Kopf zu setzen? Ist
Es denn schon völlig ausgemacht? erwiesen?

RECHA: Muß wohl! Denn Daja will von meiner Amm
Es haben.

SALADIN: Deiner Amme!

RECHA: Die es sterbend
Ihr zu vertrauen sich verbunden fühlte.

SALADIN:
Gar sterbend! – Nicht auch faselnd schon? – Und wär's
Auch wahr! – Ja wohl: das Blut, das Blut allein
Macht lange noch den Vater nicht! macht kaum
Den Vater eines Tieres! gibt zum höchsten
Das erste Recht sich diesen Namen zu
Erwerben! – Laß dir doch nicht bange sein! –
Und weißt du was? Sobald der Väter zwei
Sich um dich streiten: – laß sie beide; nimm
Den dritten! – Nimm dann mich zu deinem Vater!

SITTAH: O tu's! o tu's!

SALADIN: Ich will ein guter Vater,
Recht guter Vater sein! – Doch halt! mir fällt
Noch viel was Bessers bei. – Was brauchst du denn
Der Väter überhaupt? Wenn sie nun sterben?
Beizeiten sich nach einem umgesehn,
Der mit uns um die Wette leben will!
Kennst du noch keinen? ...

SITTAH: Mach sie nicht erröten!

SALADIN: Das hab ich allerdings mir vorgesetzt.
Erröten macht die Häßlichen so schön:
Und sollte Schöne nicht noch schöner machen? –
Ich habe deinen Vater Nathan; und
Noch einen – einen noch hierherbestellt.
Errätst du ihn? – Hierher! Du wirst mir doch
Erlauben, Sittah?

SITTAH: Bruder!

SALADIN: Daß du ja
Vor ihm recht sehr errötest, liebes Mädchen!
RECHA: Vor wem? erröten? . . .
SALADIN: Kleine Heuchlerin!
Nun so erblasse lieber! – Wie du willst
Und kannst! –
Eine Sklavin tritt herein, und nahet sich Sittah.
Sie sind doch etwa nicht schon da?
SITTAH: Gut! laß sie nur herein. – Sie sind es Bruder!

Letzter Auftritt

Nathan *und der* Tempelherr *zu den* Vorigen.

SALADIN: Ah, meine guten lieben Freunde! – Dich,
Dich, Nathan, muß ich nur vor allen Dingen
Bedeuten, daß du nun, sobald du willst,
Dein Geld kannst wiederholen lassen! . . .
NATHAN: Sultan! . . .
SALADIN: Nun steh ich auch zu deinen Diensten . . .
NATHAN: Sultan! . . .
SALADIN: Die Karawan ist da! Ich bin so reich
Nun wieder, als ich lange nicht gewesen. –
Komm, sag mir, was du brauchst, so recht was Großes
Zu unternehmen! Denn auch ihr, auch ihr,
Ihr Handelsleute, könnt des baren Geldes
Zuviel nie haben!
NATHAN: Und warum zuerst
Von dieser Kleinigkeit? – Ich sehe dort
Ein Aug in Tränen, das zu trocknen, mir
Weit angelegner ist. *Geht auf Recha zu.*
Du hast geweint?
Was fehlt dir? – bist doch meine Tochter noch?
RECHA: Mein Vater! . . .
NATHAN: Wir verstehen uns. Genug! –
Sei heiter! Sei gefaßt! Wenn sonst dein Herz
Nur dein noch ist! Wenn deinem Herzen sonst
Nur kein Verlust nicht droht! – Dein Vater ist
Dir unverloren!
RECHA: Keiner, keiner sonst!
TEMPELHERR: Sonst keiner? – Nun! so hab ich mich betrogen.

Was man nicht zu verlieren fürchtet, hat
Man zu besitzen nie geglaubt, und nie
Gewünscht. – Recht wohl! recht wohl! – Das ändert Nathan,
Das ändert alles! – Saladin, wir kamen
Auf dein Geheiß. Allein, ich hatte dich
Verleitet: itzt bemüh dich nur nicht weiter!

SALADIN: Wie gach nun wieder, junger Mann! – Soll alles
Dir denn entgegenkommen? alles dich
Erraten?

TEMPELHERR: Nun du hörst ja! siehst ja, Sultan!

SALADIN: Ei wahrlich! – Schlimm genug, daß deiner Sache
Du nicht gewisser warst!

TEMPELHERR: So bin ich's nun.

SALADIN: Wer so auf irgendeine Wohltat trotzt,
Nimmt sie zurück. Was du gerettet, ist
Deswegen nicht dein Eigentum. Sonst wär
Der Räuber, den sein Geiz ins Feuer jagt,
So gut ein Held, wie du!
Auf Recha zugehend, um sie dem Tempelherrn zuzuführen.
Komm, liebes Mädchen,
Komm! Nimm's mit ihm nicht so genau. Denn wär
Er anders; wär er minder warm und stolz:
Er hätt es bleibenlassen, dich zu retten.
Du mußt ihm eins fürs andre rechnen. – Komm!
Beschäm ihn! tu, was ihm zu tun geziemte!
Bekenn ihm deine Liebe! trage dich ihm an!
Und wenn er dich verschmäht; dir's je vergißt,
Wie ungleich mehr in diesem Schritte du
Für ihn getan, als er für dich ... Was hat
Er denn für dich getan? Ein wenig sich
Beräuchern lassen! ist was Rechts! – so hat
Er meines Bruders, meines Assad, nichts!
So trägt er seine Larve, nicht sein Herz.
Komm, Liebe ...

SITTAH: Geh! geh, Liebe, geh! Es ist
Für deine Dankbarkeit noch immer wenig;
Noch immer nichts.

NATHAN: Halt Saladin! halt Sittah!

SALADIN: Auch du?

NATHAN: Hier hat noch einer mitzusprechen ...

SALADIN: Wer leugnet das? – Unstreitig, Nathan, kömmt

So einem Pflegevater eine Stimme
Mit zu! Die erste, wenn du willst. – Du hörst,
Ich weiß der Sache ganze Lage.

NATHAN: Nicht so ganz! –
Ich rede nicht von mir. Es ist ein andrer;
Weit, weit ein andrer, den ich, Saladin,
Doch auch vorher zu hören bitte.

SALADIN: Wer?

NATHAN: Ihr Bruder!

SALADIN: Rechas Bruder?

NATHAN: Ja!

RECHA: Mein Bruder?
So hab ich einen Bruder?

TEMPELHERR *aus seiner wilden, stummen Zerstreuung auffahrend*: Wo? wo ist
Er, dieser Bruder? Noch nicht hier? Ich sollt
Ihn hier ja treffen.

NATHAN: Nur Geduld!

TEMPELHERR *äußerst bitter*: Er hat
Ihr einen Vater aufgebunden: – wird
Er keinen Bruder für sie finden?

SALADIN: Das
Hat noch gefehlt! Christ! ein so niedriger
Verdacht wär über Assads Lippen nicht
Gekommen. – Gut! fahr nur so fort!

NATHAN: Verzeih
Ihm! – Ich verzeih ihm gern. – Wer weiß, was wir
An seiner Stell, in seinem Alter dächten!
Freundschaftlich auf ihn zugehend.
Natürlich, Ritter! – Argwohn folgt auf Mißtraun! –
Wenn Ihr mich Euers wahren Namens gleich
Gewürdigt hättet . . .

TEMPELHERR: Wie?

NATHAN: Ihr seid kein Stauffen!

TEMPELHERR: Wer bin ich denn?

NATHAN: Heißt Curd von Stauffen nicht!

TEMPELHERR: Wie heiß ich denn?

NATHAN: Heißt Leu von Filneck.

TEMPELHERR: Wie?

NATHAN: Ihr stutzt?

TEMPELHERR: Mit Recht! Wer sagt das?

NATHAN: Ich; der mehr,
Noch mehr Euch sagen kann. Ich straf indes
Euch keiner Lüge.

TEMPELHERR: Nicht?

NATHAN: Kann doch wohl sein,
Daß jener Nam Euch ebenfalls gebührt.

TEMPELHERR:
Das sollt ich meinen! – (Das hieß Gott ihn sprechen!)

NATHAN: Denn Eure Mutter – die war eine Stauffin.
Ihr Bruder, Euer Ohm, der Euch erzogen,
Dem Eure Eltern Euch in Deutschland ließen,
Als, von dem rauhen Himmel dort vertrieben,
Sie wieder hier zu Lande kamen: – *der*
Hieß Curd von Stauffen; mag an Kindes Statt
Vielleicht Euch angenommen haben! – Seid
Ihr lange schon mit ihm nun auch herüber
Gekommen? Und er lebt doch noch?

TEMPELHERR: Was soll
Ich sagen? – Nathan! – Allerdings! So ist's!
Er selbst ist tot. Ich kam erst mit der letzten
Verstärkung unsers Ordens. – Aber, aber –
Was hat mit diesem allen Rechas Bruder
Zu schaffen?

NATHAN: Euer Vater ...

TEMPELHERR: Wie? auch den
Habt Ihr gekannt? Auch den?

NATHAN: Er war mein Freund.

TEMPELHERR: War Euer Freund? Ist's möglich, Nathan! ...

NATHAN: Nannte
Sich Wolf von Filneck; aber war kein Deutscher ...

TEMPELHERR: Ihr wißt auch das?

NATHAN: War einer Deutschen nur
Vermählt; war Eurer Mutter nur nach Deutschland
Auf kurze Zeit gefolgt ...

TEMPELHERR: Nicht mehr! Ich bitt
Euch! – Aber Rechas Bruder? Rechas Bruder ...

NATHAN: Seid Ihr!

TEMPELHERR: Ich? ich ihr Bruder?

RECHA: Er mein Bruder?

SITTAH: Geschwister!

SALADIN: Sie Geschwister!

RECHA *will auf ihn zu*: Ah! mein Bruder!
TEMPELHERR *tritt zurück*: Ihr Bruder!
RECHA *hält an, und wendet sich zu Nathan*:
Kann nicht sein! nicht sein! Sein Herz
Weiß nichts davon! – Wir sind Betrieger! Gott!
SALADIN *zum Tempelherrn*:
Betrieger? wie? Das denkst du? kannst du denken?
Betrieger selbst! Denn alles ist erlogen
An dir: Gesicht und Stimm und Gang! Nichts dein!
So eine Schwester nicht erkennen wollen! Geh!
TEMPELHERR *sich demütig ihm nahend*:
Mißdeut auch du nicht mein Erstaunen, Sultan!
Verkenn in einem Augenblick, in dem
Du schwerlich deinen Assad je gesehen,
Nicht ihn und mich! *Auf Nathan zueilend.*
Ihr nehmt und gebt mir, Nathan!
Mit vollen Händen beides! – Nein! Ihr gebt
Mir mehr, als Ihr mir nehmt! unendlich mehr!
Recha um den Hals fallend.
Ah meine Schwester! meine Schwester!
NATHAN: Blanda
Von Filneck!
TEMPELHERR: Blanda? Blanda? – Recha nicht?
Nicht Eure Recha mehr? – Gott! Ihr verstoßt
Sie! gebt ihr ihren Christennamen wieder!
Verstoßt sie meinetwegen! – Nathan! Nathan!
Warum es sie entgelten lassen? sie!
NATHAN: Und was? – O meine Kinder! meine Kinder! –
Denn meiner Tochter Bruder wär mein Kind
Nicht auch – sobald er will?

Indem er sich ihren Umarmungen überläßt, tritt Saladin mit unruhigem Erstaunen zu seiner Schwester.

SALADIN: Was sagst du, Schwester?
SITTAH: Ich bin gerührt . . .
SALADIN: Und ich – ich schaudere
Vor einer größern Rührung fast zurück!
Bereite dich nur drauf, so gut du kannst.
SITTAH: Wie?
SALADIN: Nathan, auf ein Wort! ein Wort! –

Indem Nathan zu ihm tritt, tritt Sittah zu dem Geschwister, ihm ihre Teilnehmung zu bezeigen; und Nathan und Saladin sprechen leiser.

Hör! hör doch, Nathan! Sagtest du vorhin
Nicht –?

NATHAN: Was?

SALADIN: Aus Deutschland sei ihr Vater nicht
Gewesen; ein geborner Deutscher nicht.
Was war er denn? wo war er sonst denn her?

NATHAN: Das hat er selbst mir nie vertrauen wollen.
Aus seinem Munde weiß ich nichts davon.

SALADIN: Und war auch sonst kein Frank? kein Abendländer?

NATHAN: Oh! daß er der nicht sei, gestand er wohl. –
Er sprach am liebsten Persisch ...

SALADIN: Persisch? Persisch?
Was will ich mehr? – Er ist's! Er war es!

NATHAN: Wer?

SALADIN: Mein Bruder! ganz gewiß! Mein Assad! ganz
Gewiß!

NATHAN: Nun, wenn du selbst darauf verfällst: –
Nimm die Versichrung hier in diesem Buche!

Ihm das Brevier überreichend.

SALADIN *es begierig aufschlagend*:
Ah! seine Hand! Auch die erkenn ich wieder!

NATHAN: Noch wissen sie von nichts! Noch steht's bei dir
Allein, was sie davon erfahren sollen!

SALADIN *indes er darin geblättert*:
Ich meines Bruders Kinder nicht erkennen?
Ich meine Neffen – meine Kinder nicht?
Sie nicht erkennen? ich? Sie dir wohl lassen? *Wieder laut:*
Sie sind's! sie sind es, Sittah, sind! Sie sind's!
Sind beide meines ... deines Bruders Kinder!

Er rennt in ihre Umarmungen.

SITTAH *ihm folgend*:
Was hör ich! – Konnt's auch anders, anders sein! –

SALADIN *zum Tempelherrn*:
Nun mußt du doch wohl, Trotzkopf, mußt mich lieben!

Zu Recha:

Nun bin ich doch, wozu ich mich erbot?
Magst wollen, oder nicht!

SITTAH: Ich auch! ich auch!

SALADIN *zum Tempelherrn zurück*:
Mein Sohn! mein Assad! meines Assads Sohn!

TEMPELHERR: Ich deines Bluts! – So waren jene Träume,

Womit man meine Kindheit wiegte, doch –
Doch mehr als Träume! *Ihm zu Füßen fallend.*
SALADIN *ihn aufhebend*: Seht den Bösewicht!
Er wußte was davon, und konnte mich
Zu seinem Mörder machen wollen! Wart!
Unter stummer Wiederholung allerseitiger Umarmungen fällt der Vorhang.

GEDICHTE

LIEDER

An die Leier

Töne, frohe Leier,
Töne Lust und Wein!
Töne, sanfte Leier,
Töne Liebe drein!

Wilde Krieger singen,
Haß und Rach und Blut
In die Laute singen,
Ist nicht Lust, ist Wut.

Zwar der Heldensänger
Sammelt Lorbeern ein;
Ihn verehrt man länger.
Lebt er länger? Nein.

Er vergräbt im Leben
Sich in Tiefsinn ein:
Um erst dann zu leben,
Wann er Staub wird sein.

Lobt sein göttlich Feuer,
Zeit und Afterzeit!
Und an meiner Leier
Lobt die Fröhlichkeit.

Die Namen

Ich fragte meine Schöne:
„Wie soll mein Lied dich nennen?
Soll dich als Dorimene,
Als Galathee, als Chloris,
Als Lesbia, als Doris,

Die Welt der Enkel kennen?"
„Ach! Namen sind nur Töne",
Sprach meine holde Schöne.
„Wähl selbst. Du kannst mich Doris,
Und Galathee und Chloris,
Und – wie du willst mich nennen;
Nur nenne mich die Deine."

Die Küsse

Ein Küßchen, das ein Kind mir schenket,
Das mit den Küssen nur noch spielt,
Und bei dem Küssen noch nichts denket,
Das ist ein Kuß, den man nicht fühlt.

Ein Kuß, den mir ein Freund verehret,
Das ist ein Gruß, der eigentlich
Zum wahren Küssen nicht gehöret:
Aus kalter Mode küßt er mich.

Ein Kuß, den mir mein Vater gibet,
Ein wohlgemeinter Segenskuß,
Wenn er sein Söhnchen lobt und liebet,
Ist etwas, das ich ehren muß.

Ein Kuß von meiner Schwester Liebe
Steht mir als Kuß nur so weit an,
Als ich dabei mit heißerm Triebe
An andre Mädchen denken kann.

Ein Kuß, den Lesbia mir reichet,
Den kein Verräter sehen muß,
Und der dem Kuß der Tauben gleichet:
Ja, so ein Kuß, das ist ein Kuß.

Die Gewißheit

Ob ich morgen leben werde,
Weiß ich freilich nicht:

Aber, wenn ich morgen lebe,
Daß ich morgen trinken werde,
Weiß ich ganz gewiß.

Die Betrübnis

Der Dichter und sein Freund

Der Freund

Freund! welches Unglück, welche Reue
Macht dir so bittern Schmerz?

Der Dichter

Ach Freund! sie flieht, die Ungetreue!
Und sie besaß mein Herz.

Der Freund

Um eine Falsche dich betrüben?
Du bist ja klug genug.

Der Dichter

O schweig! das heißt nicht lieben,
Läßt uns die Liebe klug.

Antwort eines trunknen Dichters

Ein trunkner Dichter leerte
Sein Glas auf jeden Zug;
Ihn warnte sein Gefährte:
„Hör auf! du hast genug."

Bereit vom Stuhl zu sinken,
Sprach der: „Du bist nicht klug;
Zuviel kann man wohl trinken,
Doch nie trinkt man genug."

Das aufgehobene Gebot

Elise

Siehst du Wein im Glase blinken,
Lerne von mir deine Pflicht:
Trinken kannst du, du kannst trinken;
Doch betrinke dich nur nicht.

Lysias

Wallt dein Blut von Jugendtrieben,
Lerne von mir deine Pflicht:
Lieben kannst du, du kannst lieben;
Doch verliebe dich nur nicht.

Elise

Bruder! ich mich nicht verlieben?

Lysias

Schwester! ich mich nicht betrinken?

Elise

Wie verlangst du das von mir?

Lysias

Wie verlangst du das von mir?

Elise

Lieber mag ich gar nicht lieben.

Lysias

Lieber mag ich gar nicht trinken.

Beide

Geh nur, ich erlaub es dir.

Die Beredsamkeit

Freunde, Wasser machet stumm:
Lernet dieses an den Fischen.
Doch beim Weine kehrt sich's um:

Dieses lernt an unsern Tischen.
Was für Redner sind wir nicht,
Wenn der Rheinwein aus uns spricht!
Wir ermahnen, streiten, lehren;
Keiner will den andern hören.

Die Haushaltung

„Zankst du schon wieder?" sprach Hans Lau
Zu seiner lieben Ehefrau.
„Versoffner, unverschämter Mann – – –"
„Geduld, mein Kind, ich zieh mich an – –"
„Wo nun schon wieder hin?" „Zu Weine.
Zank du alleine."

„Du gehst? – – Verdammtes Kaffeehaus!"
Ja! blieb er nur die Nacht nicht aus.
Gott! ich soll so verlassen sein? –
Wer pocht? – Herr Nachbar? – nur herein!
Mein böser Teufel ist zu Weine:
Wir sind alleine."

Der Regen

„Der Regen hält noch immer an!"
So klagt der arme Bauersmann;
Doch eher stimm ich nicht mit ein,
Es regne denn in meinen Wein.

Die Stärke des Weins

Wein ist stärker als das Wasser:
Dies gestehn auch seine Hasser.
Wasser reißt wohl Eichen um,
Und hat Häuser umgerissen:
Und ihr wundert euch darum,
Daß der Wein mich umgerissen?

Der Sonderling

Sobald der Mensch sich kennt,
Sieht er, er sei ein Narr;
Und gleichwohl zürnt der Narr,
Wenn man ihn also nennt.

Sobald der Mensch sich kennt,
Sieht er, er sei nicht klug;
Doch ist's ihm lieb genug,
Wenn man ihn weise nennt.

Ein jeder, der mich kennt,
Spricht: „Welcher Sonderling!"
Nur diesem ist's ein Ding,
Wie ihn die Welt auch nennt.

Der alte und der junge Wein

Ihr Alten trinkt, euch jung und froh zu trinken:
Drum mag der junge Wein
Für euch, ihr Alten sein.
Der Jüngling trinkt, sich alt und klug zu trinken;
Drum muß der alte Wein
Für mich, den Jüngling, sein.

Die Türken

Die Türken haben schöne Töchter,
Und diese scharfe Keuschheitswächter;
Wer will, kann mehr als eine frein;
Ich möchte schon ein Türke sein.

Wie wollt ich mich der Lieb ergeben!
Wie wollt ich liebend ruhig leben,
Und – – Doch sie trinken keinen Wein;
Nein, nein, ich mag kein Türke sein.

Alexander

Der Weise sprach zu Alexandern:
„Dort wo die lichten Welten wandern,
Ist manches Volk, ist manche Stadt.“
Was tut der Mann von tausend Siegen?
Die Memme weint, daß, dort zu kriegen,
Der Himmel keine Brücken hat.

Ist's wahr, was ihn der Weise lehret,
Und finden, was zur Welt gehöret,
Daselbst auch Wein und Mädchen statt:
So lasset, Brüder, Tränen fließen,
Daß, dort zu trinken und zu küssen,
Der Himmel keine Brücken hat.

Die Schöne von hinten

Sieh Freund! sieh da! was geht doch immer
Dort für ein reizend Frauenzimmer?
Der neuen Tracht Vollkommenheit,
Der engen Schritte Nettigkeit,
Die bei der kleinsten Hindrung stocken,
Der weiße Hals voll schwarzer Locken,
Der wohlgewachsne schlanke Leib,
Verrät ein junges art'ges Weib.

Komm Freund! komm, laß uns schneller gehen,
Damit wir sie von vorne sehen.
Es muß, trügt nicht der hintre Schein,
Die Venus oder Phyllis sein.
Komm, eile doch! – o welches Glücke!
Jetzt sieht sie ungefähr zurücke.
Was war's, das mich entzückt gemacht?
Ein altes Weib in junger Tracht.

An eine kleine Schöne

Kleine Schöne, küsse mich.
Kleine Schöne, schämst du dich?

Küsse geben, Küsse nehmen,
Darf dich jetzo nicht beschämen.
Küsse mich noch hundertmal!
Küß und merk der Küsse Zahl.
Ich will dir, bei meinem Leben!
Alle zehnfach wiedergeben,
Wenn der Kuß kein Scherz mehr ist,
Und du zehn Jahr älter bist.

Nach der 15. Ode Anakreons

Was frag ich nach dem Großsultan,
Und Mahomets Gesetzen?
Was geht der Perser Schach mich an,
Mit allen seinen Schätzen?

Was sorg ich ihrer Kriegesart,
Und ihrer Treffen halben?
Kann ich nur meinen lieben Bart
Mit Spezereien salben.

Kann ich nur mein gesalbtes Haupt
Mit Rosen stolz umschließen,
Und, wenn mir sie ein Mädchen raubt,
Das Mädchen strafend küssen.

Ein Tor sorgt für die künft'ge Zeit.
Für heute will ich sorgen.
Wer kennt, mit weiser Gründlichkeit,
Den ungewissen Morgen?

Was soll ich hier, solang ich bin,
Mich um die Zukunft kränken?
Ich will mit kummerlosem Sinn
Auf Wein und Liebe denken.

Denn plötzlich steht er da, und spricht,
Der grimme Tod: „Von dannen!
Du trinkst, du küssest länger nicht!
Trink aus! küß aus! Von dannen!"

Das Paradies

Sein Glück für einen Apfel geben,
O Adam, welche Lüsternheit!
Statt deiner hätt ich sollen leben,
So wär das Paradies noch heut. –

Wie aber, wenn alsdann die Traube
Die Probefrucht gewesen wär?
Wie da, mein Freund? – Ei nun, ich glaube –
Das Paradies wär auch nicht mehr.

Die Gespenster

Der Alte

O Jüngling! sei so ruchlos nicht,
Und leugne die Gespenster,
Ich selbst sah eins beim Mondenlicht
Aus meinem Kammerfenster,
Das saß auf einem Leichenstein:
Drum müssen wohl Gespenster sein.

Der Jüngling

Ich wende nichts dawider ein;
Es müssen wohl Gespenster sein.

Der Alte

Als meiner Schwester Sohn verschied
(Das sind nunmehr zehn Jahre!),
Sah seine Magd, die trefflich sieht,
Des Abends eine Bahre,
Und obendrauf ein Totenbein:
Drum müssen wohl Gespenster sein.

Der Jüngling

Ich wende nichts dawider ein;
Es müssen wohl Gespenster sein.

Der Alte

Und als mein Freund im Treffen blieb,
Das Frankreich jüngst verloren,
Hört' seine Frau, wie sie mir schrieb,
Mit ihren eignen Ohren
Zu Mitternacht drei Eulen schrein:
Drum müssen wohl Gespenster sein.

Der Jüngling

Ich wende nichts dawider ein;
Es müssen wohl Gespenster sein.

Der Alte

In meinem Keller selbst geht's um.
Ich hör oft ein Gesause;
Doch werden die Gespenster stumm,
Ist nur mein Sohn zu Hause.
Denk nur, sie saufen meinen Wein:
Das müssen wohl Gespenster sein.

Der Jüngling

Ich wende nichts dawider ein;
Doch wünscht ich eins davon zu sein.

Der Alte

Auch weiß ich nicht, was manche Nacht
In meiner Tochter Kammer
Sein Wesen hat, bald seufzt, bald lacht;
Oft bringt mir's Angst und Jammer.
Ich weiß, das Mädchen schläft allein;
Drum müssen es Gespenster sein.

Der Jüngling

Ich wende nichts dawider ein;
Doch wünscht ich ihr Gespenst zu sein.

Der trunkne Dichter lobt den Wein

Mit Ehren, Wein, von dir bemeistert
Und deinem flüß'gen Feur begeistert,

Stimm ich zum Danke, wenn ich kann,
Ein dir geheiligt Loblied an.

Doch wie? in was für kühnen Weisen
Werd ich, o Göttertrank, dich preisen?
Dein Ruhm, hör ihn summarisch an,
Ist, daß ich ihn nicht singen kann.

Lob der Faulheit

Faulheit, jetzo will ich dir
Auch ein kleines Loblied bringen. –
O – – wie – – sau – – er – – wird es mir – –
Dich – – nach Würden – – zu besingen!
Doch ich will mein Bestes tun,
Nach der Arbeit ist gut ruhn.

Höchstes Gut! wer dich nur hat,
Dessen ungestörtes Leben – –
Ach! – – ich – – gähn – – ich – – werde matt – –
Nun – – so – – magst du – – mir's vergeben,
Daß ich dich nicht singen kann;
Du verhinderst mich ja dran.

Die Faulheit

Fleiß und Arbeit lob ich nicht.
Fleiß und Arbeit lob ein Bauer.
Ja, der Bauer selber spricht,
Fleiß und Arbeit wird ihm sauer.
Faul zu sein, sei meine Pflicht;
Diese Pflicht ermüdet nicht.

Bruder, laß das Buch voll Staub.
Willst du länger mit ihm wachen?
Morgen bist du selber Staub!
Laß uns faul in allen Sachen,
Nur nicht faul zu Lieb und Wein,
Nur nicht faul zur Faulheit sein.

Die Planetenbewohner

Mit süßen Grillen sich ergötzen,
Einwohner in Planeten setzen,
Eh man aus sichern Gründen schließt,
Daß Wein in den Planeten ist:
Das heißt zu früh bevölkern.

Freund, bringe nur zuerst aufs reine,
Daß in den neuen Welten Weine,
Wie in der, die wir kennen, sind:
Und glaube mir, dann kann ein Kind
Auf seine Trinker schließen.

Der Geschmack der Alten

Ob wir, wir Neuern, vor den Alten
Den Vorzug des Geschmacks erhalten,
Was lest ihr darum vieles nach,
Was der und jener Franze sprach?
Die Franzen sind die Leute nicht,
Aus welchen ein Orakel spricht.

Ich will ein neues Urteil wagen.
Geschmack und Witz, es frei zu sagen,
War bei den Alten allgemein.
Warum? sie tranken alle Wein.
Doch ihr Geschmack war noch nicht fein;
Warum? sie mischten Wasser drein.

Die lügenhafte Phyllis

Mein Damon spricht:
„Kind, lüge nicht!
Sonst werd ich strafen müssen,
Und dich zur Strafe küssen."
Er droht mir, sieht verdrüßlich aus,
Und strafet mich schon im voraus.

Sonst log ich nicht.
Nur seit er spricht:
„Du sollst mir fein mit Küssen
Die losen Lügen büßen“,
Red ich kein wahres Wörtchen mehr.
Nun, Schwestern, sagt, wo kömmt das her?

Die siebenundvierzigste Ode Anakreons

Alter tanze! Wenn du tanzest,
Alter, so gefällst du mir!
Jüngling, tanze! Wenn du tanzest,
Jüngling, so gefällst du mir.

Alter, tanze, trotz den Jahren!
Welche Freude, wenn es heißt:
Alter, du bist alt an Haaren,
Blühend aber ist dein Geist!

Nachahmung dieser Ode

Jüngling, lebst du nicht in Freuden,
Jüngling, o so haß ich dich!
Alter, lebst du nicht in Freuden,
Alter, o so haß ich dich!

Jüngling, trauerst du in Jahren,
Wo die Pflicht sich freuen heißt? –
Schäme dich! so frisch an Haaren,
Jüngling, und so schwach an Geist!

Der Wunsch

Wenn ich, Augenlust zu finden,
Unter schattigt kühlen Linden
Schielend auf und nieder gehe,
Und ein häßlich Mädchen sehe,
Wünsch ich plötzlich blind zu sein.

Wenn ich, Augenlust zu finden,
Unter schattigt kühlen Linden
Schielend auf und nieder gehe,
Und ein schönes Mädchen sehe,
Möcht ich lauter Auge sein.

Der größte Mann

Laßt uns den Priester Orgon fragen:
„Wer ist der größte Mann?"
Mit stolzen Mienen wird er sagen:
„Wer sich zum kleinsten machen kann."

Laßt uns den Dichter Kriton hören:
„Wer ist der größte Mann?"
Er wird es uns in Versen schwören:
„Wer ohne Mühe reimen kann."

Laßt uns den Hofmann Damis fragen:
„Wer ist der größte Mann?"
Er bückt sich lächelnd; das will sagen:
Wer lächeln und sich bücken kann.

Wollt ihr vom Philosophen wissen,
„Wer ist der größte Mann?"
Aus dunkeln Reden müßt ihr schließen:
Wer ihn verstehn und grübeln kann.

Was darf ich jeden Toren fragen:
„Wer ist der größte Mann?"
Ihr seht, die Toren alle sagen:
„Wer mir am nächsten kommen kann."

Wollt ihr den klügsten Toren fragen:
„Wer ist der größte Mann?"
So fraget mich; ich will euch sagen:
„Wer trunken sie verlachen kann."

Der Irrtum

Den Hund im Arm, mit bloßen Brüsten,
Sah Lotte frech herab.
Wie mancher ließ sich's nicht gelüsten,
Daß er ihr Blicke gab.

Ich kam gedankenvoll gegangen
Und sahe steif heran.
Ha! denkt sie, der ist auch gefangen,
Und lacht mich schalkhaft an.

Allein, gesagt zur guten Stunde,
Die Jungfer irrt sich hier.
Ich sah nach ihrem bunten Hunde:
Es ist ein artig Tier.

An den Wein

Wein, wenn ich dich jetzo trinke,
Wenn ich dich als Jüngling trinke,
Sollst du mich in allen Sachen
Dreist und klug, beherzt und weise,
Mir zum Nutz, und dir zum Preise,
Kurz, zu einem Alten machen.

Wein, werd ich dich künftig trinken,
Werd ich dich als Alter trinken,
Sollst du mich geneigt zum Lachen,
Unbesorgt für Tod und Lügen,
Dir zum Ruhm, mir zum Vergnügen,
Kurz, zu einem Jüngling machen.

Phyllis an Damon

Lehre mich, o Damon, singen,
Singen, wie du trunken singst.
Laß auch mich dir Lieder bringen,
Wie du mir begeistert bringst.

Wie du mich willst ewig singen,
Möcht auch ich dich ewig singen.

Durch des Weines Feuerkräfte,
Nur durch sie singst du so schön.
Aber diese Göttersäfte
Darf ich schmachtend nur besehn.
Dir riet Venus Wein zu trinken,
Mir riet sie, ihn nicht zu trinken.

Was wird nun mein Lied beleben?
Kann es dieser Trank nicht sein? –
Wie? Du willst mir Küsse geben?
Küsse, feuriger, als Wein? –
Damon, ach! nach deinen Küssen
Werd ich wohl verstummen müssen.

Für wen ich singe

Ich singe nicht für kleine Knaben,
Die voller Stolz zur Schule gehn,
Und den Ovid in Händen haben,
Den ihre Lehrer nicht verstehn.

Ich singe nicht für euch, ihr Richter,
Die ihr voll spitz'ger Gründlichkeit
Ein unerträglich Joch dem Dichter,
Und euch die Muster selber seid.

Ich singe nicht den kühnen Geistern,
Die nur Homer und Milton reizt;
Weil man den unerschöpften Meistern
Die Lorbeern nur umsonst begeizt.

Ich singe nicht, durch Stolz gedrungen,
Für dich, mein deutsches Vaterland.
Ich fürchte jene Lästerzungen,
Die dich bis an den Pol verbannt.

Ich singe nicht für fremde Reiche.
Wie käm mir solch ein Ehrgeiz ein?

Das sind verwegne Autorstreiche.
Ich mag nicht übersetzet sein.

Ich singe nicht für fromme Schwestern,
Die nie der Liebe Reiz gewinnt,
Die, wenn wir munter singen, lästern,
Daß wir nicht alle Schmolken sind.

Ich singe nur für euch, ihr Brüder,
Die ihr den Wein erhebt, wie ich.
Für euch, für euch sind meine Lieder.
Singt ihr sie nach: o Glück für mich!

Ich singe nur für meine Schöne,
O muntre Phyllis, nur für dich.
Für dich, für dich sind meine Töne.
Stehn sie dir an, so küsse mich.

Die schlafende Laura

Nachlässig hingestreckt,
Die Brust mit Flor bedeckt,
Der jedem Lüftchen wich,
Das säuselnd ihn durchstrich,
Ließ unter jenen Linden
Mein Glück mich Lauren finden.
Sie schlief, und weit und breit
Schlug jede Blum ihr Haupt zur Erden,
Aus mißvergnügter Traurigkeit,
Von Lauren nicht gesehn zu werden.
Sie schlief, und weit und breit
Erschallten keine Nachtigallen,
Aus weiser Furchtsamkeit,
Ihr minder zu gefallen,
Als ihr der Schlaf gefiel,
Als ihr der Traum gefiel,
Den sie vielleicht jetzt träumte,
Von dem, ich hoff es, träumte,
Der staunend bei ihr stand,
Und viel zuviel empfand,

Um deutlich zu empfinden,
Um noch es zu empfinden,
Wieviel er da empfand.
Ich ließ mich sanfte nieder,
Ich segnete, ich küßte sie,
Ich segnete, und küßte wieder
Und schnell erwachte sie.
Schnell taten sich die Augen auf.
Die Augen? – nein, der Himmel tat sich auf.

Der Donner

Es donnert! – Freunde, laßt uns trinken!
Der Frevler und der Heuchler Heer
Mag knechtisch auf die Kniee sinken.
Es donnert! – Macht die Gläser leer!
Laßt Nüchterne, laßt Weiber zagen!
Zeus ist gerecht, er straft das Meer:
Sollt er in seinen Nektar schlagen?

Der müßige Pöbel

Um einen Arzt und seine Bühne
Stand mit erstaunungsvoller Miene
Die leicht betrogne Menge
In lobendem Gedränge.
Ein weiser Trinker ging vorbei,
Und schriee: „Welche Polizei!
So müßig hier zu stehen?
Kann nicht das Volk zu Weine gehen?"

Die Musik

Ein Orpheus spielte; rings um ihn,
Mit lauschendem Gedränge,
Stand die erstaunte Menge,
Durchs Ohr die Wollust einzuziehn.
Ein Trinker kam von ungefähr,

Und taumelte den Weg daher.
Schnell faßt' er sich, blieb horchend stehn,
Und ward entzückt, und schriee: „Schön!
So schön, als wenn bei meinem wackern Wirte
Das helle Paßglas klirrte!"

An den Horaz

Horaz, wenn ich mein Mädchen küsse,
Entflammt von unserm Gott, dem Wein,
Dann seh ich, ohne krit'sche Schlüsse,
Dich tiefer als zehn Bentleys ein.

Dann fühl ich sie, die süßen Küsse,
Die ein barbar'scher Biß verletzt,
Sie, welche Venus, nebst dem Bisse,
Mit ihres Nektars Fünfteil netzt.[1]

Dann fühl ich, mehr als ich kann sagen,
Die Göttin, durch die Laura küßt,
Wie sie sich Amathunts entschlagen,
Und ganz in mich gestürzet ist.[2]

Sie herrscht im Herzen, sie gebietet;
Und Laura löscht die Phyllis aus.
Sie herrscht im Herzen? nein, sie wütet;
Denn Laura hält mich ab vom Schmaus.

Niklas

Mein Esel sicherlich
Muß klüger sein, als ich.
Ja, klüger muß er sein;

[1] – – – dulcia barbare
Laedentem oscula, quae Venus
Quincta parte sui Nectaris imbuit.
[2] – – – in me tota ruens Venus
Cyprum deseruit.

Er fand sich selbst in Stall hinein,
Und kam doch von der Tränke.
Man denke!

Die Küsse

Der Neid, o Kind,
Zählt unsre Küsse:
Drum küß geschwind
Ein Tausend Küsse;
Geschwind du mich,
Geschwind ich dich!
Geschwind, geschwind,
O Laura, küsse
Manch Tausend Küsse:
Damit er sich
Verzählen müsse.

Der schwörende Liebhaber

Ich schwör es dir, o Laura, dich zu hassen;
Gerechten Haß schwör ich dir zu.
Ich schwör es allen Schönen, sie zu hassen;
Weil alle treulos sind, wie du.
Ich schwör es dir, vor Amors Ohren,
Daß ich – – ach! daß ich falsch geschworen.

Trinklied

Voll, voll, voll,
Freunde, macht euch voll!
Wein, Wein, Wein,
Freunde, schenkt ihn ein!
Küßt, küßt, küßt,
Die euch wiederküßt!
Voll von Wein,
Voll von Liebe,
Voll von Wein und Liebe,

Freunde, voll zu sein,
Küßt und schenket ein!

Der Verlust

Alles ging für mich verloren,
Als ich Sylvien verlor!
Du nur gingst nicht mit verloren,
Liebe, da ich sie verlor!

Der Genuß

So bringst du mich um meine Liebe,
Unseliger Genuß? Betrübter Tag für mich!
Sie zu verlieren – meine Liebe –
Sie zu verlieren, wünscht ich dich?
Nimm sie, den Wunsch so mancher Lieder,
Nimm sie zurück, die kurze Lust!
Nimm sie, und gib der öden Brust,
Der ewig öden Brust, die beßre Liebe wieder!

Das Leben

Sechs Tage kannt ich sie,
Und liebte sie sechs Tage.
Am siebenten erblaßte sie,
Dem ersten meiner ew'gen Klage.
Noch leb ich, zauderndes Geschick!
Ein pflanzengleiches Leben.
O Himmel, ist für den kein Glück,
Dem du Gefühl und Herz gegeben!
Oh! nimm dem Körper Wärm und Blut,
Dem du die Seele schon genommen!
Hier, wo ich wein, und wo sie ruht,
Hier laß den Tod auf mich herabgebeten kommen!
Was hilft es, daß er meine Jahre
Bis zu des Nestors Alter spare?
Ich habe, trotz der grauen Haare,

Womit ich dann zur Grube fahre,
Sechs Tage nur geliebt,
Sechs Tage nur gelebt.

Die Biene

Als Amor in den goldnen Zeiten
Verliebt in Schäferlustbarkeiten
Auf bunten Blumenfeldern lief,
Da stach den kleinsten von den Göttern,
Ein Bienchen, das in Rosenblättern,
Wo es sonst Honig holte, schlief.

Durch diesen Stich ward Amor klüger.
Der unerschöpfliche Betrüger
Sann einer neuen Kriegslist nach:
Er lauscht' in Rosen und Violen!
Und kam ein Mädchen sie zu holen,
Flog er als Bien heraus, und stach.

Die Liebe

Ohne Liebe
Lebe, wer da kann.
Wenn er auch ein Mensch schon bliebe,
Bleibt er doch kein Mann.

Süße Liebe,
Mach mein Leben süß!
Stille nie die regen Triebe
Sonder Hindernis.

Schmachten lassen
Sei der Schönen Pflicht!
Nur uns ewig schmachten lassen,
Dieses sei sie nicht.

Der Tod

Gestern, Brüder, könnt ihr's glauben?
Gestern bei dem Saft der Trauben,
(Bildet euch mein Schrecken ein!)
Kam der Tod zu mir herein.

Drohend schwang er seine Hippe,
Drohend sprach das Furchtgerippe:
„Fort, du teurer Bacchusknecht!
Fort, du hast genug gezecht!"

„Lieber Tod", sprach ich mit Tränen,
„Solltest du nach mir dich sehnen?
Sieh, da stehet Wein für dich!
Lieber Tod verschone mich!"

Lächelnd greift er nach dem Glase;
Lächelnd macht er's auf der Base,
Auf der Pest, Gesundheit leer;
Lächelnd setzt er's wieder her.

Fröhlich glaub ich mich befreiet,
Als er schnell sein Drohn erneuet,
„Narre, für dein Gläschen Wein,
Denkst du", spricht er, „los zu sein?"

„Tod", bat ich, „ich möcht auf Erden
Gern ein Mediziner werden.
Laß mich: ich verspreche dir
Meine Kranken halb dafür."

„Gut, wenn das ist, magst du leben!"
Ruft er. „Nur sei mir ergeben.
Lebe, bis du satt geküßt,
Und des Trinkens müde bist."

Oh! wie schön klingt dies den Ohren!
Tod, du hast mich neu geboren.
Dieses Glas voll Rebensaft,
Tod, auf gute Brüderschaft!

Ewig muß ich also leben,
Ewig! denn, beim Gott der Reben!
Ewig soll mich Lieb und Wein,
Ewig Wein und Lieb erfreun!

Der Faule

Rennt dem scheuen Glücke nach!
Freunde, rennt euch alt und schwach!
Ich nehm teil an eurer Müh:
Die Natur gebietet sie.
Ich, damit ich auch was tu –
Seh euch in dem Lehnstuhl zu.

Der Flor

O Reize voll Verderben!
Wir sehen euch, und sterben.
O Augen, unser Grab!
O Chloris, darf ich flehen?
Dich sicher anzusehen,
Laß erst den Flor herab!

Die wider den Cäsar verschwornen Helden

Cassius. Decimus. Brutus. Cimber.

Cassius

Jetzt, Helden, laßt uns rühmlich sterben,
Eh Rom noch Königsfesseln trägt.
Wer sollte nicht mit Lust verderben,
Wenn ihn der Staat mit niederschlägt?

Decimus

Ja – aber ohne Rache sterben,
Und ohne Nutz dem Vaterland – –
Freund, das heißt pöbelhaft verderben.
Und wozu hätt ich Mut und Hand?

Cassius

O Brutus! voller tiefen Sorgen
Seh ich dein Herz für Rom zerteilt.
O Freund! noch einen freien Morgen,
So hat die Knechtschaft uns ereilt.

Brutus

Wenn Cäsar Rom will unterdrücken,
Muß Brutus ihn zur Strafe ziehn.
Ich will den Dolch ins Herz ihm drücken:
Mit Zittern zwar, doch drück ich ihn.

Cassius

Du? deinem Freunde? Brutus! Götter!
Rom steht, wenn Brutus Brutus ist.
Schon war ein Brutus Roms Erretter;
Komm! zeige, daß du beide bist.

Cimber

Auch ich will alles mit euch wagen;
Auch ich muß ohne König sein.
Denn könnt ich einen Herrn ertragen,
Ertrüg ich allererst den Wein.

Die Ente

Ente, wahres Bild von mir,
Wahres Bild von meinen Brüdern!
Ente, jetzo schenk ich dir
Auch ein Lied von meinen Liedern.

Oft und oft muß dich der Neid
Zechend auf dem Teiche sehen.
Oft sieht er aus Trunkenheit
Taumelnd dich in Pfützen gehen.

Auch ein Tier – – o das ist viel!
Hält den Satz für wahr und süße,
Daß, wer glücklich leben will,
Fein das Trinken lieben müsse.

Ente, ist's nicht die Natur,
Die dich stets zum Teiche treibet?
Ja, sie ist's; drum folg ihr nur,
Trinke, bis nichts übrigbleibet.

Ja, du trinkst und singst dazu.
Neider nennen es zwar schnadern;
Aber, Ente, ich und du
Wollen nicht um Worte hadern.

Wem mein Singen nicht gefällt,
Mag es immer Schnadern nennen.
Will uns nur die neid'sche Welt
Als versuchte Trinker kennen.

Aber, wie bedaur ich dich,
Daß du nur mußt Wasser trinken.
Und wie glücklich schätz ich mich,
Wenn mir Weine dafür blinken!

Armes Tier, ergib dich drein.
Laß dich nicht den Neid verführen.
Denn des Weins Gebrauch allein
Unterscheidet uns von Tieren.

In der Welt muß Ordnung sein.
Menschen sind von edlern Gaben.
Du trinkst Wasser, und ich Wein;
So will es die Ordnung haben.

Die drei Reiche der Natur

Ich trink, und trinkend fällt mir bei,
Warum Naturreich dreifach sei.
Die Tier und Menschen trinken, lieben,
Ein jegliches nach seinen Trieben;
Delphin und Adler, Floh und Hund
Empfindet Lieb, und netzt den Mund.
Was also trinkt und lieben kann,
Wird in das erste Reich getan.

Die Pflanze macht das zweite Reich,
Dem ersten nicht an Güte gleich:
Sie liebet nicht, doch kann sie trinken;
Wenn Wolken träufelnd niedersinken,
So trinkt die Zeder und der Klee,
Der Weinstock und die Aloe.
Drum, was nicht liebt, doch trinken kann,
Wird in das zweite Reich getan.

Das Steinreich macht das dritte Reich;
Und hier sind Sand und Demant gleich:
Kein Stein fühlt Durst und zarte Triebe,
Er wächset ohne Trunk und Liebe.
Drum, was nicht liebt noch trinken kann,
Wird in das letzte Reich getan.
Denn ohne Lieb und ohne Wein,
Sprich, Mensch, was bleibst du noch? – – Ein Stein.

Das Alter

Nach der eilften Ode Anakreons

Euch, lose Mädchen, hör ich sagen:
„Du bist ja alt, Anakreon.
Sieh her! du kannst den Spiegel fragen,
Sieh, deine Haare schwinden schon;
Und von den trocknen Wangen
Ist Blüt und Reiz entflohn.“ –
Wahrhaftig! ob die Wangen
Noch mit dem Lenze prangen,
Wie, oder ob den Wangen
Der kurze Lenz vergangen,
Das weiß ich nicht; doch was ich weiß,
Will ich euch sagen: daß ein Greis,
Sein bißchen Zeit noch zu genießen,
Ein doppelt Recht hat, euch zu küssen.

An die Schwalbe

Die zwölfte Ode Anakreons

Schwatzhafteste der Schwalben, sprich,
Was tu ich dir? wie straf ich dich?
Soll ich dich um die Schwingen
Mit meiner Schere bringen?
Soll ich, zu deiner Pein,
Ein andrer Tereus sein?
Und willst du gern der Prokne gleichen?
Mußt du, zu frühe Schwätzerin,
Mußt du von meiner Schäferin
Mir meinen schönen Traum verscheuchen?

Die Kunstrichter und der Dichter

Die Kunstrichter

Ihr Dichter! seid des Stoffes voll,
Den eure Muse singen soll:
Alsdann gerät das Lied euch wohl.

Der Dichter

Wohl! wohl! ihr Herren Richter, wohl!
Seht her! ich bin des Stoffes voll,
Den meine Muse singen soll;
Ich bin, ich bin des Weines voll;
Und doch gerät kein Lied mir wohl.

Die Kunstrichter

Du bist des Stoffes allzu voll,
Den deine Muse singen soll:
Darum gerät kein Lied dir wohl.

An die Kunstrichter

Schweigt, unberauschte, finstre Richter!
Ich trinke Wein, und bin ein Dichter.
Tut mir es nach, und trinket Wein,
So seht ihr meine Schönheit ein.
Sonst wahrlich, unberauschte Richter,
Sonst wahrlich seht ihr sie nicht ein!

ANHANG

Die verschlimmerten Zeiten

Anakreon trank, liebte, scherzte,
Anakreon trank, spielte, herzte,
Anakreon trank, schlief, und träumte
Was sich zu Wein und Liebe reimte:
Und hieß mit Recht der Weise.

Wir Brüder trinken, lieben, scherzen,
Wir Brüder trinken, spielen, herzen,
Wir Brüder trinken, schlafen, träumen,
Wozu sich Wein und Liebe reimen;
Und heißen nicht die Weisen.

Da seht den Neid von unsern Zeiten!
Uns diesen Namen abzustreiten!
O Brüder lernet hieraus schließen,
Daß sie sich stets verschlimmern müssen.
Sie nennen uns nicht weise!

Das Bild des Hrn. H.

Das, Maler, ist dein Meisterstücke!
Ja, H**, ja; an Anmut reich,
Sieht dies Kind meinem Kinde gleich.
Das ist sein Haar; dies seine Blicke;
Das ist sein Mund; das ist sein Kinn.
O Freund, o laß dich's nicht verdrüssen,
Und sieh auf jene Seite hin:
Ich muß, ich muß das Bildchen küssen.
Wie zärtlich nimmt's den Kuß nicht an:
Nur schade, daß es ihn nicht wiedergeben kann.

Das Umwechseln

Der Bruder

Liebe Schwester, wer ist die?
Deine Freundin? darf ich küssen?
O wie frei, wie schön ist sie!
Liebe Schwester darf ich küssen?

Die Schwester

Pfui! Ihr Bruder ist ja hier.
Willst du, daß er's sieht, sie küssen?
Schäm dich! dieses Mal wird dir
Wohl die Lust vergehen müssen.

Der Bruder

Schwester, geh zum Bruder hin;
Laß dich von dem Bruder küssen;
Dann, weil ich dein Bruder bin,
Darf ich seine Schwester küssen.

Der Vetter und die Muhme

O fluche, Freund, nicht alles Wetter
Auf deinen eigensinn'gen Vetter.
Schmält er manchmal; so laß es sein.
Er hat ja guten Wein.

Auch fluche nicht der alten Muhme.
Man muß ihr Brummen, sich zum Ruhme,
Mit stiller Sanftmut übergehn.
Die Tochter ist ja schön.

Die Mutter

Strenge Phyllis dich zu küssen,
Dich ein einzigmal zu küssen,
Hab ich dich nicht bitten müssen!
Und doch darf ich dich nicht küssen.
Sagst du? „Meine Mutter spricht:

‚Phyllis, Tochter küsse nicht!' "
Ist es so was Böses, küssen?
Liegt kein Trieb dazu im Blut?
Doch – – weg mit den schweren Schlüssen!
Laß sie warnen! kurz und gut;
Was geht der die Mutter an,
Die selbst Mutter werden kann?

Die Antwort

Der Nachbarin Klimene
Schrieb ich von Lieb und Glut.
Die christlich holde Schöne
War allen Menschen gut.
Sie hat den Brief bekommen,
Voll Sehnsucht angenommen,
Geküßt und aufgemacht,
Gelesen und gelacht.
Ach Gott, das gute Kind!

Sie wird wohl wieder schreiben?
Nein: schreiben kann sie nicht.
Nur sich die Zeit vertreiben,
Ist ihre Kunst und Pflicht.
Doch ohne Trost mich lassen,
Hieß meine Liebe hassen;
Drum kömmt sie selbst zu mir,
Durch unsre Hintertür.
Ach, gar zu gutes Kind!

Der Schlaf

Ich trinke bis um Mitternacht.
Wenn neben mir der Geizhals wacht,
Und mit bekümmertem Verlangen
Forscht, ob dem Schatze nichts entgangen?
Da trink ich noch, und freue mich,
Und trinkend Bacchus lob ich dich.
Da flieht der Durst! da flieht der Kummer!

Doch wärst du nicht, du süßer Schlummer,
Wenn sollt ich wieder durstig werden?
Und würd ich nicht mehr durstig sein,
So tränk ich ja auch nicht mehr Wein.
O Schlaf, welch Gut bist du der Erden!

Der philosophische Trinker

Mein Freund, der Narr vom philosoph'schen Orden,
Hat sich bekehrt, und ist ein Trinker worden.
Er zecht mit mir und meinen Brüdern,
Und fühlet schon in unsern Liedern
Mehr Weisheit, Witz und Kraft,
Als Jacob Böhm und Newton schafft.
Doch bringt er seine spitz'gen Fragen,
Die minder als sie sagen, sagen,
Noch dann und wann hervor,
Und plagt mit Schlüssen unser Ohr.
Jüngst fragt er mich am vollen Tische,
Warum wohl in der Welt der Fische,
In Flüssen und im Meer,
Nicht Wein statt Wassers wär?
„Ohn Ursach", sprach er, „kann nichts sein."
Die Antwort fiel mir schwer;
Ich dachte hin und her,
Doch endlich fiel mir's ein.
„Die Ursach ist leicht zu erdenken",
Sprach ich mit aufgestemmtem Arm.
„Und welche?" schrie der ganze Schwarm.
„Damit, wenn Esel davon tränken,
Die Esel, nur verdammt zu Bürden,
Nicht klüger als die Menschen würden."
„Die Antwort", schrie man, „läßt sich hören.
Drum trinket eins der Weltweisheit zu Ehren!"

Der Fehler

Angelika ist jung und reich.
An Schönheit meiner Phyllis gleich.

Ich kann nichts Schöners nennen;
Das wissen die, die Phyllis kennen.
Sie redet ungezwungen rein;
Sie scherzt empfindlich und doch fein;
Ihr biegsam redlich Herze fühlt;
Sie tanzt, sie singt, sie spielt.
Wenn meine Phyllis untreu wird – – –
O werde sie es nie!
Wenn sie es aber wird,
So lieb ich keine sonst als sie.
Doch – – hab ich's auch bedacht?
Nein, einen Fehler treff ich an,
Der alles nichtig macht.
Sie liebet ihren Mann.

Phyllis lobt den Wein

Seht, mein Damon tanzt und springet!
Seht, wie wiegt er Leib und Fuß!
Seht, mein Damon lacht und singet,
Singt von Ruhe, Wein und Kuß.
Seht, wie Mund und Augen glühn!
Wir beleben uns durch ihn.

Hört die ungezwungnen Scherze!
Hört, die Liebe scherzt durch ihn!
Wie die Dämmrung vor der Kerze
Seht die Schwermut vor ihm fliehn,
Seht, er taumelt, wankt im Gehn,
Seht, sogar er taumelt schön.

Seht, wie locken seine Lippen!
Seht, wie glüht sein Mund so rot!
Machet mich, ihr roten Lippen,
Macht mich halbgezwungen rot!
Ja, er kömmt, er küsset mich.
O wie feurig küßt er mich!

Wein, du Wein hast ihn begeistert,
Du teilst ihm dein Feuer mit.

Durch dich küßt er so begeistert,
Und teilt mir sein Feuer mit.
Drum soll, wie von ihm, der Wein,
Auch von mir vergöttert sein!

An den Anakreon

Anakreon singt, alles fühlet:
Und alles gähnt wenn Codrus spielet.
Anakreon, sprich, wie man spielt,
Daß niemand gähnt, daß alles fühlt.

Du schweigst? Doch mit beredtern Blicken,
Die mich in Bacchus' Laube schicken,
Sprichst du: mein Lehrer war der Wein.
Wohl! Wohl! Er soll auch meiner sein!

Wem ich zu gefallen suche, und nicht suche

Alten, alt zu unsrer Pein,
Denen von der Lust im Lieben,
Von der Jugend, von dem Wein
Das Erinnern kaum geblieben;
Weibern, die der Taufschein drückt,
Wenn ihr Reiz, der sonst entzückt,
Sonst gestritten, sonst gesiegt,
Unter Schichten Runzeln liegt;
Dichtern, die den Wein nicht loben,
Die die Liebe nicht erhoben;
Mägdchen, die nicht Gleimen kennen,
Rosten nicht vortrefflich nennen;
Weisen, die mit leeren Grillen
Leere Köpfe strotzend füllen;
Männern, die die Sitten lehren,
Und dich, Molière, nicht ehren,
Stolz auf ihr Systema sehn,
Und dich muntern Schauplatz schmähn;
Handelsleuten, die das Geld
Und ihr Stolz zu Fürsten stellt;

Falschen Priestern, die die Tugend,
Mir nicht munter wie die Jugend,
Mir nicht schmackhaft, mir nicht süße,
Wie den Wein, und wie die Küsse,
Mir nicht reizend, wie die Strahlen,
Aus der Phyllis Augen malen;
Stutzern, deren weißer Scheitel,
Deren reich und witz'ge Tracht,
Dummgelobte Schönen eitel,
Und zu ihresgleichen macht;
Unversuchten stolzen Kriegern;
Aufgeblasnen Federsiegern;
Ältlichklugen jungen Leuten;
Seufzenden nach bessern Zeiten;
Schwermutsvollen Gallenchristen;
Allen Narren, die sich isten;
Zum Exempel, Pietisten;
Zum Exempel, Atheisten;
Zum Exempel, Rabulisten;
Operisten und Chymisten;
Quietisten und Sophisten;
Und nicht wenigen Juristen;
Publizisten und Statisten;
Und nicht wenigen Linguisten;
Und nicht wenigen Stilisten;
Und nicht wenig Komponisten – – –
O der Atem will mir fehlen
Alle Narren zu erzählen – – –
Allen, die mich tadelnd hassen,
Die mein Leben voller Freude
Mich nicht, aus verstelltem Neide,
Ungestört genießen lassen;
Diesen Toren, diesen allen
Mag ich * * nicht gefallen,
Mag ich, sag ich, nicht gefallen.

Alten, die der Wein verjüngt,
Die mit zitternd schwachen Tönen,
Wenn die Jugend munter singt,
Ihr noch gleich zu sein sich sehnen;

Weibern, die, was an sich zieht,
Reiz und Jugend noch nicht flieht,
Die des Schicksals harte Hand
Weib'schen Männern zugewandt;
Jungen Witwen, die sich grämen
Flor und Trauer umzunehmen,
Und mit schwergereizten Zähren
Nur den andern Mann begehren;
Dichtern, die wie Dichter küssen,
Nichts als sich zu freuen wissen;
Dichtern, die wie Dichter zechen,
Nie versagten Beifall rächen;
Dichtern, die bei Kuß und Wein
Miltons lassen Miltons sein;
Dichtern, die im Scherze stark,
Mit Geschichten voller Mark,
Muntern Mägdchen munter lehren,
Was die Mütter ihnen wehren;
Dichtern, die mich spottend bessern,
Kleine Fehlerchen vergrößern,
Daß ich sie in ihrem Spiele
Desto lächerlicher fühle;
Rednern, die stark im Verstellen
Uns vergnügend hintergehn,
Wenn wir sie in zwanzig Fällen
Zwanzigmal nicht selber sehn,
Bald als Unglückshelden sprechen,
Bald die Tugend spottend rächen,
Bald als Könige befehlen,
Bald als alte Männer schmälen;
Künstlern, die auf Zaubersaiten
Sorg und Harm durchs Ohr bestreiten,
Und mit heilsam falschen Leide
Dämpfen übermäß'ge Freude;
Federbüschen, die nicht prahlen;
Reichen, welche reich bezahlen;
Kriegern, die ihr Leben wagen;
Armen, welche nicht verzagen;
Allen liebenswürd'gen Mägdchen,
Liebenswürd'gen weißen Mägdchen,
Liebenswürd'gen braunen Mägdchen,

Liebenswürd'gen stillen Mägdchen,
Liebenswürd'gen muntern Mägdchen,
Wären es gleich Bürgermägdchen,
Wären es gleich Kaufmannsmägdchen,
Wären es gleich Priestermägdchen,
Wären es gleich Kammermägdchen,
Wären es gleich Bauermägdchen,
Wenn sie nur die Liebe fühlen,
Lachen, scherzen, küssen, spielen;
Diesen, Freunde, diesen allen
Wünsch ich * * zu gefallen,
Wünsch ich, sag ich, zu gefallen.

Das Erdbeben

Bruder, Bruder, halte mich!
Warum kann ich denn nicht stehen?
Warum kanst du denn nicht gehen?
Bruder geh, ich führe dich.

Sachte Bruder, stolperst du?
Was? Du fällst mir gar zur Erden?
Halt! ich muß dein Retter werden.
Nu? Ich falle selbst dazu?

Sieh doch Bruder! Siehst du nicht,
Wie die lockern Wände schwanken?
Sieh, wie Tisch und Flasche wanken!
Greif doch zu! das Glas zerbricht!

Himmel, bald, bald werden wir
Nicht mehr trinken, nicht mehr leben!
Fühlst du nicht? des Grunds Erbeben
Droht es Bruder mir und dir.

Limas Schicksal bricht herein!
Bruder, Bruder, wenn wir sterben,
Soll der Wein auch mit verderben?
Der auf heut bestimmte Wein?

Nein, die Sünde wag ich nicht.
Bruder, wolltest du sie wagen?
Nein, in letzten Lebenstagen
Tut man gerne seine Pflicht.

Sieh, dort sinket schon ein Haus!
Und hier auch! Nun muß man eilen!
Laß uns noch die Flasche teilen!
Hurtig! Hurtig! trink doch aus!

Die Einwohner des Mondes

Die Mägdchen, die in sechzehn Jahren,
Noch nicht das leckre Glück erfahren,
Wozu sie ihre Mütter sparen;
Das Stutzerchen, das was gelernt;
Das Weib, das nie sich aus den Schranken
Der ehelichen Pflicht entfernt,
Und um den Mann die Welt vergißt;
Der Bettler, der bei dem Bedanken
So höflich wie beim Bitten ist;
Der Dichter, welcher nie gelogen,
Dem stets der Reim, und niemals er,
Dem lieben Reime nachgezogen;
Der Pfaffe, der stolz auf sein Amt,
Um Kleinigkeiten nicht verdammt,
Und weiß durch Taten zu ermahnen;
Der Edle, der von seinen Ahnen,
In unzertrennter Ordnung stammt,
Ohn daß ein wackrer Bauerknecht
Nicht oft das Heldenblut geschwächt;
Ein Arzt, der keinen totgemacht;
Der Krieger, der mehr kämpft als fluchet;
Der Hagestolz, der in der Nacht,
Was er am Tage flieht, nicht suchet;
Das fromme Weib, das nie geschmält;
Der reiche Greis, dem nichts gefehlt;
Und hundert andre schöne Sachen,
Die unsern Zeiten Ehre machen:

Wo trifft man die? – – Vielleicht im Mond,
Wo jedes Hirngespinste wohnt.

Der Tausch an Hr. W.

Ein Mägdchen, das Verstand und Geist
Gemeiner Schönen Zahl entreißt,
Ein Mägdchen, das bei Büchern schwitzet,
Wenn Phyllis vor dem Spiegel sitzet,
Das ihrer Seelen Schönheit bessert,
Wenn die die leibliche vergrößert,
Das gründlich denkt und gründlich scherzt,
Platonisch liebt, platonisch herzt:
Freund, so ein Mägdchen ist für dich,
Und nicht für mich.

Ein Mägdchen, dessen zärtlich Bild
Mit Zärtlichkeit die Herzen füllt,
Ein Mägdchen mit beredten Blicken,
Mit Füßen, die versteckt entzücken,
Mit Händen, die liebkosend schlagen,
Und drückend, dich nur lieb ich, sagen,
Mit schwarzem Haar, mit voller Brust,
Gemacht zu dauerhafter Lust:
Freund, so ein Mägdchen ist für mich,
Und nicht für dich.

Das Glück ist ungerecht und blind;
Wenn nicht die Dichter Lügner sind.
Wie oft hat es mit deinem Hoffen,
Wie oft mit meinem eingetroffen?
Wie wenn es, dich und mich zu kränken,
Dir mein, und mir dein Kind wird schenken?
O Freund, was soll die Rache sein?
Der Tausch, o Freund, der Tausch allein.
Doch gibst du, geb ich meine dir,
Auch deine mir?

Die Sparsamkeit

Von nun an muß ich sparsam werden.
Warum denn das? Der Wein schlägt auf.
So geht's, das Beste dieser Erden
Erhält man nur durch teuren Kauf.

Wer pocht? Ei der verwünschte Schneider
Macht mich fast durch sein Mahnen toll.
Da seht die Menschenliebe! Leider,
Daß man doch stets bezahlen soll.

„Beliebet morgen einzusprechen.
Die Wechsel laufen später ein."
Er geht? Geh! Geh! nun kann ich zechen.
Seht! Seht! so muß man sparsam sein.

Die Abwechslung

Ich trinke nicht stets einen Wein.
Das möchte mir zu ekel sein.
Wein aus Burgund, Wein von der Mosel Strande,
Einheim'schen Wein, Wein aus dem Frankenlande,
Die wechsl ich täglich mit Bedacht,
Weil Wechseln alles süßer macht.

Und mich soll nur ein artig Kind,
Wenn mehrere zu finden sind,
Durch süßen Zwang gepriesner Liebe binden?
Oh, dies zählt ich mit unter meine Sünden.
Nein, nein, ich folge meinem Brauch,
Mit art'gen Kindern wechsl ich auch.

Der bescheidene Wunsch

Der Pfennig, den man andachtsvoll
Dem Priester beichtend geben soll
Gilt mehr als im gemeinen Leben
Ein Pfennig, den wir Iro geben.
Die Klügsten müssen durch Dukaten

Den Sinn des kleinen Worts erraten.
Man nehm es nicht buchstäblich an,
Der Buchstab bringet Tod und Bann.

„Ach schenkte mir mein lieber Gott
Nur einst mein liebes Bißchen Brot;
Ich wollte mich begnügen lassen
Und keinen Reichen neidisch hassen.“
Oh, das ist Staxen leicht zu sagen,
Doch, wollt ihr eine Wette wagen,
Stax schließet Fische, Braten, Wein
Mit in den Wunsch des Brotes ein.

O Liebste! machet dir mein Mund
Den heißen Wunsch nach Küssen kund,
So wisse, daß ich mehr begehret
Als dir mein scheuer Mund erkläret.
Ein Kuß bei mir ist – – Soll ich's sagen?
Doch still! Du willst mich heimlich fragen.
Komm! Jener Lustwald ruft dir zu:
O Mägdchen! was du tun willst, tu!

Das Schäferleben

Komm Freund! wir wollen Schäfer werden.
Dies stille Volk besitzet noch
Die süße Ruh, das Glück der Erden.
Was zauderst du? Komm Freund! komm doch!

Dort blüht bei aufgeräumten Sinnen
Noch alte Treu und Redlichkeit,
Auch in den schönsten Schäferinnen.
Dort, dort ist noch die güldne Zeit.

Wird dir es schwer, die Stadt zu lassen,
Wo nichts als falsche Mägdchen sind?
Bedenke, Phyllis will mich hassen,
Das flatterhafte böse Kind.

Auch Phyllis kann die Treue brechen,
Und windet sich aus meiner Hand.

Ja, diese Falschheit muß ich rächen.
Komm mit! Ich geh ins Schäferland.

Du schwärmst, mein Freund. Laß mich zufrieden.
Was geht mich deine Phyllis an.
Dem ist ein größer Glück beschieden,
Der sich gleich mir betrinken kann.

Wo hast du den Verstand gelassen?
Du hast gewiß noch keinen Rausch?
Den Wein, den Wein für Milch zu hassen?
Den Wein für Milch? Das wär ein Tausch.

Recht Freund! Verzeih mir diese Possen.
Wie albern denkt und redt man nicht,
Wenn man noch keinen Wein genossen,
Wenn folglich der Verstand gebricht.

Drum eile, Freund mir einzuschenken.
Trink mir es zu, und mach mich klug.
Nun lern ich wieder richtig denken.
Nun seh ich meinen Selbstbetrug.

O schade für die falschen Kinder!
Laßt sie nur unbeständig sein.
Ich lache nun, und bin's nicht minder.
Den Rat, den Rat gibt mir der Wein.

Nun soll mich Phyllis nicht betrüben,
Laßt sie nur unbeständig sein,
Von nun an will ich auch so lieben.
Den Rat, den Rat gibt mir der Wein.

Salomon

Lobt mir Davids weisen Sohn!
Auch bei Lieb und Wein und Scherzen
War er doch nach Gottes Herzen.
Brüder, lobt den Salomon.
Brüder, laßt sein Lob erschallen

Doch vor allen
Lobt mir seinen weisen Schluß:
Wer viel lernt hat viel Verdruß.

Dieses laßt mir Wahrheit sein!
Diese Wahrheit stets zu lieben
Hat mich die Natur getrieben,
Die Natur und Lieb und Wein.
Ehrt mit mir den weisen König!
Lernet wenig!
Brüder, und erwägt den Schluß:
Wer viel lernt hat viel Verdruß!

Der Fehler der Natur

an Hr. M.

Freund! du erforschest die Natur.
Sprich! Ist's nicht wahr, sie spielt nicht nur
Sie fehlt auch oft in ihren Werken?
Ja, ja sie fehlt. Oft in der Eil
Versetzt sie dies und jenes Teil.
Ich selbst kann meinen Satz bestärken.
Denn hätt sich ihre Götterhand
Als sie mich baute nicht verloren;
So wär ich an der Mosel Strand,
Wo nicht, doch in Burgund geboren.
O Mosler, o Burgunderwein,
Ich, ich sollt euer Landsmann sein!

Die schlimmste Frau

Die Weiber können nichts als plagen.
Der Satz sagt viel und ist nicht neu.
Doch, Freunde, könnt ihr mir nicht sagen,
Welch Weib das schlimmste sei?

Ein Weib, das mit dem Manne scherzet
Wie ein gebildter Marmorstein,
Das ohne Glut und Reiz ihn herzet,
Das kann kein gutes sein.

Ein Weib, das wie ein Drache geizet,
Und gegen Kind und Magd genau,
Den Dieb mich zu bestehlen reizet,
O eine schlimme Frau!

Ein Weib, das gegen alle lachet,
In Liebesstreichen frech und schlau
Uns täglich neue Freunde machet,
O eine schlimmre Frau!

Ein Weib, das nichts als bet und singet,
Und bei der Kinder Zeitvertreib
Mit Seufzen ihre Hände ringet,
O ein noch schlimmer Weib!

Ein Weib, das stolz aufs Eingebrachte,
(Und welche nimmt der Stolz nicht ein?)
Den Mann sich gern zum Sklaven machte,
Das muß ein Teufel sein!

Ein Weib, das ihrem Manne fluchet,
Wenn er Gesellschaft, Spiel und Wein,
Wie heimlich sie Liebhaber, suchet,
Das muß – – ein Weibsbild sein!

Der Schiffbruch

„Gewagt! Freund, komm mit mir aufs Meer!
Das Trinken macht den Beutel leer,
Drum hol ich mir in fernen Landen,
Die unsre Väter niemals fanden,
Gold, Silber, Perlen, Edelstein;
Und folglich Wein.“

Nein Freund! Nein Freund, dies wag ich nicht.
Gesetzt, daß unser Schiff zerbricht,
So müssen wir ins Wasser sinken,
Und Wasser wohl gezwungen trinken.
Und Wasser, Wasser schmecket schlecht.
Hab ich nicht recht?

Ja, wär im Meere lauter Wein,
So gäng ich, Freund, die Schiffahrt ein.
O Freund! O Freund, mit Freuden
Wollt ich gar Schiffbruch leiden.
Doch dies ist nicht. Drum bleibe hier.
Man borget dir.

Die Redlichkeit

So weit sich läßt die Welt durchwandern,
Klagt ein verlarvter Schelm dem andern
Die selbstverschuldte Seltenheit
Der nie geübten Redlichkeit.

Und doch flucht ihre Lust zum Schwärzen – –
Da seht die Torheit ihrer Herzen!
Seht, klagen sie nicht bloß zum Schein?
Doch fluchen sie auf dich, o Wein!

So klagen, und dem Trinken fluchen,
Heißt Zwecke sonder Mittel suchen.
Nun, Brüder, red ich nicht gelehrt?
Wie man es kaum von Wolffen hört.

Wer hat die Redlichkeit erhoben
Ohn unsre Väter mit zu loben?
Ja, ja, die trunken wacker Wein,
Wie konnten sie nicht redlich sein?

Drum, Brüder, bleibet euern Ahnen,
Die euch, sooft ihr durst't, ermahnen,
An Treu und Trunke kindlich gleich.
Trinkt redlich aus und küsset euch!

Der Tabak

Dich, Tabak, lobt der Medikus,
Weil uns dein fleißiger Genuß
An Zahn und Augen wohl kurieret,
Und Schleim und Kolster von uns führet.

Dich lobet der Philosophus,
Wenn er scharf meditieren muß;
Weil er, solang er dich genießet,
Des Geistes Flatterkeit vermisset.

Dich lobet der Theologus
Durch einen homilet'schen Schluß,
Wenn er in deinem Rauch entzücket
Ein Bild der Eitelkeit erblicket.

Ich lob an dir als ein Jurist,
Was rechtens an dir löblich ist;
Daß, wenigstens wie mir es dünket,
Man mehr und öfter bei dir trinket.

Refutatio Papatus

Nein, nein! durchaus ich glaube nicht,
Was Petri falscher Folger spricht;
Daß jene Bücher göttlich wären,
Die, zu der Juden steten Ehren,
Uns von des Makkabäus Helden
Und ihren heil'gen Schlachten melden.

Hört meinen neu erfundnen Grund!
Es machte mir der Wein ihn kund;
Der Wein, der stets zur Wahrheit leitet.
Oh, daß ihr Theologen streitet,
Und streitet, ohne Wein zu trinken!
So müßt ihr stets in Irrtum sinken.

Der Schluß[1] von diesen Büchern sagt
(Worüber Wein und Wahrheit klagt):
„Den Durst sich stets mit Wein zu stillen,
Das bringet eklen Widerwillen.
Bald Wasser, und bald Wein genießen,
Das muß uns den Gebrauch versüßen."

[1] „Allezeit Wein und Wasser trinken, ist nicht lustig; sondern zuweilen Wein, zuweilen Wasser trinken, das ist lustig". 2. B. d. Makkab. 15. Kap. 40. V. 2

Was gilt's? wer lügt, ist nicht von GOtt.
Haha! Herr Papst! ihr werdet rot,
Und seht die Wahrheit meiner Sätze.
Oh, wenn ich mich im Wein ergetze,
Glaubt ihr, ich wünscht ihn einst zu lassen?
Ich müßte meine Wohlfahrt hassen.

Die Wetterprophezeiung

Das Wetter ist veränderlich,
Veränderlich, wie meine Schönen.
Umsonst, o Freund, bemüht man sich,
Nach Regeln beide zu gewöhnen.
Drum laß dein Wetterprophezein,
Wie ich mein treues Lieben, sein.

Doch, kannst du deiner Wissenschaft,
Gelehrter Wolkenseher! trauen:
Wohl gut! so laß von ihrer Kraft
Mich stracks ein kleines Beispiel schauen.
Du sollst -- – du sollst mir prophezein:
Wird heuer ein gut Weinjahr sein?*

*Ja!

Der Sommer

Brüder! lobt die Sommerszeit!
Ja, dich, Sommer, will ich loben!
Wer nur deine Munterkeit,
Deine bunte Pracht erhoben,
Dem ist wahrlich, dem ist nur,
Nur dein halbes Lob gelungen,
Hätt er auch, wie Brock's, gesungen,
Brock's, der Liebling der Natur.

Hör ein größer Lob von mir,
Sommer! ohne stolz zu werden.
Brennst du mich, so dank ich's dir,
Daß ich bei des Strahls Beschwerden,

Bei der durst'gen Mattigkeit,
Lechzend nach dem Weine frage,
Und gekühlt den Brüdern sage:
Brüder! lobt die durst'ge Zeit!

Der Handel

Des wuchernden Tumultes satt,
Freund, fliehst du aus der vollen Stadt?
Flieh nur allein; ich bleib zurücke.
Die Messe wag ich noch mein Glücke.
Nun handl ich auch: doch soll allein
Mein Handel mit den Schönen sein.

Itzt, Mägdchens, ist mir alles feil,
Mein Vater- und mein Mutterteil,
Haus, Bücher, Garten, Wald und Felder.
Kommt nur, und bringt die rechten Gelder!
Kommt nur und fangt den Handel an;
Glaubt, daß ich euch nicht trügen kann.

Ihr kommt? Wie teuer ist dein Feld?
Mein Feld verkauf ich nicht für Geld.
Dir, Mägdchen, biet ich's hundert Küsse.
Und deinen Wald? Zweihundert Küsse.
Und dieses Buch? Für einen Kuß.
Und dieses Lied? Für einen Kuß.

Wenn ich mit Schönen handeln muß,
Gilt alles bei mir einen Kuß.
Denn Küsse sind die besten Gelder.
Nicht nur Haus, Garten, Wald und Felder;
Mein Vater- und mein Mutterteil,
Ich selber bin für Küsse feil!

Die Versteinerung

Holz und Beine
Werden Steine
Durch des Wassers Kraft.

Werden Holz und Beine
Durch des Wassers Kraft,
Werden die zu Steine:
Sagt, ihr Wasserfreunde,
Sagt, ihr Rebenfeinde,
Werden eure Herzen
Nicht versteinert sein?

Mark und Beine
Fühlen, Weine,
Eures Feuers Kraft.
Wenn mein Liebster trinket,
Trinkt er Rebensaft,
Bis er sich betrinket.
Sollt ich ihn nicht lieben?
Ja, ich will ihn lieben,
Weil sein Herz erhitzet,
Nicht versteinert wird.

C***.

Die lehrende Astronomie

Dank sei dem Schöpfer, der mein Haupt
Auf hohe feste Schultern baute,
Und mir die Pracht zu sehn erlaubt,
Die nie ein hängend Tieraug schaute!
Hier lern ich mich und ihn erkennen,
Und hier mich nichts, ihn alles nennen.

Was bin ich? Ich bin groß genung,
Bin ich ein Punkt der Welt zu nennen.
Mein Wissen ist Verwunderung;
Mein Leben leichter Blitze Brennen.
Und so ein Nichts, verblendte Toren,
Soll sein zum Herrn der Welt geboren?

Der Stolz, der Torheit Eigentum,
Verkennt, zu eignem Trost, sich gerne;
Die Demut ist des Weisen Ruhm,
Und die lernt er bei euch, ihr Sterne!

Und wird nur groß, weil er euch kennet,
Und euern Gott auch seinen nennet.

Auch wenn sein Unglück ihn den Weg,
Den harten Weg der Prüfung führet,
Und wenn, auf dem einsamen Steg,
Sich Lieb und Freund von ihm verlieret,
Lernt er bei euch, durch süße Grillen,
Oft allzu wahre Schmerzen stillen.

O Tugend! reizend Hirngedicht,
Erdachte Zierde unsrer Seelen!
Die Welt, o Tugend, hat dich nicht:
Doch wirst du auch den Sternen fehlen?
Nein, starbst du gleich bei uns im Abel,
Du selbst bist viel zu schön zur Fabel.

Dort seh ich, mit erstauntem Blick,
Ein glänzend Heer von neuen Welten;
Getrost, vielleicht wird dort das Glück
So viel nicht, als die Tugend, gelten.
Vielleicht dort in Orions Grenzen
Wird, frei vom Wahn, die Wahrheit glänzen!

„Das Übel", schreit der Aberwitz,
„Hat unter uns sein Reich gewonnen."
Wohl gut, doch ist des Guten Sitz
In ungezählten größern Sonnen.
Der Dinge Reihen zu erfüllen,
Schuf jenes Gott mit Widerwillen.

So, wie den Kenner der Natur
Auch Quarz und Eisenstein vergnügen,
Nicht Gold- und Silberstufen nur
In Fächern, voller Lücken, liegen:
So hat das Übel Gott erlesen
Der Welt zur Füllung, nicht zum Wesen.

O nahe dich, erwünschte Zeit,
Wo ich, frei von der Last der Erde,
In wachsender Glückseligkeit,

Einst beßre Welten sehen werde!
O Zeit, wo mich entbundne Schwingen
Von einem Stern zum andern bringen!

Gedanken! fliehet nur voran!
Verirrt euch in den weiten Sphären,
Bis ich euch selber folgen kann.
Wie lang, Geschick, wird es noch währen!
O Lust, hier seh ich schon die Kreise,
Die Wege meiner ew'gen Reise!

Drum kränkt der blinde Damon sich
Nur in der Nacht um sein Gesichte.
Geruhig, Tag, vermißt er dich,
Und deine Eitelkeit im Lichte;
Und wünscht sich, von der Weltlust ferne,
Ein fühlend Aug nur für die Sterne.

O sel'ge Zeit der stillen Nacht,
Wo Neid und Bosheit schlafend liegen,
Und nur ein frommes Auge wacht,
Und sucht am Himmel sein Vergnügen!
Gott sieht die Welt in diesen Stunden,
Und spricht, ich hab sie gut gefunden!

Küssen und Trinken

Mägdchen, laß mich dich doch küssen!
Zaudre nicht, sonst wirst du müssen.
  Hurtig! hurtig, schenkt mir ein!
  Auf das Küssen schmeckt der Wein!

Dieser Wein hat Geist und Feuer.
Mägdchen tu doch etwas freier.
  Gönn mir vorigen Genuß:
  Auf das Trinken schmeckt ein Kuß!

Auf sich selbst

Ich habe nicht stets Lust zu lesen.
Ich habe nicht stets Lust zu schreiben.
Ich habe nicht stets Lust zu denken;
Kurzum, nicht immer zu studieren.

Doch hab ich allzeit Lust zu scherzen.
Doch hab ich allzeit Lust zu lieben.
Doch hab ich allzeit Lust zu trinken;
Kurz, allezeit vergnügt zu leben.

Verdenkt ihr mir's, ihr sauern Alten?
Ihr habt ja allzeit Lust zu geizen;
Ihr habt ja allzeit Lust zu lehren;
Ihr habt ja allzeit Lust zu tadeln.

Was ihr tut, ist des Alters Folge.
Was ich tu, will die Jugend haben.
Ich gönn euch eure Lust von Herzen.
Wollt ihr mir nicht die meine gönnen?

Der neue Weltbau

Der Wein, der Wein macht nicht nur froh,
Er macht auch zum Astronomo.
Ihr kennt doch wohl den großen Geist,
Nach dem der wahre Weltbau heißt?
Von diesem hab ich einst gelesen,
Daß er beim Weine gleich gewesen,
Als er der Sonne Stillestand,
Die alte neue Wahrheit fand.

Der Wein, der Wein macht nicht nur froh,
Er macht auch zum Astronomo.
Hört! hört, ihr Sternenfahrer, hört,
Was mir der Wein, der Wein gelehrt!
So kann der Wein den Witz verstärken!
Wir laufen selbst, ohn es zu merken,
Von Osten täglich gegen West!
Die Sonne ruht. Die Welt steht fest!

An Amor

Amor, soll mich dein Besuch
Einst erfreuen – –
O so lege dein Gefieder
Und die ganze Gottheit nieder.
Diese möchte mich erschrecken,
Jenes möchte Furcht erwecken,
Furcht, nach flatterhaften Küssen,
Meine Phyllis einzubüßen.
Komm auch ohne Pfeil und Bogen,
Ohne Fackel angezogen . . . . .
Stelle dich, um mir lieb zu sein,
Als ein junger Satyr ein.

Phyllis

Wenn der finstre Damon spricht,
Amor sei ein Ungeheuer,
Seine Glut ein höllisch Feuer!
O so fürcht ich Amorn nicht.

Aber hebt mein Thyrsis an,
Amor sei ein Kind zum Küssen,
Schalkhaft, schmeichelnd und beflissen:
O wie fürcht ich Amorn dann!

Lied

Ehret, Brüder, meine Schöne,
Ehrt die gallische Helene!
Bacchus selber ehret sie.
Jüngst an ihrer stolzen Rechte,
Als er mit uns beiden zechte,
Ward er, denn sie schenkt' ihm ein,
Voller noch von Lieb als Wein.

Die Diebin

Du Diebin mit der Rosenwange,
Du mit den blauen Augen da!
Dich mein ich! – wird dir noch nicht bange?
Gesteh nur, was ich fühlt und sah!

Du schweigst? Doch deine Rosenwange
Glüht schuldig, röter, als vorhin,
O Diebin mit der Rosenwange,
Wo ist mein Herz, wo kam es hin?

Lied aus dem Spanischen

Gestern liebt ich,
Heute leid ich,
Morgen sterb ich:
Dennoch denk ich
Heut und morgen
Gern an gestern.

Heldenlied der Spartaner

In drei Chören

Alle

Streitbare Männer

Chor der Alten

Waren wir!

Alle

Streitbare Männer

Chor der Männer

Sind wir!

Alle

Streitbare Männer

Chor der Jünglinge

Werden wir!

Alle

Streitbare Männer

Chor der Alten

Waren wir!

Chöre der Männer und Jünglinge

Waret ihr!

Chor der Alten

Das leugne, wer darf!

Alle

Streitbare Männer

Chor der Männer

Sind wir!

Chöre der Alten und Jünglinge

Seid ihr!

Chor der Männer

Versuch uns, wer darf!

Alle

Streitbare Männer

Chor der Jünglinge

Werden wir!

Chöre der Alten und Männer

Werdet ihr!

Chor der Jünglinge

Noch tapfrer, als ihr!

Ich

Die Ehre hat mich nie gesucht;
Sie hätte mich auch nie gefunden.
Wählt man, in zugezählten Stunden,
Ein prächtig Feierkleid zur Flucht?

Auch Schätze hab ich nie begehrt.
Was hilft es sie auf kurzen Wegen
Für Diebe mehr als sich zu hegen,
Wo man das wenigste verzehrt?

Wie lange währt's, so bin ich hin,
Und einer Nachwelt untern Füßen?
Was braucht sie wen sie tritt zu wissen?
Weiß ich nur wer ich bin.

Wittenberg den 11. Okt. 1752.

Gotthold Ephraim Lessing.

[Aus einem Abschiedsgedicht an Mylius]

Wohin, wohin treibt dich mit blut'gen Sporen,
Die Wißbegier, dich, ihren Held?
Du eilst, o Mylius! im Auge feiger Toren,
Zur künft'gen, nicht zur neuen Welt.

ODEN

I

Der Eintritt des 1752. Jahres

Im Spiel, dem Huld und Macht
Die Welt zur Bühne gab, das Weisheit ausgedacht,
In diesem Spiel zur kurzen Szen erlesen,
Jahr! Zeit, für Sterbliche gewesen!
Für ihn, der eh du kamst, dich als gekommen sah,
Für Gott noch da!

So wie ein Strom, der aus der Erde bricht,
Und wenig Meilen rollt, und wieder sich verkriecht,
Bist du, aus der du dich ergossen,
Zur Ewigkeit – die Gott, mit aller Welten Last,
Im Zipfel seines Kleides faßt –
Zur Ewigkeit zurückgeflossen.

Vom Dürftigen verseufzt, mit tränenvollen Blicken
Des Reuenden verfolgt, zurückgewünscht vom Tor,
Vom Glücklichen erwähnt mit trunkenem Entzücken:
Jahr, welche Botschaft von der Erde –
Jetzt unwert jenes Rufs: Sie werde! –
Bringst du dem Himmel vor?

Botschaft ach! vom Triumph des Lasters über Tugend,
Hier vordem ihrem liebsten Sitz;
Von Vätern böser Art; Botschaft von schlimmrer Jugend;
Von Feinden Gottes, stolz auf Witz;
Botschaft von feiler Ehr, womit die Schmach sich schmücket;
Von ungerechtem Recht, das arme Fromme drücket.

Botschaft, daß die Natur längst unsrer müde worden,
Die dort *mit Flüssen Feuers* schreckt,
Das paradiesische Gefilde überdeckt,
Und dort, geschäftig im Ermorden,

Der aufgebotnen Pest
Die gift'gen Schwingen schütteln läßt.

Botschaft von hingerißnen Göttern,
Der einst durch sie regierten Welt;
Botschaft von finstern Kriegeswettern,
Die hier ein Gott zurücke hält,
Und dort ein Gott, der grausamer verfährt,
Mit immer neuen Blitzen nährt.

Doch Botschaft auch von einem Lande,
Wo Friederich den weichen Zepter führt,
Und Ruh und Glück, im schwesterlichen Bande,
Die Schwellen seines Thrones ziert;
Des Thrones, ungewiß, ob ihn mehr Vorsicht schützt,
Als Liebe stützt.

O ihr, die Friedrich liebt, weil er geliebt will sein,
Ihr Völker jauchzt ihm zu! Der Himmel stimmet ein.
Auf! strebt, daß er mit diesem Jahre,
Wenn er sie jetzt nicht schon erfährt,
Die wicht'ge Botschaft froh erfahre:
Ihr wäret eures Friedrichs wert.

II

Auf eine vornehme Vermählung

Paar, das, vom Glück geliebt, auch Liebe glücklich macht –
Sie, die ein fühlend Herz, und nicht die Ahnen schätzet,
Und nicht der Würden saure Pracht,
Und nicht der Taten Glanz, die man in Marmor ätzet –
Er kömmt, hier ist er schon, der schönste deiner Tage,
Der schönste, weil die Lieb ihn schmückt,
Und ihr erfüllter Wunsch der Hoffnung süße Plage
Im Wechselkuß erstickt.

Dort in Aurorens Reich, am Quell vom ew'gen Licht,
Wo unsre Tage stehn, die Wieg und Grab umgrenzen –
Ein sterblich Auge zählt sie nicht –
Dort sah, Beglückte glaubt's, der Dichter eure glänzen!

Schnell hob sich dieser Tag, kenntbar am Rosenkranze,
Aus der gemeinen Tage Schar.
Es wuchs sein Glanz, und wuchs und überstieg am Glanze
Den Tag, der euch gebar.

So wie ein Bach, der in der Wüste schleicht,
Vergebens sein Kristall auf lauter Kieseln rollet,
Wenn ihn der Wandrer nicht erreicht,
Dem er den süßen Trunk, und dann das Schlaflied zollet:
So fließt in kalter Still, in ungenoßnen Stunden,
In Tagen, die Verdruß umhüllt,
Das faule Leben fort, die traurigen Sekunden –
Wenn sie nicht Liebe füllt.

Fühlt ihr es, selig Paar? Und selig, wer es fühlt!
Der Mensch, sich selbst ein Feind, kehrt oft den blinden Rücken
Der Wollust zu, auf die er zielt,
Sucht in Zerstreuung Ruh, und Ruhm in Bubenstücken.
Seht sie, vom Traum getäuscht, in Sorg und Lüsten schweben,
Dem fräß'gen Strudel unsrer Zeit!
Dann wägt ihr Glück und sagt: „Gebt ihr für all ihr Leben
So einen Tag als heut?"

Dort sinnt, in banger Nacht, ein Sklav von flücht'gem Ruhm
Von Amt auf Ämter hin. Der Märtyrer der Titel,
Des kranken Wahnes Eigentum,
Schämt sich, vor lauter Ehr, auch nicht entehrter Mittel.
Hier häuft der bleiche Geiz das Geld zur eignen Plage,
Und atmet kaum vor Hunger mehr.
Sagt, liebend Paar, gebt ihr für ihre ganzen Tage
So einen Tag, als der?

Er selbst, der kühne Held, wenn er vom Kriegsgott glüht –
Du weißt es, Bräutigam! – sprich, wenn im blut'gen Streite,
Er starr mit einem Blicke sieht,
Vor sich den wilden Tod, und Ewigkeit zur Seite;
Wenn er, da über ihm die Himmel Famen hören,
Für *Friedrichen und durch ihn* siegt – –
Bist du – gesteh es nur der Menschlichkeit zu Ehren –
So schön, als jetzt vergnügt?

O Braut, preß ihm dies Nein – vermag dein Reiz es doch –
Aus der bewegten Brust. Und ja, dir wird er's sagen.
Der sanften Lieb unschimpflich Joch
Ward auch vom Tapfersten im Lorbeerkranz getragen.
Nur tolle Härte wähnt, es trät ein zärtlich Herze
Dem Mut, dem stählern Mut, zu nah.
Er selbst, der Krieger Gott, voll Blut und Staub und Schwärze,
Mars kennt Cytheren ja.

Den Prunk der großen Welt, und die verlarvte Stadt
Floh zwar seit langer Zeit die Gottheit holder Liebe.
Wo Buhlerei den Tempel hat,
Sind, die Verliebte sind, Verräter oder Diebe.
Sie floh zur stillen Flur, wo, bei gelaßner Jugend,
Die Einfalt Schöne schöner macht.
Da brannt ihr Rauchaltar! – Doch jüngst hat sie die Tugend
Zu euch zurückgebracht.

Sie kam. Ich sah den Zug; ein Dichter sieht ihn nur.
Der Frühling, vor ihr her, verscheuchte Frost und Wetter,
Und Weste folgten ihrer Spur,
Und in den Westen lacht' ein Schwarm der Liebesgötter.
Es führten Tugend sie und Lust in enger Mitten,
Lust, welche nie der Liebe fehlt,
Und nie die Tugend haßt; und unter ihren Tritten
Ward auch der Stein beseelt.

Zu euch, glückselig Paar, zu euch zog dieser Zug.
Verbergt die Göttin nicht! Sie glüht in euren Blicken;
(Die sind sie zu verraten gnug)
Sie, die euch mehr beglückt, als Schätz und Stand beglücken.
Verbergt die Liebe nicht! Das Laster mag sie hassen,
Denn das soll ewig sich nicht freun.
Wie traurig wird die Flur, die sie um euch verlassen,
Den Schäferinnen sein!

III

Abschied eines Freundes

Schon hast du, Freund, der letzten letzte Küsse
Auf nasse Wangen uns gedrückt;

Schon schon, beim Zaudern unentschloßner Füße,
Den schnellen Geist vorweggeschickt.

Für uns dahin! Doch nein, dem Arm entführet,
Wirst du dem Herzen nicht entführt.
Dies Herz, o Freund, einmal von dir gerühret,
Bleibt ewig, trau! von dir gerührt.

Erwarte nicht ein täuschend Wortgepränge,
Für unsre Freundschaft viel zu klein.
Empfindung haßt der Reime kalte Menge,
Und wünscht unausposaunt zu sein.

Ein feuchter Blick sind ihre Zaubertöne;
Ein schlagend Herz ihr rührend Lied.
Sie schweigt beredt, sie stockt, sie stammelt schöne,
Ums stärkre Wort umsonst bemüht.

Es winken dir beneidenswerte Fluren,
Nur unsers Neides minder wert.
Zieh hin! und find auch da der Vorsicht goldne Spuren,
Um dich besorgt, von dir verehrt.

Dort[1] herrscht die Ruh, dort ist der Lärm vergangen,
Der hier[2] noch Musen stören darf,
Seit Pallas gern, auf Friederichs Verlangen,
Die spitze Lanze von sich warf.

IV

*An den Herrn N***

Freund, noch sind ich und du dem Glücke
Ein leichter Schleiderball.
Und doch belebt auf seine Tücke
Kein beißend Lied den Widerhall?

Der Tor gedeiht, der Spötter steiget,
Dem Bösen fehlt kein Heil.

[1] Halle. [2] Wittenberg.

Verdienst steht nach, und fühlt gebeuget
Ein lohnend Amt dem Golde feil.

Auf, Freund! die Geißel zu erfassen,
Die dort vermodern will.
Seit Juvenal sie fallen lassen,
Liegt sie, Triumph ihr Laster! still.

Geduld! Schon rauscht sie durch die Lüfte,
Blutgierig rauscht sie her!
Verbergt, verbergt die bloße Hüfte!
Ein jeder Schmiß ein gift'ger Schwär!

Erst räche dich, dich Freund der Musen.
Du rächest sie in dir!
Doch dann auch mich, in dessen Busen
Ein Geist sich regt, zu gut für hier.

Vielleicht, daß einst in andern Welten
Wir minder elend sind.
Die Tugend wird doch irgends gelten.
Das Gute kömmt nicht gern geschwind.

V

Der Tod eines Freundes

Hat, neuer Himmelsbürger, sich
Dein geistig Ohr nicht schon des Klagetons entwöhnet,
Und kann ein banges Ach um dich,
Das hier und da ein Freund bei stillen Tränen stöhnet,
Dir unterm jauchzenden Empfangen
Der bessern Freunde hörbar sein,
So sei nicht für die Welt, mit unserm Schmerz zu prangen,
Dies Lied: es sei für dich, für dich allein!

Wann war es, da auch dich noch junge Rosen zierten?
(Doch nein, die Rosen ziertest du!)
Da Freud und Unschuld dich, im Tal der Hoffnung, führten
Dem Alter und der Tugend zu?

Gesichert folgten wir: als schnell aus schlauen Hecken,
Der Unerbittliche sich wies,
Und dich, den Besten, uns zu schrecken,
Nicht dich zu strafen, von uns riß.

Wie ein geliebtes Weib vom steilen Ufer blicket
Dem Schiffe nach, das ihre Kron entreißt:
Sie steht, ein Marmorbild, zu Stunden unverrücket;
In Augen ist ihr ganzer Geist:
So standen wir betäubt und angeheftet,
Und sannen dir mit starren Sinnen nach,
Bis sich der Schmerz durch Schmerz entkräftet,
Und strömend durch die Augen brach.

Was weinen wir? Gleich einer Weibersage,
Die im Entstehn schon halb vergessen ist,
Flohst du dahin! – Geduld! noch wenig Tage,
Und wenige dazu, so sind wir, was du bist.
Ja, wenn der Himmel uns die Palme leicht erringen,
Die Krone leicht ersiegen läßt,
So werden wir, wie du, das Alter überspringen,
Des Lebens unschmackhaften Rest.

Was wartet unser? – Ach! ein unbelohnter Schweiß,
Im Joch des Amts bei reifen Jahren,
Für andrer Wohl erschöpft, als unbrauchbarer Greis
Hinunter in die Gruft zu fahren.
Doch deiner wartet? – – Nein! was kannst du noch erwarten
Im Schoß der vollen Seligkeit?
Nur wir, auf blindes Glück, als Schiffer ohne Karten,
Durchkreuzen ihn, den faulen Pfuhl der Zeit.

Vielleicht – noch ehe du dein Glücke wirst gewohnen,
Noch ehe du es durchempfunden hast –
Flieht einer von uns nach in die verklärten Zonen,
Für dich ein alter Freund, und dort ein neuer Gast.
Wen wird – verborgner Rat! – die nahe Reise treffen
Aus unsrer jetzt noch frischen Schar?
O Freunde, laßt euch nicht von süßer Hoffnung äffen!
Zum Wachsamsein verbarg Gott die Gefahr.

Komm ihm, wer er auch sei, verklärter Geist, entgegen,
Bis an das Tor der bessern Welt,
Und führ ihn schnell, auf dir dann schon bekannten Wegen,
Hin, wo die Huld Gerichte hält.
Wo um der Weisheit Thron der Freundschaft Urbild schwebet,
In seraphin'schem Glanze schwebt,
Verknüpft uns einst ein Band, ein Band von ihr gewebet;
Zur ew'gen Dauer fest gewebt!

VI

Der Eintritt des Jahres 1753 in Berlin

Wie zaudernd ungern sich die Jahre trennen mochten,
Die eine Götterhand
Durch Kränze mancher Art, mit Pracht und Scherz durchfloch-
Uns ineinanderwand! [ten,

So träg, als hübe sich ein Adler in die Lüfte,
Den man vom Raube scheucht:
Noch schwebt er drüber her, und witternd fette Düfte,
Entflieht er minder leicht.

Welch langsam Phänomen durchstreicht des Äthers Wogen,
Dort wo Saturn gebeut.
Ist es? Es ist's, das Jahr, das reuend uns entflogen,
Es fliegt zur Ewigkeit.

Das reuend uns entflog, dir Friedrich zuzusehen,
Kein Säkulum zu sein;
Mit deinem ganzen Ruhm belastet fortzugehen,
Und sich der Last zu freun.

Noch oft soll manches Jahr so traurig von uns fliegen,
Noch oft, zu unserm Glück.
Vom Himmel bist du, Herr, zu uns herabgestiegen;
Kehr spät! kehr spät zurück!

Laß dich noch lange, Herr, den Namen Vater reizen,
Und den: menschlicher Held!
Dort wird der Himmel zwar nach seiner Zierde geizen;
Doch hier braucht dich die Welt.

Noch seh ich mich für dich mit raschen Richteraugen
Nach einem Dichter um.
Dort einer! hier und da! Sie taugen viel und taugen
Doch nichts für deinen Ruhm.

Ist er nicht etwa schon, und singt noch wenig Ohren,
Weil er die Kräfte wiegt:
So werd er dieses Jahr, der seltne Geist, geboren,
Der diesen Kranz erfliegt.

Wenn er der Mutter dann sich leicht vom Herzen windet,
O Muse, lach ihn an!
Damit er Feur und Witz dem Edelmut verbindet,
Poet und Biedermann.

Hört! oder täuschen mich beliebte Rasereien?
Nein, nein, ich hör ihn schon.
Der Heere ziehend Lärm sind seine Melodeien,
Und Friedrich jeder Ton!

VII

Der 24. Jänner in Berlin

Welch leichter Morgentraum ließ, auf den heil'gen Höhen,
Der Musen Fest um Friedrichs Bild,
Mich bei Aurorens Glanz mit frommem Schauer sehen,
Der noch, der noch die Seele füllt.

Ein Traum? nein, nein, kein Traum. Ich sah mit wachem Sinne,
Die Musen tanzten darum her.
Wach ward ich nah dabei Cäsars und Solons inne,
Doch keinen, daß er neidisch wär.

Ein süßer Silberton durchzitterte die Lüfte,
Bis in des Ohres krummen Gang;
Die Blumen brachen auf, und streuten Balsamdüfte;
Der Berg lag lauschend; Klio sang:

„Heil dir! festlicher Tag, der unsern Freund geboren.
Ein König, Schwestern, unser Freund!

Heil dir! uns neues Reich, zum Schauplatz ihm erkoren,
Dem frommen Krieger, niemands Feind!

Laßt freudig um sein Bild, voll Majestät in Blicken,
Der Tänze Hieroglyphen ziehn!
Einst, Schwestern, tanzen wir, mit trunkenerm Entzücken,
Einst, freut euch, tanzen wir um ihn!"

Einst tanzen wir um ihn? Prophetin banger Schrecken!
Nie werde dieses Wort erfüllt!
Nie mög ein Morgenrot zu diesem Glück euch wecken!
Tanzt, Musen, ewig um sein Bild!

VIII

An seinen Bruder

Auch dich hat, da du wardst geboren,
Die Muse lächelnd angeblickt;
Auch du hast dich dem Schwarm der Toren
Auf jungen Flügeln kühn entrückt!

Ihm nach, dem Liebling des Mäzenen!
Ihm nach, sein Name sporne dich!
Er lehrte dich, das Laster höhnen;
Er mache dich ihm fürchterlich!

Oh! schnitten wir mit gleichem Fluge
Die Lüfte durch zur Ewigkeit!
Oh! schilderte mit einem Zuge
Zwei Brüder einst die Richterzeit!

„Die zwei", so soll die Nachwelt sprechen,
„Betaumelte kein Modewahn,
Die Sprache schön zu radebrechen,
Zu stolz für eine Nebenbahn."

Betritt der Alten sichre Wege!
Ein Feiger nur geht davon ab.
Er suchet blumenreichre Stege,
Und findet seines Ruhmes Grab.

Doch lerne früh das Lob entbehren,
Das hier die Scheelsucht vorenthält.
Gnug, wann versetzt in höhre Sphären,
Ein Nachkomm uns ins Helle stellt!

IX

Der Eintritt des Jahres 1754 in Berlin

Wem tönt dies kühnre Lied? dies Lied, zu wessen Lobe,
Hört es noch manche späte Welt?
Hier steh ich, sinne nach, und glüh und stampf und tobe,
Und suche meiner Hymnen Held.

Wer wird es sein? Vielleicht im blut'gen Panzerkleide
Des Krieges fürchterlicher Gott?
Um ihn tönt durch das Feld gedungner Krieger Freude,
Und der Erwürgten lauter Tod.

Wie, oder ist's vielmehr in fabellosen Zeiten
Ein neuer göttlicher Apoll,
Der, schwer entbehrt, mit schnell zurückberufnen Saiten
Den Himmel wieder füllen soll?

Wo nicht, so werde der der Vorwurf meiner Lieder,
Der sich als Themis' Rächer wies,
Und dessen frommes Schwert der gift'gen Zanksucht Hyder
Nur drei von tausend Köpfen ließ.

Doch ihn, Apoll und Mars, in Friedrichen vereinet,
Vereine, mein Gesang, auch du!
Wann einst ein junger Held bei seinem Grabe weinet,
So zähl ihm seine Taten zu!

Fang an von jenem Tag – Doch, welch ein neues Feuer
Reißt mich vom niedern Staub empor?
Auch Könige sind Staub! Seid ihnen treu; dem treuer,
Der sie zu besserm Staub erkor.

Wer wird, voll seines Geists, mir seinen Namen melden?
Sein Nam ist ihm allein bewußt.

Er ist der Fürsten Fürst, er ist der Held der Helden;
Er füllt die Welt und meine Brust.

Er rief sie aus des Nichts nur ihm folgsamem Schlunde;
Er ruft sie noch, daß sie besteht.
Sie bebt, sie wankt, sooft ein Hauch aus seinem Munde
Den Fluch in ihre Sphären weht.

O dreimal Schrecklicher! – – doch voller Quell des Guten,
Du bist der Schreckliche nicht gern.
Den weiten Orient zerfleischen deine Ruten;
Uns, Vater, zeigst du sie von fern.

Wie, daß des Undanks Frost die trägen Lippen bindet,
Volk, dem er Heil, wie Flocken, gibt!
Ihm dank es, wenn ein Jahr in süßer Ruh verschwindet;
Ihm dank es, daß dich Friedrich liebt.

ANHANG

[Der Eintritt des Jahres 1755 in Berlin]

Wunsch, der du in der Brust geheimer Lieblingssünden
Geheimes Werkzeug bist,
Das oft ein lauter Freund – – wer kann das Herz ergründen? – –
Ein stiller Mörder ist;

Durch Laster, Torheit, Wahn zu sehr, zu sehr entweihet,
Braucht keine Muse dich;
Die feile wär es denn, die um den Pöbel freiet,
Und singt sich lächerlich.

Jüngst als Kalliope den Hain und Aganippen
Um ihren Helden mied,
Und zog auf Sanssouci, erklang von ihren Lippen
Ein prophezeiend Lied.

„Noch lange wird dies Land, mit den erfochtnen Staaten,
Im Schoß des Friedens ruhn;
Denn sein Beschützer trägt die Lorbeern großer Taten,
Um größere zu tun.

Er braucht den Sieg als Sieg, macht Kunst und Handel rege
Und zeichnet jedes Lauf.“ – –
Sie schwieg, und plötzlich stieß, zur Linken an dem Wege,
Ein rascher Adler auf.

Dem segnete sie nach mit heiligem Entzücken
Und aufgehobner Hand,
Bis er, am Ziel des Flugs, vor ihren schärfern Blicken,
Dem Thron des Zeus, verschwand.

[An Mäzen]

Du, durch den einst Horaz lebte, dem Leben ohne Ruhe, ohne Bequemlichkeit, ohne Wein, ohne den Genuß einer Geliebten, kein Leben gewesen wäre; du der du jetzt durch den Horaz lebst; denn ohne Ruhm in dem Gedächtnisse der Nachwelt leben, ist schlimmer als ihr gar unbekannt zu sein;

Du, o Mäzen, hast uns deinen Namen hinterlassen, den die Reichen und Mächtigen an sich reißen, und die hungrigen Skribenten verschenken; aber hast du uns auch von dir etwas mehr als den Namen gelassen?

Wer ist's in unsern eisern Tagen, hier in einem Lande, dessen Einwohner von innen noch immer die alten Barbaren sind, wer ist es der einen Funken von deiner Menschenliebe, von deinem tugendhaften Ehrgeize, die Lieblinge der Musen zu schützen, in sich hege?

Wie habe ich mich nicht nach einem nur schwachen Abdrucke von dir umgesehen? Mit den Augen eines Bedürftigen umgesehen! Was für scharfsichtige Augen!

Endlich bin ich des Suchens müde geworden, und will über deine Afterkopien ein bitteres Lachen ausschütten.

Dort, der Regent, ernährt eine Menge schöner Geister, und braucht sie des Abends, wenn er sich von den Sorgen des Staats durch Schwänke erholen will, zu seinen lustigen Räten. Wieviel fehlt ihm, ein Mäzen zu sein!

Nimmermehr werde ich mich fähig fühlen, eine so niedrige Rolle zu spielen; und wenn auch Ordensbänder zu gewinnen stünden.

Ein König mag immerhin über mich herrschen; er sei mächtiger, aber besser dünke er sich nicht. Er kann mir keine so starken Gnadengelder geben, daß ich sie für wert halten sollte, Niederträchtigkeiten darum zu begehen.

Corner der Wollüstling hat sich in meine Lieder verliebt. Er hält mich für seinesgleichen. Er sucht meine Gesellschaft. Ich könnte täglich bei ihm schmausen, mich mit ihm umsonst betrinken, und umsonst auch die teuerste Dirne umfangen; wenn ich nur mein Leben nicht achtete; und ihn als einen zweiten Anakreon preisen wollte. Ein Anakreon, daß es den Himmel erbarme! welcher das Podagra und die Gicht hat, und noch eine andre Krankheit von der man zweifelt ob sie Kolumbus aus Amerika gebracht hat.

Orpheus

Orpheus, wie man erzählt, stieg seine Frau zu suchen in die Hölle herab. Und wo anders, als in der Hölle, hätte Orpheus auch seine Frau suchen sollen?

Man sagt, er sei singend herabgestiegen. Ich zweifle im geringsten nicht daran; denn solange er Witwer war, konnte er wohl vergnügt sein und singen.

Berge, Flüsse, und Steine folgten seinen Harmonien nach; und wenn er auch noch so schlecht gesungen hätte, so wären sie ihm doch nachgefolgt.

Als er ankam und seine Absicht entdeckte, hörten alle Martern auf. Und was könnten für einen so dummen Ehemann wohl noch für Martern übrig sein?

Endlich bewog seine Stimme das taube Reich der Schatten; ob es gleich mehr eine Züchtigung als eine Belohnung war, daß man ihm seine Frau wiedergab.

An Herr Gleim

Umsonst rüstet Kalliope den Geist ihres Lieblings zu hohen Liedern; zu Liedern von Gefahren und Tod und heldenmütigem Schweiße.

Umsonst; wenn das Geschick dem Lieblinge den Held versagt, und beide in verschiednen Jahrhunderten, oder veruneinigten Ländern geboren werden.

Mit dir, Gleim, ward es so nicht! Dir fehlt weder die Gabe den Helden zu singen, noch der Held. Der Held ist dein König!

Zwar sang deine frohe Jugend, bekränzt vom rosenwangigten Bacchus, nur von feindlichen Mädchen, nur vom streitbaren Kelchglas.

Doch bist du auch nicht fremd im Lager, nicht fremd vor den feindlichen Wällen und unter brausenden Rossen.

Was hält dich noch? Singe ihn, deinen König! Deinen tapfern, doch menschlichen; deinen schlauen, doch edeldenkenden Friedrich!

Singe ihn, an der Spitze seines Heers; an der Spitze ihm ähnlicher Helden; soweit Helden den Göttern ähnlich sein können.

Singe ihn, im Dampfe der Schlacht; wo er, gleich der Sonne unter den *Wolken, seinen Glanz,* aber nicht seinen Einfluß verlieret.

Singe ihn, im Kranze des Siegs; tiefsinnig auf dem Schlachtfelde, mit tränendem Auge unter den Leichnamen seiner verewigten Gefährten.

Du weißt, wie du ihn am besten singen sollst. Ich will unterdes mit äsopischer Schüchternheit, ein Freund der Tiere, stillere Weisheit lehren. – –

Ein Märchen vom blutigen Tiger, der, als der sorglose Hirt mit Chloris und dem Echo scherzte, die arme Herde würgte und zerstreute.

Unglücklicher Hirte! Wenn wirst du die zerstreuten Lämmer wieder um dich versammeln? Wie rufen sie so ängstlich im Dornengehecke nach dir!

Ode

auf den Tod des Marschalls von Schwerin, an den H. von Kleist

Zu früh wär es, viel zu früh, wenn schon jetzt den güldnen Faden deines Lebens zu trennen, der blutige Mars, oder die donnernde Bellona, der freundlich saumseligen Klotho vorgriff!

Der nur falle so jung, der in eine traurige, öde Wüste hinaussieht, in künftige Tage, leer an Freundschaft und Tugend, leer an großen Entwürfen zur Unsterblichkeit:

Nicht du, o Kleist; der du so manchen noch froh und glücklich zu machen wünschest – – Zwar schon solche Wünsche sind nicht die kleinsten edler Taten – –

Nicht du, dem die vertrauliche Muse ins Stille winkt – – Wie zürnt sie auf mich, die Eifersüchtige, daß ich die waffenlosen Stunden deiner Erholung mit ihr teile!

Dir zu Gefallen, hatte sie dem Lenze seinen schönsten Schmuck von Blumen und Perlen des Taues entlehnet; gleich der listigen Juno den Gürtel der Venus.

Und nun lockt sie dich mit neuen Bestechungen. Sieh! In ihrer Rechte blitzt das tragische Szepter; die Linke bedeckt das weinende Auge, und hinter dem festlichen Schritte wallt der königliche Purper.

Wo bin ich? Welche Bezaubrung! – – Letzte Zierde des ausgearteten Roms! – Dein Schüler; dein Mörder! – Wie stirbt der Weise so ruhig! so gern! – Ein williger Tod macht den Weisen zum Helden, und den Helden zum Weisen.

Wie still ist die fromme Versammlung! – Dort rollen die

Kinder des Mitleids die schönen Wangen herab; hier wischt sie die männliche Hand aus dem weggewandten Auge.

Weinet, ihr Zärtlichen! Die Weisheit sieht die Menschen gern weinen! – –Aber nun rauscht der Vorhang herab! Klatschendes Lob betäubt mich, und überall murmelt die Bewundrung: Seneca und Kleist!

Und dann erst, o Kleist, wenn dich auch diese Lorbeern, mit der weißen Feder, nur uns Dichtern sichtbar durchflochten, wenn beide deinen Scheitel beschatten – – Wenn die liebsten deiner Freunde nicht mehr sind – –

Ich weiß es, keiner von ihnen wird dich gern überleben – – Wenn dein Gleim nicht mehr ist – – Außer noch in den Händen des lehrbegierigen Knabens, und in dem Busen des spröden Mädchens, das mit seinem Liede zu Winkel eilet – –

Wenn der redliche Sulzer ohne Körper nun denkt – – Hier nur noch der Vertraute eines künftigen Grüblers, begieriger die Lust nach Regeln zu meistern, als sie zu schmecken.

Wenn unser lächelnder Ramler sich tot kritisieret – –Wenn der harmonische Krause nun nicht mehr, weder die Zwiste der Töne, noch des Eigennutzes schlichtet – –

Wenn auch ich nicht mehr bin – Ich, deiner Freunde spätester, der ich, mit dieser Welt weit besser zufrieden, als sie mit mir, noch lange sehr lange zu leben denke – –

Dann erst, o Kleist, dann erst geschehe mit dir, was mit uns allen geschah! Dann stirbst du; aber eines edlern Todes; für deinen König, für dein Vaterland, und wie Schwerin!

O des beneidenswürdigen Helden! – – Als die Menschheit in den Kriegern stutzte, ergriff er mit gewaltiger Hand das Panier. – – Folgt mir! rief er, und ihm folgten die Preußen.

Und alle folgten ihm zum Ziele des Siegs! Ihn aber trieb allzuviel Mut bis jenseit der Grenzen des Sieges, zum Tode! Er fiel, und da floß das breite Panier zum leichten Grabmal über ihn her.

So stürzte der entsäulte Palast, ein schreckliches Monument von Ruinen, und zerschmetterten Feinden, über dich, Simson, zusammen! So ward dein Tod der herrlichste deiner Siege!

[Übersetzung der Ode des Horaz „Ad Barinen".]

Ode 8. Lib. II

Hätte dich je des verwirkten Meineids Strafe getroffen; würde nur einer deiner Zähne schwarz, nur einer deiner Nägel häßlicher: so wollt ich dir glauben.

Kaum aber hast du das treulose Haupt mit falschen Gelübden verstrickt: so blühst du weit schöner auf, und trittst stolz einher, aller Jünglinge sehnlichstes Augenmerk.

Dir steht es frei, der Mutter beigesetzte Asche, die stillen Gestirne der Nacht, und den ganzen Himmel, und alle unsterblichen Götter zu täuschen.

Venus selbst, wie gesagt, lachet darüber; die guten Nymphen lachen; es lachet der immer brennende Pfeile auf blutigem Wetzstein schleifende, strenge Kupido.

Noch mehr: nur dir reifet die Jugend alle, nur dir wachsen in ihr immer neue Sklaven auf; und noch können die Alten dich, ihre gewissenlose Gebieterin, nicht meiden, sooft sie es auch gedroht.

Dich fürchten die Mütter für ihre Söhne; dich fürchten die geizigen Alten; dich fürchten die armen nur erst verheirateten Mädchen, um deren Männer es geschehen ist, wenn sie einmal deine Spur finden.

„Ad Barinen" wird die Ode überschrieben. Diese Barine war ohne Zweifel eine Freigelassene, welche das Handwerk einer Buhlerin trieb. Tan. Faber hat diesen Namen in Carine verwandeln wollen, weil Barine weder griechisch noch lateinisch sei; und Dacier billiget diese Veränderung. Konnte aber eine Sklavin, welches Barine gewesen war, nicht leicht aus einem barbarischen Lande, von barbarischen Eltern entsprossen sein?

SINNGEDICHTE

1

Die Sinngedichte an den Leser

Wer wird nicht einen Klopstock loben?
Doch wird ihn jeder lesen? – Nein.
Wir wollen weniger erhoben,
Und fleißiger gelesen sein.

2

Ebendieselben

Wir möchten gern dem Kritikus gefallen:
Nur nicht dem Kritikus vor allen.
Warum? Dem Kritikus vor allen
Wird auch kein Sinngedicht gefallen.

3

Auf den neuern Teil dieser Sinngedichte

Ins zweimal neunte Jahr, mit stummer Ungeduld,
Bewahrt', auf Besserung, sie mein verschwiegnes Pult.
Was sie nun besser sind, das läßt sich leicht ermessen:
Mein Pult bewahrte sie; ich hatte sie vergessen.

4

Der Stachelreim

Erast, der gern so neu als eigentümlich spricht,
Nennt einen Stachelreim sein leidig Sinngedicht.
Die Reime hör ich wohl; den Stachel fühl ich nicht.

5

Nikander

Nikandern glückte jüngst ein trefflich Epigramm,
So fein, so scharf, als je von Kästnern eines kam.
Nun schwitzt er Tag und Nacht, ein zweites auszuhecken.
Vergebens; was er macht, verdirbt.
So sticht ein Bienchen uns, und läßt den Stachel stecken,
Und martert sich und stirbt.

6

An den Marull

Groß willst du, und auch artig sein?
Marull, was artig ist, ist klein.

7

Merkur und Amor

Merkur und Amor zogen
Auf Abenteuer durch das Land.
Einst wünscht sich jener Pfeil und Bogen;
Und gibt für Amors Pfeil und Bogen
Ihm seinen vollen Beutel Pfand.

Mit so vertauschten Waffen zogen,
Und ziehn noch beide durch das Land.
Wenn jener Wucher sucht mit Pfeil und Bogen,
Entzündet dieser Herzen durch das Pfand.

8

Thrax und Stax

STAX: Thrax! eine taube Frau zu nehmen!
O Thrax, das nenn ich dumm.
THRAX: Ja freilich, Stax! ich muß mich schämen.
Doch sieh, ich hielt sie auch für stumm.

9

Der geizige Dichter

Du fragst, warum Semir ein reicher Geizhals ist?
Semir, der Dichter? er, den Welt und Nachwelt liest?
Weil, nach des Schicksals ew'gem Schluß,
Ein jeder Dichter darben muß.

10

Auf Lucinden

Sie hat viel Welt, die muntere Lucinde.
Durch nichts wird sie mehr rot gemacht.
Zweideutigkeit und Schmutz und Schand und Sünde,
Sprecht was ihr wollt: sie winkt euch zu, und lacht.
Erröte wenigstens, Lucinde,
Daß nichts dich mehr erröten macht!

11

Auf die Europa

Als Zeus Europen liebgewann,
Nahm er, die Schöne zu besiegen,
Verschiedene Gestalten an,
Verschieden ihr verschiedlich anzuliegen.
Als Gott zuerst erschien er ihr;
Dann als ein Mann, und endlich als ein Tier.
Umsonst legt er, als Gott, den Himmel ihr zu Füßen:
Stolz fliehet sie vor seinen Küssen.
Umsonst fleht er, als Mann, in schmeichelhaftem Ton:
Verachtung war der Liebe Lohn.
Zuletzt – mein schön Geschlecht, gesagt zu deinen Ehren –
Ließ sie – von wem? – vom Bullen sich betören.

12

Pompils Landgut

Auf diesem Gute läßt Pompil
Nun seine sechste Frau begraben.

Wem trug jemals ein Gut so viel?
Wer möchte so ein Gut nicht haben?

13

Widerruf des Vorigen

Ich möchte so ein Gut nicht haben.
Denn sollt ich auch die sechste drauf begraben:
Könnt ich doch leicht – nicht wahr, Pompil? –
Sechs gute Tage nur erlebet haben.

14

An die Herren X und Y

Welch Feuer muß in eurem Busen lodern!
Ihr habt den Mut, euch kühn herauszufodern.
Doch eure Klugheit hält dem Mute das Gewicht:
Ihr fodert euch, und stellt euch nicht.

15

Die Ewigkeit gewisser Gedichte

Verse, wie sie Bassus schreibt,
Werden unvergänglich bleiben: –
Weil dergleichen Zeug zu schreiben,
Stets ein Stümper übrigbleibt.

16

*Auf das Jungfernstift zu***

Denkt, wie gesund die Luft, wie rein
Sie um dies Jungfernstift muß sein!
Seit Menschen sich besinnen,
Starb keine Jungfer drinnen.

17

*An den Doktor Sp***

Dein Söhnchen läßt dich nie den Namen Vater hören:
Herr Doktor ruft es dich. Ich dankte dieser Ehren! –
Die Mutter wollt es wohl so früh nicht lügen lehren?

18

Auf den Mnemon

Ist Mnemon nicht ein seltner Mann!
Wie weit er sich zurückerinnern kann!
Bis an die ersten Kinderpossen:
Wieviel er Vögel abgeschossen,
Wie manches Mädchen er begossen;
Bis an das Gängelband, bis an die Ammenbrust,
Ist, was er litt und tat, ihm alles noch bewußt.
Zwar alles glaub ich nicht; ich glaub indessen,
Die Zeit ist ihm noch unvergessen,
Als seine Mutter Dorilis
Noch nicht nach seinem Vater hieß.

19

Bavs Gast

Sooft Kodyll mich sieht zu Baven schmausen gehen,
Beneidet mich Kodyll. Der Tor!
Das Mahl bei Baven kömmt mir teuer gnug zu stehen:
Er liest mir seine Verse vor.

20

Auf den Rufus

Weiß ich's, was Rufus mag so viel Gelehrten schreiben?
Dies weiß ich, daß sie ihm die Antwort schuldig bleiben.

21

Auf Dorinden

Ist nicht Dorinde von Gesicht
Ein Engel? – Ohne Zweifel. –
Allein ihr plumper Fuß? – Der hindert nicht.
Sie ist ein Engel von Gesicht,
Von Huf ein Teufel.

22

An das
Bild der Gerechtigkeit, in dem Hause
eines Wucherers, nebst der Antwort

Gerechtigkeit! wie kömmst du hier zu stehen?
Hat dich dein Hausherr schon gesehen?
„Wie meinst du, Fremder, diese Frage?
Er sieht und übersieht mich alle Tage."

23

Auf einen adeligen Dummkopf

Das nenn ich einen Edelmann!
Sein Ur-Ur-Ur-Ur-Älterahn
War älter einen Tag, als unser aller Ahn.

24

An eine würdige Privatperson

Gibt einst der Leichenstein von dem, was du gewesen,
Dem Enkel, der dich schätzt, so viel er braucht, zu lesen,
So sei die Summe dies: „Er lebte schlecht und recht,
Ohn Amt und Gnadengeld, und niemands Herr noch Knecht."

25

Auf die Iris

Der Iris blühend volle Brust
Reizt uns, o D*, zu welcher Lust!
Doch ihr erbärmliches Gesichte,
O D*, macht Reiz und Lust zunichte.
Sieh, Freund, so liegen Frost und Flammen,
Und Gift und Gegengift beisammen.

26

Auf Frau Trix

Frau Trix besucht sehr oft den jungen Doktor Klette.
Argwohnet nichts! Ihr Mann liegt wirklich krank zu Bette.

27

Auf Lukrins Grab

Welch tötender Gestank hier, wo Lukrin begraben,
Der unbarmherz'ge Filz! – Ich glaube gar, sie haben
Des Wuchrers Seele mitbegraben.

28

Im Namen eines gewissen Poeten, dem der König von Preußen eine goldene Dose schenkte

Die goldne Dose – denkt nur! denkt! –
Die König Friedrich mir geschenkt,
Die war – was das bedeuten muß? –
Statt voll Dukaten, voll Helleborus.

29

Auf den falschen Ruf von Nigrins Tode

Es sagte, sonder alle Gnade,
Die ganze Stadt Nigrinen tot.

Was tat die Stadt in dieser Not?
Ein Zehnteil von der Stadt sprach: „Schade!"
Doch als man nach und nach erfuhr, daß das Geschrei
Ein bloßes blindes Lärmen sei:
So holten, was zuvor das eine Zehnteil sprach,
Die andern neune nach.

30

Auf den Gargil

Mit richtrisch scharfem Kiel durchackert seine Lieder
Gargil. Ins neunte Jahr schreibt, löscht und schreibt er wieder.
Sein Lied ist Lieb und Wein. Kann man es ihm verdenken,
Daß er der Nachwelt will vollkommne Possen schenken?

31

Die Flucht

„Ich flieh, um öfter noch zu streiten!"
Rief Fix, der Kern von tapfern Leuten.
Das hieß: (so übersetz ich ihn)
Ich flieh, um öfter noch zu fliehn.

32

Die Wohltaten

Wär auch ein böser Mensch gleich einer lecken Bütte,
Die keine Wohltat hält: demungeachtet schütte –
Sind beides, Bütt und Mensch nicht allzu morsch und alt –
Nur deine Wohltat ein. Wie leicht verquillt ein Spalt!

33

An einen Geizigen

Ich dich beneiden? – Tor! Erspar, ererb, erwirb,
Hab alles! – Brauche nichts, laß alles hier, und stirb!

34

Hinz und Kunz

Hinz: Was doch die Großen alles essen!
Gar Vogelnester; eins, zehn Taler wert.
Kunz: Was? Nester? Hab ich doch gehört,
Daß manche Land und Leute fressen.
Hinz: Kann sein! kann sein, Gevattersmann!
Bei Nestern fingen die denn an.

35

Auf eine lange Nase

O aller Nasen Nas! Ich wollte schwören,
Das Ohr kann sie nicht schnauben hören.

36

Auf Stipsen

Stips ist, trotz einem Edelmann,
Ein Dummkopf und ein braver Degen;
Borgt, wie ein frecher Edelmann;
Zahlt, wie ein Edelmann, mit Schlägen;
Verprasset sein und anderer Vermögen,
Wie ein geborner Edelmann:
Und doch – wer kann dergleichen Torheit fassen? –
Will Stips sich noch erst adeln lassen.

37

Auf den Sanktulus

Dem Alter nah, und schwach an Kräften,
Entschlägt sich Sanktulus der Welt
Und allen weltlichen Geschäften,
Von denen *keins ihm mehr* gefällt.
Die kleine trübe Neige Leben,
Ist er in seinem Gott gemeint,

Der geistlichen Beschauung zu ergeben;
Ist weder Vater mehr, noch Bürger mehr, noch Freund.
Zwar sagt man, daß ein trauter Knecht
Des Abends durch die Hintertüre
Manch hübsches Mädchen zu ihm führe.
Doch, böse Welt, wie ungerecht!
Ihm so was übel auszulegen!
Auch das geschieht bloß der Beschauung wegen.

38

An Grillen

„Sei kürzer!" sprichst du, Grill. Schweig, Grill! du bist [nicht klug.
Ist das dir kurz genug?

39

An den Salomon

Hochweiser Salomon! dein Spruch,
„Daß unter Tausenden kein gutes Weib zu finden",
Gehört – geradheraus – zu deinen Zungensünden;
Und jeder Fluch ist minder Fluch,
Als dieser schöne Sittenspruch.
Wer sie bei Tausenden will auf die Probe nehmen,
Wie du getan, hochweiser Mann,
Muß sich bei Tausenden der Probe freilich schämen,
Wird drüber wild, und lästert dann.

40

Auf ebendenselben

Daß unter Tausenden ein weiser Mann
Kein gutes Weibchen finden kann:
Das wundert mich recht sehr.
Doch wundert mich noch mehr,
Daß, unter Tausenden, ein weiser Mann
Nicht eine gut sich machen kann.

41

Das böse Weib

Ein einzig böses Weib lebt höchstens in der Welt:
Nur schlimm, daß jeder seins für dieses einz'ge hält.

42

An den Ämil

Mit Unrecht klagest du, treuherziger Ämil,
Daß man so selten nur auf deine Worte bauen,
Mit Gleichem Gleiches dir gar nicht vergelten will:
Wer allen alles traut, dem kann man wenig trauen.

43

Trux an den Sabin

Ich hasse dich, Sabin; doch weiß ich nicht weswegen:
Genug, ich hasse dich. Am Grund ist nichts gelegen.

44

Antwort des Sabin

Haß mich, soviel du willst! doch wüßt ich gern, weswegen:
Denn nicht an deinem Haß, am Grund ist mir gelegen.

45

An einen Lügner

Du magst so oft, so fein, als dir nur möglich, lügen:
Mich sollst du dennoch nicht betriegen.
Ein einzigmal nur hast du mich betrogen:
Das kam daher, du hattest nicht gelogen.

46

Auf Trill und Troll

Ob Trill mehr, oder Troll mehr zu beneiden ist,
Trill, der Dorindens Bild, Troll, der Dorinden küßt:
Das möcht ich wohl entschieden wissen –
Da beide sie gemalt nur küssen.

47

Entscheidung des Vorigen

Ich denke, Trill ist noch am besten dran:
Weil ihn das Bild nicht wiederküssen kann.

48

An die **

Du fragst: „Wer gibt für meinen Sohn
Mir einen Namen an?"
Für deinen Sohn, und wessen Sohn? –
Du schweigest? – Nenn ihn Pan.

49

Auf Alandern

Alander, hör ich, ist auf mich gewaltig wild;
Er spöttelt, lästert, lügt und schilt.
Kennt mich der gute Mann? – Er kennt mich nicht, ich wette.
Doch was? als ob nicht auch sein Bruder an der Kette
Auf die am heftigsten, die er nicht kennet, billt.

50

*Auf einen Brand zu***

Ein Hurenhaus geriet um Mitternacht in Brand.
Schnell sprang, zum Löschen oder Retten,

Ein Dutzend Mönche von den Betten.
Wo waren die? Sie waren – – bei der Hand.
Ein Hurenhaus geriet in Brand.

51

An Einen

Du schmähst mich hinterrücks? das soll mich wenig kränken.
Du lobst mich ins Gesicht? das will ich dir gedenken!

52

Grabschrift des Nitulus

Hier modert Nitulus, jungfräulichen Gesichts,
Der durch den Tod gewann: er wurde Staub aus Nichts.

53

Auf den Kodyll

Der kindische Kodyll wird keiner Steigrung satt,
Läßt keinen Krämer laufen,
Kauft alles, was er sieht: um alles, was er hat,
Bald wieder zu verkaufen.

54

An den Pompil

Ich halte Spielen zwar für keine Sünde:
Doch spiel ich eher nicht, Pompil,
Als bis ich keinen finde,
Der mir umsonst Gesellschaft leisten will.

55

Auf den Tod eines Affen

Hier liegt er nun, der kleine liebe Pavian,
Der uns so manches nachgetan!

Ich wette, was er itzt getan,
Tun wir ihm alle nach, dem lieben Pavian.

56

Grabschrift auf ebendenselben

Hier faulet Mimulus, ein Affe.
Und leider! leider! welch ein Affe!
So zahm, als in der Welt kein Affe;
So rein, als in der Welt kein Affe;
So keusch, als in der Welt kein Affe;
So ernst, als in der Welt kein Affe;
So ohne Falsch. O welch ein Affe!
Damit ich's kurz zusammenraffe:
Ein ganz originaler Affe.

57

Auf die Phasis

Von weitem schon gefiel mir Phasis sehr:
Nun ich sie in der Nähe
Von Zeit zu Zeiten sehe,
Gefällt sie mir – auch nicht von weitem mehr.

58

Auf Nickel Fein

In Jahresfrist, verschwor sich Nickel Fein,
Ein reicher, reicher Mann zu sein.
Auch wär es, traun! nach seinem Schwur gegangen,
Hätt man ihn nicht v o r Jahresfrist gehangen.

59

Auf eine Liebhaberin des Trauerspiels

Ich höre, Freund, dein ernstes, schönes Kind
Will sich des Lachens ganz entwöhnen,

Kömmt in den Schauplatz nur, wenn süße Tränen
Da zu vergießen sind. –
Wie? fehlt es ihr bereits an schönen Zähnen?

60

Auf ein Schlachtstück von Hugtenburg

Furchtbare Täuscherei! Bramarbas stand vor ihr,
Ward blaß, und zitterte, und fiel, und rief: Quartier!

61

Auf den Hablador

Habladors Mund, Utin, ist dir ein Mund zum Küssen?
Wie er spricht, spricht dir niemand nicht? –
Wie sollte so ein Mann auch nicht zu sprechen wissen?
Er tut ja nichts, als daß er spricht.

62

Auf den Mison

Ich warf dem Mison vor, daß ihn so viele hassen.
„Je nun! wen lieb ich denn?“ sprach Mison ganz gelassen.

63

Der reiche Freier

Ein Bettler ging auf Freiersfüßen,
Und sprach zu einer Magd, die er nach Wunsche fand:
„Nimm mich!“ Sie fragt: „Worauf?“ „Auf diese dürre Hand:
Die soll uns wohl ernähren müssen!“
Die Magd besann sich kurz, und gab ihm ihre Hand.

64

Auf den Rufinus

Rufinus endet nichts, er fängt nur alles an.
Ob alles? Lesbia, sprich doch! du kennst den Mann.

65

Hänschen Schlau

„Es ist doch sonderbar bestellt",
Sprach Hänschen Schlau zu Vetter Fritzen,
„Daß nur die Reichen in der Welt
Das meiste Geld besitzen."

66

An die Dorilis

Dein Hündchen, Dorilis, ist zärtlich, tändelnd, rein:
Daß du es also leckst, soll das mich wundern? nein!
Allein dein Hündchen lecket dich:
Und dieses wundert mich.

67

Grabschrift eines Unglücklichen,
welcher zuletzt in einem Schiffbruche umkam

Hier warfen mich die Wellen an das Land.
Hier grub mich tot, mit frommer Hand,
Ein Fischer in den leichten Sand.

Dein Mitleid, Leser, ist bei mir nicht angewandt!
Im Sturme scheitern und ersaufen,
Hieß mir Unglücklichem, mit Sturm in Hafen laufen.

68

An einen schlechten Maler

Ich saß dir lang und oft: warum denn, Meister Steffen?
Ich glaube fast, mich nicht von ungefähr zu treffen.

69

Auf eine Bildsäule des Amor

Hier blieb, als Amor, sich noch mächtiger zu sehen,
Eleonora ward, sein Körper geistlos stehen.

70

Auf ebendieselbe

So lieb euch, Kinder, Ruh und Glück:
Zurück von ihm, dem Schalke! weit zurück! –
(Ich hätte viel für diesen Rat gegeben!)
Er stellt sich so nur ohne Leben.

71

Auf ebendieselbe

Kommt diesem Amor nicht zu nah,
Und stört ihn nicht in seinem Staunen!
Noch steht er so, in einem süßen Staunen,
Seit er Philinden sah.

72

Auf ebendieselbe

Die Unschuld naht sich ihm, und bebt:
Sie fühlt, sie fühlt es, daß er lebt.

73

Auf ebendieselbe

O Chloe, halte deinen Blick
Von diesem Schalke ja zurück!
Gesetzt, er wär auch ohne Leben:
Was er nicht hat, das kann dein Blick ihm geben.

74

Auf den Fabull

Fabull verschließet alle Kisten
Vor Freunden, Dienern, Weib und Kind,
Damit sich niemand läßt gelüsten
Zu sehen, daß sie ledig sind.

75

Auf den trägen Y

Mit dir und über dich zu lachen,
Soll ich ein Sinngedichte machen?
Gut! daß du ohne Müh kannst lachen,
So will ich's sonder Einfall machen.

76

Entschuldigung
wegen unterlassenen Besuchs

So wahr ich lebe, Freund, ich wollte ganze Tage
Und ganze Nächte bei dir sein:
Um mich mit dir die ganzen Tage,
Die ganzen Nächte zu erfreun.
Doch tausend Schritte sind's, die unsre Wohnung trennen;
Und hundert wohl noch obendrein.
Und wollt ich sie auch gern, die tausend Schritte, rennen,
Und jene hundert obendrein:
So weiß ich doch, daß ich am Ende
Des langen Wegs, dich zwanzigmal nicht fände.
Denn öfters bist du nicht zu Hause,
Und manchmal bist du's nicht für mich:
Wenn nach dem langen Zirkelschmause
Der kleinste Gast dir hinderlich.
Ich wollte, wie gesagt, gern tausend Schritte rennen,
Dich, liebster Freund, dich sehn zu können:
Doch, allzu weiter Freund, dich nicht zu sehn,
Verdreußt mich's, e i n e n nur zu gehn.

77

An den Paul

Es scheinet, daß du Paul, der einz'ge Trunkne bist:
Denn du willst nüchtern sein, wo keiner nüchtern ist.

78

Velt und Polt

„Zum Henker!" fluchte Polt zu Velten,
„Mußt du mich einen Lügner schelten?"
„Zum Henker!" fluchte Velt zu Polten,
„Ich einen Lügner dich gescholten?
Das leugst du, Polt, in deinen Hals,
Das leugst du als ein Schelm, und als – – – "
„Ha! das hieß Gott dich sprechen, Velten!
Denn Lügner laß ich mich nicht schelten."

79

Der kranke Stax

„Komm ich vom Lager auf, und gibt Gott Fried im Staat",
Gelobt der kranke Stax, „so werd ich ein Soldat."

80

Die blaue Hand

Ein Richter war, der sah nicht wohl:
Ein Färber kömmt, der schwören soll.
Der Färber hebt die blaue Hand;
Da ruft der Richter: „Unverstand!
Wer schwört im Handschuh? Handschuh aus!"
„Nein!" ruft der Färber; „Brill heraus!"

81

Der Schuster Franz

Es hat der Schuster Franz zum Dichter sich entzückt.
Was er als Schuster tat, das tut er noch: er flickt.

82

Das Mädchen

Zum Mädchen wünscht ich mir – und wollt es, ha! recht [lieben –
Ein junges, nettes, tolles Ding,
Leicht zu erfreun, schwer zu betrüben,
Am Wuchse schlank, im Gange flink,
Von Aug ein Falk,
Von Mien ein Schalk;
Das fleißig, fleißig liest:
Weil alles, was es liest,
Sein einzig Buch – der Spiegel ist;
Das immer gaukelt, immer spricht,
Und spricht und spricht von tausend Sachen,
Versteht es gleich das Zehnte nicht
Von allen diesen tausend Sachen:
Genug, es spricht mit Lachen,
Und kann sehr reizend lachen.

Solch Mädchen wünscht ich mir! – Du, Freund, magst deine [Zeit
Nur immerhin bei schöner Sittsamkeit,
Nicht ohne seraphin'sche Tränen,
Bei Tugend und Verstand vergähnen.
Solch einen Engel
Ohn alle Mängel
Zum Mädchen haben:
Das hieß' ein Mädchen haben? –
Heißt eingesegnet sein, und Weib und Hausstand haben.

83

Auf den Fell

Als Fell, der Geiferer, auf dumpfes Heu sich streckte,
Stach ihn ein Skorpion. Was meint ihr, daß geschah!
Fell starb am Stich? Ei ja doch, ja!
Der Skorpion verreckte.

84

*An den Herrn D**

Dein Epigramm, o D*, ist fein!
Es hat mich trefflich durchgezogen;
Und ist, vollkommen schön zu sein,
Erstunken und erlogen.

85

An einen geizigen Vater

Verlangt dein Kind ein Freier,
Der wenig nach der Mitgift fragt;
So denke, was das Sprichwort sagt:
Sehr wohlfeil ist sehr teuer.

86

Auf den Kauz

Wer sagt, daß Meister Kauz Satiren auf mich schreibt?
Wer nennt geschrieben das, was ungelesen bleibt?

87

Auf den Lupan

Des beißigen Lupans Befinden wollt ihr wissen?
Der beißige Lupan hat jüngst ins Gras gebissen.

88

An den Leser

Du dem kein Epigramm gefällt,
Es sei denn lang und reich und schwer:
Wo sahst du, daß man einen Speer,
Statt eines Pfeils, vom Bogen schnellt?

89

An den Herrn von Dampf

Dein Diener, Herr von Dampf, ruft: „Platz da!“ vor dir her.
Wenn ich an deiner Stelle wär,
Den Diener wollt ich besser brauchen:
Du kannst dir freien Weg ja durchs Gedränge – hauchen.

90

An ebendenselben

Dem hast du nur die Hand, und dem den Kuß beschieden.
Ich, gnäd'ger Herr von Dampf! bin mit der Hand zufrieden.

91

Auf einen gewissen Dichter

Ihn singen so viel mäß'ge Dichter,
Ihn preisen so viel dunkle Richter.
Ihn ahmt so mancher Stümper nach,
Ihm nicht zum Ruhm, und sich zur Schmach.
Freund, dir die Wahrheit zu gestehen,
Ich bin zu dumm es einzusehen,
Wie sich für wahr Verdienst ein solcher Beifall schicket.
Doch so viel seh ich ein,
Das Singen, das den Frosch im tiefen Schlamm entzücket,
Das Singen muß ein Quaken sein.

92

An den Wesp

Nur Neues liebest du? nur Neues willst du machen?
Du bist, mein guter Wesp, sehr neu in allen Sachen.

93

An den Trill

Bald willst du, Trill, und bald willst du dich nicht beweiben:
Bald dünkt dich's gut, bald nicht, ein Hagestolz zu bleiben.
Ich soll dir raten? Wohl! Tu, was dein Vater tat:
Bleib frei; heirate nicht! – Da hast du meinen Rat.

94

An ebendenselben

Du nennest meinen Rat ein schales Sinngedicht?
Trill, einen andern Rat bekömmst du wahrlich nicht.
Zum Hängen und zum Freien
Muß niemand Rat verleihen.

95

An die Fuska

Sei nicht mit deinem roten Haar
So äußerst, Fuska, unzufrieden!
Ward dir nicht schönes braunes Haar,
So ward dir braune Haut beschieden.

96

Auf den Tod des D. Mead

Als Mead am Styx erschien, rief Pluto voller Schrecken:
„Weh mir! nun kömmt er gar, die Toten zu erwecken."

97

Auf die schöne Tochter eines schlechten Poeten

Der Vater reimt und suchet allen,
Nicht wenig Kennern, zu gefallen.
Die Tochter buhlt: oh! straft sie nicht!
Das gute Kind will allen,
Wie ihres Vaters Reim, gefallen.

98

An ebendieselbe

Dein braunes Mädchen, Freund, ist schön:
Das muß ihr auch der Neid gestehn.
So schön, daß man es ganz vergißt,
Daß sie ein wenig buhlrisch ist;
So schön, daß man es gar vergißt,
Daß ihr Papa ein Reimschmied ist.

99

Auf den Sextus

Die, der ein Auge fehlt, die will sich Sextus wählen?
Ein Auge fehlet ihr, ihm müssen beide fehlen.

100

Kunz und Hinz

Kunz: Hinz, weißt du, wer das Pulver hat erfunden?
Der leid'ge böse Geist.
Hinz: Wer hat dir, Kunz, das aufgebunden?
Ein Pfaffe war's, der Berthold heißt.
Kunz: Sei drum! so ward mir doch nichts aufgebunden.
Denn sieh! Pfaff oder böser Geist
Ist Maus wie Mutter, wie man's heißt.

101

Auf den Bav

Ein schlechter Dichter Bav? ein schlechter Dichter? nein!
Denn der muß wenigstens ein guter Reimer sein.

102

Auf Dorinden

Sagt nicht, die ihr Dorinden kennt,
Daß sie aus Eitelkeit nur in die Kirchen rennt;

Daß sie nicht betet, und nicht höret,
Und andre nur im Beten störet.
Sie bat (mein eignes Ohr ist Zeuge;
Denn ihre Schönheit geht allmählich auf die Neige),
Sie bat mit ernstlichen Gebärden:
„Laß unser Angesicht, Herr, nicht zuschanden werden!"

103

Auf die Galathee

Die gute Galathee! Man sagt, sie schwärz ihr Haar;
Da doch ihr Haar schon schwarz, als sie es kaufte, war.

104

Auf die Hütte des Irus

Vorbei verwegner Dieb! denn unter diesem Dache,
In jedem Winkel hier, hält Armut treue Wache.

105

Auf einen gewissen Leichenredner

O Redner! dein Gesicht zieht jämmerliche Falten,
Indem dein Maul erbärmlich spricht.
Eh du mir sollst die Leichenrede halten,
Wahrhaftig, lieber sterb ich nicht!

106

Das schlimmste Tier

Wie heißt das schlimmste Tier mit Namen?
So fragt' ein König einen weisen Mann.
Der Weise sprach: „Von wilden heißt's Tyrann,
Und Schmeichler von den zahmen."

107

Auf die Magdalis

Die alte reiche Magdalis
Wünscht mich zum Manne, wie ich höre.
Reich wäre sie genug, das ist gewiß;
Allein so alt! – Ja, wenn sie älter wäre!

108

Auf Lorchen

Lorchen heißt noch eine Jungfer. Wisset, die ihr's noch nicht [wißt:
So heißt Luzifer ein Engel, ob er gleich gefallen ist.

109

Klimps

Der alte fromme Klimps, bei jedem Bissen Brot,
Den er genoß, sprach: „Segne Gott!"
Den schönen Spruch nicht halb zu lassen, sprach
„Und stirb!" sein frommes Weib mit Hiobs Weib ihm nach.

110

Der spielsüchtige Deutsche

So äußerst war, nach Tacitus' Bericht,
Der alte Deutsch' aufs Spiel erpicht,
Daß, wenn er ins Verlieren kam,
Er endlich keinen Anstand nahm,
Den letzten Schatz von allen Schätzen,
Sich selber, auf das Spiel zu setzen.

Wie unbegreiflich rasch! wie wild!
Ob dieses noch vom Deutschen gilt?
Vom deutschen Manne schwerlich. – Doch,
Vom deutschen Weibe gilt es noch.

111

Das Pferd Friedrich Wilhelms auf der Brücke zu Berlin

Ihr bleibet vor Verwundrung stehn,
Und zweifelt doch an meinem Leben?
Laßt meinen Reiter mir die Ferse geben:
So sollt ihr sehn!

112

Auf die feige Mumma

Wie kömmt's, daß Mumma vor Gespenstern flieht,
Sie, die doch täglich eins im Spiegel sieht?

113

Eine Gesundheit auf die Gesundheiten

Weg, weg mit Wünschen, Reimen, Schwänken!
Trinkt fleißig, aber trinket still!
Wer wird an die Gesundheit denken,
Wenn man die Gläser leeren will?

114

Auf einen unnützen Bedienten

Im Essen bist du schnell, im Gehen bist du faul.
Iß mit den Füßen, Freund, und nimm zum Gehn das Maul.

115

Der Schwur

Ich schwöre Lalagen, daß sonder ihre Küsse,
Kein königliches Glück mein Leben mir versüße.
Dies schwör ich ihr im Ernst, wofern sie sich ergibt;
Und schwör es ihr im Scherz, wofern sie mich nicht liebt.

116

Themis über ihr Bildnis in dem Hause eines Richters

Womit, o Zeus, hab ich den Schimpf verschuldet,
Daß man mein Bild in diesem Hause duldet?

117

Der Furchtsame

Kaum seh ich den Donner die Himmel umziehen,
So flieh ich zum Keller hinein.
Was meint ihr? ich suchte den Donner zu fliehen?
Ihr irrt euch; ich suche den Wein.

118

An den Herrn V.

Du ladest zwanzig Schmauser ein,
Wovon ich keinen kenn, und dann mich obendrein.
Doch zürnst du, und erstaunst, warum ich nicht erscheine?
Ich schmause, Freund, nicht gern alleine.

119

Auf die Genesung einer Buhlerin

Dem Tode wurde jüngst vom Pluto anbefohlen,
Die Lais unsrer Stadt nach jener Welt zu holen.
Sie war so alt doch nicht, und reizte manchen noch,
Durch Willigkeit und Scherz in ihr gemächlich Joch.
„Was?" sprach der schlaue Tod, der ökonomisch denket,
Und nicht, wie man wohl glaubt, den Wurfpfeil blindlings schwenket:
„Die Lais brächt ich her? das wäre dumm genung!
Nein! Ärzt und Huren – nein! die hol ich nicht so jung!"

120

An zwei liebenswürdige Schwestern

Reiz, Jugend, Unschuld, Freud und Scherz
Gewinnen euch ein jedes Herz!
Und kurz: Ihr brauchet euresgleichen,
Den Grazien, in nichts, als an der Zahl, zu weichen.

121

An den Silius

Mein Urteil, Silius, von deiner Überschrift,
Dies Urteil soll nichts gelten,
Weil es die Reime nur betrifft?
Was kann man sonst als Reim' an einem Reimer schelten?

122

Auf den D. Klystill

Klystill, der Arzt – (der Mörder sollt ich sagen –)
Will niemands frühern Tod mehr auf der Seele tragen,
Und gibt, aus frommer Reu, sich zum Husaren an;
Um das nie mehr zu tun, was er so oft getan.

123

Auf Muffeln

Freund Muffel schwört bei Gott und Ehre,
Ich kost ihn schon so manche Zähre. –
Nun? frommer Mann, wenn das auch wäre;
Was kostet dich denn deine Zähre?

124

An ein paar arme verwaisete Mädchen

Ihr holden Kinder, daß ihr Waisen seid,
Das ist mir herzlich, herzlich leid.

Auch bin ich euch zu dienen gern erbötig
Mit Gut und Blut; euch, die ihr, ohne Streit,
Das beste Blut des besten Blutes seid.
Nur, Kinder, daß ihr arme Waisen seid,
Das sei euch selber ja nicht leid!
Nun habt ihr keines Vormunds nötig.

125

An den Vax

Du lobest Tote nur? Vax, deines Lobes wegen
Hab ich blutwenig Lust, mich bald ins Grab zu legen.

126

Auf den Cytharist

Jahraus, jahrein reimt Cytharist
Zweihundert Vers in einem Tage;
Doch drucken läßt er nichts. Entscheidet mir die Frage,
Ob er mehr klug, mehr unklug ist.

127

Der beste Wurf

An ein Paar Brettspieler

Zwei Vierer wünschest du, und du verlangst zwei Einer:
Der beste Wurf im Brett bleibt darum dennoch – keiner.

128

Auf den Maler Klecks

Mich malte Simon Klecks so treu, so meisterlich,
Daß aller Welt, so gut als mir, das Bildnis glich.

129

Auf einen Zweikampf

Warum zog das erzürnte Paar,
Sistan, und wer sein Gegner war,
Die Degen? Aller Welt zum Schrecken
Sie – friedlich wieder einzustecken.

130

Auf den Ursin

Ursin ist ärgerlich, und geht mir auf die Haut,
Daß ich ihm jüngst mein Buch, den Phädon, weggenommen;
Gelesen hab er ihn, allein noch nicht verdaut.
Ja, ja! zustande wär er bald damit gekommen:
Sein Windspiel, oder er, hat ihn schon brav gekaut.

131

Auf den Veit

Veit ist ein witz'ger Kopf, und zählet sechzig? – Mein!
Er hat noch lange hin, ein kluger Kopf zu sein.

132

Die Vorspiele der Versöhnung

Korinne schwur, mich zu vergessen:
Und doch kann sie mich nicht vergessen.
Wo sie mich sieht, und wo sie kann,
Fängt sie auf mich zu lästern an.
Doch warum tut sie das? warum erhitzt sie sich?
Ich wette was, noch liebt sie mich.

Ich schwur, Korinnen zu vergessen:
Und doch kann ich sie nicht vergessen.
Wo ich sie seh, und wo ich kann,
Fang ich mich zu entschuld'gen an.
Doch warum tu ich das? und warum schweig ich nie?
Ich wette was, noch lieb ich sie.

133

Auf den Pfriem

Pfriem ist nicht bloß mein Freund; er ist mein andres Ich.
Dies sagt er nicht allein, dies zeigt er meisterlich.
Er steckt in seinen Sack ein Geld, das mir gehöret,
Und tut mit Dingen groß, die ihn mein Brief gelehret.

134

Auf den Avar

Avar stirbt, und vermacht dem Hospital das Seine,
Damit sein Erbe nicht verstellte Tränen weine.

135

Seufzer eines Kranken

Hier lieg ich schwach und siech;
Und ach! die liebe Sophilette
Weicht keinen Schritt von meinem Bette.
Oh! daß der Himmel mich
Von beiden Übeln bald errette!

136

Auf den Laar

Daß Laar nur müßig geh, wie kann man dieses sagen?
Hat er nicht schwer genug an seinem Wanst zu tragen?

137

Ihr Wille und sein Wille

Er: Nein, liebe Frau, das geht nicht an:
Ich muß hier meinen Willen haben.
Sie: Und ich muß meinen haben, lieber Mann.
Er: Unmöglich!

Sie: Was? nicht meinen Willen haben?
Schon gut! so sollst du mich in Monatsfrist begraben.
Er: Den Willen kannst du haben.

138

Grabschrift der Tochter eines Freundes, die vor der Taufe starb

Hier lieget, die Beate heißen sollte,
Und lieber sein, als heißen wollte.

139

Auf den Marius

Dem Marius ward prophezeiet,
Sein Ende sei ihm nah.
Nun lebet er drauflos; verschwelgt, verspielt, verstreuet:
Sein End ist wirklich da!

140

Auf den einäugigen Spieler Pfiff

Indem der Spieler Pfiff – erzürnte Götter! –
Durch einen schlimmen Wurf ein Auge jüngst verlor:
„Brav, Kamerade!“ rief ein Spötter;
„Du gibst uns jedem nun ein Auge vor.“

141

An einen Autor

Mit so bescheiden stolzem Wesen
Trägst du dein neustes Buch – welch ein Geschenk! – mir an.
Doch, wenn ich's nehme, grundgelehrter Mann,
Mit Gunst: muß ich es dann auch lesen?

142

Auf den Ley

Der gute Mann, den Ley beiseite dort gezogen!
Was Ley ihm sagt, das ist erlogen.
Wie weiß ich das? – Ich hör ihn freilich nicht:
Allein ich seh doch, daß er spricht.

143

Die Sinngedichte über sich selbst

Weiß uns der Leser auch für unsre Kürze Dank?
Wohl kaum. Denn Kürze ward durch Vielheit leider! lang.

144

Abschied an den Leser

Wenn du von allem dem, was diese Blätter füllt,
Mein Leser, nichts des Dankes wert gefunden:
So sei mir wenigstens für das verbunden,
Was ich zurückbehielt.

ANHANG

An den Herrn R.

Es freuet mich, mein Herr, daß Ihr ein Dichter seid.
Doch seid Ihr sonst nichts mehr, mein Herr? Das ist mir leid.

Auf einen bekannten Dichter

Den nennt der Dichter Mars, und die nennt er Cythere;
Hier kommen Grazien, hier Musen ihm die Quere.
Apoll, Minerva, Zeus verschönern was er spricht;
Wen er zum Gott nicht macht, den lobt er lieber nicht.
Ihr, die ihr ihn der Welt verachtungswert gewiesen,
Trotz allen Tugenden, die er verstellt gepriesen;
Wenn er die Götter all auf fert'ger Zunge trägt,
Was wundert's euch, daß er im Herzen keinen hegt?

Der Zwang

Ich habe keinen Stoff zum Lachen,
Und soll ein Sinngedichte machen.
Doch wahrlich, Stoffs genug zum Lachen,
Ich soll ein Sinngedichte machen.

Auf das Heldengedichte Hermann

Dem Dichter, welcher uns den Hermann hergesungen,
Ist wahrlich, G** sagt's, ein Meisterstück gelungen.
Und ich, ich sag es auch. Wir müssen es verstehn.
Nur wünscht ich vom Geschick, noch eins von ihm zu sehn.
Und was? Ein Trauerspiel. Ein Trauerspiel? Wovon?
Wenn mein Rat etwas gilt, so sei's vom Phaeton.

Gespräch

X: Soll ich vergebens flehn,
Und keinen Brief von dir in Versen sehn?
Du schenkst ja wohl an Schlechtre deine Lieder.
L: Nun wohl, das nächstemal will ich in Versen schreiben.
X: Topp! und ich schreibe dir gewiß in Versen wieder.
L: So? Großen Dank! Nun laß ich's bleiben.

Turan

Die Knabenliebe log dem redlichen Turan
Der ungerechte Pöbel an.
Die Lügen zu bestrafen,
Was konnt er anders tun, als bei der Schwester schlafen?

Sertor

Sagt nicht, daß seiner Frau, dem Inventar der Zeit,
Sertor den Tod gewünscht. Was sonst? Die Ewigkeit.

An den Dorilas

Sagt nicht, daß Dorilas sich schämt, mit mir zu gehen.
Sein Rock ist's, der sich schämt, bei meinem sich zu sehen.

Auf die Thestylis

Die schiele Thestylis hat Augen in dem Kopfe,
So hat ein Luchs sie nicht.
Glaubt ihr, sie sieht euch ins Gesicht,
So sieht sie nach dem Hosenknopfe.

Auf den Sophron

Damit er einst was kann von seinen Eltern erben;
So lassen sie ihn jetzt vor Hunger weislich sterben.

Nachahmung des 84. Sinngedichts im 3. Buche des Martials

Was macht dein Weib? Das heißt im mystischen Verstand,
Wenn man es Staxen fragt: „Stax, was macht deine Hand?“

Auf das Gedicht „Die Sündflut“

Durch den ersten Regenbogen
Sprach der Mund, der nie gelogen:
„Keine Sündflut komme mehr,
Über Welt und Menschen her.“

Die ihr dies Versprechen höret,
Menschen sündigt ungestöret!
Kommt die zweite Sündflut schon,
Sie trifft nur den Helikon.

Auf den Urban

Er widersprach – – Was kann an ihm gemeiner sein?
Und widerlegte nicht – – Auch das ist ihm gemein.

Charlotte

Die jüngst ließ ihren guten Mann begraben,
Charlotte wünscht, statt seiner, mich zu haben.
Gewiß Charlott ist klug.
Wir haben uns vordem schon oft gesehen,
Drum glaub ich wohl, die Sache möchte gehen,
Wär ich nur dumm genug.

*Auf den Herrn M** den Erfinder der Quadratur des Zirkels*

Der mathemat’sche Theolog,
Der sich und andre nie betrog,
Saß zwischen zweimal zweien Wänden,
Mit archimed’scher Düsternheit,

Und hatte – – welche Kleinigkeit!
Des Zirkels Vierung unter Händen.
Kühn schmäht er auf das x + z
(Denn was ist leichter als geschmäht?)
Als ihn der Hochmut sacht und sachte
Bei seinen Zahlen drehend machte.
So wie auf einem Fuß der Bube
Sich dreht, und dreht sich endlich dumm,
So ging die tetragon'sche Stube,
Und Stuhl und Tisch mit ihm herum.
„O Wunder", schrie er, „o Natur!
Da hab ich sie, des Zirkels Quadratur."

Auf einen elenden komischen Dichter

Ein elend jämmerliches Spiel
Schrieb Koromandels stumpfer Kiel,
Als er in der Entzückung dachte,
Daß er wohl Plautos schamrot machte,
Und daß kein Molière
Ihm zu vergleichen wär.
Er, der sie beide kennt,
Wie ich den großen Mogul kenne,
Und sie zu kennen brennt,
So wie ich ihn zu kennen brenne.
Er, der der Feinheit keuscher Ohren,
Dem Witz, den Regeln, dem Verstand,
Den lächerlichsten Krieg geschworen,
Der je im Reich der Sittenlehr entstand;
Für ihn ein unentdecktes Land!
Doch muß ich, kritisch zu verfahren,
Dem Leser treulich offenbaren,
Daß ich an seinem Stücke
Auch etwas Treffliches erblicke.
Und was? – – Er macht damit, trotz einem kom'schen Werke!
Voll ungeborgter Stärke,
Den dümmsten Witzling in der Welt,
Den je ein Schauplatz vorgestellt,
Unnachzuahmend lächerlich.
Und wen denn? Welche Frage! Sich.

Auf – – – –

Dem schlauesten Hebräer in B**
Dem kein Betrug zu schwer, kein Kniff zu schimpflich schien,
Dem Juden, der im Lügen,
Im Schachern und Betriegen,
Trotz Galgen und Gefahr,
Mehr als ein Jude war,
Dem Helden in der Kunst zu prellen,
Kam's ein – – – Was gibt der Geiz nicht seinen Sklaven ein!
Von Frankreichs Witzigen den Witzigsten zu schnellen.
Wer kann das sonst als – – – – sein?
Recht, V** war's, der von dem schrecklichen Ödip,
Den saubern Witz bis zu Montperniaden trieb.
Schon war die Schlinge schlau geschlungen;
Schon war sein Fuß dem Unglück wankend nah,
Schon schien die List dem Juden als gelungen,
Als der Betrieger schnell sich selbst gefangen sah.
Sagt Musen, welcher Gott stand hier dem Dichter bei,
Und wies ihm unverhüllt verhüllte Schelmerei?
Wer sonst, als der fürs Geld den frommen Tor betrog,
Wenn er vom Dreifuß selbst Orakelsprüche log?
Er, der Betrug und List aus eigner Übung kennet,
Durch den V** gebrannt, und jeder Dichter brennet.
Ja, ja, du wachtest selbst für deinen braven Sohn,
Apoll, und Spott und Reu ward seines Feindes Lohn.
Du selbst – – doch wackrer Gott dich aus dem Spiel zu lassen,
Und kurz und gut den Grund zu fassen,
Warum die List,
Dem Juden nicht gelungen ist;
So fällt die Antwort ohngefähr:
Herr V** war ein größrer Schelm als er.

Auf – – – –

„O käm der große Geist bald in dies rauhe Land,
Wohin aus Frankreichs Rom mich Nasos Glück verbannt,
So wär doch einer hier, noch außer mir zu finden,
In dessen Munde sich Geschmack und Witz verbinden.
Komm Voltaire! – –“ A** gnug! der Himmel hört dein Flehn.

Er kömmt, und läßt sogleich des Geistes Proben sehn.
„Was?“ ruft er; „A** hier? Wenn mich der König liebt,
So weiß ich, daß er stracks dem Schurken Abschied gibt.“

Auf des Herrn K Gedanken von der wahren Schätzung der lebendigen Kräfte*

K* unternimmt ein schwer Geschäfte,
Der Welt zum Unterricht.
Er schätzet die lebend'gen Kräfte,
Nur seine schätzt er nicht.

Antwort auf die Frage: wer ist der große Duns?

Der Mann in – –, welchen Gott
Nicht schuf zum Dichter und Kunstrichter,
Der, dümmer als ein Hottentott,
Sagt, er und S*** wären Dichter;
Der Philipp Zesen unsrer Zeit;
Der Büttel der Sprachreinigkeit
In Ober- und in Niedersachsen,
Der alle Worte Lands verweist,
Die nicht auf deutschem Boden wachsen;
Der große Mann, der stark von Leib
Ein kleines artigs freundlichs Weib
Kalt, wie er denkt und schreibt, umarmt,
Das aber seiner sich erbarmt,
Und gleicher Meinung ist und bleibt,
Und wider ihn nicht denkt nicht schreibt,
Weil es den Zank der Ehe scheut,
Und lieber aus Gefälligkeit
Sich an des Manns Gedanken bindet;
Der Mann der unter uns
Viel große Geister findet,
Der ist der große Duns!

Auf Rabners Tod

als nach welchem erst die übrigen Schriften desselben an das Licht kommen sollen

Der Steuerrat tritt ab, dem Satyr Platz zu machen:
Es weine, wer da will; ich, spitze mich auf Lachen.

Auf den Streit des Herrn Bosens mit den wittenbergischen Theologen

Er hat den Papst gelobt, und wir, zu Luthers Ehre,
Wir sollten ihn nicht schelten?
Den Papst, den Papst gelobt? Wenn's noch der Teufel wäre
So ließen wir es gelten.

Unter das Bildnis des Königs von Preußen

Wer kennt ihn nicht?
Die hohe Miene spricht
Den Denkenden. Der Denkende allein
Kann Philosoph, kann Held, kann beides sein.

[Doppelter Nutzen einer Frau]

Zweimal taugt eine Frau – für die mich Gott bewahre! –
Einmal im Hochzeitbett, und einmal auf der Bahre.

Auf ein Karussell

Freund, gestern war ich – wo? – Wo alle Menschen waren.
Da sah ich für mein bares Geld
So manchen Prinz, so manchen Held,
Nach Opernart geputzt, als Führer fremder Scharen,
Da sah ich manche flinke Speere
Auf mancher zugerittnen Mähre
Durch eben nicht den kleinsten Ring,
Der unter tausend Sonnen hing,
(*O schade*, daß es Lampen waren!)
Oft, sag ich, durch den Ring
Und öfter noch darneben fahren.

Da sah ich - ach was sah ich nicht,
Da sah ich, daß beim Licht
Kristalle Diamanten waren;
Da sah ich, ach du glaubst es nicht,
Wie viele Wunder ich gesehen.
Was war nicht prächtig, groß und königlich?
Kurz dir die Wahrheit zu gestehen,
Mein halber Taler dauert mich.

[Nutzen eines fernen Garten]

A: Was nutzt dir nun dein ferner Garten? he?
B: Daß ich dich dort nicht seh!

Der Blinde

Niemanden kann ich sehn, auch mich sieht niemand an:
Wie viele Blinde seh ich armer, blinder Mann.

Kunz und Hinz

„Gevatter Hinz“, rief Kunz, „was trinken wir?
Zuerst Wein oder Bier?“
„Gevatter“, sagte Hinz, „Gevatter, folge mir
Erst Wein, und dann – kein Bier.“

[Auf einen Sechzigjährigen]

Wer sechszig Jahr gelebt, und noch
Des Lebens sich nicht kann begeben,
Dem wünsch ich – wünscht er's selber doch –
Bis zu der Kinder Spott zu leben.

Der Arme

Sollt einen Armen wohl des Todes Furcht entfärben?
Der Arme lebet nicht: so kann er auch nicht sterben.

An den Dümm

Wie? Eselsohren, Dümm, hätt ich dir beigelegt?
Gewiß nicht! Ohren nur, so wie sie Midas trägt.

Die große Welt

Die Waage gleicht der großen Welt
Das Leichte steigt, das Schwere fällt.

In ein Stammbuch

Wer Freunde sucht, ist sie zu finden wert:
Wer keinen hat, hat keinen noch begehrt.

Die Verleumdung

„Du nennst mich vom gestrigen Rausche noch trunken?
Vom gestrigen Rausche? das spricht
Ein“ – – Fasse dich, schimpfe nur nicht!
Ich weiß wohl, du hast bis am Morgen getrunken.

Als der Herzog Ferdinand die Rolle des Agamemnons, des ersten Feldherrn der Griechen, spielte

1

Vorstellen und auch sein
Kann Ferdinand allein.

2

Stax spricht: „Er spielt ihn schlecht!“
Auch das wär recht;
Denn seine eigne Rollen
Muß man nicht spielen wollen.

3

Mit Gunst,
Als Ekhof so den Agamemnon spielte,

Das, das war Kunst.
Daß aber Ferdinand sich selber spielte,
Hm! was für Kunst.

Lobspruch des schönen Geschlechts

Wir Männer stecken voller Mängel;
Es leugne, wer es will!
Die Weiber gegen uns sind Engel.
Nur taugen, wie ein Kenner will,
Drei kleine Stück' – und die sind zu erraten –
An diesen Engeln nicht gar zu viel!
Gedanken, Wort und Taten.

In eines Schauspielers Stammbuch

Kunst und Natur
Sei auf der Bühne eines nur;
Wenn Kunst sich in Natur verwandelt,
Dann hat Natur mit Kunst gehandelt.

In ein Stammbuch, dessen Besitzer versicherte, daß sein Freund ohne Mängel und sein Mädchen ein Engel sei

Trau keinem Freunde sonder Mängel
Und lieb ein Mädchen, keinen Engel.

[Warum ich wieder Epigramme mache]

Daß ich mit Epigrammen wieder spiele
Ich, armer Willebald,
Das macht, wie ich an mehrerm fühle,
Das macht, ich werde alt.

In ein Stammbuch

Ein Kirchhof ist,
Mein frommer Christ,

Dies Büchelein,
Wo bald kann sein
Dein Leichenstein
Ein Kreuzelein!

Über das Bildnis eines Freundes

Der mir gefällt,
Gefiel er minder gleich der Welt.

In ein Stammbuch

in welchem die bereits Verstorbenen mit einem † bezeichnet waren

Hier will ich liegen! denn hier bekomm ich doch
Wenn keinen Leichenstein, ein Kreuzchen noch.

Sittenspruch

Man würze, wie man will, mit Widerspruch die Rede:
Wird Würze nur nicht Kost, und Widerspruch nicht Fehde.

Auf die Katze des Petrarch

Nach dem Lateinischen des Antonio Querci; in den „Inscriptionibus agri Pataviani"

Warum der Dichter Hadrian
Die Katzen so besonders leiden kann?
Das läßt sich leicht ermessen!
Daß seine Verse nicht die Mäuse fressen.

Sittenspruch

Bav selbst hat manchen guten Schauer;
Wär Eselstrab auch nur von Dauer.

Grabschrift auf Voltairen

Hier liegt – wenn man euch glauben wollte,
Ihr frommen Herrn! – der längst hier liegen sollte.
Der liebe Gott verzeih aus Gnade
Ihm seine Henriade,
Und seine Trauerspiele,
Und seiner Verschen viele:
Denn was er sonst ans Licht gebracht,
Das hat er ziemlich gut gemacht.

[An Saal]

An dir, mein Saal, als Freund und Richter,
Lob ich Geschmack und Redlichkeit
Bekennst du von mir ungescheut
Ich sei ein beßrer Freund als Dichter!

Gotth. Ephr. Lessing.

Dresden den 17 März 1756.

Auf das Alter

Dem Alter nicht, der Jugend sei's geklagt,
Wenn uns das Alter nicht behagt.

[Auf Albert Wittenberg und Johann Jakob Dusch]

Wie Ast und Busch:
So Wittenberg und Dusch.
Wie Ries und Zwerg
So Dusch und Wittenberg.

[In Friedrich Ludwig Schröders Stammbuch]

Daß Beifall dich nicht stolz, nicht Tadel furchtsam mache!
Des Künstlers Schätzung ist nicht jedes Fühlers Sache!

Denn auch den Blinden brennt das Licht,
Und wer dich fühlte, Freund, verstand dich darum nicht.

Gotth. Ephr. Lessing.
Hamburg den 20. Oktobr 1780.

[Auf Johann von Döring]

Am Körper klein, am Geiste noch viel kleiner,
Schämst du des Salzes dich, drum schämt das Salz sich deiner.

[Grabschrift auf einen Gehenkten]

Hier ruht er, wenn der Wind nicht weht!

[Grabschrift auf Kleist]

O Kleist! dein Denkmal dieser Stein? –
Du wirst des Steines Denkmal sein.

EPIGRAMMATA

Ad Turanium

Viventi decus atque sentienti,
Turani, tibi quod dedere amici,
Rarus post cineres habet poëta,
Nec tu post cineres habebis ipse.

Ad Gelliam

Vota tui breviter si, Gellia, noscere vatis,
Dignorum juvenum publica cura, cupis:
Spernit opes regum, regum quoque spernit honores;
Esse suus primum, tunc petit esse tuus.

In Aristum

Nescio, dum dicit, multum, mentitur Aristus.
Qui nescit multum, paucula scire potest.

Ad Amicum

Laetus es et pauper, sciat hoc fortuna caveto,
Ne te felicem jam putet esse nimis.

Ad Ponticum

Qua tua fronte legam, mi Pontice, carmina, quaeris?
Num, precor, illa legam, Pontice, quaere prius.

Ad Pompillam

Vir fovet amplexu, nec tu prohibebis? amicas.
„Hunc ego? qui nobis jura dedit paria."
Ast velit amplexu quis te, Pompilla, fovere?
Sic vir jura dedit, nec dedit illa simul.

In Caecilianum

Garrula fama refert te, Caeciliane, disertum,
Nec minus esse pium, garrula fama refert.
Nil video, cur haec credamus, Caeciliane.
Credo tamen: verum fama referre solet.

*Ad***

Abs te cum laudor, tibi cur laudatur et Aldus?
Dicam, te laudis poenituisse meae?

In Albam

Alba mihi semper narrat sua somnia mane;
Alba sibi dormit: somniat Alba mihi.

Ad Priscum

Commendare tuum dum vis mihi carmine munus:
Carmen commendas munere, Prisce, mihi.

In Paulum

Carmina tentemus: num quid tentare nocebit?
Paulus ait. Tenta! nil, nisi fama, perit.

Ad Sosibianum

Sosibiane, rogas, prodat Galathea quot annos?
Annos quot prodat nocte? diene rogas?

Ad Posthumum

Quis melos auditu redimat, dic, Posthume, sodes,
Qui famam redimit, Posthume, morte sua.

Ad Tuccam, ludimagistrum

Dic mihi, quis furor est, ludo spectante cacare?
Num gravitatem aliter frontis habere nequis?

Ad eundem

Quid te, Tucca, juvat gravitatem fingere vultu,
Ridetur gravitas si gravitate tua?

In Canem

Nonne Canis germana Cani appellatur amica?
Cur ergo incestus insimulare Canem?

In Armillum

Cui dedit, haud dedit Armillus, qui munera egeno
Non sine teste dedit. Cui dedit ergo? Sibi.

Ad Olum

In prece qui multus nimiusque est, otia dum sunt,
Ille malas horas collocat, Ole, bene.
In prece qui multus nimiusque est, otia nec sunt,
Ille bonas horas collocat, Ole, male.

Ad Neaeram

Te tam deformem qui pinxit, pulchra Neaera,
Blanditus Veneri, pulchra Neaera, fuit.

Ad Murlam

Desine, Murla monet, nunc desine scribere nugas.
Tu legere ast nugas desine, Murla, prior.

Ad Naevolam

Vis fieri sanus? Mentiris, Naevola; non vis.
Nam fieri si vis, quid tibi cum Medico?

FABELN

FABELN UND ERZÄHLUNGEN

I

Der Sperling und die Feldmaus

Zur Feldmaus sprach ein Spatz: „Sieh dort den Adler sitzen!
Sieh, weil du ihn noch siehst! er wiegt den Körper schon;
Bereit zum kühnen Flug, bekannt mit Sonn und Blitzen,
Zielt er nach Jovis Thron.
Doch wette – seh ich schon nicht adlermäßig aus –
Ich flieg ihm gleich.“ – „Fleug, Prahler“, rief die Maus.
Indes flog jener auf, kühn auf geprüfte Schwingen;
Und dieser wagt's, ihm nachzudringen.
Doch kaum, daß ihr ungleicher Flug
Sie beide bis zur Höh gemeiner Bäume trug,
Als beide sich dem Blick der blöden Maus entzogen,
Und beide, wie sie schloß, gleich unermeßlich flogen.

Ein unbiegsamer F* will kühn wie Milton singen.
Nach dem er Richter wählt, nach dem wird's ihm gelingen.

II

Der Adler und die Eule

Der Adler Jupiters und Pallas' Eule stritten.
„Abscheulich Nachtgespenst!“ – „Bescheidner, darf ich bitten.
Der Himmel heget mich und dich;
Was bist du also mehr, als ich?“
Der Adler sprach: „Wahr ist's, im Himmel sind wir beide;
Doch mit dem Unterscheide:
Ich kam durch eignen Flug,
Wohin dich deine Göttin trug.“

III

Der Tanzbär

Ein Tanzbär war der Kett entrissen,
Kam wieder in den Wald zurück,
Und tanzte seiner Schar ein Meisterstück
Auf den gewohnten Hinterfüßen.
„Seht", schrie er, „das ist Kunst; das lernt man in der Welt.
Tut mir es nach, wenn's euch gefällt,
Und wenn ihr könnt!" „Geh", brummt ein alter Bär,
„Dergleichen Kunst, sie sei so schwer,
Sie sei so rar sie sei,
Zeigt deinen niedern Geist und deine Sklaverei."

Ein großer Hofmann sein,
Ein Mann, dem Schmeichelei und List,
Statt Witz und Tugend ist;
Der durch Kabalen steigt, des Fürsten Gunst erstiehlt,
Mit Wort und Schwur als Komplimenten spielt,
Ein solcher Mann, ein großer Hofmann sein,
Schließt das Lob oder Tadel ein?

IV

Der Hirsch und der Fuchs

„Hirsch, wahrlich, das begreif ich nicht",
Hört ich den Fuchs zum Hirsche sagen,
„Wie dir der Mut so sehr gebricht?
Der kleinste Windhund kann dich jagen.
Besieh dich doch, wie groß du bist!
Und sollt es dir an Stärke fehlen?
Den größten Hund, so stark er ist,
Kann dein Geweih mit einem Stoß entseelen.
Uns Füchsen muß man wohl die Schwachheit übersehn;
Wir sind zu schwach zum Widerstehn.
Doch daß ein Hirsch nicht weichen muß,
Ist sonnenklar. Hör meinen Schluß.
Ist jemand stärker, als sein Feind,

Der braucht sich nicht vor ihm zurückzuziehen;
Du bist den Hunden nun weit überlegen, Freund:
Und folglich darfst du niemals fliehen."

„Gewiß, ich hab es nie so reiflich überlegt.
Von nun an", sprach der Hirsch, „sieht man mich unbewegt,
Wenn Hund' und Jäger auf mich fallen;
Nun widersteh ich allen."

Zum Unglück, daß Dianens Schar
So nah mit ihren Hunden war.
Sie bellen, und sobald der Wald
Von ihrem Bellen widerschallt,
Fliehn schnell der schwache Fuchs und starke Hirsch davon.

Natur tut allzeit mehr, als Demonstration.

V

Die Sonne

Der Stern, durch den es bei uns tagt –
„Ach! Dichter, lern, wie unsereiner sprechen!
Muß man, wenn du erzählst,
Und uns mit albern Fabeln quälst,
Sich denkend noch den Kopf zerbrechen?"
Nun gut! die Sonne ward gefragt:
Ob sie es nicht verdrösse,
Daß ihre unermeßne Größe,
Die durch den Schein betrogne Welt,
Im Durchschnitt größer kaum, als eine Spanne, hält?

„Mich", spricht sie, „sollte dieses kränken?
Wer ist die Welt? wer sind sie, die so denken?
Ein blind Gewürm! Genug, wenn jene Geister nur,
Die auf der Wahrheit dunkeln Spur,
Das Wesen von dem Scheine trennen,
Wenn diese mich nur besser kennen!"

Ihr Dichter, welche Feur und Geist
Des Pöbels blödem Blick entreißt,
Lernt, will euch mißgeschätzt des Lesers Kaltsinn kränken,
Zufrieden mit euch selbst, stolz wie die Sonne denken!

VI

Das Muster der Ehen

Ein rares Beispiel will ich singen,
Wobei die Welt erstaunen wird.
Daß alle Ehen Zwietracht bringen,
Glaubt jeder, aber jeder irrt.

Ich sah das Muster aller Ehen,
Still, wie die stillste Sommernacht.
Oh! daß sie keiner möge sehen,
Der mich zum frechen Lügner macht!

Und gleichwohl war die Frau kein Engel,
Und der Gemahl kein Heiliger;
Es hatte jedes seine Mängel.
Denn niemand ist von allen leer.

Doch sollte mich ein Spötter fragen,
Wie diese Wunder möglich sind?
Der lasse sich zur Antwort sagen:
Der Mann war taub, die Frau war blind.

VII

Faustin

Faustin, der ganze funfzehn Jahr
Entfernt von Haus und Hof und Weib und Kindern war,
Ward, von dem Wucher reich gemacht,
Auf seinem Schiffe heimgebracht.
„Gott“, seufzt der redliche Faustin,
Als ihm die Vaterstadt in dunkler Fern erschien,
„Gott, strafe mich nicht meiner Sünden,
Und gib mir nicht verdienten Lohn!

Laß, weil du gnädig bist, mich Tochter, Weib und Sohn
Gesund und fröhlich wiederfinden."
So seufzt Faustin, und Gott erhört den Sünder.
Er kam, und fand sein Haus in Überfluß und Ruh.
Er fand sein Weib und seine beiden Kinder,
Und – Segen Gottes! – zwei dazu.

VIII

Die eheliche Liebe

Klorinde starb; sechs Wochen drauf
Gab auch ihr Mann das Leben auf,
Und seine Seele nahm aus diesem Weltgetümmel
Den pfeilgeraden Weg zum Himmel.
„Herr Petrus", rief er, „aufgemacht!"
„Wer da?" – „Ein wackrer Christ." –
„Was für ein wackrer Christ?" –
„Der manche Nacht,
Seitdem die Schwindsucht ihn aufs Krankenbette brachte,
In Furcht, Gebet und Zittern wachte.
Macht bald!" – – Das Tor wird aufgetan.
„Ha! ha! Klorindens Mann!
Mein Freund", spricht Petrus, „nur herein;
Noch wird bei Eurer Frau ein Plätzchen ledig sein."
„Was? meine Frau im Himmel? wie?
Klorinden habt Ihr eingenommen?
Lebt wohl! habt Dank für Eure Müh!
Ich will schon sonstwo unterkommen."

IX

Die Bäre

Den Bären glückt' es, nun schon seit geraumer Zeit,
Mit Brummen, plumpem Ernst und stolzer Frömmigkeit,
Das Sittenrichteramt, bei allen schwächern Tieren,
Aus angemaßter Macht, gleich Wütrichen, zu führen.
Ein jedes furchte sich, und keines war so kühn,
Sich um die saure Pflicht nebst ihnen zu bemühn;
Bis endlich noch im Fuchs der Patriot erwachte,

Und hier und da ein Fuchs auf Sittensprüche dachte.
Nun sah man beide stets auf gleiche Zwecke sehn;
Und beide sah man doch verschiedne Wege gehn.
Die Bäre wollen nur durch Strenge heilig machen;
Die Füchse strafen auch, doch strafen sie mit Lachen.
Dort brauchet man nur Fluch; hier brauchet man nur Scherz;
Dort bessert man den Schein; hier bessert man das Herz.
Dort sieht man Düsternheit; hier sieht man Licht und Leben;
Dort nach der Heuchelei; hier nach der Tugend streben.
Du, der du weiter denkst, fragst du mich nicht geschwind:
Ob beide Teile wohl auch gute Freunde sind?
O wären sie's! Welch Glück für Tugend, Witz und Sitten!
Doch nein, der arme Fuchs wird von dem Bär bestritten,
Und, trotz des guten Zwecks, von ihm in Bann getan.
Warum? der Fuchs greift selbst die Bäre tadelnd an.

Ich kann mich diesmal nicht bei der Moral verweilen;
Die fünfte Stunde schlägt; ich muß zum Schauplatz eilen.
Freund, leg die Predigt weg! Willst du nicht mit mir gehn?
Was spielt man? Den Tartüff. Dies Schandstück sollt ich sehn?

X

Der Löwe und die Mücke

Ein junger Held vom muntern Heere,
Das nur der Sonnenschein belebt,
Und das mit saugendem Gewehre
Nach Ruhm gestochner Beulen strebt,
Doch die man noch zum großen Glücke,
Durch zwei Paar Strümpfe hindern kann,
Der junge Held war eine Mücke.
Hört meines Helden Taten an!

Auf ihren Kreuz- und Ritterzügen
Fand sie, entfernt von ihrer Schar,
Im Schlummer einen Löwen liegen,
Der von der Jagd entkräftet war.
„Seht, Schwestern, dort den Löwen schlafen",

Schrie sie die Schwestern gaukelnd an.
„Jetzt will ich hin, und will ihn strafen.
Er soll mir bluten, der Tyrann!"

Sie eilt, und mit verwegnem Sprunge
Setzt sie sich auf des Königs Schwanz.
Sie sticht, und flieht mit schnellem Schwunge,
Stolz auf den sauern Lorbeerkranz.
Der Löwe will sich nicht bewegen?
Wie? ist er tot? Das heiß ich Wut!
Zu mördrisch war der Mücke Degen:
Doch sagt, ob er nicht Wunder tut?

„Ich bin es, die den Wald befreiet,
Wo seine Mordsucht sonst getobt.
Seht, Schwestern, den der Tiger scheuet,
Der stirbt! Mein Stachel sei gelobt!"
Die Schwestern jauchzen, voll Vergnügen,
Um ihre laute Siegerin.
„Wie? Löwen, Löwen zu besiegen!
Wie, Schwester, kam dir das in Sinn?"

„Ja, Schwestern, wagen muß man! wagen!
Ich hätt es selber nicht gedacht.
Auf! lasset uns mehr Feinde schlagen.
Der Anfang ist zu schön gemacht."
Doch unter diesen Siegesliedern,
Da jede von Triumphen sprach,
Erwacht der matte Löwe wieder,
Und eilt erquickt dem Raube nach.

XI

Das Kruzifix

„Hans", spricht der Pater, „du mußt laufen,
Uns in der nächsten Stadt ein Kruzifix zu kaufen.
Nimm Matzen mit, hier hast du Geld.
Du wirst wohl sehn, wie teuer man es hält."

Hans kömmt mit Matzen nach der Stadt.
Der erste Künstler war der beste.

„Herr, wenn Er Kruzifixe hat,
So laß Er uns doch eins zum heil'gen Osterfeste."

Der Künstler war ein schalk'scher Mann,
Der gern der Einfalt lachte,
Und Dumme gern noch dümmer machte,
Und fing im Scherz zu fragen an:
„Was wollt ihr denn für eines?"

„Je nun", spricht Matz, „ein wacker feines.
Wir werden sehn, was Ihr uns gebt."

„Das glaub ich wohl, allein das frag ich nicht.
Ein totes, oder eins das lebt?"

Hans guckte Matzen und Matz Hansen ins Gesicht.
Sie öffneten das Maul, allein es redte nicht.
„Nun gebt mir doch Bericht.
Habt ihr den Pater nicht gefragt?"
„Mein Blut!" spricht endlich Hans, der aus dem Traum erwachte,
„Mein Blut! er hat uns nichts gesagt.
Weißt du es, Matz?" – „Ich dachte;
Wenn du's nicht weißt; wie soll ich's wissen?"
„So werdet ihr den Weg noch einmal gehen müssen."
„Das wollen wir wohl bleibenlassen.
Ja, wenn es nicht zur Frone wär."

Sie denken lange hin und her,
Und wissen keinen Rat zu fassen.
Doch endlich fällt es Matzen ein:
„Je! Hans, sollt's nicht am besten sein,
Wir kauften eins das lebt? – Denn sieh,
Ist's ihm nicht recht, so macht's ja wenig Müh,
Wär's auch ein Ochs, es totzuschlagen."
„Nu ja", spricht Hans, „das wollt ich eben sagen:
So haben wir nicht viel zu wagen."

Das war ein Argument, ihr Herren Theologen,
Das Hans und Matz ex tuto zogen.

XII

Der Eremit

Im Walde nah bei einer Stadt,
Die man mir nicht genennet hat,
Ließ einst ein seltenes Gefieder,
Ein junger Eremit sich nieder.

In einer Stadt, denkt Applikant,
Die man ihm nicht genannt?
Was muß er wohl für eine meinen?
Beinahe sollte mir es scheinen,
Daß die – nein die – gemeinet wär.
Kurz Applikant denkt hin und her,
Und schließt, noch eh er mich gelesen,
Es sei gewiß Berlin gewesen.

Berlin? Ja, ja, das sieht man bald;
Denn bei Berlin ist ja ein Wald.

Der Schluß ist stark, bei meiner Ehre:
Ich dachte nicht, daß es so deutlich wäre.
Der Wald paßt herrlich auf Berlin,
Ohn ihn beim Haar herbeizuziehn.
Und ob das übrige wird passen,
Will ich dem Leser überlassen.
Auf griechisch weiß ich, wie sie hieß;
Doch wer versteht's? Kerapolis.

Hier, nahe bei Kerapolis,
War's, wo ein junger Eremite,
In einer kleinen leeren Hütte,
Im dicksten Wald sich niederließ.
Was je ein Eremit getan,
Fing er mit größtem Eifer an.
Er betete, er sang, er schrie,
Des Tags, des Nachts, und spät und früh.
Er aß kein Fleisch, er trank nicht Wein,
Ließ Wurzeln seine Nahrung sein,
Und seinen Trank das helle Wasser;

Bei allem Appetit kein Prasser.
Er geißelte sich bis aufs Blut,
Und wußte wie das Wachen tut.
Er fastete wohl ganze Tage,
Und blieb auf einem Fuße stehn;
Und machte sich rechtschaffne Plage,
In Himmel mühsam einzugehn.
Was Wunder also, daß gar bald
Vom jungen Heiligen im Wald
Der Ruf bis in die Stadt erschallt?

Die erste, die aus dieser Stadt
Zu ihm die heil'ge Wallfahrt tat,
War ein betagtes Weib.
Auf Krücken, zitternd, kam sie an,
Und fand den wilden Gottesmann,
Der sie von weitem kommen sahe,
Dem hölzern Kreuze knieend nahe.
Je näher sie ihm kömmt, je mehr
Schlägt er die Brust, und weint, und winselt er,
Und wie es sich für einen Heil'gen schicket,
Erblickt sie nicht, ob er sie gleich erblicket.
Bis er zuletzt vom Knieen matt,
Und heiliger Verstellung satt,
Vom Fasten, Kreuz'gen, Klosterleben,
Marienbildern, Opfergeben,
Von Beichte, Salbung, Seelenmessen,
Ohn das Vermächtnis zu vergessen,
Von Rosenkränzen mit ihr redte,
Und das so oratorisch sagt,
Daß sie erbärmlich weint und klagt,
Als ob er sie geprügelt hätte.
Zum Schluß bricht sie von seiner Hütte,
Wozu der saure Eremite
Mit Not ihr die Erlaubnis gab,
Sich einen heil'gen Splitter ab,
Den sie beküsset und belecket,
Und in den welken Busen stecket.
Mit diesem Schatz von Heiligkeit
Kehrt sie zurück begnadigt und erfreut,
Und läßt daheim die frömmsten Frauen

Ihn küssen, andre nur beschauen.
Sie ging zugleich von Haus zu Haus,
Und rief auf allen Gassen aus:
„Der ist verloren und verflucht,
Der unsern Eremiten nicht besucht!"
Und brachte hundert Gründe bei,
Warum es sonderlich den Weibern nützlich sei.

Ein altes Weib kann Eindruck machen;
Zum Weinen bei der Frau, und bei dem Mann zum Lachen.
Zwar ist der Satz nicht allgemein;
Auch Männer können Weiber sein.
Doch diesmal waren sie es nicht.
Die Weiber schienen nur erpicht,
Den teuern Waldseraph zu sehen.
Die Männer aber? – wehrten's nicht,
Und ließen ihre Weiber gehen.
Die Häßlichen und Schönen,
Die ältesten und jüngsten Frauen,
Das arme wie das reiche Weib –
Kurz jede ging, sich zu erbauen,
Und jede fand erwünschten Zeitvertreib.

„Was? Zeitvertreib, wo man erbauen will?
Was soll der Widerspruch bedeuten?"
Ein Widerspruch? Das wäre viel!
„Er sprach ja sonst von lauter Seligkeiten!" –
Oh! davon sprach er noch, nur mit dem Unterscheide:
Mit Alten sprach er stets von Tod und Eitelkeit,
Mit Armen von des Himmels Freude,
Mit Häßlichen von Ehrbarkeit,
Nur mit den Schönen allezeit,
Vom ersten jeder Christentriebe.
Was ist das? Wer mich fragt, kann der ein Christ wohl sein?
Denn jeder Christ kömmt damit überein,
Es sei die liebe Liebe.

Der Eremit war jung; das hab ich schon gesagt.
Doch schön? Wer nach der Schönheit fragt,
Der mag ihn hier besehn.
Genug, den Weibern war er schön.

Ein starker, frischer, junger Kerl,
Nicht dicke wie ein Faß, nicht hager wie ein Querl –
„Nun, nun, aus seiner Kost ist jenes leicht zu schließen."
Doch sollte man auch wissen,
Daß Gott dem, den er liebt,
Zu Steinen wohl Gedeihen gibt;
Und das ist doch kein fett Gerichte!
Ein bräunlich männliches Gesichte,
Nicht allzu klein, nicht allzu groß,
Das sich im dichten Barte schloß;
Die Blicke wild, doch sonder Anmut nicht;
Die Nase lang, wie man die Kaisernasen dicht't.
Das ungebundne Haar floß straubicht um das Haupt;
Und wesentlichre Schönheitsstücke
Hat der zerrißne Rock dem Blicke
Nicht ganz entdeckt, nicht ganz geraubt.
Der Waden nur noch zu gedenken:
Sie waren groß, und hart wie Stein.
Das sollen, wie man sagt, nicht schlimme Zeichen sein;
Allein den Grund wird man mir schenken.

Nun wahrlich, so ein Kerl kann Weiber lüstern machen.
Ich sag es nicht für mich; es sind geschehne Sachen.
„Geschehne Sachen? was?
So ist man gar zur Tat gekommen?"
Mein lieber Simplex, fragt sich das?
Weswegen hätt er denn die Predigt unternommen?
Die süße Lehre süßer Triebe?
Die Liebe heischet Gegenliebe,
Und wer ihr Priester ist, verdienet keinen Haß.

O Andacht, mußt du doch so manche Sünde decken!
Zwar die Moral ist hier zu scharf,
Weil mancher Mensch sich nicht bespiegeln darf,
Aus Furcht, er möchte vor sich selbst erschrecken.
Drum will ich nur mit meinen Lehren,
Ganz still nach Hause wiederkehren.
Kömmt mir einmal der Einfall ein,
Und ein Verleger will für mich so gnädig sein,
Mich in groß Quart in Druck zu nehmen;
So könnt ich mich vielleicht bequemen,

Mit hundert englischen Moralen,
Die ich im Laden sah, zu prahlen,
Exempelschätze, Sittenrichter,
Die alten und die neuen Dichter
Mit witz'gen Fingern nachzuschlagen,
Und was die sagen, und nicht sagen,
In einer Note abzuschreiben.
Bringt, sag ich noch einmal, man mich gedruckt an Tag;
Denn in der Handschrift laß ich's bleiben,
Weil ich mich nicht belügen mag.

Ich fahr in der Erzählung fort –
Doch möcht ich in der Tat gestehn,
Ich hätte manchmal mögen sehn,
Was die und die, die an den Wallfahrtsort
Mit heiligen Gedanken kam,
Für fremde Mienen an sich nahm,
Wenn der verwegne Eremit,
Fein listig, Schritt vor Schritt,
Vom Geist aufs Fleisch zu reden kam.
Ich zweifle nicht, daß die verletzte Scham
Den Zorn nicht ins Gesicht getrieben,
Daß Mund und Hand nicht in Bewegung kam,
Weil beide die Bewegung lieben;
Allein, daß die Versöhnung ausgeblieben,
Glaub ich, und wer die Weiber kennt,
Nicht eher, als kein Stroh mehr brennt.
Denn wird doch wohl ein Löwe zahm.
Und eine Frau ist ohnedem ein Lamm.
„Ein Lamm? du magst die Weiber kennen."
Je nun, man kann sie doch insoweit Lämmer nennen,
Als sie von selbst ins Feuer rennen.

„Fährst du in der Erzählung fort?
Und bleibst mit deinem Kritisieren,
Doch ewig an demselben Ort?"
So kann das Nützliche den Dichter auch verführen.
Nun gut, ich fahre fort,
Und sag, um wirklich fortzufahren,
Daß nach fünf Vierteljahren,
Die Schelmereien ruchbar waren.

„Erst nach fünf Vierteljahren? Nu;
Der Eremit hat wacker ausgehalten.
So viel trau ich mir doch nicht zu;
Ich möchte nicht sein Amt ein Vierteljahr verwalten.
Allein, wie ward es ewig kund?
Hat es ein schlauer Mann erfahren?
Verriet es einer Frau waschhafter Mund?
Wie? oder daß den Hochverrat
Ein alt neugierig Weib, aus Neid, begangen hat?"
O nein; hier muß man besser raten,
Zwei muntre Mädchen hatten schuld,
Die voller frommen Ungeduld
Das taten, was die Mütter taten;
Und dennoch wollten sich die Mütter nicht bequemen,
Die guten Kinder mitzunehmen.
„Sie merkten also wohl den Braten?" –
Und haben ihn gar dem Papa verraten.
„Die Töchter sagten's dem Papa?
Wo blieb die Liebe zur Mama?"
Oh! die kann nichts darunter leiden;
Denn wenn ein Mädchen auch die Mutter liebt,
Daß es der Mutter in der Not,
Den letzten Bissen Brot
Aus seinem Munde gibt;
So kann das Mädchen doch die Mutter hier beneiden,
Hier, wo so Lieb als Klugheit spricht:
Ihr Schönen, trotz der Kinderpflicht,
Vergeßt euch selber nicht!
Kurz, durch die Mädchen kam's ans Licht,
Daß er, der Eremit, beinah die ganze Stadt,
Zu Schwägern oder Kindern hat.

Oh! der verfluchte Schelm! Wer hätte das gedacht!
Die ganze Stadt ward aufgebracht,
Und jeder Ehmann schwur, daß in der ersten Nacht,
Er und sein Mitgenoß der Hain,
Des Feuers Beute müsse sein.
Schon rotteten sich ganze Scharen,
Die zu der Rache fertig waren.
Doch ein hochweiser Magistrat
Besetzt das Tor, und sperrt die Stadt,

Der Eigenrache vorzukommen,
Und schicket alsobald
Die Schergen in den Wald,
Die ihn vom Kreuze weg, und in Verhaft genommen.
Man redte schon von Galgen und von Rad,
So sehr schien sein Verbrechen häßlich;
Und keine Strafe war so gräßlich,
Die, wie man sagt, er nicht verdienet hat.
Und nur ein Hagestolz, ein schlauer Advokat,
Sprach: „Oh! dem kömmt man nicht ans Leben,
Der es unzählichen zu geben,
So rühmlich sich beflissen hat."

Der Eremite, der die Nacht
Im Kerker ungewiß und sorgend durchgewacht,
Ward morgen ins Verhör gebracht.
Der Richter war ein schalk'scher Mann,
Der jeden mit Vergnügen schraubte,
Und doch – (wie man sich irren kann!)
Von seiner Frau das Beste glaubte.
„Sie ist ein Ausbund aller Frommen,
Und nur einmal in Wald gekommen,
Den Pater Eremit zu sehn.
Einmal! Was kann da viel geschehn?"
So denkt der gütige Herr Richter.
Denk immer so, zu deiner Ruh,
Lacht gleich die Wahrheit und der Dichter,
Und deine fromme Frau dazu.

Nun tritt der Eremit vor ihn.
„Mein Freund, wollt Ihr von selbst die nennen,
Die – die Ihr kennt, und die Euch kennen:
So könnt Ihr der Tortur entfliehn.
Doch –" „Darum laß ich mich nicht plagen.
Ich will sie alle sagen.
Herr Richter, schreib Er nur!" Und wie?
Der Eremit entdecket sie?
Ein Eremite kann nicht schweigen?
Sonst ist das Plaudern nur den Stutzern eigen.
Der Richter schrieb. „Die erste war
Kamilla –" „Wer? Kamilla?" „Ja fürwahr!

Die andern sind: Sophia, Laura, Doris,
Angelika, Korinna, Chloris –"
„Der Henker mag sie alle fassen,
Gemach! und eine nach der andern fein!
Denn eine nur vorbeizulassen –
Wird wohl kein großer Schade sein",
Fiel jeder Ratsherr ihm ins Wort.
„Hört", schrieen sie, „erzählt nur fort!"
Weil jeder Ratsherr in Gefahr,
Sein eigen Weib zu hören war.
„Ihr Herren", schrie der Richter, „nein!
Die Wahrheit muß am Tage sein;
Was können wir sonst für ein Urteil fassen?"
„Ihn", schrieen alle, „gehn zu lassen."
„Nein, die Gerechtigkeit –" und kurz der Delinquent,
Hat jede noch einmal genennt,
Und jeder hing der Richter dann,
Ein loses Wort für ihren Hahnrei an.
Das Hundert war schon mehr als voll;
Der Eremit, der mehr gestehen soll,
Stockt, weigert sich, scheut sich zu sprechen –
„Nu, nu, nur fort! was zwingt Euch wohl,
So unvermutet abzubrechen?"
„Das sind sie alle!" „Seid Ihr toll?
Ein Held wie Ihr! Gestehet nur, gesteht!
Die letzten waren, wie Ihr seht:
Klara, Pulcheria, Susanne,
Charlotte, Mariane, Hanne.
Denkt nach! ich laß Euch Zeit dazu!"
„Das sind sie wirklich alle!" „Nu –
Macht, eh wir schärfer in Euch dringen!"
„Nein keine mehr; ich weiß genau –"
„Ha! ha! ich seh, man soll Euch zwingen – –"
„Nun gut, Herr Richter – Seine Frau –"

Daß man von der Erzählung nicht,
Als einem Weibermärchen spricht,
So mach ich sie zum Lehrgedicht,
Durch beigefügten Unterricht:
Wer seines Nächsten Schande sucht,

Wird selber seine Schande finden!
Nicht wahr, so liest man mich mit Frucht?
Und ich erzähle sonder Sünden?

XIII

Die Brille

Dem alten Freiherrn von Chrysant,
Wagt's Amor, einen Streich zu spielen.
Für einen Hagestolz bekannt,
Fing, um die Sechzig, er sich wieder an zu fühlen.

Es flatterte, von alt und jung begafft,
Mit Reizen ganz besondrer Kraft,
Ein Bürgermädchen in der Nachbarschaft.
Dies Bürgermädchen hieß Finette.
Finette ward des Freiherrn Siegerin.
Ihr Bild stand mit ihm auf, und ging mit ihm zu Bette.
Da dacht in seinem Sinn
Der Freiherr: Und warum denn nur ihr Bild?
Ihr Bild, das zwar den Kopf, doch nicht die Arme füllt?
Sie selbst steh mit mir auf, und geh mit mir zu Bette.
Sie werde meine Frau! Es schelte, wer da schilt;
Genäd'ge Tant und Nicht und Schwägerin!
Finett ist meine Frau, und – ihre Dienerin.

Schon so gewiß? Man wird es hören.
Der Freiherr kömmt, sich zu erklären,
Ergreift das Mädchen bei der Hand,
Tut, wie ein Freiherr, ganz bekannt,
Und spricht: „Ich, Freiherr von Chrysant,
Ich habe Sie, mein Kind, zu meiner Frau ersehen.
Sie wird sich hoffentlich nicht selbst im Lichte stehen,
Ich habe Guts die Hüll und Fülle."
Und hierauf las er ihr, durch eine große Brille,
Von einem großen Zettel ab,
Wieviel ihm Gott an Gütern gab;
Wie reich er sie beschenken wolle;
Welch großen Witwenschatz sie einmal haben solle.
Dies alles las der reiche Mann

Ihr von dem Zettel ab, und guckte durch die Brille
Bei jedem Punkte sie begierig an.

„Nun, Kind, was ist Ihr Wille?"
Mit diesen Worten schwieg der Freiherr stille,
Und nahm mit diesen Worten seine Brille –
(Denn, dacht er, wird das Mädchen nun
So wie ein kluges Mädchen tun;
Wird mich und sie ihr schnelles Ja beglücken;
Werd ich den ersten Kuß auf ihre Lippen drücken:
So könnt ich, im Entzücken,
Die teure Brille leicht zerknicken!) –
Die teure Brille wohlbedächtig ab.

Finette, der dies Zeit sich zu bedenken gab,
Bedachte sich, und sprach nach reiflichem Bedenken:
„Sie sprechen, gnäd'ger Herr, vom Freien und vom Schenken:
Ach! gnäd'ger Herr, das alles wär sehr schön!
Ich würd in Samt und Seide gehn –
Was gehn? Ich würde nicht mehr gehn;
Ich würde stolz mit Sechsen fahren.
Mir würden ganze Scharen
Von Dienern zu Gebote stehn.
Ach! wie gesagt, das alles wär sehr schön,
Wenn ich – wenn ich – –"
„Ein Wenn? Ich will doch sehn"
(Hier sahe man den alten Herrn sich blähn),
„Was für ein Wenn mir kann im Wege stehn!"

„Wenn ich nur nicht verschworen hätte – –"
„Verschworen? was? Finette,
Verschworen nicht zu frein? –
O Grille", rief der Freiherr, „Grille!"
Und griff nach seiner Brille,
Und nahm das Mädchen durch die Brille
Nochmals in Augenschein,
Und rief beständig: „Grille! Grille!
Verschworen nicht zu frein!"

„Behüte!" sprach Finette,
„Verschworen nur mir keinen Mann zu frein,

Der so, wie Ihre Gnaden pflegt,
Die Augen in der Tasche trägt!"

XIV

Nix Bodenstrom

Nix Bodenstrom, ein Schiffer nahm –
War es in Hamburg oder Amsterdam,
Daran ist wenig oder nichts gelegen –
Ein junges Weib.
„Das ist auch sehr verwegen,
Freund!" sprach ein Kaufherr, den zum Hochzeitschmause
Der Schiffer bat. „Du bist so lang und oft von Hause;
Dein Weibchen bleibt indes allein:
Und dennoch – willst du mit Gewalt denn Hahnrei sein?
Indes, daß du zur See dein Leben wagst,
Indes, daß du in Surinam, am Amazonenflusse,
Dich bei den Hottentotten, Kannibalen plagst:
Indes wird sie – –"
„Mit Eurem schönen Schlusse!"
Versetzte Nix. „Indes, indes! Ei nun!
Das nämliche kann Euer Weibchen tun –
Denn, Herr, was braucht's dazu für Zeit? –
Indes Ihr auf der Börse seid."

XV

Das Geheimnis

Hanns war zum Pater hingetreten,
Ihm seine Sünden vorzubeten.
Hanns war noch jung, doch ohne Ruhm,
So jung er war, von Herzen dumm.

Der Pater hört ihn an. Hanns beichtete nicht viel.
Was sollte Hanns auch beichten?
Von Sünden wußt er nichts, und desto mehr vom Spiel.
Spiel ist ein Mittelding, das braucht er nicht zu beichten.
„Nun soll das alles sein?
Fällt", sprach der Pater, „dir sonst nichts zu beichten ein?"

„Ehrwürd'ger Herr, sonst nichts – –" „Sonst weißt du gar [nichts mehr?"
„Gar nichts, bei meiner Ehr!"
„Sonst weißt du nichts? Das wäre schlecht!
So wenig Sünden? Hanns besinn dich recht."
„Ach Herr mit Seinen scharfen Fragen – –
Ich wüßte wohl noch was."
„Nu? Nur heraus!" – – „Ja das,
Herr Pater, kann ich Ihm bei meiner Treu nicht sagen."
„So? weißt du etwa schon, worüber junge Dirnen,
Wenn man es ihnen tut, und ihnen nicht tut, zürnen?"
„Herr ich versteh Euch nicht – –" „Und desto besser, gut.
Du weißt doch nichts von Dieberei, von Blut?
Dein Vater hurt doch nicht?" – – „O meine Mutter spricht's;
Doch das ist alles nichts."
„Nichts? Nu, was weißt du denn? Gesteh! Du mußt es sagen!
Und ich versprech es dir,
Was du gestehest, bleibt bei mir."
„Auf Sein Versprechen, Herr, mag es ein anderer wagen;
Daß ich kein Narre bin!
Er darf's, ehrwürdiger Herr, nur einem Jungen sagen,
So ist mein Glücke hin."
„Verstockter Bösewicht", fuhr ihn der Pater an,
„Weißt du, vor wem du stehst? – – Daß ich dich zwingen kann?
Geh! dein Gewissen soll dich brennen!
Kein Heiliger dich kennen!
Dich kenn Maria nicht, auch nicht Mariens Sohn!"
Hier wär dem armen Bauerjungen
Vor Angst beinah das Herz zersprungen.
Er weint, und sprach voll Reu: „Ich weiß – –" „Das weiß ich schon
Daß du was weißt; doch was?" – – „Was sich nicht sagen läßt – –"
„Noch zauderst du?" – – „Ich weiß – –" „Was denn?" „Ein Vogelnest.
Doch wo es ist, fragt nicht; ich fürchte drum zu kommen.
Vorm Jahre hat mir Matz wohl zehne weggenommen."
„Geh Narr, ein Vogelnest war nicht der Mühe wert,
Daß du es mir gesagt, und ich's von dir begehrt."

Ich kenn ein drolligt Volk, mit mir kennt es die Welt,
Das schon seit manchen Jahren,
Die Neugier auf der Folter hält,
Und dennoch kann sie nichts erfahren;
Hör auf, leichtgläub'ge Schar, sie forschend zu umschlingen!
Hör auf mit Ernst in sie zu dringen!
Wer kein Geheimnis hat, kann leicht den Mund verschließen.
Das Gift der Plauderei ist, nichts zu plaudern wissen.
Und wissen sie auch was, so kann mein Märchen lehren,
Daß oft Geheimnisse uns nichts Geheimes lehren,
Und man zuletzt wohl spricht: war das der Mühe wert,
Daß Ihr es mir gesagt, und ich's von Euch begehrt?

ANHANG

Der Wunsch zu sterben

Eine Erzählung

Ein durch die Jagd ergrimmter Bär
Latscht hinter einen Wandrer her.
Aus Rache will er ihn zerreißen.
(Das mag dem Wandrer wohl ein unverdientes Unglück heißen.)
Aus Rache, dummes Tier? wird mancher Leser sprechen,
Kannst du dich nicht an deinen Jägern rächen?
O schimpft mir nicht das gute Vieh:
Es folgt den Trieben nur; Vernunft regiert es nie.
Es hat ja unter uns – – – was sagt ich? nein – – bei Hunden
Gewiß nicht wenige von gleicher Art gefunden.
Geschwinde! Wanderer, geschwind und rette dich.
Er läuft, der Bär läuft nach. Er schreit, will sich verstecken,
Der Bär nicht faul, sucht ihn, bricht brummend durch die Hecken,
Und jagt ihn wieder vor. Der ändert oft den Lauf;
Bald rechts, bald vor, bald links. Doch alle diese Ränke
Sind hier umsonst. Warum? Der Bär hat auch Gelenke.
Gewiß so eine Jagd wär mir nicht lächerlich!
Jedoch zu was wird sich der Wandrer nun entschließen?
Er springt den nächsten Baum hinauf.
Oh! das wird niemand wohl das beste Mittel nennen.
Er mußte doch in aller Angst nicht wissen,
Daß Bäre gleichfalls klettern können.
Das tolle Tier erblickt es kaum,
So stutzt es, brummt und kratzt den Baum,
Es bäumt den schweren Leib, es setzt die Vordertatzen
An Rind und Ästen ein, so schnell, als scheue Katzen.
So langsam gegenteils hebt es des Körpers Wucht;
Doch kömmt es schon so hoch, daß der den Gipfel sucht.
Was gibt uns oft die Angst nicht ein?
Der Wandrer sucht des Feindes los zu sein.
Er stößt, und stößt den Fuß mit voller Leibesstärke
Dem Bäre vor den Kopf. Doch große Wunderwerke
Tat dieses Stößchen nicht. Wie kann es anders sein?
Wer Bäre töten will, braucht der den Fuß allein?
Er taumelt nur, anstatt zu fallen,

Und fasset schnell mit seinen Krallen
Des Wandrers Fuß, der nach ihm stieß.
Er hält ihn, wie ein Bär. Durch Zerren und durch Beißen
Sucht er den Raub herabzureißen.
Jedoch je mehr er riß,
Je mehr hält jener sich
An Ästen fest und ritterlich.
Wenn Witz und Tapferkeit uns nicht erretten kann,
Beut oft das blinde Glück uns seine Rettung an.
Der wütend plumpe Bär
Ist für den dünnen Ast zu schwer;
Der bricht, und er fällt schütternd schnell zu Boden.
Der Fall bringt ihn fast um den Oden,
Und keuchend schleicht er zornig fort.
Von Schrecken, Furcht und Schmerzen eingenommen,
Sieht kaum der Wanderer, daß er der Not entkommen.
Nun lobt er wohl, durch jedes Wort,
Mit zärtlich dankbarem Gemüte
Des Himmels unverhoffte Güte?
O weit gefehlet! nein! mit zitternd schwacher Sprache
Flucht, lästert, schreiet er selbst wider GOTT um Rache.
Er kriecht vom Baum herab und läßt sich murrend nieder.
Sein nasses Auge sieht das Blut der wunden Glieder.
Der Schmerz verführet ihn, daß er den Tod begehrt,
Den Tod, vor dem er sich mit Fliehn und Schrein gewehrt.
Bald flucht er auf den Bär, der ihn nicht ganz zerrissen;
Bald flucht er auf sich selbst, daß er sich retten müssen.
„O näh're dich, erwünschter Tod!
Benimm mir Leben Schmerz und Not!
Entführ mir dieser Wunsch doch mit dem letzten Hauche!"
St! St! was raschelt dort, dort hinter jenem Strauche?
Beglückter Wanderer! dein Wunsch ist schon erhört.
Es kömmt ein neuer Bär, der dich im Klagen stört.
Ein Bär? Erschrick nur nicht! Ein Bär.
Ohn Zweifel schickt der Tod ihn her.
Der Tod? Ja! ja, der Tod den du gewünschet hast,
Gewünschet und erfleht. „Das ist ein schlimmer Gast.
Der Henker! weiß er denn gar nichts von Komplimenten?
Wenn meine Beine doch mich nur erretten könnten!"
Mit Mühe sucht er aufzustehn;
Doch kann er nicht vom Flecke gehn.

Hier kam ihm schnell ein ander Mittel ein,
Das ihm vorher nicht eingekommen.
Er hatt es einst (zehn Jahre mocht es sein)
Von einem Reisenden vernommen;
Und hatt es nie, nur in der Not, vergessen,
Daß Bäre selten Tote fressen.
Sein Einfall wirft ihn hurtig nieder;
Die schon vor Schrecken kalten Glieder
Streckt er starr von sich weg, so sehr er immer kann,
Und hält den Oden mühsam an.
Der Bär beschnopert ihn, findt keines Lebens Spur,
Mag sich an Toten nicht begnügen,
Kehrt sittsam um, und brummet nur,
Und läßt den Schalk in Ruhe liegen.
Was ist bei dir ein Wunsch? Mein Freund, laß mich's verstehen.
Du wünschst den Tod: er kömmt; du suchst ihm zu entgehen.
Steh auf! der Bär ist fort. Was fluchst du ihm noch nach?
Zum Danke, daß er dir nicht Hals und Beine brach?
Was soll die Lästerung? Verringert sie die Schmerzen?
Noch wünschest du den Tod? Das geht dir wohl von Herzen?
Nur schade, daß er dich vorhin so spotten sah:
Sonst wär er wahrlich längst auf dein Ersuchen da.
Der schwüle Tag vergeht; der Abend bricht herein.
O könnt er, in geborstnen Feldern,
Wie durch die Hitze matten Wäldern,
Mein Wandrer, ebenfalls dir zur Erquickung sein!
Man sieht die Luft, sich abzukühlen,
Mit stummen Blitzen häufig spielen.
„Oh!" schreit der Wanderer, „zög sich ein Wetter auf!
O hemmten Blitz und Schlag mir Pein und Lebenslauf!"
Schnell zeigt der Donnergott dem Wunsche sich gewogen.
Des ganzen Himmels weite Ferne
Verdeckt viel Dunst; die hellsten Sterne
Sind schwarz mit Wolken überzogen,
Schnell fährt der Blitz heraus, kracht hier und dort ein Schlag.
Auf, Wandrer, freue dich! das ist dein Sterbetag!
Nun wird der Tod auf Donnerkeilen
Zu dir verlaßnem Armen eilen.
Was scherzt du noch voll Furcht? – – Ihr Freunde, gebt doch acht;
Doch bitt ich, zwinget euch, daß ihr nicht drüber lacht . . .

„Ja! das ist Pein – – o stürb ich doch! – –
Komm Tod! komm doch – – du zauderst noch?
Jedoch hier mag ich wohl nicht allzu sicher liegen?
Ich habe ja einmal gehört,
Wie die Erfahrung oft gelehrt,
Daß Donner gern in Eichen schlügen.
O machte mir ein Lorbeerbaum
Doch unter seinen Ästen Raum.
O weh! wie schmerzt das Bein! Erbarm dich doch o Tod!
Jedoch dort schlug es ein – – Nun ist's die höchste Not,
Soll mich das Wetter nicht verletzen,
Mich schnell in Sicherheit zu setzen!“
Geh! dummer Wandrer, geh! such einen sichern Ort;
Und wünsche bald den Tod; bald wünsch ihn wieder fort.
Mich soll dein Wankelmut der Menschen Zagheit lehren,
Muß ich sie so, wie dich, verwegen wünschen hören.
Glaubt, Freunde, glaubet mir! der ist ein weiser Mann,
Der zwar das Leben liebt, doch mutig sterben kann!

Die kranke Pulcheria

Pulcheria ward krank . . . „Vielleicht die Lust zu büßen,
Die . . .“ Pfui, wer wird nun gleich so voller Argwohn sein?
Schweigt, Neider! hört mir zu! ich lenke wieder ein.
Pulcheria ward krank. Unruhig im Gewissen,
Ließ ihr der Schmerz manchmal, die Schwermut niemals Ruh.
„Wie? Was? Pulcheria wär melancholisch worden?
Sprich, Lügner, lieber gar, sie trat in Nonnenorden.“
Schon wieder stört ihr mich? Schweigt doch, und hört mir zu!
Als sie einst ihre Not zu lauten Seufzern trieb,
Sprach Lady, ihre Magd: „Laßt doch den Priester holen;
Legt dem die Beichte ab, so seid Ihr GOTT empfohlen;
Und beichten müsset Ihr, ist Euch der Himmel lieb.“
„Ja dieser Rat ist gut“, spricht unsre kranke Schöne.
„Lauf, oder schicke gleich zum Pater Andres hin;
Andres – – – merk's wohl – – weil ich auch sonst sein Beichtkind bin,
Sooft ich mich mit dir, o lieber GOTT! versöhne.“
Gleich läuft ein Diener hin, klopft an das Kloster an,
Und so, als wenn das Tor davon zerspringen solle.

„Nu, nu! Gemach! Gemach!“ Man fragt, zu wem er wolle?
„Je, macht nur erstlich auf.“ Das Tor wird aufgetan.
„Der Pater Andres wird zu meiner Frau begehret,
Die gerne beichten will, weil sie bald sterben kann.“
„Wer?“ fragt ein Bruder ihn; „Andres? der gute Mann!
Zehn Jahr ist's schon, daß der im Himmel Beichte höret.“

Die Nuß und die Katze

Eine Fabel

„Gewiß, Herr Wirt, dies Obst ist nicht für meinen Magen.
Denn wenn ich mir, es frei zu sagen,
Ja eine Baumfrucht loben muß,
So lob ich mir die welsche Nuß.
Die schmeckt doch noch! – Bei meiner Treu!
Der zartste Apfel kömmt der Nuß, der Nuß nicht bei.“
Ein Kätzchen, das der Wirtin Liebe
Nie mit Gewalt zum Mausen triebe,
Und itzt in ihrem Schoße saß,
War schlau, vernahm und merkte das.
Was? dacht es, eine Nuß soll so vortrefflich schmecken?
Halt! diese Wahrheit soll mein Maul gleich selbst entdecken.
Es sprang vom Schoße weg, und lief dem Garten zu.
Nu, Katze, nu, wie dumm bist du!
Der schönen Chloris Schoß um eine Nuß zu lassen?
Wärst du ein junger Herr, wie würde sie dich hassen!
Nein, Schönen, räumet mir nur diesen Ort erst ein;
So wahr er mich ergetzt, ich will kein Kätzchen sein.
Doch dieses sag ich nur so im Vorübergehen.
Horcht! ich erzähle fort. Beim Garten blieb ich stehen?
Nicht? Ja. Wohl gut. Hier fand der Katze Lüsternheit
Beim nächsten Nußbaum nun, worauf sie sich gefreut.
Wollt ihr etwan ein Bild zu meiner Fabel malen:
So malt die Nüsse ja noch in den grünen Schalen,
Die unsre Katze fand. Darauf kömmt alles an.
Denn als sie kaum darein den ersten Biß getan,
So schnaubt und sprudelt sie, als wenn sie Glas gefressen.
„Dich“, spricht sie, „lobt der Mensch: so mag er dich auch essen.
Oh! pfui, was muß er nicht für eine Zunge haben!
An solcher Säure sich zu laben!“

O schweig nur dummes Tier!
Du schmähst zur Ungebühr.
Du hättest auf den Kern nur erstlich kommen sollen,
Denn den, die Schale nicht, hat Lydas loben wollen!

Morydan

Das Schiff, wo Morydan mit Weib und Kindern war
Kam plötzlich in Gefahr.
„Ach Götter, lasset euch bewegen!
Befehlt", schrie Morydan, „daß See und Sturm sich legen.
Nur diesmal lasset mich, der nassen Gruft entfliehn;
Nie, nie, gelob ich euch, mehr übers Meer zu ziehn!
Neptun, erhöre mich!
Sechs schwarze Rinder schenk ich dir
Zum Opfer dankbar froh dafür!"
„Sechs schwarze Rinder?" rief Mondar,
Sein Nachbar der zugegen war.
„Sechs schwarze Rinder? Bist du toll?
Mir ist es ja, mir ist es schon bekannt,
Daß solchen Reichtum dir das Glück nicht zugewandt,
Und glaubst doch, daß es Gott, Neptun nicht wissen soll?"

Wie oft, o Sterblicher, wie ofte trauest du,
Der Gottheit weniger als deinem Nachbar zu!

Die Teilung

An seiner Braut, Fräulein Christinchens, Seite
Saß Junker Bogislav Dietrich Karl Ferdinand
Von – sein Geschlecht bleibt ungenannt –
Und tat, wie alle seine Landesleute,
Die Pommern, ganz abscheulich witzig und galant.

Was schwatzte nicht für zuckersüße Schmeicheleien
Der Junker seinem Fräulein vor!
Was raunte nicht für kühne Schelmereien
Er ihr vertraut ins Ohr?

Mund, Aug und Nas und Brust und Hände,
Ein jedes Glied macht ihn entzückt,
Bis er, entzückt auch über Hüft und Lende,
Den plumpen Arm um Hüft und Lende drückt.
Das Fräulein war geschnürt (vielleicht zum ersten Male).
„Ha!“ schrie der Junker; „wie geschlank!
Ha, welch ein Leib! verdammt, daß ich nicht male!
Als käm er von der Drechselbank!
So dünn! – Was braucht es viel zu sprechen?
Ich wette gleich – was wetten wir? wieviel?
Ich will ihn voneinanderbrechen!
Mit den zwei Fingern will ich ihn zerbrechen,
Wie einen Pfeifenstiel!“

„Wie?“ rief das Fräulein; „wie? zerbrechen?
Zerbrechen“ (rief sie nochmal) „mich?
Sie könnten sich an meinem Latze stechen.
Ich bitte, Sie verschonen sich.“

„Beim Element! so will ich's wagen“,
Schrie Junker Bogislav, „wohlan!“
Und hatte schon die Hände kreuzweis angeschlagen,
Und packte schon heroisch an;
Als schnell ein: „Bruder! Bruder, halt!“
Vom Ofen her aus einem Winkel schallt.

In diesem Winkel saß, vergessen, nicht verloren,
Des Bräut'gams jüngster Bruder, Fritz.
Fritz saß mit offnem Aug und Ohren,
Ein Kind voll Mutterwitz.

„Halt!“ schrie er, „Bruder! Auf ein Wort!“
Und zog den Bruder mit sich fort:
„Zerbrichst du sie, die schöne Docke,
So nimm die Oberhälfte dir!
Die Hälfte mit dem Unterrocke,
Die, lieber Bruder, schenke mir!“

Der über uns

Hans Steffen stieg bei Dämmerung (und kaum
Konnt er vor Näschigkeit die Dämmerung erwarten)
In seines Edelmannes Garten
Und plünderte den besten Äpfelbaum.

Johann und Hanne konnten kaum
Vor Liebesglut die Dämmerung erwarten,
Und schlichen sich in ebendiesen Garten,
Von ungefähr an ebendiesen Äpfelbaum.

Hans Steffen, der im Winkel oben saß
Und fleißig brach und aß,
Ward mäuschenstill, vor Wartung böser Dinge,
Daß seine Näscherei ihm diesmal schlecht gelinge.
Doch bald vernahm er unten Dinge,
Worüber er der Furcht vergaß
Und immer sachte weiter aß.

Johann warf Hannen in das Gras.
„O pfui": rief Hanne; „welcher Spaß!
Nicht doch, Johann! – Ei was?
Oh, schäme dich! – Ein andermal – o laß –
Oh, schäme dich! – Hier ist es naß." – –
„Naß, oder nicht; was schadet das?
Es ist ja reines Gras." –

Wie dies Gespräche weiter lief,
Das weiß ich nicht. Wer braucht's zu wissen?
Sie stunden wieder auf und Hanne seufzte tief:
„So, schöner Herr! heißt das bloß küssen?
Das Männerherz! Kein einz'ger hat Gewissen!
Sie könnten es uns so versüßen!
Wie grausam aber müssen
Wir armen Mädchen öfters dafür büßen!
Wenn nun auch mir ein Unglück widerfährt –
Ein Kind – ich zittre – wer ernährt
Mir dann das Kind? Kannst du es mir ernähren?"
„Ich?" sprach Johann; „die Zeit mag's lehren.
Doch wird's auch nicht von mir ernährt,

Der über uns wird's schon ernähren,
Dem über uns vertrau!"

Dem über uns! Dies hörte Steffen.
Was, dacht er, will das Pack mich äffen?
Der über ihnen? Ei, wie schlau!
„Nein!" schrie er: „laßt euch andre Hoffnung laben!
Der über euch ist nicht so toll!
Wenn ich ein Bankbein nähren soll:
So will ich es auch selbst gedrechselt haben!"

Wer hier erschrak und aus dem Garten rann,
Das waren Hanne und Johann.
Doch gaben bei dem Edelmann
Sie auch den Äpfeldieb wohl an?
Ich glaube nicht, daß sie's getan.

FABELN

Drei Bücher

ERSTES BUCH

I

Die Erscheinung

In der einsamsten Tiefe jenes Waldes, wo ich schon manches redende Tier belauscht, lag ich an einem sanften Wasserfalle und war bemüht, einem meiner Märchen den leichten poetischen Schmuck zu geben, in welchem am liebsten zu erscheinen, la Fontaine die Fabel fast verwöhnt hat. Ich sann, ich wählte, ich verwarf, die Stirne glühte – – Umsonst, es kam nichts auf das Blatt. Voll Unwill sprang ich auf; aber sieh! – auf einmal stand sie selbst, die fabelnde Muse vor mir.

Und sie sprach lächelnd: „Schüler, wozu diese undankbare Mühe? Die Wahrheit braucht die Anmut der Fabel; aber wozu braucht die Fabel die Anmut der Harmonie? Du willst das Gewürze würzen. Gnug, wenn die Erfindung des Dichters ist; der Vortrag sei des ungekünstelten Geschichtschreibers, so wie der Sinn des Weltweisen."

Ich wollte antworten, aber die Muse verschwand. „Sie verschwand?" höre ich einen Leser fragen. „Wenn du uns doch nur wahrscheinlicher täuschen wolltest! Die seichten Schlüsse, auf die dein Unvermögen dich führte, der Muse in den Mund zu legen! Zwar ein gewöhnlicher Betrug –"

Vortrefflich, mein Leser! Mir ist keine Muse erschienen. Ich erzählte eine bloße Fabel, aus der du selbst die Lehre gezogen. Ich bin nicht der erste und werde nicht der letzte sein, der seine Grillen zu Orakelsprüchen einer göttlichen Erscheinung macht.

II

Der Hamster und die Ameise

„Ihr armseligen Ameisen“, sagte ein Hamster. „Verlohnt es sich der Mühe, daß ihr den ganzen Sommer arbeitet, um ein so weniges einzusammeln? Wenn ihr meinen Vorrat sehen solltet!“ – –

„Höre“, antwortete eine Ameise, „wenn er größer ist, als du ihn brauchst, so ist es schon recht, daß die Menschen dir nachgraben, deine Scheuren ausleeren, und dich deinen räubrischen Geiz mit dem Leben büßen lassen!“

III

Der Löwe und der Hase

Ein Löwe würdigte einen drolligten Hasen seiner nähern Bekanntschaft. „Aber ist es denn wahr“, fragte ihn einst der Hase, „daß euch Löwen ein elender krähender Hahn so leicht verjagen kann?“

„Allerdings ist es wahr“, antwortete der Löwe; „und es ist eine allgemeine Anmerkung, daß wir große Tiere durchgängig eine gewisse kleine Schwachheit an uns haben. So wirst du, zum Exempel, von dem Elefanten gehört haben, daß ihm das Grunzen eines Schweins Schauder und Entsetzen erwecket.“ –

„Wahrhaftig?“ unterbrach ihn der Hase. „Ja, nun begreif ich auch, warum wir Hasen uns so entsetzlich vor den Hunden fürchten.“

IV

Der Esel und das Jagdpferd

Ein Esel vermaß sich, mit einem Jagdpferde um die Wette zu laufen. Die Probe fiel erbärmlich aus, und der Esel ward ausgelacht. „Ich merke nun wohl“, sagte der Esel, „woran es gelegen hat; ich trat mir vor einigen Monaten einen Dorn in den Fuß, und der schmerzt mich noch.“

„Entschuldigen Sie mich“, sagte der Kanzelredner Liederhold, „wenn meine heutige Predigt so gründlich und erbaulich nicht gewesen, als man sie von dem glücklichen Nachahmer eines Mosheims erwartet hätte; ich habe, wie Sie hören, einen heischern Hals, und den schon seit acht Tagen."

V

Zeus und das Pferd

„Vater der Tiere und Menschen", so sprach das Pferd und nahte sich dem Throne des Zeus, „man will, ich sei eines der schönsten Geschöpfe, womit du die Welt gezieret, und meine Eigenliebe heißt mich es glauben. Aber sollte gleichwohl nicht noch verschiedenes an mir zu bessern sein?" –

„Und was meinst du denn, daß an dir zu bessern sei? Rede; ich nehme Lehre an": sprach der gute Gott, und lächelte.

„Vielleicht", sprach das Pferd weiter, „würde ich flüchtiger sein, wenn meine Beine höher und schmächtiger wären; ein langer Schwanenhals würde mich nicht verstellen; eine breitere Brust würde meine Stärke vermehren; und da du mich doch einmal bestimmt hast, deinen Liebling, den Menschen zu tragen, so könnte mir ja wohl der Sattel anerschaffen sein, den mir der wohltätige Reuter auflegt."

„Gut", versetzte Zeus; „gedulde dich einen Augenblick!" Zeus, mit ernstem Gesichte, sprach das Wort der Schöpfung. Da quoll Leben in den Staub, da verband sich organisierter Stoff; und plötzlich stand vor dem Throne – das häßliche Kamel.

Das Pferd sah, schauderte und zitterte vor entsetzendem Abscheu.

„Hier sind höhere und schmächtigere Beine", sprach Zeus; „hier ist ein langer Schwanenhals; hier ist eine breitere Brust; hier ist der anerschaffene Sattel! Willst du, Pferd, daß ich dich so umbilden soll?"

Das Pferd zitterte noch.

„Geh", fuhr Zeus fort; „dieses Mal sei belehrt, ohne bestraft zu werden. Dich deiner Vermessenheit aber dann und wann reuend zu erinnern, so daure du fort, neues Geschöpf" – Zeus warf einen erhaltenden Blick auf das Kamel – – „und das Pferd erblicke dich nie, ohne zu schaudern."

VI

Der Affe und der Fuchs

„Nenne mir ein so geschicktes Tier, dem ich nicht nachahmen könnte!“ so prahlte der Affe gegen den Fuchs. Der Fuchs aber erwiderte: „Und du, nenne mir ein so geringschätziges Tier, dem es einfallen könnte, dir nachzuahmen.“

Schriftsteller meiner Nation! – – Muß ich mich noch deutlicher erklären?

VII

Die Nachtigall und der Pfau

Eine gesellige Nachtigall fand, unter den Sängern des Waldes, Neider die Menge, aber keinen Freund. Vielleicht finde ich ihn unter einer andern Gattung, dachte sie, und floh vertraulich zu dem Pfaue herab.

„Schöner Pfau! ich bewundere dich.“ – – „Ich dich auch, liebliche Nachtigall!“ – „So laß uns Freunde sein“, sprach die Nachtigall weiter; „wir werden uns nicht beneiden dürfen; du bist dem Auge so angenehm, als ich dem Ohre.“

Die Nachtigall und der Pfau wurden Freunde.

Kneller und Pope waren bessere Freunde, als Pope und Addison.

VIII

Der Wolf und der Schäfer

Ein Schäfer hatte durch eine grausame Seuche seine ganze Herde verloren. Das erfuhr der Wolf, und kam seine Kondolenz abzustatten.

„Schäfer“, sprach er, „ist es wahr, daß dich ein so grausames Unglück betroffen? Du bist um deine ganze Herde gekommen? Die liebe, fromme, fette Herde! Du tauerst mich, und ich möchte blutige Tränen weinen.“

„Habe Dank, Meister Isegrim“; versetzte der Schäfer. „Ich sehe, du hast ein sehr mitleidiges Herz.“

„Das hat er auch wirklich“, fügte des Schäfers Hylax hinzu, „sooft er unter dem Unglücke seines Nächsten selbst leidet.“

IX

Das Roß und der Stier

Auf einem feurigen Rosse floh stolz ein dreuster Knabe daher. Da rief ein wilder Stier dem Rosse zu: „Schande! von einem Knaben ließ ich mich nicht regieren!"

„Aber ich"; versetzte das Roß. „Denn was für Ehre könnte es mir bringen, einen Knaben abzuwerfen?"

X

Die Grille und die Nachtigall

„Ich versichre dich", sagte die Grille zu der Nachtigall, „daß es meinem Gesange gar nicht an Bewundrern fehlt." – „Nenne mir sie doch", sprach die Nachtigall. – „Die arbeitsamen Schnitter", versetzte die Grille, „hören mich mit vielem Vergnügen, und daß dieses die nützlichsten Leute in der menschlichen Republik sind, das wirst du doch nicht leugnen wollen?"

„Das will ich nicht leugnen", sagte die Nachtigall; „aber deswegen darfst du auf ihren Beifall nicht stolz sein. Ehrlichen Leuten, die alle ihre Gedanken bei der Arbeit haben, müssen ja wohl die feinern Empfindungen fehlen. Bilde dir also ja nichts eher auf dein Lied ein, als bis ihm der sorglose Schäfer, der selbst auf seiner Flöte sehr lieblich spielt, mit stillem Entzücken lauschet."

XI

Die Nachtigall und der Habicht

Ein Habicht schoß auf eine singende Nachtigall. „Da du so lieblich singst", sprach er, „wie vortrefflich wirst du schmecken!"

War es höhnische Bosheit, oder war es Einfalt, was der Habicht sagte? Ich weiß nicht. Aber gestern hört ich sagen: „Dieses Frauenzimmer, das so unvergleichlich dichtet, muß es nicht ein allerliebstes Frauenzimmer sein!" Und das war gewiß Einfalt!

XII

Der kriegerische Wolf

„Mein Vater, glorreichen Andenkens“, sagte ein junger Wolf zu einem Fuchse, „das war ein rechter Held! Wie fürchterlich hat er sich nicht in der ganzen Gegend gemacht! Er hat über mehr als zweihundert Feinde, nach und nach, triumphiert, und ihre schwarze Seelen in das Reich des Verderbens gesandt. Was Wunder also, daß er endlich doch einem unterliegen mußte!“

„So würde sich ein Leichenredner ausdrücken“, sagte der Fuchs; „der trockene Geschichtschreiber aber würde hinzusetzen: ‚Die zweihundert Feinde, über die er, nach und nach, triumphieret, waren Schafe und Esel; und der eine Feind, dem er unterlag, war der erste Stier, den er sich anzufallen erkühnte.‘ “

XIII

Der Phönix

Nach vielen Jahrhunderten gefiel es dem Phönix, sich wieder einmal sehen zu lassen. Er erschien, und alle Tiere und Vögel versammelten sich um ihn. Sie gafften, sie staunten, sie bewunderten und brachen in entzückendes Lob aus.

Bald aber verwandten die besten und geselligsten mitleidsvoll ihre Blicke, und seufzten: „Der unglückliche Phönix! Ihm ward das harte Los, weder Geliebte noch Freund zu haben; denn er ist der einzige seiner Art!“

XIV

Die Gans

Die Federn einer Gans beschämten den neugebornen Schnee. Stolz auf dieses blendende Geschenk der Natur, glaubte sie eher zu einem Schwane, als zu dem was sie war, geboren zu sein. Sie sonderte sich von ihresgleichen ab, und schwamm einsam und majestätisch auf dem Teiche herum. Bald dehnte sie ihren Hals, dessen verräterischer Kürze sie mit aller Macht abhelfen wollte. Bald suchte sie ihm die prächtige Biegung zu geben, in welcher der Schwan das würdigste Ansehen eines Vogels des Apollo hat. Doch vergebens; er war zu steif, und mit aller ihrer Bemühung brachte sie es nicht weiter, als daß sie eine lächerliche Gans ward, ohne ein Schwan zu werden.

XV

Die Eiche und das Schwein

Ein gefräßiges Schwein mästete sich, unter einer hohen Eiche, mit der herabgefallenen Frucht. Indem es die eine Eichel zerbiß, verschluckte es bereits eine andere mit dem Auge.

„Undankbares Vieh!“ rief endlich der Eichbaum herab. „Du nährest dich von meinen Früchten, ohne einen einzigen dankbaren Blick auf mich in die Höhe zu richten.“

Das Schwein hielt einen Augenblick inne, und grunzte zur Antwort: „Meine dankbaren Blicke sollten nicht außenbleiben, wenn ich nur wüßte, daß du deine Eicheln meinetwegen hättest fallen lassen.“

XVI

Die Wespen

Fäulnis und Verwesung zerstörten das stolze Gebäu eines kriegerischen Rosses, das unter seinem kühnen Reiter erschossen worden. Die Ruinen des einen braucht die allzeit wirksame Natur, zu dem Leben des andern. Und so floh auch ein Schwarm junger Wespen aus dem beschmeißten Aase hervor. „Oh“, riefen die Wespen, „was für eines göttlichen Ursprungs sind wir! Das prächtigste Roß, der Liebling Neptuns, ist unser Erzeuger!“

Diese seltsame Prahlerei hörte der aufmerksame Fabeldichter, und dachte an die heutigen Italiener, die sich nichts Geringers als Abkömmlinge der alten unsterblichen Römer zu sein einbilden, weil sie auf ihren Gräbern geboren worden.

XVII

Die Sperlinge

Eine alte Kirche, welche den Sperlingen unzählige Nester gab, ward ausgebessert. Als sie nun in ihrem neuen Glanze dastand, kamen die Sperlinge wieder, ihre alten Wohnungen zu suchen. Allein sie fanden sie alle vermauert. „Zu was“, schrieen sie, „taugt denn nun das große Gebäude? Kommt, verlaßt den unbrauchbaren Steinhaufen!“

XVIII

Der Strauß

„Itzt will ich fliegen“; rief der gigantische Strauß, und das ganze Volk der Vögel stand in ernster Erwartung um ihn versammelt. „Itzt will ich fliegen“, rief er nochmals; breitete die gewaltigen Fittige weit aus, und schoß, gleich einem Schiffe mit aufgespannten Segeln, auf dem Boden dahin, ohne ihn mit einem Tritte zu verlieren.

Sehet da ein poetisches Bild jener unpoetischen Köpfe, die in den ersten Zeilen ihrer ungeheuren Oden, mit stolzen Schwingen prahlen, sich über Wolken und Sterne zu erheben drohen, und dem Staube doch immer getreu bleiben!

XIX

Der Sperling und der Strauß

„Sei auf deine Größe, auf deine Stärke so stolz als du willst“: sprach der Sperling zu dem Strauße. „Ich bin doch mehr ein Vogel als du. Denn du kannst nicht fliegen; ich aber fliege, obgleich nicht hoch, obgleich nur ruckweise.“

Der leichte Dichter eines fröhlichen Trinkliedes, eines kleinen verliebten Gesanges, ist mehr ein Genie, als der schwunglose Schreiber einer langen Hermanniade.

XX

Die Hunde

„Wie ausgeartet ist hierzulande unser Geschlecht!“ sagte ein gereister Budel. „In dem fernen Weltteile, welches die Menschen Indien nennen, da, da gibt es noch rechte Hunde; Hunde, meine Brüder -- ihr werdet es mir nicht glauben, und doch habe ich es mit meinen Augen gesehen – die auch einen Löwen nicht fürchten, und kühn mit ihm anbinden.“

„Aber“, fragte den Budel ein gesetzter Jagdhund, „überwinden sie ihn denn auch, den Löwen?“

„Überwinden?“ war die Antwort. „Das kann ich nun eben nicht sagen. Gleichwohl, bedenke nur, einen Löwen anzufallen!“ – –

„Oh“, fuhr der Jagdhund fort, „wenn sie ihn nicht überwinden, so sind deine gepriesene Hunde in Indien – besser als wir, so viel wie nichts – aber ein gut Teil dümmer.“

XXI

Der Fuchs und der Storch

„Erzähle mir doch etwas von den fremden Ländern, die du alle gesehen hast“, sagte der Fuchs zu dem weitgereisten Storche.

Hierauf fing der Storch an, ihm jede Lache, und jede feuchte Wiese zu nennen, wo er die schmackhaftesten Würmer, und die fettesten Frösche geschmauset.

„Sie sind lange in Paris gewesen, mein Herr. Wo speiset man da am besten? Was für Weine haben Sie da am meisten nach Ihrem Geschmacke gefunden?“

XXII

Die Eule und der Schatzgräber

Jener Schatzgräber war ein sehr unbilliger Mann. Er wagte sich in die Ruinen eines alten Raubschlosses, und ward da gewahr, daß die Eule eine magere Maus ergriff und verzehrte. „Schickt sich das“, sprach er, „für den philosophischen Liebling Minervens?“

„Warum nicht?“ versetzte die Eule. „Weil ich stille Betrachtungen liebe, kann ich deswegen von der Luft leben? Ich weiß zwar wohl, daß ihr Menschen es von euren Gelehrten verlanget – –“

XXIII

Die junge Schwalbe

„Was macht ihr da?“ fragte eine Schwalbe die geschäftigen Ameisen. „Wir sammeln Vorrat auf den Winter“; war die geschwinde Antwort.

„Das ist klug“, sagte die Schwalbe; „das will ich auch tun.“ Und sogleich fing sie an, eine Menge toter Spinnen und Fliegen in ihr Nest zu tragen.

„Aber wozu soll das?“ fragte endlich ihre Mutter. „Wozu? Vorrat auf den bösen Winter, liebe Mutter; sammle doch auch! Die Ameisen haben mich diese Vorsicht gelehrt.“

„O laß den irdischen Ameisen diese kleine Klugheit“, versetzte die Alte; „was sich für sie schickt, schickt sich nicht für bessere Schwalben. Uns hat die gütige Natur ein holderes Schicksal bestimmt. Wenn der reiche Sommer sich endet, ziehen wir von hinnen; auf dieser Reise entschlafen wir allgemach, und da empfangen uns warme Sümpfe, wo wir ohne Bedürfnisse rasten, bis uns ein neuer Frühling zu einem neuen Leben erwecket.“

XXIV

Merops

„Ich muß dich doch etwas fragen“; sprach ein junger Adler zu einem tiefsinnigen grundgelehrten Uhu. „Man sagt, es gäbe einen Vogel, mit Namen Merops, der, wenn er in die Luft steige, mit dem Schwanze voraus, den Kopf gegen die Erde gekehret, fliege. Ist das wahr?“

„Ei nicht doch!“ antwortete der Uhu; „das ist eine alberne Erdichtung des Menschen. Er mag selbst ein solcher Merops sein; weil er nur gar zu gern den Himmel erfliegen möchte, ohne die Erde, auch nur einen Augenblick, aus dem Gesichte zu verlieren.“

XXV

Der Pelekan

Für wohlgeratene Kinder können Eltern nicht zu viel tun. Aber wenn sich ein blöder Vater für einen ausgearteten Sohn das Blut vom Herzen zapft; dann wird Liebe zur Torheit.

Ein frommer Pelekan, da er seine Jungen schmachten sahe, ritzte sich mit scharfem Schnabel die Brust auf, und erquickte sie mit seinem Blute. „Ich bewundere deine Zärtlichkeit", rief ihm ein Adler zu, „und bejammere deine Blindheit. Sieh doch, wie manchen nichtswürdigen Guckuck du unter deinen Jungen mit ausgebrütet hast!"

So war es auch wirklich; denn auch ihm hatte der kalte Guckuck seine Eier untergeschoben. – Waren es undankbare Guckucke wert, daß ihr Leben so teuer erkauft wurde?

XXVI

Der Löwe und der Tiger

Der Löwe und der Hase, beide schlafen mit offenen Augen. Und so schlief jener, ermüdet von der gewaltigen Jagd, einst vor dem Eingange seiner fürchterlichen Höhle.

Da sprang ein Tiger vorbei, und lachte des leichten Schlummers. „Der nichtsfürchtende Löwe!" rief er. „Schläft er nicht mit offenen Augen, natürlich wie der Hase!"

„Wie der Hase?" brüllte der aufspringende Löwe, und war dem Spötter an der Gurgel. Der Tiger wälzte sich in seinem Blute, und der beruhigte Sieger legte sich wieder, zu schlafen.

XXVII

Der Stier und der Hirsch

Ein schwerfälliger Stier und ein flüchtiger Hirsch weideten auf einer Wiese zusammen.

„Hirsch", sagte der Stier, „wenn uns der Löwe anfallen sollte, so laß uns für einen Mann stehen; wir wollen ihn tapfer abweisen." – „Das mute mir nicht zu", erwiderte der Hirsch; „denn warum sollte ich mich mit dem Löwen in ein ungleiches Gefecht einlassen, da ich ihm sichrer entlaufen kann?"

XXVIII

Der Esel und der Wolf

Ein Esel begegnete einem hungrigen Wolfe. „Habe Mitleiden mit mir", sagte der zitternde Esel; „ich bin ein armes krankes Tier; sieh nur, was für einen Dorn ich mir in den Fuß getreten habe!" –

„Wahrhaftig, du tauerst mich"; versetzte der Wolf. „Und ich finde mich in meinem Gewissen verbunden, dich von diesen Schmerzen zu befreien." –

Kaum war das Wort gesagt, so ward der Esel zerrissen.

XXIX

Der Springer im Schache

Zwei Knaben wollten Schach ziehen. Weil ihnen ein Springer fehlte, so machten sie einen überflüssigen Bauer, durch ein Merkzeichen, dazu.

„Ei", riefen die andern Springer, „woher, Herr Schritt vor Schritt?"

Die Knaben hörten die Spötterei und sprachen: „Schweigt! Tut er uns nicht ebendie Dienste, die ihr tut?"

XXX

Aesopus und der Esel

Der Esel sprach zu dem Aesopus: „Wenn du wieder ein Geschichtchen von mir ausbringst, so laß mich etwas recht Vernünftiges und Sinnreiches sagen."

„Dich etwas Sinnreiches!" sagte Äsop; „wie würde sich das schicken? Würde man nicht sprechen, du seist der Sittenlehrer, und ich der Esel?"

ZWEITES BUCH

I

Die eherne Bildsäule

Die eherne Bildsäule eines vortrefflichen Künstlers schmolz durch die Hitze einer wütenden Feuersbrunst in einen Klumpen. Dieser Klumpen kam einem andern Künstler in die Hände, und durch seine Geschicklichkeit verfertigte er eine neue Bildsäule daraus; von der erstern in dem, was sie vorstellete, unterschieden, an Geschmack und Schönheit aber ihr gleich.

Der Neid sah es und knirschte. Endlich besann er sich auf einen armseligen Trost: „Der gute Mann würde dieses, noch ganz erträgliche Stück, auch nicht hervorgebracht haben, wenn ihm nicht die Materie der alten Bildsäule dabei zustatten gekommen wäre.“

II

Herkules

Als Herkules in den Himmel aufgenommen ward, machte er seinen Gruß unter allen Göttern der Juno zuerst. Der ganze Himmel und Juno erstaunte darüber. „Deiner Feindin“, rief man ihm zu, „begegnest du so vorzüglich?“ „Ja, ihr selbst“; erwiderte Herkules. „Nur ihre Verfolgungen sind es, die mir zu den Taten Gelegenheit gegeben, womit ich den Himmel verdienet habe.“

Der Olymp billigte die Antwort des neuen Gottes, und Juno ward versöhnt.

III

Der Knabe und die Schlange

Ein Knabe spielte mit einer zahmen Schlange. „Mein liebes Tierchen“, sagte der Knabe, „ich würde mich mit dir so gemein nicht machen, wenn dir das Gift nicht benommen wäre. Ihr Schlangen seid die boshaftesten, undankbarsten Geschöpfe! Ich habe es wohl gelesen, wie es einem armen Landmann ging, der eine, vielleicht von deinen Ureltern, die er halb erfroren unter einer Hecke fand, mitleidig aufhob, und sie in seinen erwärmenden Busen steckte. Kaum fühlte sich die Böse wieder, als sie ihren Wohltäter biß; und der gute freundliche Mann mußte sterben.“

„Ich erstaune“, sagte die Schlange. „Wie parteiisch eure Geschichtschreiber sein müssen! Die unsrigen erzählen diese Historie ganz anders. Dein freundlicher Mann glaubte, die Schlange sei wirklich erfroren, und weil es eine von den bunten Schlangen war, so steckte er sie zu sich, ihr zu Hause die schöne Haut abzustreifen. War das recht?“

„Ach, schweig nur"; erwiderte der Knabe. „Welcher Undankbare hätte sich nicht zu entschuldigen gewußt."

„Recht, mein Sohn"; fiel der Vater, der dieser Unterredung zugehört hatte, dem Knaben ins Wort. „Aber gleichwohl, wenn du einmal von einem außerordentlichen Undanke hören solltest, so untersuche ja alle Umstände genau, bevor du einen Menschen mit so einem abscheulichen Schandflecke brandmarken lässest. Wahre Wohltäter haben selten Undankbare verpflichtet; ja, ich will zur Ehre der Menschheit hoffen – niemals. Aber die Wohltäter mit kleinen eigennützigen Absichten, die sind es wert, mein Sohn, daß sie Undank anstatt Erkenntlichkeit einwuchern."

IV

Der Wolf auf dem Todbette

Der Wolf lag in den letzten Zügen und schickte einen prüfenden Blick auf sein vergangenes Leben zurück. „Ich bin freilich ein Sünder", sagte er; „aber doch, hoffe ich, keiner von den größten. Ich habe Böses getan; aber auch viel Gutes. Einsmals, erinnere ich mich, kam mir ein blökendes Lamm, welches sich von der Herde verirret hatte, so nahe, daß ich es gar leicht hätte würgen können; und ich tat ihm nichts. Zu ebendieser Zeit hörte ich die Spöttereien und Schmähungen eines Schafes mit der bewundernswürdigsten Gleichgültigkeit an, ob ich schon keine schützende Hunde zu fürchten hatte."

„Und das alles kann ich dir bezeugen"; fiel ihm Freund Fuchs, der ihn zum Tode bereiten half, ins Wort. „Denn ich erinnere mich noch gar wohl aller Umstände dabei. Es war zu ebender Zeit, als du dich an dem Beine so jämmerlich würgtest, das dir der gutherzige Kranich hernach aus dem Schlunde zog."

V

Der Stier und das Kalb

Ein starker Stier zersplitterte mit seinen Hörnern, indem er sich durch die niedrige Stalltüre drängte, die obere Pfoste. „Sieh einmal, Hirte!" schrie ein junges Kalb; „solchen Schaden tu ich dir nicht." „Wie lieb wäre mir es", versetzte dieser, „wenn du ihn tun könntest!"

Die Sprache des Kalbes ist die Sprache der kleinen Philosophen. „Der böse Bayle! wie manche rechtschaffene Seele hat er mit seinen verwegnen Zweifeln geärgert!" – O ihr Herren, wie gern wollen wir uns ärgern lassen, wenn jeder von euch ein Bayle werden kann!

VI

Die Pfauen und die Krähe

Eine stolze Krähe schmückte sich mit den ausgefallenen Federn der farbigten Pfaue, und mischte sich kühn, als sie gnug geschmückt zu sein glaubte, unter diese glänzende Vögel der Juno. Sie ward erkannt; und schnell fielen die Pfaue mit scharfen Schnäbeln auf sie, ihr den betriegrischen Putz auszureißen.

„Lasset nach!" schrie sie endlich; „ihr habt nun alle das Eurige wieder." Doch die Pfaue, welche einige von den eignen glänzenden Schwingfedern der Krähe bemerkt hatten, versetzten: „Schweig, armselige Närrin; auch diese können nicht dein sein!" – und hackten weiter.

VII

Der Löwe mit dem Esel

Als des Aesopus Löwe mit dem Esel, der ihm durch seine fürchterliche Stimme die Tiere sollte jagen helfen, nach dem Walde ging, rief ihm eine nasenweise Krähe von dem Baume zu: „Ein schöner Gesellschafter! Schämst du dich nicht, mit einem Esel zu gehen?" – „Wen ich brauchen kann", versetzte der Löwe, „dem kann ich ja wohl meine Seite gönnen."

So denken die Großen alle, wenn sie einen Niedrigen ihrer Gemeinschaft würdigen.

VIII

Der Esel mit dem Löwen

Als der Esel mit dem Löwen des Aesopus, der ihn statt seines Jägerhorns brauchte, nach dem Walde ging, begegnete ihm ein andrer Esel von seiner Bekanntschaft, und rief ihm zu: „Guten Tag, mein Bruder!" – „Unverschämter!" war die Antwort. –

„Und warum das?" fuhr jener Esel fort. „Bist du deswegen, weil du mit einem Löwen gehst, besser als ich? mehr als ein Esel?"

IX

Die blinde Henne

Eine blind gewordene Henne, die des Scharrens gewohnt war, hörte auch blind noch nicht auf, fleißig zu scharren. Was half es der arbeitsamen Närrin? Eine andre sehende Henne, welche ihre zarten Füße schonte, wich nie von ihrer Seite, und genoß, ohne zu scharren, die Frucht des Scharrens. Denn sooft die blinde Henne ein Korn aufgescharret hatte, fraß es die sehende weg.

Der fleißige Deutsche macht die Collectanea, die der witzige Franzose nutzt.

X

Die Esel

Die Esel beklagten sich bei dem Zeus, daß die Menschen mit ihnen zu grausam umgingen. „Unser starker Rücken", sagten sie, „trägt ihre Lasten, unter welchen sie und jedes schwächere Tier erliegen müßten. Und doch wollen sie uns, durch unbarmherzige Schläge, zu einer Geschwindigkeit nötigen, die uns durch die Last unmöglich gemacht würde, wenn sie uns auch die Natur nicht versagt hätte. Verbiete ihnen, Zeus, so unbillig zu sein, wenn sich die Menschen anders etwas Böses verbieten lassen. Wir wollen ihnen dienen, weil es scheinet, daß du uns darzu erschaffen hast; allein geschlagen wollen wir ohne Ursach nicht sein."

„Mein Geschöpf", antwortete Zeus ihrem Sprecher, „die Bitte ist nicht ungerecht; aber ich sehe keine Möglichkeit, die Menschen zu überzeugen, daß eure natürliche Langsamkeit keine Faulheit sei. Und solange sie dieses glauben, werdet ihr geschlagen werden. – Doch ich sinne euer Schicksal zu erleichtern. – Die Unempfindlichkeit soll von nun an euer Teil sein;

eure Haut soll sich gegen die Schläge verhärten, und den Arm des Treibers ermüden."

„Zeus", schrien die Esel, „du bist allezeit weise und gnädig!" – Sie gingen erfreut von seinem Throne, als dem Throne der allgemeinen Liebe.

XI

Das beschützte Lamm

Hylax, aus dem Geschlechte der Wolfshunde, bewachte ein frommes Lamm. Ihn erblickte Lykodes, der gleichfalls an Haar, Schnauze und Ohren einem Wolfe ähnlicher war, als einem Hunde, und fuhr auf ihn los. „Wolf", schrie er, „was machst du mit diesem Lamme?" –

„Wolf selbst!" versetzte Hylax. (Die Hunde verkannten sich beide.) „Geh! oder du sollst es erfahren, daß ich sein Beschützer bin!"

Doch Lykodes will das Lamm dem Hylax mit Gewalt nehmen; Hylax will es mit Gewalt behaupten, und das arme Lamm – Treffliche Beschützer! – wird darüber zerrissen.

XII

Jupiter und Apollo

Jupiter und Apollo stritten, welcher von ihnen der beste Bogenschütze sei. „Laß uns die Probe machen!" sagte Apollo. Er spannte seinen Bogen, und schoß so mitten in das bemerkte Ziel, daß Jupiter keine Möglichkeit sahe, ihn zu übertreffen. – „Ich sehe", sprach er, „daß du wirklich sehr wohl schießest. Ich werde Mühe haben, es besser zu machen. Doch will ich es ein andermal versuchen." – Er soll es noch versuchen, der kluge Jupiter!

XIII

Die Wasserschlange

Zeus hatte nunmehr den Fröschen einen andern König gegeben; anstatt eines friedlichen Klotzes, eine gefräßige Wasserschlange.

„Willst du unser König sein", schrieen die Frösche, „warum verschlingst du uns?" – „Darum", antwortete die Schlange, „weil ihr um mich gebeten habt." –

„Ich habe nicht um dich gebeten!" rief einer von den Fröschen, den sie schon mit den Augen verschlang. – „Nicht?" sagte die Wasserschlange. „Desto schlimmer! So muß ich dich verschlingen, weil du nicht um mich gebeten hast."

XIV

Der Fuchs und die Larve

Vor alten Zeiten fand ein Fuchs die hohle, einen weiten Mund aufreißende Larve eines Schauspielers. „Welch ein Kopf!" sagte der betrachtende Fuchs. „Ohne Gehirn, und mit einem offenen Munde! Sollte das nicht der Kopf eines Schwätzers gewesen sein?"

Dieser Fuchs kannte euch, ihr ewigen Redner, ihr Strafgerichte des unschuldigsten unserer Sinne!

XV

Der Rabe und der Fuchs

Ein Rabe trug ein Stück vergiftetes Fleisch, das der erzürnte Gärtner für die Katzen seines Nachbars hingeworfen hatte, in seinen Klauen fort.

Und eben wollte er es auf einer alten Eiche verzehren, als sich ein Fuchs herbeischlich, und ihm zurief: „Sei mir gesegnet, Vogel des Jupiters!" – „Für wen siehst du mich an?" fragte der Rabe. – „Für wen ich dich ansehe?" erwiderte der Fuchs. „Bist du nicht der rüstige Adler, der täglich von der Rechte des Zeus auf diese Eiche herabkömmt, mich Armen zu speisen? Warum verstellst du dich? Sehe ich denn nicht in der siegreichen Klaue die erflehte Gabe, die mir dein Gott durch dich zu schicken noch fortfährt?"

Der Rabe erstaunte, und freuete sich innig, für einen Adler gehalten zu werden. Ich muß, dachte er, den Fuchs aus diesem *Irrtume nicht bringen.* – Großmütig dumm ließ er ihm also seinen Raub herabfallen, und flog stolz davon.

Der Fuchs fing das Fleisch lachend auf, und fraß es mit boshafter Freude. Doch bald verkehrte sich die Freude in ein schmerzhaftes Gefühl; das Gift fing an zu wirken, und er verreckte.

Möchtet ihr euch nie etwas anders als Gift erloben, verdammte Schmeichler!

XVI

Der Geizige

„Ich Unglücklicher!" klagte ein Geizhals seinem Nachbar. „Man hat mir den Schatz, den ich in meinem Garten vergraben hatte, diese Nacht entwendet, und einen verdammten Stein an dessen Stelle gelegt."

„Du würdest", antwortete ihm der Nachbar, „deinen Schatz doch nicht genutzt haben. Bilde dir also ein, der Stein sei dein Schatz; und du bist nichts ärmer."

„Wäre ich auch schon nichts ärmer", erwiderte der Geizhals; „ist ein andrer nicht um so viel reicher? Ein andrer um so viel reicher! Ich möchte rasend werden."

XVII

Der Rabe

Der Fuchs sahe, daß der Rabe die Altäre der Götter beraubte, und von ihren Opfern mit lebte. Da dachte er bei sich selbst: Ich möchte wohl wissen, ob der Rabe Anteil an den Opfern hat, weil er ein prophetischer Vogel ist; oder ob man ihn für einen prophetischen Vogel hält, weil er frech genug ist, die Opfer mit den Göttern zu teilen.

XVIII

Zeus und das Schaf

Das Schaf mußte von allen Tieren vieles leiden. Da trat es vor den Zeus, und bat, sein Elend zu mindern.

Zeus schien willig, und sprach zu dem Schafe: „Ich sehe wohl, mein frommes Geschöpf, ich habe dich allzu wehrlos erschaffen. Nun wähle, wie ich diesem Fehler am besten abhelfen soll. Soll ich deinen Mund mit schrecklichen Zähnen, und deine Füße mit Krallen rüsten?" –

„O nein", sagte das Schaf; „ich will nichts mit den reißenden Tieren gemein haben."

„Oder", fuhr Zeus fort, „soll ich Gift in deinen Speichel legen?"

„Ach!" versetzte das Schaf; „die giftigen Schlangen werden ja so sehr gehasset." –

„Nun was soll ich denn? Ich will Hörner auf deine Stirne pflanzen, und Stärke deinem Nacken geben."

„Auch nicht, gütiger Vater; ich könnte leicht so stößig werden, als der Bock."

„Und gleichwohl", sprach Zeus, „mußt du selbst schaden können, wenn sich andere, dir zu schaden, hüten sollen."

„Müßt ich das!" seufzte das Schaf. „O so laß mich, gütiger Vater, wie ich bin. Denn das Vermögen, schaden zu können, erweckt, fürchte ich, die Lust, schaden zu wollen; und es ist besser, Unrecht leiden, als Unrecht tun."

Zeus segnete das fromme Schaf, und es vergaß von Stund an, zu klagen.

XIX

Der Fuchs und der Tiger

„Deine Geschwindigkeit und Stärke", sagte ein Fuchs zu dem Tiger, „möchte ich mir wohl wünschen."

„Und sonst hätte ich nichts, was dir anstünde?" fragte der Tiger.

„Ich wüßte nichts!" – – „Auch mein schönes Fell nicht?" fuhr der Tiger fort. „Es ist so vielfärbig als dein Gemüt, und das Äußere würde sich vortrefflich zu dem Innern schicken."

„Eben darum", versetzte der Fuchs, „danke ich recht sehr dafür. Ich muß das nicht scheinen, was ich bin. Aber wollten die Götter, daß ich meine Haare mit Federn vertauschen könnte!"

XX

Der Mann und der Hund

Ein Mann ward von einem Hunde gebissen, geriet darüber in Zorn, und erschlug den Hund. Die Wunde schien gefährlich, und der Arzt mußte zu Rate gezogen werden.

„Hier weiß ich kein besseres Mittel“, sagte der Empirikus, „als daß man ein Stücke Brot in die Wunde tauche, und es dem Hunde zu fressen gebe. Hilft diese sympathetische Kur nicht, so – “ Hier zuckte der Arzt die Achsel.

„Unglücklicher Jachzorn!“ rief der Mann; „sie kann nicht helfen, denn ich habe den Hund erschlagen.“

XXI

Die Traube

Ich kenne einen Dichter, dem die schreiende Bewunderung seiner kleinen Nachahmer weit mehr geschadet hat, als die neidische Verachtung seiner Kunstrichter.

„Sie ist ja doch sauer!“ sagte der Fuchs von der Traube, nach der er lange genug vergebens gesprungen war. Das hörte ein Sperling und sprach: „Sauer sollte diese Traube sein? Darnach sieht sie mir doch nicht aus!“ Er flog hin, und kostete, und fand sie ungemein süße, und rief hundert näschiche Brüder herbei. „Kostet doch!“ schrie er; „kostet doch! Diese treffliche Traube schalt der Fuchs sauer.“ – Sie kosteten alle, und in wenig Augenblicken ward die Traube so zugerichtet, daß nie ein Fuchs wieder darnach sprang.

XXII

Der Fuchs

Ein verfolgter Fuchs rettete sich auf eine Mauer. Um auf der andern Seite gut herabzukommen, ergriff er einen nahen Dornenstrauch. Er ließ sich auch glücklich daran nieder, nur daß ihn die Dornen schmerzlich verwundeten. „Elende Helfer“, rief der Fuchs, „die nicht helfen können, ohne zugleich zu schaden!“

XXIII

Das Schaf

Als Jupiter das Fest seiner Vermählung feierte, und alle Tiere ihm Geschenke brachten, vermißte Juno das Schaf.

„Wo bleibt das Schaf?" fragte die Göttin. „Warum versäumt das fromme Schaf, uns sein wohlmeinendes Geschenk zu bringen?"

Und der Hund nahm das Wort und sprach: „Zürne nicht, Göttin! Ich habe das Schaf noch heute gesehen; es war sehr betrübt, und jammerte laut."

„Und warum jammerte das Schaf?" fragte die schon gerührte Göttin.

„Ich Ärmste!" so sprach es. „Ich habe itzt weder Wolle, noch Milch; was werde ich dem Jupiter schenken? Soll ich, ich allein, leer vor ihm erscheinen? Lieber will ich hingehen, und den Hirten bitten, daß er mich ihm opfere!"

Indem drang mit des Hirten Gebete, der Rauch des geopferten Schafes, dem Jupiter ein süßer Geruch, durch die Wolken. Und jetzt hätte Juno die erste Träne geweinet, wenn Tränen ein unsterbliches Auge benetzten.

XXIV

Die Ziegen

Die Ziegen baten den Zeus, auch ihnen Hörner zu geben; denn anfangs hatten die Ziegen keine Hörner.

„Überlegt es wohl, was ihr bittet": sagte Zeus. „Es ist mit dem Geschenke der Hörner ein anderes unzertrennlich verbunden, das euch so angenehm nicht sein möchte."

Doch die Ziegen beharrten auf ihrer Bitte, und Zeus sprach: „So habet denn Hörner!"

Und die Ziegen bekamen Hörner – und Bart! Denn anfangs hatten die Ziegen auch keinen Bart. O wie schmerzte sie der häßliche Bart! Weit mehr, als sie die stolzen Hörner erfreuten!

XXV

Der wilde Apfelbaum

In den hohlen Stamm eines wilden Apfelbaumes ließ sich ein Schwarm Bienen nieder. Sie füllten ihn mit den Schätzen ihres *Honigs*, und der Baum ward so stolz darauf, daß er alle andere Bäume gegen sich verachtete.

Da rief ihm ein Rosenstock zu: „Elender Stolz auf geliehene

Süßigkeiten! Ist deine Frucht darum weniger herbe? In diese treibe den Honig herauf, wenn du es vermagst; und dann erst wird der Mensch dich segnen!"

XXVI

Der Hirsch und der Fuchs

Der Hirsch sprach zu dem Fuchse: „Nun wehe uns armen schwächern Tieren! Der Löwe hat sich mit dem Wolfe verbunden."

„Mit dem Wolfe?" sagte der Fuchs. „Das mag noch hingehen! Der Löwe brüllet, der Wolf heulet; und so werdet ihr euch noch oft beizeiten mit der Flucht retten können. Aber alsdenn, alsdenn möchte es um uns alle geschehen sein, wenn es dem gewaltigen Löwen einfallen sollte, sich mit dem schleichenden Luchse zu verbinden."

XXVII

Der Dornstrauch

„Aber sage mir doch", fragte die Weide den Dornstrauch, „warum du nach den Kleidern des vorbeigehenden Menschen so begierig bist? Was willst du damit? Was können sie dir helfen?"

„Nichts!" sagte der Dornstrauch. „Ich will sie ihm auch nicht nehmen; ich will sie ihm nur zerreißen."

XXVIII

Die Furien

„Meine Furien", sagte Pluto zu dem Boten der Götter, „werden alt und stumpf. Ich brauche frische. Geh also, Merkur, und suche mir auf der Oberwelt drei tüchtige Weibspersonen dazu aus." Merkur ging. –

Kurz hierauf sagte Juno zu ihrer Dienerin: „Glaubtest du wohl, Iris, unter den Sterblichen zwei oder drei vollkommen strenge, züchtige Mädchen zu finden? Aber vollkommen strenge! Verstehst du mich? Um Cytheren hohnzusprechen, die sich das ganze weibliche Geschlecht unterworfen zu haben, rühmet. Geh immer, und sieh, wo du sie auftreibest." Iris ging. –

In welchem Winkel der Erde suchte nicht die gute Iris! Und dennoch umsonst! Sie kam ganz allein wieder, und Juno rief ihr entgegen: „Ist es möglich? O Keuschheit! O Tugend!"

„Göttin", sagte Iris; „ich hätte dir wohl drei Mädchen bringen können, die alle drei vollkommen streng und züchtig gewesen; die alle drei nie einer Mannsperson gelächelt; die alle drei den geringsten Funken der Liebe in ihren Herzen erstickt: aber ich kam, leider, zu spät." –

„Zu spät?" sagte Juno. „Wieso?"

„Eben hatte sie Merkur für den Pluto abgeholt."

„Für den Pluto? Und wozu will Pluto diese Tugendhaften?" –

„Zu Furien."

XXIX

Tiresias

Tiresias nahm seinen Stab, und ging über Feld. Sein Weg trug ihn durch einen heiligen Hain, und mitten in dem Haine, wo drei Wege einander durchkreuzten, ward er ein Paar Schlangen gewahr, die sich begatteten. Da hub Tiresias seinen Stab auf, und schlug unter die verliebten Schlangen. – Aber, o Wunder! Indem der Stab auf die Schlangen herabsank, ward Tiresias zum Weibe.

Nach neun Monden ging das Weib Tiresias wieder durch den heiligen Hain; und an ebendem Orte, wo die drei Wege einander durchkreuzten, ward sie ein Paar Schlangen gewahr, die miteinander kämpften. Da hub Tiresias abermals ihren Stab auf, und schlug unter die ergrimmten Schlangen, und – O Wunder! Indem der Stab die kämpfenden Schlangen schied, ward das Weib Tiresias wieder zum Manne.

XXX

Minerva

Laß sie doch, Freund, laß sie, die kleinen hämischen Neider deines wachsenden Ruhmes! Warum will dein Witz ihre der Vergessenheit bestimmte Namen verewigen?

In dem unsinnigen Kriege, welchen die Riesen wider die

Götter führten, stellten die Riesen der Minerva einen schrecklichen Drachen entgegen. Minerva aber ergriff den Drachen, und schleuderte ihn mit gewaltiger Hand an das Firmament. Da glänzt er noch; und was so oft großer Taten Belohnung war, ward des Drachen beneidenswürdige Strafe.

DRITTES BUCH

I

Der Besitzer des Bogens

Ein Mann hatte einen trefflichen Bogen von Ebenholz, mit dem er sehr weit und sehr sicher schoß, und den er ungemein werthielt. Einst aber, als er ihn aufmerksam betrachtete, sprach er: „Ein wenig zu plump bist du doch! Alle deine Zierde ist die Glätte. Schade!" – Doch dem ist abzuhelfen; fiel ihm ein. Ich will hingehen und den besten Künstler Bilder in den Bogen schnitzen lassen. – Er ging hin; und der Künstler schnitzte eine ganze Jagd auf den Bogen; und was hätte sich besser auf einen Bogen geschickt, als eine Jagd?

Der Mann war voller Freuden. „Du verdienest diese Zieraten, mein lieber Bogen!" – Indem will er ihn versuchen; er spannt, und der Bogen – zerbricht.

II

Die Nachtigall und die Lerche

Was soll man zu den Dichtern sagen, die so gern ihren Flug weit über alle Fassung des größten Teiles ihrer Leser nehmen? Was sonst, als was die Nachtigall einst zu der Lerche sagte: „Schwingst du dich, Freundin, nur darum so hoch, um nicht gehört zu werden?"

III

Der Geist des Salomo

Ein ehrlicher Greis trug des Tages Last und Hitze, sein Feld mit eigner Hand zu pflügen, und mit eigner Hand den reinen Samen in den lockern Schoß der willigen Erde zu streuen.

Auf einmal stand unter dem breiten Schatten einer Linde, eine göttliche Erscheinung vor ihm da! Der Greis stutzte.

„Ich bin Salomo“: sagte mit vertraulicher Stimme das Phantom. „Was machst du hier, Alter?“

„Wenn du Salomo bist“, versetzte der Alte, „wie kannst du fragen? Du schicktest mich in meiner Jugend zu der Ameise; ich sahe ihren Wandel, und lernte von ihr fleißig sein, und sammeln. Was ich da lernte, das tue ich noch.“ –

„Du hast deine Lektion nur halb gelernet“: versetzte der Geist. „Geh noch einmal hin zur Ameise, und lerne nun auch von ihr in dem Winter deiner Jahre ruhen, und des Gesammelten genießen.“

IV

Das Geschenk der Feien

Zu der Wiege eines jungen Prinzen, der in der Folge einer der größten Regenten seines Landes ward, traten zwei wohltätige Feien.

„Ich schenke diesem meinem Lieblinge“, sagte die eine, „den scharfsichtigen Blick des Adlers, dem in seinem weiten Reiche auch die kleinste Mücke nicht entgeht.“

„Das Geschenk ist schön“: unterbrach sie die zweite Feie. „Der Prinz wird ein einsichtsvoller Monarch werden. Aber der Adler besitzt nicht allein Scharfsichtigkeit, die kleinsten Mükken zu bemerken; er besitzt auch eine edle Verachtung, ihnen nicht nachzujagen. Und diese nehme der Prinz von mir zum Geschenk!“

„Ich danke dir, Schwester, für diese weise Einschränkung“: versetzte die erste Feie. „Es ist wahr; viele würden weit größere Könige gewesen sein, wenn sie sich weniger mit ihrem durchdringenden Verstande bis zu den kleinsten Angelegenheiten hätten erniedrigen wollen.“

V

Das Schaf und die Schwalbe

Eine Schwalbe flog auf ein Schaf, ihm ein wenig Wolle, für ihr Nest, auszurupfen. Das Schaf sprang unwillig hin und wieder. „Wie bist du denn nur gegen mich so karg?" sagte die Schwalbe. „Dem Hirten erlaubst du, daß er dich deiner Wolle über und über entblößen darf; und mir verweigerst du eine kleine Flocke. Woher kömmt das?"

„Das kömmt daher", antwortete das Schaf, „weil du mir meine Wolle nicht mit ebenso guter Art zu nehmen weißt, als der Hirte."

VI

Der Rabe

Der Rabe bemerkte, daß der Adler ganze dreißig Tage über seinen Eiern brütete. „Und daher kömmt es, ohne Zweifel", sprach er, „daß die Jungen des Adlers so allsehend und stark werden. Gut! das will ich auch tun."

Und seitdem brütet der Rabe wirklich ganze dreißig Tage über seinen Eiern; aber noch hat er nichts, als elende Raben ausgebrütet.

VII

Der Rangstreit der Tiere

in vier Fabeln

I

Es entstand ein hitziger Rangstreit unter den Tieren. „Ihn zu schlichten", sprach das Pferd, „lasset uns den Menschen zu Rate ziehen; er ist keiner von den streitenden Teilen, und kann desto unparteiischer sein."

„Aber hat er auch den Verstand dazu?" ließ sich ein Maulwurf hören. „Er braucht wirklich den allerfeinsten, unsere oft tief versteckte Vollkommenheiten zu erkennen."

„Das war sehr weislich erinnert!" sprach der Hamster.

„Ja wohl!" rief auch der Igel. „Ich glaube es nimmermehr, daß der Mensch Scharfsichtigkeit genug besitzet."

„Schweigt ihr!" befahl das Pferd. „Wir wissen es schon: Wer sich auf die Güte seiner Sache am wenigsten zu verlassen hat, ist immer am fertigsten, die Einsicht seines Richters in Zweifel zu ziehen."

VIII

2

Der Mensch ward Richter. – „Noch ein Wort", rief ihm der majestätische Löwe zu, „bevor du den Ausspruch tust! Nach welcher Regel, Mensch, willst du unsern Wert bestimmen?"

„Nach welcher Regel? Nach dem Grade, ohne Zweifel", antwortete der Mensch, „in welchem ihr mir mehr oder weniger nützlich seid." –

„Vortrefflich!" versetzte der beleidigte Löwe. „Wie weit würde ich alsdenn unter dem Esel zu stehen kommen! Du kannst unser Richter nicht sein, Mensch! Verlaß die Versammlung!"

IX

3

Der Mensch entfernte sich. – „Nun", sprach der höhnische Maulwurf – (und ihm stimmte der Hamster und der Igel wieder bei) –, „siehst du, Pferd? der Löwe meint es auch, daß der Mensch unser Richter nicht sein kann. Der Löwe denkt, wie wir."

„Aber aus bessern Gründen, als ihr!" sagte der Löwe, und warf ihnen einen verächtlichen Blick zu.

X

4

Der Löwe fuhr weiter fort: „Der Rangstreit, wenn ich es recht überlege, ist ein nichtswürdiger Streit! Haltet mich für den Vornehmsten oder für den Geringsten; es gilt mir gleich viel. Genug ich kenne mich!" – Und so ging er aus der Versammlung.

Ihm folgte der weise Elefant, der kühne Tiger, der ernsthafte Bär, der kluge Fuchs, das edle Pferd; kurz, alle, die ihren Wert *fühlten, oder zu fühlen* glaubten.

Die sich am letzten wegbegaben, und über die zerrissene Versammlung am meisten murreten, waren – der Affe und der Esel.

XI

Der Bär und der Elefant

„Die unverständigen Menschen!“ sagte der Bär zu dem Elefanten. „Was fordern sie nicht alles von uns bessern Tieren! Ich muß nach der Musik tanzen; ich, der ernsthafte Bär! Und sie wissen es doch nur allzuwohl, daß sich solche Possen zu meinem ehrwürdigen Wesen nicht schicken; denn warum lachten sie sonst, wenn ich tanze?“

„Ich tanze auch nach der Musik“: versetzte der gelehrige Elefant; „und glaube ebenso ernsthaft und ehrwürdig zu sein, als du. Gleichwohl haben die Zuschauer nie über mich gelacht; freudige Bewunderung bloß war auf ihren Gesichtern zu lesen. Glaube mir also, Bär; die Menschen lachen nicht darüber, daß du tanzest, sondern darüber, daß du dich so albern dazu anschickst.“

XII

Der Strauß

Das pfeilschnelle Rentier sahe den Strauß, und sprach: „Das Laufen des Straußes ist so außerordentlich eben nicht; aber ohne Zweifel fliegt er desto besser.“

Ein andermal sahe der Adler den Strauß und sprach: „Fliegen kann der Strauß nun wohl nicht; aber ich glaube, er muß gut laufen können.“

XIII. XIV

Die Wohltaten,

in zwei Fabeln

1

„Hast du wohl einen größern Wohltäter unter den Tieren, als uns?“ fragte die Biene den Menschen.

„Ja wohl!“ erwiderte dieser.

„Und wen?“

„Das Schaf! Denn seine Wolle ist mir notwendig, und dein Honig ist mir nur angenehm.“

2

„Und willst du noch einen Grund wissen, warum ich das Schaf für meinen größern Wohltäter halte, als dich Biene? Das Schaf schenket mir seine Wolle ohne die geringste Schwierigkeit; aber wenn du mir deinen Honig schenkest, muß ich mich noch immer vor deinem Stachel fürchten."

XV

Die Eiche

Der rasende Nordwind hatte seine Stärke in einer stürmischen Nacht an einer erhabenen Eiche bewiesen. Nun lag sie gestreckt, und eine Menge niedriger Sträuche lagen unter ihr zerschmettert. Ein Fuchs, der seine Grube nicht weit davon hatte, sahe sie des Morgens darauf. „Was für ein Baum!" rief er. „Hätte ich doch nimmermehr gedacht, daß er so groß gewesen wäre!"

XVI

Die Geschichte des alten Wolfs,

in sieben Fabeln

1

Der böse Wolf war zu Jahren gekommen, und faßte den gleißenden Entschluß, mit den Schäfern auf einem gütlichen Fuß zu leben. Er machte sich also auf, und kam zu dem Schäfer, dessen Horden seiner Höhle die nächsten waren.

„Schäfer", sprach er, „du nennest mich den blutgierigen Räuber, der ich doch wirklich nicht bin. Freilich muß ich mich an deine Schafe halten, wenn mich hungert; denn Hunger tut weh. Schütze mich nur vor dem Hunger; mache mich nur satt, und du sollst mit mir recht wohl zufrieden sein. Denn ich bin wirklich das zahmste, sanftmütigste Tier, wenn ich satt bin."

„Wenn du *satt bist?* Das kann wohl sein": versetzte der Schäfer. „Aber wenn bist du denn satt? Du und der Geiz werden es nie. Geh deinen Weg!"

XVII

2

Der abgewiesene Wolf kam zu einem zweiten Schäfer.

„Du weißt Schäfer", war seine Anrede, „daß ich dir, das Jahr durch, manches Schaf würgen könnte. Willst du mir überhaupt jedes Jahr sechs Schafe geben; so bin ich zufrieden. Du kannst alsdenn sicher schlafen, und die Hunde ohne Bedenken abschaffen."

„Sechs Schafe?" sprach der Schäfer. „Das ist ja eine ganze Herde!" –

„Nun, weil du es bist, so will ich mich mit fünfen begnügen": sagte der Wolf.

„Du scherzest; fünf Schafe! Mehr als fünf Schafe opfre ich kaum im ganzen Jahre dem Pan."

„Auch nicht viere?" fragte der Wolf weiter; und der Schäfer schüttelte spöttisch den Kopf.

„Drei? – Zwei?" – –

„Nicht ein einziges"; fiel endlich der Bescheid. „Denn es wäre ja wohl töricht, wenn ich mich einem Feinde zinsbar machte, vor welchem ich mich durch meine Wachsamkeit sichern kann."

XVIII

3

Aller guten Dinge sind drei; dachte der Wolf und kam zu einem dritten Schäfer.

„Es geht mir recht nahe", sprach er, „daß ich unter euch Schäfern als das grausamste, gewissenloseste Tier verschrieen bin. Dir, Montan, will ich itzt beweisen, wie unrecht man mir tut. Gib mir jährlich ein Schaf, so soll deine Herde in jenem Walde, den niemand unsicher macht, als ich, frei und unbeschädiget weiden dürfen. Ein Schaf! Welche Kleinigkeit! Könnte ich großmütiger, könnte ich uneigennütziger handeln? – Du lachst, Schäfer? Worüber lachst du denn?"

„O über nichts! Aber wie alt bist du, guter Freund?" sprach der Schäfer.

„Was geht dich mein Alter an? Immer noch alt genug, dir deine liebsten Lämmer zu würgen."

„Erzürne dich nicht, alter Isegrim! Es tut mir leid, daß du mit deinem Vorschlage einige Jahre zu späte kömmst. Deine ausgebissenen Zähne verraten dich. Du spielst den Uneigennützigen, bloß um dich desto gemächlicher, mit desto weniger Gefahr nähren zu können."

XIX

4

Der Wolf ward ärgerlich, faßte sich aber doch, und ging auch zu dem vierten Schäfer. Diesem war eben sein treuer Hund gestorben, und der Wolf machte sich den Umstand zunutze.

„Schäfer", sprach er, „ich habe mich mit meinen Brüdern in dem Walde veruneiniget, und so, daß ich mich in Ewigkeit nicht wieder mit ihnen aussöhnen werde. Du weißt, wieviel du von ihnen zu fürchten hast! Wenn du mich aber, anstatt deines verstorbenen Hundes, in Dienste nehmen willst, so stehe ich dir dafür, daß sie keines deiner Schafe auch nur scheel ansehen sollen."

„Du willst sie also", versetzte der Schäfer, „gegen deine Brüder im Walde beschützen?" –

„Was meine ich denn sonst? Freilich."

„Das wäre nicht übel! Aber, wenn ich dich nun in meine Horden einnähme, sage mir doch, wer sollte alsdenn meine armen Schafe gegen dich beschützen? Einen Dieb ins Haus nehmen, um vor den Dieben außer dem Hause sicher zu sein, das halten wir Menschen – –"

„Ich höre schon": sagte der Wolf; „du fängst an zu moralisieren. Lebe wohl!"

XX

5

„Wäre ich nicht so alt!" knirschte der Wolf. „Aber ich muß mich, leider, in die Zeit schicken." Und so kam er zu dem fünften Schäfer.

„*Kennst* du mich, Schäfer?" fragte der Wolf.

„Deinesgleichen wenigstens kenne ich": versetzte der Schäfer.

„Meinesgleichen? Daran zweifle ich sehr. Ich bin ein so sonderbarer Wolf, daß ich deiner, und aller Schäfer Freundschaft wohl wert bin."

„Und wie sonderbar bist du denn?"

„Ich könnte kein lebendiges Schaf würgen und fressen, und wenn es mir das Leben kosten sollte. Ich nähre mich bloß mit toten Schafen. Ist das nicht löblich? Erlaube mir also immer, daß ich mich dann und wann bei deiner Herde einfinden, und nachfragen darf, ob dir nicht –"

„Spare der Worte!" sagte der Schäfer. „Du müßtest gar keine Schafe fressen, auch nicht einmal tote, wenn ich dein Feind nicht sein sollte. Ein Tier, das mir schon tote Schafe frißt, lernt leicht aus Hunger kranke Schafe für tot, und gesunde für krank ansehen. Mache auf meine Freundschaft also keine Rechnung, und geh!"

XXI

6

Ich muß nun schon mein Liebstes daranwenden, um zu meinem Zwecke zu gelangen! dachte der Wolf, und kam zu dem sechsten Schäfer.

„Schäfer, wie gefällt dir mein Belz?" fragte der Wolf.

„Dein Belz?" sagte der Schäfer. „Laß sehen! Er ist schön; die Hunde müssen dich nicht oft unter gehabt haben."

„Nun so höre, Schäfer; ich bin alt, und werde es so lange nicht mehr treiben. Füttere mich zu Tode; und ich vermache dir meinen Belz."

„Ei sieh doch" sagte der Schäfer. „Kömmst du auch hinter die Schliche der alten Geizhälse? Nein, nein; dein Belz würde mich am Ende siebenmal mehr kosten, als er wert wäre. Ist es dir aber ein Ernst, mir ein Geschenk zu machen, so gib mir ihn gleich itzt." – Hiermit griff der Schäfer nach der Keule, und der Wolf flohe.

XXII

7

„O die Unbarmherzigen!" schrie der Wolf, und geriet in die äußerste Wut. „So will ich auch als ihr Feind sterben, ehe mich der Hunger tötet; denn sie wollen es nicht besser!"

Er lief, brach in die Wohnungen der Schäfer ein, riß ihre Kinder nieder, und ward nicht ohne große Mühe von den Schäfern erschlagen.

Da sprach der Weiseste von ihnen: „Wir taten doch wohl unrecht, daß wir den alten Räuber auf das Äußerste brachten, und ihm alle Mittel zur Besserung, so spät und erzwungen sie auch war, benahmen!"

XXIII

Die Maus

Eine philosophische Maus pries die gütige Natur, daß sie die Mäuse zu einem so vorzüglichen Gegenstande ihrer Erhaltung gemacht habe. „Denn eine Hälfte von uns", sprach sie, „erhielt von ihr Flügel, daß, wenn wir hier unten auch alle von den Katzen ausgerottet würden, sie doch mit leichter Mühe aus den Fledermäusen unser ausgerottetes Geschlecht wiederherstellen könnte."

Die gute Maus wußte nicht, daß es auch geflügelte Katzen gibt. Und so beruhet unser Stolz meistens auf unsrer Unwissenheit!

XXIV

Die Schwalbe

Glaubet mir, Freunde; die große Welt ist nicht für den Weisen, ist nicht für den Dichter! Man kennet da ihren wahren Wert nicht, und ach! sie sind oft schwach genug, ihn mit einem nichtigen zu vertauschen.

In den ersten Zeiten war die Schwalbe ein ebenso tonreicher, melodischer Vogel, als die Nachtigall. Sie ward es aber bald müde, in den einsamen Büschen zu wohnen, und da von niemand, als dem fleißigen Landmanne und der unschuldigen Schäferin gehöret und bewundert zu werden. Sie verließ ihre demütigere Freundin, und zog in die Stadt. – Was geschah? Weil man in der Stadt nicht Zeit hatte, ihr göttliches Lied zu *hören*, so *verlernte* sie es nach und nach, und lernte dafür – bauen.

XXV

Der Adler

Man fragte den Adler: „Warum erziehest du deine Jungen so hoch in der Luft?"

Der Adler antwortete: „Würden sie sich, erwachsen, so nahe zur Sonne wagen, wenn ich sie tief an der Erde erzöge?"

XXVI

Der junge und der alte Hirsch

Ein Hirsch, den die gütige Natur Jahrhunderte leben lassen, sagte einst zu einem seiner Enkel: „Ich kann mich der Zeit noch sehr wohl erinnern, da der Mensch das donnernde Feuerrohr noch nicht erfunden hatte."

„Welche glückliche Zeit muß das für unser Geschlecht gewesen sein!" seufzete der Enkel.

„Du schließest zu geschwind!" sagte der alte Hirsch. „Die Zeit war anders, aber nicht besser. Der Mensch hatte da, anstatt des Feuerrohres, Pfeile und Bogen; und wir waren ebenso schlimm daran, als itzt."

XXVII

Der Pfau und der Hahn

Einst sprach der Pfau zu der Henne: „Sieh einmal, wie hochmütig und trotzig dein Hahn einhertritt! Und doch sagen die Menschen nicht: der stolze Hahn; sondern nur immer: der stolze Pfau."

„Das macht", sagte die Henne, „weil der Mensch einen gegründeten Stolz übersiehet. Der Hahn ist auf seine Wachsamkeit, auf seine Mannheit stolz; aber worauf du? – Auf Farben und Federn."

XXVIII

Der Hirsch

Die Natur hatte einen Hirsch von mehr als gewöhnlicher Größe gebildet, und an dem Halse hingen ihm lange Haare herab. Da dachte der Hirsch bei sich selbst: Du könntest dich ja wohl für ein Elend ansehen lassen. Und was tat der Eitele, ein Elend zu scheinen? Er hing den Kopf traurig zur Erde, und stellte sich, sehr oft das böse Wesen zu haben.

So glaubt nicht selten ein witziger Geck, daß man ihn für keinen schönen Geist halten werde, wenn er nicht über Kopfweh und Hypochonder klage.

XXIX

Der Adler und der Fuchs

„Sei auf deinen Flug nicht so stolz!" sagte der Fuchs zu dem Adler. „Du steigst doch nur deswegen so hoch in die Luft, um dich desto weiter nach einem Aase umsehen zu können."

So kenne ich Männer, die tiefsinnige Weltweise geworden sind, nicht aus Liebe zur Wahrheit, sondern aus Begierde zu einem einträglichen Lehramte.

XXX

Der Schäfer und die Nachtigall

Du zürnest, Liebling der Musen, über die laute Menge des parnassischen Geschmeißes? – O höre von mir, was einst die Nachtigall hören mußte.

„Singe doch, liebe Nachtigall!" rief ein Schäfer der schweigenden Sängerin, an einem lieblichen Frühlingsabende, zu.

„Ach!" sagte die Nachtigall; „die Frösche machen sich so laut, daß ich alle Lust zum Singen verliere. Hörest du sie nicht?"

„Ich höre sie freilich": versetzte der Schäfer. „Aber nur dein Schweigen ist schuld, daß ich sie höre."

ANHANG

Der Riese

Ein rebellischer Riese schoß seinen vergifteten Pfeil über sich in den Himmel, niemand geringerm, als einem Gott, das Leben damit zu rauben. Der Pfeil floh in die unermessenste Ferne, in welcher ihm auch der schärfere Blick des Riesens nicht folgen konnte. Schon glaubte der Rasende sein Ziel getroffen zu haben, und fing an, ein gotteslästerliches Triumphlied zu jauchzen. Endlich aber gebrach dem Pfeile die mitgeteilte Kraft der schnellenden Senne; er fiel mit einer stets wachsenden Wucht wieder herab, und tötete seinen frevelnden Schützen.

Unsinnige Spötter der Religion, eure Zungenpfeile fallen weit unter ihrem ewigen Throne wieder zurück; und eure eigne Lästerungen sind es, die sie an euch rächen werden.

Der Falke

Des einen Glück ist in der Welt des andern Unglück. Eine alte Wahrheit, wird man sagen. Die aber, antworte ich, wichtig genug ist, daß man sie mit einer neuen Fabel erläutert.

Ein blutgieriger Falke schoß einem unschuldigen Taubenpaare nach, die sein Anblick eben in den vertrautesten Kennzeichen der Liebe gestört hatte. Schon war er ihnen so nah, daß alle Rettung unmöglich schien; schon gurrten sich die zärtlichen Freunde ihren Abschied zu. Doch schnell wirft der Falke einen Blick aus der Höhe, und wird unter sich einen Hasen gewahr. Er vergaß die Tauben; stürzte sich herab, und machte diesen zu seiner bessern Beute.

Damon und Theodor

Der schwarze Himmel drohte der Welt den fürchterlichsten Beschluß des schönsten Sommertages. Noch ruhten Damon und Theodor unter einer kühlenden Laube; zwei Freunde, die der Welt ein rares Beispiel würden gewesen sein, wenn sie die Welt zum Zeugen ihrer Freundschaft gebraucht hätten. Einer fand in des andern Umarmungen, was der Himmel nur die Tugendhaften finden läßt. Ihre Seelen vermischten sich durch die zärtlichsten Gespräche, in welchen sich Scherz und Ernst unzertrennlich verknüpften. Der Donner rollte stürmisch in der Luft, und beugte die Knie heuchlerischer Knechte. Was aber hat die Tugend zu fürchten, wenn Gott den Lasterhaften drohet? Damon und Theodor blieben geruhig – – – Doch schnell stand in dem Damon ein fürchterlicher Gedanke auf:

wie wann ein solcher Schlag mir meinen Freund von der Seite risse? – – So schnell als dieser Gedanke sein Herz mit Schrecken übergoß, und die Heuterkeit aus seinen Blicken vertilgte; so schnell sah er ihn – – unerforschliches Schicksal! – – wahr gemacht. Theodor fiel tot zu seinen Füßen, und der Blitz kehrte triumphierend zurück. „Rechte des Donnergottes", schrie Damon, „wenn du auf mich gezielt hast, so hast du mich nur allzuwohl getroffen." Er zog sein Schwert aus, und verschied auf seinem Freunde.

Zärtliche Seelen, werdet ihr dieser Geschichte eine heilige Träne zollen? Weinet, und empfindet in eurer lebhaften Vorstellung die Süßigkeit mit einem Freunde zu sterben.

Der Schäferstab

Schön war der Schäferstab des jungen Daphnis; von Zypressen war der schlanke Stab; der krönende Knopf, Oleaster.

Und oh, was für Wunder hatte der ätolische Künstler, um den Knopf geschnitzt; Daphnis gab ihm dafür drei Lämmer mit ihren säugenden Müttern, aber er war eine Herde, mehr als eine ganze Herde wert.

So wert hielt ihn auch Daphnis; werter, wie seine zwei Augen; werter, als Polyphem sein einziges Auge.

Lange Zeit schien ihm keine Hirtin so schön, als sein Stab. Aber Amor erzürnte über den eiteln Jüngling – und Daphnis sahe die lächelnde Korysia.

Nun schien ihm eine Hirtin schöner als sein Stab! Er staunte, wünschte, gestand, flehte, weinte – blieb unerhört.

Unerhört bis an den dritten Abend. Da trieb Korysia spät bei ihm vorbei; die Dämmerung machte den Hirten kühner, die Hirtin gefälliger; er verdankte der Dämmerung zwei Küsse, halb geraubte, halb gegebene Küsse! – O der Entzückung! o der tobenden Freude des Hirten!

„O Zwillinge der honigsüßen Lippen meiner Korysia! o unvergeßliche Küsse!" So rief Daphnis und wollte ihre Zahl mit zwei tiefen Kerben in die junge Linde schneiden, die er vor allen am heiligen Quell liebte.

Aber – fragte sich der Hirte – Warum in die Linde? Kann ich immer unter der Linde liegen, und die Kerbe im Auge haben? Da steht sie fest und eingewurzelt, bestimmt nur einen kleinen Umfang zu beschließen. – Sie kann nicht mit mir wohnen.

Aber mein Stab kann mit mir gehn – Mein schöner Stab so schöner Zeichen nicht unwürdig!

Und er schnitt – grausamer Hirt! – zwei tiefe Kerbe in den Stab, in der Form von Lippen, nahe unter dem Knopfe, wo die Hand gewöhnlich lag, und küßte und drückte den Ort, als ob es die weiche Hand der Korysia wäre, und faßte von nun an den Stab nirgends als über die Kerbe.

Nicht wenig günstig war dem Daphnis der folgende Tag, und der Stab bekam drei Lippen mehr; und den Morgen darauf sieben.

„Wie freue ich mich", sprach er, „dich bald vollendet zu sehen, bald voller kleiner Lippen. Korysia habe ich mit Untergang der Sonne in den Hain bestellt, die Nachtigall mit ihr zu hören – –"

Das hast du getan Korysia? Zu gefällige Korysia! o brich dein Wort, wenn dir dein Schäfer lieb ist –

Umsonst sie fanden sich im Haine! Und o der unzähligen Zahl von Küssen! Jeden Ton der Nachtigall begleitete ein Kuß. Mich jammert der Stab –

Gesättigt trennt sich mein Paar – – „Morgen, sind wir doch wieder hier?" sagte das Mädchen – und der Hirte ging und warf sich auf sein Lager von Fellen – – Er schläft, er erwacht. – Und was wird das erste sein, als seinen Stab zu kerben? – – Doch er sahe die Unmöglichkeit, sie alle zu merken – und diese Unmöglichkeit, alle Küsse zu behalten, verwundete sie – Daphnis sprach kaltsinnig: „Schade, daß ich den schönen Stab so verdorben, ich will ihn nicht weiter verderben –"

Der Naturalist

Ein Mann, der das Namenregister der Natur vollkommen innehatte, jede Pflanze, und jedes dieser Pflanze eigenes Insekt zu nennen, und auf mehr als eine Art zu nennen wußte; der den ganzen Tag Steine auflas, Schmetterlingen nachlief, und seine Beute mit einer recht gelehrten Unempfindlichkeit spießte; so ein Mann, ein Naturalist – – (sie hören es gern, wenn man sie Naturforscher nennt) durchjagte den Wald, und verweilte sich endlich bei einem Ameisehaufen. Er fing an darin zu wühlen, durchsuchte ihren eingesammelten Vorrat, betrachtete ihre Eier, deren er einige unter seine Mikroskope legte, und richtete, mit einem Worte, in diesem Staate der Emsigkeit und Vorsicht, keine geringe Verwüstung an.

Unterdessen wagte es eine Ameise, ihn anzureden. „Bist du nicht etwa gar“, sprach sie, „einer von den Faulen, die Salomo zu uns schickt, daß sie unsre Weise sehen, und von uns Fleiß und Arbeit lernen sollen?“

Die alberne Ameise, einen Naturalisten für einen Faulen anzusehen.

Der Wolf und das Schaf

Der Durst trieb ein Schaf an den Fluß; eine gleiche Ursache führte auf der andern Seite einen Wolf herzu. Durch die Trennung des Wassers gesichert und durch die Sicherheit höhnisch gemacht, rief das Schaf dem Räuber hinüber: „Ich mache dir doch das Wasser nicht trübe, Herr Wolf? Sieh mich recht an; habe ich dir nicht etwa vor sechs Wochen nachgeschimpft? Wenigstens wird es mein Vater gewesen sein.“ Der Wolf verstand die Spötterei; er betrachtete die Breite des Flusses und knirschte mit den Zähnen. „Es ist dein Glück“, antwortete er, „daß wir Wölfe gewohnt sind, mit euch Schafen Geduld zu haben“; und ging mit stolzen Schritten weiter.

ANHANG

ANMERKUNGEN

DRAMEN

Der junge Gelehrte

Die Komödie wurde bereits während der Schulzeit in St. Afra entworfen. In Leipzig erfuhr sie tiefgreifende Korrekturen, die vor allem auf die größere Bühnenwirkung berechnet waren. Die überaus erfolgreiche Uraufführung durch die Truppe Karoline Neubers fand im Januar 1748 statt.

Lessing lehnt sich stark an das Schema des französischen und italienischen Typenlustspiels an. Die Figur des jungen Gelehrten und Sonderlings hat bereits Ludwig Holberg in seinem *Erasmus Montanus* (1744) mit satirischer Tendenz dargestellt. Demselben Muster folgt die Gottschedin im Lustspiel *Der Witzling* (1745), das anhand der komischen Figuren Vielwitz, Sinnreich und Jambus polyhistorisch aufgeblasene Pedanterie und Dichtereitelkeit decouvriert. Auch in zahlreichen formalen Details folgt Lessing der europäischen Komödientradition; zu verzeichnen sind diverse wörtliche Anleihen aus Lustspielen von Molière, Regnard, Destouches, Marivaux, Gellert und J. E. Schlegel. Auffällig ist die Distanz zu Stilelementen der comédie larmoyante, die Lessing zeitlebens ablehnte.

Die Komödie erschien 1754 im vierten Teil der Schriften (S. 1–224), sodann im ersten Teil der 1767 publizierten Lustspiele (S. 1–186) bzw. in deren zweiter Auflage von 1770, die einige vom Verfasser offenbar autorisierte Korrekturen Karl Lessings enthielt.

67 *Komplimentierbuch:* Buch über den guten Ton. – *weiß ich mich:* weiß mich zu finden.

68 *Fausts Höllenzwang:* Zauberbuch, mit dessen Hilfe sich Faust die Mächte der Hölle untertan gemacht haben soll. – *Ben Maimon Jad chasacka:* Maimonides (Rabbi Moses ben Maimon, 1135–1204), der größte jüdische Gelehrte des Mittelalters, Leibarzt des Sultans Saladin. Jad chasaka = Starke Hand, eines seiner Hauptwerke, 1178–1180, 14 Bücher, Sammelwerk der gesamten jüdischen religiösen und juristischen Gesetzgebung, von Moses Mendelssohn übersetzt. – *Manus ...:* Eine Hand wäscht die andere.

69 *Figuren:* Oberbegriff der antiken Rhetorik, der sowohl die bildli-

chen Wendungen der Sprache als auch bestimmte Gedankenmuster der Rede bezeichnet. – *Unser Wissen:* 1. Kor. 13,9. – *Kalmuckisch:* von Kalmücken (Westmongolen), mongolischem Volksstamm in China und Sibirien.

70 *gemein:* gewöhnlich, gebräuchlich.

71 *A bove . . .:* Von dem älteren Ochsen lerne der jüngere das Pflügen. – *de meliori:* vor allem, aufs beste. – *cautius:* . . .: vorsichtiger als Schlangenblut. – *Cur . . .:* Warum fürchtet er sich, im gelben Tiber zu baden? Warum meidet er das Öl vorsichtiger als Schlangenblut? Horaz, *Carmina* 1, 8, V. 8–10.

72 *Quae . . .:* was, wie beschaffen, wie groß: Hauptfragen hinsichtlich der Eigenschaften eines Dinges. – *Tempora . . .:* Die Zeiten ändern sich (und wir uns mit ihnen). – *Status . . .:* der eigentliche Standpunkt des Streites.

73 *Barbara, Celarent:* Bezeichnungen aus der Logik der Scholastiker. – *Informator:* Schulmeister, Hauslehrer, Hofmeister. – *ausculta . . .:* Höre und erwäge, nach Homer, *Ilias* 1, 297. – Κεχλυτε . . .: Höret mich nun, Männer von Ithaka, was ich euch sage!

75 *nulla . . .:* keine Regel ohne Ausnahme. – *Erinnen . . .:* die griechischen Dichterinnen Erinna aus Telos (um 600 v. Chr.), Corinna aus Tanagra (um 500 v. Chr.), Telesilla aus Argos (um 500 v. Chr.), Praxilla aus Sikyon (um 450 v. Chr.). – *Netrix . . .:* Näherin, Wäscherin (beides unlateinische Formen), Buhldirne. – *Poetrix:* Dichterin (unlateinisch).

76 *Jungfer:* Fräulein. – *einen irrenden Ritter:* Ritterromane in Art des *Amadis.* – *Banise: Asiatische Banise* von Heinrich Anshelm von Zigler und Kliphausen (1653–97), bis in die 2. Hälfte des 18. Jhs. immer wieder gedruckt.

77 *verzweifelte:* verwünschte.

78 *als . . . in Gedanken:* wie in . . . Gedanken. – *Sapienti . . .:* Dem Weisen genügt's. – *Ex Libro . . .:* Aus einem Buche kann jeder gelehrt sein. – *akkordieren:* einen Vergleich eingehen.

79 *Schurek:* hebräischer Vokal u; die Rabbiner nannten ihn wegen der Aussprache „voller Mund".

81 *auf dem Tapete:* lat. tapetum; aufs Tapet bringen: etwas vorbringen; auf dem Tapet sein: in der Besprechung sein.

82 *Omne . . .:* Alles Übermaß verwandelt sich in ein Kalb (statt vitium, Fehler). – *Konsumtionsakzise:* Verbrauchssteuer, hier eine bei der bevorstehenden Geburt eines Kindes zu entrichtende Abgabe.

84 *unter diejenigen Gelehrten:* Anspielung auf Faust.

86 *quovis modo:* auf irgendeine Art. – *Schraubereien:* Neckereien, Späße. – *vel sic . . .:* so oder so. – *illam ipsam:* sie selbst.

89 *innerhalb der Szene:* hinter der Bühne.

92 *völlige Anwerbung:* förmliche Werbung (um Julianen). – *deutsch:* aufrichtig, grob. – *stimmen:* bestechen.

93 *übrigbleiben:* sitzenbleiben.

94 *keufst:* keifst. – *gemein:* allgemein, häufig.

95 *Karesse:* Zärtlichkeit, Liebkosung.

96 *über den Tölpel stoßen:* überlisten.

100 *distinguieren:* unterscheiden.

101 *Hobbes:* Thomas Hobbes (1588–1679), englischer Philosoph, besonders auch Rechtsphilosoph. – *Certo respectu:* in gewisser Hinsicht. – *Aggressor:* Angreifer. – *ausschlägt:* zuerst schlägt.

102 *Proselyten:* Neubekehrte. – *de eruditis ...:* über Gelehrte, die spät zur Wissenschaft gelangten. – *de opsimathia:* über die späte Gelehrsamkeit. – *de studio senili:* über das Greisenstudium. – *Auctore Damide:* Verfaßt von Damis.

105 *applizieren:* verlegen.

106 *türkenmäßig ...:* seine Anschauungen beherrschen, kontrollieren.

108 *wohl lassen:* gut stehen.

111 *de bonis ...:* über gute Gelehrtenfrauen. – *de malis ...:* über schlechte Gelehrtenfrauen. – *Mulier ...:* Ein Weib ist kein Mensch.

112 *ekel:* wählerisch, vorsichtig.

113 *allzu zärtliche:* allzu zart empfindende. – *Monaden:* bei Leibniz nicht-körperliche, einfache Einzelwesen als letzte Einheiten alles Existierenden. – *Devise:* Kennwort für Preisaufgaben, die ohne Angabe des Verfassernamens eingereicht werden müssen. – *Unum ...:* Eins aber ist not, Lukas 10,42. – *ausschweifend:* phantastisch, unvernünftig.

115 *Niederlanden:* Anspielung auf den Österreichischen Erbfolgekrieg, Einfall der Franzosen in die Niederlande 1747.

116 *contra ...:* Mit einem, der die Ausgangspunkte bestreitet, ist nicht zu disputieren.

119 *mein Äffchen ...:* nach der Fabel Lafontaines, Buch 9, Nr. 17.

120 *einen Mönch sticht:* eine obszöne Gebärde mit der Faust macht.

122 *Nix:* Bauernname, spöttische Bezeichnung für einen unwissenden Menschen. – *poet coenam ...:* Nach der Mahlzeit sollst du stehen oder 1000 Schritte gehen.

123 *schwärmst:* faselst. – *verberabilissime ...:* du prügelwürdigster, nicht Dieb, sondern Erzspitzbube; Plautus, *Aulularia* (Topfkomödie) 4. Akt, 4. Szene.

124 *nur jetzt gleich:* soeben erst.

125 *ABC-Buch:* alter Fibelvers: Xanthippe war ein böses Weib, der Zank war ihr ein Zeitvertreib.

126 *a priori:* von vornherein.

129 *gemeiner:* allgemeiner, häufiger.

130 *unvergeblich:* unverzeihlich. – *einen Kauf aufzusagen:* einen Kauf rückgängig machen. – *Paktum:* Vertrag. – *Requisita:* Erfordernisse. – *Galimathias:* unverständliches Gerede, Kauderwelsch.

132 *kömmst als gerufen:* kommst wie gerufen.

133 *ich hätte nicht . . .:* ich hätte es ihr für noch soviel nicht länger verbergen wollen.

134 *Zinshahn:* Haushahn. – *Motion:* Bewegung. – *Schuldmanne:* Schuldner.

136 *dem großen Tiere . . .:* 1747 wurde das erste Rhinozeros in Europa auf der Leipziger Messe gezeigt.

139 *Epithalamium; Thalassio:* Hochzeitslied, Hochzeitsgedicht. – *Hymenaeus:* Lied bei der Heimführung der Braut.

141 *Deleatur . . .:* Streiche also! Es wird also gestrichen.

142 *Plagium:* Gedankenraub.

144 *noch gleich:* gerade noch. – *heilig eingebunden:* auf die Seele gebunden. – *Xenokrates:* griechischer Philosoph (397–314 v. Chr.). – *Moschus:* griechischer Dichter (150 v. Chr.).

149 *vergnügt:* zufrieden. – *Zärtlichkeit:* Herzlichkeit.

150 *Theater fällt zu:* Vorhang fällt.

Damon oder die wahre Freundschaft

Die Komödie wurde bereits während der Schulzeit, wohl im Jahr 1747, verfaßt. Die Vorlage stammt von Ludwig Holberg: In seinem Lustspiel *Der glückliche Schiffbruch* (1743) wird die Herzensneigung eines jungen Mannes auf die Probe gestellt, indem man ihm erklärt, das Handelsschiff seines künftigen Schwiegervaters sei untergegangen, so daß dieser vor dem finanziellen Ruin stehe. Die Reaktion des Geprüften demonstriert seine ausschließlich materiellen Interessen und entlarvt ihn als gefühllosen Schwindler. Im Hintergrund stehen auch hier, wie so oft, die Typenkomödien Molières, die mit vergleichbaren Intrigenhandlungen durchwirkt sind; ihr Ziel bleibt die Aufdeckung der hinter menschlichem Rollenverhalten verborgenen wahren Gemütszustände und die Entlarvung des unverstellten Charakters, der durch eine bewußt herbeigeführte Modellsituation zur Offenbarung seiner selbst getrieben wird.

Vom *Damon* hat sich Lessing rasch distanziert; der Aufnahme in den Komödienband seiner *Schriften* hat er das Lustspiel nicht für wert befunden. Erschienen ist der *Damon* zuerst 1747 im 7. Stück der von Christlob Mylius herausgegebenen *Ermunterungen zum Vergnügen des Gemüts* (S. 515–551).

156 *Verziehen:* warten, verweilen.

162 *verinteressiert:* verzinst.

168 *kützeln:* freuen, befriedigt sein.

174 *Galimathias:* unverständliches Gerede, Kauderwelsch.

Die alte Jungfer

Als mögliche Vorlagen der 1748 entstandenen Komödie lassen sich William Congreves *The Way of the World* (1700) und Ludwig Holbergs *Der Geschäftige* (1743) ausmachen. Das Psychogramm der alten Jungfer hat Lessing vermutlich in Grundzügen aus Samuel Richardsons Roman *Pamela, or Virtue Rewarded* (1740) übernommen, dessen empfindsame Motivwelt auch die *Miss Sara Sampson* beeinflussen wird. Die moralischen Wirkungsambitionen der Komödie sind gering: Im Mittelpunkt stehen, ähnlich wie bei Congreve, der Spott über verquere Charaktere und das Gelächter über deren habitualisierte Fehlhaltungen.

Ähnlich wie den *Damon* hat Lessing sein Jugendlustspiel später als Gelegenheitsarbeit ohne höheren dramatischen Anspruch eingeschätzt und nicht in seine *Schriften* aufgenommen. Im 16. Literaturbrief (1759) äußert er sich mißbilligend darüber, daß Gottsched ihn in seinem *Nötigen Vorrate zur Geschichte der deutschen dramatischen Dichtkunst* als Verfasser der *Alten Jungfer* erwähnt. – Die Komödie erschien Anfang März 1749 in Berlin ohne nähere Verlagsangabe; auf dem Titelblatt sind lediglich Lessings Initialen vermerkt.

177 *Motto auf Titelblatt:* Erkennst du jetzt die Art der Menschen? Wenn nur eine Mitgift da ist, gilt kein Fehler als Fehler (Plautus, *Persa*).

182 *Rekompenz:* Enschädigung.

183 *desperat:* verzweifelt.

184 *Rekommendation:* Empfehlung.

185 *Kreditores:* Gläubiger.

189 *Karmen:* Hochzeitslied. – *Motion:* Bewegung.

195 *Injurie:* Beleidigung.

196 *Sapienti …:* Dem Weisen genügt's. – *per Thesis …:* Untersuchung allgemeiner und Untersuchung besonderer Art. – *per Antecedens …:* mit Vordersatz und Folgesatz.

197 *Allusion:* Anspielung.

198 *Nam Musae …:* Denn die Musen verlangen, daß der Dichter einsam und müßig sei.

200 *Bene:* gut.

202 *ekel:* wählerisch. – *Ich schmelze …:* Ich schmälze jetzt das Elend, ich führe dem Elend Schmalz zu; verhüllte Bitte um ein Honorar.

204 *Sie treten …:* die Zugbrücke niedertreten, Weg bahnen, Vorschub leisten.

205 *Traktaten:* Verhandlungen.

Der Misogyn

Lessing hat das Lustspiel 1748 während seines Studienhalbjahrs in Wittenberg entworfen. In seinen *Kollektaneen* bemerkt er, daß ihn das Studium der Fragmente Menanders (4. Jh. v. Chr.) auf die Spur des Stoffs gebracht habe; gemeint ist dabei die Komödie *Mysogenes*, die Phrynichus für das gelungenste seiner Lustspiele hält. Als Quelle ist zudem Francis Beaumonts Komödie *The Woman-Hater* (1607) zu nennen, die Lessings Protagonisten wohl auch den redenden Namen ‚Wumshäter' eingebracht hat.

Die Komödie erschien 1755 im sechsten Teil der *Schriften* (S. 217–288), dann erneut 1767 im ersten Teil der *Lustspiele* und in deren zweiter Auflage 1770. Lessing hat das zuerst einaktige Drama für diese Ausgabe in eine dreiaktige Fassung umgearbeitet und, neben einigen Detailänderungen, durch die Szenen I, 6–II, 3 und II, 7 erweitert.

215 *Sentenz:* Urteilsspruch.

225 *Quidproquo:* das für was; Namens-, Begriffsverwechslung.

228 *Schnadern:* Schnattern, Schwatzen.

235 *europäische Fama:* Ztschr. *Europäische Fama* 1702–35; *Neue Europäische Fama* 1735–56. – *stechen:* in Kupfer stechen. – *Vexieren:* foppen.

237 *desperaten:* verzweifelten.

238 *perorieren:* mit Nachdruck, mit Pathos sprechen. – *Orator:* Redner. – *in die Daumen fallen:* um sie zu brechen, hemmend wirken.

239 *Contentis:* Inhalt. – *Partes orationis:* Teile der Rede. – *kuriös:* neugierig. – *Hiobs:* Buch Hiob 2, 9. – *Tobias:* Buch Tobias 2, 19ff. – *Jesabel:* Buch der Könige, I, 19, 2 u. II, 9, 36. – *Hure von Babylon:* Offenbarung 17, 1ff. – *Hispulla ...:* schamlose Weiber, von Juvenal erwähnt in der 6. Satire. – *Testimoniis:* Beweisstücke.

240 *Dixi:* Ich habe gesprochen.

241 *Kuppelpelz:* ursprünglich Pelzkleid als Geschenk für den Heiratsstifter.

242 *injuriarum* (causa): wegen Beleidigung.

244 *Nickel:* Nikolaus, hier: Racker.

253 *schimärischen:* trügerischen.

256 *exklamieren:* rufen.

Die Juden

Die 1749 in Berlin entstandene Komödie läßt sich nicht ausschließlich dem Genre des Typenlustspiels zurechnen, sondern trägt bereits Züge des Charakterdramas mit substantiellem Problemgehalt. Diese Tendenz ist zumal an der gewandelten Wirkungsabsicht zu erkennen, die sich nicht mehr in der satirischen Entlarvung von Fehlhaltungen erschöpft, sondern zugleich das Gebot einer vorurteilsfreien Bewertung des von antisemitischen Ressentiments betroffenen Titelhelden zu vermitteln sucht. Der Toleranzgedanke, den das Lustspiel damit formuliert, nimmt bereits Aspekte des *Nathan* vorweg. – Eine nachweisbar von Lessing benutzte literarische Quelle läßt sich nicht belegen. Die szenische Konstruktion beeinflußt haben womöglich *Plautus' Mostellaria* (2. Jh. v. Chr.), Molières *Le Misanthrope* (1666) und Richard Steeles *The Conscious Lovers* (1722).

Der Text erscheint erstmals 1754 im vierten Teil der Schriften (S. 225–312), ferner 1767 im ersten Teil der Lustspiele (S. 187–260) und in deren zweiter Auflage von 1770.

259 *verzweifelten:* verwünschten.
260 *überflüssige:* überreichliche.
261 *liefen über Macht:* aus allen Kräften.
262 *Bärte:* im 18. Jh. Kennzeichen der Juden, da Bärte sonst nicht getragen wurden. – *mit Gift vergeben:* vergiften.
263 *sauber:* vorsichtig.
266 *Wohlstand:* Anstand, Schicklichkeit.
268 *zärtlicher:* zart empfindender. – *Nur jetzt:* eben erst. – *deutsch:* aufrichtig, grob.
270 *ewig:* nur. – *anders:* überhaupt.
279 *schlechteste:* geringfügigste.
286 *O dafür ist gebeten:* Das wird mir unterbleiben.
287 *salva venia:* mit Verlaub.

Der Freigeist

Das Lustspiel wurde 1749 in Berlin verfaßt. Seine Vorlage ist, wie Lessing selbst einräumt, Louis François Delisle de la Drevetières *Les Caprices du cœur et de l'esprit* (1739). Das 1758 publizierte vierte Stück der *Theatralischen Bibliothek* bietet eine ausführliche Inhaltsangabe der Komödie und ordnet sie unter formgeschichtlichen Aspekten in die Tradition des italienischen Theaters ein. Im Typus des Freigeists Adrast denunziert Lessings Lustspiel weniger den religiösen Libertinismus einer radikalen Aufklärung, der sich auf Anthony Collins' *Discourse of Free-Thinking* (1713) und den englischen Deismus beruft, als vielmehr die Misanthropie des verbohrten Sonderlings, der nicht allein durch seine heterodoxen Überzeugungen, sondern vornehmlich durch seine psychische Disposition in die Rolle des sozialen Außenseiters gerät. Der konservativ gefärbten Satire auf abweichende konfessionelle Strömungen der Zeit wird durch dieses traditionelle, seit Molière vertraute Motiv die Spitze genommen.

Die Komödie wurde erstmals 1755 im fünften Teil der *Schriften* publiziert (S. 1–188); 1767 erschien sie im zweiten Teil der *Lustspiele* (S. 1–158).

298 *Collin:* John Anthony Collins (1676–1729), engl. Freidenker.
302 *wohllassende:* sie gut kleidende.
306 *Ich habe mich auf den Fuß gesetzt:* Ich habe es dahin gebracht.
307 *umzechig:* umschichtig.
309 *Schwude:* alter Fuhrmannsruf; Zuruf an die Zugtiere, sich nach links zu wenden.
310 *parteiisch lasse:* als parteiisch erscheine. – *häßlich läßt:* steht.
318 *Quelle ...:* sinnlos aneinandergereihte französische Brocken.
319 *Courtisieren:* Liebeln.
323 *desperate:* verzweifelte.
325 *Revers ...:* schriftliche Erklärung geben.
331 *verziehst:* wartest.
333 *fertig:* schlagfertig.
337 *billig:* gerecht.
338 *Lineamente:* Linien, Formen.
340 *Proselyten:* Neubekehrte.
342 *gähling:* jählings.
347 *nicht lassen ...:* nicht schicklich sein würde.
351 *gekitzelt:* gefreut.
355 *Rodomontade:* Großsprecherei. Rodomont ist ein Prahlhans in Bojardos *Verliebtem Roland*.

Der Schatz

Lessings letztes Jugendlustspiel, das 1750 entstand, ist eine modernisierte Bearbeitung des *Trinummus* (ca. 195 v. Chr.) von Plautus, mit dessen Komödien sich gleichzeitig auch die *Beiträge zur Historie und Aufnahme des Theaters* intensiv befassen. Lessings Lustspiel stützt sich nicht nur auf Plautus' Vorlage, sondern auch auf die Bearbeitungen von Giovanni Maria Cecchi (*La dote*) und Philippe Néricault Destouches (*Le Trésor caché*). Ein später Reflex der Auseinandersetzung mit dem Stoff findet sich im neunten Stück der *Hamburgischen Dramaturgie*, das die beiden Fassungen mit Plautus' Original vergleicht. Lessings Aktualisierungsversuch unterscheidet sich von der antiken Quelle vor allem durch eine psychologisch subtilere Motivierung der Charaktere und die Individualisierung des Personals, ohne daß er aber die Grundzüge der plautinischen Handlung wesentlich verändert. Insofern ist das Lustspiel nicht unbedingt ein Exempel für Lessings produktive Auseinandersetzung mit der Antike, sondern eher eine Gelegenheitsarbeit, die der Aneignung bestimmter dramatischer Techniken diente.

Die Komödie wurde erstmals 1755 im fünften Teil der *Schriften* gedruckt (S. 189–296), danach im zweiten Teil der *Lustspiele* von 1767 (S. 159–252) und in deren zweiter Auflage aus dem Jahr 1770.

381 *Schubsacke:* Tasche.
385 *Interessen:* Zinsen.
395 *Verziehen:* warten. – *verzweifelter:* verwünschter.
399 *der Pauke ein Loch machen:* die Sache beschließen.
400 *fein:* gerissen.

Miss Sara Sampson

Lessings bürgerliches Trauerspiel entstand innerhalb weniger Wochen im Frühjahr 1755 in der Abgeschiedenheit eines Potsdamer Gartenhauses. Die Uraufführung, die im Juli 1755 in Frankfurt an der Oder stattfand, wird allgemein als großer Publikumserfolg beschrieben. Ramler weiß zu berichten, die Zuschauer hätten „drei und eine halbe Stunde zugehört, stille geseßen wie Statüen, und geweint". Ähnliche Äußerungen sind von David Grillo und Friedrich Nicolai überliefert, die sämtlich die überwältigende Bühnenwirkung des Trauerspiels betonen. Die zeitgenössische Theaterkarriere der „Miss Sara Sampson" bestätigt den Erfolg der Uraufführung; innerhalb kurzer Zeit wurde das Trauerspiel durch die renommierten Truppen von Schuch, Schönemann und Koch in Leipzig, Berlin und Hamburg mit durchweg großem Effekt in Szene gesetzt.

Lessing publizierte das Trauerspiel zuerst 1755 im sechsten Teil der *Schriften* (S. 1–216). 1757 erschien eine Einzelausgabe ohne Jahreszahl, Verleger und Verlagsort, im selben Jahr ein neuer Einzeldruck, den Karl Lessing oberflächlich bearbeitet hat. Diese Fassung bildete auch die Textgrundlage für die *Sammlung der Trauerspiele von Gotthold Ephraim Lessing*, die 1772 unter der Aufsicht des Autors bei Voß in Berlin veröffentlicht wurde; im Untertitel fehlte hier das Attribut „bürgerlich".

413 *abzutreten:* absteigen, einkehren. – *Der mittlere Vorhang:* trennt Vorder- und Hinterbühne. Durch Aufziehen oder Niederlassen dieses Vorhangs Szenenwechsel auf offener Bühne ohne Wechsel der Kulisse.
418 *wo ihm sein Gedächtnis:* wenn ihm sein Gedächtnis.
419 *dürfen:* brauchen.
421 *entübriget sein könnte:* entbehren könnte.
423 *Szene:* Kulissen.
425 *nur gar:* wenn nur überhaupt.
426 *lassen:* gut stehen.
429 *Paroxysmo:* Fieberglut. – *die andern acht Tage:* die zweiten ...

430 *Quäker:* Zitterer, Anhänger der von dem Schuster John Fox 1650 in England gestifteten Sekte. – *Bankozettel:* Banknoten, Zahlungsanweisungen.
439 *Ausschweifungen:* Phantasien, Einfälle.
445 *Aufs höchste:* höchstens.
448 *gemeiner:* gewöhnlicher. – *darf:* braucht.
451 *entstehen:* fehlen, mangeln.
455 *gähling:* jählings, plötzlich.
457 *gar:* ganz.
458 *nicht anders als:* französische Konstruktion, je ne puis que.
459 *dürfte:* brauchte.
460 *Schalk:* hier unzuverlässiges, trügerisches Ding.
463 *Obstand:* Widerstand.
467 *Zufall:* Anfall, Unwohlsein.
476 *unanständig:* unziemlich.
478 *sich ... wagen:* sich ... getrauen.
487 *zärtlichen:* zarten, schwachen.
488 *gleich jenem Engel:* Luk. 22,43: „Es erschien ihm aber ein Engel vom Himmel und stärkte ihn."
490 *Kordialpulver:* herzstärkendes Pulver.
491 *die gemeine Sage:* das allgemeine Gerede.
493 *das Theater fällt zu:* der Vorhang fällt.

Doktor Faust

Vorlagen für Lessings Faust-Fragment waren die *Historia von D. Johann Fausten dem weitbeschreyten Zauberer und Schwartzkünstler* in der Edition des Frankfurter Buchhändlers Johann Spiess (1587), die Umbildung des Stoffs in den Volksbüchern des 17. Jahrhunderts, die Dramatisierung der Historie durch Christopher Marlowe (um 1590) und ein ihr entlehntes Puppenspiel (das später auch die erste Grundlage für Goethes Aneignung bildete). Lessing selbst lernte Marlowes Drama vermutlich bereits während der Leipziger Studienjahre kennen; mit einiger Sicherheit sah er im Juni 1754 in Berlin eine Aufführung des Schauspiels durch die Schuchsche Truppe.

Am 19. 11. 1755 berichtet Lessing Mendelssohn, er habe die Arbeit an einem Faust-Drama begonnen; am 8. 7. 1758 stellt er Gleim eine unmittelbar bevorstehende Aufführung in Aussicht. Fast zehn Jahre später, im September 1767, heißt es gegenüber dem Bruder Karl, der *Faust* werde in Kürze vom Hamburger Nationaltheater aus der Taufe gehoben. 1775 nimmt Lessing das unvollendete Manuskript auf die Reise nach Italien mit, um die Arbeit zügig zum Abschluß zu bringen. Einem unbestätigten Bericht seines Bruders zufolge soll im selben Jahr eine von Leipzig nach Hamburg verschickte Kiste, die wesentliche Teile des fertigen Dramas enthalten habe, verlorengegangen sein. Friedrich Müller erinnert sich in späteren Jahren an ein 1777 geführtes Gespräch, in dem ihm von Lessing mehrere Konzeptionen des *Faust*Dramas vorgestellt worden seien. Aus derartigen Reminiszenzen erhellt, daß die Beschäftigung mit dem Stoff, Lessings optimistischen Ankündigungen zum Trotz, in keiner Phase zu einer verbindlichen Ausführung gediehen war.

Erhalten ist lediglich der Entwurf eines Vorspiels, eine Skizze der ersten vier Auftritte des ersten Akts und die dritte Szene des zweiten Akts, die Lessing 1759 im 17. Literaturbrief veröffentlicht hat.

Philotas

Die Tragödie wurde erstmals im Jahr 1759 anonym publiziert. Ein zweiter Druck erschien mit kleinen Verbesserungen 1772 in den *Trauerspielen* (S. 183–240).

Lessing schickte sein Drama im März 1759 an Gleim, ohne sich als Verfasser zu erkennen zu geben. Gleim setzte die knappe Prosa des Trauerspiels in fünffüßige Jamben und publizierte seine Variante 1760 unter dem Titel *Philotas. Ein Trauerspiel. Von dem Verfasser der preußischen Kriegslieder versifiziert.* Lessing reagierte auf die Bearbeitung, die seine eigenen Wirkungsintentionen verfälschte und den getragenen Stil der von ihm kritisch bewerteten klassizistischen Tragödie erneuerte, mit einiger Distanz und Skepsis.

510 *Lykus:* Name mehrerer Flüsse in Assyrien, Syrien, Armenien, Pontus, Paphlagonien, Sarmatien. Hier wohl ein Nebenfluß des Mäander gemeint, den Herodot erwähnt. – *Methymna:* Stadt auf Lesbos. – *Toga:* Nach römischer Sitte wurden die Jünglinge beim Eintritt der Mannbarkeit mit der Toga virilis bekleidet. Die Griechen kannten diese Sitte nicht.

511 *Aristodem:* in Lessings dramatischem Fragment *Kleonnis* Name eines Feldherrn des Euphaes, des Königs der Messener. Die Rolle des Philotas spielt hier Demarat. – *Cäsena:* Stadt in Oberitalien. – *Schwertern ... dem ich:* lateinische Konstruktion.

512 *unbetauert:* unbedauert; von mhd. beturen. Lessing rechtfertigt seine Schreibweise durch die fälschliche Ableitung von „trauern". Dauern hieße „währen" = durare. – *deren er sich ... begibt:* auf die er verzichten muß.

514 *Polytimet:* für etwas höchst Kostbares. Der Name deutet den Tauschwert des gefangenen Königssohns an.

516 *einzeln:* korrekter Akkusativ von „einzel".

519 *verzieh ...:* warte.

524 *Person:* Rolle.
530 *Elysium:* den Vorstellungen der griechischen Mythologie gemäß Ort der Glückseligkeit nach dem Tode.

Die Matrone von Ephesus

Der Stoff der Satire, eigentlich indischen Ursprungs, ist Gemeingut der Weltliteratur. Lessing fand ihn bearbeitet bei Petronius (1. Jh. v. Chr.) und Houdar de la Motte. Zugetragen wurde ihm das Sujet in Leipzig durch Felix Christian Weiße, auf dessen dramatische Bearbeitung er sich stützen konnte. Niedergeschrieben hat Lessing das Lustspiel in zwei Fassungen, die zu Beginn des Jahres 1767 in Hamburg entstanden. Sie wurden erstmals 1784 im ersten Teil von *G. E. Lessings Theatralischem Nachlaß* publiziert.

Im 36. Stück der *Hamburgischen Dramaturgie* betont Lessing, daß die Pointe der satirischen Erzählung des Petronius (bzw. späterer Bearbeiter) zu derb sei, um für eine dramatische Darstellung zu taugen. Was im Kontext der Erzählung gefalle, stoße den Theaterzuschauer aus moralischen Gründen ab. Lessing hat sich an seine eigene Warnung gehalten und die Vorlage an einem wesentlichen Punkt modifiziert: Die Nachricht vom Diebstahl der Leiche ist hier nur ein Scherz des Dieners Dromo, der das enthüllende Geständnis der Witwe provozieren soll.

Minna von Barnhelm

Lessing hat die Komödie 1767 in Breslau unmittelbar nach dem Hubertusburger Friedensschluß konzipiert, jedoch erst zwei Jahre später in Berlin unter den kritischen Augen seines Freundes Ramler zu Ende geführt. Sie erschien zuerst 1767 im zweiten Teil der *Lustspiele* (S. 253–442); im selben Jahr wurde eine von Lessing durchgesehene und teilweise verbesserte Separatausgabe veröffentlicht, von der man wenige Monate später bereits eine (nochmals korrigierte) zweite Auflage drukken mußte. Deren Textfassung bildete die Grundlage einer 1770 veröffentlichten, ausdrücklich als 2. Auflage bezeichneten Sonderausgabe, die ihrerseits mit dem Abdruck in der zweiten Auflage der *Lustspiele* identisch ist. Vorlage für Lessings Komödienhandlung war, nach einem Bericht der Mutter Christian Garves, eine wahre Begebenheit, die sich kurz nach Friedensschluß im Breslauer Gasthof „Zur goldenen Gans" ereignet haben soll.

Das Lustspiel wurde am 23.9.1767 in Hamburg uraufgeführt, nachdem es zunächst Proteste des preußischen Residenten und seiner Zensurbehörde gegeben hatte. Im März 1768 fand eine erste Berliner Inszenierung statt, die sich ebenfalls offiziellem Widerstand ausgesetzt sah. In einem Brief an seinen Bruder Karl resümiert Lessing: „Alle Einwendungen gegen die Aufführung liefen dahin hinaus, man könne zwar über Gott räsonieren und dogmatisieren, aber nicht über Regierung und Polizei."

556 *Danziger:* Likör aus der Brennerei im Hause „Zum Lachs" in Danzig.

557 *vierfache Schnur:* „Eine dreifältige Schnur reißt nicht leicht entzwei." (Prediger Salomo 4, 12). Hier freizügig modifiziert. – *Mores:* Sitten, Benehmen. – *verzweifelte:* verwünschte. – *galant:* elegant. – *läßt:* aussieht. – *vexiert:* foppt.

560 *Pistole:* Goldmünze im Wert von etwa fünf Talern. – *alter Wachtmeister:* früherer, ehemaliger (franz. „ancien"). – *aufzieht:* hinhält.

561 *Vorsicht:* Vorsehung.

562 *Equipage:* Ausrüstung.

563 *fodern:* fordern.

564 *Liverei:* Livree des Bedienten. – *Budel:* früher häufige Nebenform für Pudel.

565 *weiß zu leben:* savoir vivre: hat Lebensart.

567 *Heraklius:* Heraklius II., seit 1762 Zar von Kacheti und Karthli (wesentliche Teile Georgiens). Verteidigte seine Unabhängigkeit gegen Perser und Türken. In den russisch-türkischen Kriegen (ab 1768) kämpften georgische Truppen auf russischer Seite. – *Pforte:* das große Tor des kaiserlichen Palastes in Konstantinopel, Symbol der türkischen Herrschaft.

568 *Schulzengericht:* ein Gut, mit Teilnahme an der Dorfgerichtsbarkeit verbunden und von Hörigkeit bzw. Spanndiensten befreit. – *Dukaten:* Goldmünze, etwas mehr als 3 Taler. – *Katzenhäusern:* Dorf Katzenberg auf einer Hochebene bei Meißen. Friedrich II. griff hier am 13. November 1759 die abziehende Armee Dauns an; auch 1760, 1761 und 1762 wurde in dieser Gegend gekämpft. – *Disposition:* Schlachtenplan. – *Winspel:* jetzt Wispel, altes Getreidemaß.

570 *verzweifelten:* verwünschten. – *Kapitulation:* hier im eigentlichen Sinne gebraucht, als Vertrag (nicht nur bei Übergabe einer Festung).

571 *Ökonomie:* Sparsamkeit.

572 *zerrissen:* aufgelöst.

573 *a. c.:* anni currentis (des laufenden Jahrs). – *Thüringen:* der Thüringer Kreis des damaligen Kurfürstentums Sachsen; kam 1815 an Preußen.

574 *Klein-Rammsdorf:* bei Borna a. d. Wyhra. – *Hof:* Sitz der Gutsherrschaft. – *Lichtmeß:* 2. Februar.

575 *nehmen:* benehmen.
576 *währendes:* während des. – *Karat:* 20 Zentigramm. – *Kasten:* Fassung des Steins. – *verzogener:* verschlungener.
577 *Schuldner:* Gläubiger.
587 *Kommendanten:* Kommandanten; falsche Schreibung nach dem mittellateinischen „commendator".
588 *Schleifwege:* Schleichwege, von „schleifen": schlüpfen.
589 *einem Wirte läßt nichts übler:* steht nichts über.
591 *als ins Ohr:* als ob nur Franziska dies hören sollte.
594 *Schneller:* List; von „schnellen": prellen.
595 *ein Taler achtzig:* achtzig Taler.
596 *Kantinen:* Trinkvorrat.
598 *Interessen:* Zinsen.
599 *Mundierungsstücke:* entstellt, „Montierungsstücke".
601 *Katz aushalten:* sich alles gefallen lassen.
602 *in Stiefeln, kaum frisiert:* Zum Gesellschaftsanzug gehörten Schuhe. Zudem mußten die gepuderten und zum Zopf geflochtenen Haare frisiert sein. – *darf:* muß, brauche.
604 *völlig:* vollständig, in Gesellschaftstoilette. – *melancholische Kaffee:* Man glaubte, daß Kaffee ungesund sei und melancholisch stimme.
605 *feinste:* raffinierteste. – *kützeln:* schmeicheln. – *Est-il...:* Ist es erlaubt, Herr Major? – *Parbleu:* Mein Gott. – *Mais non:* Aber nein. – *C'est...:* Es ist sein Zimmer. – *Le Major...:* Der Major von Tellheim; ja, mein schönes Kind, ihn suche ich. Wo ist er? – *Comment?:* Wie? – *Ah, voilà...:* „Ah, das ist ganz seine höfliche Art! Er ist ein sehr galanter Mann, der Major!"
606 *C'est...:* Schade, das ist mir unangenehm. – *Mademoiselle...:* „Das gnädige Fräulein sprechen französisch? Aber sicher, eine Dame wie Sie! – Die Frage war sehr unhöflich; verzeihen Sie mir, mein Fräulein." – *explizier:* ausdrücke. – *Sachés...:* „Erfahren Sie also, mein Fräulein..." – *breite Platz:* Das Kriegsministerium am Wilhelmsplatz. – *à l'ordinaire:* gewöhnlich. – *et le Ministre...:* „Und der Minister hat mir im Vertrauen gesagt, denn Seine Exzellenz und ich sind Freunde und haben voreinander keine Geheimnisse." – *tout-à-fait...:* „Durchaus zugunsten des Majors. – Mein Herr, sagte mir Seine Exzellenz, Sie werden begreifen, daß alles von der Art abhängt, wie man dem König die Dinge vorstellt, und Sie kennen mich. Dieser Tellheim ist ein prächtiger Mensch, und ich weiß, daß Sie ihn lieben. Die Freunde meiner Freunde sind auch die meinigen. Dieser Tellheim kostet dem König etwas viel; aber dient man dem König etwa umsonst? Man muß einander in dieser Welt helfen, und wenn einer Verlust erleiden soll, so sei es der

nicht ein Ehrenmann unserer Art. Das ist ein Grund-
em ich niemals abgehe.“
607 *Excellence . . .:* „Oh, Seine Exzellenz hat das Herz auf n Fleck.“ – *le Chevalier . . .:* auf deutsch etwa: „Ritter von Axtenburg, Herr von Diebslust, aus der Linie der ier.“ – *qui est veritablement . . .:* „die direkt aus königlie stammt. – Ich muß bekennen, daß ich ohne Zweifel der ksal am meisten umhergetriebene Sproß unseres Hauses *faire d'honneur:* Ehrenhandel. – *Staaten-General:* Regie-Niederlande. – *Ah, Mademoiselle . . .:* „Oh, mein Fräu wollte, ich hätte dies Land nie gesehen.“ – *Capitaine:* nn. – *Oui, Mademoiselle . . .:* „Ja, mein Fräulein, ich bin dankt und dadurch auf die Straße gesetzt.“ – *Vous êtes . . .:* sehr gütig, mein Fräulein.“ – *Livres:* Francs. – *Tran-:* „Sagen wir es ehrlich; ich habe keinen Pfennig und stehe Nichts.“

nalheur . . .: „Daß ein Unglück niemals allein kommt; so ist r gegangen.“ – *Extraction:* Herkunft. – *Resource:* Einnahme-lle. – *Mademoiselle . . .:* „Fräulein, ich spiele mit einem Pech, as jede Vorstellung übersteigt.“ – *gesprenkt:* den ganzen Einsatz abgenommen. – *Je sais bien . . .:* „Ich weiß, daß dabei noch etwas anderes als der Zufall des Spiels mitwirkte. Denn unter den Spielern waren gewisse Damen.“ – *invitir:* eingeladen. – *revanche . . .:* „Genugtuung; aber – Sie verstehen mich, mein Fräulein –“ – *Tant mieux . . .:* „Um so besser, mein Fräulein, um so besser! Alle geistvollen Leute lieben das Spiel leidenschaftlich.“ – *Comment . . .:* „Wie, mein Fräulein, Sie wollen mit mir Halbpart machen? Von ganzem Herzen.“ – *Ah, Mademoiselle . . .:* „Ach, mein Fräulein, wie liebenswürdig Sie sind!“ – *Donnés toujours . . .:* „Geben Sie nur immer, mein Fräulein, geben Sie!“

609 *interessir:* beteiligt. – *et de ce moment . . .:* „Und von diesem Augenblick an beginne ich wieder, an mein Glück zu glauben.“ – *Je suis des bons . . .:* „Ich gehöre zu den Gescheiten, mein Fräulein. Wissen Sie, was das heißt?“ – *Je sais monter . . .:* „Ich verstehe mich auf einen Kunstgriff –“ – *Je file la carte . . .:* „Ich vertausche die Karte mit einer Geschicklichkeit –“ – *Je fais sauter . . .:* „Ich schlage die Volte mit einer Gewandtheit –“ – *Donnés-moi . . .:* „Geben Sie mir ein Täubchen zu rupfen, und –“ – *Comment, Mademoiselle? . . .:* „Wie, mein Fräulein? Sie nennen das ‚betrügen‘? Das Glück verbessern, es an seine Finger fesseln, seine Sache verstehen –“. – *Laissez-moi . . .:* „Lassen Sie mich nur machen, mein Fräulein.“

610 *Votre très-humble . . .:* „Ihr ergebenster Diener, mein Fräulein, Ihr ergebenster Diener.“

612 *rapportieren:* berichten.
614 *untergesteckt:* auf andere Regimenter verteilt.
616 *Equipage:* Ausrüstung. – *Stände:* eine aus Adel, Geist Städten bestehende Korporation, die dem Landesherrn unter anderem das Recht der Steuerbewilligung besaß. – *d rende Schulden:* zu bestätigenden. – *Valute:* Gegenwert c sels. – *Gratial:* Dankgeschenk.
617 *Vorsicht:* Vorsehung.
618 *weil ich noch:* solange ich noch. – *denn nur jetzt:* denn eben *urgieret:* wessen ich beschuldigt worden. – *entladen:* entlaste
625 *vortritt:* in den Weg tritt.
630 *Mein Bruder:* Prinz Heinrich, Oberkommandierender in Sac – *urgieren:* einwenden. – *wohlaffektionierter:* wohlgesonnene
632 *Flitterseite:* äußerlich glänzende Seite. – *verlaufenes:* entlaufe. liederliches. – *einzunehmen:* zu vernehmen, einzustecken.
636 *Leichtgläubiger ...:* Wie oft die Ritter in den Ritterromanen.
639 *Fuchtel:* Schläge.

Emilia Galotti

Mit dem Stoff des Trauerspiels, der durch Livius' *Ab urbe condita* (1. Jh. v. Chr.) (III, 44ff.) überliefert ist, wurde Lessing bereits zu Beginn der 50er Jahre bekannt. 1754 veröffentlicht er in der *Theatralischen Bibliothek* Luyandos spanische *Virginia*-Tragödie (1750), im folgenden Jahr bespricht er Johann Samuel Patzkes deutsche Fassung für die *Berlinische privilegierte Zeitung*. Eine erste Bearbeitung erfolgt zur Jahreswende 1757/58, wird jedoch nicht abgeschlossen. An Friedrich Nicolai schreibt Lessing am 21.1.1758, er habe „die Geschichte der römischen Virginia von allem dem abgesondert, was sie für den ganzen Staat interessant machte", weil „das Schicksal einer Tochter, die von ihrem Vater umgebracht wird, dem ihre Tugend werter ist als ihr Leben, für sich tragisch genug sei, die ganze Seele zu erschüttern, wenn auch gleich kein Umsturz der ganzen Staatsverfassung darauf folge."

Erst im Winter 1771/72 greift Lessing die alte Vorlage auf und führt die Arbeit entschlossen zu Ende. Im Januar 1772 schickt er die ersten drei Akte seinem Bruder nach Berlin, Anfang März den Schluß. Die Uraufführung findet am 13.3.1772 zu Ehren des Geburtstags der Herzogin in Braunschweig statt.

Der erste Druck erschien 1772 in den *Trauerspielen* (S. 241–394); im selben Jahr wurden die erste und zweite Auflage einer Sonderausgabe mit mehreren Korrekturen (aber auch neuen Druckfehlern) publiziert. Auf der zweiten, von Karl Lessing redigierten Fassung beruht ein dritter Druck der Sonderausgabe, die Ende 1772 erschien und die letzte von Lessing autorisierte Veröffentlichung des Trauerspiels darstellt.

643 *gefodert:* gefordert.

644 *muß sie nicht:* darf sie nicht (engl. must not).

645 *ich bin so besser:* fühle mich besser (franz. je suis mieux). – *Anzüglichsten:* Anziehendsten. – *plastische:* bildende. – *Abfall:* Verschlechterung. – *noch eins:* noch einmal.

646 *muß nicht:* soll nicht. – *wollüstigen Spötter:* über die Gefühlsbedürfnisse des Spötters. – *Medusenaugen:* Augen der Medusa, nach griechischer Sage ein geflügeltes Wesen mit schrecklichem, versteinerndem Blick. – *Vorwürfen:* Gegenständen. – *Gebieterin:* aus dem Französischen, „Maitresse“.

647 *Veghia:* Abendgesellschaft. – *Sabionetta:* Im 17. Jh. hat der Fürst von Guastalla wegen des Besitzes von Sabionetta einen Prozeß geführt.

648 *Schilderei:* Gemälde (holländisch „schilderij“). – *Studio:* Studienblatt, Skizze.

652 *betauern:* bedauern, s. Philotas, Anm. S. 512.

654 *Dosalo:* = Dosolo (am Po). – *Massa:* Italienische Provinz in der Toscana.

655 *wo deine Vorsprecherin:* Zu ergänzen: Wenn die Vorsprecherin (Emilia Galotti) den Prinzen enttäuscht, wird dieses Bittgesuch nicht gewährt. – *wohl:* gut.

657 *Pistolen:* ursprünglich spanische Goldmünzen, im Wert von ungefähr 5 Talern.

660 *Ich besorg:* Das macht mir keine Sorge. –

663 *Halle:* Vorhalle. – *Furcht:* ursprünglich ein Satz der Emilia: Die Furcht habe sie getäuscht (s. Lessings Brief an Karl Lessing 10. 2. 1772). – *nicht ohne Mißfallen:* nicht mit Mißfallen.

664 *nehmen:* benehmen.

669 *Wenn der Scherz den Prinzen gilt:* „gelten“ mit Akkusativ statt Dativ.

672 *selbst funfziger:* zu fünfzig; aus der Bibel und vielen älteren Schriften bekannte Kollektivbezeichnung.

673 *eräugnen:* ereignen (mhd. „eröugen“, von „Auge“ abgeleitet).

674 *Schliche:* Schleichwege.

682 *der Allerreinesten:* der Jungfrau Maria. – *schwärmen:* reden irre. – *als:* als ob.

685 *einfältig:* einfach.

694 *Wort:* Gespräch.

695 *gemeine:* gewöhnliche.

696 *Gewehr:* Waffe. – *Schubsäcke:* Taschen.

699 *Neidhart:* der im Neide Starke.

700 *Nur Marinelli:* zu ergänzen: nichts Verbrecherisches. – *für Eifersucht:* vor Eifersucht.

702 *unanständig:* unpassend.
704 *trotz Ihnen:* noch mehr als Sie.
705 *schmeichelhaft:* einschmeichelnd. – *alleranständigste:* allerpassendste. – *Geck:* Narr.
709 *zum zweiten:* zum zweiten Male.

Nathan der Weise

Der *Nathan*-Stoff, dessen zentrales Element, die Ringparabel, aus Boccaccios *Decamerone* stammt, hat Lessing frühzeitig beschäftigt, wie er in seiner Vorankündigung des Dramas vom 8.8.1778 selbst einräumt. Gegenüber seinem Bruder Karl weist er am 11.8.1778 auf den Zusammenhang zwischen dem *Nathan* und dem theologischen Disput mit Goeze hin, der im Juli 1778 durch die Intervention der Braunschweiger Zensurbehörde zum Erliegen gekommen war; das Schauspiel sei ein Versuch, „dessen Inhalt eine Art Analogie mit meinen gegenwärtigen Streitigkeiten hat, die ich mir damals wohl nicht träumen ließ". Der frühe Entwurf des Dramas ist nicht erhalten. Es liegt lediglich eine Szenenskizze vor, die der endgültigen Ausführung schon recht nahe kommt und erst nach 1776 entstanden sein dürfte. Im November 1778 hat Lessing diese Fassung abgeschrieben und zu einem vollen Szenarium erweitert. Am 14.11.1778 beginnt er mit der Versifizierung der älteren Vorlage; Anfang Dezember setzt die Arbeit am zweiten Akt ein; bereits im März 1779 ist das gesamte Drama vollendet. Das auf Subskription gedruckte Schauspiel erscheint 1779 in drei von Lessing autorisierten Ausgaben.

In Sachsen und Österreich wurde der *Nathan* durch die Zensur verboten; zu Lessings Lebzeiten fand lediglich eine durch den Schauspieler Friedrich Maximilian Schröder veranstaltete szenische Lesung statt, die Uraufführung erfolgte erst 1783 in Berlin.

713 *zweihundert Meilen:* Der direkte Weg beträgt nur 140 Meilen. – *födert:* fördert.
717 *irdischen:* zu ergänzen „Geschlechts". – *launigen:* mürrischen.
720 *schließt für mich:* bestätigt meinen Schluß. – *viele zwanzig Jahre:* weit mehr als zwanzig. – *sein Geschwister:* früher häufige Kollektivform.
724 *Derwisch:* mohammedanischer Bettelmönch; derwesch (persisch) = bettelarm. – *Al-Hafi:* der Barfüßer. – *geschwind:* Al-Hafi darf als Muselman keine unverschleierten Frauen sehen.
725 *Strumpf:* Strunk. – *trotz einem:* so gut wie irgendeiner.
726 *Kommt an:* Kommt her. – *Defterdar* (persisch): Schatzmeister.
727 *Geck:* eitler Narr. – *Bei Hunderttausenden:* Zu Hunderttausenden.

729 *Vater nennen:* Anrede nur für die Mönche.

730 *Patriarch:* seit dem 5. Jh. Titel der Bischöfe von Jerusalem.

731 *Tebnin:* Stadt bei Tyrus, 1187 von den Sarazenen erobert. – *Stillstands:* Am 2. September 1192 war auf drei Jahre und drei Monate ein Waffenstillstand abgeschlossen worden. – *Selbzwanzigster:* zu zwanzig Mann.

732 *besehn:* umsehen. – *König Philipp:* König Philipp II. August von Frankreich. Er unternahm mit Richard Löwenherz 1190 einen Kreuzzug, kehrte aber schon im folgenden Jahre nach Frankreich zurück, nachdem er Ptolemais belagert und mit Richards Hilfe eingenommen hatte.

733 *gemeinen:* gewöhnlichen. – *ausgegattert:* ausgekundschaftet (wie man durch ein Gitter oder Gatter in einen verschlossenen Raum späht). – *merkt:* versteht.

734 *Maroniten:* Syrische Christen im Libanongebirge, Anhänger des heiligen Maron. 1182 hatten sie sich der katholischen Kirche angeschlossen. – *Ptolemais:* s. Anm. S. 732. – *nur erst gehört:* eben erst.

735 *Paket:* französisch, „risquer le paquet" = etwas auf gut Glück wagen.

736 *Warum:* worum. – *Sina:* China. – *Kaiser Friedrich:* Friedrich Barbarossa, der 1190 im Kalykadnos ertrank.

737 *eräugnet:* ereignet (mhd. „eröugen", von „Auge").

738 *So zieh ich in die Gabel:* mache einen Zug, durch den zwei Figuren zugleich bedroht werden. – *vermuten:* alte Konstruktion. – *Dinar':* orientalische Goldmünze, vom lat. denarius, im Werte von etwa acht Mark. – *Naserinchen:* der Naseri, nach dem Kalifen Naser, eine Kupfermünze.

739 *Satz:* Einsatz. – *doppelt Schach:* Stellung, durch die König und Königin zugleich bedroht sind. – *Abschach:* abschließendes Schach. – *glatten Steine:* Der Koran verbietet die Nachbildung menschlicher und tierischer Gestalten. So spielen strenggläubige Moslems statt mit Figuren mit glatten Steinen.

740 *Iman:* mohammedanischer Priester. – *Richards Bruder:* Richard Löwenherz plante, seine Schwester mit dem Bruder Saladins, Melek el Adel, zu verheiraten.

741 *Acca:* der andere Name der Stadt Ptolemais. – *spielen sie den Mönch:* sie schützen bigotte Frömmigkeit vor.

743 *bescheiden:* diskret, zurückhaltend.

745 *Ein Kleid, ein Schwert, ein Pferd:* ein geschichtlich überlieferter Ausspruch Saladins. – *abbrechen:* sich etwas versagen. – *einziehn:* sich einschränken. – *drosseln:* Der Staatsbeamte wurde im Orient durch Erdrosseln mit einer seidenen Schnur hingerichtet; gemeine

Verbrecher wurden gepfählt, indem man ihnen einen Spieß von hinten durch den Leib trieb.

746 *Mich denkt:* ungewöhnliche Konstruktion, stilistisches Vorbild hierfür die Epigrammatik des Barockdichters Friedrich von Logau.

747 *trotz Saladin:* wie Saladin. – *Parsi:* Anhänger Zarathustras. – *gemeinen:* gewöhnlichen. – *übern Fuß ... gespannt:* aus einer Stellung im Ringkampf. Heute: „Mit jemandem auf gespanntem Fuß stehen".

748 *Siegel ... lösen:* Das Siegel Salomos bannte nach der talmudischen Sage die Geister und gab dem, der sie befreite, indem er das Siegel löste, Macht über sie. Nach Bericht des jüdischen Historikers Josephus lagen in dem Grabe Davids unermeßliche Schätze.

749 *Haram:* bessere Form für Harem.

751 *bemerken:* beobachten. – *prallen:* kräftigen (auf den Boden prallenden). – *Franke:* im Orient Bezeichnung für alle Europäer.

754 *Knorr:* hochdeutsch, niederdeutsch *Knubbe:* niedriger, von Auswüchsen entstellter Stamm.

757 *Kundschaft:* nähere Bekanntschaft.

758 *Rückhalt:* Zurückhaltung.

759 *Beutel:* 30000 Piaster (Piaster ca. 20 Pf.).

760 *bekam der Roche Feld:* der Turm wurde wieder frei. – *Ghebern:* persische Sekte von Feueranbetern. Also keine Mohammedaner, keine Weisen und Einsiedler, wohnen auch nicht am Ganges.

761 *Delk:* Gewand des Derwischs, arabisch „dalak". Bei Lessing irrtümlich „*Delk*". – *dürfen:* brauchen.

763 *Was tat er dir:* zu ergänzen: was dich veranlaßt. – *Er will nun:* nun einmal. – *Nur schlägt er mir nicht zu:* Doch ist er mir nicht angenehm.

765 *verstellt:* entstellt.

766 *mühsam ... herab:* Lessing fand in Breuning von Buchenbachs *Orientalischer Reyß* (1612) einen Hinweis, demzufolge die Pilger beim Abstieg vom Berge Sinai weit größere Schwierigkeiten zu überwinden hatten als beim Aufstieg; soll das Wunderbare dieses Berges betonen.

769 *stellen:* verstellen. – *besorgen lassen:* Besorgnis, Furcht erregen. – *die Netze:* an den Netzen.

773 *darf:* braucht.

779 *Post:* Schuldsumme (italienisch „posta").

786 *fiel nicht ein:* stimmte nicht bei.

791 *einer Sorge nur:* dem Gehorsam.

793 *Theater:* Anspielung auf Goeze, der sich immer wieder gegen Lessings „Theater-Logik" wandte. S. Anti-Goeze 2. – *pro et con-*

tra: für und wider. – *fördersamst:* zuvörderst. – *Apostasie:* Abfall vom Glauben.

794 *Was die Kirch an Kindern tut:* die Taufe. – *Kapitulation:* Vertrag.

795 *Problema:* eine erdachte Streitfrage. – *Bonafides:* Guter Glaube.

796 *das Armut:* Kollektivbezeichnung, auch bei Luther üblich. – *mein Bruder:* Die Namen Assad und Lilla sind Erfindungen Lessings. Lilla wohl der arabische Name Leila = Nacht.

798 *Höhle:* Anspielung auf die Legende von den Siebenschläfern, Trabanten des Kaisers Decius, die sich bei der Christenverfolgung 251 versteckten, vom Kaiser eingemauert schliefen und erst 446, ungealtert, erwachten. – *Ginnistan:* Feenland. – *Div:* Fee, eigentlich böser Geist. – *Um mir:* im 18. Jh. und namentlich bei Lessing nicht selten mit dem Dativ. – *Jamerlonk:* türkisch Jagmurluk, eigentlich Regenmantel, das weite Oberkleid der Araber. – *Tulban:* bessere Form für Turban.

801 *vertrauen:* anzuvertrauen. – *gemeiner Jude:* Durchschnittsjude. – *körnt:* lockt, wie einen Vogel durch Körner. – *Der tolerante Schwätzer:* Der von Toleranz Schwatzende.

802 *genommen:* benommen. – *Schwärmern:* Fanatikern.

807 *Quarantana:* die Wüste zwischen Jerusalem und Jericho, in der, nach Bericht der Evangelien, Jesus vierzig Tage fastete. – *Tabor:* der Berg der Verklärung Christi.

808 *Gazza:* Stadt westlich vom Toten Meer. – *Darun:* richtiger Darum, zwei Stunden südlich von Gaza. – *Askalon:* Hafenstadt, um die in den Kreuzzügen häufig gekämpft wurde.

809 *Gath:* Stadt nordwestlich von Jerusalem.

811 *Vorsicht:* Vorsehung.

813 *gesteckt:* heimlich hinterbracht. – *ist drum:* um den Besitz (Rechas) gebracht. – *Mamelucken:* Leibwächter Saladins. – *Kahira:* Kairo.

815 *Lecker:* Laffe, Genüßling. – *Abulkassem:* öfter vorkommender Name (eines Wesirs um 1130 und mehrerer Abbasiden in Bagdad).

817 *launisch:* ärgerlich.

820 *Stöber:* Spürhund.

821 *wurmisch machte:* wurmte.

828 *in die Richte:* den nächsten Weg.

830 *faselnd:* wirr redend.

832 *gach:* jäh, ungestüm.

GEDICHTE

Lieder

Die meisten von Lessings Liedern erschienen zwischen 1747 und 1748 zunächst separat in den Berliner Zeitschriften seines Vetters Christlob Mylius (*Ermunterungen zum Vergnügen des Gemüts, Der Naturforscher*) bzw. in der Rubrik *Das Neueste aus dem Reiche des Witzes* als Beilage der angesehenen *Berlinischen privilegierten Zeitung*. 1751 publizierte Lessing die Lieder gesammelt unter dem Titel *Kleinigkeiten*, 1753 erschienen sie mit einigen Auslassungen und Vermehrungen als erster Teil der *Schriften*, 1771 nochmals in den *Vermischten Schriften*, wobei Lessing eine Reihe sorgfältiger Textrevisionen vornahm.

841 *Afterzeit:* ungewöhnlich für „Nachwelt".

852 *Der Geschmack der Alten:* beliebtes Diskussionsthema.

857 *Schmolken:* Benjamin Schmolck (1672–1737), einer der fruchtbarsten Kirchenlieddichter seiner Zeit.

858 *Arzt ... Bühne ...:* als Quacksalber, auf dem Jahrmarkt.

859 *Paßglas:* großes durch Streifen (Pässe) abgeteiltes Trinkglas. – *Bentley:* Richard B. (1662–1742), großer englischer Philologe; Hauptwerk eine Ausgabe des Horaz (1711). – *Amathunt:* richtiger „Amathus", Stadt auf Zypern, mit einem Tempel der Aphrodite.

866 *schnadern:* schnattern.

868 *Tereus:* Nach griechischer Sage drängte Tereus, Gemahl der Prokne, seiner Schwägerin Philomele seine Liebe auf. Tereus wurde in einen Wiedehopf verwandelt, Prokne in eine Schwalbe, Philomele in eine Nachtigall.

870 *Kind:* bis zu Lessings Jugendzeit = Geliebte, dann hierfür „Mädchen".

872 *Was geht der die Mutter an:* „angehen" früher vielfach mit Dativ konstruiert.

873 *Böhm:* Jakob Böhme (1575–1624), Schuster und mystischer Philosoph.

875 *Rosten:* Johann Christoph Rost (1717–1765), Vertreter einer anakreontisch gefärbten Rokokolyrik, behandelte bevorzugt erotische Sujets. – *Schauplatz:* Theater, Bühne.

876 *witz'ge:* ausgeklügelte. – *Rabulisten:* lat. rabula, Rechtsverdreher. – *Operisten:* Opernsänger. – *zu erzählen:* aufzuzählen. – *ich:* Lessing.

877 *Federbüschen:* Offizieren.

878 *Limas:* Lima, Hauptstadt Perus, wurde 1746 durch ein Erdbeben zerstört.

880 *Hr. W.:* wohl Christian Felix Weiße (1726–1804), Lessings Freund. – *Gemeiner:* gewöhnlicher, durchschnittlicher. – *Kind:* s. Anm. zu S. 870.

881 *Iro:* Irus, Bettler im Palast des Odysseus.

883 *nach Gottes Herzen:* „Der Herr hat sich einen Mann ersucht nach seinem Herzen." 1. Sam. 13, 14.

884 *viel Verdruß:* „Denn wo viel Weisheit ist, da ist viel Grämens; und wer viel lehren muß, der muß viel leiden." Prediger 1, 18. – *an Hr. M.:* wohl an Lessings Vetter Mylius, Herausgeber des *Naturforschers*, für den das Gedicht geschrieben wurde. – *gebildter:* vom Bildhauer zur Statue geformter.

886 *Wolffen:* Christian Wolff (1679–1754), führender Philosoph der deutschen Frühaufklärung. – *Kolster:* zäher Brustschleim.

887 *homilet'schen:* Homiletik, Lehre von der Kanzelberedsamkeit. – *Refutatio Papatus:* Widerlegung des Papsttums. – *Makkabäus:* Die beiden Bücher der Makkabäer gelten der katholischen Kirche als kanonisch, der evangelischen Kirche als apokryph.

888 *Brock's:* Barthold Heinrich Brockes (1680–1747), Begründer der naturschildernden Dichtung der deutschen Aufklärung, bekannt zumal durch seine Gedichtsammlung *Irdisches Vergnügen in Gott* (9 Bde. 1721–1748).

889 *Beine:* Gebeine.

894 *gallische Helene:* die helenagleiche Schönste der Französinnen.

897 *Mylius:* Mylius wurde Ende Februar 1753 auf Kosten eines Berliner Vereins zur Förderung naturwissenschaftlicher Reisen nach Surinam gesandt. Er verbrauchte das ihm anvertraute Geld vorzeitig und starb am 6. 3. 1754 in London.

Nachtrag:

Eine Gesundheit

Trinket, Brüder, laßt uns trinken,
Bis wir berauscht zu Boden sinken;
Doch bittet Gott den Herren,
Daß Könige nicht trinken.

Denn da sie unberauscht
Die halbe Welt zerstören,
Was würden sie nicht tun,
Wenn sie betrunken wären?

Oden

Die Oden wurden erstmals 1753 in den *Schriften* publiziert, sodann, vermehrt, 1784 im zweiten Teil der *Vermischten Schriften*. In der Vorrede zur Erstausgabe von 1753 räumt Lessing ein, daß sich seine Versuche in dieser Gattung nicht mit den antiken Meistern (also Sappho und Pindar) messen lassen könnten: „Den wenigen Oden, welche darauf folgen, gebe ich nur mit Zittern diesen Namen. Sie sind zwar von einem stärkeren Geiste als die Lieder, und haben ernsthaftere Gegenstände; allein ich kenne die Muster in dieser Art gar zu gut, als daß ich nicht einsehen sollte, wie tief mein Flug unter dem ihrigen ist." Tatsächlich erreichen Lessings Versuche nirgends das Niveau der Oden Klopstocks, Hagedorns oder Ewald von Kleists; in späteren Jahren hat er sich mit der Gattung nicht mehr näher befaßt.

900 *Famen:* von fama = Gerücht, Ruf; Ruf seiner Kriegstaten.
901 *Cytheren:* Aphrodite, Göttin der Schönheit und der Liebe.
902 *Pallas:* Pallas Athene, Göttin der Weisheit, doch auch Göttin der Kriegskunst.
906 *Klio:* Muse der Geschichtsschreibung.
908 *Apoll:* Gott der Weisheit, der Künste und der Bildung. – *Themis:* Göttin des Rechts. – *Hyder:* Hydra, das vielköpfige Ungeheuer, das von Herakles getötet wurde.
910 *Kalliope:* Muse der epischen Dichtung und der Philosophie. – *Aganippen:* Nymphe der Quelle Aganippe, die den Musen heilig war.
914 *Sulzer:* Johann George S. (1720–1779), Philosoph und Ästhetiker. Sein Hauptwerk: *Allgemeine Theorie der schönen Künste* (4 Bde., 1771–1774). – *Ramler:* Karl Wilhelm R. (1725–1798), Odendichter und Übersetzer. – *Krause:* Christian Gottfried Kr. (1729–1770), Advokat in Berlin, gab mit Ramler *Oden mit Melodien* (1753) heraus.

Sinngedichte und Epigramme

Nicht in den eigentlich lyrischen Gattungen, dem Lied und der Ode, fühlte sich Lessing heimisch, sondern dort, wo er seine Fähigkeit zum witzigen Pointenstil und zur scharfsinnigen Zuspitzung demonstrieren konnte. Mit seinen Sinngedichten und Epigrammen schließt er sich zumal den antiken Vorlagen Martials an, die ihn noch in seiner Wolfenbütteler Zeit intensiv beschäftigen. Die Gattungsbezeichnung „Sinngedichte" verdeutlicht zudem eine gewisse Nähe zur Epigrammatik des 17. Jahrhunderts. Der Sprachreiniger Philipp von Zesen hatte 1649 für den griechisch-lateinischen Begriff „epigramma" das deutsche Wort „Sinngedicht" geprägt; Friedrich von Logau war Zesen gefolgt und hatte seine Epigramme, die Lessing 1759 gemeinsam mit Ramler in einer Neuedition publizierte, 1654 unter dem Titel *Deutsche Sinn-Getichte* veröffentlicht. Lessings eigene Epigramme (zu denen auch lateinische Texte gehörten) erschienen zuerst in seinen *Schriften* von 1753, später, gründlich überarbeitet, in den *Vermischten Schriften* von 1771; vorangestellt wurden dieser Ausgabe die *Zerstreuten Anmerkungen über das Epigramm*, die sich, gestützt auf eine gediegene philologische Methode, vor allem mit den Mustern Martials beschäftigen. Stilistisch geprägt scheinen Lessings Sinngedichte nicht nur durch die antiken Vorlagen, sondern auch durch die Epigramme seines Leipziger Mentors Abraham Gotthelf Kästner.

917 *Kästner:* Abraham Gotthelf Kästner (1719–1800), Mathematiker und Naturwissenschaftler, literarisch vor allem als Epigrammatiker hervorgetreten; Freund und Förderer Lessings.

919 *fodern:* historisch unberechtigte Form von „fordern", im Mittelhochdeutschen des Reimes wegen, dann auch in der Prosa gebraucht.

920 *Bav:* lat. Bavius, von Vergil als schlechter und schmähsüchtiger Dichter angeführt (*Eclogae* 3, 90).

922 *Im Namen eines gewissen Poeten:* Gottsched hatte im Oktober 1757 von Friedrich II. als Zeichen der Anerkennung eine goldene Dose erhalten. – *Helleborus:* Nieswurz, die nach alter Anschauung den Verstand schärfen soll.

924 *gemeint:* gesonnen.

925 *kein gutes Weib zu finden:* Prediger 7, 29: „... unter Tausend habe ich einen Menschen gefunden, aber kein Weib habe ich unter den allen gefunden."

927 *Pan:* griechisch als Adjektiv „all", als Eigenname der Gott der Felder. – *billt:* alte form von „bellt".

930 *Hugtenburg:* Jan van Huchtenburghe (1646–1733), malte bevorzugt Reitergefechte und Lagerszenen. – *Quartier:* Pardon. – *Hablador:* span. „Schwätzer". – *Mison:* griech. „der Hassende".

938 *Fuska:* lat. Fuscus, dunkelfarbig. – *Mead:* Richard M., berühmter englischer Arzt (1673–1754).

939 *Ist Maus wie Mutter:* Sprichwort: „Es ist Maus wie Mutter, Sterze haben sie alle."

940 *Irus:* bei Homer Name des Bettlers im Palast des Odysseus.

942 *Das Pferd Friedrich Wilhelms:* das berühmte Standbild Andreas Schlüters (1664–1714).

944 *Überschrift:* Epigramm. – *Muffel:* Mucker, Scheinheiliger.

946 *Phädon: Phädon, oder über die Unsterblichkeit der Seele in drei Gesprächen*, von Moses Mendelssohn, 1767.
948 *Beate:* lat. beatus, selig.
949 *Ley:* wohl nach dem englischen „to lie", lügen.
950 *Auf das Heldengedichte Hermann:* das Heldengedicht des Freiherrn Christoph Otto von Schönaich (1725–1807), eines Schützlings Gottscheds. – *G**:* Gottsched. – *Phaeton:* Sohn des Helios, scheiterte bei dem Versuch, des Vaters Sonnenwagen zu führen.
952 *„Die Sündflut":* Epos Bodmers (1751), schwache Nachahmung von Klopstocks *Messias*. – *gemeiner:* gewohnter. – *M**.:* im 1. Druck steht „Merkel".
953 *tetragon'sche:* viereckige. – *Koromandel:* Pseudonym des Schriftstellers Christoph Friedrich Wedekind (oder Wittekind).
954 *Auf––––:* Voltaire. Spekulierte zusammen mit dem Berliner Bankier Abraham Hirschel mit sächsischen Steuerscheinen. Konflikt mit Hirschel, Prozeß, der für beide Teile wenig glücklich verlief. – *B**:* Berlin. – *als––––:* Voltaire. – *Ödip:* erste erfolgreiche Tragödie Voltaires, 1718. – *Montperniaden:* Spottgedicht Voltaires gegen den Marquis de Montperni, Kammerherrn der Markgräfin von Bayreuth. – *Auf––––:* Baculard d'Arnaud (1718 bis 1805), mäßiger französischer Dichter am Hofe Friedrichs II., bevor Voltaire nach Berlin kam. Ging, von diesem verdrängt, 1750 nach Dresden.
955 *Herrn K*...:* Kant, dessen Erstlingsschrift 1776. – *der große Duns:* Mit Duns ist Gottsched gemeint. Duns: Spottname, unter dem Pope in seiner *Dunciade* seinen Gegner Theobald als eitlen beschränkten Schriftsteller verhöhnte. – *in––:* Leipzig. – *S***:* Schönaich, vgl. Anm. zu S. 950. – *Zesen:* Philipp von Zesen (1619–89), radikaler Sprachpurist, der das Deutsche von Fremdwörtern zu reinigen suchte. – *freundliches Weib:* Gottscheds literarisch begabte Ehefrau Luise Adelgunde, geb. Kalmus.
956 *Rabner:* Gottlob Wilhelm Rabener (1714–71), Satiriker, hatte seit 1755 nichts mehr veröffentlicht. – *Satyr:* Satiriker, übliche Verwechslung des antiken Feld- und Waldgeistes mit dem Spottdichter. – *Streit des Herrn Bosens:* Prof. Bose hatte den damaligen Papst einen gelehrten und vernünftigen Mann genannt. – *Bildnis des Königs von Preußen:* Friedrich II. – *Karussell:* früher ein Maskenaufzug zu Pferde, wobei Ringelstechen und ähnliche Reiterkunststücke vorgeführt wurden.
958 *Herzog Ferdinand:* Herzog Ferdinand zu Braunschweig und Lüneburg (1721–92), preußischer Generalfeldmarschall. – *Ekhof:* Konrad Ekhof (1720–78), einer der fähigsten deutschen Schauspieler der Zeit.
961 *Henriade:* Voltaires Epos auf Heinrich IV. (1727). – *Saal:* Julius

Heinrich Saal, Kreisinspektor in Leipzig. – *Albert Wittenberg:* Albrecht Wittenberg (1728–1807), Hamburger Schriftsteller, von Lessing im *Anti-Goeze* angegriffen. – *Johann Jakob Dusch:* (1725–87), von Lessing in den *Literaturbriefen* kritisiert, lebte in Altona. – *Friedrich Ludwig Schröder:* (1744–1816), der große Nachfolger Ekhofs.

962 *Johann von Döring:* in Wolfenbüttel lebender Lüneburger „Salzjunker" (Teilhaber am Salzbergwerk), der Lessing mit dem Vorlesen seiner Gedichte belästigte. – *Kleist:* der Dichter Ewald von Kleist (1715–59), mit Lessing befreundet.

Die Verdeutschung der folgenden Epigramme fußt auf der Übersetzung Eduard Stemplingers.

963 *Ad Turanium:* Die Ehre, die dir Freunde schenkten,
Solang du schaust das Licht,
Hat selten nach dem Tod ein Dichter,
Auch du, mein Lieber, nicht.

Ad Gelliam: Willst du die Wünsche kennen deines Dichters,
Du Mädchen, das die Jungen all umfrein:
Nichts sind ihm Königsschätze, nichts die Ehren,
Erst sei er seiner Herr, dann sei er dein!

In Aristum: Ich weiß nicht viel, so lügt Arist gerissen;
Wer nicht viel weiß, kann einiges doch wissen.

Ad Amicum: In Armut bist du heiter, Freund:
Drum hüt dich vor Fortunens Tücke,
Daß nicht ihr Neid erwacht und meint,
Du lebtest in zu großem Glücke.

Ad Ponticum: Mit welcher Miene, Freund, ich deine Lieder las?
Frag eher, bester Freund, ob ich die Lieder las!

964 *Ad Pompiliam:* Dein Mann herzt andre Frauen, und du lächelst?
Nanu, was jenem billig, ist mir recht.
Wer aber will denn dich, Pompilla, herzen?
Ist das, Pompilla, wirklich gleiches Recht?

In Caecilianum: Man sagt, du seiest sehr beredt
Und grad so fromm, so sagt man immerdar.
Es ist zwar ganz unglaublich, Freund,
Doch sagt's die ganze Welt, drum ist es wahr.

*Ad**:* Wenn du mich lobst, schließt du den Aldus ein;
Reut dich mein Lob wohl immer hinterdrein?

In Albam: Kaum wird sie wach, erzählt sie mir die Träume:
Für sich hat sie den Schlaf, für mich die Träume.

Ad Priscum: Gibst du Geschenke, darf dein Lied nie fehlen:
Die Gaben sind's, die traun! dein Lied empfehlen.

In Paulum: „Ja, dichten will ich stets! Wem schadet's, was ich schuf?"
So sagst du. – Keinem, Freund, nur deinem Ruf.

965 *Ad Sosibianum:* Wieviel der Jahre Galatee wohl zählen mag?
Wieviel sie zählt bei Nacht, verrät sie nicht bei Tag.

Ad Posthumum: Du leihst dein Ohr dem Kritikus
Und tilgst so manche Lieder;
So tilgt man mit dem eignen Tod
Den schlimmsten Leumund wieder.

Ad Tuccam, ludimagistrum: Wenn du vor deiner Schule sitzt,
So läßt du oft die Winde fahren:
O kann man dieses Geistes Wucht
Auf andre Weise nicht erfahren?

Ad eundem: Du mühst dich arg, die Miene ernst zu machen:
Dein einstudierter Ernst reizt nur zum Lachen.

In Canem: Der Hund treibt's mit der Hundeschwester bunt.
Wie schiltst du dann Blutschänder noch Freund „Hund"?

In Armillum: Armill gab ein Geschenk? Er, der den Armen
Geschenke nur vor Zeugen gibt?
Armill gab ein Geschenk. Wem gab er's aber?
Sich selbst, den er am meisten liebt.

Ad Olum: Wer fleißig betet, wenn er Muße hat,
Der wendet schlechte Stunden sehr gut an;
Wer fleißig betet, wenn er Arbeit hat,
Der wendet gute Stunden sehr schlecht an.

966 *Ad Neaeram:* Wer dich, schöne Neära, so häßlich malte und formlos,
Tat es der Venus zulieb, schöne Neära, gewiß.

Ad Murlam: Murla mahnt: Hör auf zu schreiben Possen!
Hör du eher auf zu lesen Possen!

Ad Naevolam: Gesundheit wünschst du; lüge nimmer!
Sonst stecktest du beim Arzt nicht immer.

FABELN

Fabeln und Erzählungen

Die Gattung der Fabel erfreut sich in der Mitte des 18. Jahrhunderts allgemein großer Beliebtheit. Ihre Ursprünge liegen in der griechisch-römischen Antike, bei Äsop und Phädrus. Im Mittelalter und noch bei den Humanisten schätzt man vor allem ihre didaktischen Qualitäten; der aufgeklärten Poetik gilt sie, wie ein Blick auf die Dichtungstheorie Gottscheds, Breitingers und Batteux' zeigt, als Gipfelpunkt der literarischen Gattungshierarchie.

Im 17. Jahrhundert wurde die ursprünglich knapp gehaltene Fabel stärker als zuvor mit erzählerischen Details angereichert. Exemplarisch für diese Tendenz sind Jean de Lafontaines anspielungsfreudige *Contes et nouvelles* (1665–1685) sowie seine späteren *Fables* (1668–1695). An die neue französische Gattungsform, die Belehrung mit urbaner Unterhaltung, Didaktik mit intelligentem Witz zu verbinden sucht, schließen sich Friedrich von Hagedorn (*Versuch in poetischen Fabeln und Erzählungen*, 1738) und Gellert (*Fabeln*, 1746–48) an.

Lessings Fabeln empfangen ihre wesentlichen Impulse vor allem durch Lafontaine und nicht aus der antiken Tradition (was ihnen die Kritik des Puristen Bodmer einträgt); sie trachten nach einer Synthese zwischen Belehrung und Unterhaltung, ohne dabei frei von Frivolität und geistreich-witzigen Pointierungen zu bleiben. Gegen Lafontaines Neigung zum ausschmückenden Erzählen setzt Lessing freilich ein Höchstmaß an lakonischer Knappheit. Ein mögliches Muster dürften dabei neben den *Fables* die schlüpfrigen Anekdoten Gian-Francesco Bracciolinis (gen. Il Poggio) (1470) und des deutschen Humanisten Bebel abgegeben haben.

Lessing sammelte seine Fabeln und Erzählungen im ersten Teil seiner Schriften von 1753. Eine neue Ausgabe war für 1771 geplant; die ersten fünf Bogen wurden 1771–72 unter Lessings Aufsicht gedruckt, jedoch erschien die Ausgabe komplett, nun ohne die Prosastücke, erst nach seinem Tod 1784 im zweiten Teil der *Vermischten Schriften.*

969 *Der Sperling und die Feldmaus:* gegen die Nachahmer Klopstocks. – *weil du ihn noch siehst:* solange als … – *gemeiner:* gewöhnlicher, durchschnittlicher. – *unbiegsamer:* ungewandter, tatenloser.

973 *Bäre:* unberechtigte Form, sehr selten. – *furchte:* im 18. Jh. noch weitverbreitete Form.

974 *Schauplatz:* Theater, Bühne. – *Tartüff:* Drama (1667 von Molière, gegen die Scheinheiligen und religiösen Heuchler).

976 *„Mein Blut!“:* Bei meinem Leben. – *Frone:* Frondienst. – *ex tuto:* aus dem, was gewiß ist.

977 *Applikant:* einer, der Nutzanwendungen macht. – *Kerapolis:* Hörnerstadt.

979 *Der mag ihn hier besehn:* hier: in der Beschreibung, die sogleich folgt.

980 *Kaisernasen:* Anspielung auf die große Nase der Habsburger. – *straubicht:* sich sträubend. – *Quart:* Format für große kostbare Bücher.

981 *Moralen:* im 18. Jh. Blüte der moralischen Wochenschriften in England, mit zahlreichen moralischen Klugheitsregeln.
982 *wie ward es ewig kund:* ewig: endlich, schließlich.
989 *drolligt Volk:* Freimaurer.
990 *Bäre:* unberechtigte Form.
996 *geschlank:* früher häufige Form. – *verschonen sich:* nach frz.: ménagez-vous. – *Docke:* Puppe.
998 *Bankhein:* Bankert. – *rann:* fälschlich von rinnen abgeleitet.

Fabeln. Drei Bücher

In der 1759 publizierten Sammlung vermerkt Lessing, er habe sich mit keiner Gattung so gründlich befaßt wie mit der Fabel. Als seinen Lehrmeister nennt er Äsop, dessen Stoffwelt er durch die Exzerptensammlung des Maximos Planudes (13. Jh.) und durch eine Reihe von erweiterten Neudrucken (darunter die 1741 publizierte Edition des Geraer Gymnasialdirektors Johann Gottfried Hauptmann) kennengelernt hatte. Dem Wissensstand seiner Zeit entsprechend hält Lessing diese Nachdichtungen für authentische Fassungen der Fabeln Äsops, auf die er sich stets bewundernd beruft. Bei genauer Betrachtung läßt sich jedoch auch erkennen, daß Lessing selbst von der antiken Tradition an einigen Punkten abweicht; so verzichtet er in diversen Fällen auf die Explikation einer eindeutigen Lehre und schmückt seine Darstellung mit erzählerischen Details und Nebenmotiven, ohne dabei jedoch die (von ihm gerügte) Weitschweifigkeit Lafontaines zu pflegen.

In den theoretischen Abhandlungen, die den drei Büchern hinzugefügt sind, bezieht Lessing entschieden Stellung gegen die zeitgenössische Fabeltheorie (vor allem Gottscheds, Breitingers und de la Mottes), die die Gattung allein aus ihrem Wirkungszweck zu bestimmen sucht und deren poetischen Eigenwert dabei unterschätzt. Pädagogischer Nutzen, wie er sich in der moralischen Quintessenz greifen läßt, und sinnliche Prägnanz, die durch den Erzählzusammenhang geschaffen wird, weiß die Fabel laut Lessing idealiter miteinander zu verknüpfen, ohne daß beide Bereiche gegeneinander auszuspielen wären. Gerade durch die Vermittlung ‚anschauender Erkenntnis' empfiehlt sie sich der aufgeklärten Poetik, die Unterhaltung und Nutzen vermöge des dichterischen Werks gleichermaßen zu befördern sucht.

Die neue Fabelsammlung erschien erstmals 1759. Lessing griff dabei auf sieben seiner bereits publizierten Fabeln aus der älteren Edition zurück und fügte 80 bisher unbekannte Texte hinzu. 1777 wurde eine mit geringfügigen Änderungen versehene zweite Auflage publiziert.

1000 *Liederhold:* deutet auf einen Prediger, der viel Kirchenlieder zitiert, oder auf das viele Singen der Pietisten.

1001 *Mosheim:* Johann Lorenz von Mosheim (1694–1755), Kirchenhistoriker, berühmter Kanzelredner. – *heischer:* heiser. – *verstellen:* entstellen.

1002 *geringschätziges:* geringwertiges. – *Kneller:* Gottfried Kneller (1646–1726), deutscher Bildnismaler, der in England lebte. – *Pope:* Alexander Pope (1688–1744), Führer der englischen klassizistischen Schule unter französischem Einfluß. – *Addison:* Joseph Addison (1672–1719), hervorragender Essayist und Mitbegründer der moralischen Wochenschriften *Tatler* und *Spectator.*

1004 *Phönix:* heiliger Vogel Ägyptens, der sich nach der Sage alle 500 bis 600 Jahre verbrannte, um verjüngt aus der Asche hervorzugehen. – *verwandten:* wandten ab.

1005 *beschmeißten:* besudelten.

1006 *Hermanniade:* Christoph Otto Freiherr von Schönaich (1725–1807) trat mit seinem Heldengedicht *Hermann oder das befreite Deutschland* als Rivale Klopstocks auf; poetisch jedoch zweitrangig.

1008 *irdischen:* auf der Erde lebenden. – *empfangen uns warme Sümpfe ... Leben erwecket:* Man glaubte, daß die Schwalben in Sümpfen vergraben den Winter überdauern.

1011 *vorzüglich:* sie bevorzugend.

1013 *Bayle:* Pierre Bayle (1647–1706), gewöhnlich als Skeptiker bezeichnet. – *Juno:* Der Pfau ist der der Juno geheiligte Vogel.

1015 *bemerkte:* bezeichnete.

1019 *Empirikus:* Arzt, der nach Erfahrung, nicht nach theoretischen Grundsätzen handelt. – *sympathetisch:* Heilung durch Körper, die mit dem Kranken in geheimnisvoller Sympathie stehen. – *Ich kenne einen Dichter:* Klopstock.

1021 *Cytheren:* Venus.

1022 *Tiresias:* mythischer thebanischer Seher.

1024 *sammeln:* Sprüche Salomonis, Kap. 6, V. 6: „Gehe hin zur Ameise, du Fauler, siehe ihre Weise an und lerne." – *genießen:* Sprüche Salomonis, Kap. 30, V. 25: „Die Ameisen, ein schwaches Volk, dennoch schaffen sie im Sommer ihre Speise."

1028 *gleißenden:* heuchlerischen.

Zu einigen seiner Fabeln hat Lessing in den Ausgaben von 1759 und 1777 den Titeln der Inhaltsverzeichnisse Quellenverweise beigefügt (die in den modernen Ausgaben vielfach unter die Überschriften der betreffenden Fabeltexte gesetzt wurden). Es sind dies folgende Angaben:

Zu Fabel Nr.:

Erstes Buch

III Aelianus de natura animalium libr. I. cap. 38 Ὀρρωδει ὁ ἐλεφας κεραστην κριον και χοιρου βοην. [Der Elefant fürchtet den gehörnten Widder und das Grunzen des Schweines.] Idem lib. III. cap. 31. Ἀλεκτρυονα φοβειται ὁ λεων. [Der Löwe fürchtet den Hahn.]

V Καμηλον ὡς δεδοικεν ιππος, ἐγνω Κυρος τε και Κροισος. [Cyrus und Krösus machten die Erfahrung, wie das Pferd vor dem Kamele Furcht hegt.] Aelianus de nat. an. lib. III. cap. 7.

XVI Ἱππος ἐρριμμενος σφηκων γενεσις εχτιν. [Aus einem gefallenen Pferde entstehen Wespen.] Aelianus de nat. animal. lib. I. cap. 28.

XVIII Ἡ σιρουθος ἡ μεγαλη λασιοις μεν τοις πτεροις ἐπτερωται, ἁ'ρθηναι δε και εἰς βαθυν ἀερα μετεωρισθηναι φυσιν οὐκ ἐχει· θει δε ὠκιστα, και τας παρα την πλευραν ἑκατεραν πτερυγας ἁπλοι, και ἐμπιπτον το πνευμα κολποι δικην ἱστιων αὐτας. πιησιν δε οὐκ οἰδεν,.

[Der große Strauß besitzt rauhe Flügel: aber seine Natur ist es nicht, sich in die Luft zu erheben; wohl aber läuft er sehr schnell, breitet seine beiden Flügel aus, und im Hineinfallen bläht sie der Wind wie Segel; aber den Flug versteht der Strauß nicht.] Aelianus lib. II. c. 26.

XX Λεοντι ὁμοσε χωρει κυων Ινδικος – και πολλα αὐτον λυπησας και κατατρωσας, τελευτων ἡτταται ὁ κυων.

[Es gab ein Treffen zwischen einem Löwen und einem indischen Hund. Erst quälte und verwundete der Hund den Löwen, dann wurde er besiegt.] Aelianus lib. IV. cap. 19.

XXIV Ὁ Μεροψ το ὀρνεον ἐμπαλιν φασι τοις ἀλλοις ἁπασι πετεται· τα μεν γαρ εἰς τοὐμπροσθεν ἱεται και και' οφθαλμοὐς, το δε εἰς τοὐπισω.

[Der Vogel Merops soll entgegengesetzt allen anderen fliegen, nämlich mit dem Schwanz vorn und dem Kopf hinten.]

XXV Aelianus de nat. animal. libr. III. cap. 30.
Zu Nr. XXVI, Der Löwe und der Tiger.
Aelianus de natura animal. libr. II. cap. 2.

Zweites Buch

II Fab. Aesop. *191.* edit. Hauptmannianæ. Phædrus lib. IV. Fab. II.

III Fab. Aesop. 170. Phædrus lib. IV. Fab. 18.

IV Fab. Aesop. 144. Phædrus lib. I. Fab. 8.
V Phædrus lib. V. Fab. 9.
VI Fab. Aesop. 188. Phædrus lib. I. Fab. 3.
VII Phædrus lib. I. Fab. II.
VIII Phædrus lib. I. Fab. II.
IX Phædrus lib. III. Fab. 12.
X Fabul. Aesop. 112.
XI Fabul. Aesop. 157.
XII Fab. Aesop. 187.
XIII Fab. Aesop. 167. Phædrus lib. I. Fab. 2.
XIV Fab. Aesop. 11. Phædrus lib. I. Fab. 7.
XV Fab. Aesop. 205. Phædrus lib. I. Fab. 13.
XVI Fab. Aesop. 59.
XVII Fab. Aesop. 132.
XVIII Fab. Aesop. 119.
XIX Fab. Aesop. 159.
XX Fab. Aesop. 25. Phædrus lib. II. Fab. 3.
XXI Fab. Aesop. 156. Phædrus lib. IV. Fab. 2.
XXII Fab. Aesop. 8.
XXIII Fab. Aesop. 189.
XXIV Phædrus lib. IV. Fab. 15.
XXV Fab. Aesop. 173.
XXVI Fab. Aesop. 226. Phædrus lib. I. Fab. II. et lib. I. Fab. 5.
XXVII Fab. Aesop. 42.
XXVII-
I Suidas in Αειπαρθει ος.
XXIX Antonius Liberalis c. 16.

Drittes Buch

V Ἡ Χελιδων – ἐπι τα νωτα των προβατων ἵζανει, και ἀποσπα του μαλλου και ἐντευθεν τοις ἑαυτης βρεφεσι το λεχος μαλακον ἐστρωσεν.

[Die Schwalbe setzt sich auf die Rücken der Schafe und zupft etwas von der Wolle ab, damit polstert sie das Lager der Jungen.]

Aelianus lib. III. c. 24.

XI Aelianus de nat. animal. lib. II. cap. II.

XVI–XXII Aelianus libr. IV. cap. 15.

ZEITTAFEL

1729 22. Jan.: Gotthold Ephraim Lessing in Kamenz geboren als Sohn des Pfarrers Johann Gottfried L. und seiner Frau Justine Salomone, Tochter des Pfarrers Primarius Feller.

1741 21. Juni: Aufnahme in die Fürstenschule St. Afra in Meißen und Eintritt in die zweite Dekurie der Quarta.

1742 Lessing wird Inhaber der von der Familie von Carlowitz gestifteten Freistelle. – *Glückwunschrede, bei dem Eintritt des 1743. Jahres, von der Gleichheit eines Jahres mit dem andern.*

1744 Privatlektüre von Homer, Plautus, Terenz, Theophrast.

1745 9. Sept.: Schulrede *De vitae brevis felicitate.*

1746 30. Juni: Abschiedsrede *De mathematica barbarorum.* – Gedichte: *An den Oberstleutnant von Carlowitz* (erste Fassung); *Über die Mehrheit der Welten.*
20. Sept.: Immatrikulation in Leipzig als Student der Theologie.

1747 *Damon oder die wahre Freundschaft.*

1748 Ostern: Lessing wird Student der Medizin.
Juni: Aufbruch nach Berlin; auf der Reise dahin Erkrankung in Wittenberg.
Aug.: Immatrikulation in Wittenberg als Student der Medizin. – Nov.: Eintreffen in Berlin.
Der junge Gelehrte, aufgeführt im Jan. – *Der Misogyne.*

1749 *Die Alte Jungfer. – Die Juden. – Der Freigeist. – Abhandlungen von den Pantomimen der Alten* (April 1749–Jan. 1751).

1750 Zusammen mit Mylius *Beiträge zur Historie und Aufnahme des Theaters*, 1. Stück schon Ende 1749. – *Der Schatz. – Abhandlungen von dem Leben und den Werken des M. A. Plautus. – Kritik über die „Gefangenen" des Plautus. – Gedanken über die Herrnhuter.*

1751 Lessing wird als Nachfolger von Mylius Redakteur des „Gelehrten Artikels" der *Berlinischen priv. Zeitung* und gibt vom April ab als Monatsbeilage *Das Neueste aus dem Reiche des Witzes* heraus. Erste Sammlung seiner Gedichte unter dem Titel *Kleinigkeiten.*
Dez.: Abreise nach Wittenberg.

1752 29. April: Promotion zum Magister der freien Künste an der Universität Wittenberg.
Nov.: Rückkehr nach Berlin.

1753 Teil 1 u. 2 der *Schriften*. – *Das Christentum der Vernunft*.

1754 Teil 3 u. 4 der *Schriften*. – *Theatralische Bibliothek*, Stück 1 und 2 u. Ergänzung (enth. u. a. *Abhandlungen von dem weinerlichen oder rührenden Lustspiele*. – *Leben des Herrn Jakob Thomson*. – *Leben des Herrn Philipp Néricault Destouches*. – *Über das Lustspiel ‚Die Juden'*. – *Von den lateinischen Trauerspielen, die unter dem Namen des Seneca bekannt sind)*. – *Ein Vademecum für den Hrn. Sam. Gottl. Lange*. – *Rettungen des Horaz*. – *Rettung des Hier. Cardanus*. – *Rettung des ‚Inepti Religiosi' und seines ungenannten Verf*. – *Rettung des Cochläus, aber nur in einer Kleinigkeit*.

1755 Teil 5 u. 6 der *Schriften*. – *Theatralische Bibliothek*, Stück 3. Jan/Febr.: Lessing wohnt sechs Wochen bei Potsdam im Gartenhaus Marquesat, Arbeit an der *Miss Sara Sampson*.
Febr.: Erste Bekanntschaft mit Gleim in Berlin.
10. Juli: Erstaufführung der *Miss Sara Sampson* in Frankfurt a. d. O. Lessing wohnt der Premiere mit Ramler bei.
Okt.: Lessing geht nach Leipzig.
Pope, ein Metaphysiker (gemeinsam mit Mendelssohn).

1756 10. Mai: Antritt einer Bildungsreise als Begleiter des jungen reichen Kaufmannssohns Chr. Gfr. Winkler. In Halberstadt Besuch bei Gleim. Abbruch der Reise in Amsterdam und Rückkehr nach Leipzig wegen Ausbruchs des Siebenjährigen Krieges.
Sept.: Wieder in Leipzig.
Winter 1756/57: Briefwechsel mit Mendelssohn und Nicolai über das Trauerspiel.

1758 *Theatralische Bibliothek*, 4. Stück u. Ergänzung.
Febr.: Durch E. v. Kleist Bekanntschaft mit dem Oberst von Tauentzien.
8. Mai: Lessing geht wieder nach Berlin.
1758/59: Entwurf eines Faust-Dramas.

1759 *Briefe, die neueste Literatur betreffend*, Teil 1–4. – *Fabeln*. – *Philotas*. – *Abhandlungen über die Fabel*. – *Über den Aesopus*. – *Über den Phäder*. – Ausgabe von Logaus *Sinngedichten* (gemeinsam mit Ramler).

1760 *Briefe, die neueste Literatur betreffend*, Teil 5–7.
23. Okt.: Wahl zum auswärtigen Mitglied der Berliner Akademie der Wissenschaften.
7. Nov.: Lessing verläßt Berlin, wird Gouvernementssekretär beim General von Tauentzien in Breslau.
Biographie des Sophokles. – Übersetzung von Diderots *Der natürliche Sohn*. – *Der Hausvater*. – *Von der dramatischen Dichtkunst* (als *Theater des Herrn Diderot*).

1761 *Anmerkungen über das Epigramm.*

1763 Theologische und philosophische Studien und Entwürfe. – 1763–1766: Arbeit am *Laokoon.*

1764 Juli, Aug.: Schwere Erkrankung. – Ende des Jahres scheidet Lessing aus seiner Stellung als Gouvernementssekretär aus. 1764/65: Arbeit an der *Minna von Barnhelm.*

1765 Mitte Mai: Lessing wieder in Berlin. – Bau eines neuen Theaters in Hamburg (durch Ackermann).

1766 Lessing begleitet den jungen v. Brenckenhoff nach Pyrmont, lernt Möser und Abbt kennen. In Halberstadt Besuch bei Gleim.
Okt.: Lessings Ernennung zum Bibliothekar durch Friedrich II. endgültig abgelehnt.
Dez. 1766/Jan. 1767 einige Wochen in Hamburg. – *Laokoon.*

1767 Lessings Übersiedlung nach Hamburg, als künstlerischer Berater am neugegründeten Hamburgischen Nationaltheater (dem vormals Ackermannschen Theater).
23. Sept.: Erste Aufführung der *Minna von Barnhelm* in Hamburg.
14. Nov.: Aufführung in Wien. *Die Matrone von Ephesus.* – *Hamburgische Dramaturgie* 1. Bd.

1768 21. März: Aufführung der *Minna von Barnhelm* in Berlin. *Briefe, antiquarischen Inhalts,* Teil 1.

1769 Ende Nov. bis Ende Dez.: Lessing in Braunschweig. *Hamburgische Dramaturgie,* Bd. 2. – *Briefe, antiquarischen Inhalts,* Teil 2. – *Wie die Alten den Tod gebildet.*

1770 Febr. u. April: Lessing trifft in Hamburg mit Herder und Matthias Claudius zusammen. – Berufung als Bibliothekar der herzoglichen Bibliothek in Wolfenbüttel.
4. Mai: Ankunft in Wolfenbüttel.

1771 *Vermischte Schriften,* Teil 1.
31. Aug.: Abreise nach Hamburg, Verlobung mit Eva König.
14. Okt.: Aufnahme in die Hamburger Loge „Zu den drei Rosen".
Ende Okt.: Wieder in Wolfenbüttel.

1771 ff.: *Zur Geschichte der Aesopischen Fabel.*

1772 13. März: Erste Aufführung der *Emilia Galotti* in Braunschweig zu Ehren des Geburtstags der Herzogin.

1773 *Zur Geschichte und Literatur. Aus den Schätzen der Herzogl. Bibliothek zu Wolfenbüttel. Erster und zweiter Beitrag* u. Ergänzung.

1774 *Zur Geschichte und Literatur... Dritter Beitrag: Von Adam Neusern.* – *Von Duldung der Deisten* u. Ergänzung.

1775 Abreise Lessings von Braunschweig nach Wien; Zusammentreffen mit Eva König.

25. April: Antritt der italienischen Reise von Wien aus.
Sept. in Rom – kurzer Besuch in Neapel. Anfang Dez. Beginn der Rückreise. Ende Dez. wieder in Wien.
Tagebuch der italienischen Reise.

1776 Juni: Zurück in Wolfenbüttel. Verleihung des Hofratstitels.
5. Sept.: Einladung nach Mannheim zur Mitwirkung am geplanten Nationaltheater.
8. Okt.: Vermählung mit Eva König.
Frühjahr: Arbeit am Entwurf des *Nathan.*

1777 17. Jan.: Abreise Lessings nach Mannheim.
Anfang März: Rückkehr nach fruchtlosen Verhandlungen.
25. Dez.: Geburt eines Sohnes. *Zur Geschichte und Literatur... Vierter Beitrag* u. Ergänzung mit Anhang: *Gegensätze des Herausgebers* (zu den Reimarus-Fragmenten) – *Die Erziehung des Menschengeschlechts,* § 1–53. – *Über den Beweis des Geistes und der Kraft. – Das Testament Johannis.*

1778 10. Jan.: Evas Tod.
Eine Duplik. – Eine Parabel. – Axiomata. – Anti-Goeze, 1.–11. Stück. – *Nötige Antwort. – Ernst und Falk,* Gespräch 1–3. – *Der nötigen Antwort... erste Folge. – Neue Hypothese über die Evangelisten. – Historische Einleitung in die Offenbarung Johannis. – Die Religion Christi. – Über den Beweis des Geistes und der Kraft. – Zweites Schreiben.*
Lessing gibt von Reimarus heraus: *Von dem Zwecke Jesu und seiner Jünger.*

1779 *Nathan der Weise.*

1780 *Die Erziehung des Menschengeschlechts. – Ernst und Falk,* Fortsetzung. – *Die Religion Christi. – Gespräch über die Soldaten und Mönche.*

1781 15. Febr.: Lessings Tod.

ALPHABETISCHES VERZEICHNIS DER GEDICHTÜBERSCHRIFTEN UND -ANFÄNGE

INHALT